STEVEN ERIKSON

Der Tag des Sehers

Buch

Die fanatischen Anhänger des Pannionischen Sehers überziehen den gesamten Kontinent Genabackis mit Angst und Schrecken. Tapfer führen Hohefaust Dujek Einarm und seine Verbündeten einen beinahe aussichtslosen Kampf gegen die heranstürmenden Horden. Doch die brüchige Allianz der Verteidiger droht auseinander zu brechen, denn böse Gerüchte von abscheulichem Verrat machen die Runde. Und auch von anderer Seite droht große Gefahr: Die untoten T'lan Imass haben sich erhoben, und der Verkrüppelte Gott schmiedet seine ganz eigenen grausamen Rachepläne …

Autor

Steven Erikson, in Kanada geboren, lebte viele Jahre in der Nähe von London, ehe er kürzlich in seine Heimat nach Winnipeg zurückkehrte. Der Anthropologe und Archäologe legte 1999 nach einer sechsjährigen akribischen Vorbereitungsphase seinen weltweit beachteten Debütroman »Die Gärten des Mondes« vor.

Bereits erschienen:

DAS SPIEL DER GÖTTER: 1. Die Gärten des Mondes (24932), 2. Das Reich der Sieben Städte (24941), 3. Im Bann der Wüste (24940), 4. Die eisige Zeit (24997), 5. Der Tag des Sehers (24998), 6. Der Krieg der Schwestern (24271), 7. Das Haus der Ketten (24292), 8. Kinder des Schattens (24298)

Weitere Bände sind in Vorbereitung.

Steven Erikson

Der Tag des Sehers

Das Spiel der Götter 5

Roman

Ins Deutsche übertragen
von Tim Straetmann

BLANVALET

Die Originalausgabe erschien unter dem Titel
„Memories of Ice. A Tale of the Malazan Book of the Fallen“
(Book 3)
bei Bantam Press London.

Umwelthinweis:
Alle bedruckten Materialien dieses Taschenbuches
sind chlorfrei und umweltschonend.

Blanvalet Taschenbücher erscheinen im
Goldmann Verlag, einem Unternehmen der
Verlagsgruppe Random House GmbH.

2. Auflage
Deutsche Erstveröffentlichung Oktober 2003

Umschlaggestaltung: Design Team München
Umschlagillustration: Agt. Luserke/Dale
Satz: deutsch-türkischer fotosatz, Berlin
Druck: GGP Media GmbH, Pößneck
Titelnummer: 24998
Redaktion: Marie-Luise Bezzenberger
UH · Herstellung: Peter Papenbrok
Made in Germany
ISBN 3-442-24998-8
www.blanvalet-verlag.de

GENABACKIS:
Der malazanische Feldzug etwa im Jahr 1160 von Brands Schlaf

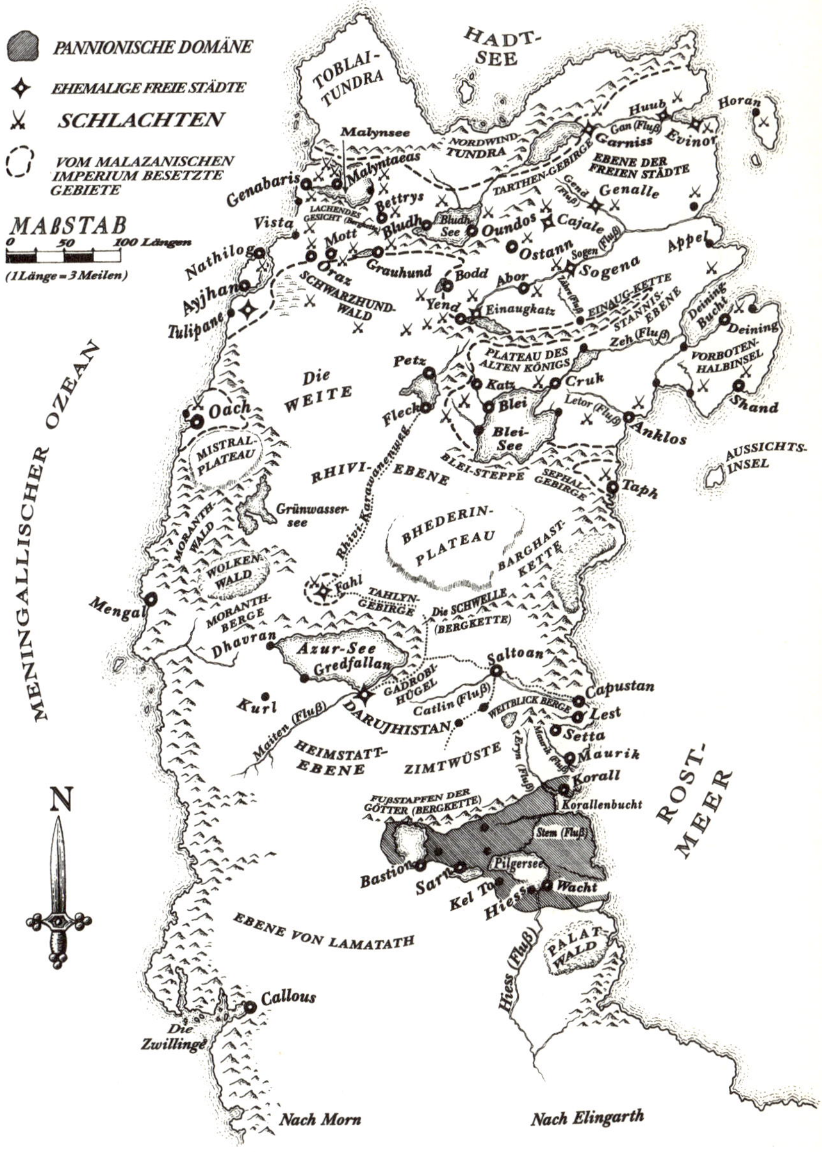

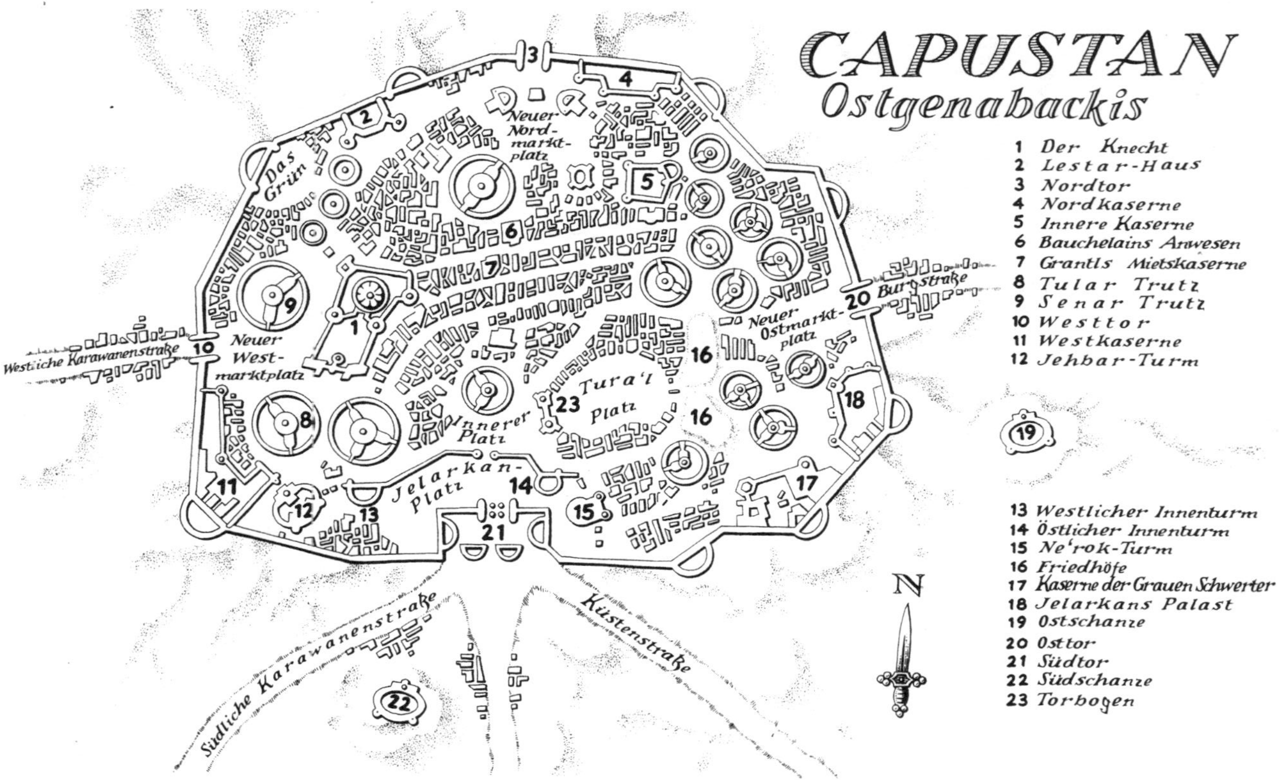
CAPUSTAN
Ostgenabackis
1 Der Knecht
2 Lestar-Haus
3 Nordtor
4 Nordkaserne
5 Innere Kaserne
6 Bauchelains Anwesen
7 Grantls Mietskaserne
8 Tular Trutz
9 Senar Trutz
10 Westtor
11 Westkaserne
12 Jehbar-Turm
13 Westlicher Innenturm
14 Östlicher Innenturm
15 Ne'rok-Turm
16 Friedhöfe
17 Kaserne der Grauen Schwerter
18 Jelarkans Palast
19 Ostschanze
20 Osttor
21 Südtor
22 Südschanze
23 Torbogen
N
Das Grün
Neuer Nordmarktplatz
Neuer Westmarktplatz
Neuer Ostmarktplatz
Innerer Platz
Tura'l Platz
Jelarkanplatz
Westliche Karawanenstraße
Burgstraße
Südliche Karawanenstraße
Küstenstraße

Buch Eins

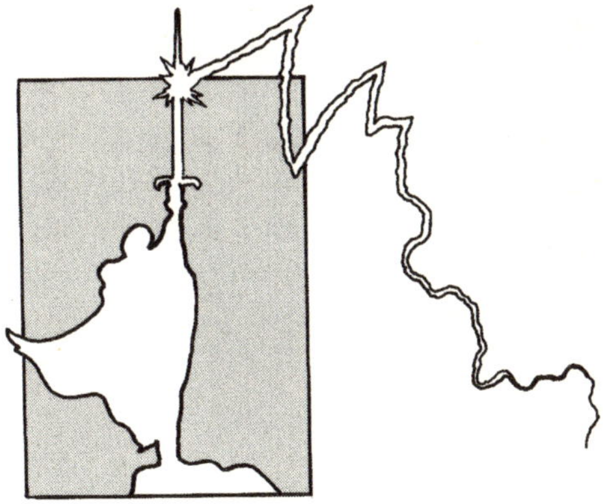

Capustan

Das letzte Todbringende Schwert von Feners Traum war Fanald von Caon Vor, der während des Ankettens getötet wurde. Der letzte Destriant, der den Eber-Umhang trug, war Ipshank von Korelri, der während der letzten Flucht aus Manask auf den Eisfeldern von Stratem verschwand. Ein anderer hat darauf gewartet, den Titel für sich zu beanspruchen, doch er wurde aus dem Tempel ausgestoßen, bevor es dazu kam, und der Name dieses Mannes wurde aus allen Aufzeichnungen getilgt. Man weiß allerdings, dass er aus Unta stammte, dass er sein Leben als Beutelschneider in den dreckigen Straßen jener Stadt begonnen hatte, und dass er nicht nur aus dem Tempel ausgestoßen, sondern auch auf einzigartige Weise bestraft worden war …

Tempelleben
Birrin Thund

Kapitel Eins

Wenn es euch möglich ist, meine Freunde, dann lasst keine Belagerung über euch ergehen.

Ubilast (der Beinlose)

In der Schenke, die die südöstliche Ecke der alten Daru-Straße beherrschte, hielten sich nicht mehr als ein halbes Dutzend Stammgäste auf, die meisten von ihnen Besucher der Stadt, die jetzt ebenso wie Grantl in der Falle saßen. Die pannionischen Armeen vor den Mauern Capustans hatten jetzt fünf Tage lang überhaupt nichts getan. Der Karawanenführer hatte gehört, dass Staubwolken jenseits der Hügelkette im Norden aufgestiegen waren, ein Zeichen für ... was auch immer. Doch das war schon vor einigen Tagen gewesen, und seither war nichts geschehen.

Niemand wusste, worauf Septarch Kulpath wartete, obwohl natürlich jede Menge Vermutungen angestellt wurden. Noch mehr Boote voller Tenescowri hatten den Fluss überquert, bis es den Anschein hatte, als habe sich die halbe Bevölkerung des pannionischen Reiches der Bauern- und Bettlerarmee angeschlossen. »Wenn es so viele sind«, hatte jemand vor vielleicht einem Glockenschlag gesagt, »bleibt für jeden gerade mal ein Bissen capanischer Bürger.« Grantl war praktisch der Einzige gewesen, der an dem Witz Gefallen gefunden hatte.

Er saß an einem Tisch in der Nähe des Eingangs mit dem Rücken zu dem grob verputzten, doppelbalkigen Türrahmen; die Tür selbst befand sich zu seiner Rechten, und er blickte in die niedrige Gaststube. Eine Maus trippelte auf dem Fußboden aus festgestampfter Erde zwischen den Tischen entlang, huschte von einem Schatten zum nächsten, flitzte zwischen den Schuhen und Stiefeln der Gäste hindurch, die auf ihrem Weg lagen. Grantl schaute ihr aus halb geschlossenen Augen zu. Es gab immer noch eine Menge zu essen in der Küche – oder zumindest sagte der Maus das ihre Nase. Das würde jedoch nicht mehr lange so bleiben, wenn die Belagerung andauerte, wie Grantl nur zu gut wusste.

Sein Blick glitt hinauf zu dem vom Rauch geschwärzten Hauptbalken, der sich quer durch den Raum zog. Dort oben schlief die Katze der Schenke; ihre Beine baumelten vom Kreuzbalken. Im Augenblick jagte sie nur in ihren Träumen.

Die Maus erreichte den Fußbalken der Theke und trippelte an ihm entlang auf den Eingang zur Küche zu.

Grantl trank noch einen Schluck verdünnten Wein – genauer gesagt war es mehr Wasser als Wein, nachdem die Stadt seit fast einer Woche im Würgegriff der Pannionier war. Die sechs anderen Gäste saßen alle allein an einem Tisch oder lehnten an der Theke. Sie sprachen nur selten miteinander, abgesehen von ein paar vereinzelten Kommentaren dann und wann, gefolgt von kaum mehr als einem zustimmenden Brummen.

Im Laufe eines Tages und einer Nacht besuchten zwei verschiedene Arten von Gästen die Schenke; so war es Grantl zumindest vorgekommen. Die, die er jetzt vor sich sah, wohnten mehr oder weniger im Gastraum, tranken ihren Wein oder ihr Bier. Sie waren Fremde in Capustan und hatten anscheinend keine Freunde, hatten aber dennoch eine Art von Gemeinschaft gefunden, die durch die überragende Fähigkeit gekennzeichnet war, gemeinsam lange Zeit *nichts* zu tun. Bei Einbruch der Nacht würden die anderen Gäste auftauchen. Die waren laut und ausgelassen und lockten mit ihren Münzen, die sie ohne einen Gedanken an morgen auf die Tische schütteten, die Huren von der Straße herein. Sie legten eine Art verzweifelte Energie an den Tag, jubelten dem Vermummten auf derbe Weise zu. *Wir gehören dir, du sensenschwingender Bastard,* schienen sie zu sagen. *Aber erst, wenn der Morgen dämmert!*

Sie würden wie die schäumende See zwischen den unbeweglichen, gleichgültigen Felsen – den schweigenden, einsamen Stammgästen – hin und her wogen.

Die See und die Felsen. Die See feiert ausgelassen im Angesicht des Vermummten, sobald er bedrohlich näher rückt. Die Felsen haben dem Bastard schon so lange ins Auge gesehen, dass sie sich seinetwegen nicht einmal mehr von der Stelle rühren, geschweige denn feiern. Die See lacht laut über ihre eigenen Witze. Die Felsen bringen gerade mal einen knappen Satz heraus, der einen ganzen Raum verstummen lassen kann. Ein Bissen capanischer Bürger …

Das nächste Mal halte ich meine Klappe.

Die Katze auf dem Kreuzbalken erwachte und streckte sich, schwarze Querstreifen tanzten über ihr graues Fell. Dann neigte sie den Kopf, spitzte die Ohren.

Die Maus war an der Ecke zum Kücheneingang, zur Bewegungslosigkeit erstarrt.

Grantl zischte leise.

Die Katze schaute in seine Richtung.

Die Maus schoss in die Küche und verschwand.

Mit einem lauten Quietschen schwang die Tür der Schenke nach innen. Buke trat ein, wechselte einen Blick mit Grantl und ließ sich dann auf den Stuhl neben ihm sinken.

»Bei dir weiß man wirklich immer, wo man dich finden kann«, murmelte der alte Mann und bedeutete dem Wirt hinter dem Tresen, noch zweimal das Gleiche zu bringen.

»Stimmt«, erwiderte Grantl. »Ich bin ein Felsen.«

»Ach, ein Felsen? Ich würde eher sagen, du bist ein fetter Leguan, der an einem Felsen klebt. Und wenn die große Welle kommt –«

»Was auch immer. Du hast mich gefunden, Buke – also, was gibt's?«

»Ich wollte dir nur für all deine Hilfe danken, Grantl.«

»Sollte das so etwas wie feinsinnige Ironie sein, alter Mann? Ein bisschen geschliffene –«

»Eigentlich habe ich es beinahe ernst gemeint. Diese dreckige Brühe, die du mich hast trinken lassen – das Gebräu von Keruli –, die hat wahre Wunder gewirkt.« Auf Bukes schmalem Gesicht zeichnete sich ein Lächeln ab, das etwas Verschwörerisches hatte. »Wahre Wunder …«

»Freut mich zu hören, dass es dir wieder besser geht. Und – gibt es noch mehr welterschütternde Neuigkeiten? Falls nicht …«

Buke lehnte sich zurück, als der Wirt zwei Krüge vor ihnen auf den Tisch stellte, und wartete mit seiner Antwort, bis der Mann wieder davongeschlurft war. »Ich habe mich mit den Ältesten aus den Trutzen getroffen. Anfangs wollten sie schnurstracks zum Fürsten gehen –«

»Aber dann sind sie wieder zur Vernunft gekommen.«

»Mit einem kleinen Ansporn.«

»Das heißt, du hast jetzt die Unterstützung, die du brauchst, um diesen verrückten Eunuchen davon abzuhalten, Pförtner am Tor des Vermummten zu spielen. Sehr schön. Ich mag es nicht, wenn Panik auf den Straßen herrscht – nicht, wenn gleichzeitig eine Viertelmillion Pannionier die Stadt belagern.«

Buke starrte Grantl aus zusammengekniffenen Augen an. »Ich dachte, du würdest die Ruhe genießen.«

»Ja, ist besser so.«

»Ich brauche immer noch deine Hilfe.«

»Ich wüsste nicht, wozu, Buke. Es sei denn, du willst, dass ich eine ganz bestimmte Tür eintrete und Korbal Broach den Kopf von den Schultern trenne. In diesem Fall müsstest du allerdings dafür sorgen, dass Bauchelain abgelenkt ist. Zünde ihn an oder so was Ähnliches. Ich brauche nur einen Augenblick. Natürlich ist der genaue Zeitpunkt sehr, sehr wichtig. Wenn die ersten Breschen in die Mauern geschlagen sind, sagen wir mal, und die Tenescowri durch die Straßen ziehen. Auf diese Weise können wir alle Hand in Hand zum Vermummten gehen und dabei ein fröhliches Liedchen trällern.«

Buke lächelte hinter seinem Krug. »Ja, das würde gehen«, sagte er und trank einen Schluck.

Grantl leerte seinen Krug und griff nach dem neuen. »Du weißt, wo du mich findest«, sagte er nach kurzem Zögern.

»Bis die Welle kommt.«

Die Katze machte einen Satz vom Querbalken herunter, sprang vorwärts und hatte eine Küchenschabe zwischen den Pfoten. Sie begann mit ihrer Beute zu spielen.

»Na gut«, sagte der Karawanenführer nach einer kurzen Pause brummig. »Was willst du noch?«

Buke zuckte kurz die Schultern. »Ich habe gehört, Stonny hat sich freiwillig gemeldet. Die neuesten Gerüchte besagen, dass die Pannionier endlich zum ersten Angriff bereit sind – praktisch jederzeit.«

»Zum ersten Angriff? Sie brauchen höchstwahrscheinlich nur einen. Und von wegen bereit, Buke – die sind schon seit Tagen bereit. Wenn Stonny ihr Leben wegwerfen will, indem sie versucht, etwas zu verteidigen, was nicht zu verteidigen ist, dann ist das ihre Sache.«

»Und wie sieht die Alternative aus? Die Pannionier werden keine Gefangenen machen, Grantl. Wir werden alle kämpfen müssen – früher oder später.«

Das denkst du.

»Es sei denn«, fuhr Buke einen Augenblick später fort und hob erneut seinen Krug, »du hast vor, die Seiten zu wechseln. Hältst Glauben plötzlich für etwas Zweckdienliches –«

»Gibt es denn eine andere Möglichkeit?«

Die Augen des alten Mannes musterten Grantl scharf. »Du würdest dir den Bauch wirklich mit Menschenfleisch voll schlagen, Grantl? Nur um zu überleben? Das würdest du tatsächlich tun?«

»Fleisch ist Fleisch«, erwiderte Grantl, den Blick auf die Katze gerichtet. Ein leises Knirschen verkündete, dass sie genug gespielt hatte.

»Nun«, sagte Buke und stand auf. »Ich hätte nicht gedacht, dass du mich noch schockieren könntest. Ich habe wohl geglaubt, ich würde dich kennen –«

»Das hast du wohl.«

»Das ist dann also der Mann, für den Harllo sein Leben geopfert hat?«

Langsam hob Grantl den Kopf. Was auch immer Buke in seinen Augen sah, es ließ ihn einen Schritt zurücktreten. »Mit welcher Trutz arbeitest du gerade?«, fragte der Karawanenführer ruhig.

»Uldan«, flüsterte der alte Mann.

»Dann werde ich dort vorbeikommen, Buke. Und in der Zwischenzeit geh mir aus den Augen.«

Die Schatten hatten sich größtenteils aus dem Innenhof zurückgezogen, so dass sich Hetan und ihr Bruder Cafal im hellen Sonnenlicht befanden. Die beiden Barghast kauerten mit gesenkten Köpfen auf einem fadenscheinigen, verblichenen Teppich. Von Asche geschwärzte Schweißtropfen rannen an ihnen hinunter. Zwischen ihnen stand auf drei handhohen, eisernen Füßen eine niedrige, mit glühenden Kohlen gefüllte Kohlenpfanne.

Soldaten und Boten schwirrten um sie herum.

Schild-Amboss Itkovian stand ein paar Schritte neben dem Eingang zum Hauptquartier und musterte die Geschwister. Er hatte nicht gewusst, dass die Barghast von Meditation besonders angetan waren, doch es schien, als hätten Hetan und Cafal kaum etwas anderes gemacht, seit sie aus dem *Knecht* zurückgekehrt waren. Sie hatten gefastet, so gut wie kein Wort gesprochen und ihr Lager auf höchst störende Weise mitten auf dem Innenhof vor den Truppenunterkünften aufgeschlagen – mit anderen Worten: Sie hatten sich zu einer unnahbaren Insel gemacht.

Das ist nicht die Ruhe gewöhnlicher Sterblicher. Sie reisen mit den Geistern. Brukhalian verlangt von mir, dass ich einen Weg finde, zu ihnen durchzudringen – um jeden Preis. Hütet Hetan noch ein weiteres Geheimnis? Hat sie einen Fluchtweg für sich selbst, ihren Bruder und die Knochen der Gründergeister entdeckt? Eine unbekannte Schwäche in unserer Verteidigung? Einen Fehler in der Aufstellung der Pannionier?

Itkovian seufzte. Er hatte es bereits versucht, jedoch ohne Erfolg. Jetzt würde er es noch einmal versuchen. Als er gerade vortreten wollte, spürte er, dass jemand neben ihm stand; er drehte sich um und sah sich Fürst Jelarkan gegenüber.

Das Gesicht des jungen Mannes war von tiefen Linien gezeichnet, die seine Erschöpfung verrieten. Seine langfingrigen, eleganten Hände zitterten, obwohl er sie knapp über dem Gürtel seiner Robe gefaltet hatte. Während sein Blick auf die schwirrende Aktivität im Innenhof gerichtet blieb, sagte er: »Schild-Amboss, ich muss wissen, was Brukhalian vorhat. Er verfügt über etwas, das ihr Soldaten einen rasierten Knöchel im Loch nennt, so viel ist klar. Und daher bin ich wieder einmal gekommen, um bei dem Mann, den ich angeheuert habe, um eine Audienz zu ersuchen.« Er versuchte gar nicht erst, den bitteren Sarkasmus seiner Bemerkung zu verbergen. »Vergeblich. Das Todbringende Schwert hat keine Zeit für mich. Keine Zeit für den Fürsten von Capustan.«

»Herr«, sagte Itkovian, »Ihr könnt mir Eure Fragen stellen, und ich werde tun, was ich kann, Euch Antworten zu geben.«

Der junge Capan drehte sich zu dem Schild-Amboss um. »Brukhalian hat Euch die Erlaubnis gegeben zu sprechen?«

»Das hat er.«

»Sehr gut. Die Kron T'lan Imass und ihre untoten Wölfe. Sie haben die K'Chain-Che'Malle-Dämonen des Septarchen vernichtet.«

»So ist es.«

»Doch die Pannionische Domäne hat mehr. Hunderte mehr.«

»Ja.«

»Warum marschieren die T'lan Imass dann nicht ins Gebiet der Domäne ein? Ein Angriff auf das Territorium des Sehers könnte sehr wohl dazu führen, dass Kulpaths Belagerungsarmeen abgezogen werden. Der Seher hätte gar keine andere Wahl, als sie wieder auf die andere Seite des Flusses zurückzuziehen.«

»Wären die T'lan Imass eine Armee von Sterblichen, wäre ein solches Vorgehen in der Tat nahe liegend, und es käme logischerweise auch unseren Bedürfnissen entgegen«, erwiderte Itkovian. »Doch leider sind Kron und seine untoten Verwandten an übernatürliche Bedürfnisse gebunden, über die wir so gut wie nichts wissen. Man hat uns etwas von einer Zusammenkunft erzählt, von einer stummen Beschwörung, deren Zweck uns unbekannt ist. Dies hat im Moment den Vorrang vor allem anderen. Kron und die T'lan Ay haben die K'Chain Che'Malle von Septarch Kulpath vernichtet, weil sie deren Anwesenheit als direkte Bedrohung für die Zusammenkunft betrachteten.«

»Warum? Diese Erklärung reicht nicht aus, Schild-Amboss.«

»Ich teile Eure Einschätzung, Herr. Es scheint wirklich einen anderen Grund dafür zu geben, dass Kron sich weigert, nach Süden zu marschieren. Ein Geheimnis, das mit dem Seher selbst zu tun hat. Es hat den Anschein, als ob ›Pannion‹ ein Jaghut-Wort ist. Die Jaghut waren die Todfeinde der T'lan Imass, wie Ihr vielleicht wisst. Meine persönliche Überzeugung ist, dass Kron auf die Ankunft von ... Verbündeten wartet. Auf andere T'lan Imass, die zu dieser bevorstehenden Zusammenkunft kommen.«

»Wollt Ihr damit andeuten, dass Kron den Pannionischen Seher fürchtet ...?«

»Ja. Aufgrund seiner Überzeugung, dass der Seher ein Jaghut ist.«

Der Fürst schwieg längere Zeit, dann schüttelte er den Kopf. »Selbst wenn die T'lan Imass beschließen sollten, in die Pannionische Domäne einzumarschieren, wird diese Entscheidung für uns zu spät kommen.«

»Das erscheint mir wahrscheinlich.«

»Nun gut. Dann noch eine andere Frage. Warum findet diese Zusammenkunft *hier* statt?«

Itkovian zögerte, nickte dann langsam vor sich hin. »Fürst Jelarkan, diejenige, die die T'lan Imass beschworen hat, nähert sich Capustan ... und sie bringt eine Armee mit.«

»Eine Armee?«

»Eine Armee, die auf dem Marsch ist, um Krieg gegen die Pannionische Domäne zu führen; in der Tat, und auch mit dem Ziel, die Belagerung von Capustan zu beenden.«

»Was?«

»Herr, sie sind noch fünf Wochen entfernt.«

»Wir können der Belagerung nicht fünf –«

»Diese Tatsache ist uns bekannt, Fürst.«

»Und wer befehligt diese Armee? Ist es diese ... Beschwörerin?«

»Nein. Den Oberbefehl über die Armee teilen sich zwei Männer. Caladan Bruth und Dujek Einarm.«

»Dujek – *Hohefaust Dujek Einarm?* Der Malazaner? Bei den Göttern hienieden, Itkovian! Wie lange wisst Ihr schon davon?«

Der Schild-Amboss räusperte sich. »Ein vorbereitender Kontakt wurde bereits vor einiger Zeit aufgenommen, Fürst. Auf magischen Wegen. Doch diese sind seither unpassierbar geworden –«

»Ja, ja, das weiß ich nur zu gut. Fahrt fort, verdammt.«

»Dass sich die Beschwörerin bei dieser Armee befindet, haben wir auch erst vor kurzem erfahren – von einem Knochenwerfer der Kron T'lan Imass –«

»Die Armee, Itkovian! Berichtet mir mehr von dieser Armee!«

»Dujek und seine Legionen sind von Imperatrix Laseen zu Ausgestoßenen erklärt worden. Sie agieren jetzt unabhängig. Seine Truppen sind ungefähr zehntausend Mann stark. Caladan Bruth hat ein paar kleinere Söldner-Kompanien unter seinem Kommando, dazu drei Barghast-Clans, die Rhivi und die Tiste Andii – insgesamt rund dreißigtausend Kämpfer.«

Fürst Jelarkans Augen waren weit aufgerissen. Itkovian sah zu, wie diese Informationen die Barrieren zerbrachen, die der Mann in seinem Innern errichtet hatte, wie ein ganzes Bündel Hoffnungen erblühte und dann rasch wieder verwelkte.

»Oberflächlich betrachtet«, sagte der Schild-Amboss ruhig, »scheint all das, was ich Euch erzählt habe, von lebenswichtiger Bedeutung zu sein. Doch es ist – und ich sehe, dass Ihr das jetzt ebenfalls begreift – in Wahrheit völlig bedeutungslos. Fünf Wochen, Fürst. Überlasst es ihnen, Rache zu nehmen, wenn Ihr wollt, denn das ist alles, was sie vielleicht schaffen werden. Doch selbst das –«

»Sind das Brukhalians Schlussfolgerungen oder Eure?«

»Sowohl als auch, wie ich bedauerlicherweise sagen muss.«

»Ihr Narren«, stieß der junge Mann mit krächzender Stimme hervor. »Ihr verfluchten Narren, beim Vermummten!«

»Herr, wir können den Pannioniern nicht fünf Wochen lang standhalten.«

»Das weiß ich, verdammt! Aber die Frage ist doch: Warum versuchen wir es überhaupt?«

Itkovian runzelte die Stirn. »Herr, aber so lautet unser Kontrakt – die Stadt zu verteidigen –«

»Idiot – was kümmert mich Euer verdammter Kontrakt? Ihr seid bereits zu dem Schluss gekommen, dass Ihr so oder so scheitern werdet. *Meine* Sorge gilt dem Überleben meines Volkes. Diese Armee nähert sich von Westen her? Ja, so muss es sein. Sie marschiert am Fluss entlang –«

»Wir können keinen Ausbruchsversuch wagen, Fürst. Wir würden ausgelöscht werden.«

»Wir konzentrieren alle Kräfte im Westen. Ein rascher Ausfall, der sich in eine Massenflucht verwandelt. Schild-Amboss –«

»Wir würden niedergemetzelt werden«, unterbrach ihn Itkovian. »Herr, wir haben uns das auch schon überlegt. *Es wird nicht funktionieren.* Die Reiterei des Septarchen wird uns umzingeln und zum Anhalten zwingen. Dann werden die Bekliten und Tenescowri kommen. Wir werden eine gut zu verteidigende Position für eine aufgegeben haben, die nicht zu halten ist. Binnen eines einzigen Glockenschlags wäre alles vorbei.«

Fürst Jelarkan starrte den Schild-Amboss mit unverhohlener Verachtung, ja, mehr noch, voller Hass an. »Setzt Brukhalian über Folgendes in Kenntnis«, krächzte er. »In Zukunft ist es nicht Aufgabe der Grauen Schwerter, dem Fürsten das Denken abzunehmen. Es ist auch nicht ihre Aufgabe, zu entscheiden, was er wissen muss und was nicht. Der Fürst muss über alles informiert werden, unabhängig davon, für wie wichtig Ihr die jeweiligen Dinge erachtet. Habt Ihr das verstanden, Schild-Amboss?«

»Ich werde Eure Worte präzise übermitteln, Fürst Jelarkan.«

»Ich darf wohl davon ausgehen«, fuhr der Fürst fort, »dass der Maskenrat eher noch weniger weiß, als ich es vor knapp einem Glockenschlag getan habe.«

»Diese Vermutung trifft zu, Herr. Die Interessen der Priester und –«

»Verschont mich mit Euren auswendig gelernten Meinungen, Itkovian. Guten Tag.«

Itkovian blickte dem Fürsten nach, als er auf den Ausgang des Innenhofs zuging, der Gang etwas zu steif, um königlich zu sein. *Und dennoch ist er auf seine Weise edel. Ihr habt mein Mitgefühl, werter Fürst, obwohl ich nicht wagen würde, es laut zu äußern. Ich bin der Wille des Todbringenden Schwerts. Meine eigenen Wünsche sind bedeutungslos.* Er schob die Woge bitteren Zorns beiseite, die bei diesen Gedanken in ihm aufstieg, und wandte sich wieder den beiden Barghast zu, die noch immer auf dem Teppich hockten.

Die Trance war gebrochen. Hetan und Cafal beugten sich jetzt über die Kohlenpfanne, von der weißer Rauch in spiraligen Wolken zum sonnigen Himmel aufstieg.

Itkovian war so überrascht, dass er noch einen Augenblick reglos stehen blieb, ehe er losstiefelte.

Als er näher kam, sah er, dass etwas auf die Kohlen in der Kohlenpfanne gelegt worden war. Rot gesprenkelt an den Rändern, flach und milchweiß im Innern. Ein frisches Schulterblatt, zu leicht, um von einem Bhederin zu stammen, doch dünner und länger als das eines Menschen. Vielleicht das Schulterblatt eines Hirschs oder einer Antilope. Die Barghast hatten mit einer Weissagung begonnen, wobei sie den Knochen benutzten, dem ihre Schamanen den Namen verdankten, unter dem sie bei ihren Stämmen bekannt waren.

Dann sind sie also tatsächlich mehr als nur Krieger. Ich hätte es mir denken können. Cafals Gesang im Knecht. Er ist ein Schultermann; und Hetan ist sein weibliches Gegenstück.

Er blieb am Rande des Teppichs stehen, etwas links von Cafal. In dem Schulterblatt zeigten sich die ersten Risse. Fett brodelte entlang der dicken Kante des Knochens, zischte und flammte auf wie ein Feuerring.

Die einfachste Weissagung war die Interpretation der Risse als Landkarte, ein Hilfsmittel, um leichter wilde Herden für die Jäger des Stammes zu finden. In diesem Fall hingegen, das wusste Itkovian genau, war die Zauberei weit komplizierter, waren die Risse mehr als nur eine Landkarte der irdischen Welt. Der Schild-Amboss blieb stumm, er versuchte, etwas von dem gemurmelten Gespräch zwischen Hetan und ihrem Bruder mitzubekommen.

Sie sprachen Barghast, eine Sprache, mit der Itkovian nur oberflächlich vertraut war. Und was noch merkwürdiger war: Das Gespräch schien unter drei Beteiligten abzulaufen, denn die Geschwister neigten die Köpfe oder nickten zu Antworten, die nur sie hören konnten.

Das Schulterblatt war mittlerweile ein Labyrinth aus Rissen und hatte sich stellenweise blau, beige und kalkweiß verfärbt. Nicht mehr lange, und es würde in sich zusammenfallen, wenn der Geist der Kreatur der überwältigenden Macht nachgeben würde, die durch seine schwindende Lebenskraft strömte.

Das unheimliche Gespräch verstummte. Während Cafal wieder in Trance fiel, lehnte Hetan sich zurück; sie blickte auf, und ihr Blick begegnete dem Itkovians. »Oh, Wolf, dein Anblick stimmt mich froh. Es hat Veränderungen auf der Welt gegeben. Überraschende Veränderungen.«

»Und, bereiten dir diese Veränderungen Freude, Hetan?«

Sie lächelte. »Würde es dir gefallen, wenn es so wäre?«

Überschreite ich diesen Abgrund? »Diese Möglichkeit existiert.«

Die Frau lachte und stand langsam auf. Sie ächzte leise, als sie ihre Arme und Beine streckte. »Die Geister sollen mich holen, was tun mir die Knochen weh. Meine Muskeln schreien nach sanften Händen.«

»Es gibt Lockerungsübungen –«

»Als ob ich das nicht wüsste, Wolf. Machst du ein paar mit mir zusammen?«

»Was hast du für Neuigkeiten, Hetan?«

Sie lächelte, die Hände in die Hüften gestemmt. »Beim Abgrund«, sagte sie gedehnt, »was bist du ungeschickt. Sei nett zu mir und erfahre alle meine Geheimnisse – ist das die Aufgabe, die man dir gegeben hat? Eigentlich solltest du dieses Spiels allmählich müde sein. Vor allem, wenn es um mich geht.«

»Vielleicht hast du Recht«, sagte er, richtete sich seinerseits auf und wandte sich ab.

»Halt, Mann!«, lachte Hetan. »Willst du davonrennen wie ein Hase? Und ich habe dich Wolf genannt! Ich sollte mir einen anderen Namen ausdenken.«

»Das steht dir frei«, erwiderte er über die Schulter, während er davonging.

Noch einmal ertönte hinter ihm ihr Lachen. »Ah, das ist ein Spiel, das mir gefällt! Dann geh, mein lieber Hase! Meine schwer zu erwischende Beute, hah!«

Itkovian betrat wieder das Hauptquartier und ging den Korridor hinunter, der sich an der äußeren Mauer entlangzog, bis er zum Aufgang in den Turm kam. Seine Rüstung schepperte, als er die steilen Steinstufen hinaufstieg. Er versuchte, Bilder von Hetan aus seinen Gedanken zu vertreiben, ihr lachendes Gesicht, ihre hellen, tanzenden Augen, die Rinnsale aus Schweiß, die über ihre mit Asche bedeckte Stirn rannen, die Art, wie sie dagestanden hatte, den Rücken durchgebogen, die Brüste auf provozierende, einladende Weise vorgestreckt. Er verabscheute das Wiederaufflackern lang begrabener Wünsche, die ihm jetzt zusetzten. Seine Schwüre zerbröckelten, all seine Gebete zu Fener wurden mit Schweigen beantwortet, als wären dem Gott die Opfer gleichgültig, die Itkovian seinetwillen gebracht hatte.

Und vielleicht ist das die endgültige, vernichtende Wahrheit. Die Götter kümmert es nicht, ob sich die Sterblichen irgendeine Askese auferlegen. Und sie kümmern sich genauso wenig um Benimmregeln oder die doppelte Moral von Tempelpriestern und Mönchen. Stattdessen lachen sie vielleicht über die Ketten, mit denen wir uns selbst fesseln – über unser niemals endendes, unersättliches Bedürfnis, Fehler in den Ansprüchen zu finden, die das Leben an uns stellt. Vielleicht lachen sie uns aber auch gar nicht aus, sondern sind wütend auf uns. Vielleicht ist unsere Weigerung, das Leben zu genießen, für jene, die wir anbeten und denen wir dienen, die größte Beleidigung.

Er erreichte die Waffenkammer am oberen Ende der Wendeltreppe, nickte den beiden Soldaten, die hier auf Posten standen, abwesend zu und stieg dann weiter die Leiter hinauf, die zur Plattform auf dem Dach führte.

Der Destriant war bereits dort. Karnadas musterte Itkovian, als der Schild-Amboss zu ihm trat. »Ihr wirkt besorgt, mein Herr.«

»Das stimmt, ich will es nicht leugnen. Ich hatte gerade eine Unterredung mit Fürst Jelarkan, die mit seinem Missfallen geendet hat. Anschließend habe ich mit Hetan gesprochen. Destriant, mein Glaube ist bedroht.«

»Ihr stellt Eure Eide in Frage?«

»Ja, das tue ich, mein Herr. Ich muss zugeben, dass ich ihre Richtigkeit in Zweifel ziehe.«

»Habt Ihr denn geglaubt, Schild-Amboss, Eure Benimmregeln wären dazu da, Fener zu beschwichtigen?«

Itkovian runzelte die Stirn, während er gegen die Schartenbacke gelehnt das in Rauch gehüllte feindliche Lager betrachtete. »Nun, ja –«

»Dann habt Ihr mit einem Missverständnis gelebt, mein Herr.«

»Erklärt Euch bitte.«

»Natürlich. Ihr habt das Bedürfnis verspürt, Euch selbst Fesseln anzulegen, ein Bedürfnis, Eurer Seele die Verengung aufzuerlegen, die von Euren Eiden definiert wird. Mit anderen Worten, Itkovian, Eure Eide beruhen auf dem Gespräch mit Euch selbst – nicht auf dem mit Fener. Die Fesseln liegen nur in Euch selbst, genau wie Ihr im Besitz des Schlüssels seid, mit dem Ihr sie öffnen könnt, wenn Ihr sie nicht mehr benötigt.«

»Wenn ich sie nicht mehr benötige?«

»Ja. Wenn Euer Glaube nicht mehr durch all das bedroht wird, was zum Leben gehört.«

»Ihr wollt also sagen, dass ich gar keine Glaubenskrise habe, sondern nur eine Krise mit meinen Eiden. Dass ich den Unterschied verwischt habe.«

»Genau das, Schild-Amboss.«

»Destriant«, sagte Itkovian, den Blick noch immer auf das Lager der Pannionier gerichtet, »Eure Worte laden zu einer Flut fleischlicher Gelüste ein.«

Der Hohepriester brach in schallendes Gelächter aus. »Und hoffentlich auch zu einem drastischen Zusammenbruch Eurer missmutigen Stimmung!«

Itkovians Mundwinkel zuckten. »Jetzt sprecht Ihr von Wundern, mein Herr.«

»Ich hoffe –«

»Still.« Der Schild-Amboss hob eine behandschuhte Hand. »Unter den Bekliten kommt Bewegung auf.«

Karnadas trat zu ihm, plötzlich wieder vollkommen ernst.

»Und da«, sagte Itkovian und deutete in die Richtung, die er meinte, »Urdomen. Und an ihren Flanken Scalandi. Domänenser bewegen sich zu den Befehlspositionen.«

»Sie werden zuerst die Schanzen angreifen«, prophezeite der Destriant. »Die hoch gerühmten Gidrath des Maskenrates in ihren Festungen. Das könnte uns ein wenig Zeit verschaffen –«

»Holt mir ein paar Boten, mein Herr. Alarmiert die Offiziere. Und gebt dem Fürsten Bescheid.«

»Jawohl, Schild-Amboss. Werdet Ihr hier bleiben?«

Itkovian nickte. »Dies ist ein geeigneter Aussichtspunkt. Und jetzt geht, mein Herr.«

Auf dem Todesstreifen zogen sich Beklitentruppen rings um die Festung der Gidrath zusammen. Speerspitzen glänzten im Sonnenlicht.

Nun, da er allein war, kniff Itkovian die Augen ein wenig zusammen, während er sich die Vorbereitungen anschaute. »Ah, ja, es hat angefangen.«

Die Straßen von Capustan waren still; sie lagen praktisch menschenleer unter einem wolkenlosen Himmel, während Grantl die Calmanark-Gasse entlangging. Er kam zu der geschwungenen Mauer der abgeschlossenen Trutz, die als Uldan bekannt war, stapfte durch den Abfall, der eine Treppe bedeckte, die unter das Niveau der Straße führte, und hämmerte mit der Faust gegen die dicke Tür, die in die Grundmauern eingelassen war.

Nach einem Augenblick öffnete sie sich knarrend.

Grantl trat durch die Öffnung und gelangte in einen engen Korridor, dessen Fußboden schräg nach oben führte und in zwanzig Schritt Entfernung – wieder auf Oberflächenniveau – in einen kreisrunden, großen Innenhof mündete, in den helles Sonnenlicht fiel.

Buke schloss die schwere Tür hinter sich und ließ den wuchtigen Querbalken mühsam zurück in die Nut sinken. Dann drehte sich der dürre, grauhaarige Mann zu Grantl um. »Das ging ja schnell. Und?«

»Was glaubst du denn?«, erwiderte der Karawanenführer grollend. »Es hat Bewegung gegeben. Die Pannionier formieren sich. Boten reiten hierhin und dorthin –«

»Auf welcher Mauer warst du?«

»Auf der Nordmauer, auf dieser Seite vom Lestar-Haus … als ob das eine Rolle spielen würde. Und was ist mit dir? Ich habe vorhin vergessen zu fragen. Ist der Bastard letzte Nacht wieder auf den Straßen auf Jagd gegangen?«

»Nein. Ich habe dir doch gesagt, dass die Bewohner der Trutzen helfen. Ich nehme an, er versucht noch immer rauszukriegen, warum er vorletzte Nacht mit leeren Händen nach Hause gekommen ist – das hat ihn verunsichert, und zwar so sehr, dass es Bauchelain aufgefallen ist.«

»Das sind keine guten Neuigkeiten. Er wird Nachforschungen anstellen, Buke.«

»Klar. Aber ich habe doch gesagt, dass das Ganze nicht ungefährlich sein würde, oder?«

Na klar, zu versuchen, einen wahnsinnigen Mörder daran zu hindern, weitere Opfer zu finden – ohne dass er es bemerkt – und das Ganze am Vorabend einer Belagerung … Der Abgrund soll dich holen, Buke, in was ziehst du mich da rein? Grantl blickte die Rampe hinauf. »Sie helfen dir, hast du gesagt. Wie kommen deine neuen Freunde denn damit klar?«

Der alte Mann zuckte die Schultern. »Korbal Broach bevorzugt gesunde Organe, wenn er für seine Experimente sammelt. Es sind ihre Kinder, die in Gefahr sind.«

»Aber sie wären weniger gefährdet, wenn sie von dem Problem nichts erfahren hätten.«

»Das wissen sie.«

»Hast du Kinder gesagt?«

»Ja, es streunen die ganze Zeit mindestens vier von den kleinen Beobachtern um das Haus herum. Es gibt hier so viele obdachlose Bälger, dass sie sich leicht unter sie mischen können. Sie schauen auch immer mal wieder nach oben –« Er unterbrach sich abrupt, und in seinem Blick lag plötzlich etwas merkwürdig Verstohlenes.

Der Mann hatte ein Geheimnis, das war Grantl mittlerweile klar. »Nach oben? Warum?«

»Oh, äh, nur für den Fall, dass Korbal Broach es über die Dächer versucht.«

In einer Stadt mit weit auseinander liegenden Kuppeldächern?

»Was ich sagen wollte«, fuhr Buke fort, »ist, dass das Haus die ganze Zeit beobachtet wird. Zum Glück hockt Bauchelain noch im Keller, den er in eine Art Laboratorium verwandelt hat. Er verlässt das Haus niemals. Und Korbal schläft tagsüber. Grantl, was ich vorhin gesagt habe –«

Grantl unterbrach ihn mit einer raschen Handbewegung. »Hör doch!«, sagte er.

Die beiden Männer standen einen Augenblick völlig reglos da.

Entferntes Donnergrollen unter ihren Füßen, ein langsam anschwellendes Gebrüll von jenseits der Stadtmauern.

Buke, der plötzlich kreidebleich war, fluchte und fragte: »Wo ist Stonny? Und versuch mir bloß nicht weiszumachen, du wüsstest es nicht.«

»Am Hafenstraßentor. Fünf Trupps Graue Schwerter, eine Kompanie Gidrath, vielleicht ein Dutzend Lestari-Wachen –«

»Dort ist es am lautesten –«

Grantl runzelte die Stirn. »Sie ist davon ausgegangen, dass es an dem Tor losgehen würde. Das dumme Weib«, brummte er.

Buke trat ganz dicht an ihn heran und packte ihn am Arm. »Warum, im Namen des Vermummten«, zischte er, »stehst du dann noch hier herum? Der Angriff hat begonnen, und Stonny hat dafür gesorgt, dass sie mitten im dicksten Schlamassel steckt.«

Grantl schüttelte den Arm ab. »Sing mir was vom Abgrund, alter Mann. Die Frau ist erwachsen, weißt du – ich habe es ihr gesagt – *ich habe es euch beiden gesagt!* Dieser Krieg geht mich nichts an!«

»Das wird die Tenescowri nicht daran hindern, dir den Kopf abzuhacken und dich in den Kochtopf zu stecken!«

Schnaubend stieß Grantl Buke zur Seite, so dass der Weg zur Tür frei war. Er packte den beschwerten Riegel mit der Rechten, riss ihn mit einer schwungvollen Bewegung aus der Nut und ließ ihn zu Boden fallen. Ein schepperndes Geräusch dröhnte durch den Korridor. Grantl zog die Tür auf und duckte sich, um auf die Treppe hinauszutreten.

Sobald er das Niveau der Straße erreichte und auf die Gasse hinaustrat, verwandelte sich der Lärm des Angriffs in ein donnerndes Getöse. Außer dem gedämpften Klirren von Waffen waren Schreie, gebrüllte Befehle und jenes unbestimmbare, stotternde Rascheln zu hören, das von Tausenden von gerüsteten Leibern verursacht wurde, die in Bewegung waren – vor den Wällen, auf den Brustwehren, beiderseits des Tores … das, wie er wusste, schon bald unter den Stößen der Rammböcke ächzen würde.

Endlich hatten die Belagerer ihre Klingen gezogen. Das Warten hatte ein Ende.

Und sie werden nicht halten, diese Mauern. Genauso wenig wie die Tore. Wenn der Abend hereinbricht, wird alles vorbei sein. Er überlegte kurz, ob er sich betrinken sollte, und die vertraute Vorstellung tröstete ihn einen Augenblick.

Eine Bewegung über ihm ließ ihn aufblicken. Von Westen her sah er ein halbes Hundert Feuerbälle in großem Bogen heranfliegen, die feurige Spuren am Himmel hinterließen. Überall loderten Flammen auf, als die Geschosse sowohl in Sichtweite als auch weiter entfernt unter donnernden Einschlägen auf Straßen und Gebäude herabregneten.

Er drehte sich um und sah eine zweite Salve, die von Norden herangeflogen kam; eines der Geschosse wurde größer als die anderen. Es wurde immer noch größer – eine lodernde Sonne, die genau auf ihn zukam.

Mit einem Fluch warf sich Grantl den Treppenschacht hinunter.

Die teerige Masse schlug auf die Straße, prallte in einem Feuersturm wieder hoch und krachte keine zehn Schritt seitlich des Treppenschachts gegen die geschwungene Mauer der Trutz.

Der steinerne Kern durchbrach die Mauer, zog die Flammen hinter sich her.

Trümmerstücke hagelten auf die brennende Straße herab.

Zerschlagen und halb taub krabbelte Grantl aus dem Treppenschacht. Schreie drangen aus dem Innern der Uldan-Trutz. Aus dem Loch in der Mauer quollen dicke Rauchwolken. *Die verdammten Dinger sind die reinsten Mausefallen, wenn's zu brennen anfängt.* Er drehte sich um, als die Tür am Fuß des Treppenschachts knirschend aufschwang. Buke tauchte im Türrahmen auf, zog eine bewusstlose Frau ins Freie.

»Wie schlimm ist es?«, brüllte Grantl.

Buke blickte auf. »Bist du immer noch hier? Wir sind in Ordnung. Das Feuer ist fast aus. Verschwinde von hier – lauf und versteck dich irgendwo.«

»Gute Idee«, knurrte er.

Rauch verhüllte den Himmel, stieg in schwarzen Säulen aus der ganzen östlichen Hälfte Capustans auf und verwandelte sich in eine Dunstglocke, als der Wind ihn nach Westen trieb. Im Daru-Viertel waren Flammen zu sehen, dort brannten Tempel und Mietskasernen. Da Grantl zu dem Schluss gekommen war, dass er in der Nähe der Mauern vor den brennenden Geschossen am sichersten wäre, marschierte er die Straße in östlicher Richtung entlang. *Es ist nur Zufall, dass Stonny auch irgendwo da vorne ist, am Hafenstraßentor. Sie hat ihre Entscheidung getroffen.*

Es ist nicht unser Kampf, verdammt noch mal. Wenn ich unbedingt Soldat hätte werden wollen, wäre ich in irgendeine verdammte Armee eingetreten, beim Vermummten. Der Abgrund soll sie alle verschlingen –

Eine weitere Salve von den weit entfernten Katapulten schlug Schneisen durch den Rauch. Er ging etwas schneller, doch die Feuerbälle waren schon über ihn hinweggezischt; sie senkten sich auf das Zentrum der Stadt nieder und landeten in einem trommelnden Stakkato. *Wenn die so weitermachen, werde ich höchstwahrscheinlich wahnsinnig.* Vor ihm rannten Gestalten durch den Rauch. Das Geräusch aufeinander prallender Waffen wurde lauter, wie Wellen, die an einen Kiesstrand brandeten. *Na schön. Ich suche jetzt einfach das Tor und hole das Schätzchen da raus. Wird nicht lange dauern. Beim Vermummten, wenn sie sich weigert, schlage ich sie bewusstlos. Wir werden irgendeine Möglichkeit finden, hier rauszukommen, und das war's dann.*

Er näherte sich der Rückseite der Marktbuden, die auf die Innere Hafenstraße hinausgingen. Die Gässchen zwischen den klapprigen Buden waren eng und knietief mit Unrat übersät. Die Straße dahinter war hinter einer Rauchwand verborgen. Nachdem er sich einen Weg durch den Müll freigetreten hatte, erreichte Grantl die Straße. Das Tor befand sich zu seiner Linken, war kaum zu erkennen. Die gewaltigen Torflügel waren zerschmettert, der Durchgang mit Leichen übersät. Aus den Schießscharten der gedrungenen Türme, die die Öffnung flankierten und deren geschwärzte Seiten mit hellen Kratzern übersät waren – Spuren von unzähligen Pfeilen, Armbrust- und Ballistenbolzen –, drang Qualm, begleitet von Schreien und Schwertgeklirr. Auf den Plattformen der Mauer zu beiden Seiten erkämpften sich Soldaten in der Uniform der Grauen Schwerter Zugang zu den oberen Stockwerken der Türme.

Von rechts näherten sich trampelnde Schritte. Ein halbes Dutzend Trupps Grauer Schwerter tauchte aus dem Qualm auf, die beiden vordersten Reihen mit Schwert und Schild, die beiden hinteren mit gespannten Armbrüsten. Sie überquerten genau vor dem Karawanenführer die Straße und bezogen hinter dem Leichenberg im Tordurchgang Stellung.

Ein launischer Wind verjagte rechts von Grantl den Rauch aus der Straße, ließ noch mehr Leichen sichtbar werden – Capanthall, Lestari und pannionische Betakliten, die ganze Straße entlang, bis zu einer verbarrikadierten Kreuzung in sechzig Schritt Entfernung, wo sich die toten Soldaten zu einem weiteren Haufen auftürmten.

Grantl rannte zu den Grauen Schwertern hinüber. Da er keinen Offizier ausmachen konnte, wandte er sich an die Armbrust-Schützin, die ihm am nächsten war. »Wie sieht's aus, Soldatin?«

Sie blickte ihn kurz an; ihr Gesicht war eine ausdruckslose, rußbedeckte Maske, und überrascht stellte er fest, dass sie eine Capan war. »Wir säubern die Türme. Die Truppen, die den Ausfall gemacht haben, müssten bald zurück sein – wir lassen sie durch und halten dann den Durchgang.«

Er starrte sie an. *Einen Ausfall? Bei den Göttern, sie sind vollkommen verrückt geworden!* »Ihr haltet ihn, sagst du?« Er starrte den bogenförmigen Durchgang an. »Und wie lange?«

Sie zuckte die Schultern. »Die Sappeure mit ihren Arbeitsgruppen sind schon unterwegs. In ein oder zwei Glockenschlägen haben wir ein neues Tor.«

»Wie viele Durchbrüche? Was ist verloren?«

»Ich weiß es nicht, Bürger.«

»He, ihr da drüben, lasst das Geschwätz«, rief eine männliche Stimme. »Und schafft den Zivilisten hier weg –«

»Bewegung voraus!«, rief ein anderer Soldat.

Armbrüste wurden bereit gemacht und auf den Schultern der knieenden Schwertträger abgestützt.

Irgendjemand rief von außerhalb des Durchgangs: »Lestari-Truppen – nicht schießen! Wir kommen rein!«

Die Grauen Schwerter schienen sich dennoch nicht zu entspannen. Einen Augenblick später kamen die ersten der Männer, die den Ausfall gewagt hatten, in Sicht. Die schwer gerüsteten Fußsoldaten waren verletzt und zerschlagen; sie trugen ihre schwerer verwundeten Kameraden und forderten die Grauen Schwerter auf, ihnen eine Gasse frei zu machen.

Die wartenden Trupps teilten sich und bildeten einen Korridor.

Jeder der ersten dreißig Lestari, der vorbeikam, schleppte einen verwundeten Kameraden. Grantl hörte Kampfgeräusche von jenseits des Durchgangs. Sie kamen näher. Es gab anscheinend eine Nachhut, die diejenigen schützte, die die Verwundeten trugen, und der Druck auf sie nahm zu.

»Gegenangriff!«, brüllte jemand, »Scalandi-Plänkler –«

Ein Horn ertönte hoch oben auf der Mauer rechts des südlichen Turms.

Das Getöse auf dem Todesstreifen jenseits des Durchgangs wurde lauter. Die Pflastersteine unter Grantls Füßen zitterten. *Scalandi. Sie greifen in Legionen von mindestens fünftausend Mann an …*

Reihen Grauer Schwerter nahmen ein Stück weiter die Innere Hafenstraße hinunter Aufstellung – Schwertkämpfer, Armbrust- und Bogenschützen der Capanthall, die alle zusammen eine Rückzugslinie bildeten. Hinter ihnen sammelte sich eine noch größere Kompanie, die über Ballisten, Tribocke und Schleuderer verfügte – letztere mit dampfenden Eimern voll kochend heißem Kies.

Die Nachhut kam in den Durchgang gestolpert. Speere zischten zwischen ihnen hindurch, prallten von Rüstungen und Schilden ab, und nur einer fand sein Ziel, ließ einen Soldaten mit dem Schaft im Nacken zu Boden sinken. Die ersten pannionischen Scalandi tauchten auf, geschmeidig, mit Lederhemden und Lederhelmen; sie schwenkten Speere und irgendwo aufgelesene Schwerter, und ein paar wenige hatten auch aus Weidenruten geflochtene Schilde. Sie drängten gegen die zurückweichende Linie der schweren Lestari-Infanterie, starben einer nach dem anderen, doch es kamen immer mehr, und alle stießen ein schrilles Kriegsgeschrei aus.

»Rückzug! Rückzug!«

Der gebrüllte Befehl zeigte unverzüglich Wirkung – die Lestari-Nachhut löste sich schlagartig aus dem Kampf, drehte sich um und rannte den Korridor entlang; sie ließen ihre Gefallenen zurück, die von den Scalandi gepackt und zurück in den Durchgang davongeschleift wurden. Dann quollen die Plänkler durch das Tor.

Die erste Reihe der Grauen Schwerter formierte sich neu, kaum dass die Lestari an ihnen vorbei waren. Armbrüste schnalzten. Dutzende von Scalandi fielen, und ihre zuckenden Leiber behinderten die nachfolgenden Angreifer. Grantl schaute zu, wie die Grauen Schwerter ruhig nachluden.

Ein paar aus der vordersten Reihe der Plänkler erreichten die Schwertkämpfer der Söldnertruppe und wurden allesamt niedergehauen.

Eine zweite Welle drängte sich an ihren gefallenen Kameraden vorbei, brandete auf die Verteidiger zu.

Sie starben unter einer weiteren Salve Armbrustbolzen. Der Durchgang begann sich allmählich mit Leichen zu füllen. Die nächste Gruppe Scalandi, die auftauchte, war unbewaffnet. Während die Grauen Schwerter erneut ihre Armbrüste nachluden, begannen die Plänkler damit, ihre Toten und Sterbenden durch den Durchgang nach draußen zu ziehen.

Die Tür zum Turm auf der linken Seite sprang auf, was Grantl überrascht zusammenzucken ließ. Er wirbelte herum – die Hände an den Griffen seiner Gadrobi-Macheten – und sah ein halbes Dutzend

Capanthall aus dem Eingang taumeln; sie keuchten und husteten und waren blutverschmiert. Unter ihnen war auch Stonny Menackis.

Ihr Rapier war zwei Handbreit unterhalb der Spitze abgebrochen; der noch verbliebene Rest der Klinge war – einschließlich der Parierstange – dick mit Blut und anderen Dingen verschmiert, genau wie ihre behandschuhte Hand und ihr gepanzerter Unterarm. Etwas Schmieriges, das lange Fäden zog, klebte an der schmalen Klinge des Dolchs in ihrer Linken, von dem braune Soße troff. Ihre teure Lederrüstung hing in Fetzen, wobei ein diagonal geführter Hieb auch durch das wattierte Hemd gedrungen war, das sie darunter trug. Die Lederrüstung und das Hemd hingen in Streifen herunter, so dass ihre bloße rechte Brust zu sehen war, deren weiche, weiße Haut Druckstellen wie von einer Hand aufwies.

Zunächst sah sie ihn nicht. Ihr Blick war auf den Durchgang gerichtet, wo gerade der letzte Leichnam beiseite geschafft worden war und durch den nun die nächste Woge Scalandi quoll. Die vordersten Reihen fielen den Armbrustbolzen zum Opfer, genau wie zuvor, doch die überlebenden Angreifer kamen nun auf die Verteidiger zugerannt – ein entfesselter, kreischender Mob.

Die vier Reihen tief gestaffelt stehender Grauer Schwerter teilten sich einmal mehr, wirbelten herum und rannten davon, auf das jeweils nächste Seitengässchen rechts und links der Hafenstraße zu, wo die Bogenschützen der Capanthall standen und darauf warteten, freie Schussbahn auf die Scalandi zu bekommen.

Stonny bellte ihren Kameraden einen Befehl zu, und der kleine Trupp wich parallel zur Mauer wieder zurück. Dann erblickte sie Grantl.

Ihre Blicke bohrten sich ineinander.

»Komm hier rüber, du Ochse!«, zischte sie.

Grantl rannte zu ihnen hinüber. »Bei den Eiern des Vermummten, Mädchen, was –«

»Na was wohl! Sie sind über uns hinweggefegt, durch das Tor, die Türme hoch, über die verdammten Mauern.« Ihr Kopf zuckte zurück, als hätte sie gerade einen unsichtbaren Hieb abbekommen. Eine merkwürdige Ruhe lag plötzlich in ihrem Blick. »Wir haben um jeden Raum gekämpft. Mann gegen Mann. Ein Domänenser hat mich zu fassen gekriegt –« Ein erneutes Zucken durchlief ihren Körper. »Aber der Schweinehund hat mich am Leben gelassen. Also hab ich ihn gesucht und zur Strecke gebracht. Komm, gehen wir!« Sie fuchtelte mit ihrem linkshändig geführten Dolch vor Grantl in der Luft herum, als sie weitereilten, besprühte seine Brust und sein Gesicht mit Gallenflüssigkeit und wässriger Scheiße. »Ich habe ihm das Innerste nach außen gekehrt, und verdammt will ich sein, wenn er nicht gebettelt hat.« Sie spuckte aus. »Aber mir hatte das auch nichts genützt – wieso sollte es ihm dann was nützen? Was für ein Idiot! Was für ein erbärmlicher, winselnder …«

Grantl, der hinter ihr herrannte, brauchte ein paar Herzschläge, bis er begriff, was sie da sagte. *Oh, Stonny …*

Ihre Schritte wurden plötzlich langsamer, ihr Gesicht blass. Sie drehte sich um und sah ihn voller Entsetzen an. »Das hier sollte doch ein Kampf sein. Ein Krieg. Dieser Schweinehund –« Sie lehnte sich gegen die Mauer. *»Oh, ihr Götter!«*

Die anderen rannten weiter, zu benommen, um zu bemerken, dass einer von ihnen stehen geblieben war – oder vielleicht auch schon zu abgestumpft, um sich darum zu kümmern.

Grantl trat zu ihr. »Du hast ihm das Innerste nach außen gekehrt, wie?«, fragte er sanft, wagte jedoch nicht, die Hand auszustrecken und sie zu berühren.

Stonny nickte, die Augen fest zugekniffen; sie atmete in rasselnden, keuchenden Zügen.

»Hast du mir ein bisschen was von ihm übrig gelassen, Schätzchen?«

Sie schüttelte den Kopf.

»Schade. Aber egal, ein Domänenser ist so gut wie der andere.«

Stonny trat einen Schritt vor, drückte ihr Gesicht an seine Schulter. Er schlang die Arme um sie. »Komm, machen wir, dass wir hier wegkommen, Schätzchen«, murmelte er. »Ich habe ein sauberes Zimmer, mit einer Waschschüssel und einem Ofen und einem Krug voller Wasser. Es ist nicht allzu weit von der Nordmauer entfernt und daher sicher; es liegt am Ende eines Korridors, und es gibt nur einen Weg hinein. Ich stelle mich vor die Tür, Stonny, so lange du willst. Niemand wird an mir vorbeikommen. Das verspreche ich dir.« Er spürte, wie sie nickte, und umfasste sie etwas tiefer, um sie hochzuheben.

»Ich kann laufen.«

»Na klar, aber die Frage ist, ob du das auch *willst*, Schätzchen?«

Nach einem langen Augenblick schüttelte sie den Kopf.

Grantl hob sie mühelos hoch. »Mach ein Nickerchen, wenn du willst«, sagte er. »Bei mir bist du sicher.«

Er stieß sich von der Mauer ab und setzte sich in Bewegung. Stonny kauerte sich in seinen Armen zusammen, presste ihr Gesicht gegen seine Tunika, und der grobe Stoff wurde an dieser Stelle immer feuchter.

Hinter ihnen starben die Scalandi zu Hunderten; die Grauen Schwerter und die Capanthall richteten ein wahres Gemetzel unter ihnen an.

Er wollte dort hinten sein. In der ersten Reihe. Ein Leben nach dem anderen auslöschen.

Ein Domänenser war nicht genug. Tausend würden nicht genug sein.

Später.

Er fühlte, wie er innerlich kälter wurde, als hätte sein Blut sich verändert, wäre nun etwas anderes, das in einem unerbittlichen Kreislauf durch seine Adern floss und seine Muskeln mit einer merkwürdigen, nicht nachlassenden Kraft versorgte. So etwas hatte er noch nie gespürt, doch er war über den Punkt hinaus, an dem er darüber nachgedacht hätte. Es gab keine Worte dafür.

Ebenso wenig – das sollte er bald entdecken –, wie es Worte für das gab, was aus ihm werden und was er tun würde.

Die Vernichtung der K'Chain Che'Malle durch die Kron T'lan Imass und die untoten Ay hatte den Septarchen und seine Streitkräfte in Unordnung gebracht, genau wie Brukhalian es vorausgesagt hatte. Die daraus resultierende Verwirrung und Unbeweglichkeit hatten Schild-Amboss Itkovian ein paar weitere Tage für seine Vorbereitungen auf die bevorstehende Belagerung beschert. Jetzt jedoch war die Zeit der Vorbereitungen vorbei, und es oblag Itkovian, sich als Befehlshaber um die Verteidigung der Stadt zu kümmern.

Es würden keine T'lan Imass und keine T'lan Ay zu ihrer Rettung kommen. *Und es wird auch keine Armee auftauchen und uns retten, wenn gerade das letzte Sandkörnchen durch das Stundenglas rinnt.* Capustan war ganz auf sich allein gestellt.

Und so soll es denn sein. Angst, Qual und Verzweiflung.

Nachdem Destriant Karnadas gegangen war und die Boten hektisch hin und her zu schwirren begannen, hatte Itkovian von seiner Position auf dem höchsten Turm der Mauer hinter den Truppenunterkünften aus die erste gleichzeitige Bewegung feindlicher Truppen im Osten und Südosten und das rumpelnde Auftauchen von Belagerungsmaschinen beobachtet. Bekliten und die schwerer gerüsteten Betakliten stellten sich gegenüber dem Hafentor auf, hinter ihnen und zu ihren Seiten wimmelten Massen von Scalandi. Stoßtrupps aus Domänensern sammelten sich, hin und her huschende Desandi – Sappeure – brachten noch mehr Belagerungsmaschinen in Stellung. Und in riesigen, entlang des Flussufers und der Meeresküste weit auseinander gezogenen Lagern warteten die brodelnden Massen der Tenescowri.

Er hatte den Angriff auf die vorgezogene Ostschanze der Gidrath beobachtet, die bereits isoliert und vollkommen von den Feinden eingeschlossen war; hatte zugesehen, wie die schmale Tür eingeschlagen worden war und die Bekliten sich in den Eingang gedrängt hatten, drei Schritte, zwei Schritte, einer – und dann Stillstand, und Augenblicke später ein Schritt zurück, dann noch einer. Leichen wurden beiseite gezogen. Immer mehr Leichen. Die Gidrath – die Elitetruppen des Maskenrats – hatten gezeigt, wie diszipliniert und entschlossen sie waren. Sie hatten die Eindringlinge hinausgedrängt und an Stelle der Tür eine neue Barrikade errichtet.

Die Bekliten draußen waren einige Zeit unschlüssig gewesen, dann hatten sie es erneut versucht.

Der Kampf ging den ganzen Nachmittag weiter, doch jedes Mal, wenn Itkovian seine Aufmerksamkeit von anderen Geschehnissen abwandte, sah er, dass die Gidrath die Schanze immer noch hielten. Und die Feinde dutzendweise töteten. *Sie drehen den Stachel in der Flanke des Septarchen.*

Schließlich, als sich schon die Abenddämmerung herabsenkte, wurden Belagerungsmaschinen herangerollt. Große Felsbrocken wurden gegen die Mauern der kleinen Festung geschleudert. Das hämmernde Dröhnen dauerte auch dann noch an, als das letzte Tageslicht verblasste.

Über dieses unbedeutende Drama hinaus hatte der Angriff auf die Stadtmauern an allen Seiten begonnen. Die Attacke im Norden erwies sich als Finte, schlecht ausgeführt und daher schnell als bedeutungslos erkannt. Boten berichteten dem Schild-Amboss, dass eine ähnlich halbherzige Attacke an der Westmauer stattfand.

Die eigentlichen Angriffe galten der Süd- und der Ostmauer, konzentrierten sich dort auf die jeweiligen Tore. Itkovian, der sich genau zwischen diesen beiden Punkten befand, konnte die Verteidigungsmaßnahmen an beiden Stellen beobachten. Er war auch für die Feinde klar und deutlich zu erkennen, und mehr als ein Geschoss war in seine Richtung geschickt worden, doch nur die wenigsten waren ihm auch nur nahe gekommen. Heute war der erste Tag. In den kommenden Tagen würden die Feinde ihre Reichweite und ihre Zielgenauigkeit verbessern. In nicht allzu ferner Zukunft würde er seinen Aussichtspunkt vielleicht aufgeben müssen. Doch bis es so weit war, würde er durch seine Gegenwart die Angreifer verspotten.

Als die Bekliten und Betakliten auf die Mauern zustürmten – und mit ihnen auch die mit Leitern bewaffneten Desandi –, befahl Itkovian Abwehrfeuer von den Mauern und Tortürmen. Das nachfolgende Gemetzel war entsetzlich. Die Angreifer hatten sich nicht die Mühe gemacht, eine Schildkrötenformation einzunehmen oder sich andere Formen der Deckung zu überlegen, und daher starben sie in erschreckenden Scharen.

Doch ihre Anzahl war so groß, dass sie die Tore trotzdem erreichten, Sturmböcke einsetzten und Breschen schlugen. Sobald die Pannionier sich allerdings durch den Torgang geschoben hatten, fanden sie sich auf freien Plätzen wieder, die zu Todesstreifen wurden, als die Bogenschützen der Grauen Schwerter und der Capanthall, die sich hinter Barrikaden an den Mündungen von Seitenstraßen und Gässchen verschanzt hatten, mit einem vernichtenden Kreuzfeuer begannen.

Die Strategie der abgestuften Verteidigung, die der Schild-Amboss ersonnen hatte, erwies sich als mörderisch wirksam. Die nachfolgenden Gegenangriffe waren so erfolgreich gewesen, dass sie sogar Ausfälle aus den Toren gestattet hatten und eine wilde Verfolgung der fliehenden Pannionier ermöglichten. Und zumindest heute war keine der Kompanien, die er ausgeschickt hatte, zu weit vorgerückt. Die aus Capanthall, Lestari und Korallessianern bestehenden Truppen hatten Disziplin gewahrt.

Der erste Tag war vorüber, und er gehörte den Verteidigern von Capustan.

Itkovian stand auf zitternden Beinen, während die Brise, die von der Küste heranwehte, den Schweiß auf seinem Gesicht trocknete, kühle Fühler durch die Gitter seines Halbvisiers schickte und leicht über seine vom Rauch geröteten Augen strich. Als die Dunkelheit ihn vollständig umgab, lauschte er auf die Felsbrocken, die gegen die Ostschanze dröhnten, und drehte sich zum ersten Mal seit Stunden um, um auf die Stadt zu blicken.

Ganze Häuserblocks brannten; die Flammen loderten zum nächtlichen Himmel hinauf und beleuchteten den Unterbauch eines geschwollenen Baldachins aus dichtem Rauch. *Ich habe gewusst, was ich zu sehen bekommen würde. Warum entsetzt es mich dann? Lässt mir das Blut in den Adern erstarren?* Plötzlich fühlte er sich schwach und lehnte sich gegen die Zinne in seinem Rücken, eine Hand gegen den rauen Stein gestützt.

Eine Stimme ertönte aus den Schatten der Bodenluke. »Ihr braucht Ruhe, mein Herr.«

Itkovian schloss die Augen. »Destriant, Ihr sprecht die Wahrheit.«

»Aber es wird keine Ruhe geben«, stellte Karnadas fest. »Die andere Hälfte der Angriffsstreitmacht sammelt sich. Wir können davon ausgehen, dass die Angriffe die ganze Nacht weitergehen werden.«

»Ich weiß, mein Herr.«

»Brukhalian –«

»Ja, es muss getan werden. Kommt also zu mir.«

»Solche Bemühungen werden immer schwieriger«, murmelte Karnadas, während er an den Schild-Amboss herantrat. Er legte Itkovian eine Hand auf die Brust. »Die Vergiftung der Gewirre bedroht mich«, fuhr er fort. »Schon bald werde ich nichts anderes mehr tun können, als mich selbst dagegen zu schützen.«

Die Müdigkeit floss aus dem Schild-Amboss heraus, und neue Kraft kehrte in seine Glieder zurück. Er seufzte. »Ich danke Euch, mein Herr.«

»Das Todbringende Schwert ist gerade zum *Knecht* gerufen worden, um über den Verlauf der Kämpfe an diesem ersten Tag Bericht zu erstatten. Und, nein, uns ist nicht das Glück beschieden zu erfahren, dass der *Knecht* durch das Bombardement von ein paar Hundert Feuerbällen zerstört worden ist. Er ist unversehrt. Andererseits – in Anbetracht derer, die jetzt dort hausen, wünschen wir ihm nicht länger ein so schlimmes Ende.«

Itkovian wandte den Blick von den Straßen ab, musterte das vom roten Flammenschein beleuchtete Gesicht des Destriant. »Was meint Ihr damit, mein Herr?«

»Die Barghast, Hetan und Cafal, haben im Großen Saal ihr Lager aufgeschlagen.«

»Ah, ich verstehe.«

»Bevor er gegangen ist, hat Brukhalian mich gebeten, mich bei Euch zu erkundigen, was Eure Nachforschungen bezüglich der Mittel ergeben haben, mit denen die Knochen der Gründergeister der kommenden Vernichtung entzogen werden sollen.«

»Ich habe versagt, Destriant. Und es scheint mir nicht sehr wahrscheinlich, dass ich noch einmal Gelegenheit haben werde, weitere Anstrengungen in dieser Richtung zu unternehmen.«

»Das ist verständlich, mein Herr. Ich werde dem Todbringenden Schwert Eure Worte übermitteln, wenn auch ohne Eure offensichtliche Erleichterung.«

»Ich danke Euch.«

Der Destriant trat an die Brustwehr, um einen Blick auf den östlichen Todesstreifen zu werfen. »Bei den Göttern hienieden – halten die Gidrath die Schanze etwa noch immer?«

»Das ist ungewiss«, murmelte Itkovian und trat neben seinen Kameraden. »Zumindest hat das Bombardement nicht aufgehört. Es kann sein, dass die ganze Schanze inzwischen in Trümmern liegt – es ist zu dunkel, um etwas zu erkennen, aber ich glaube, ich habe vor einem halben Glockenschlag gehört, wie eine Mauer zusammengebrochen ist.«

»Die Legionen versammeln sich einmal mehr, Schild-Amboss.«

»Ich brauche mehr Boten. Meine letzten –«

»… sind erschöpft«, ergänzte Karnadas. »Ich werde mich jetzt verabschieden und tun, worum Ihr mich gebeten habt, mein Herr.«

Itkovian lauschte, als der Destriant die Leiter hinunterstieg, ließ dabei jedoch die Stellungen der Feinde im Osten und im Süden nicht aus den Augen. Abgeblendete Laternen blitzten da und dort auf, inmitten von Truppen, die anscheinend in Rechteckformationen angetreten waren. Kleinere Kompanien von Scalandi-Plänklern gesellten sich zu ihnen, bewegten sich vorsichtig vorwärts.

Schritte hinter dem Schild-Amboss kündeten von der Ankunft der Boten. Ohne sich umzudrehen sagte Itkovian: »Informiert die Hauptleute der Bogenschützen und der Männer an den Tribocken, dass die Pannionier bald einen erneuten Angriff versuchen werden. Soldaten auf die Mauern und Brustwehren. Die Kompanien an den Toren sollen sich in voller Kampfstärke sammeln, einschließlich der Sappeure.«

Mehr als ein Dutzend feuriger Bälle stiegen hinter den dicht gedrängt stehenden Pannioniern himmelwärts. Die Geschosse flogen in hohem Bogen über Itkovians Kopf hinweg, wobei ihr Zischen und Fauchen selbst auf dem Turm zu hören war. Explosionen erleuchteten die Stadt, erschütterten die bronzebeschlagenen dicken Holzbohlen unter seinen Füßen. Der Schild-Amboss blickte seine Melder an. »Geht!«

Karnadas trieb sein Pferd in leichtem Galopp auf den Tura'l-Platz zu. Der hohe Torbogen fünfzig Schritt zu seiner Linken hatte gerade an einer Ecke des Sockels einen Treffer abbekommen, und Steinsplitter und brennendes Pech verteilten sich in einem Sprühregen über die Pflastersteine und die Dächer der Mietskasernen daneben. Flammen flackerten auf, und der Destriant sah Gestalten aus dem Gebäude strömen. Irgendwo im Norden, ganz am Rand des Tempelbezirks, brannte eine andere Mietskaserne lichterloh.

Er erreichte die gegenüberliegende Seite des Platzes und ritt ohne langsamer zu werden die Schattenstraße entlang. Er ließ den Tempel des Schattens zu seiner Linken und den Tempel der Königin der Träume zu seiner Rechten liegen, lenkte sein Pferd dann erneut nach links, als sie den Speer der Daru erreichten, die Hauptstraße dieses Viertels. Ein Stück voraus ragten die dunklen Mauern des *Knechts* in die Höhe, der uralten Festung, die die niedrigeren Mietskasernen des Daru-Viertels sichtbar überragte.

Drei Trupps Gidrath bewachten das Tor, voll gerüstet und mit blankgezogenen Waffen. Als sie den Destriant erkannten, winkten sie ihn durch.

Im Hof stieg er von seinem Pferd, das er einem Stallburschen überließ, und begab sich dann zum Großen Saal, wo er, wie er wusste, Brukhalian finden würde.

Während er den Hauptgang entlang auf die Doppeltüren zuschritt, sah er, dass sich vor ihm ein anderer Mann befand. In einen langen Umhang mit Kapuze gehüllt, war er ohne die übliche Eskorte unterwegs, die normalerweise Fremde in den *Knecht* geleitete; dennoch näherte er sich dem Eingang mit würdevoller Selbstsicherheit. Karnadas fragte sich, wie er wohl an den Gidrath vorbeikommen wollte, und dann wurden seine Augen groß, als der Fremde mit einer Hand gestikulierte und die breiten Türflügel sich vor ihm öffneten.

In ärgerlichem Disput erhobene Stimmen schallten durch die geöffnete Tür und verstummten schnell, als der Fremde den Saal betrat.

Karnadas beschleunigte seine Schritte und kam gerade noch rechtzeitig, um die letzten Worte des Protests eines Rath-Priesters zu hören.

»– dicsem Augenblick!«

Der Destriant schlüpfte im Gefolge des Fremden durch die Tür. Er sah das Todbringende Schwert in der Nähe des zentralen Mühlsteins stehen; Brukhalian hatte sich umgedreht, um den Neuankömmling anzusehen. Die beiden Barghast, Hetan und Cafal, saßen ein paar Schritt entfernt rechts von Brukhalian auf ihrem Teppich. Die Priester und Priesterinnen des Maskenrates beugten sich samt und sonders auf ihren Sitzen nach vorn; ihre Masken zeigten einen Ausdruck, der einer Karikatur größten Missfallens gleichkam. Nur Rath'Vermummter bildete eine Ausnahme. Er stand an seinem Platz, die hölzerne Totenschädelmaske wutverzerrt.

Den Fremden, der die Hände in den Ärmeln seiner graubraunen Robe gefaltet hatte, schien die unfreundliche Begrüßung nicht zu beunruhigen.

Von da, wo er stand, konnte der Destriant das Gesicht des Mannes nicht sehen, doch er sah, wie die Kapuze sich bewegte, als der Fremde die maskierte Versammlung musterte.

»Wollt Ihr meinen Befehl missachten?«, fragte Rath'Vermummter, sichtlich bemüht, seinen Ton zu mäßigen. Der Priester blickte sich finster um. »Wo sind unsere Gidrath? Warum, im Namen der Götter, haben sie unsere Rufe nicht gehört?«

»Bedauerlicherweise«, murmelte der Fremde auf Daru, »lauschen sie im Augenblick dem Ruf ihrer Träume. Aber dadurch vermeiden wir jede unnötige Unterbrechung.« Der Mann drehte sich jetzt zu Brukhalian um, so dass Karnadas – der mittlerweile an der Seite des Todbringenden Schwerts stand – zum ersten Mal sein Gesicht sehen konnte: rund, merkwürdig faltenlos, mit einem Ausdruck ruhiger Gelassenheit. *Ach, das ist doch der Kaufmann, den Itkovian gerettet hat. Sein Name war … Keruli.* Die hellen Augen des Mannes richteten sich auf Brukhalian. »Ich möchte den Kommandanten der Grauen Schwerter um Entschuldigung bitten, aber ich fürchte, ich habe eine Nachricht für den Maskenrat. Wenn Ihr vielleicht die Güte hättet, diesen Raum für kurze Zeit zu verlassen?«

Das Todbringende Schwert neigte den Kopf. »Natürlich, mein Herr.«

»Aber wir stimmen dem nicht zu!«, zischte Rath'Schattenthron.

Der Blick des Fremden wurde härter, als er sich dem Priester zuwandte. »Unglücklicherweise bleibt Euch gar nichts anderes übrig. Wenn ich Euch alle so ansehe, finde ich die Repräsentation erbärmlich unangemessen.«

Karnadas verbiss sich das Lachen, und es gelang ihm irgendwie, sich zumindest so weit wieder zu beruhigen, dass er Brukhalian, der ihn mit einer hochgezogenen Augenbraue anschaute, lediglich einen Anblick unschuldiger Aufmerksamkeit bot.

»Beim Abgrund«, stieß Rath'Brand hervor. »Wer seid Ihr, dass Ihr Euch ein solches Urteil anmaßt?«

»Ich muss Euch meinen wahren Namen nicht nennen, Priesterin, nur den Titel, den ich jetzt beanspruche.«

»Und welcher Titel ist das?«

»Rath'K'rul. Ich bin gekommen, um meinen Platz im Maskenrat einzunehmen und Euch dies zu sagen: Es ist einer unter Euch, der uns alle verraten wird.«

Sie saß auf dem Bett, die Haare hingen ihr wirr ins Gesicht. Grantl streckte eine Hand aus und strich die Strähnen langsam zurück.

Stonny seufzte zittrig. »Das ist doch dumm. So was passiert nun mal. In der Schlacht gibt es keine Regeln. Es war dumm von mir, mit nichts weiter als einem Rapier auf einen Domänenser loszugehen – er hat es mir mit einem Grinsen aus der Hand geschlagen.« Sie blickte auf. »Du brauchst nicht hier zu bleiben, Grantl. Ich sehe den Ausdruck in deinen Augen. Geh ruhig.« Sie blickte sich im Zimmer um. »Ich muss nur … nur wieder sauber werden. Ich will nicht, dass du hier bleibst, auch nicht draußen vor der Tür. Wenn du diesen Posten einnimmst, wirst du ihn nie wieder verlassen. Geh schon. Du bist der beste Kämpfer, den ich je gesehen habe. Erledige ein paar Pannionier – ach verdammt, der Vermummte soll mich holen – mach sie alle fertig!«

»Bist du sicher, dass –«

Ihr Lachen klang rau. »Versuch es gar nicht erst.«

Er brummte leise vor sich hin und begann, die Lederriemen und Verschlüsse seiner Rüstung zu überprüfen. Rückte das wattierte

Unterzeug zurecht. Klappte das Visier herunter. Lockerte die schweren Macheten in ihren Scheiden.

Stonny schaute ihm schweigend zu.

Schließlich war er so weit. »In Ordnung. Lass dir Zeit, Mädchen. Es werden noch genug Feinde übrig sein, wenn du hier fertig bist.«

»Bestimmt.«

Grantl warf einen Blick zur Tür.

»Tu ihnen ein bisschen weh.«

Er nickte. »Das werde ich.«

Die Bekliten und Scalandi erreichten die Ostmauer zu Tausenden. Trotz eines vernichtenden Pfeilhagels schafften sie es, Leitern aufzustellen, und Gestalten schwärmten aufwärts, quollen über die Brustwehr. Das Osttor wurde erneut eingenommen, der Feind stürmte durch den Durchgang, strömte auf den Neuen Ostmarktplatz hinaus.

Im Süden fiel das Haupttor der Stadt einem konzentrierten Sperrfeuer aus Katapulten zum Opfer. Eine Legion Betakliten wogte auf den Jelarkan-Platz. Ein gut gezielter Ball aus brennendem Pech traf die an der Westmauer gelegene Kaserne der Capanthall – das Gebäude verglühte in einer Feuersbrunst, die die ganze Stadt in einen unheimlichen roten Schimmer hüllte.

Stoßtrupps aus Urdomen und Domänensern brachen durch das Nordtor und drangen in die am nächsten gelegenen Straßen des Daru-Viertels ein, nachdem sie die Nildar-Trutz zerstört und alle darin niedergemetzelt hatten. Der Feind war überall in der Stadt.

Die Schlacht, schloss Itkovian, verlief nicht besonders gut.

Jede Nachricht, die einer der Boten überbrachte, veranlasste den Schild-Amboss, mit sanfter, ruhiger Stimme neue Befehle zu erteilen. »Der Vierte Flügel zur Neunten Barrikade, zwischen dem östlichen Innenturm und dem Ne'rok-Turm. Sorgt dafür, dass die Capanthall in den beiden Türmen Nachschub bekommen ... Der Siebte Flügel zum westlichen Innenturm und zur Mauer. Ich brauche einen Bericht, wie es beim Jehbar-Turm aussieht. In der West-Kaserne waren fünfhundert Capanthall – wahrscheinlich ist nicht mehr viel von ihnen übrig ... Fünfte und Dritte Mähne in die Straßen rund um den Tular-Platz, sie sollen die überlebenden Capanthall zusammentrommeln ... Erste, Siebte und Sechste Mähne im Laufschritt zum nördlichen Tempel-Bezirk – sie sollen Straßen absperren und dafür sorgen, dass wir das Nordtor zurückerobern ... Vierte, Zweite und Achte Mähne zum Neuen Ostmarkt. Wenn das Osttor wieder in unserer Hand ist, will ich, dass die Flügel Eins, Drei und Fünf einen Ausfall machen. Sammelpunkt ist die Ostschanze – ich will, dass die Belagerungsmaschinen, die sie beschießen, unschädlich gemacht und alle überlebenden Gidrath rausgeholt werden. Der Trimeister soll mir Bericht erstatten ...«

Zwischen den Befehlen und dem Kommen und Gehen der Boten verfolgte Itkovian den Kampf am Neuen Ostmarkt – oder das, was er davon im Feuerschein durch die überall aufwallenden Rauchwolken sehen konnte. Die Scalandi gaben sich alle Mühe, die Barrikaden zu durchbrechen und zum Palast des Fürsten vorzustoßen. Felsbrocken hatten pausenlos auf die Außenwände des Palasts eingehämmert, aber ohne jede Wirkung – die dünnen, glänzenden Steinwände erzitterten noch nicht einmal. Brennende Pechklumpen zischten heran, doch ihre Erfolge beschränkten sich auf ein paar schwarze Flecke auf der Oberfläche des unbekannten Steins. Der Palast würde in harter Arbeit eingenommen werden müssen, Schritt um Schritt, jeder Raum, jedes Stockwerk einzeln, und die Pannionier waren wild darauf, damit anzufangen.

Der Trimeister der Grauen Schwerter, der den Ersten, Dritten und Fünften Flügel befehligte, tauchte auf der Brustwehr auf. Er war einer der ältesten Offiziere des Schild-Amboss, ein schlanker, großer Mann, dessen grauer Bart unzählige Narben verbarg. »Meine Befehle wurden mir übermittelt, Schild-Amboss.«

Warum habe ich dann nach dir geschickt, willst du wissen? Ich kann die Frage in deinen Augen lesen, alter Freund. Es bedarf keiner ermutigenden Worte, dich dazu zu bringen, etwas zu tun, was sich leicht als Selbstmordkommando erweisen könnte. »Sie werden nicht damit rechnen«, sagte Itkovian.

Die Augen des Mannes verengten sich kurz, dann nickte er.

»Nein, Schild-Amboss, das werden sie nicht. Da sie an so vielen Stellen durchgebrochen sind, haben die vordersten feindlichen Linien jeglichen Zusammenhalt verloren. Heute Nacht herrscht überall Chaos. Wir werden wie befohlen die Belagerungsmaschinen zerstören und die Überlebenden aus der Schanze retten.«

Oh ja, alter Freund. Ich bin derjenige, der ermutigende Worte braucht. »Haltet die Augen auf, Trimeister. Ich wüsste gern, wie die pannionischen Truppen in der Hinterhand positioniert sind, vor allem die Tenescowri.«

»Verstanden, Schild-Amboss.«

Eine Botin erschien; sie stolperte, als sie von der Leiter stieg. »Schild-Amboss!«, keuchte sie.

»Eure Meldung, Botin«, befahl Itkovian.

»Vom Trimeister der Ersten, Siebten und Sechsten Mähne, Herr.«

Das Nordtor. Er blickte nach Norden. Die meisten der Daru-Mietskasernen in diesem Gebiet brannten. »Fahrt fort.«

»Der Trimeister meldet, dass er auf die Stoßtrupps der Urdomen und Domänenser gestoßen ist. Sie sind alle tot, Herr.«

»Tot?«

Die junge Frau nickte, hielt kurz inne und wischte sich über die von Asche und Schweiß verschmierte Stirn. Ihr Helm war zu groß, wie Itkovian bemerkte. »Ein Bürger hat den Rest der Capanthall um sich geschart, außerdem noch ein paar andere Bürger und eine Hand voll Karawanen-Wachen. Schild-Amboss, sie haben sich eine Reihe von Straßenkämpfen mit den Urdomen und Domänensern geliefert – und sie zurückgeschlagen. Der Trimeister kontrolliert jetzt das Nordtor, das von seinen Sappeuren ausgebessert wird.«

»Und was ist mit dieser improvisierten Miliz und ihrem Kommandanten?«

»Es waren nur noch ein paar Verwundete da, um den Trimeister zu begrüßen, Schild-Amboss. Die … äh … Miliz hat sich nach Westen gewandt – sie haben eine Kompanie Urdomen verfolgt, die versucht hat, Lestar-Haus zu stürmen.«

»Botin, schickt ihnen den Ersten Flügel zur Unterstützung. Und wenn Ihr meinen Befehl ausgeführt habt, ruht Euch aus.«

»Ja, Schild-Amboss.«

»Das ist nicht der Helm, mit dem Ihr ursprünglich ausgestattet worden seid, oder?«

Sie schüttelte verlegen den Kopf. »Ich … äh … den habe ich verloren, Schild-Amboss.«

»Der Quartiermeister soll Euch einen besorgen, der passt.«

»Ja, Herr.«

»Und nun geht.«

Die beiden Veteranen blickten der jungen Frau nach, als sie verschwand.

»Wie unachtsam«, murmelte der Trimeister. »Den Helm zu verlieren.«

»In der Tat.«

»Und wie schlau, sich einen anderen zu schnappen.«

Der Schild-Amboss lächelte.

»Ich werde jetzt aufbrechen, Herr.«

»Fener sei mit Euch, Trimeister.«

Karnadas holte tief Luft; angesichts der plötzlichen, drückenden Stille im Großen Saal stellten sich ihm die Nackenhaare auf. *Verrat?* Seine Blicke wurden ganz besonders von einem Priester wie magisch angezogen. Rath'K'ruls Worte gossen Öl auf einen schwelenden Verdacht, den der Destriant schon seit einiger Zeit hegte, aufgrund seiner Befangenheit hatte er jedoch seinen eigenen Schlüssen bisher stets misstraut. Er sagte nichts, doch seine Blicke ließen Rath'Fener nicht los.

Die Ebermaske blieb ausdruckslos, doch der Mann stand da, als hätte er gerade einen Hieb erhalten.

»Das Zeitalter von K'rul«, zischte Rath'Schattenthron, »ist längst vorbei.«

»Er ist zurückgekehrt«, erwiderte der Mann in der dunklen Robe. »Eine Tatsache, die Euch allen ein gewisses Maß an Erleichterung verschaffen sollte. Schließlich ist es K'ruls Blut, das vergiftet worden ist. Der Kampf, der jetzt begonnen hat, wird niemanden verschonen – auch die Götter nicht, denen Ihr dient. Falls Ihr an meinen

Worten zweifelt, begebt Euch auf Eure innere Reise und hört die Wahrheit von Euren eigenen Göttern. Oh, es ist gut möglich, dass die Worte nur zögernd oder gar ärgerlich gesprochen werden. Aber gesprochen werden sie dennoch werden.«

»Das, was Ihr vorschlagt«, sagte Rath'Königin der Träume, »kann nicht in Eile erreicht werden.«

»Ich bin mit einem erneuten Zusammentreffen durchaus einverstanden«, sagte Rath'K'rul und verbeugte sich leicht. »Aber seid gewarnt – wir haben nicht viel Zeit.«

»Ihr habt von Verrat gesprochen –«

»Ja, Rath'Königin der Träume, das habe ich.«

»Ihr schwächt uns, indem Ihr Zwietracht sät.«

Der Mann in der Robe legte den Kopf schief. »Jene, die wissen, dass sie ein reines Gewissen haben, werden vereint sein, Brüder und Schwestern. Um denjenigen, der das nicht behaupten kann, wird sich wahrscheinlich sein Gott kümmern.«

»*Sein* Gott?«

Rath'K'rul zuckte die Schultern.

In der folgenden Stille klang Brukhalians Räuspern ungewöhnlich laut. »Mit Erlaubnis des Maskenrats werde ich jetzt gehen. Mein Schild-Amboss braucht mich.«

»Natürlich«, sagte Rath'Vermummter. »Nach den Geräuschen zu schließen, die von draußen hier hereindringen, scheint es fast so, als wären die Mauern durchbrochen und der Feind in der Stadt.«

Und der Vermummte streicht durch Capustans Straßen. Deine Gefühle sind so zwiespältig, dass sie deine Worte kalt klingen lassen, Priester.

Das Todbringende Schwert lächelte. »Wir haben von Anfang an damit gerechnet, Rath'Vermummter, dass die Mauern und Tore erobert werden. Vorübergehend.« Er wandte sich an Karnadas. »Begleitet mich bitte. Ich benötige die neuesten Informationen.«

Der Destriant nickte.

Plötzlich stand Hetan auf; ihre Augen blitzten, als sie Rath'K'rul finster anstarrte. »Schlafender Mann, ist das Angebot deines Gottes echt? Wird er uns wirklich helfen?«

»Er wird. Wer von euch meldet sich freiwillig?«

Die Barghast-Frau riss die Augen weit auf und wies dann mit einem Kopfnicken auf ihren Bruder.

Der Mann in der Robe lächelte.

Rath'Schattenthron schien die Worte regelrecht auszuspucken, als er erneut sprach. »Was jetzt? Was jetzt? *Was jetzt?*«

Karnadas drehte sich um und musterte Cafal; er erschrak, als er feststellte, dass der Barghast noch immer im Schneidersitz dasaß, den Kopf im Schlaf vornübergebeugt.

»Ihr alle hier«, sagte Rath'K'rul warnend mit leiser Stimme. »Weckt ihn nicht auf, wenn Euch Euer Leben lieb ist.«

Ein knappes Dutzend Capanthall war von den ursprünglich gut sechzig Gefolgsleuten noch übrig, die Grantl vom Nordtor aus westwärts geführt hatte, und nur noch ein einziges Mitglied der Lestari-Garde – ein kurzbeiniger Sergeant mit überlangen Armen, der wortlos in die Rolle seines Stellvertreters geschlüpft war.

Lestar-Haus war eines der wenigen gut befestigten privaten Anwesen in Capustan, das Heim der D'Arles, einer Händlerfamilie mit Verbindungen zum Rat von Darujhistan wie auch zu dem jetzt gestürzten gleichnamigen Adelsgeschlecht in Lest selbst. Der massive Steinbau stieß an die Nordmauer, und sein flaches Dach war zu einem Stützpunkt und einer Sammelstelle für die Verteidiger der Mauer geworden.

Der große Eingang bestand aus einer dicken Bronzetür, deren Angeln in einen steinernen Rahmen versenkt worden waren. Ein breiter, von zwei Marmorsäulen getragener Ziergiebel ragte über den Eingang hinaus; das Dach wimmelte nur so von gemeißelten Dämonenköpfen, deren Mäuler offen standen und aus denen jetzt die letzten Tropfen kochenden Wassers fielen, das sich auf die schreienden Scalandi ergossen hatte, die gegen die Tür gehämmert hatten.

Grantl und seine Truppe, die sich noch immer nicht von dem heftigen Zusammenstoß mit fünfzehn Urdomen erholt hatten, bei dem die meisten Milizionäre in Stücke gehackt worden waren – bevor

Grantl die beiden letzten Pannionier eigenhändig niedergestochen hatte –, waren von hinten über den Scalandi-Mob gekommen.

Der Kampf war kurz und brutal gewesen. Nur der Lestari-Sergeant zeigte einen Anflug von Barmherzigkeit, als er den Scalandi, die von dem kochenden Wasser übel verbrüht worden waren, die Kehlen durchschnitt. Nachdem ihre Schreie verstummt waren, wurde es plötzlich still.

Grantl hatte sich neben einen Leichnam gekauert und wischte seine Macheten an der Tunika des Toten ab. Die Muskeln in seinen Armen und Schultern fühlten sich bleischwer an und zitterten.

Die nächtliche Brise war stärker geworden; sie roch nach Salz und trieb den Rauch landeinwärts. Noch immer loderten überall genug Brände, um die Dunkelheit zu vertreiben.

»Schaut Euch das an.«

Der Karawanenführer sah zu dem Lestari-Sergeanten hinüber und folgte dann seinem Blick.

Im Südosten, nur ein paar Straßenzüge entfernt, ragte der *Knecht* in die Nacht. Die ganze Festung glühte schwach.

»Was glaubt Ihr, was geht da vor?«, murmelte der grauhaarige Soldat.

Irgendeine Art von Zauberei.

»Bestimmt ein magisches Ritual«, fuhr der Sergeant fort. »Wahrscheinlich so 'ne Art Schutzzauber. Beim Vermummten, das könnten wir auch brauchen. Wir sind am Ende, Herr – ich bin ziemlich im Arsch, und was die anderen angeht …« Er beäugte das Dutzend Capanthall, die auf dem Boden hockten oder knieten oder sich an die Hauswand lehnten, und schüttelte den Kopf. »Die sind alle erledigt.«

Kampfgeräusche näherten sich von Südwesten.

Das Knirschen von Rüstungen vom Dach des Lestar-Hauses ließ Grantl emporschauen. Ein halbes Dutzend Capanthall blickten zu ihnen herab. »Gut gemacht, wer immer Ihr auch seid!«, brüllte einer herunter.

»Was könnt Ihr von da oben sehen?«, rief der Sergeant hinauf.

»Wir haben das Nordtor zurückerobert! Graue Schwerter, verdammt noch mal, fast tausend Mann. Die Pannionier wanken und weichen.«

»Graue Schwerter«, murmelte der Lestari leise. Er warf Grantl einen düsteren Blick zu. »*Wir* haben das Nordtor zurück-«

»Aber wir halten es nicht, oder?«, grollte Grantl und streckte sich. Er wandte sich seiner dürftigen Truppe zu. »Passt auf, ihr rückgratlosen Capan. Wir sind noch lange nicht am Ende.«

Stumpfe, ungläubige Blicke antworteten ihm.

»Es hört sich an, als ob das Westtor hinüber wäre. Und als ob unsere Verteidiger zurückweichen. Was entweder bedeutet, dass sie ihre Offiziere verloren haben – oder dass ihre Offiziere einen Scheißdreck wert sind. Sergeant, du bist ab jetzt Leutnant. Ihr anderen, ihr seid Sergeanten. Wir müssen ein paar verängstigte Soldaten einsammeln. Auf geht's, im Laufschritt – schließlich sollt ihr nicht alle noch ganz steif werden.« Grantl starrte sie an, rollte dabei die Schultern und schlug seine Macheten gegeneinander. »Folgt mir.«

Er trabte die Straße entlang, auf das Westtor zu. Einen Augenblick später folgten ihm die anderen.

Zwei Glockenschläge bis zur Morgendämmerung. Im Norden und im Osten war der Kampflärm schwächer geworden. Dort hatten Itkovians Gegenangriffe den erwünschten Erfolg gehabt: Die Tore und Mauern waren zurückerobert worden. An diesen Seiten gab es keine Kämpfe mehr, weil es an Angreifern mangelte. Zumindest für den Rest dieser Nacht.

Vor einem Glockenschlag war Brukhalian mit Karnadas im Schlepptau aus dem *Knecht* zurückgekehrt. Das Todbringende Schwert hatte die sechshundert Rekruten zusammengezogen, die der Schild-Amboss in Reserve gehalten hatte, außerdem zwei Mähnen und zwei Flügel, und war zum Jelarkan-Platz aufgebrochen, wo sich gerüchteweise über tausend Bekliten in die Stadt hineingedrängt hatten und drohten, den inneren Verteidigungsring zu überrennen.

Die Situation am Westtor war sogar noch schlimmer. Von den drei

Boten, die Itkovian dorthin geschickt hatte, war kein einziger zurückgekehrt. Die Westkaserne war ein loderndes Flammenmeer, und im Feuerschein konnte man immer wieder das Westtor ausmachen, das nur noch aus Trümmern bestand. Sollte diese Bresche sich bis zur Westseite des Jelarkan-Platzes ausweiten, konnte das sehr wohl den Fall der halben Stadt zur Folge haben.

Der Schild-Amboss schritt wütend auf und ab. Er hatte keine Reserven mehr, um einzugreifen. Eine Zeit lang hatte es so ausgesehen, als hätten die Abteilungen der Capanthall und der Grauen Schwerter, die am Westtor stationiert gewesen waren, einfach aufgehört zu existieren. Aus den hereintröpfelnden Angreifern war eine Flut geworden. Doch dann hatte sich unerklärlicherweise Widerstand formiert. Die Flut war gegen eine menschliche Mauer gebrandet, und obwohl sie stieg und stieg, war sie noch nicht darüber hinweggeschwappt.

Das Schicksal Capustans hing jetzt von jenen Verteidigern ab. Und Itkovian konnte nichts weiter tun als zusehen, während alles auf Messers Schneide stand.

Karnadas war unten, im Hof bei den Unterkünften. Er erschöpfte sein Denul-Gewirr, kämpfte gegen die wie auch immer geartete Infektion an, von der es befallen war, und schaffte es trotzdem immer noch, verwundete Graue Schwerter zu heilen. Irgendetwas war im *Knecht* geschehen, geschah gerade jetzt, in diesem Augenblick – die ganze Festung glühte, war von einem farblosen Halbschatten umgeben. Itkovian wollte den Destriant danach fragen, doch bisher hatte sich noch keine Gelegenheit dazu ergeben.

Auf der Leiter waren Schritte zu vernehmen. Der Schild-Amboss wirbelte herum.

Ein Bote tauchte auf, dessen Gesicht auf einer Seite schrecklich verbrannt war; rote, blasenbedeckte Haut zog sich vom Unterkiefer bis zum Rand seines Helms, bildete dort einen Wulst. Das Auge auf dieser Seite war von unzähligen Falten und Runzeln umgeben und so dunkel wie eine Rosine.

Er kletterte von der Leiter, und hinter ihm sah Itkovian Karnadas heraufsteigen.

Der Destriant sprach als Erster, während er noch halb in der Bodenluke steckte. »Er hat darauf bestanden, Euch zuerst Bericht zu erstatten. Für das Auge kann ich nichts tun, aber die Schmerzen –«

»Gleich«, schnappte Itkovian. »Bote, erstattet Euren Bericht.«

»Ich bitte um Entschuldigung dafür, dass es so lange gedauert hat«, keuchte der junge Mann.

Die Augen des Schild-Amboss weiteten sich. »Ihr beschämt mich, Soldat. Es ist kaum mehr als einen Glockenschlag her, seit ich Euch zum Westtor geschickt habe.«

»Die Pannionier waren bis zur Tular-Trutz durchgebrochen, Schild-Amboss. Senar-Trutz war gefallen, die Bewohner abgeschlachtet. Alle. Auch die Kinder … Herr, es tut mir Leid, aber die entsetzlichen Bilder wollen nicht weichen …«

»Weiter.«

»Der Jehbar-Turm war umzingelt, seine Verteidiger wurden belagert. So war die Lage, als ich dort angekommen bin, Herr. Unsere Soldaten waren zerstreut, sie haben in kleinen Gruppen gekämpft, und viele von ihnen waren von Feinden umringt. Unsere Leute wurden niedergemetzelt, wohin ich auch geblickt habe.« Er machte eine Pause, holte tief und zittrig Luft und fuhr dann fort: »So hat es ausgesehen, als ich dort angekommen bin. Und gerade als ich mit diesen Neuigkeiten zu Euch zurückkehren wollte, wurde ich … abgezogen –«

»Ihr wurdet *was*?«

»Ich bitte um Entschuldigung, Herr. Mir fällt kein anderes Wort ein. Ein Fremder ist aufgetaucht, mit vielleicht einem Dutzend capanischer Gefolgsleute, so eine Art Miliz, Herr. Und ein Lestari-Sergeant. Der Mann hat den Befehl übernommen – über alle, die da waren. Auch über mich. Schild-Amboss, ich habe protestiert –«

»Dieser Mann verfügte offensichtlich über eine gewaltige Überredungsgabe. Erzählt weiter, Soldat.«

»Der Fremde hat seine eigenen Leuten die Tür zur Tular-Trutz aufbrechen lassen. Er hat ihre Bewohner aufgefordert, herauszukommen und zu kämpfen. Für ihre Kinder –«

»Und hat er sie überzeugt?«

»Herr, er hatte ein Kind aus der Senar-Trutz in den Armen – oder besser das, was noch von ihm übrig war. Die Feinde, Herr – die Pannionier – irgendjemand hatte angefangen, das Kind zu *essen* –«

Karnadas trat von hinten an den jungen Mann heran, legte ihm die Hände auf die Schultern.

»Er hat sie überzeugt«, sagte Itkovian.

Der Bote nickte. »Der Fremde – er hat dann ... er hat dann das, was noch von der Tunika des Kindes übrig war, genommen und daraus ein Banner gemacht. Ich habe es selbst gesehen. Herr, danach habe ich aufgehört zu protestieren – es tut mir Leid –«

»Ich verstehe Euch, Soldat.«

»Waffen waren genug da. Die Bewohner der Tular-Trutz haben sich bewaffnet – vier-, fünfhundert sind rausgekommen. Männer und Frauen. Der Fremde hat seine eigenen Gefolgsleute ausgeschickt, und die sind nach und nach zurückgekommen und haben noch mehr Soldaten mitgebracht – überlebende Capanthall, ein paar Gidrath, Korallessianer und Graue Schwerter, Herr. Ihr versteht, der Trimeister war getötet worden –«

»Der Fremde hat sie also um sich geschart«, unterbrach ihn Itkovian. »Und was dann?«

»Wir sind losmarschiert, um den Jehbar-Turm zu entsetzen, Herr. Und haben unter diesem schrecklichen Banner ein wahres Gemetzel veranstaltet, Schild-Amboss.«

»In welchem Zustand ist der Turm?«

»Er ist nur noch eine Ruine, Herr. Leider. Von den Capanthall, die ihn verteidigt haben, waren noch ungefähr zwanzig am Leben. Sie sind jetzt bei dem Fremden. Ich, äh, ich habe mich dann wieder auf meine Pflichten besonnen und die Erlaubnis bekommen, Euch Meldung zu machen, Schild-Amboss –«

»Wie großzügig von diesem Fremden. Was hatte diese Miliz als Nächstes vor?«

»Sie waren im Begriff, durch den Trümmerhaufen, der einmal das Westtor war, einen Ausfall zu unternehmen, Herr –«

»*Was?*«

»Eine Kompanie Bekliten kam anmarschiert, um die Angreifer im

Innern der Stadt zu verstärken. Aber diese Angreifer waren alle tot. Der Fremde wollte die Verstärkung mit dieser Tatsache überraschen.«

»Bei den Zwillingshauern, wer ist dieser Mann?«

»Ich weiß nicht, wie er heißt, Herr. Er hat zwei Macheten. Und er kämpft wie ein ... wie ein *Eber*, Herr, mit seinen beiden Macheten ...«

Itkovian starrte den jungen Mann eine Weile an, sah, wie die Schmerzen nachließen, während der Destriant noch immer seine Hände auf den Schultern des Boten hielt, sah, wie die Blasen schrumpften, der Wulst verschwand, wie sich neues Fleisch um das geblendete Auge herum bildete. Seine Rüstung schepperte, als der Schild-Amboss sich umdrehte und gen Westen blickte. Der rote Lichtschein von der Westkaserne beleuchtete nur das, was sich direkt davor befand; dahinter herrschte Dunkelheit. Itkovian richtete seine Aufmerksamkeit auf den Jelarkan-Platz. Soweit er erkennen konnte, gab es keine weiteren Breschen. Das Todbringende Schwert hatte alles im Griff – wie immer.

»Es dauert keinen Glockenschlag mehr, dann dämmert der Morgen«, murmelte Karnadas. »Schild-Amboss, die Stadt hält durch.«

Itkovian nickte.

Wieder Schritte auf der Leiter. Alle drehten sich um, als ein weiterer Bote aufs Dach stieg.

»Schild-Amboss, Meldung vom dritten Ausfall zur Ostschanze. Die überlebenden Gidrath sind gerettet worden, Herr. Im Südosten war Bewegung zu erkennen. Der Trimeister hat einen Kundschafter losgeschickt. Schild-Amboss, die Tenescowri haben sich in Bewegung gesetzt.«

Itkovian nickte. *Sie werden bei Anbruch der Dämmerung hier ankommen. Dreihunderttausend. Vielleicht noch mehr.* »Destriant, öffnet die Tunnel. Beginnt mit den inneren Trutzen, mein Herr. Alle Bürger sollen sich nach unten begeben. Nehmt die Mähnen und Flügel, die noch bei den Kasernen sind – und wer immer Euch sonst noch über den Weg läuft –, damit klare Anweisungen und eine Kontrolle der Eingänge gewährleistet sind.«

Karnadas' zerfurchtes Gesicht verzog sich zu einem Lächeln. »Schild-Amboss, es ist meine Pflicht, Euch daran zu erinnern, dass der Maskenrat dem Bau besagter Tunnel erst noch zustimmen muss.«

Itkovian nickte erneut. »Zum Glück für die Bewohner von Capustan haben wir uns an die Arbeit gemacht, ohne auf diese Zustimmung zu warten.« Dann runzelte er die Stirn. »Es scheint, als hätte der Maskenrat seine eigenen Mittel gefunden, sich zu verteidigen.«

»Nicht der Rat, mein Herr. Hetan und Cafal. Und ein neuer Priester – ja, in der Tat, es ist dieser ›Kaufmann‹, den Ihr dort draußen auf der Ebene gerettet habt.«

Der Schild-Amboss blinzelte langsam. »Hatte er nicht einen Karawanenführer – einen großen Mann, der zwei Macheten an den Hüften getragen hat?« *Macheten? Eher so was wie Feners eigene Hauer.*

Der Destriant stieß zischend die Luft aus. »Ich glaube, Ihr habt Recht, mein Herr. Tatsächlich habe ich mir erst gestern einen Augenblick Zeit genommen, um ihn zu heilen.«

»War er verwundet?«

»Er hatte einen Kater, Schild-Amboss. Einen richtig üblen Kater.«

»Ich verstehe. Nun, macht weiter, mein Herr.« Itkovian warf seinen beiden Boten einen Blick zu. »Wir müssen dem Todbringenden Schwert eine Botschaft übermitteln … und diesem Fremden …«

Grantls Rückhandhieb ließ den Weidenschild des Bekliten förmlich bersten. Die schartige, blutverschmierte Machete in der anderen Hand des Karawanenführers zuckte geradewegs nach unten, drang durch Helm und Schädel. Hirnmasse und Blut spritzen über seinen Handschuh. Der Beklite fiel mit zuckenden Gliedern zur Seite.

Grantl wirbelte herum, wischte die Schweinerei von seiner Klinge. Ein Dutzend Schritte hinter ihm ragte ihr Banner über seinen verwegen aussehenden Gefolgsleuten auf – eine zerrissene, hellgelb gefärbte Tunika, mittlerweile mit roten Flecken bespritzt, die dunkler wurden, wenn sie trockneten.

Die Kompanie Bekliten war zerschmettert worden. Grantls Opfer war der Letzte von ihnen gewesen. Der Karawanenführer und seine Miliz befanden sich vierzig Schritte vor jenem Trümmerhaufen, der einmal das Westtor gewesen war, in der breiten Hauptstraße einer ehemaligen Barackensiedlung. Die Gebäude waren verschwunden, ihre hölzernen Seitenwände und Schieferdächer auseinander genommen und weggeschafft. Ein paar Fleckchen festgestampfter Fußboden und ein Haufen Steingutscherben hier und da waren alles, was noch übrig war. Zweihundert Schritt weiter westlich standen die Vorposten der Belagerer, die im zunehmenden Licht der Morgendämmerung von Menschen geradezu wimmelten.

Grantl konnte ein halbes Tausend Betakliten erkennen, flankiert von Kompanien aus Urdomen und Leichter Kavallerie. Hinter ihnen stieg ein gewaltiger Staubschleier in die Luft, der in den schräg einfallenden Sonnenstrahlen golden leuchtete.

Der Leutnant hatte sich neben Grantl auf ein Knie sinken lassen und versuchte, wieder zu Atem zu kommen. »Es ist – es ist Zeit –, dass – wir uns zurückziehen, Kommandant.«

Stirnrunzelnd drehte der Karawanenführer sich um und betrachtete seine Milizionäre. *Es stehen immer noch fünfzig, sechzig. Mit wie vielen bin ich letzte Nacht losgezogen? Das waren doch ungefähr genauso viel. Stimmt das? Ihr Götter, kann das wirklich stimmen?* »Wo sind unsere Sergeanten?«

»Da drüben, Kommandant, zumindest die meisten von ihnen. Wollt Ihr, dass ich sie herbeirufe?«

Nein. Ja. Ich will ihre Gesichter sehen. Ich kann mich nicht an ihre Gesichter erinnern. »Lass sie die Truppe sammeln.«

»Kommandant, wenn diese Kavallerie auf uns losstürmt –«

»Das wird sie nicht tun. Sie sollen uns ablenken.«

»Wovon ablenken?«

»Von den Tenescowri. Warum uns noch mehr erfahrene Soldaten entgegenwerfen, die dann doch nur getötet werden? Außerdem brauchen auch diese Bastarde eine Ruhepause. Nein, es ist Zeit für die hungernde Horde.«

»Beru schütze uns«, flüsterte der Leutnant.

»Mach dir keine Sorgen«, antwortete Grantl. »Die sterben leicht.«

»Wir müssen uns ausruhen – ich fühle mich wie durchgekaut und ausgespuckt, Kommandant. Ich bin zu alt für eine selbstmörderische Verteidigungsstellung.«

»Was im Namen des Vermummten machst du dann in Capustan? Ach, was soll's. Wir sollten uns um unsere Leute kümmern. Ich will, dass diesen Leichen die Rüstungen abgenommen werden. Nur die Lederteile, die Helme und die Handschuhe. Ich will, dass meine sechzig Kämpfer wie Soldaten aussehen.«

»Kommandant –«

»Und *dann* ziehen wir uns zurück. Verstanden? Und beeilt euch.«

Grantl führte seine geschundene Kompanie wieder nach Capustan zurück. Inmitten der Überreste des Westtors gab es Bewegung. Hauptsächlich waren die schlichten grauen Umhänge der Grauen Schwerter zu sehen, obwohl auch noch andere – Steinmetze und Maurer und wild zusammengewürfelte Gruppen von Arbeitern – da waren. Die hektische Aktivität ließ nach, und Köpfe drehten sich zu ihnen um. Gespräche verstummten.

Grantls Stirn furchte sich noch mehr. Er hasste übertriebene Aufmerksamkeit. *Was sind wir – Geister?*

Das Banner aus der Kindertunika zog die Blicke wie magisch an.

Eine einzelne Gestalt kam ihnen entgegen, eine Offizierin der Söldner. »Willkommen daheim«, sagte sie und nickte ernst. Ihr Gesicht war von einer Staubschicht bedeckt, und Schweißtropfen waren vom Helmrand hinabgelaufen, hatten Spuren im Staub hinterlassen. »Wir haben ein paar Waffenschmiede von der Tular-Trutz hier. Ich könnte mir vorstellen, dass Eure Hauer geschärft werden müssen.«

»Es sind Macheten.«

»Wie Ihr meint, mein Herr. Der Schild-Amboss – nein, wir alle wüssten gern Euren Namen –«

Aber Grantl war bereits an ihr vorbeigegangen. »Die Klingen schleifen. Gute Idee. Leutnant, glaubst du nicht auch, dass wir alle es nötig haben, unsere Hauer zu schärfen?«

Die Offizierin der Grauen Schwerter wirbelte herum. »Mein Herr, Ihr solltet mit dieser Anspielung nicht so geringschätzig umgehen.«

Er ging weiter. Über die Schulter sagte er: »Schön, dann nennen wir sie doch einfach Tigerklauen – warum nicht? Für mich sieht es so aus, als hättet Ihr ein Tor wieder aufzubauen, also kümmert Euch darum, Schätzchen. Die Tenescowri da drüben wollen was zum Frühstück – und zwar uns.«

Er hörte, wie sie zischend die Luft ausstieß, wahrscheinlich war sie zornig und enttäuscht.

Einen Augenblick später gingen die Arbeiter wieder ans Werk.

Die Waffenschmiede hatten ihre Schleifsteine auf der Straße aufgebaut. Hinter ihnen, in Richtung des Jelarkan-Platzes, war noch immer Kampflärm zu hören. Grantl winkte seine Soldaten vorwärts. »Stellt euch an, alle. Ich will, dass eure Klingen so scharf sind, dass ihr euch damit rasieren könnt.«

Der Leutnant schnaubte. »Die meisten in Eurer Truppe sind Frauen, Kommandant.«

»Und wenn schon.«

Ein Reiter kam die Straße entlang herangeprescht. Er zügelte sein Pferd, stieg ab und blieb kurz stehen, um seine gepanzerten Handschuhe zurechtzuziehen, ehe er auf Grantl zutrat.

»Seid Ihr Kerulis Karawanenführer?«, fragte er. Sein Gesicht war hinter dem Vollvisier seines Helms verborgen.

»Das war ich mal. Was wollt Ihr, Söldner?«

»Ich überbringe Euch die Komplimente des Schild-Amboss, mein Herr.« Die Stimme klang hart und tief. »Die Tenescowri sammeln sich –«

»Ich weiß.«

»Der Schild-Amboss ist der Ansicht, dass ihr Hauptangriff von Osten her erfolgen wird, denn dort hat das Erste Kind des Toten Samens seine Vorhut aufgestellt.«

»Schön. Und weiter?«

Der Bote schwieg einen Augenblick, dann fuhr er fort. »Mein Herr, die Einwohner von Capustan werden weggeschafft –«

»Weggeschafft? Wohin?«

»Die Grauen Schwerter haben Tunnel unter der Stadt gegraben, mein Herr. Dort unten sind ausreichend Vorräte, um zwanzigtausend Bürger zu versorgen –«

»Wie lange?«

»Zwei Wochen, vielleicht auch drei. Das Tunnelsystem ist ziemlich ausgedehnt. In vielen Fällen wurden alte, leere Grabhügel geöffnet, als Lagerräume für die Vorräte – davon gibt es viel mehr, als wir erwartet hatten. Die Eingänge sind gut versteckt. Und leicht zu verteidigen.«

Zwei Wochen. Sinnlos. »Nun, damit ist für die nicht kämpfende Bevölkerung gesorgt. Was ist mit uns – den Kämpfern und Kämpferinnen?«

Hinter den schwarzen eisernen Gitterstäben des Visiers verschleierten sich die Augen des Boten plötzlich. »Wir kämpfen. Um jede Straße. Um jedes Gebäude. Um jeden Raum. Der Schild-Amboss würde gerne von Euch wissen, welchen Teil der Stadt Ihr zu übernehmen wünscht? Und ob Ihr irgendetwas braucht? Pfeile, Verpflegung …?«

»Wir haben keine Bogenschützen, aber etwas zu essen und verdünnter Wein, das wäre nicht schlecht. Welchen Teil der Stadt?« Grantl ließ den Blick über seine Leute gleiten. »Sagen wir lieber *welches Gebäude*. Es gibt da ein Mietshaus gleich hinter der Alten Darustraße, das mit dem Fundament aus schwarzen Steinen. Wir fangen am Nordtor an und ziehen uns dann dorthin zurück.«

»Sehr gut. Eure Vorräte werden zu diesem Mietshaus geliefert werden, mein Herr.«

»Oh, in einem der Räume im Obergeschoss befindet sich eine Frau – falls zu Eurer Evakuierung der Bürger also eine Suche von Haus zu Haus gehört hat –«

»Die Evakuierung war freiwillig, mein Herr.«

»Sie hätte auch nicht mitgemacht.«

»Dann bleibt sie, wo sie ist.«

Grantl nickte.

Der Leutnant trat an die Seite des Karawanenführers. »Eure Macheten – es ist an der Zeit, Eure Tigerklauen zu schärfen, Kommandant.«

»Hm.« Grantl drehte sich um und bemerkte nicht, wie der Kopf des Boten bei den Worten des Lestari-Leutnants zurückzuckte.

Durch das dunkle Gitter seines Visiers musterte Schild-Amboss Itkovian die ungeschlachte Gestalt des Karawanenführers, der jetzt auf einen der Schmiede zuging; der kurzbeinige Lestari marschierte mit einem Schritt Abstand hinter ihm her. Die blutbefleckten Macheten steckten nicht mehr in ihren Scheiden, die breiten, schartigen, kopflastigen Klingen hatten die Farbe rauchiger Flammen.

Er war gekommen, um sich den Mann mit eigenen Augen anzusehen, um ihn so gut wie möglich einzuschätzen und den außergewöhnlichen Fähigkeiten ein Gesicht zu verleihen.

Mittlerweile bedauerte Itkovian diesen Entschluss bereits und verfluchte seine impulsive Handlung leise, aber ziemlich ausführlich. *Kämpft wie ein Eber? Bei den Göttern, nein, dieser Mann ist eine große Katze, wie sie in den Ebenen jagen. Er ist ziemlich massig, ja, doch das verschwindet hinter der tödlichen Geschmeidigkeit, mit der er sich bewegt. Fener möge uns alle retten – im Schatten dieses Mannes wandelt der Geist des Tigers des Sommers.*

Itkovian kehrte zu seinem Pferd zurück und zog sich in den Sattel, griff nach den Zügeln. Während er sein Reittier herumzog, wandte er den Kopf und starrte in die aufgehende Sonne. *Was da gerade geschehen ist … es hat ein Feuer in meinem Herzen entfacht. Heute, an unserem letzten Tag, bin ich diesem namenlosen Mann begegnet, diesem Diener von Treach, dem Tiger des Sommers … Treach steigt auf.*

Und was ist mit Fener? Der brutale Eber, dessen wilde List meine Seele beherrscht? Was ist mit meinem Herrn?

Fener … steigt ab. Heute, an unserem letzten Tag.

Ein zischelndes Geschrei erhob sich in der Ferne, von allen Seiten. Die Tenescowri waren auf dem Marsch.

»Zwillingshauer, beschützt uns«, krächzte Itkovian, während er seinem Pferd die Fersen in die Flanken drückte. Das Tier stürmte los; Funken stoben, als seine Hufe auf die Pflastersteine hämmerten.

Das Gesicht grau vor Erschöpfung, war Buke unterwegs zum Anwesen der Nekromanten. Es war ein großes Bauwerk auf einem lang gestreckten, niedrigen Hügel, der zu regelmäßig aussah, um natürlichen Ursprungs zu sein, und von einer hohen Mauer mit Scheinwachtürmen an den Ecken umgeben war. Ein großes Eingangsportal – ein wenig zurückgesetzt und mit einer als Rampe gestalteten Zufahrt – ging auf den Kilsban-Weg hinaus. Das Tor selbst sah beinahe wie eine Miniaturausgabe des Tors zum *Knecht* aus, auch wenn man davon nicht mehr viel erkennen konnte.

Ein Feuerball hatte es getroffen und in Flammen aufgehen lassen. Der Brand hatte einige Zeit gewütet, die steinerne Einfassung geschwärzt und sie teilweise bersten lassen, doch irgendwie stand das Ding noch immer.

Der alte Karawanenwächter hinkte auf die Rampe zu, die zum Tor führte, und erschrak ziemlich, als plötzlich ein großer, hagerer, in eine schwarze Robe gekleideter Mann herausgestürmt kam. Stolpernd, fast schon hopsend wie ein großer Geier mit ebenholzschwarzen Schwingen, wirbelte der Mann herum und starrte Buke düster an. Sein Gesicht verzog sich. »Ich komme gleich nach Rath'Schattenthron! Kennst du mich nicht? Kennen *die da* mich denn nicht? Ich bin Murmel! Auch bekannt als der Ruchlose! Gefürchtet von allen feigen Bürgern Capustans! Ein Zauberer mit unvorstellbaren Kräften! Und doch haben *die da* …« Er schäumte vor Wut. »Ein Tritt in den Hintern, also wirklich! Ich werde mich rächen, das schwöre ich!«

»Hört zu, schlecht beratener Priester«, sagte Buke nicht unfreundlich. »Meine Arbeitgeber –«

»Sind arroganter Abschaum!«

»Das mag sein, aber sie gehören nicht zu der Sorte Menschen, die man verärgern sollte, mein Herr.«

»*Verärgern?* Wenn mein Herr von dieser – dieser Beleidigung hört, die seinem höchstgeschätzten Diener zugefügt worden ist, dann, oh, dann werden die Schatten fließen!« Mit einem letzten Schnauben stapfte der Priester die Straße entlang, wobei seine schwarze Robe auf dramatische Weise hinter ihm her wehte.

Buke blieb einige Herzschläge lang stehen und schaute dem Mann namens Murmel hinterher, bis er um die nächste Ecke verschwand.

Kampfgeräusche ertönten von allen Seiten, kamen jedoch nicht näher. Stunden zuvor – mitten in der Nacht, als Buke gerade den Leuten aus den Trutzen und den Mietskasernen des Daru-Viertels geholfen hatte, zu den von den Grauen Schwertern angelegten Sammelplätzen zu gelangen, von denen aus sie zu den verborgenen Tunneleingängen geführt werden würden – hatten die Pannionier es geschafft, bis zu der Straße durchzubrechen, die Buke jetzt gerade entlanggegangen war. Irgendwie hatte die bunt gemischte Schar der Verteidiger Capustans es geschafft, sie zurückzuschlagen. Leichen der Angreifer wie auch der Verteidiger lagen noch immer auf dem Kilsban-Weg.

Buke setzte sich erneut in Bewegung, schritt mit der festen Überzeugung, dass er das Anwesen von Bauchelain und Korbal Broach niemals wieder verlassen würde, unter dem geschwärzten Türsturz des Eingangs hindurch. Gerade als seine Schritte langsamer wurden, da sich plötzlich und unerwartet sein Selbsterhaltungstrieb meldete, sah er, dass es zu spät war.

Bauchelain stand im Hof. »Ah, mein ehemaliger Bediensteter. Wir haben uns schon gefragt, wo du wohl geblieben bist.«

Buke zog den Kopf ein. »Ich bitte um Entschuldigung, Herr. Ich habe den Behörden das verlangte Gesuch um Freistellung von den Steuern überbracht –«

»Hervorragend. Und ist unsere Argumentation wohlwollend aufgenommen worden?«

Der alte Karawanenwächter zuckte zusammen. »Die Tatsache, dass eine Belagerung ansteht, entbindet uns leider nicht von der Pflicht, die Grundsteuer zu bezahlen, Herr. Die Beträge sind fällig. Doch dank der Evakuierung ist glücklicherweise niemand mehr im Daru-Haus, um auf ihr Eintreffen zu warten.«

»Ach, ja, die Evakuierung. Tunnel. Sehr schlau. Wir haben das Angebot natürlich abgelehnt.«

»Natürlich.« Buke konnte nicht länger die Pflastersteine zu seinen Füßen anstarren, und so wurde sein Blick zu dem knappen Dutzend Urdomen-Leichen hingezogen, die blutleer und mit schwarz gefleckten Gesichtern hinter den Visieren überall im Hof herumlagen.

»Ein überstürzter Vorstoß dieser irregeleiteten Soldaten«, murmelte Bauchelain. »Korbal war überaus erfreut und trifft Vorbereitungen, sie zu rekrutieren.«

»Sie zu rekrutieren, Herr? Oh ja, Herr, ich verstehe. Sie zu rekrutieren.«

Der Nekromant neigte den Kopf leicht zur Seite. »Merkwürdig. Der liebenswerte Emancipor Reese hat vor nicht einmal einem halben Glockenschlag genau die gleichen Worte von sich gegeben, in genau dem gleichen Tonfall …«

»Das ist in der Tat merkwürdig, Herr.«

Die beiden blickten einander einen Moment lang an, dann strich sich Bauchelain über den Bart und wandte sich ab. »Die Tenescowri kommen, hast du das gewusst? Und mit ihnen die Kinder des Toten Samens. Wirklich außergewöhnlich, diese Kinder. Der Samen eines sterbenden Mannes … hmm. Es heißt, das älteste dieser Kinder befehligt jetzt die ganze Bettlerhorde. Ich bin sehr gespannt darauf, ihn kennen zu lernen.«

»Herr? Äh, wie … ich meine …«

Bauchelain lächelte. »Korbal ist schon ganz wild darauf, dieses Kind namens Anaster gründlich zu untersuchen. Wie ist die Essenz seiner Biologie? Selbst ich frage mich das.«

Die gefallenen Urdomen bewegten sich, zuckten, als wären sie ein einziges Wesen. Hände bewegten sich auf fallen gelassene Waffen zu, behelmte Köpfe hoben sich.

Buke starrte die Szenerie voller Entsetzen an.

»Ah, jetzt hast du Wächter, denen du Befehle erteilen kannst, Buke. Ich schlage vor, du stellst sie am Eingang auf. Und schickst vielleicht noch jeweils einen von ihnen zu den vier Türmen an den Ecken. Verteidiger, die niemals müde werden – das sind doch die Besten, oder?«

Emancipor Reese kam aus dem Hauptgebäude gestolpert, seine räudige Katze eng an die Brust gepresst.

Bauchelain und Buke sahen zu, wie der alte Mann zu einem der nun wieder aufrecht dastehenden Urdomen hinstürzte. Reese trat dicht an den gewaltigen Krieger heran, streckte die Hand aus und zerrte wild an dem Kettenhemd und dem darunter liegenden Wams des Untoten herum. Der alte Mann griff unter die beiden Kleidungsstücke, schob den Arm immer weiter darunter.

Emancipor fing an, mit den Zähnen zu klappern. Er zog die Hand wieder heraus, wich stolpernd ein, zwei Schritte zurück. »Aber … aber …« Sein von tiefen Falten durchzogenes, verknittertes Gesicht wandte sich Bauchelain zu. »Der andere … der andere … Korbal – er hat – er hat gesagt – ich habe es gesehen! *Er hat ihre Herzen!* Er hat sie zusammengenäht, eine blutige, pulsierende Masse auf dem Küchentisch! Aber –« Er wirbelte herum und schlug dem Urdomen gegen die Brust. »Da ist keine Wunde!«

Bauchelain zog eine dünne Augenbraue hoch. »Ach. Nun, da ihr beide – du und Freund Buke hier – in letzter Zeit Korbal Broachs normale nächtliche Aktivitäten behindert habt, hat mein Partner sich gezwungen gesehen, seine Vorgehensweise zu ändern – seinen *modus operandi*, wenn man so will. Wie ihr seht, meine Freunde, besteht für ihn jetzt keine Notwendigkeit mehr, seine Gemächer zu verlassen, um seinen Bedarf an Neuerwerbungen zu stillen. Nichtsdestotrotz möchte ich euch auffordern, dass ihr bitte mit euren unangebrachten Bemühungen aufhört.« Die ausdruckslosen grauen Augen des Nekromanten richteten sich auf Buke. »Und was diese absonderliche Zauberei dieses Priesters namens Keruli betrifft, die du nun in dir trägst, teurer Bediensteter, möchte ich dich bitten, sie nicht zu benutzen. Wir legen keinen Wert auf Gesellschaft, wenn wir unsere Wechselgänger-Gestalt angenommen haben.«

Es fehlte nicht viel, und Bukes Beine hätten unter ihm nachgegeben.

»Emancipor«, murmelte Bauchelain, »biete unserem Wachmann deine Schulter, damit er sich darauf stützen kann.«

Der alte Mann trat zu ihnen. Er hatte die Augen so weit aufgerissen, dass Buke rings um die Pupille das Weiße sehen konnte. Sein runzliges Gesicht war schweißnass. »Ich hab dir doch gesagt, dass es Wahnsinn ist!«, zischte er. »Was hat Keruli mit dir gemacht? Verdammt, Buke –«

»Halt die Klappe, Mancy«, knurrte Buke. »Du hast *gewusst*, dass sie Wechselgänger sind, aber du hast nichts gesagt – und Keruli hat es auch gewusst.«

Bauchelain schritt zum Hauptgebäude hinüber und summte dabei leise vor sich hin.

Buke drehte sich um und packte Emancipor an der Tunika. »Ich kann ihnen jetzt *folgen*! Dank Kerulis Geschenk! Ich kann den beiden überallhin folgen!«

»Sie werden dich töten. Sie werden dich totschlagen. Oh, Buke, der Vermummte soll dich holen – was bist du nur für ein verdammter Idiot!«

Buke brachte ein verzerrtes Lächeln zustande. »Der Vermummte soll mich holen? Oh ja, Mancy, das wird er. Er wird uns alle holen. Oder vielleicht nicht? Uns alle wird samt und sonders der Vermummte holen.«

Ein schreckliches, aus der Ferne heranklingendes Geschrei unterbrach sie, ein Geräusch, das durch die Stadt wogte, von allen Seiten heranschwappte.

Emancipor wurde blass. »Die Tenescowri …«

Doch Bukes Aufmerksamkeit wurde mittlerweile vom rechteckigen Turm des Hauptgebäudes angezogen, von den offenen Fenstern des Raums im obersten, dritten Stock. Wo jetzt zwei Krähen saßen. »Oh ja«, murmelte er und bleckte die Zähne, »ich kann euch sehen. Ihr geht ihn suchen, stimmt's? Diesen … Anaster, das Erste Kind des Toten Samens. Ihr geht ihn suchen …«

Die Krähen ließen sich vom Fenstersims fallen, breiteten die Schwingen aus und glitten dicht über dem Boden über den Hof, bevor sie mit schweren, deutlich hörbaren Flügelschlägen an Höhe gewannen und über die Hofmauer davonflogen. Nach Südosten.

Buke stieß Reese von sich. »Ich kann ihnen folgen! Oh ja. Kerulis süßes Geschenk …« *Meine eigene Wechselgänger-Gestalt, die Form der Flügel, die Luft, die unter mir und über mich hinwegströmt. Oh, ihr Götter – was für eine Freiheit! Was ich will … findet seine Ge-*

stalt – Er spürte, wie sein Körper sich verwandelte; süße Wärme floss durch seine Glieder, ein würziger Duft stieg von seiner Haut auf, als sie sich in ein Federkleid verwandelte. Sein Körper schrumpfte, veränderte seine Gestalt. Schwere Knochen wurden dünner, leichter …

Kerulis süßes Geschenk, das noch viel süßer ist, als er es sich jemals vorgestellt hat. Fliegen! Davonfliegen! Alles hinter mir lassen, was ich einst war! Alles, was ich einst gewesen bin! Meine Bürde verschwindet! Oh, ich kann diesen beiden schrecklichen Kreaturen folgen, diesen geflügelten Albträumen. Ich kann ihnen folgen, und wo sie mühsam auf den unsichtbaren Strömungen am Himmel dahintreiben, drehe ich mich, schieße hierhin und dorthin, rase wie der Blitz!

Emancipor stand noch immer mitten auf dem Hof und beobachtete mit wässrigen Augen Bukes Veränderung. Der Karawanenwächter wurde plötzlich unscharf, schien sich nach innen zu wölben, und die Luft war von einem würzigen Geruch erfüllt. Emancipor sah zu, wie der Sperber, der eben noch Buke gewesen war, in einer übermütigen Spirale emporstieg.

»Na klar«, murmelte er. »Du kannst Kreise um sie herum fliegen, Buke. Aber, mein lieber Freund, wenn sie auf die Idee kommen sollten, dich totzuschlagen, dann wird das kein Duell von Flügeln und Krallen. Das wird dann mit Zauberei geschehen. Diese schwerfälligen Krähen brauchen nicht schnell zu sein, nicht behände zu sein – und diese Geschenke werden dir nichts nützen, wenn es so weit ist. Ach, Buke … du armer Narr …«

Hoch über Capustan zog der Sperber seine Kreise. Die beiden Krähen, Bauchelain und Korbal Broach, befanden sich tief unter ihm, doch mit seinen Raubvogelaugen waren sie gut zu erkennen. Sie schlugen schwerfällig mit den Flügeln und flogen durch Rauchschleier südostwärts, am Osttor vorbei …

Die Stadt brannte an mehreren Stellen, stieß Säulen aus schwarzem Rauch himmelwärts. Der Sperber betrachtete die Belagerung aus einem Blickwinkel, für den die Generäle dieser Welt gestorben wären. Er kreiste und beobachtete und kreiste.

Die Tenescowri umringten die Stadt in einem breiten, brodelnden

Band. Eine Drittelmillion, vielleicht sogar mehr. Buke hatte noch nie so viele Menschen auf einem Haufen gesehen. Und das Band hatte begonnen, sich zusammenzuziehen. Eine merkwürdig farblose, sich windende Schlinge, die sich immer näher an die kläglichen, zerbröckelnden Mauern der Stadt und ihre aus dieser Höhe lächerlich wenigen Verteidiger heranschob.

Es würde keine Möglichkeit geben, den Angriff aufzuhalten. Den Angriff einer Armee, die nicht an ihrer Tapferkeit gemessen wurde, sondern an etwas weitaus Tödlicherem – etwas, dem man nichts entgegensetzen konnte: Hunger. Eine Armee, die es sich nicht leisten konnte, zurückgeschlagen zu werden, für die ein Rückzug der Tod war.

Capustan würde schon bald verschlungen werden.

Der Pannionische Seher ist tatsächlich ein Ungeheuer. Er hat eine Tyrannei des Mangels geschaffen. Und das Ganze wird sich ausbreiten. Ihn besiegen? Man müsste jeden Mann, jede Frau und jedes Kind auf dieser Welt töten, die sich dem Hunger beugen, jeden, der dem schrecklichen Grinsen des Hungertods in Gesicht sieht. Hier hat es begonnen, in Genabackis, aber das ist nur das Zentrum. Diese Flut wird sich ausbreiten. Sie wird jede Stadt infizieren, auf jedem Kontinent, sie wird Reiche und Völker von innen heraus verzehren.

Ich kann dich jetzt sehen, Seher. Aus dieser Höhe. Ich verstehe jetzt, was du bist, und was du werden wirst. Wir sind verloren. Wir alle sind wahrhaftig verloren.

Ein gewaltiges Erblühen von Magie im Osten riss ihn aus seinen Gedanken. Ein Knoten vertrauter Zauberei schwirrte um einen kleinen Teil der Tenescowri-Armee herum. Schwarze, von widerwärtig purpurnen Streifen durchzogene Wogen strömten daraus hervor, mähten die kreischenden Bettler zu Hunderten nieder. Grau streifige Magie antwortete.

Die Augen des Sperbers sahen nun die beiden Rabenvögel in der Mitte des magischen Sturms. Dämonen stürzten aus aufgerissenen Portalen auf der Ebene, richteten ein Gemetzel in der kreischenden, zurückweichenden Menge an. Zauberei schlug zurück, strömte über die Kreaturen hinweg.

Die beiden Krähen glitten hinab, näherten sich einer Gestalt, die auf einem bockenden Rotschimmel saß. Wogen aus Magie kollidierten mit einem mitternachtsschwarzen Blitz; der dröhnende Donnerschlag war noch hoch oben am Himmel zu hören, wo Buke seine Kreise zog.

Der Schnabel des Sperbers öffnete sich, und er stieß einen durchdringenden Schrei aus. Die Krähen waren zurückgeschlagen worden. Zauberei drosch auf sie ein, prügelte auf sie ein, während sie sich mit hastigen Flügelschlägen rasch zurückzogen.

Die Gestalt auf dem stampfenden Pferd war unverletzt. Umgeben von wahren Leichenbergen, auf die andere Tenescowri sich jetzt stürzten. Um zu essen.

Buke stieß erneut einen triumphierenden Schrei aus, zog die Flügel an den Körper, ließ sich der Erde entgegenfallen.

Er erreichte den Hof des Anwesens lange vor Bauchelain und Korbal Broach, sank in einer Spirale langsam herab. Seine Flügel peitschten die Luft. So schwebte er noch einen winzigen Augenblick lang, ehe er wieder menschliche Gestalt annahm.

Emancipor Reese war nirgendwo zu sehen. Die untoten Urdomen standen noch immer genauso da wie vorher.

Buke, der sich in seinem Körper schwerfällig und unbeholfen vorkam, drehte sich zu ihnen um und musterte sie. »Sechs von euch begeben sich zum Tor – du da«, er deutete mit dem Finger auf den, den er meinte, »und die genau hinter dir. Und du, du gehst zum Nordwestturm.« Er fuhr fort, den schweigenden Kriegern Anweisungen zu geben, teilte sie so ein, wie Bauchelain es vorgeschlagen hatte. Als er gerade seine letzten Befehle bellte, huschten zwei Schatten über die Pflastersteine. Die Krähen landeten im Hof. Ihre Federn waren zerzaust. Von einem der Vögel stieg Rauch auf.

Buke schaute zu, wie sie sich verwandelten; er grinste, als er zunächst Korbal Broach erblickte – seine Rüstung hing in Fetzen, und dünne Rauchfäden stiegen von ihm auf –, und dann Bauchelain, dessen blasses Gesicht auf der einen Seite eine üble Prellung aufwies, und in dessen silbernem Bart verkrustetes Blut klebte.

Korbal Broach griff nach dem Kragen seines Umhangs; seine

Hände zitterten, als er mit seinen dicklichen, weichen Fingern an der Schließe herumfummelte. Der schwarze Lederumhang fiel zu Boden. Er begann, auf ihm herumzutrampeln, um die letzten glimmenden Stellen auszutreten.

Bauchelain, der sich den Staub von den Armen wischte, warf Buke einen Blick zu. »Wie geduldig von dir, auf unsere Rückkehr zu warten.«

Buke schaffte es gerade noch, sich ein Lächeln zu verkneifen; stattdessen zuckte er die Schultern. »Ihr habt ihn nicht erwischt. Was ist passiert?«

»Es scheint«, murmelte der Nekromant, »als müssten wir unbedingt unsere Taktik verfeinern.«

Der Anflug von Selbsterhaltungstrieb verflog, und Buke lachte leise.

Bauchelain erstarrte. Eine Augenbraue hob sich. Dann seufzte er. »Nun, gut. Auch dir einen schönen Tag, Buke.«

Buke schaute ihm nach, als er ins Hauptgebäude ging.

Korbal Broach trampelte auch dann noch auf seinem Umhang herum, als die letzten glimmenden Fleckchen schon lange erloschen waren.

Kapitel Zwei

In meinen Träumen begegne ich von Angesicht zu Angesicht
unzähligen Spiegelbildern meiner selbst,
alle unbekannt und seltsam flüchtig.
Sie sprechen pausenlos
in einer Sprache, die nicht die meine ist,
und wandeln mit Gefährten,
denen ich nie begegnet bin, an Orten,
zu denen ich meine Schritte noch nie gelenkt habe.

In meinen Träumen durchwandere ich Welten,
wo Wälder sich um meine Knie drängen
und die Hälfte des Himmels aus einer Mauer aus Eis besteht.
Schwärzlich braune Herden fließen wie Schlamm dahin,
gewaltige Ströme, hauerbewehrt und gehörnt,
brausen über die Ebene,
und siehe, sie sind meine Erinnerungen,
die Wanderungen meiner Seele.

In der Zeit vor der Nacht
D'arayans von den Rhivi

Elster hob sich im Sattel, als sein Pferd über die schmale Kante eines Felsbrockens am Rande der ausgedehnten Hügelkuppe sprang. Hufe donnerten, als das Tier weitergaloppierte und das flache Tafelland durchquerte, dann wieder langsamer wurde, als der Malazaner die Zügel anzog und sich im Sattel zurücklehnte. In langsamerem Galopp näherte er sich der gegenüberliegenden Seite der Kuppe, hielt dann an ihrem Rand an.

Ein unebener Hang voller Felsbrocken führte hinab in ein breites, trockenes Flussbett. An seinem Fuß saßen zwei Kundschafter der

Zweiten Armee mit dem Rücken zu Elster auf ihren Pferden. Vor ihnen bewegten sich ein Dutzend Rhivi zu Fuß durch etwas, das wie ein mit Knochen übersätes Feld aussah.

Mit sehr großen Knochen übersät.

Elster schnalzte mit der Zunge und setzte sein Pferd wieder in Bewegung, lenkte es langsam den alten Erdrutsch hinab. Dabei ließ er die Knochen nicht aus den Augen. Gewaltige eiserne Klingen glitzerten zwischen ihnen, ebenso wie zerdrückte, merkwürdig geformte Rüstungen und Helme.

Er sah lange, reptilienartige Kiefer, Reihen zackiger Zähne. An einigen zerschmetterten Skeletten hingen noch ein paar Reste grauer Haut.

Elster ließ die Geröllhalde hinter sich und ritt zu dem nächsten Kundschafter hinüber.

Der Mann salutierte. »Kommandant. Die Rhivi quasseln pausenlos – ich krieg nicht so richtig mit, wovon sie eigentlich reden. Sieht aus, als wären hier zehn von diesen Dämonen gewesen. Was immer über sie hergefallen ist, muss ziemlich übel gewesen sein. Vielleicht haben die Rhivi mehr herausgefunden; schließlich krabbeln sie zwischen den Leichen herum.«

Mit einem Nicken stieg Elster ab. »Haltet die Augen offen«, sagte er, obwohl er wusste, dass die Kundschafter genau das taten, doch er hatte das Gefühl, etwas sagen zu müssen. Von dem Kampfplatz ging etwas Grauenvolles aus, alt und doch neu, und außerdem – was noch erschreckender war – hing diese eigentümliche Spannung in der Luft, die immer direkt einer Schlacht folgte. *Dicke Stille, die herumwirbelt, als hätte sie sich trotz all der Laute der Gewalt noch nicht setzen können, als zittere sie irgendwie immer noch, erschauere immer noch …*

Er näherte sich den Rhivi und den verstreuten Knochen.

Die Kundschafter der Stammeskrieger waren tatsächlich am Quasseln.

»Tote Wölfe …«

»Doppelte Spuren, die Eindrücke schwer und doch leicht, breiter als meine Hand. Groß.«

»Große tote Wölfe.«

»Kein Blut, oder? Der Geruch nach Hügelgräbern.«

»Schwarzer Steinstaub. Scharf.«

»Es glitzert unter den Unterarmen – die Haut …«

»Stücke aus schwarzem Glas.«

»Obsidian. Tief im Süden …«

»Südwesten. Oder ganz im Norden, jenseits des Laederon-Plateaus.«

»Nein, ich kann kein braunes oder rotes sehen. Der Obsidian vom Laederon hat Adern in der Farbe des Waldes. Der hier ist aus Morn.«

»Wenn er überhaupt von dieser Welt –«

»Die Dämonen sind *hier*, oder? Sie sind von dieser Welt. *In* dieser Welt.«

»Der Geruch nach Hügelgräbern.«

»Aber in der Luft liegt der Geruch von Eis, von Tundra-Winden, von gefrorenem Torf.«

»Der Nachhall der Wölfe, der Mörder –«

»Rhivi-Kundschafter, bitte zu mir«, rief Elster mit grollender Stimme.

Köpfe zuckten hoch, ruckten herum. Stille.

»Ich würde jetzt gerne euren Bericht hören. Wer von euch hat den Befehl über diese Gruppe?«

Blicke wurden gewechselt, dann zuckte einer der Rhivi die Schultern. »Ich kann dieses Daru sprechen, das Ihr benutzt. Besser als die anderen. Also solltet Ihr mich fragen.«

»Sehr schön. Erzähl.«

Der junge Rhivi warf die zu Zöpfen geflochtenen, dick mit Fett eingeschmierten Haare zurück und deutete mit einer weit ausholenden Geste auf die Knochen, die rings um ihn verstreut waren. »Untote Dämonen. In Rüstungen. Mit Schwertern statt mit Händen. Sind aus Südosten gekommen, mehr aus Osten als aus Süden.« Er runzelte übertrieben die Stirn. »Beschädigt. Verwundet. Gejagt. Auf der Flucht. Wie Bhederin hierhin und dorthin getrieben, von schweigenden, vierbeinigen geduldigen Verfolgern –«

»Großen untoten Wölfen«, unterbrach ihn Elster.

»Doppelt so groß wie die Wölfe, die in dieser Ebene zu Hause sind, ja.« Dann erhellte sich seine Miene, als habe er eine Offenbarung erlebt. »Sie sind wie die Geisterläufer unserer Legenden. Wenn die ältesten Schultermänner oder Schulterfrauen die Träume träumen, die sie am weitesten wegführen, können sie die Wölfe sehen. Immer weit weg, immer rennend, alle geisterhaft außer dem Anführer, der aussieht, als wäre er aus Fleisch und Blut, und der lebendige Augen hat. Sie zu sehen ist ein großes Glück, ist frohe Kunde, denn in ihrem Dahinrennen liegt Freude.«

»Nur dass sie jetzt nicht mehr nur in den Träumen eurer Hexer und Hexen rennen«, sagte Elster. »Und dieser Lauf hier war weitaus tödlicher.«

»Sie haben gejagt. Ich habe gesagt, diese Wölfe sind so ähnlich wie die in den Träumen. Ich habe nicht gesagt, dass es die aus den Träumen waren.« Sein Gesicht wurde ausdruckslos, seine Augen die eines kaltblütigen Mörders. »Sie jagen. Treiben ihre Beute vor sich her, hierher, in diese Falle. Dann haben sie sie vernichtet. Ein Kampf der Untoten. Die Dämonen stammen aus Hügelgräbern weit im Süden. Die Wölfe sind aus dem Staub in den Nordwinden des Winters.«

»Ich danke dir«, sagte Elster. Dank der Art und Weise, wie die Rhivi erzählten, hatte er nun eine gute Vorstellung von den Ereignissen, die in diesem Tal stattgefunden hatten.

Mehr Reiter näherten sich vom Hauptteil der Marschkolonne, und er drehte sich um und blickte ihnen entgegen.

Sie waren zu dritt. Korlat, Silberfuchs und Kruppe, der Daru, wobei Letzterer auf seinem Maultier auf und ab hüpfte und hin und her schwankte, während es mit steifer, kurzbeiniger Dringlichkeit hinter den beiden Frauen auf ihren Pferden herjagte. Seine Schreckensschreie hallten durch das Tal.

»Ja.«

Der Kommandant drehte sich um und sah aus zusammengekniffenen Augen den Anführer der Rhivi-Kundschafter an, der gemeinsam mit seinen Kameraden die drei näher kommenden Reiter musterte. »Bitte?«

Der Rhivi zuckte mit ausdruckslosem Gesicht die Schultern, sagte jedoch nichts.

Die überall herumliegenden Felsbrocken hatten die Neuankömmlinge gezwungen, langsamer zu reiten, außer Kruppe, der in seinem Sattel vor und zurück geworfen wurde, als das Maultier Hals über Kopf den Abhang herunterraste. Irgendwie schaffte das Tier es, weder zu stolpern noch auszurutschen und an einer überraschten Korlat und einer lachenden Silberfuchs vorbeizustürzen; als es im Talgrund angekommen war, wurde es langsamer und trottete dorthin, wo Elster wartete, den Kopf stolz in die Höhe gereckt, die Ohren aufgestellt und den Blick nach vorn gerichtet.

Kruppe dagegen umklammerte immer noch den Hals des Tieres; er hatte die Augen fest zugekniffen, sein Gesicht war knallrot, und er schwitzte furchtbar. »Welch Entsetzen!«, stöhnte er. »In diesem Kampf der Willen hat Kruppe in diesem hirnlosen, verblendeten Biest seinen Meister gefunden! Oh ja, er ist besiegt. Oh, verschone mich ...«

Das Maultier blieb stehen.

»Ihr könnt jetzt absteigen«, sagte Elster.

Kruppe öffnete die Augen, schaute sich um und setzte sich dann langsam aufrecht hin. Mit zitternder Hand zog er ein Taschentuch hervor. »Natürlich. Nachdem Kruppe der Kreatur freie Hand gelassen hat, übernimmt er nun wieder die Herrschaft über seinen eigenen Kopf.« Er hielt einen Augenblick inne, um sich Stirn und Gesicht abzutupfen, und wand sich dann aus dem Sattel und ließ sich mit einem lauten Seufzer auf den Boden sinken. »Ah, hier kommen Kruppes träge Staubfresser. Ich bin hoch erfreut, dass Ihr es geschafft habt, meine Damen! Ist es nicht ein wunderschöner Nachmittag für ein kleines Rennen?«

Silberfuchs hatte aufgehört zu lachen; die Blicke ihrer verschleierten Augen waren nun auf die verstreuten Knochen gerichtet. *Der Vermummte soll mich holen, dieser Pelzumhang steht ihr wirklich ausgezeichnet.* Elster schüttelte sich innerlich. Er blickte auf und begegnete Korlats ruhigem, leicht ironischen Blick. *Aber, oh, sie verblasst neben dieser Tiste Andii. Verdammt, alter Mann, hör auf, über die letzten Nächte nachzudenken. Klammere dich nicht so fest an dieses Wunder, dass du das Leben aus ihm herausdrückst.*

»Die Kundschafter«, sagte er zu den beiden Frauen, »sind auf einen Kampfplatz gestoßen.«

»K'Chain Che'Malle«, nickte Korlat, während sie die Knochen betrachtete. »K'ell-Jäger, glücklicherweise untot und nicht aus lebendigem Fleisch. Wahrscheinlich nicht so schnell, wie sie sonst gewesen wären. Trotzdem, auf diese Weise in Stücke gerissen zu werden –«

»T'lan Ay«, sagte Silberfuchs. »Ihretwegen bin ich gekommen.«

Elster musterte sie genauer. »Wie meinst du das?«

Sie zuckte die Schultern. »Um sie mit eigenen Augen zu sehen, Kommandant. Wir kommen näher. Ihr Eurer belagerten Stadt, ich dem Schicksal, für das ich geboren bin. Konvergenz, die Geißel dieser Welt. Doch auch wenn dem so ist«, fuhr sie fort, während sie sich aus dem Sattel schwang und zwischen den Knochen herumging, »gibt es Geschenke. Und das teuerste dieser Geschenke ... sind die T'lan Ay.« Sie schwieg einen Augenblick, während der Wind schmeichelnd das Fuchsfell auf ihren Schultern liebkoste, flüsterte den Namen dann noch einmal. »T'lan Ay.«

»Kruppe erschauert, wenn sie sie so nennt ... ach ... die Götter mögen diese grimmige Schönheit in ihrem Ödland-Tableau segnen, von dem aus strahlende Träume, abgeschwächt von der Zeit, wie Regenbogenflüsse am Himmel sind!« Er machte eine Pause, blinzelte den anderen zu. »Süßer Schlaf, in dem verborgene Poesie haust – das Dahinfließen des Unverbundenen, so glatt, als wäre es miteinander verflochten. Ja?«

»Leider«, sagte Elster mit grollender Stimme, »bin ich nicht der Richtige, um Eure Abstraktionen zu schätzen, Kruppe.«

»Natürlich, schlichter Soldat, ganz wie Ihr sagt! Aber halt, kann Kruppe da in Eurem Auge eine gewisse ... Spannung entdecken? Die Luft knistert angesichts einer drohenden Gefahr – wollt Ihr etwa leugnen, dass Ihr das spürt, Malazaner? Nein, sagt nichts, die Wahrheit ist in Eurem harten Blick ebenso zu erkennen wie daran, wie sich Eure gepanzerte Faust näher an das Heft Eures Schwerts schiebt.«

Elster konnte nicht abstreiten, dass sich ihm die Nackenhaare aufstellten. Er sah sich um und entdeckte die gleiche Wachsamkeit bei den Rhivi und den beiden malazanischen Kundschaftern, die ununterbrochen die Hügelketten auf allen Seiten musterten.

»Was kommt?«, flüsterte Korlat.

»Das Geschenk«, murmelte Kruppe mit einem glückseligen Lächeln, während sein Blick auf Silberfuchs ruhte.

Elster folgte dem Blick des Daru.

Und sah die Frau, die ihn so sehr an Flickenseel erinnerte. Sie hatte ihnen den Rücken zugekehrt und die Arme hoch erhoben.

Staub begann durch die Luft zu treiben, erhob sich in wirbelnden Schwaden zu allen Seiten.

Die T'lan Ay nahmen Gestalt an, im Talgrund, an den Hängen und auf den Kuppen der umgebenden Hügel.

Zu Tausenden …

Grauer Staub wurde zu grauem, stumpfem Fell, schwarzen Schultern, Schnauzen von der Farbe von Regenwolken, buschigen Schwänzen mit silbernen und schwarzen Spitzen, während andere braun waren, die Farbe verrotteten, zu Staub zerfallenen Waldes, an der Kehle und am Bauch lohfarben verblasst. Wölfe, groß, mager, mit Augen wie schattige Abgründe. Große, lange Köpfe wandten sich alle gleichzeitig Silberfuchs zu.

Sie warf einen Blick über die Schulter. Die Augen unter den schweren Lidern richteten sich auf Elster. Sie lächelte. »Meine Eskorte.«

Der Kommandant starrte sie sprachlos an. *Sie ist Flickenseel so ähnlich. Und doch auch wieder nicht. Eskorte sagt sie, aber ich sehe da mehr – und ihr Blick sagt mir, dass sie sich dessen bewusst ist … so sehr bewusst ist.*

Ihre Eskorte … und ihre Leibwache. Silberfuchs braucht uns von nun an möglicherweise nicht mehr. Und jetzt, da sie nicht mehr auf unseren Schutz angewiesen ist, steht es ihr frei, zu tun … was auch immer sie will …

Ein kalter Wind schien durch Elsters Gedanken zu streichen. *Ihr Götter, was ist, wenn Kallor Recht gehabt hat? Was, wenn wir alle unsere einzige Gelegenheit verpasst haben?* Mit einem leisen Brummen schüttelte er diese unwürdigen Gedanken ab. *Nein, wir haben ihr gezeigt, dass wir ihr vertrauen, als es darauf angekommen ist – als sie am schwächsten war. Flickenseel würde so etwas niemals vergessen …*

Sie ist ihr so ähnlich … und doch auch wieder nicht. Und was ist mit Nachtfrost, die durch Verrat zerstückelt wurde? Hassen die Überreste ihrer Seele Tayschrenn? Oder hassen sie das malazanische Imperium und alle seine Söhne und Töchter? Oder denjenigen, den zu bekämpfen sie gerufen worden war: Anomander Rake – und, etwas weiter gefasst, Caladan Bruth? Die Rhivi, die Barghast – will sie sich an ihnen rächen?

Kruppe räusperte sich. »Und was für eine liebliche Eskorte sie sind, mein teures Kind. Sie werden deine Feinde ängstigen und deine loyalen Freunde beruhigen. Wir sind entzückt, denn wir können sehen, dass auch du überaus entzückt bist von diesen stummen, reglosen T'lan Ay. Was für wohlerzogene Hündchen … Kruppe ist so beeindruckt, dass ihm nichts einfällt – keine Worte, keine Gesten, ach, absolut nichts, was einer angemessenen Antwort gleichkäme!«

»Schön wär's«, murmelte Korlat. Sie sah Elster an, ihre Miene verschlossen und nüchtern. »Kommandant, ich gehe jetzt und erstatte unseren Anführern Bericht –«

»Korlat«, wurde sie von Silberfuchs unterbrochen, »verzeih mir, dass ich dich nicht eher gefragt habe, aber wann hast du das letzte Mal nach meiner Mutter gesehen?«

»Heute Morgen«, antwortete die Tiste Andii. »Sie kann nicht mehr gehen, und dieser Zustand hält seit fast einer Woche an. Sie wird von Tag zu Tag schwächer, Silberfuchs. Wenn du vielleicht mitkommen und sie besuchen würdest …«

»Das ist nicht nötig«, wehrte die Frau im Pelzumhang ab. »Wer kümmert sich im Augenblick um sie?«

»Ratsherr Coll und Murillio, der Daru.«

»Kruppes loyalste Freunde, wie Kruppe euch allen versichert. Bei ihnen ist sie sicher.«

»Die Umstände«, sagte Silberfuchs, und ihr Gesicht wirkte angespannt, »werden schon bald … problematisch werden.«

Und was waren sie bis jetzt, Mädchen? Kallor jagt wie ein Geier deinem Schatten nach – ich bin überrascht, dass er sich gerade jetzt nicht an dich gehängt hat … aber vielleicht hockt er ja hinter der nächsten Hügelkuppe …

»Möchtest du etwas von mir, Silberfuchs?«, fragte Korlat.

Sie riss sich sichtlich zusammen. »Ja, ein paar von deinen Verwandten, um meine Mutter zu beschützen.«

Die Tiste Andii runzelte die Stirn. »Angesichts einer solchen Menge von neuen Beschützern müsstest du doch eigentlich ein paar übrig haben –«

»Ich fürchte, sie würde sie nicht in ihre Nähe lassen. Sie hat … Albträume. Es tut mir Leid, aber ich muss dafür sorgen, dass meine T'lan Ay außerhalb ihrer Sichtweite oder ihrer sonstigen Sinne bleiben. Sie mag zerbrechlich aussehen und machtlos erscheinen, aber in ihr ist etwas, das in der Lage wäre, die T'lan Ay zu vertreiben. Wirst du tun, worum ich dich bitte?«

»Natürlich, Silberfuchs.«

Die Frau im Pelzumhang nickte und wandte ihre Aufmerksamkeit einmal mehr Elster zu, während Korlat ihr Reittier wendete und den Hang wieder hinaufritt. Sie musterte ihn einen Augenblick lang schweigend, blickte dann Kruppe an. »Nun, Daru? Bist du so weit zufrieden?«

»Das bin ich, Teuerste.« Das klang so gar nicht nach Kruppe, war leise und wohlüberlegt.

Zufrieden. Womit zufrieden?

»Was glaubst du – wird sie durchhalten?«

Kruppe zuckte die Schultern. »Wir werden sehen, oder? Kruppe hat Vertrauen.«

»Genug für uns beide?«

Der Daru lächelte. »Aber natürlich.«

Silberfuchs seufzte. »Sehr gut. Ich stütze mich in dieser Angelegenheit voll und ganz auf dich, wie du weißt.«

»Kruppes Beine sind wie steinerne Säulen. Deine Berührung ist so leicht, dass sie fast schon unbemerkt für dieses würdige Selbst bleibt. Meine Liebe, das Geräusch weiterer Reiter macht eine Entscheidung notwendig – was willst du jene, die sich jetzt nähern, sehen lassen?«

»Nichts Widriges«, erwiderte die Frau. Sie hob erneut die Arme.

Die T'lan Ay wurden wieder zu dem Staub, aus dem sie erstanden waren.

Mit einem leisen Knurren ging Elster zurück zu seinem Pferd. In den beiden Armeen gab es zu viele Geheimnisse, die das Versprechen explosiver Enthüllungen bargen. *Und wahrscheinlich gewaltsame Enthüllungen.* Er fühlte sich unbehaglich. *Wenn wenigstens der Schnelle Ben hier wäre ... Beim Vermummten, ich wüsste zu gerne, wie es bei ihm und Paran und den Brückenverbrennern gelaufen ist. Haben sie Erfolg gehabt? Oder sind sie schon längst alle tot? Vielleicht sind ihre Schädel ja alle auf Stangen rund um das Barghast-Lager aufgespießt?*

Ein erheblicher Teil der Vorhut der Marschkolonne hatte mittlerweile diese Seite der Hügelkuppe erreicht, wo sie in einer ungleichmäßigen Linie Halt machten.

Elster schwang sich in den Sattel und machte sich auf den Weg zu den Neuankömmlingen.

Kallor hatte sein mageres graues Pferd bewusst in deutlichem Abstand zu den anderen gezügelt. Sein verblichener grauer Umhang spannte sich eng um seine breiten Schultern. Schatten vertieften die Linien in seinem uralten, verwitterten Gesicht. Ein paar lange, graue Haarsträhnen wehten im Wind.

Elster musterte ihn etwas länger, versuchte ihn einzuschätzen, bevor er seinen Blick zu den anderen weiterwandern ließ, die dort oben am Rand der Hügelkuppe warteten. Bruth und Dujek standen Seite an Seite. Zur Rechten des Kriegsherrn befand sich Hurlochel, der Vorreiter; zur Linken des Malazaners der Standartenträger Artanthos. Haradas, die Händlerin und Magierin der Trygalle-Handelsgilde, war ebenfalls dabei – und natürlich Korlat.

Niemand sprach, als Elsters Pferd die Kuppe erreichte. Dann nickte Dujek und grollte: »Korlat hat uns beschrieben, was die Kundschafter gefunden haben. Hast du noch etwas hinzuzufügen?«

Elster warf der Tiste Andii einen Blick zu, doch ihr Gesicht verriet nichts. Er schüttelte den Kopf. »Nein, Hohefaust. Korlat und ihre Verwandten scheinen mehr über diese K'Chain Che'Malle zu wissen als wir übrigen – da unten liegt ein Haufen zerschmetterter Knochen sowie ein paar Waffen und Rüstungen. Ich hätte niemals sagen können, von wem sie stammen. Die Rhivi-Kundschafter glauben, sie waren untot –«

»Zum Glück für uns«, murmelte Kallor. »Was diese Kreaturen angeht, bin ich nicht so unwissend wie der Rest von Euch – mit Ausnahme von Korlat. Darüber hinaus fühle ich mich heute ungewöhnlich ... redselig. Also. Überreste der Zivilisation der K'Chain Che'Malle können im Prinzip auf allen Kontinenten dieser Welt gefunden werden. Tatsächlich gab es in Jacuruku, wo mein altes Reich war, Gruben und Höhlen in der Erde, die voll von ihren merkwürdigen mechanischen Geräten waren. Wann immer meine Leute in der Erde gegraben haben, haben sie solche Konstrukte entdeckt. Außerdem haben wir auch Grabkammern gefunden, deren Inhalt von unseren Gelehrten überaus sorgfältig untersucht wurde. Wollt Ihr eine Zusammenfassung ihrer Schlüsse hören, oder langweile ich Euch?«

»Fahrt fort«, sagte Caladan Bruth schleppend.

»Nun denn. Vielleicht ist hier ja doch mehr Weisheit vorhanden, als ich Euch ursprünglich zugetraut hätte. Die Biester scheinen Reptilien zu sein, und sie sind anscheinend in der Lage, aus ihrer eigenen Art Sonderformen mit speziellen Fähigkeiten zu züchten. So wurden zum Beispiel diejenigen, die die Tiste Andii K'ell-Jäger genannt haben, als Krieger geboren. Untote Versionen davon sind in dem Tal da unten, ja? Sie hatten keine Hände, sondern stattdessen Schwerter, die irgendwie direkt mit den Knochen ihrer Unterarme verschmolzen wurden. Die K'Chain Che'Malle waren matriarchalisch und matrilinear. So wie ein Bienenvolk seine Königin hat, hatten auch sie ihre Königin. Sie war die Urmutter, von der alle anderen geboren wurden. Und diese Matrone verfügte über die magische Macht ihrer ganzen Familie. Eine Macht, die die Götter von heute wie Zwerge erscheinen lässt. Eine Macht, die die Älteren Götter davon abgehalten hat, diese Welt zu besuchen, und wenn die K'Chain Che'Malle sich nicht selbst vernichtet hätten, würden sie auch heute noch unangefochten herrschen.«

»Wenn sie sich nicht selbst vernichtet hätten«, wiederholte Korlat und musterte Kallor mit einem scharfen Blick. »Ein interessanter Ansatz. Kannst du das ein bisschen näher erklären?«

»Aber natürlich. Aus den Berichten, die wir gefunden haben … zuerst musste die Sprache entziffert werden, wobei diese Anstrengung allein schon einen längeren Monolog wert wäre, aber da ich sehe, wie Ihr alle unruhig wie ungeduldige Kinder in Euren Sätteln herumrutscht, spare ich mir eine genauere Schilderung. Aus den Berichten also, die wir gefunden haben, geht hervor, dass die Matronen, von denen jede über etwas geherrscht hat, was in etwa einer modernen Stadt entspricht, sich versammelt hatten, um ihre unterschiedlichen Bestrebungen zu vereinen. Was sie über die gewaltige Macht hinaus gesucht haben, die sie bereits hatten, ist nicht ganz klar. Doch andererseits – warum sollte man Gründe brauchen, wenn es um so etwas wie Ehrgeiz geht? Es genügt zu sagen, dass die Matronen eine alte Brut wieder … zum Leben erweckt haben, sie zurückgeholt haben, obwohl sie bereits ausgelöscht war. So etwas wie eine primitivere Version der K'Chain Che'Malle. Da ihnen kein besserer Name eingefallen ist, haben die Gelehrten meiner Zeit sie Kurzschwänze genannt.«

Elster, der den Blick auf Korlat gerichtet hatte, war der Einzige, der sah, wie sie sich bei diesem Wort versteifte. Hinter sich konnte er hören, wie Silberfuchs und Kruppe den Hang heraufkamen.

»Und zwar einzig und allein deshalb«, fuhr Kallor in seinem trockenen, monotonen Tonfall fort, »weil sie sich körperlich von den anderen K'Chain Che'Malle dahingehend unterschieden haben, dass sie kurze Stummelschwänze hatten – im Gegensatz zu den normalen, langen, spitz zulaufenden. Dadurch waren sie nicht ganz so schnell – sie gingen aufrechter, doch es muss zu der Welt oder Zivilisation gepasst haben, zu der sie ursprünglich gehört hatten. Leider waren diese neuen Kinder nicht so fügsam, wie es die Matronen von ihrer eigenen Brut gewohnt waren – genauer gesagt, die Kurzschwänze wollten ihre magischen Talente ihren Müttern weder einfach überlassen noch sie mit den ihren vermischen. Das Ergebnis war ein Bürgerkrieg, und die magischen Energien, die in diesem Zusammenhang entfesselt wurden, waren apokalyptisch. Um die Verzweiflung einschätzen zu können, die unter den Matronen geherrscht haben muss, braucht man auf diesem Kontinent nur nach Süden zu reisen, zu einem Ort namens Morn.«

»Der Riss«, murmelte Korlat und nickte.

Kallors Lächeln war kalt. »Sie haben versucht, sich die Macht eines Tores nutzbar zu machen. Aber nicht eines Tores in ein gewöhnliches Gewirr. Oh nein, sie haben sich entschlossen, das Portal zu öffnen, das in die Sphäre des Chaos führt. Welch eine Hybris, zu glauben, sie könnten ein solches Ding kontrollieren – könnten ihm eine Art von *Ordnung* auferlegen.« Er verstummte, als denke er über seine eigenen Worte nach, dann lachte er. »Oh, in dieser Geschichte sind ein, zwei bittere Lektionen enthalten, findet Ihr nicht auch?«

Caladan Bruth gab ein unwilliges Brummen von sich. »Kehren wir wieder in die Gegenwart zurück, ja? In dem Tal da unter uns sind untote K'ell-Jäger. Die Frage, die sich unweigerlich aufdrängt, ist doch die: Was tun sie da?«

»Sie werden benutzt.«

Alle Augen richteten sich auf Silberfuchs, die mit den Zügeln in den Händen vor ihrem Pferd stand.

»Mir gefällt nicht, was ich da höre; nein, das gefällt mir ganz und gar nicht«, grollte Dujek.

»Sie werden benutzt«, wiederholte Silberfuchs, »und zwar vom Pannionischen Seher.«

»Das ist unmöglich!«, schnappte Kallor. »Nur eine Matrone der K'Chain Che'Malle kann einen K'ell-Jäger kontrollieren – auch, wenn er *untot* ist.«

»Dann sieht es so aus«, sagte Korlat, »als hätten wir mehr als einen Feind.«

»Der Pannionische Seher hat eine Verbündete?« Dujek beugte sich im Sattel nach vorn und spuckte aus. »Dafür hat es bisher noch nicht den kleinsten Hinweis –«

»Nichtsdestotrotz liegt der Beweis vor uns – da unten, im Tal«, schnitt Silberfuchs ihm das Wort ab.

»Eine Matrone kann ohne den Samen eines lebenden Männchens

keine Wesen ihrer Art gebären«, sagte Kallor. »Das heißt, jeder K'ell-Jäger, den wir vernichten, ist einer weniger, mit dem wir uns rumschlagen müssen.«

Bei diesen Worten drehte Bruth sich um und sah ihn aus zusammengekniffenen Augen an. »Dagegen lässt sich nur schwer etwas einwenden.«

Kallor zuckte die Schultern.

»Aber das da unten sagt uns noch etwas«, fuhr der Kriegsherr fort. »In Anbetracht der Tatsache, dass die K'ell-Jäger vernichtet wurden, sieht es so aus, als würde uns jemand diese Aufgabe abnehmen.«

Stille. Dann konzentrierte sich die Aufmerksamkeit nach und nach auf Silberfuchs.

Sie lächelte. »Ich habe schon vor einiger Zeit gesagt, dass ihr alle Hilfe brauchen würdet.«

Kallor stieß ein wütendes Knurren aus. »T'lan Imass! Dann sag uns doch, Hexe, warum sollten sie sich mit den K'Chain Che'Malle befassen? Sind denn nicht die *Jaghut* ihre erklärten Erzfeinde? Warum also deinen untoten Gefolgsleuten neue aufbürden? *Warum seid ihr – du und die T'lan Imass – in diesen Krieg eingetreten, Weib?*«

»Wir sind in gar nichts eingetreten«, antwortete sie, die Augen halb unter den schweren Lidern verborgen; sie stand genauso da, wie Flickenseel dagestanden hätte, mit ihrem kräftigen, aber kurvenreichen Körper unter der Tunika aus Hirschleder, die Hände vor dem Bauch verschränkt.

Oh, diesen Blick kenne ich. Jetzt gibt's gleich 'nen Taschenspielertrick. Vorsichtig …

»Willst du dann also leugnen«, begann Bruth langsam, und sein Gesichtsausdruck war gleichermaßen düster und unsicher, »dass deine T'lan Imass für die Vernichtung dieser K'ell-Jäger verantwortlich waren?«

»Hat sich eigentlich keiner von euch jemals gefragt«, entgegnete Silberfuchs, während sie alle nacheinander ansah, »warum die T'lan Imass gegen die Jaghut Krieg geführt haben?«

»Nun, eine Erklärung würde uns vielleicht helfen, das alles etwas besser zu verstehen«, meinte Dujek.

Silberfuchs nickte kurz. »Als die ersten Imass aufgetaucht sind, waren sie gezwungen, im Schatten der Jaghut zu leben. Sie wurden toleriert, nicht weiter beachtet, aber nur in kleinen, leicht überschaubaren Gruppen. Wurden in die ärmsten Landstriche vertrieben. Dann haben sich unter den Jaghut Tyrannen erhoben, die Gefallen daran gefunden haben, sie zu versklaven, ihnen eine albtraumhafte Existenz aufzuzwingen – so dass nachfolgende Generationen in diese Situation hineingeboren wurden und kein anderes Leben kannten, so dass sie nichts von der Freiheit an sich wussten.

Die Lektion war hart, und sie wurde auch nicht leicht angenommen, denn die Wahrheit war die: Es gab intelligente Wesen auf der Welt, die die Tugenden anderer ausbeuteten – ihr Mitgefühl, ihre Liebe, ihren Glauben an ihre Art. Die sie ausbeuteten und sich darüber lustig machten. Wie viele Stämme der Imass mussten entdecken, dass ihre Götter in Wirklichkeit Jaghut-Tyrannen waren? Verborgen hinter freundlichen Masken. Tyrannen, die sie mit der Waffe des Glaubens manipulierten.

Eine Rebellion war unausweichlich, und sie war für die Imass verheerend. Sie waren schwächer, unsicher, was sie überhaupt suchten oder was die Freiheit sie sehen lassen würde, sollten sie sie finden … Aber wir haben nicht nachgegeben. Wir konnten nicht.«

Kallor lachte höhnisch. »Es hat unter den Jaghut nie mehr als eine Hand voll Tyrannen gegeben, Weib.«

»Eine Hand voll war schon zu viel, und, ja, wir haben unter den Jaghut Verbündete gefunden – solche, für die die Taten der Tyrannen verwerflich waren. Aber wir trugen jetzt Narben. Narben, die Misstrauen und Verrat uns geschlagen hatten. Wir konnten nur noch unserer eigenen Art trauen. Im Namen unserer zukünftigen Generationen würden alle Jaghut sterben müssen. Keiner durfte übrig bleiben, um neue Kinder in die Welt zu setzen und zuzulassen, dass eines dieser Kinder neue Tyrannen aufziehen würde.«

»Und was hat das mit den K'Chain Che'Malle zu tun?«, fragte Korlat.

»Bevor die Jaghut diese Welt beherrschten, haben die K'Chain Che'Malle diese Welt beherrscht. Die ersten Jaghut waren für die

K'Chain Che'Malle wie die ersten Imass für die Jaghut.« Silberfuchs machte eine Pause, ihr düsterer Blick wanderte von einem zur anderen. »Jeder Spezies ist der Wunsch nach Vorherrschaft angeboren. Unsere Kriege mit den Jaghut haben uns als lebendige Menschen, als eine pulsierende, sich weiter entwickelnde Kultur zerstört. Das war der Preis, den *wir* bezahlt haben – für die Freiheit, die *ihr* jetzt besitzt. Unser ewiges Opfer.« Sie verstummte erneut für zwei, drei Herzschläge und fuhr dann in einem härteren Ton fort: »So, und jetzt frage ich euch – euch alle, die ihr es auf euch genommen habt, Krieg gegen ein tyrannisches, alles verschlingendes Reich zu führen, möglicherweise euer eigenes Leben zu opfern, und das alles für das Wohl von Menschen, die nichts von euch wissen, aus Ländern, auf die ihr noch nie einen Fuß gesetzt habt und auch niemals einen setzen werdet –, ich frage euch, was ist an uns, an den T'lan Imass, das ihr noch immer nicht begreifen könnt? Zerstört die Pannionische Domäne. Es muss getan werden. Auf mich, auf meine T'lan Imass wartet die Aufgabe, die Bedrohung zu vernichten, die sich *hinter* dem Pannionischen Seher versteckt, die Bedrohung durch die K'Chain Che'Malle.«

Sie betrachtete langsam ihre Gesichter. »Eine Matrone ist am Leben. Ist Fleisch und Blut. Sollte sie ein männliches Geschöpf ihrer Art finden, ein männliches Geschöpf aus Fleisch und Blut … die Tyrannei der Jaghut wird nichts gewesen sein im Vergleich zu der der K'Chain Che'Malle. Und das wird dann *unser* Opfer sein.«

Nur der Wind füllte die Stille, die auf ihre Worte folgte.

Dann wandte Caladan Bruth sich an Kallor. »Und du hältst diese Frau für eine Abscheulichkeit?«

»Sie lügt«, kam die krächzende Antwort. »Dieser ganze Krieg ist sinnlos. Er ist nichts weiter als ein Täuschungsmanöver.«

»Ein Täuschungsmanöver?«, wiederholte Dujek ungläubig. »Von wem?«

Kallor schloss den Mund, sagte nichts mehr.

Haradas, die Karawanenmeisterin der Trygalle-Handelsgilde, räusperte sich. »In diesen Worten könnte ein Körnchen Wahrheit liegen. Nicht dass die Frau namens Silberfuchs lügt – ich glaube, dass sie die Wahrheit sagt, soweit sie sie uns mitteilen will. Nein, ich meine das Täuschungsmanöver. Denkt an die Infektion der Gewirre. Zugegeben, der Herd scheint in der Pannionischen Domäne zu liegen, und auch zugegeben, dass das Gift sich anfühlt, als käme es aus dem Gewirr des Chaos. Aber selbst wenn man all das als gegeben annimmt, muss man doch fragen: Warum sollte eine Matrone der K'Chain Che'Malle, die das Gefäß für eine riesige Quelle von Magie ist, versuchen, die Leitungen zu zerstören, durch die ihre Macht fließt? Wenn sie zugegen war, als Morn zerstört wurde – als der Riss geschaffen wurde –, warum sollte sie dann noch einmal versuchen, sich das Chaos zunutze zu machen? Sie mag ehrgeizig sein, ja – aber eine Närrin? Das ist schwer zu glauben.«

Noch während die Bedeutung ihrer Worte einsickerte, wurde Elster etwas anderes klar. *Es gibt tatsächlich einen anderen Feind, und wenn ich mir die Gesichter um mich herum ansehe – abgesehen von Dujeks und zweifellos auch meinem eigenen –, dann ist diese Enthüllung nicht so überraschend, wie sie eigentlich sein sollte. Klar, wir haben einen Hinweis gehabt, aber wir haben es nicht geschafft, die Verbindung herzustellen. Bruth, Korlat, Kallor – oh, ihr Götter, sogar Kruppe und Artanthos! Verdammt, ich sollte daran denken, ihnen allen aus dem Weg zu gehen, wenn ich das nächste Mal beim Würfeln mitmachen will!*

Er lenkte den Blick ruckartig wieder auf Silberfuchs, fand die schläfrigen, wissenden Augen auf sich gerichtet.

Nein, noch einmal klappt das nicht. »Silberfuchs«, brummte er. »Du erzählst eine Geschichte, um unser Mitgefühl zu gewinnen, doch es scheint, als wärst du die Sache falsch angegangen, und so richtest du am Ende alles zu Grunde, was du erreichen wolltest. Wenn es da noch eine größere Bedrohung gibt, eine *dritte* Hand, die geschickt sowohl uns wie auch den Pannionischen Seher manipuliert ... werdet ihr – du und deine T'lan Imass – dann eure Aufmerksamkeit dieser Hand zuwenden?«

»Nein.«

»Warum nicht?«

Er war überrascht, als ihr fester Blick unsicher wurde, sie ihn schließlich ganz abwandte. Ihre Stimme war kaum mehr als ein raues Flüstern, als sie sagte: »Weil du zu viel von uns verlangst, Elster.«

Niemand sagte etwas.

Furcht wogte über Elster hinweg. Er drehte sich um, kreuzte den Blick mit Dujek, sah im Gesicht des alten Mannes ein Spiegelbild seines eigenen, wachsenden Entsetzens. *Ihr Götter hienieden, wir marschieren unserem Tod entgegen. Ein unsichtbarer Feind – aber einer, von dem wir schon lange Zeit wissen, einer, von dem wir gewusst haben, dass er früher oder später kommen würde, einer, der … beim Abgrund – einer, der selbst die T'lan Imass zurückschrecken lässt …*

»Welch greifbares Vonsinnensein!«, rief Kruppe. »Vonsinnensein? Gibt es ein solches Wort? Wenn nicht, dann müssen wir Kruppes zahllosen Talenten noch linguistische Erfindungen hinzufügen. Meine Freunde! Wartet! Horcht! Hört zu! Fasst euch ein Herz, ihr alle, in dem Wissen, dass Kruppe sich selbst, breitbeinig und mit stattlichem Körperumfang, entschlossen in den Weg jenes besagten – doch noch nicht erwähnten – schrecklichen Feindes jeglicher Existenz gestellt hat! Schlaft nun, da ihr es wisst, heute Nacht ruhig. Schlummert wie Säuglinge in den Armen ihrer Mutter, so wie ihr alle es früher einmal getan habt – sogar Kallor, auch wenn dieses Bild etwas Erschreckendes und Bestürzendes hat –«

»Verdammt!«, brüllte Caladan Bruth. »Im Namen des Vermummten – was redest du da, kleiner Mann? Du behauptest, dich dem *Verkrüppelten Gott* in den Weg gestellt zu haben? Beim Abgrund, du bist verrückt! Wenn du uns nicht gleich«, fuhr er etwas leiser fort, während er sich von seinem Pferd schwang, »einen Beweis für deine großen Worte gibst« – er stapfte auf Kruppe zu, griff mit einer Hand nach dem umwickelten Schaft seines Hammers –, »kann ich nicht voraussagen, wie schrecklich mein Zorn sein wird.«

»Das würde ich nicht tun, Bruth«, murmelte Silberfuchs.

Der Kriegsherr wirbelte herum, sah sie mit gefletschten Zähnen an. »Du dehnst deinen Schutz jetzt auch auf diese arrogante, fette Kröte aus?«

Ihre Augen wurden groß, und sie warf dem Daru einen Blick zu. »Kruppe, wünschst du das?«

»Das ist absurd! Nichts für ungut, meine Liebe – dieser Protest ist nicht böse gemeint, das versichert dir Kruppe mit süßer Stimme!«

Elster starrte den rundlichen kleinen Mann ungläubig an, wie er sich in seinen fleckigen Gewändern – die die Spuren all der Speisen und Getränke trugen, die er in den letzten Tagen zu sich genommen hatte – so hoch wie möglich aufrichtete und Caladan Bruth mit kleinen, glitzernden Augen anstarrte. »Ihr wollt Kruppe von Darujhistan drohen, ja? Ihr verlangt eine Erklärung, ja? Ihr streichelt liebevoll Euren Hammer, ja? Ihr wollt –«

»Still!«, brüllte der Kriegsherr und mühte sich sichtlich, seine Wut zu beherrschen.

Bei den Göttern hienieden – was hat Kruppe bloß vor?

»Kruppe bietet allen Drohungen die Stirn! Kruppe lacht höhnisch über jede Art von Demonstration, die der zornige Kriegsherr versuchen –«

Urplötzlich war der Hammer in Bruths Händen, war ein verschwommener Fleck in der Luft, als der Kriegsherr ausholte und ihn knapp vor Kruppes Füßen auf die Erde krachen ließ.

Die Erschütterung ließ die Pferde stürzen, wirbelte Elster und die anderen durch die Luft. Ein mörderischer Donnerschlag spaltete die Luft. Die Erde schien dem malazanischen Kommandanten entgegenzuspringen, der Aufprall war wie ein Fausthieb, dann wurde er noch einmal herumgeworfen und rollte schließlich den von Felsbrocken übersäten Hang hinab.

Über ihm hörte er Pferde ängstlich wiehern. Ein heißer, heulender Windstoß riss Erde und Staub in die Luft.

Die Geröllhalde unter Elster bewegte sich, sie floss und rutschte immer schneller rumpelnd und polternd zu Tal. Steine krachten gegen seine Rüstung, hämmerten gegen den Helm auf seinem Kopf, betäubten ihn halb. Einen winzigen Augenblick lang konnte er durch einen ungleichmäßigen Riss in der Staubwolke einen Blick auf die Hügelkette auf der anderen Seite des Tals werfen. Es war unmöglich, aber sie hob sich, wuchs rasend schnell in die Höhe – das Grundgestein riss die grasbewachsene Oberfläche auf, Staubwolken, Felssplitter und Rauch wurden in die Luft geschleudert. Dann verschluckte der allgegenwärtige Staub die Welt rings um ihn. Felsbrocken holperten über ihn hinweg. Andere trafen ihn mit kräftigen, schmerzhaften Schlägen, die ihn keuchend, hustend, würgend weiterrollen ließen.

Selbst jetzt noch hob sich der Boden unter dem rutschenden Geröll. Ferne Detonationen erschütterten die Luft, zitterten durch Elsters geschundene Knochen.

Schließlich blieb er liegen, halb begraben unter Geröll und Felsbrocken. Blinzelnd, mit brennenden Augen, sah er die Rhivi-Kundschafter vor sich – sie duckten sich, sprangen vor einigen herantorkelnden Felsbrocken beiseite, als spielten sie ein bizarres, tödliches Spiel. Hinter ihnen ragte schwarzes, dampfendes Felsgestein auf, das Rückgrat einer neuen Bergkette, die noch immer wuchs, noch immer in die Höhe stieg und den Boden des Tals, in dem der Malazaner jetzt lag, hob und kippte. Der Himmel dahinter schäumte eisengrau vor Dampf und Rauch.

Der Vermummte soll mich holen … armer Kruppe … Stöhnend wälzte Elster sich so weit herum, wie er konnte. Er war von Kopf bis Fuß mit Abschürfungen übersät und konnte die Geburt großer blauer Flecken unter seiner zerdellten, zerrissenen Rüstung spüren, aber erstaunlicherweise waren seine Knochen noch alle heil. Er strengte seine tränenden Augen an, um die Hügelkuppe zu erkennen, auf der er gerade eben noch gestanden hatte.

Die Geröllhalde war verschwunden, hatte einer klaffenden, rauen Felsklippe Platz gemacht. Der größte Teil der flachen Hügelkuppe war einfach nicht mehr da, war ausgelöscht; nur ein kleines, flaches Inselchen war übrig geblieben … auf dem Elster jetzt Gestalten ausmachen konnte, die sich bewegten, aufstanden. Pferde rappelten sich auf. Schwach vernahm er das schrille, empörte Geschrei eines Maultiers.

Nach Norden hin war eine schmale, dampfende Spalte zu sehen, die sich durch die Seite eines entfernten Tals und dann durch entfernte Hügel schnitt, ein Riss in der Erde, der unendlich tief zu sein schien.

Elster quälte sich mühsam aus dem Geröll auf die Beine, richtete sich langsam auf.

Er sah Caladan Bruth, reglos, den Hammer in den Händen … und vor dem Kriegsherrn stand auf einer eigenen Insel Kruppe, der sich den Staub aus den Kleidern klopfte. Der Riss, der dort entstanden war, wo der Hammer auf die Erde geprallt war, teilte sich direkt vor dem kleinen, fetten Daru und lief gleich hinter ihm wieder zusammen.

Elster musste sich das Lachen verbeißen, denn er wusste, wie verzweifelt, wie misstönend es klingen würde. *Jetzt haben wir also Bruths Zorn gesehen. Und Kruppe, dieser groteske kleine Mann, hat ihm getrotzt. Tja, wenn es jemals eines Beweises bedurft hat, dass der Daru nicht das ist, was er zu sein scheint …* Er runzelte die Stirn. *Das war in der Tat eine Demonstration … ich frage mich nur – für wen?*

Ein Entsetzensschrei unterbrach seine Gedankengänge.

Korlat. Sie blickte nach Norden, und ihre Körperhaltung war irgendwie zusammengezogen und in sich selbst vertieft.

Der Spalt füllte sich mit Blut, wie Elster jetzt sah – und in diesem Augenblick war schlagartig jede Erheiterung dahin.

Verunreinigtes Blut, verfaultes Blut. Beru schütze uns, die Schlafende Göttin … Brand schläft den Schlaf der Sterbenden, der Vergifteten. Und dies, begriff er, war die letzte, schrecklichste Enthüllung dieses Tages. *Krank … durch die verborgene Hand des Verkrüppelten Gottes …*

Die Mhybe riss die Augen auf. Der Wagen ruckte und rumpelte. Donner erschütterte den Boden. Von allen Seiten ertönten die Rufe der Rhivi, ein klagender Chor voller Schrecken und Bestürzung. Ihre Knochen und Muskeln schmerzten, als sie von dem Kataklysmus hin und her geschleudert wurde, aber sie würde nicht schreien. Sie wollte sich nur verstecken.

Das Rumpeln ließ nach, wurde durch das ferne Muhen der Bhederin ersetzt und, viel näher, durch die leisen Schritte ihrer Verwandten, die an dem Wagen vorbeieilten. Die Herde war der Panik nahe, ein Massenausbruch drohte.

Der uns alle vernichten würde. Und doch wäre es eine Gnade. Ein Ende meiner Schmerzen, meiner Albträume …

In ihren Träumen war sie wieder jung, doch diese Träume schenkten ihr keine Freude. Fremde wanderten über die Tundra, in der sie sich stets wiederfand. Die Fremden kamen näher. Sie floh. Schoss davon wie ein Schneehase. Rannte, rannte immerzu.

Fremde. Sie wusste nicht, was sie wollten, aber sie suchten nach ihr – das zumindest war klar. Spürten ihr nach, wie Jäger ihrer Beute. Zu schlafen hieß erschöpft und mit zitternden Gliedern aufzuwachen, während sich ihre Brust unter keuchenden Atemzügen hob und senkte.

Sie war vor dem Abgrund gerettet worden, war davor bewahrt worden, eine der zahllosen zerfetzten Seelen zu werden, die sich in ewigem, verzweifeltem Hunger verloren. Gerettet – von einem Drachen. *Wozu? Um mich an einem Ort zurückzulassen, wo ich gejagt werde, wo ich pausenlos verfolgt werde?*

Die Zeit verging. Nur gelegentlich drangen ein paar der beruhigenden Worte an ihr Ohr, mit denen die Hirten die verängstigten Bhederin beschwichtigten. Es würde keine Massenflucht geben. Noch immer durchlief ein gelegentliches Rumpeln die Erde, in verebbenden Wellen, die von immer weiter weg zu kommen schienen.

Die Mhybe stöhnte leise auf, als der Wagen einmal mehr schwankte, dieses Mal durch die Ankunft der beiden Daru Coll und Murillio.

»Du bist aufgewacht«, bemerkte der Ratsherr. »Na, das ist ja auch kein Wunder.«

»Lasst mich in Ruhe«, sagte sie, zog die Felle enger um ihren zitternden Körper und wich dabei vor den beiden Männern zurück. *Es ist so kalt ...*

»Hast du eine Ahnung, was da vorne los gewesen sein könnte?«, wandte Murillio sich an Coll.

»Scheint, als hätte Bruth einen Wutanfall gehabt.«

»Bei den Göttern! Wer hat ihn wohl dazu gebracht? Kallor? Dieser Bastard verdient –«

»Das war nicht Kallor, mein Freund«, erwiderte Coll grollend. »Aber du darfst noch einmal raten – es sollte eigentlich nicht lange dauern, bis du darauf kommst.«

Murillio stöhnte auf. »Kruppe.«

»Der Vermummte weiß, er hat unser aller Geduld das eine oder andere Mal auf eine schwere Probe gestellt … nur war keiner von uns in der Lage, die halbe Welt in Stücke zu schlagen und neue Berge himmelwärts zu schleudern.«

»Ist der elende Zwerg dabei umgekommen? Ich kann kaum glauben –«

»Es heißt, er sei ohne einen Kratzer davongekommen. Typisch. Und dass er sich nur über den Staub beklagt hat. Es ist auch sonst niemand verletzt worden, obwohl ein wütendes Maultier dem Kriegsherrn beinahe mit einem Tritt den Schädel zertrümmert hätte.«

»War das Kruppes Maultier? Das im Gehen schläft?«

»Stimmt, genau das.«

Es schläft. Und träumt bestimmt davon, ein Pferd zu sein. Prächtig, groß, wild …

»Das Biest ist in der Tat seltsam. Ich habe noch nie ein Maultier gesehen, das so … so wachsam war. In jeder Hinsicht. Bei der Königin der Träume, eine so merkwürdige Gebirgskette habe ich ja noch nie gesehen.«

»Ja, Murillio, sie sieht größer aus, als sie eigentlich ist. Eine optische Täuschung. Ein zerklüfteter Grat, wie etwas, was du ganz fern am Horizont sehen kannst, aber da ist er, keine halbe Länge von uns entfernt. Es lohnt nicht, darüber nachzudenken, wenn du mich fragst …«

Es gibt nichts, worüber nachzudenken sich lohnen würde. Keine Berge, keine Maultiere, auch nicht Bruths Zorn. Seelen bedrängen meine Tochter, dort, in ihrem Innern. Zwei Frauen und ein Thelomen namens Schädelzerschmetterer. Zwei Frauen und ein Mann, die ich noch nie gesehen habe … doch ich habe dieses Kind in mir getragen. Ich, eine Rhivi, jung, in der Blüte meines Lebens, wurde in einen Traum hineingezogen – und dann wurde der Traum wahr. Aber wo bin ich in meiner Tochter? Wo ist das Blut, das Herz der Rhivi?

Sie hat nichts von mir, überhaupt nichts. Ich war ein Gefäß – und nichts weiter –, um eine Fremde zu beherbergen und auf diese Welt zu bringen.

Sie hat keinen Grund, nach mir zu sehen, mich zu besuchen, meine Hand zu halten und mich zu trösten. Meine Aufgabe ist erfüllt. Und hier liege ich, ein weggeworfenes Ding. Vergessen. Eine Mhybe.

Eine Hand legte sich sanft auf ihre Schulter.

»Ich glaube, sie ist wieder eingeschlafen.« Das war Murillios Stimme.

»Es ist am besten so«, murmelte Coll.

»Ich kann mich an meine eigene Jugend erinnern«, fuhr der Daru leise und nachdenklich fort.

»Ich kann mich auch an deine Jugend erinnern, Murillio.«

»Wild und verschwenderisch –«

»Jede Nacht eine andere Witwe, wenn ich mich recht erinnere.«

»Ich war tatsächlich ein Magnet, und du weißt ja, es war alles so leicht –«

»Das haben wir gemerkt.«

Er seufzte. »Aber so ist es nicht mehr. Ich bin älter geworden, habe den Preis für die Tage meiner Jugend gezahlt …«

»Für die Nächte, meinst du wohl.«

»Was auch immer. Neue Rivalen sind aufgetaucht. Junge Burschen von edlem Blut. Marak von Paxto, groß und geschmeidig, nach dem sich die Köpfe drehen, wo immer er umherschlendert. Dieser blasierte Bastard. Und dann ist da Perryl von M'necrae –«

»Also wirklich, Murillio, verschone mich damit.«

»Die Sache ist die, es war eine gewisse Zeitspanne so – ein paar Jahre lang. Ausgefüllte Jahre. Vergnügliche Jahre. Und wenn ich auch auf dem absteigenden Ast bin, kann ich doch zumindest zurückblicken und mich an meine Tage – in Ordnung, meine *Nächte* – voller Glanz erinnern. Aber diese arme Frau hier …«

»Ja, ich verstehe, was du meinst. Sind dir jemals diese kupfernen Schmuckstücke aufgefallen, die sie trägt? Da, zum Beispiel das Paar an den Handgelenken. Es sind Geschenke von Kruppe, aus Darujhistan.«

»Was ist damit?«

»Nun, wie ich schon gesagt habe. Sind sie dir jemals aufgefallen? Es ist merkwürdig. Sie werden heller, glänzender, wenn sie schläft.«

»Wirklich?«

»Ich würde es auf einen Stapel von Kruppes Taschentüchern schwören.«

»Wie eigenartig.«

»Jetzt sind sie allerdings ziemlich matt …«

Die beiden Männer, die sich über sie beugten, schwiegen. Nach mehreren Herzschlägen drückte die Hand, die auf ihrer Schulter ruhte, leicht zu.

»Ach, meine Liebe«, flüsterte Murillio, »ich wollte, ich könnte meine Worte zurücknehmen …«

Warum denn? Sie waren wahr. Die Worte kamen aus deinem Herzen, und es ist ein großzügiges Herz, trotz deiner verantwortungslosen Jugendjahre. Du hast meinen Fluch nur benannt. Das ändert nichts. Muss man Mitleid mit mir haben? Anscheinend nur, wenn ich schlafe. Ins Gesicht sagst du mir nichts, und du glaubst, dein Schweigen sei Güte. Aber es verhöhnt mich, denn es kommt als Gleichgültigkeit bei mir an.

Und mein Schweigen? Diesen beiden freundlichen Männern gegenüber, die jetzt auf mich herabblicken? Welchen meiner zahllosen Makel lässt das erkennen?

Es scheint, als wäre euer Mitleid nichts im Vergleich zu meinem eigenen.

Und dann trieben ihre Gedanken davon. Das ockergelbe, baumlose Ödland ihrer Träume erschien. Und sie war mitten darin.

Sie begann zu rennen.

Dujek warf beim Eintreten seinen gepanzerten Handschuh gegen die Zeltwand; sein Gesicht war dunkel vor Wut.

Elster entkorkte den Bierkrug und füllte zwei Pokale, die vor ihm auf dem kleinen Feldtisch standen. Beide Männer waren mit Staub und Schweiß verschmiert.

»Was ist das für ein Wahnsinn?«, krächzte die Hohefaust, schnappte sich einen Pokal und begann, im Zelt auf und ab zu gehen.

Elster streckte seine zerschlagenen Beine aus; der Stuhl unter ihm knarrte. Er nahm einen kräftigen Schluck Bier, seufzte und sagte: »Welchen Wahnsinn meinst du, Dujek?«

»Stimmt, die Liste wird allmählich verdammt lang. Der Verkrüppelte Gott! Die schlimmsten Legenden drehen sich um diesen zerschmetterten Scheißkerl –«

»Das Gedicht von Fisher Kel Tath, darüber, wie er angekettet wurde …«

»Nun, ich bin keiner, der Gedichte liest, aber, beim Vermummten, ich habe Teile davon von Schenkensängern und ähnlichen Leuten gehört. Bei Feners Eiern, das ist nicht der Krieg, den zu führen ich mich verpflichtet habe.«

Elster blickte die Hohefaust aus zusammengekniffenen Augen an. »Dann lass es.«

Dujek hörte auf, hin und her zu marschieren, und sah seinen Stellvertreter an. »Weiter«, sagte er nach einem Augenblick.

»Bruth hat es gewusst«, fuhr Elster mit einem Schulterzucken fort, das ihm ein Stöhnen entlockte. *Genau wie Korlat.* »Wenn er es gewusst hat, kann man davon ausgehen, dass auch Anomander Rake es gewusst hat. Und Kallor – obwohl mir das begeisterte Leuchten in seinen Augen ganz und gar nicht gefallen hat. Also, zwei Aufgestiegene und ein Möchtegern-Aufgestiegener. Der Verkrüppelte Gott ist zu mächtig für Leute wie dich und mich, wir haben keine Chance gegen ihn, Hohefaust. Überlass es ihnen, sich mit ihm zu befassen – ihnen und den Göttern. Schließlich waren sowohl Rake als auch Bruth dabei, als er angekettet wurde.«

»Du willst damit sagen, es ist ihr Problem.«

»Offen gesagt – ja, das ist es.«

»Für das wir alle bezahlen, und vielleicht schon bald den höchsten Preis. Ich werde nicht zusehen, wie meine Armee in diesem ganz besonderen Spiel verheizt wird, Elster. Wir sind losmarschiert, um die Pannionische Domäne zu zerschmettern, ein Reich von Sterblichen – nach allem, was wir herausgefunden hatten.«

»Es sieht so aus, als ob beide Seiten nicht mit offenen Karten spielen, Dujek.«

»Und? Soll mich das etwa beruhigen?« Hohefaust Dujek Einarm starrte seinen Stellvertreter einen Augenblick lang düster an, dann trank er in langen Zügen sein Bier aus und streckte ihm den leeren Pokal entgegen.

Elster füllte ihn wieder. »Wir können uns schwerlich über diese Art falsches Spiel beklagen«, polterte er. »Oder, mein Freund?«

Dujek verstummte, brummte dann wortlos vor sich hin.

In der Tat. Beruhige dich, Hohefaust. Versuche klar zu denken.

»Davon abgesehen«, fuhr Elster fort, »habe ich Vertrauen.«

»In was?«, schnappte Dujek. »In wen? Ich bitte dich, sag es mir!«

»In einen gewissen kurz gewachsenen, korpulenten, widerlichen kleinen Mann –«

»In Kruppe? Hast du den Verstand verloren?«

Elster lächelte. »Alter Freund, schau dir doch an, wie du vor Wut kochst. Wie du dich darüber ärgerst, dass du manipuliert worden bist. Benutzt. Möglicherweise auch getäuscht. Und jetzt überlege einmal, wie sich ein Aufgestiegener wie Caladan Bruth fühlen muss, wenn ihm klar wird, dass er manipuliert worden ist? Würde er so wütend werden, dass er die Beherrschung verliert? Würde er so wütend werden, dass er seinen Hammer nehmen und versuchen würde, diesen selbstgefälligen, wichtigtuerischen Puppenspieler auszulöschen?«

Dujek stand lange still da, ohne sich zu rühren, dann verzogen sich seine Lippen zu einem Grinsen. »Mit anderen Worten, *er* hat Kruppe ernst genommen …«

»Darujhistan«, sagte Elster. »Unser großer Fehlschlag. Die ganze Zeit über hatte ich das Gefühl, dass irgendjemand, irgendetwas bei dieser ganzen verdammten Geschichte im Hintergrund die Fäden gezogen hat. Nicht Anomander Rake. Nicht der Zirkel. Nicht Vorcan und ihre Assassinen. Irgendjemand anderes. Irgendjemand, der sich so schlau verborgen hat, der so erschreckend … tüchtig … war, dass wir hilflos waren, vollkommen hilflos.

Und dann, während der Waffenstillstandsverhandlungen, entdecken wir alle, wer dafür verantwortlich war, dass Flickenseel wiedergeboren wurde. Als Silberfuchs, die Tochter einer Rhivi, die sie in einem unbekannten Gewirr empfangen und geboren hat. Da sind Fäden zusammengezogen worden – Nachtfrost, Bellurdan, Flickenseel selbst. Und, wie sich jetzt herausstellt, ein Älterer Gott, der in die Sphäre der Sterblichen zurückgekehrt ist. Und zu guter Letzt und am bemerkenswertesten: die T'lan Imass. Also … Flickenseel, Nachtfrost und Bellurdan – alle aus dem malazanischen Imperium – sind in einer Rhivi wiedergeboren, die zu *Bruths* Armee gehört … während Waffenstillstandsverhandlungen unmittelbar bevorstehen, sich ein großes Bündnis abzeichnet … wie unglaublich passend, beim Vermummten, dass ein Kind auf diese Weise eine Brücke zwischen den beiden Lagern schlägt –«

»Die nur Kallor nicht gefällt«, wies Dujek auf das Offensichtliche hin.

Elster nickte langsam. »Und Kallor ist gerade wieder einmal an Bruths Macht erinnert worden – hoffentlich hat es ausgereicht, um ihn davon abzuhalten, Dummheiten zu machen.«

»Du meinst, es ist darum gegangen?«

»Vielleicht. Bruth hat einen Beweis verlangt, oder? Was Kruppe manipuliert, sind die Umstände. Irgendwie. Ich habe nicht das Gefühl, als müssten wir nach seiner Pfeife tanzen. Hinter dem Daru steckt ein Älterer Gott, aber selbst das scheint mir eher ein Bündnis zum … gegenseitigen Nutzen zu sein, fast schon unter Gleichen. Eine Partnerschaft, wenn man so will. In Ordnung, ich gebe zu, das alles sind reine Mutmaßungen, aber ich sage dir eines: Ich bin schon früher manipuliert worden, genau wie du. Aber diesmal fühlt es sich anders an. Weniger feindlich. Dujek, ich spüre diesmal so etwas wie Mitleid.«

»Ein Bündnis unter Gleichen«, murmelte die Hohefaust und schüttelte dann nachdenklich den Kopf. »Zu was macht das dann Kruppe? Ist er ein verkleideter Gott? Ein Magier mit besonders viel Macht, ein Erzmagier?«

Elster zuckte die Schultern. »Ich vermute, dass er ein sterblicher Mensch ist. Aber von einzigartiger, überragender Intelligenz. Und ich meine das ziemlich wörtlich, Dujek. Einzigartig. Würde ein Älterer Gott plötzlich in diese Sphäre zurückgeschleudert werden, würde er sich als ersten Verbündeten dann nicht den intelligentesten Menschen suchen, den er finden kann?«

Auf Dujeks Gesicht spiegelten sich noch immer Unglaube und Überraschung. »Aber, Elster ... *Kruppe*?«

»Kruppe. Der uns die Trygalle-Handelsgilde gebracht hat – die einzigen Händler, die in der Lage sind, uns auf der Route, die wir gewählt haben, zu versorgen. Kruppe, der der Mhybe die noch existierenden Besitztümer der Ersten Rhivi gebracht hat, damit sie sie anlegen und so ihre Schmerzen lindern konnte, und ich habe den Verdacht, dass diese Schmuckstücke noch längst nicht all ihre Macht gezeigt haben. Kruppe, der Einzige, mit dem Silberfuchs sprechen will, nun, da Paran nicht mehr hier ist. Und schließlich Kruppe, der sich dem Verkrüppelten Gott in den Weg gestellt hat.«

»Aber wenn er nur ein Sterblicher ist, wie konnte er dann Bruths Zorn überleben?«

»Nun, sein Verbündeter – der Ältere Gott – will wohl nicht, dass der Daru getötet wird. Daher nehme ich an, dass er eingegriffen hat. Was sollte es sonst gewesen sein?«

Dujek leerte seinen Pokal. »Verdammt«, seufzte er. »In Ordnung. Wir ignorieren den Verkrüppelten Gott, so gut wir können. Wir konzentrieren uns auf die Pannionische Domäne. Trotzdem, mein Freund – es gefällt mir nicht. Ich kann mir nicht helfen – es macht mich einfach nervös, dass wir nicht ernsthaft über diesen neuen Feind nachdenken ...«

»Das würde ich so nicht sagen, Hohefaust.«

Dujek warf ihm einen scharfen, fragenden Blick zu, dann verzog er das Gesicht. »Der Schnelle Ben.«

Elster nickte langsam. »Ich nehme es an. Ich bin mir nicht sicher – beim Vermummten, ich weiß noch nicht einmal, ob er überhaupt noch am Leben ist, aber so wie ich ihn kenne, ist er es. Wahrscheinlich sogar sehr lebendig. Und wenn ich daran denke, wie erschüttert er war, als ich ihn das letzte Mal gesehen habe, hat er keinerlei Illusionen mehr und ist alles andere als unwissend.«

»Und er ist alles, was wir haben? Um den Verkrüppelten Gott auszutricksen?«

»Hohefaust, wenn Kruppe das größte Genie dieser Welt ist, dann ist der Schnelle Ben nur einen Schritt hinter ihm. Einen sehr kleinen Schritt.«

Draußen vor dem Zelt vernahmen sie Schreie, dann Fußgetrappel. Einen Augenblick später zog der Standarten-Träger Artanthos die Zeltklappe beiseite und trat herein. »Hohefaust, Kommandant – ein einzelner Moranth ist gesichtet worden. Er kommt aus Nordosten. Es ist Twist.«

Elster stand auf; er ächzte angesichts der Kaskade von Schmerzen, die die Bewegung hervorrief. »Bei der Königin der Träume, anscheinend werden wir ein paar Neuigkeiten erfahren.«

»Dann wollen wir hoffen, dass es gute Neuigkeiten sind«, grollte Dujek. »Ich für meinen Teil könnte ein paar gebrauchen.«

Ihr Gesicht war gegen die von Flechten überzogenen Steine gepresst, das Gefühl von Rauheit verschwand, als ihr Schweiß die zerzauste Pflanze nässte. Ihr Herz dröhnte, und sie atmete in keuchenden Zügen, während sie wimmernd dalag, zu müde, um weiterzurennen, zu müde, um auch nur den Kopf zu heben.

In der Tundra ihrer Träume waren neue Feinde aufgetaucht. Diesmal wurde sie nicht von der Gruppe von Fremden verfolgt.

Diesmal war sie von Wölfen aufgespürt worden. Von riesigen, hageren Kreaturen, größer als alle, die sie jemals in ihrem wachen Leben gesehen hatte. Sie waren auf dem Grat einer Hügelkette im Norden in ihr Blickfeld getrottet. Acht langbeinige Tiere mit hoch gewölbten Schultern, deren Fell sich den gedämpften Farben der umliegenden Landschaft anpasste. Der vorderste hatte sich umgedreht, als habe er in dem kalten, trockenen Wind ihre Witterung aufgenommen.

Und die Jagd hatte begonnen.

Anfangs hatte die Mhybe die Schnelligkeit ihrer jungen, geschmeidigen Beine in vollen Zügen genossen. So schnell wie eine Antilope – schneller als jeder sterbliche Mensch jemals hätte laufen können – war sie durch das unfruchtbare Land geflohen.

Die Wölfe hatten Schritt gehalten, ohne zu ermüden, wobei das

Rudel auch zu den Seiten hin ausgeschwärmt war; gelegentlich war einer vorgeprescht, war von der einen oder anderen Seite herangeschossen, hatte sie gezwungen, kehrtzumachen.

Wieder und wieder hatten die Kreaturen es irgendwie geschafft, sie den Hang hinaufzutreiben, wenn sie versucht hatte, zwischen den Hügeln auf ebenem Gelände zu bleiben. Und sie begann zu ermüden.

Der Druck ließ niemals nach. In ihre Gedanken schlich sich – zusätzlich zu den zunehmenden Schmerzen in den Beinen, dem Feuer in ihrer Brust und der scharfen trockenen Agonie ihrer Kehle – die entsetzliche Erkenntnis, dass Flucht unmöglich war. Dass sie sterben würde. Niedergerissen wie jedes andere Tier, dazu verdammt, dem Hunger der Wölfe zum Opfer zu fallen.

Denn für diese Wölfe – das wusste sie – bedeutete das Meer ihrer Gedanken, das nun zu einem wilden Sturm aus Panik und Verzweiflung aufgewühlt wurde, nichts. Sie waren Jäger, und was in der Seele ihrer Beute wohnte, war für sie nicht von Belang. Genau wie bei der Antilope, dem Bhederin-Kalb, dem Ranag – Anmut und Wunder, Versprechen und Potenzial ausschließlich und allein reduziert auf Fleisch.

Die letzte Lektion des Lebens, die einzig wahre, begraben unter einer Vielzahl von übereinander geschichteten Täuschungen.

Früher oder später, das verstand sie jetzt, sind wir alle nichts anderes als Futter. Ob für Wölfe oder Würmer, ob das Ende abrupt oder schleichend kam, spielte nicht die geringste Rolle.

Wimmernd, halb blind, stolperte sie einen weiteren Hang hinauf. Sie waren nahe. Sie konnte hören, wie ihre Pfoten vom Wind getrocknete Flechten und Moos zerrissen. Zu ihrer Linken, zu ihrer Rechten, immer näher, ein kurzes Stück vor ihr. Mit einem Aufschrei geriet die Mhybe ins Stolpern, fiel vornüber auf den felsigen Gipfel. Sie schloss die Augen, wartete auf den Schmerz, auf die Zähne, die sich in ihr Fleisch schlugen.

Die Wölfe umkreisten sie. Sie hörte sie; sie kreisten und kamen dann in einer spiralförmigen Bewegung näher und näher.

Heißer Atem wehte gegen ihren Nacken.

Die Mhybe schrie.

Und erwachte. Über ihr ein verblassender blauer Himmel, ein vorbeiziehender Falke. Ein dahintreibender Staubschleier von der Herde. Ferne Stimmen und – viel näher – das mühsame, rasselnde Geräusch ihrer eigenen Atemzüge.

Der Wagen hatte aufgehört, sich zu bewegen. Die Armee schlug ihr Nachtlager auf.

Sie lag zusammengekauert und reglos unter den Pelzen und Fellen. Ganz in der Nähe hörte sie Stimmengemurmel – zwei Stimmen. Sie roch den Rauch eines Dungfeuers, roch mit Kräutern gewürzte Fleischbrühe – Salbei, einen Hauch Ziege. Eine dritte Stimme kam hinzu, wurde von den ersten beiden begrüßt – alle merkwürdig undeutlich, so dass sie sie nicht erkennen konnte. *Es ist die Mühe nicht wert. Meine Wächter. Meine Wärter.*

Der Wagen quietschte. Jemand hockte sich neben sie. »Der Schlaf sollte dich nicht so erschöpfen.«

»Nein, Korlat, das sollte er nicht. Bitte, lass es mich endlich selbst beenden –«

»Nein. Hier, Coll hat Eintopf gemacht.«

»Ich habe keine Zähne mehr, mit denen ich kauen könnte.«

»Es sind nur kleine Fleischstreifen, die gut zu schlucken sind. Das meiste ist Brühe.«

»Ich habe keinen Hunger.«

»Trotzdem. Soll ich dir helfen, dich aufzusetzen?«

»Der Vermummte soll dich holen, Korlat. Dich und den Rest. Euch alle miteinander.«

»Komm, ich helfe dir.«

»Deine guten Absichten bringen mich um. Nein, sie bringen mich nicht um. Das ist es ja gerade, oder …« Sie ächzte, versuchte vergeblich, sich aus Korlats Händen zu winden, als die Tiste Andii sie ohne Mühe in eine sitzende Position hob. »Sie quält mich, deine Barmherzigkeit. Die alles andere ist als das. Nein, sieh mir nicht ins Gesicht, Korlat.« Sie zog sich die Kapuze tiefer in die Stirn. »Sonst fange ich noch an, mich nach dem Mitleid in deinen Augen zu sehnen. Wo ist die Schale? Ich werde essen. Lass mich allein.«

»Ich bleibe bei dir, Mhybe«, erwiderte Korlat. »Schließlich sind es zwei Schalen.«

Die Rhivi starrte ihre runzligen, pockennarbigen, skelettartigen Hände an, dann die Schale, die sie in ihnen hielt, die wässrige Brühe mit den Stückchen weinfleckigen Fleisches. »Siehst du das? Der Metzger der Ziege. Der Schlächter. Hat er oder sie angesichts der verzweifelten Schreie des Tiers gezögert? In seine bettelnden Augen gesehen? Gezögert, sein Messer zu gebrauchen? In meinen Träumen bin ich wie diese Ziege. Das ist es, wozu du mich verfluchst.«

»Der Metzger der Ziege war ein Rhivi«, sagte Korlat nach einem Augenblick. »Du und ich, wir beide kennen dieses Ritual sehr gut, Mhybe. Beschwichtigung. Die Anrufung des barmherzigen Geistes, dessen Umarmung notwendig ist. Du und ich, wir beide wissen, wie dieser Geist über die Ziege kommt, oder über jede andere Kreatur, deren Fleisch dein Volk ernähren soll, dessen Fell euch kleidet. Und aus diesem Grund schreit das Tier nicht, und es bettelt nicht. Ich habe zugesehen … und mich gewundert, denn es ist in der Tat etwas Bemerkenswertes. So etwas gibt es nur bei den Rhivi, nicht was die Absicht anbelangt, sondern die Wirksamkeit. Es ist, als ob der durch das Ritual angerufene Geist dem Tier eine bessere Zukunft zeigt – etwas, das über jenes Leben hinausgeht, das es bis zu diesem Augenblick gekannt hat –«

»Lügen«, murmelte die Mhybe. »Der Geist betrügt die arme Kreatur. Um das Schlachten leichter zu machen.«

Korlat schwieg.

Die Mhybe hob die Schale an die Lippen.

»Und wenn schon«, griff die Tiste Andii das Thema wieder auf, »vielleicht ist die Täuschung dennoch ein Geschenk … der Barmherzigkeit.«

»So etwas gibt es nicht«, schnappte die Mhybe. »Es sind nur Worte, um den Mörder und seine Verwandten zu trösten, nichts weiter. Tot ist tot, wie die Brückenverbrenner zu sagen pflegen. Diese Soldaten kennen die Wahrheit. Die Kinder des malazanischen Imperiums geben sich keinerlei Illusionen hin. Sie lassen sich nicht so einfach verzaubern.«

»Du scheinst viel über sie zu wissen.«

»Zwei Seesoldatinnen kommen gelegentlich vorbei, um mich zu besuchen. Sie haben die Aufgabe übernommen, über meine Tochter zu wachen. Und mir von ihr zu erzählen, da das sonst niemandem in den Sinn kommt, und ich schätze sie dafür.«

»Das habe ich nicht gewusst …«

»Beunruhigt es dich? Sind mir irgendwelche schrecklichen Geheimnisse offenbart worden? Wirst du das jetzt unterbinden?«

Eine Hand legte sich auf ihre Schulter. »Ich wünschte, du würdest mir wenigstens ins Gesicht sehen, Mhybe. Nein, so etwas werde ich nicht tun. Und ich weiß auch nichts von irgendwelchen entsetzlichen Geheimnissen, die man dir vorenthält. Nein, eigentlich möchte ich jetzt diese beiden Seesoldatinnen aufsuchen und mich bei ihnen bedanken.«

»Lass sie in Ruhe, Korlat. Sie wollen keinen Dank. Es sind einfache Soldatinnen, zwei Frauen aus dem Imperium. Von ihnen weiß ich, dass Kruppe Silberfuchs regelmäßig besucht. Vielleicht hat er die Rolle des lieben Onkels übernommen. Was für ein eigenartiger Mann, liebenswert trotz des schrecklichen Fluchs, den er mir auferlegt hat.«

»Ein Fluch? Oh. Mhybe, nach allem, was ich bisher von Kruppe gesehen habe, ist er niemand, der irgendjemanden verfluchen würde. Ich glaube nicht, dass er auch nur geahnt hat, was die Wiedergeburt von Flickenseel für dich bedeuten könnte.«

»Wie wahr, wie wahr. Ich verstehe es sehr gut, musst du wissen. Er wurde von dem Älteren Gott herbeigerufen – der entweder beschlossen hat, sich einzumischen oder schon lange beteiligt war. Eine Abscheulichkeit wurde geschaffen, wie Kallor es genannt hat, und es war tatsächlich eine Abscheulichkeit. Der verdorrte Körper von Nachtfrost, in dem Flickenseels Seele gefangen war, durch die Zauberei der T'lan Imass zu einer Abscheulichkeit verwoben. Das Geschöpf eines Albtraums. Der Ältere Gott hat versucht, es zu retten, irgendwie, in irgendeiner Gestalt, und dafür hat er anscheinend Kruppe gebraucht. So. Der Daru hat getan, was er konnte, hat geglaubt, es sei ein Akt der Barmherzigkeit. Aber täusch dich nicht,

Korlat. Kruppe und sein Älterer Gott haben beschlossen, das Kind, das sie geschaffen haben, *zu benutzen*. Haben sie nur eine günstige Gelegenheit genutzt, oder war es von Anfang an ihre Absicht? Spielt das überhaupt eine Rolle? Und sieh, Kruppe begleitet nun Silberfuchs. Verschwören sie sich? Bin ich blind …«

»Sich verschwören? Mit welchem Ziel, Mhybe?«

»Das weißt du nicht? Das kann ich kaum glauben.«

»Du bist ganz offensichtlich zu dem Schluss gekommen, dass wir alle uns verschworen haben … gegen dich.«

»Etwa nicht?« Mit aller Kraft, die sie zusammenraffen konnte, schleuderte die Mhybe die Schale von sich, hörte sie gegen etwas prallen, hörte den überraschten Schrei Murillios, der anscheinend das Pech gehabt hatte, in ihrer Flugbahn zu stehen. »Ihr beschützt mich!«, zischte sie. »Ihr ernährt mich! Ihr bewacht mich, damit ich mir nicht das Leben nehmen kann! Und das soll keine Verschwörung sein? Und meine Tochter – *meine eigene Tochter* – besucht sie mich etwa? Nein! Wann habe ich ihr Gesicht zuletzt gesehen? *Wann?* Ich kann mich kaum noch daran erinnern, wann das gewesen ist!«

Der Griff um ihre Schulter wurde fester. Als Korlat sprach, war ihre Stimme leise, jedoch angespannt. »Ich höre deine Worte, meine Freundin. Ich werde der Sache auf den Grund gehen. Ich werde die Wahrheit herausfinden, und dann werde ich sie dir mitteilen. Das verspreche ich dir, Mhybe.«

»Dann erzähl mir, was passiert ist. Heute, vorhin. Ich habe … etwas gespürt. Ein Ereignis. Coll und Murillio haben von einem Vorfall zwischen Kruppe und Bruth gesprochen. Sag mir, hatte Silberfuchs etwas damit zu tun?«

»Sie war dort«, erwiderte Korlat. »Sie hat sich mir angeschlossen, als ich vorausgeritten bin, um Elsters Ruf zu folgen. Ich will ehrlich zu dir sein, Mhybe. Es ist tatsächlich etwas geschehen, bevor Bruth und Kruppe aneinander geraten sind. Deine Tochter hat … Beschützer gefunden, aber sie wird diesen Schutz nicht auf dich ausdehnen – aus irgendwelchen Gründen glaubt sie, dass du nun in Gefahr bist. Ich weiß nicht, woher diese Gefahr rührt.«

Aber ich weiß es. Oh, Korlat, deine Freundschaft mir gegenüber hat dich blind gemacht. Ich bin tatsächlich in Gefahr. Doch diese Gefahr droht mir von mir selbst. »Beschützer? Wen? Was?«

Korlat holte tief Luft, stieß sie dann ganz langsam wieder aus. »Silberfuchs hat mich darum gebeten, dir nichts von ihnen zu erzählen. Ich habe nicht verstanden, wieso, doch ich habe eingewilligt. Jetzt begreife ich, dass das falsch war. Falsch dir gegenüber, Mhybe. Eine Verschwörung, doch ich werde mich nicht daran beteiligen. Die Beschützer deiner Tochter waren Wölfe. Uralte, riesige Tiere –«

Entsetzen durchzuckte die Mhybe. Zähnefletschend schlug sie mit der Hand nach Korlats Gesicht, spürte, wie ihre Fingernägel Haut zerfetzten. »Meine Jäger!«, kreischte sie, während die Tiste Andii zurückzuckte. »Sie wollen mich töten! Meine Tochter –!« *Meine Tochter! Sie sucht meine Träume heim! Bei den Geistern hienieden, sie will mich töten!*

Coll und Murillio waren auf den Wagen gesprungen, stießen erschrockene Rufe aus, obgleich Korlat ihnen zuzischte, sie sollten sich beruhigen. Doch die Mhybe hörte sie nicht mehr, sie sah in diesem Moment auch nichts mehr von der Welt um sie herum. Sie schlug weiter um sich, ihre zu Klauen gekrümmten Finger zerrissen die Luft, das Gefühl, verraten worden zu sein, überwältigte sie schier, verwandelte ihr Herz in Asche. *Meine Tochter! Meine Tochter!*

Und meine Stimme, sie wimmert.

Und meine Augen, sie betteln.

Und in ihrer Hand ist das Messer, und in ihrem Blick ist nichts als kalte, kalte Absicht.

Elsters halbes Lächeln verflog, als er sich bei Korlats Eintreten umdrehte und sah, dass ihre Augen wie weißflüssiges Eisen waren und auf ihrer rechten Wange vier parallele Striemen prangten, noch nass von dem Blut, das bis zu ihrem Kinn gelaufen war und nun auf die Binsen tropfte, die den Boden bedeckten.

Fast wäre der Malazaner zurückgewichen, als die Tiste Andii auf ihn zugestürmt kam. »Korlat, was ist geschehen?«

»Hör mir gut zu, Liebster«, knirschte sie mit eisiger Stimme. »Welche Geheimnisse du auch vor mir verborgen hast – über die wiedergeborene Flickenseel, über diese verdammten T'lan Ay, über das, was du diesen beiden Seesoldatinnen, die das Kind bewachen, aufgetragen hast, was sie der Mhybe sagen sollen – jetzt wirst du es mir sagen. Auf der Stelle.«

Er spürte, wie ihm kalt wurde, spürte, wie sein Gesicht angesichts ihrer Wut zuckte. »Aufgetragen?«, fragte er ruhig. »Ich habe ihnen nichts aufgetragen. Nicht einmal, dass sie Silberfuchs beschützen sollen. Was sie getan haben, haben sie aus eigenem Entschluss getan. Was auch immer sie gesagt haben mögen, was hierzu geführt hat – nun, ich werde dafür die Verantwortung übernehmen, denn ich bin ihr Kommandant. Und ich versichere dir, wenn sie bestraft werden sollen –«

»Halt. Einen Augenblick bitte.« Etwas in ihrem Innern hatte sich gelegt, und jetzt zitterte sie.

Elster erwog kurz, sie in die Arme zu nehmen, hielt sich dann jedoch zurück. Sie brauchte Trost, das spürte er, aber seine Instinkte sagten ihm, dass sie noch nicht bereit war, ihn anzunehmen. Er schaute sich um, entdeckte ein einigermaßen sauberes Handtuch, machte es in einer Schüssel nass und hielt es ihr hin.

Sie hatte ihm schweigend zugesehen. Ihre Augen waren mittlerweile schiefergrau, doch sie machte keine Anstalten, das Handtuch zu nehmen.

Langsam ließ er den Arm sinken.

»Warum«, wollte Korlat wissen, »hat Silberfuchs darauf bestanden, dass ihre Mutter nichts von den T'lan Ay erfahren soll?«

»Ich habe keine Ahnung, Korlat, außer der Erklärung, die sie selbst gegeben hat. Ich habe angenommen, du wüsstest es.«

»Du hast gedacht, ich wüsste es.«

Er nickte.

»Du hast gedacht, ich hätte dir ... ein Geheimnis vorenthalten. Etwas, das mit Silberfuchs und ihrer Mutter zu tun hat.«

Elster zuckte die Schultern.

»Hattest du vor, mich deswegen zur Rede zu stellen?«

»Nein.«

Ihre Augen wurden groß. Das Schweigen dehnte sich aus, dann sagte sie schließlich: »Beim Vermummten, reinige endlich meine Wunden.«

Erleichtert trat er zu ihr und begann, die Kratzer so behutsam wie möglich abzutupfen. »Wer hat dich geschlagen?«, fragte er leise.

»Die Mhybe. Ich glaube, ich habe gerade einen schrecklichen Fehler gemacht, trotz all meiner guten Absichten …«

»Das ist oft so«, murmelte er, »was die guten Absichten angeht.«

Korlat blickte ihn aus zusammengekniffenen Augen forschend an. »Ihr pragmatischen Malazaner. Ihr seid in der Tat scharfsinnig. Warum halten wir euch immer noch lediglich für einfache Soldaten? Bruth, Rake, Kallor … auch ich, wir alle betrachten dich und Dujek und eure Armee als etwas … Untergeordnetes. Ein Schwert, das wir in der Not ergreifen können. Es scheint jetzt, als wären wir alle Narren. Tatsache ist, keinem von uns war bisher so richtig klar, wie die Dinge jetzt stehen.«

Er runzelte die Stirn. »Und wie stehen sie jetzt?«

»Ihr seid zu unserem Rückgrat geworden. Irgendwie seid ihr das geworden, was uns Kraft gibt, uns zusammenhält. Oh, ich weiß, dass ihr Geheimnisse vor uns verbergt, Elster –«

Er lächelte schief. »Nicht so viele, wie du zu denken scheinst. Ich werde dir das größte Geheimnis anvertrauen: Wir fühlen uns unterlegen … dir und Rake und Caladan Bruth und Kallor. Der Armee der Tiste Andii und den Kriegern der Rhivi und der Barghast. Beim Vermummten, sogar diese Söldnerhorde, die euch begleitet, macht uns nervös. Wir verfügen nicht über eure Macht. Wir sind nur eine Armee. Unser bester Magier hat noch nicht einmal einen Rang. Er ist ein Trupp-Magier, und in diesem Augenblick ist er sehr weit weg und kommt sich wahrscheinlich vor wie die Fliege im Spinnennetz. Also, wir wissen, dass wir die Speerspitze sein werden, wenn es zur Schlacht kommt, und das wird uns teuer zu stehen kommen. Was den Seher selbst betrifft und das, was auch immer sich hinter ihm versteckt, nun, wir hoffen jetzt, dass ihr euch darum kümmert. Dasselbe gilt für den Verkrüppelten Gott. Du hast Recht, Korlat, wir sind nichts weiter als Soldaten. Noch dazu ziemlich müde Soldaten. Wenn wir das Rückgrat dieser Vereinten Armee sind, dann helfe uns der Vermummte, denn dann ist es ein gebeugtes, ein brüchiges Rückgrat.«

Sie legte ihre Hand auf die seine, drückte sie gegen ihre Wange. Ihre Blicke begegneten sich. »Gebeugt und brüchig? Das glaube ich nicht.«

Elster schüttelte den Kopf. »Das hier ist keineswegs ein Versuch, besondere Bescheidenheit zu zeigen, Korlat. Ich sage die Wahrheit, obwohl ich fürchte, dass du nicht darauf vorbereitet bist.«

»Silberfuchs manipuliert ihre Mutter«, sagte die Tiste Andii nach einem Augenblick. »Irgendwie. Möglicherweise ist sie sogar für die schrecklichen Albträume der alten Frau verantwortlich.«

»Das kann ich mir nur schwer vorstellen –«

»Flickenseel würde so etwas nie tun, richtig? Aber was ist mit dieser Nachtfrost? Oder mit dem Thelomen? Du hast sie gekannt, Elster. Zumindest besser als wir. Ist es möglich, dass diese beiden – allein oder einzeln – dafür verantwortlich sind?«

Er sagte nichts, während er die Wunden auf ihrer Wange sauber wischte. »Das sollte von einem Heiler behandelt werden, Korlat, sonst könnte es sich –«

»Elster.«

Er seufzte, trat einen Schritt zurück. »Ich fürchte, Nachtfrost könnte sehr wohl das Gefühl hegen, verraten worden zu sein. Und sie könnte sich die Ziele für ihre Rache willkürlich aussuchen. Das Gleiche gilt für Bellurdan Schädelzerschmetterer. Schließlich wurden sie beide verraten. Wenn du Recht damit hast, was mit der Mhybe geschieht – dass sie ihr irgendetwas antun –, dann würde ich trotzdem annehmen, dass Flickenseel sich ihnen widersetzen würde.«

»Und was ist, wenn sie den Kampf schon verloren hat?«

»Ich habe keinerlei Anzeichen gesehen, die –«

In Korlats Augen blitzte es auf, und sie stieß ihm einen Finger gegen die Brust. »Das soll wohl heißen, dass deine beiden Seesoldatinnen dir von keinerlei Anzeichen berichtet haben!«

Er zog eine Grimasse. »Sie sind trotzdem Freiwillige, Korlat. In Anbetracht des beängstigenden Ausmaßes unserer Unwissenheit in dieser Angelegenheit zahlt es sich aus, wachsam zu sein. Diese beiden Seesoldatinnen haben beschlossen, über Silberfuchs zu wachen, weil sie Flickenseel in ihr sehen. Nicht nur äußerlich, sondern auch, was ihre Persönlichkeit anbelangt. Wenn irgendetwas schief gegangen wäre, hätten sie es bemerkt, und dann wären sie zu mir gekommen. Unverzüglich.«

Korlat ließ die Hand sinken. Sie seufzte. »Und ich bin hier hereingestürmt, um dir den Kopf abzureißen. Verdammt, Elster, womit habe ich dich verdient? Und – beim Abgrund – warum bist du immer noch hier? Nach all meinen anklagenden Worten …«

»Vor ein paar Stunden ist Dujek auf ziemlich ähnliche Weise hier hereingestürmt.« Er grinste. »Heute war wohl einfach so ein Tag. Und jetzt sollten wir nach einem Heiler schicken –«

»Gleich.« Sie musterte ihn. »Elster. Du hast tatsächlich keine Ahnung, was für eine seltene Art von Mann du bist, was?«

»Selten?« Sein Grinsen wurde breiter. »Natürlich weiß ich das. Mich gibt's nur einmal, dem Vermummten sei Dank.«

»Das habe ich nicht gemeint.«

Er trat zu ihr und legte ihr einen Arm um die Hüfte. »Es ist Zeit, einen Heiler zu suchen, Korlat. Ich habe ziemlich schlichte Bedürfnisse, und wir verschwenden Zeit.«

»Die Antwort eines Soldaten«, sagte sie. »Aber ich lasse mich nicht zum Narren halten, das weißt du.«

Sie konnte nicht sehen, wie er die Augen schloss. *Oh, doch, Korlat. Wenn du das volle Ausmaß meiner Angst kennen würdest … dass ich dich verlieren könnte …*

Wild mit den Armen rudernd schlenderte Kruppe, der Aal von Darujhistan, Gelegenheitshehler und -dieb, der dem Kriegsherrn Caladan Bruth getrotzt hatte, den Hauptgang zwischen den Zelten entlang, der zu den Wagen mit den Vorräten führte. Er war gerade aus dem Kochzelt von Motts Irregulären gekommen und hielt in jeder Hand einen Nathi-Schwarzkuchen, von dem der Sirup tropfte. Ein paar Schritte hinter ihm trottete sein Maultier dahin, die Nase nach den beiden Kuchen ausgestreckt, die Ohren nach vorne gestellt.

Gerade war der zweite Glockenschlag seit Mitternacht durch das Lager geklungen, hatte die ein Stück entfernt ruhende Bhederin-Herde zu einem traurigen Muhen veranlasst, das verstummte, als die Tiere wieder einschliefen. Als er die Wagen erreichte – die in einem Rechteck aufgestellt waren, um ein Fort auf Rädern zu bilden –, bemerkte er zwei malazanische Seesoldatinnen, die in ihre Umhänge gehüllt vor einem kleinen Dungfeuer saßen.

Kruppe änderte die Richtung und ging zu ihnen hinüber. »Edle Freundinnen«, rief er leise. »Es ist schon spät, und zweifellos könntet ihr Hübschen etwas Süßes gebrauchen.«

Die beiden Frauen blickten auf. »Ach«, brummte die eine. »Es ist der fette Daru.«

»Und sein Maultier, das sich da hinter ihm in den Schatten rumdrückt.«

»Oh ja, einzigartig ist Kruppe, das ist er in der Tat! Seht her!« Er streckte ihnen die siruptriefenden Kuchen entgegen. »Für euch, meine Lieblinge.«

»Und was sollen wir jetzt essen, die Kuchen oder Eure Hände?«

Die andere zog bei den Worten ihrer Kameradin ihr Messer. »Ein paar schnelle Schnitte, und wir können selbst wählen, stimmt's?«

Kruppe wich zurück. »Bei der Königin der Träume! Wie verbissen und vollkommen unweiblich! Ihr seid die Wächterinnen der lieblichen Silberfuchs, ja? Welch beruhigende Tatsache. Das Herz Flickenseels, das so klar aus dem Kind-das-nun-eine-Frau-ist hervorleuchtet –«

»Stimmt, wir haben Euch schon oft gesehen. Wenn Ihr mit dem Mädchen geredet habt. Sie ist die Zauberin, ja. Leicht zu erkennen für diejenigen von uns, die sie gekannt haben.«

»Welch außergewöhnliche Unverbundenheit in diesem Austausch. Kruppe ist erfreut –«

»Bekommen wir jetzt diese Sirup-Kuchen, oder was?«

»Natürlich, obwohl das blitzende Messer den großzügigen Kruppe immer noch blendet.«

»Ihr habt wohl überhaupt keinen Sinn für Humor, was? Kommt, setzt Euch zu uns, wenn Ihr Euch traut.«

Der Daru lächelte und trat wieder vor. »Nathi-Schwarzkuchen, meine Lieben.«

»Wir können es erkennen. Motts Irreguläre haben immer damit nach uns geworfen, wenn ihnen die Pfeile ausgegangen sind.«

»Jayball hat mal einen mitten ins Gesicht gekriegt, wenn ich mich recht erinnere.«

»Stimmt, und dann ist er gestolpert, und als er wieder hochgekommen ist, hat er ausgesehen wie ein Stück Waldboden mit Augen.«

»Tja, schrecklicher Sirup, tödliche Waffe«, stimmte Kruppe zu und hielt den beiden Seesoldatinnen erneut die Kuchen hin.

Sie nahmen sie.

»Eine beherzte Tat, den Schutz des Rhivi-Mädchens zu übernehmen.«

»Sie ist kein Rhivi-Mädchen. Sie ist Flickenseel. Der Pelz und die Felle sind nur Schau.«

»Ach, dann habt ihr also mit ihr gesprochen.«

»Nicht viel. Aber das brauchen wir auch nicht. Diese Kuchen gehen ohne all die Zweige und Blätter viel besser runter, was?«

Kruppe blinzelte, dann nickte er langsam. »Ganz bestimmt. Es ist eine große Verantwortung, die Augen eures Kommandanten zu sein und auf besagtes Mädchen aufzupassen.«

Die beiden Frauen hörten auf zu kauen. Sie warfen sich einen Blick zu, und die eine schluckte und sagte: »Augen? Wessen Augen, Dujeks? Wenn wir die Augen von dem sind, dann ist er so blind wie ein Maulwurf.«

»Ach, Kruppe hat natürlich Elster gemeint.«

»Elster ist nicht blind, und er braucht uns nicht, um etwas zu sehen.«

»Nichtsdestotrotz«, meinte der Daru lächelnd, »ist er ohne Zweifel überaus beruhigt darüber, dass ihr euch diese Aufgabe selbst auferlegt habt, und von euren Berichten und so weiter. Wenn Kruppe Elster wäre, wäre er es zumindest.«

»Wäre er was?«

»Nun, beruhigt natürlich.«

Die beiden Frauen stießen ein undefinierbares Grummeln aus, dann schnaubte die eine und sagte: »Der war gut. Wenn Ihr Elster wärt. Hah.«

»Eine Metapher –«

»Bestimmt nicht, Dickerchen. Ihr wollt versuchen, in Elsters Fußstapfen zu treten? Wollt versuchen, mit seinen Augen zu sehen? Hah.«

»Hah, würde ich auch sagen«, stimmte die andere Frau zu.

»Und genau das hast du getan«, bemerkte Kruppe.

»Was getan?«

»›Hah‹ gesagt.«

»Verdammt richtig. Elster hätte Imperator werden sollen, als der alte umgelegt wurde. Nicht Laseen. Aber die hat gewusst, wer ihr Rivale war, oh ja, das hat sie. Darum hat sie ihn degradiert, hat ihn zu einem verdammten Sergeanten gemacht, beim Vermummten, und ihn weit, weit weggeschickt.«

»Dann ist dieser Elster also ein ehrgeiziger Mann.«

»Ganz und gar nicht, Daru. Und das ist es ja gerade. Er hätte einen guten Imperator abgegeben, habe ich gesagt. Den Thron nicht zu wollen ist die beste und einzige Qualifikation, über die es sich nachzudenken lohnt.«

»Wie wunderlich, meine Liebe.«

»Bin ich gar nicht.«

»Entschuldigung – was bist du nicht?«

»Wunderlich. Hört zu. Das malazanische Imperium wäre etwas völlig anderes, wenn Elster vor all diesen Jahren den Thron bestiegen hätte. Wenn er getan hätte, was wir alle von ihm wollten und Laseen am Kragen gepackt und aus einem der Turmfenster geworfen hätte.«

»Und wäre er denn zu solch einem bemerkenswerten Kraftakt fähig gewesen?«

Die beiden Seesoldatinnen blickten sich an. »Hast du schon mal Armdrücken mit ihm gespielt?«, fragte die eine. »Oder seinen Bizeps gefühlt?«

Die andere schüttelte den Kopf. »Nein. Andererseits ist Laseen nicht viel mehr als 'ne halbe Portion – ich meine, wenn's um Detoran ginge – um jetzt mal bei Napanesinnen zu bleiben –, das wäre schon wieder was völlig anderes.«

»Klar.« Sie gluckste. »Aber stell dir Det bloß mal als Imperatrix vor ...«

»Die würde wahrscheinlich jeden Morgen als Erstes den Hofstaat verprügeln –«

»Ähm«, unterbrach Kruppe sie. »Ich habe die Tat an sich gemeint, meine Lieben, nicht die Kraft, die für eine derart bemerkenswerte Handlung vonnöten wäre.«

»Oh.«

»Oh ja, richtig. Jetzt hab ich's verstanden. Ihr wollt wissen, ob er es hätte tun können, wenn er es vorgehabt hätte, stimmt's? Aber sicher. Es ist keine gute Idee, Elster aufs Kreuz zu legen, und als ob das noch nicht ausreichen würde – er hat auch Verstand.«

»Ja, aber warum«, fragte Kruppe voller Verwunderung, »hat er es dann damals nicht getan?«

»Weil er Soldat ist, Ihr Dummkopf. Wie Laseen sich den Thron angeeignet hat, war schon blutig genug. Das ganze Imperium war erschüttert. Menschen fangen an, sich umzubringen und auf einen noch blutigen Thron loszustürmen, und manchmal hört es nicht mehr auf, manchmal ist es wie mit den Dominosteinen, richtig? Einer nach dem anderen, und das ganze Ding fällt auseinander. Er war derjenige, auf den wir alle gehört haben, klar? Wir haben abgewartet, wie er es hinnehmen würde – Laseen und all das. Und als er einfach salutiert und gesagt hat: ›Ja, Imperatrix‹, hat sich die Lage wieder beruhigt.«

»Er hat ihr eine Chance gegeben, versteht Ihr?«

»Natürlich. Und glaubt ihr Schätzchen jetzt, dass er einen Fehler gemacht hat?«

Die beiden Frauen zuckten gleichzeitig die Schultern. »Das spielt jetzt keine Rolle mehr«, sagte die eine. »Wir sind hier, und hier ist hier, und das war's dann.«

»So soll es sein, und so soll es sein«, sagte Kruppe und erhob sich seufzend. »Welch wundersame Konversation. Kruppe dankt euch und wird nun wieder gehen.«

»In Ordnung. Und danke für die Kuchen.«

»Es war Kruppe eine Freude. Gute Nacht, meine Lieben.«

Er schlenderte davon, machte sich wieder auf den Weg in Richtung der Wagen mit den Vorräten.

Nachdem er im Zwielicht verschwunden war, sprach eine Zeit lang keine der beiden Seesoldatinnen ein Wort. Sie waren damit beschäftigt, sich den Sirup von den Fingern zu lecken.

Dann seufzte die eine.

Die andere tat es ihr augenblicklich gleich.

»Und?«

»Ach, das war so verdammt leicht.«

»Glaubst du?«

»Aber sicher. Er ist gekommen und hat erwartet, zwei Gehirne zu finden, und hat kaum eines gefunden.«

»Es könnte immer noch sein, dass ich zu viel gequatscht habe.«

»So sind Halbhirne nun mal, meine Liebe. Alles andere hätte ihn Verdacht schöpfen lassen.«

»Egal. Was glaubst du, worüber reden er und Flickenseel miteinander?«

»Wahrscheinlich über die alte Frau.«

»Genau das denke ich auch.«

»Sie haben etwas vor.«

»Das ist auch mein Verdacht.«

»Und Flickenseel hat dabei das Sagen.«

»Stimmt.«

»Womit die Sache für mich erledigt ist.«

»Geht mir genauso. Weißt du was – dieser Schwarzkuchen war nicht dasselbe ohne die Zweige und die Blätter.«

»Eigenartig – ich habe gerade das Gleiche gedacht …«

Im Innern des Forts auf Rädern näherte sich Kruppe einem anderen Lagerfeuer. Die beiden Männer, die daran kauerten, blickten auf, als er zu ihnen trat.

»Was ist mit deinen Händen?«, fragte Murillio.

»Alles, was Kruppe berührt, bleibt bei ihm, mein Freund.«

»Nun«, knurrte Coll. »Das wissen wir schon seit Jahren.«

»Und was ist mit dem verdammten Maultier?«, hakte Murillio nach.

»Das Biest verfolgt Kruppe tatsächlich, aber das ist jetzt nicht wichtig. Kruppe hat gerade eine interessante Unterhaltung mit zwei Seesoldatinnen geführt. Und er ist erfreut, euch mitzuteilen, dass das Mädchen Silberfuchs tatsächlich in guten Händen ist.«

»Genauso klebrig wie deine?«

»Ja, das sind sie jetzt, teurer Murillio, das sind sie jetzt.«

»Was du da gesagt hast, klingt wirklich gut«, sagte Coll. »Aber nützt es uns irgendwas? Da drinnen in dem Wagen schläft eine alte Frau, und ihr gebrochenes Herz ist noch das Harmloseste von dem, worunter sie leidet, und das ist schon schlimm genug, den stärksten Mann zu zerbrechen, ganz zu schweigen von einer gebrechlichen alten Frau.«

»Kruppe ist erfreut, dir versichern zu können, dass Angelegenheiten von gewaltiger Barmherzigkeit im Werden sind. Deshalb sollte man momentane Erscheinungen unberücksichtigt lassen.«

»Und warum sagst du ihr das nicht?«, grollte Coll und nickte zum Wagen der Mhybe hinüber.

»Ach, sie ist leider noch nicht bereit, solche Wahrheiten anzunehmen. Dies ist eine Reise des Geistes. Sie muss sie in ihrem Innern beginnen. Kruppe und Silberfuchs können nicht alles leisten, trotz ihrer scheinbaren Allmacht.«

»Allmacht, ja?« Coll schüttelte den Kopf. »Gestern hätte ich über diese Behauptung noch gelacht. Du hast also die Machtprobe mit Caladan Bruth überstanden, ja? Ich würde gern so genau wie möglich erfahren, wie du das gemacht hast, du verdammte Kröte.«

Kruppe zog die Brauen hoch. »Mein lieber Zechbruder Coll! Dein Mangel an Glauben zerschmettert den zerbrechlichen Kruppe bis zu den Spitzen seiner Zehen, die sich ihrerseits vor Qual krümmen!«

»Beim Vermummten, untersteh dich, uns das zu zeigen«, wehrte Murillio ab. »Du hast diese Schuhe an, seit ich dich kenne, Kruppe.

Poliel selbst würde vor dem zurückschrecken, was wahrscheinlich zwischen deinen Zehen lauert.«

»Oh, das sollte sie auch! Doch um Colls Frage mit prägnanter Präzision zu beantworten, erklärt Kruppe, dass Ärger – ach was, Wut – keine Wirkung gegen einen wie ihn hat, für den die Welt eine Perle ist, die sich in die schleimigen Grenzen seines geschärften, muskulösen Verstandes kuschelt. Äh, vielleicht gerät diese Anspielung ins Wanken, wenn man länger darüber nachdenkt – und wird noch schlimmer, wenn man noch länger darüber nachdenkt. Kruppe versucht es noch einmal. Für den, wie man sagt, die Welt nichts anderes ist als ein gefiederter Traum aus unvorstellbaren Farben und Wundern, in dem selbst die Zeit ihre Bedeutung verloren hat … übrigens, wo wir gerade von Zeit sprechen … es ist schon sehr spät, nicht? Der Schlaf lockt, der Strom ruhiger Transsubstanziation, der Vergessen in Wiedergutmachung und Verjüngung verwandelt, und das allein ist schon Wunder genug für uns alle, um diese unstete Nacht zu beschließen!« Er wedelte ein letztes Mal kräftig mit den Händen und schritt davon. Einen Augenblick später trottete das Maultier hinter ihm her.

Die beiden Männer starrten dem seltsamen Gespann nach.

»Ich wollte, Bruths Hammer hätte diese ölige Birne getroffen«, brummte Coll nach einem Moment.

»Er wäre wahrscheinlich abgerutscht«, sagte Murillio.

»Stimmt, da hast du Recht.«

»Muscheln und Perlen und Käsefüße … beim Abgrund, ich glaube, mir wird schlecht.«

Hoch über dem Lager legte Scharteke die müden, bleischweren Flügel an und sank in einer lang gezogenen Spirale zum Zelt des Kriegsherrn hinab. Trotz ihrer Enttäuschung erschauerte sie immer wieder vor Aufregung und Neugier. Aus dem Spalt im Norden des Lagers strömte immer noch Brands verfaultes Blut. Die Anführerin der Großen Raben war noch über den Weitblickbergen weit im Südosten gewesen, als sie die Detonation gespürt hatte – und sie hatte sofort gewusst, was das gewesen war.

Caladan Bruths Zorn.

Der Kuss des Hammers, und damit eine explosionsartige Neuformung der natürlichen Welt. Sie konnte auch in der Dunkelheit gut sehen, und der scharf umrissene Grat einer Bergkette aus Basalt stieg jetzt dort auf, wo keine Berge sein sollten – im Herzen der Catlinebene. Und dann die magischen Energien, die dem Blut der Schlafenden Göttin entströmten – auch diese erkannte Scharteke.

Die Berührung des Verkrüppelten Gottes. In Brands Adern fand eine Umwandlung statt. Der Gestürzte machte ihr Blut zu seinem eigenen. *Und das ist ein Geschmack, den ich sehr gut kenne, denn er war für mich wie Muttermilch, vor sehr, sehr langer Zeit. Für mich und für meine Verwandten.*

Veränderungen waren über die Welt unter ihr gekommen, und Scharteke ergötzte sich an Veränderungen. Ihre Seele und die ihrer Artgenossen waren einmal mehr zu besonderer Wachsamkeit aufgerüttelt worden. Noch nie hatte sie sich lebendiger gefühlt.

Während sie unter den warmen Aufwinden hindurchglitt, sank sie immer tiefer und wich dabei gelegentlich tänzelnd den kühlen Fallböen aus – Echos der traumatischen Störung, die die Atmosphäre aufgewühlt hatte, als Bruths Zorn sich entladen hatte –, bis sie schließlich mit einem leisen Geräusch auf der Erde vor dem Zelt des Kriegsherrn landete.

Drinnen war alles dunkel.

Leise krächzend hüpfte Scharteke unter der halb hochgeschlagenen Zeltklappe hindurch.

»Kein Wort«, ließ sich Bruths grollende Stimme in der Dunkelheit vernehmen, »über meinen Wutausbruch.«

Der Große Rabe neigte den Kopf in Richtung der Lagerstatt. Der Kriegsherr saß auf dem Rand, den Kopf in die Hände gestützt.

»Ganz wie du willst«, murmelte Scharteke.

»Berichte.«

»Das werde ich tun. Zuerst von Anomander Rake. Er hat Erfolg gehabt. Mondbrut ist ungesehen durchgekommen und ... *versteckt sich* nun. Meine Kinder ziehen ihre Kreise weit über dem Land des Pannionischen Sehers. Nicht nur ihre Augen haben die Wahrheit all dessen gesehen, was unter ihnen liegt, Kriegsherr. Auch ich selbst –«

»Spar dir diese Einzelheiten für später auf. Mondbrut ist also an Ort und Stelle. Gut. Bist du nach Capustan geflogen, wie ich es gewünscht habe?«

»Das bin ich, Gewichtiger. Und ich bin Zeugin des ersten Tages und der ersten Nacht der Schlacht geworden.«

»Und wie schätzt du die Situation ein, Scharteke?«

»Die Stadt wird nicht standhalten, Kriegsherr. Was nicht die Schuld der Verteidiger ist. Doch was ihnen gegenübersteht, ist einfach zu gewaltig.«

Bruth gab ein Brummen von sich. »Vielleicht hätten wir doch noch einmal über Dujeks Vorschlag hinsichtlich der Schwarzen Moranth nachdenken sollen –«

»Ah, die sind ebenfalls in Stellung gebracht worden, genau dort, wo Einarm sie haben wollte.« Scharteke zögerte, musterte Caladan Bruth erst mit dem einen, dann mit dem anderen Auge. »Eine ungewöhnliche Einzelheit muss ich noch vorbringen, Kriegsherr. Willst du sie hören?«

»Na schön.«

»Der Seher führt auch im Süden Krieg.«

Bruths Kopf ruckte hoch.

»Ja«, sagte Scharteke nickend. »Meine Kinder haben Armeen der Domäne gesehen, die vernichtend geschlagen worden waren und sich in Richtung Norden auf dem Rückzug befanden. Zurück nach Wacht. Der Seher hat enorme magische Energien gegen den unbekannten Feind eingesetzt. Flüsse aus Eis, Mauern aus Eis. Eisige Kälte, Winde und Stürme – es ist lange her, seit wir zum letzten Mal erlebt haben, wie dieses besondere Gewirr enthüllt wurde.«

»Omtose Phellack. Das Gewirr der Jaghut.«

»Genau. Kriegsherr, du scheinst von dieser Nachricht weniger überrascht zu sein, als ich angenommen hatte.«

»Darüber, dass im Süden Krieg herrscht, bin ich tatsächlich überrascht, Scharteke.« Er stand auf, legte sich eine Felldecke um die

Schultern und begann, auf und ab zu gehen. »Was hingegen Omtose Phellack angeht ... nein, darüber bin ich nicht überrascht.«

»Ah ... Der Seher ist also nicht das, was er zu sein scheint.«

»Offensichtlich nicht. Rake und ich hatten einen Verdacht ...«

»Nun«, schnappte Scharteke, »wenn ich von diesem Verdacht gewusst hätte, hätte ich die Situation in Wacht genauer untersucht. Deine Widerspenstigkeit schwächt uns alle.«

»Wir hatten keinerlei Beweise, Scharteke. Außerdem schätzen wir deine gefiederte Haut zu sehr, als dass wir riskieren würden, dass du dich zu nahe an die Festung eines unbekannten Feindes heranwagst. Es ist nun einmal geschehen. Sag mir, bleibt der Seher in Wacht?«

»Meine Brüder und Schwestern waren leider nicht in der Lage, das festzustellen. In jenem Gebiet gibt es Kondore, und sie waren über unsere Anwesenheit nicht sonderlich erfreut.«

»Wieso sollten euch ganz normale Vögel Ärger machen?«

»Sie sind nicht ganz normal. Sicher, sterbliche Vögel sind normalerweise kaum mehr als gefiederte Echsen, aber diese ganz besonderen Kondore waren mehr Echsen als alles andere.«

»Die Augen des Sehers?«

»Möglicherweise.«

»Das könnte sich als problematisch erweisen.«

Scharteke zuckte mit halb angelegten Flügeln die Schultern. »Hast du ein paar Stückchen Fleisch? Mich hungert.«

»In der Abfallgrube hinter dem Zelt sind noch ein paar Reste von der Ziege, die's zum Abendessen gegeben hat.«

»Was? Du würdest mich aus der *Abfallgrube* essen lassen?«

»Verdammt noch mal, du bist ein Rabe, Scharteke – warum also nicht?«

»Ungeheuerlich! Aber wenn das alles ist, was noch da ist ...«

»So ist es.«

Scharteke hüpfte auf die hintere Zeltwand zu und gab dabei gluckende Geräusche von sich, um ihre Wut im Zaum zu halten. »Nimm dir in Zukunft ein Beispiel an mir«, murmelte sie, als sie sich unter dem Stoff hindurchzwängte.

»Wie meinst du das?«, fragte Bruth hinter ihr.

Sie steckte ihren Kopf wieder ins Innere des Zelts, öffnete den Schnabel zu einem stummen Lachen und antwortete schließlich: »Habe *ich* einen Wutanfall bekommen?«

Grollend machte er einen Schritt auf sie zu.

Der Große Rabe krächzte und floh.

Kapitel Drei

Das Erste Kind des Toten Samens
träumt vom Todesröcheln eines Vaters
und hört in ewigem Refrain
den Schrei, der in seinen Lungen gefangen ist –
Wagst du es, hinter seine Augen zu treten,
auch wenn es nur für einen Moment ist?

Das Erste Kind des Toten Samens
führt eine Armee des Leids
die Straße der vom Hunger abgenagten Knochen entlang,
wo eine Mutter tanzt und singt –
Wagst du es, in seine Fußstapfen zu treten
und inniglich ihre Hand zu halten?

Das Erste Kind des Toten Samens
ist in ein Durcheinander missratener Rüstungen gehüllt,
die ihn vom Augenblick seiner Geburt an verteidigen
während der Jahre harter Schulungen –
Du solltest ihn nicht zu hart beurteilen,
wenn du nicht in seiner Haut steckst.

Silba vom Zersprungenen Herzen
K'alass

Die Tenescowri schäumten wie eine unerbittliche Flut gegen die Mauern der Stadt. Schäumten dagegen und dann darüber hinweg, eine Masse menschlicher Wesen, die vor Hunger wahnsinnig geworden waren. Torbarrikaden wölbten sich unter dem Druck nach innen und gaben schließlich nach.

Und Capustan ertrank.

Vierhundert Schritte von den Truppenunterkünften entfernt riss Itkovian sein blutbespritztes Reittier herum. Gestalten reckten sich zu ihm hoch, griffen mit klauengleichen Händen nach den gepanzerten Beinen seines Pferdes. Das Tier stampfte immer wieder in kalter Wut, zerschmetterte Knochen, Brustkörbe und Schädel.

Umringt von drei Mähnen der Grauen Schwerter war der Schild-Amboss von den Truppenunterkünften abgeschnitten worden und befand sich jetzt auf der Kuppe des sanften Hügels, der der Friedhof der Säulen genannt wurde. Die meisten der aufrecht stehenden Särge waren umgeworfen worden und zerbrochen, ihr verschimmelter, in Tücher gewickelter Inhalt lag verstreut inmitten ihrer Verwandten im Tode.

Itkovian konnte das Tor sehen, das zu den Truppenunterkünften führte und vor dem sich die Leichen stapelten – so hoch, dass man über das Tor klettern konnte, und genau das taten Dutzende von Tenescowri; sie klommen mühsam die Leichenberge hinauf auf die an das Tor angrenzenden Schutzmauern zu, nur um in die gezackten Klingen langschäftiger Piken zu laufen. Piken, die töteten, die die Bettler, die keinerlei Anstalten machten, sich zu verteidigen, verwundeten, die vor und zurück zuckten und Blutfahnen hinter sich herzogen.

Itkovian hatte noch nie etwas so Schreckliches gesehen. Trotz all der Schlachten, die er erlebt hatte, trotz all der entsetzlichen Kämpfe und all dem, was ein Soldat mit ansehen musste, löschte der Anblick vor ihm alles andere in seinem Verstand aus.

Wenn die Bettler zurückfielen, den Hang aus Leichen hinuntertaumelten, sprangen die Frauen auf die Männer unter den Gefallenen zu, rissen an ihren Kleidern, hielten sie rittlings mit gespreizten Beinen fest und vergewaltigten sie an Ort und Stelle, umgeben von Blut, Schreien, sich klauengleich reckenden Händen.

Andere labten sich am Rand des Haufens aus Toten und Sterbenden an ihren Artgenossen.

Es war ein zweifacher Albtraum. Der Schild-Amboss konnte sich nicht entscheiden, welcher ihn mehr erschütterte. Sein Blut floss kalt wie Gletschereis durch seine Adern, und voller Entsetzen, das schon fast an Panik grenzte, wurde ihm klar, dass der Angriff gerade erst begonnen hatte.

Eine weitere Woge brandete auf die unglückliche Gruppe von Grauen Schwertern inmitten des Friedhofs zu. Überall in den breiten Straßen tobte eine rasende, dicht gedrängte Masse von Tenescowri. Alle Augen waren auf Itkovian und seine Soldaten gerichtet. Hände reckten sich ihnen entgegen, ganz egal, wie weit entfernt sie waren, und griffen hungrig in die Luft.

Mit überlappenden Schilden bildeten die Grauen Schwerter das ramponierte Quadrat neu, das den Schild-Amboss umgab. Itkovian wusste nur zu gut, dass es verschlungen werden würde, genau so, wie es wenige Augenblicke zuvor schon einmal geschehen war. Doch wenn seine schweigenden Soldaten das tun konnten, was sie schon einmal getan hatten, würde sich das Quadrat erneut aus dem Meer von Leibern erheben, würde sich den Weg freihauen, den Feind zurückwerfen und auf einen neu erschaffenen Hügel aus Fleisch und Knochen klettern. Und wenn es Itkovian gelang, im Sattel zu bleiben, konnte er sein Schwert in alle Richtungen niederfahren lassen und alle töten, die in seine Reichweite kamen – und jene, die er nur verwundete, würden dann unter den eisenbeschlagenen Hufen seines Pferdes sterben.

Er hatte noch nie so ein Gemetzel angerichtet, und es machte ihn krank, füllte sein Herz mit überwältigendem Hass – Hass auf den Seher. Der seinem eigenen Volk so etwas angetan hatte. Und auf Septarch Kulpath, wegen der kalten Grausamkeit, diese unglücklichen Bettler in den Rachen einer verzweifelten Armee zu werfen.

Noch viel bitterer war, dass es ganz so aussah, als hätte diese Strategie Erfolg. *Doch zu einem Preis, der jedes Vorstellungsvermögen weit übersteigt.*

Mit einem Aufbrüllen griffen die Tenescowri an.

Die Ersten, die das waffenstarrende Quadrat erreichten, wurden in Stücke gehauen. Taumelnd, kreischend wurden sie von ihren Kameraden zurückgezerrt, in eine alles verschlingende Mitte, die sogar noch grausamer war als der Feind, dem sie in der vordersten Reihe gegenübergestanden hatten. Andere drängten sich nach vorn, um ein ähnliches Schicksal zu erleiden. Doch es kamen immer mehr; sie kletterten jetzt auf den Rücken der vor ihnen Stehenden, während andere an ihren Schultern emporklommen. Einen winzigen Augenblick lang starrte Itkovian auf eine dreigeschossige Mauer aus entfesseltem menschlichen Fleisch, dann stürzte sie vornüber in sich zusammen, begrub die Grauen Schwerter unter sich.

Das Quadrat sackte unter der Last zusammen. Waffen wurden gepackt, Schilde heruntergezerrt, Helme von Köpfen gerissen, und überall, wo der Schild-Amboss hinblickte, war Blut.

Gestalten torkelten über die sich hebende und senkende Oberfläche. Hackmesser, Beile und Messer wurden im Vorbeigehen nach unten geschwungen, doch ihr eigentliches, ihr endgültiges Ziel war Itkovian.

Der Schild-Amboss machte Breitschwert und Schild bereit. Ein leicht veränderter Schenkeldruck veranlasste sein Pferd, sich unaufhörlich um sich selbst zu drehen. Das Tier warf kurz den Kopf hoch und senkte ihn dann, um seine Kehle zu schützen. Die Rüstung, die seine Stirn, seinen Hals und seine Brust bedeckte, war bereits verschmiert und eingedellt. Hufe stampften, begierig darauf, lebendes Fleisch zu zertrampeln.

Der erste Bettler kam in Reichweite. Itkovian schwang sein Schwert, sah zu, wie ein Kopf davonflog, sah zu, wie der Rumpf zu zittern und zu zucken begann, ehe er zusammenbrach. Sein Pferd schlug mit den Hinterbeinen aus, traf mit einem knirschenden Geräusch auf etwas. Dann fing sich das Tier wieder und bäumte sich auf, die eisenbeschlagenen Vorderhufe traten und hackten zu, rissen eine kreischende Frau zu Boden. Ein anderer Tenescowri sprang mit einem Satz heran und wollte eines der Vorderbeine packen. Itkovian beugte sich vor und stieß mit dem Schwert nach dem verlängerten Rücken des Mannes; der Hieb ging tief genug, um das Rückgrat des Angreifers zu durchtrennen.

Sein Pferd wirbelte herum, das Bein schleuderte den Leichnam weg. Der Kopf zuckte nach vorn, Zähne krachten durch den haarigen Schädel eines Bettlers, bohrten sich durch Knochen, wurden mit einem Bissen Haare und Schädel zurückgezogen.

Hände rissen auf Itkovians Schildseite an seinem Oberschenkel. Er fuhr herum, schwang sein Schwert über den Widerrist seines Reittiers nach unten. Die Klinge durchtrennte Muskeln und ein Schlüsselbein. Blut und Fleisch torkelten rückwärts.

Sein Pferd trat erneut aus. Es biss und stampfte und drehte sich, doch die Hände und der Druck und das Gewicht waren jetzt an allen Seiten. Itkovians Schwert blitzte, zuckte blindlings hierhin und dorthin und fand doch immer ein Ziel. Irgendjemand kletterte hinter ihm auf die Kruppe des Pferdes. Er beugte sich vor, reckte die gepanzerte Hand über den eigenen Kopf nach oben, stieß dann schräg nach hinten und unten zu. Er spürte, wie die Klinge sich einen Weg durch Haut und Fleisch bahnte, an Rippen entlangschrammte und sich dann in einen weichen Bauch grub.

Ströme von Blut und Gallenflüssigkeit ergossen sich glitschig über die Rückseite seines Sattels. Die Gestalt rutschte davon.

Er stieß einen Befehl aus, und das Pferd senkte den Kopf. Itkovian schwang sein Schwert in einem weiten, horizontalen Bogen. Haut und Knochen durchtrennende, flüchtige Berührungen ließen die ganze Bewegung holprig erscheinen. Sein Reittier drehte sich, und der Schild-Amboss führte die gleiche Bewegung als Rückhandschlag aus. Es drehte sich noch einmal, und Itkovian schwang das Schwert erneut.

Auf diese Weise beschrieben Mann und Pferd eine volle Drehung, und während dieser Kreisbewegung schlugen sie den Angreifern schreckliche Wunden. Durch die kochende Hitze unter seinem Vollvisierhelm konnte Itkovian nur Bruchstücke des Geschehens um sich herum erkennen.

Seine Grauen Schwerter würden sich nicht noch einmal erheben. Diesmal nicht. Tatsächlich konnte er nicht einen einzigen vertrauten Waffenrock sehen. Die Tenescowri drängten sich von allen Seiten an den Schild-Amboss heran, unter ihren Füßen eine mannshohe Schicht aus Leichen. Und irgendwo unter der wogenden Oberfläche waren Itkovians Soldaten. Lebendig begraben, sterbend begraben, tot begraben.

Er und sein Pferd waren alles, was noch übrig war, das Objekt der

Begierde für Hunderte und Aberhunderte gieriger, verzweifelter Augen.

Erbeutete Piken wurden nach vorne zu den Bettlern durchgegeben, die ihm am nächsten waren. In wenigen Augenblicken würden die langschäftigen Waffen von allen Seiten auf ihn zustoßen. Dagegen würden weder Itkovians Rüstung noch die seines Pferdes ausreichend Schutz gewähren.

Zwillingshauer, ich bin euer. Bis zu diesem, dem letzten Augenblick.

»Durchbrechen!«

Sein Schlachtross hatte auf diesen Befehl nur gewartet. Das Tier drängte vorwärts. Hufe, Brust und Schultern bahnten sich einen Weg durch die Masse. Itkovian ließ seine Klinge links und rechts nach unten zucken. Gestalten taumelten, teilten sich, verschwanden unter den stampfenden Hufen. Piken zuckten auf ihn zu, ratschten über Rüstung und Schild. Die zu seiner Rechten hieb er mit dem Schwert beiseite.

Irgendetwas traf ihn im Kreuz, zerriss die Glieder seines Kettenhemds, drehte und bohrte sich durch Leder und Filzpolsterung. Eine Lanze aus Schmerz durchzuckte Itkovian, als die zackige Spitze sich durch die Haut bohrte und ganz in der Nähe des Rückgrats an seiner untersten Rippe entlangschrammte.

Im gleichen Augenblick wieherte sein Pferd schrill, als es gegen die Spitze einer anderen Pike stolperte; die eiserne Spitze bohrte sich tief in seine rechte Brustseite. Das Tier taumelte nach links, stolperte, es senkte den Kopf und schnappte nach dem Schaft.

Jemand sprang auf Itkovians Schild, schwang ein Zimmermannsbeil darüber. Die keilförmige Klinge grub sich zwischen seiner linken Schulter und seinem Nacken tief in sein Fleisch und blieb stecken.

Der Schild-Amboss stieß die Schwertspitze ins Gesicht der Bettlerin. Die Klinge bohrte sich in eine Wange und trat durch die andere wieder aus. Itkovian drehte die Klinge, sein eigenes, vom Visier geschütztes Gesicht nur wenige Zoll von dem seines Opfers entfernt, während sein Schwert ihr jugendliches Gesicht zerstörte. Gurgelnd stürzte sie zurück.

Er konnte das Gewicht der Pike spüren, deren Spitze noch immer in seinem Kreuz steckte, hörte den Schaft über die Rumpfrüstung seines Pferdes gleiten, als das Tier sich umdrehte und zur Seite neigte.

Das Messer eines Fischhändlers fand die ungeschützte Unterseite seines linken Knies, drang tief bis zum Gelenk ein. Itkovian hieb kraftlos mit der Unterkante seines Schildes zu – es reichte kaum, um den Angreifer wegzustoßen. Die dünne Klinge brach ab, die sechs Zoll, die in seinem Knie blieben, zerfetzten Sehnen und Knorpel. Blut füllte den Zwischenraum zwischen seiner Wade und dem Filzpolster, das sie schützte.

Der Schild-Amboss spürte keinen Schmerz. In seinen Gedanken herrschte eine brutale Klarheit. Sein Gott war mit ihm, jetzt, in diesem letzten Augenblick. Mit ihm und mit dem tapferen, unbeugsamen Schlachtross unter ihm.

Das Pferd – das die Pike mittlerweile herausgezogen hatte – fing sich wieder und richtete sich trotz des Blutes, das aus seiner Brust strömte, auf. Es machte einen Satz vorwärts, zermalmte Körper unter seinen Hufen und trat und trampelte und kämpfte sich einen Weg auf etwas zu, das – so unglaublich es Itkovian auch vorkam – eine freie Straße zu sein schien, eine Stelle, wo nur reglose Leichen auf ihn warteten.

Der Schild-Amboss, der schließlich begriff, was er da sah, erneuerte seine Anstrengungen. Der Feind schmolz an allen Seiten dahin. Schreie und das Klirren von Stahl hallten wild in Itkovians Helm wider.

Einen Augenblick später taumelte das Schlachtross aus dem Gedränge heraus, seine Hufe schlugen aus, als es sich aufbäumte – doch dieses Mal nicht vor Wut, sondern im Triumph.

Schmerzen durchzuckten Itkovian plötzlich, als er gegen den gepanzerten Hals seines Reittiers sank. Schmerzen, die schlimmer waren als alle, die er je zuvor gespürt hatte. Die Pike steckte noch immer in seinem Kreuz, die abgebrochene Messerklinge in seinem linken Knie, das Beil in den Überresten seines zertrümmerten Schlüsselbeins. Die Zähne fest zusammengebissen, schaffte er es, das Toben seines Pferdes zu bändigen und das Tier anschließend herumzudrehen, so dass er wieder dem Friedhof zugewandt war.

Ungläubig sah er, wie seine Grauen Schwerter sich den Weg unter den Leibern heraus freihieben, die sie begraben hatten; sie erhoben sich aus einem Grabhügel von Leichen, stumm wie Geister, sie bewegten sich ruckweise, als kämpften sie sich nach einem schrecklichen Albtraum in den Wachzustand zurück. Nur ein Dutzend waren zu sehen, doch das waren zwölf mehr, als der Schild-Amboss für möglich gehalten hätte.

Stiefel trampelten auf Itkovian zu. Er blinzelte sich Staub und Schweiß aus den Augen und versuchte die Gestalten zu erkennen, die ihn umringten.

Graue Schwerter. Zerrissene, blutbefleckte Waffenröcke, die jungen, blassen Gesichter capanischer Rekruten und Rekrutinnen.

Und dann, auf einem Pferd, das dem Itkovians ebenbürtig war, das Todbringende Schwert. Brukhalian, in schwarzer Rüstung, sein schwarzes Haar eine wilde, blutverklebte Mähne, Feners heiliges Schwert in der großen, gepanzerten Hand.

Er hatte sein Visier hochgeschoben. Seine dunklen Augen waren auf den Schild-Amboss gerichtet.

»Meine Entschuldigung, mein Herr«, sagte Brukhalian mit grollender Stimme, als er neben ihm sein Pferd zügelte. »Für unsere Verspätung.«

Hinter dem Todbringenden Schwert sah Itkovian jetzt Karnadas heraneilen. Sein Gesicht, verhärmt und blass wie das eines lebenden Leichnams, erschien dem Schild-Amboss trotz allem schön.

»Destriant«, keuchte er, während er im Sattel hin und her schwankte. »Mein Pferd … meine Soldaten …«

»Fener ist mit mir, mein Herr«, erwiderte Karnadas mit zitternder Stimme. »Und so werde ich Euch antworten.«

Und dann wurde die Welt dunkel. Itkovian spürte plötzlich Hände an seinem Körper, als wäre er in ihre Umarmung gefallen. Noch während er darüber nachsann, trieben seine Gedanken davon – *mein Pferd … meine Soldaten* – und dann nichts mehr …

Sie schlugen die dünnen Fensterläden ein, drangen durch die Räume über dem Erdgeschoss ins Innere. Sie glitten durch den Tunnel aus dicht gedrängten Leichen, der einst ein Treppenhaus gewesen war. Grantls eiserne Fänge waren stumpf und schartig. In seinen Händen waren sie zu gezackten Keulen geworden. Er hielt den Hauptgang und errichtete langsam und methodisch Barrikaden aus erkaltendem Fleisch und zerschmetterten Knochen.

Müdigkeit schien er nicht zu kennen. Nichts ließ seine Arme schwer werden oder vernebelte seine scharfen Sinne. Seine Atemzüge blieben immer gleichmäßig, wenn auch ein wenig tiefer als normal. Auf seinen Unterarmen zeichnete sich ein merkwürdiges Muster aus Blutflecken ab, schmal und streifig, wobei das Blut immer schwärzer wurde und in seine Haut einzusickern schien. Es war ihm gleichgültig.

Hier und dort in der menschlichen Flut aus Tenescowri befanden sich auch Domänenser. Wahrscheinlich waren sie mehr oder weniger gegen ihren Willen einfach mitgerissen worden. Grantl machte zahllose Bettler nieder, um an sie heranzukommen. Das war sein einziger Wunsch. An sie heranzukommen. Sie zu töten. Der Rest war Spreu, lästig, im Weg. Hindernisse auf dem Weg zu seinem Ziel.

Hätte er sein eigenes Gesicht sehen können, er hätte es kaum erkannt. Geschwärzte Streifen zogen sich von seinen Augen und seinen bärtigen Wangen aus nach außen. Auch der Bart selbst war bernsteinfarben gestreift. Seine Augen hatten die Farbe von sonnenverbranntem Präriegras.

Seine Miliz war jetzt hundert Köpfe stark, schweigende Gestalten, die wie Erweiterungen seines Willens waren. Die ihm bedingungslos folgten und ihn ehrfürchtig anstarrten. Ihre Gesichter leuchteten, wenn er den Blick auf sie richtete. Er wunderte sich nicht darüber, und er bemerkte auch nicht, dass das Leuchten, das er sah, eine Reflexion war, dass es die blasse, jedoch merkwürdig hitzige Ausstrahlung seiner Augen widerspiegelte.

Grantl war zufrieden. Er gab all das zurück, was Stonny angetan worden war – sie kämpfte jetzt an der Seite seines Stellvertreters, des kleinen, drahtigen Lestari, und hielt das hintere Treppenhaus der

Mietskaserne. Seit sie sich vor Stunden in dieses Gebäude zurückgezogen hatten, waren sie sich nur einmal kurz begegnet. Und diese Begegnung hatte ihn erschüttert, hatte ihm tief in seinem Innern wehgetan, und es war, als wäre er durch den Schock wachgerüttelt worden – als hätte seine Seele die ganze Zeit irgendwo in seinem Innern gehockt, verborgen, stumm, während eine unbekannte, unerbittliche Macht jetzt seine Glieder beherrschte, mit dem Blut dahinströmte, das durch seine Adern pulsierte. Sie war immer noch gebrochen; ihre forsche Art war förmlich weggerissen worden und hatte ein menschliches Gesicht enthüllt, auf schmerzhafte Weise verletzlich und tief verletzt.

Diese Erkenntnis hatte in Grantl ein kaltes Verlangen wieder zum Leben erweckt. Sie war die Schuld, die abzutragen er erst angefangen hatte. Und was auch immer sie bei ihrer Begegnung erneut aus der Fassung gebracht hatte, nun, sie hatte zweifellos irgendwie die blanken Fänge und ausgefahrenen Klauen seines Verlangens erkannt. Eine angemessene Reaktion, die nicht beunruhigender war, als sie sein sollte.

Das baufällige alte Daru-Mietshaus beherbergte nun einen Todessturm, peitschende Winde aus Wut, Entsetzen und Agonie, die durch jeden Gang wirbelten und tobten, in jeden Raum, ganz egal, wie klein er auch sein mochte. Grausam und ohne nachzulassen wütete er durch das Gebäude. Er glich bis hin zur allerletzten Kleinigkeit Grantls Gedankenwelt, der Welt im Innern seines Schädels.

Es gab keine Widersprüche zwischen der Realität der äußeren Welt und jener seiner Seelenlandschaft – eine Tatsache, die jegliches Vorstellungsvermögen überstieg, die nur instinktiv fassbar war, aus dem Bauch heraus verstanden werden musste, und nicht einmal eine Hand voll seiner Gefolgsleute verspürten auch nur einen Hauch davon. Unter ihnen war der Lestari-Leutnant.

Der Mann wusste, dass er einen Ort betreten hatte, wo es keine geistige Normalität mehr gab. Wusste irgendwie, dass er und der Rest der Miliz jetzt mehr im Kopf von Grantl existierten als in der wirklichen Welt. Sie kämpften mit Fähigkeiten, die sie nie zuvor besessen hatten. Sie wurden nicht müde. Sie riefen nicht, sie schrien nicht, ja, sie bellten sich noch nicht einmal Befehle oder Parolen zu. Es gab keinen Grund für Parolen – niemand brach zusammen, niemand wurde in die Flucht geschlagen. Jene, die starben, fielen dort, wo sie standen, ohne einen Laut von sich zu geben.

Im Erdgeschoss stapelten sich die Leichen brusthoch in den Gängen. Manche Räume konnte man nicht einmal mehr betreten. Blut rann durch die Leichenberge wie ein roter Strom, der unter der Oberfläche des Landes verläuft und durch verborgene Kieslinsen, Sandschichten und vergrabene Felsblöcke sickert; hier, in diesem grässlichen Gebäude, sickerte er um Knochen und Fleisch und Rüstungen und Stiefel und Sandalen und Waffen und Helme herum. Stinkend wie eine Kloake, dickflüssig wie das, was im Graben des Feldschers dahinfließt.

Die Angreifer taumelten schließlich rückwärts, zogen sich durch fast blockierte Treppenhäuser zurück, drängten sich aus den Fenstern. Draußen warteten noch Tausende, aber die Zurückweichenden verstopften die Zugänge. Ein Augenblick des Friedens senkte sich auf das Gebäude herab.

Als der Lestari-Leutnant sich ein wenig schwindlig und schwankend auf den Weg zum Hauptkorridor machte, fand er dort Grantl. Die gestreiften Arme seines Anführers glänzten, die Klingen seiner Macheten waren gelblich weiß – jetzt in der Tat wie Fänge –, und er wandte dem Lestari ein wildes, katzenhaftes Gesicht zu.

»Wir geben dieses Stockwerk jetzt auf«, sagte Grantl und schüttelte das Blut von seinen Klingen.

Die zerfetzten Überreste von Domänensern umgaben den Karawanenführer. Gerüstete Krieger, die im wahrsten Sinne des Wortes in Stücke gehackt worden waren.

Der Leutnant nickte. »Hier haben wir keinen Platz mehr für taktische Bewegungen.«

Grantl zuckte die massigen Schultern. »Wir haben immer noch zwei Stockwerke über uns. Und dann das Dach.«

Ihre Blicke kreuzten sich für mehrere Herzschläge, und den Leutnant durchlief bei dem, was er in den vertikalen Schlitzen von Grantls Pupillen sah, gleichermaßen ein kalter Schauer als auch eine

Woge der Wärme. *Ein Mann, den man fürchten muss … ein Mann, dem man folgen muss … ein Mann, den man lieben muss.* »Ihr seid Trakes Todbringendes Schwert«, sagte er.

Der riesige Daru runzelte die Stirn. »Was ist mit Stonny Menackis?«

»Sie hat nur ein paar kleine Kratzer abbekommen, Hauptmann, und hat sich auf den nächsthöheren Absatz zurückgezogen.«

»Gut.«

Schwer beladen mit Säcken voller Lebensmittel und Getränke sammelte sich die Miliz; der Befehl dazu blieb unausgesprochen, so, wie er niemals ausgesprochen worden war, wenn sie sich versammelt hatten. Mehr als zwanzig waren in diesem letzten Kampf gefallen, wie der Lestari sah. *Auf jedem Stockwerk verlieren wir ungefähr genauso viele. Wenn wir das Dach erreichen, werden gerade mal zwanzig von uns übrig sein. Nun, das sollten mehr als genug sein, um eine einzige Bodenluke zu halten. Sie zu halten, bis wir in den Abgrund der Letzten Nacht stürzen.*

Die schweigenden Gefolgsleute sammelten die brauchbaren Waffen und Rüstungsteile ein – größtenteils von den Domänensern. Der Lestari schaute mit stumpfen Augen zu, wie eine Capan eine gepanzerte Hand aufhob, am Handgelenk abgetrennt von einer von Grantls Macheten, und in aller Seelenruhe die Hand aus dem geschuppten Handschuh zog, den sie sich anschließend überstreifte.

Grantl stieg auf seinem Weg zum Treppenhaus über Leichen hinweg.

Es war Zeit, sich auf die nächsthöhere Ebene zurückzuziehen, Zeit, die außen liegenden Räume mit ihren schwachen Fensterläden und die Hintertreppe und die Haupttreppe zu besetzen. *Zeit, dem Vermummten noch mehr Seelen in seine verstopfte, würgende Kehle zu stopfen.*

Auf den Stufen schlug Grantl seine Macheten gegeneinander.

Draußen begann das Geschrei von neuem …

Brukhalian saß rittlings auf seinem gewaltigen, schweißgebadeten Schlachtross und sah zu, wie die Feldschere des Destriant einen kaum noch atmenden Itkovian in ein nah gelegenes Gebäude zogen, das für die nächsten ein, zwei Glockenschläge als Lazarett dienen würde. Karnadas selbst hatte erneut Kraft aus seinem fiebernden Denul-Gewirr gezogen und zunächst einmal den Blutstrom gestillt, der aus der Brust des Pferdes des Schild-Amboss gequollen war.

Die Kompanien des Todbringenden Schwerts halfen den überlebenden Grauen Schwertern beim Friedhof, sich aus dem Leichenberg zu befreien. Auch sie hatten Wunden, die versorgt werden mussten, aber jene, die tödlich waren, hatten ihr Werk schon vollbracht. Immer mehr Leichen wurden bei der fieberhaften Suche nach weiteren Überlebenden beiseite geschafft.

Die Feldschere, die Itkovian getragen hatten, standen nun vor der Aufgabe, die im Körper des Schild-Amboss steckenden Waffen zu entfernen – Waffen, die ihm dadurch, dass sie stecken geblieben waren, aller Wahrscheinlichkeit nach das Leben gerettet hatten. Und Karnadas würde bei diesen Eingriffen dabei sein, um das Blut zu stillen, das aus jeder Wunde quellen würde, wenn die stählerne Klinge oder Spitze herausgezogen wurde.

Der Blick aus Brukhalians ausdruckslosen, harten Augen folgte dem Destriant, während der alte Mann hinter seinen Feldschern herstolperte. Karnadas war zu weit gegangen, hatte zuviel magische Kraft aus seinem Gewirr gezogen, zu viel und zu oft. Sein Körper hatte begonnen, sich zu ergeben – und dieser Prozess war unumkehrbar. Die Gelenke seiner Arme – Ellbogen, Handgelenke, Finger – waren mit blauen Flecken übersät. Die Venen und Arterien in seinem Körper wurden durchlässig wie Gaze, und das Blut würde nur noch stärker in die Muskeln und in jeden Hohlraum sickern. Denuls Macht zerstörte alles, wodurch sie floss – auch den Körper des Priesters.

Er würde tot sein, das wusste Brukhalian, noch ehe die nächste Morgendämmerung anbrach.

Doch zuvor würde Itkovian geheilt werden, würde er brutal – ohne Rücksicht auf das mentale Trauma, das eine Begleiterscheinung jeder Verletzung war – zusammengeflickt werden. Der Schild-Amboss würde wieder das Kommando übernehmen, doch er würde nicht mehr der Mann sein, der er vorher gewesen war.

Das Todbringende Schwert war ein harter Mann. Das Wissen um das Schicksal seiner Freunde wurde von keinerlei Gefühlen begleitet. Es war, wie es sein musste.

Brukhalian streckte sich im Sattel und ließ den Blick über das umliegende Gelände schweifen, um die Situation einzuschätzen. Der Angriff auf die Truppenunterkünfte war zurückgeschlagen worden. Die Tenescowri waren an allen Seiten eingebrochen, und soweit er sehen konnte, stand keiner mehr auf den Beinen. Doch das war nicht überall der Fall, wie er nur zu gut wusste. Als organisierte Armee waren die Grauen Schwerter praktisch ausgelöscht worden. Zweifellos gab es noch Widerstandsnester, aber es würden nicht sehr viele sein, und noch dazu weit voneinander entfernt. Im Grunde war Capustan gefallen.

Ein berittener Bote kam aus Nordwesten herangeprescht; das Pferd sprang über die Leichenberge, die überall auf der Straße herumlagen, wurde langsamer, als es sich den Kompanien des Todbringenden Schwerts näherte.

Brukhalian winkte mit dem Schwert, und die junge Capan zügelte vor ihm ihr Pferd.

»Herr!«, keuchte sie. »Ich bringe Euch eine Botschaft von Rath'Fener! Eine Nachricht, die mir von einem Akolythen übermittelt wurde.«

»Dann lasst sie uns hören, Rekrutin.«

»Der *Knecht* wird angegriffen! Rath'Fener beruft sich auf den Achten Befehl von Feners Traum. Ihr sollt ihm mit Eurer Kompanie zu Hilfe kommen. Rath'Fener kniet vor den Hufen – Ihr müsst die Zwillingshauer seines und Feners Schattens sein.«

Brukhalian kniff die Augen zusammen. »Rekrutin, diesem Akolythen ist es gelungen, den *Knecht* zu verlassen, um die heilige Anrufung seines Priesters zu überbringen. Wie hat er das bei all den Schutzzaubern um das Gebäude geschafft?«

Die junge Frau schüttelte den Kopf. »Ich weiß es nicht, Herr.«

»Und als Ihr durch die Stadt hierher geritten seid – seid Ihr da angegriffen worden?«

»Kein lebendes Wesen hat sich mir in den Weg gestellt, Herr.«

»Könnt Ihr Euch das erklären?«

»Nein, Herr, das kann ich nicht. Vielleicht Feners Glück …«

Brukhalian musterte sie noch einen Augenblick. »Rekrutin, werdet Ihr Euch unserer Rettungsaktion anschließen?«

Sie blinzelte, nickte dann bedächtig. »Ich wäre geehrt, Todbringendes Schwert.«

Seine Antwort war ein schroffes, kummervolles Flüstern, das ihre offensichtliche Verwunderung noch verstärkte. »Genau wie ich, Rekrutin.«

Bruhkalian klappte das Visier herunter und drehte sich zu seinen Gefolgsleuten um. »Die Elfte Mähne bleibt beim Destriant und seinen Feldschern!«, befahl er. »Was die übrigen Kompanien angeht – wir marschieren zum *Knecht*. Rath'Fener hat Feners Traum angerufen, und darauf müssen wir antworten.« Dann stieg er ab und übergab die Zügel seines Pferdes der Botin. »Ich habe meine Meinung geändert«, sagte er grollend. »Ihr müsst hier bleiben, Rekrutin, um auf mein Streitross aufzupassen. Außerdem müsst Ihr den Schild-Amboss von meiner Entscheidung unterrichten, sobald er erwacht.«

»Eure Entscheidung, Herr?«

»Ihr werdet sie schon bald verstehen, Rekrutin.« Das Todbringende Schwert ließ einmal mehr den Blick über seine Truppen schweifen. Sie hatten sich in Reihen aufgestellt und warteten schweigend. Vierhundert Graue Schwerter, vielleicht die letzten, die noch am Leben waren. »Soldaten, Soldatinnen«, fragte Brukhalian sie, »seid ihr bereit?«

Ein alter Offizier erwiderte mit rauer Stimme: »Wir sind bereit, es zu versuchen, Todbringendes Schwert.«

»Und was meint Ihr?«, fragte der Anführer.

»Wir müssen die halbe Stadt durchqueren, Herr. Wir werden es nicht schaffen.«

»Ihr nehmt also an, dass wir auf unserem Weg zum *Knecht* angegriffen werden, Nilbanas. Ja?«

Der alte Soldat runzelte die Stirn, antwortete jedoch nichts.

Brukhalian griff nach seinem Schild, der an seiner Seite in der

Hand eines Adjutanten auf ihn gewartet hatte. »Ich werde uns anführen«, sagte er. »Werdet ihr mir folgen?«

Alle Soldaten und Soldatinnen nickten, und das Todbringende Schwert sah, wie sich in den halb von den Visieren verborgenen Gesichtern eine Erkenntnis abzuzeichnen begann, wie ihnen klar wurde, was er bereits wusste. Sie würden von dem bevorstehenden Einsatz nicht zurückkehren. Gegen manche Strömungen, das wusste er, konnte man nicht ankämpfen.

Während er den großen, bronzebeschlagenen Schild an seinem linken Arm zurechtrückte und die Hand um das Heft seines heiligen Schwertes legte, schritt Brukhalian vorwärts. Seine Grauen Schwerter folgten ihm. Er wählte die kürzeste Route, wurde auch nicht langsamer, als es auf offene, von Leichen übersäte Plätze hinausging.

Ein allgegenwärtiges menschliches Gemurmel war zu hören. Dazu isolierte Kampfgeräusche, brennende Häuser, die in sich zusammenstürzten, das Fauchen unkontrollierter Feuersbrünste, Straßen, die kniehoch mit Leichen übersät waren – Szenen aus der höllischen Grube des Vermummten zogen an ihnen vorbei, während sie weitermarschierten, wie zwei sich entrollende Wandbehänge, von einem verrückten Künstler mit von Qualen zerrissener Seele gemalt.

Bis jetzt hatte sich ihnen noch niemand entgegengestellt.

Als sie sich dem immer noch in eine Aura gehüllten *Knecht* näherten, beschleunigte der Veteran seine Schritte, um an Brukhalians Seite zu gelangen. »Ich habe die Worte der Botin gehört, Herr.«

»Das ist mir wohl bewusst, Nilbanas.«

»Sie können eigentlich nicht von Rath'Fener sein.«

»Aber sie sind es, mein Herr.«

»Dann betrügt uns der Priester!«

»Ja, mein alter Freund, er betrügt uns …«

»Er hat Feners geheimsten Traum entweiht! Bei den Hauern, Herr …«

»Die Worte des Traums sind größer als dieser Priester, Nilbanas. Sie stammen von Fener selbst.«

»Aber er hat sie böswillig entstellt, Herr! Das sollten wir nicht hinnehmen!«

»Rath'Feners Verbrechen wird seine gerechte Strafe erhalten, aber nicht von uns.«

»Um den Preis unseres Lebens?«

»Wenn wir nicht sterben, mein Herr, würde es kein Verbrechen geben. Und somit auch keine entsprechende Bestrafung.«

»Todbringendes Schwert –«

»Wir sind erledigt, mein Freund. Und auf diese Weise bestimmen wir die Bedeutung unseres Todes.«

»Aber ... aber was gewinnt er dadurch? Seinen eigenen Gott zu betrügen –«

»Nun, er rettet ohne Zweifel sein eigenes Leben«, sagte Brukhalian mit einem grimmigen, vertraulichen Lächeln. »Für eine gewisse Zeit. Sollten die Schutzzauber des *Knechts* überwunden und der Maskenrat überrannt werden, bleibt ihm das Grauen erspart, das auf seine Priesterkollegen und -kolleginnen wartet. Er hält das für einen guten Tausch.«

Der Veteran schüttelte den Kopf. »Und so erlaubt Fener seinen eigenen Worten, die Bürde des Verrats auf sich zu nehmen. Wie vornehm wird seine Haltung sein, wenn er schließlich Rath'Fener in die Ecke treibt?«

»Unser Gott wird nicht derjenige sein, der die Bestrafung durchführt, Nilbanas. Ihr habt Recht, er könnte es nicht guten Gewissens tun, denn dies ist ein Verrat, der ihn zutiefst verwundet, der ihn schwächt und verletzt – mit verhängnisvollen Konsequenzen.«

»Aber wer wird dann unsere rächende Hand sein, Brukhalian?« Der Mann schluchzte jetzt beinahe.

Das Lächeln des Todbringenden Schwerts wurde jetzt noch grimmiger, falls das überhaupt möglich war. »Zweifellos erlangt eben in diesem Augenblick der Schild-Amboss das Bewusstsein zurück. Und wird schon bald den Bericht der Botin hören – schon bald die Wahrheit begreifen. Nilbanas, die rächende Hand wird die Itkovians sein. Wie steht es jetzt mit Eurer Fassung, alter Freund?«

Der Soldat schwieg ein halbes Dutzend Schritte lang. Vor ihnen lag der offene Platz vor dem Tor zum *Knecht.* »Ich bin beruhigt, Herr«, sagte er, und seine Stimme klang tief und zufrieden. »Ich bin beruhigt.«

Brukhalian schlug sein Schwert gegen seinen Schild. Schwarzes Feuer floss die Klinge entlang, zischend und knisternd. »Sie haben den Platz vor uns umzingelt. Sollen wir ihn betreten?«

»Ja, Herr, mit großer Freude.«

Das Todbringende Schwert und seine vierhundert Gefolgsleute marschierten auf den offenen Platz; sie zögerten nicht, als sich die Mündungen der Straßen und Gassen an allen Seiten rasch mit den Elitetruppen von Septarch Kulpath füllten, mit Urdomen, Domänensern und Betakliten. Selbst bei der Straße, die sie gerade verlassen hatten, war das der Fall. Bogenschützen erschienen auf den Dächern, und Hunderte von Domänensern, die wie tot vor dem Tor zum *Knecht* gelegen hatten, standen auf und machten ihre Waffen bereit.

Nilbanas schnaubte neben Brukhalian. »Erbärmlich.«

Das Todbringende Schwert stieß ein Lachen aus, das alle hören konnten. »Der Septarch hält sich für sehr schlau, mein Herr.«

»Und uns für von unserer Ehre verblendet.«

»Ja, aber das sind wir doch auch, oder nicht, alter Freund?«

Nilbanas hob sein Schwert und brüllte triumphierend. Die Klinge über den Kopf wirbelnd, tanzte er auf der Stelle seinen Tanz der entzückten Herausforderung. Die Grauen Schwerter verschränkten ihre Schilde, wobei sie das Todbringende Schwert in ihre Schildmauer einschlossen, während sie sich in der Mitte des Platzes zu ihrem letzten Gefecht bereit machten.

Der Veteran blieb vor dem Schildwall, wirbelte immer noch herum, brüllte immer noch, das Schwert hoch in die Luft gereckt.

Fünftausend Pannionier und der Septarch schauten zu, verwundert, ungläubig, zutiefst verstört von dem wilden, tierischen Stampfen des Mannes auf den Pflastersteinen. Dann schüttelte Kulpath mit stummem Zähnefletschen all diese Gefühle ab und hob eine behandschuhte Hand.

Er riss sie nach unten.

Der Himmel über dem Platz verdunkelte sich, als fünfzehnhundert Bögen gleichzeitig surrten.

Itkovian riss die Augen auf. Er hatte das Surren gehört. Er sah in einer Vision, die sein Bewusstsein ausfüllte und alles andere ausschloss, wie die stählernen Spitzen sich in die aus Schilden gebildete Schildkröte bohrten, die die Grauen Schwerter bildeten. Hier und dort gingen ein paar Geschosse durch. Soldaten wankten, fielen, krümmten sich zusammen.

Nilbanas, der von hundert oder mehr Pfeilen durchbohrt worden war, drehte sich noch ein letztes Mal in einen Schleier aus Blutstropfen gehüllt ruckartig um sich selbst und brach dann zusammen.

In brüllenden Massen stürmten die pannionischen Fußsoldaten hinaus auf den Platz. Krachten gegen den Schildwall der überlebenden Grauen Schwerter, die noch dabei waren, die Lücken zu schließen, die der Pfeilhagel gerissen hatte. Das Quadrat wurde zerschmettert, auseinandergerissen. Aus dem Kampf wurde ein Gemetzel.

Das Todbringende Schwert stand immer noch, und seine wirbelnde Klinge wütete mit schwarzem Feuer. Von Pfeilen gespickt stand er da wie ein Riese inmitten barbarischer Kinder.

Und kämpfte weiter.

Piken bohrten sich von allen Seiten in ihn, hoben ihn von den Beinen. Sein Schwertarm schwang herunter, die Klinge durchtrennte Pikenschäfte, und er landete inmitten zuckender Leiber.

Itkovian sah, wie eine doppelklingige Axt Brukhalian den linken Arm an der Schulter abtrennte. Das Blut schoss ungehemmt aus der Wunde, als der abgehauene Schildarm zu Boden fiel und sich dabei im Ellbogengelenk wild krümmte, wie es das abgetrennte Glied eines Insekts getan hätte.

Der riesenhafte Mann knickte nach rechts ein.

Noch mehr Piken stachen zu, bohrten sich in seinen Oberkörper.

Der Griff um das Schwertheft wurde nicht schwächer. Die brennende Klinge schickte noch immer ihre verschlingenden Flammen, die alles verbrannten, was sie berührten, in alle Richtungen. Schreie erfüllten die Luft.

Urdomen drängten sich heran, hielten kurze, schwere Klingen in den Händen. Sie begannen zu hacken.

Die Eingeweide des Todbringenden Schwerts quollen ihm aus dem Bauch, den eine Schwertspitze aufgeschlitzt hatte. Eine Axt krachte auf Brukhalians Kopf herab, spaltete den schweren eisernen Helm, dann den Schädel, dann das Gesicht des Mannes.

Das brennende Schwert explodierte in einem dunklen Blitz, die Splitter töteten weitere Pannionier.

Der Leichnam, der Feners Todbringendes Schwert gewesen war, stand noch einen Augenblick aufrecht da, von Wunden übersät, fast geköpft, und sank dann langsam auf die Knie, den Rücken gekrümmt, eine Vogelscheuche, die von einem Dutzend Piken und unzähligen Pfeilen aufgespießt worden war.

Er kniete, jetzt vollkommen regungslos, in den länger werdenden Schatten des *Knechts*, während die Pannionier sich langsam zurückzogen – ihre Kampfeswut war dahin, und an ihre Stelle war etwas Stummes, Schreckliches getreten. Sie starrten das in Stücke gehackte Ding an, das Brukhalian gewesen war ... und die große, fast substanzlose Erscheinung, die direkt vor dem Todbringenden Schwert Gestalt annahm. Die Gestalt eines in einen schwarzen Umhang gehüllten Mannes, dessen Hände in den Falten seiner weiten Ärmel verborgen waren.

Der Vermummte. Der König des Hohen Hauses Tod ... er ist gekommen, um die Seele dieses Mannes zu grüßen. Persönlich.

Warum?

Einen Augenblick später war der Lord des Todes wieder verschwunden. Doch niemand rührte sich.

Es begann zu regnen. In Strömen.

Er kniete, während wässriges Blut die Rüstung befleckte, die eisernen Verbindungsringe des Kettenhemds karmesinrot glänzen ließ.

Zwei andere Augen teilten Itkovians Vision, Augen, die er gut kannte. Und in den Gedanken des Schild-Amboss wallte kalte Befriedigung auf, und in Gedanken wandte er sich an den anderen Zeugen und wusste ohne jeden Zweifel, dass dieser seine Worte hören konnte.

Ich habe dich, Rath'Fener.
Du gehörst mir, Verräter.
Mir.

Der Sperber glitt durch die windzerzausten Regenwolken, spürte die Tropfen wie Nägel, als sie auf seine Schwingen prasselten, seinen gespreizten Schwanz. Fahle Flammen glommen in der Stadt unter ihm inmitten der grauen, allmählich schwarz werdenden Gebäude.

Der Tag neigte sich seinem Ende zu, doch das Entsetzen ließ nicht nach. Bukes Gedanken waren wie betäubt von all dem, was er gesehen hatte, und die Distanz, die ihm seine Wechselgänger-Gestalt ermöglichte, war keine Erleichterung. Diese Augen waren zu scharf, viel zu scharf.

Direkt über dem Anwesen, in dem nun Bauchelain und Korbal Broach beheimatet waren, legte er sich hart in die Kurve. Das Tor war von einem Leichenberg verstopft. Die in erster Linie als schmückendes Beiwerk gedachten Türme an den Ecken und die Laufgänge auf den Mauern waren von stummen Wächtern besetzt, die dunkel und reglos im Regen hockten.

Korbal Broachs Armee aus wiederbelebten Leichnamen war gewachsen. Hunderte von Tenescowri hatten vor einiger Zeit das Tor durchbrochen und waren auf den Innenhof geströmt. Bauchelain hatte sie mit Wogen tödlicher Zauberei begrüßt – eine Magie, die ihr Fleisch schwärzte, es aufplatzen und sich dann in langen Streifen von ihren Knochen schälen ließ. Der Zauber hatte noch lange, nachdem sie tot waren, unerbittlich weitergewirkt, bis die Pflastersteine knöchelhoch von verkohltem Staub bedeckt waren.

Zwei weitere Versuche waren unternommen worden, jeder ein wenig verzweifelter als der vorangegangene. Doch immer wieder von Magie und der gnadenlosen Wildheit der untoten Krieger empfangen, waren die Tenescowri schließlich zurückgewichen und voller Entsetzen geflohen. Einer Kompanie Bekliten erging es später am Nachmittag keinen Deut besser. Und jetzt, als auf den Regen die Abenddämmerung folgte, befanden sich in den Straßen rund um das Anwesen nur noch Tote.

Auf allmählich ermüdenden Schwingen schwang Buke sich noch einmal höher und folgte dann der Hauptstraße des Daru-Viertels in Richtung Westen.

Ausgebrannte Mietskasernen, Rauch, der aus Schutthaufen aufstieg, das unstete Flackern von Flammen. Wimmelnde Massen von Tenescowri, riesige Freudenfeuer, über denen auf Bratspießen Menschenfleisch geröstet wurde. Umherstreifende Trupps und Kompanien von Scalandi, Bekliten und Betakliten, Urdomen und Domänensern.

Sie sind verblüfft, wütend … sie fragen sich, wo die Bürger von Capustan geblieben sind. Oh, euch gehört jetzt die Stadt, aber ihr fühlt euch dennoch betrogen.

Sein scharfes Sehvermögen schwand, als das Tageslicht verblasste. Im Südosten, durch die Regen- und Rauchschleier nur verschwommen erkennbar, erhoben sich die Türme von Fürst Jelarkans Palast. Dunkel, anscheinend unzerstört. Vielleicht hielten die Bewohner immer noch stand. Vielleicht war es aber auch nur ein weiteres lebloses Bauwerk, in dem nur noch Geister hausten. Zurückgekehrt zu dem Trost, den die Stille bot, wie es jahrhundertelang – bevor die Daru und die Capan hierher gekommen waren – gewesen war.

Als Buke den Kopf nach hinten drehte, erhaschte er aus dem Augenwinkel einen Blick auf ein einzelnes Gebäude zu seiner Linken. Es war von Feuern umgeben, doch es hatte den Anschein, als trotze das gedrungene Bauwerk den Flammen. Im Licht der umliegenden Freudenfeuer sah er rot umrandete nackte Leichen. Sie füllten die umgebenden Straßen und Gassen.

Nein, das muss ein Irrtum sein. Meine Augen täuschen mich. Diese Toten da unten liegen bestimmt auf Schuttbergen. Sie müssen auf Schuttbergen liegen. Bei den Göttern, das Erdgeschoss der Mietskaserne ist nicht zu sehen. Es ist begraben. Unter Trümmern und Schutt. Das können unmöglich alles Leichen sein, die sich so hoch stapeln … oh … beim unergründlichen Abgrund!

Es war die Mietskaserne, in der sich Grantl ein Zimmer genommen hatte.

Und obwohl die Flammen das Gebäude von allen Seiten bestürmten, wollte es nicht brennen.

Es konnte nicht brennen. Denn – wie er nun im Schein der ringsum flackernden Feuer sah – die Wände *weinten.*

Kein Wasser, sondern Blut.

Buke flog eine Kurve und hielt auf das Gebäude zu, und je näher er ihm kam, desto größer wurde sein Entsetzen. Er konnte Fenster sehen, ohne Läden, auf der Höhe des ersten sichtbaren Geschosses. Voll gestopft mit Leichen. Das Gleiche auf dem nächsten Stockwerk, und auch auf dem darüber, direkt unter dem Dach.

Das ganze Gebäude war, wie ihm jetzt klar wurde, im wahrsten Sinne des Wortes massiv. Eine Masse aus Fleisch und Knochen, aus deren Fensteröffnungen Tränen aus Blut und Galle rannen. Ein gigantisches Mausoleum, ein Monument dieses Tages.

Er sah Gestalten auf dem Dach. Ein Dutzend, die sich hier und da unter behelfsmäßige Planen und Schutzhütten kauerten. Und einen, der ein bisschen abseits stand, den Kopf geneigt, als beobachte er das Grauen unten auf der Straße. Groß, ungeschlacht. Mit breiten, abfallenden Schultern. Von merkwürdigen streifigen Schatten gezeichnet. In den beiden gepanzerten Händen hing jeweils schwer eine Machete, blank und glänzend wie ein Knochen.

Ein Dutzend Schritte hinter ihm war eine Standarte aufgepflanzt worden; sie wurde von Bündeln aufrecht gehalten, die möglicherweise Essenspakete waren, wie die Grauen Schwerter sie ausgegeben hatten. Durchnässt, gelb, mit dunklen Blutstreifen befleckt – die Tunika eines Kindes.

Buke flog noch ein bisschen näher und drehte dann ab. Er war nicht bereit. Nicht für Grantl. Nicht für den Mann, der der Karawanenführer jetzt war, der er geworden war. Eine schreckliche Verwandlung ... *ein weiteres Opfer dieser Belagerung.*

Wie wir alle.

Blinzelnd versuchte Itkovian, sich in seiner Umgebung zurechtzufinden. Eine niedrige, feuchte Decke, der Geruch von rohem Fleisch. Gelbes Laternenlicht, das Gewicht einer groben Wolldecke auf seiner Brust. Er lag auf einem schmalen Feldbett, und jemand hielt seine Hand.

Langsam drehte er den Kopf, zuckte zusammen, als die Bewegung eine Feuerlanze aus Schmerz durch seinen Nacken sandte. *Geheilt und doch nicht geheilt. Die Genesung … unvollständig …*

Karnadas hockte an seiner Seite, zusammengesunken und reglos, sein blasser, runzliger, nach vorn gebeugter Schädel auf der Höhe von Itkovians Augen.

Die Hand, die die seine hielt, war nur noch tödlich trockene Haut und Knochen – und eiskalt.

Der Schild-Amboss drückte sie leicht.

Das Gesicht des Destriant, das er jetzt hob, glich einem Totenschädel, die Haut war mit dunklen Flecken gesprenkelt, die von seinen Kiefergelenken ausgingen; seine rot geäderten Augen lagen tief in pechschwarzen Augenhöhlen.

»Ach«, krächzte der alte Mann, »ich habe Euch enttäuscht, mein Herr …«

»Das habt Ihr nicht.«

»Eure Wunden –«

»Das Fleisch ist geheilt – das kann ich spüren. Mein Nacken, mein Rücken, mein Knie. Ich fühle nur noch eine gewisse Empfindlichkeit, mein Herr. Mit der ist leicht umzugehen.« Er setzte sich langsam auf, zeigte trotz der Agonie, die ihn durchzuckte, eine ruhige Miene. Als er das Knie beugte, war er anschließend in Schweiß gebadet, fröstelte plötzlich und fühlte sich schwindelig. Doch er ließ die Hand des Destriant nicht los. »Euer Geschenk beschämt mich jedes Mal, mein Herr.«

Karnadas ließ den Kopf auf Itkovians Oberschenkel sinken. »Ich bin am Ende, mein Freund«, flüsterte er.

»Ich weiß«, erwiderte der Schild-Amboss. »Aber ich noch nicht.«

Der Destriant nickte schwach, blickte jedoch nicht auf.

Itkovian schaute sich um. Vier andere Feldbetten, auf jedem lag ein Soldat. Grobe Decken waren über ihre Gesichter gezogen worden. Zwei der Feldschern des Priesters saßen auf dem vom Blut klebrigen Fußboden, den Rücken an eine Mauer gelehnt, die Augen geschlossen; sie schliefen den Schlaf der Erschöpften. Neben der Tür des kleinen Raums stand eine Botin der Grauen Schwerter, nach den Gesichtszügen unter dem Helmrand zu urteilen eine Capan. Unter den Rekruten hatte er eine jüngere Version von ihr gesehen … vielleicht ihre Schwester. »Wie lange war ich bewusstlos? Ist das Regen, was ich da höre?«

Karnadas antwortete nicht. Auch von den beiden Feldschern wurde keiner wach. Nach einem Augenblick räusperte sich die Botin. »Herr, es ist weniger als einen Glockenschlag vor Mitternacht. Der Regen hat bei Einbruch der Dunkelheit eingesetzt.«

Mit dem Einbruch der Dunkelheit und mit dem Tod eines Mannes. Die Hand, die seine hielt, wurde immer schlaffer. »Wie viele Soldaten sind noch hier? Wie viele befehlige ich noch?«

Sie zuckte zusammen. »Insgesamt noch einhundertsiebenunddreißig, Herr. Sechsundneunzig davon sind Rekruten. Von den Mähnen, die mit Euch beim Friedhof gekämpft haben, haben elf Soldaten überlebt.«

»Was ist mit unseren Unterkünften?«

»Sie sind gestürmt, Herr. Die ganze Kaserne brennt.«

»Und Jelarkans Palast?«

Sie schüttelte den Kopf. »Wir haben nichts gehört.«

Itkovian zog seine Hand langsam aus Karnadas' schlaffem Griff und blickte auf die reglose Gestalt hinab. Er strich ihm über die strähnigen Haare. Mehrere Herzschläge verstrichen, dann brach der Schild-Amboss die Stille. »Sucht einen Sanitäter, Botin. Der Destriant ist tot.«

Sie starrte ihn aus weit aufgerissenen Augen an.

»Er gesellt sich zu unserem Todbringenden Schwert Brukhalian. Es ist vorbei.«

Nach diesen Worten schwang Itkovian die Beine aus dem Bett. Die Schmerzen in seinem verletzten Knie raubten ihm beinahe das Bewusstsein. Er holte einmal tief und zittrig Luft und richtete sich vorsichtig auf. »Sind noch irgendwelche Waffenschmiede übrig?«

»Ein Lehrling, Herr«, erwiderte sie nach einem kurzen Augenblick mit einer Stimme, die so brüchig war wie verbranntes Leder.

»Ich brauche eine Manschette für mein Knie, Soldatin. Irgendetwas, was er oder sie zusammenbasteln kann.«

»Ja, Herr«, flüsterte sie. »Schild-Amboss –«

Er unterbrach seine Suche nach seinem Wappenrock und warf ihr einen Blick zu. Die junge Frau war totenblass geworden.

»I-ich spreche das Dreizehnte Gesetz des Traums aus. Ich verlange … eine gerechte Bestrafung.« Sie zitterte.

»Eine Bestrafung, Soldatin? Was für ein Verbrechen habt Ihr begangen?«

»Ich habe die Botschaft überbracht. Von Rath'Feners Akolythen.« Sie taumelte bei ihren eigenen Worten zurück; ihre Rüstung klirrte, als sie mit dem Rücken gegen die Tür stieß. »Fener, vergib mir! Ich habe das Todbringende Schwert in den Tod geschickt!«

Itkovian musterte sie aus zusammengekniffenen Augen. »Ihr seid die Rekrutin, die mich und meine Flügel auf unserem letzten Ausritt in die Ebene begleitet hat. Ich bitte Euch um Entschuldigung, dass ich Euch nicht eher erkannt habe. Ich hätte damit rechnen müssen, dass die neuen … Erfahrungen, die Ihr mittlerweile gemacht habt, Euch so klar im Gesicht geschrieben stehen. Ich verweigere Euch die Berufung auf den Traum, Soldatin. Nein, sucht einen Sanitäter und diesen Waffenschmied-Lehrling.«

»Aber Herr –«

»Brukhalian wurde nicht getäuscht. Versteht Ihr? Darüber hinaus beweist Eure Anwesenheit hier Eure Unschuld in dieser Angelegenheit. Wärt Ihr an dem Verrat beteiligt gewesen, hättet Ihr auf seinen Befehl hin mit ihm reiten müssen. Und man wäre so mit Euch verfahren, wie Ihr es verdient hättet. Und jetzt geht. Wir können nicht viel länger hier bleiben.«

Ohne auf die Tränen zu achten, die ihr nun über das dreckverschmierte Gesicht rannen, humpelte der Schild-Amboss langsam auf einen Haufen ausrangierter Rüstungsteile zu. Einen Augenblick später drehte sie sich um, riss die Tür auf und floh hinaus auf den Korridor.

Itkovian unterbrach sein Gehumpel. Er warf den schlafenden Feldschern einen kurzen Blick zu. »Ich bin der Träger von Feners

Kummer«, intonierte er im Flüsterton. »Ich bin mein Fleisch gewordener Schwur. Jetzt, und in allem, was folgt. Wir sind noch nicht am Ende. Ich bin noch nicht am Ende. Siehe, ich weiche nichts und niemandem.« Er streckte sich, das Gesicht wieder ausdruckslos. Seine Schmerzen ließen nach. Bald würden sie bedeutungslos sein.

Einhundertsiebenundreißig Gesichter blickten den Schild-Amboss an. Durch den strömenden Regen betrachtete er sie im Gegenzug, wie sie in Reih und Glied auf der dunklen Straße standen. Zwei Schlachtrosse waren noch übrig; sein eigenes – die Brustwunde eine rote Strieme, doch das Feuer in seinen Augen war nicht schwächer geworden – und Brukhalians schwarzes Streitross. Die Botin hielt ihre Zügel.

Streifen von einem gebänderten Kürass waren an beiden Seiten von Itkovians verletztem Knie festgebunden worden. Sie waren biegsam genug, dass er mit ihnen reiten und gehen konnte, gaben ihm im Stehen jedoch spürbar Halt. Die Risse in seinem Kettenhemd waren mit Kupferdraht geflickt worden; das Gewicht der Rüstung spürte er nur auf seinem linken Arm – er hatte wenig Kraft darin, und die Haut zwischen Nacken und Schulter fühlte sich über dem unvollständig geheilten Gewebe gespannt und heiß an. Ein paar Riemen waren angebracht worden, die seinen Arm im Winkel halten würden, wenn er den Schild trug.

»Graue Schwerter«, wandte der Schild-Amboss sich an die Männer und Frauen vor ihm. »Wir haben Arbeit vor uns. Unser Hauptmann und seine Sergeanten haben euch in Trupps eingeteilt. Wir marschieren zum Palast des Fürsten. Der Weg ist nicht sehr weit. Es scheint, als ob der Feind sich hauptsächlich um den *Knecht* herum sammelt. Sollten wir trotzdem auf umherstreifende Banden treffen, werden sie wahrscheinlich nur klein sein und aus Tenescowri bestehen – das heißt, sie werden schlecht bewaffnet und ungeübt sein. Marschiert also in Kampfbereitschaft.« Itkovian blickte seinen einzigen Hauptmann an, eine Frau namens Norul, die noch vor wenigen Tagen Hauptsergeant und für die Ausbildung der capanischen Rekruten verantwortlich gewesen war. »Hauptmann, stellt die Trupps in Marschformation auf.«

Die Angesprochene nickte.

Itkovian schritt zu seinem Pferd. Ein behelfsmäßiges Gestell war zusammengezimmert worden, um es ihm leichter zu machen, in den Sattel zu steigen. Der Schild-Amboss blickte zu der Botin hinab, die ihm die Zügel reichte. »Hauptmann Norul wird mit den Soldaten marschieren«, sagte er. »Das Pferd des Todbringenden Schwerts sollte geritten werden. Es gehört Euch, Soldatin. Es wird Eure Fähigkeiten daran erkennen, wie Ihr im Sattel sitzt, und entsprechend reagieren, um Eure Sicherheit zu gewährleisten. Es wird Euch nichts nützen, sich ihm in dieser Hinsicht zu widersetzen.«

Die junge Frau blinzelte und nickte dann langsam.

»Dann steigt auf, Soldatin, und reitet an meiner Seite.«

Die Rampe, die zu dem engen, von einem Bogen überwölbten Torweg von Jelarkans Palast führte, war nicht besetzt und auch frei von Leichen oder Trümmern. Die Tore selbst waren zerschmettert worden. Schwaches Fackellicht schimmerte aus dem Vorzimmer direkt dahinter. Nicht ein einziger Soldat stand auf den Wällen oder Brustwehren. Von dem trommelnden Regen abgesehen, wurden Itkovian und seine Grauen Schwerter von nichts anderem als Stille begrüßt.

Voraustrupps hatten bis zur Schwelle des Tores alles ausgekundschaftet und bestätigt, dass der Feind nirgends zu sehen war. Außerdem gab es anscheinend auch keine überlebenden Verteidiger. Oder Leichen.

Rauch und zischelnder Nebel hing überall zwischen den Gebäuden, Regenschleier verbargen den Nachthimmel über ihren Köpfen. Alle Kampfgeräusche aus den anderen Teilen der Stadt waren verstummt.

Brukhalian hatte um sechs Wochen gebeten. Itkovian hatte ihm weniger als drei Tage gegeben. Diese Tatsache nagte an ihm, als trüge er noch immer eine abgebrochene Klinge oder eine Pfeilspitze in seinem Körper, die die Feldschere übersehen hatten – tief in seinem Bauch vergraben, ein ständiger Schmerz in seinem Herzen.

Aber ich bin noch nicht am Ende.

Er hielt sich an diese Worte. Den Rücken gerade, die Zähne zusammengebissen. Eine Geste seiner gepanzerten Hand schickte die ersten Kundschafter durch den Torweg. Sie blieben einige Zeit verschwunden, dann kehrte ein einzelner Läufer zurück, kam die Rampe heruntergetrottet, trat zu Itkovian.

»Herr«, erstattete die junge Frau Bericht, »im Innern des Palasts sind Tenescowri. Wir glauben im Großen Saal. Es hört sich an, als ob sie ein Fest feiern.«

»Und? Werden die Zugänge bewacht?«, fragte der Schild-Amboss.

»Die drei, die wir gefunden haben, nicht, Herr.«

Es gab vier Eingänge zu Jelarkans Großem Saal. Eine Doppeltür gegenüber dem Tor auf der anderen Seite des Vorzimmers, zwei Seitentüren im Saal selbst, die zu Gästezimmern und den Räumen für die Wachen führten, und ein schmaler, hinter einem Vorhang verborgener Durchgang direkt hinter dem Thron des Fürsten. »Sehr gut. Hauptmann, bringt jeweils einen Trupp an den beiden Seiteneingängen in Stellung. Leise. Sechs Trupps bleiben hier am Tor. Die übrigen fünf begleiten mich.«

Der Schild-Amboss stieg vorsichtig ab, verlagerte sein Gewicht zum größten Teil auf sein gesundes Bein. Dennoch zuckte er bei dem stechenden Schmerz zusammen, der sein Rückgrat hinaufschoss. Die Botin war immer in der Nähe geblieben und trat jetzt an seine Seite. Während er sich bemühte, langsamer zu atmen, blickte er sie an. »Gebt mir meinen Schild«, knirschte er.

Ein anderer Soldat half ihr, den Bronzeschild an Itkovians Arm festzuschnallen und die stützende Schlinge über seine Schulter zu ziehen.

Der Schild-Amboss klappte sein Visier herunter und ließ dann das Schwert aus der Scheide gleiten, während Hauptmann Norul den fünf Trupps, die um Itkovian herumstanden, Anweisungen erteilte.

»Diejenigen mit Armbrüsten in die zweite Reihe, verhaltet Euch unauffällig und haltet Eure Waffen gespannt, aber behaltet sie noch unten. Die vorderste Linie mit überlappenden Schilden, Schwerter bereit. Alle Visiere runter. Herr«, wandte sie sich an Itkovian, »wir sind bereit.«

Er nickte, sagte zu der Rekrutin: »Ihr müsst an meiner linken Seite bleiben. Und jetzt – vorwärts, in meinem Tempo.«

Langsam schritt er die vom Regen glitschige Rampe hinauf.

Fünfunddreißig schweigende Soldaten folgten ihm.

Ins Vorzimmer, einen quadratischen Raum mit hoher Decke, der von einer einzigen flackernden Fackel erleuchtet wurde, die rechts an der Wand in einer Halterung brannte. Die beiden Trupps, die für das Zimmer eingeteilt waren, huschten nach beiden Seiten davon, während der Schild-Amboss mit seinen Soldaten quer durch den Raum auf die breite Doppeltür zumarschierte, die in den Großen Saal führte. Das Prasseln des strömenden Regens begleitete sie.

Vor ihnen, gedämpft durch die dicken Eichentüren, waren Stimmen zu hören. Gelächter, in dem ein Unterton von Hysterie mitschwang. Das Knistern von brennendem Holz.

Itkovian blieb nicht stehen, als er den Eingang erreichte; er benutzte seinen Schild und die gepanzerte Faust, um die Türflügel aufzustoßen. Noch während er hindurchtrat, schwärmten die Trupps hinter ihm zu beiden Seiten aus, um dieses Ende des langen Raums mit der gewölbten Decke einzunehmen.

Gesichter wandten sich den Eindringlingen zu. Abgemagerte, in Lumpen gekleidete Gestalten erhoben sich taumelnd von den Stühlen an beiden Seiten des langen Tischs. Besteck klapperte, und Knochen fielen zu Boden. Eine Frau mit wirren Haaren kreischte schrill und krabbelte dann wie wahnsinnig auf den jungen Mann zu, der auf Fürst Jelarkans Thron saß.

»Gütige Mutter«, sagte der Mann mit krächzender Stimme und streckte eine glänzende, fettverschmierte Hand nach ihr aus, ohne dabei den Blick seiner leicht gelblich verfärbten Augen von Itkovian zu wenden, »sei ganz ruhig.«

Sie packte mit beiden Händen die ihr hingehaltene Hand, fiel wimmernd auf die Knie.

»Das sind doch nur Gäste, Mutter. Auch wenn sie leider zu spät kommen, um an dem … fürstlichen Mahl teilzunehmen.«

Irgendjemand stieß ein schrilles Lachen aus.

Mitten auf dem Tisch stand eine große Silberplatte, in der man mit abgebrochenen Stuhlbeinen und Bilderrahmen ein Feuer gemacht hatte; jetzt war fast nur noch Holzkohle übrig. Darüber befand sich ein Bratspieß mit den Überresten eines gehäuteten menschlichen Rumpfs, der jetzt allerdings nicht mehr gedreht wurde, so dass die Unterseite schwarz war. Die Beine waren an den Knien abgetrennt, die Oberschenkel mit Kupferdraht zusammengebunden. Die Arme waren an den Schultern ausgerissen worden, obwohl auch sie zuvor gefesselt gewesen waren. Der Kopf war noch da, gespalten und verkohlt.

Überall waren Fleischstücke herausgeschnitten worden – an Oberschenkeln, Gesäßbacken, Brust, Rücken, Gesicht. Doch dies hier war kein Mahl gewesen, das aus Hunger stattgefunden hatte, das wusste Itkovian. Die Tenescowri in diesem Raum sahen besser genährt aus als alle anderen, die er bisher gesehen hatte. Nein, das hier war eine Feier gewesen.

Links vom Thron stand halb im Schatten verborgen ein aus zwei Piken gemachtes, X-förmiges Kreuz. Darüber war Fürst Jelarkans Haut gespannt.

»Der teure Fürst war tot, bevor wir angefangen haben, ihn zu rösten«, sagte der junge Mann auf dem Thron. »Wir sind schließlich nicht absichtlich grausam. Ihr seid nicht Brukhalian, denn Brukhalian ist tot. Ihr müsst Itkovian sein, Feners so genannter Schild-Amboss.«

Hinter dem Thron tauchten Domänenser auf, in fahlen, fellgefütterten Rüstungen und Helmen, die Gesichter hinter vergitterten Gesichtsmasken verborgen, schwere Streitäxte in den gepanzerten Fäusten. Vier, acht, ein Dutzend. Zwanzig. Und es kamen immer noch mehr.

Der Mann auf dem Thron lächelte. »Eure Soldaten sehen … müde aus. Als wären sie dieser besonderen Aufgabe nicht gewachsen. Wisst Ihr, wer ich bin, Itkovian? Ich bin Anaster, das Erste Kind des Toten Samens. Sagt mir, wo sind die Bürger dieser Stadt? Was habt Ihr mit ihnen gemacht? Oh, lasst mich raten. Sie verstecken sich in Tunneln unter den Straßen. Beschützt von einer Hand voll überlebender Gidrath, einer oder zwei Kompanien Eurer Grauen Schwerter, ein paar Capanthall des Fürsten. Ich nehme an, dass sich auch Fürst Arard dort unten versteckt. Es ist eine Schande. Wir suchen ihn schon so lange. Nun, die Suche nach den verborgenen Eingängen geht weiter. Wir werden sie finden. Capustan wird gesäubert werden. Ihr, Schild-Amboss, werdet diesen glorreichen Tag allerdings leider nicht mehr erleben.«

Itkovian musterte den jungen Mann, und er sah, was er nicht zu sehen erwartet hatte. »Erstes Kind«, sagte er. »In Euch ist Verzweiflung. Ich werde sie von Euch nehmen, junger Herr, und mit ihr Eure Last.«

Anaster zuckte zurück, als hätte er einen Hieb erhalten. Er zog die Knie an, kletterte auf die Sitzfläche des Throns. Sein Gesicht zuckte. Eine Hand schloss sich um den Griff des merkwürdigen Obsidian-Dolchs, den er im Gürtel trug, und zuckte dann weg, als wäre der Stein heiß.

Seine Mutter kreischte auf, packte den ausgestreckten Arm ihres Sohns. Mit einem wütenden Knurren machte er sich los. Sie sank auf den Fußboden, rollte sich zusammen.

»Ich bin nicht Euer Vater«, fuhr Itkovian fort. »Aber ich werde sein *wie* er. Lasst der Flut Eurer Verzweiflung freien Lauf, Erstes Kind.«

Der junge Mann starrte ihn mit zurückgezogenen Lippen zähnefletschend an. »Wer ... wer seid Ihr?«, zischte er.

Hauptmann Norul trat vor. »Wir vergeben Euch Eure Unwissenheit, mein Herr«, sagte sie. »Er ist der Schild-Amboss. Fener kennt Kummer, so viel Kummer – mehr als er ertragen kann. Und so erwählt er ein menschliches Herz. Gepanzert. Eine sterbliche Seele, um das Leid der Welt auf sich zu nehmen. Den Schild-Amboss.

Diese Tage und Nächte waren Zeugen großen Leids und tiefer Scham – all das steht als klares Wissen in Euren Augen geschrieben, wie wir jetzt sehen. Ihr könnt Euch nicht selbst täuschen, mein Herr, nicht wahr?«

»Ihr habt es nie gekonnt«, sagte Itkovian. »Gebt mir Eure Verzweiflung, Erstes Kind. Ich bin bereit, sie zu empfangen.«

Anasters Jammerschrei hallte durch den Raum. Er kletterte noch höher, auf die hohe Rückenlehne des Throns, und schlang die Arme um den Körper.

Alle Augen waren auf ihn gerichtet.

Niemand rührte sich.

Das Erste Kind starrte Itkovian an. Seine Brust hob und senkte sich unter heftigen Atemzügen. Dann schüttelte Anaster den Kopf. »Nein«, flüsterte er, »Ihr werdet meine … meine Verzweiflung nicht bekommen.«

Der Hauptmann stieß ein Zischen aus. »Dies ist ein Geschenk! Erstes Kind –«

»Nein!«

Itkovian schien in sich zusammenzusacken. Die Spitze seines Schwerts bewegte sich, senkte sich. Die Rekrutin trat näher an den Schild-Amboss heran, um ihn stützen zu können.

»Du kannst sie nicht haben! Du kannst sie nicht haben!«

Hauptmann Norul drehte sich zu Itkovian um, die Augen weit aufgerissen. »Herr, ich kann dies nicht gutheißen –«

Der Schild-Amboss schüttelte den Kopf, richtete sich langsam erneut auf. »Nein, ich verstehe. Das Erste Kind – in ihm ist nichts als Verzweiflung. Ohne sie …«

Ist er ein Nichts.

»Ich will, dass sie alle getötet werden«, schrie Anaster mit sich überschlagender Stimme. »Domänenser! Tötet sie alle!«

Vierzig Domänenser kamen zu beiden Seiten des Tischs herangestürmt.

Hauptmann Norul bellte ein Kommando. Hinter ihr ließ sich die vorderste Reihe wie ein Mann auf ein Knie sinken. Die zweite Reihe hob ihre Armbrüste. Vierundzwanzig Bolzen fetzten durch den Raum. Kein einziger ging fehl.

Von den an der Seite gelegenen Eingängen zu den Gästezimmern kamen noch mehr Bolzen.

Die vorderste Reihe hinter Itkovian stand auf und machte ihre Waffen bereit.

Nur sechs Domänenser standen noch. Gestalten – noch zuckend oder völlig reglos – bedeckten den Fußboden.

Die Tenescowri am Tisch flohen zur Tür hinter dem Thron.

Anaster selbst war der Erste, der sie erreichte, seine Mutter war nur einen Schritt hinter ihm.

Die Domänenser griffen Itkovian an.

Ich bin noch nicht am Ende.

Seine Klinge blitzte auf. Ein behelmter Kopf sprang von den Schultern. Ein Rückhandhieb zerfetzte Kettenglieder und riss einem weiteren Domänenser den Bauch tief auf.

Wieder schnalzten die Armbrüste.

Und dann standen die Grauen Schwerter ohne Gegner da.

Der Schild-Amboss senkte seine Waffe. »Hauptmann«, sagte er nach einem Augenblick. »Lasst den Leichnam des Fürsten holen. Und die Haut da herunternehmen. Wir werden Fürst Jelarkan zu seinem Thron zurückbringen, an den Platz, der ihm rechtmäßig zusteht. Und diesen Raum werden wir nun halten. Für einige Zeit. Im Namen des Fürsten.«

»Das Erste Kind –«

Itkovian sah sie an. »Wir werden den jungen Mann wiedersehen. Ich bin seine einzige Rettung, Hauptmann, und ich werde ihn nicht im Stich lassen.«

»Ihr seid der Schild-Amboss«, intonierte sie.

»Ich bin der Schild-Amboss.« *Ich bin Feners Kummer. Ich bin der Kummer der Welt. Und ich werde aushalten. Ich werde alles aushalten, denn wir sind noch nicht am Ende.*

Kapitel Vier

Was die Seele aufnehmen kann, kann das Fleisch niemals ergründen.

Der Traum des Fener
Imarak, der Erste Destriant

Die raue Haut war heiß, fiebrig, und sie bewegte sich wie ein feuchter, mit Felsbrocken gefüllter Sack. Der Körper der Matrone sonderte ein ätzendes Öl ab, das die zerfetzten Kleider Tocs des Jüngeren längst durchdrungen hatte. Sie hatte die gewaltigen Arme in einer stürmischen Umarmung um ihn geschlungen, und als die riesige, aufgeblähte K'Chain Che'Malle sich jetzt auf dem sandigen Boden bewegte, rutschte er zwischen Hautfalten hindurch.

In der Höhle herrschte Dunkelheit.

Der Lichtschimmer, den er gelegentlich sah, entstand in seinem eigenen Kopf. Illusionen, die vielleicht Erinnerungen waren. Zerrissene, bruchstückhafte Szenen von niedrigen Hügeln, die mit gelbem Gras bewachsen im warmen Sonnenlicht lagen. Gestalten, die sich am äußersten Rand seines Blickfelds bewegten. Einige von ihnen trugen Masken. Eine war nichts weiter als tote Haut, die über kräftige Knochen gespannt war. Eine andere war … schön. Perfekt. Er glaubte an keine von ihnen. Ihre Gesichter waren die Gesichter des Wahnsinns, die bedrohlich immer näher rückten, neben seiner Schulter schwebten.

Wenn der Schlaf sich seiner bemächtigte, träumte er von Wölfen. Er jagte, nicht um zu fressen, sondern um etwas zu überbringen … etwas anderes; er wusste nicht, was. Die Beute wanderte allein, die Beute floh, wenn sie ihn sah. Mit den Brüdern und Schwestern an seiner Seite verfolgte er sie. Unermüdlich. Meile um Meile glitt mühelos unter ihren Pfoten dahin. Die kleine, furchtsame Kreatur konnte ihnen nicht entkommen. Er und seine Artgenossen kamen näher, erschöpften die Beute, indem sie sie zahllose Hügel hinauftrieben, bis sie schließlich ins Straucheln geriet und zusammenbrach. Sie umzingelten sie.

Als sie näher traten, um zu überbringen ... was überbracht werden musste, ... verschwand die Beute.

Entsetzen, dann Verzweiflung.

Er und seine Artgenossen umkreisten die Stelle, an der sie gelegen hatte. Hoben die Köpfe zum Himmel und stießen ein klagendes Geheul aus. Heulten ohne Unterlass. Bis Toc der Jüngere blinzelnd erwachte, in der Umarmung der Matrone, während die stickige Luft in der Höhle unter den verebbenden Echos seines Geheuls zu tanzen schien. Dann würde die Kreatur ihn fester umfangen. Würde ihn winselnd mit der zahnstarrenden Schnauze im Nacken anstupsen; ihr Atem roch nach gesüßter Milch.

Die Zyklen seines Lebens. Schlaf, dann eine Wachphase, unterbrochen von Halluzinationen.

Verschwommene Szenen von Gestalten im goldenen Sonnenlicht, die Wahnvorstellung, ein kleines Kind in den Armen der Mutter zu sein, an ihren Brüsten zu saugen – die Matrone hatte keine Brüste, daher wusste er, dass dies Wahnvorstellungen waren, wurde aber dennoch von ihnen gestärkt –, und dann Zeiten, zu denen er begann, seine Blase und seinen Darm zu entleeren. Sie hielt ihn von sich weg, wenn er dies tat, so dass er nur sich selbst beschmutzte. Anschließend leckte sie ihn sauber, eine Geste, die ihm den letzten Rest seiner Würde raubte.

Ihre Umarmung brach Knochen. Je lauter er vor Schmerzen schrie, desto fester hielt sie ihn. Er hatte gelernt, stumm zu leiden. Seine Knochen heilten mit unnatürlicher Geschwindigkeit. Manchmal heilten sie schief zusammen. Er wusste, dass er missgestaltet war – seine Brust, seine Hüften, seine Schulterblätter.

Und dann kamen die Besuche. Ein geisterhaftes Gesicht, umhüllt vom runzligen Antlitz eines alten Mannes, eine Andeutung glänzender Hauer, nahm in seinem Geist Gestalt an. Gelbliche Augen, aus denen Schadenfreude leuchtete, hefteten sich auf die seinen.

Die einander überlappenden Gesichter hatten etwas Vertrautes, doch diese Erkenntnis allein brachte Toc nicht weiter.

Der Besucher sprach zu ihm.

Sie sind gefangen, mein Freund. Alle außer dem T'lan Imass, der die Einsamkeit fürchtet. Weshalb sollte er sonst bei seinen Gefährten bleiben? Die vom Eis verschlungen sind. Hilflos. Erstarrt. Die Seguleh – es gibt keinen Grund, sie zu fürchten. Hat nie einen gegeben. Ich habe nur gespielt. Und die Frau! Meine mit Raureif überzogene, wunderschöne Statue. Der Wolf und der Hund sind verschwunden. Geflohen. Ja, dein Verwandter, der Bruder deiner Augen … ist geflohen. Den Schwanz zwischen die Beine geklemmt. Hahaha!

Und wieder.

Deine malazanische Armee kommt zu spät! Zu spät, um Capustan zu retten! Die Stadt gehört mir. Die Soldaten – deine Kameraden – sind immer noch eine Woche entfernt. Wir werden sie erwarten. Wir werden sie so empfangen, wie wir alle Feinde empfangen.

Ich werde dir den Kopf des malazanischen Generals bringen. Ich werde dir sein gebratenes Fleisch bringen, und wir beide, du und ich, werden noch einmal zusammen speisen.

Wie viel Blut kann eine Welt vergießen? Hast du dich das jemals gefragt, Toc der Jüngere? Sollen wir es uns ansehen? Dann lass es uns ansehen. Du und ich, und die liebe Mutter hier – oh, ist das Entsetzen, was ich da in ihren Augen sehe? Es scheint, als säße irgendwo in ihrem verfaulten Hirn immer noch ein Fünkchen Verstand. Wie unglücklich … für sie.

Und jetzt kehrte er nach langer Abwesenheit ein weiteres Mal zurück. Die falsche Haut des alten Mannes spannte sich straff über dem unmenschlichen Gesicht. Die Hauer waren wie durch eine durchsichtige Hülle zu erkennen. Die Augen brannten, diesmal jedoch nicht vor Schadenfreude.

Betrug! Das sind keine sterblichen Wesen! Wie können sie es wagen, meine Verteidigungsanlagen anzugreifen! Hier, direkt vor diesen Toren! Und jetzt ist der T'lan Imass verschwunden – ich kann ihn nirgendwo sehen! Kommt er auch?

So soll es denn sein. Sie werden dich nicht finden. Wir machen eine Reise, wir drei. Nach Norden, weit außerhalb ihrer Reichweite. Ich habe ein … ein anderes Nest für euch beide vorbereitet.

Die Unannehmlichkeit …

Doch Toc hörte ihm nicht länger zu. Seine Gedanken waren weggerissen worden. Er sah sprödes weißes Sonnenlicht, ein schmerzhaftes Leuchten, das eisumhüllten Bergen und unter Schneeflüssen begrabenen Tälern entströmte. Am Himmel kreisten Kondore. Und dann, viel näher, war da Rauch; hölzerne Bauwerke zerbarsten, steinerne Mauern stürzten ein. Gestalten rannten durcheinander, schrien. Rote Flecken erschienen auf dem Schnee, füllten die milchigen Pfützen einer kiesbestreuten Straße.

Der Blickwinkel – Augen, die durch einen roten Schleier sahen – veränderte sich, schwang zu einer Seite. Ein schwarz und grau gesprenkelter Hund hielt Schritt; seine Schultern befanden sich in Augenhöhe der gerüsteten Gestalten, die er mit schattenhafter Wildheit in Stücke riss. Die Kreatur lief auf ein zweites Tor zu, ein bogenförmiges Portal am Fuß einer hoch aufragenden Festung. Niemand konnte ihr standhalten, niemand konnte sie aufhalten.

Grauer Staub stieg wirbelnd von den Schultern des Hundes auf. Wirbelte weiter. Drehte sich, verwandelte sich in Arme, in Beine, die sich um die Flanken des Hundes schlangen, einen Kopf mit einem Knochenhelm, ein zerrissenes Fell, das wie ein zerfetzter Flügel hinter ihm herflatterte. Ein hoch erhobenes gewelltes Schwert, das die Farbe von altem Blut hatte.

Seine Knochen sind in Ordnung, sein Fleisch nicht. Mein Fleisch ist in Ordnung, meine Knochen nicht. Sind wir Brüder?

Hund und Reiter – eine albtraumhafte Vision – krachten gegen das große, mit Eisenbändern verstärkte Tor.

Holz barst. Im dämmrigen Licht des Torwegs kam das Grauen über einen zurückweichenden Haufen von Domänensern.

In großen Sätzen auf das geborstene Portal zueilend, sah Toc durch die Augen des Wolfs, blickte in die Schatten, wo große, reptilhafte Gestalten zu beiden Seiten des Hundes und seines untoten Reiters in sein Blickfeld traten.

Die K'ell-Jäger hoben ihre breiten Klingen.

Zähnefletschend schoss der Wolf los. Sein Augenmerk war auf das Tor gerichtet; dort war jede Einzelheit so scharf wie zerbrochenes

Glas, während zu den Seiten hin alles verschwamm. Eine leichte Gewichtsverlagerung brachte ihn zu dem K'ell-Jäger, der den Hund und seinen Reiter von links angriff.

Die Kreatur schwenkte herum, die Schwerter schlugen zu, um seinen Angriff aufzuhalten.

Der Wolf duckte sich unter ihnen hindurch, sprang dann mit weit aufgerissenen Fängen hoch. Sein Maul füllte sich mit ledriger Haut. Seine Reißzähne sanken tief in lebloses Fleisch. Kiefermuskeln spannten sich. Knochen knackten, brachen, als der Wolf unerbittlich zubiss, noch während der Schwung seines Angriffs den K'ell-Jäger rücklings auf seinen Schwanz fallen und gegen eine Wand krachen ließ, die unter dem Aufprall erzitterte. Die oberen und die unteren Reißzähne trafen aufeinander. Zackige Backenzähne mahlten, durchtrennten holzige Sehnen und vertrocknete Muskeln.

Der Wolf trennte den Kopf vom Körper.

Der K'Chain Che'Malle unter ihm erbebte, brach unter Krämpfen zusammen. Eine fuchtelnde Klinge hieb in die rechte Keule des Wolfs.

Toc und das Tier zuckten unter dem Schmerz zusammen, ließen jedoch nicht los.

Der von einem reich verzierten Helm bedeckte Kopf fiel nach hinten und prallte mit einem dumpfen Geräusch auf die matschbedeckten Pflastersteine.

Fauchend, Reste von leblosem Fleisch zwischen den Zähnen, wirbelte der Wolf herum.

Der Hund kauerte mit gebeugtem Rücken in einer Ecke des Torwegs. Er blutete. Er war allein, kämpfte mit seinen Wunden.

Der untote Schwertkämpfer – *mein Bruder* – stand jetzt auf seinen lederumwickelten Füßen und focht mit seinem Feuersteinschwert gegen die beiden Klingen des zweiten K'ell-Jägers. Mit unvorstellbarer Geschwindigkeit. Stücke des K'Chain Che'Malle flogen durch die Luft. Ein Unterarm mit dem daran befestigten Schwert wirbelte durch den Torweg und landete kurz vor dem zusammenzuckenden Hund.

Der K'ell-Jäger taumelte unter dem heftigen Angriff zurück.

Schienbeinknochen brachen mit einem trockenen, spröden Knacken. Die große Kreatur stürzte zu Boden, Matsch spritzte nach allen Seiten.

Der untote Krieger kletterte auf seinen Gegner und schwang sein Schwert, um den K'Chain Che'Malle systematisch zu zerstückeln. Es war eine Aufgabe, die er rasch erledigt hatte.

Der Wolf näherte sich dem verwundeten Hund. Das Tier schnappte warnend, bedeutete ihm, Abstand zu halten –

Plötzlich war Toc blind, sah nicht mehr mit den Augen des Wolfs.

Bittere Windböen zerrten an ihm, doch die Matrone hielt ihn fest. Sie waren unterwegs. Rasch. Reisten durch ein Gewirr, einen Pfad aus von Spalten durchzogenem Eis. Sie flohen aus Wacht, begriff er, flohen aus der Festung, die soeben erstürmt worden war.

Von Baaljagg. Und Garath und Tool. Garath – diese Wunden –

»Still!«, kreischte eine Stimme.

Der Seher war bei ihnen, wies ihnen den Weg durch Omtose Phellack.

Die Klarheit, die wie ein Geschenk zu Toc zurückgekehrt war, blieb in seinem Verstand. Sein Lachen war ein würgendes Gurgeln.

»Sei still!«

Das gesamte Gewirr wurde von fernem Donner erschüttert, das Geräusch gigantischer Eisfelder, die … aufbrachen, in einem Ausbruch magischer Energien barsten.

Lady Missgunst. Einmal mehr bei uns –

Der Seher schrie auf.

Reptilienarme drückten Toc an sich. Knochen brachen, zersplitterten. Der Schmerz stieß ihn über einen Abgrund. *Meine Verwandten, meine Brüder –* Er versank in lichtloser Schwärze.

Der Nachthimmel im Süden leuchtete rot. Obwohl Capustan noch mehr als eine Länge entfernt war, konnte man das Sterben der Stadt von dem spärlich bewaldeten Hügel aus gut erkennen. Der Anblick ließ die Betrachter verstummen, so dass die einzigen Geräusche das Klirren von Rüstungen und Waffen und das Schmatzen von Stiefeln und Mokassins im Schlamm waren.

Säuselnd tröpfelte es von den Blättern. Die warme Luft war vom Geruch des voll gesogenen Humus erfüllt, der von seiner Fruchtbarkeit kündete. Irgendwo in der Nähe hustete ein Mann.

Hauptmann Paran zog einen Dolch und fing an, sich den Schlamm von den Stiefeln zu kratzen. Er hatte gewusst, was sie erwarten würde – beim ersten Blick auf die Stadt. Humbrall Taurs Kundschafter hatten es schon vor einiger Zeit berichtet. Die Belagerung war vorbei. Die Grauen Schwerter hatten zwar vielleicht eine gewaltige Summe für ihre Dienste verlangt, doch vom Feuer verkohlte, abgenagte Knochen konnten den Sold nicht einfordern. Doch selbst wenn man wusste, was einen erwartete, ließ der Anblick einer sterbenden Stadt Mitleid aufwallen.

Wären diese Grauen Schwerter die Karmesingarde gewesen, hätte die Szenerie vor Parans Augen durchaus anders aussehen können. Mit der einzigen Ausnahme von Fürst K'azz D'Avores Kompanie der Bekennenden waren Söldner nach Ansicht des Hauptmanns mehr als wertlos. Prahlerische Worte und nichts dahinter.

Dann wollen wir hoffen, dass Humbrall Taurs Kinder mehr Glück gehabt haben. Das schien allerdings nicht sehr wahrscheinlich. Aber vielleicht gab es ja noch irgendwo ein paar Widerstandsnester. Kleine Gruppen von in die Enge getriebenen Soldaten, die wussten, dass sie keinerlei Gnade erwarten durften, würden bis zum Ende kämpfen. In Gassen, Häusern und Zimmern. Capustans Todeszuckungen würden noch ein wenig in die Länge gezogen werden. *Andererseits, wenn diese verdammten Barghast endlich einmal einen vernünftigen Laufschritt hinkriegen würden – statt diesem zänkischen Geschlender –, könnten wir durchaus noch in der Lage sein, das Ende dieses speziellen Schicksals zu berichtigen.*

Paran drehte sich um, als Trotter zu ihm trat.

Die Augen des riesigen Barghast glänzten, während er die brennende Stadt betrachtete. »Der Regen hat die Flammen nicht sonderlich eingedämmt«, brummte er stirnrunzelnd.

»Vielleicht ist es nicht so schlimm, wie es aussieht«, sagte Paran. »Ich kann ungefähr fünf große Brände ausmachen. Es könnte schlimmer sein – ich habe Geschichten über Feuerstürme gehört …«

»Stimmt, wir haben mal einen aus der Ferne gesehen, damals, im Reich der Sieben Städte.«

»Was hatte Humbrall Taur zu sagen, Kriegshäuptling? Marschieren wir weiter, oder bleiben wir einfach hier stehen?«

Trotter bleckte die angespitzten Zähne. »Er schickt die Clans der Barahn und Ahkrata nach Südosten. Sie sollen die Anlegeplätze und die schwimmenden Brücken und die Boote einnehmen. Seine eigenen Senan und die Gilk werden Capustan angreifen. Die übrigen Clans werden das Hauptvorratslager des Septarchen erobern, das zwischen den Anlegeplätzen und der Stadt liegt.«

»Das ist ja alles schön und gut, aber wenn wir weiter rumtrödeln –«

»Hetan und Cafal, Taurs Kinder, sind am Leben und nicht in Gefahr. Das beteuern die Schultermänner. Die Knochen werden beschützt, von seltsamer Zauberei. Seltsam, aber überaus mächtig. Es gibt –«

»Verdammt, Trotter! Da vorne sterben Menschen! Da vorne werden Menschen *verschlungen*!«

Das Grinsen des Barghast wurde breiter. »Aus diesem Grund habe ich die Erlaubnis bekommen … meinen Clan in einem Tempo meiner Wahl weiterzuführen. Hauptmann, seid Ihr wild darauf, einer der ersten Weißgesichter in Capustan zu sein?«

Paran grummelte lautlos vor sich hin. Er verspürte den brennenden Wunsch, sein Schwert zu ziehen, verspürte den Wunsch, sich zu rächen, endlich einmal – nach all dieser Zeit – einen Schlag gegen die Pannionische Domäne zu führen. In seinen wenigen lichten Momenten, in denen der Schnelle Ben nicht im Fieber fantasierte, hatte er deutlich gemacht, dass die Domäne grässliche Geheimnisse barg, dass ihr Herz von Böswilligkeit befleckt war. Nach Ansicht des Hauptmanns war bereits die Existenz der Tenescowri Beweis genug dafür.

Doch bei seinem Wunsch ging es auch noch um etwas anderes. Er lebte mit Schmerzen. In seinem Bauch wütete Feuer. Er spuckte ätzende Gallenflüssigkeit und Blut, wenn er hustete – und hatte es niemandem gesagt. Die Schmerzen fesselten ihn innerlich, und diese Fesseln wurden immer enger.

Und es gibt noch eine andere Wahrheit, eine, die ich immer wieder beiseite schiebe. Sie sucht mich heim. Sucht meine Gedanken heim. Aber ich bin nicht bereit für sie. Noch nicht. Nicht, solange mein Magen in Flammen steht ...

Es war zweifellos Wahnsinn – ein Trugbild –, aber Paran glaubte, dass die Schmerzen verschwinden würden – dass alles wieder gut sein würde –, sobald er der Welt die Gewalt übergab, die in seinem Innern gefangen war. Verrückt oder nicht, er klammerte sich an diese Überzeugung. *Nur dann wird dieser Druck nachlassen. Nur dann.*

Er weigerte sich zu scheitern.

»Dann ruf die Brückenverbrenner zusammen«, murmelte Paran. »Wir können binnen eines Glockenschlags am Nordtor sein.«

Trotter brummte. »Die ganzen knapp drei Dutzend.«

»Nun, ich will verdammt sein, wenn wir diese Barghast nicht so weit beschämen können, dass sie anfangen, sich zu beeilen –«

»Darauf hofft Ihr?«

Paran warf dem Barghast einen Blick zu. »Der Vermummte soll uns alle holen, Trotter, du warst derjenige, der Taur um Erlaubnis gebeten hat, schon loszumarschieren. Erwartest du etwa, dass wir siebenunddreißig Capustan ganz allein zurückerobern? Mit einem bewusstlosen Magier im Schlepptau?«

Der Barghast, der die vor ihnen liegende Stadt mit zusammengekniffenen Augen musterte, rollte die Schultern und sagte: »Wir lassen den Schnellen Ben hier zurück. Und was das Zurückerobern der Stadt angeht, habe ich vor, es zu versuchen.«

Nach einer langen Pause grinste der Hauptmann. »Freut mich, das zu hören.«

Der Marsch der Weißgesicht-Barghast nach Süden über die Hochebenen war langsam und quälend gewesen. Ganz am Anfang hatten immer neue Duelle die Clans ein halbes Dutzend Mal am Tag zum Halten gebracht. Mittlerweile kam das etwas seltener vor, und Humbrall Taurs Entscheidung, in der bevorstehenden Schlacht ganze Clans mit spezifischen Aufgaben zu betrauen, würde die entsprechenden Gelegenheiten in den kommenden Tagen deutlich verringern. Denn obwohl alle Kriegshäuptlinge sich der gleichen Sache verschrieben hatten – der Befreiung ihrer Götter –, dauerten die seit langer Zeit bestehenden Feindschaften fort.

Trotters neue Rolle als Kriegshäuptling der Brückenverbrenner hatte sich als eine gewisse Erleichterung für Paran erwiesen. Er hatte die Verantwortung gehasst, die er als Befehlshaber innegehabt hatte. Der Druck, für das Wohlergehen jedes einzelnen Soldaten unter seinem Kommando sorgen zu müssen, war eine immer schwerere Last geworden. Als Stellvertreter des Anführers hatte sich dieser Druck verringert, wenn auch nur wenig – aber fürs Erste reichte es. Weniger angenehm war die Tatsache, dass Paran seine Rolle als Repräsentant der Brückenverbrenner verloren hatte. Trotter hatte die Aufgabe übernommen, an den Besprechungen des Kriegsrats teilzunehmen, so dass der Hauptmann jetzt dort keine Rolle mehr spielte.

Streng genommen war Paran noch immer der Befehlshaber der Brückenverbrenner. Doch die Kompanie war – soweit es Humbrall Taur und die Barghast betraf – zu einem Stamm geworden, und Stämme wählten Kriegshäuptlinge, und diese Rolle fiel Trotter zu.

Die baumbestandenen Hügel im Rücken, marschierte die Kompanie der Brückenverbrenner zu den schlammigen Ufern eines nur zu bestimmten Jahreszeiten wasserführenden Stroms hinab, der sich auf die Stadt zuschlängelte. Rauch von den Bränden in Capustan verbarg die Sterne am Himmel über ihnen, und der Regen der vergangenen Tage hatte die Erde unter ihren Füßen weich wie einen Schwamm werden lassen. Rüstungen und Waffen waren festgezurrt; die Brückenverbrenner trotteten lautlos durch die Dunkelheit.

Paran war drei Schritte hinter Trotter, der immer noch tat, was er schon in Elsters Trupp getan hatte – die Spitze übernehmen. Das war nicht die ideale Position für einen Kommandanten, dafür aber eine, die zur Rolle des Barghast als Kriegshäuptling passte. Der Hauptmann war darüber nicht besonders glücklich. Was noch schlimmer war – es zeigte nur allzu deutlich, wie starrköpfig Trotter war. Ein solcher Mangel an Anpassungsfähigkeit bei einem Anführer war immer ein Anlass zur Sorge.

Eine unsichtbare Präsenz schien sich auf Parans Schulter niederzulassen, die Berührung eines weit entfernten, vertrauten Geistes. Der Hauptmann verzog das Gesicht. Seine Verbindung zu Silberfuchs wurde stärker. Dies war schon das dritte Mal in dieser Woche, dass sie ihre Fühler nach ihm ausstreckte. Es war nur ein schwacher Hauch, als ob sich zwei Fingerspitzen sanft berührten. Er fragte sich, ob die Verbindung es ihr wohl möglich machte zu sehen, was er sah, ob sie wohl seine Gedanken las. In Anbetracht all dessen, was er in seinem Innern verbarg, begann Paran instinktiv vor diesem Kontakt zurückzuschrecken. Seine Geheimnisse gehörten ihm. Sie hatte kein Recht, sie ihm zu rauben, falls es das war, was sie tat. Selbst taktische Notwendigkeiten rechtfertigten so etwas seiner Meinung nach nicht. Sein Stirnrunzeln vertiefte sich, als ihre Präsenz verweilte. *Falls sie es* tatsächlich *ist. Was, wenn –*

Vor ihm blieb Trotter stehen, kauerte sich hin, hob die Hand. Er winkte zweimal.

Paran und der Soldat direkt hinter ihm schoben sich an die Seite des Barghast-Kriegers.

Sie hatten die nördlichen Vorposten der Pannionier erreicht. Das Lager war ein einziges Durcheinander, ohne jede Organisation, nachlässig aufgebaut und deutlich unterbemannt. Unrat bedeckte die zertrampelten Wege zwischen Gräben, Gruben und den hier und dort aufgebauten Behelfszelten. Die Luft war schwer vom Gestank der ungünstig platzierten Latrinen.

Die drei Männer betrachteten die Szenerie noch einen Augenblick länger und zogen sich dann zurück, um sich wieder zu den anderen zu gesellen. Die Sergeanten der Trupps glitten vorwärts. Köpfe wurden zusammengesteckt und Kriegsrat gehalten.

Spindel – er war der Soldat gewesen, der Paran begleitet hatte – meldete sich als Erster zu Wort. »Mittelschwere Infanterie«, flüsterte er. »Zwei kleine Kompanien, nach den beiden Standarten zu schließen …«

»Zweihundert Mann«, stimmte Trotter zu. »In den Zelten sind noch mehr. Kranke und Verwundete.«

»Größtenteils Kranke, würde ich sagen«, erwiderte Spindel. »Ruhr, vermute ich, dem Geruch nach. Diese pannionischen Offiziere sind einen Dreck wert. Die Kranken werden nicht mitkämpfen, egal, was wir tun. Alle anderen sind wohl in der Stadt.«

»Die Tore dahinter«, sagte Trotter mit grollender Stimme.

Paran nickte. »Davor liegen eine Menge Leichen. Tausend, vielleicht auch mehr. Es gibt keine Barrikaden an den eigentlichen Toren, und ich habe auch keine Wachen sehen können. Das übersteigerte Selbstbewusstsein der Sieger.«

»Wir müssen durch diese mittelschwere Infanterie durchfetzen«, murmelte Sergeant Fahrig. »Spindel, wie sieht's bei dir und dem Rest der Sappeure mit Moranth-Munition aus?«

Der kleine Mann grinste. »Na, hast du deinen Mut wiedergefunden, Fahrig?«

Der Sergeant machte ein finsteres Gesicht. »Dies ist ein Kampf, oder? Und jetzt beantworte meine Frage, Soldat.«

»Wir haben eine ganze Menge. Ich hätte allerdings trotzdem gerne Fiedler und seinen langen Arm dabei.«

Paran blinzelte, dann fielen ihm die übergroßen Armbrüste ein, die Fiedler und Igel gelegentlich benutzt hatten, um die Reichweite ihrer Knaller zu erhöhen. »Hat Igel denn keine?«

»Er hat sie kaputtgemacht, der Idiot. Nein, wir werden ein paar Knaller scharf machen, aber nur zum Säen. Heute Nacht sind Fetzer angesagt. Brenner würden zu viel Licht geben – dann könnte der Feind sehen, wie wenig wir in Wirklichkeit sind. Nein, wir nehmen Fetzer. Ich trommle die Jungs und Mädels zusammen.«

»Ich dachte, du bist ein Magier«, murmelte Paran, als der kleine Mann sich zu den wartenden Trupps aufmachte.

Spindel warf einen Blick über die Schulter. »Das bin ich auch, Hauptmann. Und ein Sappeur. 'ne tödliche Mischung, was?«

»Tödlich für uns«, gab Fahrig zurück. »Das und dein verdammtes Haarhemd –«

»He, die verbrannten Stellen wachsen nach, siehst du?«

»Mach schon«, grollte Trotter.

Spindel machte sich daran, die Sappeure der Trupps zusammenzusuchen.

»Dann stoßen wir also einfach mittendurch«, sagte Paran. »Mit den Splitterbomben sollte das eigentlich kein Problem sein, aber dann werden die an den Flanken hinter uns herstoßen –«

Spindel kam rechtzeitig wieder bei ihnen an, um ein undefinierbares Geräusch von sich zu geben und zu sagen: »Deswegen werden wir die Knaller aussäen, Hauptmann. Zwei Tropfen auf das Wachs. Zehn Herzschläge. Das Stichwort heißt ›lauft‹, und wenn wir es rufen, solltet Ihr genau das tun. Und zwar schnell. Wenn Ihr nicht mindestens dreißig Schritt weit weg seid, wenn sie hochgehen, seid Ihr gehackte Leber.«

»Seid ihr fertig?«, fragte Trotter Spindel.

»Ja. Wir sind zu neunt, also kannst du davon ausgehen, dass der Pfad, den wir schlagen werden, knapp unter dreißig Schritt breit sein wird.«

»Waffen raus«, befahl der Barghast. Dann streckte er den Arm aus, packte Spindel an seinem Haarhemd und zog ihn dicht an sich heran. Er grinste. »Macht keine Fehler.«

»Keine Fehler«, wiederholte der Sappeur mit weit aufgerissenen Augen, als Trotter seine spitz zugefeilten Zähne nur wenige Zoll vor seinem Gesicht zuschnappen ließ.

Einen Augenblick später schlichen Spindel und die übrigen acht Sappeure auf die feindlichen Linien zu; in ihren grauen Regenumhängen waren sie kaum mehr als formlose, dunkle Flecken.

Die Präsenz streifte wieder Parans Bewusstsein. Er tat, was er konnte, um sie in seinen Gedanken beiseite zu schieben. Die Säure in seinem Magen wirbelte, versprach ihm murmelnd neue Schmerzen. Er holte tief Luft, um sich zu wappnen. *Wenn sich die Klingen kreuzen … wird es das erste Mal für mich sein. Nach so langer Zeit meine erste Schlacht …*

Die mittelschwere Infanterie der Feinde kauerte in Gruppen von vielleicht zwanzig Mann um eine Reihe von Feuerstellen auf dem einzigen höher gelegenen Abschnitt des Lagers – einer ehemaligen Wagenspur, die parallel zur Stadtmauer verlief. Paran kam zu dem Schluss, dass ein dreißig Schritt breiter Pfad drei Gruppen weitgehend auslöschen würde.

Was bedeutete, dass deutlich mehr als einhundert Pannionier übrig bleiben würden, um zu reagieren. Wenn es unter ihnen fähige Offiziere gab, könnte das ziemlich übel werden. *Andererseits, wenn da wirklich ein paar fähige Offiziere dabei wären, würden die Trupps nicht so auf einem Haufen hocken …*

Die Sappeure waren in Deckung gegangen. Der Hauptmann konnte sie nicht mehr sehen. Während er die Hand um den Schwertgriff legte, warf er einen Blick über die Schulter, um sich nach den restlichen Brückenverbrennern umzusehen. Tippa stand ziemlich weit vorn, und sie sah aus, als hätte sie Schmerzen. Er wollte sie schon fragen, was los sei, da dröhnten die Explosionen durch die Nacht. Der Hauptmann wirbelte herum.

Im Licht der nun zerstörten Feuerstellen waren zuckende Leiber zu erkennen.

Trotter stieß einen schrillen, tremolierenden Kriegsschrei aus.

Die Brückenverbrenner stürmten vorwärts.

Weitere Splitterbomben explodierten, jetzt mehr zu den Seiten hin, mähten die um die angrenzenden Feuerstellen zusammengedrängten, verwirrten Soldaten nieder.

Paran sah die dunklen Umrisse der Sappeure, die direkt vor ihm zusammenliefen und sich inmitten toter und sterbender Pannionier hinkauerten.

Armbrüste schnalzten in den Händen der vielleicht ein Dutzend Brückenverbrenner, die eine besaßen.

Schreie gellten.

Mit Trotter an der Spitze erreichten die Brückenverbrenner den mit Leichen übersäten Pfad, rannten an den hingekauerten Sappeuren vorbei, die die größeren Knaller bereitmachten. Zwei Tropfen Säure auf den Wachspfropfen, der das Loch in der Tongranate versiegelte.

Ein Chor gedämpfter, zischender Geräusche.

»Lauft!«

Paran fluchte. Zehn Herzschläge schienen ihm plötzlich schrecklich kurz. Knaller waren große Sprengbomben, die größten, die die Moranth herstellten. Ein einziger konnte eine Straßenkreuzung praktisch unpassierbar machen. Der Hauptmann rannte.

Ihm blieb beinahe das Herz stehen, als er den Blick auf das Tor direkt vor ihm richtete. Die tausend Leichen bewegten sich. *Oh verdammt. Die sind gar nicht tot. Die haben geschlafen! Diese verdammten Bastarde haben nur geschlafen!*

»Runter, runter, runter!«

Das Wort war malazanisch, und die Stimme gehörte Igel.

Paran zögerte gerade lange genug, um mitzubekommen, wie Spindel, Igel und die anderen Sappeure bei ihnen ankamen – und Knaller warfen. Nach vorn. Mitten hinein in die Reihen der Tenescowri, die sich zwischen den Brückenverbrennern und dem Tor sammelten. Dann warfen sie sich zu Boden.

»Oh, beim Vermummten!« Der Hauptmann ließ sich seinerseits fallen, schlitterte über kiesigen Schlamm, ließ den Schwertgriff los und presste beide Hände auf die Ohren.

Der Erdboden schlug ihm den Atem aus der Lunge, warf seine Beine in die Luft. Er fiel zurück in den Schlamm. Auf den Rücken. Er hatte gerade noch Zeit, wenigstens zu versuchen, sich wieder herumzurollen, ehe die Knaller direkt vor ihm explodierten. Die Erschütterung schleuderte ihn in einem Purzelbaum herum. Blutige Fetzen regneten auf ihn herab.

Etwas Großes krachte knapp neben Parans Kopf auf den Boden. Er öffnete blinzelnd die Augen. Und sah die Hüften eines Mannes – nur die Hüften, die Höhlung, in die eigentlich die Eingeweide gehörten, gähnte schwarz und leer. Oberschenkel waren ebenfalls keine vorhanden, sie waren an den Gelenken abgerissen worden. Der Hauptmann starrte das Stück Mensch an.

In seinen Ohren dröhnte es. Er spürte, wie ihm Blut aus der Nase tröpfelte. Sein Brustkorb schmerzte. Ferne Schreie heulten durch die Nacht.

Eine Hand packte ihn am Regenumhang, zog ihn hoch.

Fäustel. Der Heiler beugte sich zu ihm herab und drückte ihm sein Schwert in die Hand, rief dann Worte, die Paran kaum hörte. »Kommt! Wir machen alle, dass wir wegkommen, beim Vermummten!« Ein Stoß ließ den Hauptmann vorwärtsstolpern.

Seine Augen sahen die Verwüstung, die sich beiderseits des Pfads erstreckte, auf dem sie jetzt auf das Nordtor zurannten, aber sein Verstand war nicht in der Lage, sie zu erfassen. Er spürte, wie er sich innerlich abschottete, noch während er durch die menschlichen Überreste schlitterte und stolperte ... dass er sich verschloss, wie er es schon einmal gemacht hatte, vor einigen Jahren, auf einer Straße in Itko Kan.

Die Hand der Rache blieb nicht für immer kalt. Jeder, der noch einen winzigen Funken Menschlichkeit besaß, musste sehen, dass auch die Taten der Retter entsetzlich waren – egal, wie gerechtfertigt sie auf den ersten Blick auch sein mochten. Leere Gesichter, im Tod erstarrt. Leiber, die so verdreht und verkrümmt waren, wie es einem heilen Körper niemals möglich wäre. Zerstörte Leben. Rache bildete den Spiegel einer jeden Gräueltat, in dem die Frage nach richtig und falsch jegliche Bedeutung verlor.

Zur Rechten und Linken sah er Gestalten fliehen. Ein paar Fetzer krachten, beschleunigten die wilde Flucht.

Die Brückenverbrenner hatten den Feind wissen lassen, dass sie da waren.

Wir sind ihnen ebenbürtig, begriff der Hauptmann, während er weiterrannte, *was kalkulierte Brutalität angeht. Aber dies ist ein Nervenkrieg, den niemand gewinnen kann.*

Die unangefochtene Dunkelheit unter dem Tor verschlang Paran und seine Kameraden. Stiefel rutschten, als die Brückenverbrenner ihren wahnsinnigen Spurt abstoppten. Sich hinkauerten. Die Armbrüste nachluden. Kein Wort wurde gesprochen.

Trotter streckte einen Arm aus und zog Igel zu sich heran. Der Barghast schüttelte den Sappeur einen Augenblick lang heftig und machte dann Anstalten, ihn zu Boden zu schleudern. Ein schriller Ruf von Spindel hielt ihn auf. Schließlich trug Igel einen Ledersack auf dem Rücken, der halb mit Moranth-Munition gefüllt war.

Igel, dessen Gesicht immer noch die grünen und blauen Spuren von Detorans zärtlichen Berührungen trug, fluchte. »Wir hatten keine andere Wahl, du großer Affe!«

Paran konnte die Worte hören. Eine Verbesserung. Er war sich nicht sicher, auf wessen Seite er in dieser Sache war, aber tatsächlich spielte das auch keine Rolle mehr. »Trotter!«, schnappte er. »Was jetzt? Wenn wir hier warten –«

Der Barghast grunzte. »In die Stadt, leise und mit eingezogenen Köpfen.«

»In welche Richtung?«, fragte Fahrig.

»Auf den *Knecht* zu –«

»Sehr schön … und was ist das?«

»Die schimmernde Festung, du dickschädeliger Idiot!«

Sie schoben sich vorwärts, heraus aus der Düsternis des Torwegs, hinaus auf den Platz, der direkt dahinter lag. Ihre Schritte wurden langsamer, als flackernder Feuerschein den Albtraum vor ihnen enthüllte.

Hier hatte ein Gemetzel stattgefunden, und anschließend ein Festmahl. Die Pflastersteine waren knöchelhoch mit Knochen bedeckt, manche schwarz verbrannt, andere – an denen noch immer Fleischstückchen und Sehnen hingen – roh und rot. Und volle zwei Drittel der Toten, schloss der Hauptmann aus dem, was er an Uniformen und Kleidern sehen konnte, gehörten zu den Angreifern.

»Bei den Göttern«, murmelte Paran. »Die Pannionier haben teuer bezahlt.« *Ich glaube, ich sollte meine Einschätzung der Grauen Schwerter noch einmal überdenken.*

Spindel nickte. »Das schon, aber die Übermacht war einfach zu groß.«

»Ein, zwei Tage früher …«, sagte Fäustel.

Niemand machte sich die Mühe, diesen Satz zu beenden. Es war nicht nötig.

»Was hast du für ein Problem, Tippa?«, wollte Fahrig wissen.

»Nichts!«, schnappte sie. »Es ist nichts.«

»Ist das da der *Knecht*?«, fragte Igel. »Diese glühende Kuppel? Da, zwischen den Rauchschwaden …«

»Vorwärts«, befahl Trotter.

Die Brückenverbrenner schwärmten vorsichtig hinter dem Barghast aus und eilten quer über den Platz mit seinen grässlichen Hinterlassenschaften auf eine Hauptstraße zu, die direkt auf das merkwürdig erleuchtete Bauwerk zuzuführen schien. Der Stil der Häuser und Mietskasernen beiderseits der Straße – derjenigen, die noch standen – erinnerte Paran eindeutig an die Daru. Der Rest der Stadt war völlig anders, das zeigten ihm die kurzen Blicke durch Seitenstraßen und -gassen, in denen immer noch Feuer brannten. Auf unbestimmte Weise fremdartig. Und überall lagen Leichen.

Ein Stück weiter die Straße entlang wuchsen sich die Haufen der nicht abgenagten Leichen zu einem Hügel aus.

Die Brückenverbrenner sagten kein Wort, als sie sich diesem Hügel näherten. Was sich da vor ihnen befand, war schwer zu begreifen. Allein auf dieser Straße lagen mindestens zehntausend Leichen. Vielleicht auch mehr. Teigig, bereits aufgedunsen, das blasse Fleisch übersät von klaffenden, ausgebluteten Wunden. Größere Haufen fanden sich vor den Eingängen zu Gebäuden, an Straßenmündungen, vor dem Tor eines Anwesens und auf den Stufen zu ausgeplünderten Tempeln. Auf Gesichtern und in blicklosen Augen spiegelten sich Flammen, erzeugten für kurze Momente spöttische Illusionen von Belebung, von Leben.

Um auf der Straße weiterzumarschieren, mussten die Brückenverbrenner den Hügel vor ihnen erklimmen.

Trotter zögerte nicht.

Von der Nachhut der kleinen Gruppe kam eine Meldung. Tenescowri waren durch das Nordtor in die Stadt eingedrungen, hielten in einigem Abstand wie stumme Geister mit ihnen Schritt. Ein paar Hundert, nicht mehr. Schlecht bewaffnet. Kein Problem. Trotter zuckte bei diesen Neuigkeiten nur die Schultern.

Sie kämpften sich die weiche Rampe aus menschlichem Fleisch hinauf.

Sieh nicht nach unten. Denk nicht darüber nach, was unter deinen Füßen ist. Denk einfach nur an die Verteidiger, die weitergekämpft haben müssen. Denk an schier unmenschlichen Mut, der jede Grenze überschreitet, die uns Sterblichen normalerweise gesetzt ist. Denk an die Grauen Schwerter – diese leblosen, uniformierten Leichen auf den Türschwellen, in den Straßenmündungen. Die weitergekämpft haben und immer weiter. Die nicht zurückgewichen sind. Die in Stücke gehauen wurden, wo sie gestanden haben.

Diese Soldaten beschämen uns alle. Eine Lektion … für die Brückenverbrenner um mich herum. Für diese zerbrechliche Kompanie, deren Herz schon lang gebrochen ist. Wir sind zu einem Krieg gekommen, in dem es keine Gnade gibt.

Die Rampe war *errichtet* worden. Sie war mit Absicht hergestellt worden. Sie war ein Zugang. Aber wozu?

Sie endete in einem wirren, übereinander geworfenen Haufen, der nicht einmal eine Mannslänge unterhalb des Dachs einer Mietskaserne lag. Dieser gegenüber hatte ein ganz ähnliches Gebäude gestanden, doch das war durch ein Feuer in einen rauchenden Trümmerhaufen verwandelt worden.

Trotter blieb am Rand der Rampe stehen. Die anderen taten es ihm nach, kauerten sich hin, schauten sich um, versuchten die Bedeutung dessen, was sie sahen, zu begreifen. Das unregelmäßige Ende enthüllte die Wahrheit: Unter diesem schrecklichen Gebilde befand sich kein wie auch immer gearteter Unterbau. Es bestand tatsächlich aus nichts anderem als aus Leichen.

»Eine Belagerungsrampe«, sagte Spindel schließlich. Seine Stimme war leise, fast zaghaft. »Sie wollten irgendjemanden –«

»Sie wollten uns«, ließ sich eine tiefe, grollende Stimme über ihnen vernehmen.

Armbrüste ruckten hoch.

Paran schaute zum Dach der Mietskaserne hinauf. Ein Dutzend Gestalten standen an seinem Rand, von fernem Feuerschein schwach beleuchtet.

»Sie haben Leitern gebracht«, sagte die Stimme jetzt auf Daru. »Wir haben sie trotzdem zurückgeschlagen.«

Diese Krieger waren keine Grauen Schwerter. Sie trugen Rüstungen, doch diese Rüstungen waren aus allen möglichen und unmöglichen Einzelteilen zusammengestückelt. Und bei allen waren die Gesichter und die sichtbare bloße Haut mit dunklen, schmalen Streifen verschmiert. Wie menschliche Tiger.

»Hübsche Bemalung«, rief Igel nach oben. Er sprach ebenfalls Daru. »Hab mir vor Angst fast in die Hosen geschissen, das steht mal fest.«

Der Sprecher, groß und ungeschlacht, mit knochenweißen, schwarzzackigen Macheten in den gepanzerten Fäusten, legte den Kopf schief. »Das ist keine Bemalung, Malazaner.«

Stille.

Dann winkte der Mann mit einer seiner Klingen. »Kommt herauf, wenn ihr wollt.«

Leitern wurden vom Dach heruntergelassen.

Trotter zögerte. Paran trat zu ihm. »Ich glaube, wir sollten da hoch. Dieser Mann und seine Gefolgsleute haben etwas an sich –«

Der Barghast schnaubte. »Ach – tatsächlich?« Er winkte die Brückenverbrenner zu den Leitern.

Paran sah zu, wie sie hinaufstiegen; er hatte beschlossen, als Letzter zu gehen. Er bemerkte, dass Tippa zurückblieb. »Gibt's ein Problem, Korporal?«

Sie zuckte zusammen, massierte ihren rechten Arm.

»Du hast Schmerzen«, sagte der Hauptmann, trat zu ihr und musterte ihr verzerrtes Gesicht. »Bist du verwundet worden? Komm, lass uns zu Fäustel gehen.«

»Der kann mir nicht helfen, Hauptmann. Macht Euch um mich keine Gedanken.«

Ich weiß genau, wie du dich fühlst. »Dann rauf mit dir.«

Korporal Tippa marschierte zur nächsten Leiter, als würde sie zum Galgen geführt.

Paran warf einen Blick die Rampe hinunter. An ihrem Fuß huschten geisterhafte Gestalten durch das Zwielicht. Weit außerhalb der Reichweite jedes Geschosses. Vielleicht gar nicht willens, den Hang heraufzusteigen. Das überraschte den Hauptmann nicht.

Ohne die stechenden Schmerzen in seinem Magen zu beachten, machte er sich daran, die Leiter hochzusteigen.

Das flache Dach der Mietskaserne sah aus wie eine kleine Barackensiedlung. Aufgespannte Planen und Zelte, umgedrehte Schilde, in denen Feuer flackerten. Proviantbündel, Fässchen mit Wasser und Wein. Eine Reihe von in Decken gehüllten Gestalten – die Gefallenen, insgesamt sieben. In ein paar Zelten konnte Paran noch andere erkennen, wahrscheinlich Verwundete.

In der Nähe der Bodenluke, die auf das Dach führte, war eine Standarte aufgepflanzt worden; die gelbe Fahne war nichts anderes als die dunkel gestreifte Tunika eines Kindes.

Schweigend und wachsam warteten die Krieger, während Trotter Trupps in jede Ecke des Dachs schickte, wo sie überprüften, was jeweils unterhalb und gegenüber des Gebäudes lag.

Ihr Sprecher drehte sich plötzlich in einer fließenden, beängstigend anmutigen Bewegung um und sah Korporal Tippa an. »Du hast etwas für mich«, grollte er.

Ihre Augen weiteten sich. »Was?«

Er schob eine seiner Macheten in die Scheide und trat zu ihr.

Paran und die anderen, die in der Nähe standen, schauten zu, wie er die Hand nach Tippas rechtem Arm ausstreckte. Er packte ihren vom Kettenhemd umhüllten Bizeps. Ein gedämpftes Klacken war zu hören.

Tippa schnappte nach Luft.

Einen Augenblick später fiel ihr Schwert klirrend auf das geteerte Dach, und sie begann mit hastigen, ruckartigen Bewegungen, ihr Kettenhemd auszuziehen. Voller Erleichterung stieß sie hervor: »Berus Segen sei mit Euch! Ich weiß zwar nicht, wer im Namen des Vermummten Ihr seid, aber diese Dinger haben mich fast *umgebracht*. Sind enger und enger geworden. Bei den Göttern, hat das wehgetan! Er hat gesagt, sie gehen nie wieder ab. Er hat gesagt, es wäre gut für mich, sie zu tragen. Sogar der Schnelle Ben hat das gesagt – man kann keinen Handel mit Treach abschließen. Der Tiger des Sommers ist verrückt, vollkommen wahnsinnig –«

»Tot«, unterbrach sie der Daru.

Tippa, die ihren Wappenrock halb abgelegt hatte, erstarrte. »Was?«, flüsterte sie. »Tot? Treach ist tot?«

»Der Tiger des Sommers ist aufgestiegen, Soldatin. Treach – Trake – wandelt jetzt mit den Göttern. Ich nehme sie jetzt, und ich danke dir dafür, dass du sie mir gebracht hast.«

Sie zog ihren rechten Arm aus dem Ärmel des Kettenhemds. Drei Elfenbeinarmreifen rutschten zu ihrer Hand hinunter. »Hier! Ja, bitte! Keine Ursache –«

»Der Vermummte soll deine verdammte Zunge holen, Tippa«, schnappte Fahrig. »Du stellst uns bloß! Gib ihm doch einfach die verdammten Dinger!«

Tippa blickte sich um. »Blend! Wo zum Abgrund versteckst du dich schon wieder?«

»Hier«, murmelte eine Stimme neben Paran.

Erschrocken trat er einen Schritt zurück. *Verdammt soll sie sein.*

»Hah!«, krähte Tippa triumphierend. »Hörst du mich, Blend? *Hah!*«

Die Trupps sammelten sich erneut.

Der Daru rollte einen in Fetzen hängenden Ärmel hoch. Das Streifenmuster bedeckte die kräftigen, gut ausgeprägten Muskeln seines Arms. Er schob die drei Armreifen über den Ellenbogen hinauf. Das Elfenbein klickte. Irgendetwas blitzte bernsteinfarben in der Dunkelheit unter seinem Helmrand auf.

Paran musterte den Mann. *In ihm wohnt ein Tier, ein uralter Geist, der wieder erwacht ist.* Macht wirbelte um den Daru herum, doch der Hauptmann spürte, dass sie sich ebenso sehr auf ein natürliches Befehlstalent gründete wie auf das Tier, das sich in ihm verbarg – denn dieses Tier zog die Einsamkeit vor. Irgendwie hatte sich seine gewaltige Stärke fast den Qualitäten gebeugt, die diesen Mann zu einem geborenen Anführer machten. *Eine beeindruckende Verbindung. Dieser Mann ist wichtig, da gibt es keinen Zweifel. Irgendetwas wird hier geschehen, und es ist kein Zufall, dass ich hier bin.* »Ich bin Hauptmann Paran, von Einarms Heer.«

»Ihr habt Euch Zeit gelassen, was, Malazaner?«

Paran blinzelte. »Wir haben getan, was wir konnten, mein Herr. Wie auch immer, heute Nacht und morgen kommt Eure Unterstützung von den Clans der Weißgesichter.«

»Humbrall Taur, der Vater von Hetan und Cafal. Gut. Es wird Zeit, den Spieß umzudrehen.«

»Den Spieß umzudrehen?«, stotterte Fahrig. »Es sieht aus, als hättet Ihr keine Hilfe dabei gebraucht, den Spieß umzudrehen, Mann!«

»Trotter«, rief Igel. »Ich bin nicht sehr glücklich über das, was da unter uns ist. Da sind Risse. Dieses ganze Dach besteht nur aus Rissen.«

»Das Gleiche gilt für die Wände«, bemerkte ein anderer Sappeur. »Auf allen Seiten.«

»Das ganze Gebäude ist voller Leichen«, bemerkte ein kleiner Krieger in der Rüstung der Lestari, der neben dem Daru stand. »Wahrscheinlich schwellen sie an.«

Paran hatte den Blick nicht von dem großen Daru abgewandt. »Habt Ihr einen Namen?«, fragte er.

»Grantl.«

»Gehört ihr zu irgendeiner Sekte oder so was? Oder seid ihr Tempelkrieger?«

Grantl wandte ihm langsam das Gesicht zu, das zum größten Teil hinter dem Visier seines Helms verborgen lag. »Nein. Wir sind gar nichts. Niemand. Das hier ist um einer Frau willen geschehen. Und jetzt liegt sie im Sterben –«

»In welchem Zelt?«, unterbrach Fäustel ihn mit seiner hellen, dünnen Stimme.

»Das Denul-Gewirr ist vergiftet –«

»Ihr könnt das spüren, Grantl? Merkwürdig.« Der Heiler wartete einen Augenblick, dann fragte er erneut: »In welchem Zelt?«

Grantls Kamerad, der Lestari, deutete auf eines. »Dort. Sie wurde ziemlich übel durchbohrt. Blut in der Lunge. Vielleicht ist sie schon …« Er verstummte.

Paran folgte Fäustel zu dem zerfetzten Schutzdach.

Die Frau, die darunter lag, war blass, ihr junges Gesicht ausgezehrt und angespannt. Schaumiges Blut stand auf ihren Lippen.

Und hier steckt auch noch mehr dahinter.

Der Hauptmann sah zu, wie der Heiler neben ihr auf die Knie sank, die Arme ausstreckte.

»Moment mal«, knurrte Paran. »Das letzte Mal hat es dich beinahe umgebracht –«

»Nicht meine Gabe, Hauptmann. Ich habe diese Barghast-Geister in mir, die mich hierbei bedrängen. Wieder einmal. Ich weiß nicht, warum. Vielleicht hat ja irgendjemand ein persönliches Interesse. Könnte sowieso zu spät sein. Wir werden sehen ... in Ordnung?«

Nach einem Augenblick des Zögerns nickte Paran.

Fäustel legte der bewusstlosen Frau die Hände auf, schloss die Augen. Ein Dutzend Herzschläge verstrichen. »Ah«, flüsterte er schließlich. »Es sind mehrere Schichten. Ein verwundeter Körper ... eine verwundete Seele. Ich werde beides heilen müssen. Also ... werdet ihr mir helfen?«

Der Hauptmann begriff, dass diese Frage nicht an ihn gerichtet war, und gab daher keine Antwort.

Fäustel, dessen Augen noch immer geschlossen waren, seufzte. »Ihr wollt so viele für diese Frau opfern?« Er machte eine Pause, die Augen immer noch geschlossen, und runzelte dann die Stirn. »Ich kann diese Fäden, von denen ihr sprecht, nicht sehen. Weder bei ihr noch bei Grantl noch bei dem Mann an meiner Seite –«

An deiner Seite? Ich? Fäden? Oh, ihr Götter, warum lasst ihr mich nicht einfach in Ruhe?

»– aber ich glaube euch. Fangen wir an?«

Augenblicke vergingen, während der Heiler reglos über die Frau gebeugt verharrte. Dann bewegte sie sich auf ihrem Lager, stöhnte leise.

Die Zeltwand hinter ihnen wurde weggefetzt, Spanndrähte rissen. Paran blickte überrascht auf. Und sah Grantl über ihnen stehen, dessen Brust sich unter heftigen Atemzügen hob und senkte.

»Was?«, keuchte der Daru. »Was –« Er stolperte einen Schritt zurück, wurde von Trotters starken Händen an den Schultern gepackt.

»So etwas wie zu spät«, grollte der Barghast, »gibt es nicht.«

Fahrig trat grinsend zu ihnen. »Hallo, Capustan. Die Brückenverbrenner sind da.«

In der Morgendämmerung waren im Osten und im Norden Kampfgeräusche zu hören. Die Weißgesicht-Clans hatten den Feind endlich angegriffen. Tippa und die anderen würden später von der plötzlichen und blutigen Schlacht hören, die sich an den Anlegeplätzen an der Küste und am Ufer des Catlin abgespielt hatte. Die Clans der Barahn und Ahkrata waren auf frisch eingetroffene Regimenter von Betakliten und Betrullid-Kavallerie gestoßen. Der Kommandant der Pannionier hatte beschlossen, einen Gegenangriff zu unternehmen, statt schlecht vorbereitete Verteidigungspositionen zu halten, und es dauerte nicht lange, bis es die Barghast waren, die sich – von allen Seiten angegriffen – verschanzen mussten.

Die Barahn wichen zuerst zurück. Doch der Widerstand der Ahkrata wurde dadurch gestärkt, dass sie Zeugen des anschließenden Gemetzels an ihren Verwandten geworden waren, und sie hielten bis zum Mittag durch, als Taur die Gilk vom Vorstoß in die Stadt abkommandierte und die Krieger mit den Schildkrötenpanzer-Rüstungen zur Unterstützung an die Anlegestelle schickte. Die Gilk, ein Clan der Ebenen, der seine Kampfweise in endlosen Kriegen gegen berittene Feinde immer weiter verfeinert hatte, stellten sich den Betrullid beherzt entgegen und wurden zum Dreh- und Angelpunkt einer neuerlichen Offensive seitens der Ahkrata, die die Betakliten zerschmetterte und die Barghast alle Schwimmbrücken und Barken erobern ließ. Die letzten Überlebenden der pannionischen mittelschweren Infanterie wurden in die Untiefen des Flusses getrieben, wo sich das Wasser rot färbte. Überlebende Einheiten der Betrullid zogen sich entlang der Küste nach Norden in die Marschen zurück – ein tödlicher Fehler, wie sie feststellten, als ihre Pferde im salzigen Schlamm stecken blieben. Die Gilk verfolgten sie, um mit dem Gemetzel fortzufahren, das erst bei Einbruch der Nacht enden sollte. Septarch Kulpaths Verstärkung war ausgelöscht worden.

Humbrall Taurs Vorstoß in die Stadt sorgte für eine panische, wilde Flucht. Einheiten von Domänensern, Urdomen, Bekliten, Scalandi und Betakliten gerieten zwischen die zu Zehntausenden vor den Hakenschwertern und Lanzen der Barghast fliehenden Tenescowri und wurden mitgerissen. Die Hauptstraßen verwandelten sich in wogende Menschenmassen, eine wirbelnde Flut, die westwärts drängte, dort durch die Breschen in den Wällen brach und hinaus auf die Ebene strömte.

Taur ließ seine Clans energisch nachsetzen und trieb die Pannionier noch weiter nach Westen.

Tippa kauerte auf dem Dach und schaute hinunter auf die Straße, wo der schreiende, von Panik erfüllte Mob vorbeiwogte. Die Flut war gegen die Rampe geprallt und hatte Schneisen durch sie hindurchgeschlagen, enge Rinnen, die sich zwischen Wänden aus kaltem Fleisch hindurchwanden. Jeder dieser Durchgänge war von Gestalten verstopft, während andere über die Rampe hinwegkrabbelten, manchmal weniger als eine Pikenlänge von den Malazanern entfernt.

Trotz des entsetzlichen Bildes, das sich ihren Augen bot, fühlte sie sich, als wäre eine schwere Last von ihr genommen worden. Die verdammten Armreifen quetschten ihr nicht mehr länger den Arm zusammen. Je näher sie der Stadt gekommen waren, desto heißer und enger waren sie geworden – noch immer zierten kreisrunde Verbrennungen ihren Oberarm, und auch ihre Knochen schmerzten noch. Es gab diesbezüglich ein paar Fragen, aber sie war noch nicht bereit, darüber nachzudenken.

Von irgendwo ein paar Straßen weiter östlich erklangen jetzt die vertrauten Geräusche eines Gemetzels, untermalt von den misstönenden Schlachtgesängen der Barghast. Die Pannionier hatten eine Art Nachhut formiert, kleine, versprengte Einheiten von Bekliten, Urdomen und Domänensern, die sich vereint hatten, um den Vormarsch der Weißgesichter zu verlangsamen. Doch diese Nachhut war hoffnungslos in der Unterzahl und zerfiel rasch wieder.

Es hatte keinen Sinn, das Dach zu verlassen, ehe die flüchtenden Feinde nicht vorbeigezogen waren, auch wenn Igel andauernd etwas von Rissen im Fundament und Ähnlichem faselte. Tippa war vollauf zufrieden. Die Brückenverbrenner waren in der Stadt; vor der Nordmauer und dem entsprechenden Tor war es ein bisschen haarig gewesen, doch abgesehen davon war alles gut gelaufen – besser als sie es erwartet hatte. Moranth-Munition hatte eine besondere Art, die Vorgaben auszugleichen, wenn nicht gar völlig umzukehren.

Und wir haben noch kein einziges Mal die Klingen gekreuzt. Gut. Wir sind nicht mehr so stark wie früher, trotz Fahrigs gespielter Tapferkeit.

Sie fragte sich, wie weit entfernt Dujek und Bruth noch sein mochten. Hauptmann Paran hatte Twist losgeschickt, um mit ihnen Kontakt aufzunehmen, sobald klar gewesen war, dass Humbrall Taur seine Stämme vereinigt hatte und bereit war, den Befehl zu geben, südwärts nach Capustan zu marschieren. Da der Schnelle Ben außer Gefecht und Spindel zu verängstigt war, um sein Gewirr zu benutzen, gab es keine Möglichkeit, herauszubekommen, ob der Schwarze Moranth es geschafft hatte.

Wer weiß, was ihnen passiert ist. Unter den Barghast kursieren Geschichten über untote dämonische Reptilien auf den Ebenen … und dann noch diese vergifteten Gewirre – wer weiß, ob dieses Gift nicht irgendwas Ekligem als Pfad dient? Spindel sagt, die Gewirre sind krank. Was ist, wenn sie einfach übernommen worden sind? Es könnte sein, dass sie gerade jetzt sehr wohl benutzt werden. Jemand könnte hindurchgekommen sein und ihnen übel mitgespielt haben. Vielleicht verfaulen jetzt schon dreißigtausend Kadaver auf den Ebenen. Es könnte sein, dass wir alles sind, was noch von Einarms Heer übrig ist.

Die Barghast schienen kein Interesse daran zu haben, sich über die Befreiung Capustans hinaus am Krieg zu beteiligen. Sie wollten die Gebeine ihrer Götter. Sie waren im Begriff, sie zu bekommen, und sobald das geschehen war, würden sie wahrscheinlich wieder nach Hause zurückkehren.

Und wenn wir dann ganz auf uns allein gestellt sind … was wird Paran dann entscheiden? Dieser verdammte Adlige sieht schrecklich aus. Der Mann ist krank. Seine Gedanken reiten auf Nadeln aus Schmerz, und das kann nicht gut sein. Das kann ganz und gar nicht gut sein.

Stiefel knirschten neben ihr, als jemand an den Rand des Daches trat. Sie blickte auf und sah die rothaarige Frau, die Fäustel zurückgeholt hatte, obwohl sie schon so gut wie tot gewesen war. Ein Rapier, dessen Klinge zu einem Drittel abgebrochen war, lag in ihrer rechten Hand. Ihre lederne Rüstung hing in Fetzen, geronnenes Blut klebte in unzähligen Rissen. In ihrer Miene lag eine gewisse Zerbrechlichkeit, aber auch so etwas wie … Verwunderung.

Tippa richtete sich auf. Die Schreie von unten waren ohrenbetäubend. Sie trat etwas näher an die Frau heran und sagte: »Es wird nicht mehr lange dauern. Man kann schon die vordersten Reihen der Barghast sehen.« Sie deutete in die entsprechende Richtung.

Die Frau nickte, dann sagte sie: »Ich heiße Stonny Menackis.«

»Korporal Tippa.«

»Ich habe mit Blend gesprochen.«

»So eine Überraschung. Sie ist eigentlich nicht der geschwätzige Typ.«

»Sie hat mir von den Armreifen erzählt.«

»Wirklich? Ach.«

Stonny zuckte die Schultern, zögerte einen Augenblick und fragte dann: »Habt Ihr ... habt Ihr Euch Trake verschworen, oder so etwas? Eine Menge Soldaten tun das, habe ich gehört. Der Tiger des Sommers, Lord der Schlachten –«

»Nein«, knurrte Tippa. »Habe ich nicht. Ich hab selbst erst vor kurzem begriffen, dass sie Talismane waren – diese Armreifen.«

»Dann habt Ihr also nicht gewusst, dass Ihr auserwählt worden wart, sie zu überbringen. Sie ... Grantl zu überbringen ...«

Korporal Tippa warf der Frau einen Blick zu. »Das hat Euch irgendwie durcheinander gebracht, was? Euer Freund Grantl. Ihr hättet Euch nie vorstellen können, dass aus ihm ... so etwas wie das da werden könnte, was auch immer *das* jetzt ist.«

Stonny zog eine Grimasse. »Um ehrlich zu sein, ich hätte es mir bei jedem anderen eher vorstellen können als bei ihm. Der Kerl ist ein zynischer Bastard, und er betrinkt sich andauernd. Oh, er ist schlau, soweit Männer schlau sein können. Aber wenn ich ihn mir jetzt anschaue ...«

»Dann erkennt Ihr nicht wieder, was Ihr seht.«

»Es sind nicht nur diese merkwürdigen Streifen. Es sind seine Augen. Das sind Katzenaugen ... die Augen eines verdammten Tigers. Genauso kalt, genauso unmenschlich.«

»Er sagt, er hat für Euch gekämpft, Schätzchen.«

»Ihr meint, das war seine Ausrede.«

»Ich würde nicht behaupten, dass es da einen Unterschied gibt.«

»Aber da gibt es einen, Korporal.«

»Wenn Ihr es sagt. Sei's drum, die Wahrheit ist hier, genau vor Eurer Nase. In diesem verdammten Totenhaus von einem Gebäude. Der Vermummte soll uns holen, auch in Grantls Gefolgsleuten – er ist schließlich nicht der Einzige, der jetzt gestreift ist, oder? Der Mann hat zwischen den Pannioniern und Euch gestanden, und das war etwas, das groß genug war, um all die anderen da mit reinzuziehen. Hat Treach das alles geplant? Das könnte ich mir schon vorstellen, und ich habe dabei wohl auch eine Rolle gespielt, indem ich mit diesen Reifen am Arm hier aufgetaucht bin. Aber jetzt bin ich aus der ganzen Sache raus, und das ist mir sehr recht.« *Und ich werde nicht mehr darüber nachdenken.*

Stonny schüttelte den Kopf. »Ich werde nicht vor Trake das Knie beugen. Beim Abgrund, ich habe vor dem Altar eines anderen Gottes gekniet – ich habe meine Wahl getroffen, und ich habe nicht Trake gewählt.«

»Hm. Aber vielleicht fand *Euer* Gott diese ganze Geschichte mit Grantl und all dem irgendwie nützlich. Menschen sind nicht die Einzigen, die Netze spinnen und damit spielen, richtig? Wir sind nicht die Einzigen, die manchmal im Gleichschritt marschieren oder sogar zusammenarbeiten, um etwas zu erreichen, das von gegenseitigem Nutzen ist – ohne irgendetwas davon dem Rest von uns zu erklären. Ich beneide Euch nicht, Stonny Menackis. Die Aufmerksamkeit eines Gottes ist eine tödliche Aufmerksamkeit. Aber so was passiert ...« Tippa verstummte.

Im Gleichschritt marschieren. Ihre Augen verengten sich. *Und den Rest von uns im Unklaren lassen.*

Sie drehte sich um, ließ ihre Blicke über die Gruppen schweifen, die um die Zelte herumstanden, bis sie Paran entdeckte. »He, Hauptmann!«, rief sie.

Er blickte auf.

Und was ist mit dir, Hauptmann? Hast du vielleicht Geheimnisse? Hier ist was für dich. »Irgendwas Neues von Silberfuchs?«, fragte sie.

Sämtliche Brückenverbrenner in der Nähe drehten sich nach dem adligen Offizier um.

Paran zuckte zurück, als wäre er geschlagen worden. Eine Hand glitt zu seinem Bauch, als ein krampfartiger Schmerz ihn durchzuckte. Er biss die Zähne zusammen und schaffte es irgendwie, den Kopf zu heben und Tippa in die Augen zu sehen. »Sie lebt«, krächzte er.

Hab ich mir gedacht. Du bist bisher viel zu locker mit alledem umgegangen, Hauptmann. Das heißt, du hast uns Dinge vorenthalten. Eine schlechte Entscheidung. Das letzte Mal, als die Brückenverbrenner im Dunkel gehalten wurden, hat dieses Dunkel uns beinahe alle verschlungen. Das war verdammt knapp. »Wie nah ist sie? Wie weit weg, Hauptmann?«

Sie konnte sehen, welche Wirkung ihre Worte hatten, doch ein Teil von ihr war wütend, wütend genug, um kein Mitleid aufkommen zu lassen. Offiziere verheimlichten immer irgendetwas. Das war es, was die Brückenverbrenner mittlerweile an ihren Kommandanten am meisten verachteten. Unwissenheit war tödlich.

Paran richtete sich langsam und mühsam auf. Er holte tief Luft – einmal, zweimal –, während er sichtlich gegen die Schmerzen ankämpfte. »Humbrall Taur treibt ihnen die Pannionier in den Schoß, Korporal. Dujek und Bruth sind vielleicht noch drei Längen entfernt –«

Stotternd meldete sich Fahrig. »Und wissen sie, was da auf sie zukommt?«

»Ja, Sergeant.«

»Woher?«

Gute Frage. Wie eng ist dieser Kontakt zwischen dir und der wiedergeborenen Flickenseel? Und warum hast du uns nichts davon gesagt? Wir sind deine Soldaten. Man erwartet von uns, dass wir für dich kämpfen. Also ist es sogar eine verdammt gute Frage.

Paran starrte Fahrig finster an, gab jedoch keine Antwort.

Doch der Sergeant hatte nicht vor, die Angelegenheit auf sich beruhen zu lassen, nun, da er sie Tippa aus den Händen genommen hatte, und er sprach für alle Brückenverbrenner. »Also, da hätten wir uns fast von den Weißgesichtern die Köpfe abschlagen lassen, wären fast von den verdammten Tenescowri geröstet worden, und die ganze Zeit denken wir, wir sind allein. Ganz allein. Wir wissen nicht, ob das Bündnis gehalten hat oder ob Dujek und Bruth sich gegenseitig in Stücke gerissen haben und es im Westen nichts mehr gibt außer verfaulenden Gebeinen. Aber Ihr habt es gewusst. Das heißt, wenn Ihr tot wärt, Hauptmann, wenn Ihr jetzt tot wärt …«

Dann wüssten wir nichts, verdammt. Überhaupt nichts.

»Wenn ich tot wäre, würden wir diese Unterhaltung gar nicht führen«, erwiderte Paran. »Warum machen wir dann also nicht einfach weiter wie gehabt, Sergeant?«

»Vielleicht machen wir überhaupt nicht mehr weiter«, knurrte Fahrig und ließ eine Hand an den Schwertgriff sinken.

Ganz in der Nähe drehte Grantl, der am Dachrand gekauert hatte, sich langsam um und richtete sich auf.

Augenblick mal. »Sergeant!«, schnappte Tippa. »Glaubst du, Flickenseel wird dich anlächeln, wenn sie dich das nächste Mal sieht? Wenn du jetzt tust, was du vorhast?«

»Still, Korporal«, befahl Paran, ohne den Blick von Fahrig abzuwenden. »Bringen wir es hinter uns. Hier, ich mache es noch ein bisschen einfacher.« Der Hauptmann drehte dem Sergeanten den Rücken zu, wartete.

Er ist so krank, dass er es beenden will. Scheiße. Und noch schlimmer … das Ganze auch noch vor Zuschauern.

»An so was solltest du nicht mal denken, Fahrig«, warnte Fäustel den Sergeanten. »Nichts von alledem ist so, wie es aussieht –«

Tippa drehte sich zu dem Heiler um. »Ah, jetzt kommen wir der Sache ein bisschen näher! Du hast oft genug mit Elster gequatscht, bevor wir losgezogen sind, Fäustel. Du und der Schnelle Ben. Raus damit! Wir haben hier einen Hauptmann, der solche Schmerzen hat, dass er will, dass wir ihn töten, und niemand sagt uns einen verdammten Scheiß – was im Namen des Vermummten geht hier eigentlich vor?«

Der Heiler verzog das Gesicht. »Tja, Silberfuchs streckt ihre Fühler nach dem Hauptmann aus – aber er stößt sie weg –, also es ist nicht so, dass da ein ständiger Strom von Informationen hin und her fließt. Er weiß, dass sie am Leben ist, wie er sagt, und ich vermute, dass er irgendwie feststellen kann, wie weit sie entfernt ist, aber mehr nicht. Verdammt noch mal, Tippa. Nur weil der Hauptmann nicht mit dir spricht, glaubst du, du und wir übrigen Brückenverbrenner sollen schon wieder verraten werden? *Er spricht mit niemandem!* Und wenn du so viele Löcher in deinen Gedärmen hättest wie er, dann würdest du verdammt noch mal auch die Klappe halten! Und jetzt hört auf, alle! Schaut euch an, und wenn ihr dann glaubt, euch schämen zu müssen – nun, das habt ihr verdammt noch mal auch verdient!«

Tippa starrte den Rücken des Hauptmanns an. Er hatte sich nicht gerührt. Wollte seine Kompanie nicht ansehen. Konnte es nicht – jetzt nicht. Fäustel hatte eine Art, die Dinge auf den Kopf zu stellen. Paran war ein kranker Mann, *und kranke Menschen denken nicht richtig. Bei den Göttern. Ich hatte ein paar Armreifen am Arm, und ich konnte schon nicht mehr klar denken. Oh, sieht aus, als wäre ich gerade in einen Misthaufen getreten. Jemand anderen zu verfluchen heißt, ihm die ganze Schuld zu geben. Fahls Brandblasen sind wohl noch lange nicht verheilt. Verdammt. Bitte, Vermummter, tritt mal kräftig auf meine verfaulte Seele. Tritt so richtig drauf, und dann dreh den Absatz ordentlich rum …*

Paran hörte kaum, was hinter seinem Rücken gebrüllt wurde. Er fühlte sich überfallen von dem Druck, den Silberfuchs' Präsenz ausübte, was zu dem finsteren Wunsch führte, darunter lieber zu Tode gequetscht zu werden – wenn so etwas möglich war – als nachzugeben.

Ein Schwert zwischen seine Schulterblätter – *und diesmal wird sich kein Gott einmischen.* Oder ein letzter sturzbachartiger Blutschwall in seinen Magen, wenn dessen Wände schließlich nachgaben – eine schmerzhafte Variante, aber ebenso endgültig wie die andere. Oder ein Sprung hinunter auf die Straße, mitten hinein in den Mob da unten, um in Stücke gerissen und zertrampelt zu werden. Sinnlosigkeit, die Freiheit versprach.

Sie war in der Tat nahe, als schritte sie über eine Brücke aus Knochen, die sich von ihr bis zu der Stelle erstreckte, wo er jetzt stand.

Nein, nicht sie. Ihre Macht, die so viel mehr war als einfach nur Flickenseel. Und das machte ihr unbarmherziges Verlangen, seine Verteidigung zu durchbrechen, zu einem weitaus tödlicheren Vorsatz als die bloße Zuneigung einer Liebenden; noch nicht einmal strategische Notwendigkeiten würden es so dringlich machen. *Es sei denn, Dujek und Bruth und ihre Armeen werden angegriffen … und das werden sie nicht. Bei den Göttern. Ich weiß nicht, woher ich das weiß – aber ich weiß es. Mit absoluter Gewissheit. Das – das ist gar nicht Flickenseel. Das ist Nachtfrost. Oder Bellurdan. Oder beide. Was wollen sie?*

Er wurde plötzlich von einem Bild erschüttert, das etwas in seinen Gedanken beinahe hörbar einrasten ließ. Fort. Hin. Trockene Fliesen in einer dunklen Höhle, die tief eingeritzten Linien einer Drachenkarte, in Stein gemeißelt; das Bild schien zu zucken, als lebte es.

Obelisk. Eine der neutralen Karten. Ein schiefer Monolith … jetzt aus grünem Stein. Jade. Hoch über vom Wind gepeitschten Wellen aufragend – nein, über Sanddünen. Gestalten im Schatten des Monolithen. Drei, insgesamt drei. Zerlumpt, gebrochen, dem Tode nahe.

Und dann geschah etwas jenseits der merkwürdigen Szene … der Himmel *zerriss.*

Und der bepelzte Huf eines Gottes betrat die Welt der Sterblichen.

Entsetzen.

Brutal in diese Welt gerissen – *ach, du hast es dir nicht ausgesucht, oder? Jemand hat dich heruntergezogen, und jetzt …*

Fener war so gut wie tot. Ein Gott, der in der Sphäre der Sterblichen gefangen war, war so hilflos wie ein Kind auf einem Altar. Alles, was man brauchte, waren ein Messer und eine willige Hand.

So gut wie tot.

Freudloses Wissen erblühte in seinen Gedanken wie eine Tollkirsche. Doch er wollte nichts damit zu tun haben. Von ihm wurden Entscheidungen verlangt, von Mächten, die so alt waren, dass es jede Vorstellungskraft überstieg. Die Drachenkarten … die Älteren Götter spielten damit … und versuchten jetzt, mit ihm zu spielen.

So sieht also die Rolle des Herrn der Drachenkarten aus – wenn ich das wirklich geworden bin? Jemand, der tödliches Wissen besitzt und der jetzt verdammt noch mal besänftigen und mäßigen soll? Ich verstehe, was ihr mir sagt, was ich tun soll. Ein Gott fällt, schieb einen anderen an seinen Platz? Sterbliche, die sich dem einen verschworen haben, lass sie sich nun dem anderen verschwören? Beim Abgrund unter uns, sind wir dazu verdammt, wie Kieselsteine auf einem Brett herumgeschoben – herumgeschnippt – zu werden?

Wut und Empörung fauchten heiß und weiß durch Parans Gedanken. Löschten seine Schmerzen aus. Er spürte, wie er innerlich herumfuhr, um jene fremde Präsenz anzusehen, die ihn so unablässig bedrängt hatte. Fühlte, wie er zerbarst.

In Ordnung, du wolltest meine Aufmerksamkeit. Du hast sie. Hör zu, hör gut zu, Nachtfrost – oder wer auch immer – was auch immer du wirklich bist. Vielleicht hat es schon früher – vor langer Zeit – Herren der Drachenkarten gegeben, an denen du zerren und ziehen konntest und die dann getan haben, was du wolltest. Beim Vermummten, vielleicht seid ihr es – du und deine Älteren Götterfreunde –, die diesmal mich ausgesucht haben. Aber wenn es so ist, dann habt ihr einen Fehler gemacht. Einen schlimmen Fehler.

Ich war schon einmal die Marionette eines Gottes. Aber ich habe die Fäden durchtrennt, und wenn du Einzelheiten wissen willst, dann geh und frag Oponn. Ich bin dazu in ein verfluchtes Schwert hineingegangen, und ich schwöre, ich tue es wieder – und diesmal mit weitaus weniger Barmherzigkeit im Herzen –, wenn ich auch nur den Hauch einer Manipulation von deiner Seite spüre.

Er spürte kalte Erheiterung als Antwort, und das tierische Blut in Paran reagierte. Mit gesträubten Nackenhaaren. Gefletschten Zähnen. Einem tiefen, tödlichen Knurren.

Er spürte ihre plötzliche Unruhe.

Ja, das ist die Wahrheit. Ich lasse mir kein Halsband anlegen, Nachtfrost. Und eins sage ich dir jetzt, und du würdest gut daran tun, auf meine Worte zu achten. Ich mache einen Schritt vorwärts. Zwischen dich und jeden Sterblichen, wie ich einer bin. Ich weiß nicht, was dieser Mann namens Grantl zu verlieren hatte, um dort anzukommen, wo du ihn haben wolltest, aber ich kann die Wunden in seinem Innern spüren – der Abgrund soll dich verschlingen, sind Schmerzen das einzige Mittel, mit dem du uns dazu bringen kannst zu tun, was du willst? Es scheint so. Dann solltest du dies wissen: Solange du kein anderes Mittel finden, solange du mir keinen anderen Weg zeigen kannst – etwas anderes als Schmerzen und Kummer –, so lange werde ich dich bekämpfen.

Wir haben unser Leben. Wir alle, und diese Leben sind nicht dazu da, dass du mit ihnen spielst. Nicht mit Tippas Leben, nicht mit Grantls, nicht mit Stonnys.

Du hast diesen Pfad gebahnt, Nachtfrost. Hast uns miteinander verbunden. Schön. Gut. Gib mir einen Grund, und ich komme dir entgegen. Das Blut eines Schattenhunds in den Adern zu haben – weißt du, ich glaube, wenn ich wollte, könnte ich mit seiner Hilfe die anderen rufen. Alle.

Denn ich verstehe jetzt etwas. Mir ist etwas klar geworden, etwas, von dem ich weiß, dass es wahr ist. In dem Schwert, in Dragnipur … sind zwei Schattenhunde ins Gewirr der Dunkelheit zurückgekehrt. Zurückgekehrt, Nachtfrost. Verstehst du, was ich sagen will? Sie sind nach Hause gegangen.

Und ich kann sie zurückrufen, ohne Zweifel. Zwei Seelen aus ungezähmter Dunkelheit. Dankbare Seelen, geliebte Brut der Zerstörung –

Jetzt kam eine Antwort, eine Frauenstimme, die Paran nicht kannte. *»Du hast keine Ahnung, womit du drohst, Sterblicher. Das Schwert meines Bruders birgt weit mehr Geheimnisse, als du dir vorstellen kannst.«*

Er lächelte. *Noch schlimmer, Nachtfrost. Die Hand, die Dragnipur jetzt schwingt, gehört zur Dunkelheit. Anomander Rake, der Sohn von Mutter Dunkel. Der Weg war noch nie so gerade, so direkt oder so kurz, stimmt's? Wenn ich ihm sage, was in seinem eigenen Schwert geschehen ist –*

»Wenn Rake erfahren sollte, dass du einen Weg ins Innere von Dragnipur gefunden und die beiden Hunde befreit hast, die er erschlagen hat … dann wird er dich töten, Sterblicher.«

Vielleicht. Er hatte bereits ein paar Mal die Möglichkeit dazu, und außerdem sogar noch gute Gründe. Doch er hat sich zurückgehalten. Ich glaube nicht, dass du den Lord von Mondbrut so gut verstehst, wie du glaubst. In Anomander Rake ist nichts Vorhersehbares – vielleicht ist es das, was dir solche Angst macht.

»Verfolge diesen Pfad nicht weiter.«

Ich werde tun, was immer ich tun muss, Nachtfrost, um deine Fäden zu durchtrennen. In deinen Augen sind wir Sterblichen schwach. Und du nutzt unsere Schwäche, um zu rechtfertigen, dass du uns manipulierst.

»Der Kampf, den wir vor uns haben, ist viel gewaltiger – viel tödlicher –, als dir klar ist.«

Erkläre es. Alles. Zeige mir diese gewaltige Bedrohung, von der du sprichst.

»Das dürfen wir nicht tun, um deinen Verstand vor Schaden zu bewahren, Ganoes Paran.«

Gönnerhaftes Miststück.

Er spürte, wie ihre Wut bei seinen Worten aufflammte. *»Du sagst, wir können euch nur benutzen, indem wir euch Schmerzen bereiten. Darauf haben wir nur eine Antwort: Der Schein kann trügen.«*

Uns im Unklaren, unwissend zu lassen ist also eure Vorstellung von Barmherzigkeit?

»Du hast es zwar ein bisschen grob ausgedrückt, aber im Prinzip hast du Recht, Ganoes Paran.«

Ein Herr der Drachenkarten darf nicht im Unklaren gelassen werden, Nachtfrost. Wenn ich diese Rolle und die damit einhergehende Verantwortung – wie auch immer sie aussehen mag, denn ich kenne sie noch nicht, beim Vermummten – tatsächlich akzeptieren soll, dann muss ich Bescheid wissen.

»Das wirst du auch – rechtzeitig –«

Er lachte höhnisch.

»Rechtzeitig, habe ich gesagt. Gewähre uns diese kleine Barmherzigkeit, Sterblicher. Der Kampf, der vor uns liegt, unterscheidet sich nicht von einem Feldzug – zunehmende Kampfhandlungen, örtlich begrenzte Gefechte. Doch das Schlachtfeld ist kein Geringeres als die

Existenz an sich. Kleine Siege sind lebenswichtige Beiträge zu dem allenthalben herrschenden Krieg, den zu führen wir uns entschlossen haben –«

Wer ist »wir«?

»Die überlebenden Älteren Götter ... und andere, die sich ihrer Rolle etwas weniger bewusst sind.«

K'rul? Der, der für Flickenseels Wiedergeburt verantwortlich ist?

»Ja. Er ist mein Bruder.«

Dein Bruder. Aber nicht der Bruder, der Dragnipur geschmiedet hat.

»Nein, das war er nicht. Im Augenblick kann Draconus nur indirekt agieren, denn er ist im Innern eben jenes Schwerts angekettet, das er selbst geschaffen hat. Mit seiner eigenen Klinge niedergestreckt von Anomander Rake.

Paran spürte, wie sich ein Verdacht wie kalter Stahl in sein Herz bohrte. *Er kann nur indirekt agieren, hast du gesagt.*

»Es war eine günstige Gelegenheit, Ganoes Paran. Eine niemals erwartete günstige Gelegenheit. Die Ankunft einer nicht angeketteten Seele in Dragnipur. Der Austausch einiger weniger Worte, die viel mehr bedeutet haben, als dir jemals klar war. So, wie die Bresche ins Gewirr der Dunkelheit geschlagen wurde, zerbrach auch die Barriere der Seelen. Nur ganz kurz. Aber genug –«

Warte. Paran brauchte Stille, um nachzudenken, um schnell und gründlich nachzudenken. Als er im Innern von Dragnipur gewesen und mit den angeketteten Seelen dahingeschritten war, die ihre unvorstellbare Last hinter sich hergeschleppt hatten, hatte er tatsächlich mit einem dieser Gefangenen gesprochen. *Beim Abgrund unter uns, das war Draconus.* Doch er konnte sich an nichts von dem erinnern, was sie gesprochen hatten.

Die Ketten führten ins Gewirr der Dunkelheit, in den Knoten unter dem ächzenden Wagen. So hielt die Dunkelheit alle jene Seelen, hielt sie fest.

Ich muss zurück in das Schwert. Ich muss ihn fragen –

»Jen'isand Rul. Ja, es stimmt, mein Bruder Draconus, derjenige, mit dem du gesprochen hast, als du im Innern des Schwertes warst –

mein anderer Bruder – hat dich benutzt, Ganoes Paran. Findest du das brutal? Liegt diese Möglichkeit außerhalb deines Vorstellungsvermögens? Genau wie die anderen im Innern des Schwertes, sieht sich mein Bruder der … Ewigkeit gegenüber. Er hat versucht, einen Fluch zu überlisten, aber er konnte sich nicht vorstellen, dass es so lange dauern würde. Er hat sich verändert, Sterblicher. Seine legendäre Grausamkeit ist … gemildert worden. Und er verfügt über Wissen, das im Laufe von Jahrtausenden angesammelt wurde. Aber was noch wichtiger ist: Wir brauchen ihn.«

Ihr wollt, dass ich Draconus aus Rakes Schwert befreie.

»Ja.«

Damit er dann auf Rake losgeht, um sich die Waffe zurückzuholen, die er geschmiedet hat. Nachtfrost, ich würde lieber Rake als Draconus –

»Einen solchen Kampf wird es nicht geben, Ganoes Paran.«

Warum nicht?

»Um Draconus zu befreien, muss das Schwert zerschmettert werden.«

Der kalte Stahl zwischen seinen Rippen drehte sich jetzt. *Und das würde auch … alle anderen befreien. Alles andere. Tut mir Leid, Weib, das werde ich nicht tun –*

»Wenn es eine Möglichkeit gibt, diese beängstigende Freisetzung wahnsinniger, bösartiger Geister zu verhindern – deren Zahl in der Tat unermesslich groß und zu entsetzlich ist, um sie sich auszumalen –, dann kennt sie nur ein Mann.«

Draconus selbst.

»Ja. Denke darüber nach, Ganoes Paran. Überstürze nichts – es ist noch Zeit.«

Das freut mich zu hören.

»Wir sind nicht so grausam, wie du glaubst.«

Dann hat die Rachsucht dein Herz nicht geschwärzt, Nachtfrost? Entschuldige meine Zweifel.

»Oh, ich will mich rächen, Sterblicher, aber nicht an den kleineren Spielern, die für den Verrat an mir verantwortlich sind, denn dieser Verrat war vorausbestimmt. Ein uralter Fluch. Und mein

Wunsch nach Rache richtete sich nur auf denjenigen, der diesen Fluch ausgesprochen hat.«

Ich bin überrascht, dass er oder sie noch existiert.

In ihren Worten schwang ein kaltes Lächeln mit. »*Das war* unser *Fluch für* ihn.«

Ich fange allmählich an zu glauben, dass ihr alle einander verdient.

Eine Pause entstand, dann sagte sie: »*Vielleicht ist das wirklich so, Ganoes Paran.«*

Was habt ihr mit Flickenseel gemacht?

»Nichts. Ihre Aufmerksamkeit ist im Augenblick auf andere Dinge gerichtet.«

Also habe ich mir selbst geschmeichelt, als ich etwas anderes vermutet habe. Verdammt, Paran, du bist immer noch ein Idiot.

»Wir werden ihr nichts zu Leide tun, Sterblicher. Selbst wenn wir dazu in der Lage wären, was wir nicht sind. In ihr ist Ehre. Und Integrität. Das sind seltene Qualitäten für jemanden, der so mächtig ist. Von daher haben wir Vertrauen –«

Eine gepanzerte Hand legte sich auf Parans Schulter, schreckte ihn auf. Er blinzelte, schaute sich um. Das Dach. *Ich bin zurück.*

»Hauptmann?«

Er begegnete Fäustels besorgtem Blick. »Was ist?«

»Tut mir Leid, Hauptmann, aber es hat ausgesehen, als hätten wir Euch verloren … zumindest einen Moment lang.«

Er schnitt eine Grimasse, wollte dem Mann ins Gesicht lügen, brachte es aber nicht fertig. »Wie lange?«

»Ein Dutzend Herzschläge, Hauptmann.«

»Mehr nicht? Gut. Wir müssen aufbrechen. Zum *Knecht*.«

»Hauptmann?«

Ich stehe jetzt zwischen ihnen und uns, Fäustel. Aber dieses »uns« ist viel mehr, als dir klar ist. Verdammt, ich wünschte, ich könnte es erklären. Ohne wie ein angeberischer Bastard zu klingen. Ohne auf die Fragen des Heilers einzugehen, drehte er sich um und entdeckte Trotter. »Kriegshäuptling. Der *Knecht* lockt.«

»In Ordnung, Hauptmann.«

Sämtliche Brückenverbrenner wichen seinem Blick aus. Paran fragte sich, warum. Fragte sich, was er verpasst hatte. Mit einem innerlichen Schulterzucken schritt er zu Grantl hinüber. »Ihr kommt mit uns«, sagte er.

»Ich weiß.«

Ja, den Eindruck hab ich auch. Schön, bringen wir's hinter uns.

Der Turm des Palastes ragte wie ein Speer in die Höhe, eingehüllt in Banner aus geisterhaftem Rauch. Der dunkle, farblose Stein dämpfte das helle Sonnenlicht, in dem er badete. Dreihundertneununddreißig zugige Stufen führten im Innern des Turms nach oben; sie endeten auf einer offenen Plattform mit einem spitzen Dach aus Kupferziegeln, die keine Spur von Grünspan aufwiesen. Der Wind heulte zwischen den Säulen hindurch, die das Dach und die glatte steinerne Plattform trugen, doch der Turm schwankte nicht.

Itkovian stand da und blickte nach Osten, und der Wind peitschte ihm ins Gesicht. Sein Körper fühlte sich unter der zerfetzten Rüstung blutleer und merkwürdig heiß an. Er wusste, dass seine Erschöpfung schließlich ihren Tribut forderte. Fleisch und Knochen waren nur bis zu einem bestimmten Punkt belastbar. Sie hatten den toten Fürsten in seinem Großen Saal brutal und wenig kunstvoll verteidigt. Korridore und Eingänge waren zu Schlachthäusern geworden. Der Gestank des Gemetzels hielt sich wie eine neue Schicht unter seiner Haut – selbst der Wind konnte ihn nicht wegblasen.

Die Kämpfe an der Küste und den Anlegestellen neigten sich einem grimmigen Ende zu, wie ein einsamer überlebender Kundschafter berichtet hatte. Die Betrullid waren aufgerieben worden und flohen entlang der Küste nach Norden, in die Salzmarschen, in denen ihre Pferde stecken bleiben würden, wie der Schild-Amboss nur zu gut wusste. Die verfolgenden Barghast würden kurzen Prozess mit ihnen machen.

Das Lager der Belagerer war auseinander gefegt worden, als wäre ein Tornado hindurchgebraust. Ein paar hundert Barghast – alte Frauen und Männer und Kinder – wanderten durch die blutigen

Überreste, sammelten inmitten kreischender Möwen die Siegesbeute ein.

Die Ostschanze, jetzt nur noch ein Trümmerhaufen, ragte kaum noch über die Leichenberge hinaus. Rauch trieb davon wie von einem verglühenden Scheiterhaufen.

Itkovian hatte zugesehen, wie die Barghast-Clans in die Stadt vorgestoßen waren, hatte gesehen, wie aus dem Rückzug der Pannionier in den Straßen unter ihm eine panische Flucht geworden war. Beim Palast selbst war es nicht mehr zu Kämpfen gekommen. Auf dem Jelarkan-Platz hatte es ein Offizier der Domänenser geschafft, eine Nachhut zusammenzuziehen, und diese Schlacht tobte immer noch. Aber für die Pannionier war es ein Rückzugsgefecht. Sie erkauften sich Zeit für den Exodus durch die Überreste des Süd- und des Westtors.

Einige wenige Kundschafter der Weißgesichter hatten sich auf das Palastgelände vorgewagt und waren nahe genug herangekommen, um festzustellen, dass es noch Verteidiger gab, aber sie hatten nicht offiziell Kontakt aufgenommen.

Velbara, die Rekrutin, stand neben Itkovian, doch sie war schon längst keine Rekrutin mehr. Ihr Waffentraining war aus der Verzweiflung geboren worden. Sie hatte die wichtigste Lektion gelernt – am Leben zu bleiben –, und diese Lektion war zur lenkenden Macht hinter allen anderen Fähigkeiten geworden, die sie sich anschließend in der Hitze des Gefechts angeeignet hatte. Genau wie alle anderen capanischen Neulinge in der Kompanie – die jetzt den größten Teil der Überlebenden unter dem Kommando des Schild-Ambosses stellten – hatte sie sich ihren Platz als Soldatin der Grauen Schwerter verdient.

Itkovian brach das lange Schweigen. »Wir räumen jetzt den Großen Saal.«

»Ja, Herr.«

»Die Ehre des Fürsten ist wiederhergestellt. Wir müssen aufbrechen – beim *Knecht* gibt es noch etwas zu erledigen.«

»Können wir ihn denn überhaupt erreichen, Herr, selbst jetzt? Wir müssen einen Barghast-Kriegshäuptling finden.«

»Sie werden uns nicht mit den Feinden verwechseln, Soldatin. In der Stadt liegen so viele tote Brüder und Schwestern, dass sie unsere Farben gut genug kennen. Und da die Pannionier – abgesehen von denen auf dem Jelarkan-Platz – von den Barghast nach Westen auf die Ebene getrieben wurden, werden wir auf unserem Weg kaum mit Widerstand rechnen müssen.«

»Ja, Herr.«

Itkovian richtete seine Aufmerksamkeit ein letztes Mal auf die zerstörte Schanze auf dem Todesstreifen im Osten. Zwei Soldaten der Gidrath unten im Großen Saal kamen aus jener Festung, hatten ursprünglich zu den ebenso tollkühnen wie vortrefflichen Verteidigern gezählt, und einer von ihnen hatte vor kurzem Wunden erlitten, die sich höchstwahrscheinlich als tödlich erweisen würden. Der andere, ein Bulle von einem Mann, der vor Rath'Vermummter gekniet hatte, schien nicht mehr schlafen zu können. In den vier Tagen und Nächten, seit sie den Großen Saal zurückerobert hatten, war er während seiner Ruheperioden unruhig auf und ab gegangen, ohne seiner Umgebung auch nur die geringste Beachtung zu schenken. War immer nur auf und ab gegangen, hatte mit dunklen, fiebrig brennenden Augen vor sich hin gemurmelt. Er und sein sterbender Kamerad waren, wie Itkovian vermutete, die einzigen noch lebenden Gidrath außerhalb des *Knechts*.

Ein Gidrath, der sich dem Vermummten verschworen hat, doch er befolgt meine Befehle, ohne zu zögern. Schlichter Eigennutz, könnte man fraglos schließen. Schließlich wäre es nur sinnvoll, angesichts der gegenwärtigen Extremsituation alle Gedanken an Rivalität aufzugeben. Doch ... ich stelle fest, dass ich meinen eigenen Erklärungen nicht traue.

Trotz seiner Erschöpfung hatte der Schild-Amboss eine zunehmende Unruhe verspürt. Irgendetwas war geschehen. Irgendwo. Und wie zur Antwort hatte er plötzlich das Gefühl gehabt, als ströme sein Blut aus ihm heraus, als leerten sich seine Adern, sein Herz, als flösse alles durch eine Wunde, die er erst noch finden musste. Und seither fühlte er sich ... unvollständig.

Als hätte ich meinen Glauben preisgegeben. Doch das habe ich nicht getan. »Die Leere des verlorenen Glaubens ist mit deinem an-

geschwollenen Selbst gefüllt.« Worte eines schon lange toten Destriant. Man gibt nicht auf, man ersetzt. Man ersetzt Glaube durch Zweifel, durch Skeptizismus, durch Ablehnung. Ich habe nichts aufgegeben. Ich habe keine Horde von Worten, die meine inneren Verteidigungsstellungen bevölkert. Tatsächlich bin ich auf Schweigen reduziert. Geleert … als würde ich Erneuerung erwarten …

Er riss sich zusammen. »Dieser Wind heult zu laut in meinen Ohren«, sagte er, den Blick noch immer auf die Ostschanze gerichtet. »Kommt, Soldatin, gehen wir nach unten.«

Einhundertzwölf Soldaten und Soldatinnen waren noch kampffähig, wenn auch niemand unverletzt war. Siebzehn Graue Schwerter lagen tot oder im Sterben entlang einer Wand. Die Luft stank nach Schweiß, nach Urin und nach verwesendem Fleisch. Die Eingänge zum Großen Saal waren von schwarz geronnenem Blut eingefasst, das von den Bodenfliesen abgekratzt worden war, damit niemand darauf ausrutschte. Der längst vergessene Architekt, der diesen Raum entworfen hatte, wäre wahrscheinlich entsetzt gewesen, wenn er gesehen hätte, was aus ihm geworden war. Statt in edler Schönheit zu schwelgen, bot er nun einen albtraumhaften Anblick.

Auf dem Thron saß Fürst Jelarkan; die Haut war ihm grob wieder auf seinen halb verzehrten Körper aufgenäht worden, doch ihm fehlten die Augen, und die Zähne waren in einem Grinsen gebleckt, das umso breiter wurde, je mehr die Lippen eintrockneten und zurückschrumpften. Das breiter werdende Lächeln des Todes, ein höchst poetisches Entsetzen, durchaus würdig, in dem, was aus dem Saal geworden war, Hof zu halten. Der junge Fürst, der sein Volk geliebt hatte, teilte nun dessen Schicksal.

Es war Zeit zu gehen. Itkovian stand in der Nähe des Haupteingangs und musterte, was noch von seinen Grauen Schwertern übrig war. Im Gegenzug blickten sie ihn an, reglos, mit steinernen Augen. Zu seiner Linken hielten zwei capanische Rekrutinnen die Zügel der beiden Schlachtrosse, die ihnen noch geblieben waren. Der einsame Gidrath – sein Kamerad war vor wenigen Augenblicken gestorben – lief mit gesenktem Kopf und hochgezogenen Schultern vor der

Wand hinter den angetretenen Söldnern auf und ab. Er hielt in jeder Hand ein zerschrammtes Langschwert; das in seiner Linken war von einem wilden Hieb verbogen, der vor zwei Nächten eine Marmorsäule getroffen hatte.

Der Schild-Amboss hatte sich an seine Soldaten und Soldatinnen wenden wollen, und wenn auch nur, um den Anstand zu wahren, jetzt jedoch, da er ihnen gegenüberstand und seinen Blick über ihre Gesichter gleiten ließ, stellte er fest, dass er nicht mehr die richtigen Worte fand. Zumindest fielen ihm keine ein, die das benennen konnten, was sie miteinander verband, und auch keine, die dem merkwürdigen kalten Stolz gerecht geworden wären, den er in diesem Augenblick empfand. Schließlich zog er sein Schwert, überprüfte die Riemen, die seinen Schildarm unterstützten, und wandte sich dem Haupteingang zu.

Im Korridor dahinter waren die Leichen auf einem schmalen Streifen beiseite geschafft worden, um zwischen den aufgestapelten Kadavern hindurch einen Weg zu den Außentüren zu bahnen.

Itkovian ging den grausigen Gang entlang, trat zwischen die schiefen, zerschlagenen Türflügel und hinaus ins Sonnenlicht.

Nach jedem ihrer vielen Angriffe hatten die Pannionier ihre gefallenen Kameraden von den breiten, flachen Stufen des Zugangs weggeräumt, sie auf den Hof geschafft und dort wahllos aufeinander gestapelt – einschließlich derjenigen, die noch am Leben gewesen und erst später an ihren Wunden gestorben oder erstickt waren.

Itkovian blieb am oberen Ende der Stufen stehen. Noch immer drangen Kampfgeräusche aus der Gegend des nach Fürst Jelarkan benannten Platzes herüber, aber das war alles, was er hörte. Stille hüllte die Szene vor ihm ein, eine Stille, die auf einem Platz, der einmal der Vorplatz eines belebten Palasts gewesen war, so unpassend wirkte, dass Itkovian zum ersten Mal, seit die Belagerung begonnen hatte, zutiefst erschüttert war.

Teurer Fener, hilf mir, in all dem hier einen Sinn zu erkennen.

Er stieg die Stufen hinunter, deren Steine sich unter seinen Stiefeln weich und klebrig anfühlten. Seine Kompanie folgte ihm, ohne dass ein einziges Wort gesprochen wurde.

Sie schritten durch das zerschmetterte Tor, begannen, sich auf der Rampe und dann in der Straße dahinter einen Weg zwischen den Leichen zu suchen. Auch wenn die Lebenden ihnen keine Schwierigkeiten machten, würde dies dennoch eine lange Reise werden. Und es würde auch keine Reise ohne Kampf sein. Was jetzt über sie herfiel, war das, was ihre Augen sahen, ihre Nasen rochen und was sie unter ihren Schuhsohlen spüren konnten.

Ein Kampf, in dem Schilde und Rüstungen nutzlos waren, in dem wirbelnde Schwerter nichts brachten. Die einzige Verteidigung war eine Seele, die so abgehärtet war, dass es weit über jede Art von Menschsein hinausging, und für Itkovian war dieser Preis zu hoch. *Ich bin der Schild-Amboss. Ich gebe mich dem hin, was vor mir liegt. Hier ist ein Kummer entfesselt worden und nun verloren, der dicker ist als der Rauch, der in der leblosen Luft wirbelt und wogt. Eine Stadt ist getötet worden. Selbst die Überlebenden, die in den Tunneln unter den Straßen hocken … Fener soll mich holen, es wäre besser, sie kämen nie wieder herauf, um das hier zu erblicken.*

Ihr Weg führte sie zwischen den Friedhöfen hindurch. Itkovian betrachtete den Ort, wo er und seine Soldaten sich verteidigt hatten. Hier sah es genauso aus wie überall. Haufen von Toten. Wie Brukhalian versprochen hatte, war kein einziger Pflasterstein freiwillig preisgegeben worden. Diese kleine Stadt hatte alles getan, was sie konnte. Der Sieg der Pannionier mochte unvermeidlich gewesen sein, aber dennoch gab es bestimmte Schwellen, die einen unerbittlichen Impuls in einen Fluch verwandelten.

Und jetzt hatten die Weißgesicht-Clans der Barghast ihrerseits ihre Unaufhaltsamkeit verkündet. Was die Pannionier getan hatten, war nunmehr ihnen angetan worden. *Wir werden alle in eine Welt des Wahnsinns gestoßen, doch es fällt jetzt jedem Einzelnen von uns zu, von diesem Abgrund zurückzutreten und sich aus der Abwärtsspirale zu lösen. Aus Entsetzen muss Kummer werden, und aus Kummer Mitleid.*

Als die Kompanie eine verstopfte Straße am Rande des Daru-Viertels betrat, tauchten knapp zwanzig Barghast in der Mündung einer Seitengasse ein Stück vor ihnen auf. Blutige Hakenschwerter in den Händen, die weiß bemalten Gesichter rot bespritzt. Der Vorderste grinste den Schild-Amboss an.

»Verteidiger!«, bellte er auf Capanisch mit rauem Akzent. »Wie gefällt euch das Geschenk der Befreiung?«

Itkovian ging nicht auf die Frage ein. »Ein paar Eurer Verwandten befinden sich noch im *Knecht*, mein Herr. Und in eben diesem Augenblick sehe ich, dass der Schutzzauber verblasst.«

»Ja, wir werden die Gebeine unserer Götter sehen«, sagte der Krieger und nickte. Er ließ den Blick seiner kleinen, dunklen Augen über die Grauen Schwerter schweifen. »Du führst einen Stamm von Frauen an.«

»Capanische Frauen«, sagte Itkovian. »Der unverwüstlichste Reichtum dieser Stadt, auch wenn es an uns war, das zu entdecken. Sie sind jetzt Graue Schwerter, mein Herr, und dadurch sind wir gestärkt.«

»Wir haben überall eure Brüder und Schwestern gesehen«, grollte der Barghast. »Wären sie unsere Feinde, dann wären wir froh, dass sie tot sind.«

»Und wenn sie Eure Verbündeten wären?«, fragte der Schild-Amboss.

Die Barghast-Krieger berührten alle gleichzeitig mit dem Rücken der Schwerthand kurz und kaum wahrnehmbar die Stirn, dann fuhr der Sprecher fort: »Der Verlust erfüllt die Schatten, die wir werfen. Hör zu, Soldat – der Feind, den ihr uns gelassen habt, war ... brüchig.«

Itkovian zuckte die Schultern. »Der Glaube der Pannionier kennt keine Anbetung, nur Notwendigkeit. Ihre Stärke ist hohl, mein Herr. Werdet Ihr uns zum *Knecht* begleiten?«

»An eurer Seite, Soldaten. In eurem Schatten liegt Ehre.«

Die meisten Gebäude im Daru-Viertel hatten gebrannt, waren hier und dort zusammengebrochen und hatten die Straßen mit geschwärzten Trümmern gefüllt. Als die Grauen Schwerter und die Barghast sich durch die am wenigsten von Trümmern versperrten Straßen wanden, wurden Itkovians Blicke von einem Gebäude zu ihrer Rechten angezogen, das immer noch stand. Eine Mietskaserne, deren Wände merkwürdig ausgebeult waren. Rings herum waren Feuer gelegt worden, die die Steine geschwärzt hatten, doch aus irgendwelchen Gründen war der Angriff der Flammen erfolglos gewesen. Sämtliche bogenförmigen Fenster, die Itkovian sehen konnte, sahen aus, als wären sie verbarrikadiert worden.

»Euresgleichen stopfen ihre Gräber ziemlich voll«, meinte der Barghast neben ihm mit grollender Stimme

Der Schild-Amboss warf ihm einen Blick zu. »Mein Herr?«

Der Krieger deutete mit dem Kopf auf das in einen Rauchschleier gehüllte Gebäude. »Klar, das ist leichter, als außerhalb der Stadt eine Grube auszuheben und auszukleiden, und die Erde eimerweise wegzuschaffen. Es scheint, als ob ihr einen freien Blick von den Wällen wünscht. Aber *wir* leben nicht so inmitten unserer Toten, wie euer Volk das tut ...«

Itkovian drehte sich um, um noch einmal die Mietskaserne zu betrachten, die jetzt schon ein Stückchen hinter ihnen lag. Seine Augen wurden schmal. *Die Barrikaden, die die Fenster blockieren – auch sie bestehen aus Fleisch und Knochen. Bei den Zwillingshauern, wer würde solch ein Totenhaus bauen? Das kann doch unmöglich das Ergebnis einer Verteidigungsschlacht sein?*

»Wir sind ganz nah herangegangen«, sagte der Krieger an seiner Seite. »Die Wände strahlen Wärme ab. Und aus den Rissen quillt eingedickte Flüssigkeit.« Er machte eine andere Geste, diesmal mit einem Schaudern, klopfte mit dem Heft seines Hakenschwerts gegen die aus Münzen bestehende Rüstung, die seinen Oberkörper bedeckte. »Bei den Knochen, Soldat, wir sind geflohen.«

»Ist das Gebäude da drüben das einzige, das so ... gefüllt ist?«

»Wir haben zumindest kein anderes gesehen, obwohl wir an einem Anwesen vorbeigekommen sind, das ebenfalls noch gehalten wurde – dort haben belebte Leichname am Tor und auf den Mauern Wache gestanden. Die Luft hat nach Zauberei gestunken, nach den fauligen Ausdünstungen von Nekromantie. Ich sage dir, Soldat, wir werden froh sein, wenn wir diese Stadt wieder verlassen können.«

Itkovian schwieg. Er fühlte sich innerlich zerrissen. Feners Traum verkündete die Wahrheit des Krieges. Er sprach die Wahrheit über die Grausamkeit, die die Menschheit ihresgleichen antun konnte. Krieg war für diejenigen, die andere führten, wie ein Spiel, das in einer trügerischen Arena ruhiger Vernunft gespielt wurde. Solche Lügen konnten jedoch die Realität nicht überleben, und die Realität schien keine Grenzen zu kennen. Der Traum enthielt eine Bitte um Mäßigung und bestand darauf, dass der gewonnene Ruhm kein blinder war, sondern aus ernster, klarsichtiger Rücksicht entstand. Inmitten der grenzenlosen Realität lag das Versprechen der Erlösung.

Diese Sichtweise ließ Itkovian nun im Stich. Er schreckte zurück wie ein Tier im Käfig, das von allen Seiten grausam aufgestachelt wird. Die Flucht wurde ihm verwehrt, doch das war selbst auferlegt, war aus seinem bewussten Willen geboren, dem er mit den Worten seines Schwurs Form verliehen hatte. Er musste diese Bürde annehmen, was immer es ihn kosten würde. Die Feuer der Rache hatten in seinem Innern eine Wandlung erfahren. Er würde schließlich die Erlösung sein – für die Seelen der Gefallenen in dieser Stadt.

Erlösung. Für alle anderen, aber nicht für sich selbst. Denn um selbst erlöst zu werden, konnte er sich nur an seinen Gott wenden. *Aber, teurer Fener, was ist geschehen? Wo bist du? Ich knie vor dir, wie es sich gehört, und erwarte deine Berührung. Aber du bist nirgends zu finden. Deine Sphäre ... sie fühlt sich ... leer an.*

Wohin kann ich jetzt gehen?

Sicher, ich bin noch nicht am Ende. Das nehme ich hin. Aber wann werde ich es sein? Wer erwartet mich? Wer wird mich in die Arme schließen? Ein Schauer durchlief ihn.

Wer wird mich in die Arme schließen?

Der Schild-Amboss schob diese Frage beiseite, mühte sich, seine Entschlossenheit wiederzuerlangen. Schließlich hatte er gar keine andere Wahl. Er würde Feners Kummer sein. Und die Hand, die der Gerechtigkeit seines Lords Geltung verschaffte. Diese Art Verantwortung war ihm nicht willkommen, und er spürte, welchen Tribut er würde entrichten müssen.

Sie näherten sich dem Platz vor dem *Knecht*. Weitere Barghast waren zu sehen, strömten auf das gleiche Ziel zu. Die fernen Kampfgeräusche vom Jelarkan-Platz, die sie fast den ganzen Nachmittag begleitet hatten, waren nun verstummt. Der Feind war aus der Stadt vertrieben worden.

Itkovian glaubte nicht, dass die Barghast ihn verfolgen würden. Sie hatten erreicht, weswegen sie hierher gekommen waren. Die Bedrohung der Gebeine ihrer Götter durch die Pannionier war beseitigt worden.

Vermutlich würde Septarch Kulpath – falls er noch am Leben war – seine versprengten Streitkräfte neu formieren, die Disziplin wieder herstellen und sich auf den nächsten Zug vorbereiten. Entweder einen Gegenangriff oder einen Rückzug nach Westen. Beides barg Risiken. Es könnte sein, dass seine Streitmacht nicht mehr groß genug war, um die Stadt zurückzuerobern. Und seiner Armee, die ihre Lager verloren hatte und von ihren Nachschublinien abgeschnitten war, würden schon bald die Vorräte ausgehen. Das war keine beneidenswerte Position. Capustan, eine kleine, unwichtige Stadt an der Ostküste von Zentralgenabackis, war zu einem vielfältigen Fluch geworden. Und die Toten, die in diesem Kampf gestorben waren, standen nur für den Beginn des bevorstehenden Krieges.

Sie traten auf den großen Platz hinaus.

Die Stelle, an der Brukhalian gefallen war, lag direkt vor ihnen, aber alle Leichen waren weggeschafft worden – sie waren zweifellos von den sich zurückziehenden Panniониern mitgenommen worden. Fleisch für ein weiteres Festmahl. *Es spielt keine Rolle. Der Vermummte ist zu ihm gekommen. Persönlich. War das ein Zeichen der Ehrerbietung, oder einfach nur kleinliche Schadenfreude seitens des Gottes?*

Der Blick des Schild-Amboss ruhte noch einen Augenblick auf dem Streifen blutbefleckter Pflastersteine, glitt dann zum Haupttor des *Knechts* hinüber.

Der magische Schimmer war verschwunden. In den Schatten unter dem Torbogen waren Gestalten zu erkennen.

Jeder Zugang zum Platz hatte sich mit Barghast gefüllt, doch sie drangen nicht weiter vor.

Itkovian drehte sich zu seiner Kompanie um. Sein Blick fand

Hauptmann Norul – die als Hauptsergeant für die Ausbildung der Rekruten verantwortlich gewesen war – und dann Velbara. Er musterte ihre zerfetzten, fleckigen Rüstungen, ihre von tiefen Furchen durchzogenen, verhärmten Gesichter. »Ihr beide werdet mich zum Zentrum des Platzes begleiten.«

Die beiden Frauen nickten.

Zu dritt schritten sie auf die freie Fläche hinaus. Tausende von Augen waren auf sie gerichtet, und dann erhob sich ein tiefes grollendes Gemurmel, gefolgt von einem rhythmischen, gedämpften Klirren, als Klingen auf Klingen schlugen.

Von rechts kam noch eine andere Gruppe auf den Platz. Soldaten in Uniformen, die Itkovian nicht erkannte, und bei ihnen befanden sich Gestalten mit streifigen, tigerartigen Tätowierungen. Letztere wurden von einem Mann angeführt, den Itkovian schon einmal gesehen hatte. Der Schild-Amboss verlangsamte seine Schritte.

Grantl. Der Name war wie ein Hammerschlag gegen seine Brust. Und brutale Gewissheit führte zwangsläufig zu seinen nächsten Gedanken. *Das Todbringende Schwert von Trake, dem Tiger des Sommers. Der Erste Held ist aufgestiegen.*

Wir ... wir werden ersetzt.

Itkovian riss sich zusammen und nahm sein Tempo wieder auf, blieb dann in der Mitte des freien Platzes stehen.

Ein einzelner Soldat in der fremden Uniform war an Grantls Seite getreten. Er legte dem großen Daru eine Hand auf den gestreiften Arm und bellte den anderen etwas zu, die alle stehen blieben, während der Mann und Grantl weitergingen – direkt auf Itkovian zu.

Ein Tumult am Tor zum *Knecht* ließ sie hinüberschauen. Die Priester und Priesterinnen des Maskenrats strömten ins Freie, zerrten einen sich heftig wehrenden Kameraden mit, während sie vorwärts hasteten. Vorneweg lief Rath'Trake. Einen Schritt hinter ihm folgte Keruli, der Daru-Händler.

Der Soldat und Grantl erreichten Itkovian zuerst.

Unter dem Daru-Helm hervor musterten Grantls Tigeraugen den Schild-Amboss. »Itkovian von den Grauen Schwertern«, sagte er mit grollender Stimme, »es ist vorbei.«

Itkovian hatte kein Verlangen nach einer genaueren Erklärung. Die Wahrheit war wie ein Messer in seinem Herzen.

»Nein, das ist es nicht«, schnappte der fremde Soldat. »Ich grüße Euch, Schild-Amboss. Ich bin Hauptmann Paran, von den Brückenverbrennern. Von Einarms Heer.«

»Er ist mehr als das«, murmelte Grantl. »Was er jetzt verkünden wird –«

»Ist nichts, was ich gern tue«, beendete Paran den Satz. »Schild-Amboss. Fener ist aus seiner Sphäre gerissen worden. Er wandert durch ein fernes Land. Ihr und Eure Kompanie – Ihr habt Euren Gott verloren.«

Und so erfahren es alle. »Wir sind uns dessen bewusst, mein Herr.«

»Grantl sagt, dass Euer Platz, Eure Rolle vorbei ist. Die Grauen Schwerter müssen beiseite treten, denn ein neuer Gott des Krieges hat die Oberhand gewonnen. Aber das muss nicht so sein. Für Euch wurde ein Weg vorbereitet ...« Parans Blick wanderte an Itkovian vorbei. Er hob die Stimme. »Willkommen, Humbrall Taur. Eure Kinder erwarten Euch zweifellos im *Knecht*.«

Der Schild-Amboss blickte über die Schulter nach hinten und sah einen großen Barghast-Kriegshäuptling in einer Münzen-Rüstung zehn Schritte hinter ihnen stehen.

»Die können auch noch ein bisschen länger warten«, brummte Humbrall Taur. »Ich würde mir das hier gern ansehen.«

Paran zog eine Grimasse. »Ihr seid ein neugieriger Bastard –«

»Stimmt.«

Der Malazaner wandte sich wieder Itkovian zu und öffnete den Mund, um etwas zu sagen, doch der Schild-Amboss kam ihm zuvor. »Einen Augenblick, mein Herr.« Er ging an den beiden Männern vorbei.

Rath'Fener zuckte und wand sich im Griff seiner Priester-Kollegen. Seine Maske saß schief, graue Haarsträhnen lugten unter den Lederriemen hervor. »Schild-Amboss!«, rief er, als er Itkovian näher kommen sah. »Im Namen Feners –«

»In *seinem* Namen, ja, das stimmt, mein Herr«, schnitt Itkovian ihm das Wort ab. »Zu mir, Hauptmann Norul. Das Gesetz des Traums wird angerufen.«

»Herr«, antwortete die grauhaarige Frau und trat vor.

»Das könnt Ihr nicht tun!«, kreischte Rath'Fener. »Nur das Todbringende Schwert darf den Traum aus einem solchen Grund beschwören!«

Itkovian stand regungslos da.

Irgendwie gelang es dem Priester, einen Arm vorzustrecken und den Schild-Amboss mit einem Finger anzutippen. »Mein Rang ist der eines Destriant! Oder habt Ihr jemanden, der diesen Titel für sich beansprucht?«

»Destriant Karnadas ist tot.«

»Der Mann war kein Destriant, Schild-Amboss! Vielleicht ein Anwärter, aber mein Rang war und bleibt höher. Aus diesem Grund kann nur ein Todbringendes Schwert den Traum gegen mich beschwören, und das wisst Ihr.«

Grantl schnaubte. »Itkovian, Paran hat mir erzählt, dass es einen Verrat gegeben hat. Euer Priester hat Brukhalian an die Pannionier verkauft. Das ist nicht nur widerwärtig, sondern auch noch schlecht beraten. Also.« Er machte eine Pause. »Tut es nicht auch irgendein Todbringendes Schwert? Wenn dem so ist, werde ich den Traum anrufen.« Er sah Rath'Fener mit gefletschten Zähnen an. »Bestraft den Bastard.«

Wir sind ersetzt worden. Der Lord der Schlacht ist in der Tat verwandelt.

»Das kann er nicht tun!«, kreischte Rath'Fener.

»Welch anmaßende Behauptung«, sagte Itkovian zu dem maskierten Priester. »Um diesem Mann das Recht auf den Titel abzusprechen, mein Herr, müsst Ihr unseren Gott anrufen. Zu Eurer Verteidigung. Tut das, mein Herr, und Ihr verlasst diesen Ort als freier Mann.«

Die Augen hinter der Maske weiteten sich. »Ihr wisst genau, dass das unmöglich ist, Itkovian!«

»Dann ist Eure Verteidigung vorbei, mein Herr. Der Traum wird angerufen. Ich werde zu Feners Hand der Gerechtigkeit.«

Rath'Trake, der bisher schweigend und wachsam in der Nähe gestanden hatte, meldete sich jetzt zu Wort. »Es besteht keine Notwendigkeit für all das, Schild-Amboss. Die Abwesenheit Eures Gottes verändert … alles. Gewiss begreift Ihr die Folgen der traditionellen Form der Bestrafung. Eine einfache Exekution – nicht das Gesetz des Traums –«

»Wird diesem Mann verweigert«, sagte Itkovian. »Hauptmann Norul.«

Sie ging zu Rath'Fener, streckte die Arme aus und nahm ihn den Priestern und Priesterinnen ab. In ihren großen, narbigen Händen wirkte er wie eine Lumpenpuppe, als sie ihn herumschwang und mit dem Bauch nach unten auf die Pflastersteine warf. Dann setzte sie sich rittlings auf ihn, streckte seine Arme nebeneinander nach vorne. Der Mann kreischte schrill, als ihm plötzlich klar wurde, was ihm bevorstand.

Itkovian zog sein Schwert. Rauch stieg von der Klinge auf. »Der Traum«, sagte er, während er über den ausgestreckten Armen des Priesters stand. »Es war Verrat, Brukhalians Leben im Tausch für das Eure zu verkaufen. Verrat, das widerwärtigste aller Verbrechen gegenüber den Gesetzen des Traums, gegenüber Fener selbst. In Übereinstimmung mit dem Urteil des Ebers des Sommers wird daher um Strafe ersucht.« Er schwieg einen Augenblick, ehe er fortfuhr: »Betet, mein Herr, dass Fener findet, was wir ihm schicken.«

»Aber das wird er nicht tun!«, schrie Rath'Trake. »Versteht Ihr denn nicht? Seine Sphäre – Euer Gott wartet nicht mehr darin!«

»Er weiß es«, sagte Paran. »So etwas geschieht, wenn es persönlich wird, und glaubt mir, ich hätte mit der ganzen Angelegenheit am liebsten nichts zu tun.«

Rath'Trake fuhr zu dem Hauptmann herum. »Und *wer* seid *Ihr*, Soldat?«

»Heute … jetzt, in genau diesem Augenblick … bin ich der Herr der Drachenkarten, Priester. Und es scheint, als wäre ich hier, um zu verhandeln … in Eurem Namen und in dem Eures Gottes. Leider«, fügte er mit einem gequälten Lächeln hinzu, »zeigt sich der Schild-Amboss bewundernswert … widerspenstig …«

Itkovian hörte die Worte kaum, die neben ihm gewechselt wurden. Den Blick fest auf den Priester gerichtet, der vor ihm auf dem Boden lag, sagte er: »Unser Lord ist ... fort. Das stimmt. Also ... dann betet am besten, Rath'Fener, dass eine Kreatur voller Barmherzigkeit jetzt freundlich auf Euch herabblickt.«

Rath'Trake wirbelte bei diesen Worten erneut zu dem Schild-Amboss herum. »Beim Abgrund, Itkovian – *kein* Verbrechen ist so widerwärtig, dass es das rechtfertigt, was Ihr zu tun im Begriff seid! Seine Seele wird in Stücke gerissen werden! Wo *sie* hingehen, *gibt* es keine Kreaturen voller Barmherzigkeit! Itkovian –«

»Schweigt, mein Herr. Dieses Urteil ist mein und das des Traums.«

Das Opfer kreischte auf.

Und Itkovian ließ sein Schwert herabsausen. Die Schneide traf knirschend auf die Pflastersteine. Ein doppelter Blutschwall schoss aus den Stümpfen von Rath'Feners Handgelenken. Seine Hände ... waren nirgends zu sehen.

Itkovian presste die flache Seite seiner Klinge gegen die Stümpfe. Fleisch verschmorte zischend. Rath'Feners Schreie verstummten abrupt, als er das Bewusstsein verlor. Hauptmann Norul trat von dem Mann weg, ließ ihn auf den Pflastersteinen liegen.

Paran ergriff wieder das Wort. »Schild-Amboss, hört mir zu. Bitte. Fener ist fort – er wandelt in der Sphäre der Sterblichen. Also *kann er Euch nicht segnen.* Mit dem, was Ihr auf Euch nehmt ... es gibt keinen Ort, wo es hinkönnte, keine Möglichkeit, die Bürde leichter zu machen.«

»Ich bin mir dessen, was Ihr sagt, gleichermaßen bewusst, mein Herr.« Itkovian starrte noch immer auf Rath'Fener hinunter, der sich zu regen begann und allmählich wieder zu sich kam. »Doch dieses Wissen ist wertlos.«

»Es gibt einen anderen Weg, Schild-Amboss.«

Bei diesen Worten drehte Itkovian sich um, kniff die Augen zusammen.

Paran fuhr fort. »Eine Wahlmöglichkeit ist ... geschaffen worden. In dieser Hinsicht bin ich nur ein Bote –«

Rath'Trake trat an Itkovian heran. »Wir werden Euch willkommen heißen, mein Herr. Euch und Eure Gefolgsleute. Der Tiger des Sommers braucht Euch, einen Schild-Amboss, und bietet Euch daher seine Umarmung –«

»Nein.«

Die Augen hinter der Maske wurden schmal.

»Itkovian«, sagte Paran. »Dies hier wurde vorausgesagt ... und der Weg dafür bereitet ... von Älteren Mächten, die von neuem erwacht und in der Welt wieder aktiv sind. Ich bin hier, um Euch zu sagen, was sie von Euch wollen –«

»Nein. Ich habe mich Fener verschworen. Wenn es denn sein muss, werde ich sein Schicksal teilen.«

»Dies ist ein Angebot, Euch zu retten – *kein* Verrat!«, rief Rath'Trake.

»Nein? Kein Wort mehr, meine Herren.« Mittlerweile hatte Rath'Fener, der noch immer auf den Pflastersteinen lag, das Bewusstsein wiedererlangt. Itkovian musterte ihn. »Ich bin noch nicht am Ende«, flüsterte er.

Ein Zucken ging durch Rath'Feners Körper, er stieß einen gellenden Schrei aus, seine Arme ruckten, als zerrten unsichtbare, unmenschliche Hände an ihnen. Dunkle Tätowierungen erschienen auf der Haut des Priesters, doch es waren nicht die Tätowierungen Feners – denn es war nicht der Eber gewesen, der Rath'Feners abgetrennte Hände für sich beansprucht hatte. Sich windende, fremdartige Schriftzeichen breiteten sich auf seiner Haut aus, als die unbekannte Macht ihr Zeichen hinterließ, Besitzansprüche auf die menschliche Seele des Mannes anmeldete. Worte, die wie Verbrennungen immer dunkler wurden.

Blasen bildeten sich, platzten auf, und dickflüssige, gelbe Flüssigkeit spritzte heraus.

Schreie, die von unerträglichen, unvorstellbaren Qualen kündeten, hallten über den Platz, der Körper auf den Pflastersteinen zuckte krampfartig, als Muskeln und Fett unter der Haut schmolzen, dann kochten und herausplatzten.

Doch der Mann starb nicht.

Itkovian schob sein Schwert in die Scheide.

Der Malazaner begriff als Erster, was er vorhatte. Seine Hand schoss vor, schloss sich um den Arm des Schild-Ambosses. »Beim Abgrund, tut das –«

»Hauptmann Norul.«

Die Frau, deren Gesicht unter dem Helmrand totenblass war, legte eine Hand an den Schwertgriff. »Hauptmann Paran«, sagte sie, und ihre Stimme klang spröde und angespannt. »Nehmt Eure Hand weg.«

Er wirbelte zu ihr herum. »Aber selbst Ihr schaudert vor dem zurück, was er vorhat –«

»Trotzdem, mein Herr. Lasst ihn los, oder ich töte Euch.«

Bei dieser Drohung glitzerten die Augen des Malazaners merkwürdig, doch Itkovian konnte keinen Gedanken an den jungen Hauptmann verschwenden. Er hatte eine Verpflichtung. Rath'Fener war genug bestraft worden. Seine Qualen mussten enden.

Und wer wird mich retten?

Paran löste seinen Griff.

Itkovian beugte sich zu der zuckenden, kaum noch erkennbaren Gestalt auf den Pflastersteinen hinunter. »Rath'Fener, hört mich. Ja, ich komme. Werdet Ihr meine Umarmung annehmen?«

Trotz all des Neids und der Boshaftigkeit in dem gequälten Priester, all dessen, was zu dem Verrat nicht nur an Brukhalian, dem Todbringenden Schwert, sondern auch an Fener selbst geführt hatte, war ein kleines bisschen Barmherzigkeit in der Seele des Mannes verblieben. Barmherzigkeit und Einsicht. Sein Körper zuckte weg, seine Glieder schlitterten über die Pflastersteine, als er versuchte, aus Itkovians Schatten zu kriechen.

Der Schild-Amboss nickte, dann nahm er den eitertriefenden Körper in die Arme und richtete sich auf.

Ich sehe Euch zurückschrecken und weiß, dass dies Eure letzte Geste ist. Eine Geste der Buße. Darauf kann ich nicht anders als mit Güte antworten, Rath'Fener. Also ... nehme ich Eure Schmerzen auf mich, mein Herr. Nein, wehrt Euch nicht gegen dieses Geschenk. Ich befreie Eure Seele, damit sie zum Vermummten gehen kann, in den Trost des Todes –

Paran und die anderen sahen nur den Schild-Amboss, der reglos dastand, Rath'Fener in den Armen. Der verstümmelte, blutüberströmte Priester kämpfte noch einen Augenblick, dann schien er innerlich zusammenzubrechen, und seine Schreie verstummten.

Das Leben des Mannes entfaltete sich vor Itkovians geistigem Auge. Vor ihm lag der Pfad, der den Priester zum Verrat geführt hatte. Er sah einen jungen Akolythen mit reinem Herzen, der auf grausame Weise nicht in Pietät und Glauben unterrichtet worden war, sondern dem zynische Lektionen in weltlichen Machtkämpfen erteilt worden waren. Regierung und Verwaltung waren Schlangennester, in denen ein unaufhörlicher Wettkampf mit illusorischen Belohnungen zwischen minderen, kleinlichen Geistern stattfand. Ein Leben in den kalten Hallen des *Knechts*, das die Seele des Priesters ausgehöhlt hatte. Das Ich füllte die neue Höhlung des verlorenen Glaubens, umgeben von Furcht und Eifersucht, auf die boshafte Taten die einzige Antwort waren. Die Notwendigkeit, sich zu schützen, machte jede Tugend zu einer Ware, mit der man handeln konnte.

Itkovian verstand ihn, er konnte jeden Schritt erkennen, der unausweichlich zum Verrat geführt hatte, zum Handel mit dem Leben anderer zwischen dem Priester und Agenten der Pannionischen Domäne. Dabei hatte Rath'Fener tief in seinem Innern immer gewusst, dass er durch diese Tat eine Viper um sich geschlungen hatte, deren Kuss tödlich war. Er war so oder so tot, doch er hatte sich zu weit von seinem Glauben entfernt, zu weit, um sich vorstellen zu können, dass er eines Tages zu ihm zurückkehren könnte.

Ich verstehe Euch jetzt, Rath'Fener, aber Verständnis ist nicht gleichbedeutend mit Absolution. Die Gerechtigkeit, die Eure Strafe ist, wankt niemals. Aus diesem Grunde musstet Ihr die Schmerzen erfahren.

Ja, Fener hätte Euch erwarten sollen; unser Gott hätte Eure abgetrennten Hände annehmen sollen, so dass er nach Eurem Tode auf Euch hätte schauen können, so dass er die Worte hätte sprechen können, die für Euch und nur für Euch allein vorbereitet sind – die Worte auf Eurer Haut. Die letzte Buße für Eure Verbrechen. So hätte es sein sollen, mein Herr.

Aber Fener ist fort.

Und was jetzt von Euch Besitz ergriffen hat ... hat andere Begierden.

Ich mache ihm jetzt diesen Besitz streitig –

Rath'Feners Seele schrie auf, versuchte noch einmal, sich davonzustehlen, brachte trotz des Aufruhrs Worte heraus: *Itkovian! Das dürft Ihr nicht tun! Überlasst mich meinem Schicksal, ich bitte Euch. Nicht um den Preis Eurer Seele – ich wollte nie – bitte, Itkovian –*

Der Schild-Amboss schloss seine geistige Umarmung enger, durchbrach die letzten Barrieren. *Niemandem wird sein Kummer versagt, mein Herr, nicht einmal Euch.*

Aber Barrieren, die einmal gefallen waren, konnten sich nicht aussuchen, was durch sie hindurchgelangte.

Der Sturm, der Itkovian traf, überwältigte ihn. Ein Schmerz, der so heftig war, dass er zu einer abstrakten Macht wurde, einer lebenden Entität, die ihrerseits voller Panik und Entsetzen war. Er öffnete sich ihr, ließ sich von ihren Schreien erfüllen.

Wenn auf einem Schlachtfeld das letzte Herz zu schlagen aufgehört hat, bleibt nur der Schmerz zurück. Eingeschlossen in den Boden, in Stein, überbrückt er die Luft von einem Ort zu jedem anderen, ein Netz der Erinnerungen, das zu einem stummen Lied zittert. Doch in Itkovians Fall schlug sein Eid das Geschenk der Stille aus. Er konnte jenes Lied hören. Es erfüllte ihn ganz und gar. Und er war sein Gegenstück. Die Antwort.

Ich habe Euch jetzt, Rath'Fener. Ihr seid gefunden, und so ... antworte ich.

Plötzlich, jenseits der Schmerzen, ein wechselseitiges Bewusstsein – eine fremde Präsenz. Unermessliche Macht. Nicht bösartig, doch zutiefst ... anders. Und von jener Präsenz: sturmzerrissene Verwirrung, Pein. Sie versuchte, aus dem unerwarteten Geschenk der beiden Hände eines Sterblichen ... etwas Schönes zu machen. Doch das Fleisch jenes Mannes konnte das Geschenk nicht ertragen.

Grauen im Innern des Sturms. Grauen und ... Kummer.

Oh, selbst Götter weinen. Dann vertraut Euch meinem Geist an. Ich werde auch Eure Schmerzen auf mich nehmen, mein Herr.

Die fremde Präsenz schreckte zurück, aber es war zu spät. Itkovians Umarmung bot ihr ein unermessliches Geschenk –

– und er wurde überflutet. Er spürte, wie seine Seele sich auflöste, zerrissen wurde – *es ist zu gewaltig!*

Wärme war hinter den kalten Gesichtern der Götter. Doch es war Leid in der Dunkelheit, denn es waren nicht die Götter selbst, die unergründlich waren. Es waren die Sterblichen. Und die Götter – sie bezahlten einfach.

Wir – wir sind das Gerüst, über das sie gespannt sind.

Und dann war das Gefühl verschwunden, als es dem fremdartigen Gott gelang, sich zurückzuziehen und Itkovian mit den verblassenden Echos des Kummers einer fernen Welt zurückzulassen – einer Welt mit ihren eigenen Gräueltaten, Schicht um Schicht im Verlauf einer langen, qualvollen Geschichte aufgehäuft. Die Echos verblassten – und dann waren sie fort.

Und er blieb zurück, mit Wissen, das ihm das Herz zerriss.

Es war nur eine kleine Gnade. Er krümmte sich unter Rath'Feners Schmerz und dem wachsenden Heranfluten von Capustans entsetzlichem Untergang, als er gezwungen wurde, seine Umarmung immer weiter zu öffnen. Laut schreiende Seelen an allen Seiten, keine einzige Lebensgeschichte nicht der Beachtung, der Anerkennung wert. Nicht eine, die er abweisen würde. Zehntausende von Seelen, Leben voller Schmerz, Verlust, Liebe und Unglück, und jedes führte zu – jedes mit Erinnerungen an den eigenen Todeskampf. Eisen und Feuer und Rauch und herabfallende Steine. Staub und Luftlosigkeit. Erinnerungen an das jämmerliche, sinnlose Ende Tausender und Abertausender von Leben.

Ich muss büßen. Ich muss die Antwort geben. Auf jeden Tod. Jeden einzelnen Tod.

Er war verloren inmitten des Sturms, war unfähig, seine Umarmung um die schier unermessliche Menge an Leid zu schließen, die auf ihn einströmte. Doch er kämpfte weiter. Das Geschenk des Friedens. Das Abstreifen des Traumas, das durch den Schmerz verursacht worden war, um die Seelen zu befreien, damit sie ihren Weg finden konnten ... zu den Füßen zahlloser Götter oder in die Sphäre des Vermummten oder tatsächlich in den Abgrund selbst. Diese Reisen waren notwendig, um Seelen zu befreien, die in ihrem eigenen qualvollen Todeskampf gefangen waren.

Ich bin der ... Schild-Amboss. Und es ist meine Aufgabe, auszuhalten ... auszuhalten. Dehne dich aus – bei den Göttern! Erlöse sie, mein Herr! Das ist deine Aufgabe. Das Herz deiner Eide – du bist derjenige, der zwischen den Toten auf dem Schlachtfeld einhergeht, du bist derjenige, der den Frieden bringt, du bist derjenige, der die Gefallenen erlöst. Du bist derjenige, der die zerbrochenen Leben heilt. Ohne dich ist der Tod sinnlos, und zu leugnen, dass sie eine Bedeutung haben, ist das größte Verbrechen der Welt an ihren eigenen Kindern. Halte aus, Itkovian ... halte aus –

Aber er hatte keinen Gott mehr, an den er sich anlehnen konnte, keine starke, unbeirrbare Präsenz, die auf ihn wartete, um seiner eigenen Not zu antworten. Und er war nichts weiter als eine sterbliche Seele ...

Und doch darf ich nicht aufgeben. Ihr Götter, hört mich an! Ich mag vielleicht nicht Euer sein. Aber Eure gefallenen Kinder sind meine Kinder. Seht also, was sich hinter meinem kalten Gesicht verbirgt. Seht!

Auf dem Platz, inmitten einer schrecklichen Stille, sahen Paran und die anderen zu, wie Itkovian langsam auf die Knie sank. Ein verwesender, toter Kadaver hing in seinen Armen. Die einsame, kniende Gestalt schien in den Augen des Hauptmanns die Erschöpfung der ganzen Welt zu umfassen, ein Bild, das sich in seinen Geist brannte – und eines, von dem er wusste, dass er es niemals wieder vergessen würde.

Von den Kämpfen – den Kriegen –, die sich immer noch im Innern des Schild-Amboss abspielten, war kaum etwas zu bemerken. Nach einem langen, langen Augenblick griff Itkovian mit einer Hand nach oben, um den Helmriemen zu lösen, nahm dann den Helm ab und enthüllte die von Schweißflecken übersäte Lederkappe darunter. Seine langen, schweißnassen Haare, die ihm an Kopf und Hals klebten, verbargen sein Gesicht, während er mit geneigtem Haupt auf dem Boden kniete und der Kadaver in seinen Armen zu fahler Asche zerfiel. Der Schild-Amboss rührte sich nicht.

Das ungleichmäßige Heben und Senken wurde langsamer.

Geriet aus dem Takt.

Hörte schließlich ganz auf.

Hauptmann Paran, dem das Herz laut in der Brust hämmerte, schoss zu ihm, packte Itkovian an der Schulter und schüttelte ihn. »Nein, verdammt noch mal! Deswegen bin ich nicht hierher gekommen. So etwas wollte ich nicht sehen! Wacht auf, Ihr elender Bastard!«

– Friede – Habe ich dich jetzt? Mein Geschenk – ah, diese Last –

Der Kopf des Schild-Amboss zuckte hoch. Er holte zittrig Luft. *Ablegen ... was für ein Gewicht! Warum? Ihr Götter – Ihr habt alle zugesehen mit Euren unsterblichen Augen. Ihr seid alle Zeugen geworden. Und doch seid Ihr nicht vorgetreten. Ihr habt meinen Hilfeschrei zurückgewiesen. Warum?*

Auf den Boden gekauert, drehte sich der Malazaner herum, um Itkovian anzusehen. »Fäustel!«, rief er über die Schulter nach hinten.

Als der Heiler angerannt kam, hob Itkovian, dessen Augen sich auf Paran richteten, langsam eine Hand. Er schluckte sein Entsetzen hinunter und schaffte es irgendwie, Worte zu finden. »Ich weiß zwar nicht, wie«, krächzte er, »aber Ihr habt mich zurückgeholt ...«

Parans Grinsen wirkte gezwungen. »Ihr seid der Schild-Amboss.«

»Ja«, flüsterte Itkovian. *Und, Fener, vergib mir, aber was Ihr getan habt, ist keine Barmherzigkeit ...* »Ich bin der Schild-Amboss.«

»Ich kann es spüren ... in der Luft«, sagte Paran, und sein Blick suchte den Itkovians. »Sie ist ... sie ist *gereinigt* worden.«

Ja.

Und ich bin noch nicht am Ende.

Grantl schaute aus ein paar Schritten Entfernung zu, wie der Malazaner und sein Heiler mit dem Kommandanten der Grauen Schwerter sprachen. Der Nebel, der sich – wie ihm jetzt klar wurde – tagelang um seine Gedanken geschlossen hatte, wurde allmählich dünner. Einzelheiten kamen ihm jetzt zu Bewusstsein, und die Tatsache, dass er sich offensichtlich innerlich verändert hatte, erschreckte ihn.

Seine Augen sahen … anders. Mit unmenschlicher Schärfe. Jede Bewegung – egal, wie schwach oder wie weit am Rande seines Gesichtsfelds – erregte seine Aufmerksamkeit. Wurde als unwichtig beurteilt oder als Bedrohung definiert, als Beute oder als unbekannt: Es waren instinktive Entscheidungen, doch sie waren nicht mehr tief vergraben, sondern lauerten jetzt dicht unter der Oberfläche seines Verstandes.

Er konnte jeden einzelnen Muskel in seinem Körper spüren, jede Sehne und jeden Knochen, konnte sich auf jeden einzelnen davon konzentrieren und dabei alle anderen ausblenden. Dadurch erreichte er eine räumliche Wahrnehmungsfähigkeit, die absolute Kontrolle erlaubte. Er konnte sich vollkommen lautlos über Waldboden bewegen, wenn er das wollte. Er konnte erstarren, konnte selbst seinen Atem abschirmen und so vollkommen bewegungslos werden.

Doch die Veränderungen, die er spürte, gingen weit über diese körperlichen Anzeichen hinaus. Die Gewaltbereitschaft, die ihm innewohnte, war die eines Mörders. Kalt und unerbittlich, ohne jede Leidenschaft oder irgendwelche Zweifel.

Und diese Erkenntnis machte ihm Angst.

Das Todbringende Schwert des Tigers des Sommers. Ja, Trake, ich kann dich spüren. Ich weiß, was du aus mir gemacht hast. Verdammt, du hättest wenigstens vorher fragen können.

Er ließ den Blick über seine Gefolgsleute schweifen, wusste, dass sie genau das waren. Seine Gefolgsleute, die ihm Verschworenen. Eine beängstigende Tatsache. Unter ihnen war Stonny Menackis – *nein, sie gehört nicht Trake. Sie hat Kerulis Älteren Gott für sich erwählt. Gut. Wenn sie jemals vor mir knien würde, würden wir keine religiösen Gedanken haben … aber wie wahrscheinlich ist das? Ach, Schätzchen …*

Sie spürte seinen Blick und sah ihn an.

Grantl zwinkerte ihr zu.

Sie zog die Brauen hoch, und er verstand, warum sie beunruhigt war, was ihn sogar noch mehr amüsierte – seine einzige Antwort auf sein Entsetzen angesichts des brutalen Mörders, der sich in seinem Innern verbarg.

Sie zögerte, kam dann zu ihm. »Grantl?«

»Ja. Ich fühle mich, als wäre ich gerade aufgewacht.«

»Tja, nun, man sieht dir den Kater an, das kannst du mir glauben.«

»Was ist passiert?«

»Das weißt du nicht?«

»Ich glaube, ich weiß es schon, aber ich bin mir nicht ganz sicher … meiner selbst, meiner Erinnerungen. Wir haben unsere Mietskaserne verteidigt, und es war schlimmer als das, was zwischen den Zehen des Vermummten ist. Du warst verwundet, hast im Sterben gelegen. Der malazanische Soldat da drüben hat dich geheilt. Und da ist Itkovian – der Priester in seinen Armen hat sich gerade in Staub verwandelt – bei den Göttern, der hat bestimmt dringend ein Bad gebraucht –«

»Beru schütze uns alle, du bist tatsächlich wieder du selbst, Grantl. Ich habe schon geglaubt, i- äh, wir hätten dich endgültig verloren.«

»Ich glaube, bei einem Teil von mir ist das auch so, Schätzchen. Er ist für uns alle verloren.«

»Seit wann betest du denn irgendwelche Götter an?«

»Das ist ja gerade der Witz. Das tue ich gar nicht. Trake hat eine fürchterliche Wahl getroffen. Zeig mir einen Altar, und ich werde eher auf ihn pissen als ihn küssen.«

»Vielleicht *musst* du ihn irgendwann küssen, also würde ich vorschlagen, dass du dein Verhalten änderst.«

»Hahaha.« Er schüttelte sich, rollte die Schultern und seufzte.

Stonny zuckte bei dieser Bewegung leicht zurück. »Puh, das war ein bisschen zu katzenhaft für mich – deine Muskeln haben sich unter dieser getigerten Haut richtig gekräuselt.«

»Und das hat sich verdammt gut angefühlt. Gekräuselt? Du solltest mal darüber nachdenken, was das für neue … Möglichkeiten eröffnet, Schätzchen.«

»Träum weiter, du Flegel.«

Die Neckerei war gezwungen, und sie spürten es beide.

Stonny schwieg einen Moment, dann stieß sie zischend den Atem aus. »Buke. Ich nehme an, er ist tot –«

»Nein. Er lebt. Tatsächlich kreist er in genau diesem Augenblick über uns. Der Sperber da oben – das ist Buke. Das war Kerulis Geschenk an ihn, damit er Korbal Broach im Auge behalten konnte. Er ist jetzt ein Wechselgänger.«

Stonny warf einen düsteren Blick zum Himmel hinauf, die Hände in die Hüften gestützt. »Na, das ist ja toll!« Sie warf Keruli – der unbeachtet ein Stück entfernt dastand, die Hände in den Ärmeln, und alles beobachtete – einen giftigen Blick zu. »Alle außer mir werden gesegnet! Hat das vielleicht irgendwas mit Gerechtigkeit zu tun?«

»Nun, du bist bereits mit unvergleichlicher Schönheit gesegnet, Stonny –«

»Noch ein Wort, und ich schneide dir den Schwanz ab, das schwöre ich.«

»Ich habe keinen Schwanz.«

»Eben!« Sie sah ihn an. »Und jetzt hör zu, wir müssen uns über ein paar Dinge klar werden. Irgendetwas sagt mir, dass wir beide wohl kaum nach Darujhistan zurückkehren werden – zumindest nicht in nächster Zeit. Also, was jetzt? Trennen sich jetzt unsere Wege, du armseliger alter Mann?«

»Kein Grund zur Eile, was all das angeht, Schätzchen. Lass uns doch erst mal abwarten, wie sich die Dinge entwickeln –«

»Entschuldigt.«

Beide drehten sich um, als sie die Stimme hörten, und sahen, dass Rath'Trake zu ihnen getreten war.

Grantl starrte den maskierten Priester finster an. »Was ist?«

»Ich glaube, wir beide haben einiges zu besprechen, Todbringendes Schwert.«

»Ihr könnt glauben, was Ihr wollt«, entgegnete der Daru. »Ich habe dem Schnurrhaarträger schon klar gemacht, dass ich eine schlechte Wahl bin.«

Rath'Trake schien einen Erstickungsanfall zu bekommen. »Dem Schnurrhaarträger?«, keuchte er empört.

Stonny lachte und schlug dem Priester auf die Schulter. »Das ist vielleicht ein ehrfürchtiger Bastard, was?«

»Ich beuge das Knie vor niemandem«, grollte Grantl. »Und das gilt auch für Götter. Wenn ich könnte, würde ich mir diese Streifen auf der Stelle vom Fell schrubben.«

Der Priester rieb sich die schmerzende Schulter; die Augen hinter der Katzenmaske starrten Stonny finster an. Bei Grantls Worten wandte er sich wieder dem Daru zu. »Das ist nichts, worüber sich debattieren lässt, Todbringendes Schwert. Ihr seid, was Ihr seid –«

»Ich bin Karawanenführer, der Anführer einer Gruppe von Karawanenwächtern, und zwar ein verdammt guter. Das heißt, wenn ich nüchtern bin.«

»Ihr seid der Meister des Krieges im Namen des Tigers des Sommers –«

»Wir würden das als Zeitvertreib bezeichnen.«

»Als ... als ...«

Sie hörten Gelächter. Hauptmann Paran, der noch immer neben Itkovian kauerte, schaute zu ihnen herüber; offensichtlich hatte er das Gespräch mit angehört. Der Malazaner grinste Rath'Trake an. »Es läuft niemals so, wie es Eurer Meinung nach laufen sollte, was, Priester? So sieht die Verehrung von uns Sterblichen aus, und Euer neuer Gott sollte seinen Frieden damit machen, und zwar schnell. Grantl, spielt ruhig weiter nach Euren eigenen Regeln.«

»Ich hatte nichts anderes vor, Hauptmann«, erwiderte Grantl. »Wie geht es dem Schild-Amboss?«

Itkovian warf ihm über die Schulter einen Blick zu. »Es geht mir gut, mein Herr.«

»Also, das ist eine Lüge«, bemerkte Stonny.

»Und wenn schon«, sagte der Schild-Amboss, stützte sich auf Fäustels Schulter und richtete sich langsam auf.

Grantl starrte auf die beiden weißen Macheten in seinen Händen hinab. »Der Vermummte soll mich holen«, murmelte er, »aber die Dinger sind verdammt hässlich geworden.« Er zwängte die Klingen in ihre zerfetzten, zerschrammten Scheiden.

»Sie dürfen deine Hände nicht verlassen, ehe dieser Krieg nicht vorbei ist«, schnappte Rath'Trake.

»Noch ein Wort, Priester«, sagte Grantl, »und mit Euch ist es vorbei.«

Niemand sonst hatte sich auf den Platz gewagt. Korporal Tippa stand mit den anderen Brückenverbrennern an der Mündung der Gasse und versuchte zu erkennen, was da eigentlich vorging. Um sie war ein ständiges Gemurmel, da die Soldaten auf althergebrachte Weise ihre Mutmaßungen anstellten und versuchten, die Bedeutung der Gesten und gedämpften Gespräche zu erraten, die zwischen den Würdenträgern gewechselt wurden.

Tippa schaute sich düster um. »Blend, wo bist du?«

»Hier«, antwortete eine Stimme neben ihr.

»Warum schleichst du dich nicht da raus und findest heraus, was vorgeht?«

Blend zuckte die Schultern. »Ich würde bemerkt werden.«

»Tatsächlich?«

»Außerdem brauche ich das gar nicht. Für mich ist klar, was da passiert ist.«

»Tatsächlich?«

Blend verzog gequält das Gesicht. »Hast du deinen Verstand verloren, als du diese Armreifen abgegeben hast, Korporal? Ich hab dich noch nie so dauerhaft naiv erlebt.«

»Tatsächlich«, wiederholte Tippa, diesmal lang gezogen und irgendwie bedrohlich. »Mach weiter so, und es wird dir noch Leid tun, Soldatin.«

»Du willst eine Erklärung? In Ordnung. Hör dir an, was ich glaube gesehen zu haben. Die Grauen Schwerter hatten irgendwelche persönlichen Angelegenheiten zu regeln, was sie auch getan haben, nur hat es den Kommandanten da beinahe in Stücke gerissen. Aber Fäustel, der auf irgendwelche Kräfte zurückgegriffen hat, der Vermummte weiß, was für welche, hat ihm wieder ein bisschen Kraft gegeben – obwohl ich glaube, dass es die Hand unseres Hauptmanns war, die den Mann von den Toten zurückgeholt hat –, und nein, ich habe nicht gewusst, dass so etwas in Paran steckt; aber wenn wir uns in letzter Zeit Gedanken gemacht haben, ob er vielleicht mehr ist als einfach nur ein rückgratloser adliger Offizier, dann haben wir gerade den Beweis für unseren Verdacht erhalten. Aber ich glaube nicht, dass das notwendigerweise schlecht für uns sein muss – er wird uns nicht das Schwert in den Rücken stoßen, Korporal. Tatsächlich könnte er sich eher einem Schwerthieb entgegenstellen, der auf uns gezielt ist. Was Grantl angeht, nun, ich glaube, er hat sich gerade selbst wachgerüttelt – und der maskierte Trake-Priester ist gar nicht glücklich darüber –, aber allen anderen ist das scheißegal, denn manchmal ist ein Lächeln alles, was wir brauchen.«

Tippas Antwort bestand aus einem Grunzen.

»Und jetzt«, fuhr Blend fort, »nachdem sie sich das alles angesehen haben, ist es Zeit für Humbrall Taur und seine Barghast …«

Humbrall Taur hatte seine Axt hoch in die Luft gereckt und sich dann in Richtung auf das Tor des *Knechts* in Bewegung gesetzt. Kriegshäuptlinge und Schultermänner und -frauen lösten sich aus den versammelten Stämmen und überquerten im Gefolge des riesenhaften Kriegers den Platz.

Trotter schob sich durch die umstehenden Brückenverbrenner und gesellte sich zu seinen Artgenossen.

Tippa starrte seinen Rücken an und schnaubte verächtlich.

»Er geht, um seinen Göttern zu begegnen«, murmelte Blend. »Gönn ihm das, Korporal.«

»Hoffen wir, dass er bei ihnen bleibt«, entgegnete Tippa. »Beim Vermummten, er hat keine Ahnung, wie man eine Kompanie führt …«

»Aber Hauptmann Paran weiß es«, sagte Blend.

Tippa warf ihrer Kameradin einen Seitenblick zu und zuckte dann die Schultern. »Ich nehme an, das tut er.«

»Es könnte sich lohnen, sich Fahrig vorzunehmen«, fuhr Blend leise fort. »Und alle anderen, die vor kurzem rumgestänkert haben.«

»Sie sich vornehmen, ja. Und ihnen dann das Hirn weich klopfen. Ein guter Plan, Blend. Such Detoran. Sieht aus, als hätten auch *wir* ein paar persönliche Angelegenheiten zu klären.«

»Gut. Dein Gehirn arbeitet wohl doch noch.«

Tippas einzige Antwort war ein weiteres Grunzen.

Blend schlüpfte zurück in die Menge.

Persönliche Angelegenheiten. Das gefällt mir. Wir werden ihnen für Euch den Kopf zurechtsetzen, Hauptmann. Beim Vermummten, das ist das Mindeste, was ich tun kann …

Den scharfen Augen des Sperbers, der hoch oben am Himmel kreiste, entging so gut wie nichts. Der Tag neigte sich dem Ende zu, die Schatten wurden länger. Staubschwaden auf der Ebene im Westen zeigten, wohin die Pannionier sich zurückzogen – sie wurden noch immer von Gruppen des Barahn-Clans weiter und weiter nach Westen getrieben.

In der Stadt selbst waren noch immer Tausende von Barghast auf den Straßen unterwegs. Sie schafften die Toten weg, während andere Stämme angefangen hatten, jenseits der Nordmauer riesige Gruben auszuheben, die sich bereits mit Leichen füllten, während beschlagnahmte Wagen in einer langen Reihe aus der Stadt strömten. Die lange, abstumpfende Aufgabe, Capustan von den Toten zu befreien, hatte begonnen.

Direkt unter ihm drängten sich jetzt mehr Gestalten auf den Platz – Barghast, die aus den Mündungen der Straßen und Gassen strömten und Humbrall Taur folgten, als der Kriegshäuptling sich dem Tor des *Knechts* näherte. Der Sperber, der einst Buke gewesen war, hörte kein anderes Geräusch als den Wind, was der Szene unter ihm eine hehre, ätherische Qualität verlieh.

Dennoch ließ sich der Raubvogel nicht tiefer herabsinken. Distanz war alles, was ihn seit Anbruch der Morgendämmerung vor dem Wahnsinn bewahrt hatte.

Von hier oben betrachtet, wirkten die gewaltigen Dramen von Tod und Verzweiflung abgeschwächt und fast bis zur Abstraktion gemildert. Wellenförmige Bewegungen, verschwommene Farben, die schiere Schmutzigkeit der Menschheit – alles abgeschwächt, die Sinnlosigkeit auf etwas reduziert, das merkwürdig leicht zu handhaben war.

Ausgebrannte Gebäude. Das tragische Ende Unschuldiger. Ehefrauen, Mütter, Kinder. Verzweiflung, Entsetzen und Kummer, die Stürme zerstörter Leben –

Nicht näher.

Ehefrauen, Mütter, Kinder. Ausgebrannte Gebäude.

Geh nicht näher heran.

Nie wieder.

Der Sperber ließ sich von einem Aufwind erfassen, glitt empor, die Augen nun auf die belebenden Sterne gerichtet, während die Nacht die Welt unter ihm verschlang.

Die Geschenke der Älteren Götter brachten Schmerz.

Aber manchmal brachten sie auch Barmherzigkeit.

Kapitel Fünf

Die Geburt der Barghast-Götter dröhnte wie ein Hammerschlag auf dem Amboss des Pantheons.

Diese aufgestiegenen Geister von urtümlicher Natur kamen aus der Feste des Tiers, jener ältesten aller Sphären aus den längst verlorenen Älteren Drachenkarten. Da sie über Geheimnisse und Mysterien verfügten, die im tierischen Schatten der Menschheit geboren worden waren, besaßen sie eine Macht, die in Vorweltlichkeit gehüllt war.

In der Tat müssen die anderen Götter das Zittern ihrer Erhebung gespürt haben, und sie müssen ihre Häupter voller Schrecken und Bestürzung erhoben haben. Schließlich war einer der Ihren gerade an die Sphäre der Sterblichen ausgeliefert worden, während an seiner Stelle ein Erster Held den Mantel des Kriegers errungen hatte. Darüber hinaus war der Gestürzte voller Böswilligkeit in das Spiel zurückgekehrt und hatte die Gewirre infiziert, um sein tödliches Verlangen nach Rache und – das muss man im klarsichtigen Rückblick sagen – nach Vorherrschaft zu verkünden.

Brands Schlaf war fiebrig. Die menschliche Zivilisation war in zahllosen Ländern ins Straucheln geraten, ertrank in einem Sumpf aus vergossenem Blut. Es waren dunkle Zeiten, damals, und es war eine Dunkelheit, die für die Dämmerung der Barghast-Götter wie geschaffen schien …

Im Gefolge der Träume
Imrygyn Tallobant der Jüngere

Der Magier öffnete die Augen.

Und sah auf einem Rucksack direkt vor sich eine kleine Gestalt aus umwickelten Stöcken und verknoteten Bindfäden hocken, mit einer Eichel als Kopf, der jetzt leicht zur Seite geneigt war.

»Wach. Ja. Ein Verstand, der wieder gesund ist.«

Der Schnelle Ben schnitt eine Grimasse. »Talamandas. Einen Augenblick habe ich tatsächlich geglaubt, ich würde einen besonders unangenehmen Albtraum durchleben.«

»So, wie du in den letzten paar Tagen und Nächten gefiebert und getobt hast, hast du mehr als ein paar unangenehme Albträume durchlebt, oder?«

Schwacher Regen trommelte auf die schrägen Zeltwände. Der Magier schob die Felle beiseite, mit denen man ihn zugedeckt hatte, und setzte sich langsam auf. Er stellte fest, dass er wenig mehr als seine dünne wollene Unterwäsche am Leib trug; seine Lederrüstung und die gesteppte Tunika hatte man ihm ausgezogen. Er war nass geschwitzt und fröstelte, die schmutzige, grobe Wolle war feucht. »Getobt?«

Die Stockschlinge lachte leise. »Oh ja. Und ich habe zugehört, oh ja, das habe ich. Du kennst also den Grund für die Krankheit, die die Schlafende Göttin befallen hat. Und nun willst du dich dem Verkrüppelten Gott in den Weg stellen, willst dich mit seiner Schläue messen, wenn auch nicht mit seiner Macht, und alles zunichte machen, was er zu erreichen sucht. Sterblicher, du bist wirklich auf eine Weise eingebildet, die jedes Maß übersteigt … und ich kann nicht anders, als dir Beifall zollen.«

Der Schnelle Ben seufzte, während er die Dinge musterte, die überall im Zelt verstreut lagen. »Spöttischen Beifall, zweifellos. Wo sind meine restlichen Kleider?«

»Ich verspotte dich nicht, Magier. Ganz im Gegenteil, ich bin beschämt von der Tiefe deiner … Integrität. So etwas in einem einfachen Soldaten zu finden, einem Soldaten, der einer bösen, gehässigen Imperatrix dient, die auf einem blutbefleckten Thron sitzt und ein Imperium von Mördern regiert –«

»Jetzt mach mal halblang, du misslungene Marionette –«

Talamandas lachte. »Oh, aber es ist doch schon immer so gewesen, oder etwa nicht? Im Innern des faulenden Körpers verbergen sich Diamanten! Reinen Herzens und unentwegt voller Ehrgefühl, aber im Innern ihres eigenen Hauses vom widerlichsten aller

Herren belagert. Und wenn die Historiker fertig sind und die Tinte trocknet, mag das Haus leuchten und funkeln, auch wenn es brennt!«

»Ich verstehe gar nichts mehr, Zwerg«, murmelte der Schnelle Ben. »Wie lange war ich … nicht bei Sinnen?«

»Ziemlich lange. Deshalb hast du auch nichts mitbekommen, weder von der Rückeroberung der Stadt mitsamt dem *Knecht*, der die Gebeine unserer Gründer enthält, noch von der Flucht der Pannionier, die Bruth und deinen malazanischen Artgenossen in den Rachen getrieben werden. Du hast tatsächlich den ganzen Spaß verpasst. Zumindest für den Augenblick. Aber diese Geschichte ist noch lange nicht zu Ende.«

Der Magier hatte mittlerweile seine gesteppte Tunika gefunden. »Es wäre wirklich schön gewesen«, murmelte er, während er das schwere Kleidungsstück anzog, »all das mitzuerleben, aber in Anbetracht der Tatsache, dass ich im Augenblick sowieso nicht viel tun kann –«

»Ach, was das angeht …«

Der Schnelle Ben starrte die Stockschlinge an. »Sprich weiter.«

»Du willst den Verkrüppelten Gott austricksen, aber du bist nicht in der Lage, die Kräfte zu nutzen, über die du verfügst. Wie willst du es dann schaffen?«

Er griff nach seinen Hosen. »Mir wird schon noch was einfallen. Aber natürlich glaubst du, dass du eine Antwort für mich hast, stimmt's?«

»Ja, die habe ich.«

»Nun, dann lass mal hören.«

»Meine Götter sind erwacht, Magier. Mit der Nase in der Luft prüfen sie den Geruch der Dinge, und sie neigen zu quälenden Gedanken und einer mürrischen Betrachtungsweise. Du, Ben Adaephon Delat, hast dich auf einen achtbaren Weg begeben. Und bist dreist genug, um ihre Aufmerksamkeit zu erregen. Was zu gewissen Schlüssen geführt hat. Opfer müssen gebracht werden. Für deine Sache. Du musst Zugang zu den Gewirren haben, das ist ein notwendiger Schritt. Daher besteht die Notwendigkeit, dich mit … einer passenden Rüstung auszustatten. Damit du vor dem Gift des Verkrüppelten Gottes geschützt bist.«

Der Schnelle Ben massierte sich die Stirn. »Talamandas, wenn ihr – du und deine Götter – irgendeine Art von undurchdringlichem Umhang oder Wehrgehänge oder was auch immer zusammengenäht habt, dann sag es einfach. Bitte.«

»Es ist nichts derart … Verbindliches, Magier. Nein, dein Körper selbst muss gegen die Infektion immun sein. Dein Verstand darf von Fieber und anderen ähnlichen Plagen nicht beeinträchtigt werden. Du musst von schützenden Kräften durchdrungen sein, die sich von Natur aus allem widersetzen, was der Verkrüppelte Gott unternimmt, wenn er versucht, deine Pläne zu durchkreuzen.«

»Talamandas, was du da beschreibst, ist unmöglich.«

»Genau.« Die Stockschlinge entwirrte ihre Zweigbeine und stand auf. »Also. Vor dir steht das würdige Opfer. Zweige und Bindfäden können nicht krank werden. Eine Seele, die den Tod gekannt hat, kann nicht mehr mit Fieber geschlagen werden. Die schützenden Kräfte, die mich binden, sind uralt und gewaltig, die höchsten aller Zaubereien, um mich in meinem Innern gefangen zu halten –«

»Und doch bist du schon einmal ergriffen worden. Aus deinem Hügelgrab herausgerissen worden –«

»Von Nekromanten, mögen ihre fauligen Herzen verwesen. Doch so etwas wird sich nicht wiederholen. Dafür haben meine Götter gesorgt, mit der Macht ihres eigenen Blutes. Ich werde dich begleiten, Ben Adaephon Delat. In die Gewirre. Ich bin dein Schild. Benutze mich. Nimm mich mit, wohin du willst.«

Der Schnelle Ben kniff die dunklen Augen zusammen, während er die Stockschlinge prüfend musterte. »Ich wandele nicht auf geraden Wegen, Talamandas. Und ganz egal, wie wenig Sinn meine Taten in deinen Augen haben werden, ich werde keine Zeit mit langen Erklärungen verschwenden.«

»Meine Götter setzen ihr Vertrauen in dich, Sterblicher.«

»Warum?«

»Weil sie dich mögen.«

»Beim Atem des Vermummten! Worüber habe ich bloß fantasiert?«

»Ich kann dir wirklich nicht sagen, warum sie dir vertrauen, Magier – nur, dass sie es tun. Solche Dinge habe ich nicht in Frage zu stellen. In deinen Fieberfantasien hast du enthüllt, wie dein Verstand arbeitet – du webst ein Netz, ein Gespinst, doch noch nicht einmal ich konnte alle Verknüpfungen, alle verbindenden Fäden erkennen. Dein Verständnis der Zusammenhänge von Ursache und Wirkung übersteigt mein Denkvermögen, Ben Adaephon Delat. Vielleicht haben meine Götter etwas von deinem Plan mitbekommen. Vielleicht nur einen winzigen Hinweis, der in ihnen den instinktiven Verdacht hat aufsteigen lassen, dass in dir, Sterblicher, der Verkrüppelte Gott einen ebenbürtigen Gegner finden wird.«

Der Schnelle Ben erhob sich und ging zur Zeltklappe, neben der seine Lederrüstung und sein Wappenrock aufgestapelt lagen, der ihn als Brückenverbrenner auswies. »Das ist so oder so der Plan. In Ordnung, Talamandas, wir haben eine Abmachung. Ich muss zugeben, ich hatte keine Ahnung, wie ich ohne meine Gewirre weiter vorgehen sollte.« Er hielt inne, drehte sich noch einmal zu der Stockschlinge um. »Kannst du mir vielleicht ein paar Fragen beantworten? Es ist noch jemand in diesem Spiel. Er oder sie scheint eigenen Widerstand gegen den Gestürzten aufzubauen. Weißt du, wer oder was das sein könnte?«

Talamandas zuckte die Schultern. »Ältere Götter, Magier. Meine Barghast-Götter schließen, dass ihre Taten samt und sonders reaktionär waren –«

»Reaktionär?«

»Ja, eine Art Rückzugsgefecht. Sie scheinen nicht in der Lage zu sein, die Zukunft zu verändern, sondern nur, sich darauf vorzubereiten.«

»Das ist verdammt fatalistisch von ihnen.«

»Ihr immer währender Fehler, Magier.«

Der Schnelle Ben schlüpfte in seine Rüstung. »Denk daran«, murmelte er, »es ist eigentlich nicht ihr Kampf. Außer vielleicht für K'rul.«

Talamandas sprang mit einem Satz auf den Boden, kam herbeigerannt und baute sich direkt vor dem Magier auf. »Was hast du gesagt? K'rul? Was weißt du von ihm?«

Der Schnelle Ben zog eine Augenbraue hoch. »Nun, er hat schließlich die Gewirre geschaffen. Wir schwimmen in seinem unsterblichen Blut – wir Magier und alle anderen, die sich auf die Pfade der Zauberei begeben, einschließlich der Götter. Auch deiner Götter, nehme ich an.«

Die Stockschlinge hüpfte auf und ab, Finger aus winzigen Zweigen verkrampften sich in dem gelben Gras, das an ihrem Eichelkopf befestigt war. »Niemand weiß das alles! Niemand! Du ... du ... wie kannst du – Ah! Das Netz! Das Netz deines teuflischen Verstandes.«

»K'rul ist sogar in einem noch schlechteren Zustand als Brand, er leidet noch mehr unter dem Anschlag des Verkrüppelten Gottes«, sagte der Schnelle Ben. »Also, wenn *ich* mich schon hilflos gefühlt habe – dann stell dir mal vor, wie *er* sich fühlen muss. Das macht diesen Fatalismus ein bisschen verständlicher, meinst du nicht auch? Und wenn das noch nicht genügt – alle noch lebenden Älteren Götter haben ziemlich lange unter ganzen Heerscharen von ziemlich widerlichen Flüchen gelebt. Oder etwa nicht? Wer würde sich in Anbetracht dieser Umstände nicht ein bisschen fatalistisch fühlen?«

»Abnormer Sterblicher! Verdreht und verworren! Tödlicher Fallstrick! Heraus damit, verdammt sollst du sein!«

Der Schnelle Ben zuckte die Schultern. »Deine Barghast-Götter sind nicht bereit, das hier allein anzugehen. Auf jeden Fall nicht, indem sie sich voll und ganz hinter mich stellen. Keine Chance, Talamandas – sie sind immer noch Kleinkinder im großen, wilden Wald. Nun, die Älteren Götter wurden in die Defensive gedrängt – ich nehme an, sie haben es allein versucht. Aber das ist die schon legendäre Hybris dieses Haufens. Doch es hat nicht funktioniert, also haben sie sich nach Verbündeten umgesehen.

Also ... wer war daran beteiligt, dich zu etwas umzuformen, das dazu fähig sein wird, mich in den Gewirren zu schützen? Zum einen der Vermummte, nehme ich mal an. Schichten aus Tod schützen deine Seele. Und natürlich auch deine eigenen Barghast-Götter. Sie haben jene bindenden Zauber durchtrennt, die deine eigene Macht begrenzt haben. Und Fener hat dir einen Knochen zugeworfen, oder Treach, oder wer immer gerade auf dieser besonderen Stange sitzt – du kannst zurückschlagen, wenn irgendjemand oder irgendetwas dich angreift. Und ich würde sagen, auch die Königin der Träume war beteiligt, als Brücke zwischen dir und der Schlafenden Göttin, um dich zu einem einsamen, höchst Furcht erregenden Kreuzritter gegen das Gift in ihrem Fleisch und in K'ruls Adern zu machen. Und nun seid ihr alle bereit, zu gehen – aber wohin? Und wie? Und hier komme ich ins Spiel. Nun, wie mache ich mich bis jetzt, Talamandas?«

»Wir sind auf dich angewiesen, Ben Adaephon Delat«, grummelte die Stockschlinge.

»Um was zu tun?«

»Was immer du vorhast!«, kreischte Talamandas. »Und es sollte besser klappen!«

Nach einem langen Augenblick grinste der Schnelle Ben auf die Kreatur hinunter.

Sagte jedoch nichts.

Die Stockschlinge krabbelte hinter ihm her, als er das Zelt verließ. Der Magier blieb stehen, um sich umzusehen. Was er für Regen gehalten hatte, war in Wirklichkeit Wasser, das aus der Krone einer ausladenden grünen Eiche tropfte, deren Äste über dem Zelt hingen. Es war später Nachmittag, und der Himmel war klar.

Ein Barghast-Lager erstreckte sich ringsum in alle Richtungen. Behausungen aus geflochtener Weide und Fellen erhoben sich vom Waldboden am Fuß eines baumbestandenen Hangs direkt hinter dem Magier, während vor ihm – im Süden – die schwärzlich braunen Höcker runder Tipis zu sehen waren. Die unterschiedlichen Stile wiesen auf mindestens zwei verschiedene Stämme hin. Auf den schlammigen Verbindungswegen, die sich kreuz und quer durch das Lager zogen, drängten sich unzählige Krieger; viele von ihnen waren verwundet oder trugen gefallene Verwandte.

»Wo sind meine Kameraden, die Brückenverbrenner?«, wandte der Schnelle Ben sich an Talamandas.

»Sie waren die Ersten, die in Capustan eingedrungen sind, Magier, und sie sind immer noch dort. Wahrscheinlich im *Knecht*.«

»Sind sie in irgendwelche Kämpfe verwickelt worden?«

»Nur direkt am Nordtor – als sie den Belagerungsring durchbrochen haben. Das ging schnell. Keiner von ihnen ist verwundet, Ben Adaephon Delat. Das macht deinen Stamm zu etwas Einzigartigem, ja?«

»Das sehe ich auch so«, murmelte der Schnelle Ben, während er die Krieger beobachtete, die ins Lager geströmt kamen. »Ich nehme an, es hat in letzter Zeit nicht mehr so viele Duelle gegeben?«

Die Stockschlinge gab ein zustimmendes Geräusch von sich. »Das ist wahr. Unsere Götter haben zu unseren Schamanen gesprochen, die ihrerseits den Kriegern der Clans mit ... Strafen gedroht haben. Es scheint, als wären die Weißgesichter noch nicht mit diesen Panioniern fertig – oder mit eurem Krieg, Magier.«

Der Schnelle Ben blickte nach unten. »Ihr werdet mit uns nach Süden marschieren, Talamandas?«

»Das werden wir. Es reicht nicht aus, das Schwert stumpf zu machen – wir müssen die Hand abtrennen, die es schwingt.«

»Ich muss Kontakt mit meinen Verbündeten aufnehmen ... mit denen in der Armee im Westen. Kann ich auf ein Gewirr zurückgreifen?«

»Ich bin bereit.«

»Gut. Dann suchen wir uns mal ein stilles Plätzchen.«

Zwei Längen westlich von Capustan, in den Schatten, die einen breiten Hang hinunterwanderten, verschränkten die dicht geschlossenen Reihen der malazanischen schweren Infanterie die Schilde und rückten vor. Mit Armbrüsten bewaffnete Seesoldaten streiften vor ihnen durch das Gelände, schossen Bolzen auf die wogende Reihe von Betakliten ab, die weniger als dreißig Schritt entfernt war.

Elster, der oben auf der Hügelkuppe sein Pferd gezügelt hatte, schaute durch die Schlitze seines Visiers, während sein Reittier, das den Blutgeruch witterte, den Kopf zurückwarf. Adjutanten und Boten standen um ihn herum.

Dujeks Flankenangriff auf das Bogenschützenregiment des Septarchen hatte den Pfeilhagel von der gegenüberliegenden Seite des Tals praktisch zum Erliegen gebracht. Elsters schwere Infanterie hatte den Beschuss auf sich gezogen, was Einarms schwerer Kavallerie die nötige Zeit verschafft hatte, einen Angriff über den Nordhang zu führen. Hätten die Pannionier über Disziplin – und fähige Kommandanten – verfügt, so hätten sie genug Zeit gehabt, kehrt zu machen und mindestens drei Salven auf die angreifende Kavallerie abzuschießen, was vielleicht ausgereicht hätte, um den Angriff zurückzuschlagen. Stattdessen waren sie verwirrt durcheinander gerannt, als sie gesehen hatten, wie die Reiter auf ihre rechte Flanke zupreschten, und waren dann voller Panik geflohen. Die Verfolgung führte zu einem massenhaften Gemetzel.

Durch kurz geöffnete schmale Gänge in der vorrückenden schweren Infanterie schlüpften die Seesoldaten nach hinten. Sie würden an den Flügeln wieder auftauchen und von dort aus die Ränder der feindlichen Linien erneut unter Beschuss nehmen. Zuvor allerdings erreichten viertausend schweigende, mit Schuppenpanzern und Schilden ausgerüstete Veteranen die vorderste Linie der Betakliten. Speere flogen ihnen voraus, als nur noch ein knappes Dutzend Schritt zwischen den gegnerischen Truppen lagen. Die mit langen Spitzen und Widerhaken versehenen Speere bohrten sich in die Linie der Pannionier – eine Taktik, die ausschließlich von Dujeks Heer angewandt wurde –, und dann glitten Schwerter aus den Scheiden. Und die Malazaner stürmten vorwärts.

Die Linie der Betakliten brach ein.

Elsters schwere Infanterie formierte sich neu zu einzelnen, aus jeweils vier Trupps bestehenden Keilen, die sich unabhängig voneinander tiefer in die Reihen der Pannionier gruben, sobald der Kampf voll entbrannt war.

Das, was der Kommandant nun vor sich sah, folgte genau der malazanischen Doktrin einstudierter Schlachten, die sich Dassem Ultor vor Jahrzehnten ausgedacht hatte. Reihen mit ineinander verschränkten Schilden und rechteckige Formationen eigneten sich am besten für defensive Positionen. Ging es darum, Chaos und Verderben in die dicht gedrängt stehenden Reihen der Feinde zu säen, war man der Ansicht, dass kleinere, geschlossene Einheiten besser geeignet waren. Ein erfolgreicher Vorstoß, der den Feind zurücktrieb, verlor inmitten eines von Leichen übersäten Schlachtfelds und angesichts der Notwendigkeit, die Ränge auch weiterhin geschlossen zu halten, häufig an Schwung und manchmal tatsächlich auch den Kontakt mit dem zurückweichenden Gegner. Fast hundert aus vier Trupps bestehende Keile aus jeweils fünfunddreißig bis vierzig Soldaten zögerten andererseits den Augenblick hinaus, in dem die Feinde panisch zu fliehen begannen. Denn die Flucht war schwieriger, die Verständigung der einzelnen Truppenteile problematisch, und es gab häufig keine Sichtverbindung zu den Kameraden mehr – niemand wusste, was die anderen taten, und angesichts einer solchen Unsicherheit zögerten sie häufig, ehe sie flohen – eine tödliche Option. Es gab natürlich noch eine andere Möglichkeit, und das war zu kämpfen, doch es bedurfte einer ganz besonderen Armee, um unter derartigen Umständen so viel Disziplin und Anpassungsfähigkeit aufrechtzuerhalten, und in solchen Fällen würde die malazanische Armee ihre Formation der ineinander verschränkten Schilde beibehalten.

Diese Betakliten verfügten über keine der genannten Qualitäten. Binnen fünfzig Herzschlägen war die Division zerschmettert. Ganze Kompanien, die sich von den schweigenden, tödlichen Malazanern umgeben sahen, streckten die Waffen.

Dieser Teil der Schlacht, schloss Elster, war zu Ende.

Ein saltoanischer Bote kam herangeritten. »Kommandant! Eine Botschaft vom Kriegsherrn!«

Elster nickte.

»Die Ilgres-Barghast und die Rhivi-Plänkler haben die Domänenser und Urdomen aufgerieben. Bei dem Kampf war ein Magier-Kader aktiv, zumindest am Anfang, doch die Tiste Andii haben ihn unschädlich gemacht. Bruth ist Herr über das Schlachtfeld an der Südflanke.«

»Sehr gut«, brummte Elster. »Sonst noch was?«

»Ein gut gezielter Stein aus der Schleuder eines Rhivi hat Septarch

Kulpath ein drittes Auge verpasst – hat den Bastard auf der Stelle getötet. Wir haben die Standarte seiner Armee, Kommandant.«

»Melde dem Kriegsherrn, dass die Kompanien der Betakliten, Bekliten, Scalandi und Desandi besiegt sind. Wir haben das Zentrum und den Norden unter Kontrolle. Frag den Kriegsherrn, wie unser nächster Schritt aussehen wird – meine Kundschafter haben mich informiert, dass eine halbe Länge östlich von hier mehr als zweihunderttausend Tenescowri lagern. Nach allem, was man hört, sind sie ziemlich mitgenommen, aber sie können dennoch zum Ärgernis werden. Gleichwohl – und in dieser Hinsicht sind Dujek und ich uns einig – kann es keine Lösung sein, ein Gemetzel unter diesen Bettlern anzurichten.«

»Ich werde Eure Worte überbringen, Kommandant.« Der Bote salutierte, zog sein Pferd herum und ritt nach Süden davon.

Ein Riss aus Dunkelheit öffnete sich vor Elster, erschreckte sein Pferd und die Tiere der Männer um ihn herum. Schnaubend und stampfend hätte es sich beinahe aufgebäumt, bis Elster es mit einem tiefen Brummen beruhigte. Sein Gefolge tat es ihm nach.

Korlat tauchte aus ihrem Gewirr auf. Ihre schwarze Rüstung war von Blutspritzern übersät, aber er konnte auf den ersten Blick keine Wunden erkennen. Dennoch …

»Bist du verletzt?«

Sie schüttelte den Kopf. »Das war nur ein vom Pech verfolgter pannionischer Zauberer. Elster, du musst mit mir kommen. Bist du hier fertig?«

Er verzog das Gesicht. Er war niemals willens, eine Schlacht zu verlassen, noch nicht einmal eine, die sich einem schnellen, zufriedenstellenden Ende näherte. »Ich nehme an, es ist wichtig – so wichtig, dass du es riskiert hast, dein Gewirr zu benutzen –, also ist die Antwort ja. Ist es weit?«

»Zu Dujeks Kommandozelt.«

»Ist er verwundet worden?«

»Nein. Es ist alles in Ordnung, du alter, schrecklich besorgter Mann«, sagte sie und lächelte. »Wie lange soll ich warten?«

»Nicht lange«, grollte er. Er drehte sich zu einem Offizier um, der ganz in der Nähe auf einem Rotschimmel saß. »Barak, Ihr habt jetzt hier das Kommando.«

Die Augen des jungen Mannes wurden groß. »Kommandant, ich bin nur ein Hauptmann –«

»Dann ist das hier jetzt Eure Chance. Abgesehen davon bin ich ein Sergeant, das heißt, ich wäre einer, wenn ich noch immer auf den Soldlisten der Imperatrix stünde. Und davon wiederum abgesehen seid Ihr der einzige Offizier hier, der keine eigene Kompanie hat, um die er sich kümmern muss.«

»Aber, Kommandant, ich bin Dujeks Verbindungs-Offizier zu den Schwarzen Moranth –«

»Und? Sind sie hier?«

»Äh, nein, Kommandant.«

»Also, genug gequatscht, und sorgt dafür, dass die Dinge hier zu einem vernünftigen Ende kommen, Barak.«

»Jawohl, Kommandant.«

Elster saß ab, reichte die Zügel seines Pferdes einem Adjutanten und trat dann zu Korlat. Er widerstand dem drängenden Wunsch, sie in die Arme zu nehmen, und war verwirrt, als er in ihren Augen sah, dass sie es wusste.

»Aber doch bestimmt nicht vor allen Soldaten«, murmelte sie.

Er brummte. »Führ mich durch, Korlat.«

Elster war erst ein paar Mal in einem Gewirr gereist, doch seine Erinnerungen an jene gefahrvollen Reisen trugen wenig dazu bei, ihn auf Kurald Galain vorzubereiten. Korlat nahm ihn bei der Hand und zog ihn in die uralte Sphäre von Mutter Dunkel, und obwohl er den sicheren Griff ihrer Finger spüren konnte, trat er in absolute Schwärze.

Kein Licht. Sandige Pflastersteine unter seinen Stiefeln, die Luft völlig still, geruchlos, von einheitlicher Temperatur, die sich nicht von der seiner Haut zu unterscheiden schien.

Er wurde vorwärts gezogen, seine Stiefel schienen kaum den Boden zu berühren.

Ein plötzlicher Streifen Grau stach ihm in die Augen, und er hörte Korlat zischen: »Sogar hier werden wir angegriffen – das Gift des Verkrüppelten Gottes dringt tief, Elster. Das sieht nicht gut aus.«

Er räusperte sich. »Anomander Rake hat die Bedrohung doch zweifellos bemerkt – und wenn es so ist, weißt du, was er dagegen zu unternehmen gedenkt?«

»Immer eins nach dem anderen, mein Liebster. Er ist der Ritter der Dunkelheit, der Sohn. Mutter Dunkels persönlicher Kämpe. Jemand, der vor keiner Konfrontation zurückschreckt.«

»Darauf wäre ich nie gekommen«, bemerkte er sarkastisch. »Worauf wartet er dann noch?«

»Wir Tiste Andii sind ein geduldiges Volk. Das wahre Ausmaß der Macht liegt in der Weisheit, auf den geeigneten Moment zu warten. Wenn dieser Moment kommt und Anomander Rake zu dem Schluss gelangt, dass es so weit ist, dann wird er reagieren.«

»Wahrscheinlich gilt das Gleiche für die Frage, wann Mondbrut auf die Pannionische Domäne losgelassen wird.«

»Ja.«

Und irgendwie hat Rake es geschafft, eine fliegende Festung von der Größe eines Berges zu verstecken … »Du glaubst fest an deinen Lord, stimmt's?«

Er spürte ihr Schulterzucken durch die Hand, die die seine umklammerte. »Es hat genügend Präzedenzfälle gegeben, um Fragen des Glaubens außer Acht zu lassen, wenn es um meinen Lord geht. Ich erfreue mich an Gewissheit.«

»Ich bin froh, das zu hören. Und bist du auch erfreut, was mich angeht, Korlat?«

»Du hinterlistiger Kerl. Die Antwort auf jeden Aspekt dieser Frage ist ja. Soll ich dir jetzt dieselbe Frage stellen?«

»Das solltest du nicht tun müssen.«

»Ob Tiste Andii oder Menschen – wenn es um Männer geht, sind sie alle gleich. Vielleicht sollte ich die Worte trotzdem aus dir rausprügeln.«

»Du bräuchtest dir keine große Mühe zu geben. Meine Antwort ist dieselbe wie deine.«

»Und wie lautet sie?«

»Was? Na, es ist natürlich genau das gleiche Wort, das du gebraucht hast.«

Er ächzte, als er den Stoß in die Rippen spürte. »Genug davon. Wir sind da.«

Das Portal öffnete sich zu schmerzhafter Helligkeit – das Innere von Dujeks Kommandozelt, ins Zwielicht des späten Nachmittags gehüllt. Sie traten hinein, während sich das Gewirr hinter ihnen geräuschlos schloss.

»Wenn das alles nur dazu gedient hat, mit mir allein –«

»Bei den Göttern, was für ein Ego!« Sie gestikulierte mit ihrer freien Hand, und ein geisterhafter Schemen nahm vor Elster Gestalt an. Ein vertrautes Gesicht – und es lächelte.

»Was für ein reizender Anblick«, sagte die Erscheinung und beäugte sie beide. »Beim Vermummten, ich kann mich nicht mehr erinnern, wann ich das letzte Mal eine Frau hatte.«

»Hüte deine Zunge, Ben«, grollte Elster und ließ Korlats Hand los. »Es ist eine Weile her, und du siehst schrecklich aus.«

»Oh, vielen Dank auch, Kommandant. Du musst wissen, ich fühle mich noch viel schrecklicher. Aber ich kann jetzt wieder meine Gewirre durchqueren, mehr oder weniger geschützt vor dem Gift des Gestürzten. Ich habe Neuigkeiten aus Capustan – willst du sie nun hören oder nicht?«

Elster grinste. »Rede schon.«

»Die Weißgesichter halten die Stadt.«

»Das haben wir schon vermutet, seit Twist die Nachricht überbracht hat, dass Ihr bei den Barghast Erfolg hattet – und nachdem die pannionische Armee uns in den Schoß gestolpert ist.«

»Schön. Nun, ich gehe davon aus, dass ihr euch um diese Armee gekümmert habt, muss aber noch etwas hinzufügen. Die Barghast marschieren mit uns. Nach Süden. Wenn ihr beide – du und Dujek – den Umgang mit Bruth, Rake und den anderen – verzeiht, Korlat – schwierig gefunden habt, nun, dann habt ihr jetzt auch noch Humbrall Taur, mit dem ihr Euch herumschlagen müsst.«

Bei diesen Worten gab Elster ein undefinierbares Geräusch von sich. »Wie ist er denn so?«

»Überschlau, aber zumindest hat er die Clans vereinigt, und er weiß genau, in was für eine Schweinerei er da hineinmarschiert.«

»Da bin ich aber froh, dass wenigstens einer von uns das weiß. Wie geht es Paran und den Brückenverbrennern?«

»Dem Hörensagen nach gut; ich habe sie allerdings schon seit einiger Zeit nicht mehr gesehen. Sie sind im *Knecht* – mit Humbrall Taur und den überlebenden Verteidigern der Stadt.«

Elster zog erstaunt die Augenbrauen hoch. »Es gibt Überlebende?«

»Ja, anscheinend. Zivilisten, die sich immer noch in Tunneln verstecken. Und ein paar Graue Schwerter. Kaum zu glauben, was? Ich bezweifle allerdings, dass in denen noch viel Kampfeswillen steckt. Nach dem, was ich über Capustans Straßen gehört habe ...« Der Schnelle Ben schüttelte den Kopf. »Man muss es selbst sehen, um es zu glauben. Ich werde es sehen, das habe ich gerade vor. Mit deiner Erlaubnis, natürlich.«

»Und vorsichtig, darauf vertraue ich.«

Der Magier lächelte. »Niemand wird mich sehen, wenn ich es nicht will, Kommandant. Was glaubst du, wann ihr Capustan erreichen werdet?«

Elster zuckte die Schultern. »Wir müssen uns noch um die Tenescowri kümmern. Das könnte kompliziert werden.«

Die Augen des Schnellen Ben wurden schmal. »Ihr habt doch nicht vor, mit ihnen zu verhandeln, oder?«

»Warum nicht? Besser als ein Gemetzel, Magier.«

»Elster, die Barghast, die aus der Stadt zurückkommen, erzählen Geschichten ... von dem, was in Capustan passiert ist, was die Tenescowri den Verteidigern angetan haben. Sie haben einen Anführer, diese Tenescowri, einen Mann namens Anaster, das Erste Kind des Toten Samens. Das letzte Gerücht besagt, dass er persönlich Fürst Jelarkan die Haut abgezogen und ihn dann als Hauptgericht bei einem Festmahl serviert hat – im Thronsaal des Fürsten.«

Korlat stieß zischend die Luft aus.

Das Gesicht zu einer Grimasse verzogen, entgegnete Elster: »Wenn sicher ist, dass diesem Anaster – oder irgendeinem anderen

Tenescowri – solche Verbrechen zur Last gelegt werden können, dann werden sie nach dem malazanischen Kriegsrecht verurteilt.«

»Eine einfache Hinrichtung lässt ihnen eine Gnade zuteil werden, die sie ihren Opfern nicht gewährt haben.«

»Dann werden sie Glück gehabt haben, dass Einarms Heer sie gefangen genommen hat und nicht irgendjemand anderes.«

Der Schnelle Ben sah noch immer besorgt aus. »Und die überlebenden Bürger von Capustan, die Verteidiger und die Priester aus dem *Knecht* – werden sie nicht dabei mitzureden haben, was mit den Gefangenen geschieht? Uns könnten unruhige Zeiten bevorstehen, Kommandant.«

»Ich danke dir für die Warnung, Magier.«

Nach einem Augenblick zuckte der Schnelle Ben die Schultern und seufzte. »Wir sehen uns in Capustan, Elster.«

»Klar.«

Die Erscheinung verschwand.

Korlat wandte sich an den Kommandanten. »Ihr wollt das malazanische Kriegsrecht auf die Pannionier anwenden.«

Er zog die Brauen hoch. »Ich habe nicht den Eindruck, dass Caladan Bruth besonders rachsüchtig ist. Rechnest du mit einer Auseinandersetzung?«

»Ich weiß, was Kallor ihm raten wird.« Ein Hauch von Anspannung lag in ihrer Stimme.

»Das weiß ich auch, aber ich glaube nicht, dass der Kriegsherr auf ihn hören wird. Beim Vermummten, bisher hat er es auch nicht getan.«

»Wir haben Capustan noch nicht gesehen.«

Er stieß seufzend den Atem aus, streifte die gepanzerten Handschuhe ab. »Ach ja. Entsetzen muss mit gleicher Münze heimgezahlt werden …«

»Ein ungeschriebenes Gesetz«, sagte sie mit leiser Stimme. »Ein uraltes Gesetz.«

»Ich halte mich nicht daran«, grollte Elster. »Denn dann sind wir auch nicht besser. Selbst einfache Hinrichtungen …« Er sah sie an. »Über zweihunderttausend hungernde Bettler. Werden sie sich wie

Schafe zur Schlachtbank führen lassen? Wahrscheinlich nicht. Und sie gefangen nehmen? Selbst wenn wir es versuchen würden, könnten wir sie nicht ernähren. Und wir können auch nicht genug Soldaten entbehren, um sie zu bewachen.«

Korlats Augen weiteten sich langsam. »Dann schlägst du also vor, wir sollten sie einfach in Ruhe lassen, ja?«

Sie hat irgendetwas im Sinn. Ich habe schon länger Anzeichen davon bemerkt, das Flüstern eines verborgenen Keils, der im Begriff ist, sich zwischen uns zu treiben. »Nicht alle. Wir werden uns ihre Anführer holen. Diesen Anaster und seine Offiziere – vorausgesetzt, es gibt welche. Wenn die Tenescowri Gräueltaten begangen haben, dann hat das Erste Kind ihnen den Weg gewiesen.« Elster schüttelte den Kopf. »Aber der wahre Schuldige wartet in der Domäne auf uns ... der Seher, der seine Anhänger so lange hat hungern lassen, bis sie dem Kannibalismus verfallen sind, dem Wahnsinn. Der sein eigenes Volk zu vernichten sucht. Wir würden die Opfer hinrichten – *seine* Opfer.«

Die Tiste Andii runzelte die Stirn. »Aus dem gleichen Grund müssten wir dann auch die pannionischen Armeen laufen lassen, Elster.«

Die grauen Augen des Malazaners wurden hart. »Unser Feind ist der Seher. Darin sind Dujek und ich uns einig – wir sind nicht hier, um ein ganzes Volk auszurotten. Mit den Armeen, die sich uns auf unserem Marsch zum Seher entgegenstellen werden, werden wir uns natürlich befassen. Gründlich. Doch Gedanken an Vergeltung und Rache lenken nur von der eigentlichen Aufgabe ab.«

»Und wie steht's mit Befreiung? Die eroberten Städte –«

»Das ist ein Nebeneffekt, Korlat. Ich bin überrascht, dass du darüber so bestürzt bist. Bruth hat es genauso gesehen wie wir – bei jener ersten Besprechung, als wir über Strategien gesprochen haben. Wir zielen auf das Herz –«

»Ich glaube, da habt ihr etwas missverstanden, Elster. Seit mehr als einem Jahrzehnt führt der Kriegsherr einen Befreiungskrieg, bekämpft er den habgierigen Hunger eures malazanischen Imperiums. Jetzt hat Caladan Bruth sich ein anderes Ziel gesucht – es geht gegen einen neuen Feind – aber es ist der gleiche Krieg. Bruth ist hier, um die Pannionier zu befreien –«

»Beim Atem des Vermummten! Man kann ein Volk nicht *von sich selbst befreien*!«

»Er will die Menschen von der Herrschaft des Sehers befreien.«

»Und wer hat den Seher in seinen derzeitigen Rang erhoben?«

»Und doch sprichst du davon, das gemeine Volk straffrei ausgehen zu lassen, ja, sogar die Soldaten der pannionischen Armeen. Und genau das verwirrt mich.«

Aber das ist es nicht allein. »Wir reden hier von Widersprüchen, Korlat. Weder ich noch Dujek, keiner von uns wird bereitwillig die Rolle eines Richters oder Henkers übernehmen, wenn wir siegreich sein sollten. Und wir sind auch nicht hier, um die Stücke für die Pannionier wieder zusammenzusetzen. Das müssen sie schon selbst tun. Diese Verantwortung würde uns zu Verwaltern machen, und um etwas effektiv verwalten zu können, muss man es *besetzen*.«

Sie lachte rau. »Aber ist das nicht die Art und Weise der Malazaner, Elster?«

»Dies ist kein malazanischer Krieg!«

»Wirklich nicht? Bist du dir da sicher?«

Er musterte sie aus zusammengekniffenen Augen. »Wie meinst du das? Wir sind Ausgestoßene, Korlat. Einarms Heer ist ...« Er verstummte, sah Korlats Augen ausdruckslos werden, und dann wurde ihm klar – viel zu spät –, dass er soeben einen Test nicht bestanden hatte. Und mit diesem Scheitern hatte das Vertrauen geendet, dass zwischen ihnen zu wachsen begonnen hatte. *Verdammt, ich bin geradewegs hineingelaufen. Naiv und dumm.*

Sie lächelte, doch es war ein Lächeln voller Schmerz und Bedauern. »Dujek kommt. Du kannst ebenso gut hier auf ihn warten.«

Die Tiste Andii drehte sich um und verließ das Zelt.

Elster starrte hinter ihr her, auch als sie schon längst nicht mehr zu sehen war, und dann warf er seine Handschuhe auf den Kartentisch und setzte sich auf Dujeks Feldbett. *Hätte ich es dir sagen sollen, Korlat? Hätte ich dir die Wahrheit sagen sollen? Dass wir ein Messer an der Kehle haben. Und die Hand, die es hält – im Namen von Imperatrix Laseen –, ist hier in diesem Lager, ist von Anfang an hier gewesen.*

Er hörte, wie draußen vor dem Zelt ein Pferd Halt machte. Wenige Augenblicke später betrat Dujek das Zelt, die Rüstung staubbedeckt. »Ah, ich habe mich schon gewundert, wo –«

»Bruth weiß Bescheid«, unterbrach ihn Elster; seine Stimme klang leise und rau.

Dujek hielt nur einen Augenblick inne. »Wirklich? Was genau hat er herausbekommen?«

»Dass wir nicht ganz so ausgestoßen sind, wie wir vorgeben.«

»Und was noch?«

»Reicht das nicht, Dujek?«

Die Hohefaust trat zu einem Tisch an der Zeltwand, auf dem ein Krug Bier wartete. Dujek zog den Stöpsel heraus und füllte zwei Pokale. »Es gibt ... mildernde Umstände –«

»Die nur für uns von Bedeutung sind. Für dich und für mich –«

»Und für unsere Soldaten –«

»Die glauben, dass ihr Leben im Imperium verwirkt ist, Dujek. Die schon wieder Opfer sind. Nein, diesmal sind es nur wir beide, du und ich.«

Dujek trank seinen Pokal aus, füllte ihn schweigend nach. Dann sagte er: »Schlägst du vor, dass wir unsere Karten vor Bruth und Korlat offen auf den Tisch legen? Und darauf hoffen, dass sie uns aus unserer ... misslichen Lage heraushelfen?«

»Ich weiß es nicht – nicht, wenn wir hoffen, ungeschoren davonzukommen, obwohl wir diese Täuschung die ganze Zeit aufrecht erhalten haben. Das wäre ein Motiv, mit dem ich nicht gut klarkäme, selbst wenn es offenkundig unwahr ist. Der äußere Schein –«

»Wird es genauso aussehen lassen, ja. ›Wir haben Euch von Anfang an angelogen, um unseren Hals zu retten. Aber nun, da Ihr Bescheid wisst, werden wir Euch erzählen ...‹ Ihr Götter, das klingt selbst in meinen Ohren beleidigend, und ich bin derjenige, der es sagt. In Ordnung, das Bündnis ist in Schwierigkeiten ...«

Ein Klatschen gegen die Zeltklappe kündete von der Ankunft von Artanthos. »Entschuldigt, Hohefaust, Kommandant«, sagte der

Mann, dessen ausdruckslose Augen die beiden Männer nacheinander musterten, ehe er fortfuhr: »Bruth hat eine Besprechung einberufen.«

Ach, Standartenträger, dein Gefühl für den richtigen Zeitpunkt ist fast schon unheimlich …

Elster griff nach seinem Pokal und trank ihn leer, drehte sich dann zu Dujek um und nickte.

Die Hohefaust seufzte. »Geh voran, Artanthos, wir sind direkt hinter dir.«

Das Lager wirkte außergewöhnlich ruhig. Der Mhybe war unterwegs gar nicht so recht klar geworden, wie tröstlich die Anwesenheit der Armee auf dem Marsch gewesen war. Jetzt waren nur noch die Alten und die Kinder da, sowie ein paar Hundert malazanische Soldaten, die die Nachhut bildeten. Sie hatte keine Ahnung, wie die Schlacht stand; auf die eine oder andere Art hätten die Toten sich allerdings bemerkbar gemacht. Trauer unter den Rhivi und Barghast, klagende Stimmen, die in die Dunkelheit aufstiegen.

Sieg ist eine Illusion. In jeder Hinsicht.

In ihren Träumen floh sie jede Nacht. Floh und wurde schließlich eingeholt – nur, um dann aufzuwachen. Urplötzlich, als wäre sie weggerissen worden, am ganzen ausgemergelten Körper zitternd, mit schmerzenden Gelenken. Eine Art Flucht, doch in Wirklichkeit tauschte sie lediglich einen Albtraum gegen den anderen ein.

Eine Illusion. In jeder Hinsicht.

Dieser Wagen war zu ihrer ganzen Welt geworden, eine Art Scheinzuflucht, die immer und immer wieder auftauchte, wenn sie erwachte. Die groben Wolldecken und die Felle, in die sie gehüllt war, waren ihre ganz persönliche Landkarte – ein ödes Gebiet aus schwärzlich braunen Falten, die dem erstaunlich ähnlich waren, was sie im Griff des Drachen gesehen hatte, als das untote Wesen in ihrem Traum hoch über die Tundra geflogen war, und die ein Echo jener Freiheit anklingen ließen, die sie damals empfunden hatte – ein Echo, das etwas schmerzhaft Hämisches hatte.

Links und rechts von ihr verliefen hölzerne Leisten. Ihre Maserung und die gelegentlichen Astknoten waren zu etwas Vertrautem geworden. Sie erinnerte sich, dass hoch im Norden, bei den Nathii, die Toten in hölzernen Kisten begraben wurden. Diese Sitte war vor vielen Generationen entstanden, hatte sich aus der weit älteren Praxis entwickelt, die Leichen in ausgehöhlten Baumstümpfen zu beerdigen. Die Kisten wurden dann begraben, denn Holz wurde aus der Erde geboren und musste also auch zur Erde zurückkehren. Ein Gefäß des Lebens, das nun ein Gefäß des Todes war. Die Mhybe stellte sich vor, dass das, was ein toter Nathii Augenblicke bevor der Deckel herabsank und die Dunkelheit alles verschlang, sehen würde – wenn er noch sehen *könnte* – dem entsprechen würde, was sie nun sah.

Er würde, unfähig, sich zu bewegen, in der Kiste liegen und darauf warten, dass der Deckel geschlossen wurde. Ein Körper jenseits der Brauchbarkeit, der auf die Dunkelheit wartete.

Doch es würde kein Ende geben. Nicht für sie. Sie hielten es von ihr fern. Gaben sich ihrem Irrglauben von Barmherzigkeit und Mitleid hin. Die Daru, die sie ernährten, die Rhivi, die sie sauber machte und wusch und die dünnen Strähnen kämmte, die noch von ihren Haaren übrig waren. Gesten der Bosheit. Wieder und wieder aufs Neue durchgespielte Folterszenen.

Die Rhivi saß nun über ihr, zog mit gleichmäßigen Bewegungen den Hornkamm durch das Haar der Mhybe und summte dabei ein Kinderlied. Es war eine Frau, an die sich die Mhybe aus ihrem anderen Leben erinnerte. Damals war sie ihr alt vorgekommen, eine unglückliche Frau, die von einem Bhederin einen Tritt gegen den Kopf bekommen hatte und daher in einer einfachen Welt lebte.

Ich habe gedacht, sie wäre einfältig. Aber das war nur eine weitere Täuschung. Nein, sie lebt inmitten von Unbekannten, inmitten von Dingen, die sie nicht verstehen kann. Es ist eine Welt voller Entsetzen. Sie singt, um die Furcht abzuwehren, die aus ihrer eigenen Unwissenheit entsteht. Und man gibt ihr Aufgaben, um sie zu beschäftigen.

Bevor sie sich um mich kümmern musste, hat diese Frau dabei geholfen, die Leichen vorzubereiten. Schließlich kann man in solchen kindlichen Erwachsenen das Wirken der Geister erkennen. Und durch sie würden die Geister den Gefallenen nahe kommen und sie trösten und in die Welt der Vorfahren geleiten.

Es konnte nichts anderes als reine Bosheit sein, schloss die Mhybe, sie von dieser Frau pflegen zu lassen. Möglicherweise war ihr noch nicht einmal klar, dass das Objekt ihrer Aufmerksamkeit noch am Leben war. Die Frau blickte niemals jemandem in die Augen. Die Fähigkeit, jemanden wiederzuerkennen, hatte sie durch den Tritt des Bhederin verloren.

Der Kamm glitt durch ihre Haare. Das Summen ging unaufhörlich weiter.

Ihr Geister hienieden, fast wäre es mir lieber, dem Entsetzen des Unbekannten ausgesetzt zu sein. Lieber das, als das Wissen, dass meine Tochter mich verraten hat – die Wölfe, die sie auf mich gehetzt hat, damit sie mich in meinen Träumen verfolgen. Die Wölfe, die ihr Hunger sind. Der Hunger, der schon meine Jugend verschlungen hat und nun noch mehr will. Als ob noch irgendetwas übrig wäre. Bin ich denn nichts weiter als Nahrung für das blühende Leben meiner Tochter? Ein letztes Mahl, eine Mutter, die nur noch auf ihren Nährwert reduziert ist?

Ach, Silberfuchs, bist du jede Tochter? Bin ich jede Mutter? Es hat keine Rituale gegeben, um unsere Leben voneinander zu trennen – wir haben die Bedeutung vergessen, die den Bräuchen der Rhivi zu Grunde liegt, die wahren Gründe für diese Rituale. Ich gebe immer nach. Und du saugst unablässig und fordernd. Und so sind wir gefangen, werden tiefer und tiefer gezogen, du und ich.

Ein Kind auszutragen heißt, in den Knochen zu altern. Sein Blut zu ermüden. Haut und Fleisch zu weiten. Die Geburt reißt eine Frau entzwei, die Trennung ist eine Sache roher Agonie. Reißt das Junge vom Alten. Und das Kind braucht, und die Mutter gibt.

Ich habe dich niemals entwöhnt, Silberfuchs. Und tatsächlich hast du meinen Schoß nie verlassen. Du, Tochter, nimmst mir sehr viel mehr als nur Milch.

Ihr Geister, bitte, gewährt mir ein Ende. Diese grausame Parodie von Mutterschaft ist zu viel, um sie noch länger zu ertragen. Trennt mich von meiner Tochter. Um ihretwillen. Meine Milch ist zu Gift geworden. Ich kann sie mit nichts anderem mehr füttern als mit Gehässigkeit, denn es ist nichts anderes mehr in mir. Und ich bleibe eine junge Frau in diesem gealterten Körper –

Der Kamm blieb an einem Knoten hängen, und ihr Kopf wurde zurückgezerrt. Die Mhybe zischte vor Schmerz, warf der Frau über ihr einen finsteren Blick zu. Ihr Herz machte plötzlich einen Satz.

Ihre Blicke begegneten sich.

Die Frau, die niemanden anschaute, sah sie an.

Ich, eine Frau im Körper einer alten Frau. Sie ein Kind im Körper einer Frau –

Zwei Gefängnisse, die einander genau widerspiegelten.

Sie blickten sich in die Augen.

»Mein liebes Schätzchen, du siehst müde aus. Setz dich doch hierher, zum hochherzigen Kruppe, und er schenkt dir von seinem dampfenden Kräutertee ein.«

»Gerne, danke.«

Kruppe lächelte und sah zu, wie Silberfuchs sich langsam auf die Erde niederließ und sich gegen den freien Sattel lehnte, das kleine Feuer zwischen ihnen. Ihre wohl gerundeten Formen waren durch die abgetragene Hirschledertunika deutlich zu erkennen. »Und wo sind deine Freunde?«, fragte sie.

»Sie spielen. Mit der Mannschaft von der Trygalle-Handelsgilde. Aus irgendwelchen eigenartigen Gründen ist Kruppe von solchen Spielen ausgeschlossen worden. Eine Ungeheuerlichkeit.« Der Daru reichte ihr einen Zinnbecher. »Es ist leider hauptsächlich Salbei. Wenn du allerdings gerade zufällig Husten hast –«

»Habe ich nicht, aber ich nehme ihn trotzdem gern.«

»Kruppe hustet natürlich niemals.«

»Und warum nicht?«

»Aber das ist doch klar – weil er Salbeitee trinkt.«

Der Blick ihrer braunen Augen glitt an ihm vorbei und blieb an dem Wagen hängen, der ein Dutzend Schritt entfernt stand. »Wie geht es ihr?«

Kruppes Brauen wanderten stirnaufwärts. »Du könntest sie selbst fragen, Schätzchen.«

»Das kann ich nicht. Ich kann für meine Mutter nichts anderes sein als eine Abscheulichkeit – ihre gestohlene Jugend, in Fleisch und Blut. Sie verachtet mich, und das aus gutem Grund, vor allem jetzt, nachdem Korlat ihr von meinen T'lan Ay erzählt hat.«

»Kruppe fragt sich, ob du jetzt an der Reise zweifelst, die du unternommen hast?«

Silberfuchs schüttelte den Kopf, nippte an ihrem Tee. »Dafür ist es zu spät. Das Problem existiert weiter – wie du sehr wohl weißt. Davon abgesehen ist unsere Reise jetzt vorbei. Nur sie muss die ihre noch antreten.«

»Du verstellst dich«, murmelte Kruppe. »Deine Reise ist alles andere als vorbei, Silberfuchs. Aber lass uns das mal einen Augenblick beiseite schieben, ja? Hast du irgendwelche Neuigkeiten über die schreckliche Schlacht?«

»Sie ist vorbei. Die pannionischen Truppen sind nicht mehr. Abgesehen von ein paar hunderttausend schlecht bewaffneten Bettlern. Die Weißgesichter haben Capustan befreit – das heißt, das, was noch davon übrig ist. Die Brückenverbrenner sind schon in der Stadt. Was viel dringlicher ist: Bruth hat einen Kriegsrat einberufen – vielleicht hast du ja Interesse, daran teilzunehmen.«

»In der Tat, das werde ich, und wenn auch nur, um die Versammlung mit Kruppes Ehrfucht gebietendem Wissen zu segnen. Was ist mit dir – wirst du nicht auch daran teilnehmen?«

Silberfuchs lächelte. »Wie du vorhin gesagt hast, Daru, ist meine Reise noch nicht ganz vorbei.«

»Ach, ja. Kruppe wünscht dir dabei alles Gute, Schätzchen. Und er hofft von ganzem Herzen, dass er dich bald wiedersehen wird.«

Die Frau blickte noch einmal zu dem Wagen hinüber. »Das wirst du, mein Freund«, erwiderte sie, trank dann ihren Tee aus und stand mit einem leisen Seufzen auf.

Kruppe sah, dass sie zögerte. »Schätzchen? Ist etwas nicht in Ordnung?«

»Ach, ich bin mir nicht sicher.« Ihre Miene wirkte besorgt. »Ein

Teil von mir wünscht sich, dich zu diesem Kriegsrat zu begleiten. Ein ganz plötzlicher Wunsch, genau gesagt.«

Die Augen des Daru verengten sich. »Ein Teil von dir, Silberfuchs?«

»Ja, und das wirft die Frage auf: *Welcher* Teil? Welche Seele in meinem Innern zuckt jetzt voller Misstrauen? Wer spürt, dass in diesem Bündnis gleich die Funken fliegen werden? Ihr Götter, es ist noch schlimmer ... es ist, als wüsste ich ganz genau, *warum* das geschehen wird ... aber ich weiß es nicht.«

»Flickenseel weiß es nicht, ja? Damit bleiben Nachtfrost und Bellurdan als potenzielle Kandidaten übrig, die über Vorauswissen verfügen, das mit unheilvoller Motivation beladen ist. Äh, vielleicht kann man das auch einfacher ausdrücken –«

»Schon gut, Kruppe.«

»Du bist innerlich zerrissen, Silberfuchs, um es ganz offen zu sagen. Bedenke dies: Wird eine kleine Verzögerung bei der Suche nach deinem Schicksal das Ergebnis übermäßig beeinflussen? In anderen Worten: Kannst du vielleicht die Zeit erübrigen, mit mir ins Kommandozelt des Kriegsherrn zu gehen?«

Sie musterte ihn. »Du hast selbst ein komisches Gefühl, stimmt's?«

»Wenn eine Spaltung droht, Schätzchen, dann könnte deine Person sich als unentbehrlich erweisen, denn du bist in der Tat die Brücke zwischen diesen beiden Furcht erregenden Lagern.«

»Ich ... ich traue Nachtfrost nicht, Kruppe.«

»Den meisten Sterblichen gelingt es gelegentlich nicht, Teilen von sich selbst zu vertrauen. Außer Kruppe, natürlich, dessen wohlverdientes Vertrauen absolut ist. Wie auch immer, einander widerstreitende Instinkte sind in unsere Natur eingewoben, außer natürlich bei Kruppe, der –«

»Ja, ja. In Ordnung. Lass uns gehen.«

Ein Riss aus Dunkelheit öffnete sich in der Zeltwand. Der sanfte Atem von Kurald Galain strömte in das Kommandozelt, dämpfte das Laternenlicht. Anomander Rake trat herein. Der mitternachtsschwarze Riss schloss sich lautlos hinter ihm. Die Laternen wurden wieder heller.

Bruths breites, flaches Gesicht verzog sich. »Du kommst spät«, grollte er. »Die Malazaner sind schon unterwegs.«

Während er den ledernen schwarzen Umhang von den Schultern nahm, meinte der Lord von Mondbrut: »Ja, und? Oder soll ich wieder als Schiedsrichter fungieren?«

Korlat, die mit dem Rücken an der Zeltwand lehnte, räusperte sich. »Es hat ... Enthüllungen gegeben, mein Lord. Das Bündnis an sich ist in Frage gestellt.«

Von Kallor, dem Letzten der außerdem Anwesenden, kam ein trockenes Schnauben. »In Frage gestellt? Wir sind von Anfang an belogen worden. Ein rascher Schlag gegen Einarms Heer – ehe es sich von den Schlachten des heutigen Tages erholen kann – ist zwingend notwendig.«

Korlat sah zu, wie ihr Lord seine Verbündeten schweigend musterte.

Nach einem langen Augenblick lächelte Rake. »Teurer Caladan, wenn dieses ›belogen‹ sich auf die verborgene Hand der Imperatrix bezieht – auf die Dolche, die hinter Dujek Einarms und Elsters Rücken bereit gehalten werden – nun, für mich hat es den Anschein, dass, sollte eine Aktion erforderlich werden – was, wie ich hinzufügen will, meiner Meinung nach nicht der Fall ist – unsere Position eine vermittelnde sein sollte. Und zwar im Namen von Dujek und Elster. Es sei denn, natürlich« – seine Augen wurden ausdruckslos, als sie sich auf Bruth richteten –, »du hast kein Vertrauen mehr in ihre Fähigkeiten als Kommandanten.« Er zog langsam seine Handschuhe aus. »Doch der Bericht, den ich von Scharteke über die heutige Schlacht erhalten habe, war von nichts anderem als widerwilligem Lob gekennzeichnet. Die Malazaner verstehen ihr Handwerk, sind im Kampf zuverlässig und unbarmherzig. Genauso, wie wir sie haben wollten.«

»Ihre Kampfkraft ist nicht das Problem«, krächzte Kallor. »Dies sollte ein Befreiungskrieg werden –«

»Sei kein Narr«, murmelte Rake. »Gibt es hier Wein oder Bier? Wer trinkt einen Schluck mit mir?«

Bruth knurrte zustimmend. »Ja, schenk mir einen Becher ein, Rake. Aber man sollte in Betracht ziehen, dass Kallor, obgleich er in der Vergangenheit viele närrische Dinge gesagt hat, das diesmal nicht getan hat. Befreiung. Die Pannionische Domäne –«

»Ist lediglich ein weiteres Imperium«, fiel der Lord von Mondbrut ihm gedehnt ins Wort. »Und als solches stellt seine Macht eine Bedrohung dar. Und wir haben vor, diese Bedrohung auszulöschen. Die Befreiung des gemeinen Volks kann sehr wohl ein Ergebnis unserer Taten sein, aber sie kann nicht unser Ziel sein. Befreie eine giftige Viper, und sie wird dich trotzdem beißen, wenn sie die Möglichkeit dazu hat.«

»Dann werden wir also den Pannionischen Seher zerschmettern, nur damit dann irgendeine Hohefaust des malazanischen Imperiums seinen Platz einnimmt?«

Rake reichte dem Kriegsherrn einen Becher mit Wein. Die Augen des Tiste Andii wirkten verschleiert, fast schon schläfrig, während er Bruth genau musterte. »Die Domäne ist ein Reich, das Entsetzen und Unterdrückung im eigenen Volk sät«, sagte Rake. »Keiner von uns hier würde das leugnen. Es gab also schon allein aus ethischen Gründen einen Anlass, gegen dieses Reich zu marschieren.«

»Das haben wir schon die ganze Zeit gesagt –«

»Ich habe dich schon beim ersten Mal gehört, Kallor. Dein Hang zu Wiederholungen ist ermüdend. Ich habe nur eine einzige … Entschuldigung beschrieben. Einen *Grund*. Aber es scheint mir, als hättet ihr alle es zugelassen, dass dieser eine Grund alle anderen erdrückt, während er in meinen Augen der unbedeutendste ist.« Er trank einen Schluck Wein und fuhr dann fort. »Aber lasst uns doch einen Augenblick dabei verweilen. Entsetzen und Unterdrückung, das Gesicht der Pannionischen Domäne. Denkt doch einmal an die Städte und Gebiete in Genabackis, die jetzt unter malazanischer Herrschaft sind. Entsetzen? Nicht mehr als die Sterblichen in ihrem alltäglichen Leben ohnehin ertragen müssen. Unterdrückung? Jede Regierung braucht Gesetze, und nach allem, was ich weiß, gehören die malazanischen Gesetze zu den freizügigsten in all den Reichen, die ich gekannt habe.

Und später? Der Seher ist entfernt, eine Hohefaust und eine Regierung im malazanischen Stil ersetzen ihn. Das Ergebnis? Frieden, Wiedergutmachung, Recht und Ordnung.« Er ließ den Blick über die anderen gleiten und hob dann langsam eine Braue. »Vor fünfzehn Jahren war Genabackis eine stinkende, offene Wunde an der Nordwestküste, und Nathilog war sogar noch schlimmer. Und jetzt, unter malazanischer Herrschaft? Jetzt machen sie Darujhistan Konkurrenz. Wenn ihr wirklich das Beste für die einfachen Bürger der Pannionischen Domäne wollt, warum heißt ihr die Imperatrix dann nicht *willkommen*?

Stattdessen werden Dujek und Elster gezwungen, eine umständliche Scharade aufzuführen, um uns als Verbündete zu gewinnen. Sie sind Soldaten, falls ihr das vergessen haben solltet. Soldaten werden Befehle erteilt. Wenn sie ihnen nicht gefallen, haben sie eben Pech. Wenn diese Befehle bedeuten, dass sie offiziell sozusagen zur Tarnung zu Ausgestoßenen erklärt werden – ohne dass jeder einfache Soldat in der Armee in dieses Geheimnis eingeweiht wird, denn dann würde es nicht lange ein Geheimnis bleiben –, dann beißt ein guter Soldat die Zähne zusammen und tut, was er tun muss.

Die Wahrheit ist einfach – zumindest für mich. Bruth, wir beide haben tatsächlich als Befreier gegen die Malazaner gekämpft. Wir wollten weder klingende Münze noch Land dafür. Unsere Motive sind noch nicht einmal uns selbst völlig klar – und nun stell dir vor, wie sie auf die Imperatrix wirken müssen. Unerklärlich. Wir scheinen an erhabene Ideale gebunden zu sein, an eine fast schon ungeheuerliche Vorstellung von Opferbereitschaft. Wir sind ihre Feinde, aber ich glaube, *sie weiß noch nicht einmal, warum.*«

»Sing mir was vom Abgrund«, sagte Kallor höhnisch. »In ihrem Imperium gäbe es keinen Platz für uns – für keinen von uns.«

»Überrascht dich das?«, fragte Rake. »Uns kann man nicht kontrollieren. Die nackte Wahrheit ist, dass wir für unsere eigene Freiheit kämpfen. Keine Grenzen für Mondbrut. Kein weltumspannender Frieden, der Kriegsherren und Generäle und Söldnerkompanien überflüssig machen würde. Wir kämpfen gegen die Auferlegung von Ordnung und die gepanzerte Faust, die sich dahinter verbergen muss, weil wir nicht diejenigen sind, die diese Faust schwingen.«

»Was ich auch niemals tun wollte«, grollte Bruth.

»Genau. Warum aber dann der Imperatrix missgönnen, dass sie den Wunsch und das dazugehörige Verantwortungsgefühl hat?«

Korlat starrte ihren Lord an. Wieder einmal völlig von ihm verblüfft, einmal mehr aus dem Gleichgewicht gebracht. *Das Drachenblut in seinen Adern. Er denkt nicht so wie wir. Ist es wirklich das Blut? Oder ist es etwas anderes?* Sie wusste keine Antwort auf diese Frage, konnte den Mann, dem sie folgte, nicht wirklich verstehen. Jäher Stolz wallte in ihr auf. *Er ist der Sohn der Dunkelheit. Ein Herr, der es sehr wohl wert ist, ihm die Treue zu schwören – vielleicht der einzige. Für mich. Für die Tiste Andii.*

Caladan Bruth stieß einen tiefen Seufzer aus. »Schenk mir noch einen Becher ein, verdammt.«

»Ich werde meinen Widerwillen überwinden«, sagte Kallor und stand von seinem Stuhl auf, wobei seine Kettenrüstung leise klirrte, »und etwas ansprechen, das nur am Rande mit dem zusammenhängt, was bisher gesagt wurde. Capustan ist gesäubert. Vor uns liegt der Fluss. Südlich davon drei Städte, auf die man marschieren könnte. Wenn wir das als eine einzige Armee tun und sie uns nacheinander vornehmen, wird uns das spürbar verlangsamen. Setta zum Beispiel liegt nicht auf unserem Weg nach Korall. Also muss die Armee sich in zwei Teile aufteilen und sich südlich von Lest und Setta – vielleicht vor Maurik – wieder vereinigen, ehe wir Korall angreifen. Und nun die Frage: Wie teilen wir uns auf?«

»Eine vernünftige Frage« murmelte Rake, »um sie bei dem bevorstehenden Treffen zu besprechen.«

»Und keine andere, ja«, polterte Caladan Bruth. »Werden sie nicht überrascht sein?«

Das werden sie in der Tat. Bedauern mischte sich in Korlats Gedanken. *Und darüber hinaus habe ich Elster Unrecht getan. Ich hoffe, es ist noch nicht zu spät, die Dinge wieder in Ordnung zu bringen. Es ist nicht gut für eine Tiste Andii, überstürzt zu urteilen. Mein Blick war getrübt. Getrübt? Nein, eher wie ein Sturm. Ein Sturm der Gefühle, geboren aus Bedürfnissen und Liebe. Kannst du mir noch einmal vergeben, Elster?*

Die Zeltklappe wurde zurückgeschlagen, und die beiden malazanischen Befehlshaber traten herein, gefolgt von ihrem Standartenträger Artanthos. Dujeks Gesicht war düster. »Entschuldigt, wir wurden aufgehalten«, brummte er. »Man hat mir gerade mitgeteilt, dass die Tenescowri sich in Bewegung gesetzt haben. Sie kommen direkt auf uns zu.«

Korlat versuchte, Elster in die Augen zu sehen, doch dieser schaute den Kriegsherrn an, als er hinzufügte: »Erwartet eine weitere Schlacht in der Morgendämmerung. Eine, die ziemlich blutig werden dürfte.«

»Überlasst das mir«, sagte Anomander Rake gedehnt.

Die Stimme ließ Elster überrascht herumfahren. »Lord, vergebt mir. Ich habe Euch nicht gesehen. Ich fürchte, ich war ein wenig … in Gedanken.«

»Bietet Ihr uns an, Eure Tiste Andii gegen die Tenescowri einzusetzen, Lord?«, fragte Dujek.

»Eigentlich nicht«, erwiderte Rake. »Ich dachte eher daran, ihnen einen wahnsinnigen Schreck einzujagen. Persönlich.«

Einen Augenblick lang sagte niemand ein Wort. Dann begann Caladan Bruth, in einer Truhe nach weiteren Bechern zu suchen. »Wir haben noch andere Dinge zu besprechen, Hohefaust«, sagte er.

»Das nehme ich an.«

Der alte Mann sah richtig krank aus, während Elsters Gesicht gerötet war.

Der Kriegsherr schenkte mehr Wein ein und deutete dann auf die gefüllten Becher. »Nehmt Euch etwas. Kallor hat uns auf ein bevorstehendes Problem in der Aufstellung unserer Streitkräfte hingewiesen.«

Oh, diese Bastarde machen sich einen Spaß daraus. Es reicht. Korlat meldete sich zu Wort. »Hohefaust, im Süden liegen drei Städte. Lest und Setta sollten wenn möglich gleichzeitig eingenommen werden, wobei sich unsere Streitkräfte bei Maurik dann wieder vereinigen würden, bevor wir nach Korall weitermarschieren. Wir möchten mit Euch besprechen, wie wir die Armeen aufteilen sollen.«

Elsters Blick begegnete dem ihrem. Sie bot ihm ein leichtes Lächeln an. Seine Antwort bestand aus einem Stirnrunzeln.

»Ich verstehe«, sagte Dujek nach einem Augenblick. Er nahm sich einen Becher und ließ sich auf einem Feldstuhl nieder. »Nur zu gut.« Danach sagte er zunächst nichts mehr.

Elster räusperte sich. »Auf den ersten Blick scheint es ziemlich naheliegend, uns aufzuteilen. Einarms Heer zieht nach Südwesten, nach Setta – was unsere Verbindungslinien zu den Schwarzen Moranth schließen wird, die in den Weitblick-Bergen bleiben werden. Der Kriegsherr und seine Truppen ziehen genau nach Süden, nach Lest. Wenn wir Setta eingenommen haben, stoßen wir zum Quellgebiet des Maurik vor und folgen dann dem Flusslauf in südlicher Richtung bis zu der gleichnamigen Stadt. Möglicherweise kommt Ihr zuerst dort an, aber das ist nicht besonders problematisch.«

»Einverstanden«, meinte Bruth.

»Leider habe ich gesagt ›auf den ersten Blick‹«, fuhr Elster fort.

Die anderen wandten sich zu ihm um.

Er zuckte die Schultern. »Die Weißgesicht-Barghast schließen sich unserem Feldzug an. Außerdem müssen wir auch an die überlebenden Einheiten von Capustans Verteidigern denken – es ist gut möglich, dass sie uns begleiten wollen. Und schließlich ist da noch die Sache mit Silberfuchs und ihren T'lan Imass.«

»Wenn wir dieser Hexe und ihren T'lan Imass erlauben, sich an diesem Krieg zu beteiligen«, stieß Kallor wütend hervor, »verlieren wir jegliche Hoffnung, ihn zu steuern.«

Elster musterte den uralten Krieger. »Eure Besessenheit ist wirklich einzigartig, Kallor. Sie hat Euren Verstand verdreht –«

»Und Gefühle haben Euren Verstand verdreht, Soldat. Vielleicht kommt einmal der Tag, an dem wir beide – Ihr und ich – unsere jeweilige Entschlossenheit auf die Probe stellen können –«

»Das reicht«, schnitt Bruth ihm das Wort ab. »Es scheint, als müsste dieses Treffen vertagt werden. Wir können uns erneut versammeln, wenn alle in Frage kommenden Befehlshaber zugegen sind.« Der Kriegsherr wandte sich an Rake. »Wie geht es Mondbrut?«

Der Lord der Tiste Andii zuckte die Schultern. »Wir werden uns wie geplant in Korall treffen. Es wäre vielleicht noch erwähnenswert, dass der Seher heftigen Angriffen aus dem Süden ausgesetzt war, auf die er mit Omtose-Phellack-Zauberei geantwortet hat. Meine Großen Raben haben diese Feinde zu Gesicht bekommen, oder zumindest einige von ihnen – einen T'lan Imass, eine Wölfin und einen sehr großen Hund. Also wieder der alte Kampf: Omtose Phellack, immer auf der Flucht vor Tellann. Es könnte gut sein, dass es noch weitere Spieler gibt – die Gebiete im Süden von Wacht sind völlig in Nebel gehüllt, der aus sterbendem Eis aufsteigt. Das Ganze bekommt dadurch eine besondere Bedeutung, dass der Seher aus Wacht geflohen und mittels seines Gewirrs nach Korall unterwegs ist.«

Stille senkte sich auf das Innere des Kommandozelts herab, als den Anwesenden allmählich die Tragweite von Rakes Enthüllungen bewusst wurde.

Elster war der Erste, der das Wort ergriff. »Ein einzelner T'lan Imass? Dann muss es ein Knochenwerfer sein, wenn er genug Macht besitzt, allein einen Jaghut-Zauber zu zerschmettern.«

»Einer, der die Beschwörungen von Silberfuchs gehört hat«, fügte Dujek hinzu. »Ja, das scheint mir wahrscheinlich.«

»Dieser T'lan Imass ist ein Krieger«, erwiderte Rake lakonisch. »Er hat ein zweihändiges Feuersteinschwert. Knochenwerfer tragen keine Waffen. Aber er verfügt ganz eindeutig über einzigartige Fähigkeiten. Ich glaube, dass der Wolf ein Ay ist, eine Kreatur, die man lange für ausgestorben gehalten hat. Und der Hund kommt einem Schattenhund gleich.«

»Und sie treiben uns den Seher in die Arme«, brummte Bruth. »Es scheint, als sei Korall nicht nur die letzte Stadt, die wir bei diesem Feldzug vor Einbruch des Winters erreichen können. Wir werden dem Seher selbst gegenüberstehen.«

»Was es verdammt gewiss macht, dass in dieser Schlacht eine Menge Magie zum Einsatz kommen wird«, murmelte Dujek. »Das klingt nach einer riesengroßen Sauerei.«

»Wir haben mehr als genug Zeit, um unsere Strategie zu planen«, sagte Bruth nach einem Moment. »Dieses Treffen wird hiermit vertagt.«

Dreißig Schritt vom Kommandozelt entfernt wurde Silberfuchs immer langsamer, während die Dunkelheit sich allmählich tiefer auf das Lager herabsenkte.

Kruppe warf ihr einen Blick zu. »Ah, Schätzchen, du spürst, dass der Sturm vorbeigezogen ist, ohne loszubrechen. Genau wie ich. Sollen wir den Ehrfurcht gebietenden Persönlichkeiten dennoch auf alle Fälle einen Besuch abstatten?«

Sie zögerte, schüttelte dann den Kopf. »Nein. Warum eine Konfrontation heraufbeschwören? Ich muss mich jetzt meinem eigenen ... Schicksal zuwenden. Bitte erzähle niemandem von meiner Abwesenheit, Kruppe. Zumindest ein Weilchen nicht.«

»Der Zeitpunkt der Zusammenkunft ist da.«

»So ist es«, stimmte sie zu. »Ich spüre das unmittelbar bevorstehende Zusammenkommen der T'lan Imass, und es wäre mir lieber, wenn es irgendwo stattfindet, wo niemand sonst etwas davon bemerkt.«

»Oh, natürlich, eine Privatangelegenheit. Dennoch, Silberfuchs, hättest du etwas gegen Gesellschaft einzuwenden? Kruppe ist weise – weise genug, um still zu bleiben, wenn es darum geht, still zu sein, und noch weiser, um zu sprechen, wenn weise Worte vonnöten sind. Weisheit ist schließlich Kruppes Blutsbruder.«

Sie lächelte auf ihn hinab. »Du wärst gerne Zeuge der Zweiten Zusammenkunft?«

»Es gibt keinen besseren Zeugen für alle wundersamen Dinge als Kruppe aus Darujhistan, Schätzchen. Warum? Nun, all die Geschichten, die ohne jede Anstrengung von diesen ziemlich schmierigen Lippen strömen würden, solltest du sie jemals durch Neugier dazu anspornen –«

»Vergib mir, wenn ich das unterlasse«, erwiderte sie. »Zumindest was die nahe Zukunft angeht.«

»Weil du sonst abgelenkt würdest, natürlich. Es ist ja schließlich vollkommen offensichtlich, dass schon allein Kruppes Anwesenheit für ein Übermaß an Weisheit sorgt.«

»Ungemein offensichtlich. Nun gut. Wir müssen ein Pferd für dich finden, denn ich habe vor zu reiten.«

»Ein Pferd? Welch Entsetzen! Verderbte Tiere. Nein, nein, ich werde mich an mein treues Maultier halten.«

»Ganz fest.«

»Bis an die Grenzen meiner körperlichen Fähigkeiten, ja.« Er drehte sich um, als hinter ihnen ein trappelndes Geräusch ertönte. »Ah, wenn man vom Dämon spricht! Und sieh nur, ein mondsüchtiges Pferd folgt ihm wie ein Schoßhündchen an der Leine – und ist das ein Wunder, wenn man sich mein stattliches, stolzes Tier anschaut?«

Silberfuchs musterte das gesattelte Pferd, das hinter dem Maultier herlief, aus zusammengekniffenen Augen. »Sag mir eins, Kruppe – wer wird noch Zeuge der Zusammenkunft werden … durch dich?«

»Durch Kruppe? Wie? Natürlich niemand außer Kruppe selbst! Das schwört er!«

»Und bestimmt nicht das Maultier?«

»Schätzchen, die Fähigkeit dieses Maultiers zu schlafen – gleichgültig unter welchen Umständen – ist grenzenlos, durch nichts zu beeinträchtigen und in der Tat bewundernswert. Ich versichere dir, niemand wird durch seine Augen zum Zeugen werden!«

»Es schläft, ja? Zweifellos, um zu träumen. Nun gut, lass uns aufbrechen, Kruppe. Ich nehme an, du hast kein Problem mit einem nächtlichen Ritt?«

»Nicht im Geringsten, ist doch Ausdauer Kruppes engster Verwandter …«

»Geht ein paar Schritte mit mir.«

Elster, der gerade aus dem Kommandozelt getreten war, blieb stehen und schaute nach links, wo Anomander Rake im Dämmerlicht stand. *Ach, also nicht Korlat. Nun gut …* »Natürlich, Lord.«

Der Sohn der Dunkelheit führte ihn durch die Zeltreihen in Richtung Süden bis an den Rand des Lagers und noch darüber hinaus. Sie gingen einen Hügel hinauf und kamen in Sichtweite des Catlin. Das Licht der Sterne spielte über die vielleicht zweihundert Schritt entfernte, wirbelnde Wasseroberfläche.

Motten umflatterten sie wie Schneeflocken, die vor dem warmen Wind fliehen.

Lange sagte keiner der beiden Männer ein Wort.

Schließlich stieß Anomander Rake einen Seufzer aus. »Was macht Euer Bein?«, fragte er.

»Es schmerzt«, erwiderte Elster wahrheitsgemäß. »Vor allem nach einem ganzen Tag im Sattel.«

»Bruth ist ein voll ausgebildeter Heiler. Er gebietet über Hoch-Denul. Er würde nicht zögern, solltet Ihr ihn fragen.«

»Wenn genug Zeit ist –«

»Es war mehr als genug Zeit, wie wir beide wissen. Aber da ich durchaus nicht frei von einer Halsstarrigkeit bin, die der Euren nicht unähnlich ist, werde ich diese Angelegenheit nicht mehr zur Sprache bringen. Hat der Schnelle Ben Kontakt mit Euch aufgenommen?«

Elster nickte. »Er ist in Capustan. Oder sollte jetzt eigentlich dort sein.«

»Dann bin ich erleichtert. Der Anschlag auf die Gewirre hat es einigermaßen gefährlich gemacht, ein Magier zu sein. Selbst Kurald Galain hat die Berührung des Gifts gespürt.«

»Ich weiß.«

Rake drehte sich langsam um und blickte ihn an. »Ich hätte nicht erwartet, in ihr ... eine solche Erneuerung zu finden. In einem Herz, von dem ich geglaubt hatte, dass es für immer verschlossen sei. Es wieder so erblühen zu sehen ...«

Elster verlagerte unruhig sein Gewicht. »Es könnte sein, dass ich es heute Abend verletzt habe.«

»Vorübergehend, vielleicht. Wir wissen, dass Ihr eigentlich gar nicht ausgestoßen seid.«

»Deshalb auch das Treffen, das hatten wir zumindest angenommen.«

»Ich habe den Stachel aus dem Fleisch gezogen, bevor Ihr und Dujek angekommen seid.«

Der Malazaner musterte den Tiste Andii, so gut dies im herrschenden Zwielicht möglich war. »Ich hatte so etwas geahnt, war mir aber nicht sicher. Und ich konnte mir auch nicht vorstellen, warum Ihr so etwas tun solltet.«

»Weil meine Position in Euren Augen keinen Sinn ergibt.«

»Hm.«

Rake zuckte die Schultern. »Ich betrachte Notwendigkeiten nur selten als Last.«

Elster dachte über diese Worte nach und nickte dann. »Ihr braucht uns noch immer.«

»Vielleicht mehr als je zuvor. Und nicht nur Eure Armee. Wir brauchen den Schnellen Ben. Wir brauchen Humbrall Taur und seine Weißgesicht-Clans. Wir brauchen Eure Verbindung zu Silberfuchs und durch sie zu den T'lan Imass. Wir brauchen Hauptmann Paran –«

»Ganoes Paran? Warum?«

»Er ist der Herr der Drachenkarten.«

»Dann ist das also kein Geheimnis.«

»Es war niemals eines.«

»Wisst Ihr«, fragte Elster, »was diese Rolle bedeutet? Das ist eine ehrliche Frage, denn, offen gesagt, ich weiß es nicht, und ich will es verdammt noch mal wissen.«

»Der Verkrüppelte Gott hat ein neues Haus erschaffen und versucht nun, es den Drachenkarten hinzuzufügen. Dafür ist eine Art ... Zustimmung erforderlich. Ein Segen, wenn Ihr so wollt. Oder umgekehrt, eine Ablehnung.«

Elster gab ein Brummen von sich. »Aber was ist mit dem Haus des Schattens? Hat es damals einen Herrn der Drachenkarten gegeben, der zugestimmt hat, dass es hinzugefügt wurde?«

»Das war nicht nötig. Das Haus des Schattens hat schon immer existiert – mehr oder weniger. Schattenthron und Cotillion haben es einfach nur wiedererweckt.«

»Und jetzt wollt Ihr, dass Paran – der Herr der Drachenkarten – das Haus des Verkrüppelten Gottes ablehnt.«

»Ich glaube, das muss er tun. Dem Gestürzten Rechtmäßigkeit zu gewähren heißt, ihm Macht zu gewähren. Wir können sehen, wozu er selbst in seinem derzeitigen geschwächten Zustand fähig ist. Das Haus der Ketten ist das Fundament, das er benutzen will, um sich selbst wiederherzustellen.«

»Und doch habt Ihr und die Götter ihn schon einmal heruntergezogen. Habt ihn angekettet.«

»Das war ein kostspieliges Unterfangen, Elster. Eines, in dem der Gott Fener überaus wichtig war. Sagt mir eins: Unter Euren Soldaten ist der Hauerträger ein beliebter Gott – habt Ihr auch Priester?«

»Nein. Fener ist als Lord der Schlachten auch so schon beliebt genug. Wir Malazaner sind in gewisser Hinsicht ziemlich ... entspannt, wenn es um das Pantheon geht. Wir neigen dazu, organisierte Kulte innerhalb des Militärs zu missbilligen.«

»Fener ist für uns verloren«, sagte Rake.

»Verloren? Wie meint Ihr das?«

»Er wurde aus seiner Sphäre gerissen, schreitet jetzt durch die Welt der Sterblichen.«

»Wie ist das geschehen?«

Ein grimmiges Lächeln schwang in Rakes Stimme mit, als er erklärte: »Durch einen Malazaner. Einen ehemaligen Priester Feners, ein Opfer des Traums.«

»Und das bedeutet?«

»Seine Hände wurden in einem Ritual abgetrennt. Die Macht des Traums schickt diese Hände dann zu den Hufen Feners. Das Ritual muss ein Ausdruck reinster Gerechtigkeit sein, aber dieses war es nicht. Stattdessen hatten Agenten des Imperiums – wahrscheinlich Klauen – es für notwendig erachtet, Feners Einfluss – oder, genauer gesagt, den Einfluss dieses Hohepriesters – zu verringern. Ihr habt die Missbilligung von Kulten innerhalb der Armee erwähnt. Vielleicht war das ebenfalls ein Faktor – mein Wissen ist leider nicht vollständig. Gewiss hat auch die Vorliebe des Priesters für historische Analysen eine Rolle gespielt – er hatte eine Untersuchung fertig gestellt, die zu dem Schluss gekommen war, dass Imperatrix Laseen bei der Ermordung des Imperators und Tanzers versagt hatte. Es stimmt, sie hat den Thron errungen, den sie so sehr begehrt hat, aber weder Kellanved noch Tanzer sind tatsächlich gestorben. Stattdessen sind sie aufgestiegen.«

»Ich verstehe, warum es Hadra bei dieser Offenbarung kalt den Rücken runterlaufen würde.«

»Hadra?«

»Imperatrix Laseen. Hadra war ihr früherer Name.«

»Wie auch immer, die abgetrennten Hände waren Gift für Fener. Er konnte sie weder berühren, noch konnte er sie aus seiner Sphäre entfernen. Er brannte die Tätowierungen, die seine Ablehnung verkündeten, in die Haut des Priesters und versiegelte so die bösartige Macht der Hände, zumindest fürs Erste. Und damit hätte es gut sein müssen. Irgendwann würde der Priester sterben, und sein Geist würde zu Fener kommen und zurückerhalten, was man ihm so grausam und ungerecht genommen hatte. Jener Geist würde dann die Waffe für Feners Zorn werden, würde Vergeltung an den Priestern des verderbten Tempels und auch an der Klaue und der Imperatrix selbst üben. Ein dunkler Sturm hatte sich über dem malazanischen Imperium zusammengebraut, Elster.«

»Aber dann ist etwas geschehen.«

»Ja. Der Hohepriester ist mit Absicht oder durch einen Zufall in Kontakt mit dem Gewirr des Chaos gekommen – vielleicht mit einem Objekt, das darin geschaffen worden war. Das schützende Siegel um die abgetrennten Hände wurde durch diese gewaltige, unkontrollierte Woge der Macht ausgelöscht. Und als die Hände Fener fanden, haben sie … *gestoßen*.«

»Beim Atem des Vermummten«, murmelte Elster, den Blick auf den glitzernden Fluss gerichtet.

»Und jetzt«, fuhr Rake fort, »steigt der Tiger des Sommers auf, um Feners Platz einzunehmen. Aber Treach ist jung und viel schwächer, sein Gewirr ist ein armseliges Ding, seine Anhänger sind weit weniger zahlreich als die Feners. Alles ist in Bewegung. Zweifellos lächelt der Verkrüppelte Gott.«

»Augenblick«, protestierte Elster. »Treach ist aufgestiegen? Das ist aber ein sehr großer Zufall.«

»Einige Schicksale wurden vorhergesehen, oder so scheint es zumindest.«

»Von wem?«

»Von den Älteren Göttern.«

»Und warum haben sie solches Interesse an all diesen Dingen?«

»Sie waren dabei, als der Verkrüppelte Gott auf diese Erde stürzte – gezogen wurde. Der Sturz hat viele von ihnen vernichtet, es gab nur wenige Überlebende. Was für Geheimnisse auch immer den Gestürzten umgeben – woher er gekommen ist, seine wahre Natur, das Ritual, mit dessen Hilfe er gefangen genommen wurde –, K'rul und seine Artgenossen kennen sie. Dass sie sich jetzt entschlossen haben, sich direkt einzumischen, da der Verkrüppelte Gott seinen Krieg wieder aufgenommen hat, ist ein unheilvoller Hinweis darauf, wie ernst diese Bedrohung ist.«

»Das ist eine ziemliche Untertreibung, Lord.« Elster schwieg einige Zeit, dann seufzte er. »Was uns zu Ganoes Paran und dem Haus der Ketten zurückbringt. In Ordnung, ich verstehe, warum Ihr wollt, dass er diesen Schritt des Verkrüppelten Gottes ablehnt. Ich sollte Euch allerdings warnen – Ganoes Paran nimmt nur höchst ungern Befehle entgegen.«

»Dann müssen wir hoffen, dass er sieht, welcher Weg der klügste ist. Werdet Ihr ihm in unserem Namen einen Rat geben?«

»Ich werde es versuchen.«

»Sagt mir eins, Elster«, fuhr Rake in verändertem Tonfall fort, »findet Ihr die Stimme eines Flusses eigentlich beunruhigend?«

Der Malazaner runzelte die Stirn. »Ganz im Gegenteil, ich finde sie beruhigend.«

»Ach. Das deutet also auf den wesentlichen Unterschied zwischen uns beiden hin.«

Zwischen Sterblichen und Unsterblichen? Beru schütze uns ... Anomander Rake, ich weiß ganz genau, was Ihr jetzt braucht. »Ich habe ein kleines Fässchen Bier aus Gredfallan, Lord. Ich würde es gerne holen, wenn es Euch nichts ausmacht, ein bisschen zu warten?«

»Das kling gut, Elster.«

Und wenn die Morgendämmerung anbricht, findet Ihr die Stimme des Flusses vielleicht auch beruhigend.

Der Malazaner drehte sich um und ging auf das Lager zu. Als er sich der Zeltreihe näherte, machte er Halt und schaute noch einmal zu der Gestalt zurück, die groß und reglos auf der grasbewachsenen Hügelkuppe stand.

Das Schwert Dragnipur, das schräg über Anomander Rakes Rücken geschnallt war, hing da wie ein verlängertes Kreuz, umgeben von seinem eigenen Atem unnatürlicher Dunkelheit.

Ich fürchte allerdings, dass gredfallanisches Bier wohl nicht genügen wird ...

»Und welches Gewirr wirst du dafür aussuchen?«

Der Schnelle Ben betrachtete die überall verstreut herumliegenden Leichen und die übereinander gestürzten, blutbefleckten Steine der Stadtmauer. Durch die Lücke waren Brände zu erkennen, und Rauch verhüllte den Nachthimmel über großen, anscheinend leblosen Gebäuden. »Rashan, glaube ich«, sagte er.

»Schatten. Das hätte ich mir denken können.« Talamandas kletterte auf einen Leichenberg und drehte sich um, sah den Magier an. »Sollen wir?«

Der Schnelle Ben öffnete das Gewirr, wobei er es fest im Zaum hielt, und hob die Arme über den Kopf. Die magischen Energien hüllten ihn in Schatten. Talamandas kicherte und kam näher.

»Ich werde auf deiner Schulter reiten, ja?«

»Wenn du darauf bestehst«, brummte der Magier.

»Du lässt mir keine andere Wahl. Ein Gewirr dadurch zu kontrollieren, dass du es vor dir aufreißt und hinter dir wegwischst, mag ein Beweis deiner Meisterschaft sein, aber es lässt mir wenig Raum, um mich darin zu bewegen. Obwohl mir nicht ganz klar ist, warum wir uns ausgerechnet jetzt überhaupt mit Gewirren herumschlagen müssen.«

»Ich brauche Übung. Und außerdem hasse ich es, bemerkt zu werden.« Der Schnelle Ben winkte. »Dann komm an Bord.«

Die Stockschlinge kletterte am Bein des Magiers hinauf, setzte ihre Füße aus zusammengebundenen Bindfäden auf seinen Gürtel und zog sich an seiner Tunika hoch. Das Gewicht war kaum zu bemerken, als Talamandas sich auf seine linke Schulter setzte. Zweigfinger schlossen sich um seinen Kragen. »Mit ein oder zwei Stürzen werde ich fertig«, meinte die Stockschlinge, »aber lass es nicht zur Gewohnheit werden.«

Der Schnelle Ben schritt vorwärts, glitt durch die Lücke in der Mauer. Das Feuerlicht schickte helle Streifen durch die Dunkelheit, malte zufällige Lichtflecken auf den Körper des Magiers. Ein völlig schwarzer Schatten, der sich durch eine vom Feuer beschienene Szenerie bewegte, wäre zu auffällig gewesen. Er konzentrierte sich darauf, mit seiner Umgebung zu verschmelzen.

Flammen, Rauch und Asche. Schwaches Stöhnen aus eingestürzten Gebäuden; ein paar Straßen entfernt die Trauergesänge der Barghast.

»Die Pannionier sind alle fort«, flüsterte Talamandas. »Warum müssen wir uns dann noch verstecken?«

»Das ist meine Natur. Diese Vorsicht hat mich bis jetzt am Leben erhalten, und jetzt sei still.«

Er betrat eine Straße, die von Anwesen im Stil der Daru gesäumt wurde. Während andere Straßen bereits von den Anstrengungen der Weißgesichter kündeten, die Leichen fortzuschaffen, war hier noch nichts unternommen worden. Überall lagen tote pannionische Soldaten in entsetzlicher Anzahl herum, türmten sich besonders um ein Anwesen, dessen geschwärztes Torhaus ein von getrocknetem Blut eingerahmter Rachen war. Zu beiden Seiten des Tores verlief eine niedrige Mauer. Dunkle, reglose Gestalten hielten auf dieser Mauer Wache; sie standen anscheinend auf einer Art Wehrgang, der sich auf halber Höhe auf der anderen Seite befinden musste.

Sechzig Schritt entfernt am Fuß eines anderen Gebäudes hockend, musterte der Schnelle Ben die Szenerie. Der bittere Geruch von Zauberei hing noch immer in der Luft. Auf seiner Schulter zischte Talamandas plötzlich leise, als er diesen Geruch erkannte.

»Die Nekromanten! Die, die mich aus meinem Hügelgrab gezerrt haben!«

»Ich dachte, du hättest jetzt nichts mehr von ihnen zu befürchten«, murmelte der Schnelle Ben.

»Habe ich auch nicht, aber das macht meinen Hass oder meinen Abscheu nicht geringer.«

»Das ist schade, denn ich will mit ihnen sprechen.«

»Warum?«

»Um mir ein Urteil über sie zu bilden, warum sonst?«

»Das ist Schwachsinn, Magier. Was auch immer sie sind, sie sind nichts Gutes.«

»Und ich? Jetzt lass mich nachdenken.«

»Du kommst nie an diesen untoten Wachen vorbei.«

»Wenn ich sage, du sollst mich nachdenken lassen, meine ich damit, dass du den Mund halten sollst.«

Vor sich hinbrabbelnd und unruhig auf Bens Schulter herumtrippelnd, gab Talamandas widerwillig nach.

»Wir werden dafür ein anderes Gewirr brauchen«, sagte der Magier schließlich. »Die Frage ist – nehmen wir das Gewirr des Vermummten oder Aral Gamelon –«

»Aral was? Ich habe noch nie von –«

»Ein dämonisches Gewirr. Die meisten Zauberer, die Dämonen heraufbeschwören, öffnen einen Pfad nach Gamelon – obwohl sie es wahrscheinlich nicht kennen, zumindest nicht unter seinem richtigen Namen. Zugegeben, man kann auch in anderen Gewirren auf Dämonen stoßen – auf die Aptorian des Schattens beispielsweise. Doch die Korvalahrai und die Galayn, die beliebtesten Dämonen im Imperium, stammen beide aus Gamclon. Wie auch immer, wenn mein Instinkt mich nicht trügt, sind in diesem Anwesen beide Arten von Nekromantie präsent – du hast doch gesagt, sie sind zu zweit, oder?«

»Ja, und es sind auch zwei Arten von Wahnsinn.«

»Klingt interessant.«

»Was für ein wunderlicher Einfall! Hast du denn von den Seelen, die in dir wohnen, nichts gelernt, Magier? Wunderliche Einfälle sind tödlich. Mach etwas ausschließlich aus reiner Neugier, und es legt sich wie der Rachen eines Wolfs um deine Kehle. Und selbst wenn du es schaffst zu entkommen, verfolgt es dich. Für immer.«

»Du redest zu viel, Stockschlinge. Ich habe mich entschlossen. Auf geht's.« Er faltete das Rashan-Gewirr um sich herum und trat vor.

»Bei der Asche in der Urne!«, zischte Talamandas.

»Ja, es ist das Gewirr des Vermummten. Und – beruhigt dich das vertraute Gefühl? Es ist die bessere Wahl, wo der Vermummte dich doch höchstpersönlich gesegnet hat, richtig?«

»Ich bin nicht beruhigt.«

Das war nicht allzu überraschend, da der Schnelle Ben gerade die Veränderung um sich herum betrachtete. Der Tod tobte sich wahrlich aus in dieser Stadt. Seelen drängten sich auf den Straßen, gefangen in einem endlosen Kreislauf aus den letzten Augenblicken ihres Lebens. Die Luft war von Schreien erfüllt, von Weinen, vom Klirren der Waffen, dem Rumpeln einstürzender Gebäude und erstickendem Rauch. Darunter lagen zahllose Schichten von Tod und Sterben – jene, die sich wie aufeinander folgende Schneefälle überall dort ablagerten, wo sich Menschen versammelten. Generation um Generation.

Und doch – das wurde dem Schnellen Ben allmählich klar – war diese geistige Feuersbrunst nichts als ein Echo, waren die Seelen selbst geisterhaft. »Bei den Göttern hienieden«, murmelte er, als er plötzlich begriff. »Das sind nur Erinnerungen – Erinnerungen, die in den Steinen der Straßen und Gebäude stecken, Erinnerungen der Luft. Die Seelen – sie sind alle durch das Tor des Vermummten gegangen ...«

Talamandas hockte vollkommen reglos auf seiner Schulter. »Du sprichst die Wahrheit, Magier«, murmelte er schließlich. »Was ist hier geschehen? Wer hat all diese Toten mitgenommen?«

»Mitgenommen? Ja, unter die Fittiche genommen. Sie wurden gesegnet, alle miteinander, ihre Qualen beendet. Ist dies das Werk des Maskenrats?«

Die Stockschlinge spuckte aus. »Diese Narren? Das ist nicht sehr wahrscheinlich.«

Der Schnelle Ben schwieg eine Weile, dann seufzte er. »Capustan kann sich vielleicht doch wieder erholen. Ich hätte nicht gedacht, dass das möglich wäre. Nun, wollen wir mit diesen Geistern gehen?«

»Müssen wir das denn tun?«

Ohne zu antworten, schritt der Schnelle Ben vorwärts. Die untoten Wachen – Domänenser und Urdomen – waren dunkle Schatten, Flecken im Gewirr des Vermummten. Doch in der Sphäre, in der der Magier sich nun bewegte, waren sie seiner Präsenz gegenüber blind. Von den beiden Nekromanten, die im Innern des Hauses lebten, war somit einer unwirksam gemacht.

Das einzige verbleibende Risiko hatte etwas mit dem anderen – dem Beschwörer – zu tun. Der möglicherweise irgendwelche Dämonen losgelassen hatte, um die Verteidigungsanlagen des Anwesens zu verstärken.

Der Schnelle Ben schritt durch den Torweg. Der Hof vor ihm war frei von Leichen, obwohl hier und dort verkrustetes Blut die Pflastersteine bedeckte.

Zweigfinger krampften sich in seine Schulter. »Ich rieche –«

Der Sirinth-Dämon hatte vor der Tür des Hauptgebäudes gekauert, verborgen im Schatten unter dem Türsturz. Jetzt grunzte er und wuchtete seinen ungeschlachten Körper von dem Treppenabsatz, kam vollständig in Sicht. In faltige, krötengleiche Haut gehüllt, mit gespreizten Gliedern und einem breiten, niedrigen Kopf, der fast nur aus Maul und Fängen bestand, war der Sirinth massiger als ein Bhederin-Bulle. In kurzen Spurts jedoch konnte er blitzschnell sein.

Und ein kurzer Spurt war alles, was er benötigte, um den Schnellen Ben und Talamandas zu erreichen.

Die Stockschlinge schrie auf.

Der Schnelle Ben trat geschmeidig zur Seite, während er bereits ein anderes Gewirr öffnete, das über das des Vermummten geschichtet war. Ein Schritt rückwärts brachte ihn in dieses Gewirr, wo Hitze wie Flüssigkeit dahinströmte und ein trockenes, bernsteinfarbenes Licht die Luft erfüllte.

Der Sirinth wirbelte herum – und warf sich dann in Aral Gamelon flach auf den Bauch.

Der Schnelle Ben schob sich tiefer in das dämonische Gewirr hinein.

Wimmernd versuchte der Sirinth ihm zu folgen, nur um von einem jetzt sichtbaren eisernen Halsband und der dazugehörigen Kette zurückgerissen zu werden, wobei die Kette aus dem Gewirr herausführte – den ganzen Weg zurück, wie der Schnelle Ben wusste, zu dem Bannkreis, den der Beschwörer geschaffen haben musste, als er diese Kreatur gefesselt hatte.

»Das ist wirklich zu schlimm, mein Freund«, sagte der Magier, als der Dämon aufkreischte. »Dürfte ich dir ein Geschäft vorschlagen,

Sirinth? Ich zerbreche die Kette, und du ziehst los und suchst deine Liebsten. Friede zwischen uns.«

Die Kreatur erstarrte zu völliger Bewegungslosigkeit. Gefaltete Lider glitten zurück, um große, leuchtende Augen zu enthüllen. In der Sphäre der Sterblichen, die sie gerade verlassen hatten, brannten diese Augen wie Feuer. Hier, in Aral Gamelon, waren sie fast fügsam.

Fast. Halt dich nicht selbst zum Narren, Ben. Dieses Wesen da könnte dich mit einem Biss verschlingen. »Nun?«

Der Sirinth glitt zur Seite, streckte den Hals aus.

Magische Energie glühte auf dem Halsband und der Kette, die beide mit eingeritzten Glyphen übersät waren.

»Ich muss mir das ein bisschen genauer ansehen«, erklärte der Schnelle Ben dem Dämon. »Du solltest wissen, dass das Gewirr des Vermummten bei uns bleibt –«

»Aber das reicht nicht!«, zischte Talamandas. »Die untoten Wachen haben uns bemerkt!«

»Wir haben noch ein paar Augenblicke«, erwiderte der Schnelle Ben. »Das heißt, wenn du den Mund hältst. Sirinth, wenn ich jetzt an dich herantrete und du mich angreifst, zeige ich dir eine andere Kette, die du um den Hals trägst – die des Vermummten. Du wärst tot, aber doch nicht tot, gefangen im Dazwischen. Für immer. Hast du mich verstanden?«

Die Kreatur quietschte erneut, rührt sich ansonsten jedoch nicht.

»Gut, das reicht.«

»Du Narr –«

Ohne auf die Stockschlinge zu achten, trat der Schnelle Ben an die Seite des gewaltigen Dämons. Er wusste, dass dieser Kopf herumzucken konnte, schnell genug, um nicht mehr zu sein als eine verschwommene Bewegung, und das Maul sich öffnen könnte, um seinen Kopf, seine Schultern – und natürlich auch Talamandas – und seinen Rumpf bis zu den Hüften zu verschlingen.

Er musterte die Glyphen, gab ein Brummen von sich. »Das ist in der Tat fast perfekt. Andererseits reicht es, einen einzigen Faden aufzurollen, um diese Kette zu zerbrechen. Die Herausforderung besteht darin, den richtigen zu finden –«

»Willst du dich wohl beeilen! Diese Untoten sammeln sich – um uns!«

»Einen Augenblick bitte.« Der Schnelle Ben beugte sich näher heran, starrte blinzelnd die Siegel an. »Eigenartig«, murmelte er. »Das ist Korelri-Schrift. Hoch-Korelri, das seit Jahrhunderten nicht mehr benutzt worden ist. Nun, das ist dann leicht.« Er streckte eine Hand aus, murmelte ein paar Worte, und ritzte eine Glyphe mit seinem Fingernagel an. »So, damit hätten wir die Bedeutung verändert –« Der Schnelle Ben packte die Kette zu beiden Seiten des beschädigten Siegels und zog mit einem kräftigen Ruck.

Die Kette brach.

Der Sirinth machte einen Satz nach vorn und wirbelte dann herum, das Maul weit aufgerissen.

Talamandas schrie auf.

Der Schnelle Ben war bereits in der Luft, warf sich durch das Tor des Gewirrs, zurück in das des Vermummten, wo er sich eine Schulter anstieß, als er auf die Pflastersteine prallte und sich dann herumrollte und wieder auf die Beine kam – während Talamandas sich noch immer an seine Tunika klammerte. Und dann erstarrte der Magier.

Sie waren von dunklen, substanzlosen Gestalten umgeben, die jetzt, da ihre Beute nicht mehr sichtbar war, reglos verharrten.

Klugerweise sagte Talamandas nichts. Immer noch geduckt schob sich der Schnelle Ben langsam, lautlos zwischen den untoten Wachen hindurch, ging dann unbehindert weiter und näherte sich der doppelflügeligen Tür.

»Bei den Göttern«, stöhnte die Stockschlinge im Flüsterton, »warum tun wir das?«

»Vielleicht weil es Spaß macht?«

Der Schnelle Ben schlüpfte ins Innere des Gebäudes und zog die Tür hinter sich zu; das sanfte Klicken des Riegels schien übermäßig laut durch die Eingangsnische zu hallen.

»So«, schnaufte Talamandas. »Und welches Gewirr jetzt?«

»Ach, spüre ich da, dass du allmählich Gefallen an der Sache findest?«

»Das habe ich nicht gesagt, Sterblicher.«

Lächelnd schloss der Schnelle Ben das Gewirr des Vermummten. *Es sollte doch eigentlich klar sein, warum ich das hier tue, Stockschlinge. Ich habe zu lange ohne meine Gewirre auskommen müssen. Ich brauche Übung. Mehr noch, ich muss wissen, wie gut du bist. Und bis jetzt ist alles in Ordnung. Das Gift wird auf Distanz gehalten, kann nicht auf mich einwirken. Ich bin zufrieden.* Er schritt zur nächsten Wand, legte beide Hände gegen den kühlen Stein.

Talamandas lachte in sich hinein. »D'riss. Der Pfad des Steins. Schlauer Bursche.«

Der Schnelle Ben stieß das Gewirr auf, schlüpfte in die Mauer.

Das Ganze war alles andere als leicht. Stein konnte ohne Schwierigkeiten durchquert werden – sein Widerstand war nicht größer als der von Wasser –, Mörtel jedoch war weit weniger nachgiebig, zerrte an ihm, als er hindurchging, wie die Fäden eines besonders hartnäckigen Spinnennetzes. Und was noch schlimmer war, die Wände waren dünn, zwangen ihn, sich seitlich vorwärts zu schieben.

Er folgte dem Verlauf der Mauer von Raum zu Raum, arbeitete sich so immer weiter nach innen vor. Die Architektur der Daru war vorhersagbar und symmetrisch. Das Hauptzimmer im Erdgeschoss würde in der Mitte liegen. Höhere Stockwerke waren problematischer, aber meist war besagter Hauptraum von einer Kuppel überwölbt und drängte dadurch die Räume der oberen Stockwerke an die Seiten des Gebäudes.

Er konnte die Räume sehen, allerdings nur ganz schwach. Alles war körnig, grau, die Möbel nichts weiter als undeutliche, verschmierte Flecken. Lebendiges Fleisch jedoch leuchtete. *»Stein kennt Blut, kann es aber nicht halten. Stein sehnt sich nach Leben, kann es aber nur nachahmen.«* Diese Worte waren uralt. Sie stammten von einem Steinmetz und Bildhauer, der vor Jahrhunderten in Unta gelebt hatte. Sie schienen überaus passend, wenn man sich auf dem Pfad des Steins bewegte. Wenn man sich im Fleisch der Schlafenden Göttin befand.

Der Schnelle Ben glitt um eine Ecke und erhaschte den ersten Blick auf das Hauptzimmer.

Eine Gestalt ruhte auf einer Art Diwan in der Nähe des offenen

Kamins. Der Mann schien ein Buch zu lesen. Ein anderer Mann stocherte in den blassrosafarbenen, gedämpften Flammen herum, wobei er lautlos vor sich hin murmelte. Auf dem Kaminsims trippelte eine kleine Kreatur aufgeregt hin und her, eine Krähe oder vielleicht auch ein Rabe.

Der Mann auf dem Diwan sprach, während er die pergamentenen Seiten seines Buchs umblätterte; seine Worte klangen durch den Stein gedämpft und spröde. »Wenn du damit fertig bist, Emancipor, schick die Wachen auf ihre Posten auf den Mauern zurück. Wenn sie so im Innenhof im Kreis herumstehen und etwas anstarren, was gar nicht da ist, hat das etwas ziemlich Lächerliches. Das ist nicht unbedingt ein Anblick, der potenzielle Eindringlinge vor Furcht erstarren lässt.«

»Wenn Ihr nichts dagegen habt, Herr, würde ich Euch gern eine Frage stellen«, sagte Emancipor, während er vom Kamin aufstand und sich den Ruß von den Händen wischte. »Wenn wir unwillkommene Gesellschaft haben, sollten wir dann nicht etwas dagegen tun?«

»So wenig ich es auch schätze, meine Dämonen zu verlieren, mein lieber Diener, so gehe ich doch nicht davon aus, dass alle Besucher böswillig sind. Meinen Sirinth wegzuschicken war ohne Zweifel die einzige Möglichkeit, und auch dann war es noch ein risikobeladenes Unterfangen. Die Kette ist natürlich nur die Hälfte des Banns; die Befehle im Innern des Halsbands können nicht so leicht überwunden werden. Daher sollten wir uns ein wenig in Geduld üben, bis unser Gast beschließt, seinem oder ihrem Besuch eine förmliche Note zu verleihen.«

Talamandas Eichelkopf berührte das Ohr des Schnellen Ben. »Lass mich hier, wenn du hinaustrittst, Magier. Dass dieser Mann Verrat plant, ist nicht nur eine Möglichkeit, es ist eine verdammte Gewissheit.«

Der Schnelle Ben zuckte die Achseln. Das Gewicht der Stockschlinge verschwand von seiner Schulter.

Lächelnd trat der Magier aus dem Gewirr und machte sich daran, den körnigen Staub von seiner Tunika und dem Regenumhang zu klopfen.

Der sitzende Mann klappte ohne aufzublicken langsam sein Buch zu. »Etwas Wein, Emancipor, für mich und meinen Gast.«

Der Diener wirbelte herum und blickte den Schnellen Ben an. »Beim Atem des Vermummten! Wo ist er hergekommen?«

»Manchmal haben die Wände Augen, Ohren und auch noch den ganzen Rest. Kümmere dich um deinen Auftrag, Emancipor.« Der Mann hob schließlich den Kopf und begegnete dem Blick des Magiers.

Also, das ist der Blick eines Reptils. Aber da ich früher bei so etwas nie vor Angst gezittert habe, warum sollte ich es dann jetzt tun?

»Wein wäre wunderbar«, erwiderte der Schnelle Ben. Ebenso wie der sitzende Mann sprach er Daru.

»Etwas ... Blumiges«, fügte der Nekromant hinzu, während der Diener auf eine Seitentür zutrottete.

Die Krähe auf dem Kaminsims hatte aufgehört, auf und ab zu gehen, und musterte den Magier nun mit leicht schräg geneigtem Kopf. Nach einem kurzen Augenblick fing sie wieder an, hin und her zu trippeln.

»Bitte, setzt Euch doch. Mein Name ist Bauchelain.«

»Mich nennt man den Schnellen Ben.« Der Magier ging zu dem Plüschsessel hinüber, der gegenüber von dem Nekromanten stand, und setzte sich. Er seufzte.

»Ein interessanter Name. Treffend gewählt, wie ich wohl annehmen darf. Dem Angriff des Sirinth auszuweichen – ich schätze, er hat in dem Augenblick, in dem Ihr ihn befreit habt, unverzüglich angegriffen?«

»Das war wirklich schlau«, räumte der Schnelle Ben ein, »einen Verlängerungsspruch in das Halsband einzuschließen, einen letzten Befehl, denjenigen zu töten, der ihn befreit. Ich gehe davon aus, dass das Euch, seinen Beschwörer, nicht mit einschließt.«

»Ich lasse meine Dämonen niemals frei«, sagte Bauchelain.

»Niemals?«

»Jede Ausnahme in einem magischen Bann schwächt ihn. Daher lasse ich keine Ausnahmen zu.«

»Die armen Dämonen!«

Bauchelain zuckte die Schultern. »Ich bringe einfachen Werkzeugen keine besonderen Sympathien entgegen. Weint Ihr etwa um Euren Dolch, wenn er im Rücken des Opfers abbricht?«

»Das hängt davon ab, ob er den Bastard getötet oder ihn nur wütend gemacht hat.«

»Ah, aber dann weint Ihr um Euch selbst.«

»Ich habe einen Witz gemacht.«

Bauchelain zog eine schmale Augenbraue hoch.

Die folgende Stille wurde von Emancipors Rückkehr unterbrochen; der Diener trug ein Tablett, auf dem eine staubige Flasche und zwei Kristallkelche standen.

»Hast du dir kein Glas mitgebracht?«, fragte der Nekromant. »Bin ich denn so wenig egalitär, Emancipor?«

»Oh, äh, ich habe unten einen Schluck genommen, Herr.«

»So, hast du?«

»Um zu sehen, ob er blumig ist.«

»Und – ist er es?«

»Ich bin mir nicht sicher. Vielleicht. Was ist blumig?«

»Hm, ich glaube, wir sollten uns wieder mehr um deine Ausbildung kümmern, vor allem, was diese feineren Dinge betrifft. Blumig ist das Gegenteil von … hölzern. Das heißt in anderen Worten keine bitteren Erinnerungen an Harz, sondern an etwas Süßes, wie Narzissen oder Schädelkronen –«

»Diese Blumen sind giftig«, bemerkte der Schnelle Ben leicht beunruhigt.

»Aber ihr Äußeres ist hübsch und süß, ja? Ich bezweifle, dass einer von uns die Angewohnheit hat, Blumen zu essen, daher habe ich in der Analogie nach optischen Fingerzeigen für den lieben Emancipor gesucht.«

»Oh, ich verstehe.«

»Dann also noch mal, Emancipor, bevor du uns etwas aus der Flasche einschenkst. War der Nachgeschmack bitter oder süß?«

»Oh, äh, er war irgendwie … dumpf, Herr. Wie Eisen.«

Bauchelain stand auf und griff nach der Flasche. Hielt sie sich vor die Augen und schnüffelte an der Öffnung. »Du Idiot, das ist Blut aus Korbal Broachs Sammlung. Nicht aus dieser Reihe, aus der gegenüber. Bring die hier zurück in den Keller.«

Emancipors runzliges Gesicht war pergamentweiß geworden. »Blut? Wessen Blut?«

»Spielt das eine Rolle?«

Während Emancipor noch mit offenem Mund dastand, räusperte sich der Schnelle Ben und meinte: »Was Euren Diener angeht, scheint die Antwort – wie ich glaube – ›ja, das tut es‹ zu lauten.«

Die Krähe auf dem Kaminsims bewegte den Kopf ruckartig auf und ab und gab ein schnatterndes Geräusch von sich.

Der Diener sackte auf weichen Knien ein Stück in sich zusammen; die beiden Kelche auf dem Tablett stießen leise gegeneinander.

Stirnrunzelnd griff Bauchelain erneut nach der Flasche und schnüffelte ein zweites Mal. »Nun«, sagte er, als er sie zurück auf das Tablett stellte, »ich bin natürlich nicht derjenige, den man fragen sollte, aber ich glaube, es ist Jungfrauenblut.«

Dem Schnellen Ben blieb gar nichts anderes übrig, als nachzufragen. »Woran erkennt Ihr das?«

Bauchelain sah ihn mit hochgezogenen Brauen an. »Nun – es schmeckt hölzern.«

Zum Vermummten mit all diesen Plänen. Paran hockte krumm auf einer der niedrigeren Bänke im Großen Ratssaal des *Knechts*. Die Nacht schien von draußen in diesen riesigen staubigen Raum geströmt zu sein und die Fackeln an den Wänden zu dämpfen. Vor ihm war der Fußboden aufgerissen worden, hatte eine Anzahl staubüberkrusteter Ausleger-Kanus enthüllt. Die eingewickelten Leichname, die sich darin befunden hatten, waren von den Barghast in einer feierlichen Zeremonie weggeschafft worden, doch die in den Augen des Hauptmanns bedeutendsten Artefakte hatten sie zurückgelassen. Er wandte den Blick nicht von den Kanus ab, als läge in ihnen eine Wahrheit verborgen, die sich als überwältigend erweisen würde, wenn er sie nur herauslesen könnte.

Die Schmerzen in seinem Bauch waren im Augenblick nicht mehr als verblassende Echos. Er glaubte, dass er inzwischen die Quelle seiner Krankheit verstanden hatte. Er war kein Mann, der Macht gerne annahm, aber sie war ihm dennoch in den Schoß geworfen worden. Diese Macht war nicht so klar und offensichtlich wie ein Schwert, eins wie Dragnipur; sie war nichts, das er schwingen und mit dem er seine Feinde scharenweise niedermähen konnte wie ein rächender Dämon, der nur vor kalter Gerechtigkeit das Knie beugte. Aber dennoch Macht. Empfindsamkeit für unsichtbare Strömungen, Wissen um die feinen Linien, die alle Dinge und alle Lebewesen mit anderen Lebewesen verbanden. Ganoes Paran, der Autorität verachtete, war zum Schiedsrichter erwählt worden. Ein mit Macht ausgestatteter Besänftiger, dessen Aufgabe es war, eine Struktur – die Regeln des Spiels – bei Spielern zur Geltung zu bringen, die sich jeder Einschränkung ihrer Freiheit, die Dinge so zu tun, wie sie wollten, widersetzten.

Schlimmer als ein malazanischer Richter in Unta. Der muss sich nämlich eng an das Gesetz halten, während er gleichzeitig allen möglichen Einflüssen ausgesetzt ist, von rivalisierenden Fraktionen bis hin zu den Wünschen der Imperatrix höchstpersönlich. Das Stoßen und Ziehen, Schieben und Zerren macht selbst die simpelsten und einfachsten Entscheidungen zu Albträumen.

Kein Wunder, dass mein Körper zurückschaudert, dass er versucht zurückzuweisen, was man mir aufgezwungen hat.

Er war allein in der Ratshalle des *Knechts*. Die Brückenverbrenner fanden, dass die Unterkünfte der Gidrath besser zu ihnen passten, und waren im Moment zweifellos dabei, mit dem halben Hundert Gidrath, die die Innere Wachmannschaft des *Knechts* bildeten, zu spielen und sich sinnlos zu besaufen. Die Priester und Priesterinnen des Maskenrats hatten sich zur Nachtruhe zurückgezogen.

Und es schien, als hätte Treachs Todbringendes Schwert, der Mann namens Grantl, Freundschaftsbande mit Humbrall Taurs Tochter Hetan geknüpft, die – wie Paran vermutete – durchaus schließlich zu verwandtschaftlichen Beziehungen zwischen dem Mann und den Weißgesichtern führen konnten. Die beiden hatten sich irgendwohin ins Innere des *Knechts* verzogen, zweifellos auf der Suche nach einem Ort, wo sie ungestört waren. Was der Frau namens Stonny Menackis überhaupt nicht gefallen hatte.

Schild-Amboss Itkovian hatte seine Truppen zurück zu den Unterkünften in der Nähe von Fürst Jelarkans Palast geführt, um Ausbesserungsarbeiten auszuführen und dann am Morgen damit zu beginnen, die Flüchtlinge, die sich in den Tunneln unter der Stadt versteckten, wieder herauszuholen. Das Wiedererwachen Capustans würde sich wahrscheinlich als höchst schmerzhaft erweisen, und der Hauptmann neidete dem Grauen Schwert diese Aufgabe nicht.

Wir dagegen werden dann schon weitergezogen sein. Itkovian wird unter den Überlebenden jemanden finden müssen, der ein bisschen fürstliches Blut in den Adern hat – egal wie dünn es auch sein mag –, um ihn oder sie auf diesen blutbefleckten Thron zu setzen. Sämtliche inneren Strukturen der Stadt liegen in Trümmern. Wer wird die Überlebenden ernähren? Wie lange wird es dauern, bis es wieder Handel mit Städten wie Saltoan und Darujhistan gibt? Der Vermummte weiß, die Barghast schulden den Bewohnern von Capustan nicht das Geringste.

In seinem Bauch herrschte endlich Ruhe. Er holte zögernd Luft, seufzte langsam. *Macht.* Seine Gedanken glitten häufig in weltliche Erwägungen – eine Möglichkeit, das Ganze ein bisschen hinauszuzögern, wie er wohl wusste, und es machte Mühe, zu der einen Frage zurückzukehren, mit der er sich früher oder später würde auseinander setzen müssen. *Ein wahrer Wirbelwind von Plänen, und in jedem soll ich den Dreh- und Angelpunkt spielen. Ich brauche nur die Finger einer Hand zu spreizen, um so den ganzen Stapel Drachenkarten zu umfassen. Eine Tatsache, von der ich lieber nichts wüsste. Aber ich spüre die verdammten Karten in meinem Innern, wie die kaum gegliederten Knochen eines riesigen Tieres, so gigantisch, dass es in seiner Gesamtheit nicht erkennbar ist. Ein Skelett, das in Stücke gerissen zu werden droht. Es sei denn, ich kann durchhalten, und das ist die Aufgabe, die mir nun aufgezwungen wurde. Es alles zusammenzuhalten.*

Spieler im Spiel, die keine neuen Mitspieler wollen. Spieler außerhalb des Spiels, die mitmachen wollen. Spieler in vorderster Linie und Spieler dahinter, die sich in den Schatten bewegen. Spieler, die ehrlich spielen, und Spieler, die betrügen. Bei den Göttern, wo fange ich an, das alles zu entwirren?

Er dachte an Grantl, das Todbringende Schwert des erst vor kurzem aufgestiegenen Treach. In gewisser Weise war der Tiger des Sommers immer da gewesen, war stumm im Gefolge Feners dahingetrottet. Wenn die Geschichten wahr waren, hatte der Erste Held sich schon vor langer Zeit verloren, hatte sich voll und ganz den tierischen Instinkten seiner Wechselgänger-Gestalt hingegeben. *Dennoch, die Koinzidenz an sich ist überwältigend …* Paran war inzwischen zu der Vermutung gekommen, dass die Älteren Götter die Dinge vielleicht nicht in dem Maße geplant hatten, wie Nachtfrost es angedeutet hatte; dass günstige Gelegenheiten und glückliche Zufälle ebenso sehr für den Ablauf der Ereignisse verantwortlich waren wie alles andere. *Andernfalls hätte keiner von uns eine Chance gegen die Älteren Götter. Nicht einmal der Verkrüppelte Gott. Wenn alles geplant war, dann hätte in diesem Plan auch festgelegt werden müssen, dass Treach sich verliert – und dadurch zu einem Schläfer im Spiel wird, so dass die Bedrohung, die er für Fener darstellt, geschickt heruntergespielt wurde, bis zu dem Augenblick, wenn der Erste Held gebraucht wurde. Und auch sein Tod hätte arrangiert werden müssen, und man hätte auf die genauen Zeitabläufe achten müssen, so dass er genau im richtigen Moment aufsteigen würde.*

Und jedes Ereignis, das schließlich zu Feners Ende geführt hat, zu seiner plötzlichen, brutalen Verletzlichkeit, hätte den Älteren Göttern bis zur allerletzten Kleinigkeit hin bekannt sein müssen.

Das heißt, wenn wir nicht alle Rollen spielen, die vorherbestimmt und somit unausweichlich sind – und daher auch solchen Wesen wie den Älteren Göttern bekannt sein können –, wenn das also nicht der Fall ist, dann kann alles, was jeder von uns tut oder nicht tut, tief gehende Konsequenzen haben. Und zwar nicht nur für unser eigenes Leben, sondern für die Welt – die Welten, sämtliche Existenzsphären.

Er erinnerte sich an die Schriften von Historikern, die genau das behauptet hatten. *Zum Beispiel Duiker, der alte Soldat, obwohl er inzwischen schon lange in Ungnade gefallen ist. Jeder Gelehrte, der eine imperiale Robe akzeptiert, macht sich sofort verdächtig … aus offensichtlichen Gründen; schließlich könnte er befangen, seine Integrität in Frage gestellt sein. Trotzdem – in seinen frühen Tagen war er ein glühender Verfechter des Konzepts von der Bedeutung des Individuums.*

Der Fluch großer Geister. Sie sind noch jung, wenn sie eine große Idee haben, sie überleben die Belagerung, die unausweichlich erfolgen wird, und stehen schließlich auf der Brustwehr Wache, wenn der Krieg längst vorüber ist, die Waffen stumpf in bleischweren Händen … verdammt, ich fange schon wieder an abzuschweifen.

Also sollte er der Dreh- und Angelpunkt sein. Eine Position, die ein plötzliches Aufblühen seines Ego verlangte, einen unerschütterlichen Glauben an seine eigene Effektivität. *Und das ist leider das Letzte, wozu ich fähig bin. Stattdessen werde ich von Unsicherheit und Zweifeln gequält, von all den Fehlern, die einem Menschen innewohnen, der chronisch ohne Ziel ist. Der jedes persönliche Ziel unterminiert wie ein Baum, der an seinen eigenen Wurzeln nagt, und wenn auch nur, um seine grimmige Überzeugung dadurch zu beweisen, dass er umstürzt.*

Bei den Göttern, vielleicht sollten wir mal über falsche Entscheidungen reden …

Ein raschelndes Geräusch ließ Paran aufschrecken; es war noch jemand anderes im Ratssaal. Blinzelnd versuchte er, im Zwielicht etwas zu erkennen. Inmitten der Kanus stand eine Gestalt, groß und massig, in eine Rüstung aus matten Münzen gehüllt.

Der Hauptmann räusperte sich. »Stattet Ihr ihnen einen letzten Besuch ab?«

Der Barghast-Krieger richtete sich auf.

Sein Gesicht kam Paran vertraut vor, doch es dauerte ein paar Augenblicke, bis er den jungen Mann erkannte. »Ihr seid Cafal, nicht? Der Bruder von Hetan.«

»Und Ihr seid der malazanische Hauptmann.«

»Ganoes Paran.«

»Der-Den-Segen-Erteilt.«

Paran runzelte die Stirn. »Nein, der Titel würde besser zu Itkovian passen, dem Schild-Amboss –«

Cafal schüttelte den Kopf. »Er trägt nur Bürden. Ihr seid derjenige, Der-Den-Segen-Erteilt.«

»Wollt Ihr damit sagen, dass, wenn es irgendjemanden gibt, der in der Lage wäre, Itkovians Bürde ... leichter zu machen ... dass ich das wäre? Ich brauche ihn nur zu ... *segnen?*« *Eigentlich hatte ich gedacht, ich sollte nur Schiedsrichter sein. Offensichtlich ist es aber noch komplizierter. Die Macht zu segnen? Beru, schütze mich.*

»Es ist nicht an mir, so etwas zu sagen«, grollte Cafal; seine Augen glitzerten im Fackellicht. »Ihr könnt niemanden segnen, der Euch das Recht abspricht, so etwas zu tun.«

»Ein guter Einwand. Kein Wunder, dass die meisten Priester unglücklich sind.«

Zähne glänzten. Entweder grinste der Barghast, oder es bedeutete etwas Unangenehmeres.

Oh, ich glaube, mir gefällt diese Vorstellung des Segnens nicht. Aber das Ganze ergibt einen Sinn. Wie sonst sollte ein Herr der Drachenkarten ein Schiedsverfahren abschließen? In der Tat, genau wie ein Richter in Unta, nur dass da etwas Religiöses mit drin ist – und das verschafft mir ein unbehagliches Gefühl. Denk später darüber nach, Ganoes ...

»Ich habe hier gesessen«, sagte Paran, »und mir ist immer mal wieder die Idee gekommen, dass in diesen vermoderten Kanus ein Geheimnis verborgen liegt.«

Cafal grunzte.

»Hätte ich Unrecht, wenn ich das als Zustimmung werte?«

»Nein.«

Paran lächelte. Er hatte gelernt, dass die Barghast nur sehr ungern zu irgendetwas ja sagten, doch man konnte ihnen dennoch eine Zustimmung entlocken, indem man sie dazu brachte, *nein* zum Gegenteil zu sagen. »Wäre es Euch lieber, wenn ich gehen würde?«

»Nein. Nur Feiglinge horten Geheimnisse. Kommt näher, wenn Ihr wollt, und seht Euch zumindest eine der Wahrheiten in diesen uralten Booten an.«

»Ich danke Euch«, erwiderte Paran und stemmte sich langsam hoch. Er holte sich eine Laterne, kletterte in die Grube hinunter und stand schließlich neben Cafal auf der schimmeligen Erde.

Die rechte Hand des Barghast ruhte auf einem geschnitzten Bug.

Paran betrachtete ihn genauer. »Das sind Kampfszenen. Auf See.«

»Das ist nicht das Geheimnis, das ich Euch zeigen wollte«, sagte Cafan mit seiner tiefen, grollenden Stimme. »Die Holzschnitzer waren sehr geschickt. Sie haben die Nahtstellen gut verborgen, und noch nicht einmal die Jahrhunderte, die inzwischen vorbeigezogen sind, konnten ihnen etwas anhaben. Dieses Kanu sieht aus, als wäre es aus einem einzigen Baumstamm geschnitzt, seht Ihr? Das wurde es auch, aber nichtsdestotrotz wurde dieses Boot in Stücken konstruiert – könnt Ihr es erkennen, Ganoes Paran?«

Der Hauptmann kauerte sich hin und betrachtete das Kanu aus der Nähe. »Kaum«, sagte er nach einer Weile, »und wenn überhaupt, dann auch nur deshalb, weil ein paar der Teile sich entlang der Nahtstellen ein wenig verzogen haben. Diese Felder mit den Kampfszenen zum Beispiel –«

»Stimmt, die zum Beispiel. Und jetzt seht das Geheimnis.« Cafal zog ein Jagdmesser mit breiter Klinge aus seinem Gürtel. Er schob die Spitze und die Schneide unter das Feld mit der Schnitzerei. Drehte.

Der Deckel mit der Kampfszene sprang am Bugende auf. Dahinter kam eine längliche Höhlung zum Vorschein. Darin schimmerte etwas stumpf. Nachdem Cafal das Messer wieder in den Gürtel gesteckt hatte, griff er in die Höhlung und zog das Objekt heraus.

Ein Schwert; die wassergeätzte schmale Klinge war einschneidig und sah im Fackellicht aus, als wäre sie flüssig. Die Waffe war überlang, die letzte Handspanne bis zur Spitze leicht verbreitert. Eine kleine, rautenförmige Parierstange aus schwarzem Eisen schützte den mit Sehnen umwickelten Griff. Dieses Schwert hatte uneingeölt und ohne Scheide Jahrhunderte überdauert – doch es wies keinerlei Spuren einer solchen Zeitspanne auf.

»Da ist Zauberei im Spiel.«

»Nein.« Cafal hob die Waffe, schloss beide Hände auf merkwürdige Weise – mit verschränkten Fingern – um den Griff. »Als unser Volk noch jung war, gab es noch eine perfekte Einheit von Geduld und Geschick. Die Klingen, die wir seinerzeit hergestellt haben, waren damals unvergleichlich, und sie sind es bis heute geblieben.«

»Verzeiht mir, Cafal, aber die Hakenschwerter und die Speere, die ich bei Euren Kriegern gesehen habe, lassen eigentlich nicht auf besondere Fähigkeiten schließen.«

Cafal bleckte die Zähne. »Es gibt nichts zu verzeihen. Tatsächlich sind Eure Worte noch viel zu freundlich. Die Waffen, die unsere Schmiede heute herstellen, sind schlecht. Wir haben das alte Wissen verloren.«

»Ich kann mir nicht vorstellen, dass ein völlig normales Schwert ohne Scheide eine derart nachlässige Behandlung unbeschadet übersteht, Cafal. Seid Ihr sicher, dass es nicht mit –«

»Das bin ich. Es ist eine Frage der Legierung, der Mischung verschiedener Metalle. Diese Mischung trotzt dem nagenden Zahn der Zeit. In ihr wurden Metalle verarbeitet, die erst wiederentdeckt werden müssen, was jetzt, wo die Magie so weit verbreitet ist, vielleicht nie geschehen wird.« Er hielt Paran das Schwert hin. »Es sieht schlecht ausbalanciert aus, nicht wahr? Zu kopflastig. Hier.«

Paran nahm die Waffe entgegen. Sie war so leicht wie ein Dolch. »Unmöglich«, murmelte er. »Es muss zerbrechen –«

»Nicht so ohne weiteres, Hauptmann. Es wirkt starr, ja? Daraus schließt Ihr, dass es spröde sein muss, aber das ist es nicht. Überprüft die Schneide. Sie hat keine Scharten, aber dieses Schwert hier hat viele, viele Kämpfe mitgemacht. Die Schneide bleibt scharf. Dieses Schwert muss nicht bemuttert werden.«

Paran gab es zurück und betrachtete die Kanus. »Und in den Booten da sind noch mehr von diesen Waffen?«

»So ist es.«

»Wer wird sie benutzen? Die Kriegshäuptlinge?«

»Nein. Kinder.«

»Kinder?«

»Sorgfältig ausgewählt, werden sie ihre Übungen mit diesen Schwertern beginnen. Stellt Euch vor, Ihr würdet diese Klinge führen, Hauptmann. Eure Muskeln sind an etwas viel Schwereres gewöhnt. Ihr würdet es entweder zu heftig schwingen oder zu sehr versuchen, das fehlende Gewicht auszugleichen. Ein harter Hieb würde es Euch aus der Hand schlagen. Nein, diese Schwerter können ihr wirkliches Potenzial nur in Händen entwickeln, die noch nie eine andere Waffe geschwungen haben. Und viel von dem, was diese Kinder lernen werden, werden sie sich selbst beibringen müssen – denn wie sollen wir ihnen etwas beibringen, das wir selbst nicht wissen?«

»Und welchem Zweck werden diese Schwerter dienen? Und die jungen Krieger, die sie führen werden?«

»Eines Tages bekommt Ihr vielleicht eine Antwort auf diese Frage, Ganoes Paran.«

Paran schwieg eine Weile. »Ich glaube«, sagte er schließlich, »ich habe gerade noch ein anderes Geheimnis herausgefunden.«

»Und was ist das?«

Ihr werdet diese Kanus zerlegen, werdet lernen, wie man sie baut. »Wird das Land lange Eure Heimat bleiben, Barghast?«

Cafal lächelte. »Nein.«

»So ist das also.«

»So ist das also. Hauptmann, Humbrall Taur möchte Euch um etwas bitten. Wollt Ihr seine Bitte von ihm persönlich hören, oder darf ich sie in seinem Namen aussprechen?«

»Fahrt fort.«

»Die Barghast hätten gerne, dass ihre Götter ... gesegnet werden.«

»Was? Dafür braucht Ihr mich nicht –«

»Das ist wahr. Trotzdem bitten wir Euch darum.«

»Nun, lasst mich darüber nachdenken, Cafal. Eines meiner Probleme ist, dass ich nicht weiß, wie man das macht. Soll ich einfach zu den Gebeinen hingehen und sagen: ›Ich segne euch‹, oder ist etwas Komplizierteres notwendig?«

Cafals dichte Brauen wanderten in die Höhe. »Ihr wisst es nicht?«

»Nein. Vielleicht wollt Ihr ja alle Eure Schamanen zusammenrufen und die Angelegenheit besprechen.«

»Ja, genau das werden wir tun müssen. Wenn wir herausfinden, welches Ritual erforderlich ist, werdet Ihr es dann durchführen?«

»Ich habe gesagt, ich werde darüber nachdenken, Cafal.«

»Warum zögert Ihr?«

Weil ich ein Dreh- und Angelpunkt bin, und was ich mich zu tun entschließe, könnte – wird – alles verändern. »Ich will Euch nicht beleidigen. Aber ich bin ein vorsichtiger Bastard.«

»Ein Mann, der Macht hat, muss entschlossen handeln, Ganoes Paran. Sonst rinnt sie ihm durch die Finger.«

»Wenn ich mich entschließe zu handeln, Cafal, dann wird es entschlossen sein. Wenn es mir sinnvoll erscheint. Eines hingegen werde ich nicht tun: überstürzt handeln – und wenn ich tatsächlich solch eine gewaltige Macht habe, dann solltet Ihr froh darüber sein.«

Der Barghast-Krieger gab ein Brummen von sich. »Vielleicht ist Eure Vorsicht ja doch weise. Ich werde meinem Vater Eure Worte übermitteln.«

»So sei es.«

»Falls Ihr die Einsamkeit sucht, solltet Ihr sie woanders suchen. Gleich werden meine Verwandten kommen, um die übrigen Waffen zu bergen. Hier wird es heute Nacht ziemlich geschäftig zugehen.«

»In Ordnung. Ich gehe ein bisschen spazieren.«

»Seht Euch vor, Ganoes Paran.«

Der Hauptmann drehte sich um. »Vor was?«

»Der Maskenrat weiß, wer – was – Ihr seid, und es gefällt ihnen nicht.«

»Warum?«

Cafal grinste breit. »Der Maskenrat schätzt Rivalen nicht besonders. Sie erkennen Keruli, der sich ihrer Gemeinschaft anschließen will, noch immer nicht an. Ihr – nun, Ihr könntet durchaus in einer Position sein, aus der sich der Anspruch ableiten ließe, in allen Dingen ihr Herr zu sein. Die Augen hinter den Masken verschießen Blitze, Hauptmann.«

»Beim Atem des Vermummten«, seufzte Paran. »Wer ist dieser Keruli eigentlich?«

»Der Hohepriester K'ruls.«

»K'rul? Der Ältere Gott?«

»Geht davon aus, dass Keruli Euch um Euren Segen bitten wird. Im Namen seines Gottes.«

Paran rieb sich die Stirn; er war schlagartig unvorstellbar müde.

»Ich habe meine Meinung geändert«, murmelte er. »Ich mache mir eigentlich doch nichts aus einem Spaziergang.«

»Was werdet Ihr dann tun?«

»Mir ein Loch suchen und mich darin verkriechen, Cafal.«

Das Lachen des Barghast klang rau und nicht ganz so mitfühlend, wie Paran es sich eigentlich gewünscht hätte.

Emancipor Reese hatte im Keller tatsächlich eine geeignetere Flasche gefunden und die Kelche gefüllt, ehe er den Raum hastig verlassen hatte, wobei die krankhafte Blässe in seinem faltigen Gesicht eher noch zugenommen zu haben schien.

Der Schnelle Ben zögerte dennoch, als er das erste Mal an seinem Kelch nippte. Nach einem Augenblick schluckte er und seufzte dann.

Auf Bauchelains Zügen, der ihm gegenübersaß, erschien ein leichtes Lächeln. »Hervorragend. Nun, Ihr habt einige, gewiss nicht unbeträchtliche Mühen auf Euch genommen, die Verteidigungsanlagen dieses Anwesens zu durchdringen. Es muss also einen Grund geben, warum Ihr hergekommen seid. Daher habt Ihr jetzt meine uneingeschränkte Aufmerksamkeit.«

»Ihr praktiziert Dämonenbeschwörung. Das ist die seltenste und schwierigste Disziplin der nekromantischen Künste.«

Bauchelains Antwort bestand aus einem bescheidenen Schulterzucken.

»Und die Macht, auf die dabei zurückgegriffen wird«, fuhr der Schnelle Ben fort, »entstammt zwar dem Gewirr des Vermummten, doch sie ist auch stark mit Chaos behaftet. Sie streift an beiden Seiten der Grenze zwischen den genannten Gewirren entlang. Nur so nebenbei – wieso glaubt Ihr, dass der Beschwörung von Dämonen ein Todesaspekt innewohnt?«

»Es geht darum, absolute Kontrolle über eine Lebenskraft geltend zu machen, Schneller Ben. Die Drohung der Auslöschung ist von Natur aus todesbezüglich. Aber fahrt doch fort, was Eure Bemerkung hinsichtlich des Einflusses des Chaos-Gewirrs betrifft.«

»Die Gewirre sind vergiftet worden.«

»Oh. Es gibt viele Nuancen chaotischer Macht. Das, was die Gewirre beeinflusst, hat wenig mit den Elementen des Chaos-Gewirrs zu tun, mit denen ich mich befasse.«

»Dann ist also Euer Zugriff auf Eure Gewirre noch nicht beeinträchtigt worden.«

»Das habe ich nicht gesagt«, erwiderte Bauchelain und machte eine Pause, um einen Schluck Wein zu trinken. »Die ... Infektion ... ist ein Ärgernis, eine unglückliche Entwicklung, die noch schlimmer zu werden droht. Irgendwann werde ich es vielleicht als notwendig erachten, Vergeltung an dem mir bislang noch unbekannten Wesen zu üben, das dafür verantwortlich ist. Mein Gefährte, Korbal Broach, hat mir seine wachsende Besorgnis kundgetan – er arbeitet direkter mit dem Gewirr des Vermummten und hat daher auch stärker unter den Beeinträchtigungen zu leiden.«

Der Schnelle Ben warf der Krähe auf dem Kaminsims einen kurzen Seitenblick zu. »Ach, tatsächlich ... Nun«, fügte er hinzu und wandte seine Aufmerksamkeit wieder Bauchelain zu, »was das angeht, kann ich Euch ganz genau sagen, wer dafür verantwortlich ist.«

»Und warum solltet Ihr uns das mitteilen, Magier? Ach, vielleicht, weil Ihr auf unsere Hilfe spekuliert – ich gehe davon aus, dass Ihr Euch diesem ... Vergifter entgegenstellen wollt. Und auf der Suche nach möglichen Verbündeten seid.«

»Verbündete? Euch um Hilfe ersuchen? Nein, mein Herr, Ihr missversteht mich. Ich gebe Euch diese Information einfach so. Ja, ich erwarte nicht nur keine Gegenleistung, ich würde sie sogar mit allem Respekt ablehnen, solltet Ihr mir eine anbieten.«

»Eigenartig. Kommt Eure Macht denn der der Götter gleich?«

»Ich kann mich nicht daran erinnern, in diesem Gespräch etwas von Göttern gesagt zu haben, Bauchelain.«

»Wie wahr; doch wie auch immer, das Wesen, das für die Vergiftung sämtlicher Gewirre verantwortlich ist, ist ohne Zweifel ein Furcht erregendes Individuum – wenn es kein Gott ist, dann ist es zumindest ein Anwärter auf eine solche Position.«

»Natürlich«, sagte der Schnelle Ben mit einem Lächeln, »bin ich nicht in der Lage, den Göttern ihren Rang streitig zu machen.«

»Eine weise Entscheidung.«

»Aber manchmal schlage ich sie in ihrem eigenen Spiel.«

Bauchelain musterte den Magier, lehnte sich dann langsam zurück. »Ich stelle fest, dass ich Eure Gesellschaft genieße, Schneller Ben. Ich bin nicht leicht zu unterhalten, aber Ihr habt Euch heute Nacht in der Tat als achtbare Zerstreuung erwiesen, und dafür danke ich Euch.«

»Das Vergnügen ist ganz auf meiner Seite.«

»Mein Gefährte, Korbal Broach, möchte Euch allerdings leider töten.«

»Man kann es nicht jedem recht machen.«

»Das ist nur allzu wahr. Er mag es nicht, wenn man ihn verwirrt, versteht Ihr, und Ihr habt ihn verwirrt.«

»Am besten bleibt er einfach auf dem Kaminsims hocken«, meinte der Schnelle Ben ruhig. »Ich bin nicht besonders nett zu Zwischenrufern.«

Bauchelain hob eine Braue.

Der Schatten von Flügeln breitete sich plötzlich gewaltig zur Linken des Schnellen Ben aus, als Korbal Broach vom Kaminsims hüpfte und sich noch in der Luft zu verwandeln begann.

Der Malazaner streckte den linken Arm aus, und Wogen aus vielschichtiger magischer Energie fegten durch den Raum und trafen den Nekromanten.

Korbal Broach war halb Mann, halb verwahrloste Krähe – er hatte die Verwandlung in seine menschliche Gestalt noch nicht vollständig abgeschlossen. Die Wogen seiner Macht mussten erst noch erblühen. Der Nekromant wurde von dem Aufprall magischer Energien von den Beinen gerissen, war in ihrem Brennpunkt gefangen. Sie trafen oberhalb des Kamins auf die Wand, rissen auch die merkwürdige, geflügelte, halbmenschliche Gestalt mit, und detonierten.

Bemalter Gips explodierte in einer Staubwolke. Die Wand erzitterte, stürzte dort, wo Korbal Broach dagegengeprallt war – und ein Loch geschlagen hatte –, nach innen. Das Letzte, was der Schnelle Ben von dem Mann sah, waren seine Stiefel, bevor der aufwallende

Staub und die zuckenden Fühler der Macht die Wand in einen undurchsichtigen Schleier hüllten.

Von jenseits der Wand war ein dumpfes Geräusch zu hören – es kam wahrscheinlich aus einem Korridor –, danach war das Einzige, was die Stille durchbrach, das Prasseln von Gips auf die Einfassung des Kamins.

Der Schnelle Ben ließ sich langsam wieder in seinen Stuhl sinken.

»Noch etwas Wein?«, fragte Bauchelain.

»Gern. Ich danke Euch. Entschuldigt die Unordnung.«

»Macht Euch darüber keine Gedanken. Ich habe noch nie gesehen, wie sechs oder vielleicht auch sieben Gewirre gleichzeitig entfesselt wurden, alle auf komplizierte Weise so miteinander verbunden, dass sie sich wunderbar ergänzen. Ihr seid ein Künstler, mein Herr. Wird Korbal Broach sich wieder erholen?«

»Ich bin Euer Gast, Bauchelain. Es wäre ein ziemlich armseliges Benehmen, Euren Gefährten zu töten. Schließlich bin ich, genau betrachtet, auch *sein* Gast.«

Da der Kamin stark beschädigt war, füllte sich der Raum langsam mit Rauch.

»Das ist wahr«, gab Bauchelain zu. »Obwohl er, worauf ich – wenn auch widerstrebend – noch einmal hinweisen möchte, versucht hat, Euch umzubringen.«

»Kein Grund zur Bestürzung«, erwiderte der Malazaner. »Ich habe mich nicht sonderlich belästigt gefühlt.«

»Und genau das finde ich am erstaunlichsten. In Eurer Zauberei war nicht das geringste Anzeichen von Chaosgift, Schneller Ben. Ihr könnt Euch wahrscheinlich die Vielzahl von Fragen vorstellen, die ich gerne an Euch richten würde.«

Vom Korridor her war ein Stöhnen zu vernehmen.

»Und ich muss gestehen«, fuhr Bauchelain fort, »dass Neugier ein ziemlich zwanghafter Charakterzug von mir ist, der häufig zu bedauerlicher Gewalttätigkeit führt, unter der dann die Person zu leiden hat, die gefragt wird – besonders, wenn er oder sie nicht so zuvorkommend ist, wie ich es mir wünsche. Also, sechs, sieben Gewirre –«

»Sechs.«

»Dann also sechs – und alle gleichzeitig … Nun, Eure Behauptung, dass Ihr Euch von Korbals Angriff nicht sonderlich belästigt gefühlt habt – und Euch somit auch nicht anstrengen musstet, ihn abzuwehren –, betrachte ich als gespielte Tapferkeit. Daraus wiederum schließe ich, dass Ihr … nun, sagen wir es offen … *verbraucht* seid.«

»Ihr gebt mir deutlich zu verstehen, dass ich hier nicht mehr willkommen bin«, sagte der Schnelle Ben und stellte seufzend seinen Kelch ab.

»Nicht unbedingt. Ihr braucht mir nur alles zu erzählen, und wir können auf diese zivilisierte Weise weitermachen.«

»Ich fürchte, das wird nicht möglich sein«, erwiderte der Malazaner. »Nichtsdestotrotz werde ich Euch mitteilen, dass es sich bei dem Wesen, das die Gewirre vergiftet, um den Verkrüppelten Gott handelt. Ihr werdet über … Vergeltungsmaßnahmen … ihm gegenüber nachdenken müssen. Wahrscheinlich eher als Ihr glaubt.«

»Ich danke Euch. Ich kann nicht leugnen, dass ich beeindruckt davon bin, dass Ihr sechs Gewirre beherrscht, Schneller Ben. Rückblickend betrachtet hättet Ihr aber zumindest die Hälfte dessen, worüber Ihr gebietet, zurückhalten sollen.« Der Nekromant machte Anstalten, sich zu erheben.

»Aber, Bauchelain«, erwiderte der Magier, »das habe ich doch getan.«

Dem Diwan und dem Mann darauf erging es unter dem Aufprall der magischen Energien eines halben Dutzends ineinander verflochtener Gewirre kaum besser als wenige Augenblicke zuvor der Wand und Korbal Broach.

In dem rauchigen Korridor, der zur Vordertür des Anwesens führte, begegnete der Schnelle Ben Emancipor Reese. Der Diener hatte sich ein Tuch um den unteren Teil seines Gesichts gebunden; seine Augen tränten, als er den Magier anblinzelte.

»Deine Herren bedürfen deiner Aufmerksamkeit, Emancipor.«

»Sind sie noch am Leben?«

»Natürlich. Obwohl eine Rauchvergiftung –«

Der Diener schob sich am Schnellen Ben vorbei. »Was ist bloß mit euch allen los?«, bellte er.

»Was meinst du damit?«, rief ihm der Malazaner fragend nach.

Emancipor drehte sich halb um. »Ist das denn nicht offensichtlich? Wenn Ihr eine Wespe zu Boden schlagt, dann benutzt Ihr anschließend Eure Ferse, richtig? Andernfalls ist es möglich, dass Ihr gestochen werdet.«

»Willst du mich dazu ermuntern, deine Herren zu töten?«

»Ihr seid alle verdammte Idioten, die der Vermummte verfluchen soll, ja, das seid Ihr! Wisch das auf, Mancy! Schrubb das ab! Vergrab das im Garten! Pack die Kisten – wir müssen rasch aufbrechen! Es ist mein Fluch – *niemand bringt sie um!* Ihr glaubt, dass mir meine Arbeit gefällt? Idioten! Ihr glaubt, dass –«

Der alte Mann wütete immer noch lautstark, als der Schnelle Ben sich nach draußen zurückzog.

Talamandas erwartete ihn auf der Schwelle. »Du weißt, dass er Recht hat –«

»Ruhe«, schnappte der Magier.

Draußen waren die untoten Wachen von den Wehrgängen auf den Mauern gestürzt und lagen auf den Pflastersteinen. Doch sie begannen, sich wieder zu regen. Gliedmaßen ruckten und zuckten. *Wie gepanzerte Käfer, die auf dem Rücken liegen. Wir sollten machen, dass wir hier wegkommen. Denn jetzt bin ich wirklich erschöpft.*

»Ich hätte mich fast in der Wand versteckt, die du zerstört hast, musst du wissen.«

»Das wäre sehr großes Pech gewesen«, erwiderte der Schnelle Ben. »Steig auf – wir verschwinden.«

»Ah, endlich mal ein bisschen Weisheit.«

Bauchelain öffnete die Augen. Emancipor blickte auf ihn herab.

»Wir sind im Garten, Herr«, sagte der Diener. »Ich habe Euch und Korbal hier herausgeschleift. Und auch das Feuer gelöscht. Jetzt muss ich noch alle Fenster öffnen …«

»Sehr gut, Emancipor«, ächzte der graubärtige Nekromant nach einem Augenblick. »Emancipor«, rief er, als der Diener sich anschickte, die selbst gestellte Aufgabe zu erfüllen.

»Ja, Herr?«

»Ich muss zugeben, dass ich … ein wenig … verwirrt bin. Haben wir einen chronischen Fehler, Emancipor?«

»Herr?«

»Unterschätz – ach, es ist nicht so wichtig, Emancipor. Kümmere dich um deine Arbeit.«

»Jawohl, Herr.«

»Oh, und du hast dir einen Bonus für deine Mühen verdient – was wünschst du dir?«

Der Diener starrte vielleicht ein Dutzend Herzschläge auf Bauchelain herab, dann schüttelte er den Kopf. »Schon recht, Herr. Das gehört zu meinen Aufgaben. Und um die werde ich mich jetzt kümmern.«

Der Nekromant hob den Kopf, um dem alten Mann nachzublicken, als er wieder ins Haus trottete. »Was für ein bescheidener Mann«, hauchte er. Dann schaute er an seinen zerrissenen Kleidern hinunter und seufzte. »Ich frage mich, was ich noch im Schrank habe?«

Soweit er sich erinnern konnte – und in Anbetracht der jüngsten Ereignisse –, war das nicht mehr viel.

Wieder einmal in Schatten gehüllt, huschte der Schnelle Ben die mit Trümmern übersäte Straße entlang. Die meisten Brände waren entweder von allein ausgegangen oder gelöscht worden, und in keinem der noch stehenden Gebäude war Licht hinter den Läden oder in den gähnenden Fensteröffnungen zu sehen. Während die Sterne den Nachthimmel beherrschten, regierte Dunkelheit die Stadt.

»Verdammt unheimlich«, flüsterte Talamandas.

Der Magier gab ein leises Brummen von sich. »Das ist wirklich köstlich, immerhin kommt es von jemandem, der Generationen in einer Urne mitten in einem Hügelgrab verbracht hat.«

»Wanderer wie du haben keine Ahnung, was Vertrautheit wirklich bedeutet«, schniefte die Stockschlinge.

Direkt vor ihnen verdeckte die dunkle Masse des *Knechts* den Horizont. Auf dem Platz vor dem Haupttor brannten ein paar Fackeln, in deren Licht sich die verwinkelten Steine des Gebäudes undeutlich abzeichneten. Als sie eine Straße betraten, die zu dem Vorplatz führte, stießen sie auf die erste Gruppe von Barghast, die um ein Feuer aus Möbelresten saßen. Planen, die auf der ganzen Länge zwischen den Gebäuden aufgespannt worden waren, ließen die Straße wie einen Tunnel wirken und verliehen ihr erstaunliche Ähnlichkeit mit einer Marktstraße im Reich der Sieben Städte. Gestalten lagen schlafend am Straßenrand. Eine Hand voll Kochfeuer malte rauchbesudelte Fleckenmuster auf die Unterseite der Planen. Eine ganze Reihe Barghast-Krieger waren noch wach und wachsam.

»Ich hoffe, du wirst nicht versuchen, ungesehen durch diese Gedränge zu kommen, Magier«, murmelte Talamandas. »Wir werden sie umgehen müssen, vorausgesetzt, du hegst noch immer diesen bizarren Wunsch, dich wie eine Maus in eine Hütte voller Katzen zu stehlen. Und, nur falls du es vergessen hast ... das da sind meine Verwandten –«

»Sei still«, flüsterte der Schnelle Ben. »Betrachte es als einen weiteren Test unserer Partnerschaft – und der Gewirre.«

»Wir gehen geradewegs da durch?«

»Ja, das tun wir.«

»Und welches Gewirr nehmen wir? Bitte nicht schon wieder D'riss – diese Pflastersteine –«

»Nein, nein, wir würden glatt in altem Blut ertrinken. Diesmal gehen wir nicht nach unten. Wir gehen nach oben ... wir benutzen Serc, den Pfad des Himmels.«

»Ich habe gedacht, die Geschichte auf dem Anwesen hätte dich erschöpft?«

»Hat sie auch. So ziemlich. Es könnte sein, dass wir hier ein wenig ins Schwitzen geraten.«

»Ich schwitze nicht.«

»Lass uns das ausprobieren, ja?« Der Magier enthüllte das Serc-Gewirr. An der Szene um sie herum änderte sich nur wenig. Dann, allmählich, als die Augen des Schnellen Ben sich anpassten, entdeckte er Luftströmungen – kalte und warme Schichten, die sich parallel zum Boden bewegten, Spiralen, die zwischen den Planen himmelwärts stiegen, das Kielwasser vorbeikommender Gestalten, die Erinnerungen an Hitze in Stein und Holz.

»Das sieht ja eklig aus«, murmelte die Stockschlinge. »Willst du in diesen Strömungen schwimmen?«

»Warum nicht? Wir sind fast genauso substanzlos wie die Luft, die wir vor uns sehen. Ich kann das Ganze in Gang bringen, aber das Problem ist, dafür zu sorgen, dass wir in der Luft bleiben. Du hast Recht – ich habe keine Reserven mehr. Also ist es jetzt an dir, Talamandas.«

»An mir? Aber ich weiß überhaupt nichts über Serc.«

»Ich bitte dich auch gar nicht darum, etwas zu lernen. Was ich will, ist deine Macht.«

»Das war aber nicht Teil der Abmachung!«

»Dann ist es das eben jetzt.«

Die Stockschlinge wand sich unruhig auf der Schulter des Schnellen Ben. »Wenn du auf meine Macht zurückgreifst, schwächst du den Schutz, den ich dir gegen das Gift biete.«

»Und genau diese Schwelle müssen wir finden, Talamandas. Ich muss wissen, wie viel Macht ich dir in einem Notfall entziehen darf.«

»Was für eine widerliche Situation stellst du dir eigentlich vor, wenn wir endlich den Verkrüppelten Gott herausfordern?«, wollte die Stockschlinge wissen. »All deine geheimen Pläne – kein Wunder, dass du sie geheim hältst.«

»Ich hätte schwören können, dass du gesagt hast, du wolltest dich für unsere Sache opfern – kriegst du es jetzt mit der Angst zu tun?«

»Vor dem Wahnsinn? Worauf du dich verlassen kannst, Magier.«

Der Schnelle Ben lächelte innerlich. »He, beruhige dich wieder. Ich schichte keinen Scheiterhaufen für dich auf. Und ich habe auch keine Pläne, den Verkrüppelten Gott herauszufordern. Zumindest nicht direkt. Ich habe ihm schon einmal von Angesicht zu Angesicht gegenübergestanden, und dieses eine Mal reicht mir. Aber abgesehen davon habe ich es schon ernst gemeint, was die Schwelle angeht. Und jetzt zieh den Stöpsel raus, Schamane, und lass sehen, was wir beide zustande bringen.«

Zischend vor Wut brummte Talamandas widerwillige Zustimmung.

Der Schnelle Ben stand auf und glitt vorwärts, auf die nächste Luftströmung zu, die die Straße entlangstrich. Sie war kühl, tauchte hinunter zwischen die Planen. Kurz bevor es abwärts ging, schob der Magier sich aufwärts, in eine Spirale aus Hitze, die von einem der Feuer aufstieg. Sie schossen senkrecht nach oben.

»Verdammt!«, schnappte der Schnelle Ben, während er herumfuhr und auf der Säule aus Hitze herumtanzte. Mit zusammengebissenen Zähnen griff der Magier nach der Macht der Stockschlinge – und fand, was er schon die ganze Zeit mehr oder weniger vermutet hatte.

Die Macht des Vermummten. Durch und durch. Von den Barghast-Göttern ist kaum mehr übrig als ein Tropfen salziger Pisse. Die verdammten Neuankömmlinge sind bei weitem überfordert. Ich frage mich, was ihnen die Energie raubt? Es gibt eine Karte bei den Drachenkarten, im Haus des Todes, die für eine Rolle steht, die lange, lange Zeit nicht ausgefüllt wurde. Der Magier. Ich glaube, er hat ein Gesicht gefunden – eins, das auf eine blöde Eichel gemalt ist. Talamandas, du hast möglicherweise einen schrecklichen Fehler gemacht. Und was euch angeht, ihr Barghast-Götter, hier ist ein guter Rat, den ihr in Zukunft beherzigen solltet. Übergebt eure Diener niemals einem anderen Gott, denn es ist nicht sehr wahrscheinlich, dass sie dann noch lange eure Diener bleiben. Stattdessen wird dieser Gott sie wahrscheinlich in Waffen verwandeln … die genau auf euren Rücken gezielt sind.

Liebe Barghast-Götter, ihr seid in einer Welt der Raubtiere, die viel schlimmer sind als alles, was es in der Vergangenheit gegeben hat. Ihr habt Glück, dass ich hier bin.

Er griff nach jener Macht, und er tat es kräftig.

Die Stockschlinge wand sich; Zweigfinger bohrten sich in Schulter und Hals des Magiers.

In seinen Gedanken griff der Schnelle Ben unerbittlich zu, packte die Macht des Lords des Todes und *zog*.

Komm zu mir, du elender Bastard. Wir sollten miteinander reden, wir beide.

In seinen zusammengeballten Händen spürte er das raue Gewebe von Stoff, das sich dehnte und bauschte. Der Atem des Todes glitt über den Magier hinweg, die Präsenz war nicht zu leugnen; sie tobte vor Wut.

Und war in den Händen eines Sterblichen vollkommen hilflos.

Der Schnelle Ben stieß ein brummendes Lachen aus. »So viel zu Schwellen. Du willst dich mit mir verbünden, Vermummter? Na schön, ich werde ernsthaft darüber nachdenken, obwohl du versucht hast, mich zu täuschen. Aber vorher wirst du mir erzählen müssen, was du eigentlich vorhast.«

»Verdammter Narr!« Die Stimme des Vermummten hallte wie ein Donnerschlag durch den Schädel des Magiers; Wogen des Schmerzes folgten.

»Leiser«, knirschte der Schnelle Ben. »Oder ich ziehe dich mit Haut und allem Drum und Dran zu uns hindurch, und dann ist Fener nicht mehr der einzige Gott, der als Jagdbeute dient.«

»Das Haus der Ketten muss abgelehnt werden!«

Der Magier blinzelte. Die Worte des Vermummten hatten ihn glatt umgehauen. »Das Haus der Ketten? Das ist also das Gift, das wir zu entfernen versuchen, ja? Brands Fieber – die infizierten Gewirre –«

»Der Herr der Drachenkarten muss überzeugt werden, Sterblicher. Das Haus des Verkrüppelten Gottes findet … Anhänger –«

»Augenblick mal. Es findet Anhänger? Innerhalb des Pantheons?«

»Es ist Verrat im Spiel, oh ja. Poliel, die Meisterin der Pestilenz, trachtet nach der Rolle der Gefährtin des Königs in Ketten. Ein Herold ist … rekrutiert worden. Ein uralter Krieger versucht, zum Plünderer zu werden, während das Haus in einem fernen Land sein Todbringendes Schwert gefunden hat. Mowri umarmt nun die Drei – Krüppel, Aussätziger und Narr –, die an die Stelle von Weber, Steinmetz und Soldat getreten sind. Doch was am beunruhigendsten ist – uralte Macht umwabert zitternd die letzte der schrecklichen

Karten ... Sterblicher, der Herr der Drachenkarten darf der Bedrohung gegenüber nicht blind bleiben.«

Der Schnelle Ben zog ein finsteres Gesicht. »Hauptmann Paran ist nicht der Typ, der Scheuklappen trägt, Vermummter. Tatsächlich sieht er die Dinge wahrscheinlich sogar klarer als du – zumindest weitaus leidenschaftsloser, und irgendetwas sagt mir, dass wir kalte Vernunft brauchen werden, wenn es an der Zeit ist, eine Entscheidung zu fällen. Wie auch immer, das Haus der Ketten mag dein Problem sein, aber das Gift innerhalb der Gewirre ist meins.« *Das, und was es Brand antut.*

»Das ist die falsche Richtung, Magier – du wirst in die Irre geführt. In der Pannionischen Domäne wirst du keine Antworten, keine Lösungen finden, denn der Seher steht im Zentrum einer ganz anderen Geschichte.«

»Das hatte ich mir schon gedacht, Vermummter. Trotzdem habe ich immer noch vor, das Geheimnis dieses Bastards zu lösen – und das seiner Macht.«

»Es wird dir nichts nützen.«

»Denkst du«, antwortete der Schnelle Ben grinsend. »Ich werde mich später noch einmal an dich wenden, Vermummter.«

»Und warum sollte ich antworten? Du hast kein Wort von dem gehört, was ich ges –«

»Doch, das habe ich, aber denke doch einmal über Folgendes nach, Lord: Die Barghast-Götter mögen jung und unerfahren sein, aber das wird nicht so bleiben. Außerdem sind *junge* Götter gefährliche Götter. Verpasse ihnen jetzt einen Kratzer, und sie werden nicht vergessen, wer ihnen die Wunde zugefügt hat. Du hast angeboten, zu helfen, also solltest du genau das auch tun, Vermummter.«

»Du wagst es, mir zu drohen –«

»Na, wer hört jetzt nicht zu? Ich drohe dir nicht, ich warne dich. Und nicht nur vor den Barghast-Göttern. Treach hat ein würdiges Todbringendes Schwert gefunden – kannst du ihn nicht spüren? Hier bin ich, tausend Schritte oder mehr von ihm entfernt, mit mindestens zwanzig dicken Steinwänden zwischen uns, und ich kann den Mann spüren. Schmerz umgibt ihn – der Schmerz über den Tod von jemandem, der ihm nahe gestanden hat, dessen Seele du jetzt hältst. Dieses Todbringende Schwert ist nicht dein Freund, Vermummter.«

»Glaubst du etwa, ich hätte all das, was er mir gebracht hat, nicht willkommen geheißen? Treach hat mir Seelen versprochen, und sein menschlicher Diener hat sie mir verschafft.«

»In anderen Worten, der Tiger des Sommers und die Barghast-Götter haben ihren Teil der Abmachung erfüllt. Nun, dann solltest du lieber das Gleiche tun, und das bedeutet auch, Talamandas freizugeben, wenn die Zeit gekommen ist. Halte dich an die Übereinkunft, Vermummter ... außer, du hast nichts aus den Fehlern gelernt, die du mit Dassem Ultor gemacht hast ...«

Der Magier spürte brodelnde Wut im Lord des Todes hochkochen, doch der Gott schwieg.

»Tja«, knurrte der Schnelle Ben, »denk darüber nach. In der Zwischenzeit lässt du deine Macht wirken, genügend, um mich über diese Barghast-Krieger und auf den Platz vor dem *Knecht* zu tragen. Und dann wirst du dich zurückziehen, weit genug, um Talamandas die Freiheit zu geben, die er eigentlich haben sollte. Treib dich hinter seinen aufgemalten Augen herum, wenn du das Verlangen danach verspürst, aber komm nicht näher. Bis ich beschließe, dass ich dich noch einmal brauche.«

»Eines Tages wirst du mir gehören, Sterblicher –«

»Gewiss. Und in der Zwischenzeit lass uns doch einfach in der Vorfreude schwelgen, ja?« Mit diesen Worten ließ der Magier den Umhang des Gottes los. Die Präsenz verschwand.

Die Macht floss gleichmäßig, und die Luftströmungen trugen den Schnellen Ben und die Stockschlinge, die sich noch immer an seine Schulter klammerte, über die Überdachungen hinweg.

Talamandas zischte. »Was ist passiert? Ich ... äh ... ich war für einen Augenblick weggetreten.«

»Es ist alles in Ordnung«, murmelte der Magier. »Fühlt sich die Macht echt an, Stockschlinge?«

»Oh ja, das tut sie. Das, ja, das kann ich benutzen.«

»Ich bin froh, das zu hören. Nun, dann führe uns zu dem Platz.«

Ein dünner Schleier aus altem Rauch dämpfte das Licht der Sterne am Himmel. Hauptmann Paran saß auf den breiten Stufen vor dem Haupteingang des *Knechts*. Direkt vor ihm, am Ende der breiten Straße, stand das Torhaus. Durch die offene Tür waren die Lagerfeuer der Barghast auf dem dahinter liegenden Platz trotz des dichter werdenden Nebels zu erkennen.

Der Malazaner war erschöpft, doch er konnte trotzdem nicht schlafen. Seine Gedanken waren auf zahllosen Wegen entlanggewandert, seit er vor zwei Glockenschlägen Cafal und den großen Saal des *Knechts* verlassen hatte. Dort arbeiteten noch immer die Schultermänner der Barghast, nahmen die Kanus auseinander, sammelten die uralten Waffen ein. Außerhalb des Saals und abseits jener Aktivitäten, schien der *Knecht* im wahrsten Sinne des Wortes verlassen und leblos.

Die leeren Säle und Korridore ließen in Paran unerbittlich ein Bild vom Anwesen seiner Eltern in Unta aufsteigen – so, wie er es sich im Augenblick vorstellte … sein Vater und seine Mutter tot, Felisin mit unzähligen anderen zu einer Reihe zusammengekettet und tausend Längen weit weg in irgendeinem Bergwerk, während seine liebe Schwester Tavore ein Dutzend üppig ausgestatteter Gemächer in Laseens Palast ihr eigen nannte.

Ein Haus, allein mit seinen Erinnerungen, von den Dienern und Wachen und den Kanalratten der Straße geplündert. Ritt die Mandata jemals daran vorbei? Kehrten ihre Gedanken im Verlauf eines geschäftigen Tages hin und wieder zu ihm zurück?

Sie war niemand, der sich auch nur einen Augenblick lang Zeit für Gefühle nehmen würde. Sie hatte kalte Augen und war auf eine unmenschliche Weise vernünftig, verfügte über einen Pragmatismus mit einem Dutzend scharf geschliffener Kanten – um jeden aufzuschlitzen, der verrückt genug war, ihr so nahe zu kommen.

Die Imperatrix würde überaus zufrieden mit ihrer neuen Mandata sein.

Und was ist mit dir, Felisin? Meine kleine Felisin mit dem breiten Lächeln und den tanzenden Augen? In den Otataral-Minen gibt es keine Sittsamkeit, gibt es nichts, um dich vor den schlimmsten Aus-

wüchsen der menschlichen Natur zu schützen. Bestimmt hat dich schon längst ein Zuhälter oder Schläger unter seine Fittiche genommen.

Eine zertretene Blume.

Doch deine Schwester hat vor, dich da herauszuholen – so gut kenne ich sie. Es könnte gut sein, dass sie für die Dauer deiner Strafe einen Wächter – oder vielleicht auch zwei – ins Spiel gebracht hat.

Aber das Mädchen, das sie rettet, wird kein Kind sein. Nicht mehr. Kein Lächeln mehr, dafür etwas Hartes und Tödliches in den einst tanzenden Augen. Du hättest eine andere Möglichkeit finden sollen, Schwester. Bei den Göttern, du hättest Felisin töten sollen – das wäre barmherzig gewesen.

Jetzt … jetzt fürchte ich, dass du eines Tages teuer bezahlen musst …

Paran schüttelte langsam den Kopf. Um seine Familie würde ihn wirklich niemand beneiden. *Von unseren eigenen Händen auseinander gerissen, anders kann man es nicht sagen. Und jetzt sind wir Geschwister alle allein unserem jeweiligen Schicksal ausgeliefert.* Die Wahrscheinlichkeit, dass sich diese Schicksale eines Tages wieder annäherten, war ihm noch nie so gering erschienen.

Die ausgetretenen Stufen vor ihm waren fleckig von Asche; fast schien es, als wären die Steine die einzigen Überlebenden in dieser Stadt. Die Dunkelheit fühlte sich ernst und traurig an. Alle Geräusche, die an einem solchen Ort die Nacht erfüllen sollten, fehlten. *Heute Nacht scheint der Vermummte nahe zu sein …*

Einer der schweren Türflügel hinter ihm schwang auf. Der Hauptmann warf einen Blick über die Schulter und nickte. »Todbringendes Schwert. Ihr seht … erholt aus.«

Der große Mann verzog das Gesicht zu einer Grimasse. »Ich fühle mich, als hätte man mich halb tot geprügelt. Das ist vielleicht ein wüstes Weib.«

»Ich habe das schon früher Männer über ihre Frauen sagen hören, und jedes Mal hat in der Klage ein zufriedener Unterton mitgeschwungen. Wie ich ihn jetzt auch gehört habe.«

Grantl runzelte die Stirn. »Hm, Ihr habt Recht. Komisch.«

»Auf dieser Stufe ist viel Platz. Setzt Euch, wenn Ihr mögt.«

»Ich wollte Euch nicht stören, Hauptmann. Vielleicht seid Ihr ja gern allein.«

»Nein, setzt Euch. Ich habe nichts gegen Gesellschaft. Wenn ich allein bin, tauchen viel zu viele düstere Gedanken auf.«

Das Todbringende Schwert kam näher und ließ sich langsam auf der Stufe neben Paran nieder; die zerfetzte Rüstung, deren Riemen gelöst waren, rasselte und klirrte. Grantl legte die Unterarme auf die Knie und ließ die immer noch in den schweren Panzerhandschuhen steckenden Hände baumeln. »Ich leide unter dem gleichen Fluch, Hauptmann.«

»Dann habt Ihr Glück, dass Ihr Hetan gefunden habt.«

Grantl gab ein undefinierbares Geräusch von sich. »Das Problem ist nur – sie ist unersättlich.«

»Mit anderen Worten, Ihr seid derjenige, der jetzt gerne allein wäre, woran meine Gegenwart Euch hindert.«

»Solange Ihr mir nicht den Rücken zerkratzt, ist mir Eure Gesellschaft willkommen.«

Paran nickte. »Ich bin nicht gerade der katzenhafte Typ – oh, tut mir Leid.«

»Keine Ursache. Wenn Trake keinen Sinn für Humor hat, ist das sein Problem. Andererseits muss er wohl einen haben, schließlich hat er mich als sein Todbringendes Schwert ausgesucht.«

Paran musterte den Mann, der neben ihm saß. Unter den streifigen Tätowierungen verbarg sich ein Gesicht, das harte Jahre erlebt hatte. Grob geschnitten, wettergegerbt, mit Augen, die denen eines Tigers ähnelten, nun, da die Macht des Gottes in diesem Körper steckte. Doch er konnte auch Lachfältchen um die Augen entdecken. »Mir scheint, Trake hat klug gewählt …«

»Nicht, wenn er Frömmigkeit erwartet oder Schwüre verlangt. Beim Vermummten, ich kämpfe nicht einmal gerne. Ich bin kein Soldat und habe auch nicht den Wunsch, einer zu sein. Wie soll ich dann dem Gott des Krieges dienen?«

»Besser Ihr, glaube ich, als irgendein blutrünstiger Quadratfuß mit einer einzigen Augenbraue, Grantl. Ein gewisser Widerwille, diese Schwerter – und damit all das, was sie repräsentieren – aus den Scheiden zu ziehen, scheint mir eine gute Sache zu sein. Die Götter wissen, dass das im Augenblick viel zu selten vorkommt.«

»Da bin ich mir nicht so sicher. Diese ganze Stadt war widerwillig. Die Priester, die Gidrath, ja, sogar die Grauen Schwerter. Wenn es irgendeine andere Möglichkeit gegeben hätte ...« Er zuckte die Schultern. »Und für mich gilt das Gleiche. Wenn das mit Harllo und Stonny nicht passiert wäre, dann würde ich jetzt mit den anderen da unten in den Tunneln hocken und bibbern.«

»Stonny ist Eure Freundin, die Frau mit dem abgebrochenen Rapier, richtig? Wer ist Harllo?«

Grantl wandte einen Augenblick das Gesicht ab. »Ein weiteres Opfer, Hauptmann.« Seine Stimme klang bitter. »Einfach nur ein weiteres Opfer. Ich habe gehört, dass Eure malazanische Armee sich wenige Meilen westlich von hier befindet, dass sie gekommen ist, um an diesem verfluchten Krieg teilzunehmen. Warum?«

»Eine momentane Verirrung. Uns sind die Feinde ausgegangen.«

»Soldatenhumor. Den konnte ich noch nie verstehen. Ist es Euch denn so wichtig zu kämpfen?«

»Falls Ihr mich persönlich meint, dann nein, das ist es nicht. Aber für Männer wie Dujek Einarm oder Elster ist es die Summe ihres Lebens. Sie machen Geschichte. Ihre Gabe ist es, führen zu können. Was sie tun, verändert die Landkarten der Gelehrten. Was die Soldaten angeht, die ihnen folgen, würde ich sagen, die meisten betrachten es als Beruf – wahrscheinlich der einzige, in dem sie gut sind. Sie sind der Fleisch und Blut gewordene Wille des Kommandanten, dem sie dienen, und so machen sie auch selbst in gewisser Weise Geschichte, jeder einzelne Soldat zu seiner Zeit.«

»Und was passiert, wenn ihre Kommandanten selbstmörderische Narren sind?«

»Es ist das Los eines jeden Soldaten, sich über seine Offiziere zu beklagen. Jeder schlammverkrustete Fußsoldat ist ein Künstler darin, im Nachhinein zu kritisieren, ist ein Meisterstratege, wenn alles vorbei ist. In Wirklichkeit ist es aber so, dass im malazanischen Imperium hervorragende, fähige Kommandanten Tradition haben.

Sie sind hart, aber gerecht, und haben sich normalerweise hochgedient, obwohl ich zugeben muss, dass meine eigene Adelsklasse mehrfach in zerstörerischer Weise in diese Tradition eingegriffen hat. Hätte ich selbst einen etwas ungefährlicheren Pfad beschritten, wäre ich jetzt vielleicht schon eine Faust – natürlich nicht aufgrund meiner Fähigkeiten oder meiner Erfahrung. Beziehungen hätten ausgereicht. Aber mittlerweile hat die Imperatrix das Problem erkannt und sich darum gekümmert – allerdings wahrscheinlich zu spät.«

»Warum im Namen des Vermummten hat sie dann Dujek Einarm zum Ausgestoßenen erklärt?«

Paran schwieg ein paar Herzschläge lang, zuckte dann die Schultern. »Politische Gründe. Wahrscheinlich kann selbst eine Imperatrix gelegentlich gezwungen sein, etwas aus Gründen der Zweckdienlichkeit zu tun.«

»Das hört sich für mich an wie eine Finte«, murmelte Grantl. »Man trennt sich nicht in einem Anfall von Ärger von seinem besten Befehlshaber.«

»Ihr könntet Recht haben. Leider kann ich Eure Vermutung weder bestätigen noch widerlegen. Wie auch immer, es schwären alte Wunden zwischen Laseen und Dujek.«

»Hauptmann Paran, Ihr sprecht offener, als es gut für Euch ist – nicht dass es mich etwas anginge, versteht Ihr. Aber Ihr zeigt eine Offenheit und eine Ehrlichkeit, die Euch eines Tages an den Galgen bringen könnten.«

»Dann kommt hier noch ein bisschen mehr davon, Todbringendes Schwert. Ein neues Haus ist erschienen, will zu einem Teil der Drachenkarten werden. Es gehört zum Verkrüppelten Gott. Ich kann den Druck spüren – die Stimmen zahlloser Götter, die alle fordern, dass ich meine Zustimmung verweigere, denn ich scheine derjenige zu sein, der mit dieser Verantwortung verflucht ist. Soll ich das Haus der Ketten segnen oder nicht? Die Argumente gegen einen solchen Segen sind überwältigend, und ich brauche keinen Gott, der ständig in meinem Kopf flüstert, um mir darüber klar zu sein.«

»Und wo ist dann das Problem, Hauptmann?«

»Ganz einfach. Es gibt eine einzige Stimme, tief in meinem Innern, so tief vergraben, dass sie beinahe unhörbar ist. Eine einzige Stimme, Grantl, die mich auffordert, genau das Gegenteil zu tun. Die mich auffordert, das Haus der Ketten zuzulassen. Die behauptet, ich *müsste* das Recht des Verkrüppelten Gottes auf einen Platz in den Drachenkarten segnen!«

»Und wessen Stimme ruft solch einen Wahnsinn?«

»Ich glaube, es ist meine eigene.«

Grantl schwieg ein Dutzend Herzschläge lang, doch Paran spürte die unmenschlichen Augen des Mannes. Schließlich schaute das Todbringende Schwert weg und zuckte die Schultern. »Ich weiß nicht viel über die Drachenkarten. Sie werden für Weissagungen benutzt, oder? Das ist nichts, worum ich mich jemals gekümmert hätte.«

»Ich auch nicht«, gestand Paran.

Grantl stieß ein scharfes, bellendes Lachen aus, das über den Platz hallte, dann nickte er. »Und was habt Ihr vorhin über mich gesagt? Es ist besser, wenn ein Mann, der den Krieg hasst, dem Gott des Krieges dient, als einer, der davon begeistert ist. Warum dann nicht auch lieber einen Mann den Schiedsspruch über die Drachenkarten fällen lassen, der nichts davon versteht, als einen, der ein Leben lang mit ihnen gearbeitet hat?«

»Da könntet Ihr sogar Recht haben. Nicht dass das etwas an meinem Gefühl ändern würde, für diese Rolle ganz und gar nicht geeignet zu sein.«

»Hm.« Grantl schwieg einen Augenblick, fuhr dann fort: »Ich habe gespürt, wie mein Gott bei Euren Worten zurückgeschreckt ist, Hauptmann – bei Euren Neigungen in Bezug auf dieses Haus der Ketten des Verkrüppelten Gottes. Aber, wie ich schon gesagt habe, ich bin kein Gläubiger. Daher vermute ich, dass ich es anders gesehen habe. Wenn Trake auf weichen Beinen stehen und zittern will, ist das seine Sache.«

»Euer Mangel an Furcht macht mich neugierig, Grantl. Ihr scheint kein Risiko darin zu sehen, das Haus der Ketten zu legitimieren. Warum?«

Grantl zuckte die massigen Schultern. »Aber das ist es doch gerade, oder nicht? Es zu legitimieren. Im Augenblick steht der Verkrüppelte Gott *außerhalb* des ganzen verdammten Spiels, was bedeutet, dass er an keinerlei Regeln gebunden ist –«

Paran setzte sich ruckartig auf. »Ihr habt Recht. Der Abgrund soll mich holen, aber das ist es. Wenn ich das Haus der Ketten segne, dann wird der Verkrüppelte Gott ... *gebunden –«*

»Und ist nur noch ein weiterer Spieler, der sich auf dem gleichen Spielbrett drängelt, ja. Im Augenblick tritt er immer nur dagegen, wenn sich ihm eine Möglichkeit bietet. Wenn er sich selber darauf befindet, hat er dieses Privileg nicht mehr. Wie auch immer, so sehe ich es, Hauptmann. Also, als Ihr gesagt habt, Ihr wolltet das Haus dulden, habe ich mich gefragt: Warum das ganze Getue? Für mich klingt das absolut vernünftig. Die Götter können manchmal verdammt schwer von Begriff sein – wahrscheinlich brauchen sie deshalb uns Sterbliche, um klar zu denken, wenn es darum geht, klar zu denken. Hört auf die einzelne Stimme, mein Freund, das ist mein Rat.«

»Und es ist ein guter Rat –«

»Vielleicht, vielleicht auch nicht. Vielleicht werde ich dafür eines Tages auch von Trake und all den anderen Göttern über den ewigen Feuern des Abgrunds geröstet.«

»Nun, dann werde ich wenigstens Gesellschaft haben«, meinte Paran grinsend.

»Wie gut, dass wir beide das Alleinsein hassen.«

»Das ist Soldatenhumor, Grantl.«

»Tatsächlich? Aber ich habe das ernst gemeint, Hauptmann.«

»Oh.«

Grantl warf ihm einen Blick zu. »Erwischt.«

Eine herabsinkende Brise aus kühler Luft brachte den Schnellen Ben auf die schmutzigen Pflastersteine des Vorplatzes. Ein Dutzend Schritte voraus ragte das Torhaus auf. Dahinter saßen Hauptmann Paran und das Todbringende Schwert nebeneinander auf den breiten, niedrigen Stufen, die zum Eingang des *Knechts* hinaufführten.

»Genau die beiden, mit denen ich reden wollte«, murmelte der Magier, während er das Serc-Gewirr schloss.

»Bitte keine weiteren Streitereien«, meldete sich Talamandas von seinem Platz auf Bens Schulter. »Das sind zwei mächtige Männer –«

»Reg dich ab«, beschwichtigte der Magier. »Ich glaube nicht, dass es zu einer Konfrontation kommen wird.«

»Nun, ich werde mich trotzdem unsichtbar machen, nur für den Fall …«

»Ganz wie du willst.«

Die Stockschlinge verschwand, obwohl der Magier ihr kaum vorhandenes Gewicht immer noch spüren konnte, genau wie die Zweigfinger, die sich an seinen Umhang klammerten.

Die beiden Männer blickten auf, als der Schnelle Ben zu ihnen trat.

Paran nickte grüßend. »Als ich dich das letzte Mal gesehen habe, hattest du hohes Fieber. Es freut mich, dass es dir wieder besser geht. Grantl, das ist der Schnelle Ben, ein Soldat von den Brückenverbrennern.«

»Ein Magier.«

»Das auch.«

Grantl musterte den Schnellen Ben ein, zwei Herzschläge lang, und Paran spürte, wie sich hinter den bernsteingelben Katzenaugen des Mannes eine tierische Präsenz unbehaglich regte. Schließlich sagte der Daru: »Ihr riecht nach Tod, und das gefällt mir nicht.«

Der Schnelle Ben zuckte zusammen. »Tatsächlich? Ich war erst vor kurzem in schlechter Gesellschaft. Das war zugegebenermaßen unangenehm, aber leider notwendig.«

»Und Ihr glaubt, Euer Geruch hat nur damit zu tun?«

»Ich hoffe es, Todbringendes Schwert.«

Eine brutale Drohung blitzte kurz in Grantls Augen auf, erstarb langsam wieder. Er zuckte die Schultern. »Ein Brückenverbrenner hat Stonny das Leben gerettet, also werde ich mich am Riemen reißen. Zumindest bis ich sehe, ob sich der Geruch verliert.«

»Betrachte seine Worte als einen etwas umständlichen Hinweis darauf, dass du so bald wie möglich ein Bad nehmen solltest«, sagte Paran zum Schnellen Ben.

»Nun«, antwortete der Magier und blickte den Hauptmann an, »das ist ja wirklich mal was ganz anderes, dass etwas Humorvolles von Euch kommt.«

»In letzter Zeit hat sich viel geändert«, sagte Paran zustimmend. »Falls du zur Kompanie willst, sie sind in den Unterkünften der Gidrath.«

»Eigentlich bringe ich Euch eine Nachricht von Elster.«

Paran richtete sich auf. »Du hast es geschafft, mit ihm Kontakt aufzunehmen? Trotz der vergifteten Gewirre? Das ist beeindruckend, Magier. Gut, dann hast du jetzt meine uneingeschränkte Aufmerksamkeit. Hat er neue Befehle für mich?«

»Bruth hat um einen weiteren Kriegsrat ersucht«, sagte der Schnelle Ben. »Und zwar mit *allen* Befehlshabern, also auch mit Grantl hier und mit Humbrall Taur und dem ranghöchsten Überlebenden der Grauen Schwerter. Könnt Ihr die Bitte an die anderen Anführer hier in Capustan weiterleiten?«

»Ich glaube schon. War das alles?«

»Wenn Ihr Elster Bericht erstatten wollt, kann ich ihn übermitteln.«

»Nein, vielen Dank. Ich warte damit, bis wir uns persönlich treffen.«

Der Schnelle Ben sah ihn finster an. *Dann eben so.* »Was das Übrige angeht, ist es am besten, wenn wir uns unter vier Augen unterhalten, Hauptmann.«

Grantl machte Anstalten, sich zu erheben, aber Paran streckte einen Arm aus und hielt ihn auf.

»Ich kann wahrscheinlich vorhersagen, was du mich fragen willst, Ben.«

»Vielleicht, obwohl es mir lieber wäre, wenn Ihr es nicht tätet.«

»Das ist dann eben Pech für dich. Ich sage es ganz klar und deutlich: Ich habe mich noch nicht entschieden, ob ich das Haus der Ketten zulasse oder nicht. Um genau zu sein, habe ich noch überhaupt nichts entschieden, und es kann noch einige Zeit dauern, bis sich das ändert. Versuch also gar nicht erst, mich irgendwie unter Druck zu setzen.«

Der Schnelle Ben hob abwehrend die Hände. »Bitte, Hauptmann. Ich habe nicht die Absicht, Euch unter Druck zu setzen, weil ich erst vor wenigen Augenblicken selbst das Opfer eines solchen Versuchs geworden bin – seitens des Vermummten persönlich, und ich bin immer noch ziemlich wütend. Wenn jemand mich davor warnt, auf eine ganz bestimmte Weise zu handeln, rät mir mein Instinkt, genau das Gegenteil zu tun. Ihr seid nicht der Einzige, der vorhat, die Jauche aufzuwirbeln.«

Grantl lachte bellend. »Was für eine drollige Untertreibung! Es scheint, als hätte ich heute Nacht genau die richtige Gesellschaft gefunden. Fahrt fort, Magier.«

»Es gibt nur noch eins hinzuzufügen«, fuhr der Schnelle Ben fort, wobei er Paran genau betrachtete. »Eine Beobachtung. Sie könnte falsch sein, aber das glaube ich eigentlich nicht. Ihr seid krank geworden, Hauptmann – aber nicht, weil Ihr Euch der Macht widersetzt habt, die man Euch aufgezwungen hat, sondern weil Ihr Euch Euch selbst widersetzt habt. Was auch immer Eure Instinkte von Euch verlangen – hört auf sie. Folgt ihnen, und zum Abgrund mit dem Rest. Das ist alles.«

»Ist das dein Rat«, fragte Paran leise, »oder Elsters?«

Der Schnelle Ben zuckte die Schultern. »Wenn er hier wäre, würde er nichts anderes sagen, Hauptmann.«

»Du kennst ihn schon sehr lange, nicht wahr?«

»Ja.«

Nach einem Augenblick nickte Paran. »Ich bin heute Nacht gerade selbst zu dem gleichen Schluss gekommen; das heißt, mit Grantls Hilfe. Mir scheint, wir drei sind im Begriff, ein paar sehr mächtige Wesen sehr wütend zu machen.«

»Lasst sie ruhig schreien«, grollte das Todbringende Schwert. »Beim Vermummten, wir haben mehr als unseren Teil getan, während sie sich zurückgelehnt und gelacht haben. Es ist an der Zeit, den Panzerhandschuh an der anderen Hand zu tragen.«

Der Schnelle Ben seufzte unhörbar. *Schon in Ordnung, Vermummter, ich hab's nicht ernsthaft versucht, aber nur, weil klar war, dass Paran nicht vorhatte, auf dich zu hören. Und vielleicht kann ich es jetzt, wo ich genau darüber nachdenke, sogar verstehen. Also solltest du vielleicht über diesen Rat nachdenken: Es wird ein Haus der Ketten geben. Akzeptiere es und bereite dich darauf vor. Du hast reichlich Zeit ... mehr oder weniger.*

Oh, und noch etwas, Vermummter. Du und deine Kameraden, die anderen Götter, ihr habt die Regeln viel zu lange unangefochten festgelegt. Tretet jetzt zurück und schaut zu, wie es uns Sterblichen ergeht ... Ich glaube, ihr werdet die eine oder andere Überraschung erleben.

Blass und dreckverschmiert, aber am Leben. So stiegen die Überlebenden aus der letzten Tunnelöffnung herauf, als der Himmel im Osten fahl wurde; bleich gewordene Bewohner der Wurzeln der Stadt, die vor dem Fackellicht zurückscheuten, während sie auf den Platz hinausstolperten, wo sie dann herumirrten, als kämen sie sich an dem Ort, den sie einst ihr Heim genannt hatten, nun verloren vor.

Schild-Amboss Itkovian saß einmal mehr auf seinem Schlachtross, obwohl ihm bei jeder plötzlichen Bewegung schwindlig wurde; in seinem Kopf drehte sich alles vor Erschöpfung, und seine Wunden schmerzten noch immer. Seine Aufgabe war es jetzt, sichtbar zu sein; das war der einzige Grund für seine Anwesenheit. Vertraut, erkennbar, beruhigend.

Am kommenden Tag würden die Priester und Priesterinnen des Maskenrats eine Prozession durch die Stadt beginnen, um ihrerseits den Bürgern zu versichern, dass es noch Autorität gab, dass jemand alles unter Kontrolle hatte, dass das Leben wieder beginnen konnte. Aber hier, in der immer noch herrschenden Dunkelheit – einen Zeitpunkt, den Itkovian gewählt hatte, um den Schock der umliegenden Zerstörung zu mildern –, während die Priester noch friedlich im *Knecht* schliefen, waren die Grauen Schwerter, die alles in allem noch dreihundertneunzehn Köpfe zählten – einschließlich derjenigen aus den Tunneln – an jeder Tunnelmündung und an jedem Ort postiert, wo die Menschen zusammenkamen.

Sie waren da, um dafür zu sorgen, dass das Kriegsrecht eingehalten wurde, und den Vorgängen eine Art melancholischer Ordnung zu verleihen, doch ihr größter Wert lag – wie Itkovian sehr wohl wusste – in der Botschaft, die sie durch ihre Anwesenheit übermittelten.

Wir sind die Verteidiger. Und wir sind immer noch da.

Während der Kummer die Dunkelheit war, war der Sieg und alles, was er bedeutete, ein Grauwerden, das der Morgendämmerung gleichkam, ein Nachlassen des Drucks, der durch den Verlust entstand, und der Zerstörung, die langsam auf allen Seiten sichtbar wurde. Den Konflikt in jedem und jeder einzelnen Überlebenden – die brutale Willkür des Schicksals, die den Geist plagte – konnten sie nicht erleichtern, doch die Grauen Schwerter waren einfach *da*. Fest und unerschütterlich. Sie waren zur Standarte dieser Stadt geworden.

Und wir sind immer noch da.

Wenn diese Aufgabe beendet war, war Itkovians Meinung nach der Kontrakt erfüllt. Gesetz und Ordnung konnten den Gidrath aus dem *Knecht* überlassen werden. Die überlebenden Grauen Schwerter würden Capustan verlassen und voraussichtlich niemals zurückkehren. Die Frage, die den Schild-Amboss nun beschäftigte, drehte sich um die Zukunft der Kompanie. Von mehr als siebentausend waren dreihundertneunzehn übrig geblieben: Es war gut möglich, dass die Grauen Schwerter sich nie wieder von dieser Belagerung erholen würden. Doch selbst mit solch entsetzlichen Verlusten hätte man noch umgehen können, wäre das alles gewesen. Die Vertreibung Feners aus seinem Gewirr war etwas ganz anderes. Eine Armee, die einem Gott verschworen war, der seine Macht verloren hatte, unterschied sich, soweit es Itkovian anbelangte, nicht von irgendeiner anderen Söldnertruppe: eine Sammlung von Außenseitern, unter die sich ein paar Berufssoldaten gemischt hatten. Ein Stapel Münzen war kein zuverlässiges Rückgrat; nur wenige Kompanien konnten heutzutage zu Recht Ehre und Integrität für sich in Anspruch nehmen; nur wenige würden in Treue fest stehen, wenn es eine Fluchtmöglichkeit gab.

Neue Mitglieder zu rekrutieren, um wieder die alte Stärke zu erlangen, war problematisch. Die Grauen Schwerter brauchten nüchterne, aufrechte Individuen; Menschen, die in der Lage waren, ein Höchstmaß an Disziplin aufzubringen, für die Schwüre noch eine Bedeutung hatten.

Bei den Zwillingshauern, was ich brauche, sind Fanatiker ...

Gleichzeitig mussten solche Menschen aber auch ohne jegliche Art von Bindung sein. Eine unwahrscheinliche Kombination.

Und selbst wenn solche Leute gefunden werden könnten – wem sollten sie sich verschwören? Nicht Trake – das Herz jener Armee existierte bereits, mit Grantl im Mittelpunkt.

Es gab noch zwei andere mit dem Krieg verbundene Götter, von denen Itkovian wusste; Götter des Nordens, die hier, in der Mitte des Kontinents oder weiter im Süden kaum verehrt wurden.

Wie hat Hetan mich genannt? Sie hat mich nie mit einer Raubkatze verglichen oder einem Bären. Nein, in ihren Augen war ich ein Wolf.

Also dann ...

Er hob den Kopf, blickte über die immer noch verstört auf dem Platz umherirrenden Überlebenden hinweg, bis er den anderen einsamen Reiter entdeckte.

Sie beobachtete ihn.

Itkovian winkte sie heran.

Es dauerte einige Zeit, bis sie ihr Pferd durch das Gedränge gelenkt hatte und seine Seite erreichte. »Ja, Herr?«

»Sucht Hauptmann Norul. Wir drei haben eine Aufgabe zu erledigen, Soldatin.«

Die Frau salutierte und wendete ihr Pferd.

Er schaute ihr nach, wie sie in eine Seitenstraße ritt und verschwand. Seine Entscheidung fußte auf strenger Logik, ihm jedoch kam sie dennoch hohl vor, als spiele er selbst in dem, was nun kommen würde, keine Rolle mehr, die über die des Vorbereitens hinausging. Nichtsdestotrotz war das Überleben der Grauen Schwerter wichtiger als seine eigenen Wünsche; sogar als sein eigenes Leben. *Es muss so sein. Mir fällt keine andere Möglichkeit ein. Ein neuer Traum muss geschaffen werden. Selbst was das anbelangt, bin ich noch nicht am Ende.*

Hauptmann Norul hatte ein Pferd aufgetrieben. Ihr Gesicht unter dem Helmrand wirkte gealtert; ihnen allen war richtiger Schlaf schon viel zu lange verwehrt worden. Sie sagte nichts, als sie und die Rekrutin ihre Pferde neben dem Schild-Amboss zügelten.

»Folgt mir«, befahl Itkovian und zog sein Reittier herum.

Sie ritten durch die Stadt, während der Himmel über ihren Köpfen zu einem tiefen Blau verblasste, und verließen sie durch das Nordtor. Eine knappe Meile entfernt lagerten die Barghast in den Hügeln; die Jurten und Zelte wurden von einer kleinen Nachhut nur halbherzig bewacht. Rauch stieg von unzähligen Feuern auf, als die alten Männer und Frauen des Lagers mit ihrem Morgenmahl begannen. Kinder rannten bereits die alles andere als geraden Gänge entlang; sie waren leiser als ihre Altergenossen in der Stadt, aber mindestens genauso lebhaft.

Die drei Grauen Schwerter überquerten die geplünderten Überreste der pannionischen Linien und ritten direkt auf das nächste Barghast-Lager zu.

Itkovian war nicht überrascht, als sich ein halbes Dutzend alter Frauen am Rand des Lagers versammelten, um sie zu erwarten. *Es gibt eine Strömung, die uns hierher trägt, und ihr Hexen habt es sicherlich genauso gespürt wie ich. Und so wird die Richtigkeit bekannt und offensichtlich.* Diese Erkenntnis trug wenig dazu bei, die düstere Stimmung, die sich seiner bemächtigt hatte, seit er zu seinem Entschluss gekommen war, zu mildern. *Betrachte es einfach als eine weitere Bürde, Schild-Amboss, eine, für die du genauso geschaffen wurdest wie für alle anderen.*

Sie zügelten die Pferde vor den Ältesten der Barghast.

Eine ganze Zeit lang sagte niemand ein Wort, dann winkte eine der alten Frauen und krächzte: »Dann kommt herein.«

Itkovian stieg ab, seine beiden Kameradinnen folgten seinem Beispiel. Kinder tauchten auf, um ihnen die Zügel abzunehmen und die Pferde wegzuführen.

Die Alten, angeführt von der Sprecherin, schritten den Hauptgang entlang, auf eine große Jurte am hinteren Ende zu. Der Eingang wurde von zwei Barghast-Kriegern flankiert. Die alte

Frau zischte ihnen etwas zu, und die beiden Krieger zogen sich zurück.

Itkovian, Hauptmann Norul und die Rekrutin folgten den Alten ins Innere der Jurte.

»Ungewöhnlich ist der Mann, der zu diesem Ort kommt«, sagte die Sprecherin, während sie zur anderen Seite der in der Mitte gelegenen Feuerstelle humpelte und sich dort auf einem Bündel Felle niederließ.

»Ich bin geehrt –«

»Lieber nicht!«, wehrte sie kichernd ab. »Du müsstest einen Krieger bewusstlos schlagen und ihn hinter dir her zerren, und selbst dann ist es wahrscheinlich, dass seine Brüder und Freunde auf dich losgehen würden, noch ehe du den Eingang erreicht hättest. Du, ein junger Mann, bist unter alten Frauen, und es gibt nichts Gefährlicheres auf der Welt!«

»Aber schaut ihn euch an!«, rief eine andere Frau. »Er fürchtet sich nicht!«

»Das Feuer seiner Seele ist nichts als Asche«, bemerkte eine dritte schnüffelnd.

»Doch selbst wenn das so ist«, erwiderte die erste Frau, »mit dem, was er jetzt begehrt, würde er einem gefrorenen Wald eine Feuersbrunst versprechen. Togctha und Farand, die Liebenden, die seit einer Ewigkeit füreinander verloren sind, die Herzen des Winters, die in den tiefen Wäldern von Laederon und jenseits davon heulen – wir alle haben diese kummervollen Schreie in unseren Träumen gehört. Oder etwa nicht? Sie kommen näher – aber nicht aus dem Norden, oh, oh, nicht aus dem Norden. Und nun ist hier dieser Mann.« Sie beugte sich vor; ihr runzliges Gesicht war hinter den Rauchschwaden der Feuerstelle nur undeutlich zu erkennen. »Dieser Mann …«

Die letzten Worte waren ein Seufzen.

Itkovian holte tief Luft, deutete dann auf die Rekrutin. »Das Todbringende Schwert –«

»Nein«, knurrte die alte Frau.

Der Schild-Amboss zögerte. »Aber –«

»Nein«, wiederholte sie. »Es ist gefunden worden. Es existiert. Es ist bereits geschehen. Sieh dir ihre Hände an, Wolf. In ihnen ist zuviel Fürsorge. Sie wird der Destriant sein.«

»Bist du … bist du dir sicher?«

Die alte Frau deutete mit dem Kopf auf Hauptmann Norul. »Und diese hier«, fuhr sie fort, ohne auf Itkovians Frage einzugehen, »sie wird sein, was du warst. Sie wird die Bürde auf sich nehmen – du, Wolf, hast ihr alles gezeigt, was sie wissen muss. Diese Erkenntnis ist bereits in ihren Augen, und in der Liebe, die sie dir entgegenbringt. Sie wäre die Antwort, in gleicher Münze, in Blut. Sie soll der Schild-Amboss sein.«

Die anderen alten Frauen nickten zustimmend; ihre Augen glitzerten im Zwielicht über scharfen Hakennasen – Itkovian schien es, als stünde er einer Krähenschar gegenüber.

Er drehte sich langsam zu Hauptmann Norul um. Die Veteranin schien betroffen.

Sie sah ihn an. »Herr, was –«

»Für die Grauen Schwerter«, sagte Itkovian und mühte sich, die Woge aus Qual und Schmerz zu unterdrücken, die in ihm aufwallte. »Es muss getan werden«, fuhr er rau fort. »Togg, der Lord des Winters, ein lang vergessener Gott des Krieges; die Barghast erinnern sich an ihn – sie nennen ihn Togctha, den Wolfsgeist. Und an seine verlorene Gefährtin, die Wölfin Fanderay. Farand in der Sprache der Barghast. In unserer Kompanie sind jetzt mehr Frauen als Männer. Ein Traum muss verkündet werden, auf Knien vor dem Wolfsgott und der Wolfsgöttin. Ihr seid der Schild-Amboss, Norul. Und Ihr, Velbara«, sagte er zu der Rekrutin, die ihn aus weit aufgerissenen Augen anstarrte, »seid der Destriant. Die Grauen Schwerter sind neu erschaffen. Die Zustimmung erfolgt hier und jetzt, von diesen weisen Frauen.«

Hauptmann Norul trat mit klirrender Rüstung einen Schritt zurück. »Herr, Ihr seid der Schild-Amboss der Grauen Schwerter –«

»Nein. Ich bin Feners Schild-Amboss, und Fener … ist fort.«

»Die Kompanie ist so gut wie vernichtet, Herr«, wandte die Veteranin ein. »Es ist unwahrscheinlich, dass wir uns wieder erholen. Die Qualität –«

»Ihr werdet *Fanatiker* benötigen, Hauptmann. Diese Art von Verstand, von Erziehung und Kultur ist lebenswichtig. Ihr müsst suchen, Hauptmann, denn Ihr müsst solche Menschen finden. Menschen, denen nichts geblieben ist, deren Glaube zerstört wurde. Menschen, die zu ... Verlorenen geworden sind.«

Norul schüttelte den Kopf, doch er konnte wachsendes Begreifen in ihren grauen Augen erkennen.

»Hauptmann«, fuhr Itkovian unerbittlich fort, »die Grauen Schwerter werden mit den beiden fremden Armeen marschieren. Nach Süden, um der Pannionischen Domäne ein Ende zu bereiten. Und zu einem günstigen Zeitpunkt werdet Ihr Rekruten finden. Ihr werdet die Menschen, die Ihr sucht, unter den Tenescowri finden.«

Fürchtet Euch nicht, ich lasse Euch jetzt noch nicht im Stich, meine Freundin. Ihr habt noch so viel zu lernen.

Und, wie es scheint, habe ich immer noch nicht ausgedient.

Er sah die Freudlosigkeit über sie kommen, sah es, und kämpfte gegen das Entsetzen über das, was er getan hatte, an. Manche Dinge sollten niemals geteilt werden. *Und das ist mein schrecklichstes Verbrechen, denn im Hinblick auf den Titel – auf die Last, die es bedeutet, der Schild-Amboss zu sein – habe ich ihr keine Wahl gelassen.*

Ich habe ihr keine Wahl gelassen.

Kapitel Sechs

An jenem Tag gab es dunkle Überraschungen.

Das Jahr der Zusammenkunft
Koralb

Wir werden verfolgt.«

Silberfuchs drehte sich im Sattel um und kniff die Augen zusammen. Sie seufzte. »Meine beiden malazanischen Aufpasserinnen.« Sie zögerte und fügte dann hinzu: »Ich bezweifle, dass wir sie abhängen können.«

Kruppe lächelte. »Dein von übernatürlicher Unsichtbarkeit geprägtes Verschwinden aus dem Lager war in seiner zauberischen Wirksamkeit offensichtlich doch nicht ganz perfekt. Also wird es noch mehr Zuschauer bei dem bevorstehenden, aufregenden Ereignis geben. Hast du etwa Scheu vor Zuschauern, Schätzchen? Das wäre eine schreckliche Schwäche, wenn es wirklich –«

»Nein, Kruppe, das habe ich nicht.«

»Sollen wir auf sie warten?«

»Irgendetwas sagt mir, dass es ihnen so lieber ist – aus einiger Entfernung. Wir reiten weiter, Daru. Wir sind fast da.«

Kruppe ließ den Blick über die niedrigen, grasbewachsenen Hügel schweifen, die sich zu allen Seiten erstreckten. Das morgendliche Licht der Sonne war grell; es verjagte die letzten Schatten in den breiten, flachen Senken. Abgesehen von den beiden malazanischen Soldatinnen tausend Schritte hinter ihnen waren sie vollkommen allein. »Eine bescheidene Armee, wie es scheint«, bemerkte er. »Zweifellos hat sie sich in Rattenlöchern vergraben.«

»Das ist ihre Gabe – und ihr Fluch«, erwiderte Silberfuchs. »Die T'lan Imass sind in jeder Hinsicht wie Staub.«

Noch während sie sprach – und ihre Pferde sie in einem langsamen Trab weitertrugen –, erschienen Gestalten auf den Hügeln rechts und links. Hagere Wölfe, die schweigend dahintrotteten. T'lan Ay, zunächst nur ein Dutzend auf jeder Seite, dann Hunderte.

Kruppes Maultier stieß einen Schrei aus und warf den Kopf zurück. »Sei still, Biest!«, rief der Daru und erschreckte das Tier damit noch mehr.

Silberfuchs kam herangeritten und beruhigte das Maultier, indem sie es sanft am Hals berührte.

Sie näherten sich einem niedrigen Hügel zwischen zwei uralten, längst ausgetrockneten Flussbetten, deren Böschungen vom Wind zu flachen Hängen abgetragen worden waren. Sobald Silberfuchs die Hügelkuppe erreicht hatte, zügelte sie ihr Pferd und stieg ab.

Kruppe tat es ihr eilig nach.

Die T'lan Ay umkreisten sie in einiger Entfernung. Es waren mittlerweile Tausende, die in dem Staub, den sie durch ihr ruheloses Hinundherlaufen aufwirbelten, merkwürdig geisterhaft wirkten.

Inzwischen hatten auch die beiden Seesoldatinnen, denen die Wölfe keinerlei Beachtung schenkten, den Hügel erreicht und lenkten ihre Reittiere den Hang hinauf.

»Heute wird's heiß«, bemerkte eine der beiden Frauen.

»Sehr heiß«, fügte die andere hinzu.

»Ist auch ein guter Tag, um einer Prügelei aus dem Weg zu gehen.«

»Stimmt. War sowieso nicht wild darauf, gegen diese Tenescowri zu kämpfen. Eine hungernde Armee ist ein erbärmlicher Anblick. Wandelnde Skelette –«

»Alles in allem ein eigenartiges Bild«, sagte Kruppe.

Die beiden Seesoldatinnen verstummten, blickten ihn forschend an.

»Entschuldigt, wenn ich das Geplauder unterbreche«, sagte Silberfuchs trocken. »Wenn ihr euch bitte alle hinter mich stellen wollt. Danke, nein, noch ein bisschen weiter nach hinten. Sagen wir mindestens fünf Schritt. Das wird reichen. Und wenn's recht ist – ich ziehe es vor, bei dem, was jetzt gleich passieren wird, nicht unterbrochen zu werden.«

Kruppes Blick war – genau wie zweifellos auch der der beiden Frauen – an ihr vorbeigeglitten, auf die flache Landschaft hinaus, die den Hügel umgab, wo sich jetzt untersetzte, in Felle gekleidete, ausgetrocknete Krieger in einem Meer aus schimmerndem Staub aus der Erde erhoben. Alles geschah plötzlich und unheimlich lautlos – wie durch Zauberei.

Wie Staub ... in jeder Hinsicht ...

Doch der Staub hatte Gestalt angenommen.

Unordentliche Reihen, das stumpfe Schimmern von Feuersteinwaffen ein Gekräusel von Grau, Schwarz und Rostbraun inmitten der pfefferfarbenen Töne von vertrockneter, blanker Haut. Schädelhelme, ein paar davon mit Geweihen oder Hörnern, verwandelten jeden Hang und jede Senke in eine Knochenhalde, wie fleckige, schlecht eingefügte Pflastersteine auf einem großen Platz. Es wehte kein Wind, der die langen, zerzausten Haarsträhnen bewegt hätte, die unter den Schädelhelmen heraushingen, und das Sonnenlicht konnte die Schatten unter den Helmrändern nicht vertreiben, in denen sich die Augenhöhlen verbargen. Aber alle Blicke waren auf Silberfuchs gerichtet, und in diesen Blicken lag ein fast schon spürbares, gewaltiges Gewicht.

Innerhalb von einem Dutzend Herzschlägen war die Ebene ringsum verschwunden. An ihrer Stelle standen jetzt T'lan Imass, zu Zehntausenden, stumm und reglos.

Die T'lan Ay waren nicht mehr zu sehen; sie strichen an den äußersten Rändern der versammelten Legionen entlang. Sie waren Wächter. Und Verwandte, dem Vermummten verschworen.

Silberfuchs drehte sich zu den T'lan Imass um.

Stille.

Kruppe schauderte. In der Luft lag der scharfe Geruch von etwas Untotem, die eisige Ausdünstung von sterbendem Eis – und ein Gefühl des Verlusts.

Verzweiflung. *Oder nach dieser scheinbaren Ewigkeit vielleicht nur noch ihre Asche.*

Überall um uns herum steht nun uraltes Wissen – das kann man nicht leugnen. Aber Kruppe fragt sich, gibt es da auch Erinnerungen? Wahre Erinnerungen? An belebtes Fleisch und das sanfte Liebkosen des Windes, an das Lachen von Kindern? Erinnerungen an Liebe?

Was kann von menschlichen Gefühlen noch übrig bleiben, wenn man eingefroren ist zwischen Leben und Tod, im eiskalten Dazwischen? Nicht einmal ein Echo. Nur Erinnerungen an Eis, an Eis und an nichts weiter als das. Ihr Götter hienieden ... welch ein Kummer ...

Gestalten kamen den Hang vor Silberfuchs herauf. Unbewaffnet, in die Felle uralter, längst ausgestorbener Tiere gehüllt. Kruppes Blick heftete sich besonders auf einen, einen breitschultrigen Knochenwerfer, der eine mit einem Geweih versehene flache Kappe und den fleckigen Pelz eines Polarfuchses trug. Der Daru stellte erschrocken fest, dass er diesen Mann kannte.

Oh, so treffen wir uns also wieder, Pran Chole. Vergib mir, doch dein Anblick – der Anblick dessen, was aus dir geworden ist – bricht mir das Herz.

Der Knochenwerfer mit dem Geweih war der Erste, der das Wort an Silberfuchs richtete. »Wir sind«, sagte er, »zur Zweiten Zusammenkunft gekommen.«

»Ihr seid«, erwiderte Silberfuchs mit rauer Stimme, »auf meine Beschwörung hin gekommen.«

Der Knochenwerfer neigte langsam den Kopf. »Was du bist, wurde vor langer Zeit geschaffen, angeleitet von der Hand eines Älteren Gottes. Doch in seinem Herzen war er Imass. Alles, was nun folgt, ist seit dem Augenblick deiner Geburt in deinem Blut geflossen. Wir haben lange gewartet, Beschwörerin. Ich bin Pran Chole, von den Kron T'lan Imass. Ich habe zusammen mit K'rul deiner Geburt beigewohnt.«

Das Lächeln, das Silberfuchs zur Antwort aufsetzte, war bitter. »Bist du dann also mein Vater, Pran Chole? Wenn dem so ist, dann kommt diese Wiedervereinigung viel zu spät, für uns beide.«

Verzweiflung wallte in Kruppe auf. Dies war alter Zorn, der viel zu lange unterdrückt worden war und jetzt die Luft eisig und spröde machte.

Ein schrecklicher Wortwechsel, wenn man bedachte, dass es die ersten Worte der Zweiten Zusammenkunft waren.

Pran Chole schien bei ihren Worten zusammenzusinken. Sein vertrocknetes Gesicht senkte sich, als würde der Knochenwerfer von Scham überwältigt.

Nein, Silberfuchs, wie konntest du so etwas tun?

»Wo du hingegangen bist, Tochter«, flüsterte Pran Chole, »konnte ich dir nicht folgen.«

»Das ist wahr«, schnappte sie. »Schließlich hat ein *Schwur* auf dich gewartet. Ein Ritual. *Das* Ritual ... das eure Herzen in Asche verwandelt hat. Und alles nur für einen Krieg. Aber darum geht es im Krieg immer, nicht wahr? Darum, etwas aufzugeben. Das Heim aufzugeben. Die, die man liebt, aufzugeben – ja, in der Tat, die Fähigkeit zu lieben an sich. Ihr habt euch dafür entschieden, all das aufzugeben. Ihr habt *alles* aufgegeben. Ihr habt –« Sie verstummte plötzlich.

Kruppe schloss einen Moment die Augen, so dass er ihren Satz im Stillen vollenden konnte. *Ihr habt ... mich aufgegeben.*

Pran Chole hielt den Kopf noch immer gesenkt. Schließlich hob er ihn ein wenig. »Beschwörerin, was sollen wir für dich tun?«

»Dazu kommen wir noch früh genug.«

Dann trat ein anderer Knochenwerfer vor. Das verrottete Fell eines großen braunen Bären hing um seine Schultern, und es schien, als hätte das Tier selbst sich hinter seinen im Schatten liegenden Augen aufgerichtet. »Ich bin Okral Lom«, sagte er mit einer Stimme, die wie fernes Donnergrollen klang. »Alle Knochenwerfer der Kron T'lan Imass stehen jetzt vor dir. Agkor Choom. Bendal Home, Ranag Ilm und Brold Chood. Auch Kron, der bei der Ersten Zusammenkunft zum Kriegsführer gewählt wurde. Im Gegensatz zu Pran Chole kümmert uns dein Zorn nicht. Wir haben keine Rolle bei deiner Erschaffung gespielt, bei deiner Geburt. Doch du hältst an einem Irrtum fest, Beschwörerin. Pran Chole kann auf keinen Fall als dein Vater bezeichnet werden. Er steht hier und erträgt die Last deines Zorns, denn er ist, was er ist. Wenn du irgendjemanden als deinen Vater bezeichnen willst, wenn du so sehr eines Gesichts bedarfst, auf das du deinen Hass richten kannst, dann musst du dies zunächst noch aufschieben, denn der, den du suchst, befindet sich nicht unter uns.«

Alles Blut war plötzlich aus Silberfuchs' Gesicht gewichen, als sei sie nicht darauf vorbereitet gewesen, dass dieser Knochenwerfer ihr Verhalten mit solch scharfen Worten missbilligen könnte. »E-er befindet sich nicht unter euch?«

»Deine Seelen wurden im Tellann-Gewirr geschaffen, allerdings nicht in der fernen Vergangenheit – in jener Vergangenheit, in der Pran Chole gelebt hat –, auf jeden Fall nicht zuerst. Beschwörerin, das unverhüllte Gewirr, von dem ich spreche, gehörte zum Ersten Schwert, Onos T'oolan. Jetzt ist er ohne Clan und wandert allein, und die Einsamkeit hat die Macht seines Tellann-Gewirrs verzerrt –«

»Verzerrt? Wie?«

»Durch das, was er sucht, wonach er sich in seinem Innersten sehnt.«

Silberfuchs schüttelte den Kopf, als bemühe sie sich, alles in Abrede zu stellen, was Okral Lom sagte. »Und was sucht er?«

Der Knochenwerfer zuckte die Schultern. »Beschwörerin, das wirst du noch früh genug erfahren, denn Onos T'oolan hat deinen Ruf zur Zweiten Zusammenkunft gehört. Er wird aber leider erst ziemlich spät kommen.«

Kruppe sah zu, wie Silberfuchs den Blick langsam wieder auf Pran Chole richtete, der einmal mehr den Kopf neigte.

Indem er die Verantwortung für ihre Erschaffung auf sich genommen hat, hat dieser Knochenwerfer ihr ein Geschenk angeboten – einen Brennpunkt für ihre Wut, ein Opfer für ihre entfesselten Gefühle.

Ich erinnere mich an dich, Pran Chole, wie du damals warst, in meiner Traumwelt. Ich erinnere mich an dein Gesicht, an das Mitgefühl in deinen Augen. Ob ich wohl den Mut hätte, zu fragen: Wart ihr Imass tatsächlich einst alle so?

Ein anderes Paar schob sich aus den unzähligen Reihen nach vorn. In der Stille, die auf Okral Loms Worte folgte, sprach der Vordere der beiden. »Ich bin Ay Estos von den Logros T'lan Imass.« Dieser Knochenwerfer, der größer und schlanker als die anderen war, trug die Pelze von Polarwölfen.

Silberfuchs' Antwort klang fast verwirrt. »Ich grüße dich, Ay Estos. Du darfst sprechen.«

Der T'lan Imass neigte den Kopf und sagte dann: »Logros konnte aus Gründen, die ich dir nun mitteilen werde, nur zwei Knochenwerfer zu dieser Zusammenkunft schicken.« Er machte eine kurze Pause, und als Silberfuchs nichts erwiderte, fuhr er fort. »Die Logros T'lan Imass jagen Abtrünnige – unsere eigenen Verwandten, die sich vom Schwur losgesagt haben. Es wurden Verbrechen begangen, Beschwörerin, die geahndet werden müssen. Ich bin im Namen der Clans von Logros gekommen.«

Silberfuchs schüttelte sich, riss mit sichtlicher Mühe den Blick von Pran Chole los. Sie holte tief Luft und richtete sich hoch auf. »Du hast gesagt«, begann sie tonlos, »dass noch ein anderer Knochenwerfer von Logros hier ist.«

Der in Wolfsfelle gehüllte T'lan Imass trat beiseite. Die Gestalt, die hinter ihm stand, war von schwerem Körperbau, der Schädel unter der dünnen, vertrockneten Haut wirkte beinahe tierisch. Sie trug einen Umhang aus schuppiger, ledriger Haut, der bis zum Boden reichte. Da sie keinen Helm aufhatte, sah man, dass auf dem breiten, flachen Schädel nur noch ein paar Hautfetzen übrig waren, aus denen jeweils ein paar Strähnen langer weißer Haare wuchsen.

»Das ist Olar Ethil«, sagte Ay Estos. »Die erste aller Knochenwerferinnen. Eleint, die erste Wechselgängerin. Sie ist nicht mit mir gereist, denn Logros hat ihr eine andere Aufgabe anvertraut, die sie weit von den Clans fortgeführt hat. Bis heute hatten wir von den Logros Olar Ethil viele Jahre nicht gesehen. Eleint, wirst du von einem Erfolg oder einem Fehlschlag bei deiner Suche berichten?«

Die Erste Knochenwerferin neigte den Kopf und richtete dann das Wort an Silberfuchs. »Beschwörerin. Als ich mich diesem Ort genähert habe, hast du meine Träume beherrscht.«

»Das habe ich getan, obwohl ich nicht wusste, wer du warst. Aber das können wir ein andermal besprechen. Erzähle mir von dieser Aufgabe, die Logros dir gestellt hat.«

»Logros hat mich losgeschickt, die übrigen Armeen der T'lan Imass zu suchen, jene, die wir noch von der Ersten Zusammenkunft kannten. Die Ifayle, die Kerluhm, die Bentract und die Orshayn.«

»Und, hast du sie gefunden?«, fragte Silberfuchs.

»Ich glaube, die vier noch übrig gebliebenen Clans der Bentract T'lan Imass sind in Jacuruku, doch sie sind im Gewirr des Chaos gefangen. Ich habe dort lange gesucht, doch ohne Erfolg. Was die Orshayn, die Ifayle und die Kerluhm angeht, so muss ich einen Fehlschlag melden, denn ich habe keine Spur von ihnen gefunden. Daraus können wir eigentlich nur schließen, dass sie nicht mehr existieren.«

Silberfuchs war von Olar Ethils Worten eindeutig erschüttert. »So viele ...«, flüsterte sie, »sind verloren?« Einen Augenblick später sah Kruppe, wie sie sich zusammenriss. »Olar Ethil, was hat Logros dazu veranlasst, dich auszuschicken, um die übrigen Armeen zu suchen?«

»Beschwörerin, der Erste Thron hat einen würdigen Besitzer gefunden. Es wurde Logros von diesem Besitzer befohlen.«

»Ein Besitzer? Wer?«

»Ein Sterblicher, der damals als Kellanved bekannt war, der Imperator von Malaz.«

Silberfuchs sagte einige Zeit lang nichts, dann wandte sie sich wieder an die Erste Knochenwerferin. »Natürlich. Aber er sitzt nicht mehr auf dem Thron, nicht wahr?«

»Er sitzt nicht mehr auf dem Thron, Beschwörerin, doch er hat ihn auch noch nicht freigegeben.«

»Was bedeutet das? Oh, es hat etwas damit zu tun, dass der Imperator nicht gestorben ist, stimmt's?«

Olar Ethil nickte. »Kellanved ist nicht gestorben. Er ist aufgestiegen und hat den Thron des Schattens in Besitz genommen. Wenn er tatsächlich gestorben wäre, wäre der Erste Thron wieder frei. Doch er ist nicht gestorben, und so ist der Thron nicht frei. Wir sind an einem toten Punkt angelangt.«

»Und als dieses ... Ereignis ... stattgefunden hat – war das Ergebnis, dass ihr aufgehört habt, dem malazanischen Imperium zu dienen, so dass Laseen die ersten, unruhigen Jahre ihrer Herrschaft ohne euch überstehen musste.«

»Es waren unsichere Zeiten, Beschwörerin. Die Logros T'lan Imass waren untereinander uneins. Die Entdeckung von überlebenden Jaghut in der Jhag-Odhan erwies sich als günstige, wenn auch nur kurzlebige Ablenkung. Inzwischen sind einige unserer Clans in den Dienst des malazanischen Imperiums zurückgekehrt.«

»Und war diese Spaltung verantwortlich für die Abtrünnigen, die der Rest von euch nun verfolgt?«

Oh, ihr Verstand kehrt zurück, scharf wie immer. Dies ist in der Tat schlimme Kunde. Abtrünnige unter den T'lan Imass …

»Nein, Beschwörerin, die Abtrünnigen haben einen anderen Pfad gefunden, der uns noch verborgen ist. Sie haben auf ihrer Flucht gelegentlich das Chaos-Gewirr benutzt.«

Das Chaos-Gewirr? Ich frage mich, vor wem diese abtrünnigen T'lan Imass jetzt das Knie beugen? Nein, mach dir darüber keine Gedanken. Noch ist das nichts weiter als eine vage Drohung, vermutet Kruppe. Alles zu seiner Zeit …

»Welche Gestalt nimmst du als Wechselgängerin an, Olar Ethil?«, erkundigte sich Silberfuchs.

»Wenn ich mich verwandle, dann bin ich wie eine untote Zwillingsschwester Tiams, die alle Drachen hervorgebracht hat.«

Mehr wurde nicht hinzugefügt. Die Tausende von T'lan Imass standen reglos und stumm da. Das Herz in Kruppes Brust schlug knapp zwei Dutzend Mal. Schließlich räusperte er sich und trat näher an Silberfuchs heran. »Es sieht aus, als erwarten sie deinen Befehl, Schätzchen – was auch immer das für ein Befehl sein mag. Eine vernünftige Lös –«

Silberfuchs drehte sich zu ihm um. »Bitte«, knirschte sie. »Keine Ratschläge. Das hier ist meine Zusammenkunft, Kruppe. Lass mich also machen.«

»Aber natürlich, meine Liebe. Meine untertänigste Entschuldigung. Bitte nimm dein Zögern wieder auf.«

Sie zog ein säuerliches Gesicht. »Unverschämter, elender Kerl.«

Kruppe lächelte.

Silberfuchs wandte sich wieder den wartenden T'lan Imass zu. »Pran Chole, bitte vergib mir die Worte, die ich vorhin gesagt habe.«

Er hob den Kopf. »Beschwörerin, ich bin es, der um Vergebung bitten muss.«

»Nein. Okral Lom hatte Recht, als er meine Wut verdammt hat. Mir ist, als hätte ich tausend Lebensspannen auf dieses Treffen gewartet – die Erwartung, der Druck …«

Kruppe räusperte sich. »Tausend Lebensspannen, Silberfuchs? Du solltest dir die, die hier vor dir stehen, vielleicht ein bisschen genauer –«

»Danke, das reicht, Kruppe. Glaub mir, ich bin durchaus in der Lage, mich ohne deine Hilfe selbst zu geißeln.«

»Natürlich«, murmelte der Daru.

Silberfuchs richtete den Blick einmal mehr auf Pran Chole. »Ich würde dich und deine Verwandten gern etwas fragen.«

»Wir warten, Beschwörerin.«

»Gibt es noch Jaghut?«

»Was das reine Blut angeht, so wissen wir nur von einem, der sich noch in dieser Sphäre aufhält. Einer, der sich nicht in den Diensten eines Gottes oder der Azath-Häuser versteckt.«

»Und er ist im Herzen der Pannionischen Domäne zu finden, ja?«

»Ja.«

»Von wo aus er untote K'Chain Che'Malle befehligt. Wie kann das sein?«

Kruppe bemerkte Pran Choles kurzes Zögern, ehe der Knochenwerfer antwortete: »Wir wissen es nicht, Beschwörerin.«

»Und wenn er vernichtet ist, Pran Chole, was dann?«

Der Knochenwerfer schien über diese Frage bestürzt zu sein. »Beschwörerin, dies ist deine Zusammenkunft. Du bist aus Fleisch und Blut – unser wiedergeborenes Fleisch und Blut. Wenn der letzte Jaghut getötet worden ist –«

»Einen Augenblick, bitte!«, sagte Kruppe und schob sich einen Schritt nach vorn. Silberfuchs stieß ein wütendes Zischen aus, doch der Daru fuhr fort: »Pran Chole, erinnerst du dich an den trefflichen Kruppe?«

»Ja, das tue ich.«

»An den trefflichen, schlauen Kruppe, ja? Du hast gesagt, *ihr wisst von nur noch einem* Jaghut. Das ist zweifellos überaus präzise ausgedrückt. Nichtsdestotrotz heißt das nicht ganz das Gleiche wie

›es ist nur noch einer übrig‹, ja? Folgerichtig seid ihr euch also nicht sicher, stimmt's?«

Olar Ethil übernahm es, zu antworten. »Sterblicher, es gibt noch andere Jaghut. Vereinzelt. Verborgen – sie haben in der Tat gelernt, sich sehr gut zu verstecken. Wir glauben, dass sie noch existieren, aber wir können sie nicht finden.«

»Aber ihr trachtet nach einem offiziellen Ende des Krieges, nicht wahr?«

Eine raschelnde Bewegung durchlief die Reihen der Untoten.

Silberfuchs wirbelte zu ihm herum. »Woher hast du das gewusst, verdammt?«

Kruppe zuckte die Schultern. »Unübertrefflicher, unübertroffener Kummer. Sie wollen wirklich zu Staub werden. Selbst wenn sie Augen hätten, würde Kruppe die Wahrheit nicht klarer darin sehen. Die T'lan Imass sehnen sich nach Vergessen.«

»Das ich ihnen nur dann gewähren würde, wenn es auf dieser Welt keinen einzigen Jaghut mehr gäbe«, sagte Silberfuchs. »Denn das ist die Bürde, die mir auferlegt wurde. Der Zweck, zu dem ich geschaffen wurde: Die Drohung der Tyrannei zu beseitigen, ein für alle Mal. Nur dann könnte ich den T'lan Imass das Vergessen gewähren, das sie sich wünschen – so verlangt es das Ritual von mir, denn das ist eine Verbindung, die nicht gebrochen werden kann.«

»Du musst deine Entscheidung verkünden, Beschwörerin«, sagte Okral Lom.

»Ja«, sagte sie, wobei sie Kruppe noch immer finster anstarrte.

»Deine Worte«, fügte Pran Chole hinzu, »können die Bande des Rituals zerschmettern.«

Ihr Kopf ruckte herum. »So einfach? Doch –« Sie starrte den Daru noch einmal an und runzelte die Stirn. »Kruppe, du hast eine unangenehme Tatsache ans Licht gebracht –«

»Ja, Silberfuchs, doch es ist nicht die, die du zu sehen scheinst. Nein, Kruppe hat eine tiefere Wahrheit enthüllt, eine, die weitaus bitterer ist.«

Sie verschränkte die Arme. »Und die wäre?«

Kruppe musterte das Heer untoter Gestalten, versuchte in die

Höhlen zahlloser Augen zu blicken. Schließlich seufzte er, und es war ein Seufzen voller Gefühl. »Ach, meine Liebe, schau doch bitte noch einmal hin. Es war ein armseliger Täuschungsversuch, doch er war keineswegs verdammenswert. Versuche zu verstehen, wie es angefangen hat. Die Erste Zusammenkunft. Damals hat es nur einen einzigen Feind gegeben. Ein Volk, aus dem Tyrannen hervorgingen. Aber die Zeit vergeht, ja? Und jetzt wimmelt es an allen Ecken von Herrschern und Tyrannen – aber sind es Jaghut? Nein. Es sind meistens Menschen, ja?

Du willst die Wahrheit wissen, die tiefe, die reine Wahrheit? Also gut. Silberfuchs, die T'lan Imass *haben ihren Krieg gewonnen*. Sollte sich unter den wenigen, im Verborgenen lebenden Jaghut ein neuer Tyrann erheben, dann wird er oder sie bemerken, dass die Welt nicht mehr so leicht zu erobern ist, wie sie es einst war. Es gibt Götter, die sich solchen Versuchen entgegenstellen werden; ja, und es gibt Aufgestiegene! Männer wie Anomander Rake, Frauen wie Korlat – hast du das Schicksal des letzten Jaghut-Tyrannen vergessen?

Die Zeit ist vorbei, Silberfuchs. Die der Jaghut und daher auch die der T'lan Imass.« Kruppe legte ihr eine Hand auf die Schulter und blickte ihr in die Augen. »Beschwörerin«, flüsterte er, »diese unbeugsamen Krieger sind … müde. Sie sind in einem Maße müde, das über jegliches Vorstellungsvermögen hinausgeht. Sie haben Hunderttausende von Jahren nur aus einem einzigen Grund existiert. Und dieser Grund ist nun … eine Farce. Sinnlos. Belanglos. Sie wollen, dass es ein Ende hat, Silberfuchs. Sie haben versucht, es mit Kellanved und dem Ersten Thron zu schaffen, aber der Versuch ist fehlgeschlagen. Aus diesem Grund haben sie dir Gestalt gegeben, dem, was aus dir werden würde. Für diese eine Aufgabe. Erlöse sie. Bitte.«

Pran Chole meldete sich zu Wort. »Beschwörerin, wir werden diesen Jaghut vernichten, der sich in der Pannionischen Domäne versteckt. Und dann bitten wir um ein Ende. Es ist so, wie Kruppe gesagt hat. Wir haben keinen Grund zu existieren, daher existieren wir ohne Ehre, und das zerstört uns. Die Abtrünnigen, die die Logros T'lan Imass jagen, sind nur die Ersten. Wir werden noch mehr unserer Verwandten verlieren, das fürchten wir zumindest.«

Kruppe sah, dass Silberfuchs zitterte, doch ihre Worte klangen absolut beherrscht, als sie sich an den Schamanen mit dem Geweih wandte. »Ich bin die erste Knochenwerferin aus Fleisch und Blut, die ihr in beinahe dreihunderttausend Jahren geschaffen habt. Die erste – und, wie es scheint, auch die letzte.«

»Tu, worum wir dich bitten, Beschwörerin, und der Rest deines Lebens gehört dir.«

»Welches Leben? Ich bin weder eine Rhivi noch eine Malazanerin. Ich bin noch nicht einmal ganz menschlich. Das ist es, was keiner von euch begreift!« Sie zeigt mit dem Finger auf Kruppe und die beiden Seesoldatinnen, um eine allumfassende Geste zu vollenden. »Keiner von euch! Nicht einmal Paran, der glaubt – nein, mit dem, was er glaubt, werde ich mich zu gegebener Zeit befassen – es geht nicht um euch. T'lan Imass! Ich bin eure Verwandte, verdammt! *Euer erstes Kind in dreihunderttausend Jahren! Soll ich wieder zurückgelassen werden?*«

Kruppe wich zurück. *Wieder? Oh, ihr Götter hienieden* – »Silberfuchs –«

»Still!«

Doch es wurde nicht still. Stattdessen ertönte ein flüsterndes Rascheln und Knirschen, und Silberfuchs und Kruppe fuhren bei diesem Geräusch herum.

Um zu sehen, wie Zehntausende von T'lan Imass auf die Knie sanken, die Köpfe gesenkt.

Olar Ethil war die Einzige, die noch aufrecht stand. Die Einzige, die etwas sagte. »Beschwörerin, wir bitten dich, uns zu befreien.« Und mit diesen Worten ließ auch sie sich auf die Knie sinken.

Der Anblick schmerzte Kruppe in tiefster Seele. Unfähig zu sprechen, kaum in der Lage zu atmen, starrte er mit zunehmendem Entsetzen die gebrochene Menge an. Und als Silberfuchs antwortete, drohte das Herz des Daru zu zerspringen.

»Nein.«

In der Ferne begannen ringsum die untoten Wölfe zu heulen.

»Beim Atem des Vermummten!«, fluchte eine der beiden Seesoldatinnen.

Oh ja, in ihren Stimmen liegt ein so unirdischer Kummer, dass es am Verstand der Sterblichen zerrt. Oh, K'rul, was sollen wir jetzt tun?

»Bei Leuten, deren Leben so kurz ist, setzt man einen Mangel an Komplexität voraus.«

Elster grinste säuerlich. »Wenn das eine Entschuldigung sein soll, musst du dir schon was Besseres einfallen lassen, Korlat.«

Die Tiste Andii seufzte, strich sich in einer sehr menschlichen Geste mit einer Hand durch ihr langes schwarzes Haar.

»Andererseits«, fuhr der Malazaner fort, »würde von dir auch schon ein *Hmm* ausreichen, Weib.«

Ihre Augen blitzten auf. »Oh? Und wie soll ich *das* verstehen?«

»Versuch's doch so, wie es gemeint war, meine Liebe. Mir haben die letzten paar Tage nicht sonderlich gefallen, und es wäre mir lieber, alles wäre wieder wie früher, also nehme ich, was ich kriegen kann. Das war's, so einfach wie ich es machen kann.«

Sie beugte sich im Sattel zu ihm hinüber und legte eine Hand auf seinen vom Kettenpanzer umhüllten Arm. »Ich danke dir. Scheint so, als wäre ich diejenige, für die die Dinge einfach sein müssen.«

»Was das angeht, sind meine Lippen versiegelt.«

»Du bist ein weiser Mann, Elster.«

Zweitausend Schritt vor ihnen wimmelte die Ebene von Tenescowri, die langsam näher rückten. Es gab keine Ordnung in ihren Reihen, abgesehen von dem einzelnen Reiter, der vorneweg ritt, einem dürren, ausgemergelten Jungen auf einem Rotschimmel mit Senkrücken, der eindeutig früher ein Zugpferd gewesen war. Gleich hinter dem jungen Mann – von dem Elster annahm, dass es sich um Anaster handelte – kamen ungefähr ein Dutzend Frauen. Mit ihren wirren Haaren und den schrillen Schreien, die sie in unregelmäßigen Abständen ausstießen, waren sie von einer Aura aus Wahnsinn und dunklem Entsetzen umgeben.

»Wahrscheinlich Frauen des Toten Samens«, sagte Korlat, die Elsters Blick bemerkt hatte. »Ich kann magische Kräfte spüren. Sie sind wohl die wahre Leibgarde des Ersten Kindes.«

Elster drehte sich im Sattel um und warf einen prüfenden Blick auf die malazanischen Legionen, die sich fünfzig Schritt hinter ihm aufgestellt hatten. »Wo ist Anomander Rake? Diese Horde kann jeden Augenblick angreifen.«

»Das werden sie nicht tun«, versicherte ihm Korlat. »Diese Hexen spüren, dass mein Lord nahe ist. Sie fühlen sich unbehaglich und rufen ihrem auserwählten Kind zu, vorsichtig zu sein.«

»Aber wird er auf sie hören?«

»Das sollte er lie –«

Ein lautes Brüllen übertönte ihre Worte.

Die Tenescowri griffen an, eine heranbrandende Flut aus furchtloser Verzweiflung. Eine Woge der Macht von den Frauen des Toten Samens schlug über Elster zusammen, ließ sein Herz hämmern, als hätte ihn eine merkwürdige Panik ergriffen.

Korlat stieß zischend die Luft aus. »Widerstehe der Furcht, mein Liebster!«

Mit einem wütenden Knurren zog Elster sein Schwert und riss sein Pferd herum, so dass er seine Truppen im Blick hatte. Der magische Angriff hatte sie erreicht, schlug auf ihre Linien ein. Sie wankten, doch nicht ein einziger Soldat wich zurück. Einen Augenblick später hatten die Malazaner sich wieder gefasst.

»Vorsicht!«, rief Korlat. »Mein Lord erscheint in all seiner Macht!«

Die Luft schien an allen Seiten herabzusinken, schien unter einem gewaltigen, unsichtbaren Gewicht zu ächzen. Der Himmel verdunkelte sich mit einem fühlbaren Grauen.

Elsters Pferd stolperte, seine Beine gaben kurz nach, ehe das Tier das Gleichgewicht wiederfand. Es wieherte schrill.

Ein kalter, bitterer Wind pfiff heran, peitschte über das Gras vor Korlat und dem Kommandanten und prallte dann auf die angreifende Masse der Tenescowri.

Die Frauen des Toten Samens wurden zurückgeschleudert, sie stolperten, taumelten, stürzten, wanden sich am Boden. Hinter ihnen versuchten die vordersten Reihen des Haufens stehen zu bleiben und wurden von den hinteren überrannt. Binnen eines Herzschlags brach in den vorderen Reihen das blanke Chaos aus; Gestalten wimmelten über andere hinweg, Leiber wurden in einem Wirbel von Gliedmaßen zertrampelt oder vorwärtsgestoßen.

Der schwarze Drache mit der silbernen Mähne schwebte knapp über Elsters Kopf hinweg, segelte auf der eisigen Böe dahin.

Die einsame Gestalt Anasters auf seinem Rotschimmel, der noch nicht einmal gezuckt hatte, erwartete ihn. Hinter dem Ersten Kind war die vorderste Linie der Tenescowri eine brodelnde Wand.

Anomander Rake stieß auf den Jungen herab.

Anaster richtete sich in seinem Sattel auf und breitete weit die Arme aus.

Gewaltige Krallen zuckten herab. Schlossen sich um das Erste Kind und pflückten den Jungen von seinem Pferd.

Der Drache stieg mit seiner Beute wieder auf.

Und schien in der Luft zu taumeln.

Korlat schrie auf. »Bei den Göttern, er ist ein Gift!«

Das Bein des Drachen zuckte zur Seite, schleuderte Anaster weg. Der Junge drehte sich, wirbelte wie eine Lumpenpuppe Hals über Kopf durch die Luft. Fiel schließlich am äußersten rechten Rand in die Tenescowri-Horde und entschwand so den Blicken.

Anomander Rake hatte mittlerweile sein Gleichgewicht wiedergefunden und senkte nun den keilförmigen Kopf, als er auf die Bettler-Armee zuflog. Der Rachen mit den langen Fängen öffnete sich.

Pures Kurald Galain strömte aus diesem Rachen. Eine brodelnde Dunkelheit, die Elster schon einmal gesehen hatte, vor einiger Zeit, vor der Stadt Fahl. Damals jedoch war sie unter Kontrolle gewesen. Und dann noch einmal, vor kurzem, als er von Korlat durch das Gewirr selbst geführt worden war; und auch da war Kurald Galain ruhig gewesen. Doch jetzt war das Ältere Gewirr der Dunkelheit entfesselt worden, jetzt tobte es voller Wildheit.

Also gibt es auch noch einen anderen Weg nach Kurald Galain – einfach den Schlund dieses Drachen hinunter.

Eine breite, flache Schwade aus Dunkelheit fetzte durch die Tenescowri. Körper verschwanden, lösten sich einfach auf, so dass nur ein paar zerfetzte Kleider zurückblieben. Der Drache flog unbeirrbar weiter, schlug eine Schneise der Vernichtung, die die Armee in zwei kochende, zurückweichende Hälften zerteilte.

Als er den ersten Überflug beendet hatte, schwang Anomander Rake sich himmelwärts, legte sich dann für die zweite Runde in die Kurve.

Es war nicht nötig. Die Streitmacht der Tenescowri war aufgerieben; Gestalten rannten in alle Richtungen davon. Hier und dort gingen sie aufeinander los, konnte Elster sehen, wie Hunde, die in ihre eigenen Wunden bissen. Sinnloses Morden und Selbstzerstörung, ausgelöst von blindem, panischem Entsetzen.

Der Drache glitt über den durcheinander wimmelnden Mob, doch er entfesselte sein Gewirr kein zweites Mal.

Dann sah Elster, wie Anomander Rakes Kopf herumfuhr.

Der Drache ließ sich tiefer sinken. Vor ihm wurde eine große Fläche frei, als die Tenescowri davonrannten und kaum ein Dutzend ihresgleichen übrig ließen, die flach auf dem Boden lagen, sich jedoch schwach bewegten – langsam und unter Schmerzen versuchten sie wieder auf die Beine zu kommen.

Die Frauen des Toten Samens.

Der Drache, der nun eine Mannslänge über der Erde schwebte, verwandelte sich, wurde unscharf, als er sich den Hexen näherte, war wieder der Lord von Mondbrut – der auf die alten Frauen zuging, die Hand erhoben, um sein Schwert zu ziehen.

»Korlat –«

»Es tut mir Leid, Elster.«

»Er wird sie –«

»Ich weiß.«

Elster schaute voller Entsetzen zu, wie Anomander Rake die erste der Frauen erreichte, eine dürre, bucklige alte Hexe, kaum halb so groß wie der Tiste Andii, und Dragnipur schwang.

Ihr Kopf fiel ihr in einem Blutschwall vor die Füße. Ihr Körper schien noch einen Schritt zur Seite zu machen, als tanzte er, und brach dann zusammen.

Anomander Rake ging auf die nächste Frau zu.

»Nein – das ist nicht recht –«

»Bitte –«

Ohne auf Korlats Bitte zu achten, trieb Elster sein Pferd vorwärts, galoppierte den Hang hinab und steigerte das Tempo noch, als er das ebene Gelände erreichte.

Eine weitere Frau wurde erschlagen, dann eine dritte, ehe der Malazaner ankam, an den Zügeln riss und sein Pferd direkt vor Rake schlitternd zum Stehen brachte.

Der Lord von Mondbrut war gezwungen innezuhalten. Er blickte überrascht auf und runzelte die Stirn.

»Hört auf damit«, stieß Elster krächzend hervor. Ihm wurde klar, dass er noch immer sein blankes Schwert in der Hand hielt, er sah, wie Anomander Rake es mit seinen unmenschlichen Augen bemerkte, ehe er antwortete.

»Zur Seite, mein Freund. Was ich hier tue, ist ein Akt der Barmherzigkeit –«

»Nein, es ist ein Urteil, Anomander Rake. Und«, fügte er hinzu, den Blick auf Dragnipurs schwarze Klinge gerichtet, »eine Strafe.«

Das Lächeln, das zur Antwort auf Anomander Rakes Gesicht erschien, war seltsam wehmütig. »Wenn Ihr es so nennen wollt, Elster. Nichtsdestotrotz beanspruche ich das Recht, über diese Kreaturen ein Urteil zu fällen.«

»Dagegen erhebe ich keinen Einspruch, Anomander Rake.«

»Oh, dann ist es also … die Strafe.«

»Ja.«

Der Lord der Tiste Andii schob sein Schwert in die Scheide. »Dann muss es Eure Hand sein, mein Freund. Und schnell, denn sie gewinnen ihre Kräfte zurück.«

Elster zuckte im Sattel zusammen. »Ich bin kein Scharfrichter.«

»Dann solltet Ihr lieber einer werden – oder beiseite treten. Sofort.«

Elster riss sein Pferd herum. Die sieben noch übrigen Frauen begannen tatsächlich, allmählich wieder zu sich zu kommen, obwohl er in den alten gelblichen Augen derjenigen, die ihm am nächsten war, bisher nur glasige Verständnislosigkeit erkennen konnte.

Der Vermummte soll mich holen –

Er ließ sein Reittier antraben, hob die Klinge rechtzeitig, um die Schwertspitze in die Brust der nächsten Frau zu stoßen.

Trockene Haut teilte sich fast mühelos. Knochen knackten wie Zweige. Das Opfer taumelte rückwärts, fiel.

Elster trieb sein Pferd an und schüttelte das Blut von seinem Schwert, und als er die nächste Frau erreichte, schwang er die Klinge in einem weiten Bogen, schlitzte ihr die Kehle auf.

Er hielt seine Gedanken eiskalt am Zügel, unterdrückte sie, konzentrierte sich auf die rein mechanische Seite seiner Taten. Er wollte keine Fehler machen. Keine, die seinen Opfern Schmerzen bescheren würden. Stattdessen eine präzise Hinrichtung nach der anderen. Er lenkte sein Pferd instinktiv, verlagerte das Gewicht, hob die Klinge und stieß oder schlug zu, wie es erforderlich war.

Eine, dann noch eine, dann noch eine.

Bis er schließlich, als er sein Pferd wieder wendete, sah, dass er fertig war. Es war vorbei.

Als sein Pferd die Drehung stampfend vollendete, blickte Elster auf.

Und sah Einarms Heer, das in einer lang gezogenen Reihe auf dem Hügelkamm weit zu seiner Linken stand. Das Gelände zwischen ihnen war von zertrampelten Leibern übersät, ansonsten jedoch offen. Sämtlichen Blicken preisgegeben.

Seine Soldaten.

Sie hatten sich entlang des Kamms aufgereiht. Standen schweigend da.

Sie haben alles mit angesehen … Jetzt bin ich also tatsächlich verdammt. Jetzt gibt es keine Umkehr mehr. Es spielt keine Rolle, mit welchen Worten ich es erkläre oder rechtfertige. Es ist nicht wichtig, welche Verbrechen die Opfer begangen haben. Ich habe sie abgeschlachtet. Keine Soldaten, keine bewaffneten Gegner, sondern Kreaturen, die vom Wahnsinn befallen waren, die betäubt und von Sinnen waren, die nichts verstanden haben.

Er drehte sich um, starrte Anomander Rake an.

Der Lord von Mondbrut erwiderte den Blick ausdruckslos.

Diese Last – Ihr habt sie schon früher getragen, habt sie schon vor langer Zeit auf Euch genommen, nicht wahr? Mit dieser Last, die nun an meiner Seele nagt, lebt Ihr – habt Ihr schon immer gelebt, Jahrhunderte lang. Das ist der Preis für das Schwert auf Eurem Rücken.

»Ihr hättet es mir überlassen sollen, mein Freund«, sagte der Tiste Andii leise. »Ich hätte darauf bestehen können, aber ich wollte nicht mit Euch die Klingen kreuzen. Und so«, fügte er mit einem bekümmerten Lächeln hinzu, »habe ich wieder einmal mein Herz geöffnet, und wieder einmal erweist es sich als Fluch. Der jene befällt, um die ich mich sorge, wegen genau dieses Gefühls. Es wäre besser, ich hätte meine Lektion vor langer Zeit gelernt, meint Ihr nicht auch?«

»Anscheinend«, brachte Elster heraus, »haben wir noch etwas anderes gefunden, was wir teilen können.«

Anomander Rakes Augen wurden schmal. »Ich hätte mir das nicht gewünscht.«

»Ich weiß.« Elster kämpfte um seine Beherrschung. »Es tut mir Leid, dass ich Euch keine Entscheidungsmöglichkeit gelassen habe.«

Sie sahen einander an.

»Ich glaube, Korlats Verwandte haben diesen Anaster gefangen genommen«, sagte Rake nach einem kurzen Moment. »Wollt Ihr mich zu ihm begleiten?«

Elster zuckte zusammen.

»Nein, mein Freund«, sagte Rake. »Ich verzichte darauf, ein Urteil über ihn zu fällen. Überlassen wir das anderen, ja?«

Auf saubere militärische Weise, meint Ihr. Mit Hilfe jener starren Struktur, die einen so leicht aus der persönlichen Verantwortung entlässt. Natürlich. Schließlich haben wir jetzt ja Zeit für so was, oder? »Einverstanden, Lord. Wollt Ihr vorangehen?«

Mit einem weiteren schwachen, wehmütigen Lächeln schritt Anomander Rake an ihm vorbei.

Elster steckte sein blutiges Schwert wieder in die Scheide und folgte ihm.

Er starrte auf den breiten Rücken des Tiste Andii, auf die Waffe, die darüber hing. *Anomander Rake, wie könnt Ihr diese Last tragen? Diese Last, die mir das Herz so gründlich gebrochen hat?*

Aber nein, das ist es nicht, was so an mir nagt.

Lord von Mondbrut, Ihr habt mich gebeten, beiseite zu treten, und Ihr habt es einen Akt der Barmherzigkeit genannt. Ich habe Euch missverstanden. Ein Akt der Barmherzigkeit, aber nicht an den Frauen des Toten Samens. Sondern an mir. Deshalb Euer trauriges Lächeln, als ich Eure Bitte abgelehnt habe.

Ach, mein Freund, ich habe nur Eure Brutalität gesehen – und das hat Euch verletzt.

Es wäre besser für uns beide gewesen, wenn Ihr mit mir die Klingen gekreuzt hättet.

Für uns beide.

Und ich – ich bin solcher Freunde nicht würdig. Alter Mann, dich quälen närrische Gesten. Lass es gut sein. Sorg dafür, dass dies dein letzter Krieg ist.

Sorg dafür, dass es wirklich der letzte ist.

Korlat hatte mit ihren Tiste Andii die ausgemergelte Gestalt, die Anaster, das Erste Kind des Toten Samen war, fast genau an der Stelle umstellt, wo der Junge gelandet war, als Anomander Rake ihn zu Boden geworfen hatte.

Elster sah Tränen in den Augen seiner Geliebten, und dieser Anblick versetzte ihm einen schmerzhaften Stich in die Magengrube. Er zwang sich, wegzuschauen. Obwohl er sie jetzt brauchte, und obwohl sie ihn ihrerseits vielleicht ebenso sehr brauchte, um all das mit ihm zu teilen, was sie so klar verstand, musste das warten. Er beschloss, sich ein Beispiel an Anomander Rake zu nehmen, für den Kontrolle sowohl ein Panzer als auch – je nach den Umständen – eine Waffe war.

Reiter näherten sich aus den Reihen der Malazaner wie auch aus denen Bruths. Bei dem, was nun folgte, würde es Zeugen geben – *und dass ich diese Dinge jetzt verfluche, ist der endgültige Beweis dafür, wie tief ich gefallen bin. Wann habe ich jemals Zeugen gefürchtet bei dem, was ich getan oder gesagt habe? Königin der Träume, vergib mir. Plötzlich finde ich mich in einem lebendig gewordenen Albtraum wieder – und das Ungeheuer, das mich verfolgt, ist niemand anderer als ich selbst.*

Als Elster sein Pferd vor den versammelten Tiste Andii zügelte, konnte er Anaster das erste Mal genauer in Augenschein nehmen.

Entwaffnet, von blauen Flecken übersät und blutverschmiert, das Gesicht abgewandt, sah er Mitleid erregend, schwach und klein aus.

Aber so ist das immer mit Anführern, die gebrochen worden sind. Egal, ob Könige oder Kommandanten, die Niederlage vernichtet sie –

Und dann sah er das Gesicht des Jungen. Etwas hatte ihm ein Auge ausgestochen, hatte einen Wirrwarr aus tiefrotem Blut zurückgelassen. Der Blick des verbliebenen Auges richtete sich auf Elster. Aufmerksam, aber entsetzlich leblos – ein Starren, das gleichermaßen kalt und lässig war, neugierig und gleichzeitig von einer überwältigenden, grundsätzlichen Gleichgültigkeit. »Der Mann, der meine Mutter niedergemetzelt hat«, meinte Anaster in singendem Tonfall und reckte den Kopf, während er den Malazaner weiter musterte.

»Es tut mir Leid, Erstes Kind«, sagte Elster heiser.

»Mir nicht. Sie war verrückt. Eine Gefangene ihrer selbst, besessen von ihren eigenen Dämonen. Wobei wir annehmen müssen, dass sie nicht die Einzige war, die diesem Fluch erlegen ist.«

»Jetzt nicht mehr«, antwortete Elster.

»Es ist eine Plage, oder etwa nicht? Eine, die sich immer weiter ausbreitet. Leben verschlingt. Und aus diesem Grunde wirst du am Ende schließlich scheitern. Werdet ihr alle scheitern. Ihr werdet zu dem, was ihr zerstört.«

Anomander Rakes Ton war schockierend derb, als er antwortete: »Von einem Kannibalen können kaum passendere Worte kommen. Was meinst du, Anaster, was sollen wir mit dir machen? Sei ehrlich.«

Der junge Mann richtete sein eines Auge auf den Lord von Mondbrut. Wie gut er sich auch in der Gewalt haben mochte, seine Selbstbeherrschung schien jetzt schlagartig zusammenzubrechen, denn er hob vorsichtig eine Hand, um sie sich vor die blutige Augenhöhle zu halten, und sein blasses Gesicht wurde noch blasser. »Töte mich«, flüsterte er.

Rake runzelte die Stirn. »Korlat?«

»Ja, er hat die Kontrolle verloren. Seine Angst hat ein Gesicht. Eins, das ich noch nie gesehen habe –«

Anaster fuhr zu ihr herum. »Halt den Mund! Du hast gar nichts gesehen!«

»In dir herrscht Dunkelheit«, entgegnete sie ruhig. »Ein bösartiger Verwandter Kurald Galains. Eine Dunkelheit der Seele. Wenn du taumelst, Kind, können wir sehen, was sich in dieser Dunkelheit versteckt.«

»Lügnerin!«, zischte er.

»Das Gesicht eines Soldaten«, sagte Anomander Rake. Er richtete den Blick langsam westwärts. »Aus der Stadt. Aus Capustan.« Er drehte sich wieder zu Anaster um. »Er ist immer noch dort, nicht wahr? Es scheint, Sterblicher, als hättest du eine Nemesis gefunden – eine, die dir etwas anderes als den Tod verspricht, etwas, das weitaus schrecklicher ist. Interessant.«

»Das verstehst du nicht! Es ist Itkovian! Der Schild-Amboss! Er will meine Seele! Bitte, töte mich!«

Dujek und Caladan Bruth waren mittlerweile herangekommen, ebenso Kallor und Artanthos. Aufmerksam und schweigend saßen sie auf ihren Pferden.

»Vielleicht tun wir das«, erwiderte der Lord von Mondbrut nach einer kurzen Pause. »Wenn es an der Zeit ist. Doch fürs Erste werden wir dich nach Capustan mitnehmen –«

»Nein! Bitte! Tötet mich jetzt!«

»Dein besonderer Wahnsinn bietet keinen Grund, dich freizusprechen, Kind«, sagte Anomander Rake. »Keinen Grund, Barmherzigkeit walten zu lassen. Noch nicht. Vielleicht werden wir anders entscheiden, wenn wir mit demjenigen – diesem Itkovian? –, der dich so entsetzt, gesprochen haben, und dir dann ein rasches Ende gewähren. Da du unser Gefangener bist, ist das unser Recht. Und vielleicht wirst du schließlich doch noch von deiner Nemesis verschont.« Er sah Bruth und die anderen an. »Ist das annehmbar?«

»Ja«, sagte Dujek grollend, den Blick auf Elster geheftet.

»Einverstanden«, sagte Bruth.

Anaster machte einen verzweifelten Versuch, einem der Tiste Andii neben ihm den Dolch zu entreißen, doch er wurde ohne Mühe abgewehrt. Daraufhin brach der Junge weinend zusammen und sank auf die Knie; sein dürrer Leib wurde von Schluchzern geschüttelt.

»Am besten schafft ihr ihn fort«, sagte Anomander Rake und betrachtete die gebrochene Gestalt. »Das ist kein Theater.«

Das war für alle Anwesenden offensichtlich.

Elster lenkte sein Pferd an Dujeks Seite.

Der alte Mann nickte ihm grüßend zu und murmelte dann: »Das war verdammtes Pech.«

»Das war es.«

»Aus der Ferne hat es ausgesehen –«

»Es hat schlimm ausgesehen, Hohefaust, weil es schlimm war.«

»Verstehe. Elster, ich kann deinen ... deinen Gnadenakt nachvollziehen. Rakes Schwert ... aber, verdammt noch mal, hättest du denn nicht warten können?«

Erklärungen und vernünftige Rechtfertigungen schwirrten Elster durch den Kopf, doch er sagte nur ein einziges Wort. »Nein.«

»Hinrichtungen erfordern bestimmte Vorgehensweisen –«

»Dann degradiert mich, Hohefaust.«

Dujek zuckte zusammen, schaute weg. Er seufzte schwer. »So habe ich das nicht gemeint, Elster. Ich kenne die Bedeutung dieser Vorgehensweisen gut genug – und vor allem auch den wahren Grund für ihre Existenz. Wenn man bei besonders brutalen Taten die Erfordernisse teilt –«

»Verringert das die persönlichen Kosten, ja«, beendete Elster leise den Satz. »Anomander Rake hätte ganz sicher kein Problem damit gehabt, seiner legendären Liste diese paar Seelen hinzuzufügen. Doch stattdessen habe ich sie genommen. Ich *habe seine persönlichen Kosten verringert.* Eine dürftige Leistung, zugegeben, und eine, um die er mich nicht gebeten hat. Aber es ist geschehen. Es ist erledigt.«

»Das ist alles andere als erledigt«, knurrte Dujek. »Ich bin dein Freund –«

»Nein.« *Bei uns besteht kein Risiko, dass wir die Klingen kreuzen, also gibt es hier auch nichts zu teilen.* »Nein«, wiederholte er. *Diesmal nicht.*

Er konnte beinahe hören, wie Dujek mit den Zähnen knirschte.

Korlat gesellte sich zu ihnen. »Das ist schon ein merkwürdiger junger Mann, dieser Bursche namens Anaster.«

Die beiden Malazaner drehten sich bei diesen Worten zu ihr um.

»Überrascht Euch das?«, fragte Dujek.

Sie zuckte die Schultern. »In der Dunkelheit seiner Seele lag vieles verborgen, Hohefaust. Mehr als nur das Gesicht eines Soldaten. Er konnte es nicht ertragen, seine Armee anzuführen. Konnte es nicht ertragen, den Hunger mit anzusehen, den Verlust und die Verzweiflung. Und war daher entschlossen, sie in den Tod zu schicken, in die absolute, endgültige Vernichtung. Es sollte ein Akt der Barmherzigkeit sein. Um die Leidenden zu erlösen.

Was ihn selbst betrifft – nun, er hat Verbrechen begangen, die nur mit dem Tode bestraft werden können. Eine Hinrichtung durch die Überlebenden unter seinen Opfern. Aber er sucht nicht einfach nur den Tod – er sucht mehr, etwas anderes. Er sucht nach Verdammnis als Strafe. Ewig währende Verdammnis. Einen solchen Selbsthass kann ich nicht ergründen.«

Aber ich kann es, denn ich fühle mich, als ob ich selbst am Rand dieses steilen Abhangs herumtorkele. Noch ein Fehltritt ... Elster blickte hinüber zu den malazanischen Legionen, die immer noch auf dem entfernten Hügelkamm standen. Ihre Rüstungen und Waffen blitzten in der Sonne auf und ließen seine Augen tränen.

Dujek lenkte sein Pferd weg, ritt wieder zu Artanthos, Bruth und Kallor hinüber.

Elster blieb allein mit Korlat zurück.

Sie streckte den Arm aus, berührte seine gepanzerte Hand.

Er konnte ihr nicht in die Augen sehen, sondern musterte weiterhin die reglos dastehenden Reihen seiner Soldaten.

»Mein Liebster«, murmelte sie. »Diese Frauen – sie waren weder schutzlos noch hilflos. Die Macht, derer sie sich bedient haben, kam aus dem Chaos-Gewirr. Der erste Angriff meines Lords hätte sie eigentlich vernichten müssen; stattdessen hat er sie nur für kurze Zeit betäubt. Sie hatten schon wieder angefangen, sich zu erholen. Und wenn ihre Macht wieder erwacht wäre, hätten sie die Verwüstung entfesselt. Hätten Wahnsinn und Tod über deine Armee gebracht. Dieser Tag hätte mit einer Niederlage enden können.«

Er verzog das Gesicht zu einer Grimasse. »Ich hadere nicht mit der Notwendigkeit«, sagte er.

»Mir scheint ... du tust es doch.«

»Krieg hat seine Notwendigkeiten, Korlat, und das habe ich immer verstanden. Ich habe den Preis immer gekannt. Aber heute – vorhin – ist mir noch etwas anderes klar geworden. Krieg ist kein natürlicher Zustand. Krieg ist eine Belastung, und eine verdammt ungesunde noch dazu. Indem wir uns seinen Regeln unterwerfen, geben wir freiwillig unsere Menschlichkeit preis. Erzähle mir nichts von gerechten Gründen, von würdigen Zielen. Wir alle löschen Leben aus. Wir sind allesamt Diener des Vermummten.«

»Die Frauen des Toten Samens hätten Hunderte getötet, vielleicht sogar Tausende, Elster –«

»Und ich habe zu meiner Zeit das Gleiche befohlen, Korlat. Was für einen Unterschied gibt es also zwischen uns?«

»Du fürchtest dich nicht vor den Fragen, die auf solche Taten folgen«, sagte sie. »Diejenigen, die du dir freiwillig selbst stellst. Vielleicht betrachtest du das als selbstzerstörerische Unbarmherzigkeit, aber ich betrachte es als Mut – als wirklich außergewöhnlichen Mut. Ein weniger tapferer Mann hätte meinen Lord diese ungehörige Aufgabe allein bewältigen lassen.«

»Das sind sinnlose Worte, Korlat. Die Armee, die da drüben steht, ist Zeuge geworden, wie ihr Kommandant mehrere Morde begangen hat –«

Korlats gezischte Erwiderung erschütterte ihn zutiefst. »Wage es nicht, sie zu unterschätzen!«

»Sie zu untersch –«

»Ich habe inzwischen viele von deinen Soldaten kennen gelernt, Elster. Sie sind keine Narren. Vielleicht können viele von ihnen – wenn nicht die meisten – ihr vollstes Verständnis nicht mit Worten ausdrücken, aber verstehen tun sie dennoch. Glaubst du nicht, dass sie alle – jeder Soldat, jede Soldatin, auf seine oder ihre Weise – schon einmal eine ähnliche Entscheidung treffen mussten, wie du sie heute Morgen getroffen hast? Dass sie alle schon einmal an einem Wendepunkt in ihrem Leben gestanden haben? Und sie alle spüren die Narbe noch immer in ihrem Innern.«

»Ich kann wenig –«

»Elster, hör mir zu. Sie sind Zeugen geworden. Sie haben *gesehen* – und sie haben Bescheid gewusst. Verdammt, ich weiß das, denn ich habe dasselbe gespürt. Sie haben für dich gelitten. Mit jedem brutalen Hieb haben sie gespürt, wie die alten Wunden in ihrem Innern vor Mitgefühl vibrieren. Kommandant, deine Scham ist eine Beleidigung. Leg sie ab, oder du wirst deinen Soldaten eine Wunde zufügen, die tiefer ist als alle anderen.«

Er starrte zu ihr hinunter. »Wir sind kurzlebige Wesen«, sagte er nach einer langen Pause. »Unseren Leben fehlt diese Komplexität.«

»Bastard. Erinnere mich daran, mich nie wieder bei dir zu entschuldigen.«

Er warf noch einmal einen Blick auf die malazanischen Legionen. »Ich fürchte mich immer noch davor, ihnen aus der Nähe in die Gesichter zu sehen«, murmelte er.

»Die Distanz zwischen dir und ihnen hat sich bereits geschlossen, Elster. Deine Armee wird dir bis in den Abgrund folgen, solltest du es befehlen.«

»Und das ist der erschreckendste Gedanke, der heute ausgesprochen wurde.«

Sie antwortete nicht.

Ja, Krieg ist eine Belastung – bis zum Äußersten. Hart, aber einfach. Es ist kein Ort für Menschlichkeit, oh nein, ganz und gar nicht.

»Dujek war nicht erfreut«, meinte er.

»Dujek will seine Armee am Leben erhalten.«

Sein Kopf ruckte herum.

Ihre Augen musterten ihn, kühl und abschätzend.

»Ich habe kein Interesse daran, mir seine Autorität anzueignen –«

»Das hast du gerade getan, Elster. Zum Abgrund mit Laseens Furcht vor dir, aber gerade eben ist die natürliche Ordnung wiederhergestellt worden. Mit Dujek konnte sie umgehen. Deswegen hat sie dich degradiert und ihm den Oberbefehl übertragen. Bei den Göttern, manchmal kannst du verdammt schwer von Begriff sein.«

Er starrte sie finster an. »Wenn ich so eine Bedrohung für sie bin, warum hat sie mich dann nicht –« Er unterbrach sich, klappte den Mund zu. *Oh, beim Vermummten. Fahl. Darujhistan. Es ging ihr gar nicht darum, die Brückenverbrenner ins Verderben zu schicken. Sie wollte mich vernichten.*

»Sei vorsichtig mit deinem Vertrauen, mein Liebster«, sagte Korlat. »Es könnte sein, dass dein Glaube an die Ehre gegen dich eingesetzt wird.«

Er spürte, wie er innerlich zu Eis erstarrte.

Oh, beim Vermummten.

Bei den marmornen Eiern des Vermummten auf einem Amboss …

Coll schritt den sanften Hang hinab auf den Wagen der Mhybe zu. Dreißig Schritt zu seiner Rechten waren die letzten Gespanne der Trygalle-Handelsgilde; eine Gruppe Anteilseigner würfelte ganz in der Nähe auf einer Zeltplane. In der Entfernung ritten Boten hin und her; sie kamen von der Hauptarmee – die etwa eine Länge entfernt im Südwesten lagerte – oder waren dorthin unterwegs.

Murillio saß mit dem Rücken an eines der großen, festen Holzräder gelehnt und hatte die Augen geschlossen.

Er öffnete sie, als der Ratsherr neben ihm stehen blieb.

»Wie geht es ihr?«, fragte Coll, während er sich neben Murillio hinhockte.

»Es ist anstrengend«, erwiderte Murillio, »zuzusehen, wie sie unter diesen Albträumen leidet – sie nehmen kein Ende. Erzähle mir, was es Neues gibt.«

»Nun, seit gestern hat niemand mehr Kruppe oder Silberfuchs gesehen; genauso wenig wie die beiden Seesoldatinnen, die der Tochter der Mhybe den Rücken freigehalten hatten. Was die Schlacht angeht …« Coll hob den Kopf, schaute blinzend nach Südwesten. »Sie war schnell vorbei. Anomander Rake hat seine Wechselgänger-Form angenommen. Ein einziger Überflug, und die Tenescowri sind voller Panik davongerannt. Anaster wurde gefangen genommen und ... äh, die Magier in seinen Diensten wurden ... hingerichtet.«

»Klingt unangenehm«, kommentierte Murillio.

»Nach allem, was ich gehört habe, war es das auch. Wie auch immer, die Bettler fliehen zurück nach Capustan; ich bezweifle allerdings, dass man sie dort willkommen heißen wird. Diese armen Schweine haben wirklich ein trauriges Schicksal.«

»Man hat sie vergessen, oder?«

Coll musste nicht genauer nachfragen. »Das ist zwar schwer zu schlucken, aber ja, es scheint so zu sein.«

»Sie ist nicht länger von Nutzen und wird daher fallen gelassen.«

»Ich klammere mich an die feste Überzeugung, dass diese Geschichte noch nicht zu Ende ist, Murillio.«

»Wir sind die Zeugen. Wir sind nur hier, um ihren Niedergang zu beaufsichtigen. Nur deshalb, Coll. Kruppes Zusicherungen sind nicht mehr als heiße Luft. Und du und ich, wir sind Gefangene dieser unwillkommenen Umstände – genauso, wie sie es ist, genauso wie die verwirrte Rhivi, die immer kommt, um sie zu kämmen.«

Coll drehte sich langsam um und musterte seinen alten Freund. »Was schlägst du vor – was sollen wir tun?«, fragte er.

Schulterzuckend knurrte Murillio: »Was tun die meisten Gefangenen früher oder später?«

»Sie versuchen zu fliehen.«

»Stimmt.«

Coll sagte ein paar Herzschläge lang nichts, dann seufzte er. »Und wie sollen wir das deiner Meinung nach anstellen? Würdest du sie einfach verlassen? Sie allein zurück –«

»Natürlich nicht! Nein, wir nehmen sie mit.«

»Wohin?«

»Ich weiß es nicht! Irgendwohin! So lange es weit weg von hier ist.«

»Und wie weit wird sie gehen müssen, um ihren Albträumen zu entfliehen?«

»Wir müssen nur jemanden finden, der willens ist, ihr zu helfen, Coll. Jemanden, der ein Leben nicht nur nach Zweckdienlichkeit und möglichem Nutzen beurteilt.«

»Dies ist eine leere Ebene, Murillio.«

»Ich weiß.«

»Wohingegen in Capustan ...«

Die Augen des jüngeren Mannes verengten sich. »Nach allem, was man hört, ist die Stadt kaum mehr als ein Trümmerhaufen.«

»Es gibt Überlebende. Darunter auch Priester.«

»Priester!«, schnaubte Murillio. »Selbstbedienungs-Vertrauenskünstler, Betrüger der Leichtgläubigen, Täuscher der –«

»Murillio, es gibt auch Ausnahmen –«

»Bis jetzt ist mir noch keine begegnet.«

»Aber vielleicht diesmal. Wenn wir dem allen hier tatsächlich – mit ihr – entfliehen wollen, dann ist die Chance, in Capustan Hilfe zu finden, größer als hier draußen in dieser Einöde.«

»Saltoan –«

»Ist mehr als eine Woche entfernt, mit dem Wagen sogar noch länger. Davon abgesehen ist die Stadt der Gestalt gewordene Nabel des Vermummten. Ich würde noch nicht einmal Rallick Noms axtschwingende Mutter mit nach Saltoan nehmen.«

Murillio seufzte. »Rallick Nom.«

»Was ist mit ihm?«

»Ich wollte, er wäre hier.«

»Warum?«

»Dann könnte er jemanden töten. Irgendjemanden. Der Kerl ist ein Wunder, wenn es darum geht, die Dinge zu vereinfachen.«

Coll lachte barsch. »›Die Dinge zu vereinfachen.‹ Warte nur, bis ich ihm das erzähle. He, Rallick, du bist kein Assassine, weißt du, du bist einfach nur ein Mann, der die Dinge vereinfacht.«

»Nun, das Ganze ist sowieso belanglos, denn er ist ja verschwunden.«

»Er ist nicht tot.«

»Woher willst du das wissen?«

»Ich weiß es einfach. Also, Murillio, warten wir bis Capustan?«

»Einverstanden. Und wenn wir erst mal da sind, machen wir's wie Kruppe und Silberfuchs. Wir stehlen uns davon. Verschwinden. Beim Vermummten, ich glaube nicht einmal, dass jemand es bemerken, geschweige denn sich Sorgen machen wird.«

Coll zögerte einen Augenblick, dann sagte er: »Murillio, wenn wir jemanden finden – jemanden, der oder die etwas für die Mhybe tun kann – nun, das wird wahrscheinlich teuer.«

Der junge Mann zuckte die Schultern. »Ich hatte schon öfter Schulden.«

»Genau wie ich. Wir sollten uns nur darüber im Klaren sein, dass es möglicherweise unseren finanziellen Ruin bedeuten wird – und alles, was dabei herauskommt, ist ein angenehmeres Ende ihres Lebens.«

»Das klingt nach einem guten Geschäft.«

Coll bat nicht um weitere Bekräftigungen für den Entschluss seines Freundes. Dafür kannte er Murillio zu gut. *Tja, es ist ja schließlich nur Geld, oder? Egal wie viel, ist es immer noch ein fairer Tausch, um die Leiden einer alten Frau zu lindern. Auf die eine oder die andere Weise. Und zumindest werden wir uns um sie gekümmert haben – auch wenn sie nie wieder erwacht und daher gar nichts von dem mitbekommt, was wir tun. Tatsächlich ist es vielleicht sogar besser so. Sauberer. Einfacher …*

Das Heulen hallte wider wie in einer gewaltigen Höhle. Es wurde zurückgeworfen, vermischte sich mit dem ursprünglichen Geräusch, bis aus dem klagenden Ruf ein Chor geworden war. Unzählige tierische Stimmen, Stimmen, die jedes Gefühl von Zeit raubten, die die Ewigkeit zu einem einzigen Jetzt machten.

Die Stimmen des Winters.

Doch sie kamen aus dem Süden, von dort, wo die Tundra endete; wo die Bäume nicht länger nur knöchelhoch, sondern – immer noch windzerzaust, dürr und ausgefranst – höher als sie waren, so dass sie ungesehen vorbeiziehen konnte und in der kahlen Landschaft nicht mehr schon von weitem auszumachen war.

Artgenossen antworteten auf das Heulen. Die Tiere, die immer noch auf ihrer Spur waren, sie jetzt jedoch verloren, als sie zwischen die dunklen Tannen schlüpfte; der sumpfige Boden saugte hungrig an ihren bloßen Füßen, das schwarzfleckige Wasser schwappte schlammig und trübe um sie herum, als sie durch die kalten Teiche watete. Riesige Moskitos tanzten in Schwärmen um sie herum, mindestens doppelt so groß wie die, die sie aus der Rhivi-Ebene kannte. Schwarzfliegen krabbelten ihr in die Haare, stachen sie in die Kopfhaut. Runde Egel bedeckten wie schwarze Punkte ihre Gliedmaßen.

Auf ihrer halb blinden Flucht war sie gegen ein schaufelförmiges Geweih gestolpert, das in Augenhöhe in der Gabelung zweier Bäume klemmte. Aus dem Riss unterhalb ihrer rechten Wange, den ihr eine Sprosse beigebracht hatte, sickerte immer noch Blut.

Das, was sich da nähert, ist mein Tod. Das gibt mir Kraft. Ich schöpfe sie aus jenem letzten Moment, und jetzt können sie mich nicht erwischen.

Sie können mich nicht erwischen.

Die Höhle lag direkt vor ihr. Sie konnte sie noch nicht sehen, und nichts in der Landschaft wies auf eine oder mehrere Höhlen hin, doch das hallende Heulen klang jetzt näher.

Das Tier ruft mich. Es ist ein Versprechen des Todes, glaube ich, denn es gibt mir diese Kraft. Es ist mein Sirenenruf –

Dunkelheit sank rings um sie herab, und sie wusste, dass sie angekommen war. Die Höhle war von einer Seele erschaffen worden – von einer Seele, die sich in sich selbst verloren hatte.

Die Luft war feucht und kühl. Keine Insekten summten oder ließen sich auf ihrer Haut nieder. Der Steinboden unter ihren Fußsohlen war trocken.

Sie konnte nichts sehen, und das Heulen war verstummt.

Als sie vorwärts schritt, wusste sie, dass ihre Gedanken sich bewegten, nur ihre Gedanken, dass sie ihren Körper verließen, dass sie forschten und nach dem angeketteten Tier suchten.

»Wer?«

Die Stimme erschreckte sie. Die Stimme eines Mannes, gedämpft, angespannt vor Schmerzen.

»Wer kommt da?«

Sie wusste nicht, was sie antworten sollte, und sagte einfach die ersten Worte, die ihr in den Sinn kamen. »Ich bin es.«

»Wer ist ›ich‹?«

»Eine … eine Mutter.«

Das Lachen des Mannes klang rau. »Also wieder ein Spiel? Du hast keine Worte, Mutter. Du hast niemals welche gehabt. Du hast Winseln und Schreie, du hast ein warnendes Knurren, du hast hunderttausend wortlose Geräusche, um deine Not zu beschreiben – das ist deine Stimme, und ich kenne sie gut.«

»Eine Mutter.«

»Lass mich in Ruhe. Ich bin jenseits von Spott und Hohn. Ich kreise an meiner eigenen Kette, hier in meinen Gedanken. Dieser Ort ist nicht für dich. Vielleicht glaubst du, dadurch, dass du ihn gefunden hast, meine letzte Verteidigungslinie überwunden zu haben. Du glaubst, du weißt alles von mir. Aber du hast hier keine Macht. Weißt du, ich stelle mir vor, mein eigenes Gesicht zu sehen, wie in einem Spiegel.

Aber es ist das falsche Auge – das falsche Auge starrt mich an. Und was noch schlimmer ist, es ist noch nicht einmal menschlich. Es hat lange gedauert, bis ich es begriffen habe, aber jetzt habe ich es kapiert.

Du und deine Art, ihr habt mit dem Winter gespielt. Omtose Phellack. Aber ihr habt ihn nie richtig verstanden. Den wirklichen Winter, den Winter, der nicht auf Zauberei basiert, sondern von der abkühlenden Erde geboren wird, der schwächer werdenden Sonne, den kürzeren Tagen und längeren Nächten. Das Gesicht, das ich vor mir sehe, Seher, ist das Gesicht des Winters. Das Gesicht eines Wolfs. Das Gesicht eines Gottes.«

»Mein Kind kennt Wölfe«, sagte die Mhybe.

»Ja, das tut er in der Tat.«

»Nicht er. Sie. Ich habe eine Tochter –«

»Die Regeln durcheinander zu bringen, macht das ganze Spiel zunichte, Seher. Nachlässig –«

»Ich bin nicht der, für den du mich hältst. Ich bin … ich bin eine alte Frau. Von den Rhivi. Und meine Tochter wünscht sich meinen

Tod. Aber es soll nicht einfach ein Hinüberdämmern sein. Oh nein. Sie hat Wölfe auf mich gehetzt. Damit sie meine Seele zerreißen. Sie suchen meine Träume heim – aber hier bin ich ihnen entkommen. Ich bin hierher gekommen, um ihnen zu entfliehen.«

Der Mann lachte erneut. »Der Seher hat dies zu meinem Gefängnis gemacht. Und ich weiß, dass es so ist. Du bist die Verlockung des Wahnsinns, der Stimmen von Fremden in meinem Kopf. Ich trotze dir. Hättest du etwas von meiner richtigen Mutter gewusst, hättest du vielleicht Erfolg gehabt, doch es ist dir niemals gelungen, meinen Verstand vollständig zu vergewaltigen. Hier ist ein Gott, Seher, und er hockt vor meinen Geheimnissen. Mit gefletschten Fängen. Nicht einmal deine teure Mutter, die mich so fest umklammert, wagt es, ihn herauszufordern. Und was dein Omtose Phellack angeht – er hätte sich dir am Tor jenes Gewirrs vor langer Zeit entgegengestellt. Er hätte es dir verweigert, Jaghut. Euch allen. Aber er war verloren. Verloren. Doch du sollst wissen, dass ich ihm helfe. Ich helfe ihm, sich selbst zu finden. Er wird sich seiner allmählich bewusst, Seher.«

»Ich verstehe dich nicht«, erwiderte die Mhybe; sie taumelte, als die Verzweiflung sie allmählich überkam. Dies war nicht der Ort, den zu finden sie gehofft hatte. Stattdessen war sie in das Gefängnis eines anderen geflohen, an einen Ort persönlichen Wahnsinns. »Ich bin hierher gekommen, um den Tod zu finden –«

»Du wirst ihn hier nicht finden, nicht in diesen ledrigen Armen.«

»Ich fliehe vor meiner Tochter –«

»Flucht ist eine Illusion. Selbst Mutter hier begreift das. Sie weiß, dass ich nicht ihr Kind bin, aber sie kann nicht anders. Sie hat sogar noch Erinnerungen an eine Zeit, als sie tatsächlich eine Matrone war, die Mutter einer echten Brut. Kinder, die sie geliebt haben, und andere Kinder – die sie verraten haben. Und sie zurückgelassen haben, damit sie bis in alle Ewigkeit leidet.

Sie hat nie damit gerechnet, fliehen zu können. Doch als sie schließlich feststellte, dass sie frei war, musste sie entdecken, dass ihre Welt zu Staub geworden war. Ihre Kinder waren schon lange tot, lagen begraben in ihren Gräbern – denn ohne eine Mutter sind sie dahingewelkt und gestorben. Sie hat sich dann an dich gehalten, Seher.

An ihren Adoptivsohn. Und hat dir deine Macht gezeigt, so dass sie sie benutzen konnte. Um ihre Welt neu zu erschaffen. Sie hat ihre toten Kinder wiedererweckt. Sie hat sie die Stadt wieder aufbauen lassen. Aber es war alles falsch, die Selbsttäuschung konnte sie nicht wirklich täuschen, konnte sie nur in den Wahnsinn treiben.

Und das war der Augenblick«, fuhr er fort, »in dem du dich ihrer bemächtigt hast. Und so hat ihr Kind einmal mehr eine Gefangene aus ihr gemacht. Es scheint, als gäbe es keine Möglichkeit, den Pfaden unseres Lebens zu entfliehen. Das ist eine Wahrheit, der du nicht ins Gesicht zu sehen bereit bist. Noch nicht.«

»Auch mein Kind hat mich zu einer Gefangenen gemacht«, flüsterte die Mhybe. »Ist das der Fluch, der alle Mütter ereilt?«

»Es ist der Fluch der Liebe.«

Ein schwaches Heulen ertönte in der Dunkelheit.

»Hörst du das?«, fragte der Mann. »Das ist meine Gefährtin. Sie kommt. Ich habe so lange gesucht. So lange. Und jetzt, jetzt kommt sie.«

Die Stimme hatte bei diesen Worten einen tieferen Klang angenommen. Es schien nicht mehr die Stimme des Mannes zu sein.

»Und jetzt«, fuhr die Stimme fort, »jetzt antworte ich ihr.«

Sein Heulen fetzte durch sie hindurch, warf ihren Geist zurück. Aus der Höhle, aus dem wuchernden Wald, wieder hinaus auf die flache Ebene der Tundra.

Die Mhybe schrie.

Ihre Wölfe antworteten. Triumphierend.

Sie hatten sie wieder einmal gefunden.

Eine Hand berührte ihre Wange. »Bei den Göttern, das war ja grauenhaft.«

Eine vertraute Stimme, doch sie konnte sie nicht einordnen.

Ein anderer Mann sprach. »Hier ist mehr am Werk, als wir verstehen, Murillio. Schau dir ihre Wange an.«

»Sie hat sich gekratzt –«

»Sie kann nicht einmal mehr die Arme heben, mein Freund. Und schau, ihre Fingernägel sind sauber. Diese Wunde hat sie sich nicht selbst beigebracht.«

»Aber wer hat es dann getan? Ich bin die ganze Zeit hier gewesen. Nicht einmal die alte Rhivi hat sie besucht, seit ich das letzte Mal nach ihr gesehen habe – und da hatte sie noch keine Wunde.«

»Wie gesagt, hier liegt ein Geheimnis verborgen …«

»Coll, mir gefällt das nicht. Diese Albträume – könnten sie wahr sein? Was auch immer sie in ihren Träumen verfolgt – könnte es in der Lage sein, sie tatsächlich zu verletzen?«

»Wir sehen ja den Beweis –«

»Ja, obwohl ich meinen eigenen Augen kaum traue. Coll, so kann es nicht weitergehen.«

»Einverstanden, Murillio. Bei der ersten Gelegenheit in Capustan …«

»Bei der allerersten. Lass uns den Wagen an den Anfang des Trosses fahren – je eher wir die Straßen erreichen, desto besser.«

»Ganz wie du meinst.«

Kapitel Sieben

Es ist eine uralte Geschichte. Von zwei Göttern aus der Zeit, bevor es Männer und Frauen gab. Eine Geschichte von Sehnsucht und Liebe und Verlust, von zwei Tieren, die dazu verdammt waren, durch die Jahrhunderte zu wandern.

Eine Geschichte über Sitten, erzählt ohne jede Absicht, eine Lösung zu bieten. Ihre Bedeutung, geneigte Leser, liegt nicht in einem herzerwärmenden Schluss, denn so etwas ist in dieser Welt unerreichbar.

Wer hätte sich ein solches Ende vorstellen können?

Winterliebe
Silbaratha

Das Herz des riesigen Palasts schmiegte sich tief in die Klippe. Wogen, die im Osten der Bucht geboren worden waren, krachten gegen den zackigen Fuß der Klippe, schleuderten Gischt in die Luft und färbten die Oberfläche des Felsens dunkel. Gleich hinter den rauen Zacken der zerklüfteten Küste stürzten die Wasser der Bucht von Korall in tintige Schwärze, unermesslich tief. Der Hafen der Stadt war kaum mehr als ein enger, krummer Einschnitt auf der Leeseite der Klippe, ein bodenloser Riss, der sich zu einem Spalt verbreiterte und die Stadt beinahe in zwei Hälften spaltete. Es war ein Hafen ohne Anlegestege. Die glatten Oberflächen der Felswände waren zu langen Piers ausgehöhlt worden, die von erhöhten Fußwegen gekrönt waren. An der Hochwasserlinie waren Vertäuungsringe in den Stein getrieben worden. Breite Bahnen aus dickem Netzwerk, doppelt so hoch wie der Mast eines Hochseehandelsseglers, spannten sich von der Hafeneinfahrt bis zu seinem Ende über die gesamte Wasserfläche. Dort, wo kein Anker den Grund des Fjords erreichen konnte und das Ufer keinen Strand und kein Flachwasser bot, wurden die Anker eines Schiffs aufwärts gezogen. Die

Kattankermänner, wie sie genannt wurden – jene seltsame Gruppe von Arbeitern, fast schon ein eigener Stamm, die mit ihren Frauen und Kindern in Hütten auf dem Netzwerk lebten und deren einzige Aufgaben das Hochwinden der Anker und das Festmachen der Trossen waren –, hatten diese schlichte Arbeit zu einer Kunst der anmutigen Bewegungen gemacht.

Von der breiten, dem Meer zugewandten Brustwehr des Palasts aus sahen die mit Seehundfellen gedeckten, aus Treibholz gebauten Hütten der Kattankermänner wie eine Hand voll hingeworfener brauner Kiesel und Strandgut aus, in ein Netzwerk geknotet, das aus der Ferne dünn wie Fäden wirkte. Keine Gestalten kletterten zwischen den Hütten herum, kein Rauch stieg aus den rechteckigen Schornsteinen auf. Hätte er das Auge eines Adlers gehabt, wäre es Toc dem Jüngeren leicht gefallen, die salzverkrusteten Leichen hier und dort im Netz hängen zu sehen; so konnte er nur dem Domänenser glauben, dessen Worten zufolge die kleinen, dunklen Flecken tatsächlich Leichen waren.

Es kamen keine Handelsschiffe mehr nach Korall. Die Kattankermänner waren verhungert. Alle Männer, Frauen und Kinder. Ein legendäres und in der Stadt einzigartiges Volk war ausgelöscht worden.

Die Bemerkung war in einem distanzierten Tonfall gemacht worden, doch Toc hatte etwas Unterschwelliges in den Worten des namenlosen Kriegerpriesters gespürt. Der hoch gewachsene Mann stand dicht neben ihm, hielt mit einer Hand Tocs linken Arm oberhalb des Ellbogens gepackt. Um ihn daran zu hindern, sich von der Klippe zu stürzen. Um ihn aufrecht zu halten. Was als die eine Aufgabe begonnen hatte, war schnell zu der anderen geworden. Diese Atempause, bevor er wieder in die Klauen der Matrone zurückkehren musste, war nur von kurzer Dauer. In dem zerschmetterten Körper des Malazaners war keine Kraft mehr. Muskeln waren verkümmert. Verbogene Knochen und steife Gelenke gaben ihm die Beweglichkeit von trockenem Holz. Seine Lunge war voller Flüssigkeit, die ihn beim Einatmen keuchen ließ, während das Ausatmen wie milchiges Gurgeln klang.

Der Seher hatte gewollt, dass er es sah. Dass er Korall sah. Den festungsgleichen Palast – oft angegriffen, von Kriegsschiffen aus Elingarth und Piratenflotten, aber niemals eingenommen. Seinen gewaltigen Ring aus Magiern, die tausend oder mehr K'ell-Jäger, die Elitelegionen seiner Hauptarmee. Die Niederlagen im Norden bedeuteten ihm wenig; tatsächlich würde er Setta, Lest und Maurik aufgeben; er würde die Invasoren ihrem langen, erschöpfenden Marsch überlassen – durch verbrannte Lande, die keinerlei Nahrung boten, in denen selbst die Brunnen vergiftet worden waren. Und was die Feinde im Süden betraf, so gab es nun einen breiten Streifen raue See, um ihren Vormarsch zu behindern – einen Wasserstreifen, den der Seher mit zerschmetterten Eisbergen gefüllt hatte. Und am fernen Ufer gab es sowieso kein einziges Boot. Eine Reise ans westliche Ende von Ortnals Kluft würde Monate dauern. Sicher, der T'lan Imass konnte das Wasser als aus den Wogen geborener Staub überqueren. Doch er würde dabei die ganze Zeit gegen heftige Strömungen kämpfen müssen – Strömungen, die mit kalten Wasserschichten in die Tiefe sanken, die in unterseeischen Flüssen ostwärts strömten, hinaus ins offene Meer.

Der Seher war überaus zufrieden, berichtete der namenlose Domänenser. So erfreut, dass er Toc die vorübergehende Gnade gewährte, der Umarmung der Mutter zu entrinnen.

Der kalte, salzige Wind peitschte ihm ins Gesicht, riss an seinen wirren, langen schmutzigen Haaren. Seine Kleider waren kaum mehr als verkrustete Fetzen – der Domänenser hatte ihm seinen Umhang gegeben, den Toc wie eine Decke um sich geschlungen hatte.

Diese Geste war es gewesen, die dem Malazaner gezeigt hatte, dass in dem Mann an seiner Seite noch ein Fünkchen Menschlichkeit glomm.

Diese Entdeckung hatte ihm die Tränen in die Augen getrieben.

Klarheit war in seinem Innern wiedergeboren worden, die detaillierten Erzählungen des Domänensers über die Kämpfe im Süden hatten dazu beigetragen. Vielleicht war es auch nur die letzte, überzeugendste Selbsttäuschung seines Wahnsinns, aber Toc klammerte sich dennoch daran. Er starrte nach Süden über das windgepeitschte Meer. Die gebirgige Küstenlinie auf der gegenüberliegenden Seite der Bucht war kaum zu erkennen.

Sie hatten sie mittlerweile bestimmt schon erreicht. Es konnte gut sein, dass sie am Strand standen und düster zu ihm herüberstarrten. Baaljagg würde nicht entmutigt sein. In ihr verbarg sich eine Göttin, die sie weitertrieb, immer weiter, auf der Suche nach ihrem Gefährten.

Der Gefährte, der sich in mir versteckt. Wir sind Seite an Seite gewandert und hatten keine Ahnung von den Geheimnissen, die in uns verborgen sind. Welch brutale Ironie …

Und vielleicht würde auch Tool sich nicht beirren lassen. Zeit und Entfernungen bedeuteten dem T'lan Imass nichts. Dasselbe galt zweifellos auch für die drei Seguleh – sie hatten schließlich immer noch ihre Botschaft zu überbringen, die Herausforderung ihres Volkes zu einem Krieg.

Aber Lady Missgunst …

Eine Herrin des Abenteuers, verführt von ihrem Spürsinn – nun, jetzt war sie wütend. Das zumindest ging aus den Berichten des Domänensers eindeutig hervor. Beleidigt war wohl eine bessere Beschreibung, korrigierte Toc sich. Beleidigt genug, um ihre Wut aufflackern zu lassen, doch diese Wut hatte nichts Getriebenes. Lady Missgunst war keine Frau, die schmollte, keine, in der tiefe Feuer der Rache brannten. Sie existierte nur, um nach Möglichkeiten der Zerstreuung zu suchen und ihren eigensinnigen Launen nachzugehen.

Lady Missgunst und wahrscheinlich auch ihr verwundeter Hund Garath würden sich jetzt endlich abwenden. Müde von der Jagd würden sie die Verfolgung nicht fortsetzen, nicht, wenn sie dazu dieses stürmische Meer mit seinen schimmernden, überfluteten Ungetümen aus zackigem Eis überqueren mussten.

Er sagte sich, dass er nicht enttäuscht sein sollte, doch dieser Gedanke versetzte ihm dennoch einen Stich, machte ihn traurig. Er vermisste sie, nicht als Frau – oder zumindest nicht vorwiegend als Frau. *Nein, ich glaube, es ist ihr unsterbliches Gesicht. So unbelastet. Das Glitzern einer Schwindlerin in ihrem tausendjährigen Blick. Ich habe sie einst geneckt ... bin um diesen Charakterzug herumgetanzt ... habe sie dazu gebracht, mit dem Fuß aufzustampfen und die Stirn zu runzeln. Wie es nur eine Unsterbliche tun konnte, als sie sich plötzlich etwas so Unwahrscheinlichem wie Spott ausgesetzt sah. Ich habe den Spieß umgedreht. Ihr Götter, war ich wirklich so kühn?*

Nun, liebe Lady, ich entschuldige mich jetzt untertänigst. Ich bin nicht mehr der tapfere Mann, der ich einst war, wenn es denn tatsächlich Tapferkeit und nicht einfach nur Dummheit war. Die Fähigkeit zu spotten ist mir genommen worden. Sie wird niemals zurückkehren, und das ist vielleicht gut so.

Ah, ich kann sehen, wie Ihr von ganzem Herzen dazu nickt. Sterbliche sollten nicht spotten, aus all den offensichtlichen Gründen. Innere Distanz sollte den Göttern vorbehalten sein, denn nur sie können den Preis dafür bezahlen. So sei es.

Ich danke Euch, Lady Missgunst. Es werden Euch keine Gegenbeschuldigungen verfolgen. Ihr habt Eure Sache gut gemacht.

»Du hättest Korall zu seinen besten Zeiten sehen sollen, Malazaner.«

»Es war Euer Zuhause, nicht wahr?«

»Ja. Obwohl meine Heimat jetzt im Herzen meines Sehers ist.«

»Wo die Winde sogar noch kälter sind«, murmelte Toc.

Der Domänenser schwieg einen Augenblick.

Toc erwartete einen Hieb mit der gepanzerten Faust oder einen schmerzhaften Ruck der Hand, die seinen zerbrechlichen Arm gepackt hielt. Beides wäre eine angemessene Antwort gewesen, beides hätte ein zustimmendes Nicken des Sehers zur Folge gehabt. Stattdessen sagte der Mann: »Dies ist ein Sommertag, aber keiner wie die, an die ich mich aus meiner Jugend erinnere. Der Wind über Korall war warm. Sanft, liebkosend wie der Atem einer Geliebten. Mein Vater hat draußen gefischt, jenseits der Kluft, an der Küste ein Stück nördlich von hier. Dort gab es riesige Schwärme. Er war in jeder Fangzeit eine Woche oder sogar noch länger weg. Wir sind alle zu den Stegen hinuntergegangen, um die Fangflotte zurückkehren zu sehen, um das orangefarbene Segel unseres Vaters zwischen all den anderen Booten zu sehen.«

Toc blickte zu dem Mann auf, sah das Lächeln, das schimmernde Echo kindlicher Freude in seinen Augen.

Sah, wie beides erneut starb.

»Als er das letzte Mal zurückgekommen ist ... musste er feststellen, dass seine Familie sich dem neuen Glauben angeschlossen hatte. Seine Frau war bei den Tenescowri. Seine Söhne waren zur Armee gegangen, der älteste hatte bereits eine Ausbildung als Domänenser begonnen. An jenem Tag hat er mir die Leinen nicht zugeworfen – denn er hat meine Uniform gesehen. Er hat meine Mutter gesehen – hat ihre wahnsinnigen Schreie gehört. Er hat meine Brüder mit Speeren in den Händen gesehen und meine Schwestern, wie sie sich nackt an Männer schmiegten, die dreimal so alt waren wie sie. Nein, er hat den Mastbaum herumgeworfen und ist in die ablandige Brise hineingekreuzt.

Ich habe seinem Segel nachgeschaut, bis ich es nicht mehr sehen konnte. Das war meine Art, Malazaner –«

»Ihm Lebewohl zu sagen«, flüsterte Toc.

»Ihm ...viel Glück zu wünschen. Ihm zu sagen ... gut gemacht.«

Zerstörer von Menschenleben. Seher, wie hast du deinem Volk nur so etwas antun können?

Hinter ihnen im Palast war aus der Ferne eine Glocke zu vernehmen.

Der Griff des Domänensers wurde fester. »Die bewilligte Zeit ist um.«

»Zurück in meine Umarmung«, sagte Toc und versuchte, mit einem letzten Blick so viel wie möglich von der Welt vor ihm in sich aufzusaugen. *Behalte diesen Anblick im Gedächtnis, Toc der Jüngere, denn du wirst ihn nie wieder sehen.*

»Danke, dass ich Euren Umhang benutzen durfte«, sagte er.

»Gern geschehen, Malazaner. Dieser Wind war einst warm. Komm, stütz dich beim Gehen auf mich – dein Gewicht ist kaum zu spüren.«

Langsam gingen sie zu dem Gebäude zurück. »Ihr meint, es ist leicht zu ertragen.«

»Das habe ich nicht gesagt, Malazaner. Das habe ich nicht gesagt.«

Das ausgebrannte Mietshaus schien einen Augenblick zu zittern, ehe es in einer Staubwolke in sich zusammensank. Schild-Amboss Itkovian spürte durch seine Stiefelsohlen, wie die Pflastersteine erbebten, und Donner grollte durch die Luft.

Igel wandte ihm sein grinsendes, rußverschmiertes Gesicht zu. »Seht Ihr. Es ist wirklich ganz leicht.«

Itkovian antwortete dem Brückenverbrenner mit einem Nicken, schaute dann zu, wie Igel sich zu den anderen Sappeuren gesellte und die Gruppe sich zum nächsten Gebäude aufmachte, das nicht mehr instand zu setzen war.

»Immerhin«, sagte Hauptmann Norul, während sie sich den Staub von ihrem Wappenrock wischte, »wird es keinen Mangel an Baumaterial geben.«

Der Morgen war heiß, die Sonne hell. Das Leben kehrte nach Capustan zurück. Menschen, die sich Tücher vor die Gesichter gebunden hatten, krochen in den Trümmern herum, die einst ihre Häuser gewesen waren. Noch immer wurden bei den Aufräumarbeiten Leichen gefunden, wurden eingewickelt und auf von Fliegen umschwärmte Wagen geworfen. Die Luft in den Straßen stank nach Verwesung, doch es schien, als hätten die Pferde, auf denen sie saßen, sich daran gewöhnt.

»Wir sollten weiterreiten, mein Herr«, sagte Norul.

Sie machten sich wieder auf den Weg. Jenseits des Westtors versammelten sich die offiziellen Repräsentanten – das Kontingent, das aufbrechen würde, um sich mit den anrückenden Armeen von Dujek Einarm und Caladan Bruth zu treffen. Die Verhandlungen sollten in drei Glockenschlägen beginnen.

Itkovian hatte dem neuen Destriant der Kompanie den Befehl übergeben. Tenescowri-Flüchtlinge kamen zu Hunderten über die Ebene. Über die wenigen, die versucht hatten, nach Capustan hineinzugelangen, waren die Überlebenden hergefallen. Den Schild-Amboss hatten Berichte von Bauern und Bettlern erreicht, die von einem rasenden Mob in Stücke gerissen worden waren. Als Antwort hatte er die Grauen Schwerter ausgeschickt, um vor der Westmauer ein Internierungslager zu errichten. Lebensmittel waren knapp. Itkovian fragte sich, wie sein neuer Destriant sich wohl machte. Zumindest wurden Unterstände für die unglücklichen Flüchtlinge gebaut.

Die schon bald Rekruten sein werden. Jedenfalls diejenigen, die die nächsten paar Wochen überleben. Wahrscheinlich werden wir die Schatztruhen der Grauen Schwerter leeren müssen, um Vorräte von den Barghast zu kaufen. Gebe Fener – nein, gebe Togg, dass sich die Ausgabe als sinnvoll erweist.

Er freute sich nicht gerade auf die Verhandlungen. Die Wahrheit war, dass er dort eigentlich überhaupt nichts zu suchen hatte. Hauptmann Norul an seiner Seite war jetzt die Kommandantin der Grauen Schwerter. Seine Rolle als ihr Berater war fragwürdig; sie war durchaus in der Lage, die Interessen der Kompanie auch ohne seine Hilfe zu vertreten.

Sie näherten sich dem Westtor, das nun mehr als alles andere einem großen Loch in der Stadtmauer glich.

An einem der ausgebrannten, größtenteils eingestürzten Tortürme lehnte Grantl und betrachtete sie mit einem schwachen Grinsen auf seinem gestreiften Gesicht. Nicht weit von ihm stapfte Stonny Menackis unruhig auf und ab; anscheinend war sie wütend.

»Jetzt brauchen wir nur noch auf Humbrall Taur zu warten«, sagte Grantl.

Itkovian zügelte stirnrunzelnd sein Pferd. »Wo ist das Gefolge des Maskenrats?«

Stonny spuckte aus. »Sie sind schon vorgefahren. Sieht so aus, als wollten sie sich erst einmal allein mit den anderen unterhalten.«

»Reg dich ab, Schätzchen«, knurrte Grantl. »Schließlich ist doch dein Freund Keruli bei ihnen, oder?«

»Darum geht es nicht! Sie hatten sich *verkrochen*, während du und die Grauen Schwerter hier, während ihr alle sie und ihre verdammte Stadt am Leben gehalten habt!«

»Nichtsdestoweniger«, sagte Itkovian, »sind sie nun, da Fürst Jelarkan tot ist und es keinen Erben gibt, die herrschende Körperschaft von Capustan.«

»Trotzdem hätten sie verdammt noch mal warten können!«

Hauptmann Norul drehte sich im Sattel um und warf einen Blick zurück auf die Straße. »Humbrall Taur kommt. Wenn wir schnell reiten, könnten wir sie vielleicht noch einholen.«

»Ist das denn wichtig?«, fragte Itkovian.

»Ja, das ist es.«

Er nickte. »Ich bin Eurer Meinung.«

»Komm, machen wir unsere Pferde fertig, Stonny«, sagte Grantl und stieß sich von der Wand ab.

Sie ritten hinaus auf die Ebene; Humbrall Taur, Hetan und Cafal saßen alle drei gleichermaßen unbeholfen auf ihren geliehenen Reittieren. Die Barghast waren von dem Versuch des Maskenrats, das Gesetz des Handelns ganz für sich allein zu beanspruchen, alles andere als begeistert gewesen. Sofort waren die alte Feindseligkeit und das Misstrauen wieder aufgeflammt. Laut sämtlichen Berichten waren die näher kommenden Armeen immer noch eine, vielleicht auch zwei Längen entfernt. Keruli, Rath'Vermummter, Rath'Brand und Rath'Schattenthron saßen in einer Kutsche, die von den drei Pferden der Gidrath gezogen wurde, die während der Belagerung nicht geschlachtet und gegessen worden waren.

Itkovian erinnerte sich an das letzte Mal, als er diese Straße entlanggeritten war, erinnerte sich an die Gesichter von Soldaten und Soldatinnen, die nun alle tot waren. Farakalian. Torun. Sidlis. Hinter der Förmlichkeit, die der Traum ihnen allen auferlegte, waren sie seine Freunde gewesen. *Eine Tatsache, der ich mich nicht zu stellen gewagt hatte. Nicht als Schild-Amboss, nicht als Kommandant. Aber das hat sich geändert. Sie sind mein eigener Kummer, der genauso schwer zu ertragen ist wie der von Zehntausenden anderen.*

Er schob den Gedanken beiseite. Es war noch immer notwendig, nicht die Kontrolle zu verlieren. Er durfte sich keine Gefühle erlauben.

Der Wagen der Priester kam in Sicht.

Stonny schnaubte triumphierend. »Hah! Was werden die begeistert sein!«

»Sei ein bisschen vorsichtig mit der Schadenfreude, Schätzchen«, riet Grantl ihr. »Wir holen sie einfach nur ganz unschuldig ein –«

»Hältst du mich für eine Idiotin? Glaubst du, ich kann nicht subtil sein? Ich werde dir zeigen –«

»Schon gut, Stonny«, knurrte ihr Kamerad. »Stell dir einfach vor, ich hätte gar nichts gesagt –«

»Das tue ich sowieso immer, Grantl.«

Der Kutscher – ein Gidrath – brachte die Kutsche zum Stehen, als sie herankamen. Ein Fensterladen wurde zur Seite geschoben, und in der Öffnung erschien Rath'Schattenthrons maskiertes Gesicht; der Ausdruck der Maske war neutral. »Welch ein Glück! Der Rest unserer ehrenwerten Entourage!«

Itkvian seufzte unhörbar. *In diesem Tonfall war leider absolut nichts Subtiles.*

»Ehrenwert?«, fragte Stonny nach, die Augenbrauen hochgezogen. »Ich bin überrascht, dass Ihr das Konzept kennt, Priester.«

»Oh.« Die Maske wandte sich zu ihr um. »Meister Kerulis Dirne. Solltest du nicht auf den Knien liegen?«

»Ich gebe dir gleich ein Knie, du lächerlicher Zwerg – genau zwischen die –«

»Nun denn!«, sagte Grantl laut. »Wir sind alle hier. Ich sehe Vorreiter voraus. Sollen wir uns wieder auf den Weg machen?«

»Wir sind früh dran«, schnappte Rath'Schattenthron.

»Stimmt, und das wirkt unglücklicherweise nicht sonderlich gekonnt. Aber egal. Wir können uns so langsam wie möglich vorwärts bewegen, um ihnen Zeit für ihre Vorbereitungen zu geben.«

»Das ist unter den gegebenen Umständen wahrscheinlich das Klügste«, gestand Rath'Schattenthron ein. Die beweglichen Lippen der Maske verzogen sich zu einem breiten Grinsen, dann wurde der Kopf zurückgezogen und der Fensterladen wieder zugeschoben.

»Ich werde diesen Mann in ganz, ganz kleine Stücke schneiden«, verkündete Stonny fröhlich.

»Wir alle bewundern deinen Sinn für Subtilität, Schätzchen«, murmelte Grantl.

»Das solltet ihr auch, du Ochse.«

Itkovian starrte erst die Frau und dann den Karawanenführer an und wunderte sich.

Korporal Tippa saß auf den Stufen von etwas, das früher einmal ein Tempel gewesen war. Ihr Rücken und ihre Schultern schmerzten, weil sie den ganzen Tag lang Steinbrocken von hier nach dort geworfen hatte.

Blend musste sich irgendwo in der Nähe herumgetrieben haben, denn sie erschien mit einem Wasserschlauch. »Du siehst durstig aus.«

Tippa nahm den Schlauch. »Ist schon komisch, wie du immer von der Bildfläche verschwindest, wenn's richtig was zu tun gibt.«

»Nun, immerhin hab ich dir Wasser gebracht, oder?«

Tippa machte ein finsteres Gesicht.

Auf der anderen Straßenseite sattelten Hauptmann Paran und der Schnelle Ben ihre Pferde. Sie waren im Begriff, aus der Stadt zu reiten und sich mit Einarms Heerhaufen und Bruths Armee zu treffen. Die beiden steckten ungewöhnlich oft die Köpfe zusammen, seit sie sich wieder getroffen hatten, und das fand Tippa verdächtig. Die Pläne des Schnellen Ben waren niemals erfreulich.

»Mir wäre es lieber, wenn wir alle gehen würden«, murmelte sie.

»Zu den Verhandlungen? Warum? So müssen alle anderen hinmarschieren.«

»Ach, es ist wahrscheinlich leichter, in der Gegend rumzuschleichen, was? Schwer beladen mit einem halb vollen Wasserschlauch. Du würdest anders reden, wenn du so wie wir den ganzen Tag Steine schmeißen müsstest, Blend.«

Die schlanke Frau zuckte die Schultern. »Ich hatte genug zu tun.«

»Ach – und was?«

»Informationen sammeln.«

»Na klar. Und wem hast du so beim Flüstern zugehört?«

»Leuten. Diesen und jenen, da und dort.«

»Jenen? Wer sind jene?«

»Oh, lass mich überlegen. Barghast. Graue Schwerter. Ein paar geschwätzige Gidrath aus dem *Knecht*. Drei Akolythen aus dem Tempel hinter dir –«

Tippa zuckte zusammen und stand langsam auf, um dem vom Feuer geschwärzten Bauwerk hinter ihr einen nervösen Blick zuzuwerfen. »Welchem Gott war dieser Tempel geweiht, Blend? Und erzähl mir keine Lügen –«

»Warum sollte ich lügen, Korporal? Schattenthron.«

Tippa stieß ein Brummen aus. »Du hast den Kriechern nachspioniert? Und worüber haben sie gesprochen?«

»Über irgendeinen bizarren Plan ihrer Herren. Eine Racheaktion gegen zwei Nekromanten, die sich in einem Anwesen ein Stück die Straße hoch verkrochen haben.«

»Das, vor dem all die Leichen liegen und dessen Mauern mit diesen streng riechenden Wachen bemannt sind?«

»Vermutlich genau das und kein anderes.«

»In Ordnung, dann lass auch mal den Rest hören.«

»Die Barghast frohlocken. Agenten des Maskenrats kaufen Lebensmittel, um die Bürger damit zu versorgen. Die Grauen Schwerter kaufen ebenfalls Vorräte, um ein schnell wachsendes Lager mit Tenescowri-Flüchtlingen draußen vor den Stadtmauern zu versorgen. Die Weißgesichter werden reich.«

»Langsam, langsam, Blend. Hast du gerade Tenescowri-Flüchtlinge gesagt? Was haben die Grauen Schwerter vor? Beim Vermummten, hier liegen doch genug Leichen für die Kannibalen rum, warum ihnen also was *Richtiges* zu essen geben? Warum wollen sie die elenden Bastarde überhaupt verpflegen?«

»Gute Fragen«, stimmte Blend zu. »Natürlich muss ich zugeben, dass das auch meine Neugier geweckt hat.«

»Und du hast zweifellos auch schon eine Theorie, oder?«

»Ich habe die Puzzleteilchen zusammengesetzt, genauer gesagt. Unvereinbare Tatsachen. Beobachtungen. Lässig hingeworfene Bemerkungen, die von denen, die sie gemacht haben, für einen kleinen Kreis gedacht waren, und die von niemand anderem als der treuen Seele, die hier vor dir steht, aufgeschnappt und –«

»Bei Oponns wackligen Knien, Blend – komm zur Sache!«

»Du hast es noch nie zu schätzen gewusst, wenn ich mal so richtig mit was angeben konnte. Na gut. Die Grauen Schwerter waren Fener verschworen. Sie waren nicht einfach nur eine Söldnerkompanie, sondern eher so was wie verdammte Kreuzritter des heiligen

Kriegs. Und sie haben die Sache ernst genommen. Nur ist was passiert. Sie haben ihren Gott verloren –«

»Nun, das klingt jetzt mal nach einer interessanten Geschichte …«

»Stimmt, aber es ist nicht wichtig.«

»Soll heißen, du kennst sie nicht.«

»Genau. Tatsache ist aber, dass die überlebenden Offiziere der Kompanie zum Lager der Barghast geritten sind und dort einen schnatternden Haufen Stammeshexen gefunden haben, der schon auf sie gewartet hat, und alle zusammen haben sie dann eine neue Weihe vollzogen.«

»Du meinst, sie haben ihren Gott ausgetauscht. Oh nein, sag jetzt bloß nicht, sie haben Treach –«

»Nein, nicht Treach. Der hat seine Kreuzritter schon.«

»Ach ja, stimmt. Dann muss es Jhess sein, die Herrin des Webens. Sie fangen alle an zu stricken, aber so richtig wild –«

»Nicht ganz. Togg. Und Fanderay, die Wölfin des Winters – Toggs lange verschollene Gefährtin. Erinnerst du dich an die Geschichte? Du müsstest sie eigentlich als Kind gehört haben – vorausgesetzt, du warst jemals ein Kind –«

»Sei vorsichtig, Blend.«

»Tut mir Leid. Wie auch immer, die Grauen Schwerter waren praktisch ausgelöscht. Sie suchen Rekruten.«

Tippa zog die Brauen hoch. »Die Tenescowri? Beim Atem des Vermummten!«

»Aber da ist etwas dran.«

»Sicher. Wenn ich eine Armee brauchen würde, würde ich auch zuerst nach Leuten suchen, die einander aufessen, wenn's haarig wird. Unbedingt. Auf der Stelle.«

»Nun, das ist ein etwas unglücklich gewählter Blickwinkel. Es geht eher darum, Leute zu finden, die kein Leben –«

»Du meinst Verlierer.«

»Äh … ja. Leute ohne Bindungen, ohne Loyalitäten. Aber reif für geheimnisvolle Einführungsrituale.«

Tippa brummte erneut. »Verrückt. Die sind alle verrückt geworden.«

»Wenn man von Verrückten spricht ...«, murmelte Blend.

Hauptmann Paran und der Schnelle Ben kamen herangeritten.

»Korporal Tippa.«

»Ja, Hauptmann?«

»Weißt du, wo Spindel ist?«

»Keine Ahnung, Hauptmann.«

»Dann würde ich vorschlagen, dass du deinen Trupp ein bisschen besser im Auge behältst.«

»Nun, er ist mit Sergeant Fahrig weggegangen. Irgendjemand ist aus den Tunneln aufgetaucht und hat behauptet, er wäre Fürst Arard – so ein Habenichts-Fürst aus einer der Städte südlich des Flusses. Der Mann wollte mit einem Repräsentanten von Einarms Heer sprechen, und da wir Euch zu dem Zeitpunkt nicht finden konnten ...«

Paran fluchte stumm vor sich hin. »Nur damit ich das richtig verstehe: Sergeant Fahrig und Spindel haben sich selbst zu offiziellen Repräsentanten von Einarms Heer ernannt, um zur Audienz eines Fürsten zu gehen? Fahrig? *Spindel*?«

Neben ihm verschluckte sich der Schnelle Ben, als er versuchte, sich das Lachen zu verbeißen, was ihm einen finsteren Blick von Paran einbrachte.

»Detoran hat sich ebenfalls freiwillig gemeldet«, fügte Tippa in unschuldigem Tonfall hinzu. »Dann waren's also die drei, glaube ich. Vielleicht auch noch ein paar andere.«

»Fäustel?«

Sie schüttelte den Kopf. »Der ist bei Igel. Kümmert sich ums Heilen und was auch immer.«

»Hauptmann«, mischte der Schnelle Ben sich ein. »Wir sollten jetzt losreiten. Fahrig wird Ausflüchte machen, sobald er verwirrt ist, und normalerweise ist er gleich nach den gegenseitigen Vorstellungen verwirrt. Detoran wird keinen Ton sagen, und wahrscheinlich auch niemand von den anderen. Spindel könnte drauflos brabbeln, aber er trägt ein Haarhemd. Es müsste eigentlich alles glatt gehen.«

»Tatsächlich? Und soll ich dich darauf festnageln, Magier?«

Die Augen des Schnellen Ben wurden groß.

»Ach was«, grollte Paran und griff nach den Zügeln. »Verschwinden wir aus dieser Stadt … bevor wir mitten im nächsten Krieg stecken. Korporal Tippa.«

»Hauptmann?«

»Warum stehst du eigentlich alleine hier rum?«

Sie blickte sich schnell um. »Dieses Miststück«, flüsterte sie.

»Korporal?«

»Nichts, Hauptmann. Tut mir Leid. Ich habe mich gerade ausgeruht.«

»Wenn du dich genügend ausgeruht hast, Korporal, geh und hol Fahrig und Spindel und die anderen. Schick Arard zum *Knecht* und teile ihm mit, dass die echten Repräsentanten von Einarms Heer sich in Kürze mit ihm treffen werden, falls er eine Audienz wünschen sollte.«

»Verstanden, Hauptmann.«

»Das will ich hoffen.«

Sie blickte den beiden Männern hinterher, die langsam die Straße entlangritten, und wirbelte dann herum. »Wo warst du, du feiges Aas?«

»Korporal?«, fragte Blend, die aus dem Schatten des Tempeleingangs auftauchte.

»Du hast gehört, was ich gesagt habe.«

»Ich hab im Innern dieser Bruchbude was gesehen und bin losgegangen, um es genauer zu untersuchen –«

»Bruchbude? Schattenthrons geheiligter Wohnsitz, meinst du wohl.«

Es freute sie zu sehen, dass Blend plötzlich blass wurde. »Oh. Das … äh … das hatte ich vergessen.«

»Du bist in Panik geraten. Haha. Blend ist in Panik geraten. Hat gerochen, dass es Ärger geben könnte, und ist in das nächste Gebäude geflohen wie ein Kaninchen in sein Schlupfloch. Warte nur, bis ich das den anderen erzähle –«

»Eine unziemliche Version«, meinte Blend naserümpfend, »die bösartig eine rein zufällig auftretende Koinzidenz verdreht. Sie werden dir nicht glauben.«

»Das hättest du –«

»Oh, oh.«

Blend verschwand erneut.

Verblüfft drehte Tippa sich um.

Zwei in schwarze Umhänge gekleidete Gestalten kamen die Straße herunter genau auf sie zu.

»Werte Soldatin«, rief der Größere mit dem Spitzbart.

Bei dem gebieterischen Tonfall stellten sich ihre Nackenhärchen auf. »Was ist?«

Eine dünne Augenbraue hob sich. »Uns wird Respekt gezollt, Soldatin. Und nichts weniger verlangen wir. Jetzt hör zu. Wir brauchen Vorräte, um unsere Reise fortsetzen zu können. Wir benötigen Verpflegung, sauberes Wasser – und zwar ziemlich viel –, und wenn du uns den Weg zu einem Kleiderhändler weisen …«

»Aber sofort. Hier –« Sie trat an ihn heran und schmetterte ihm die gepanzerte Faust mitten ins Gesicht. Die Füße des Mannes glitten unter ihm weg, und er landete mit einem satten Klatschen bewusstlos auf den Pflastersteinen.

Blend tauchte plötzlich hinter dem zweiten Mann auf und knallte ihm den Knauf ihres Kurzschwerts gegen den Schädel. Mit einem schrillen Grunzen brach er zusammen.

Hinter ihnen kam ein Mann in abgerissener Dienerkleidung die Straße entlanggerannt. Er kam fünf Schritte vor Tippa entfernt schlitternd zum Stehen und hob die Arme. »Schlagt mich nicht!«, schrie er.

Tippa runzelte die Stirn. »Warum sollten wir? Die beiden da … sind das deine Herren?«

Der Diener machte ein verzagtes Gesicht. »Ja«, seufzte er und senkte die Arme.

»Dann bring ihnen bei, wie man andere schicklich anredet«, sagte Tippa, »wenn sie wieder aufwachen.«

»Aber natürlich, meine Damen.«

»Wir sollten sehen, dass wir loskommen«, sagte Blend nach einem kurzen Seitenblick auf die beiden bewusstlosen Männer.

»Oh ja. Ja, bitte!«, bettelte der Diener.

Tippa zuckte die Schultern. »Es gibt keinen Grund, rumzutrödeln. Geh voraus, Soldatin.«

Als Paran und der Schnelle Ben aus der Stadt ritten, kamen sie in tausend Schritt Abstand am Lager der Tenescowri vorbei, das zu ihrer Rechten lag. Keiner der beiden Männer sagte ein Wort, bis sie es ein ganzes Stück hinter sich gelassen hatten. Dann seufzte der Hauptmann. »Das sieht nach Ärger aus.«

»Ach? Warum?«

Paran warf seinem Kameraden einen verblüfften Blick zu, ehe er seine Aufmerksamkeit wieder der Straße zuwandte. »Die Rachsucht gegenüber den Bettlern. Es könnte gut sein, dass die Capan durch das Stadttor schwärmen und sie abschlachten, mit dem Segen des Maskenrats.« *Warum habe ich eigentlich die ganze Zeit das Gefühl, ich könnte aus dem Augenwinkel etwas sehen, Magier? Da, auf deiner Schulter? Und wenn ich dann genauer hinschaue, ist es weg.*

»Das wäre ein Fehler des Maskenrats«, bemerkte der Schnelle Ben. »Die Grauen Schwerter haben so ausgesehen, als wären sie bereit, ihre Gäste zu verteidigen; zumindest sehen diese Gräben und Vorposten ganz danach aus.«

»Stimmt. Sie ahnen, dass das, was sie vorhaben, sie sehr unbeliebt machen könnte.«

»Rekruten anwerben. Andererseits – warum nicht? Diese Söldnerkompanie hat bei der Verteidigung der Stadt und ihrer Bürger einen hohen Preis bezahlt.«

»Die Erinnerung an ihre heldenhaften Taten könnte binnen eines Augenzwinkerns verschwinden, Magier. Außerdem sind nur noch ein paar hundert Graue Schwerter übrig. Sollten sie von ein paar tausend Capan angegriffen werden –«

»Ich würde mir keine Sorgen machen, Hauptmann. Auch wenn die Capan noch so wütend sind, werden sie zögern, sich mit diesen Soldaten anzulegen. Schließlich sind das diejenigen, die überlebt haben. Wie gesagt, der Maskenrat wäre verrückt, einen Groll gegen sie zu hegen. Aber zweifellos erfahren wir bei den Verhandlungen mehr.«

»Vorausgesetzt, dass wir gebeten werden, daran teilzunehmen. Wir hätten mehr von einer persönlichen Unterredung mit Elster, Ben. Ich persönlich habe zu den meisten anderen Anwesenden sehr wenig zu sagen. Aber ich muss auf alle Fälle Bericht erstatten.«

»Oh, ich hatte nicht vor, bei den Verhandlungen etwas zu sagen, Hauptmann. Ich wollte einfach nur zuhören.«

Sie hatten die bewohnten Gebiete hinter sich gelassen und ritten jetzt eine leere Straße entlang; zu ihrer Rechten erstreckte sich die leicht hügelige Ebene, während die Klippen, die den Fluss kennzeichneten, sich dreihundert Schritt zu ihrer Linken befanden.

»Ich sehe Reiter«, sagte der Schnelle Ben. »Im Norden.«

Paran kniff die Augen zusammen und nickte dann. »Sie hat stattgefunden.«

»Was?«

»Die Zweite Zusammenkunft.«

Der Magier warf ihm einen Blick zu. »Die T'lan Imass? Woher wisst Ihr das?«

Weil sie aufgehört hat, ihre Fühler nach mir auszustrecken. Flickenseel, Nachtfrost, Bellurdan – irgendetwas ist geschehen. Irgendetwas ... Unerwartetes. Und es hat sie ins Wanken gebracht. »Ich weiß es einfach, Magier. Vorneweg reitet Silberfuchs.«

»Ihr müsst Augen wie ein Falke haben.«

Paran sagte nichts. *Ich brauche keine Augen. Sie kommt.*

»Hauptmann, dominiert im Innern von Silberfuchs noch immer die Seele von Flickenseel?«

»Ich weiß es nicht«, gab er zu. »Eins kann ich allerdings sagen: Wir waren bisher mehr oder weniger der Überzeugung, dass wir Silberfuchs' Taten voraussehen könnten – darauf sollten wir uns nun lieber nicht mehr verlassen.«

»Was ist denn aus ihr geworden?«

»Eine wahre Knochenwerferin.«

Sie zügelten die Pferde, um auf die vier Reiter zu warten. Kruppes Maultier schien vorausrennen zu wollen; das kurzbeinige Tier wechselte immer wieder zwischen hastigem Trab und leichtem Galopp, was den rundlichen Daru im Sattel schwanken und auf und ab hüpfen ließ. Hinter Silberfuchs und Kruppe ritten zwei Seesoldatinnen, die sehr entspannt wirkten.

»Ich wollte, ich hätte gesehen«, murmelte der Schnelle Ben, »was ihre Begleiter gesehen haben.«

Aber es ist nicht so gelaufen wie geplant. Das kann ich an ihrer Haltung erkennen – mühsam gezügelte Wut, mangelndes Selbstvertrauen – und Schmerz, tief vergrabener Schmerz. Sie hat sie überrascht. Überrascht und ihnen getrotzt. Und die T'lan Imass haben auf ebenso unerwartete Weise geantwortet. Sogar Kruppe sieht aus, als wäre er aus dem Gleichgewicht geraten, und das liegt nicht nur an diesem schlingernden Maultier.

Als Silberfuchs die Zügel anzog, starrte sie ihn an, doch Paran vermochte ihren Gesichtsausdruck nicht zu deuten. *Genau wie ich es gespürt habe – sie hat eine Mauer zwischen uns errichtet … aber, bei den Göttern, sie sieht aus wie Flickenseel! Und sie ist inzwischen eine Frau und kein Kind mehr. Und die Illusion, dass unsere Trennung Jahre gedauert hätte, ist perfekt – sie ist vorsichtig geworden, verfügt über Geheimnisse, die zu enthüllen sie als Kind nicht gezögert hätte. Beim Atem des Vermummten, jedes Mal wenn wir uns treffen, scheint es, als müsste ich … mich völlig neu orientieren.*

Der Schnelle Ben ergriff als Erster das Wort. »Schön, dass wir uns treffen. Silberfuchs, was –«

»Nein.«

»Bitte?«

»Nein, Magier. Ich habe keine Erklärungen, die ich auszusprechen gewillt bin. Und ich werde auch auf keine Fragen antworten. Kruppe hat es schon versucht, viel zu oft. Mein Geduldsfaden ist kurz – probiere es lieber nicht aus.«

Sie ist vorsichtig – und härter. Viel, viel härter.

Nach einem kurzen Augenblick zuckte der Schnelle Ben die Schultern. »Dann sei eben so.«

»Ich *bin* so«, schnappte sie. »Die Wut, mit der du es zu tun bekämst, ist die von Nachtfrost, und der Rest von uns wird nichts tun, um sie zu zügeln. Ich gehe davon aus, dass du mich jetzt verstanden hast.«

Der Schnelle Ben grinste nur. Kalt, herausfordernd.

»Gütige Herren!«, krähte Kruppe. »Seid Ihr vielleicht zufällig unterwegs zu unseren ansehnlichen Armeen? Wenn dem so wäre, würden wir Euch begleiten, erfreut und erleichtert darüber, in besagten kriegerischen Schoß zurückzukehren. Erfreut, oh ja, weil Ihr in der Tat eine beeindruckende Gesellschaft seid. Erleichtert, wie Kruppe gesagt hat, wegen der willkommenen Bestimmung, die so unmittelbar bevorsteht. Ungeduldig, wie eingeräumt werden muss, die Reise wieder aufzunehmen. Unverbesserlich optimistisch, was –«

»Das reicht, Kruppe«, knurrte Silberfuchs.

»Äh – oh ja, natürlich.«

Wenn tatsächlich irgendetwas zwischen uns existiert hat, dann ist es jetzt endgültig vorbei. Sie hat Flickenseel zurückgelassen. Sie ist jetzt tatsächlich eine Knochenwerferin. Diese Erkenntnis versetzte ihm einen schwächeren Stich des Verlusts, als er erwartet hatte. *Vielleicht haben wir uns beide weiterentwickelt. Den Druck dessen, in das wir hineingewachsen sind, können unsere Herzen nicht überwinden.*

Paran packte die Zügel fester. »Wie Kruppe gesagt hat. Lasst uns weiterreiten – so wie's aussieht, sind wir sowieso schon spät dran.«

Eine große Zeltplane war über die Hügelkuppe gespannt worden, um die Teilnehmer der Unterredung vor der heißen Nachmittagssonne zu schützen. Malazanische Soldaten mit Armbrüsten in den Händen umringten den Hügel von allen Seiten.

Den Blick auf die Gestalten unter der Plane gerichtet, brachte Itkovian sein Pferd zum Stehen und stieg ein Dutzend Schritte vor den Wachen ab. Die Kutsche des Maskenrates hatte ebenfalls Halt gemacht; nun schwangen die Seitentüren auf, um die vier Repräsentanten Capustans ins Freie zu entlassen.

Hetan war mit einem erleichterten Grunzen von ihrem Pferd geklettert und trat jetzt neben Itkovian. Sie klopfte ihm auf den Rücken. »Ich habe dich vermisst, Wolf!«

»Die Wölfe mögen rings um mich herum sein«, erwiderte Itkovian, »aber ich kann nicht den Anspruch erheben, selbst einer zu sein.«

»Die Geschichte hat sich bei allen Clans verbreitet«, sagte Hetan und nickte. »Alte Frauen halten nie den Mund.«

»Und was ist mit jungen Frauen?«, fragte er und musterte erneut die Gestalten auf der Hügelkuppe.

»Jetzt begibst du dich auf gefährliches Terrain, lieber Mann.«

»Verzeih mir, wenn ich dich beleidigt haben sollte.«

»Ich würde dir ein Lächeln immer vergeben. Aber dazu wird es wohl kaum kommen. Wenn du tatsächlich Humor hast, dann hast du ihn bis jetzt viel zu gut verborgen. Das ist wirklich zu schade.«

Er schaute sie an. »Zu schade? Meinst du nicht tragisch?«

Ihre Augen verengten sich, dann stieß sie ein ärgerliches Zischen aus und schickte sich an, den Hügel hinaufzusteigen.

Itkovian schaute ihr einen Augenblick nach, dann richtete er seine Aufmerksamkeit auf die Priester, die jetzt neben der Kutsche standen. Rath'Schattenthron beklagte sich.

»Sie wollen, dass wir vollkommen erschöpft sind! Wenn der Hang ein wenig flacher wäre, hätten wir in der Kutsche bleiben können –«

»Mit genug Pferden hätten wir das Gleiche tun können«, fügte Rath'Vermummter naserümpfend hinzu. »Das ist eine absichtliche Beleidigung –«

»Es ist nichts dergleichen, Kameraden«, murmelte Keruli. »Schon jetzt beginnen Schwärme von beißenden Insekten, über uns herzufallen. Ich würde vorschlagen, dass Ihr aufhört, Euch zu beklagen, und mich auf die Kuppe mit ihrem rettenden Wind begleitet.« Und mit diesen Worten setzte sich der kleine, rundgesichtige Mann in Bewegung.

»Wir sollten darauf bestehen – autsch!«

Die drei eilten hinter Keruli her; Bremsen umschwirrten summend ihre Köpfe.

Humbrall Taur lachte. »Die hätten sich nur mit Bhederin-Fett einschmieren müssen.«

»Sie sind schon so schlüpfrig genug, Kriegshäuptling«, erwiderte Grantl. »Davon abgesehen ist das eine viel passendere Einführung für unsere Besucher – drei maskierte Priester, die stolpern und schnaufen und nach Phantomen schlagen, die ihre Köpfe umschwirren. Immerhin zeigt Keruli ein bisschen Würde, und er ist wahrscheinlich der Einzige von diesem Haufen, der ein Gehirn hat, das diesen Namen auch verdient.«

»Den Göttern sei Dank!«, rief Stonny.

Grantl drehte sich zu ihr um. »Was? Warum?«

»Nun, du hast gerade deinen ganzen Vorrat an Worten verbraucht, du Flegel. Was bedeutet, dass du für den Rest des Tages still sein wirst!«

Das Grinsen des großen Mannes war weitaus wilder, als er es vorgehabt hatte.

Itkovian blickte den beiden Daru nach, als sie sich in Bewegung setzten, gefolgt von Humbrall Taur, Hetan und Cafal.

»Herr?«, sagte Hauptmann Norul.

»Wartet nicht auf mich«, antwortete er. »Ihr sprecht nun für die Grauen Schwerter, Hauptmann.«

Sie seufzte und schritt davon.

Itkovian ließ den Blick langsam über die Landschaft gleiten. Abgesehen von dem Ring aus Soldaten, der den Fuß des Hügels umgab, war von den beiden fremden Armeen nichts zu sehen. Es würde also keine prahlerische Zurschaustellung militärischer Stärke geben, um die Repräsentanten der Stadt einzuschüchtern – eine großzügige Geste, die die Priester möglicherweise gar nicht bemerken würden. Was in der Tat unglücklich war, da Rath'Vermummter, Rath'Brand und Rath'Schattenthron ein wenig Demut sehr nötig gehabt hätten.

So würde es reichen müssen, dass sie von Bremsen zerstochen und außer Atem waren.

Er warf den malazanischen Wachen einen abschätzenden Blick zu. Ihre Waffen waren, wie er bemerkte, hervorragend gefertigt, wenn auch ein wenig abgenutzt. Ihre Rüstungen waren im Feld ausgebessert worden – dies war eine Armee, die weit weg von zu Hause und irgendwelchen Ausrüstungslagern war. Dunkelhäutige Gesichter unter ramponierten Helmen musterten im Gegenzug *ihn* – ausdruckslos, vielleicht auch neugierig, warum er zurückgeblieben war, in der Gesellschaft eines einzigen Gidrath-Wagenlenkers.

Ich bin wie ein Offizier gekleidet. Das sind jetzt irreführende Kleinigkeiten. Er zog seine Panzerhandschuhe aus, griff an seinen Kragen, löste die Brosche, die seinen Rang deutlich machte, und ließ sie zu Boden fallen. Dann zog er die graue Schärpe ab, die er sich um die Hüften geschlungen hatte, und warf sie zur Seite. Schließlich löste er die Riemen seines mit einem Visier versehenen Helms.

Der Soldat, der ihm am nächsten stand, trat ein paar Schritte auf ihn zu.

Itkovian nickte. »Ich bin einem Tausch zugänglich, mein Herr.«

»Der wäre kaum gerecht«, antwortete der Mann in gebrochenem Daru.

»Vergebt mir, wenn ich nicht Eurer Meinung bin. Die silbernen Intarsien und der goldene Helmschmuck mögen zwar den Anschein erwecken, dass mein Kampfhelm nur als Zierrat gedacht ist, aber ich versichere Euch, dass die Bronze- und Eisenstreifen von höchster Qualität sind, genau wie die Wangenschützer und das Visier. Sein Gewicht ist nur wenig größer als das des Helms, den Ihr im Augenblick tragt.«

Der Soldat schwieg längere Zeit, dann löste er langsam seinen mit einer Kettenhaube versehenen Helm. »Falls Ihr Eure Meinung ändern solltet –«

»Das werde ich nicht tun.«

»Ja. Nur, wie schon gesagt, falls Ihr Eure Meinung ändern solltet, sucht nach mir, und macht Euch keine Gedanken hinsichtlich des Rücktauschs. Mein Name ist Azra Jael. Elfter Trupp, fünfte Kohorte, dritte Seesoldaten-Kompanie in Einarms Heerhaufen.«

»Ich bin Itkovian ... ein ehemaliger Soldat der Grauen Schwerter.«

Sie tauschten die Helme.

Itkovian musterte das Exemplar in seinen Händen. »Solide gearbeitet. Ich bin zufrieden.«

»Stahl aus Aren, mein Herr. Es hat nichts ausgebessert werden müssen, das Metall ist fehlerfrei. Die Kettenhaube ist napanesisch, sie muss den ersten Schwerthieb erst noch abkriegen.«

»Hervorragend. Ich fühle mich durch den Tausch bereichert und bin daher beschämt.«

Der Soldat sagte nichts.

Itkovian warf einen Blick zur Hügelkuppe hinauf. »Was glaubt Ihr – würden sie sich beleidigt fühlen, wenn ich mich dazugeselle? Ich werde es natürlich nicht wagen, meine Meinung zu äußern, aber ich würde gerne hören –«

Der Soldat schien gegen irgendwelche starken Gefühle anzukämpfen, doch er schüttelte den Kopf. »Sie wären durch Eure Gegenwart geehrt, Herr.«

Itkovian lächelte schwach. »Das glaube ich nicht. Überdies wäre es mir lieber, sie würden mich gar nicht bemerken, um die Wahrheit zu sagen.«

»Dann geht um den Hügel herum, Herr, und dann den hinteren Hang hinauf.«

»Das ist eine gute Idee. Ich möchte Euch danken, mein Herr. Und ich möchte Euch auch für diesen schönen Helm danken.«

Der Mann nickte nur.

Itkovian schritt durch die Postenkette. Die Soldaten zu beiden Seiten traten einen gemessenen Schritt zurück, um ihn durchzulassen, und salutierten, als er an ihnen vorbeiging.

Eine Höflichkeit, die fehl am Platz ist, die ich aber nichtsdestotrotz zu würdigen weiß.

Er ging zur gegenüberliegenden Seite des Hügels. Von hier aus konnte er die Lager der beiden Armeen im Westen sehen. Keines war sonderlich groß, aber beide waren solide angelegt worden, wobei das Lager der malazanischen Streitkräfte durch vier einzelne, aber miteinander verbundene Befestigungen aus aufgeschütteten Wällen und steilwandigen Gräben gekennzeichnet war. Erhöhte Laufgänge verbanden sie miteinander.

Ich bin von diesen Fremden beeindruckt. Und ich muss nun zugeben, dass Brukhalian Recht gehabt hat – wenn wir die Stadt hätten halten können, hätten diese Armeen sich den zahlenmäßig über-

legenen Streitkräften von Septarch Kulpath als mehr als ebenbürtig erwiesen. Sie hätten den Belagerungsring durchbrochen ... wenn wir bloß durchgehalten hätten ...

Er begann den Aufstieg, den malazanischen Helm unter den linken Arm geklemmt.

Je näher er der Kuppe kam, desto heftiger wurde der Wind, verjagte die Insekten. Als er den Kamm erreichte, blieb Itkovian stehen. Genau vor ihm, fünfzehn Schritt entfernt, erhob sich das Sonnensegel auf seinen Stangen. Hier, auf der Rückseite des offiziellen Treffpunkts, lagen eine Reihe von Wasserfässern und verzierte Kisten, die das Zeichen der Trygalle-Handelsgilde trugen – das ihm gut bekannt war, denn die Händler hatten die Gilde in Elingarth gegründet, Itkovians Heimatland. Den Blick auf das Zeichen gerichtet, verspürte er einen gewissen Stolz angesichts ihres offensichtlichen Erfolgs.

Ein großer Tisch war unter der Plane aufgestellt worden, aber alle Anwesenden standen von ihm aus gesehen dahinter, in der Sonne, als sei die formelle Vorstellung noch nicht abgeschlossen.

Vielleicht hat es auch bereits Meinungsverschiedenheiten gegeben. Wahrscheinlich durch den Maskenrat, der seine Beschwerden vorgebracht hat.

Itkovian bog etwas nach links ab und ging leise vorwärts; er hatte vor, auf der windabgewandten Seite der Plane, in der Nähe der Wasserfässer, Position zu beziehen.

Stattdessen bemerkte ihn ein malazanischer Offizier und beugte sich zu einem anderen Mann hinüber. Ein kurzes Gespräch folgte, dann drehte sich der zweite Mann – ebenfalls ein malazanischer Kommandant – langsam um und musterte Itkovian.

Einen Augenblick später taten alle anderen es ihm nach.

Itkovian blieb stehen.

Ein hoch gewachsener Krieger, der einen Hammer auf dem Rücken trug, trat vor. »Da ist der Mann, den wir schon lange kennen lernen wollten. Ihr seid Itkovian, Schild-Amboss der Grauen Schwerter. Der Verteidiger von Capustan. Ich bin Caladan Bruth –«

»Ich bitte um Entschuldigung, mein Herr, aber ich bin kein Schild-Amboss mehr, und auch kein Soldat der Grauen Schwerter.«

»Das hat man uns erzählt. Dennoch, kommt bitte nach vorn.«

Itkovian rührte sich nicht. Er musterte die Gesichter, die ihm zugewandt waren. »Ihr würdet meine Schande sichtbar machen, mein Herr.«

Der Krieger runzelte die Stirn. »Schande?«

»In der Tat. Ihr habt mich den Verteidiger von Capustan genannt, und nun muss ich diesen spöttischen Titel akzeptieren, da ich Capustan nicht verteidigt habe. Das Todbringende Schwert Brukhalian hatte mir befohlen, die Stadt bis zu Eurer Ankunft zu halten. Ich habe versagt.«

Niemand sagte etwas. Ein halbes Dutzend Herzschläge verstrichen.

Dann meinte Bruth: »Es war kein Spott beabsichtigt. Und Ihr seid gescheitert, weil Ihr nicht gewinnen *konntet*. Versteht Ihr mich, mein Herr?«

Itkovian zuckte die Schultern. »Ich verstehe Euren Einwand, Caladan Bruth, aber ich sehe wenig Sinn darin, semantische Feinheiten zu diskutieren. Wenn Ihr erlaubt, würde ich diese Verhandlungen gerne beobachten. Ich werde keine Kommentare oder Meinungen von mir geben, das versichere ich Euch.«

»Dann ist das ein Verlust für uns«, grollte der Krieger.

Itkovian warf Hauptmann Norul einen Blick zu und war schockiert, als er sah, dass Tränen über ihre wettergegerbten Wangen rannen.

»Wollt Ihr, dass wir uns über Euren Wert streiten, Itkovian?«, fragte Bruth. Sein Stirnrunzeln war finsterer geworden.

»Nein.«

»Und doch habt Ihr das Gefühl, dass Ihr es nicht wert seid, an dieser Versammlung teilzunehmen.«

»Es mag sein, dass ich noch nicht am Ende bin, mein Herr, aber die Verantwortlichkeiten, die ich eines Tages übernehmen muss, sind ausschließlich die meinen, und so müssen sie auch allein getragen werden. Ich führe niemanden und habe daher keine Rolle in den Diskussionen, die hier stattfinden werden. Ich werde nur zuhören. Es stimmt, dass Ihr keinen Grund habt, großzügig zu sein –«

»Bitte«, unterbrach ihn Bruth. »Das reicht. Ihr seid uns willkommen, Itkovian.«

»Ich danke Euch.«

Als hätten sie sich stillschweigend abgesprochen, lösten sich die Würdenträger aus ihrer Unbeweglichkeit und traten zu dem großen hölzernen Tisch. Die Priester und die Priesterin des Maskenrats nahmen an einem Ende Platz. Humbrall Taur, Hetan und Cafal stellten sich hinter die Stühle, die denen der Priester am nächsten waren, und machten deutlich, dass sie während der Besprechung stehen bleiben würden. Grantl und Stonny saßen einander gegenüber ungefähr in der Mitte, der neue Schild-Amboss der Grauen Schwerter saß neben Stonny. Caladan Bruth und die beiden malazanischen Kommandeure – einer von ihnen hatte, wie Itkovian jetzt sah, nur einen Arm – setzten sich an das Tischende, das den Priestern gegenüberlag. Ein großer, grauhaariger Krieger in einem langen Kettenhemd stand zwei Schritte hinter Bruth zu seiner Linken. Ein malazanischer Standartenträger hielt sich hinter seinen Kommandanten zur Rechten auf.

Becher wurden aus einem Krug mit verdünntem Wein gefüllt, doch noch bevor alle Anwesenden einen vollen Becher vor sich stehen hatten, ergriff Rath'Vermummter bereits das Wort.

»Der *Knecht* wäre eine weit zivilisiertere Umgebung für dieses historische Zusammentreffen gewesen, der Palast, von dem aus die Herrscher Capustans ihre –«

»Nun, da der Fürst tot ist, meint Ihr wohl«, sagte Stonny gedehnt und kräuselte die Lippen. »Und nur, falls Ihr es vergessen habt, Priester – der Palast hat keinen Fußboden.«

»Nun, das könnte man eine strukturelle Metapher nennen, oder?«, fragte Grantl sie.

»Ja, wenn man ein Idiot wäre.«

Rath'Vermummter versuchte es erneut. »Wie ich gesagt habe –«

»Ihr habt nichts gesagt, Ihr habt Euch in Positur geworfen.«

»Dieser Wein ist überraschend gut«, murmelte Keruli. »In Anbetracht der Tatsache, dass dies eine Art Kriegsrat ist, scheint mir der Ort passend. Ich für meinen Teil habe eine oder zwei Fragen an die Kommandanten der ausländischen Armee.«

Der einarmige Malazaner sah ihn an. »Fragt.«

»Danke, Hohefaust, gerne. Zunächst einmal – es fehlt jemand, oder? Sind denn keine Tiste Andii unter Euch? Und ihr legendärer Anführer, Anomander Rake, der Lord von Mondbrut, sollte er nicht hier sein? In der Tat, man fragt sich, wo Mondbrut eigentlich ist – die taktischen Vorzüge eines solchen Bauwerks –«

»Einen Moment bitte«, unterbrach ihn Bruth. »Eure Frage setzt … vieles voraus. Ich glaube nicht, dass wir schon so weit sind, strategische Überlegungen zu besprechen. Was uns betrifft, so ist Capustan nur ein Zwischenhalt auf unserem Marsch; die Befreiung der Stadt durch die Barghast war eine strategische Notwendigkeit, allerdings nur die erste von vielen, die in diesem Krieg zweifellos noch kommen werden. Wollt Ihr nun vorschlagen, Hohepriester, dass Ihr auf direkte Weise etwas zu diesem Feldzug beitragen wollt? Mir will scheinen, dass Eure vordringliche Sorge im Augenblick dem Wiederaufbau Eurer Stadt gelten sollte.«

Keruli lächelte. »Und so werden Fragen ausgetauscht, aber bis jetzt noch keine Antworten.«

Bruth runzelte die Stirn. »Anomander Rake und der Großteil seiner Tiste Andii sind nach Mondbrut zurückgekehrt. Sie – und die fliegende Festung – werden eine Rolle in diesem Krieg spielen, aber darüber wird es keine weiteren Ausführungen geben.«

»Umso besser, dass Rake nicht hier ist«, bemerkte Rath'Schattenthron, die Maske zu einem höhnischen Grinsen verzogen. »Er ist absolut unberechenbar und ausgesprochen tödlich als Gesellschaft.«

»Was Euer Gott nur bestätigen kann«, sagte Keruli lächelnd und wandte sich dann wieder an Bruth. »Diese Antworten reichen vollkommen aus, um zu rechtfertigen, dass Ihr im Gegenzug ebensolche bekommt. Wie Ihr schon bemerkt habt, gilt die vorrangige Sorge des Maskenrats dem Wiederaufbau von Capustan. Nichtsdestotrotz sind meine Kollegin und meine Kollegen – außer behelfsmäßigen Gouverneuren – allesamt Diener ihrer Götter. Niemand hier kann über den turbulenten Zustand des Pantheons vollkommen in Unkenntnis sein. Ihr, Caladan Bruth, tragt schließlich Brands Hammer und ringt fortwährend mit der Verantwortung, die das mit sich bringt. Während die Grauen Schwerter, eines Gottes verlustig, sich entschieden haben, vor zwei anderen das Knie zu beugen – einem vermählten, wenn auch reifen Paar. Grantl, mein ehemaliger Karawanenführer, wurde als Todbringendes Schwert eines neuen Gottes wiedergeboren. Die Götter der Barghast sind wiederentdeckt worden, eine uralte Horde, über deren Macht und Wesensart wir kaum etwas wissen. Tatsächlich, wenn ich mich hier so umschaue, sind die beiden einzigen wirklich unabhängig Handelnden an diesem Tisch Hohefaust Dujek Einarm und sein Stellvertreter Elster. Die Malazaner.«

Itkovian sah die verschlossene Miene Caladan Bruths und fragte sich, was es mit der Verantwortung für den Hammer auf sich hatte, die Keruli so vergnügt erwähnt hatte.

Ein bellendes Lachen zerriss die nachfolgende Stille; es stammte von dem hinter Bruth stehenden grauhaarigen Krieger. »Ihr habt passenderweise *Euch selbst* ausgelassen, Priester. Ihr gehört zum Maskenrat, seid jedoch unmaskiert. Ja, wie es scheint, seid Ihr in ihrer Gesellschaft auch nicht sonderlich willkommen. Eure Kollegen zeigen klar und deutlich, welchen Göttern sie dienen, Ihr dagegen nicht. Warum?«

Kerulis Lächeln war gütig und gelassen. »Teurer Kallor, wie du unter dem Fluch dahingewelkt bist. Schleppst du immer noch den bedeutungslosen alten Thron mit dir herum? Ja, das hatte ich fast vermutet –«

»Ich habe mir schon gedacht, dass du es bist«, zischte Kallor. »Was für eine armselige Verkleidung –«

»Die Fragen körperlicher Manifestation haben sich als problematisch erwiesen.«

»Du hast deine Macht verloren.«

»Nicht ganz. Sie hat sich … weiterentwickelt, und so bin ich gezwungen, mich anzupassen und zu lernen.«

Der Krieger griff nach seinem Schwert. »Mit anderen Worten, ich könnte dich jetzt töten –«

»Ich fürchte, das könntest du nicht«, seufzte Keruli. »Nur in deinen Träumen. Vielleicht. Aber andererseits – du träumst doch gar nicht mehr, Kallor, oder? Umschließt dich nicht jede Nacht der Abgrund? Vergessenheit – dein ganz persönlicher Albtraum.«

Ohne sich umzudrehen, grollte Bruth: »Nimm die Hand von der Waffe, Kallor. Meine Geduld mit dir ist am Ende.«

»Der Mann, der da vor dir sitzt, Kriegsherr, ist kein Priester!«, krächzte der Krieger. »Es ist ein Älterer Gott. Es ist K'rul persönlich.«

»Das hatte ich mir schon gedacht«, seufzte Bruth.

Mehrere Herzschläge lang sagte niemand ein Wort, und Itkovian konnte beinahe hören, wie sich das Gleichgewicht der Macht misstönend und knirschend verschob. Ein Älterer Gott war unter ihnen. Saß mit gütigem Gesichtsausdruck an diesem Tisch.

»Es ist eine Manifestation mit begrenzten Möglichkeiten, um genau zu sein«, sagte Keruli schließlich.

»Das sollte auch besser so bleiben«, warf Grantl ein, die Katzenaugen auf ihn gerichtet, »in Anbetracht von Harrlos Schicksal.«

Ein bekümmerter Ausdruck huschte über das weiche, runde Gesicht des Älteren Gottes. »Manchmal sind sie leider zu begrenzt … Ich habe getan, was ich konnte, Grantl. Es tut mir Leid, dass es nicht ausgereicht hat.«

»Mir auch.«

»Nun gut!«, schnappte Rath'Schattenthron. »Dann könnt Ihr aber kaum im Maskenrat sitzen, oder?«

Der Malazaner namens Elster brach in schallendes Gelächter aus, was alle am Tisch überraschte.

Stonny drehte sich auf ihrem Stuhl zur Seite, um den Hohepriester des Schattens anzusehen. »Weiß Euer Gott eigentlich, wie klein Euer Gehirn tatsächlich ist? Wo ist das Problem? Kennen Ältere Götter den geheimen Händedruck nicht? Ist seine Maske zu realistisch?«

»Er ist unsterblich, Schlampe!«

»Das garantiert ihm immerhin ein höheres Dienstalter«, kommentierte Grantl. »Mit der Zeit …«

»Nimm das nicht auf die leichte Schulter, Rattenfresser!«

»Wenn Ihr es wagt, Stonny noch einmal so zu nennen, töte ich

Euch«, sagte der Daru. »Und was das Auf-die-leichte-Schulter-Nehmen angeht, so ist es schwer, das nicht zu tun. Wir alle versuchen, die Konsequenzen all dieser Dinge zu begreifen. Ein Älterer Gott ist in den Streit eingetreten ... gegen etwas, was wir für ein Reich von Sterblichen gehalten haben – beim Abgrund, worauf haben wir uns da eingelassen? Aber Euer erster und einziger Gedanke gilt ganz allein der Mitgliedschaft in Eurem armseligen, aufgeblasenen Rat. Schattenthron muss sich eigentlich krümmen.«

»Das ist er wahrscheinlich gewohnt«, meinte Stonny und schaute den Hohepriester höhnisch an, »wenn es um diesen Schleimbeutel geht.«

Rath'Schattenthron glotzte sie mit offenem Mund an.

»Lasst uns zu der Aufgabe zurückkehren, die vor uns liegt«, sagte Bruth. »Wir haben Eure Worte vernommen, K'rul. Die Pannionische Domäne geht uns alle an. Als Götter und Priester könnt Ihr zweifellos Eure eigenen Gegenmaßnahmen gegen die wie auch immer gearteten Bedrohungen ergreifen, die sich gegen das Pantheon und die Gewirre manifestieren – obwohl wir beide wissen, dass die Quelle dieser Bedrohung nicht direkt etwas mit dem Pannionischen Seher zu tun hat. Um was es mir geht: Wir sind hier, um die Organisation der Kräfte zu diskutieren, die nun mit uns weiter nach Süden marschieren werden, ins Herz der Domäne. Das sind weltliche Überlegungen, aber nichtsdestotrotz lebenswichtige.«

»Einverstanden«, erwiderte K'rul. »Vorläufig«, fügte er dann hinzu.

»Warum vorläufig?«

»Weil ich davon ausgehe, dass im Verlauf dieser Verhandlungen ein paar Masken fallen werden, Kriegsherr.«

Humbrall Taur räusperte sich. »Die Vorgehensweise ist einfach genug«, sagte er grollend. »Cafal.«

Sein Sohn nickte. »Eine Aufteilung der Streitkräfte, Ihr Herren. Die einen ziehen nach Setta, die anderen nach Lest. Erneutes Zusammentreffen vor Maurik, und dann weiter nach Korall. Die Weißgesicht-Barghast werden mit Einarms Heer marschieren, denn es ist den Bemühungen der Malazaner zu verdanken, dass wir hier sind, und mein Vater schätzt – genau wie unsere Götter – den Sinn für Humor dieses Mannes.« Er deutete auf Elster, der die Brauen hochzog. »Darüber hinaus wäre es ratsam, dass die Grauen Schwerter, die nun Rekruten unter den Tenescowri suchen, in der anderen Armee sind, denn die Weißgesichter können besagte Rekruten nicht ausstehen.«

Der neue Schild-Amboss der Kompanie meldete sich zu Wort. »Einverstanden – vorausgesetzt, Caladan Bruth und seine verschiedenen Truppenteile können unsere Anwesenheit ertragen.«

»Seht Ihr tatsächlich irgendetwas in diesen Kreaturen, das der Mühe wert wäre?«, wollte Bruth von Norul wissen.

»Wir alle sind der Mühe wert, Herr, sobald wir die Bürde der Vergebung und die Anstrengung der Absolution auf uns nehmen.« Sie warf Itkovian einen Blick zu.

Dies ist also meine Lektion?, wunderte er sich. *Warum bin ich dann gleichermaßen stolz auf ihre Worte, wie sie mir Schmerzen bereiten? Nein, es sind genau genommen nicht ihre Worte. Es ist ihr Glaube. Ein Glaube, den ich zu meinem Kummer verloren habe. Du verspürst Neid, ehemaliger Schild-Amboss. Lass ihn fahren.*

»Wir werden das schon hinkriegen«, sagte Bruth nach kurzem Zögern.

Dujek Einarm seufzte und griff nach seinem Weinbecher. »Erledigt. Leichter als Ihr es Euch vorgestellt habt, Bruth, meint Ihr nicht auch?«

Der Kriegsherr bleckte die Zähne in einem zufriedenen, wenn auch harten Grinsen. »Ja. Wir beschreiten alle den gleichen Pfad. Gut.«

»Dann ist es an der Zeit fortzufahren«, sagte Rath'Brand, den Blick auf Caladan Bruth gerichtet, »und uns anderen Dingen zuzuwenden. Ihr seid derjenige, dem der Hammer geschenkt wurde, der Brennpunkt von Brands Macht. Euch wurde die Aufgabe anvertraut, sie in der Zeit ihrer größten Not zu wecken –«

Das Grinsen des Kriegsherrn wurde barbarisch. »Und jede Zivilisation auf dieser Welt zu zerstören, gewiss. Zweifellos beurteilt Ihr ihre Not als groß genug, Hohepriesterin.«

»Und Ihr wagt es nicht?«, schnappte sie und beugte sich vor, beide Arme auf den Tisch gestützt. »Ihr habt sie getäuscht!«

»Nein. Ich habe sie *eingesperrt.*«

Seine Antwort verschlug ihr für einen Moment die Sprache.

»In Darujhistan gibt es einen Teppichhändler«, sagte Grantl. »Seinen Verkaufsraum zu durchqueren heißt, Schicht um Schicht gewebte Kunst zu erklimmen. Das sind die Lektionen von Sterblichen, vor den Göttern ausgebreitet. Es ist ein Jammer, dass sie weiterhin dahintorkeln – man sollte annehmen, sie hätten es in der Zwischenzeit gelernt.«

Rath'Brand wirbelte zu ihm herum. »Schweigt! Ihr wisst nichts von alledem! Wenn Bruth nicht handelt, wird Brand sterben! Und wenn sie stirbt, stirbt alles Leben auf dieser Welt! Das ist die Wahl, die er zu treffen hat, Ihr Narr! Der Zusammenbruch von ein paar korrupten Zivilisationen oder absolute Auslöschung. Was würdet Ihr wählen?«

»Jetzt, wo Ihr fragt –«

»Ich nehme die Frage zurück, denn Ihr seid ganz eindeutig ebenso verrückt wie der Kriegsherr. Caladan Bruth, Ihr müsst den Hammer abtreten. An mich. Hier und jetzt. Ich verlange es im Namen Brands, der Schlafenden Göttin.«

Der Kriegsherr stand auf und nahm die Waffe ab. »Hier!« Er streckte ihr mit der Rechten den Hammer entgegen.

Rath'Brand blinzelte, dann schoss sie von ihrem Stuhl hoch und rannte um den Tisch herum.

Sie packte den mit Kupferstreifen umwickelten Stiel des Hammers mit beiden Händen.

Bruth ließ ihn los.

Die Waffe fiel zu Boden. Das Knacken, mit dem die Handgelenke der Frau brachen, war deutlich zu hören. Und dann schrie sie, während der Hügel unter dem Aufprall des schweren Hammerkopfs erzitterte. Die Becher auf dem Tisch hüpften und fielen teilweise um, roter Wein spritzte auf die Tischplatte. Rath'Brand war auf die Knie gefallen; sie hielt die Waffe nicht mehr fest, sondern barg die gebrochenen Arme in ihrem Schoß.

»Artanthos«, sagte Dujek, den Blick auf Bruth gerichtet – der mit leidenschaftsloser Miene auf die Frau hinabschaute –, »such einen Heiler. Einen guten.«

Der Soldat, der bisher hinter der Hohefaust gestanden hatte, ging davon.

Der Kriegsherr wandte sich an die Hohepriesterin. »Der Unterschied zwischen Euch und Eurer Göttin, Priesterin, ist der Glaube. Letztlich ist es ganz einfach. Ihr seht für mich nur zwei Möglichkeiten. Das hat die Schlafende Göttin anfangs auch getan. Sie hat mir die Waffe gegeben – und die Freiheit, eine Wahl zu treffen. Es hat lange gedauert, bis mir richtig klar geworden ist, was sie mir noch gegeben hat. Ich habe mich zurückgehalten, habe mich davor gedrückt, eine Entscheidung zu treffen, und habe gedacht, ich wäre ein Feigling. Vielleicht bin ich das immer noch, aber schließlich hat sich ein bisschen Weisheit in meinem Kopf niedergelassen –«

»Brands Glaube«, sagte K'rul. »Ihr Glaube, dass Ihr eine dritte Möglichkeit finden werdet.«

»Ja. Ihr Glaube.«

Artanthos kam mit einem anderen Malazaner zurück, doch Bruth hob die Hand, um sie zurückzuhalten. »Nein, ich heile sie selbst. Schließlich konnte sie es nicht wissen.«

»Ihr seid zu großzügig«, murmelte K'rul. »Sie hat ihre Göttin schon vor langer Zeit aufgegeben, Kriegsherr.«

»Keine Reise ist zu lang«, erwiderte Bruth und ließ sich vor Rath'Brand auf die Knie sinken.

Das letzte Mal, dass Itkovian gesehen hatte, wie das Hoch-Denul-Gewirr enthüllt wurde, war es unter Destriant Karnadas' Händen geschehen, und damals war es von der Infektion durchdrungen gewesen, die alle Gewirre vergiftet hatte. Was er jetzt sah, war … sauber, unbeeinträchtigt und erschreckend machtvoll.

Plötzlich erhob sich K'rul und schaute sich um.

Rath'Brand keuchte.

Das merkwürdige Verhalten des Älteren Gottes fiel Itkovian auf, daher folgte er K'ruls Blick. Und er sah, dass eine weitere Gruppe auf der Hügelkuppe angekommen war und nun ein paar Schritte entfernt rechts von der Plane stand. Itkovian erkannte von den vier Neuankömmlingen nur Hauptmann Paran, doch das Interesse des Älteren Gottes galt einem anderen.

Es war ein dunkelhäutiger, großer schlanker Mann, der sich etwas im Hintergrund der Gruppe hielt und von dort aus die Geschehnisse beobachtete, wobei ein leises Lächeln seine Lippen umspielte; er schien sich auf Bruth zu konzentrieren. Nach einem Augenblick ließ irgendein Instinkt ihn zu K'rul hinüberblicken. Der Mann antwortete der gespannten Aufmerksamkeit des Älteren Gottes mit einem leichten, merkwürdig ungleichen Schulterzucken – als trüge seine linke Schulter eine unsichtbare Last.

Itkovian hörte K'rul seufzen.

Rath'Brand und Caladan Bruth standen gemeinsam auf. Die Hohepriesterin war geheilt worden. Weder Schwellungen noch Blutergüsse waren auf ihren bloßen Unterarmen zu sehen. Sie stand da, als stünde sie unter Schock, und lehnte sich gegen den Kriegsherrn.

»Was ist das?«, wollte Kallor wissen. »Das Gewirr hat keinerlei Anzeichen einer Vergiftung aufgewiesen.«

»In der Tat«, sagte K'rul lächelnd. »Es scheint, als wäre die Krankheit von diesem Ort zurückgeschlagen worden. Vorübergehend, aber ausreichend. Vielleicht ist dies eine weitere Lektion von der Macht des Glaubens ... auf die zu achten ich mich bemühen werde ...«

Itkovian kniff die Augen zusammen. *Seine Worte haben eine doppelte Bedeutung. Eine für uns, und noch eine zweite, tiefere – für den Mann, der da drüben steht.*

Einen Augenblick später trat die große, kräftig gebaute Frau, die bisher neben Hauptmann Paran gestanden hatte, näher an den Tisch heran.

Als Kallor sie sah, wich er einen Schritt zurück.

»Wie leichtsinnig«, sagte sie gedehnt zu dem Kriegsherrn, der bei ihren Worten herumfuhr, »den Hammer einfach so fallen zu lassen.«

»Silberfuchs. Wir haben uns schon gefragt, ob wir dich noch einmal wiedersehen würden.«

»Und doch habt Ihr Korlat ausgeschickt, um nach mir zu suchen, Kriegsherr.«

»Nur um deinen Aufenthaltsort zu erfahren und die Richtung, in die du unterwegs warst. Anscheinend hat sie sich verirrt, denn sie ist noch nicht zurückgekehrt.«

»Sie ist vorübergehend in die falsche Richtung gegangen. Meine T'lan Ay sind jetzt bei ihr und führen sie hierher zurück. Unversehrt.«

»Ich bin erleichtert, das zu hören. Aus deinen Worten schließe ich, dass die Zweite Zusammenkunft stattgefunden hat.«

»Ja, so ist es.«

Elster hatte Hauptmann Paran entdeckt und war zu ihm getreten, um unter vier Augen mit ihm zu sprechen. Der große, dunkelhäutige Mann gesellte sich zu ihnen.

»Dann sage uns«, fuhr der Kriegsherr fort, »hat sich eine andere Armee unserem Vorhaben angeschlossen?«

»Meine T'lan Imass haben Aufgaben zu erfüllen, die eine Reise in die Pannionische Domäne notwendig machen. Was zu Eurem Vorteil sein wird, denn wenn es dort weitere K'ell-Jäger der K'Chain Che'Malle geben sollte, werden wir uns um sie kümmern.«

»Vermutlich hast du nicht die Absicht, näher auf diese Aufgaben einzugehen, die du erwähnt hast.«

»Kriegsherr, das sind Privatangelegenheiten, die keinerlei Bedeutung für Euch oder Euren Krieg haben.«

»Glaubt ihr nichts«, grollte Kallor. »Sie wollen den Seher, denn sie wissen, was er ist – ein Jaghut-Tyrann.«

Silberfuchs sah Kallor an. »Und wenn Ihr den Pannionischen Seher gefangen nehmen würdet, was würdet Ihr dann mit ihm machen? Er ist wahnsinnig, sein Geist von der Verunreinigung des Chaos-Gewirrs und den Machenschaften des Verkrüppelten Gottes völlig verzerrt. Ihn hinzurichten ist die einzige Möglichkeit. Überlasst das uns, denn wir existieren, um Jaghut zu töten –«

»Nicht immer«, warf Dujek ein.

»Wie meint Ihr das?«

»Hat nicht einer deiner T'lan Imass Mandata Lorn begleitet, als sie den Jaghut-Tyrannen südlich von Darujhistan befreit hat?«

Silberfuchs sah besorgt aus. »Der Clanlose. Ja. Ein Ereignis, das ich noch nicht verstehe. Nichtsdestotrotz wurde jener Tyrann aus einem verfluchten Schlaf geweckt, nur um endgültig zu sterben –«

Eine neue Stimme erklang. »Tatsächlich war Raest zwar ein wenig mitgenommen, aber bewundernswert lebendig, als ich ihn das letzte Mal gesehen habe.«

Silberfuchs wirbelte herum. »Ganoes, was meinst du damit? Der Tyrann wurde getötet.«

Der kleine, rundliche Mann, der nun neben Hauptmann Paran stand, zog ein Taschentuch aus einem Ärmel und wischte sich damit die Stirn. »Also, was das betrifft … nicht ganz, wie Kruppe widerstrebend zugeben muss. Es hat leider ein großes Durcheinander geherrscht –«

»Ein Azath-Haus hat den Jaghut-Tyrannen aufgenommen«, erklärte K'rul. »Soweit ich es verstehe, hatte der malazanische Plan das Ziel, Anomander Rake zum Handeln zu zwingen – ihn in eine Konfrontation zu treiben, die ihn schwächen sollte, wenn er nicht sogar dabei umkommen würde. Doch Raest hat dem Lord von Mondbrut niemals direkt gegenübergestanden.«

»Ich sehe in all dem wenig von Bedeutung«, unterbrach ihn Silberfuchs. »Wenn der Clanlose tatsächlich seinen Schwur gebrochen hat, dann wird er sich vor mir verantworten müssen.«

»Worauf ich hinauswollte, war Folgendes«, sagte Dujek. »Du sagst, dass die T'lan Imass und was auch immer sie tun oder nicht tun, von allen und allem anderen unabhängig sind. Du bestehst auf Abstand, aber als Veteran, der an vielen malazanischen Feldzügen teilgenommen hat, muss ich dir sagen, dass das, was du behauptest, offenkundig unwahr ist.«

»Vielleicht waren die Logros T'lan Imass tatsächlich … für eine gewisse Zeit … verwirrt. Doch wenn dem so war, so ist diese Zwiespältigkeit nun vorbei. Es sei denn, natürlich, du würdest die Autorität in Frage stellen, die mir bei meiner Geburt verliehen wurde.«

Niemand antwortete ihr auf diese Worte.

Silberfuchs nickte. »Sehr schön. Ihr kennt nun die Position der T'lan Imass. Wir werden uns diesen Jaghut-Tyrannen holen. Will sich irgendjemand hier unserem Anspruch widersetzen?«

»Angesichts der Drohung, die in deinem Tonfall mitschwingt«, knurrte Bruth, »wäre das eine ziemlich tollkühne Position. Ich für meinen Teil werde mich nicht mit dir um die Knochen des Sehers zanken.« Er drehte sich zu Dujek um. »Hohefaust?«

Der einarmige Soldat verzog das Gesicht zu einer Grimasse und schüttelte dann den Kopf.

Itkovians Aufmerksamkeit wurde nun aus Gründen, die er nicht hätte erklären können, von dem kleinen, fetten Daru angezogen. Ein gütiges Lächeln kräuselte die vollen, ein wenig fettigen Lippen des Mannes.

Dies ist ein Treffen tödlicher Mächte. Doch warum glaube ich, dass der eigentliche Mittelpunkt der Wirksamkeit bei diesem merkwürdigen kleinen Mann liegt? Selbst K'rul scheint von ihm gefesselt, er sieht ihn an, wie ein bewundernder Gefährte vielleicht ein lebenslanges … Wunderkind ansehen würde. Ein Wunderkind, dessen Fähigkeiten mittlerweile die seines Gönners weit übersteigen. Aber in dem Blick ist kein Neid, nicht einmal Stolz – was schließlich immer von Besessenheit kündet. Nein, die Gefühle sind viel subtiler und komplexer …

»Wir müssen einige Fragen hinsichtlich des Nachschubs erörtern«, sagte Caladan Bruth schließlich. Rath'Brand stützte sich noch immer auf ihn. Jetzt führte er sie mit überraschender Sanftheit zu ihrem Stuhl zurück und sprach leise mit ihr. Sie nickte.

»Die Barghast«, sagte Cafal, »sind gut vorbereitet zu diesem Treffen gekommen. Eure Anzahl ist zu bewältigen.«

»Und der Preis?«, fragte Dujek.

Der junge Krieger grinste. »Er wird Euch schmecken … mehr oder weniger.« Silberfuchs ging davon, als hätte sie alles gesagt, was sie zu sagen vorgehabt hatte, und hätte kein Interesse an den weltlichen Dingen, die noch besprochen werden mussten. Itkovian bemerkte, dass Hauptmann Paran, sein dunkelhäutiger Kamerad und Elster bereits gegangen waren. Grantl schien in seinem Stuhl zu dösen, blind für den finsteren Gesichtsaudruck, mit dem ihn Stonny von der gegenüberliegenden Seite aus beobachtete. Rath'Vermummter und Rath'Schattenthron hingen schlaff auf ihren Stühlen, ihre

Masken zeigten einen verdrießlichen Ausdruck, was Itkovian dazu brachte, sich zu fragen, wie viel Kontrolle die Priester über die lackierten, mit Scharnieren versehenen Masken hatten.

Der neue Schild-Amboss der Grauen Schwerter saß reglos da, ihr Blick hing mit unverhülltem Kummer an Itkovian.

Kummer und … Mitleid.

Ich bin eine Ablenkung. Nun gut. Er trat zurück, drehte sich um und machte sich auf den Weg zum hinteren Teil der Plane. Er war überrascht, dort auf Paran, Elster und den dunkelhäutigen Mann zu treffen, die ganz offensichtlich hier auf ihn gewartet hatten. Eine große, kriegerische Frau mit mitternachtsdunkler Haut hatte sich zu ihnen gesellt und musterte nun Itkovian mit außergewöhnlichen, mandelförmigen Augen, die die Farbe sonnengebleichten Grases hatten.

Als er ihrem Blick begegnete, wäre Itkovian beinahe gestolpert. *Bei Feners Hauern, was für eine Traurigkeit – ein Verlust, der schon ewig währt … eine leere Existenz –*

Sie brach den Kontakt mit einem zunächst verblüfften, dann erschrockenen Gesichtsausdruck ab.

Das ist nichts für mich. Das kann ich nicht in die Arme schließen. Das nicht. Manche Wunden können niemals geheilt, manche Erinnerungen sollten nie wiedererweckt werden. Werft kein Licht in jene Dunkelheit, mein Herr. Es ist zu viel – Und dann wurde ihm noch etwas anderes klar. Fener war fort, und mit seinem Gott war auch sein Schutz verschwunden. Itkovian war auf eine Weise verwundbar, wie er es nie zuvor gewesen war. Verwundbar für den Schmerz der Welt, für ihren Kummer.

»Itkovian, wir hatten gehofft, dass Ihr kommen würdet«, sagte Hauptmann Paran. »Dies ist mein Kommandant Elster. Und das der Schnelle Ben von den Brückenverbrennern. Und diese Tiste Andii ist Korlat, die Stellvertreterin von Anomander Rake. Wir sind erfreut über Eure Gesellschaft, Itkovian. Wollt Ihr Euch zu uns gesellen?«

»Ich habe da ein unruhiges Fass mit Bier aus Gredfallan in meinem Zelt«, sagte Elster.

Mein Schwur – »Eine willkommene Einladung, meine Herren.

Ich nehme sie gerne an. Und was Euch betrifft, meine Dame«, wandte er sich an Korlat, »meine aufrichtigste Entschuldigung.«

»Eigentlich müsste ich mich entschuldigen«, erwiderte sie. »Ich habe nicht aufgepasst und war unachtsam gleichgültig all dem gegenüber, was Ihr seid.«

Die drei Malazaner blicken abwechselnd Korlat und Itkovian an, doch keiner von ihnen stellte eine Frage.

»Wenn Ihr erlaubt«, sagte Elster schließlich und setzte sich den Hang hinunter in Bewegung, auf das Lager des malazanischen Heerhaufens zu.

Der Brückenverbrenner, der Schnelle Ben, kam an Itkovians Seite. »Nun, wie es aussieht, hat Silberfuchs uns heute alle überrascht.«

»Ich kenne sie nicht, mein Herr, und kann daher auch nichts über ihre Wesensart sagen.«

»Habt Ihr nichts von ihr gespürt?«

»Das habe ich nicht gesagt.«

Die Zähne des Mannes blitzten hell auf, als er breit grinste. »Das ist wahr, das habt Ihr nicht.«

»Sie hat etwas schrecklich Falsches getan, mein Herr, doch auf ihren Schultern liegt keine Last.«

Der Schnelle Ben stieß zischend den Atem aus. »Es belastet sie nicht? Seid Ihr sicher? Beim Atem des Vermummten, das ist nicht gut, das ist ganz und gar nicht gut.«

»Nachtfrost«, sagte Paran, der hinter ihnen ging.

Der Schnelle Ben warf einen Blick über die Schulter. »Glaubt Ihr?«

»Ich weiß es, Magier. Und um es noch schlimmer zu machen: Nachtfrost war – ist – eine Menge mehr, als wir immer gedacht haben. Sie ist nicht einfach nur eine Hohemagierin des Imperiums. Sie besteht nur aus harten Kanten – ihr Gefährte Bellurdan war ihr Ausgleich, doch von dem Thelomen kann ich nichts spüren.«

»Und was ist mit Flickenseel?«

»Die steht in den Schatten. Sie beobachtet, doch anscheinend nicht mit sonderlich viel Interesse.«

»Gerade ging es um eine Frau namens Silberfuchs«, murmelte Itkovian, »doch Ihr sprecht von drei anderen.«

»Tut mir Leid. Sie wurden alle in Silberfuchs wiedergeboren. Es ist eine lange Geschichte.«

Er nickte. »Alle müssen gezwungenermaßen miteinander leben, unabhängig davon, wie unterschiedlich ihre jeweilige Natur ist.«

»Ja«, seufzte Paran. »Kein Wunder, dass es zu einem Kampf der Willen kommen muss.«

»In ihrem Innern gibt es keinen Kampf«, sagte Itkovian.

»Was?«

»Sie schreiten in innerem Einverständnis dahin, mein Herr. Sie ist innerlich vollkommen ruhig.«

Sie erreichten ebenen Grund, näherten sich dem malazanischen Lager. Elster und Korlat gingen dicht nebeneinander ein halbes Dutzend Schritte voraus.

»Also, das«, murmelte der Schnelle Ben, »ist die überraschendste Enthüllung des heutigen Tages.«

»Bis jetzt«, erwiderte Paran. »Irgendetwas sagt mir, dass das noch nicht alles war.«

»Meine Freunde!«, ertönte eine keuchende Stimme hinter ihnen. »Wartet bitte einen Augenblick, während Kruppes hervorragende, doch traurigerweise kurze Beine ihn hastig in Eure Gesellschaft tragen.«

Da die drei Männer bereits bei Kruppes ersten Worten stehen geblieben waren, erlaubte die weitschweifige Bemerkung ihm, die Distanz zu überbrücken und atemlos bei ihnen anzukommen. Gemeinsam setzten sie ihren Weg fort.

»Welch glücklicher Wind!«, sagte Kruppe keuchend. »Er hat Kruppe all Eure Worte zugetragen –«

»Wie praktisch«, murmelte der Schnelle Ben mit einem schiefen Grinsen. »Und zweifellos habt Ihr auch eine oder zehn Bemerkungen über Silberfuchs zu machen.«

»In der Tat! Schließlich war Kruppe Zeuge der besagten schrecklichen Zusammenkunft. Doch jegliche Unruhe, die auf besagte Ereignisse gefolgt war, ist wieder verebbt, denn mittlerweile sind Wahrheiten aus der Dunkelheit herausmarschiert und haben sich vor Kruppes gut beschuhte Füße geworfen.«

»Das beschwört ein Bild von Euch herauf, wie Ihr stolpert und auf die Nase fallt, Daru«, bemerkte der Magier.

»Es ist sorglos konstruiert, wie Kruppe zugibt, aber keiner von Euch hat Kruppe jemals tanzen gesehen! Und tanzen kann er, mit atemberaubender Kunstfertigkeit und Eleganz – ach was! Er gleitet dahin wie ein Ei in einer eingefetteten Bratpfanne. Stolpern? Stürzen? Kruppe? Niemals!«

»Ihr habt etwas von Wahrheiten gesagt«, erinnerte ihn Paran.

»Oh ja! Wahrheiten, die sich wie Welpen schwanzwedelnd um Kruppe herumdrängen, woraufhin er ihnen allen begütigend den Kopf tätschelt, wie es jeder freundliche Herr täte. Das Ergebnis? Kruppe versichert Euch, dass im Innern von Silberfuchs alles in Ordnung ist. Sorgt Euch nicht. Grämt Euch nicht. Glaubt ... ni – ... äh ...«

»War das ein Stolpern?«

»Unsinn. Auch linguistisches Durcheinander hat seinen Wert.«

»Tatsächlich? Wie das?«

»Äh, die Sache ist leider zu fein ziseliert für schlichte Worte. Wir dürfen uns nicht zu weit von den Dingen entfernen, die wir bei der Hand oder vor den Füßen haben, wie es bei den Wahrheiten der Fall war –«

»Die sich um Euch herumdrängen wie Welpen.«

»In der Tat, Hauptmann. Wie Wolfswelpen, um ein bisschen genauer zu sein.«

Die beiden Malazaner blieben plötzlich stehen – und einen Augenblick später tat Itkovian es ihnen nach –, als in Kruppes hypnotisierendem, gleichsam träumerischem Wortschwall plötzlich inhaltliche Substanz auftauchte, als wirbele er um einen Felsen herum. *Ein Felsen ... eine von Kruppes Wahrheiten? Diese Malazaner sind so etwas gewohnt – oder sie sind einfach klüger als ich.*

»Heraus damit«, grollte Paran.

»Heraus genau womit, werter Hauptmann? Kruppe schwelgt schließlich in listiger Doppeldeutigkeit und hamstert seine Geheimnisse, wie es jeder achtbare Hamsterer von Geheimnissen ... tun muss. Betrifft die Angelegenheit diesen ehrenwerten, der Ehre verpflichteten Ex-Söldner, der mit uns geht? Indirekt, ja. Oder genauer, die Kompanie, die er vor ganz kurzer Zeit verlassen hat. Indirekt, wiederholt Kruppe noch einmal. Zwei uralte Götter, einst einfache Geister, die ersten, die sich zu Sterblichen gesellten – jenen T'lan Imass aus Fleisch und Blut vor so langer Zeit –, die ältesten aller Begleiter. Und ihre Verwandten, die ihnen gefolgt sind und die immer noch mit den T'lan Imass ziehen.

Zwei Wolfsgötter, ja? Gibt es hier irgendjemanden, der sich nicht an die Gutenachtgeschichte über ihre Trennung erinnert, an die ewige Suche nach einander? Natürlich könnt Ihr Euch alle daran erinnern. So eine traurige Geschichte, von der Art, dass leicht zu beeindruckende Kinder sie nie wieder vergessen werden. Aber was hat sie auseinander getrieben? Wie genau geht die Geschichte? *Und dann, eines Tages, wurde das Land von Entsetzen heimgesucht. Entsetzen aus dem Dunklen Himmel. Das herabsteigt, um die Welt zu zerschmettern. Und so wurden die Liebenden auseinander gerissen, um sich niemals wieder zu umarmen.* Und so geht es weiter, blablabla, und so weiter und so weiter.

Meine Herren, das Entsetzen war zweifellos der verhängnisvolle Abstieg des Gestürzten. Und was für eine Heilung auch immer von den überlebenden Kräften verlangt wurde, erwies sich als schwierige, drückende Aufgabe. Die Älteren Götter haben getan, was sie konnten, aber Ihr müsst verstehen, sie waren jünger als die beiden Wolfsgötter, und, was besonders bedeutungsvoll ist, sie entdeckten, dass das Aufsteigen nicht im Gleichschritt mit den Menschen marschierte – oder genauer, mit denen, die eines Tages Menschen werden würden –«

»Haltet ein! Bitte!«, schnappte Paran.

»Das kann Kruppe nicht! Hier innezuhalten würde bedeuten, alles zu verlieren, was gesagt werden muss! Nur die allerschwächsten Erinnerungen sind noch übrig geblieben, und selbst sie unterliegen allmählich der heraufziehenden Düsternis! Zerbrechliche Fragmente kommen als bedeutungsschwangere Träume, und das Versprechen von Wiedervereinigung und Wiedergeburt ist verloren, unerkannt, die Erlösung jenen versprochen, die allein über eine Tundra wandern und mit dem Wind heulen – und doch ist die Errettung nahe! Ungleiche Geister sind vereint in ihrem Entschluss! Ein Geist voll harter Kanten, um die anderen trotz der Schmerzen, die sie ertragen müssen, auf ihrem Kurs zu halten. Ein anderer Geist, um hart nach dem Schmerz des Verlassenwerdens zu greifen, bis er eine saubere Antwort finden kann! Und noch ein dritter Geist, erfüllt von Liebe und Mitgefühl – wenn auch zugegebenermaßen etwas einfältig –, um den herannahenden Augenblick zusätzlich zu würzen. Und ein vierter, der über die Macht verfügt, die notwendige Heilung alter Wunden zustande zu bringen –«

»Ein vierter?«, stotterte der Schnelle Ben. »Wer ist der vierte Geist in Silberfuchs?«

»Wie? Nun, das Kind eines Knochenwerfers der T'lan Imass natürlich. Pran Choles Tochter, deren wahrer Name tatsächlich der ist, unter dem wir sie alle kennen!«

Itkovians Blick huschte an Kruppe vorbei, und er sah Elster und Korlat, zwanzig Schritte voraus, die vor einem großen Zelt standen und zu ihnen zurückschauten. Sie waren ohne Zweifel neugierig, hielten jedoch respektvoll Abstand.

»So empfiehlt Kruppe ein für alle Mal«, resümierte der Daru nach einem Moment in höchst zufriedenem Tonfall, während er seine dicklichen Finger zusammengefaltet auf seinen Wanst legte, »Glaube. Geduld. Erwartet, was erwartet werden muss.«

»Und das nennt Ihr eine Erklärung?«, wollte Paran finster wissen.

»Das Musterbeispiel einer Erklärung, meine lieben Freunde. Zwingend, klar, wenn auch irgendwie anheimelnd in Worte gefasst. Präzision ist eine präzise Kunst. Schärfe ist hervorstechend und nimmt Ausflüchte vorweg. Wahrheiten sind schließlich keine schlichten Dinge –«

Itkovian drehte sich zu Elster und Korlat um und marschierte los.

Paran rief hinter ihm her: »Itkovian?«

»Mir ist das gredfallanische Bier wieder eingefallen«, erwiderte er über die Schulter hinweg. »Es ist schon Jahre her, dass ich eins hatte – und ich habe plötzlich das überwältigende Bedürfnis, wieder einmal eins zu trinken, mein Herr.«

»Ich bin ganz Eurer Meinung. Wartet auf mich.«

»Wartet in der Tat, Ihr drei! Was ist mit Kruppes eigenem, ungeheurem Durst?«

»Ihr solltet ihn unbedingt anheimelnd löschen«, sagte der Schnelle Ben und schritt hinter Itkovian und Paran her, »aber tut das bitte woanders.«

»Oh! Aber winkt Elster nicht gerade Kruppe herbei? Was für ein großzügiger, freundlicher Soldat ist doch dieser Elster! Einen Augenblick! Kruppe wird gleich bei Euch sein!«

Fünfzehn Schritt von der Stelle entfernt, wo Silberfuchs stand, saßen die beiden Seesoldatinnen auf Felsblöcken, die früher einmal zu einem Tipi-Ring gehört hatten. Die Schatten wurden länger, als der Tag über der Prärie sich langsam dem Ende zuneigte.

»Also«, murmelte die eine, »was glaubst du, wie lange?«

»Ich nehme an, dass sie mit diesen T'lan Imass spricht. Siehst du die Staubschleier, die da um sie rumwirbeln? Könnte die ganze Nacht dauern.«

»Ich hab Hunger.«

»Stimmt, ich muss zugeben, dass ich schon deine Lederriemen beäugt habe, mein Liebling.«

»Das Problem ist, sie haben uns vergessen.«

»Das ist nicht das Problem. Vielleicht werden wir nicht mehr gebraucht. Sie braucht keine Leibwächter. Zumindest keine Sterblichen mit dreckigen Nasen wie uns. Und wir haben schon gesehen, was wir sehen sollten, was bedeutet, dass unser Bericht eigentlich überfällig ist.«

»Man ist nicht davon ausgegangen, dass wir Bericht erstatten, mein Schatz. Erinnerst du dich? Jeder, der von uns irgendwas Neues erfahren will, kommt vorbei und unterhält sich mit uns.«

»Stimmt – nur ist jetzt schon lange niemand mehr vorbeigekommen. Worauf ich bereits hingewiesen habe.«

»Aber das bedeutet nicht, dass wir aufstehen und davongehen sollten. Außerdem kommt jetzt gerade jemand …«

Die andere Seesoldatin drehte sich auf ihrem Felsen um. Nach einem Augenblick gab sie ein abfälliges Geräusch von sich. »Da ist niemand dabei, dem wir Bericht erstatten müssen. Beim Vermummten, ich erkenne sie noch nicht mal.«

»Aber natürlich tust du das. Zumindest eine davon. Das ist diese Zauberin von der Trygalle-Handelsgilde … Haradas.«

»Die andere ist 'ne Soldatin, würde ich sagen. Eins von diesen Schätzchen aus Elingarth, hat 'nen netten Hüftschwung –«

»Aber ein hartes Gesicht.«

»Augen voller Schmerz. Könnte eine von diesen Grauen Schwertern sein – hab sie bei den Verhandlungen gesehen.«

»Stimmt … nun, sie kommen hierher.«

»Genau wie ich«, sagte eine Stimme ein paar Schritte zu ihrer Linken. Als die beiden Seesoldatinnen sich umdrehten, sahen sie, dass Silberfuchs zu ihnen trat. »Das ist etwas Mörderisches«, murmelte sie.

»Oh, und was?«, fragte eine der beiden Seesoldatinnen.

»Eine Zusammenkunft von Frauen.«

Die Soldatin grunzte. »Wir fangen jetzt doch wohl nicht an zu tratschen, oder?«

Silberfuchs lächelte bei dem spaßhaften Tonfall. »Bei den Rhivi sind es die Männer, die klatschen und tratschen. Die Frauen sind zu sehr damit beschäftigt, dafür zu sorgen, dass es etwas zu tratschen gibt.«

»Oh. Das ist aber eine Überraschung. Ich hätte gedacht, dass es da alle möglichen alten Gesetze gegen Ehebruch und so was gibt. Verbannung, Steinigung … so was tun die Stämme doch, oder nicht?«

»Die Rhivi nicht. Mit dem falschen Ehemann ins Bett zu steigen ist ein großer Spaß. Das heißt für die Frauen. Die Männer nehmen das Ganze natürlich viel zu ernst.«

»Die nehmen alles zu ernst, wenn Ihr mich fragt«, murmelte die Seesoldatin.

»Das hat mit ihrer Wichtigtuerei zu tun«, erwiderte Silberfuchs nickend.

Haradas und ihre Begleiterin traten zu ihnen. In ihrem Gefolge, doch noch gut sechzig Schritt entfernt, näherte sich auch eine Barghast.

Die Gilden-Magierin verbeugte sich zunächst vor Silberfuchs, dann vor den beiden Malazanerinnen. »Die Abenddämmerung ist eine magische Zeit, nicht wahr?«

»Was wollt Ihr mich fragen?«, entgegnete Silberfuchs gedehnt.

»Ich wollte Euch eine Frage stellen, die auf einem Gedanken beruht, der mir erst vor kurzem in den Sinn gekommen ist, Knochenwerferin. Deshalb habe ich Euch aufgesucht.«

»Ihr habt zu viel Zeit mit Kruppe verbracht, Haradas.«

»Vielleicht. Diese Armeen müssen sich andauernd mit Fragen des Nachschubs herumschlagen, wie Ihr sehr wohl wisst. Bei der Versammlung haben die Weißgesicht-Barghast angeboten, einen beträchtlichen Teil dessen, was benötigt wird, zur Verfügung zu stellen. Doch trotz ihres Vertrauens glaube ich, dass auch sie schon bald feststellen werden, dass ihre Hilfsmittel sich über eine zu große Strecke –«

»Ihr wollt Euch nach Tellann erkundigen«, fiel Silberfuchs ihr ins Wort.

»Oh, in der Tat, das wollte ich. Das Gewirr der T'lan Imass ist doch gewiss immer noch … nicht infiziert. Wenn unsere Gilde seine Pfade – natürlich mit allem Respekt – benutzen könnte –«

»Nicht infiziert. Ja, das ist es. Dennoch gibt es in Tellann ein Gewaltpotenzial, mögliche Gefahr für Eure Karawanen.«

Haradas zog die Brauen hoch. »Wird es angegriffen?«

»In gewisser Weise. Es wird um den Thron der Feste des Tiers … gekämpft. Es gibt Renegaten unter den T'lan Imass. Der Schwur wird schwächer.«

Die Zauberin seufzte. »Ich danke Euch für die Warnung, Knochenwerferin. Derartige Risiken sind bei der Trygalle-Handelsgilde natürlich immer einkalkuliert. Daher auch die Wucherpreise, die wir für unsere Dienste verlangen. Werdet Ihr uns die Benutzung von Tellann erlauben?«

Silberfuchs zuckte die Schultern. »Ich sehe keinen Grund, warum ich es nicht tun sollte. Habt Ihr die Mittel, ein Portal in unser Gewirr zu öffnen? Falls nicht, könnte ich –«

»Das ist nicht nötig, Knochenwerferin«, sagte Haradas mit einem leichten Lächeln. »Wir haben solche Mittel schon lange gefunden, doch aus Respekt vor den T'lan Imass und in Anbetracht der Verfügbarkeit weniger ... unzivilisierter ... Gewirre haben wir diese Portale niemals benutzt.«

Silberfuchs musterte die Zauberin mehrere Herzschläge lang. »Bemerkenswert. Ich kann nur schließen, dass die Trygalle-Handelsgilde von einem Zirkel von Hohemagiern von einzigartiger Tüchtigkeit geführt wird. Habt Ihr gewusst, dass noch nicht einmal die mächtigsten Magier des malazanischen Imperiums es geschafft haben, die Geheimnisse von Tellann zu ergründen? Ich würde die Gründer Eurer Gilde eines Tages gerne einmal kennen lernen.«

Haradas' Lächeln wurde breiter. »Ich bin mir sicher, sie wären entzückt und durch Eure Gesellschaft ebenfalls geehrt, Knochenwerferin.«

»Vielleicht seid Ihr zu großzügig in ihrem Namen, Zauberin.«

»Nicht im Geringsten, das versichere ich Euch. Ich bin erfreut, dass das Ganze so problemlos beschlossen werden konnte –«

»Wir sind in der Tat eine mörderische Versammlung«, murmelte Silberfuchs.

Haradas blinzelte, fuhr jedoch nach einer winzigen Pause fort: »So dass ich Euch jetzt Hauptmann Norul, den neuen Schild-Amboss der Grauen Schwerter, vorstellen darf.«

Die Soldatin verbeugte sich. »Knochenwerferin.« Sie zögerte einen Augenblick, dann wurden ihre Gesichtszüge hart und entschlossen. »Die Grauen Schwerter sind Togg, dem Wolf des Winters, verschworen, und Fanderay, der Wölfin des Winters.«

»Eine interessante Wahl«, bemerkte Silberfuchs. »Liebende, die einander seit einer Ewigkeit verloren haben, doch in Eurer doppelt verschworenen Kompanie sind sie im Geiste vereint. Eine kühne, beherzte Geste, Schild-Amboss.«

»Knochenwerferin, Togg und Fanderay sind nicht mehr füreinander verloren. Beide haben schließlich die Witterung des jeweils anderen aufgenommen. Euer Verhalten scheint darauf hinzudeuten, dass Ihr nichts davon wisst, was mich ein wenig verwirrt.«

Jetzt war es an Silberfuchs, die Stirn zu runzeln. »Warum? Ich habe kein besonderes Interesse an uralten Wolfsgöttern …« Ihre Worte verebbten langsam.

Schild-Amboss Norul sprach erneut: »Knochenwerferin, Beschwörerin der Zweiten Zusammenkunft der T'lan Imass, ich bitte in aller Form darum, dass Ihr die T'lan Ay aufgebt – die Kinder unserer Götter.«

Die nachfolgende Stille zog sich hin.

Silberfuchs starrte die Offizierin der Grauen Schwerter an, die Lider halb geschlossen, ihr volles, rundes Gesicht war ausdruckslos. Dann lief ein Zucken über ihre Züge.

»Ihr versteht nicht«, flüsterte sie schließlich. »Ich brauche sie.«

Schild-Amboss Norul legte den Kopf schief. »Warum?«

»F-für ein … *Geschenk*. Eine … Rückzahlung. Ich habe geschworen –«

»Wem?«

»Mir selbst.«

»Und was haben die T'lan Ay mit diesem Geschenk zu tun? Sie waren die Begleiter der T'lan Imass, das ist wahr. Aber sie *gehören* niemandem. Weder den T'lan Imass noch Euch.«

»Doch, sie wurden in dem Ritual von Tellan gebunden, bei der Ersten Zusammenkunft –«

»Sie wurden … eingeschlossen. Aus Unwissenheit. Sie wurden aufgrund ihrer Loyalität und Liebe zu den Imass aus Fleisch und Blut gebunden. Daraufhin haben sie ihre Seelen verloren. Knochenwerferin, meine Götter kommen, und in ihren Rufen – die mich nun jede Nacht in meinen Träumen heimsuchen – verlangen sie … Wiedergutmachung.«

»Ich muss Euch abweisen«, sagte Silberfuchs. »Solange Togg und Fanderay nicht leibhaftig erscheinen und ihre Macht manifestieren können, um ihrer Forderung Nachdruck zu verleihen, werde ich die T'lan Ay nicht freigeben.«

»Ihr riskiert Euer Leben, Knochenwerferin –«

»Werden die Wolfsgötter den T'lan Imass den Krieg erklären? Werden sie und die T'lan Ay uns an die Kehle gehen, Schild-Amboss?«

»Ich weiß es nicht, Knochenwerferin. Ihr werdet Euch für die Entscheidungen, die Ihr getroffen habt, verantworten müssen. Aber ich fürchte um Euch, Knochenwerferin. Togg und Fanderay sind *Tiere*, die aufgestiegen sind. Ihre Seelen sind für jemanden wie mich oder Euch unergründlich. Wer kann voraussagen, was sich tief im Innersten solcher Kreaturen verbirgt?«

»Wo sind sie jetzt?«

Schild-Amboss Norul zuckte die Schultern. »Im Süden. Wie es aussieht, werde wir alle in der Pannionischen Domäne aufeinander treffen.«

»Dann habe ich immer noch Zeit.«

»Der Versuch, Euer Geschenk zustande zu bringen, könnte Euch töten, Knochenwerferin.«

»Wie immer, ein Geschäft auf Gegenseitigkeit«, murmelte Silberfuchs, halb zu sich selbst.

Die beiden Seesoldatinnen wechselten bei diesen Worten, die in Einarms Heerhaufen legendär waren, einen kurzen Blick.

Mittlerweile war die Barghast angekommen; sie stand ein paar Schritte entfernt und betrachtete die Unterhaltung zwischen Schild-Amboss Norul und Silberfuchs mit scharfen, dunklen Augen. Als jetzt eine Pause eintrat, lachte sie tief und kehlig, woraufhin sich ihr die allgemeine Aufmerksamkeit zuwandte.

»Zu schade, dass es keine Männer gibt, die dieser Gesellschaft wert sind«, sagte sie grollend. »Wenn ich euch sehe, werde ich an das wahre Herz der Macht dieser Welt erinnert. Malazanische Seesoldatinnen, ein Schild-Amboss der Grauen Schwerter, eine Hexe und eine Zauberin. Und nun, um den Gobelin zu vervollständigen, eine Tochter der Weißgesicht-Barghast … und sie bringt Essen und Wein mit.«

Die beiden Seesoldatinnen sprangen grinsend auf.

»Und ich würde gern tratschen!«, rief Hetan. »Schild-Amboss! Ist es wahr, dass Itkovian seinen Schwüren nicht mehr treu ist? Dann kann ich ihn also besteigen –«

»Wenn Ihr ihn einfangen könnt«, erwiderte Norul von den Grauen Schwertern und hob eine Braue.

»Und wenn er fünfzig Beine hätte, ich würde ihn immer noch erwischen! He, Silberfuchs, was ist mit Kruppe?«

Die Knochenwerferin blinzelte. »Was soll mit ihm sein?«

»Du bist eine große Frau. Du könntest ihn unter dir einklemmen! Ihn zum Quietschen bringen!«

»Was für ein schreckliches Bild.«

»Zugegeben, er ist rund und klein und glitschig, aber er ist klug, ja? Klugheit heizt das Blut von ganz alleine an, oder etwa nicht? Ich habe gehört, dass du zwar wie eine Frau aussiehst, in den wichtigsten Dingen aber immer noch ein Kind bist. Bring dich mit Lust in Wallung, Schätzchen! Du hast dich schon viel zu lange mit Untoten und Verwelkten rumgedrückt! Pack den Speer mit beiden Händen, wie ich immer zu sagen pflege!«

Silberfuchs schüttelte langsam den Kopf. »Du hast gesagt, du hast Wein mitgebracht?«

Hetan grinste noch breiter und trat ein wenig näher. »Ja, zwei Blasen, so groß wie deine Brüste und zweifellos genauso süß. Rückt zusammen, treffliche Gefährtinnen, und lasst uns ein Festmahl halten!«

Haradas lächelte. »Das ist eine wundervolle Idee. Ich danke dir.«

Schild-Amboss Norul zögerte. Sie warf den beiden Seesoldatinnen einen Blick zu und schickte sich dann an, ihren zerbeulten Helm abzunehmen. Sie seufzte vernehmlich. »Sollen die Wölfe eben noch ein bisschen warten«, sagte sie. »Ich kann mich nicht so streng an die Tagesordnung halten wie mein Vorgänger –«

»Kannst du nicht?«, fragte Hetan herausfordernd, »oder *willst* du nicht?«

»Ich will nicht«, verbesserte sich Norul und nahm den Helm ab. Schweißnasse, mit eisengrauen Strähnen durchsetzte Haare fielen ihr über die Schultern. »Mögen die Wölfe mir vergeben.«

»Einer von ihnen wird das tun«, versicherte ihr die Barghast und hockte sich hin, um ihren Rucksack auszupacken.

Coll zog die Felle enger um die geschrumpfte, zerbrechliche Gestalt der Mhybe. Hinter ihren geschlossenen Lidern war Bewegung, unwillkürlich und heftig. Ihre Atemzüge waren ein gebrochenes Keuchen. Der Ratsherr aus Darujhistan schaute noch einen Augenblick länger auf sie hinab, dann richtete er sich auf und ließ sich vom Wagen heruntergleiten.

Murillio stand in der Nähe. Er zog die Halteriemen der Wasserfässer stramm, die am rechten Seitengeländer des Wagens befestigt waren. Sie hatten alte Zelte benutzt, um die Lebensmittelvorräte einzuwickeln, die sie an diesem Morgen von einem Barghast-Händler gekauft hatten und die am gegenüberliegenden Seitengeländer befestigt waren, was den Wagen übermäßig breit und aufgebläht erscheinen ließ.

Die beiden Männer hatten außerdem – zu einem unverschämten Preis – zwei Pferde von Motts Irregulären gekauft, einer seltsam unfähig wirkenden Söldner-Kompanie, die zu Caladan Bruths Armee gehörte und von der Coll vorher nicht einmal gewusst hatte, dass sie dabei waren. Söldner, deren hinterwäldlerische Kleidung ihren martialischen Beruf Lügen strafte, allerdings hervorragend zum Namen der Kompanie passte. Die Pferde waren kaum zugeritten, groß, mit kräftigen Gliedmaßen – eine Zucht, die die Irregulären als ihre eigene bezeichneten; unter den Vorfahren dieser Tiere fanden sich Nathi-Streitrosse, Kutschpferde aus Mott und Zugtiere aus Genabaris, die alle untereinander gekreuzt worden waren, um große, robuste, bösartige Tiere mit überraschend breitem Rücken hervorzubringen, der es zu einem Vergnügen machte, sie zu reiten.

»Vorausgesetzt, sie beißen Euch nicht die Hand ab«, hatte der Mott mit den vorstehenden Zähnen hinzugefügt; während er sprach, hatte er sich Läuse aus seinen langen, strähnigen Haaren geklaubt und sie in den Mund gesteckt.

Coll, den die Erinnerung ein wenig aus der Fassung brachte, seufzte und ging vorsichtig auf die beiden Pferde zu.

Die beiden Füchse hätten Zwillinge sein können; sie hatten beide lange, ungestutzte Mähnen und dicke Schweife voller Kletten und Grassamen. Die Sättel waren malazanisch – zweifellos alte Kriegsbeute –, die dicken Decken darunter stammten von den Rhivi. Die Tiere beäugten ihn.

Eines drehte dem Daru beiläufig die Hinterhand zu. Coll blieb stehen und murmelte einen leisen Fluch.

»Süßwurzel«, sagte Murillio, der neben dem Wagen stand. »Du musst sie bestechen. Hier, wir haben ein paar bei unseren Vorräten.«

»Ich soll ihre schlechten Manieren also auch noch belohnen? Nein.« Coll umkreiste die Tiere in einiger Entfernung. Die Pferde waren an einem Zeltpfosten angebunden, was es ihnen ermöglichte, seinen Bewegungen zu folgen. Drei Schritte näher, und der Daru lief Gefahr, dass ihm ein Huf den Schädel eintrat. Er fluchte ein bisschen lauter. »Murillio, führ die Ochsen neben den Pfosten – benutz den Wagen, um ihre Bewegungsfreiheit einzuschränken. Und wenn das nicht funktioniert, such mir einen Hammer.«

Grinsend kletterte Murillio auf den Kutschbock und nahm die Zügel. Fünfzehn Herzschläge später brachte er die Zugtiere ein kurzes Stück hinter dem Pfosten zum Halten, so dass der Wagen die Pferde wirksam blockierte und sie daran hinderte, weiter zu kreisen.

Coll eilte heran, bis der Wagen zwischen ihm und den Tieren war.

»Dann wirst du also gebissen statt getreten«, meinte Murillio, während er zusah, wie sein Freund auf den Wagen kletterte, über die bewusstlos daliegende Mhybe hinwegtrat und eine Armlänge von den Pferden entfernt stehen blieb.

Sie hatten ihre Haltestricke so straff gespannt, wie es nur ging, waren so weit zurückgewichen, wie sie konnten, und zerrten an dem Zeltpfosten. Doch das war ein Keil, wie die Rhivi ihn benutzten, so gearbeitet, dass er auch dem stärksten Präriewind Paroli bieten konnte. Tief in die trockene Erde getrieben, rührte er sich nicht von der Stelle.

Coll ließ eine seiner in Lederhandschuhen steckenden Hände vorzucken, packte einen der Haltestricke. Er zerrte scharf nach unten, als er vom Wagen sprang.

Das Tier kam schnaubend auf ihn zugestolpert; sein Gefährte schlitterte erschrocken zurück.

Der Daru nahm die Zügel vom Sattelhorn, wobei er weiterhin den Haltestrick mit der anderen Hand umklammerte und den Kopf des

Pferdes tief hielt, und trat zur Schulter des Tieres. Er pflanzte einen Stiefel in den Steigbügel und schwang sich in einer einzigen Bewegung in den Sattel.

Das Pferd versuchte, sich unter dem Gewicht wegzuducken, schwenkte seitwärts, so dass es gegen seinen Kameraden prallte – mit Colls Bein zwischen den beiden Tieren.

Er ächzte, hielt aber die Zügel fest.

»Das gibt einen netten blauen Fleck«, bemerkte Murillio.

»Erzähl ruhig weiter so freundliche Sachen«, sagte Coll mit zusammengebissenen Zähnen. »Jetzt komm her und mach den Haltestrick los. Aber denk dran, vorsichtig. Da oben über unseren Köpfen kreist ein einsamer Geier, der sieht ziemlich erwartungsvoll aus.«

Sein Kamerad warf einen Blick zum Himmel hinauf, blickte genauer hin und stieß dann zischend die Luft aus. »In Ordnung, ich bin einen Augenblick lang darauf reingefallen – hör schon mit dem schadenfrohen Grinsen auf.« Er kletterte über die Rückseite des Kutschbocks.

Coll sah zu, wie er leichtfüßig zu Boden sprang und sich vorsichtig dem Zeltpflock näherte.

»Wenn ich so recht darüber nachdenke, hättest du mir vielleicht doch einen Hammer besorgen sollen.«

»Dazu ist es nun zu spät, mein Freund«, sagte Murillio und löste den Knoten.

Das Pferd ging ein halbes Dutzend Schritte rückwärts, stemmte dann die Hinterhand fest in den Boden und bäumte sich auf.

In Murillios Augen war Colls Salto rückwärts von beinahe poetischer Anmut und wurde auch noch kunstvoll abgeschlossen, da der große Daru genau auf den Füßen landete – nur um sich augenblicklich nach hinten zu werfen, um einem zweihufigen Tritt des Pferdes zu entgehen, der ihm glatt die Brust zerschmettert hätte, wenn er denn getroffen hätte. Er landete vier Schritt entfernt mit einem dumpfen Geräusch auf dem Boden.

Das Pferd rannte davon und bockte dabei immer wieder ausgelassen.

Coll lag einen Augenblick reglos da und blinzelte zum Himmel hinauf.

»Alles in Ordnung?«, fragte Murillio.

»Besorg mir ein Lasso. Und ein paar Süßwurzeln.«

»Ich würde ja vorschlagen, dass du dir einen Hammer besorgst«, erwiderte Murillio, »aber da du normalerweise weißt, was du willst, tue ich es nicht.«

In der Ferne erklangen Hörner.

»Beim Atem des Vermummten«, ächzte Coll. »Der Marsch nach Capustan hat begonnen.« Er setzte sich langsam auf. »Wir wollten eigentlich vorausfahren.«

»Wir könnten immer noch im Wagen mitfahren, mein Freund. Könnten Motts Irregulären die Pferde zurückgeben und uns unser Geld zurückholen.«

»Der Wagen ist total überladen.« Coll mühte sich mit schmerzhaft verzogenem Gesicht auf die Beine. »Außerdem hat er was von ›keine Rückerstattung‹ gesagt.«

Murillio warf seinem Kameraden einen schrägen Blick zu. »Ach ja? Und das hat dich nicht das kleinste bisschen misstrauisch gemacht.«

»Sei still.«

»Aber –«

»Murillio, willst du die Wahrheit hören? Der Mann war so schlicht – er hat mir Leid getan, in Ordnung? Und nun hör auf, dumm rumzubrabbeln, und lass uns weitermachen.«

»Coll! Er hat eine Riesensumme für –«

»Genug«, grollte der Ratsherr. »Das Geld ist für das Vorrecht, die verdammten Biester umzubringen – oder dich. Was ziehst du vor?«

»Du kannst sie nicht töten –«

»Dann noch ein Wort, und der gute alte Murillio aus Darujhistan endet auf diesem Hügelhang unter einem Haufen Felsbrocken. Hast du mich verstanden? Gut. Und jetzt gib mir das Lasso und die Süßwurzeln – wir fangen mit dem an, das noch hier ist.«

»Solltest du nicht lieber –«

»Murillio«, sagte Coll warnend.

»Tut mir Leid. Nimm bitte kleine Felsbrocken.«

Die brodelnden Wolken hingen tief über sich hebenden und senkenden Wellen – Wellen, die zwischen zackigen Eisbergen gegeneinander kämpften, Wellen, die pausenlos hin und her wogten, selbst dann noch, wenn sie gegen das zerklüftete Ufer brandeten und Gischt himmelwärts schleuderten. In das donnernde Tosen mischte sich immer wieder ein Knirschen und Knacken und das unablässige Zischen des vom Wind gepeitschten Regens.

»Meine Güte«, murmelte Lady Missgunst.

Die drei Seguleh kauerten auf der windabgewandten Seite eines großen Basaltfelsens und schmierten ihre Waffen mit Fett ein. Es war ein trauriges, verwahrlostes Trio – klatschnass, mit Schlamm verschmiert, die Rüstungen in Fetzen. Kleinere Wunden zogen sich kreuz und quer über ihre Schultern, Arme und Oberschenkel; die tieferen waren grob mit Darmfäden zusammengenäht, die Knoten schwarz und mit geronnenem Blut verkrustet, das im Regen hellrot floss.

Ganz in der Nähe stand Baaljagg auf einer vorspringenden Basalt-Platte. Das Fell der riesigen Wölfin war verfilzt und zu Knäueln verknotet, dazwischen waren immer wieder kahle, verschorfte Stellen zu sehen; aus ihrer rechten Schulter ragte das handlange Stück eines abgebrochenen Speerschafts – drei Tage war das jetzt her, doch das Tier ließ weder Missgunst noch die Seguleh an sich heran. Jetzt starrte die Wölfin mit fiebrigen, leuchtenden Augen unverwandt nach Norden.

Garath lag drei Schritt hinter ihr; er zitterte unkontrolliert, und seine Wunden eiterten, als würde sein Körper weinen, da er selbst es nicht konnte. Er war halb toll vor Schmerzen und Fieber und ließ niemanden – nicht einmal die Wölfin – an sich heran.

Nur Lady Missgunst war – zumindest, was ihre äußere Erscheinung anbelangte – noch immer unberührt von dem schrecklichen Krieg, den sie führten; ja, nicht einmal der peitschende Regen konnte ihr etwas anhaben. Ihre weiße Telaba hatte keinen einzigen Fleck. Ihr offenes schwarzes Haar hing voll und glatt ihren schmalen Rücken hinunter. Ihre Lippen waren mit einem tiefen, vage bedrohlichen Rot bemalt. Die Kohlestriche über ihren Augen enthielten die Farben der Abenddämmerung.

»Meine Güte«, flüsterte sie erneut. »Wie sollen wir Tool nur über ... das da ... folgen? Und warum ist er nicht ein T'lan Elefant, oder ein T'lan Wal? Dann könnte er uns auf seinem Rücken in einer herrlichen Sänfte tragen! Mit fließend warmem Wasser und praktischen sanitären Einrichtungen ...«

Mok erschien an ihrer Seite; der Regen troff von seiner emaillierten Maske. »Ich werde ihn noch stellen«, sagte er.

»Ach, tatsächlich! Und seit wann ist es wichtiger, dich mit ihm zu duellieren, als deine Mission zu erfüllen? Wie werden der Erste oder der Zweite auf solche Wichtigtuerei reagieren?«

»Der Erste ist der Erste, und der Zweite ist der Zweite«, gab Mok lakonisch zurück.

Lady Missgunst verdrehte die Augen. »Was für eine scharfsinnige Beobachtung.«

»Das Verlangen des Ich hat Vorrang, Herrin. Immer, denn sonst gäbe es keine Besten. Es gäbe überhaupt keine Hierarchie. Die Seguleh würden von wimmernden, elenden Wichten regiert werden, die in ihrer Sucht nach dem Gemeinwohl blindlings auf den Hilflosen herumtrampeln würden. Oder von Despoten, die sich vor jeder Herausforderung hinter einer Armee verstecken und so brutale Gewalt statt eines rechtschaffenen Anspruchs auf Ehre ins Leben rufen würden. Wir kennen andere Länder, Herrin. Wir wissen viel mehr, als Ihr glaubt.«

Sie drehte sich um und musterte ihn. »Ach, du meine Güte. Und die ganze Zeit bin ich davon ausgegangen, dass mir unterhaltsame Gespräche verwehrt sind.«

»Wir sind gegen Eure Verachtung immun, Herrin.«

»Wohl kaum. Du hast die ganze Zeit gelitten, seit ich dich wieder aufgeweckt habe. Gelitten? Genau betrachtet hast du vor Wut gekocht.«

»Es gibt einige Dinge zu besprechen, Herrin«, sagte Mok.

»Bist du sicher? Willst du vielleicht zufällig etwas zu diesem wilden Sturm sagen, der unser Vorankommen behindert? Oder zu den fliehenden Überresten der Armee, die uns hierher verfolgt hat? Sie werden nicht zurückkehren, das kann ich dir versichern –«

»Ihr habt ihnen eine Seuche geschickt.«

»Was für eine ungeheuerliche Anklage! Es ist ein Wunder, dass diese Krankheit sie nicht schon vor langer Zeit hingestreckt hat, da sie sich schließlich gegenseitig aufessen, und das auch noch ohne sich zivilisierter Methoden wie des Kochens zu bedienen. Ach je, dass du mich einmal so anklagen würdest –«

»Garath wird von dieser Seuche dahingerafft, Herrin.«

»Was? Unsinn! Er ist von seinen Wunden geschwächt –«

»Wunden, die von der Macht seines Geistes schon lange hätten geheilt werden müssen. Das Fieber, das seine Lungen füllt, ist das gleiche, das die Pannionier befallen hat.« Er drehte sich langsam um und sah sie an. »Tut etwas –«

»Was für eine Ungeheuerlichkeit –«

»Herrin.«

»Oh, in Ordnung. Aber kannst du die wunderbare Ironie nicht sehen? Poliel, die Königin der Pestilenz, hat sich mit dem Verkrüppelten Gott verbündet. Eine Entscheidung, die mich sehr aufregt, wie du wissen sollst. Wie schlau von mir, ihr Gewirr zu plündern und so ihre Verbündeten zu bedrängen.«

»Ich bezweifle, dass die Opfer diese Ironie zu würdigen wissen, Herrin. Und Garath tut es auch nicht, nehme ich an.«

»Es wäre viel besser, wenn du wortkarg geblieben wärst.«

»Heilt ihn.«

»Er wird mich nicht an sich heranlassen!«

»Garath kann nicht mehr aufstehen, Herrin. Wenn Ihr ihn nicht heilt, wird er sich nie wieder von der Stelle erheben, wo er jetzt liegt.«

»Oh, was bist du nur für ein erbärmlicher Kerl! Wenn du Unrecht hast und er versucht, mich zu beißen, werde ich sehr ungehalten mit dir sein, Mok. Ich werde deine Lenden unfruchtbar machen. Ich werde dafür sorgen, dass du schielst, so dass jeder, der dich und deine komische Maske ansieht, furchtbar lachen muss. Und ich werde mir noch andere Dinge einfallen lassen, das versichere ich dir.«

»Heilt ihn.«

»Natürlich tue ich das! Garath ist schließlich mein geliebter Kamerad. Auch wenn er einmal versucht hat, auf mein Kleid zu pinkeln – obwohl ich zugebe, dass das vielleicht auch einer von K'ruls Streichen war, denn Garath hat zum damaligen Zeitpunkt geschlafen. Schon gut, schon gut, hör auf, mich zu unterbrechen.«

Sie ging zu dem gewaltigen Hund hinüber.

Seine Augen waren glasig, sein Atem stoßweise und keuchend. Garath hob nicht einmal den Kopf, als sie ganz nah an ihn herantrat.

»Oh je, vergib mir meine Unaufmerksamkeit, mein teures Hündchen. Ich hatte nur an die Wunden gedacht und daher schon angefangen, mich zu grämen. Du bist von unziemlichen Dämpfen niedergestreckt worden? Das können wir nicht hinnehmen. Und das ist tatsächlich auch leicht unwirksam zu machen.« Sie streckte eine Hand aus und legte sie leicht auf das heiße, dampfende Fell. »Da –«

Garath drehte den Kopf und zog langsam die Lefzen hoch.

Lady Missgunst sprang zurück. »Und so dankst du mir? Ich habe dich geheilt, mein Lieber!«

»Zunächst einmal habt Ihr ihn krank gemacht, Herrin«, bemerkte Mok hinter ihr.

»Sei still, mit dir rede ich nicht mehr. Garath! Sieh doch nur, wie deine Kraft zurückkehrt – man kann förmlich zusehen! Sieh doch nur, du kannst schon wieder stehen! Oh, wie wunderbar! Und – nein, bleib bitte weg. Es sei denn, du willst gestreichelt werden? Willst du gestreichelt werden? Dann musst du sofort aufhören zu knurren!«

Mok trat zwischen sie, den Blick auf den zornigen Hund gerichtet. »Garath, wir brauchen sie, genau wie wir dich brauchen. Es ist nicht von Nutzen, diese Feindschaft fortzusetzen.«

»Er kann dich nicht verstehen!«, sagte Lady Missgunst. »Er ist ein *Hund*! Ein wütender Hund, genauer gesagt.«

Die ungeschlachte Kreatur wandte sich ab und trottete langsam dorthin, wo Baaljagg in den Sturm starrte. Die Wölfin würdigte ihren Kameraden nicht einmal eines Blickes.

Mok trat vor. »Baaljagg sieht etwas, Herrin.«

»Was? Da draußen?«

Sie eilten den Hang zum Gipfel hinauf.

Die Eisberge hatten etwas eingefangen. Weniger als tausend Schritt entfernt, direkt am Rand des kleinen Meeresarms vor ihnen, trieb etwas im Wasser. Es hatte an zwei Seiten hohe Wände, die aus Weidengeflecht zu bestehen schienen und von insgesamt drei reifüberzogenen Häusern überragt wurden, und sah ganz wie das weggerissene Stück einer Hafenstadt aus. Tatsächlich war zwischen den großen, verzogenen Häusern sogar ein schmales gewundenes Gässchen zu sehen. Als das Eis, das das Fundament des Gebäudes im Griff hatte, sich in einer unsichtbaren Strömung drehte, gerieten die beiden gegenüberliegenden Seiten ins Blickfeld der kleinen Gruppe und ließen den gebrochenen Rachen eines hölzernen Rahmenwerks erkennen, der bis unter das Niveau der Straße reichte. Ein Rahmen voller gewaltiger Balken aus Balsaholz und Dingen, die riesige, mit Luft gefüllte Tierblasen zu sein schienen, drei davon durchlöchert und schlaff.

»Wie ausgesprochen absonderlich«, meinte Lady Missgunst.

»Meckros«, sagte Mok.

»Bitte?«

»Die Heimat der Seguleh ist eine Insel, Herrin. Wir werden gelegentlich von den Meckros besucht, die in Städten leben, welche auf dem Ozean dahintreiben. Sie versuchen, unsere Küste zu plündern, und vergessen immer wieder die unglücklichen Ergebnisse früherer Plünderungen. Ihr grimmiger Eifer unterhält die in den unteren Klassen.«

»Nun«, sagte Lady Missgunts und schniefte, »ich kann in diesem … deplatzierten Stadtviertel keine Bewohner entdecken.«

»Ich auch nicht, Herrin. Doch seht Euch das Eis gleich hinter dem Bruchstück an. Es hat eine seewärts gerichtete Strömung gefunden und versucht, ihr zu folgen.«

»Gute Güte, du willst doch wohl nicht vorschlagen –«

Baaljagg gab eine klare Antwort auf ihre unvollendete Frage. Die Wölfin wirbelte herum, schoss an ihnen vorbei und hastete zu den Felsen hinab, auf die noch immer die Wogen pausenlos einhämmerten. Einen Augenblick später sahen sie die riesige Wölfin aus dem wirbelnden Wasser auf ein breites Floß aus Eis springen und es zur anderen Seite hin überqueren. Von dort machte Baaljagg einen großen Satz und landete schlitternd auf einer weiteren Eisscholle.

»Diese Methode scheint durchführbar«, sagte Mok.

Garath trottete an ihnen vorbei; er folgte dem Weg der Wölfin hinab zur Uferlinie.

»Oh!«, rief Lady Missgunst und stampfte mit dem Fuß auf. »Können wir die Dinge nicht wenigstens ein einziges Mal *ausdiskutieren*?«

»Ich kann allmählich eine mögliche Route erkennen, Herrin, die es uns sehr gut ermöglichen könnte, nicht allzu nass zu werden –«

»Nass? Wer ist nass? Nun gut, ruf deine Brüder und geh voran.«

Der Gang über die wogenden und oft überfluteten Eisschollen erwies sich als hektisch, gefährlich und überaus anstrengend. Als sie die hoch aufragende Mauer aus Weidengeflecht erreichten, waren Baaljagg und Garath nirgends zu sehen; allerdings konnten sie ihren Spuren über das schneeüberkrustete Floß folgen, das den größten Teil der Gebäude über Wasser zu halten schien, bis hinüber zu der aufgerissenen Seite, wo sich keine Mauer befand.

Inmitten des chaotischen Durcheinanders aus Balken und Streben waren steil aufragende Leitern aus dicken Planken aufgestellt worden – zweifellos waren sie ursprünglich dazu gedacht gewesen, die Wartung des Unterbaus der Stadt leichter zu machen. Die überfrorenen Stufen, die zu sehen waren, wiesen tiefe Kratzer auf – die Spuren der Wölfin und des Hundes, die hier emporgeklettert waren.

Wasser rann an dem wirren, an ein Netz erinnernden Rahmen hinab, enthüllte die zerrissene Struktur der Straße und der Häuser darüber.

Mit Senu an der Spitze, gefolgt von Thurule und Mok, kletterten die Reisenden langsam und vorsichtig nach oben, wobei Lady Missgunst den Schluss bildete.

Sie stiegen schließlich durch eine Bodenluke von der Größe eines Lagerhauses, die sich auf den geteerten Fußboden eines der Häuser öffnete. An drei der vier Wände des Raumes lagerten in Jute eingewickelte Vorräte. Große Fässer waren umgestürzt, quer durch den

Raum gerollt, und lagen nun alle an einer Stelle. Rechts davon war eine Doppeltür, die jetzt offen stand; sie war zweifellos von Baaljagg und Garath aufgebrochen worden und gab den Blick auf eine gepflasterte Straße frei.

Die Luft war bitterkalt.

»Es mag sich als lohnend erweisen«, sagte Mok zu Lady Missgunst, »jedes dieser Häuser zu untersuchen, Stockwerk für Stockwerk, um zu entscheiden, welches davon am wenigsten baufällig und somit am ehesten bewohnbar ist. Es scheint hier noch einige Vorratslager zu geben, derer wir uns bedienen können.«

»Ja, ja«, erwiderte Lady Missgunst zerstreut. »Derart weltliche Notwendigkeiten überlasse ich dir und deinen Brüdern. Die Annahme, die uns zu dieser Reise gebracht hat, beruht auf dem nicht nachprüfbaren Glauben, dass dieses komische Ding uns gezwungenermaßen nach Norden tragen wird, über die gesamte Breite der Bucht von Korall hinweg und schließlich zu der Stadt, die unser Ziel ist. Ich und ganz allein ich muss mich, wie es aussieht, darüber ärgern.«

»Wie es Euch beliebt, Herrin.«

»Hüte deine Zunge, Mok!«, schnappte sie.

Er neigte in stummer Entschuldigung den maskierten Kopf.

»Meine Diener vergessen sich, wie es scheint. Denkt daran, welches Ausmaß mein Zorn annehmen kann, ihr drei. In der Zwischenzeit werde ich durch die Straßen dieser Stadt bummeln.« Mit diesen Worten drehte sie sich um und schritt gelangweilt auf die Tür zu.

Baaljagg und Garath standen drei Schritt dahinter; der Regen prasselte so hart auf ihre breiten Rücken, dass sich ein feiner Gischtnebel bildete. Beide Tiere beäugten eine einsame Gestalt, die im Halbschatten der überhängenden Dachgaube des gegenüberliegenden Hauses stand.

Einen Augenblick lang hätte Lady Missgunst beinahe geseufzt, doch dann wurde ihr die Tatsache, dass sie die Gestalt nicht erkannte, richtig klar. »Oh! Und ich wollte schon sagen: Mein lieber Tool, Ihr habt schließlich doch noch auf uns gewartet! Aber siehe da, Ihr seid gar nicht Tool, nicht wahr?«

Der T'lan Imass vor ihnen war kleiner und untersetzter als Tool.

Drei in einem unbekannten Stil aus schwarzem Eisen gefertigte Breitschwerter hatten die breite, kräftige Brust des untoten Kriegers durchbohrt; zwei waren von hinten in seinen Oberkörper getrieben worden, das dritte von der linken Seite her. Gebrochene Rippen ragten aus schwarzer, salzüberkrusteter Haut. Die Lederriemen aller drei Schwertgriffe hingen in verrotteten, ausgefransten Streifen von den hölzernen Unterplatten der Griffe. Federdünne Überbleibsel alter Zauberei flossen unstet über die verwitterten Klingen.

Die Gesichtszüge des Kriegers waren außergewöhnlich derb, der Brauenwulst war ein hautloser Knochensteg in einem fleckigen Dunkelbraun, die Wangenknochen sprangen weit vor und reichten hoch hinauf, rahmten abgeflachte, ovale Augenhöhlen ein. Kalt gehämmerte Kupferfänge krönten die oberen Eckzähne des Untoten. Der T'lan Imass trug keinen Helm. Lange, weiß ausgebleichte und an den Enden mit Haifischzähnen beschwerte Haare baumelten zu beiden Seiten des breiten kinnlosen Gesichts.

Eine höchst scheußliche, beängstigende Erscheinung, fand Lady Missgunst. »Habt Ihr einen Namen, T'lan Imass?«, fragte sie.

»Ich habe die Beschwörung gehört«, sagte der Krieger mit einer Stimme, die ganz eindeutig weiblich war. »Sie kam von einem Ort, der zu der Richtung passte, die ich mir bereits ausgesucht hatte. Einem Ort im Norden, der nun nicht mehr fern ist. Ich werde an der Zweiten Zusammenkunft teilnehmen, und ich werde zu meinen Verwandten des Rituals sprechen und ihnen sagen, dass ich Lanas Tog bin. Und dass ich geschickt wurde, um eine Nachricht vom Schicksal der Ifayle T'lan Imass und meiner eigenen Kerluhm T'lan Imass zu überbringen.«

»Faszinierend«, sagte Lady Missgunst. »Und wie sieht ihr Schicksal aus?«

»Ich bin die letzte der Kerluhm. Die Ifayle, die unseren ersten Ruf gehört haben, sind so gut wie vernichtet. Die wenigen, die noch übrig sind, können sich nicht aus dem Konflikt befreien. Ich habe selbst nicht damit gerechnet, dass ich den Versuch überstehen würde, doch ich habe es geschafft.«

»Das muss in der Tat ein schrecklicher Konflikt sein«, meinte Lady Missgunst leise. »Wo findet er statt?«

»Auf dem Kontinent namens Assail. Unsere Verluste: neunundzwanzigtausendachthundertvierzehn Kerluhm. Zweiundzwanzigtausendzweihundert Ifayle. Acht Monate Kampf. Wir haben diesen Krieg verloren.«

Lady Missgunst schwieg eine Weile, dann sagte sie: »Anscheinend habt Ihr schließlich doch einen Jaghut-Tyrannen gefunden, der Euch mehr als ebenbürtig ist, Lanas Tog.«

Die T'lan Imass legte den Kopf schief. »Kein Jaghut. Ein Mensch.«

Buch Zwei

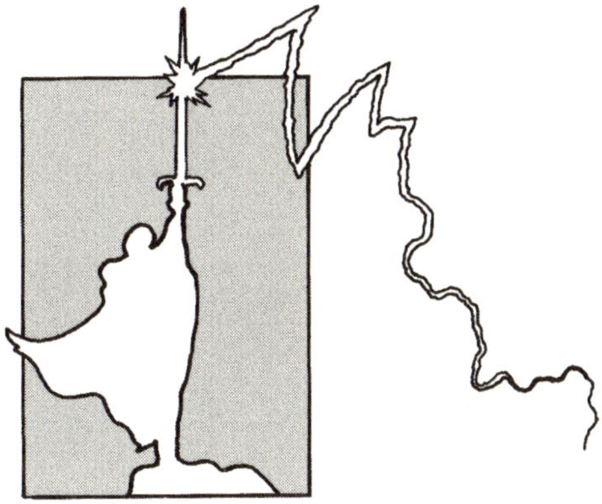

Erinnerungen an die eisige Zeit

Als Erste rein, als Letzte raus

Motto der Brückenverbrenner

Kapitel Acht

Das Gesicht deines Freundes mag sich als Maske erweisen,
ein Fleck, der sich in subtiler Verwandlung befindet
und das einst vertraute Antlitz verändert.
Oder das Kind, das sich unsichtbar formte
in abgeschiedener Dunkelheit, während du dir blind die Zeit vertrieben hast,
und einen grausamen Schock, enthüllt von der Wucht
eines durch die Fensterscheibe eines Tempels fliegenden Steins.
Gegen so etwas kann sich die Seele nicht schützen.
Und auf die Maske ist das tollkühne Wort geschrieben,
das in den Augen des Kindes widerhallt,
ein plötzlicher Fremder gegenüber allem, was du gekannt hast.
So ist der Verrat.

Die Todeswache des Sorulan
Minir Othal

Hauptmann Paran zügelte sein Pferd in der Nähe der rauchgeschwärzten Trümmer der Ostschanze. Er drehte sich im Sattel, um einen letzten Blick auf Capustans geborstene Mauern zu werfen. Jelarkans Palast hob sich groß und dunkel vor dem strahlend blauen Himmel ab. Mit schwarzer Farbe aufgemalte Streifen zogen sich wie Sprünge über den Turm, ein Symbol für die Trauer der Stadt um ihren toten Fürsten. Der nächste Regen würde die Farbe abwaschen, und es würde nichts zurückbleiben. Jenes Gebäude, hatte er gehört, verharrte niemals lange im Augenblick der Sterblichkeit.

Die Brückenverbrenner marschierten hintereinander durch das Osttor hinaus.

Als Erste rein, als Letzte raus. Sie achten immer auf solche Gesten.

Sergeant Fahrig ging voran, Korporal Tippa einen Schritt hinter ihm. Die beiden sahen aus, als stritten sie miteinander, was nichts Neues gewesen wäre. Hinter ihnen hatten die Soldaten der anderen sieben Trupps jegliche Formation aufgegeben; die Kompanie marschierte ohne jede Ordnung. Der Hauptmann wunderte sich darüber. Er hatte natürlich die anderen Sergeanten und Korporäle kennen gelernt. Er kannte die Namen sämtlicher Brückenverbrenner, die noch am Leben waren, und er kannte auch ihre Gesichter. Nichtsdestotrotz umgab sie etwas merkwürdig Flüchtiges. Er kniff die Augen zusammen, während er zusah, wie sie die Straße entlangmarschierten, in Staubschleier gehüllt, wie Figuren auf einem von der Sonne ausgebleichten, fadenscheinigen Wandteppich. Das Marschieren von Armeen, kam ihm in den Sinn, war zeitlos.

Zu seiner Rechten ertönte Hufgetrappel, und als er sich umdrehte, sah er, wie Silberfuchs an seiner Seite ihr Pferd zügelte.

»Es wäre besser, wenn wir uns aus dem Weg gehen würden«, sagte Paran und richtete seinen Blick wieder auf die Soldaten auf der Straße.

»Ich würde dir durchaus zustimmen«, sagte sie nach einem kurzen Augenblick. »Aber es ist etwas geschehen.«

»Ich weiß.«

»Nein, das tust du nicht. Das, was du zweifellos meinst, ist nicht das, worüber ich gesprochen habe, Hauptmann. Es geht um meine Mutter – sie ist verschwunden. Sie und diese beiden Daru, die sich um sie gekümmert haben. Irgendwo in der Stadt haben sie die Wagenreihe verlassen, sind einfach abgebogen. Niemand scheint etwas gesehen zu haben, allerdings kann ich natürlich nicht eine ganze Armee befragen –«

»Und was ist mit deinen T'lan Imass? Könnten sie die Vermissten nicht leicht finden?«

Sie runzelte die Stirn, gab keine Antwort.

Paran warf ihr einen Blick zu. »Sie sind nicht sonderlich glücklich über dich, stimmt's?«

»Das ist nicht das Problem. Ich habe sie und die T'lan Ay über den Fluss geschickt.«

»Wir haben zuverlässige Mittel, das vor uns liegende Gelände auszukundschaften, Silberfuchs –«

»Das reicht. Ich brauche nicht zu erklären, was ich tue oder warum.«

»Und doch bittest du mich um meine Hilfe –«

»Nein. Ich frage dich, ob du irgendetwas davon gewusst hast. Diese Daru müssen Unterstützung gehabt haben.«

»Hast du Kruppe schon gefragt?«

»Er ist genauso überrascht und bestürzt wie ich, und ich glaube ihm.«

»Nun«, sagte Paran, »die Leute pflegen Coll zu unterschätzen. Er ist durchaus in der Lage, so etwas ganz allein einzufädeln.«

»Du scheinst die Tragweite dessen, was sie getan haben, nicht ganz zu erfassen. Dadurch, dass sie meine Mutter entführt –«

»Hör auf, Silberfuchs. Du hast deine Mutter ihrer Obhut übergeben. Übergeben? Nein, das triff es nicht ganz. Du hast sie ihnen überlassen. Und ich habe nicht den geringsten Zweifel daran, dass Coll und Murillio ihre Aufgabe ernst genommen haben, dass sie der Mhybe all das Mitgefühl entgegengebracht haben, zu dem du nicht in der Lage zu sein scheinst. Betrachte die Situation doch einmal aus ihrem Blickwinkel heraus. Sie kümmern sich um sie, tagein, tagaus, sehen zu, wie sie dahinwelkt. Sie sehen auch die Tochter der Mhybe, aber nur aus der Ferne. Denn die kümmert sich nicht um ihre eigene Mutter. Sie kommen zu dem Schluss, dass sie jemanden finden müssen, der oder die in der Lage ist, der Mhybe zu helfen. Oder ihr zumindest ein würdevolles Ende zu gewähren. Jemanden entführen heißt, jemand anderem jemanden wegzunehmen. Die Mhybe ist weggenommen worden, ja – aber wem? Niemandem. Überhaupt niemandem.«

Silberfuchs' Gesicht war blass, und es dauerte ein paar Augenblicke, bis sie antwortete. »Du hast nicht die geringste Ahnung, was zwischen uns liegt, Ganoes.« Ihre Stimme klang rau.

»Und du scheinst keine Ahnung davon zu haben, wie man vergibt – nicht ihr, sondern dir selbst. Schuld ist zu einer Kluft gew –«

»Das ist wirklich großartig, ausgerechnet von dir.«

Sein Lächeln wirkte gezwungen. »Ich habe klein beigegeben, Silberfuchs, und klettere jetzt auf der anderen Seite wieder hoch. Die Dinge haben sich für uns beide geändert.«

»Dann hast du also deine offen erklärten Gefühle für mich aufgegeben.«

»Ich liebe dich immer noch, aber durch deinen Tod bin ich einer Art Verblendung erlegen. Ich habe mir eingeredet, dass das, was wir beide – furchtbar kurz – miteinander hatten, weit größere und tiefere Bedeutung hatte, als es in Wirklichkeit der Fall war. Von allen Waffen, die wir gegen uns selbst richten, Silberfuchs, ist Schuld die schärfste. Sie kann die eigene Vergangenheit in nicht mehr wiederzuerkennende Fetzen zerlegen, falsche Erinnerungen, die zu falschen Überzeugungen führen, die alle möglichen fixen Ideen erzeugen.«

»Ich bin entzückt, dass du so für klare Verhältnisse sorgst, Ganoes. Ist dir noch gar nicht in den Sinn gekommen, dass alles nur nüchtern zu untersuchen ebenfalls eine fixe Idee sein könnte? Was du sezierst, muss vorher tot sein – das ist schließlich das Prinzip des Sezierens.«

»So hat es mir mein Lehrer erklärt«, erwiderte Paran, »vor all den Jahren. Aber du erkennst eine noch feinere Wahrheit nicht. Ich kann mich selbst und jedes meiner Gefühle untersuchen, bis der Abgrund die Welt verschlingt, und doch nie dahin kommen, meine Gefühle zu kontrollieren. Denn das sind keine statischen Dinge; und sie werden außerdem auch von der äußeren Welt beeinflusst – durch das, was andere sagen, oder was sie nicht sagen. Und so sind sie in andauernder Bewegung.«

»Außergewöhnlich«, murmelte sie. »Hauptmann Ganoes Paran, der junge Meister der Selbstkontrolle, der Tyrann seiner selbst. Du hast dich wirklich verändert. Und zwar so sehr, dass ich dich nicht mehr wiedererkenne.«

Er musterte ihr Gesicht, suchte nach einem Hinweis auf die Gefühle, die sich hinter diesen Worten verbargen. Doch sie hatte sich vor ihm verschlossen. »Wohingegen ich«, sagte er langsam, »dich nur allzu leicht wiedererkenne.«

»Würdest du das als eine Ironie des Schicksals bezeichnen? Du siehst mich als die Frau, die du einmal geliebt hast, während ich dich als den Mann sehe, den ich niemals gekannt habe.«

»Zu viele miteinander verworrene Fäden, um auf ironische Weise mit ihnen umzugehen, Silberfuchs.«

»Nun, dann ist es vielleicht Pathos.«

Er schaute weg. »Wir haben uns weit von unserem ursprünglichen Thema entfernt. Ich fürchte, ich kann dir nichts über das Schicksal deiner Mutter sagen. Aber ich vertraue darauf, dass Coll und Murillio alles für sie tun werden, was in ihrer Macht steht.«

»Dann bist du sogar ein noch größerer Idiot als die beiden, Ganoes. Dadurch, dass sie sie entführt haben, haben sie ihren Untergang besiegelt.«

»Ich wusste gar nicht, dass du so melodramatisch bist.«

»Bin ich auch nicht –«

»Sie ist eine alte Frau – eine alte Frau, *die im Sterben liegt*. Beim Abgrund, lass sie in Ruhe –«

»Du hörst nicht zu!«, zischte Silberfuchs. »Meine Mutter ist in einem Albtraum gefangen – verloren in ihrem eigenen Verstand, völlig verängstigt. *Gejagt!* Ich bin ihr näher geblieben, als irgendjemand von euch bemerkt hat. Viel näher!«

»Silberfuchs«, sagte Paran leise, »wenn sie wirklich in einem Albtraum gefangen ist, dann ist ihr Leben zu einem Fluch geworden. Die einzig wahre Barmherzigkeit wäre, es enden zu lassen, ein für alle Mal.«

»Nein! Sie ist meine Mutter, verdammt! *Und ich lasse sie nicht im Stich*!«

Sie riss ihr Pferd herum, hieb ihm die Fersen in die Flanken.

Paran schaute ihr nach, als sie davonritt. *Silberfuchs, mit was für Machenschaften hast du deine Mutter umgeben? Was suchst du für sie? Würdest du uns das bitte erzählen, damit wir verstehen können, dass das, was wir alle als Verrat betrachten, in Wirklichkeit etwas anderes ist?*

Ist es etwas anderes?

Und was diese Machenschaften angeht – wessen Machenschaften sind es eigentlich? Bestimmt nicht die von Flickenseel. Nein, das muss Nachtfrost sein. Oh, wie du dich mir gegenüber nun verschlossen hast. Während du einst deine Fühler unablässig nach mir ausgestreckt hast, unbarmherzig versucht hast, mein Herz aufzubrechen. Es scheint, dass das, was wir vor so langer Zeit in Fahl geteilt haben, wie nichts ist.

Ich fange allmählich an zu glauben, dass es mir wesentlich mehr bedeutet hat als dir. Flickenseel … du warst schließlich eine ältere Frau. Du hast deinen Anteil an Liebe und Verlust in deinem Leben gehabt. Ich andererseits hatte kaum gelebt.

Was damals war, ist nun nicht mehr.

Knochenwerferin aus Fleisch und Blut, du bist kälter geworden als die T'lan Imass, die du nun befehligst.

Sie haben in dir in der Tat eine würdige Herrin gefunden.

Beru schütze uns alle.

Von den dreißig Transportbarken und Schwimmbrücken, die die Pannionier benutzt hatten, um den Catlin zu überqueren, war nur noch ein Drittel zu gebrauchen; die anderen waren bereits am ersten Tag der Schlacht den übereifrigen Barghast zum Opfer gefallen. Kompanien aus den Söldnertruppen in Caladan Bruths Heer hatten erste Anstrengungen unternommen, die Wracks zu bergen, um aus den Überresten ein paar neue zusammenzuschustern. In der Zwischenzeit waren die einzige noch brauchbare Schwimmbrücke und die zehn nicht zerstörten Boote bereits im Einsatz, um beladen mit Truppen, Reittieren und Vorräten den breiten Strom zu überqueren.

Itkovian beobachtete sie, während er am Ufer entlangschritt. Er hatte sein Pferd auf einem nahe gelegenen kleinen Hügel zurückgelassen, wo reichlich Gras wuchs, und schritt jetzt allein dahin, nur begleitet vom Knirschen der Kiesel unter seinen Füßen und dem sanften Rauschen des Flusses. Der Wind wehte flussaufwärts, eine salzgeschwängerte Brise vom jenseits der Mündung gelegenen Meer, und daher drangen die Geräusche von den Booten in seinem Rücken – das Quietschen der Winden, das Muhen des angeschirrten Viehs, die Rufe der Steuerleute – nicht zu ihm herüber.

Als er aufblickte, sah er ein Stück voraus eine Gestalt mit übereinander geschlagenen Beinen am Ufer sitzen, die das Übersetzen beobachtete. Der Mann, der einen wirren Haarschopf besaß und eine mit Farbklecksen übersäte Sammlung von Lumpen trug, war eifrig damit beschäftigt, ein Stück auf einem Holzbrett aufgespanntes Musselin zu bemalen. Itkovian blieb stehen und beobachtete, wie der Kopf des Künstlers sich auf und ab bewegte und der langstielige Pinsel in seiner Hand hin und her zuckte, und jetzt konnte er auch das Gemurmel des Mannes hören, der offensichtlich Selbstgespräche führte.

Vielleicht waren es aber auch keine Selbstgespräche, denn plötzlich bewegte sich einer der ungefähr kopfgroßen Felsbrocken in der Nähe des Künstlers und entpuppte sich als große, olivgrüne Kröte.

Und die Kröte hatte gerade mit tiefer, rumpelnder Stimme auf den Wortschwall des Künstlers geantwortet.

Itkovian ging näher heran.

Die Kröte sah ihn zuerst und sagte etwas in einer Sprache, die Itkovian nicht verstand.

Der Künstler blickte auf; sein Gesicht war finster. »Unterbrechungen sind nicht willkommen!«, schnappte er auf Daru.

»Ich bitte um Entschuldigung, mein Herr –«

»Wartet! Ihr seid der Mann namens Itkovian! Der Verteidiger von Capustan!«

»Der gescheiterte Vertei –«

»Ja, ja, alle haben gehört, was Ihr bei den Verhandlungen gesagt habt. Schwachsinn. Wenn ich Euch male, werde ich den vortrefflichen Fehlschlag mit einbeziehen – vielleicht in Eurer Haltung, vielleicht in Eurem Blick oder in dem, worauf er ruht. Eine gewisse Anspannung in den Schultern, ja, ich glaube, ich kann es jetzt sehen. Genau. Hervorragend.«

»Seid Ihr Malazaner?«

»Natürlich bin ich Malazaner! Kümmert sich Bruth auch nur einen Deut um Geschichtsschreibung? Nein, das tut er nicht. Aber der alte Imperator hat es getan! Oh ja, das hat er, das hat er tatsächlich getan! In jeder Armee waren Künstler! Auf jedem Feldzug!

Scharfäugige Künstler von höchster Begabung – ja, darf ich es wagen, es auszusprechen –, *Genies*. Genies wie Ormulogun von Li Heng!«

»Ich fürchte, diesen Namen habe ich noch nie gehört – war er ein großer Künstler des malazanischen Imperiums?«

»War? Er ist es immer noch! Ich bin natürlich Ormulogun von Li Heng. Unzählige Male kopiert, nie übertroffen! Ormulogun seraith Gambl!«

»Ein beeindruckender Titel –«

»Das ist kein Titel, Dummkopf. Gambl ist mein Kritiker.« Er deutet mit einer Geste auf die Kröte und sagte dann zu ihr: »Präge ihn dir gut ein, Gambl, damit du zur Kenntnis nehmen kannst, wie brillant ich ihn darstellen werde. Er steht aufrecht, nicht wahr? Doch mögen seine Knochen auch aus Eisen sein, sie tragen die Last von hunderttausend Grundsteinen … oder Seelen, um es genauer zu sagen. Und dann seine Gesichtszüge, was? Schau sorgfältig hin, Gambl, damit du dir ein umfassendes Urteil über diesen Mann bilden kannst. Und eins solltest du wissen, auch wenn ich alles, was er ist, auf der Leinwand eingefangen habe, auf der ich die Verhandlungen vor Capustan festgehalten habe … eins solltest du wissen … in jenem Bild wirst du sehen, dass Itkovian noch nicht am Ende ist.«

Der Soldat zuckte überrascht zusammen.

Ormulogun grinste. »Oh ja, Krieger, ich sehe allzu gut für dein Wohlbefinden, was? Nun, Gambl, spuck deinen Kommentar aus, denn ich weiß, dass die Woge der Bemerkungen sich aufbaut! Also mach schon!«

»Du bist verrückt«, sagte die Kröte lakonisch. »Vergebt ihm, Schild-Amboss, er macht die Farbe in seinem Mund weich. Sie hat sein Gehirn vergiftet –«

»Vergiftet, gepökelt, pochiert, ja, ja, ich habe schon alle Variationen von dir gehört, bis mir schlecht war!«

»Übelkeit ist zu erwarten«, erwiderte die Kröte und blinzelte schläfrig. »Schild-Amboss, ich bin kein Kritiker. Nur ein bescheidener Beobachter, der, wenn er dazu in der Lage ist, im Namen der sprachlosen Massen spricht, die auch als das gemeine Volk oder genauer gesagt als der Pöbel bekannt sind. Ein Publikum, das – wie Ihr verstehen müsst – völlig unfähig zur Selbstverwirklichung oder zu triftiger Artikulation ist und daher einen deprimierend ordinären Geschmack hat, wenn es nicht davon in Kenntnis gesetzt wird, was ihm *wirklich* gefällt. Meine dürftige Gabe besteht dementsprechend in der Übermittlung eines ästhetischen Rahmens, an dem die meisten Künstler sich erhängen.«

»Hah, du Schleimbeutel! Hah! Was bist du schleimig! Hier hast du eine Fliege!« Ormulogun schob seine farbverschmierten Finger in einen Beutel, der neben ihm lag. Er zog eine Bremse heraus und warf sie der Kröte zu.

Das immer noch lebende Insekt, das jedoch keine Flügel mehr hatte, landete direkt vor Gambl, der einen Satz nach vorn machte und es mit einem blitzschnellen Zucken seiner rosafarbenen Zunge verschlang. »Wie gesagt –«

»Einen Augenblick bitte«, unterbrach ihn Itkovian.

»Ich gestehe Euch einen Augenblick zu«, sagte die Kröte, »so er denn bewundernswerte Kürze besitzt.«

»Ich danke Euch, mein Herr. Ormulogun, Ihr habt gesagt, dass es die Praxis des malazanischen Imperators war, seinen Armeen Künstler zuzuteilen. Wahrscheinlich, um Augenblicke von historischer Bedeutung aufzuzeichnen. Aber ist Einarms Heerhaufen nicht ausgestoßen? Für wen malt Ihr dann also?«

»Ein Bericht über die Ächtung ist unentbehrlich! Außerdem hatte ich kaum eine andere Wahl, als mich der Armee anzuschließen. Was sollte ich Eurer Meinung nach denn sonst tun – Sonnenuntergänge auf die Pflastersteine von Darujhistan malen, um mir meinen Lebensunterhalt zu verdienen? Ich war plötzlich auf dem falschen Kontinent! Und was die so genannte Gemeinschaft von Kunsthandwerkern und Schirmherren in der so genannten Stadt Fahl und ihren so genannten *Stil des Ausdrucks* angeht –«

»Sie haben dich gehasst«, sagte Gambl.

»Und ich habe sie gehasst! Sag mir, hast du *irgendetwas* in Fahl gesehen, das der Erwähnung wert wäre? Na?«

»Nun, da gab es ein Mosaik –«

»Was?«

»Glücklicherweise war der dazugehörige Künstler schon lange tot, was es mir ermöglicht hat, ihn überschwänglich zu loben.«

»Das nennst du überschwänglich? Hast du nicht etwas in der Art von ›Es zeigt gewisse Ansätze …‹ gesagt? Du weißt nur zu gut, dass du genau das gesagt hast, sobald der geckenhafte Gastgeber erwähnt hat, dass der Künstler tot ist!«

»Eigentlich«, meinte Itkovian, »ist es ja ziemlich spaßig, so etwas zu sagen.«

»Ich bin niemals spaßig«, sagte die Kröte.

»Nein, du sabberst nur andauernd! Hah, alter Schleimbeutel, stimmt's? Hah!«

»Lutsch doch wieder einen Farbklumpen, ja? Da, das quecksilbrige Weiß. Sieht sehr lecker aus.«

»Du willst nur, dass ich sterbe«, murmelte Orulogun, während er nach dem kleinen, klebrigen Farbklumpen griff. »Damit du dann überschwänglich werden kannst.«

»Wenn du meinst.«

»Du bist ein Blutegel, weißt du das? Folgst mir überall hin. Ein Geier.«

»Lieber Mann«, seufzte Gambl, »Ich bin eine Kröte. Während du ein Künstler bist. Und für das Glück, das dieser Unterschied bedeutet, danke ich täglich allen Göttern, die es gibt und jemals gegeben hat.«

Itkovian ließ die beiden hinter sich, während sie immer weitere kunstvoll ausgeschmückte Beleidigungen austauschten, und nahm seine Wanderung entlang des Flusses wieder auf. Er vergaß, einen Blick auf Ormuloguns Leinwand zu werfen.

Sobald die Armeen erst einmal auf der anderen Seite des Flusses waren, würden sie sich aufteilen. Lest lag vier Tagesmärsche entfernt genau im Süden, während die Straße nach Setta nach West-Südwest abbog. Setta lag direkt am Fuß der Weitblickberge, am Ufer des Flusses, dem die Stadt ihren Namen verdankte. Besagter Fluss mündete südlich von Lest ins Meer, so dass ihn letztlich beide Streitmächte überqueren mussten.

Itkovian würde die Armee begleiten, die nach Lest marschierte und aus den Grauen Schwertern, Teilen der Tiste Andii, den Rhivi, den Ilgres-Barghast, einem Kavallerie-Regiment aus Saltoan und einer Handvoll kleinerer Söldnerkompanien aus Nordgenabackis bestand. Caladan Bruth war auch weiterhin der Oberbefehlshaber, mit Kallor und Korlat als seinen Stellvertretern. Die Grauen Schwerter waren als verbündete Truppe angegliedert, wobei der Schild-Amboss auf einer Ebene mit Bruth stand. Dieser Unterschied galt jedoch nicht für die anderen Söldnerkompanien, denn die hatten allesamt einen Kontrakt mit dem Kriegsherrn abgeschlossen. Grantl, der Daru, und seine bunt gemischten Gefolgsleute wurden als vollkommen unabhängig betrachtet; sie waren bei den Besprechungen willkommen, konnten jedoch tun und lassen, was sie wollten.

Itkovian kam zu dem Schluss, dass die Befehlsstruktur alles in allem verwirrend war und die sich aus dem Rang ableitende Hierarchie kurzlebig. *Das Ganze ist den Verhältnissen in Capustan, wo der Fürst und der Maskenrat andauernd für Verwirrung gesorgt haben, gar nicht so unähnlich. Vielleicht ist es charakteristisch für den Norden und seine unabhängigen Stadtstaaten – bevor die malazanische Invasion sie in eine Art Staatenbund gezwungen hat, natürlich. Und selbst dann, so scheint es, haben Rivalitäten und Fehden die Einheit ständig unterminiert – zum Vorteil der Invasoren.*

Die Strukturen, in die die malazanische Hohefaust die Streitkräfte eingebettet hatte, die sie begleiteten, waren viel klarer, was die Hierarchie anbelangte. Die Art, wie so etwas im Imperium gehandhabt wurde, war für Itkovian sofort zu erkennen, und sie war in der Tat dem sehr ähnlich, was er selbst eingeführt hätte, wäre er an Dujek Einarms Stelle gewesen. Die Hohefaust kommandierte. Stellvertreter waren Elster und Humbrall Taur – Letzterer hatte seine Weisheit dadurch unter Beweis gestellt, dass er auf Dujeks Vorrang bestanden hatte – sowie der Kommandant der Schwarzen Moranth, dem Itkovian bisher noch nicht begegnet war. Diese drei galten als gleichrangig, hatten allerdings sehr unterschiedliche Verantwortungsbereiche.

Itkovian hörte Hufgetrappel; er drehte sich um und sah Elster, den malazanischen Stellvertreter der Hohefaust, entlang des Ufers auf sich zureiten. Er musste kurz Halt gemacht haben, um mit Ormulogun zu sprechen, denn der Künstler war damit beschäftigt, hastig sein Sammelsurium zusammenzusuchen.

Elster zügelte sein Pferd. »Einen schönen Tag, Itkovian.«

»Auch Euch, mein Herr. Wollt Ihr etwas von mir?«

Der bärtige Soldat zuckte die Schultern, blickte sich um. »Ich suche Silberfuchs. Entweder sie – oder die beiden Seesoldatinnen, die sie eigentlich überallhin begleiten sollten.«

»Die ihr überallhin folgen sollten, habt Ihr zweifellos gemeint. Sie sind vorhin an mir vorbeigeritten, zunächst Silberfuchs, dann die beiden Soldatinnen. Nach Osten.«

»Hat eine von ihnen mit Euch gesprochen?«

»Nein. Sie waren ein ganzes Stück entfernt, daher habe ich keine Höflichkeitsfloskeln erwartet. Und ich habe mir auch nicht die Mühe gemacht, ihnen einen Gruß zuzurufen.«

Der Kommandant verzog das Gesicht.

»Ist etwas nicht in Ordnung, mein Herr?«

»Der Schnelle Ben hat seine Gewirre benutzt, um die Überquerung des Catlin ein bisschen einfacher zu machen. Unsere Streitkräfte sind auf der anderen Seite und marschbereit, da wir den weiteren Weg haben.«

»Ah, ja. Gehört Silberfuchs allerdings nicht zu den Rhivi? Oder wollt Ihr nur förmlich Lebewohl sagen?«

Elsters Stirnrunzeln vertiefte sich. »Sie ist genauso sehr Malazanerin wie Rhivi. Ich wollte sie auffordern, sich zu entscheiden, wen sie begleiten will.«

»Vielleicht hat sie das schon getan, mein Herr.«

»Vielleicht aber auch nicht«, entgegnete Elster, den Blick jetzt auf etwas im Osten gerichtet.

Itkovian drehte sich um, doch da er zu Fuß war, dauerte es einen Augenblick länger, bis die beiden Reiter in sein Blickfeld kamen. Es waren die beiden Seesoldatinnen, die sich in gleichmäßigem Galopp näherten.

Sie zügelten ihre Pferde vor ihrem Kommandanten.

»Wo ist sie?«, fragte Elster.

Die Seesoldatin zur Rechten zuckte die Schultern. »Wir sind ihr bis zur Küste gefolgt. Dort gibt es knapp oberhalb der Flutlinie ein paar Hügel, umgeben von schlammigen Gräben. Sie ist in einen von den Hügeln reingeritten, Elster –«

»Ist in die Seite von einem davon reingeritten«, führte die andere weiter aus. »Verschwunden. Ihr Pferd hat nicht gezögert, ist nicht gestolpert. Wir sind natürlich zu der Stelle hingeritten, aber da war nichts außer Gras, Schlamm und Felsen. Wir haben sie verloren, was wohl genau das ist, was sie wollte.«

Der Kommandant schwieg.

Itkovian hatte zumindest einen heftigen Fluch erwartet und war beeindruckt von der Selbstbeherrschung des Mannes.

»In Ordnung. Reitet mit mir zurück. Wir setzen über auf die andere Seite.«

»Wir haben Gambls Schoßtierchen gesehen, als wir losgeritten sind.«

»Ich habe ihn und Ormulogun schon zurückgeschickt. Sie sitzen im letzten Wagen, und ihr kennt Ormuloguns Anweisungen im Hinblick auf seine Sammlung.«

Die Seesoldatinnen nickten.

»Seine Sammlung«, echote Itkovian. »Wie viele Szenen hat er denn seit Fahl schon gemalt?«

»Seit Fahl?«, fragte eine der Seesoldatinnen grinsend. »In dem Wagen sind mehr als achthundert Bilder. Die Arbeit von zehn, elf Jahren. Dujek hier, Dujek da; Dujek sogar da, wo er nie war, aber hätte sein sollen. Er hat bereits ein Bild von der Belagerung von Capustan gemalt, wie Dujek genau im richtigen Augenblick ankommt, wie er groß und beeindruckend im Sattel sitzt und durch das Tor bricht. Im Schatten des Tors kauert ein Weißgesicht-Barghast und plündert einen toten Pannionier aus. Und in den Sturmwolken über der Szene kann man Laseens Gesicht erkennen, wenn man genau hinschaut –«

»Das reicht –«, sagte Elster grollend. »Deine Worte erregen Anstoß, Soldatin. Der Mann vor dir ist Itkovian.«

Das Grinsen der Seesoldatin wurde breiter, doch sie sagte nichts.

»Das wissen wir, Kommandant«, sagte die andere. »Deswegen hat meine Kameradin ihn ja geneckt. Itkovian, es gibt kein solches Bild. Ormulogun ist der Historiker unseres Heerhaufens, weil wir keinen anderen kriegen konnten, und er ist unter Androhung der Todesstrafe gehalten, die Dinge so genau wie möglich aufzuzeichnen, bis hin zu den Haaren in der Nase.«

»Reitet weiter«, wies Elster sie an. »Ich möchte mich unter vier Augen mit Itkovian unterhalten.«

»Jawohl, Kommandant.«

Die beiden Seesoldatinnen verschwanden.

»Ich bitte um Entschuldigung, Itkovian –«

»Dazu besteht keine Veranlassung, mein Herr. Diese Art von Respektlosigkeit bietet eine willkommene Abwechslung. Tatsächlich freut es mich, dass sie so sehr bemüht sind, mich aufzumuntern.«

»Nun, so sind sie nur Menschen gegenüber, die sie respektieren, auch wenn es oft als das Gegenteil empfunden wird, was zu allem möglichen Ärger führen kann.«

»Das kann ich mir vorstellen.«

»Nun gut«, sagte Elster barsch, und dann überraschte er Itkovian, indem er abstieg, auf ihn zutrat und ihm die gepanzerte Hand entgegenstreckte. »Bei den Soldaten des Imperiums«, sagte er, »bei denen der getragene Handschuh für Krieg und nichts anderes als Krieg steht, ist es die seltenste aller Gesten, den Handschuh anzubehalten, wenn man die Hand eines anderen im Frieden ergreift.«

»Dann wird auch das häufig missverstanden«, meinte Itkovian. »Ich, mein Herr, missverstehe die Bedeutung nicht und fühle mich daher geehrt.« Er ergriff die Hand des Kommandanten. »Ihr gewährt mir bei weitem zu viel –«

»Das tue ich nicht, Itkovian. Ich wünschte mir nur, dass Ihr mit uns reisen würdet, damit ich Euch besser kennen lernen könnte.«

»Wir werden uns in Maurik wiedertreffen, mein Herr.«

Elster nickte. »Bis dann, Itkovian.«

Sie lösten den Händedruck. Der Kommandant schwang sich wieder in den Sattel und nahm die Zügel auf. Er zögerte kurz, dann sagte er: »Sind alle Elin so wir Ihr, Itkovian?«

Dieser zuckte die Schultern. »Ich bin keineswegs einzigartig.«

»Dann sollte die Imperatrix sich vorsehen, wenn ihre Legionen eines Tages die Grenzen Eures Heimatlandes überschreiten.«

Itkovians Brauen schoben sich in die Höhe. »Und wenn dieser Tag kommt – werdet Ihr dann die Legionen anführen?«

Elster grinste. »Guten Ritt, mein Herr.«

Itkovian blickte dem Mann nach, als er davonritt, den Strand hinunter, wobei die Hufe seines Pferdes grüne Sandklumpen lostraten. Urplötzlich verspürte er die unerklärliche Überzeugung, dass sie einander nie wiedersehen würden. Nach einem Moment schüttelte er den Kopf, um diesen unangenehmen Gedanken zu vertreiben.

»Nun, natürlich wird Kruppe diese Gesellschaft mit seiner Anwesenheit beehren.«

»Ihr habt das missverstanden«, seufzte der Schnelle Ben. »Das war nur eine Frage, keine Einladung.«

»Der arme Magier ist müde, ja? So viele magische Pfade, um den Platz weltlicher Boote einzunehmen, die von einem undichten Mangel an Unversehrtheit geplagt werden. Nichtsdestotrotz ist Kruppe von Eurer Tüchtigkeit beeindruckt – ein solcher Tanz der Gewirre ist von diesem höchst bescheidenen Selbst zuvor nur höchst selten, wenn überhaupt einmal, beobachtet worden. Und jedes unverdorben! Als ob man *Pfui!* zu dem Läppischen in Ketten sagen würde! So eine tapfere Herausforderung! So ein –«

»Oh, hört auf! Bitte!« Der Schnelle Ben stand am Nordufer des Flusses. Schlamm bedeckte seine Beinlinge bis zur Mitte der Oberschenkel, der Preis dafür, die Entfernung zu den Pfaden, die er für die Marschkolonnen, die Wagen, das Vieh und die Reservepferde geschaffen hatte, so klein wie möglich zu halten. Jetzt wartete er nur noch auf die letzten Nachzügler, unter ihnen Elster. Um seine Erschöpfung noch schlimmer zu machen, jammerte der Geist von Talamandas, der unsichtbar auf der linken Schulter des Magiers hockte, die ganze Zeit.

Zu viel Macht war hier enthüllt worden. So viel, dass es bemerkt werden würde. Es sei achtlos, behauptete die Stockschlinge flüsternd. Sogar selbstmörderisch. *Der Verkrüppelte Gott muss uns einfach finden, du dummer Prahlhans! Und was ist mit dem Pannonischen Seher? Mehr als ein Dutzend schrecklicher Gewirre, die alle bei unserem Hindurchziehen erzittern! Der Beweis für unsere einzigartige Wirksamkeit gegen die Infektion! Werden die beiden einfach still dasitzen und nicht auf das reagieren, was sie hier gesehen haben?*

»Still«, murmelte der Schnelle Ben.

Kruppes borstige Augenbrauen wanderten seine Stirn hinauf. »Ein rüder Befehl hat bereits ausgereicht, versichert Kruppe dem armseligen Magier hochmütig!«

»Nicht Ihr. Macht Euch nichts draus. Ich habe nur laut gedacht.«

»Eine merkwürdige Angewohnheit für einen Magier, ja? Und gefährlich.«

»Meint Ihr? Wie wäre es denn mit ein paar laut ausgesprochenen Gedanken mehr, Daru? Was ich hier getan habe, war wohl erwogen. Es gab nur einen einzigen Grund dafür, die Macht zu enthüllen: um gegen das Hornissennest zu treten. Gegen alle beide! Plump und kräftig, erschreckend wenig subtil. Donner für diejenigen, die das fast lautlose Huschen von Mäusefüßchen und flüsternden Schwänzen erwartet hatten. Und nun fragt Ihr Euch, warum ich so etwas tun sollte.«

»Kruppe fragt sich überhaupt nichts, außer vielleicht, warum Ihr darauf besteht, solch bewundernswerte Strategien der Irreführung diesen kreischenden Möwen zu erklären.«

Der Schnelle Ben starrte finster auf den kleinen, rundlichen Mann hinunter. »Tatsächlich? Ich hatte keine Ahnung, dass das so offensichtlich war. Vielleicht sollte ich es mir noch einmal überlegen.«

»Unsinn, Magier! Behaltet Euer unerschütterliches Selbstvertrauen – gewiss, manche mögen es Größenwahn nennen, aber nicht Kruppe, denn der besitzt selbst ein unerschütterliches Selbstvertrauen, wie es nur Sterbliche besitzen können, und nur gerade mal eine Hand voll auf der ganzen Welt zu Recht. Ihr habt einzigartige Gesellschaft, versichert Euch Kruppe!«

Der Schnelle Ben grinste. »Einzigartig? Und was ist mit diesen Möwen?«

Kruppe wedelte mit einer dicklichen Hand. »Pah! Es sei denn, eine würde auf Eurer linken Schulter landen, heißt das. Was etwas ganz anderes wäre, stimmt's?«

Die dunklen Augen des Magiers verengten sich misstrauisch, während er den Daru an seiner Seite anblickte.

Kruppe fuhr vergnügt fort. »In diesem Fall würde der arme unwissende Vogel Zeuge solch mächtiger Vielheit von listiger Umkehrung, dass er verwirrt zurücktaumeln würde, wenn nicht glücklicherweise verstopft!«

Der Schnelle Ben blinzelte verblüfft. »Was habt Ihr gesagt?«

»Nun, mein Herr, haben wir nicht über die Platzierung von Stöpseln gesprochen? *Seid still. Haltet den Mund.* Kruppe hat einfach auf eine innere Variante hingewiesen, mit der das unaufhörliche, kreischende Klagen der Möwe zum Schweigen gebracht, ja, in der Tat, zugestopft werden kann, zur allfälligen Erleichterung aller Anwesenden!«

Zweihundert Schritt zu ihrer Rechten setzte sich eine weitere Barke mit Bruths Truppen in Bewegung; das Gefährt spannte schnell die Leinen stromabwärts, als es das Ufer verließ.

Zwei Seesoldatinnen kamen auf den Schnellen Ben und Kruppe zugeritten.

Der Magier schaute sie finster an. »Wo ist Elster?«

»Unterwegs, Brückenverbrenner. Sind die Kröte und ihr Künstler aufgetaucht?«

»Gerade noch rechtzeitig, um sich um ihren Wagen zu kümmern, ja. Sie sind schon auf der anderen Seite.«

»Gut gemacht. Setzen wir auf die gleiche Weise über?«

»Nun, ich habe erwogen, euch auf halbem Weg fallen zu lassen – wann habt ihr beide das letzte Mal gebadet?«

Die beiden Frauen wechselten einen Blick; dann zuckte eine der beiden die Schultern und sagte: »Weiß nicht. Vor einem Monat? Oder drei? Wir waren beschäftigt.«

»Und wir würden lieber nicht nass werden, Magier«, fügte die zweite Seesoldatin hinzu. »Unsere Rüstung und die Klamotten darunter könnten auseinander fallen.«

»Kruppe versichert, dass das ein unvergesslicher Anblick wäre.«

»Ich wette, Euch würden die Augen rausfallen«, stimmte die Soldatin zu. »Und wenn nicht, müssten wir vielleicht ein bisschen nachhelfen.«

»Zumindest wären dann unsere Nägel sauber«, bemerkte die andere.

»Ah! Grobe Weiber! Kruppe wollte nur ein Kompliment machen!«

»Ihr seid derjenige, der ein Bad braucht«, gab die Seesoldatin zurück.

Die Miene des Daru zeigte zunächst Schrecken, dann Bestürzung. »Welch empörende Bemerkung. Ausreichende Schichten von süßem Duft über ausreichenden Jahren, ach was, Jahrzehnten, haben zu einem dauerhaften und in der Tat undurchdringlichen Bukett der wunderbarsten Wohlgerüche geführt.« Er wedelte mit der feisten, blassen Hand. »Eine wahrhaft wunderbare Aura, um liebeskranke Schmetterlinge anzuziehen –«

»Die sehen für mich eher wie Bremsen aus –«

»Dies hier sind unzivilisierte Lande – doch seht ihr auch nur ein einziges Insekt, das sich niedergelassen hat?«

»Nun – jetzt, wo Ihr fragt … da sind ein paar in Eurem öligen Haar ertrunken.«

»Genau. Schändliche Widersacher fallen allesamt dem gleichen Schicksal zum Opfer.«

»Ah«, sagte der Schnelle Ben, »da kommt Elster. Endlich. Den Göttern sei Dank.«

Dunkelheit verschluckte das Gässchen, als die Abenddämmerung sich auf die in Trümmern liegende Stadt herabsenkte. Ein paar Öllampen erleuchteten die großen Durchgangsstraßen, und die Gidrath-Trupps, die gelegentlich ihre Runden drehten, trugen eigene Laternen.

In einen Umhang gehüllt, der seine Rüstung verbarg, stand Coll in einer Nische und beobachtete, wie einer dieser Trupps an der Mündung des Gässchens vorbeimarschierte, sah den Teich aus gelbem Licht langsam schwinden, ehe sich erneut die Nacht der Straße bemächtigte.

Erst dann trat er aus den Schatten und winkte.

Murillio schnalzte mit den Zügeln, setzte die Ochsen in Bewegung. Der Wagen quietschte und rumpelte über die gesprungenen, von der Hitze geschmolzenen Pflastersteine.

Coll ging voraus, hinaus auf die Straße. Sie war nur teilweise von den Trümmern freigeräumt worden. Drei ausgebrannte Tempel befanden sich in seinem Blickfeld, von denen keiner aussah, als seien seine früheren Besitzer zurückgekehrt und hätten ihn wieder in Besitz genommen. Es gab keinen Unterschied zu den anderen vier, auf die sie bereits an diesem Nachmittag gestoßen waren.

Im Augenblick waren die Aussichten düster. Es schien, als hätten nur die Priester im *Knecht* überlebt, und das war der letzte Ort, den sie aufsuchen wollten. Es ging das Gerücht, dass die politischen Rivalitäten gefährliche Ausmaße angenommen hätten, da der Maskenrat jetzt frei von der Gegenwart mächtiger Verbündeter war. Und darüber hinaus natürlich auch frei von der Gegenwart eines Herrschers, der traditionell einen ausgleichenden Einfluss auf die Exzesse der Priester und Priesterinnen gehabt hatte. Die Zukunft Capustans sah nicht sonderlich vielversprechend aus.

Coll wandte sich nach rechts – Nordosten – und winkte Murillio hinter sich her, während er die Straße entlangging. Er hörte Murillios gedämpfte Flüche, als der junge Adlige die Riemen des Zuggeschirrs auf die Rücken der beiden Ochsen knallen ließ. Die Tiere waren erschöpft und hungrig, der Wagen hinter ihnen überladen.

Der Vermummte soll uns holen, möglicherweise haben wir einen schrecklichen Fehler gemacht …

Er hörte den Flügelschlag eines Vogels über seinem Kopf, sanft und rasch wieder verschwunden, und dachte sich nichts dabei.

Zahllose Wagen waren hier entlanggefahren, und ihre Räder hatten tiefe Furchen in die Pflastersteine gegraben, vor allem in letzter Zeit, als sie schwer mit Gesteinstrümmern beladen gewesen waren, aber ihre Spurbreite entsprach nicht der des Rhivi-Wagens, eines Gefährts mit breiten Rädern, das für die Ebenen gebaut worden war, wo es sich gegen hohes Gras und Schlammlöcher behaupten musste. Murillio konnte allerdings auch nicht verhindern, dass die Wagenräder auf einer Seite in die Furche rutschten, denn die Ochsen hatten einen eigenen ausgetretenen Pfad auf dieser Seite der Straße. Dadurch hing der Wagen schräg, und sie kamen nur unbeholfen voran, wobei die Joche in einem Winkel standen, der ganz eindeutig unangenehm für die Ochsen war.

Coll hörte von hinten einen leisen Klagelaut, der mit einem merkwürdigen Ächzen und dem Schnalzen der Zugriemen endete. Er wirbelte gerade noch rechtzeitig herum, um zu sehen, wie Murillios Körper von der Kutschbank fiel und mit knochenzerschmetternder Wucht auf den Pflastersteinen landete.

Eine riesige, ganz in Schwarz gekleidete Gestalt, die ihm einen winzigen Augenblick lang Flügel zu haben schien, stand nun auf dem Wagen.

Murillio lag wie eine weggeworfene Puppe reglos neben dem Vorderrad.

Furcht stieg in dem Daru auf. »Was zum –«

Die Gestalt gestikulierte mit den Händen. Schwarze magische Energien wirbelten um sie herum, taumelten auf Coll zu.

Fluchend warf der Daru sich nach rechts, rollte scheppernd über die Steine und prallte gegen die erste halbmondförmige Stufe des Tempels.

Doch die Magie wogte auf zu breiter Front heran, um ihr zu entkommen; sie wirbelte und breitete ihre tintige Macht aus, überflutete die Straße wie eine Sturmflut.

Auf der Seite liegend, den Rücken gegen die Stufe gepresst, konnte Coll nur einen Unterarm hochreißen, um seine Augen zu bedecken, als die magischen Energien sich über ihm aufbäumten und dann auf ihn herabstürzten.

Und verschwanden. Coll keuchte, blinzelte, und senkte den Arm gerade rechtzeitig, um eine dunkle, gerüstete Gestalt zu erblicken, die über ihn hinwegtrat; sie war von hinten gekommen, aus der Richtung des Tempeleingangs.

Aus den Augenwinkeln erhaschte er einen Blick auf zwei Langschwerter, eines davon merkwürdig gekrümmt, die über ihn hinwegglitten, dann setzte der gewaltige Krieger seinen Fuß auf das Straßenpflaster.

Der Angreifer, der oben auf dem Wagen hockte, sprach mit hoher, schriller Stimme. Er klang nachdenklich. »*Du* solltest tot sein. Ich kann spüren, wie kalt du bist. Ich kann die Faust des Vermummten spüren, die sich in deiner leblosen Brust ballt. Er hat dich hier behalten. Lässt dich umherwandern.«

Na, dieser Neuankömmling sieht mir aber nicht sonderlich tot aus. Er warf einen Blick in die Schatten rechts vom Wagen, versuchte Murillios leblosen Körper zu entdecken.

»Ich wandere nicht umher«, entgegnete der Krieger krächzend, wobei er immer noch auf die Gestalt zuschritt. »*Ich jage.*«

»Uns? Aber wir haben uns nur so wenige genommen! Keine Zwanzig in dieser Stadt. Ritter des Todes, hat dein Herr nicht erst vor kurzem ein Mahl gehalten, dass ihn fast hätte platzen lassen? Und ich habe nur die bewusstlose Hexe gesucht – sie liegt in diesem Wagen. Schwebt am Rande der Kluft. Dein Herr hat –«

»Sie ist nicht für Euch«, grollte der Krieger. »Ihr Geist wartet. Und die Geister ihrer versammelten Verwandten. Und die Tiere, deren Herzen leer sind. Alle warten. Sie ist nicht für Euch.«

Die Luft in der Gasse war bitterkalt geworden.

»Oh, nun denn«, seufzte der Angreifer. »Was ist mit diesem Kutscher und seinem Wächter? Ich könnte so viele Stücke von ihnen gebrauchen –«

»Nein. Korbal Broach, hört die Worte meines Herrn. Ihr werdet die Untoten freigeben, die Euer Anwesen bewachen. Ihr und der Mann namens Bauchelain werdet diese Stadt verlassen. Noch heute Nacht.«

»Wir hatten geplant, morgen früh aufzubrechen, Ritter des Todes – denn du *bist* doch der Ritter, oder? Das Hohe Haus Tod rührt sich, erwacht, wie ich jetzt spüre. Wir werden am Morgen aufbrechen, ja? Um diesen faszinierenden Armeen nach Süden zu folgen –«

»Heute Nacht, oder ich werde über Euch kommen und Anspruch

auf Eure Seelen erheben. Begreift Ihr das Schicksal, das mein Herr für Euch vorgesehen hat?«

Coll sah zu, wie der kahlköpfige, bleichgesichtige Mann auf dem Wagen die Arme hob – die daraufhin verschwammen, sich zu mitternachtsdunklen Schwingen verbreiterten. Er kicherte. »Dann musst du uns aber zuerst fangen!« Alles wurde noch unschärfer – und plötzlich hockte an der Stelle, wo der Mann gestanden hatte, nur noch eine verwahrloste Krähe, die einen schrillen Schrei ausstieß, ehe sie mit kräftigen Flügelschlägen in die Höhe stieg und von der Dunkelheit verschluckt wurde.

Der Krieger ging dorthin, wo Murillio lag.

Coll holte tief Luft und versuchte, sein wild hämmerndes Herz zu beruhigen, dann mühte er sich unter Schmerzen auf die Beine. »Ich danke Euch, mein Herr«, brummte er und zuckte zusammen, als er etwas spürte, was am Morgen üble blaue Flecken an seiner rechten Schulter und an seiner Hüfte sein würden. »Lebt mein Freund noch?«

Der Krieger, der – wie Coll jetzt bemerkte – die Überreste einer Gidrath-Rüstung trug, drehte sich zu ihm um. »Er lebt. Korbal Broach braucht sie lebendig … für seine Arbeit. Zumindest anfangs. Ihr werdet mit mir kommen.«

»Oh. Als Ihr gesagt habt, dass Ihr jagt, hat dieser Zauberer angenommen, Ihr würdet ihn jagen. Aber dem war nicht so, stimmt's?«

»Die beiden sind ziemlich arrogant.«

Coll nickte langsam. Er zögerte und sagte dann: »Vergebt mir, wenn ich ein wenig unverschämt sein sollte, aber ich wüsste gerne, was Ihr – oder was Euer Lord – mit uns vorhat? Wir müssen uns um eine alte Frau kümmern-«

»Euch wird der Schutz meines Herrn gewährt werden. Kommt, der Tempel des Vermummten ist für Euch vorbereitet worden.«

»Ich bin mir nicht sicher, wie ich das verstehen soll. Die Mhybe braucht Hilfe.«

»Was die Mhybe braucht, könnt Ihr ihr nicht geben, Coll von Darujhistan.«

»Kann der Vermummte es ihr geben?«

»Der Körper der Frau muss erhalten werden. Sie muss mit Speise und Wasser versorgt und gepflegt werden. Das ist Eure Aufgabe.«

»Ihr habt meine Frage nicht beantwortet.«

»Folgt mir. Wir brauchen nicht weit zu gehen.«

»Im Augenblick«, sagte Coll leise, »bin ich geneigt, etwas anderes zu tun.« Er griff nach seinem Schwert.

Der Ritter des Todes neigte den Kopf zur Seite. »Sagt mir, Coll von Darujhistan, schlaft Ihr?«

Der Daru runzelte die Stirn. »Natürlich. Was –«

»Das habe ich einst auch getan. Ich muss es getan haben, nicht wahr? Aber jetzt, jetzt schlafe ich nicht mehr. Stattdessen gehe ich auf und ab. Ihr müsst verstehen, ich kann mich nicht daran erinnern, geschlafen zu haben. Ich weiß nicht mehr, wie es war.«

»Oh ... das tut mir Leid.«

»Also haben wir hier einen, der nicht schläft ... und da, in diesem Wagen, eine, die nicht aufwachen wird. Coll von Darujhistan, ich glaube, wir werden einander schon bald brauchen, diese Frau und ich.«

»Inwiefern?«

»Ich weiß es nicht. Kommt, wir haben es nicht weit.«

Coll schob langsam sein Schwert wieder in die Scheide. Er hätte nicht erklären können, warum er es tat; schließlich war keine seiner Fragen zu seiner Zufriedenheit beantwortet worden, und bei dem Gedanken, sich in den Schutz des Vermummten zu begeben, bekam er eine Gänsehaut. Doch all diesen Tatsachen zum Trotz nickte er und sagte: »Wenn Ihr bitte einen Augenblick warten würdet. Ich muss Murillio auf den Wagen heben.«

»Oh ja, das ist wahr. Ich hätte es selbst getan, aber ich bin leider nicht in der Lage, meine Schwerter aus den Händen zu legen.« Der Krieger schwieg einen Moment und fuhr dann fort: »Korbal Broach hat in mich hineingesehen. Seine Worte haben meine Gedanken ... verwirrt. Coll von Darujhistan, ich glaube, ich bin tot. Stimmt das? Bin ich tot?«

»Ich weiß es nicht«, erwiderte der Daru, »aber ... ich glaube schon.«

»Die Toten, sagt man, schlafen nicht.«

Coll kannte diesen Spruch gut, und er wusste, dass er ursprünglich aus dem Tempel des Vermummten stammte. Er kannte allerdings auch die sarkastische Bemerkung, die das Zitat vervollständigte. »›Während die Lebenden nicht leben.‹ Nicht, dass das allzu viel Sinn ergibt.«

»Für mich schon«, sagte der Krieger. »Denn ich weiß jetzt, dass ich etwas verloren habe, von dem ich nicht wusste, dass ich es besessen hatte.«

Colls Gedanken stolperten durch diese Feststellung, dann seufzte er. »Ich wäre ein Narr, wenn ich Euer Wort in dieser Hinsicht anzweifeln würde ... habt Ihr einen Namen?«

»Ich glaube schon, aber ich habe ihn vergessen.«

»Nun«, sagte Coll, während er Murillio in die Arme nahm, »ich fürchte, Ritter des Todes ist unpassend.« Er stand auf, ächzte unter dem Gewicht in seinen Armen. »Ihr wart ein Gidrath, nicht wahr? Und Ihr wart aus Capustan – obwohl ich zugeben muss, dass der Bronzeton Eurer Haut mehr an einen –«

»Nein, ich war kein Gidrath. Und auch kein Capan. Ich glaube, ich bin überhaupt nicht von diesem Kontinent. Ich weiß nicht, warum ich hier aufgetaucht bin. Oder wie. Ich bin noch nicht lange hier. Alles ist so, wie es mein Herr verfügt hat. Was meine Vergangenheit angeht, kann ich mich nur an eins erinnern.«

Coll trug Murillio zum hinteren Ende des Wagens und legte ihn hinein. »Und an was?«

»Ich habe einmal in einem Feuer gestanden.«

Nach einem langen Augenblick seufzte Coll rau. »Eine unglückliche Erinnerung ...«

»Da waren Schmerzen. Doch ich habe durchgehalten. Habe weitergekämpft. Zumindest nehme ich das an. Ich glaube, ich hatte geschworen, das Leben eines Kindes zu verteidigen. Aber das Kind war nicht mehr. Es könnte sein ... dass ich versagt habe ...«

»Nun, wir brauchen immer noch einen Namen für Euch.«

»Vielleicht fällt Euch ja irgendwann einer ein, Coll von Darujhistan.«

»Ich verspreche es.«

»Oder vielleicht kehren meine Erinnerungen eines Tages ganz zurück, und mit ihnen auch mein Name.«

Wenn der Vermummte auch nur einen Hauch Barmherzigkeit besitzt, dann wird dieser Tag niemals kommen, mein Freund. Denn ich glaube, dein Leben war alles andere als leicht. Genau wie dein Tod. Und es scheint, als besäße er tatsächlich Barmherzigkeit, denn er hat dich hierher gebracht, wo du weit weg von allem bist, was du einst gekannt hast ... Denn wenn ich mir deine Gesichtszüge so anschaue – und die merkwürdige Haut vergessen wir jetzt einfach mal –, bin ich mir ziemlich sicher, dass du ein Malazaner bist.

Unter einem prächtig glitzernden Sternenhimmel hatte Itkovian in Begleitung von Stonny Menackis und Grantl samt seiner gestreiften Gefolgschaft mit der letzten Barke übergesetzt – zusammen mit etwa hundert Rhivi, hauptsächlich Alten und ihren Hunden. Die Tiere schnappten und rangelten in dem engen, flachen Boot und hockten sich dann für die zweite Hälfte der Reise hin, nachdem sie es geschafft hatten, sich zum Dollbord durchzukämpfen, und hinaus auf den Fluss blicken konnten.

Die Hunde waren die Ersten, die das Boot verließen, als es am Südufer anlegte; sie bellten wild, als sie durch den Schilfgürtel jagten, und Itkovian war froh, dass sie weg waren. Während er mit halbem Ohr zuhörte, wie Grantl und Stonny Beleidigungen austauschten wie ein Ehepaar, das sich schon viel zu lange kennt, machte Itkovian sein Pferd bereit und wartete, bis die Planken ausgelegt wurden, wobei er mit müßigem Interesse die alten Rhivi beobachtete, die ihren Hunden folgten, ohne auf die schäumenden Schlammtümpel und das verfilzte Schilf am Ufer zu achten.

Über den niedrigen, abgetragenen Hügeln auf dieser Seite des Flusses hing noch immer ein Dunst aus Staub und dem Rauch von Dungfeuern, der wie ein Witwenschleier über die mehr als zwanzigtausend Zelte der Armee drapiert war. Abgesehen von ein paar hundert Rhivi-Hirten und der Bhederin-Herde, die sie im Morgengrauen herübertreiben sollten, befand sich die gesamte Streitmacht der Invasoren jetzt auf pannionischem Territorium.

Niemand hatte versucht, sie an der Überquerung zu hindern. Die niedrigen Hügel im Süden schienen bar allen Lebens, enthüllten nichts als die Spuren, die Septarch Kulpaths Belagerungsarmee zurückgelassen hatte.

Grantl trat an seine Seite. »Irgendetwas sagt mir, dass wir den ganzen Weg bis nach Korall durch verwüstetes Land marschieren werden.«

»Das scheint wahrscheinlich, mein Herr. Zumindest ist es das, was ich getan hätte, wenn ich der Seher wäre.«

»Ich frage mich manchmal, ob Bruth und Dujek klar ist, dass die Armee, die Capustan belagert hat, nur eine von mindestens dreien von vergleichbarer Größe war. Und Kulpath war zwar ein besonders erfolgreicher Septarch, aber es gibt immer noch sechs andere, die uns Kummer bereiten können.«

Itkovian riss den Blick von dem Lager vor ihm los, um den ungeschlachten Krieger an seiner Seite zu mustern. »Wir müssen davon ausgehen, dass der Feind sich auf uns vorbereitet. Doch im Innern der Domäne rieseln jetzt die letzten Körner durch das Stundenglas.«

Treachs Todbringendes Schwert grunzte. »Wisst Ihr etwas, was wir anderen nicht wissen?«

»Nichts Bestimmtes, mein Herr. Ich habe nichts weiter getan, als Schlüsse gezogen, die auf den Einzelheiten gründen, die zu beobachten ich in der Lage war, als ich Kulpaths Armee und die Tenescowri gesehen habe.«

»Nun, dann behaltet diese Schlüsse nicht für Euch.«

Itkovian richtete den Blick wieder nach Süden. Nach einem Moment seufzte er. »Städte und Regierungen sind nichts weiter als die blühende Spitze einer Pflanze, deren Stängel das gemeine Volk ist; das gemeine Volk wiederum hat seine Wurzeln in der Erde und zieht daraus die notwendige Nahrung, die die Blume am Leben erhält. Die Tenescowri, mein Herr, sind das überlebende gemeine Volk der Domäne – Menschen, die von ihrem Land gerissen wurden, aus ihren Städten, ihren Häusern, von ihren Gehöften. Niemand stellt mehr irgendwelche Nahrungsmittel her – und der daraus resultierende Hunger hat zum Grauen des Kannibalismus geführt. Das

Land vor uns ist in der Tat verwüstet, aber nicht unseretwegen. Es ist schon seit einiger Zeit Ödland, mein Herr. Und daher ist die Blume, auch wenn sie noch mit ihren Farben prunkt, in Wirklichkeit bereits tot.«

»Und hängt als Trockenblume an einem Haken unter dem Sims des Verkrüppelten Gottes?«

Itkovian zuckte die Schultern. »Caladan Bruth und Hohefaust Dujek haben Städte als Ziele unseres Vormarschs ausgewählt. Lest, Setta, Maurik und Korall. Von diesen lebt nur noch Letztere, wie ich glaube. Keine der anderen wäre in der Lage, eine Verteidigungsarmee zu verpflegen; tatsächlich können sie noch nicht einmal ihre eigenen Bürger ernähren – wenn noch welche übrig sind. Dem Seher bleibt gar nichts anderes übrig, als seine Streitkräfte auf die eine Stadt zu konzentrieren, in der er nun residiert, und seinen Soldaten wird nichts anderes übrig bleiben, als die Praktiken der Tenescowri anzunehmen. Ich vermute, dass die Tenescowri letzten Endes aus genau diesem Grund geschaffen worden sind – um als Nahrung für die Soldaten zu dienen.«

Grantls Miene war besorgt. »Was Ihr beschreibt, Itkovian, ist ein Reich, das nie dazu gedacht war, sich selbst zu erhalten.«

»Es sei denn, es könnte sich ohne Ende weiter und weiter ausdehnen.«

»Aber selbst dann wäre es nur an den äußersten, immer weiter vorrückenden Rändern lebendig, die sich von einem toten Kern ausbreiten würden, einem Kern, der mit den Rändern wächst.«

Itkovian nickte. »So ist es, mein Herr.«

»Das heißt, wenn Bruth und Dujek vor Setta, Lest und Maurik mit Kämpfen rechnen, könnte es sein, dass sie eine Überraschung erleben.«

»Das glaube ich jedenfalls.«

»Diese Malazaner werden also einen langen, vollkommen sinnlosen Marsch hinter sich bringen, wenn Ihr Recht habt«, bemerkte Grantl.

»Vielleicht gibt es noch andere Gründe, die die Aufteilung unserer Kräfte rechtfertigen, Todbringendes Schwert.«

»Ihr meint, sie sind sich nicht ganz so einig, wie sie uns glauben machen wollen?«

»In unserer Streitmacht sind mächtige Anführer versammelt, mein Herr. Vielleicht ist es schon ein Wunder, dass es noch nicht zu ernsten Meinungsverschiedenheiten gekommen ist.«

Grantl sagte einige Zeit lang nichts.

Die breiten Plattformen aus Weidengeflecht wurden an der Vorderseite der Barke befestigt; eine Söldnerkompanie baute mit der Erfahrung langer Übung den Laufgang zusammen.

»Dann lasst uns hoffen«, knurrte Grantl schließlich, »dass die Belagerung von Korall nicht allzu lange dauert.«

»Sie wird nicht lange dauern«, versicherte ihm Itkovian. »Ich gehe von einem einzigen Angriff aus, um die Verteidiger zu überwältigen. Eine Kombination aus militärischen und magischen Mitteln. Sowohl der Kriegsherr als auch die Hohefaust haben die Absicht, die Verteidigungsanlagen schnell und gründlich zu zerstören. Beide sind sich der Risiken, die eine lange Belagerung birgt, vollkommen bewusst.«

»Klingt ziemlich blutig, Itkovian.«

Stonny Menackis trat von hinten an sie heran; sie führte ihr Pferd am Zügel. »Bewegt euch, ihr beide – ihr haltet uns alle auf, und diese verdammte Barke sackt langsam ab. Wenn ich irgendwelche Schlammspritzer auf meine neuen Kleider kriege, bringe ich denjenigen um, der Schuld daran ist – egal, wer es ist.«

Itkovian lächelte. »Ich hatte vor, Euch ein Kompliment über Eure Garderobe zu machen –«

»Die Wunder der Trygalle-Handelsgilde. Die haben es möglich gemacht, das hier bei meinem Lieblingsschneider in Darujhistan in Auftrag zu geben.«

»Ihr scheint Grün zu bevorzugen, meine Dame.«

»Habt Ihr schon mal eine Jaelparda gesehen?«

Itkovian nickte. »Diese Schlangenart ist in Elingarth bekannt.«

»Die Jaelparda und ihr Todeskuss. Das hier ist genau dasselbe Grün, nicht wahr? Wehe, wenn nicht. Schließlich habe ich dafür bezahlt, und es war nicht billig. Und dann noch dieses helle Gold –

seht Ihr? Hier, am Saum des Umhangs? Habt Ihr jemals den Bauch einer Weißen Paralt gesehen?«

»Ihr meint die Spinne?«

»Die Todeskitzlerin, ja. Das ist die Farbe.«

»Ich hätte es niemals für etwas anderes halten können«, erwiderte Itkovian.

»Gut. Ich bin froh, dass hier irgendjemand die feinen Nuancen der hohen Zivilisation versteht. Und jetzt bringt Euer verdammtes Pferd in Gang, oder der Teil von Euch, den Ihr schon viel zu lange nicht mehr benutzt habt, macht Bekanntschaft mit der Spitze meiner blanken neuen Stiefel.«

»Jawohl, meine Dame.«

Korporal Tippa sah zu, wie Detoran Igel zu ihrem Zelt zerrte. Die beiden glitten schweigend am äußersten Rand des Lichtscheins dahin, den die Feuergrube warf. Bevor sie einmal mehr im Zwielicht verschwanden, wurde Tippa Zeugin einer komischen Pantomime, als Igel – das Gesicht zu einer wilden Grimasse verzogen – davonzulaufen und Detoran zu entfliehen versuchte. Sie reagierte darauf, indem sie den Sappeur an der Kehle packte und seinen Kopf so lange kräftig schüttelte, bis er seine Gegenwehr einstellte.

Nachdem die beiden verschwunden waren, brummte Blend: »Was die Nacht dankenswerterweise so alles verbirgt ...«

»Leider nicht gut genug«, murmelte Tippa, während sie mit einem abgebrochenen Speerschaft im Feuer herumstocherte.

»Nun, sie knebelt ihn wahrscheinlich gerade, dann wird sie ihm die Kleider –«

»Schon gut, schon gut, ich hab's kapiert.«

»Armer Igel.«

»Von wegen armer Igel, Blend. Wenn ihn das nicht in Fahrt bringen würde, würde es nicht Nacht für Nacht so gehen.«

»Andererseits sind wir allesamt Soldaten.«

»Und was soll das heißen?«

»Das heißt, wir wissen, dass Befehle zu befolgen die beste Methode ist, um am Leben zu bleiben.«

»Also sollte Igel lieber strammstehen, wenn er weiteratmen will? Willst du das damit sagen? Ich habe immer gedacht, wenn die Angst zu groß wird, baumelt das Ding sowieso nur noch schlaff rum.«

»Detoran war früher einmal Hauptsergeant, vergiss das nicht. Ich habe mal einen Rekruten anderthalb Glockenschläge lang strammstehen sehen, nachdem das Herz des armen Burschen bei einer ihrer Tiraden geplatzt war. Anderthalb Glockenschläge, Tippa – so lange hat er dagestanden, tot und kalt –«

»Blödsinn. Ich war dabei. Das war vielleicht ein Zehntel-Glockenschlag, und das weißt du auch.«

»Darauf kommt es doch gar nicht an; ich wette jedenfalls meinen ausstehenden Sold, dass Igel das Gleiche tut wie dieser Rekrut.«

Tippa stocherte im Feuer herum. »Komisch«, murmelte sie nach einem Weilchen.

»Was denn?«

»Oh, das, was du gesagt hast. Nicht das von dem toten Rekruten, sondern dass Detoran mal Hauptsergeant war. Wir sind alle degradiert worden, wir Brückenverbrenner. Fast jedes verdammte Mitglied der Brückenverbrenner, und sie haben ganz oben angefangen, bei Elster. Fäustel hat einen Heiler-Kader angeführt, damals, als wir noch genug Heiler hatten und der Imperator den Befehl hatte. Und war Spindel nicht mal Hauptmann einer Kompanie Sappeure?«

»Drei Tage lang, dann ist einer von ihnen über seinen eigenen Knaller gestolpert –«

»Und sie sind alle in die Luft geflogen, oh ja. Wir waren tausend Schritt weit weg, und meine Ohren haben noch tagelang gedröhnt.«

»Das war das Ende für Kompanien, die nur aus Sappeuren bestanden. Dassem hat sie danach aufgelöst, woraufhin Spindel keine Gruppe von Spezialisten mehr hatte, deren Hauptmann er sein konnte. Also, Tippa, was soll das nun?«

»Nichts. Nur dass niemand von uns noch das ist, was er oder sie mal war.«

»Ich bin nie befördert worden.«

»Oh, was für eine Überraschung! Du hast eine Kunst daraus gemacht, nicht bemerkt zu werden!«

»Und wenn schon. Und Fahrig wurde schon als Sergeant geboren –«

»Und das hat ihn daran gehindert, sich weiterzuentwickeln, klar. Zugegeben, er ist nie degradiert worden, aber das liegt nur daran, dass er der schlechteste Sergeant ist, den es jemals gegeben hat. Ihn Sergeant bleiben zu lassen ist für uns alle eine Strafe, angefangen mit Fahrig selbst. Was ich sagen wollte, ist, dass wir alle Verlierer sind.«

»Oh, was für ein toller Gedanke, Tippa.«

»Wer hat gesagt, dass alle Gedanken schön sein müssen? Niemand.«

»Ich hätte es gesagt, es ist mir nur vorher nicht eingefallen.«

»Hahaha.«

Langsames Hufgetrappel näherte sich. Einen Augenblick später tauchte Hauptmann Paran auf, der sein Pferd am Zügel führte.

»War ein langer Tag, Hauptmann«, meinte Tippa. »Wir haben hier noch ein bisschen Tee – wenn Ihr welchen wollt ...«

Paran schlang die Zügel um das Sattelhorn und trat näher. »Das letzte Feuer, das bei den Brückenverbrennern noch brennt. Schlaft ihr beide eigentlich nie?«

»Das Gleiche könnten wir Euch fragen, Hauptmann«, erwiderte Tippa. »Aber wir wissen doch alle schon längst, dass Schlaf was für Schwächlinge ist, stimmt's?«

»Das hängt wohl davon ab, wie friedlich er ist.«

»Da hat der Hauptmann Recht«, sagte Blend zu Tippa.

»Nun«, sagte Korporal Tippa naserümpfend. »Ich bin ziemlich friedlich, wenn ich schlafe.«

Blend gab ein unanständiges Geräusch von sich. »Glaubst du ...«

»Wir haben Nachrichten von den Schwarzen Moranth«, sagte Paran, während er einen Becher mit dampfendem Kräutertee von Tippa annahm.

»Sie haben Setta ausgekundschaftet.«

»Ja. Es ist niemand dort. Zumindest niemand, der atmet. Die ganze Stadt ist eine einzige riesige Totenstadt.«

»Und warum marschieren wir dann noch hin?«, wollte Tippa wissen. »Es sei denn, wir marschieren gar nicht –«

»Oh doch, das tun wir, Korporal.«

»Und warum?«

»Wir marschieren nach Setta, weil wir nicht nach Lest marschieren.«

»Nun«, seufzte Blend, »da bin ich aber froh, dass das geklärt ist.«

Paran schlürfte seinen Tee und sagte dann: »Ich habe mir einen Stellvertreter ausgesucht.«

»Einen Stellvertreter, Hauptmann?«, fragte Tippa. »Warum?«

»Aus nahe liegenden Gründen. Wie auch immer, ich habe dich ausgesucht, Tippa. Du bist jetzt Leutnant. Elster hat es abgesegnet. In meiner Abwesenheit wirst du die Brückenverbrenner befehligen –«

»Nein, danke, Hauptmann.«

»Es steht nicht zur Diskussion, Tippa. Dein neuer Rang ist bereits in die Liste eingetragen. Ganz offiziell, mit Dujeks Siegel darunter.«

Blend stupste sie an. »Glückwunsch – oh, äh, ich hätte wohl salutieren müssen.«

»Halt die Klappe«, grollte Tippa. »In einer Sache hast du allerdings recht – bums mich nie wieder an, ja?«

»Das ist ein Befehl, der nicht leicht zu befolgen ist … Leutnant.«

Paran trank den letzten Schluck Tee und stand auf. »Ich habe nur einen einzigen Befehl für dich, Leutnant.«

Sie blickte zu ihm auf. »Ja, Hauptmann?«

»Die Brückenverbrenner«, sagte Paran, und sein Gesicht war plötzlich ernst. »Halte sie zusammen, egal, was passiert. Halte sie zusammen, Leutnant.«

»Äh, jawohl, Hauptmann.«

Sie sahen Paran nach, als er zu seinem Pferd zurückkehrte und es wegführte.

Eine ganze Weile sagte keine der beiden Frauen ein Wort, dann seufzte Blend. »Lass uns zu Bett gehen, Tippa.«

»Ja.«

Sie traten die letzten Überreste des Feuers aus. Als die Dunkelheit sich um sie herum schloss, trat Blend näher an Tippa heran und hakte sich bei ihrem frisch gebackenen Leutnant ein.

»Letztlich geht's nur um das«, murmelte sie, »was die Nacht verbirgt.«

Zum Vermummten damit. Letztlich geht's nur darum, was der Hauptmann tatsächlich gemeint hat. Das muss ich rauskriegen. Irgendetwas sagt mir, dass die Zeit, wo Leutnant Tippa friedlich geschlafen hat, jetzt vorbei ist …

Sie ließen die letzten Glutstückchen zurück und wurden von der Dunkelheit verschluckt.

Einen Augenblick später war keinerlei Bewegung mehr zu sehen; nur die Sterne warfen ihr schwaches silbernes Licht auf das Lager der Brückenverbrenner. Die häufig geflickten Zelte wirkten farblos in dem matten, geisterhaften Licht. Eine Szene, die gespenstisch und merkwürdig zeitlos war. Und auf ihre Art überaus friedlich.

Elster betrat Dujeks Kommandozelt. Wie er erwartet hatte, war die Hohefaust auf sein Kommen vorbereitet. Eine abgeblendete Laterne auf dem Feldtisch, zwei Krüge voller Bier und ein großes Stück Gadrobi-Ziegenkäse. Dujek selbst saß auf einem der Stühle; sein Kopf war ihm im Schlaf auf die Brust gesunken.

»Hohefaust«, sagte Elster, als er seine Handschuhe auszog, wobei er den Blick nicht von dem Bier und dem Käse wandte.

Der alte Kommandant ächzte, setzte sich aufrecht hin, blinzelte. »Ja.«

»Wir haben sie verloren.«

»Schade. Du musst hungrig sein; ich habe extra – oh, gut. Iss und trink ruhig weiter, und überlass das Reden mir.« Er beugte sich vor und angelte sich seinen Krug. »Artanthos hat Paran gefunden und die Befehle überbracht. Also wird der Hauptmann die Brückenverbrenner bereit machen – wofür, das werden sie nicht erfahren, und wahrscheinlich ist das auch das Beste. Was Paran selbst angeht – in Ordnung, der Schnelle Ben hat mich inzwischen überzeugt. Schlimm, das Ganze. Doch ich will ehrlich sein und sagen, soweit ich es sehen kann, werden wir den Magier mehr vermissen als diesen adligen Burschen –«

Elster, der gerade das letzte Stück Käse mit einem großen Schluck

Bier hinunterspülte, hob die Hand, um Dujeks Redefluss zu stoppen.

Die Hohefaust seufzte und wartete.

»Dujek –«

»Wisch dir die Krümel aus dem Bart«, grollte Einarm, »denn ich gehe davon aus, dass du ernst genommen werden willst.«

»Ein Wort zu Paran. Nach dem Verlust von Flicken – äh, von Silberfuchs, meine ich natürlich, kann der Wert, den der Hauptmann für uns hat, gar nicht überschätzt werden. Nein, nicht nur für uns. Für das ganze Imperium. Der Schnelle Ben war in dieser Hinsicht unnachgiebig. Paran ist der Herr der Drachenkarten. In ihm liegt die Macht, die Welt neu zu gestalten, Hohefaust.« Er machte eine kurze Pause, dachte über seine eigenen Worte nach. »Nun, vielleicht gibt es keine Möglichkeit, dass Laseen die Gunst dieses Mannes jemals wiedererlangt, aber sie wäre auf alle Fälle gut beraten, wenn sie es vermeiden würde, das Verhältnis noch weiter zu verschlechtern.«

Dujek zog die Augenbrauen hoch. »Ich werde es ihr sagen, wenn ich sie das nächste Mal sehe.«

»In Ordnung. Tut mir Leid. Zweifellos ist die Imperatrix davon unterrichtet, dass –«

»Zweifellos. Wie gesagt, es ist allerdings der Verlust des Schnellen Ben, der uns am meisten schmerzt. Von meiner Warte aus betrachtet, heißt das.«

»Nun, Hohefaust, was der Magier da vorhat ... äh, ich stimme mit ihm darin überein, dass es umso besser ist, je weniger Bruth und Konsorten davon wissen. Solange unsere Streitkräfte wie geplant aufgeteilt bleiben, haben sie keinen Grund, nicht zu glauben, dass der Schnelle Ben im Gleichschritt mit uns marschiert.«

»Der Wahnsinn dieses Magiers –«

»Hohefaust, der Wahnsinn dieses Magiers hat mehr als einmal unsere Haut gerettet. Nicht nur meine und die der Brückenverbrenner, sondern auch deine –«

»Das weiß ich sehr gut, Elster. Vergib bitte einem alten Mann seine Befürchtungen. Aber eigentlich sollten Bruth und Rake und die Tiste Andii – und die verdammten Älteren Götter – sich dem Verkrüppelten Gott in den Weg stellen. Sie sind diejenigen mit zahllosen Gewirren und erschreckender Macht – und nicht wir, nicht ein sterblicher Trupp-Magier und ein junger adliger Hauptmann, der schon einmal gestorben ist. Selbst wenn sie das Ganze nicht vermasseln – schau dir an, was für Feinde wir uns einhandeln werden.«

»Vorausgesetzt, unsere gegenwärtigen Verbündeten sind so kurzsichtig, dass sie nicht begreifen, was Sache ist.«

»Elster, wir sind Malazaner, erinnerst du dich? Nichts von alledem, was wir tun, soll jemals einen Hinweis auf unsere langfristigen Pläne geben – man nimmt nicht an, dass die Reiche von Sterblichen so weit vorausdenken. Und du und ich, wir beide sind verdammt gut darin, diesem Prinzip zu folgen. Der Vermummte soll mich holen, aber du weißt genau, dass Laseen einen Grund gehabt hat, die Befehlsstruktur umzukehren.«

»Damit die richtigen Leute in Bodennähe bereitstehen, wenn Schattenthron und Cotillion ihren Zug machen, klar.«

»Nicht nur sie, Elster.«

»Man sollte es dem Schnellen Ben sagen – und nicht nur ihm, sondern eigentlich allen Brückenverbrennern.«

»Nein. Außerdem – glaubst du nicht, dass sich dein Magier das alles schon längst zusammengereimt hat?«

»Wenn es so wäre, warum hat er dann Kalam auf die Imperatrix gehetzt?«

»Weil Kalam persönlich überzeugt werden muss, das ist der Grund. Von Angesicht zu Angesicht mit der Imperatrix. Der Schnelle Ben hat das gewusst.«

»Dann muss ich in diesem ganzen imperialen Spiel der Einzige sein, der schwer von Begriff ist«, seufzte Elster.

»Nun, du bist vielleicht der einzig wirklich Ehrenhafte, das könnte schon sein. Schau, wir haben gewusst, dass der Verkrüppelte Gott etwas im Schilde geführt hat. Wir haben auch gewusst, dass die Götter alles vermasseln würden. Zugegeben, wir haben nicht vorhergesehen, dass die Älteren Götter mit hineingezogen werden würden, aber das gehört nicht zur Sache, stimmt's? Das Entscheidende ist, wir haben gewusst, dass es Ärger geben würde. Aus mehr als einer

Richtung – aber wie hätten wir darauf kommen sollen, dass das, was in der Pannionischen Domäne vor sich geht, auf irgendeine Weise etwas mit den Bemühungen des Verkrüppelten Gottes zu tun haben könnte?

Trotzdem, ich glaube nicht, dass es nur Zufall war, dass ein paar Brückenverbrenner auf diesen Agenten des Angeketteten gestoßen sind – diesen kränklichen Kunsthandwerker aus Darujhistan; genauso wenig, wie es Zufall war, dass der Schnelle Ben da war, um die Ankunft des Hauses der Ketten zu bestätigen. Laseen hat immer gewusst, wie wichtig es ist, die richtigen strategischen Positionen zu besetzen, um vernünftige Resultate zu erzielen – beim Vermummten, sie hat das dem Imperator beigebracht, nicht umgekehrt. Das Taschen-Gewirr des Verkrüppelten Gottes wandert – es ist immer gewandert. Dass es zu den Hügeln zwischen Fahl und Darujhistan gewandert ist, war eine Gelegenheit, die der Verkrüppelte Gott sich nicht entgehen lassen konnte – wenn er tatsächlich irgendetwas tun wollte, musste er jetzt handeln. Und wir haben ihn erwischt. Vielleicht nicht auf die Weise, wie wir es eigentlich vorhatten, aber wir haben ihn erwischt.«

»Ziemlich gut«, murmelte Elster.

»Und was Paran angeht, auch da gibt es eine gewisse Logik. Tayschrenn hat schließlich Flickenseel für die Rolle der Herrin der Drachenkarten aufgebaut. Und als das schief gegangen ist, tja, da hat es einen Nebeneffekt gegeben – der direkt bei dem Mann zum Tragen kam, der ihr damals am nächsten gestanden hat. Nicht körperlich, aber gewiss geistig. Was all diese Dinge angeht, Elster – wenn wir sie jetzt rückblickend betrachten –, war der einzige wirklich begriffsstutzige Spieler Bellurdan Schädelzerschmetterer. Wir werden nie erfahren, was damals in der Ebene zwischen ihm und Flickenseel geschehen ist, aber, beim Abgrund, es zählt zu den schlimmsten Sauereien in der Geschichte des Imperiums. Dass die Rolle des Herrn der Drachenkarten einem Malazaner zugefallen ist und nicht einem Gadrobihirten, der zufällig gerade in der Nähe war, tja, ich schätze, da hat uns Oponns Glück in die Hände gespielt, und das ist alles, was wir meiner Meinung nach darüber sagen können.«

»Jetzt bin ich derjenige, der sich Sorgen macht«, meinte Elster. »Wir sind viel zu schlau gewesen, was mich immer wieder überlegen lässt, wer hier eigentlich wen manipuliert. Wir spielen Schattenspiele mit dem Lord des Schattens, rasseln mit den Ketten des Verkrüppelten Gottes und verschaffen Bruth jetzt ein bisschen mehr Zeit, ohne dass er eine Ahnung davon hat, während wir gleichzeitig den T'lan Imass die Stirn bieten oder es zumindest vorhaben …«

»Wir nutzen nur günstige Gelegenheiten, Elster. Zögern ist tödlich. Wenn du mitten in einem breiten, tobenden Fluss bist, gibt es nur eine Richtung, in die du schwimmen kannst. Es liegt an uns, Laseens Kopf über Wasser zu halten – und durch sie das ganze malazanische Imperium. Wenn Bruth in Brands Namen seinen Hammer schwingt – dann ertrinken wir, alle. Dann werden Gesetz, Ordnung, Frieden – jegliche Zivilisation – es wird alles dahin sein.«

»Und um Bruth davon abzuhalten, genau das zu tun, opfern wir uns – und zwar indem wir den Verkrüppelten Gott herausfordern. Wir, eine verdammt erschöpfte Armee, die bereits durch eine von Laseens Panikattacken dezimiert worden ist.«

»Am besten, du vergibst ihr die Panikattacken, Elster. Die beweisen nur, dass auch sie nur ein Mensch ist.«

»Nun, die Brückenverbrenner vor Fahl praktisch auszulöschen –«

»War ein Unfall. Das hast du zwar damals nicht gewusst, aber du weißt es jetzt. Tayschrenn hat ihnen befohlen, in den Tunneln zu bleiben, weil er gedacht hat, dort wäre es am sichersten. Am sichersten.«

»Es hat eher so ausgesehen, als wollte jemand, dass wir sozusagen zufällig ein Opfer der Geschehnisse werden«, sagte Elster. *Nein, nicht wir. Ich. Verdammt sollst du sein, Dujek, du bringst mich dazu zu glauben, dass du mehr von der ganzen Geschichte gewusst hast, als ich gehofft hatte. Beru schütze uns, ich hoffe, ich habe Unrecht …* »Und was dann in Darujhistan passiert ist –«

»Was in Darujhistan passiert ist, war eine Sauerei. Eine Folge von viel zu vielen Missverständnissen. Es war zu früh nach der Belagerung von Fahl – zu früh für uns alle.«

»Dann war ich also nicht der Einzige, der völlig verunsichert war?«

»Vor Fahl? Nein. Der Vermummte soll mich holen, das ging uns allen so. Die Schlacht lief ganz und gar nicht so wie geplant. Tayschrenn hat wirklich geglaubt, er könnte Mondbrut vom Himmel holen – und Rake dadurch aus seiner Höhle locken. Und wenn er bei dem Angriff nicht praktisch auf sich allein gestellt gewesen wäre, hätten sich die Dinge durchaus anders entwickeln können. Nach allem, was ich später erfahren habe, wusste Tayschrenn zum damaligen Zeitpunkt nicht, wer Nachtfrost wirklich war. Aber er wusste, dass sie es auf Rakes Schwert abgesehen hatte. Sie und Bellurdan, den sie dazu benutzt hat, Nachforschungen für sie anzustellen. Es hat wie ein Spiel um die Macht ausgesehen, ein privates Spielchen, und Laseen war nicht gewillt, so etwas zuzulassen. Doch selbst dann hat Tayschrenn erst zugeschlagen, nachdem Nachtfrost A'Karonys ausgelöscht hatte – ausgerechnet den Hohemagier, der mit seinem Verdacht ihr gegenüber zu Tayschrenn gekommen war. Wenn ich gesagt habe, die Tatsache, dass Bellurdan Flickenseel getötet hat, sei eine der größten Sauereien in der Geschichte des Imperiums gewesen, dann kommt jener Tag vor Fahl nur ganz knapp dahinter.«

»Es hat in letzter Zeit mehr als nur ein paar solcher Ereignisse gegeben …«

Dujek nickte bedächtig; seine Augen glitzerten im Licht der Laterne. »Meiner Meinung nach hat alles damit angefangen, dass die T'lan Imass die Bürger von Aren abgeschlachtet haben. Doch selbst dafür gilt, dass jedes Desaster eine Wahrheit enthüllt. Laseen hat jenen Befehl nicht gegeben, aber irgendjemand hat es getan. Jemand war zurückgekehrt, um sich auf den Ersten Thron zu setzen – und dieser Jemand war für tot gehalten worden – und er hat die T'lan Imass benutzt, um sich an Laseen zu rächen, um ihre Herrschaft und das Imperium zu erschüttern. Siehe da, das erste Anzeichen dafür, dass Imperator Kellanved nicht ganz so tot war, wie es uns recht gewesen wäre.«

»Aber immer noch wahnsinnig, ja. Dujek, ich glaube, wir bewegen uns auf die nächste Katastrophe zu.«

»Ich hoffe, du irrst dich. Wie auch immer, ich war derjenige, dessen Vertrauen heute Nacht gestärkt werden musste, nicht du.«

»Nun, das ist wohl der Preis dafür, die Befehlsstruktur umzukehren …«

»Trotz allem, was ich gesagt habe, ist mir gerade noch etwas klar geworden, Elster, und das ist nicht gerade erfreulich.«

»Und was?«

»Mir dämmert allmählich, dass wir nicht halb so sicher sind, worauf wir uns da einlassen, wie wir glauben.«

»Wer ist ›wir‹?«

»Das Imperium. Laseen. Tayschrenn. Was dich und mich betrifft, nun, wir sind die unwichtigsten Spieler, und das bisschen, was wir wissen, ist noch nicht einmal annähernd das, was wir wissen müssten. Wir sind vor Fahl zu dieser Attacke auf Mondbrut angetreten und hatten buchstäblich nicht die geringste Ahnung davon, was wirklich vorgegangen ist. Und wenn ich Tayschrenn hinterher nicht in die Enge getrieben hätte, wüssten wir es immer noch nicht.«

Elster betrachtete den Bodensatz des Biers in dem Krug in seinen Händen. »Der Schnelle Ben ist gerissen«, murmelte er. »Ich kann wirklich nicht sagen, wie viel er sich schon zusammengereimt hat. Er kann manchmal sehr verschlossen sein.«

»Aber er ist doch wohl noch willig?«

»Oh ja. Und er hat deutlich gemacht, dass er enormes Vertrauen in Ganoes Paran hat. In diesen neuen Herrn der Drachenkarten.«

»Findest du das merkwürdig?«

»Ein bisschen. Paran ist von einem Gott benutzt worden. Er ist im Innern dieses Schwertes gewesen, im Innern von Dragnipur. Er hat das Blut eines Schattenhunds in seinen Adern. Und niemand von uns weiß, was für Veränderungen diese Dinge in ihm bewirkt haben oder was sie bedeuten. Er ist alles andere als berechenbar gewesen, und er ist so gut wie unmöglich zu lenken – oh, natürlich befolgt er die Befehle, die ich ihm erteile, aber ich glaube, wenn Laseen darauf baut, dass sie ihn benutzen kann, könnte sie eine Überraschung erleben.«

»Du magst ihn, stimmt's?«

»Ich bewundere ihn, Dujek. Wegen seiner Spannkraft, wegen seiner Fähigkeit, sich mit unbarmherzigem Mut selbst zu prüfen, und am meisten wegen seiner Menschlichkeit.«

»Das reicht, um Vertrauen zu rechtfertigen, würde ich sagen.«

Elster schnitt eine Grimasse. »Du hast mich mit meinen eigenen Waffen geschlagen.«

»Besser als mit denen von jemand anderem.«

»Ich denke darüber nach, mich zur Ruhe zu setzen, Dujek. Wenn dieser Krieg vorbei ist.«

»Das habe ich schon vermutet, mein Freund.«

Elster blickte auf. »Glaubst du, dass sie mich gehen lässt?«

»Ich glaube nicht, dass wir ihr die Entscheidung überlassen sollten.«

»Soll ich ertrinken, so wie Crust und Urko? Soll man sehen, wie ich erschlagen werde, und dann verschwindet mein Leichnam wie der von Dassem?«

»Angenommen, dass nichts von alledem wirklich geschehen ist –«

»Dujek –«

»In Ordnung, aber gewisse Zweifel bleiben, das musst du doch zugeben.«

»Ich teile diese Zweifel nicht, und eines Tages werde ich Duiker aufspüren und die Wahrheit aus ihm herausholen – wenn irgendjemand etwas weiß, dann dieser wunderliche Historiker.«

»Hat der Schnelle Ben schon etwas von Kalam gehört?«

»Falls ja, hat er es mir nicht gesagt.«

»Wo ist dein Magier gerade?«

»Als ich ihn das letzte Mal gesehen habe, hat er mit den Leuten von der Trygalle-Handelsgilde gequatscht.«

»Angesichts dessen, was uns bevorsteht, sollte der Bursche lieber ein bisschen schlafen.«

Elster stellte den Krug auf den Tisch und stand auf. »Genau wie wir, alter Freund«, sagte er und zuckte zusammen, als er sein verletztes Bein zu sehr belastete. »Wann kommen die Schwarzen Moranth?«

»In zwei Nächten.«

Elster gab ein Brummen von sich, wandte sich dann dem Zeltausgang zu. »Gute Nacht, Dujek.«

»Gute Nacht, Elster. Oh, eins noch.«

»Ja?«

»Tayschrenn. Er wollte sich bei dir entschuldigen. Für das, was den Brückenverbrennern zugestoßen ist.«

»Er weiß, wo er mich findet, Dujek.«

»Er wartet auf einen geeigneten Augenblick.«

»Was ist ein geeigneter Augenblick?«

»Ich weiß es nicht genau, aber bisher hat es wohl noch keinen gegeben.«

Elster schwieg ein halbes Dutzend Herzschläge lang, dann griff er nach der Zeltklappe. »Bis morgen früh, Dujek.«

»Bis dann«, erwiderte die Hohefaust.

Als Elster auf sein eigenes Zelt zuging, sah er, dass eine große, dunkel gekleidete Gestalt davor stand und auf ihn wartete.

Er lächelte, als er näher kam. »Ich habe dich vermisst.«

»Ich dich auch«, antwortete Korlat.

»Bruth hat dich ganz schön in Trab gehalten. Komm mit rein, es dauert nur einen Moment, dann ist die Laterne an.«

Er hörte, wie sie hinter ihm seufzte, als sie das Zelt betraten. »Es wäre mir lieber, du würdest dir die Mühe gar nicht machen.«

»Nun, du kannst im Dunkeln sehen, aber –«

Sie zog ihn herum und lehnte sich gegen ihn. »Wenn wir uns unterhalten müssen, dann mach es bitte kurz«, murmelte sie. »Die Antwort auf das, was ich mir wünsche, besteht nicht aus Worten.«

Er legte die Arme um sie. »Ich habe mich nur gefragt, ob du Silberfuchs gefunden hast.«

»Nein. Anscheinend ist sie in der Lage, auf Pfaden zu reisen, von denen ich nicht gedacht hätte, dass sie noch existieren. Stattdessen sind zwei ihrer untoten Wölfe aufgetaucht … um mich nach Hause zu geleiten. Sie sind … ungewöhnlich.«

Elster erinnerte sich daran, wie er die T'lan Ay zum ersten Mal gesehen hatte, wie sie als Staubwolken aus dem gelben Gras aufgestiegen waren und sich in ihre Tiergestalt verwandelt hatten, bis die Hügel ringsum voll von ihnen gewesen waren. »Ich weiß. Sie haben etwas merkwürdig Unproportioniertes –«

»Ja, du hast Recht. Sie tun dem Auge weh. Zu lange Beine, zu breite Schultern, und dazu ein kurzer Hals und breite Kiefer. Aber es ist nicht nur ihre äußere Erscheinung, die ich … erschreckend finde.«

»Mehr als die T'lan Imass?«

Sie nickte. »In den T'lan Imass ist eine Leere, sie sind wie eine rauchgeschwärzte Höhle. Bei den T'lan Ay ist das anders. In diesen Wölfen … sehe ich Kummer. Ewigen Kummer …«

Sie schauderte in seinen Armen. Elster sagte nichts. *Du siehst in ihren Augen das Gleiche, was ich in deinen sehe, Liebste. Und es ist diese Spiegelung – die Erkenntnis –, die dich so erschüttert hat.*

»Am Rand des Lagers«, fuhr Korlat fort, »sind sie zu Staub zerfallen. Eben sind sie noch links und rechts von mir dahingetrottet – und dann waren sie fort. Ich weiß zwar nicht warum, aber das beunruhigt mich mehr als alles andere.«

Weil es das ist, was uns alle erwartet. Selbst dich, Korlat. »Dieses Gespräch sollte kurz sein. Es ist jetzt zu Ende. Komm ins Bett, Korlat.«

Sie schaute ihm in die Augen. »Und nach heute Nacht?«

Er verzog das Gesicht. »Es könnte eine Weile dauern, ja.«

»Scharteke ist zurückgekehrt.«

»Tatsächlich?«

Korlat nickte. Sie wollte noch mehr sagen, zögerte jedoch und suchte seinen Blick. Und schwieg.

Setta, Lest, Maurik. Die Städte waren leer. Doch die Armeen teilten sich trotzdem auf. Und niemand würde darüber sprechen, warum. Beide Seiten des Bündnisses hatten Dinge zu verbergen und Geheimnisse zu hüten, und je mehr sie sich Korall näherten, desto schwieriger wurde es, diese Geheimnisse zu bewahren.

Die meisten Tiste Andii sind verschwunden. Zusammen mit Rake, wahrscheinlich nach Mondbrut. Aber wo ist Mondbrut? Und was haben sie vor, im Namen des Vermummten? Werden wir in Korall ankommen und feststellen, dass die Stadt bereits gefallen und der Pannionische Seher tot ist – dass seine Seele von Dragnipur verschlungen wurde – und der gewaltige Berg über unseren Köpfen hängt?

Die Schwarzen Moranth haben nach diesem verdammten fliegenden Felsen gesucht ... ohne Erfolg.

Und dann sind da noch unsere Geheimnisse. Wir schicken Paran und die Brückenverbrenner voraus; der Vermummte soll mich holen, wir tun noch sehr viel mehr.

Das Ganze ist ein unwillkommenes Spiel um die Macht, das jetzt unmittelbar bevorsteht – wir haben alle gewusst, dass es kommen würde. Setta, Lest, Maurik. – Das subtile Spiel ist nicht mehr subtil.

»Mein Herz gehört dir, Korlat«, sagte Elster zu der Frau in seinen Armen. »Nichts spielt sonst für mich eine Rolle. Nichts und niemand.«

»Bitte – entschuldige dich doch nicht für etwas, das noch gar nicht geschehen ist. Sprich einfach nicht davon.«

»Ich habe nicht gedacht, dass ich das getan hätte, Liebling.« *Lügner. Du hast es getan. Auf deine Weise. Du hast dich entschuldigt.*

Sie akzeptierte die Lüge mit einem gequälten Lächeln. »Na gut.«

Später würde Elster sich an seine Worte erinnern und sich wünschen, dass sie reiner gewesen wären – ohne versteckte Absicht.

Mit vom Schlafmangel juckenden Augen sah Paran zu, wie der Schnelle Ben sein Gespräch mit Haradas beendete, sich von der Gilden-Magierin verabschiedete und zu seinem Hauptmann zurückkehrte.

»Die Sappeure werden schreien«, sagte Paran, als sie sich wieder auf den Weg zum malazanischen Lager machten, das am Südufer des Catlin neu aufgebaut worden war.

Der Schnelle Ben zuckte die Schultern. »Ich werde Igel zur Seite nehmen, um ein paar Worte mit ihm zu wechseln. Immerhin steht ihm Fiedler näher als ein Bruder, und bei dem Schlamassel, in den er im Reich der Sieben Städte geraten ist, kann er jede Hilfe brauchen, die er kriegen kann. Die einzige Frage ist, ob die Trygalle-Handelsgilde das Päckchen rechtzeitig liefern kann.«

»Sie sind schon ein außergewöhnlicher Haufen, diese Händler.«

»Sie sind verrückt. Das zu tun, was sie tun. Blanke Tollkühnheit ist alles, was sie am Leben hält.«

»Ich würde noch eine gewisse Befähigung, in feindlichen Gewirren zu reisen, hinzufügen, Ben.«

»Dann lasst uns hoffen, dass das reicht«, erwiderte der Magier.

»Es war nicht nur Moranth-Munition, oder?«

»Nein. Die Situation im Reich der Sieben Städte könnte gar nicht verzweifelter sein. Wie auch immer, ich habe getan, was ich konnte. Wir werden sehen, was es bringt.«

»Du bist ein bemerkenswerter Mann, Ben.«

»Nein, das bin ich nicht. Und jetzt behaltet das alles so gut es geht für Euch. Igel wird die Klappe halten, genau wie Elster –«

»Meine Herren! Was für ein wundervoller Abend!«

Beide wirbelten herum, als die Stimme direkt hinter ihnen ertönte.

»Kruppe!«, zischte der Schnelle Ben. »Ihr schlüpfriger –«

»Aber, aber, Kruppe bittet um Nachsicht. Es war ein glücklicher Zufall, dass Kruppe Eure bewundernswerten Worte gehört hat, während er ganz leise hinter Euch hergestolpert ist und sich in der Tat nun nichts anderes wünscht, als an einem solch tollkühnen Unterfangen auf bescheidene Weise teilzuhaben!«

»Wenn Ihr irgendjemandem auch nur ein Sterbenswörtchen erzählt«, grollte der Schnelle Ben, »schneide ich Euch die Kehle durch.«

Der Daru zog sein fadenscheiniges Taschentuch und tupfte sich die Stirn ab, drei schnelle Tupfer, die das seidene Tuch anscheinend schweißnass werden ließen. »Kruppe versichert dem tödlichen Magier, dass die Schweigsamkeit seine engste Freundin ist, seine ungesehene und unsichtbare Geliebte, gleichermaßen unvermutet wie ungemildert. Während Kruppe zur gleichen Zeit verkündet, dass die unbescholtenen Bürger von Darujhistan einer solch edlen Sache Gehör schenken werden – Baruk selbst versichert dies, und würde es persönlich tun, wenn er dazu in der Lage wäre. Leider hat er nichts anderes anzubieten als das hier.« Bei diesen Worten zog Kruppe mit einer schwungvollen Gebärde eine kleine gläserne Kugel aus seinem Taschentuch und ließ sie dann zu Boden fallen. Sie zerbarst mit einem hellen Klirren. Nebel stieg auf, wogte bis in Kniehöhe zwischen dem Daru und den beiden Malazanern hin und her und nahm langsam die Gestalt eines Bhok'aral an. »Ach«, murmelte Kruppe, »was für hässliche, in der Tat das Auge schmerzende Kreaturen.«

»Nur weil Ihr ihnen sehr ähnlich seht«, stellte der Schnelle Ben fest, ohne die Erscheinung aus den Augen zu lassen.

Der Bhok'aral legte den Kopf in den Nacken, um zu dem Magier aufzublicken; schwarze Augen glitzerten in einem schwarzen Kopf von der Größe einer Grapefruit. Die Kreatur entblößte ihre nadelspitzen Zähne. »Grüße! Baruk! Meister! Würde! Helfen!«

»Eine traurig knappe Leistung seitens des lieben, zweifellos überarbeiteten Baruk«, sagte Kruppe. »Seine besten Beschwörungen zeigen sprachliche Eleganz, wenn nicht gar überzeugende Gewandtheit, während dieses … Ding leider bekundet –«

»Still, Kruppe«, sagte der Schnelle Ben. Er wandte sich an den Bhok'aral. »Auch wenn es sich untypisch anhört, mir wäre Baruks Hilfe höchst willkommen, aber ich frage mich, was der Alchemist für Interessen verfolgt. Schließlich geht es um einen Aufstand im Reich der Sieben Städte. Eine malazanische Angelegenheit.«

Der Kopf des Bhok'aral nickte aufgeregt auf und ab. »Ja! Baruk! Meister! Raraku! Azath! Groß!« Ein erneutes kräftiges Kopfnicken.

»Groß?«, wiederholte Paran.

»Groß! Gefahr! Azath! Icarium! Mehr! Coltaine! Bewundern! Ehre! Verbündete! Ja! Ja?«

»Irgendetwas sagt mir, dass das nicht leicht wird«, murmelte der Schnelle Ben. »In Ordnung, dann wollen wir uns mal um die Einzelheiten kümmern …«

Paran drehte sich um, als er Hufgetrappel hinter sich hörte. Eine Gestalt tauchte auf, die im Sternenlicht nicht zu erkennen war. Das Erste, was dem Hauptmann auffiel, war das Pferd, ein mächtiges Streitross, stolz und ganz offensichtlich heißblütig. Die Frau im Sattel war im Gegensatz dazu wenig anziehend, ihre Rüstung schlicht und alt, das Gesicht unter dem Helm durchschnittlich. Sie war in mittleren Jahren.

Ihr Blick huschte von Kruppe zu dem Bhok'aral und dann zum Schnellen Ben. In ihrer Miene änderte sich nichts, als sie zu Paran sagte: »Hauptmann, ich würde mich gerne ungestört mit Euch unterhalten.«

»Wie Ihr wünscht«, erwiderte er und führte sie fünfzehn Schritte von den anderen weg. »Ist das ungestört genug?«

»Das wird reichen«, antwortete die Frau und stieg von ihrem Pferd. Sie trat dicht an ihn heran. »Hauptmann, ich bin Destriant Velbara von den Grauen Schwertern. Eure Soldaten halten einen Gefangenen fest, und ich bin gekommen, um Euch unser förmliches Ersuchen mitzuteilen, ihn in unsere Obhut zu geben.«

Paran blinzelte und nickte dann. »Oh, das muss Anaster sein, der die Tenescowri angeführt hat.«

»So ist es, Hauptmann. Wir sind noch nicht fertig mit ihm.«

»Ich verstehe ...« Er zögerte.

»Hat er sich von seinen Wunden erholt?«

»Das verlorene Auge? Er ist von unseren Heilern behandelt worden.«

»Vielleicht«, meinte Destriant Velbara, »sollte ich mein Ersuchen an Hohefaust Dujek Einarm richten.«

»Nein, das wird nicht nötig sein. Ich kann im Namen der Malazaner sprechen. In dieser Eigenschaft ist es allerdings meine Pflicht, Euch ein paar Fragen zu stellen.«

»Wie Ihr wollt, Hauptmann. Fangt an.«

»Was habt Ihr mit dem Gefangenen vor?«

Sie runzelte die Stirn. »Hauptmann?«

»Ganz egal, welche Verbrechen er auch begangen haben mag, wir heißen Folter nicht gut. Wenn es also erforderlich sein sollte, würden wir uns gezwungen sehen, Anaster zu schützen und Euer Ersuchen abzulehnen.«

Sie schaute kurz zur Seite und richtete ihren kühlen Blick dann wieder auf ihn. Paran wurde plötzlich klar, dass sie viel jünger war, als er anfangs angenommen hatte. »Folter ist ein relativer Begriff, Hauptmann.«

»Tatsächlich?«

»Bitte, Hauptmann, erlaubt mir fortzufahren.«

»Nun gut.«

»Dieser Mann – Anaster – mag das, was wir für ihn vorgesehen haben, sehr wohl als Folter betrachten, aber das ist eine Furcht, die aus Unwissenheit geboren ist. Ihm wird nichts geschehen. Tatsächlich hat mein Schild-Amboss genau das Gegenteil für den unglücklichen Mann im Sinn.«

»Sie will ihm den Schmerz nehmen.«

Der Destriant nickte.

»Diese geistige Umarmung – genau wie die, die Itkovian Rath'Fener gewährt hat.«

»Genau, Hauptmann.«

Paran schwieg einen Augenblick, dann sagte er: »Dieser Gedanke entsetzt Anaster?«

»Ja.«

»Warum?«

»Weil er nichts anderes in seinem Innern kennt. Er hat seine ganze Identität mit dem Schmerz in seiner Seele gleichgesetzt. Und daher fürchtet er dessen Ende.«

Paran drehte sich zu dem malazanischen Lager um. »Folgt mir«, sagte er.

»Hauptmann?«, fragte sie hinter ihm.

»Er gehört Euch, Destriant. Mit meinem Segen.«

Sie stolperte, taumelte gegen ihr Pferd, das schnaubte und zur Seite tänzelte.

Paran wirbelte herum. »Was –«

Die Frau richtete sich wieder auf, fuhr sich kurz mit der Hand an die Stirn und schüttelte den Kopf. »Es tut mir Leid. Euer Gebrauch dieses Worts hatte … Gewicht.«

»Mein Gebrauch – oh.«

Oh. Beim Atem des Vermummten, Ganoes – das war verdammt leichtsinnig. »Und?«, fragte er widerstrebend.

»Und … ich bin mir nicht sicher, Hauptmann. Aber ich glaube, Ihr wärt gut beraten, wenn Ihr in Zukunft etwas mehr … Vorsicht walten lassen würdet.«

»Ja, ich glaube, Ihr habt Recht. Habt Ihr Euch ausreichend erholt, um weiterzugehen?«

Sie nickte, griff nach den Zügeln ihres Pferdes.

Denk nicht darüber nach, Ganoes Paran. Betrachte es als Warnung und nichts weiter. Du hast Anaster nichts getan – du kennst den Mann nicht einmal. Eine Warnung, und du wirst sie verdammt noch mal beherzigen …

Kapitel Neun

Glas ist Sand und Sand ist Glas!
Die Ameise tanzt blind, wie es blinde Ameisen tun,
an der Kante des Randes und am Rand der Kante.

Weiß in der Nacht und grau am Tag –
lächelnde Spinne, sie lächelt niemals, aber sie lächelt,
obwohl die Ameise es niemals sieht, blind wie sie ist –

und jetzt war!

Geschichten, um Kinder zu erschrecken
Malesen, der Rachsüchtige (geb.?)

Sinnlose Panik lässt sie leider zucken.«

Die Stimme des Domänensers über ihm sagte: »Ich glaube, es … hat in letzter Zeit geradezu übermäßig zugenommen, Heiliger.«

Die Antwort des Pannionischen Sehers war ein Kreischen: »Glaubst du, ich kann das nicht sehen? Glaubst du, ich bin blind?«

»Ihr seid allwissend«, brummte der Offizier der Domänenser. »Ich habe lediglich meiner Besorgnis Ausdruck verliehen, Heiliger. Er kann nicht mehr laufen, und sein Atem klingt so mühsam in seiner missgestalteten Brust.«

»Er« … verkrüppelt … gebrochene Rippen schließen sich enger um die Lunge, wie Skelettfinger, immer enger. Domänenser. Ich bin es, den du da beschreibst.

Aber wer bin ich?

Einst habe ich Macht gespürt. Vor langer Zeit.

Da ist ein Wolf.

Ein Wolf. In diesem Käfig gefangen – in meiner Brust, in diesen Knochen, ja, er kann nicht atmen. Es schmerzt so, zu atmen.

Das Geheul ist verstummt. Zum Schweigen gebracht. Der Wolf kann nicht rufen … rufen …

Wen?

Einst habe ich meine Hand auf ihre bepelzte Schulter gelegt. Dicht unter dem Nacken. Damals waren wir noch nicht erwacht, sie und ich. So nah beieinander, sind wir im Gleichschritt gewandert, aber noch nicht erwacht … welch tragische Unwissenheit. Doch sie hat mir ihre irdischen Visionen geschenkt, ihre einzige Geschichte – so, wie sie sie gekannt hat, während tief in ihrem Herzen …

… meine Liebste geschlafen hat.

»Heiliger, sollte er wieder der Umarmung Eurer Mutter übergeben werden, wird ihn das umbringen –«

»Du wagst es, mir Anweisungen zu erteilen?«, zischte der Seher. In seiner Stimme war ein Zittern.

»Ich befehle nicht, Heiliger. Ich habe nur eine Tatsache festgestellt.«

»Ultentha! Teuerster Septarch, tritt vor! Ja, schau dir diesen Mann zu Füßen deines Domänensers an. Was denkst du?«

»Heiliger«, ließ sich eine neue, sanftere Stimme vernehmen, »mein höchst vertrauenswürdiger Diener spricht die Wahrheit. Die Knochen dieses Mannes sind so verdreht –«

»*Ich kann es sehen!*«, kreischte der Seher.

»Heiliger«, fuhr der Septarch fort, »erlöse ihn von seinem Grauen.«

»Nein! Das werde ich nicht tun! Er gehört mir! Er gehört meiner Mutter! Sie braucht ihn – sie braucht jemanden, den sie festhalten kann – sie braucht ihn!«

»Ihre Liebe erweist sich als tödlich«, wandte der Domänenser ruhig ein.

»Ihr bietet mir alle beide die Stirn? Soll ich meine Geflügelten zusammenrufen? Um Euch ins Vergessen zu schicken? Damit sie sich darum streiten und zanken können, was von euch noch übrig sein wird? Ja? Soll ich das tun?«

»Wie es dem Heiligen beliebt.«

»Ja, Ultentha! Ganz genau! Wie es *mir* beliebt!«

Der Domänenser meldete sich wieder zu Wort. »Soll ich ihn also zur Matrone zurückbringen, Heiliger?«

»Noch nicht. Lass ihn da. Sein Anblick erheitert mich. Und jetzt erstatte deinen Bericht, Ultentha.«

»Die Gräben sind fertig, Heiliger. Die Feinde werden durch die Niederungen zur Stadtmauer vorrücken. Sie werden keine Kundschafter zu dem bewaldeten Kamm zu ihrer Rechten schicken – darauf verwette ich meine Seele.«

»Das hast du schon getan, Ultentha, das hast du schon getan. Und was ist mit diesen verdammten Großen Raben? Wenn auch nur einer von ihnen etwas gesehen hat ...«

»Eure Geflügelten haben sie vertrieben, Heiliger. Die Himmel sind frei, die Aufklärungsversuche des Feindes sind so vereitelt worden. Wir werden ihnen erlauben, in den Niederungen ihr Lager aufzuschlagen, dann werden wir uns aus unserer verborgenen Position erheben und uns auf ihre Flanke stürzen. Zusammen mit dem gleichzeitigen Angriff des Magierkaders von den Stadtmauern und dem der Geflügelten vom Himmel aus und zusätzlich noch Septarch Inals Ausfall aus den Stadttoren – Heiliger, der Sieg wird unser sein.«

»Ich will Caladan Bruth. Ich will seinen Hammer, will ihn in meinen Händen halten.

Ich will, dass die Malazaner ausgelöscht werden. Ich will, dass die Götter der Barghast zu meinen Füßen kriechen. Aber vor allem will ich die Grauen Schwerter! Habt ihr verstanden? Ich will diesen Mann, Itkovian – *dann* habe ich einen Ersatz für meine Mutter. Hört also gut zu. Wenn ihr Gnade für Toc den Jüngeren wollt, bringt mir Itkovian. Lebendig.«

»Es wird geschehen, wie es Euer Wille ist, Heiliger«, sagte Septarch Ultentha.

Es wird geschehen, wie es sein Wille ist. Er ist mein Gott. Was er will. Alles, was er will. Der Wolf kann nicht atmen. Der Wolf liegt im Sterben.

Er – wir liegen im Sterben.

»Und wo ist der Feind jetzt, Ultentha?«

»Sie haben sich wirklich aufgeteilt, vor zwei Tagen, nachdem sie den Fluss überquert haben.«

»Aber wissen sie schon, dass die Städte, auf die sie zumarschieren, tot sind?«

»Das müssten ihnen ihre Großen Raben mittlerweile berichtet haben, Heiliger.«

»Was haben sie dann vor?«

»Wir sind uns nicht sicher. Eure Geflügelten wagen es nicht, sich ihnen zu sehr zu nähern – ich glaube, ihre Anwesenheit ist noch nicht bemerkt worden, und es sollte am besten so bleiben.«

»Einverstanden. Nun, vielleicht argwöhnen sie, dass wir Fallen aufgestellt haben – verborgene Truppen oder so was –, und fürchten einen Überraschungsangriff von hinten, wenn sie die Städte einfach nicht beachten.«

»Ihre Vorsicht gewährt uns mehr Zeit, Heiliger.«

»Sie sind Narren, aufgeblasen von ihrem Sieg in Capustan.«

»In der Tat, Heiliger. Für den sie teuer bezahlen werden.«

Jeder bezahlt. Niemand kann entkommen. Ich habe gedacht, ich wäre sicher. Der Wolf war eine Macht aus sich selbst heraus, die sich streckte, erwachte. Zu ihm bin ich geflohen.

Doch der Wolf hat sich den falschen Mann, den falschen Körper ausgesucht. Als er herabgekommen ist, um mir mein Auge zu nehmen – jener graue, brennende Blitz, den ich für einen Stein gehalten hatte –, war ich unversehrt, jung, gesund.

Jetzt jedoch hat mich die Matrone. Alte Haut, die sich von ihren gewaltigen Armen ablöst, der Geruch verlassener Schlangengruben. Das Zucken ihrer Umarmung – und Knochen brechen, brechen und brechen wieder. Da war so viel Schmerz, sein Donnern nimmt in letzter Zeit kein Ende mehr. Ich habe ihre Panik gespürt, wie es der Seher gesagt hat. Das ist es, was mir den Verstand geraubt hat. Das ist es, was mich zerstört hat.

Es wäre besser, ich wäre zerstört geblieben. Es wäre besser, meine Erinnerungen wären nie zurückgekehrt. Wissen ist kein Geschenk.

Zum Bewusstsein verflucht. So liege ich hier auf diesem kalten Fußboden, die sanft über mich hinwegflutenden Wogen des Schmer-

zes weichen zurück – ich kann meine Beine nicht mehr spüren. Ich rieche Salz. Staub und Moder. Auf meiner linken Hand ist Gewicht. Sie ist unter mir eingeklemmt und wird allmählich taub.

Ich wünschte, ich könnte mich bewegen.

»... Leichen einsalzen. Es besteht kein Mangel. Der Skorbut hat so viele von den Tenescowri dahingerafft, dass unsere Truppen nur noch die Leichen einsammeln können, Heiliger.«

»Weltliche Krankheiten werden die Soldaten nicht befallen, Ultentha. Das habe ich in einem Traum gesehen. Die Herrin ist inmitten der Tenescowri gewandelt, und siehe, ihre Leiber sind angeschwollen, ihre Finger und Zehen verfault und schwarz geworden, ihre Zähne in Strömen von rotem Speichel ausgefallen. Doch als sie zu meinen auserwählten Kriegern kam, habe ich sie lächeln gesehen. Und sie hat sich abgewendet.«

»Heiliger«, fragte der Domänenser, »warum sollte Poliel unsere Sache segnen?«

»Ich weiß es nicht, und es kümmert mich auch nicht. Vielleicht hat sie eine eigene Vision vom Glanz unseres Triumphs gehabt, vielleicht bittet sie auch einfach nur um einen Gefallen. Unsere Soldaten werden gesund sein. Und wenn die Invasoren erst einmal vernichtet sind, können wir unseren Marsch von Neuem beginnen, zu neuen Städten, neuen Ländern, und dort von der Beute fett werden.«

Die Invasoren ... darunter meine Kameraden. Ich war Toc der Jüngere, ein Malazaner. Und die Malazaner kommen.

Das Lachen, das tief in seiner Kehle aufstieg, begann sehr sanft, ein perlender Laut, der stärker wurde, als er andauerte.

Die Unterhaltung verstummte. Das Geräusch, das er von sich gab, war jetzt das einzige im Raum.

Die Stimme des Sehers erklang direkt über ihm. »Und was erheitert dich so sehr, Toc der Jüngere? Kannst du sprechen? Ach, habe ich dich das nicht schon einmal gefragt?«

Toc stieß pfeifend die Luft aus und antwortete: »Ich spreche. Aber Ihr hört mich nicht. Ihr hört mich niemals.«

»Tatsächlich?«

»Einarms Heerhaufen, Seher. Die tödlichste Armee, die das malazanische Imperium jemals hervorgebracht hat. Sie kommt, um dich zu holen.«

»Und ich sollte zittern?«

Toc lachte erneut. »Tut, was Ihr wollt. Aber Eure Mutter weiß Bescheid.«

»Du glaubst, sie fürchtet deine dummen Soldaten? Ich vergebe dir deine Unwissenheit, Toc der Jüngere. Die liebe Mutter, das sollte ich dir vielleicht erklären, leidet unter einer uralten ... schrecklichen Furcht. Mondbrut. Aber lass es mich dir etwas genauer erklären, um weitere Missverständnisse zu vermeiden. Mondbrut ist jetzt das Heim der Tiste Andii und ihres schrecklichen Lords, aber sie sind wie Eidechsen in einem verlassenen Tempel. Sie hausen dort, ohne die Großartigkeit zu erkennen, die sie umgibt. Die liebe Mutter hat leider keinen Blick mehr für derartige Kleinigkeiten. Sie ist in letzter Zeit kaum noch mehr als Instinkt, das arme, hirnlose Ding.

Die Jaghut erinnern sich an Mondbrut. Ich allein bin im Besitz der entscheidenden Schriftrollen von Gothos' Wahnsinn, die von den K'Chain Nah'rhuk flüstern – den Kurzschwänzen, den missratenen Kindern der Matronen –, die Mechanismen erschaffen haben, welche Zauberei auf eine lang vergessene Weise gebunden haben, die riesige, schwebende Festungen gebaut haben, von denen aus sie vernichtende Angriffe auf ihre langschwänzigen Verwandten unternommen haben.

Oh, am Ende haben sie verloren. Wurden vernichtet. Und nur eine einzige fliegende Festung ist übrig geblieben, beschädigt, den Winden überlassen. Gothos hat geglaubt, sie sei in den Norden getrieben, mit dem Eis eines Jaghut-Winters kollidiert und dort eingefroren, für Jahrtausende gefangen. Bis sie vom Lord der Tiste Andii gefunden wurde.

Verstehst du, Toc der Jüngere? Anomander Rake weiß nichts von Mondbruts wahren Kräften – Kräfte, auf die er nicht zurückgreifen kann, selbst wenn er von ihnen wüsste. Die liebe Mutter erinnert sich, oder zumindest ein Teil von ihr tut es. Natürlich hat sie nichts zu befürchten. Mondbrut ist nicht hier – nicht im Umkreis von zweihundert Längen – meine Geflügelten haben nach ihr gesucht, hoch über unseren Köpfen, mit Hilfe der Gewirre, überall. Der einzig mögliche Schluss ist der, dass Mondbrut geflohen ist oder schließlich seine Macht verloren hat – wurde die Festung über Fahl nicht beinahe zerstört? Zumindest hast du mir das erzählt.

Du siehst also, Toc der Jüngere, dass deine malazanische Armee – einschließlich der lieben Mutter – niemanden schreckt. Einarms Heerhaufen wird beim Angriff auf Korall zerschmettert werden. Genau wie Bruth und seine Rhivi. Und darüber hinaus werden auch die Weißgesichter zerschlagen werden – sie haben nicht die nötige Disziplin für diese Art von Krieg. Sie alle werden mein sein. Und ich werde dich mit ein paar Bissen Fleisch von Dujek Einarm füttern – du würdet doch bestimmt gerne einmal wieder ein Stück Fleisch essen, oder? Etwas, das nicht wieder ausgewürgt wurde. Ja?«

Er sagte nichts, obwohl sein Magen und seine Eingeweide sich vor Gier zusammenkrampften.

Der Seher kauerte sich tiefer hin und legte eine Fingerspitze an Tocs Schläfe. »Es ist so leicht, dich zu brechen. Alles, woran du glaubst. Eines nach dem anderen. Fast schon zu leicht. Die einzige Erlösung, auf die du hoffen kannst, Toc der Jüngere, ist die, die ich dir gewähre. Das verstehst du doch jetzt, oder?«

»Ja«, erwiderte er.

»Sehr gut. Dann bete, dass Barmherzigkeit in meiner Seele wohnt. Es stimmt, ich selbst habe dort bisher keine gefunden, wobei ich allerdings zugeben muss, dass ich nicht sehr gründlich gesucht habe. Aber vielleicht existiert sie ja. Halte dich an der Hoffnung fest, mein Freund.«

»Ja.«

Der Seher richtete sich wieder auf. »Ich höre die Schreie meiner Mutter. Bring ihn zurück, Domänenser.«

»Wie Ihr befehlt, Heiliger.«

Starke Arme umfingen Toc den Jüngeren, hoben ihn ohne Mühe vom kalten Fußboden hoch.

Er wurde aus dem Raum getragen. Im Korridor machte der Domänenser Halt.

»Toc, hör mir bitte zu. Sie ist unten angekettet, und die Ketten reichen nicht durch den ganzen Raum. Hör zu. Ich setze dich außerhalb ihrer Reichweite ab. Ich werde dir Essen, Wasser und Decken bringen. Der Seher wird ihren Schreien wenig Beachtung schenken, denn in letzter Zeit schreit sie ständig. Und er wird auch ihren Geist nicht erforschen – es gibt sehr viel wichtigere Dinge, die ihn beschäftigen.«

»Er wird Euch verschlingen lassen, Domänenser.«

»Ich bin schon vor langer Zeit verschlungen worden, Malazaner.«

»Das ... das tut mir Leid.«

Der Mann, der ihn in den Armen hielt, schwieg eine Zeit lang, und als er schließlich wieder sprach, brach seine Stimme beinahe. »Ihr ... ihr bietet mir Mitleid, Toc der Jüngere. Der Abgrund soll mich holen, Toc, ich werde immer übertroffen. Erlaubt mir bitte, meine kleinen Bemühungen –«

»Voller Dankbarkeit, Domänenser.«

»Danke.«

Er setzte sich wieder in Bewegung.

»Sagt mir, Domänenser, hält das Eis das Meer immer noch in seinem Griff?«

»Zumindest im Umkreis einer Länge nicht mehr, Toc. Unerwartete Veränderungen in den Strömungen haben den Hafen frei gemacht. Aber die Stürme wüten immer noch über der Bucht, und das Eis weiter draußen donnert und knirscht noch immer, als führten zehntausend Dämonen Krieg. Könnt Ihr es nicht hören?«

»Nein.«

»Nun gut, ich gebe zu, es ist hier nur noch ganz schwach zu vernehmen. Auf der Brustwehr der Festung ist es fast wie ein Angriff.«

»Ich ... ich kann mich an den Wind erinnern ...«

»Der erreicht uns nicht mehr. Noch eine andere unberechenbare Laune, für die ich dankbar bin.«

»In der Höhle der Matrone«, sagte Toc, »gibt es keinen Wind.«

Holz zersplitterte, ein Übelkeit erregendes Geräusch, das das ganze Bauwerk erbeben ließ. Lady Missgunst hielt in ihrem Aufstieg zu dem abgerissenen, zerborstenen Ende der Straße hin inne. Die Neigung war plötzlich steiler geworden, und der Frost machte die Pflastersteine unter ihren Sohlen schlüpfrig. Sie zischte ärgerlich, griff dann auf ein Gewirr zurück und schwebte zum äußersten Rand hinüber, wo Lanas Tog stand.

Die T'lan Imass schwankte nicht einmal auf ihrem gefährlichen Aussichtspunkt. Der Wind riss an ihren herabhängenden Hautfetzen und den knochenweißen Haaren. Die Schwerter, die noch immer ihren Oberkörper durchbohrten, glitzerten vom Reif.

Als sie an ihre Seite trat, konnte Lady Missgunst die Ursache der schrecklichen, knackenden Geräusche genauer erkennen. Eine große Eisscholle war mit ihnen zusammengestoßen, mahlte in einem spritzenden Wirbel aus Wasser und Eis an der Basis entlang.

»Ach je«, murmelte Lady Missgunst. »Es scheint, als würden wir immer weiter nach Westen geschoben.«

»Aber wir treiben nichtsdestotrotz auf Land zu«, erwiderte Lanas Tog. »Und das reicht.«

»Zwanzig Längen von Korall, bei diesem Kurs, und alles Wildnis, vorausgesetzt dass ich mich recht an die Karte dieser Region erinnere. Leider war ich des Laufens so müde. Habt Ihr Euch unseren Wohnsitz schon einmal angeschaut? Abgesehen von den schiefen Fußböden und der beunruhigenden Aussicht durch die Fenster ist es durchaus prächtig. Ich kann Unbehagen nicht ertragen, müsst Ihr wissen.«

Die T'lan Imass antwortete nicht und starrte weiter nach Nordwesten.

»Ihr seid alle gleich«, schniefte Lady Missgunst. »Es hat Wochen gedauert, bis Tool endlich in Redelaune war.«

»Ihr habt diesen Namen schon einmal erwähnt. Wer ist Tool?«

»Onos T'oolan, das Erste Schwert. Das letzte Mal, als ich ihn zu Gesicht bekommen habe, sah er mitgenommener aus als Ihr, meine Liebe, also besteht noch Hoffnung für Euch.«

»Onos T'oolan. Ich habe ihn nur einmal gesehen.«

»Zweifellos bei der Ersten Zusammenkunft.«

»Ja. Er hat sich gegen das Ritual ausgesprochen.«

»Und deshalb hasst Ihr ihn natürlich.«

Die T'lan Imass antwortete nicht sofort. Das Gebilde unter ihnen bockte wild; es neigte sich zu ihrer Seite hin, als die Eisscholle sich losriss, und hob sich dann wieder. Lanas Tog wankte nicht einmal. »Ihn hassen?«, sagte sie jetzt. »Nein. Ich war natürlich anderer Meinung. Wir alle waren anderer Meinung, also hat er sich gefügt. Es ist eine weit verbreitete Ansicht.«

Lady Missgunst wartete einen Augenblick, dann verschränkte sie die Arme und fragte: »Was?«

»Dass Wahrheit durch die Mehrheit bewiesen wird. Das, was viele für richtig halten, muss auch richtig sein. Sollte ich Onos T'oolan noch einmal begegnen, werde ich ihm sagen, dass er derjenige war, der Recht gehabt hat.«

»Ich glaube nicht, dass er einen Groll hegt, Lanas Tog. Und wenn ich es mir recht überlege, nehme ich an, dass ihn das unter den T'lan Imass zu einer Ausnahme macht, oder nicht?«

»Er ist das Erste Schwert.«

»Ich habe eine weitere, ebenso frustrierende Unterhaltung mit Mok geführt. Ich habe mich gefragt, versteht Ihr, warum er und seine Brüder Euch noch nicht zum Kampf herausgefordert haben. Sowohl Senu als auch Thurule haben gegen Tool gekämpft – und verloren. Mok wäre der Nächste gewesen. Es hat sich herausgestellt, dass die Seguleh nicht gegen Frauen kämpfen, es sei denn, sie werden angegriffen. Also – greift sie nicht an …«

»Ich habe keinen Grund dafür, Lady Missgunst. Sollte ich allerdings einen finden –«

»In Ordnung, dann muss ich ein bisschen deutlicher werden. Tool wurde sowohl von Senu wie von Thurule hart bedrängt. Gegen Mok, nun, da wäre es wahrscheinlich unentschieden ausgegangen. Seid Ihr dem Ersten Schwert ebenbürtig, Lanas Tog? Wenn Ihr die Zweite Zusammenkunft tatsächlich an einem Stück erleben wollt, um Eure Botschaft zu überbringen, dann solltet Ihr ein wenig Zurückhaltung üben.«

Eisen knirschte gegen Knochen, als Lanas Tog die Schultern zuckte.

Lady Missgunst seufzte. »Was ist wohl bedrückender? Zu versuchen, mit Euch und den Seguleh ein zivilisiertes Gespräch zu führen oder in die leidenden Augen einer Wölfin zu starren? Über Garaths Laune kann ich überhaupt nichts sagen, denn das Biest scheint immer noch böse auf mich zu sein.«

»Die Ay ist erwacht«, sagte Lanas Tog.

»Ich weiß, ich weiß, und mein Herz weint wahrhaftig um ihretwillen, oder zumindest um der unglücklichen Göttin willen, die ihr innewohnt. Aber andererseits verdienen beide ein paar Tränen, oder nicht? Eine Ewigkeit allein – das kann für die nicht ganz sterbliche Ay schließlich nicht besonders lustig gewesen sein.«

Die T'lan Imass drehte den Kopf. »Wer hat dem Tier dieses zweischneidige Geschenk gemacht?«

Lady Missgunst zuckte die Schultern. Sie strahlte vor Freude angesichts der Gelegenheit, eine solche Geste erwidern zu können. »Mein irregeleiteter Bruder, der gedacht hat, er wäre gütig. Schon gut, das war vielleicht eine zu stark vereinfachende Antwort. Mein Bruder hatte die Göttin gefunden, schrecklich beschädigt von ihrem Sturz, und er brauchte einen warmblütigen Ort, um ihren Geist dort zu betten, damit er heilen konnte. Ein glücklicher Zufall. Die Meute der Ay war tot, während sie zu jung war, um unter normalen Umständen zu überleben. Und was noch schlimmer war, sie war die Letzte auf dem ganzen Kontinent.«

»Euer Bruder hat einen fehlgeleiteten Sinn für Barmherzigkeit, Lady Missgunst.«

»Dem stimme ich zu. Endlich haben wir etwas gemeinsam! Wie wunderbar!«

Einen Augenblick später war ihre Überschwänglichkeit schon wieder dahin, als sie die T'lan Imass an ihrer Seite musterte. »Oh«, murmelte sie, »als was für eine bedrückende Wahrheit hat sich das erwiesen.«

Lanas Tog richtete den Blick wieder auf das turbulente Panorama, das sich nordwestlich von ihnen erstreckte. »Das ist bei den meisten Wahrheiten so«, sagte sie.

»Gut!« Lady Missgunst strich sich mit einer Hand durchs Haar. »Ich glaube, ich gehe wieder nach unten und starre eine Weile in die unglücklichen Augen einer Wölfin! Nur um meine Stimmung zu heben, versteht Ihr? Ihr müsst wissen, Tool hatte wenigstens Sinn für Humor.«

»Er ist das Erste Schwert.«

Lautlos vor sich hin murmelnd, schritt Lady Missgunst wieder die Straße hinunter, wobei ihre Schuhe kaum die eisigen Pflastersteine berührten. Sie machte erst wieder Halt, als sie den Eingang des Hauses erreichte. »Oh! Das war ziemlich lustig! Auf eine eigenartige Weise. Nun ja! Wie außergewöhnlich!«

Scharteke hüpfte wütend auf und ab. Bruth stand da und beobachtete den Großen Raben. Ein Stück weiter neben ihm stand Korlat. Kallor lungerte eine halbes Dutzend Schritt entfernt herum. Die Armee marschierte in losen Reihen die erhöhte Straße zu ihrer Linken entlang, während zu ihrer Rechten in einer Entfernung von zweitausend Schritt die Bhederin-Herde dahinrumpelte.

Es waren weniger Tiere, bemerkte Korlat. Die Überquerung des Catlin hatte Hunderte das Leben gekostet.

Ein schrilles Zischen des Großen Raben ließ ihre abschweifende Aufmerksamkeit zurückkehren.

Scharteke hatte sich, die Flügel halb gespreizt, direkt vor dem Kriegsherrn aufgebaut. »Du begreifst die Bedeutung dieser Angelegenheit immer noch nicht! Narr! Ochse! Wo ist Anomander Rake? Sag es mir! Ich muss mit ihm sprechen – ihn warnen –«

»Wovor?«, fragte Bruth. »Dass ein paar hundert Kondore dich weggejagt haben?«

»Unbekannte Zauberei verbirgt sich in diesen abscheulichen Geiern! Wir werden bewusst fern gehalten, du hirnloser Schläger!«

»Von Korall und seiner Umgebung«, stellte Kallor trocken fest. »Wir sind gerade erst in Sichtweite von Lest gekommen, Scharteke. Immer eins nach dem anderen.«

»Wie dumm! Glaubt ihr etwa, die hocken einfach nur auf ihren Händen? Sie treffen *Vorbereitungen* –«

»Natürlich tun sie das«, sagte Kallor gedehnt und grinste höhnisch auf den Großen Raben hinab. »Na und?«

»Was ist mit Mondbrut geschehen? Wir wissen, was Rake geplant hat – hatte er Erfolg? Ich kann die Festung nicht erreichen! Ich kann *ihn* nicht erreichen! *Wo ist Mondbrut?*«

Niemand sagte etwas.

Schartekes Kopf schoss nach unten. »Ihr wisst weniger als ich! Stimmt's? Das ist alles nur gespielte Tapferkeit! Wir sind verloren!« Sie wirbelte herum und nagelte Korlat mit einem Blick aus ihren glitzernden schwarzen Augen fest. »Dein Lord hat versagt, nicht wahr? Und er hat drei Viertel der Tiste Andii mitgenommen! Wirst du ausreichen, Korlat? Wirst du –«

»Scharteke«, grollte Bruth. »Wir wollten etwas über die Malazaner hören, keine Liste deiner Ängste.«

»Die Malazaner? Sie marschieren! Was sollten sie auch sonst tun? Unzählige Wagen auf der Straße, überall Staub. Sie nähern sich Setta, das bis auf ein paar von der Sonne ausgetrocknete Leichen leer ist.«

Kallor meldete sich zu Wort. »Dann machen sie also eine schnelle Reise daraus. Als ob sie in Eile wären. Kriegsherr, da ist Täuschung im Spiel.«

Bruth machte ein finsteres Gesicht. Er verschränkte die Arme. »Du hast gehört, was der Vogel gesagt hat, Kallor. Die Malazaner *marschieren*. Schneller als wir erwartet hatten, aber das ist alles.«

»Du willst dir nur nichts anmerken lassen«, knirschte Kallor.

Ohne weiter auf ihn zu achten, wandte Bruth sich wieder dem Großen Raben zu. »Sorge dafür, dass deine Verwandten sie im Auge behalten. Und über das, was um Korall herum geschieht, machen wir uns Sorgen, wenn wir Maurik erreichen und unsere Streitkräfte wieder vereinigt haben. Und schließlich, was deinen Herrn Anomander Rake angeht, hab Vertrauen, Scharteke.«

»Auf *Vertrauen* willst du den Erfolg gründen? Wahnsinn! Wir müssen uns auf das Schlimmste vorbereiten!«

Korlats Gedanken schweiften erneut ab. In letzter Zeit kam das häufig vor. Sie hatte vergessen, was die Liebe anrichten konnte, wie sie ihre Wurzeln durch ihre ganze Seele schlängelte, wie sie an ihren Gedanken zupfte und zerrte und eine fixe Idee in ihr reifte wie eine verführerische Frucht. Sie spürte nur, wie sie in ihr lebte, wuchs, alles, was sie war, in Beschlag nahm.

Furcht um ihren Lord und ihre Verwandten schien beinahe belanglos. Sollte es wirklich notwendig werden, konnte sie auf ihr Gewirr zurückgreifen, ihn mittels der Pfade Kurald Galains erreichen. Doch sie empfand kein dringendes Bedürfnis, so etwas zu tun. Dieser Krieg würde seinen eigenen Weg finden.

Ihre Wünsche wurden alle samt und sonders in den Augen eines Mannes gehalten. Eines Sterblichen von verwinkelter, kantiger Würde. Ein Mann, der seine Jugend hinter sich hatte, eine von Narben übersäte Seele – und doch hatte er sie ihr ausgeliefert.

Es war eigentlich kaum zu glauben.

Sie dachte daran, wie sie ihn das erste Mal aus der Nähe gesehen hatte. Sie hatte bei der Mhybe und Silberfuchs gestanden, hatte das Kind an der Hand gehalten. Er war an Dujeks Seite auf jenen Ort zugeritten, an dem damals die Verhandlungen stattgefunden hatten. Ein Soldat, dessen Namen sie bereits gekannt hatte – als einen gefürchteten Feind, dessen strategisches Können Bruth wieder und wieder getrotzt hatte, obwohl die Umstände gegen die schlecht verpflegten, zahlenmäßig geschwächten malazanischen Streitkräfte gesprochen hatten.

Schon damals hatte er ihre Blicke angezogen wie ein Magnet.

Und nicht nur ihre, wie ihr klar wurde. Ihr Lord hatte ihn Freund genannt. Etwas, das so selten geschah, dass es ihr immer noch den Atem zu verschlagen drohte. Anomander Rake hatte sich in all der Zeit, da sie ihn kannte, nur zu einem einzigen Freund bekannt, und das war Caladan Bruth. Und diese beiden Männer verbanden Jahrtausende geteilter Erfahrungen, ein Bündnis, das niemals zerbrochen war. Es hatte zahllose Auseinandersetzungen gegeben, oh, das schon, niemals jedoch eine endgültige, nicht wieder gutzumachende Trennung.

Der Schlüssel dazu lag, wie Korlat sehr wohl verstand, darin, dass sie eine ansehnliche Distanz zueinander hielten, die von gelegentlichen Zusammentreffen unterbrochen wurde.

Es war, wie sie glaubte, ein Verhältnis, das niemals zerbrechen würde. Und daraus war im Laufe von Jahrhunderten eine Freundschaft geboren worden.

Aber Rake hatte nur ein paar Abende in Elsters Gesellschaft verbracht. Sie hatten Gespräche geführt, an denen sie selbst nicht teilgenommen hatte. Und es war genug gewesen.

Irgendetwas in jedem von ihnen hat sie zu Brüdern im Geiste gemacht. Doch selbst ich kann nicht sehen, was es ist. Anomander Rake kann man nicht erreichen, kann man nicht wirklich berühren – nicht sein wahres Ich. Ich habe nie gewusst, was hinter den Augen meines Lords liegt. Ich habe nur die gewaltige Kapazität dieses Selbst gespürt – aber nicht den Geschmack all dessen, was es enthält.

Aber Elster – mein teurer, sterblicher Geliebter – wenn ich auch nicht alles sehen kann, was in ihm ist, so kann ich doch erkennen, was es ihn kostet, es im Zaum zu halten. Das Blut, aber nicht die Wunde. Und ich kann seine Stärke sehen – auch letztes Mal, als er so erschöpft war …

Genau im Süden waren die alten Mauern von Lest zu erkennen. Nichts wies darauf hin, dass seit der Eroberung durch die Pannionier Ausbesserungsarbeiten durchgeführt worden waren. Die Luft über der Stadt war frei von Rauch, und es waren keine Vögel zu sehen. Die Rhivi-Kundschafter hatten berichtet, dass es dort weiter nichts gab als ein paar verbrannte Knochen, die auf den Straßen herumlagen. Früher hatte es erhöhte Gärten gegeben, für die Lest bekannt gewesen war, doch das Wasser war schon vor Wochen versiegt, und seither war eine Feuerwalze durch die Stadt gerollt – selbst aus der Entfernung konnte Korlat dunkle Rußflecken an den Mauern erkennen.

»Verwüstung!«, jammerte Scharteke. »Das ist die Geschichte, die vor uns liegt! Den ganzen Weg bis Maurik. Während sich unser Bündnis vor unseren Augen auflöst.«

»Es tut nichts dergleichen«, polterte Bruth. Seine Stirn hatte sich noch tiefer gefurcht.

»Oh? Und wo ist Silberfuchs? Was ist mit der Mhybe passiert? Warum marschieren die Grauen Schwerter und Trakes Legion so weit hinter uns? Warum waren die Malazaner so wild darauf, unsere Seite zu verlassen? Und jetzt sind Anomander Rake und Mondbrut verschwunden! Die Tiste Andii –«

»Sind am Leben«, unterbrach sie Korlat, deren Geduld schließlich am Ende war.

Scharteke wirbelte zu ihr herum. »Bist du sicher?«

Korlat nickte. *Aber … bin ich wirklich sicher? Nein. Soll ich sie dann suchen? Nein. In Korall werden wir sehen, was es zu sehen gibt. Das ist alles.* Ihr Blick schweifte nach Westen. *Und du, mein teurer Liebster, Dieb all meiner Gedanken, wirst du mich jemals freilassen?*

Bitte. Tu es nicht. Niemals.

Itkovian, der neben Grantl ritt, beobachtete die beiden Vorreiter der Grauen Schwerter, die auf den Schild-Amboss und den Destriant zugaloppierten.

»Wo kommen die her?«, fragte Grantl.

»Von der flankierenden Nachhut«, erwiderte Itkovian.

»Sieht aus, als hätten sie Neuigkeiten.«

»So scheint es, mein Herr.«

»Und? Seid Ihr nicht neugierig? Sie haben Euch gefragt, ob Ihr mit ihnen reiten wollt – wenn Ihr ja gesagt hättet, würdet Ihr jetzt den Bericht hören, statt mit Pöbel und Gesindel wie uns rumzuhängen. He, das ist eine Idee – ich könnte meine Legion in zwei Kompanien aufteilen, könnte die eine Pöbel nennen und die andere –«

»Oh, erspar uns das!«, schnappte Stonny hinter ihnen.

Grantl drehte sich im Sattel um. »Wie lange reitest du schon so dicht hinter uns her, Mädchen?«

»Ich reite dir niemals hinterher, Grantl. Weder dir noch Itkovian. Und auch keinem anderen Mann. Außerdem, mit der tief stehenden Sonne zu unserer Rechten müsste ich neben dir reiten, um in deinem Schatten zu sein, nicht dass ich das wollte, natürlich.«

»Und so bist du stattdessen die Frau hinter mir«, sagte das Todbringende Schwert grinsend.

»Und was soll das bitte bedeuten, du Schwein?«

»Ich habe nur Tatsachen festgestellt, Schätzchen.«

»Tatsächlich? Nun, du hattest Unrecht. Ich war eigentlich zu den

Grauen Schwertern unterwegs, aber leider waren mir zwei Esel im Weg.«

»Stonny, das hier ist keine Straße, es ist eine Ebene. Wie können wir dir im Weg sein, im Namen des Vermummten, wenn du überall entlangreiten könntest?«

»Esel. Faule Schweine. *Irgendjemand* hier muss doch neugierig sein. Dieser Jemand braucht natürlich so was wie ein Gehirn, was der Grund ist, wieso ihr beide so dahintrottet und euch fragt, was diese Vorreiter wohl zu berichten haben: Ihr wundert euch – und tut verdammt noch mal überhaupt nichts. Weil ihr beide hirnlos seid. Was mich angeht –«

»Was Euch angeht«, sagte Itkovian trocken, »so scheint Ihr mit uns zu sprechen, meine Dame. In der Tat, Ihr seid in ein Gespräch vertieft –«

»Das jetzt zu Ende ist!«, schnappte sie; dann riss sie ihr Pferd nach links herum und schoss an ihnen vorbei.

Sie schauten ihr nach, als sie sich der anderen Marschkolonne näherte.

Nach einem Augenblick zuckte Grantl die Schultern und sagte: »Ich frage mich, was sie wohl hören wird.«

»Ich mich auch«, erwiderte Itkovian.

Sie ritten weiter, in gleichmäßigem, wenn auch etwas langsamem Tempo. Hinter ihnen marschierte Grantls Legion, ein Haufen Pöbel, zusammengeballt wie eine Gruppe Piraten, die auf der Suche nach einem Bauernhaus, das sie plündern können, ins Landesinnere vordringen. Itkovian hatte vor einiger Zeit angedeutet, dass sich ein bisschen Übung als vorteilhaft erweisen mochte, doch Grantl hatte bei seinen Worten nur gegrinst und geschwiegen.

Trakes Todbringendes Schwert verachtete Armeen; tatsächlich verachtete er alles, was auch nur im Geringsten mit militärischen Gepflogenheiten zu tun hatte. Disziplin war ihm gleichgültig, und er hatte nur einen einzigen Offizier – glücklicherweise einen Soldaten aus Lest –, um seine mittlerweile knapp hundertsechzig Gefolgsleute zu führen. Außenseiter mit versteinerten Augen, die er lachend Trakes Legion nannte.

Grantl war in jeglicher Hinsicht das genaue Gegenteil von Itkovian.

»Da kommt sie«, grollte das Todbringende Schwert.

»Sie reitet sehr dramatisch«, bemerkte Itkovian.

»Ja. Eine Wildheit, die sich, nach allem, was ich gehört habe, nicht auf den Sattel beschränkt.«

Itkovian warf Grantl einen Blick zu. »Ich bitte um Entschuldigung. Ich hatte angenommen, Ihr und sie –«

»Ein paar Mal«, erwiderte Grantl. »Leider immer nur, wenn wir beide betrunken waren. Sie noch mehr als ich, wie ich zugeben muss. Normalerweise reden wir beide nicht darüber. Wir sind einmal zufällig auf das Thema gekommen, und daraus wurde dann ein Streit darüber, wem von uns beiden das Ganze peinlicher war – ach, Schätzchen! Was gibt es Neues?«

Sie zügelte abrupt ihr Pferd; die Hufe des Tieres wirbelten kleine Staubwolken auf. »Warum sollte ich euch das sagen, im Namen des Vermummten?«

»Und warum im Namen des Vermummten bist du dann zu uns zurückgekommen?«

Sie machte ein finsteres Gesicht. »Ich bin einfach nur an meinen Platz zurückgekehrt, du Esel – und was Euch angeht, Itkovian, das, was ich da sehe, sollte besser kein Lächeln sein. Wenn doch, müsste ich Euch umbringen.«

»Ganz gewiss nicht, meine Dame.«

»Freut mich, das zu hören.«

»Also?«, fragte Grantl.

»Also was?«

»Die Neuigkeiten, Schätzchen!«

»Ach, die. Wundervolle Neuigkeiten, natürlich, schließlich gibt's doch in letzter Zeit gar keine anderen, oder? Angenehme Enthüllungen. Glückliche Zeiten –«

»Stonny!«

»Alte Freunde, Grantl! Rumpeln ungefähr eine Länge hinter uns über die Ebene. Ein großer Wagen, der zum Teil aus Knochen besteht, von Zugtieren gezogen, die nicht ganz das sind, was sie scheinen. Und die außerdem noch zwei flache Wagen ziehen, die mit Plunder beladen sind – habe ich Plunder gesagt? Oh, ich habe natürlich Beute gemeint, wozu auch mehr als ein von der Sonne geschwärzter Leichnam gehört. Und auf dem Kutschbock sitzt ein alter Mann, der eine räudige Katze auf dem Schoß hat. Na so was! Tatsächlich alte Freunde, was?«

Grantls Gesicht war ausdruckslos geworden, während sie sprach, seine Augen waren kalt. »Buke ist nicht dabei?«

»Nicht einmal sein Pferd. Entweder er ist geflohen, oder –«

Das Todbringende Schwert riss sein Pferd herum und grub ihm die Fersen in die Flanken.

Itkovian zögerte. Er warf Stonny einen Blick zu und war überrascht, als er sah, dass unverhohlenes Mitgefühl ihre Gesichtszüge weicher werden ließ. Ihre grünen Augen richteten sich auf ihn. »Wollt Ihr ihm nicht folgen?«, fragte sie leise.

Er nickte und klappte das Visier seines malazanischen Helms herunter. Eine leichte Gewichtsverlagerung und ein kurzes Streichen der Zügel über den Pferdehals ließen sein Reittier wenden.

Sein Pferd war von der Gelegenheit, mal wieder die Beine zu strecken, begeistert, und da es eine geringere Last trug, hatte es Itkovian an Grantls Seite gebracht, als noch zwei Meilen vor ihnen lagen. Das Pferd des Todbringenden Schwerts keuchte bereits.

»Mein Herr!«, rief Itkovian. »Langsamer, mein Herr! Sonst müssen wir auf dem Rückweg zu zweit auf einem Pferd reiten!«

Grantl zischte einen Fluch, und einen Augenblick lang sah es aus, als wolle er sein Pferd noch mehr antreiben, doch dann gab er nach, richtete sich im Sattel auf und lockerte die Zügel, während der Galopp des Tieres langsamer wurde.

»Und jetzt einen schnellen Trab, mein Herr«, riet Itkovian. »Nach weiteren hundert Schritten lassen wir die Tiere in Schritt fallen, damit Eure Stute den Hals strecken kann und wieder Luft bekommt.«

»Tut mir Leid, Itkovian«, sagte Grantl kurze Zeit später. »Meine Wut hat in letzter Zeit keine Glut mehr, aber das scheint sie nur noch tödlicher zu machen, fürchte ich.«

»Trake würde –«

»Nein, versucht es gar nicht erst, mein Freund. Ich habe es schon öfter gesagt. Mir ist es verdammt egal, was Trake will oder von mir erwartet, und Ihr und alle anderen solltet aufhören, mich so zu sehen. Todbringendes Schwert – ich hasse Titel. Ich konnte es noch nicht einmal leiden, Karawanenführer genannt zu werden, als ich noch einer war. Ich habe den Titel nur benutzt, um mehr Sold verlangen zu können.«

»Habt Ihr vor, diesen Reisenden etwas anzutun, mein Herr?«

»Ihr wisst, um wen es sich handelt?«

»Ich weiß es.«

»Ich hatte einen Freund …«

»Ja, den Mann namens Buke. Ich erinnere mich an ihn. Ein Mann, den der Kummer gebrochen hatte. Ich habe ihm einmal angeboten, seine Last zu tragen, aber er hat mich zurückgewiesen.«

Grantls Kopf ruckte bei diesen Worten herum. »Ihr habt was? Und er …?«

Itkovian nickte. »Vielleicht hätte ich ein wenig … direkter sein sollen.«

»Ihr hättet ihn an der Kehle packen und es einfach tun sollen, ganz egal, was er wollte oder nicht. Das ist doch genau das, was der neue Schild-Amboss mit diesem einäugigen Kind des Toten Samens gemacht hat … diesem Anaster, stimmt's? Und jetzt reitet der Kerl an ihrer Seite –«

»Er reitet, ohne zu wissen … er ist nichts weiter als eine Hülle, mein Herr. In ihm war nichts anderes als Schmerz. Ihm diesen Schmerz zu nehmen hat ihm auch das Wissen darum geraubt, wer er ist. Hättet Ihr gewollt, dass Buke ebenfalls ein solches Schicksal erleidet?«

Grantl verzog das Gesicht.

Es konnte kaum noch eine Meile weit sein, wenn Stonnys Angaben richtig waren, aber das Auf und Ab der ausgewaschenen Flussufer behinderte die Sicht, und tatsächlich war es das Geräusch des Wagens – ein gedämpftes Klirren und Rasseln, das der Wind zu ihnen herantrug –, das den beiden Männern sagte, dass er in der Nähe war.

Sie ritten einen Hügelkamm hinauf – und mussten die Pferde hastig zügeln, um nicht mit einem Ochsengespann zusammenzustoßen.

Emancipor Reese trug einen breiten, schmutzigen Verband um den Kopf, der einen geschwollenen Kiefer und ein verquollenes rechtes Auge nicht ganz verbergen konnte. Die Katze in seinem Schoß fauchte schrill, als die beiden Reiter so plötzlich auftauchten, und kletterte über die Brust des Dieners und seine linke Schulter aufs Dach des gespenstischen Wagens, wo sie in einer Falte aus K'Chain-Che'Malle-Haut und -Knochen verschwand. Reese selbst fuhr auf seinem Kutschbock in die Höhe und wäre fast hinuntergestürzt; nur mühsam fing er sich wieder.

»Bafda'de! Bwa'um dud Ih' daf? Beim Adem def Vermummden!«

»Entschuldigt, mein Herr«, sagte Itkovian, »dass wir Euch so erschreckt haben. Aber Ihr seid verletzt –«

»Ve'ledfd? Meim. Zahm. Afbro'n. Olifmkmm.«

Itkovian runzelte die Stirn, warf Grantl einen Blick zu.

Das Todbringende Schwert zuckte die Schultern. »Olivenkern vielleicht?«

»Hmm!« Reese nickte energisch, zuckte dann zusammen. »Bwaf Bwolld Ih'?«

Grantl holte tief Luft. »Die Wahrheit, Reese. Wo ist Buke?«

Der Diener zuckte die Schultern. »Bweg.«

»Haben sie ihn –«

»Meim! Bweg! Geflo'n.« Er fuchtelte mit den Armen auf und ab. »Flap flap. Ve'fteht Ih'? Ja?«

Grantl seufzte, blickte weg, und nickte dann langsam. »Gut genug«, sagte er einen Augenblick später.

Die Tür des Wagens öffnete sich, und Bauchelain beugte sich heraus. »Warum haben wir angehal – … oh, der Karawanenführer … und das Graue Schwert, glaube ich – aber wo ist Eure Uniform, mein Herr?«

»Ich sehe keine Notwendigkeit –«

»Ist nicht weiter wichtig«, unterbrach Bauchelain und kletterte aus dem Wagen. »Ich war eigentlich gar nicht an Eurer Antwort interessiert. Nun, meine Herren, wollt Ihr vielleicht etwas Wichtiges besprechen? Seid ein bisschen nachsichtig mit meiner Grobheit, aber ich bin müde und in letzter Zeit leider ein wenig gereizt. Ja, in der Tat, bevor Ihr noch ein weiteres Wort hervorbringt, möchte ich Euch raten, mich nicht zu verärgern. Bei der nächsten unangenehmen Unterbrechung wird mir wahrscheinlich der Kragen platzen, und das wäre eine ziemlich mörderische Angelegenheit, das versichere ich Euch. Und nun, was wollt Ihr von uns?«

»Nichts«, sagte Grantl.

Die dünnen schwarzen Augenbrauen des Nekromanten hoben sich ein wenig. »Nichts?«

»Ich bin gekommen, um mich nach Buke zu erkundigen.«

»Buke? Wer – ach ja, der. Nun, wenn Ihr ihn das nächste Mal seht, sagt ihm, er ist gefeuert.«

»Das werde ich tun.«

Einen Augenblick lang sagte niemand ein Wort. Dann räusperte sich Itkovian. »Mein Herr«, sagte er zu Bauchelain, »Euer Diener hat sich einen Zahn abgebrochen und scheint nicht unbeträchtliche Beschwerden zu haben. Mit Euren Künsten ist es Euch doch gewiss möglich …«

Bauchelain drehte sich um und warf Reese einen Blick zu. »Oh, das erklärt diese eigenartige Kopfbedeckung. Ich muss zugeben, ich habe mich schon gefragt, ob es sich dabei vielleicht um eine örtliche Mode handelt … Aber dem ist nicht so, wie sich nun herausstellt. Gut, Reese, mir scheint, ich muss Korbal Broach einmal mehr bitten, sich für eine Operation bereit zu machen – das ist schon der dritte Zahn, der auf diese Weise abgebrochen ist, nicht wahr? Und wieder mal Oliven, ohne Zweifel. Wenn du immer noch dem Glauben nachhängst, dass Olivensteine ein tödliches Gift sind, warum bist du dann so sorglos, wenn du die besagten Früchte isst? Ach, ist nicht weiter wichtig …«

»Meim! Keine Ope'adion! Bidde michd!«

»Was brabbelst du da, Mann? Sei still! Und wisch dir den Mund ab, du sabberst, und das ist unästhetisch. Glaubst du denn, ich sehe nicht, dass du Schmerzen hast? Dir sind gerade die Tränen in die Augen getreten, und du bist blass – totenblass. Und du zitterst! Wir dürfen keinen Augenblick verlieren! Korbal Broach! Komm heraus, bitte, und bring deine schwarze Tasche mit! Korbal!«

Der Wagen begann zur Antwort leicht zu schaukeln.

Grantl wendete sein Pferd. Itkovian tat es ihm nach.

»Dann bis später, meine Herren!«, rief Bauchelain hinter ihnen her. »Seid versichert, dass ich Euch für Euren Hinweis hinsichtlich des Gesundheitszustands meines Dieners dankbar bin. Genauso dankbar, wie er es zweifellos ist, und wenn er in der Lage wäre, verständlich zu sprechen, würde er Euch das gewiss auch sagen.«

Grantl hob die Hand und winkte brüsk.

Dann setzten sie sich in Bewegung, um sich wieder Trakes Legion anzuschließen.

Einige Zeit sagte keiner der beiden ein Wort, bis ein merkwürdig gedämpftes Geräusch von Grantl Itkovian aufblicken ließ. Und dann sah er, dass das Todbringende Schwert lachte.

»Was erheitert Euch so, mein Herr?«

»Ihr, Itkovian. Ich vermute, Reese wird Eure Fürsorge für den Rest seiner Tage verfluchen.«

»Das wäre eine merkwürdige Art, Dankbarkeit zu zeigen. Wird er denn nicht geheilt werden?«

»Oh doch, ich bin mir sicher, das wird er. Aber hier habt Ihr etwas, worüber Ihr ein bisschen nachdenken könnt, wenn Ihr wollt: Manchmal ist die Behandlung schlimmer als die Krankheit.«

»Könnt Ihr das näher erklären?«

»Fragt Emancipor Reese, wenn Ihr ihn das nächste Mal seht.«

»Sehr schön, genau das werde ich tun, mein Herr.«

Der Gestank von Rauch hing an den Wänden, und es gab genug alte Flecke auf den Teppichen, die bewiesen, dass in den Gängen und Vorzimmern und Anbauten ein Gemetzel unter den Akolythen stattgefunden hatte.

Coll fragte sich, ob der Vermummte wohl erfreut darüber gewesen war, dass seine eigenen Kinder zu ihm geschickt wurden, noch dazu in seinem eigenen, geheiligten Gebäude.

Es schien nicht leicht zu sein, einen Ort zu entweihen, der dem Tode geweiht war. Der Daru konnte den Atem unverminderter Macht spüren, kühl und gleichgültig, als er auf der Steinbank vor der Grabkammer saß.

Murillio schritt in dem breiten Hauptkorridor zu seiner Rechten auf und ab, geriet dabei immer wieder in Colls Blickfeld und verließ es ebenso oft wieder.

In dem heiligen Gemach hinter Coll bereitete der Ritter des Todes einen Platz für die Mhybe. Drei Glockenschläge waren verklungen, seit der erwählte Diener des Vermummten die Grabkammer betreten und die Türflügel sich hinter ihm geschlossen hatten.

Coll wartete, bis Murillio das nächste Mal auftauchte. »Er kann seine Schwerter nicht loslassen.«

Murillio blieb stehen, warf Coll einen Blick zu. »Und?«

»Nun«, brummte Coll, »es könnte schon sein, dass er drei Glockenschläge braucht, um ein Bett vorzubereiten.«

Sein Freund blickte ihn misstrauisch an. »Sollte das witzig sein?«

»Eigentlich nicht. Ich habe einfach nur praktisch gedacht. Ich habe versucht, mir vorzustellen, wie unbeholfen man ist, wenn man irgendetwas tun will, solange man noch zwei Schwerter in den Händen hat. Das ist alles.«

Murillio öffnete den Mund, um etwas zu sagen – dann änderte er leise fluchend seine Meinung, drehte sich um und begann wieder, auf und ab zu gehen.

Sie hatten die Mhybe vor fünf Tagen in den Tempel getragen, hatten sie in einem Raum untergebracht, der einst einem ranghohen Priester gehört hatte. Sie hatten den Wagen entladen und ihre Lebensmittel und ihr Wasser in den Keller gepackt, inmitten der Scherben von Hunderten von zerschmetterten Krügen; die Wände und der Fußboden waren klebrig vom Wein, und die Luft war dumpf, widerlich und stank wie die Schürze eines Schenkenwirts.

Alles hatte seither irgendwie nach Wein geschmeckt und Coll an die knapp zwei Jahre erinnert, die er als Trinker vergeudet hatte, so tief in den dunklen Wassern des Elends versunken, wie es nur ein Mann sein kann, der in sein Selbstmitleid verliebt ist. Er hätte den

Mann, der er damals gewesen war, jetzt gerne als Fremden bezeichnet, doch die Welt hatte die Angewohnheit, sich irgendwie unbemerkt umzudrehen, bis er sich schließlich dem, dem er den Rücken gekehrt zu haben glaubte, wieder gegenübersah. Was noch schlimmer war, Innenschau war – zumindest für ihn – wie ein Trichter im Sand, an dessen Grund eine Spinne wartete. Und Coll wusste nur zu gut, dass er sehr wohl fähig war, sich selbst zu verzehren.

Murillio kam wieder in sein Blickfeld.

»Die Ameise hat blind getanzt«, sagte Coll.

»Was?«

»Das alte Kindermärchen – erinnerst du dich daran?«

»Du hast den Verstand verloren, stimmt's?«

»Noch nicht. Zumindest glaube ich es nicht.«

»Aber das ist es doch gerade. Du würdest es doch gar nicht wissen, oder?«

Er sah zu, wie Murillio sich abermals umdrehte und hinter der nächsten Ecke verschwand. *Die Welt dreht sich ungesehen um uns. Die Blinden tanzen im Kreis. Man kann dem, was man ist, nicht entfliehen, und alle Träume glitzern des Nachts weiß, jedoch grau im Licht des Tages. Und beide sind gleichermaßen tödlich. Wer war noch mal der verdammte Dichter? Der Rachsüchtige. Ein Waise, hat er behauptet. Hat tausend Geschichten geschrieben, mit denen man Kinder erschrecken konnte. Wurde von einem Mob in Darujhistan gesteinigt, was er überlebt hat. Ich glaube – das war vor vielen Jahren. Seine Geschichten leben jetzt auf den Straßen. Als Singsang, der die Spiele der Kinder begleitet.*

Verdammt unheimlich, wenn ihr mich fragt.

Er schüttelte sich, versuchte, den Kopf klarzukriegen, bevor er in eine andere Fallgrube der Erinnerung stolperte. Bevor sie ihm sein Anwesen gestohlen, bevor sie ihn vernichtet hatte, hatte Simtal ihm erzählt, sie trüge sein Kind unter dem Herzen. Er fragte sich, ob es dieses Kind jemals gegeben hatte – Simtal kämpfte mit Lügen, wo andere Messer gebrauchten. Es war nie eine Geburt verkündet worden. Obwohl es natürlich durchaus möglich war, dass er eine solche Verkündung gar nicht mitbekommen hätte, in den Tagen, die seinem

Fall gefolgt waren. Aber seine Freunde hätten es gewusst. Hätten es ihm gesagt, wenn nicht damals, dann jetzt …

Murillio kam wieder in sein Blickfeld.

»Einen Augenblick«, grollte Coll.

»Was ist jetzt? Liegt der Käfer auf dem Rücken? Umkreist der Wurm das Loch?«

»Eine Frage, Murillio.«

»In Ordnung, wenn du darauf bestehst.«

»Hast du jemals etwas davon gehört, dass Simtal ein Kind geboren hat?«

Er sah, wie das Gesicht seines Freundes sich verschloss, seine Augen schmal wurden. »Das ist eine Frage, die nicht in diesem Tempel gestellt werden sollte, Coll.«

»Ich stelle sie aber trotzdem.«

»Ich glaube nicht, dass du dafür bereit bist –«

»Das hast du nicht zu beurteilen, und du solltest es eigentlich besser wissen, Murillio. Verdammt, ich habe monatelang in der Ratsversammlung gesessen! Und ich soll immer noch nicht *bereit* sein? Was für eine absurde Idee –«

»Schon gut, schon gut! Es ist nur so: Es gibt nur Gerüchte.«

»Lüg mich nicht an.«

»Ich lüge nicht. Es gab eine Zeitspanne von mehreren Monaten – gleich nach deinem … äh … Untertauchen –, in der sie sich nicht in der Öffentlichkeit gezeigt hat. Es wurde immer damit erklärt, dass sie trauert, aber jeder hat gewusst –«

»Ja, ich weiß, was jeder gewusst hat. Also hat sie sich ein Zeit lang nirgends blicken lassen. Weiter.«

»Nun, wir haben geglaubt, sie wäre damit beschäftigt, ihre Position zu festigen. Hinter den Kulissen. Rallick hat sie im Auge behalten. Zumindest glaube ich das. Er würde mehr wissen.«

»Und ihr beide habt euch niemals über Einzelheiten unterhalten – was sie vorhaben könnte, wie sie ausgesehen hat? Murillio –«

»Nun, was wusste Rallick schon von Mutterschaft?«

»Wenn sie schwanger sind, schwillt ihr Bauch an, und ihre Brüste werden größer. Ich bin mir sicher, dein Freund, der Assassine, hat ein oder zwei Frauen in einem solchen Zustand in den Straßen von Darujhistan gesehen – hat er da einfach nur gedacht, sie hätten Melonen in einem Stück gegessen?«

»Es besteht überhaupt kein Anlass, sarkastisch zu werden, Coll. Alles, was ich sage, ist, er war sich nicht sicher.«

»Und was ist mit den Dienern und Dienerinnen auf dem Anwesen? Irgendwelche Frauen, die gerade ein Kind geboren hatten?«

»Rallick hat niemals etwas erwähnt –«

»Du meine Güte, was für ein guter Beobachter, dieser Assassine!«

»Toll!«, schnappte Murillio. »Hier ist, was ich glaube: Sie hatte ein Kind. Sie hat es weggegeben. Irgendwohin. Sie hätte es nicht ausgesetzt, denn irgendwann würde sie es benutzen wollen, als nachweisbaren Erben, als Heiratsköder, als was weiß ich. Simtal war von niedriger Geburt; welche Kontakte sie auch immer aus ihrer Vergangenheit hatte, es waren private Kontakte – von allen fern gehalten, außer jenen, die damit direkt zu tun hatten – auch von dir, wie du wohl weißt. Ich nehme an, sie hat das Kind irgendwo dorthin geschickt, irgendwohin, wo niemand nach ihm suchen würde.«

»Es muss jetzt fast drei sein«, sagte Coll, während er sich langsam zurücklehnte und den Kopf gegen die Wand sinken ließ. Er schloss die Augen. »Fast drei Jahre alt ...«

»Vielleicht. Aber damals gab es keine Möglichkeit, herauszufinden, wo –«

»Ihr hättet nur mein Blut gebraucht. Dann hätte Baruk –«

»Richtig«, schnappte Murillio. »Wir hätten einfach hingehen und dir ein bisschen Blut abzapfen müssen, wenn du gerade mal wieder sinnlos betrunken warst.«

»Warum nicht?«

»Weil das damals nicht allzu viel Sinn gehabt hätte, du Ochse!«

»In Ordnung. Aber ich habe mich jetzt schon seit einigen Monaten zusammengerissen, Murillio.«

»Dann tu es, Coll. Geh zu Baruk.«

»Das mache ich auch. Jetzt, wo ich es weiß.«

»Hör zu, mein Freund. Mir sind im Laufe meines Lebens schon etliche Trinker begegnet. Du schaust dir deine vier, fünf Monate an, in denen du trocken warst, und du glaubst, das ist die Ewigkeit. Aber ich, ich sehe immer noch einen Mann, der versucht, sich die Kotze von den Kleidern zu wischen. Einen Mann, den es immer noch sofort wieder umhauen könnte. Ich hätte dich nicht gedrängt – es ist zu früh –«

»Ich verstehe. Ich verfluche deine Entscheidung nicht, Murillio. Du hattest Recht, vorsichtig zu sein. Aber was ich sehen kann – was ich jetzt sehen kann –, das ist ein Grund. Das ist endlich ein richtiger Grund, mich zusammenzureißen.«

»Coll, ich hoffe, du denkst jetzt nicht, du könntest einfach in den Haushalt marschieren, in dem dein Kind aufgezogen wird – egal, wo es ist, oder was es ist –, und es dort wegholen –«

»Warum nicht? Schließlich ist es mein Kind.«

»Ach ja, und auf deinem Kaminsims ist schon ein Platz dafür bereit, ja?«

»Glaubst du etwa, ich kann kein Kind großziehen?«

»Ich *weiß*, dass du es nicht kannst, Coll. Aber wenn du das Ganze richtig angehen willst, dann kannst du dafür bezahlen und dadurch dafür sorgen, dass es vernünftig aufgezogen wird, dass ihm Möglichkeiten offen stehen, die es sonst nicht hätte.«

»Ein verborgener Wohltäter. Hah. Das wäre … großmütig.«

»Sei ehrlich, Coll: Es wäre *praktisch*. Nicht großmütig, nicht heldenhaft.«

»Und du nennst dich meinen Freund.«

»Ja, das tue ich.«

Coll seufzte. »Das solltest du auch, obwohl ich keine Ahnung habe, was ich getan habe, um eine solche Freundschaft zu verdienen.«

»Da ich dich nicht noch mehr deprimieren will, werden wir uns über diese Frage ein andermal unterhalten.«

Die mächtigen Steintüren der Grabkammer schwangen auf.

Ächzend erhob Coll sich von der Steinbank.

Der Ritter des Todes trat auf den Korridor hinaus und baute sich direkt vor Murillio auf. »Bringt die Frau«, sagte er. »Die Vorbereitungen sind abgeschlossen.«

Coll trat an den Eingang und blickte hinein. In der Mitte des Zimmers war ein großes Loch in den massiven Steinfußboden geschlagen worden. Zerschmetterte Steine türmten sich an einer Wand zu einem hohen Haufen. Den Daru überlief plötzlich ein kalter Schauer; er schob sich an dem Ritter des Todes vorbei. »Beim Atem des Vermummten!«, rief er. »Das ist ein verdammter Sarkophag!«

»Was?«, rief Murillio und eilte an Colls Seite. Er starrte die Grube an, dann wirbelte er zu dem Ritter herum. »Die Mhybe ist noch nicht tot, du verdammter Narr!«

Die leblosen Augen des Kriegers hefteten sich auf Colls Freund. »Die Vorbereitungen«, wiederholte er, »sind abgeschlossen.«

Knöcheltief im Staub stolperte sie durch das Ödland. Die Tundra war verschwunden und mit ihr die Jäger, die dämonischen Verfolger, die ihr so lange unwillkommene Gesellschaft geleistet hatten. Die Verwüstung, die sie nun umgab, war noch weitaus schlimmer, wie ihr allmählich klar wurde. Kein Gras unter ihren Füßen, kein süßer, kühler Wind. Das Summen der Schwarzfliegen war verstummt, jener leidenschaftlichen Gefährten, die so gierig darauf versessen gewesen waren, sich von ihrem Fleisch zu nähren – obwohl ihre Haut noch immer kribbelte, als hätten ein paar davon die Verwüstung überlebt.

Und sie wurde schwächer, ihre jugendlichen Muskeln ließen sie auf undefinierbare Weise im Stich. Es war nicht einfach nur Müdigkeit, eher eine Art chronischer Auflösung. Sie verlor ihre Stofflichkeit, und diese Erkenntnis war die schrecklichste von allen.

Der Himmel über ihr war farblos, ohne Wolken oder Sonne, aber dennoch von einer unsichtbaren Lichtquelle schwach erleuchtet. Er schien unglaublich weit entfernt – zu lange nach oben zu starren hieß Wahnsinn riskieren, wenn der Verstand angesichts seiner Unfähigkeit zu verstehen, was die Augen sahen, zu toben begann.

Darum blickte sie starr geradeaus, als sie weitertaumelte. Es gab nichts, was den Horizont in irgendeiner Richtung unterbrochen hätte. Nach allem, was sie wusste, war es auch sehr gut möglich, dass sie im Kreis lief, doch wenn dem so war, musste es ein großer Kreis sein, denn bisher war sie noch nicht wieder auf ihre eigenen Spuren gestoßen. Sie hatte kein Ziel im Sinn für diese Reise des Geistes, genauso wenig wie den Willen, sich in dieser tödlichen Traumlandschaft eins zu setzen, hätte sie gewusst, wie.

Ihre Lungen schmerzten, als versagten auch sie ihr den Dienst. In nicht allzu langer Zeit, so glaubte sie, würde sie beginnen, sich aufzulösen, würde dieser junge Körper auf eine Art und Weise besiegt werden, die genau das Gegenteil von dem war, was sie so lange gefürchtet hatte. Sie würde nicht von Wölfen in Stücke gerissen werden. Die Wölfe waren fort. Nein, sie wusste jetzt, dass nichts so gewesen war, wie es den Anschein gehabt hatte – es war alles etwas anderes gewesen, etwas Geheimnisvolles, ein Rätsel, das sie noch lösen musste. Und nun war es zu spät. Die Vergessenheit war gekommen, um sie zu holen.

Der Abgrund, den sie in ihren Albträumen vor so langer Zeit gesehen hatte, war ein Ort des Chaos gewesen, wo mit rasender Gier an Seelen gefressen wurde, wo ansteckende Erinnerungen losgerissen und in Sturmwinde geschleudert wurden. Vielleicht waren diese Visionen letzten Endes nichts anderes gewesen als Erzeugnisse ihres eigenen Verstandes. Der wahre Abgrund war das, was sie nun sah, auf allen Seiten, in jeder Richtung –

Etwas unterbrach die flache Linie des Horizonts, etwas Monströses, Hingeducktes, Tierisches, dort, zu ihrer Rechten. Eben war es noch nicht da gewesen.

Oder vielleicht doch. Vielleicht schrumpfte diese ganze Welt, und ihre wenigen, zitternden Schritte hatten enthüllt, was hinter der Krümmung des Horizonts verborgen gewesen war.

Sie stöhnte in plötzlichem Entsetzen auf, während ihre Schritte schon die Richtung änderten, sie näher an die Erscheinung herantrugen.

Sie wurde mit jedem Schritt, den sie machte, sichtlich größer, schwoll auf entsetzliche Weise an, bis sie ein Drittel des Himmels bedeckte. Rosa gestreift, rohe Knochen, aufwärts ragend, ein Brustkorb, jede Rippe zerkerbt, schief zusammengewachsen und von Kalkablagerungen, porösen Knoten, Rissen, Knicken und Spalten überzogen. Zwischen den einzelnen Knochen spannte sich Haut, umschloss das, was im Innern liegen mochte. Adern zogen sich über die Haut, pulsierten wie rote Blitze, pochten vor ihren Augen stärker und schwächer.

Für das hier ging der Sturm des Lebens vorbei. Für das hier und genauso für sie.

»Bist du mein?«, fragte sie mit krächzender Stimme, als sie bis auf zwanzig Schritt an den gespenstischen Käfig herangetaumelt war. »Liegt mein Herz in deinem Innern? Wird es mit jedem Schlag langsamer? Bist du ich?«

Gefühle schlugen plötzlich über ihr zusammen – Gefühle, die nicht die ihren waren, sondern die von dem kamen, was auch immer sich im Innern des Käfigs befand. Angst. Überwältigende Schmerzen.

Sie wollte fliehen.

Doch es spürte sie. Es verlangte, dass sie blieb.

Dass sie näher kam.

Nahe genug, um einen Arm auszustrecken.

Es zu berühren.

Die Mhybe schrie. Sie lag plötzlich auf den Knien in einer Staubwolke, die ihre Augen blind machte; ihr war, als würde sie auseinander gerissen – ihr Geist, all ihre Überlebensinstinkte bäumten sich ein letztes Mal auf. Um den Beschwörungen zu widerstehen. Um zu fliehen.

Doch sie konnte sich nicht bewegen.

Und dann griff die Macht nach ihr. Begann zu ziehen.

Und das Land unter ihr bewegte sich, neigte sich. Der Staub wurde glatter. Der Staub wurde wie Glas.

Sie kauerte auf Händen und Knien, blickte auf, mit tränenden Augen, vor denen alles tanzte.

Die Rippen waren keine Rippen mehr. Es waren Beine.

Und die Haut war auch keine Haut. Sie war zu einem Netz geworden.

Und sie rutschte.

Kapitel Zehn

Wären die Schwarzen Moranth ein redseliges Volk, so wäre die Geschichte von Achievant Twist bekannt. Und wäre sie bekannt – von der Zeit noch vor seiner ersten Erwähnung nach dem Bündnis mit dem malazanischen Imperium; über seinen Aufenthalt während der genabackischen Feldzüge eben jenes Imperiums; und über sein Leben innerhalb der Hegemonie der Moranth selbst – dann, ja, dann müsste man zu dem Schluss kommen, dass diese Geschichte Stoff für mehr als nur eine Legende bieten würde.

Verlorene Helden
Badark von Nathii

Die Weitblickberge ragten dunkel und wuchtig auf, verdeckten die Sterne im Westen. Den Rücken an den Wurzelballen eines umgestürzten Baumes gelehnt, zog Leutnant Tippa ihren Regenumhang zum Schutz vor der Kälte enger um sich. Zu ihrer Linken waren die entfernten Wälle von Letta eine zerklüftete schwarze Linie auf der gegenüberliegenden Seite des im Sternenlicht schimmernden Flusses. Es hatte sich herausgestellt, dass die Stadt näher an den Bergen und am Fluss lag, als es auf den Karten den Anschein gehabt hatte, und das war eine feine Sache.

Ihr Blick blieb auf den Pfad unterhalb von ihrem Ruheplatz gerichtet, und sie blinzelte vor Anstrengung, erste Anzeichen einer Bewegung zu erkennen. Wenigstens hatte der Regen aufgehört, obwohl es anfing, neblig zu werden. Sie lauschte, wie es von allen Seiten aus den Pinienästen tropfte.

Eine Stiefelsohle platschte schmatzend in moosigen Schlamm, knirschte dann auf Granit. Tippa warf einen Blick zur Seite, nickte und schaute dann wieder auf den Pfad.

»Es dürfte ein Weilchen dauern«, murmelte Hauptmann Paran. »Sie müssen eine ganz schöne Strecke zurücklegen.«

»Klar«, meinte Tippa zustimmend. »Nur, Blend ist ziemlich flink, Hauptmann. Sie hat Augen wie eine Katze.«

»Dann wollen wir hoffen, dass sie die anderen nicht abhängt.«

»Das wird sie nicht tun.« *Wehe, wenn sie das macht.*

Paran kauerte sich langsam an ihre Seite. »Ich nehme an, wir hätten direkt über die Stadt fliegen und uns die Mühe sparen können, sie zu Fuß zu überprüfen.«

»Und wenn es da Beobachter gegeben hätte, hätten sie uns gesehen. Es gibt keinen Grund, Eure Überlegungen in Frage zu stellen, Hauptmann. Wir wissen nicht, was für Augen der Pannionische Seher in diesem Land hat, aber wir wären Narren zu glauben, dass wir ganz alleine sind. Wir riskieren sowieso schon eine ganze Menge, indem wir glauben, dass man uns nicht entdeckt, wenn wir nachts marschieren.«

»Der Schnelle Ben sagt, es sind nur die Kondore und sonst nichts, Leutnant. Und die sind nur tagsüber am Himmel. Solange wir in Deckung bleiben, wenn die Sonne scheint, sollten wir das Ganze durchziehen können.«

Tippa nickte langsam in die Dunkelheit. »Spindel ist der gleichen Meinung. Genau wie Blauperl und Beinling und Zeh. Hauptmann, wenn nur wir Brückenverbrenner mit den Schwarzen Moranth Froschhüpfen spielen, würde ich mir keine Gedanken machen. Aber da wir geradewegs –«

»Schschsch – da, da unten. Da war was.«

Blend war ihr übliches bewundernswertes Selbst; sie bewegte sich wie ein Schatten, verschwand ein, zwei, drei Herzschläge lang vollständig, tauchte dann plötzlich zehn Schritt näher wieder auf, kam im Zickzack auf die Stelle zu, wo Tippa und Paran warteten.

Obwohl keiner der beiden Offiziere sich gerührt oder ein Geräusch gemacht hatte, hatte Blend sie irgendwie gefunden. Ihre Zähne blitzten weiß auf, als sie sich vor ihnen hinkauerte.

»Sehr beeindruckend«, murmelte Paran. »Bist du hier, um Bericht zu erstatten, oder willst du das dem Mann überlassen, der es eigentlich tun sollte? Außer natürlich, du hast Fahrig und den Rest eine halbe Länge hinter dir verirrt herumstolpernd zurückgelassen.«

Das Lächeln verschwand. »Äh, nein, Hauptmann, sie sind ungefähr dreißig Schritt hinter mir – könnt Ihr sie nicht hören? Da, das war Spindel – sein Haarhemd ist an einem Zweig hängen geblieben. Und die Schritte des Vordersten – das ist Fahrig, der hat O-Beine und läuft wie ein Affe. Das Klirren und Rasseln? Igel. Die Leiseste von dem Haufen ist komischerweise Detoran.«

»Denkst du dir das aus, Soldatin?«, fragte Paran. »Denn ich höre überhaupt nichts.«

»Nein, Hauptmann«, beteuerte Blend unschuldig.

Tippa hätte ihr am liebsten einen kräftigen Knuff versetzt. »Geh runter und such sie, Blend«, grollte sie. *Wenn sie so laut sind, dann sind sie nicht mehr auf dem Pfad, sondern haben sich verirrt, du blöde Idiotin. Nicht dass sie so laut wären. Sie haben sich nämlich nicht verirrt. Paran hat ziemlich scharf gezielt, und das gefällt dir nicht. Schön.* »Sofort.«

»In Ordnung, Leutnant.« Blend seufzte.

Sie blickten ihr nach, wie sie den Hang bis zum Pfad hinabrutschte und -schlitterte und dann verschwand.

Paran gab ein Brummen von sich. »Eben hätte sie mich fast erwischt.«

Tippa warf ihm einen Blick zu. »Sie glaubt, genau das hätte sie getan.«

»Stimmt, das tut sie.«

Tippa grinste. *Verdammt, ich glaube, Ihr seid jetzt wirklich unser Hauptmann. Haben wir also endlich einen guten gefunden.*

»Da kommen sie«, bemerkte Paran.

Sie waren fast genauso gut wie Blend – zumindest war kaum ein Unterschied festzustellen. Stumm dahingleitend, die Waffen festgezurrt, die Rüstungen umwickelt. Sie sahen, wie Fahrig eine Hand hob und die, die ihm folgten, mit einer Geste zum Stehen brachte, dann mit seinem Zeigefinger einen Kreis in der Luft beschrieb. Die Mitglieder des Trupps verschwanden nach allen Seiten, suchten sich einen guten geschützten Platz. Die Patrouille war zu Ende.

Der Sergeant kam hinaufgeklettert, dorthin, wo Tippa und Paran warteten.

Noch ehe er bei ihnen war, schlüpfte der Schnelle Ben von hinten zwischen sie. »Hauptmann«, flüsterte er, »ich habe gerade mit Twists Stellvertreter gesprochen.«

»Und?«

»Der Moranth macht sich Sorgen. Um seinen Kommandanten. Diese tödliche Infektion ist jetzt bis zur Schulter gewandert. Twist hat nur noch ein paar Wochen zu leben, und er muss schon jetzt fürchterliche Schmerzen haben – der Vermummte allein weiß, wie er es schafft, nicht die Kontrolle zu verlieren.«

»In Ordnung«, sagte Paran seufzend. »Wir unterhalten uns später darüber. Jetzt wollen wir erst einmal hören, was Fahrig zu sagen hat.«

»Gut.«

Der Sergeant erreichte sie und hockte sich vor ihnen hin. Tippa reichte ihm eine Feldflasche; er nahm sie, trank ein halbes Dutzend Schlucke Wein und gab sie ihr zurück. Fahrig säuberte beide Nasenlöcher mit explosionsartigem Schnauben, dann wischte er sich den Schnurrbart und verbrachte noch ein paar Augenblicke damit, ihn zurechtzustreichen.

»Wenn du als Nächstes anfängst, dich unter den Armen zu waschen«, sagte Paran warnend, »bringe ich dich um. Nachdem ich meine Übelkeit überwunden habe, heißt das. Ihr habt also Setta einen Besuch abgestattet – was habt ihr gesehen, Sergeant?«

»Oh, äh, ja, Hauptmann. Setta. Eine Geisterstadt, verdammt unheimlich. All die leeren Straßen, leeren Häuser, Festmüllhaufen –«

»Was für Dinger?«

»Festmüllhaufen. Auf den Plätzen. Große Haufen aus verbrannten Knochen und Asche. Von Menschen. Müllhaufen von Festmählern. Oh, und große Vögel nisten auf den vier Türmen der Stadt – Blend ist zu einem hochgeklettert.«

»Wirklich?«

»Na ja, jedenfalls näher ran. Wir hatten die Vogelscheiße an den Seiten des Turms bemerkt, als die Sonne noch am Höhersteigen war. Wie auch immer, da haben sich diese Gebirgsgeier ihr Bett gemacht.«

Der Schnelle Ben fluchte. »Und Blend ist sicher, dass sie nicht entdeckt worden ist?«

»Ganz sicher, Magier. Du kennst doch Blend. Wir haben die ganze Zeit die Sicht blockiert, für alle Fälle, was alles andere als leicht war – diese Türme sind geschickt aufgestellt. Aber diese Vögel hatten sich schlafen gelegt.«

»Habt ihr irgendwelche Großen Raben gesehen?«, wollte der Schnelle Ben wissen.

Der Sergeant blinzelte. »Nein. Warum?«

»Nichts. Aber die Regel gilt immer noch – traut nichts, was am Himmel ist, Fahrig. Sorge dafür, dass alle das wissen und sich merken, in Ordnung?«

»Na klar, ganz wie du sagst, Magier.«

»Sonst noch etwas?«, fragte Paran.

Fahrig zuckte die Schultern. »Nein, überhaupt nichts. Setta ist so tot, wie man nur sein kann. In Maurik ist es wahrscheinlich genauso.«

»Vergiss Maurik«, sagte Paran. »Wir umgehen Maurik.«

Das brachte ihm die volle Aufmerksamkeit von Leutnant Tippa ein. »Nur wir, Hauptmann?«

»Wir sind auf dem ganzen Marsch die fliegende Spitze«, antwortete der Schnelle Ben.

Fahrig murmelte irgendetwas vor sich hin.

»Sprich deutlich, Sergeant«, forderte Paran ihn auf.

»Gar nichts, Hauptmann.«

»Raus damit, Fahrig.«

»Nun, es sind einfach nur Igel und Spindel und die anderen Sappeure, Hauptmann. Sie haben sich über die fehlende Kiste Munition beklagt – sie haben erwartet, dass ihre Vorräte in Maurik wieder aufgefüllt werden. Sie werden rumjammern, Hauptmann.«

Tippa sah, wie Paran dem Schnellen Ben einen Seitenblick zuwarf.

Der Magier zog ein finsteres Gesicht. »Ich habe vergessen, mit Igel darüber zu reden. Tut mir Leid. Ich kümmere mich gleich darum.«

»Die Sache ist die«, sagte Fahrig, »wir sind nicht ausreichend versorgt, und das ist die reine Wahrheit. Wenn wir irgendwelchen Ärger bekommen …«

»Also wirklich, Sergeant«, murmelte Tippa. »Wenn du die Brücken hinter dir verbrannt hast, solltest du kein Feuer auf der anzünden, die vor dir liegt. Sag den Sappeuren, sie sollen sich mal um ein bisschen Rückgrat bemühen. Wenn wir in eine Situation geraten, in der die fünfzehn oder so verfügbaren Knaller und die dreißig oder vierzig Fetzer nicht ausreichen, sind wir sowieso nur noch ein Festmüllhaufen mehr.«

»Diese Unterredung ist beendet«, verkündete Paran. »Ben, sorge dafür, dass die Moranth bereit sind – wir machen heute Nacht noch einen Sprung. Ich will, dass wir vor Anbruch der Morgendämmerung in Sichtweite der Eryn sind. Tippa, überprüfe bitte noch einmal die Steinhaufen. Ich will nicht, dass sie zu auffällig sind – wenn wir uns jetzt verraten, wird's ziemlich heiß werden.«

»Klar, Hauptmann.«

»In Ordnung, dann wollen wir mal.«

Er schaute zu, wie seine Soldaten davonkrabbelten. Wenige Augenblicke später spürte er, dass er nicht mehr allein war, und er drehte sich um. Twist, der Kommandant der Schwarzen Moranth, war gekommen und stand ein Stück neben ihm.

»Hauptmann Paran.«

»Ja?«

»Ich wüsste gerne, ob Ihr die Götter der Barghast gesegnet habt. In Capustan oder vielleicht auch später.«

Paran runzelte die Stirn. »Man hat mich gewarnt, dass sie vielleicht darum bitten könnten, aber es ist niemand zu mir gekommen.«

Der Krieger in der schwarzen Rüstung schwieg einen Moment lang, dann sagte er: »Aber Ihr erkennt an, dass ihr Platz im Pantheon ist.«

»Ich wüsste nicht, warum dem nicht so sein sollte.«

»Ist das ein Ja, Hauptmann?«

»In Ordnung. Ja. Warum wollt Ihr das wissen? Was ist los?«

»Nichts ist los. Ich werde bald sterben, und ich wüsste gerne, was meine Seele erwartet.«

»Haben die Schultermänner der Barghast endlich zugegeben, dass Barghast und Moranth vom gleichen Blut sind?«

»Ihre Äußerungen in der einen oder anderen Hinsicht sind ohne Bedeutung.«

»Aber meine sind es?«

»Ihr seid der Herr der Drachenkarten.«

»Was hat die Kluft verursacht, Twist? Zwischen den Moranth und den Barghast?«

Der Achievant hob langsam seinen verkümmerten Arm. »Vielleicht ist dieser Arm in einer anderen Sphäre heil, während der Rest von mir dort zerfallen und leblos ist. Vielleicht«, fuhr er fort, »spürt er schon den festen und starken Griff eines Geistes. Der jetzt nur noch darauf wartet, dass ich vollständig in jene Welt hinüberwechsle.«

»Das ist eine interessante Betrachtungsweise.«

»Es ist alles eine Frage des Blickwinkels, Hauptmann. Die Barghast würden uns als verwelkt und leblos betrachten. Als etwas, das man abschneiden muss.«

»Während Ihr es andersherum seht?«

Twist zuckte die Schultern. »Wir fürchten keine Veränderung. Wir widersetzen uns ihr nicht. Die Barghast müssen akzeptieren, dass Wachstum notwendig ist, auch wenn es schmerzhaft ist. Sie müssen lernen, was die Moranth vor langer Zeit gelernt haben, als wir nicht unsere Schwerter gezogen, sondern stattdessen mit den Tiste Edur gesprochen haben – den grauhäutigen Wanderern der Meere. Mit ihnen gesprochen und dabei entdeckt haben, dass sie genauso verloren waren wie wir, des Krieges genauso müde, genauso bereit zum Frieden.«

»Wer sind die Tiste Edur?«

»Die Kinder des Zerschmetterten Gewirrs. Ein Stück davon war im riesigen Wald von Moranth entdeckt worden, der unsere neue Heimat werden sollte. Kurald Emurlahn, das wahre Gesicht des Schattens. Es waren so wenige Tiste Edur übrig, dass wir uns entschlossen haben, sie willkommen zu heißen. Die letzten von ihnen sind nun dahin, verschwunden aus dem Moranth-Wald, lange fort, aber ihr Erbe hat uns zu dem gemacht, was wir sind.«

»Achievant, es könnte ein Weilchen dauern, bis ich richtig verstanden habe, was Ihr gerade beschrieben habt. Ich habe Fragen –«

Twist zuckte erneut die Schultern. »Wir haben die Tiste Edur nicht getötet. In den Augen der Barghast ist das unser größtes Verbrechen. Ich frage mich allerdings, ob die Älteren Geister – die nun Götter sind – das im gleichen Licht sehen.«

»Sie hatten sehr viel Zeit, um nachzudenken«, murmelte Paran. »Manchmal ist das alles, was man braucht. Das Herz des Wissens ist Toleranz. Glaube ich.«

»Wenn das so ist, Hauptmann, dann müsst Ihr stolz sein.«

»Stolz?«

Der Achievant drehte sich langsam um, als leise Rufe verkündeten, dass die Truppe bereit war. »Ich werde jetzt zu Dujek Einarm zurückkehren.« Er machte eine kurze Pause und fügte dann hinzu: »Das malazanische Imperium ist ein weises Reich. Ich glaube, so etwas ist selten und kostbar. Und deshalb wünsche ich ihm – und Euch – viel Glück.«

Paran schaute Twist nach, als er davonging.

Es war Zeit zu gehen.

Toleranz. Vielleicht. Merk dir das Wort, Ganoes – es gibt ein Flüstern, dass es sich in dem, was noch kommt, als der Dreh- und Angelpunkt erweisen könnte.

Kruppes Maultier trug ihn rasch die Böschung hinauf, durch ein Gedränge von auf der Straße marschierenden Seesoldaten – die eilig Platz machten –, dann auf der anderen Seite wieder hinunter und hinaus auf die Ebene. Rufe und hilfreiche Ratschläge folgten ihm.

»Hirnloses Biest! Blinde, dickköpfige, laut schreiende Kreatur, die der Abgrund ausgespieen hat! Halt, ruft Kruppe! Halt! Nein, nicht da entlang –«

Das Maultier schwenkte rasch herum, trottete eilig auf den nächsten Clan von Weißgesicht-Barghast zu.

Ein Dutzend wild bemalter Kinder kam ihnen entgegengerannt.

Das Maultier hielt plötzlich erschrocken an, ließ Kruppe vorwärts auf seinen Hals rutschen. Dann drehte das Tier erneut um und verfiel in einen gemütlichen Zuckeltrab, während sein Schwanz um sein Hinterteil peitschte.

Unter einem endlosen Strom von Ächzen und Stöhnen schaffte es der Daru, sich wieder aufzurichten. »Bewegung ist Wahnsinn!«, rief er den Kindern zu, die neben ihnen herrannten. »Betrachtet nur diese erschreckenden Bengel, bereits jetzt so muskulös, dass sie mit einfältiger Freude über Kruppes jammervolles Schicksal lachen! Der Fluch der Vitalität und der Spannkraft hat sie bereits verdorben. Lieber Kruppe, vergib ihnen, wie es sich für deine bewundernswerte Natur ziemt, deine liebenswerte Gelassenheit, deine mühelose, schätzenswerte innere Ruhe in der Gesellschaft jener, denen es traurigerweise an Jahren mangelt. Ach, ihr armen Kreaturen, so kurze Beine und doch von euch selbst irregeleitet im Ausdruck einfältiger Weisheit. Ihr stolziert im Gleichschritt mit diesem scheußlichen Maultier dahin und enthüllt so die tragische Wahrheit – euer Stamm ist dem Untergang geweiht, sagt Kruppe! Verloren!«

»Sie verstehen kein Wort, Mann aus Schweinefett!«

Kruppe drehte sich um und sah Hetan und Cafal heranreiten und zu ihm aufschließen. Die Barghast grinste.

»Kein Wort, Daru, und das ist auch gut so. Sonst würden sie dir bei solchen Verdammungen das Herz aus der Brust reißen!«

»Verdammungen? Gute Frau, Kruppes tödliche Wut ist schuld daran. Sein weiß glühender Zorn, der alle um ihn herum in solche Gefahr bringt! Es ist diese Bestie, versteht Ihr –«

»Das Vieh taugt nicht mal zum Essen«, bemerkte Hetan. »Was meinst du, Bruder?«

»Zu dürr«, stimmte Cafal zu.

»Nichtsdestotrotz bittet Kruppe im Namen seines achtbaren Selbst und des umgekehrt wertlosen Tiers, auf dem er reitet, um Vergebung. Vergebt uns, etwas langbeinigere Nachkommen Humbrall Taurs, wir bitten Euch!«

»Wir haben eine Frage an dich, Mann aus Schweinefett.«

»Ihr braucht nur zu fragen, und Kruppe wird antworten. Schimmernd vor Wahrheit, seine Worte so sanft wie Öl, um Eure makellose Haut zu parfümieren – vielleicht da, gleich über der linken Brust? Im Besitz von Kruppe befindet sich –«

»Zweifellos«, unterbrach ihn Hetan. »Und wenn du weiterredest, ist dieser Krieg vorbei, ehe ich eine Chance gehabt habe, dir die Frage zu stellen. Also sei jetzt still und hör zu, Daru. Schau dir bitte mal die malazanischen Soldaten auf der Straße da drüben an. Die Planwagen, die wenigen, fußwunden Kompanien, die neben und zwischen ihnen marschieren und von denen der Staub zum Himmel emporsteigt –«

»Liebes Schätzchen, Ihr seid so recht nach Kruppes Herzen! Bitte, fasst diese nichtfragende Frage ausführlich zusammen, lasst Eure Worte zur dicksten Kerze wachsen, so dass ich ihr zu Ehren eine unlöschbare Flamme der Liebe entzünden kann.«

»Ich habe gesagt, schau hinüber, Daru! Beobachte! Fällt dir im Augenblick an unseren Verbündeten nichts auf?«

»Im Augenblick. In der Vergangenheit und zweifellos auch in der Zukunft, wie Kruppe behauptet. Malazanische Geheimnisse, ja! Absonderliche Leute, verkündet Kruppe. Die Disziplin bei besagtem Marsch nähert sich der unordentlichen Auflösung, Staub steigt auf, der auf vielen Längen hin zu sehen ist, doch was man sieht – nun, das ist nichts als Staub!«

»Genau was ich meine«, grollte Hetan.

»Und das ist eine wichtige Meinung.«

»Dann hast du es also bemerkt?«

»Was bemerkt, meine Liebe? Eure prächtigen Rundungen? Wie könnte Kruppe solch wunderbare, wenn auch etwas barbarische Schönheit nicht bemerken? Wie eine Prärieblume –«

»Die kurz davor ist, dich umzubringen«, schnitt Hetan ihm grinsend das Wort ab.

»Eine Prärieblume, bemerkt Kruppe, wie sie auch an stachligen Kakteen blüht –«

»Achte auf deine Worte, Mann aus Schweinefett.«

»Kruppe achtet immer auf seine Worte, denn Behutsamkeit ist ihm … äh …«

»Heute morgen«, fasste Hetan nach einem Moment zusammen, »habe ich eine Kompanie Seesoldaten die Zelte von drei Kompanien abbrechen sehen, überall im malazanischen Lager. Eine für drei, wieder und wieder.«

»Oh ja, man kann auf die Malazaner zählen!«

Hetan ritt näher heran, streckte einen Arm aus und packte Kruppe am Kragen seines Umhangs. Sie zog ihn halb aus dem Sattel, und ihr Grinsen wurde breiter. »Mann aus Schweinefett«, zischte sie, »wenn ich dich besteige – schon bald –, wird dieses Maultier eine Schlepptrage brauchen, um das zu tragen, was dann noch von dir übrig sein wird. Jeden in deinen Tanz der Worte hineinzuziehen ist eine tolle Begabung, aber heute Nacht werde ich dir die Luft aus der Lunge treiben. Ich werde dich tagelang sprachlos machen. Und all das werde ich tun, um zu beweisen, wer von uns beiden das Sagen hat. Und noch eine weitere Bemerkung von dir, und ich warte nicht bis heute Nacht – dann biete ich diesen Kindern und allen anderen ein Schauspiel, das du, Daru, niemals wirst vergessen machen können. Oh, daran, wie dir die Augen aus dem Kopf treten, sehe ich, dass du mich verstanden hast. Gut. Und jetzt hör auf, das Maultier mit deinen Knien zu kneifen – das Tier hasst so etwas. Setz dich in den Sattel, als wäre es ein Pferd, denn es glaubt, dass es eines ist. Es sieht, wie alle anderen reiten, sieht, wie die Pferde ihre Lasten tragen. Seine Augen stehen niemals still – hast du das nicht bemerkt? Dies ist das wachsamste Tier, das diese Welt jemals gesehen hat, und frag mich nicht, warum. So, das war's, was ich sagen wollte. Bis heute Nacht, Mann aus Schweinefett, wenn ich zusehen werde, wie du schmilzt.« Sie ließ ihn los.

Keuchend plumpste Kruppe zurück in den Sattel. Er öffnete den Mund, um etwas zu sagen – und schloss ihn dann schnell wieder.

Cafal grunzte. »Er lernt schnell, Schwester.«

Sie schnaubte. »Das tut ihr alle, Bruder.«

Sie ritten davon.

Kruppe starrte ihnen nach, holte dabei sein Taschentuch aus einem Ärmel und betupfte sich die Stirn. »Meine Güte! Meine Güte, oh, meine Güte. Hast du das gehört, Maultier? Kruppe ist es, der verloren ist. *Verloren!*«

Elster musterte die beiden Frauen, die vor ihm standen. »Erlaubnis verweigert«, sagte er.

»Sie ist nicht hier«, wiederholte eine der beiden Seesoldatinnen. »Wir haben niemanden mehr, auf den wir aufpassen müssen.«

»Ihr werdet euch nicht wieder eurer Kompanie anschließen, Soldatinnen. Ihr bleibt bei mir. Habt ihr noch etwas zu besprechen? Nein? Wegtreten.«

Die beiden Seesoldatinnen wechselten einen raschen Blick, salutierten und stapften davon.

»Manchmal«, meinte Artanthos, der ein halbes Dutzend Schritt entfernt stand, »fliegt es einem plötzlich um die Ohren, nicht wahr?«

Elster beäugte den Mann. »Was?«

»Dassem Ultors Führungsstil. Soldaten, denen erlaubt wurde, zu denken, Fragen zu stellen, zu diskutieren ...«

»Was uns zur besten Armee macht, die diese Welt je gesehen hat, Standartenträger.«

»Trotzdem ...«

»Nichts ›trotzdem‹. *Deshalb* sind wir die besten. Und wenn die Zeit für die schweren Befehle kommt, siehst du die Disziplin – du hast sie vielleicht hier und jetzt nicht gesehen, aber sie ist da, unter der Oberfläche, und sie hält.«

»Ganz wie Ihr meint«, erwiderte Artanthos schulterzuckend.

Elster führte sein Pferd zum Pferch. Die Sonne war bereits hinter dem Horizont verschwunden, und allmählich verblasste auch das letzte fahle Licht. Auf allen Seiten beeilten sich Soldaten, die Zelte aufzuschlagen und die Kochfeuer zu entzünden. Es war ein müder Haufen, das konnte er sehen. Zu viele Eilmärsche am Tag, und dann noch der zusätzliche, fast einen Glockenschlag lange Marsch während der Abenddämmerung. Ihm wurde klar, dass er diesen mindestens drei Tage lang weglassen und dann noch die Ruheperioden um zwei Glockenschläge verlängern musste, bevor sie Korall erreichten, damit seine Infanterie genug Zeit hatte, sich wieder zu erholen. Eine erschöpfte Armee war eine besiegte Armee.

Ein Stallbursche nahm Elster sein Pferd ab, und der Kommandant wandte sich in Richtung von Dujeks Zelt.

Ein Trupp Seesoldaten saß auf ihrem Marschgepäck vor dem Eingang; sie trugen immer noch Helme und Rüstungen, sogar die Tücher, die ihre Gesichter tagsüber vor dem Staub geschützt hatten. Keiner stand auf, als Elster sie erreichte.

»Weitermachen«, grollte er sarkastisch, während er zwischen den Soldaten hindurchschritt und das Zelt betrat.

Drinnen lag Dujek auf den Knien. Er hatte eine Karte auf den Teppich geworfen, betrachtete sie im Licht einer Laterne und murmelte dabei vor sich hin.

»Die geteilte Armee«, sagte Elster, während er einen Feldstuhl heranzog und sich setzte, »teilt sich also noch einmal.«

Dujek blickte auf; seine buschigen Augenbrauen zogen sich einen Augenblick zusammen, als er die Stirn runzelte, ehe er sich erneut der Karte zuwandte. »Meine Leibwache da draußen?«

»Hm.«

»Die sind schon in den besten Zeiten ein armseliger Haufen, und dies sind nicht unbedingt die besten Zeiten.«

Elster streckte die Beine, zuckte zusammen, als die alten Schmerzen einmal mehr im linken erwachten. »Alles Untaner, stimmt's? Hab' in letzter Zeit nicht viele davon gesehen.«

»Du hast sie nicht gesehen, weil ich ihnen gesagt habe, dass sie sich rar machen sollen. Sie als armselig zu bezeichnen, war noch ziemlich freundlich. Sie gehören nicht zu diesem Heer, und soweit es sie betrifft, werden sie auch nie dazugehören, und verdammt, ich bin ganz ihrer Meinung. Wie auch immer, sie hätten dich auch dann nicht gegrüßt, wenn wir uns nicht in zwei Gruppen aufteilen würden. Es ist schon schwer, sie dazu zu bringen, wenigstens mich zu grüßen – und ich bin derjenige, den sie zu schützen geschworen haben.«

»Wir haben da draußen eine ziemlich erschöpfte Armee.«

»Ich weiß. Wenn Oponns Glück uns hold ist, geht das Marschtempo auf ein normales Maß zurück, sobald wir auf der anderen Seite von Maurik sind. Das heißt drei Tage mit lockeren Zügeln und gestreckten Hälsen bis Korall – wir haben es schon mit weniger geschafft.«

»Wir haben es geschafft, übel zugerichtet zu werden, meinst du.

Der Eilmarsch damals nach Mott hat uns beinahe fertig gemacht, Dujek – das war verdammt knapp. Wir können uns das nicht noch einmal erlauben – diesmal haben wir eine Menge mehr zu verlieren.«

Hohefaust Dujek lehnte sich zurück und begann, seine Karte zusammenzurollen. »Hab Vertrauen, mein Freund.«

Elster blickte sich um; er bemerkte das Marschgepäck mit den gekreuzten Tragegurten, das an den zentralen Zeltpfosten gelehnt war. Das alte Kurzschwert in seiner ebenso alten Scheide lag obendrauf. »So früh?«

»Du hast nicht aufgepasst«, sagte Dujek. »Seit wir uns getrennt haben, haben sich jede Nacht ein paar von uns reibungslos abgesetzt. Lass zum Appell antreten, Elster, und du wirst feststellen, dass sechstausend Mann fehlen. Morgen früh bekommst du dein Kommando zurück – na ja, jedenfalls knapp die Hälfte. Du solltest eigentlich um die Zeltstange tanzen.«

»Nein, ich sollte derjenige sein, der heute Nacht abfliegt, Dujek, nicht du. Das Risiko –«

»Genau«, unterbrach ihn die Hohefaust grollend. »Das Risiko. Es scheint dir nicht klar zu sein, aber du bist für diese Armee sehr viel wichtiger als ich. Du warst schon immer wichtiger. Für die Soldaten bin ich nur ein einarmiger Oger in schneidiger Uniform – die betrachten mich verdammt noch mal als Haustier.«

Elster musterte Dujeks zerschrammte, schmucklose Rüstung und grinste säuerlich.

»Eine Metapher«, sagte die Hohefaust. »Außerdem hat die Imperatrix es so befohlen.«

»Das sagst du dauernd.«

»Elster, das Reich der Sieben Städte verschlingt sich selbst. Der Wirbelwind hat sich über blutgetränktem Sand erhoben. Die Mandata hat eine neue Armee und ist unterwegs, aber das ist zu spät für die malazanischen Truppen, die schon dort sind. Ich weiß, dass du davon geredet hast, deinen Abschied zu nehmen, aber betrachte die Sache mal von Laseens Standpunkt aus. Sie hat noch zwei Kommandeure, die das Reich der Sieben Städte kennen. Und bald auch nur noch eine kampferprobte Armee – die hier, in Genabackis festsitzt.

Wenn sie einen von uns im Pannionischen Krieg riskiert, dann muss ich es sein.«

»Sie plant, das Heer ins Reich der Sieben Städte zu schicken? Der Vermummte soll uns holen, Dujek –«

»Wenn die neue Mandata Sha'ik zum Opfer fällt, was bleibt ihr dann noch anderes übrig? Aber was noch wichtiger ist – sie will, dass du den Oberbefehl übernimmst.«

Elster blinzelte langsam. »Und was ist mit dir?«

Dujek zog eine Grimasse. »Ich glaube nicht, dass sie erwartet, dass ich das, was uns bevorsteht, überlebe. Und wenn ich es durch irgendein Wunder doch schaffen sollte, tja, also, der Feldzug in Korall ist ein Scherbenhaufen ...«

»Du willst nicht nach Korall.«

»Was ich will oder nicht, spielt keine Rolle, Elster.«

»Und Laseen würde bestimmt das Gleiche über mich sagen. Dujek, wie schon gesagt, ich habe vor, meinen Abschied zu nehmen, zu verschwinden, wenn es sein muss. Ich bin fertig. Mit all dem hier. Eine Holzhütte in irgendeinem Grenzkönigreich, weit weg vom Imperium –«

»Und eine Frau, die dir einen Topf über den Schädel haut. Eheliche, häusliche Wonnen – glaubst du, Korlat wird sich damit abfinden?«

Elster lächelte über den freundlichen Spott der Hohefaust. »Es war ihre Idee – nicht das mit den Töpfen, das ist dein ganz persönlicher Albtraum, Dujek. Aber der ganze Rest ... na gut, keine Holzhütte, eher schon ein abgelegener, windumtoster Bergfried in einer Bergfeste. Mit einer gewaltigen Aussicht –«

»Nun«, knurrte Dujek gedehnt, »du kannst im Hof immer noch einen kleinen Gemüsegarten anlegen. Krieg gegen das Unkraut führen. In Ordnung, das ist dann unser Geheimnis. Pech für Laseen. Sollte ich die Schlacht um Korall überleben, dann führe ich dieses Heer zurück ins Reich der Sieben Städte. Und sollte ich nicht überleben – nun, dann bin ich auch nicht mehr in der Lage, mich einen feuchten Dreck um das malazanische Imperium zu scheren.«

»Du wirst mit Ach und Krach davonkommen, Dujek. Das tust du immer.«

»Ein schwacher Versuch, aber ich werde ihn anerkennen. Also, willst du noch eine letzte Mahlzeit mit mir teilen? Die Moranth kommen erst nach dem mitternächtlichen Glockenschlag.«

Es war eine merkwürdige Wortwahl, und die Sätze hingen lange zwischen den alten Freunden in der Luft.

»Ein letztes Mahl, bevor ich aufbreche, meine ich«, fügte Dujek mit einem dünnen Lächeln hinzu. »Bis Korall.«

»Mit dem größten Vergnügen«, erwiderte Elster.

Das Ödland südwestlich der Eryn erstreckte sich unter den Sternen, der Sand gewellt von Winden, die auf der Heimstattebene im Herzen dieses Kontinents geboren worden waren. Voraus, am äußersten Rand des Horizonts, war die Bergkette zu erkennen, die den Namen »Fußstapfen der Götter« trug; sie war jung und zerklüftet und bildete eine Barriere im Süden, die sich über sechzig Längen erstreckte. Ihr östlichster Rand wurde von Wäldern verschluckt, die sich bis zu Ortnals Kluft und der Bucht von Korall hinzogen und sich auch auf der anderen Seite des Wassers fortsetzten, so dass sie die Stadt Korall ganz umgaben.

Die Eryn wurde zwanzig oder mehr Längen von der Bucht von Korall entfernt zu Ortnals Kluft; hier stürzten die roten Wasser des Flusses in einen tiefen Spalt und wurden dem Vernehmen nach schwarz und undurchsichtig. Die Bucht von Korall schien lediglich eine Fortsetzung der Kluft zu sein.

Der Spalt war von dort, wo Paran stand, nicht zu erkennen, nicht einmal aus dieser Höhe, doch er wusste, dass er da war. Kundschafter aus dem Geschwader Schwarzer Moranth, die nun ihn und seine Brückenverbrenner den Flusslauf hinuntertrugen, hatten bestätigt, dass er nahe war – schließlich waren die Karten manchmal nicht korrekt. Glücklicherweise waren die meisten Schwarzen Moranth seit Monaten in den Weitblickbergen stationiert, und sie hatten nächtliche Ausflüge unternommen, um die örtlichen Gegebenheiten zu studieren. Da sie gewusst hatten, dass ein solcher Augenblick kommen würde, hatten sie versucht, die beste Route nach Korall zu finden.

Sie würden die Eryn-Mündung wahrscheinlich noch vor Anbruch der Morgendämmerung erreichen, vorausgesetzt, die steife, gleichmäßige Brise wehte unvermindert weiter auf die Fußstapfen der Götter zu, und in der folgenden Nacht würden sie die schwarzen Wasser des Spalts überfliegen und auf Korall zuhalten.

Und wenn wir erst mal dort sind, finden wir heraus, was der Seher für uns geplant hat. Wir decken seine Pläne auf und machen sie, wenn möglich, zunichte. Und wenn das getan ist, wird es Zeit für mich und den Schnellen Ben –

Auf irgendein unsichtbares Signal stürzten sich die Quorls der Erde entgegen, wobei sie auf das Westufer des Flusses zuhielten. Paran packte die knochigen, vorstehenden Teile an der Rüstung des Schwarzen Moranth, der vor ihm im Sattel saß, fester; der Wind pfiff durch das Visier seines Helms und kreischte ihm in den Ohren. Mit zusammengebissenen Zähnen duckte sich Paran hinter dem Krieger, während der dunkle Erdboden ihnen schnell entgegenkam.

Ein Flügelschlagen weniger als eine Mannshöhe über dem von Felsbrocken übersäten Ufer ließ sie abrupt langsamer werden, und dann glitten sie lautlos über den Strand. Paran drehte sich um und sah die anderen in einer langen Reihe hinter sich. Er klopfte mit dem Finger gegen die Rüstung seines Reiters, beugte sich vor.

»Was ist los?«

»Da vorne liegt Aas«, antwortete der Moranth; er sprach die Worte merkwürdig schnalzend aus, ein Geräusch, von dem der Hauptmann wusste, dass er sich nie daran gewöhnen würde.

»Seid Ihr hungrig?«

Der Krieger in der Chitinrüstung antwortete nicht.

Na schön, das war ein bisschen gemein.

Der Gestank dessen, was ein Stück voraus am Ufer lag, drang Paran in die Nase. »Muss das sein? Müssen die Quorls fressen? Haben wir Zeit für so was, Moranth?«

»Letzte Nacht haben unsere Kundschafter nichts gesehen, Hauptmann. Noch nie hat dieser Fluss eine solche Kreatur freigegeben. Es ist vielleicht wichtig, dass er es gerade jetzt getan hat. Wir werden es untersuchen.«

Paran gab nach. »Also gut.«

Der Quorl unter ihnen schwang nach rechts, glitt über die grasbewachsene Böschung und landete dann auf der ebenen Fläche dahinter. Die anderen folgten unverzüglich.

Mit schmerzenden Gelenken löste Paran die Sattelriemen und stieg vorsichtig ab.

Der Schnelle Ben kam an seine Seite gehumpelt. »Der Abgrund soll mich holen«, brummte er, »noch ein bisschen mehr davon, und mir fallen die Beine ab.«

»Hast du eine Ahnung, was sie gefunden haben?«, fragte ihn der Hauptmann.

»Nur dass es stinkt.«

»Anscheinend irgendein totes Tier.«

Ein halbes Dutzend Schwarzer Moranth hatten sich um den vordersten Reiter versammelt. Schnalzende und brummende Laute wurden in einer hastigen Diskussion unter ihnen ausgetauscht, dann winkte der Offizier – auf dessen Quorl Paran geritten war – den Hauptmann und den Magier zu sich heran.

»Die Kreatur«, sagte der Offizier, »liegt genau vor uns. Wir hätten gerne, dass Ihr sie ebenfalls untersucht. Sprecht frei, so dass wir letztlich die Wahrheit einkreisen und ihre Färbung erkennen können. Kommt.«

Paran warf dem Schnellen Ben einen Blick zu, der lediglich die Schultern zuckte. »Dann geht voran«, sagte der Hauptmann.

Der Leichnam lag zwischen Felsen hoch am Ufer, fünfzehn Schritt vom nach Südwesten fließenden Wasser entfernt. Die Gliedmaßen waren verdreht, wiesen gebrochene Knochen auf – Splitter ragten hier und da aus zerfetzter Haut. Die Gestalt war nackt, von der Verwesung aufgebläht. Der Boden um sie herum wimmelte von Krabben, die klickten und kratzten und da und dort in einen titanischen Kampf um dieses Festmahl verstrickt waren – eine Einzelheit, die Paran anfangs erheiternd und dann unsagbar verstörend fand. Seine Aufmerksamkeit war nur kurz von dem Leichnam abgelenkt und den Aasfressern zugewandt gewesen; jetzt richtete er den Blick wieder auf die Gestalt.

Der Schnelle Ben stellte dem Moranth-Offizier leise eine Frage, die dieser mit einem Nicken beantwortete. Der Magier gestikulierte, und ein gedämpftes Licht ging von den ringsum liegenden Felsbrocken aus, beleuchtete den Leichnam.

Beim Atem des Vermummten. »Ist das ein Tiste Andii?«

Der Schnelle Ben trat näher, kauerte sich hin und schwieg mehrere Herzschläge lang, ehe er schließlich sagte: »Wenn, dann gehört er nicht zu Anomander Rakes Volk ... nein, eigentlich glaube ich nicht, dass das ein Tiste Andii ist.«

Paran runzelte die Stirn. »Er ist verdammt groß, Magier. Und diese Gesichtszüge – soweit man sie noch erkennen kann –«

»Seine Haut ist zu hell, Hauptmann.«

»Von Wasser und Sonne gebleicht.«

»Nein. Ich habe ein paar Tiste-Andii-Leichen gesehen. Im Schwarzhundwald und in den umliegenden Sumpfgebieten. Ich habe sie in allen möglichen Zuständen gesehen. Sie haben nie so ausgesehen wie das hier. Er ist von der Tageshitze angeschwollen, klar, und wir müssen annehmen, dass der Fluss ihn hier angespült hat, aber das ist keine Wasserleiche. Hauptmann, habt Ihr schon einmal jemanden gesehen, der Serc-Zauberei zum Opfer gefallen ist?«

»Dem Pfad des Himmels? Nicht dass ich mich erinnern könnte.«

»Es gibt einen Spruch, der das Opfer von innen heraus zerplatzen lässt. Hat etwas mit Druck zu tun, damit, ihn mit Gewalt zu ändern, sogar ihn ganz wegzunehmen. Oder, so wie das hier aussieht, ihn außerhalb des Körpers um das Hundertfache zunehmen zu lassen. Dieser Mann wurde durch einen nach innen explodierenden Druck getötet, als wäre er von einem Magier angegriffen worden, der Hoch-Serc benutzt.«

»In Ordnung.«

»Nicht in Ordnung, Hauptmann. Tatsächlich sogar völlig falsch.« Der Schnelle Ben blickte zu dem Moranth-Offizier auf. »Die Wahrheit umkreisen, habt Ihr gesagt. Nun gut. Sprecht.«

»Tiste Edur.«

Der Name – *oh ja. Twist hat von ihnen gesprochen. Irgendein alter Krieg ... ein zerschmettertes Gewirr –*

»Einverstanden. Obwohl ich noch nie einen gesehen habe.«

»Er ist nicht hier gestorben.«

»Ihr habt Recht, er ist nicht hier gestorben. Und er ist auch nicht ertrunken.«

Der Moranth nickte. »Er ist nicht ertrunken. Aber er ist auch nicht durch Zauberei gestorben – der Geruch ist falsch.«

»Stimmt, kein Gestank von Magie. Kreist weiter.«

»Die Blauen Moranth, die auf den Meeren fahren und Netze in die tiefen Gräben sinken lassen – ihr Fang ist bereits tot, wenn er an Deck kommt. Dieser Effekt hat etwas mit der Natur des Drucks zu tun.«

»Das kann ich mir vorstellen.«

»Dieser Mann wurde vom Gegenteil getötet. Indem er plötzlich irgendwo aufgetaucht ist, wo großer Druck geherrscht hat.«

»Hm.« Der Schnelle Ben seufzte. Er warf einen Blick zum Fluss hinüber. »Da draußen ist ein Graben, ein tiefer Riss – man sieht es daran, wie die Strömung in der Mitte stromaufwärts wirbelt. Ortnals Kluft reicht so weit, unsichtbar, spaltet das Flussbett. Dieser Graben ist sehr tief.«

»Augenblick mal«, sagte Paran. »Ihr wollt also andeuten, dass dieser Tiste Edur plötzlich irgendwo da unten in dem Unterwassergraben erschienen ist. Das hätte nur geschehen können, wenn er ein Gewirr geöffnet hätte, um dorthin zu gelangen – das ist eine ziemlich komplizierte Methode, Selbstmord zu begehen.«

»Nur, wenn er das, was er getan hat, auch wirklich vorhatte«, erwiderte der Schnelle Ben. »Nur, wenn er derjenige war, der das Gewirr geöffnet hat. Wenn man jemanden umbringen will – auf ziemlich widerliche Weise umbringen will –, dann wirft, stößt, schiebt man ihn – was auch immer – in ein feindliches Portal. Ich glaube, dieser arme Kerl wurde ermordet.«

»Von einem Hohemagier, der über Serc gebietet?«

»Nein, eher ein Hohemagier, der Ruse einsetzt – den Pfad des Meeres. Hauptmann, das malazanische Imperium ist ein Reich der Seefahrer, oder es hat zumindest seine Wurzeln in einer seefahrenden Nation. Ihr werdet im ganzen Imperium keinen einzigen Hohemagier finden, der über Ruse gebietet. Das ist das Gewirr, das am schwierigsten zu beherrschen ist.« Der Schnelle Ben wandte sich an den Moranth. »Was ist mit Euren Blauen Moranth? Den Silbernen, den Goldenen? Gibt es unter ihnen einen Hohemagier des Ruse-Gewirrs?«

Der Krieger schüttelte den behelmten Kopf. »Nein, und unsere Jahrbücher berichten auch nicht davon, dass es früher einmal einen gegeben hätte.«

»Und wie weit reichen Eure Jahrbücher zurück?«, erkundigte sich der Schnelle Ben beiläufig, während er den Leichnam noch einmal musterte.

»Sieben mal zehn.«

»Jahrzehnte?«

»Jahrhunderte.«

»Das heißt also«, meinte der Schnelle Ben, »es war ein wirklich einzigartiger Mörder.«

»Und warum«, murmelte Paran, »glaube ich jetzt, dass dieser Mann von einem anderen Tiste Edur getötet wurde?«

Der Moranth und der Schnelle Ben drehten sich zu ihm um und sagten nichts.

Paran seufzte. »Ist wahrscheinlich nur so ein Gefühl ….«

»Hauptmann«, sagte der Magier, »vergesst nicht, was Ihr mittlerweile geworden seid.« Noch einmal richtete er den Blick auf den Leichnam. »Ein anderer Tiste Edur. Na schön, umkreisen wir auch das.«

»Es gibt keinen Einwand gegen diese Möglichkeit«, sagte der Moranth-Offizier.

»Die Tiste Edur entstammen dem Älteren Schatten«, bemerkte der Schnelle Ben.

»In den Meeren schwimmen Schatten. Kurald Emurlahn. Das Gewirr der Tiste Edur, der Ältere Schatten, ist zerbrochen und für die Sterblichen verloren.«

»Verloren?« Der Schnelle Ben zog die Augenbrauen hoch. »Niemals gefunden worden, meint Ihr wohl. Meanas – wo Schattenthron und Cotillion und die Hunde sich aufhalten –«

»Ist nichts weiter als ein Torweg«, vollendete der Moranth-Offizier den Satz.

Paran gab ein Brummen von sich. »Wenn ein Schatten einen Schatten werfen könnte, dann wäre dieser Schatten Meanas – ist es das, was Ihr beide sagen wollt? Schattenthron herrscht über das Wachhaus?«

Der Schnelle Ben grinste. »Was für ein köstliches Bild, Hauptmann.«

»Ein beunruhigendes«, murmelte dieser zur Antwort. *Die Hunde des Schattens – sie sind die Wächter des Tores. Verdammt, das ergibt zu viel Sinn, um ein Irrtum zu sein. Aber das Gewirr ist auch zerschmettert. Was bedeutet, dass das Tor nirgendwo mehr hinführt. Oder vielleicht gehört es zum größten Bruchstück. Kennt Schattenthron die Wahrheit? Dass sein mächtiger Thron des Schattens ein …, ein … – ja, was denn nun? – ist. Der Stuhl eines Kastellan? Der Posten eines Torwächters? Gute Güte, wie Kruppe sagen würde.*

»Ach«, seufzte der Schnelle Ben, und sein Grinsen verblasste, »ich glaube, ich verstehe, was Ihr meint. Die Tiste Edur sind nach dem, was wir hier gesehen haben, wieder aktiv. Sie kehren in die Welt der Sterblichen zurück – vielleicht haben sie den wahren Thron des Schattens wiedererweckt, und vielleicht sind sie im Begriff, ihrem neuen Torwächter einen Besuch abzustatten.«

»Noch ein Krieg im Pantheon – die Ketten des Verkrüppelten Gottes rasseln zweifellos von seinem Gelächter.« Paran rieb sich das stoppelige Kinn. »Entschuldigt mich – ich muss einen Moment allein sein. Macht hier weiter, wenn Ihr wollt – es wird nicht lange dauern.« *Hoffe ich.*

Er ging zwanzig Schritte vom Ufer weg und blieb stehen, das Gesicht nach Nordwesten gewandt, den Blick auf die fernen Sterne gerichtet. *In Ordnung, ich habe das schon einmal gemacht, mal sehen, ob es auch ein zweites Mal klappt …*

Der Übergang war so rasch, so mühelos, dass er taumelte, in wirbelnder, stauberfüllter Dunkelheit über unebene Steinplatten stolperte. Fluchend richtete er sich auf. Die eingravierten Bilder unter seinen Füßen schimmerten schwach, kühl und auf unbestimmte Weise vage.

Also, ich bin hier. So einfach. Und wie finde ich jetzt das Bild, das ich suche? Raest? Hast du gerade zu tun? Was für eine Frage. Wenn du beschäftigt wärst, hätten wir alle Probleme, stimmt's? Mach dir nichts draus. Bleib, wo du bist, wo immer das auch sein mag. Das hier muss ich schließlich selbst enträtseln.

Nicht in den Drachenkarten – ich will schließlich nicht den Torweg, oder? Also müssen es die älteren Karten sein – die Karten der Festen.

Die Fliese direkt vor ihm veränderte sich zu einem neuen Bild, eines, das er noch nie gesehen hatte, jedoch instinktiv als das erkannte, das er gesucht hatte. Die eingemeißelten Linien waren rau, abgenutzt, die tiefen Furchen bildeten ein chaotisches Netz aus Schatten.

Paran spürte, wie er vorwärts gezogen wurde, hinunter, in die Szene hinein …

Er tauchte in einem breiten, niedrigen Raum auf. Schmucklose, behauene Steine bildeten die Wände, wasserfleckig und von Flechten, Schimmel und Moos überzogen. Hoch zu seiner Rechten und Linken waren breite Fenster – waagrechte Schlitze –, beide völlig von Kletterpflanzen und Weinreben überwuchert, die sich ins Innere des Raums bis hinab auf den Fußboden und durch einen Teppich aus abgestorbenem Laub schlängelten.

Die Luft roch nach Meer, und irgendwo außerhalb des Raums kreischten Seemöwen über einer tosenden Brandung.

Parans Herz hämmerte laut in seiner Brust. Das hatte er nicht erwartet. *Ich bin nicht in einer anderen Sphäre. Das hier ist meine Welt.*

Sieben Schritt vor ihm stand auf einem Podest ein Thron. Aus einem einzigen Baumstamm aus rotem Holz gehauen und ungeglättet; breite Rindenstreifen, von denen viele aufgesprungen waren, hatten sich von den Seiten gelöst. Schatten glitten in der Rinde dahin, schwammen in den tiefen Furchen, quollen heraus und schossen durch die umgebende Luft, ehe sie im Dämmerlicht des Zimmers verschwanden.

Der Thron des Schattens. Nicht in einer verborgenen, lang vergessenen Sphäre. Er ist hier, auf – oder besser in – meiner Welt … Ein kleines, zerrissenes Stück von Kurald Galain.

… und die Tiste Edur sind gekommen, um ihn zu finden. Sie su-

chen, überqueren die Meere, forschen nach diesem Ort. Woher weiß ich das?

Er trat vor. Die Schatten zuckten wie rasend über den Thron. Noch einen Schritt. *Du willst mir etwas sagen, Thron, nicht wahr?* Er ging zu dem Podest, streckte einen Arm aus –

Die Schatten wogten über ihn hinweg.

Hund – nicht Hund! Blut und doch nicht Blut! Herr und Sterblicher!

»Ach, seid still! Erzählt mir etwas von diesem Ort.«

Die wandernde Insel! Wandert nicht! Flieht! Ja! Die Kinder sind verdorben, die Seelen der Edur sind vergiftet! Sturm des Wahnsinns – wir entziehen uns! Schütze uns, Hund nicht Hund! Rette uns – sie kommen!

»Die wandernde Insel. Das ist Drift Avalii, nicht wahr? Westlich von Quon Tali. Ich habe immer gedacht, auf dieser Insel sollten Tiste Andii sein –«

Geschworen zu verteidigen! Brut Anomander Rakes – fort! Haben eine blutige Spur hinterlassen, haben die Edur hinweggeführt, indem sie ihr eigenes Leben vergossen haben – oh, wo ist Anomander Rake? Sie rufen nach ihm, sie rufen und rufen! Sie bitten ihn um Hilfe!

»Ich fürchte, er ist beschäftigt.«

Anomander Rake, Sohn der Dunkelheit! Die Edur haben geschworen, Mutter Dunkel zu vernichten. Du musst ihn warnen! Vergiftete Seelen, angeführt von dem einen, der hundertmal getötet wurde, oh, hütet euch vor dem neuen Anführer der Edur, diesem Tyrannen des Schmerzes, diesem Überbringer der Mitternachtsfluten!

Paran riss sich mit einem geistigen Ruck los, stolperte einen Schritt zurück, dann noch einen. Er war schweißgebadet und zitterte von den Nachwirkungen eines bis tief in sein Inneres reichenden Entsetzens.

Sich seiner eigenen Absichten kaum bewusst, wirbelte er herum – das Zimmer um ihn herum verschwamm, wurde von Dunkelheit verschluckt, dann, mit einer knirschenden Verlagerung, von etwas, das tiefer als Dunkelheit war.

»Oh, beim Abgrund …«

Eine von Geröll übersäte Ebene unter einem toten Himmel. In der Ferne zu seiner Rechten das Ächzen gewaltiger, hölzerner Räder, das Rasseln und Schnappen von Ketten, unzählige schlurfende Füße. In der Luft eine Dunstglocke aus Leid, die Paran auf der Stelle zu ersticken drohte.

Er biss die Zähne zusammen, wandte sich in die Richtung, aus der die grässlichen Geräusche kamen, schob sich vorwärts.

Körnige Umrisse tauchten vor ihm auf, kamen genau auf ihn zu. Gebeugte Gestalten, gestraffte Ketten. Hinter ihnen, hundert oder mehr Schritt entfernt, dräute der schreckliche Wagen voller sich windender Leiber, polterte und schwankte über Steine, von einem Nebelschleier umwogt.

Paran stolperte vorwärts. »Draconus!«, rief er. »Wo seid Ihr, im Namen des Vermummten?«

Gesichter hoben sich, dann senkten sich alle wieder, bis auf ein einziges, von einer Kapuze bedeckt und undeutlich.

Der Hauptmann schlüpfte zwischen Dragnipurs Opfer, näherte sich dem einen, im Schatten liegenden Gesicht, das ihm immer noch zugewandt war, trat in Reichweite der Verrückten, der Erstarrten, der Gescheiterten – keiner von ihnen versuchte, ihn zu behindern, oder nahm auch nur Notiz von seiner Gegenwart. Er glitt durch das Gedränge wie ein Geist.

»Ich grüße Euch, Sterblicher«, sagte Draconus. »Kommt, geht ein Stück mit mir.«

»Ich wollte zu Rake.«

»Ihr habt stattdessen sein Schwert gefunden. Was mir nicht Leid tut.«

»Ja, ich habe mit Nachtfrost gesprochen, Draconus – aber bedrängt mich nicht, was das betrifft. Wenn ich zu einer Entscheidung komme, werdet Ihr der Erste sein, der sie erfährt. Ich muss mit Rake sprechen.«

»Ja«, grollte der uralte Krieger, »das müsst Ihr. Erklärt ihm, wie es aussieht, Sterblicher. Er ist zu barmherzig – zu barmherzig, um Dragnipur zu schwingen. Die Situation wird allmählich verzweifelt.«

»Wovon redet Ihr?«

»Dragnipur muss genährt werden. Schaut Euch um, Sterblicher. Manche schaffen es letzen Endes nicht mehr, diese Last zu ziehen. Sie werden dann zu dem Wagen getragen und hinaufgeworfen – Ihr glaubt, das sei besser, als zu ziehen? Zu schwach, um sich zu bewegen, werden sie schon bald unter denen begraben, die so sind wie sie. Begraben, gefangen für alle Ewigkeit. Und je mehr auf dem Wagen liegen, desto größer wird sein Gewicht – desto schwerer wird die Last für all jene, die sich noch in diese Ketten legen können. Versteht Ihr? Dragnipur muss Ernte halten. Wir brauchen ... frische Beine. Sagt Rake das – er muss sein Schwert ziehen. Er muss Seelen nehmen. Vorzugsweise mächtige Seelen. Und er muss es bald tun –«

»Was geschieht, wenn der Wagen stehen bleibt, Draconus?«

Der Mann, der sein eigenes Gefängnis geschmiedet hatte, schwieg lange. »Werft einen Blick auf unsere Spur, Sterblicher. Seht selbst, was uns verfolgt.«

Verfolgt? Er schloss die Augen, doch die Szene verschwand nicht – der Wagen rumpelte in seinem Geist weiter dahin, die unzähligen Opfer zogen an ihm vorüber wie Geister. Dann war das riesige Gefährt vorbei, wurde sein Ächzen schwächer. Die Furchen, die seine Räder hinterlassen hatten, flankierten ihn, jede so breit wie eine imperiale Straße. Die Erde war mit Blut, Galle und Schweiß voll gesogen, ein fauliger Schlamm, der seine Stiefel hinabzog, sie bis zu den Knöcheln verschlang.

Sein Blick folgte den Spuren immer weiter zurück, bis zum Horizont.

Wo Chaos wütete. Am Himmel ein Sturm, wie er es noch nie gesehen hatte. Gieriger Hunger strömte von ihm aus. Rasende Vorfreude.

Verlorene Erinnerungen.

Macht, geboren aus aufgegebenen Seelen.

Bosheit und Begierde, eine Präsenz, die sich ihrer selbst beinahe bewusst war, mit Hunderttausenden von Augen, die alle auf den Wagen hinter Paran geheftet waren.

So ... gierig zu fressen ...

Er schauderte zurück.

Mit einem Keuchen fand Paran sich einmal mehr neben Draconus, stolperte dahin. Der Nachhall dessen, was er gesehen hatte, blieb an ihm hängen, ließ sein Herz wild in seiner Brust hämmern. Weitere dreißig Schritte vergingen, ehe er in der Lage war, den Kopf zu heben und zu sprechen. »Draconus«, krächzte er, »Ihr habt ein sehr unangenehmes Schwert geschmiedet.«

»Die Dunkelheit hat immer gegen das Chaos gekämpft, Sterblicher. Ist immer zurückgewichen. Und jedes Mal, wenn Mutter Dunkel nachgegeben hat – der Ankunft des Lichts, der Geburt des Schattens –, hat ihre Macht abgenommen, ist das Ungleichgewicht größer geworden. Solcherart war der Zustand der Sphären um mich herum in jenen frühen Zeiten. Ein zunehmendes Ungleichgewicht. Bis das Chaos sich dem Tor zu Kurald Galain selbst genähert hat. Eine Verteidigung musste aufgebaut werden. Seelen waren … erforderlich …«

»Wartet, bitte. Ich muss nachdenken –«

»Das Chaos hungert nach der Macht in jenen Seelen – nach dem, was Dragnipur beansprucht hat. Sich solche Macht einzuverleiben wird es stärker machen – zehnfach stärker. Hundertfach stärker. Stark genug, um das Tor zu durchbrechen. Seht Euch Eure Sphäre – die Sphäre der Sterblichen – an, Ganoes Paran. Verheerende Kriege, die ganze Zivilisationen vernichten, Bürgerkriege, Pogrome, verwundete und sterbende Götter – Ihr und Eure Art eilt in einem gefährlichen Tempo auf dem Pfad dahin, den das Chaos geschaffen hat. Blind vor Zorn, voller Rachsucht, jener dunkelsten aller Begierden –«

»Wartet –«

»Wo Geschichte nichts bedeutet. Lektionen vergessen werden. Erinnerungen – an die Menschlichkeit, an alles, was *menschlich* ist – verloren sind. Ohne Gegengewicht, Ganoes Paran –«

»Aber Ihr wollt, dass ich Dragnipur zerschmettere!«

»Oh, jetzt verstehe ich Euren Widerstand gegen alles, was ich sage. Sterblicher, ich hatte sehr viel Zeit, um nachzudenken. Um den schweren Irrtum zu erkennen, dem ich unterlegen war. Ich hatte geglaubt, Ganoes Paran, in jenen frühen Tagen, dass sich nur in Dunkelheit die Macht manifestieren könnte, die *Ordnung* ist. Ich habe versucht, Mutter Dunkel zu helfen – denn es hat so ausgesehen, als sei sie nicht in der Lage, sich selbst zu helfen. Sie wollte ihren Kindern nicht antworten, sie wollte sie noch nicht einmal zur Kenntnis nehmen. Sie hatte sich zurückgezogen, tief in ihre eigene Sphäre, weit weg von uns allen, so weit, dass wir sie nicht finden konnten.«

»Draconus –«

»Hört mir zu. Bitte. Vor den Häusern gab es Festen. Vor den Festen, da gab es *Wanderungen*. Das waren doch Eure eigenen Worte, nicht wahr? Aber Ihr hattet sowohl Recht als auch Unrecht. Keine Wanderungen, sondern Migration. Eine Reise, die den Jahreszeiten folgte. Vorhersagbar, zyklisch. Was ziellos und zufällig schien, war in Wirklichkeit starr, an seine eigenen Gesetze gebunden. Eine Wahrheit – eine Macht –, die ich nicht als solche erkannt habe.«

»Und daher wird die Zerstörung von Dragnipur das Tor erneut freigeben – für seine Migration.«

»Für das, was ihm seine eigene Stärke verliehen hat, sich dem Chaos zu widersetzen, ja. Dragnipur hat das Tor der Dunkelheit an Flucht gebunden, für alle Ewigkeit – doch sollten die Zahl der Seelen, die daran gekettet sind, noch mehr schwinden –«

»Dann wird die Flucht langsamer –«

»Das wäre verhängnisvoll.«

»Also beginnt Rake entweder zu töten – Seelen zu nehmen –, oder Dragnipur muss zerstört werden.«

»Ersteres ist notwendig – um uns Zeit zu erkaufen –, bis Letzteres geschieht. Das Schwert muss zerschmettert werden. Die Absicht, der es seine Existenz verdankt, war fehlgeleitet. Außerdem gibt es noch eine andere Wahrheit, über die ich gestolpert bin – viel zu spät, um noch eine Rolle zu spielen. Zumindest was mich angeht.«

»Und das ist?«

»Genau wie das Chaos die Fähigkeit besitzt zu handeln, um sich zu verteidigen, ja, tatsächlich die eigene Natur zum eigenen Vorteil in diesem ewigen Krieg zu ändern, kann das auch die Ordnung. Sie ist nicht ausschließlich an die Dunkelheit gebunden. Sie versteht, wenn man so will, den Wert des Gleichgewichts.«

Paran durchzuckte es intuitiv. »Die Azath-Häuser. Die Drachenkarten.«

Der von einer Kapuze bedeckte Kopf hob sich ein wenig, und Paran spürte, wie sich kalte, unmenschliche Augen auf ihn richteten. »Ja, Ganoes Paran.«

»Die Häuser nehmen Seelen ...«

»Und binden sie an einen Ort. Jenseits des Zugriffs des Chaos.«

»Dann sollte es doch eigentlich keine Rolle spielen, wenn die Dunkelheit unterliegt.«

»Seid kein Narr. Verluste und Gewinne sammeln sich an, wechseln wie Gezeiten, allerdings nicht immer auf eine Art und Weise, die das Gleichgewicht wiederherstellt. Wir befinden uns in einem Ungleichgewicht, Ganoes Paran, das sich einem kritischen Punkt nähert. Dieser Krieg, der uns, die wir in ihm gefangen waren, vorgekommen ist, als würde er ewig währen, könnte ein Ende finden. Was uns alle erwartet, wenn das geschehen sollte ... nun, Sterblicher, Ihr habt seinen Atem gespürt, dort hinten in unseren Spuren.«

»Ich muss mit Rake sprechen.«

»Dann sucht ihn. Vorausgesetzt, natürlich, dass er noch immer das Schwert trägt.«

Das ist leichter gesagt als getan, wie mir scheint – »Augenblick mal – was meint Ihr damit? Ob er noch immer das Schwert trägt?«

»Genau das, Ganoes Paran.«

Aber warum sollte er es nicht mehr tragen? Worauf, im Namen des Vermummten, spielst du an, Draconus? Wir reden hier von Anomander Rake, verdammt! Wenn wir in einer dieser schlechten Geschichten leben würden, in der irgendein dämlicher Bauernjunge über ein magisches Schwert stolpert, dann wäre es möglich, die Waffe zu verlieren. Aber ... Anomander Rake? Der Sohn der Dunkelheit? Der Lord von Mondbrut?

Ein Grunzen von Draconus ließ ihn aufblicken. Direkt auf ihrem Weg, umgeben von Ketten, die jetzt schlaff herabhingen, lag eine riesige, dämonische Gestalt. »Byrys. Ich habe ihn selbst getötet, vor langer Zeit. Ich hätte nicht gedacht …« Er trat an die schwarzhäutige Kreatur heran, beugte sich hinunter und hob sie zu Parans Erstaunen auf eine Schulter. »Zum Wagen mit dir«, sagte Draconus, »meine alte Nemesis …«

»Wer hat mich heraufbeschworen«, wollte der Dämon mit tiefer, grollender Stimme wissen, »um mit dir zu kämpfen?«

»Immer die gleiche Frage, Byrys. Ich weiß es nicht. Ich habe es nie gewusst.«

»Wer hat mich gerufen, Draconus, damit ich durch dein Schwert sterbe?«

»Jemand, der zweifellos schon lange tot ist.«

»Wer hat mich heraufbeschworen …«

Während Draconus und der Dämon, der auf seiner Schulter lag, ihr sinnloses Gespräch fortsetzten, spürte Paran, wie er fortgezogen wurde, die Worte wurden undeutlich, die Bilder verschwammen … bis er wieder auf den Fliesen stand, tief unter dem Finnest-Haus.

»Anomander Rake, Ritter des Dunkels, des Hohen Hauses Dunkel …« Seine Augen schmerzten, so sehr strengte er sich an, um das Bild, das er beschworen hatte, sich erheben zu sehen, irgendwo in der endlosen Weite der gemeißelten Fliesen.

Aber nichts geschah.

Paran spürte plötzlich einen kalten Klumpen im Magen; er schickte seinen Geist aus, tastend ins Hohe Haus Dunkel, suchte die Stelle, die Gestalt mit ihrem schwarzen Schwert, von dem ätherische Ketten ausströmten –

Etwas, das sein Begriffsvermögen überstieg, raste heran, traf ihn, blendete ihn, hämmerte in seinen Schädel – ein Blitz –

– und dann Vergessen.

Er öffnete seine Augen, sah gesprenkeltes Sonnenlicht. Wasser rann ihm kühlend über die Schläfen. Ein Schatten glitt über ihn hinweg, dann kam ein vertrautes, rundes Gesicht mit kleinen scharfen Augen in sein Blickfeld.

»Fäustel«, krächzte Paran.

»Wir haben uns schon gefragt, ob Ihr jemals zurückkehren würdet, Hauptmann.« Er hielt ein tropfendes Tuch hoch. »Ihr habt einige Zeit lang Fieber gehabt, Hauptmann, aber ich glaube, nun ist es abgeklungen –«

»Wo sind wir?«

»An der Mündung der Eryn. Bei Ortnals Kluft. Es ist Mittag – der Schnelle Ben musste letzte Nacht losziehen und Euch suchen, Hauptmann – das Risiko, vor der Morgendämmerung draußen im Freien erwischt zu werden – wir haben Euch auf Euren Quorl gebunden und sind wild auf den Winden geritten.«

»Der Schnelle Ben«, murmlete Paran. »Hol ihn, schnell.«

»Kein Problem, Hauptmann.« Fäustel lehnte sich zurück, winkte zur Seite.

Der Magier erschien. »Hauptmann. Seit Sonnenaufgang sind vier von diesen Kondoren ganz in der Nähe vorbeigeflogen – wenn sie nach uns suchen –«

Paran schüttelte den Kopf. »Nicht uns. Mondbrut.«

»Ihr könntet Recht haben – aber das hieße, dass sie die Festung noch nicht gesichtet haben, und das erscheint mir verdammt unwahrscheinlich. Wie soll man einen fliegenden Berg verstecken? Es ist wahrscheinlicher, dass –«

»Anomander Rake.«

»Was?«

Paran schloss die Augen. »Ich habe versucht, ihn aufzuspüren – mit Hilfe der Karten, den Ritter des Dunkels. Magier, ich glaube, wir haben ihn verloren. Und Mondbrut. Wir haben die Tiste Andii verloren, Ben. *Anomander Rake ist fort.*«

»Grauenhafte Stadt! Grässlich! Gräulich! Rußig! Kruppe bedauert, dass er besagte Siedlung zu Gesicht bekommen hat –«

»Das habt Ihr schon gesagt«, murmelte Elster.

»Er lässt Schlimmes ahnen, dieser schlimme Wohnort. Ein Anlass zu großer Furcht, diese gespenstischen Straßen und diese riesigen Geier, die überall herumhocken und frei am Himmel dort über Kruppes edlem Kopf herumfliegen. Wann, oh wann kommt die Dunkelheit? Wann wird die barmherzige Dunkelheit sich herabsenken, wiederholt Kruppe, so dass gesegnete Blindheit unser achtbares Selbst umhüllt und so der Inspiration erlaubt, aufzublitzen und so die Täuschung der Täuschungen zu enthüllen, den trickreichsten Taschenspielertrick, die Nichtillusion der Illusionen, den –«

»Zwei Tage«, ließ sich Hetans grollende Stimme an Elsters anderer Seite vernehmen. »Ich habe ihm die Sprache geraubt ... für zwei Tage – ich hatte gedacht, dass es länger anhalten würde, da dem Burschen fast das Herz stehen geblieben war.«

»Bring ihn wieder zum Schweigen«, sagte Cafal.

»Heute Nacht, und mit ein bisschen Glück wird er nicht in der Verfassung sein, noch ein Wort zu sagen, zumindest bis wir Maurik erreichen.«

»Das liebe Schätzchen hat Kruppes untypisches Schweigen missverstanden! Das schwört er! Nein, er bittet wahrhaft, dass Ihr ihm das bevorstehende Zappeln, Grunzen in der kommenden Nacht erspart, und auch in jeder darauf folgenden Nacht! Sein Geist ist zu zart, und er ist zu leicht zu lädieren, zu zerkratzen und umzuwerfen. Kruppe hat das Entsetzen des Radschlagens nie zuvor kennen gelernt, noch hegt er den Wunsch, jemals wieder besagte Verwirrung des mit sich im Reinen befindlichen Selbst zu erleben. Daher, um die außergewöhnliche Knappheit zu erklären, diese zwei Tage im Gewand des Schweigens, das den ehrbaren Kruppe so unmodern kleidet, in der Tat schlimmer als ein Schleier der Verzweiflung. Um es zu erklären! Liebe Freunde, Kruppe hat nachgedacht.

Oh ja, nachgedacht. So, wie er gedacht hat, es nie zuvor getan zu haben. Niemals. Nie, nie, niemals. Gedanken, die voller Ruhm erstrahlen, so hell, dass sie den Gesichtskreis Sterblicher blenden, so standhaft, dass sie die beängstigende Furcht rauben und nichts zurücklassen als den reinsten Mut, auf dem man wie auf einem Floß in den Schlund des Paradieses segelt.«

Hetan schnüffelte. »Diese Kapriolen waren kein Radschlagen, es waren Bauchlandungen. Nun gut, ich werde dich heute Nacht oft genug Radschlagen lassen, Glitschiger.«

»Kruppe betet, oh, wie er betet, dass die Dunkelheit sich niemals herabsenken möge! Dass von den Tiefen der Blitz nur gedämpft ist in einer Welt voller Licht und Wunder! Halte dich zurück, barmherzige Dunkelheit! Wir müssen weitermarschieren, tapferer Elster! Und weiter. Ohne Pause, ohne Ende, ohne Verzögerung! Ermüde unsere Füße, bis sie nur noch Stümpfe sind, bittet Kruppe! Nacht, oh Nacht! Lockt mit tödlichen Ködern das schwache Selbst – das Maultier war schließlich dort, und jetzt schaut Euch das arme Tier an – erschöpft von dem, was seine Augen nicht umhin konnten zu sehen! Fast zu Tode erschöpft von simpler Empathie.

Oh, hört keineswegs von Kruppe und seinen geheimen Wünschen von der Selbstzerstörung in den Händen einer wunderbaren Frau! Hört nichts. Hört nichts, bis schließlich die Bedeutung selbst verschwindet.«

Tippa starrte auf die schwarzen Fluten von Ortnals Kluft hinaus. Eisblöcke schwammen in der Strömung, schoben sich knirschend flussaufwärts. Im Südosten lag die Bucht von Korall wie ein weißes Winterfeld unter den Sternen. Die Reise von der Mündung der Eryn hierher hatte nicht einmal einen halben Tag gedauert. Von hier würden die Brückenverbrenner zu Fuß weiterziehen; sie würden in Deckung bleiben, während sie die dunklen, bewaldeten Berge umgingen, wobei sie das eher flache Gebiet zwischen der Kluft und der Bergkette meiden würden.

Sie spähte den sanften Hang hinab, dorthin, wo Hauptmann Paran mit dem Schnellen Ben, Spindel, Beinling, Zeh und Blauperl saß. Eine Magierversammlung machte sie immer nervös, vor allem, wenn Spindel dabei war. Denn unter seiner Haut, unter seinem Haarhemd verbarg sich die Seele eines Sappeurs – halb verrückt, wie alle Sappeurseelen sind. Spindels Magie war berüchtigt dafür, unvorhersagbar zu sein, und mehr als einmal hatte sie gesehen, wie er mit der einen Hand sein Gewirr enthüllt hatte, während er mit der anderen Moranth-Munition geworfen hatte.

Die drei anderen Magier der Brückenverbrenner waren nichts, womit man hätte groß angeben können. Blauperl war ein x-beiniger Napanese, der sich den Schädel rasierte und vorgab, großes Wissen über das Ruse-Gewirr zu besitzen.

Beinling hatte Seti-Blut in den Adern, eine Tatsache, die er übermäßig betonte, indem er zahllose Amulette und Schmuckstücke dieses Stammes aus dem nördlichen Quon Tali trug, obwohl die Seti selbst vollständig von der Kultur der Quon aufgesogen worden waren. Beinling allerdings trug als Teil seiner Uniform eine Art merkwürdig romantisierter Steppenkleidung der Seti, gefertigt von einer Näherin, die in den Diensten einer Theatergesellschaft in Unta stand. Tippa wusste nicht, auf welches Gewirr Beinling spezialisiert war, da seine Rituale, mit denen er Macht heraufbeschwor, normalerweise länger dauerten als eine durchschnittliche Schlacht.

Zeh hatte seinen Namen daher, dass er die Zehen toter Feinde sammelte – wobei es egal war, ob er persönlich für deren Ableben zuständig gewesen war oder nicht. Er hatte eine Art Trockenpulver zusammengemischt, mit dem er seine Trophäen behandelte, bevor er sie auf seine Weste nähte – der Mann roch bei trockenem Wetter wie eine Gruft, bei Regen wie die Sickergrube eines Armenhauses vor dem Kälken. Er behauptete, ein Nekromant zu sein, und dass ihn irgendein katastrophal verpfuschtes Ritual in der Vergangenheit überempfindlich gegenüber Geistern gemacht hätte – sie folgten ihm, pflegte er zu versichern, um dann hinzuzufügen, dass die Toten wegen der fehlenden Zehen, die er ihnen genommen hatte, häufig das Gleichgewicht verloren und hinfielen, so dass er sie weit hinter sich lassen konnte.

In der Tat sah er wie ein von Geistern geplagter Mann aus, aber, wie Blend treffend bemerkt hatte, wer würde nicht unter Heimsuchungen leiden, wenn all diese Zehen an ihm oder ihr hingen?

Die Reise war anstrengend gewesen. Im rückwärtigen Sattel eines Quorl angebunden zu sein und in den stürmischen, kalten Winden zu frieren, während Länge um Länge unter ihnen dahinglitt, ließ einen entnervt, steifgliedrig und bleiern absteigen. Das feuchte Klima dieses Gebirgswaldes machte die Dinge auch nicht besser. Tippa war durchgefroren bis auf die Knochen. Den ganzen Morgen hatte es geregnet, und der Nebel hatte keinerlei Anstalten gemacht, sich aufzulösen – die Wärme der Sonne würde erst am Nachmittag zu ihnen durchdringen.

Fäustel trat an ihre Seite. »Leutnant«, sagte er.

Sie warf ihm einen finsteren Blick zu. »Hast du eine Ahnung, worüber die da reden, Heiler?«

Fäustel schaute zu den Magiern hinunter. »Sie machen sich nur Sorgen, Leutnant. Wegen dieser Kondore. Sie haben sie vor kurzem aus der Nähe gesehen, und es gibt anscheinend nicht viel Zweifel daran, dass diese Vögel alles andere als Vögel sind.«

»Nun, das hatten wir schon vermutet.«

»Tja.« Fäustel zuckte die Schultern, fügte dann hinzu: »Und ich gehe davon aus, dass Parans Neuigkeiten über Anomander Rake und Mondbrut sie nicht gerade beruhigt haben. Wenn sie wirklich verschwunden sind, wie der Hauptmann glaubt, dann wird es eine sehr viel schmutzigere Angelegenheit, Korall einzunehmen und den Pannionischen Seher zu überwältigen.«

»Wir könnten abgeschlachtet werden, meinst du.«

»Na ja ...«

Tippa wandte sich langsam dem Heiler zu. »Raus damit«, befahl sie grollend.

»Es ist nur so ein Gefühl, Leutnant.«

»Und zwar?«

»Der Schnelle Ben und der Hauptmann, Leutnant. Die planen noch irgendwas anderes – etwas, das nur die beiden ausgekocht haben. Vermute ich zumindest. Ich kenne den Schnellen Ben jetzt schon ziemlich lange, verstehst du, und ich kenne ihn gut. Ich habe inzwischen ein Gefühl dafür, wie er arbeitet. Wir sind heimlich hier, richtig? Die vorgeschobensten Truppenteile von Dujek. Aber für die beiden ist es eine Tarnung – unter dieser Mission ist noch eine andere verborgen, und ich glaube nicht, dass Einarm irgendwas davon weiß.«

Tippa blinzelte langsam. »Und was ist mit Elster?«

Fäustel grinste säuerlich. »Dazu kann ich nichts sagen, Leutnant.«

»Dann bist du der Einzige, der einen Verdacht hat, Heiler?«

»Nein. Elsters Trupp. Igel. Trotter – der verdammte Barghast bleckt ständig seine scharfen Zähne, und wenn er das tut, bedeutet das normalerweise, dass er zwar weiß, dass etwas vorgeht, aber nicht genau, was, nur wird er das nicht zugeben. Wenn du verstehst, was ich meine.«

Tippa nickte. Sie hatte Trotter jedes Mal, wenn er ihr in den letzten Tagen unter die Augen gekommen war, grinsen sehen. Es war zermürbend, trotz Fäustels Erklärung.

Blend tauchte vor ihnen auf.

Tippas Gesichtsausdruck wurde noch finsterer.

»Tut mir Leid, Leutnant«, sagte die Soldatin. »Der Hauptmann hat mich bemerkt – ich weiß nicht, wie, aber er hat's getan. Ich fürchte, ich hatte nicht viel Gelegenheit, etwas zu erlauschen. Wie auch immer, ich soll dir sagen, du sollst die Trupps abmarschbereit machen.«

»Endlich«, murmelte Tippa. »Ich wäre fast angefroren.«

»Geht mir genauso«, sagte Fäustel, »aber ich vermisse die Moranth bereits – diese Wälder sind verdammt dunkel.«

»Aber leer, richtig?«

Der Heiler zuckte die Schultern. »Scheint so. Es ist der Himmel, über den wir uns Sorgen machen sollten, wenn der Tag anbricht.«

Tippa stand auf. »Folgt mir, ihr beiden. Es wird Zeit, die anderen zu wecken …«

Bruths Marsch nach Maurik war zu einer Art Wettlauf geworden, die einzelnen Teile seiner Armee zogen sich weit auseinander, je nachdem, mit welcher Geschwindigkeit sie marschieren konnten – oder, wie im Falle der Grauen Schwerter und von Grantls Legion, wollten. Als Folge davon hatten sich die Streitkräfte auf fast drei Meilen Länge verteilt, während sie auf der verfallenen alten Handelsstraße durch verbranntes Ackerland gen Süden zogen, wobei die Grauen Schwerter, Grantls Legion und eine andere Truppe aus Gesindel aufgrund ihres gemächlichen Tempos eine Art Nachhut bildeten.

Itkovian hatte sich entschieden, in Grantls Kompanie zu bleiben. Der große Daru und Stonny Menackis woben eine Folge von Geschichten über ihre gemeinsame Vergangenheit, die Itkovian sehr unterhaltsam fand, sowohl was die Gegensätze zwischen ihren unterschiedlichen Erinnerungen anging als auch die häufig unerhörten Ereignisse, von denen die beiden berichteten.

Es war lange her, dass Itkovian sich ein solches Vergnügen gegönnt hatte. Mittlerweile schätzte er die Gesellschaft der beiden sehr, besonders ihre erschreckende Respektlosigkeit.

Selten ritt er zu den Grauen Schwertern, sprach mit dem Schild-Amboss und dem Destriant, doch die Verlegenheit zwang ihn immer bald wieder, zu gehen – seine alte Kompanie hatte zu heilen begonnen, flocht die Tenescowri-Rekruten in ihr Gewebe ein, wobei die Ausbildung während des Marsches stattfand und wenn sie mit Einbruch der Abenddämmerung Halt machten. Und je enger die Soldaten zusammenwuchsen, desto mehr kam Itkovian sich wie ein Außenseiter vor – und desto mehr vermisste er die Familie, die er seit seiner Knabenzeit gekannt hatte.

Gleichzeitig waren sie auch seine Erben, und er gestattete sich ein gewisses Maß an Stolz, wenn er sie anblickte. Der neue Schild-Amboss hatte den Titel und alles, was dieser erforderte, angenommen – und zum ersten Mal wurde Itkovian klar, wie die anderen ihn wahrgenommen haben mussten, als er den Titel des Traums getragen hatte. Unnahbar, unnachgiebig, vollkommen selbstbeherrscht. Eine harte Gestalt, die brutale Gerechtigkeit versprach. Zugegeben, er hatte sowohl Brukhalian als auch Karnadas gehabt, von denen er Unterstützung bekommen konnte. Für den neuen Schild-Amboss jedoch gab es nur den Destriant – eine junge, wortkarge capanische Frau, die vor nicht allzu langer Zeit selbst noch Rekrutin gewesen war. Itkovian verstand nur zu gut, wie allein der Schild-Amboss sich fühlen musste, doch ihm fiel keine Möglichkeit ein, wie er ihr die Bürde leichter machen könnte. Jeder Ratschlag, den er erteilte, kam schließlich von einem Mann, der – zumindest nach seinem eigenen Dafürhalten – seinen Gott verraten hatte.

Seine Rückkehr zu Grantl und Stonny schmeckte jedes Mal bitter nach Flucht.

»Ihr kaut auf den Dingen herum wie niemand sonst, den ich kenne«, sagte Grantl.

Blinzelnd warf Itkovian dem Daru einen Blick zu. »Mein Herr?«

»Nun, so ganz richtig ist das nicht, wenn ich es mir recht überlege. Buke …«

Auf Itkovians anderer Seite stieß Stonny ein Schnauben aus. »Buke? Buke war ein Säufer.«

»Er war mehr als das, du armseliges Weib«, erwiderte Grantl. »Auf seinen Schultern hat –«

»Ich will nichts davon hören«, warnte ihn Stonny.

Zu Itkovians Überraschung verstummte Grantl augenblicklich. *Buke … oh, ich erinnere mich. Auf seinen Schultern hat er den Tod der Menschen getragen, die er liebte.* »Stonny Menackis, es gibt keinen Grund für so eine außergewöhnliche Empfindlichkeit. Ich verstehe, dass ich in Euren Augen Buke ziemlich ähnlich sein muss. Ich bin neugierig: Hat euer trauriger Freund in seinem Leben Erlösung gesucht? Er hat mich zwar zurückgewiesen, als ich noch Schild-Amboss war, doch er mag durchaus Kraft aus einer inneren Lösung gezogen haben.«

»Auf keinen Fall, Itkovian«, sagte Stonny. »Buke hat getrunken, um sich seine Qualen vom Hals zu halten. Er hat nicht nach Erlösung gesucht. Er wollte sterben, schlicht und einfach.«

»Nicht einfach«, widersprach Grantl. »Er wollte ehrenvoll sterben, etwas, was seiner Familie verwehrt worden war – durch diese Ehre würde er im Gegenzug sie erlösen. Das ist eine ziemlich verquere Idee, ich weiß, aber was in seinem Kopf vorgegangen ist, ist für mich wohl weniger ein Geheimnis als für viele andere.«

»Weil du genauso gedacht hast«, schnappte Stonny. »Obwohl du keine Familie durch den Brand eines Mietshauses verloren hast. Obwohl das Schlimmste, was du verloren hast, wahrscheinlich diese Hure war, die den Kaufmann geheiratet –«

»Stonny«, grollte der Daru, »ich habe Harllo verloren. Ich habe beinahe dich verloren.«

Dieses Eingeständnis verschlug ihr eindeutig die Sprache.

Oh, diese beiden … »Der Unterschied zwischen mir und Buke«, sagte Itkovian, »liegt in der Vorstellung von Erlösung. Ich akzeptiere Qualen, wie sie sind, und übernehme so Verantwortung für alles, was ich getan oder nicht getan habe. Als Schild-Amboss hat mein

Glaube von mir verlangt, dass ich andere von ihren Schmerzen befreie. In Feners Namen sollte ich den Seelen den Frieden bringen, und zwar ohne ein Urteil zu fällen. Das habe ich getan.«

»Aber Euer Gott ist fort«, sagte Stonny. »Wem im Namen des Vermummten habt Ihr dann diese Seelen überbracht?«

»Niemandem, Stonny Menackis. Ich trage sie immer noch in mir.«

Stonny warf Grantl einen finsteren Blick zu, der zur Antwort verzagt die Schultern zuckte. »Genau, wie ich's dir gesagt habe, Schätzchen«, murmelte er.

Sie wirbelte zu Itkovian herum. »Ihr verdammter Narr! Dieser neue Schild-Amboss – was ist mit ihr? Will sie Eure Last nicht in die Arme schließen, oder was auch immer Ihr tut? Will sie diese Seelen nicht übernehmen – *sie* hat schließlich einen Gott, verdammt noch mal!« Stonny packte ihre Zügel fester. »Wenn sie glaubt, sie könnte –«

Itkovian hielt sie mit einer Handbewegung zurück. »Nein, meine Dame. Sie hat es mir angeboten, wie sie es tun muss. Aber sie ist für eine solche Last noch nicht bereit – es würde sie töten, ihre Seele vernichten – und das wiederum würde ihren Gott verwunden, möglicherweise tödlich.«

Stonny zog ihren Arm weg, blieb jedoch neben ihm. Ihre Augen waren weit aufgerissen. »Und was genau habt Ihr mit … mit … all diesen Seelen vor?«

»Ich muss eine Möglichkeit finden, sie zu erlösen. Genau so, wie es mein Gott getan hätte.«

»Das ist doch Wahnsinn! Ihr seid kein Gott! Ihr seid ein verdammter Sterblicher! Ihr könnt doch nicht einfach –«

»Aber ich muss. Und so bin ich, wie Ihr sehen könnt, gleichermaßen wie Euer Freund Buke und doch nicht wie er. Vergebt mir, auf solchen Dingen ›herumzukauen‹. Ich weiß, dass meine Antwort auf mich wartet – schon bald, wie ich glaube –, und Ihr habt Recht, ich täte besser daran, mich in Geduld zu üben. Schließlich habe ich jetzt schon so lange durchgehalten.«

»Bleibt, wie Ihr seid, Itkovian«, sagte Grantl. »Wir reden zu viel, Stonny und ich, das ist alles. Vergebt uns.«

»Es gibt nichts zu vergeben, mein Herr.«

»Warum kann ich eigentlich keine normalen Freunde haben?«, wollte Stonny wissen. »Freunde ohne Tigerstreifen und Katzenaugen? Freunde, die keine hunderttausend Seelen mit sich herumschleppen? Da kommt ein Reiter von dieser anderen Kompanie, die hinterherhinkt – vielleicht ist *der* ja normal! Beim Vermummten, er ist angezogen wie ein Bauer und sieht einfältig genug aus, dass er wahrscheinlich nur einfache Sätze zustande bringt! Ein perfekter Mann! He! Ihr da! Was zaudert Ihr? Kommt doch zu uns! Bitte!«

Die hoch aufgeschossene Gestalt, die auf etwas ritt, das zu einer besonders merkwürdigen Zugpferdrasse zu gehören schien, lenkte ihr Reittier vorsichtig heran. In Daru, mit einem schrecklichen Akzent, schrie der Reiter: »Hallo, Freunde! Ist dies ein schlechter Zeitpunkt? Es scheint, als ob Ihr streitet –«

»Streiten?« Stonny schnaubte. »Wenn Ihr glaubt, dass das ein Streit war, dann habt Ihr viel zu lange in den Wäldern gelebt. Kommt näher, und wie, beim Abgrund, seid Ihr zu einer so riesigen Nase gekommen?«

Der Mann sackte zusammen, zögerte.

»Stonny!« mahnte Grantl. Er wandte sich an den Reiter. »Diese Frau ist zu jedem unverschämt und gemein, Soldat.«

»Ich war überhaupt nicht unverschämt«, rief Stonny. »Große Nasen sind wie große Hände, das ist alles …«

Niemand sagte etwas.

Ganz langsam lief das lange, schmale Gesicht des Fremden dunkelrot an.

»Willkommen, mein Herr«, sagte Itkovian. »Ich bedauere, dass wir uns bisher noch nicht begegnet sind – vor allem, da wir anscheinend alle von Bruths Vorausabteilung und den Rhivi und allen anderen Truppenteilen zurückgelassen worden sind.«

Der Mann brachte ein Nicken zustande. »Ja. Haben wir schon bemerkt. Ich bin Hochmarschall Stroh von Motts Irregulären.« Seine hellen, wässrigen Augen richteten sich auf Grantl. »Hübsche Tätowierungen. Ich hab auch eine.« Er rollte einen schmutzigen Ärmel hoch und enthüllte ein stümperhaftes, verformtes Bild auf seiner dreckverschmierten Schulter. »Bin mir nicht sicher, was damit passiert ist, aber es sollte ein Baumfrosch auf einem Baumstumpf sein. Natürlich kann man Baumfrösche nicht gut sehen, von daher könnte es eigentlich auch ziemlich gut sein – der Fleck – da – also, ich glaube, das ist der Baumfrosch. Könnte aber auch ein Pilz sein.« Während sein Grinsen ein wahres Pferdegebiss sichtbar werden ließ, rollte er seinen Ärmel wieder hinunter und lehnte sich wieder im Sattel zurück. Plötzlich runzelte er die Stirn. »Wisst Ihr, wohin wir marschieren? Und warum haben es alle so eilig?«

»Äh …«

Das war anscheinend alles, was Grantl herausbringen konnte, daher übernahm es Itkovian zu antworten. »Das sind ganz hervorragende Fragen, mein Herr. Wir marschieren zu einer Stadt namens Maurik, wo wir uns wieder mit der malazanischen Armee vereinigen werden. Von Maurik aus werden wir weiter nach Süden vorrücken, zu einer Stadt namens Korall.«

Stroh runzelte die Stirn. »Wird es bei Maurik einen Kampf geben?«

»Nein, die Stadt ist verlassen. Es ist nur ein geeigneter Ort, um die beiden Heere erneut zu vereinigen.«

»Und Korall?«

»Nun, dort wird es wahrscheinlich eine Schlacht geben, oh ja.«

»Städte laufen nicht weg. Warum beeilen sich denn alle so?«

Itkovian seufzte. »Eine scharfsinnige Nachfrage, mein Herr, eine, die dazu zwingt, gewisse Annahmen in Frage zu stellen, die alle Betroffenen bisher vorausgesetzt hatten.«

»Was?«

»Gute Frage, hat er gesagt«, meinte Stonny gedehnt.

Der Marschall nickte. »Deshalb hab ich sie gestellt. Ich bin dafür bekannt, gute Fragen zu stellen.«

»Das sehen wir«, antwortete sie ungerührt.

»Bruth beeilt sich«, sagte Grantl, »weil er Maurik vor den Malazanern erreichen will – die schneller zu marschieren scheinen, als wir es für möglich gehalten hätten.«

»Ach so?«

»Nun, äh, das Bündnis ist in letzter Zeit ziemlich ... unsicher geworden.«

»Es sind Malazaner – was habt Ihr anderes erwartet?«

»Um ehrlich zu sein«, sagte Grantl, »ich glaube nicht, dass Bruth gewusst hat, was er zu erwarten hatte. Wollt Ihr damit sagen, dass Euch diese kürzlich erfolgte Spaltung nicht überrascht hat?«

»Spaltung? Oh ja, richtig. Nein. Wie auch immer, es ist offensichtlich, warum die Malazaner so schnell marschieren.«

Itkovian beugte sich im Sattel vor. »Ach ja?«

Stroh zuckte die Schultern. »Wir haben ein paar von unseren Leuten da –«

»Ihr habt *Spione* unter den Malazanern?«, wollte Grantl wissen.

»Klar. Haben wir immer. Es zahlt sich immer aus zu wissen, was sie vorhaben, besonders, als wir gegen sie gekämpft haben. Dass wir uns mit ihnen verbündet haben, war kein Grund, sie nicht mehr zu beobachten.«

»Warum marschieren sie also so schnell, Marschall Stroh?«

»Natürlich wegen der Schwarzen Moranth. Die kommen jede Nacht und nehmen ganze Kompanien mit. Es sind nur noch ungefähr viertausend Malazaner auf dem Marsch, und die Hälfte davon sind Reserveeinheiten. Dujek ist auch weg. Elster führt den Marsch an – sie sind jetzt beim Fluss Maurik und bauen Barken.«

»Barken?«

»Sicher. Um den Fluss runterzufahren, vermute ich. Nicht, um ihn zu überqueren, denn es gibt eine Furt, und außerdem liegen die Barken flussabwärts davon.«

»Und der Fluss wird sie natürlich geradewegs nach Maurik tragen«, murmelte Grantl. »In wenigen Tagen.«

Itkovian wandte sich an den Marschall. »Mein Herr, habt Ihr diese Informationen auch Caladan Bruth zur Kenntnis gebracht?«

»Nein.«

»Warum nicht?«

Stroh zuckte erneut die Schultern. »Tja, also, ich und die Gebrüder Stamm, wir haben darüber gesprochen.«

»Und?«

»Wir sind zu dem Schluss gekommen, dass Bruth es irgendwie vergessen hat.«

»Vergessen, mein Herr? Was vergessen?«

»Dass wir auch noch da sind. Motts Irreguläre. Wir glauben, er hat vielleicht vorgehabt, uns zurückzulassen. Oben im Norden. Im Schwarzhundwald. Könnte auch sein, dass es da irgendwelche Befehle gegeben hat – von wegen, dass wir bleiben sollen, während er nach Süden zieht. Wir sind uns nicht sicher. Können uns nicht so recht erinnern.«

Grantl räusperte sich. »Habt Ihr schon einmal daran gedacht, dem Kriegsherrn mitzuteilen, dass Ihr da seid?«

»Nun, wir wollen ihn nicht verärgern. Ich glaube schon, dass es da *tatsächlich* einen Befehl gegeben habt, versteht Ihr? Vielleicht so was wie ›verschwindet‹.«

»Verschwindet? Warum sollte der Kriegsherr so etwas zu Euch sagen?«

»Oh, äh, das ist es ja gerade. Nicht der Kriegsherr. Kallor. Das hat uns ja auch verwirrt. Wir mögen Kallor nicht. Normalerweise achten wir nicht auf seine Befehle. Na, egal, hier sind wir nun. Und wer seid Ihr?«

»Ich glaube«, sagte Itkovian, »Ihr solltet einen Reiter zu Bruth schicken, mein Herr – mit Eurem Bericht über die Malazaner.«

»Oh, da haben wir auch Leute, in der Vorausabteilung. Sie haben versucht, mit dem Kriegsherrn zu sprechen, aber Kallor weist sie immer wieder ab.«

»Nun, das ist aber eigenartig«, murmelte Grantl.

»Kallor sagt, wir sollten überhaupt nicht hier sein. Sagt, der Kriegsherr wird toben. Also versuchen wir nicht mehr, in seine Nähe zu kommen. Tatsächlich denken wir sogar daran, umzukehren. Wir vermissen den Mottwald – hier gibt's überhaupt keine Bäume. Wir mögen Holz. Alle Arten von Holz – wir haben uns gerade erst wieder diesen erstaunlichen Tisch angeeignet ... er hat allerdings keine Beine, sie scheinen abgebrochen zu sein.«

»Wofür es auch immer gut sein mag«, sagte Grantl, »aber uns wäre es lieber, wenn Ihr diese Armee nicht verlassen würdet, Marschall.«

Das lange Gesicht des Mannes nahm einen düsteren Ausdruck an.

»Es gibt Bäume!«, rief Stonny plötzlich. »Im Süden! Da gibt es einen Wald – um Korall herum!«

Der Hochmarschall strahlte. »Wirklich?«

»In der Tat«, sagte Itkovian. »Angeblich ein Wald aus Zedern, Tannen und Fichten.«

»Oh, dann ist es in Ordnung. Ich werde es den anderen erzählen. Sie werden wieder froh sein, und es ist besser, wenn sie wieder froh sind. Sie haben kürzlich ihre Waffen stumpf gemacht – es ist ein schlechtes Zeichen, wenn sie so etwas tun.«

»Stumpf gemacht, mein Herr?«

Stroh nickte. »Die Schneiden abgestumpft, Scharten reingeritzt. Dadurch werden die Verletzungen, die sie anderen zufügen, viel schlimmer. Es ist ein schlechtes Zeichen, wenn sie in diese Stimmung kommen. Ein ganz schlechtes Zeichen. Bald werden sie anfangen, nachts ums Feuer rumzutanzen. Dann hört das auf, und wenn das aufhört, dann weiß man, dass es nicht schlimmer werden kann, denn das bedeutet, das die Jungs bereit sind, Kampftrupps zu bilden und nachts loszuziehen und sich nach jemandem umzuschauen, den sie umbringen können. Sie haben schon den großen Wagen beäugt, der unseren Spuren folgt ...«

»Oh«, sagte Grantl, »tut das nicht – sagt ihnen, sie sollen das nicht tun, Marschall. Die Leute in dem Wagen –«

»Sind Nekromanten, oh ja. Mürrisch. Sehr mürrisch. Wir mögen keine Nekromanten, besonders die Gebrüder Stamm mögen keine Nekromanten. Sie hatten einen auf ihrem Land, der sich dort breit gemacht hatte, wisst Ihr, sich in einem alten, halbverfallenen Turm im Sumpf versteckt hat. Gespenster und Geister jede Nacht. Also mussten die Gebrüder Stamm schließlich irgendwas unternehmen, und dann sind sie losgezogen und haben den Hausbesetzer geröstet. Es war 'ne ziemlich widerwärtige Sache, glaubt mir – wie auch immer, die haben das, was noch von ihm übrig war, an der Niederen Kreuzung aufgehängt, nur als Warnung für die anderen, versteht Ihr?«

»Diese Gebrüder Stamm«, sagte Itkovian, »scheinen ein furchterregendes Paar zu sein.«

»Paar?« Strohs wirre Augenbrauen wanderten in die Höhe. »Von denen gibt es dreiundzwanzig. Keiner ist kleiner als ich. Und sie sind schlau – zumindest manche von ihnen. Sie können natürlich nicht lesen, aber sie können weiter zählen als bis zehn, und das ist doch schon was, oder? Wie auch immer, ich muss los. Muss allen von den Bäumen im Süden erzählen. Lebt wohl.«

Sie schauten dem Mann nach, als er davonritt.

»Er hat keine Antwort auf seine Frage bekommen«, meinte Grantl nach einer Weile.

Itkovian warf ihm einen Blick zu. »Auf welche Frage denn?«

»Wer wir sind.«

»Sei doch kein Idiot«, sagte Stonny. »Er weiß ganz genau, wer wir sind.«

»Ihr glaubt, das war gespielt?«

»Hochmarschall Stroh! Der Abgrund soll mich holen, natürlich war das gespielt! Und ihr seid beide drauf reingefallen, was? Tja, ich nicht. Ich habe das Ganze gleich durchschaut. Auf der Stelle.«

»Glaubt Ihr, Bruth sollte informiert werden, meine Dame?«, fragte Itkovian sie.

»Worüber?«

»Nun, über die Malazaner zum einen.«

»Macht es denn irgendeinen Unterschied? Bruth wird Maurik immer noch zuerst erreichen. Das heißt, wir werden zwei Tage warten müssen, statt zwei Wochen – ja und? Das heißt nur, dass wir mit diesem ganzen Schlamassel früher fertig sind – beim Vermummten, vielleicht hat Dujek Korall ja schon erobert – und was mich anbelangt, kann er es auch gerne haben.«

»Da hast du Recht«, murmelte Grantl.

Itkovian schaute weg. *Vielleicht hat sie ja tatsächlich Recht. Wohin reite ich? Was suche ich noch auf dieser Welt? Ich weiß es nicht. Dieser Pannionische Seher kümmert mich nicht – schließlich wird er meine Umarmung sowieso nicht akzeptieren, selbst wenn die Malazaner ihn am Leben lassen sollten, was an sich schon unwahrscheinlich ist.*

Ist das der Grund, warum ich so weit hinter denen herhinke, die

die Welt neu gestalten werden? Gleichgültig, ohne Kümmernisse? Ich scheine am Ende zu sein – warum kann ich diese Tatsache nicht akzeptieren? Mein Gott ist fort – meine Bürde muss ich nun selbst tragen. Vielleicht gibt es keine Antwort für mich – ist es das, was der neue Schild-Amboss sieht, wenn sie mich mit solch mitleidigen Blicken betrachtet?

Liegt die Ganzheit meines Lebens nun hinter mir, abgesehen vom täglichen, unsinnigen Weitermarschieren dieses Leibes?

Vielleicht bin ich ja am Ende. Endlich am Ende …

»Kopf hoch, Itkovian«, sagte Grantl, »es könnte sein, dass der Krieg vorbei ist, bevor wir auch nur in seine Nähe kommen – na, wäre das nicht ein wildes Wimmern, um diese Geschichte zu beenden?«

»Flüsse sind dazu da, um daraus zu trinken und darin zu ertrinken«, brummte Hetan, ein Fässchen unter dem Arm.

Elster lächelte. »Ich dachte immer, Eure Vorfahren seien Seefahrer gewesen?«

»Die schließlich zur Vernunft gekommen sind und ihre verdammten Kanus ein für allemal begraben haben.«

»Ihr hört Euch uncharakteristisch respektlos an, Hetan.«

»Ich bin kurz davor, auf Eure Stiefel zu kotzen, alter Mann – wie sollte ich mich da sonst anhören?«

»Achtet nicht auf meine Tochter«, sagte Humbrall Taur, der mit schweren Schritten näher kam. »Sie ist von einem Daru übertroffen worden.«

»Erwähne diese Schnecke nicht!«, zischte Hetan.

»Ihr werdet erfreut sein zu erfahren, dass er während der drei Tage, die Ihr gelitten habt, auf einer anderen Barke war«, sagte Elster zu ihr, »und sich erholt hat.«

»Er hat diese hier nur verlassen, weil ich geschworen habe, ihn zu töten«, murmelte Hetan. »Es war nicht geplant, dass er Geschmack daran findet, der schleimige Wurm! Bei den Geistern hienieden, was für ein Appetit!«

Humbrall Taur lachte grollend. »Ich hätte nie geglaubt, dass ich einmal erleben würde, wie meine Tochter –«

»Oh, sei bloß still, Vater!«

Der riesige Barghast-Kriegshäuptling zwinkerte Elster zu. »Ich freue mich jetzt richtig darauf, diesen Mann aus Darujhistan kennen zu lernen.«

»Dann sollte ich Euch vorwarnen, dass das Äußere täuschen kann«, sagte Elster. »Besonders in Kruppes Fall.«

»Oh, ich habe ihn von weitem gesehen, hin und her geschleppt von meiner Tochter, zumindest am Anfang. Und dann, neuerdings, habe ich bemerkt, dass sich die Rollen vertauscht haben. Bemerkenswert. Hetan ist sehr stark die Tochter meiner Frau, versteht ihr.«

»Und wo ist Eure Frau?«

»In unseren Bergen, fast weit genug weg, um mich frei atmen zu lassen. Fast. Vielleicht, wenn wir Korall erreichen …«

Elster lächelte. Einmal mehr staunte er über die Geschenke der Freundschaft, die er in letzter Zeit erhalten hatte.

Das einst gezähmte Ufer des Maurik glitt gegenüber vorbei. Schilf wuchs um Stege und Anlegeplätze; alte Boote lagen verrottet und halb im Schlick begraben am Ufer. Um ein paar Fischerhütten weiter oben am Strand wucherte hohes Gras. Die Verlassenheit und alles, was sie bedeutete, verdüsterten seine Stimmung einen Moment lang.

»Selbst für mich«, grollte Humbrall Taur an seiner Seite, »ist das ein unwillkommener Anblick.«

Elster seufzte.

»Wir nähern uns der Stadt, ja?«

Der Malazaner nickte. »Vielleicht noch ein Tag.«

Hinter ihnen stöhnte Hetan zur Antwort.

»Könnt Ihr Euch vorstellen, dass Bruth Bescheid weiß?«

»Ich glaube schon, zumindest teilweise. Wir haben ein paar von Motts Irregulären unter den Stallburschen und Pferdeknechten …«

»Motts Irreguläre – wer oder was ist das, Kommandant?«

»Etwas, das ganz entfernt einer Söldnerkompanie ähnelt, Kriegshäuptling. Größtenteils Holzfäller und Bauern. Sie sind durch einen Zufall entstanden – tatsächlich sind wir Malazaner schuld daran. Wir hatten gerade die Stadt Oraz eingenommen und sind nach Westen marschiert, auf Mott zu – das sich prompt ergeben hat, mit Ausnahme der Einsiedler im Mottwald. Dujek wollte nicht, dass eine Gruppe von Abtrünnigen unsere Nachschublinien unsicher machte, während wir weiter ins Landesinnere vorstießen, also hat er die Brückenverbrenner in den Mottwald geschickt, damit wir sie zur Strecke bringen. Anderthalb Jahre später waren wir immer noch da. Die Irregulären sind im Kreis um uns herumgehuscht. Und die Male, wo sie sich entschlossen haben, sich zu stellen und zu kämpfen, war es, als hätte irgendein finsterer Sumpfgott von ihnen Besitz ergriffen – sie haben uns mehr als einmal eine blutige Nase verpasst. Und das Gleiche haben sie auch mit den Goldenen Moranth gemacht. Schließlich hat Dujek uns da rausgeholt, aber da hatte Bruth bereits mit Motts Irregulären Kontakt aufgenommen. Er hat sie seiner Armee einverleibt. Jedenfalls«, er zuckte die Schultern, »sind sie ein trügerischer Haufen, und sie kommen immer wieder, wie eine Wurmplage – mit der zu leben wir gelernt haben.«

»Also wisst Ihr, was Euer Feind über Euch weiß.« Humbrall Taur nickte.

»Mehr oder weniger.«

»Ihr Malazaner«, sagte der Barghast und schüttelte den Kopf, »spielt komplizierte Spiele.«

»Manchmal«, räumte Elster ein. »Aber manchmal sind wir auch ganz schlicht.«

»Eines Tages werden Eure Armeen in die Berge des Weißgesicht-Clans marschieren.«

»Das bezweifle ich.«

»Und warum?«, wollte Humbrall Taur wissen. »Sind wir Euch als Gegner nicht würdig genug, Kommandant?«

»Zu würdig, Kriegshäuptling. Nein, die Wahrheit ist die: Wir haben mit Euch verhandelt, und das malazanische Imperium nimmt solche Präzendenzfälle ernst. Man wird Euch mit Respekt begegnen und Euch anbieten, Handel zu treiben, Grenzen zu errichten und so weiter – wenn Ihr es wünschen solltet. Falls nicht, werden die Abgesandten wieder gehen, und das wird das Letzte sein, was Ihr jemals von den Malazanern sehen werdet, bis Ihr Euch anders entscheidet.«

»Ihr seid merkwürdige Eroberer, Ihr Fremdlinge.«

»Ja, das sind wir wohl.«

»Warum seid Ihr in Genabackis, Kommandant?«

»Das malazanische Imperium? Wir sind hier, um zu vereinigen und durch die Vereinigung reich zu werden. Wir sind auch gar nicht selbstsüchtig, wenn's ums Reichwerden geht.«

Humbrall Taur klopfte auf seine mit Münzen besetzte Halsberge. »Und Silber ist alles, was Euch interessiert?«

»Nun, es gibt mehr als eine Art von Reichtum, Kriegshäuptling.«

»Tatsächlich?« Die Augen des riesigen Kriegers waren schmal geworden.

Elster lächelte. »Den Weißgesicht-Clans der Barghast zu begegnen ist eine solche Belohnung. Verschiedenheit ist es wert, gefeiert zu werden, denn sie ist die Geburtsstätte der Weisheit.«

»Sind das Eure Worte?«

»Nein, sie stammen von Duiker, einem imperialen Historiker.«

»Und er spricht für das malazanische Imperium?«

»In den besten aller Zeiten.«

»Und sind dies die besten aller Zeiten?«

Elster blickte in die dunklen Augen des Kriegers. »Vielleicht.«

»Wollt ihr beiden wohl still sein!«, brummte Hetan hinter ihnen. »Ich sterbe gerade.«

Humbrall Taur drehte sich herum und musterte seine Tochter, die zwischen ein paar Kornfässern kauerte. »Ein Gedanke«, brummte er.

»Was?«

»Vielleicht bist du ja gar nicht seekrank, Tochter.«

»Ach ja! Und warum ist mir dann –« Hetans Augen wurden riesengroß. »Bei den Geistern hienieden!«

Augenblicke später sah sich Elster genötigt, ganz unzeremoniell mit den Füßen zuerst über das Dollbord der Barke zu hängen; die Strömung zerrte an seinen Stiefeln, und das fließende Wasser reinigte sie gründlich.

Ein Sturm vom Meer her hatte Maurik heimgesucht, nachdem die Stadt verlassen worden war, hatte Zierbäume entwurzelt und von

Meerespflanzen durchsetzte Sanddünen gegen Hauswände geweht. Die Straßen waren unter einem unberührten, gleichmäßig geriffelten weißen Teppich aus Sand begraben, so dass keinerlei Leichen oder Schutt zu sehen waren.

Korlat ritt allein die große Durchgangsstraße der Hafenstadt hinunter. Flache, ausladende Lagerhäuser lagen zu ihrer Linken, städtische Gebäude, Schenken, Gasthäuser und Läden zu ihrer Rechten. Über ihrem Kopf verbanden Transporttaue die oberen Stockwerke der Lagerhäuser mit den flachen Dächern der Läden; sie waren jetzt mit Seegras behängt, als wären sie für ein Meeresfest geschmückt.

Außer dem gleichmäßigen Seufzen des warmen Windes rührte sich auf der ganzen Länge der Straße nichts, genauso wenig wie in den Gassen, die in sie mündeten. Fenster- und Türöffnungen klafften schwarz und verlassen. Die Lagerhäuser waren vollkommen ausgeräumt worden, ihre breiten Schiebetüren zur Straße hin standen weit offen.

Sie näherte sich den äußersten westlichen Bereichen der Stadt; der Geruch des Meeres hinter ihr wich einem etwas süßeren Duft von modrigem Frischwasser, der von dem Fluss jenseits der Lagerhäuser zu ihrer Linken kam.

Caladan Bruth, Kallor und die anderen hatten beschlossen, Maurik auf ihrem Weg zu den Niederungen auf der Landseite zu umgehen, während Scharteke eine Weile über ihnen dahinsegelte, bevor sie wieder davonflog. Korlat hatte die Matrone der Großen Raben noch nie so verunsichert erlebt. Wenn der Kontaktverlust tatsächlich bedeutete, dass Anomander Rake und Mondbrut vernichtet worden waren, dann hatte Scharteke sowohl ihren Herrn wie auch den Nistplatz ihrer mörderischen Schar verloren. Das waren beides unangenehme Aussichten. Mehr als genug, um die Flügel der Anführerin der Großen Raben voller Verzweiflung zu krümmen, als sie sich einmal mehr auf den Weg nach Süden machte. Korlat hatte sich entschlossen, allein zu reiten und einen Weg zu nehmen, der länger war als der der anderen – durch die Stadt. Es gab schließlich keinen Grund zur Eile, und Erwartung pflegte jeden Halt in die Länge zu ziehen – daher war es besser, die Annäherung durch kontrolliertes

Tempo zu verlängern. Schließlich galt es über Vieles nachzudenken. Wenn ihr Lord wohlauf war, würde sie vor ihn hintreten und formell aus seinen Diensten austreten müssen – und somit eine Beziehung beenden, die vierzehntausend Jahre lang Bestand gehabt hatte – oder besser, sie für eine gewisse Zeit auszusetzen. *Für die verbleibenden Jahre eines sterblichen Mannes.* Und wenn Anomander Rake irgendein Unglück zugestoßen war, dann würde Korlat sich als die höchstrangige der verbliebenen Dutzend Tiste Andii wiederfinden, die wie sie bei Bruths Armee geblieben war. Sie würde diese Verantwortung nicht lange übernehmen, denn sie hatte nicht den Wunsch, über ihre Artgenossen zu herrschen. Sie würde sie über ihr Schicksal frei entscheiden lassen.

Anomander Rake hatte diese Tiste Andii durch die Stärke seiner Persönlichkeit vereinigt – eine Eigenschaft, von der Korlat wohl wusste, dass sie sie nicht besaß. Die grundverschiedenen guten Sachen, die mit seinem Volk zu unterstützen er sich entschlossen hatte, waren, wie sie immer angenommen hatte, jeweils eine Reflexion eines einzigen Themas – dieses Thema und seine Natur jedoch hatte Korlat nie erfassen können. Die Kriege, Kämpfe, Verbündeten, Siege und Verluste. Eine jahrhundertelange Prozession, die nicht nur ihr, sondern ihrem ganzen Volk willkürlich erschienen war.

Plötzlich kam ihr ein Gedanke, drehte sich wie ein stumpfes Messer in ihrer Brust. Vielleicht war Anomander Rake genauso hilflos. *Vielleicht spiegelt diese endlose Abfolge von guten Sachen nur seine eigene Suche wider. Ich habe die ganze Zeit ein einfaches Ziel unterstellt – uns einen Grund zu existieren zu geben, die Würde anderer auf uns zu nehmen … andere, für die der Kampf etwas bedeutete. War das nicht das unterschwellige Thema von allem, was wir getan haben? Warum zweifle ich jetzt? Warum glaube ich jetzt, dass das Thema – wenn es denn tatsächlich existiert – ein ganz anderes ist?*

Etwas weit weniger Edles …

Sie versuchte, diese Gedanken abzuschütteln, bevor sie sie in die Verzweiflung hinabzogen. *Denn Verzweiflung ist die Nemesis der Tiste Andii. Wie oft habe ich meine Verwandten auf dem Schlachtfeld sterben sehen und tief in meiner Seele gewusst, dass meine Brüder und Schwestern nicht gestorben sind, weil sie sich nicht selbst verteidigen konnten? Sie sind gestorben, weil sie sich dafür entschieden hatten zu sterben. Dahingerafft von ihrer eigenen Verzweiflung.*

Unsere schwerwiegendste Bedrohung.

Führt Anomander Rake uns von der Verzweiflung fort – ist das sein einziger Antrieb, sein einziges Ziel? Ist sein Thema eines der Verweigerung? Wenn dem so ist, dann, liebe Mutter Dunkel, hat er recht daran getan zu versuchen, unser Verständnis zu verwirren, zu verhindern, dass wir sein einziges, armseliges Ziel jemals erkennen. Und ich – ich hätte diese Gedanken niemals verfolgen sollen, ich hätte mich niemals zu diesem Schluss durchringen sollen.

Dafür, das Geheimnis meines Lords zu entdecken, gibt es keine Belohnung. Fluch des Lichts, er hat Jahrhunderte damit zugebracht, meinen Fragen auszuweichen, meinen Wunsch abzuwehren, ihn besser kennen zu lernen, seinen Schleier des Geheimnisses zu durchdringen. Und es hat mich verletzt, ich bin mehr als einmal auf ihn losgegangen, und er hat vor meiner Wut und Enttäuschung gestanden. Stumm.

Zu beschließen, nichts zu teilen … was ich für Arroganz gehalten habe, für gönnerhaftes Verhalten der schlimmsten Sorte – genug, um mich zu erzürnen … oh, Lord, du hast dich für die härteste Form der Barmherzigkeit entschieden.

Und wenn die Verzweiflung über uns hereinbricht, dann bricht sie über dich hundertfach herein …

Sie wusste jetzt, dass sie ihre Verwandten nicht freigeben würde. Genau wie Rake konnte sie sie nicht im Stich lassen, und genau wie Rake konnte sie ihnen nicht die Wahrheit sagen, wenn sie um Rechtfertigung baten oder sie forderten.

Und daher, sollte dieser Augenblick bald kommen, muss ich Kraft finden – die Kraft zu führen – die Kraft, die Wahrheit vor meinen Verwandten zu verstecken.

Oh, Elster, wie soll ich es dir sagen? Unsere Wünsche waren … einfach. Närrisch romantisch. Die Welt hält kein Paradies für dich und mich bereit, mein Liebster. Daher ist alles, was ich dir anbieten kann, dass du mich begleitest, dass du an meiner Seite bleibst. Und ich bete zu Mutter Dunkel, oh, wie ich bete, dass das für dich genug sein wird …

Die Außenbezirke der Stadt zogen sich entlang des Flussufers hin, in einem Streifen aus weit verstreuten, baufälligen Fischerhütten, Räucherhäusern und trocknenden Netzen, vom Wind zerzaust und mit Unrat übersät. Die Siedlung reichte flussaufwärts bis direkt an den Rand der Niederungen, und tatsächlich erhoben sich sogar ein knappes Dutzend Hütten auf Stelzen, die durch erhöhte Gehwege miteinander verbunden waren, in der schilfbewachsenen Schlammlandschaft.

Eine Doppelreihe von Stangen auf dieser Seite des Flusses kennzeichnete den breiten Unterwassergraben, der ausgehöhlt worden war und zum Rand der Niederungen führte, wo große, stabile Plattformen erbaut worden waren. Die im Osten gelegene Mündung des Maurik war für fast alle Boote unpassierbar, bis auf diejenigen, die so gut wie keinen Tiefgang besaßen, denn das Flussbett veränderte sich hier wegen des Aufeinanderprallens von Gezeiten und Strömung ständig; verborgene Sandbänke wuchsen binnen weniger Glockenschläge in die Höhe, nur um wieder weggespült und an anderer Stelle von neuem aufgeschwemmt zu werden. Vorräte, die den Fluss heruntergebracht wurden, wurden westlich von der Mündung entladen – hier bei den Niederungen.

Der Kriegsherr, Kallor, Vorreiter Hurlochel und Orfantal, Korlats Stellvertreter, standen auf der Plattform; sie hatten ihre Pferde auf der Straße an der landwärts gelegenen Seite der Plattform angebunden.

Alle vier Männer blickten flussaufwärts.

Korlat führte ihr Pferd auf den Dammweg, der die Stadt und die Plattform miteinander verband. Als sie die etwas höher gelegene Position auf der erhöhten Straße erreichte, erblickte sie das erste malazanische Flussboot.

Sie kam zu dem Schluss, dass Zauberei bei ihrer Konstruktion geholfen haben musste. Es waren stabile, gute Boote, mit flachem, ziemlich breitem Rumpf. Gewaltige, unbehauene Balken umrahmten die Rümpfe. Planen waren jeweils über mindestens die Hälfte des Decks gespannt. Von dort, wo sie sich befand, konnte sie nicht weniger als zwanzig dieser Boote erkennen. *Selbst mit Hilfe von Zauberei war es eine gewaltige Aufgabe, diese Boote zu bauen. Andererseits, sie so schnell fertigzustellen …*

Oh, ist es das, was die Schwarzen Moranth die ganze Zeit getan haben? Wenn dem so ist, dann haben Dujek und Elster das von Anfang an geplant.

Große Raben umkreisten die Flotte, ihre Schreie hatten einen deutlich spöttischen Klang.

Auf dem vordersten Boot waren Soldaten, Barghast und Pferde zu sehen. Am landwärts gelegenen Rand der Plattform zügelte Korlat ihr Pferd neben den Reittieren des Empfangskomitees und stieg ab. Ein Rhivi nahm ihr die Zügel ab. Sie nickte ihm dankend zu und schritt über die Plattform, trat neben Caladan Bruth.

Das Gesicht des Kriegsherrn war ausdruckslos, während Kallor ein hässliches Grinsen aufgesetzt hatte.

Orfantal schob sich etwas näher an Korlat heran, nickte ihr grüßend zu. »Schwester«, sagte er in ihrer Muttersprache, »war der Ritt durch Maurik angenehm?«

»Wie lange steht ihr schon hier, Bruder?«

»Vielleicht anderthalb Glockenschläge.«

»Dann bereue ich nichts.«

Er lächelte. »Obendrein auch noch *schweigende* anderthalb Glockenschläge. Fast schon lange genug, um einen Tiste Andii in den Wahnsinn zu treiben.«

»Lügner. Wir können wochenlang schweigend herumstehen, wie du nur zu gut weißt, Bruder.«

»Oh, aber das ist ohne Gefühle, oder? Was mich angeht, so weiß ich, dass ich nur dem Wind lausche und daher nicht beunruhigt bin.«

Sie warf ihm einen Seitenblick zu. *Ohne Gefühle? Diesmal ist deine Lüge kein Scherz.*

»Und ich wage zu behaupten«, fuhr Orfantal fort, »dass die Spannung noch steigt.«

»Ihr beide«, sagte Kallor grollend, »wenn ihr schon reden müsst, dann sprecht eine Sprache, die wir verstehen können. Hier hat es genug Heuchelei für ein ganzes Leben gegeben.«

Orfantal sah ihn an und sagte auf Daru: »Aber doch gewiss nicht für *dein* Leben, Kallor?«

Der uralte Krieger bleckte stumm grinsend die Zähne.

»Das reicht«, brummte Bruth. »Mir wäre es lieber, wenn die Malazaner nicht mitbekommen, wie wir uns streiten.«

Korlat konnte jetzt Elster sehen, der im breiten, stumpfen Bug des vordersten Bootes stand. Er trug seinen Helm und seine Rüstung. Neben ihm stand Humbrall Taur, dessen münzenbesetzte Halsberge glitzerte. Der Barghast genoss diesen Augenblick ganz eindeutig, wie er so groß und gebieterisch dastand, die Hände auf den Köpfen der Wurfäxte, die er um die Hüften gegürtet hatte. Im Hintergrund lungerte Artanthos, der Standartenträger, herum; er hatte die Arme verschränkt, und auf seinem schmalen Gesicht lag ein halbes Lächeln.

Soldaten bemannten die Ruder, riefen einander etwas zu, als sie die Boote zwischen die Stangen lenkten. Das Manöver wurde geschickt ausgeführt, und das große Boot löste sich aus der stärkeren Strömung und glitt sanft die Zufahrt heran.

Den Blick auf Elster gerichtet – der sie ebenfalls gesehen hatte –, schaute Korlat zu, wie sich das Boot der Plattform näherte.

Das Knirschen, mit dem das Boot an der Plattform anlegte, war gedämpft. Soldaten mit Leinen strömten auf die Plattform und machten die Barke fest. Draußen auf dem Strom ruderten die anderen Boote auf das Ufer zu, um sich entlang des schlammigen Ufers einen eigenen Landeplatz zu suchen.

Hetan tauchte zwischen ihrem Vater und Elster auf und schob sich noch weiter nach vorn, um auf die Plattform zu springen. Sie war blass, und ihre Beine gaben beinahe unter ihr nach. Orfantal eilte nach vorn, um ihr den Arm zu bieten – den sie fauchend beiseite schlug, ehe sie an allen vorbei zum hinteren Ende der Plattform stolperte.

»Gute Idee!« Humbrall Taur lachte dröhnend. »Aber wenn Euch

Euer Leben noch etwas bedeutet, Tiste Andii, dann überlasst das Schätzchen ihrem schwangeren Elend. Kriegsherr! Ich danke Euch für die förmliche Begrüßung! Wir haben den Marsch nach Korall ein bisschen beschleunigt, ja?« Der Kriegshäuptling der Barghast trat auf die Plattform, gefolgt von Elster.

»Wenn nicht noch hundert Boote weiter flussaufwärts sind«, grollte Bruth, »habt Ihr zwei Drittel Eurer Streitkräfte verloren. Sagt mir, wie konnte das geschehen?«

»Drei Clans sind mit auf die Bootsfahrt gekommen, Kriegsherr« erwiderte Humbrall Taur grinsend. »Der Rest hat sich dafür entschieden, zu Fuß zu gehen. Unsere Geister-Götter waren erheitert, ja? Obwohl, wie ich zugebe, nur widerstrebend.«

»Seid gegrüßt, Kriegsherr«, sagte Elster. »Wir haben leider nicht genügend Wasserfahrzeuge, um die gesamte Streitmacht zu transportieren. Daher hat sich Dujek Einarm entschlossen, die Armee aufzuteilen –«

»Und wo ist er, im Namen des Vermummten?«, wollte Kallor wissen. »Als müsste ich fragen«, fügte er hinzu.

Elster zuckte die Schultern. »Die Schwarzen Moranth bringen sie –«

»Nach Korall, klar«, schnappte Kallor. »Wozu, Malazaner? Um die Stadt im Namen eures Imperiums zu erobern.«

»Ich bezweifle, dass das möglich ist«, erwiderte Elster. »Aber selbst wenn dem so wäre, würde es Euch so sehr ärgern, in einem bereits befriedeten Korall anzukommen, Kallor? Wenn Euer Blutdurst gestillt werden muss –«

»Ich dürste niemals lange, Malazaner«, sagte Kallor und hob eine gepanzerte Hand an den Griff seines Bastardschwerts, das er sich auf den Rücken geschnallt hatte.

»Anscheinend«, sagte Bruth, ohne weiter auf Kallor zu achten, »hat es erhebliche Veränderungen in dem Plan gegeben, auf den wir uns einmal geeinigt hatten. Tatsächlich«, fuhr er fort und richtete dabei den Blick auf das Flussboot, »war bei diesem Plan ganz eindeutig Täuschung mit im Spiel, und zwar von Anfang an.«

»Dem stimme ich nicht zu«, sagte Elster. »Genau wie Mondbrut und das, was auch immer Rake mit der Festung vorgehabt hat, Euer privater Plan war, sind wir zu dem Schluss gekommen, dass wir uns am besten etwas Ähnliches zulegen sollten. Der Präzedenzfall wurde von Euch geschaffen, Kriegsherr – daher glaube ich, dass Ihr Euch nicht zu beklagen braucht.«

»Kommandant«, knirschte Bruth, »wir hatten nie vor, Mondbrut einen Präventivschlag gegen Korall führen zu lassen, um uns gegenüber unseren vermuteten Verbündeten einen Vorteil zu verschaffen. Der Zeitplan, an den wir uns gehalten haben, war auf ein gemeinsames Unternehmen ausgerichtet.«

»Und Dujek stimmt darin immer noch mit Euch überein, Kriegsherr. Genau wie ich. Sagt mir, ist es Scharteke gelungen, nahe an Korall heranzukommen?«

»Sie versucht es gerade wieder.«

»Und sie wird wahrscheinlich auch diesmal wieder zurückgetrieben werden. Was bedeutet, dass wir die Feinde nicht beobachten können, nicht wissen, was sie für Vorkehrungen gegen unseren Angriff treffen. Wenn der Pannionische Seher oder seine Berater auch nur ein bisschen militärischen Verstand besitzen, haben sie uns eine Falle gestellt – etwas, in das wir hineinlaufen müssen, sobald wir in Sichtweite der Mauern von Korall kommen. Kriegsherr, unsere Schwarzen Moranth haben Hauptmann Paran und die Brückenverbrenner bis auf zehn Längen an die Stadt herangebracht, damit sie sich verdeckt nähern und herausfinden können, was die Pannionier sich ausgedacht haben. Doch die Brückenverbrenner allein reichen nicht aus, diese Bemühungen – wie immer sie auch aussehen mögen – zu vereiteln. Deshalb führt Dujek sechstausend Mann von unserem Heerhaufen an, die ebenfalls von den Schwarzen Moranth nach Korall gebracht wurden, mit der Absicht zu zerstören, was immer die Pannionier geplant haben.«

»Und warum, im Namen des Vermummten, sollten wir Euch glauben?«, wollte Kallor wissen. »Ihr habt von Anfang an nichts anderes getan, als zu lügen.«

Elster zuckte einmal mehr die Schultern. »Wenn sechstausend malazanische Soldaten ausreichen, Korall einzunehmen und die

Pannionische Domäne zu vernichten, dann haben wir unseren Feind ernsthaft überschätzt. Ich glaube nicht, dass wir das getan haben. Ich glaube, dass uns ein harter Kampf bevorsteht und dass wir vermutlich jeden Vorteil nötig haben werden, den wir uns im Vorfeld sichern können.«

»Kommandant«, sagte Bruth, »die pannionischen Streitkräfte werden von Magier-Kadern und von diesen unnatürlichen Kondoren unterstützt. Wie hofft Dujek, sich gegen sie zu verteidigen? Eure Armee hat keine nennenswerten Zauberer.«

»Der Schnelle Ben ist dort, und er hat ein Mittel gefunden, unbeeinträchtigt auf seine Gewirre zurückgreifen zu können. Zweitens haben sie die Schwarzen Moranth, wenn es um die Beherrschung des Himmels geht, und einen beachtlichen Vorrat an Munition. Aber ich gebe zu, es ist gut möglich, dass das nicht ausreicht.«

»Es könnte sein, dass mehr als die Hälfte Eurer Armee niedergemetzelt wird, Kommandant.«

»Das ist möglich, Kriegsherr. Aus diesem Grunde sollten wir uns nun beeilen, nach Korall zu kommen, wenn Ihr einverstanden seid.«

»In der Tat«, knurrte Kallor. »Vielleicht wären wir aber auch besser dran, wenn wir die Pannionier sich austoben lassen, indem sie Dujek und seine sechstausend Mann vernichten, und *dann* tauchen wir auf. Kriegsherr, hört mich an. Die Malazaner haben diese für sie möglicherweise tödliche Situation selbst geschaffen, und jetzt kommen sie und betteln, dass wir ihnen die Kosten ersparen. Ich sage, lassen wir die Bastarde verrotten.«

Korlat spürte, dass Kallors Beurteilung zu Bruth durchgedrungen war. Sie sah, dass der Kriegsherr zögerte. »Eine ziemlich kleinliche Antwort«, schnaubte sie. »Von Gefühlen beeinflusst. Und aus diesem Grund wahrscheinlich in jeder Hinsicht strategischer Selbstmord.«

Kallor wirbelte herum. »Du, Weib, brauchst gar nicht erst zu versuchen, Objektivität zu heucheln! Natürlich schlägst du dich auf die Seite deines Liebhabers!«

»Wenn seine Position unhaltbar wäre, würde ich das gewiss nicht tun, Kallor. Und das ist der Unterschied zwischen dir und mir.« Sie wandte sich an Caladan Bruth. »Ich spreche jetzt für die Tiste Andii, die Eure Armee begleiten, Kriegsherr. Ich bitte Euch dringend, unseren Marsch nach Korall zu beschleunigen, um Dujek zu entsetzen. Kommandant Elster ist mit genug Flussbooten eingetroffen, um ein rasches Übersetzen zum Südufer zu gewährleisten. Fünf Tage lang Eilmärsche werden uns in Sichtweite von Korall bringen.«

»Oder acht Tage in normalem Tempo«, sagte Kallor, »was sicherstellen würde, dass wir ausgeruht ankommen. Ist Einarms Heer so überbewertet, dass sie nicht drei Tage länger aushalten können?«

»Versuchst du es jetzt auf eine andere Weise?«, fragte Orfantal.

Der grauhaarige Krieger zuckte die Schultern.

Bruth stieß zischend den Atem aus. »Er spricht jetzt mit vernünftiger Überlegung, Tiste Andii. Fünf Tage – oder acht. Erschöpft – oder ausgeruht und daher in der Lage, den Feind sofort anzugreifen. Was ist unter taktischen Gesichtspunkten die bessere Wahl?«

»Es könnte den Unterschied zwischen der Vereinigung mit einer intakten, schlagkräftigen Streitmacht und dem Antreffen von nichts anderem als in Stücke gehauenen Leichnamen bedeuten«, sagte Elster. Er schüttelte sich. »Entscheidet, wie immer Ihr wollt. Wir werden Euch natürlich die Flussboote überlassen, aber meine Truppen werden zuerst übersetzen – wir riskieren die Erschöpfung.« Er drehte sich um und winkte Artanthos zu, der auf dem Boot zurückgeblieben war. Der Standartenträger nickte, bückte sich und hob ein halbes Dutzend Signalflaggen auf; dann begab er sich zum Heck des Bootes.

»Ihr habt das kommen sehen«, zischte Kallor, »stimmt's?«

Dass du heute triumphieren würdest, ja, ich glaube, das hat er.

Elster sagte nichts.

»Und so erreichen Eure Streitkräfte Korall zuerst. Sehr schlau, Bastard, wirklich sehr schlau.«

Korlat trat dicht an Bruth heran. »Kriegsherr, habt Ihr noch Vertrauen in die Tiste Andii?«

Der riesige Mann runzelte die Stirn. »In dich und deine Brüder und Schwestern? Aber natürlich.«

»Sehr gut, dann werden wir Kommandant Elster und Humbrall

Taur und ihre Streitkräfte begleiten. Und so Eure Interessen vertreten. Orfantal und ich sind Wechselgänger – einer von uns kann Euch rasch eine Nachricht bringen, wenn es nötig sein sollte, entweder von Gefahren oder von Verrat. Außerdem könnte unsere Gegenwart sich als entscheidend erweisen, sollte es notwendig sein, Dujeks Rückzug aus einer aussichtslosen Schlacht zu bewerkstelligen.«

Kallor lachte. »Die Liebenden wieder vereint, und wir sollen uns vor falscher Objektivität verbeugen –«

Orfantal machte einen Schritt auf Kallor zu. »Das war die letzte Beleidigung, die du den Tiste Andii zufügen wirst«, sagte er leise.

»Halt!«, bellte Caladan Bruth. »Kallor, hör zu: Ich vertraue den Tiste Andii. Nichts, was du sagst, wird dieses Vertrauen erschüttern, denn es wurde vor Jahrhunderten errungen, hundertfach, und nicht ein einziges Mal verraten. An deiner Loyalität beginne ich andererseits mehr und mehr zu zweifeln ...«

»Hütet Euch vor Euren Befürchtungen, Kriegsherr«, grollte Kallor, »sonst werden sie vielleicht noch wahr.«

Bruths Antwort war so leise, dass Korlat sie kaum hören konnte. »Willst du jetzt mich verhöhnen, Kallor?«

Der Krieger erbleichte. »Was hätte das für einen Wert?«, fragte er leise, tonlos.

»In der Tat.«

Korlat wandte sich an ihren Bruder. »Ruf unsere Leute zusammen, Orfantal. Wir begleiten den Kommandanten und den Kriegshäuptling.«

»Wie du sagst, Schwester.« Der Tiste Andii drehte sich um, blieb stehen und musterte Kallor mehrere Herzschläge lang. »Ich glaube, wenn das hier vorbei ist, alter Mann ...«, sagte er.

Kallor bleckte die Zähne. »Was glaubst du?«

»Dass ich mich um dich kümmern werde.«

Kallor behielt als Antwort sein Grinsen bei, doch es wirkte ein wenig angestrengt, und in seiner Wange begann ein Muskel zu zucken.

Orfantal machte sich zu den wartenden Pferden auf.

Humbrall Taurs tiefes Auflachen durchbrach die angespannte

Stille. »Und wir dachten schon, Ihr hättet Euch gestritten, als wir angekommen sind.«

Korlat schaute auf das Boot hinunter – und begegnete Elsters Blick. Er brachte ein müdes Lächeln zustande, das ihr zeigte, unter welchem Druck er gestanden hatte. Doch es war das, was sie in seinen Augen sah, was ihr Herz schneller schlagen ließ. Liebe und Erleichterung, Zärtlichkeit ... und nackte Vorfreude.

Mutter Dunkel, wie sind diese Sterblichen lebendig!

Seite an Seite erreichten Grantl und Itkovian im leichten Galopp den Dammweg und näherten sich der Plattform. Der Himmel wurde im Osten heller, die Luft war kühl und klar. Knapp zwei Dutzend Rhivi-Hirten geleiteten die letzten der ersten dreihundert Bhederin auf die von einem Geländer umgebene Rampe.

Ein paar hundert Schritt hinter den beiden Männern wurden die nächsten dreihundert auf den Dammweg zugetrieben. Es würden noch mindestens zweitausend Bhederin folgen, und es war Grantl und Itkovian klar, dass sie sich dazwischendrängen mussten, wenn sie ihre Kompanien in absehbarer Zeit über den Fluss führen wollten.

Die Malazaner hatten gut gebaut. Jedes Boot trug breite, stabile Rampen, die sie ordentlich Bug an Bug miteinander verbanden, während die Hecks so konstruiert waren, dass sie sich genau aneinander fügten, nachdem die Kielwasser-Schutzvorrichtungen entfernt worden waren. Die Brücke, die sie bildeten, wenn sie miteinander verbunden waren, war beweglich, wo das erforderlich war, und ansonsten sicher, und sie war überraschend breit – zwei Wagen konnten sie nebeneinander überqueren.

Kommandant Elster und die bei ihm verbliebenen Kompanien hatten den Fluss vor mehr als fünfzehn Glockenschlägen überquert, gefolgt von den drei Barghast-Clans unter dem Befehl von Humbrall Taur. Grantl wusste, dass Itkovian gehofft hatte, die beiden Männer wieder zu treffen und mit ihnen zu sprechen – vor allem mit Elster –, doch als sie in Sichtweite des Flusses gekommen waren, waren die Malazaner und die Barghast schon lange fort gewesen.

Caladan Bruth hatte seine Truppen das Lager auf dieser Seite des Maurik aufschlagen und sie drei Glockenschläge vor Anbruch der Dämmerung wecken lassen. Sie waren gerade mit dem Übersetzen fertig. Grantl wunderte sich über das unterschiedliche Tempo der beiden verbündeten Armeen.

Sie zügelten die Pferde inmitten der Rhivi-Hirten. Ein großer, unbeholfener Mann, der ganz eindeutig kein Rhivi war, stand etwas abseits und sah zu, wie die Bhederin zu den Schreien und Pfiffen der Hirten über das erste Boot trampelten.

Grantl stieg ab und ging auf den einsamen Mann zu. »Gehört ihr zu Motts Irregulären?«, fragte er.

»Hochmarschall Stiege«, antwortete er mit einem schiefen Grinsen. »Ich bin froh, dass Ihr hier seid – ich kann diese kleinen Burschen nicht verstehen. Dabei habe ich mich wirklich angestrengt. Wahrscheinlich sprechen sie eine andere Sprache.«

Grantl blickte mit ausdruckslosem Gesicht zurück zu Itkovian und wandte sich dann wieder dem Hochmarschall zu. »Ja, das tun sie. Steht Ihr hier schon lange?«

»Seit letzter Nacht. Eine Menge Leute sind auf die andere Seite gegangen. Eine Menge. Ich habe zugeschaut, wie sie die Boote miteinander verbunden haben. Sie waren schnell. Die Malazaner kennen sich wirklich mit Holz aus. Habt Ihr gewusst, dass Elster Lehrling bei einem Steinmetz war, bevor er Soldat geworden ist?«

»Nein, das wusste ich nicht. Was hat das mit Zimmererarbeit zu tun, Hochmarschall?«

»Nichts. Ich hab's nur so erwähnt.«

»Wartet Ihr auf den Rest Eurer Kompanie?«

»Eigentlich nicht, obwohl die bestimmt früher oder später auftauchen. Sie werden natürlich erst nach den Bhederin kommen, damit sie den Dung aufsammeln können. Diese kleinen Burschen da machen das auch. Wir haben deswegen ein paar Auseinandersetzungen mit ihnen gehabt, müsst Ihr wissen. Raufereien. Normalerweise sind die gutmütig. Seht, was sie da tun – kicken den ganzen Dung auf einen Haufen und bewachen ihn. Wenn ich ihnen noch ein bisschen näher komme, ziehen sie ihre Messer.«

»Nun, dann würde ich vorschlagen, dass Ihr nicht näher rangeht, Hochmarschall.«

Stiege grinste erneut. »Dann gäb's ja gar keinen Spaß mehr. Ich warte hier nicht umsonst, müsst Ihr wissen.«

Itkovian stieg nun ebenfalls ab und gesellte sich zu ihnen.

Grantl drehte sich zu den Hirten um und sagte in leidlichem Rhivi: »Wer von euch hat hier den Befehl?«

Ein drahtiger alter Mann blickte auf, trat vor. »Sagt ihm, er soll weggehen!«, schnappte er und deutete mit einem Finger auf Hochmarschall Stiege.

»Tut mir Leid«, erwiderte Grantl schulterzuckend, »ich fürchte, ich kann ihm nicht befehlen, irgendetwas zu tun. Ich bin für meine Legion und die Grauen Schwerter hier. Wir würden den Fluss gerne ... vor dem Rest eurer Herde überqueren –«

»Nein. Das könnt Ihr nicht. Nein. Ihr müsst warten. Die Bhederin mögen es nicht, wenn sie aufgeteilt werden. Dann werden sie nervös. Unglücklich. Wir müssen sie beruhigen, damit sie rübergehen. Das könnt Ihr doch sehen, oder? Nein, Ihr werdet warten müssen.«

»Nun, was glaubt Ihr, wie lange wird das dauern?«

Der Rhivi zuckte die Schultern. »Es wird zu Ende sein, wenn es zu Ende ist.«

Die nächsten dreihundert Bhederin kamen den Dammweg heraufgepoltert. Die Hirten gingen ihnen entgegen.

Grantl hörte ein sattes Geräusch, dann schrieen alle Rhivi auf und kamen zurückgerannt. Der Daru drehte sich um und sah Hochmarschall Stiege, der das Vorderteil seines Hemdes mit einem großen Haufen Dung gefüllt hatte, schnell wie einen Blitz die Rampe hinaufrennen und dann auf das Flussboot hinunterspringen.

Ein einziger Rhivi-Hirte, der eindeutig zurückgelassen worden war, um den Dung zu bewachen, lag lang ausgestreckt neben dem geplünderten Haufen; er war bewusstlos, und an seinem Kinn prangte der rote Abdruck einer großen, knochigen Faust.

Grantl grinste den alten Hirten an, der wild herumhüpfte und vor Wut schäumte.

Itkovian trat an seine Seite. »Habt Ihr das gesehen, mein Herr?«

»Nein, leider nicht – nur die letzten Augenblicke.«

»Der Schlag kam praktisch aus dem Nichts – ich habe nicht einmal gesehen, wie er an den Mann herangetreten ist. Der arme Rhivi ist einfach umgefallen, wie ein Sack … ein Sack –«

»Dung?«

Nach einem langen Moment – einem so langen Moment, dass Grantl schon glaubte, was er gehofft hatte, würde nie eintreten – lächelte Itkovian.

Regenwolken waren vom Meer herangerollt, der Regen wurde von stürmischen Winden getrieben, und jeder Tropfen prasselte auf Helme, Schilde und lederne Regenumhänge herab, mit solcher Wucht, dass er zu Nebel zerbarst. Das verlassene Ackerland überall um sie herum verschwand hinter einer grauen Mauer, die Handelsstraße verwandelte sich unter Hufen, Wagenrädern und Stiefeln in zähen Schlamm.

Während das Wasser durch sein Visier strömte – das er in einem nur teilweise erfolgreichen Versuch, sich den Regen aus den Augen zu halten, heruntergelassen hatte –, bemühte sich Elster, die Szene zu begreifen. Ein Bote hatte ihn von der Vorhut zurückgerufen, hatte kaum verständliche Worte von einer gebrochenen Achse gebrüllt, von einem wirren Stau, von verletzten Tieren. Im Augenblick war alles, was er ausmachen konnte, eine Masse schlammverschmierter Soldaten, die herumturnten, rutschten, Seile miteinander verknoteten und einander unhörbar etwas zuriefen, und mindestens drei Wagen, die bis zu den Achsen im Schlamm versunken waren, auf etwas, das einst eine Straße gewesen war, sich nun jedoch in einen Schlammfluss verwandelt hatte. Ochsen wurden aus den Geschirren ausgespannt und brüllend zur Seite geführt.

Er saß auf seinem Pferd und beobachtete alles. Es hatte keinen Sinn, die wunderlichen Einfälle der Natur zu verfluchen, genauso wenig wie den Zusammenbruch überladener Wagen oder das Tempo, unter dem sie alle litten. Seine Seesoldaten taten, was getan werden musste, trotz des scheinbaren Chaos. Der Regen würde um diese Jahreszeit wohl kaum lange anhalten, und der Durst der Sonne war groß. Nichtsdestotrotz fragte er sich, welche Götter sich gegen ihn verschworen hatten, denn seit sie den Fluss überquert hatten, war nicht ein einziger Tag auf diesem hektischen Marsch vergangen, ohne dass etwas passiert war – und es waren keine Vorfälle gewesen, die ihren Wünschen entgegengekommen waren.

Es würde noch mindestens zwei Tage dauern, bis sie Korall erreichten. Elster hatte, seit sie vor Maurik gewesen waren, keine Nachricht vom Schnellen Ben mehr erhalten, und der Magier, Paran und die Brückenverbrenner waren damals noch eine halbe Nacht von Koralls unmittelbarer Umgebung entfernt gewesen. Er war sich sicher, dass sie die Stadt mittlerweile erreicht hatten, war sich ebenso sicher, dass Dujek und seine Kompanien jetzt dort eintrafen. Wenn es zu einer Schlacht kommen sollte, dann schon bald.

Elster wendete sein Pferd, trieb das müde Tier am Rand des Weges entlang, um zur Vorhut zurückzukehren. Die Nacht zog schnell herauf, und sie würden Halt machen müssen, zumindest ein paar Glockenschläge lang. Dann könnte er ein bisschen kostbare Zeit allein mit Korlat verbringen – die Härte dieses Marschs hatte sie viel zu oft voneinander getrennt, und während er und Korlat der Überzeugung waren, dass ihr Lord, Anomander Rake, noch nicht abgeschrieben werden konnte, hatte sie in jeder Hinsicht die Rolle einer Kommandantin unter ihren Tiste Andii übernommen – kalt, unnahbar, völlig auf die Führung ihrer Brüder und Schwestern konzentriert.

Unter ihrer Anleitung waren sie dabei, Kurald Galain zu erforschen, ihr Gewirr der Dunkelheit, stützten sich auf seine Kraft in einem Versuch, es von der Infektion durch den Verkrüppelten Gott zu reinigen. Elster hatte bei ihrem kurzen, seltenen Wiederauftauchen die Kosten gesehen, die Orfantal und die anderen Tiste Andii tragen mussten. Doch Korlat wollte die Macht von Kurald Galain in Reichweite haben – ohne zu fürchten, dass das Gewirr einem verderblichen Einfluss unterlag –, wenn die Schlacht um Korall begann.

Er spürte, dass sie sich verändert hatte. Ein freudloser Entschluss hatte alles, was in ihr war, härter werden lassen. Vielleicht war es der mögliche Tod Anomander Rakes, der ihrem Geist eine solche Verhärtung aufgezwungen hatte. Oder vielleicht waren es auch ihre zukünftigen Wege, die sie so naiv miteinander verschlungen hatten, ohne auf die harschen Forderungen der wirklichen Welt zu achten. Die Vergangenheit war stets unruhig, für sie beide.

Ganz tief in seinem Innern war Elster sich sicher, dass Anomander Rake nicht tot war. Noch nicht einmal verloren. In dem halben Dutzend nächtlicher Gespräche, die er mit dem Lord von Mondbrut geführt hatte, hatte der Malazaner ein Gefühl für den Tiste Andii entwickelt: Trotz der Bündnisse, einschließlich der langen Partnerschaft mit Caladan Bruth, war Anomander Rake ein Mann der Einsamkeit – von einer fast schon krankhaften Unabhängigkeit. Die Bedürfnisse anderer waren ihm gleichgültig, egal, welche Versicherung oder Bestätigung sie auch erwarten oder verlangen mochten. *Er hat gesagt, er würde da sein, wenn der Angriff auf Korall beginnt, und das wird er auch.*

Durch das graue Zwielicht konnte er voraus die Vorhut ausmachen, ein Knäuel aus berittenen Offizieren, die Humbrall Taur, Hetan, Cafal, Kruppe und Korlat auf der Straße umringten. Als er näher kam, sah er, dass hinter ihnen der Himmel heller war. Bald würden sie aus dem Unwetter heraus sein, und wenn Oponns Glück ihnen hold war, dann würde das rechtzeitig genug sein, um im warmen Licht des Sonnenuntergangs Halt zu machen und eine warme Mahlzeit zuzubereiten, ehe sie weiterzogen.

Er trieb seine viertausend Soldaten zu sehr an. Sie waren die besten, die er je befehligt hatte, doch er verlangte Unmögliches von ihnen. Obwohl der Malazaner es verstehen konnte, hatte Caladan Bruths plötzlicher Vertrauensverlust Elster erschüttert, und zwar mehr, als er irgendjemandem – selbst Korlat – gegenüber zugeben würde. Ein schneller Marsch der vereinten Streitkräfte hätte dem Seher vielleicht zu denken gegeben – Legion um Legion ankommen zu sehen würde jedem feindlichen Kommandanten einen Anreiz geben, sich aus einem laufenden Gefecht mit Dujek zurückzuziehen. Erschöpft oder nicht, manchmal reichten Zahlen zur Einschüchterung aus. Die Reserven der Pannionier waren begrenzt:

Der Seher würde es nicht riskieren, auf einer Schlacht jenseits der Stadtmauer zu bestehen, wenn dies seine Hauptstreitmacht in Gefahr brachte.

Das Auftauchen von viertausend schlammbedeckten, taumelnden Soldaten würde wahrscheinlich ein Lächeln auf die Lippen des Sehers zaubern. Elster würde dafür sorgen müssen, dass seine geringen Kräfte zählten – die zwölf Tiste Andii, der Ilgres-Clan und Humbrall Taurs Elitekrieger der Weißgesichter würden sich höchstwahrscheinlich als entscheidend erweisen, obgleich die Unterstützung durch die Barghast zusammen weniger als zweitausend Mann betrug.

Wir fangen zu früh mit dem Endspurt an, noch viel zu weit weg von unserer Beute. In unserer gedankenlosen Hast haben wir fünfzigtausend Weißgesicht-Barghast weit hinter uns gelassen. Diese Entscheidung könnte tödlich sein …

Er fühlte sich älter, als es seinen Jahren entsprach, von Fehlern beladen, die aus einem durch Erschöpfung gelähmten Geist geboren worden waren. Elster gesellte sich wieder zur Vorhut.

Wasser rann an dem langen Kettenhemd hinunter, klebte langes graues Haar am Rücken und auf den breiten, aber hageren Schultern daran fest. Der stumpfgraue Helm leuchtete, reflektierte den zinnfarbenen Himmel mit milchiger Ungenauigkeit. Er stand reglos, mit gesenktem Kopf, am Grunde einer kleinen Senke, während sein Pferd ein Dutzend Schritte hinter ihm wartete.

Merkwürdig leblose Augen musterten die wassergetränkte Prärie durch das festgemachte, geschlitzte Visier. Schmale Augen, die nicht blinzelten, blickten auf den Strom aus schlammigem Wasser, den der stürmische Regen heranpeitschte, auf die kleinen Rinnsale, die größeren Bäche, ein unaufhörliches Fließen durch winzige Kanäle, über bloß liegende Steine, zwischen den verknoteten Wurzeln von Grasbüscheln hindurch.

Das Wasser nahm seinen Weg nach Süden.

Und hier, in dieser Senke, wo es merkwürdig gefärbten Schlamm in reißenden Strömen mit sich trug, floss es hügelaufwärts.

Von Staub … zu Schlamm. Also marschierst du schließlich doch mit uns. Nein, versteh mich, ich bin erfreut.

Kallor machte kehrt und ging zurück zu seinem Pferd.

Er ritt auf seiner eigenen Spur zurück, und während schnell die Dunkelheit hereinbrach, kam er schließlich wieder ins Lager. Außerhalb der Zeltreihen brannte kein Feuer, und das Licht der Laternen wurde durch die geflickten Zeltplanen gedämpft. Die schlammigen Durchgänge waren voller Großer Raben, die die Sintflut zusammengekauert und reglos über sich ergehen ließen.

Kallor zügelte sein Pferd vor Caladan Bruths Kommandozelt, stieg ab und ging hinein.

Vorreiter Hurlochel stand direkt hinter der Zeltklappe als Bruths Bote bereit, sollte es nötig werden. Der junge Mann war blass und schlief halb auf seinem Posten. Ohne weiter von ihm Notiz zu nehmen, schob Kallor das Visier hoch und ging an ihm vorbei.

Der Kriegsherr saß zusammengesunken auf einem Feldstuhl, was völlig untypisch für ihn war; sein Hammer lag quer auf seinen Oberschenkeln. Er hatte sich nicht die Mühe gemacht, die Schlammspritzer von seiner Rüstung oder den Stiefeln zu entfernen. Er hob den Kopf, und der Blick seiner merkwürdig tierähnlichen Augen glitt über Kallor hinweg, senkte sich dann wieder. »Ich habe einen Fehler gemacht«, sagte er grollend.

»Da stimme ich Euch zu, Kriegsherr.«

Das ließ Bruth aufhorchen. »Du musst mich missverstanden –«

»Habe ich nicht. Wir hätten uns mit Elster zusammentun sollen. Die Auslöschung von Einarms Heerhaufen – egal, wie sehr mich das persönlich freuen würde – wird eine taktische Katastrophe für diesen Feldzug sein.«

»Alles schön und gut, Kallor«, polterte Bruth, »aber jetzt können wir nicht mehr viel daran ändern.«

»Dieser Sturm wird vorbeigehen, Kriegsherr. Ihr könnt morgen unser Marschtempo beschleunigen – wir können es vielleicht einen Tag eher schaffen. Ich bin allerdings aus einem anderen Grund hier. Einem Grund, der praktischerweise etwas mit unserem Sinneswandel zu tun hat.«

»Spuck es kurz und schnell aus, Kallor, oder lass es ganz bleiben.«

»Ich werde zu Elster und Korlat reiten.«

»Und wozu? Um dich zu entschuldigen?«

Kallor zuckte die Schultern. »Wenn das etwas nützen würde. Genauer jedoch – Ihr scheint meine … Erfahrung zu vergessen. Auch wenn ich Euch allen auf die Nerven zu gehen scheine, bin ich schon durch dieses Land gegangen, als die T'lan Imass nichts weiter waren als Kinder. Ich habe Armeen kommandiert, die hunderttausend Köpfe gezählt haben. Ich habe das Feuer meines Zorns auf ganzen Kontinenten verbreitet, und ich habe allein auf großen Thronen gesessen. Versteht Ihr, was das bedeutet?«

»Ja. Dass du niemals lernst, Kallor.«

»Ganz eindeutig«, schnappte er, »begreift Ihr nicht. Ich kenne ein Schlachtfeld besser als jeder andere noch lebende Mann – Euch eingeschlossen.«

»Die Malazaner scheinen sich auf diesem Kontinent auch ohne deine Hilfe ganz gut geschlagen zu haben. Außerdem – was bringt dich auf die Idee, Elster oder Dujek würden deine Vorschläge beherzigen?«

»Es sind klar und vernünftig denkende Männer, Kriegsherr. Außerdem scheint mir, Ihr vergesst noch etwas anderes, was mich betrifft. Mit der Klinge in der Hand bin ich in hunderttausend Jahren nicht ein einziges Mal besiegt worden.«

»Kallor, du suchst dir deine Feinde sorgfältig aus. Hast du je mit Anomander Rake die Klinge gekreuzt? Oder mit Dassem Ultor? Mit Graumähne? Mit dem Ersten der Seguleh?«

Er brauchte nicht hinzuzufügen »*mit mir?*«. »Ich werde keinem von denen in Korall begegnen«, grollte Kallor. »Nur Domänensern, Urdomen, Septarchen –«

»Und vielleicht ein, zwei, drei K'Chain Che'Malle?«

»Ich glaube nicht, dass noch welche übrig sind, Kriegsherr.«

»Vielleicht. Vielleicht auch nicht. Ich bin ein bisschen überrascht, Kallor. Warum bist du auf einmal so … eifrig?«

Der große Krieger zuckte die Schultern. »Ich möchte für meinen eigenen schlechten Ratschlag gerade stehen, das ist alles. Gibst du mir die Erlaubnis, mich zu Elster und Korlat zu begeben?«

Bruth musterte ihn eine Weile, dann seufzte er und winkte mit einer gepanzerten, schlammverspritzten Hand. »Geh.«

Kallor drehte sich um und verließ das Zelt. Draußen ging er zu seinem Pferd.

Ein paar unglückliche Große Raben, die unter einem Wagen hockten, waren die einzigen Zeugen, als er plötzlich zu lächeln begann.

Die Eisschollen, die an die felsige Küste stießen, waren alle von dunklem, fleckigem Wasser überflutet. Lady Missgunst sah Baaljagg und Garath nach, die durch das Wasser spritzten und auf das bewaldete Ufer zurannten. Seufzend öffnete sie ihr Gewirr weit genug, um trockenen Fußes hinüberzugelangen.

Sie hatte mehr als genug von stürmischer See, schwarzem Wasser, überschwemmten Eisbergen und gefrierendem Regen. Und sie erwog, einen angemessen wirksamen Fluch über Nerruse und Beru zu gestalten, über die Lady wegen ihrem Unvermögen, auf ihrem Wasser Ordnung zu gewährleisten, über den Lord wegen seinem offensichtlich dummen Zorn darüber, so gründlich ausgebeutet zu werden. Natürlich könnte solch ein Fluch das Pantheon noch weiter schwächen, und das würde nicht begrüßt werden.

Sie seufzte. »Also muss ich auf dieses Vergnügen verzichten ... oder es zumindest eine Weile aufschieben. Nun gut.« Sie drehte sich um und sah Senu, Thurule und Mok das beinahe senkrechte Stück Eis hinunterklettern, das zu der Scholle hinabführte. Augenblicke später platschten die Seguleh auf das Ufer zu.

Lanas Tog war kurze Zeit vorher verschwunden, um unter den Bäumen ihnen direkt gegenüber wieder aufzutauchen.

Lady Missgunst trat von dem kantigen, reifüberzogenen Rand der Meckros-Straße herunter und ließ sich langsam auf die Brücke aus Eis zusinken. Sie näherte sich der felsigen Küste dort, wo die anderen sich versammelt hatten.

»Endlich!«, sagte sie, als sie bei ihnen ankam, und trat nahe der Stelle, wo Lanas Tog stand, sachte auf durchnässtes Moos. Große Zedern reihten sich im Zwielicht des Hangs, der steil und rau hinter der T'lan Imass anstieg, aneinander. Während sie sich ein paar

Schneestäubchen von der Telaba wischte, musterte Lady Missgunst den wenig einladenden Wald einen Augenblick, ehe sie sich Lanas Tog zuwandte.

Eis glitt in langen, schmalen Streifen von den Schwertern, die die T'lan Imass durchbohrten. Weißer Reif starb in sich ausbreitenden Flecken auf dem verwelkten Gesicht der untoten Kreatur.

»Oh, meine Liebe, Ihr taut auf.«

»Ich gehe voran und kundschafte«, sagte Lanas Tog. »Vor kurzem sind Menschen an diesem Ufer entlanggekommen. Mehr als zwanzig, weniger als fünfzig, einige von ihnen schwer beladen.«

»Tatsächlich?« Lady Missgunst blickte sich um, sah jedoch keinerlei Anzeichen, die darauf hindeuteten, dass jemand an der Stelle vorbeigekommen war, an der sie nun standen. »Seid Ihr sicher? Ach, egal. Ich habe das nicht gefragt. Gut! In welche Richtung sind sie gegangen?«

Die T'lan Imass wandte sich gen Osten. »In die gleiche wie wir.«

»Wie sonderbar! Werden wir sie vielleicht zufällig einholen?«

»Das ist unwahrscheinlich, Herrin. Sie sind ungefähr vier Tage vor uns –«

»Vier Tage! Dann müssen sie Korall schon erreicht haben!«

»Ja. Wollt Ihr Euch ausruhen, oder sollen wir weitermarschieren?«

Lady Missgunst drehte sich um und sah die anderen prüfend an. Baaljagg hatte noch immer eine Speerspitze in der Schulter, obwohl sie allmählich herauszukommen schien und die Blutung deutlich nachgelassen hatte. Sie hätte die Wunde der Ay gerne geheilt, doch das Tier ließ sie nicht nahe genug herankommen. Garath sah gesund aus, obwohl eine Unmenge alter Narben sich kreuz und quer über das gesprenkelte Fell des Hundes zogen. Die Seguleh hatten ihre Rüstungen und Waffen so gut es ging wieder instand gesetzt, ihre Masken neu bemalt und standen wartend da. »Hm, es scheint, als ob es keine Verzögerung geben sollte, ganz und gar keine Verzögerung! Welch Eifer, oh, ich habe Mitleid mit dem armen Korall!« Sie drehte sich plötzlich um. »Lanas Tog, sagt mir, ist auch Onos T'oolan hier vorbeigekommen?«

»Ich weiß es nicht, Herrin. Die Sterblichen, die hier vor uns entlanggegangen sind, wurden allerdings von einem Raubtier verfolgt. Das zweifellos neugierig war. Ich spüre keine nachklingende Gewalt in diesem Gebiet, also hat das Tier sich wahrscheinlich abgewendet, als es ihre Stärke erkannt hat.«

»Ein Tier? Was für ein Tier, meine Liebe?«

Die T'lan Imass zuckte die Schultern. »Eine große Katze. Vielleicht ein Tiger – Wälder wie dieser behagen ihnen, glaube ich.«

»Na, ist das nicht aufregend? Also, Lanas Tog, schreitet unbedingt auf diesem schicksalhaften Pfad – wir folgen Euch auf dem Fuße!«

Die Gräben und Tunneleingänge waren gut getarnt gewesen, unter Zedernzweigen und Mooshaufen, und ohne die übernatürlichen Kräfte der Magier hätten die Brückenverbrenner sie möglicherweise nicht gefunden.

Paran tastete sich den Tunnel hinunter, den er innerlich den Kommandotunnel nannte, vorbei an Regalen voller Waffen – Piken, Hellebarden, Lanzen, Langbogen und Pfeilbündeln – und Nischen, die mit Verpflegung, Wasser und anderen Vorräten voll gestopft waren, bis er in den großen, befestigten Raum kam, den der Septarch eindeutig als Hauptquartier hatte nutzen wollen.

Der Schnelle Ben und sein bunt zusammengewürfelter Magier-Kader saßen, hockten oder lagen in einem lockeren Halbkreis nahe dem hinteren Ende, hinter dem Kartentisch; sie sahen aus wie eine Horde Wasserratten, die gerade den Bau eines Bibers übernommen hatten.

Der Hauptmann warf im Vorbeigehen einen Blick auf das große, bemalte Stück Haut, das auf dem Tisch befestigt worden war und auf dem die Pannionier dankenswerterweise das ganze Labyrinth aus Tunneln und Gräben aufgezeichnet hatten, die Lager und die Art der jeweiligen Vorräte, die Zugänge und Fluchtwege.

»Also«, sagte Paran, als er die Magier erreichte, »was habt ihr gefunden?«

»Irgendjemand in Korall ist vernünftig geworden«, erwiderte der Schnelle Ben, »und auf die Idee gekommen, dass an diesem Ort eigentlich eine Kompanie stationiert sein müsste, als Wache sozusagen – Trotter hat die Stadt im Auge behalten und gesehen, wie sie losgezogen sind. In ungefähr einem Glockenschlag sind sie hier.«

»Eine Kompanie.« Paran machte ein finsteres Gesicht. »Was heißt das nach pannionischen Maßstäben?«

»Vierhundert Bekliten, zwanzig Urdomen, vier Domänenser, davon einer im Offiziersrang, und wahrscheinlich ein Zauberer.«

»Und was glaubst du, welche Zugänge werden sie benutzen?«

»Die drei mit den Stufen«, erwiderte Spindel, fuhr mit einer Hand unter sein Haarhemd und kratzte sich ausgiebig. »Sie gehen die ganze Zeit unter Bäumen, viele Serpentinen, das heißt die armen Schweine werden's ziemlich schwer haben, auf unsere Positionen loszustürmen, wenn wir loslegen.«

Paran drehte sich um und musterte erneut die Karte. »Angenommen, sie sind flexibel, welche Alternative werden sie dann wählen?«

»Die Hauptrampe«, sagte der Schnelle Ben. Er stand auf und trat neben den Hauptmann, tippte mit dem Finger auf die Karte. »Das ist der Ausgang, den sie für den Abwärtsmarsch benutzen wollten, um den Hinterhalt zu legen. Da haben sie zwar keine Deckung, aber wenn sie die Schilde verschränken und eine Schildkrötenformation einnehmen können ... na ja, wir sind nur vierzig ...«

»Wie sieht's mit Munition aus?«

Der Magier warf einen Blick auf Spindel, der eine betrübte Miene aufsetzte und meinte: »Es wird knapp. Wenn wir sie richtig einsetzen, kann's schon sein, dass wir diese Kompanie fertig machen – aber dann weiß der Seher, was los ist, und wird zwanzigtausend Mann hierher schicken. Wenn Dujek nicht bald auftaucht, müssen wir uns zurückziehen, Hauptmann.«

»Das weiß ich, Spindel, und deshalb will ich auch, dass ihr die Knaller und die Brandbomben aufhebt – ich will, dass diese Tunnel vermint werden. Wenn wir abhauen müssen, dann bleibt in diesem Stützpunkt nur Schlamm und Asche zurück.«

Dem Sappeur klappte die Kinnlade nach unten. »Hauptmann, ohne die Knaller und Brandbomben braucht der Seher nach dieser Kompanie niemanden mehr auf uns zu hetzen – sie wird uns sauber auslöschen.«

»Vorausgesetzt, es bleiben genug von ihnen übrig, um sich neu zu formieren und die Hauptrampe hochzukommen. Mit anderen Worten, Spindel, sammele die Sappeure und kocht für die drei verborgenen Eingänge die schlimmste Suppe, die ihr zustande bringt. Wenn wir es so aussehen lassen können, als wäre die ganze malazanische Armee hier … noch besser, wenn wir dafür sorgen können, dass nicht ein Soldat aus dieser Kompanie lebendig hier wieder rauskommt, haben wir uns die Zeit verschafft, die wir brauchen. Je weniger genau der Seher Bescheid weiß, desto sicherer werden wir sein. Also, mach den Mund zu, und such Igel und den Rest. Dein Augenblick des Ruhms ist gekommen, Spindel – geh.«

Brummelnd schlurfte der Sappeur hinaus.

Paran sah die anderen an. »Einer der Domänenser wird ein Zauberer sein, hast du gesagt. In Ordnung, er muss schnell ausgeschaltet werden, wenn der Spaß losgeht. Was stellt ihr euch vor, meine Herren?«

Beinling grinste. »Ich hab 'ne Idee, Hauptmann. Die ist klassisch, tödlich – vor allem, weil's völlig unerwartet kommt. Ich habe das Ritual schon beendet, hab's sozusagen zündfertig – alles, was der Schnelle Ben tun muss, ist, mir Bescheid sagen, wenn er den Bastard ausgemacht hat.«

»Was ist das für ein Ritual, Beinling?«

»Eins von der raffinierten Sorte, Hauptmann – Blauperl hat mir den Spruch ausgeliehen, aber ich kann ihn nicht beschreiben, kann ihn auch nicht aufschreiben und Euch zeigen. Worte und Bedeutungen hängen in der Luft herum, müsst Ihr wissen, sickern in argwöhnische Hirne und zupfen an den Instinkten im Bauch. Es ist leicht, den Spruch abzublocken, wenn man weiß, dass er kommt – es klappt nur, wenn man's nicht weiß.«

Paran drehte sich mit finsterer Miene zum Schnellen Ben um.

Der Magier zuckte die Schultern. »Beinling würde sich niemals vordrängen, wenn er sich seiner Sache nicht sicher wäre, Hauptmann. Ich werde den Domänenser aufspüren, wie er mich gebeten hat. Und ich werde ein bisschen was in Reserve haben, falls es doch schief geht.«

»Spindel wird einen Fetzer bereithalten, auf dem der Name des Magiers steht«, fügte Blauperl hinzu.

»Im wahrsten Sinne des Wortes«, warf Zeh ein, »und das macht eine ganze Menge aus, schließlich ist Spindel ja ein Magier und all so was.«

»Ach ja? Und wie oft hat das in der Vergangenheit eine Menge ausgemacht, Zeh?«

»Nun, äh, es gab eine äh ... eine Pechsträhne ... mildernde Umstände –«

»Beim Abgrund hienieden«, hauchte Paran. »Ben, wenn wir diesen Zauberer nicht ausschalten, sind wir Dünger.«

»Das wissen wir, Hauptmann. Keine Sorge. Wir treten ihn aus, bevor er zündet.«

Paran seufzte. »Zeh, hol mir Tippa – ich will, dass diese Langbogen an alle ausgegeben werden, die keine Moranth-Munition oder einen Zauberspruch zur Hand haben, außerdem zwanzig Pfeile. Und ich will, dass sie auch Piken bekommen.«

»In Ordnung, Hauptmann.« Zeh rappelte sich auf. Er griff nach einem großen, mumifizierten Zeh, der um seinen Hals hing, und küsste ihn. Dann verschwand er durch die Tür.

Blauperl spuckte auf den Boden. »Mir wird jedes Mal schlecht, wenn er das tut.«

Anderthalb Glockenschläge später lag der Hauptmann neben dem Schnellen Ben und spähte auf den mittleren Stufenpfad hinab, wo blitzende Helme und Waffen im gedämpften Licht des späten Nachmittags auftauchten.

Die Pannionier hatten sich nicht die Mühe gemacht, Kundschafter vorauszuschicken, und es befand sich auch keine Vorhut vor der Marschkolonne. Ein übersteigertes Selbstbewusstsein, von dem Paran hoffte, dass es sich als tödlich erweisen würde.

In der weichen Erde vor dem Schnellen Ben steckten ein halbes Dutzend Zweige aufrecht in einer mehr oder weniger geraden Linie, die der Magier dort hineingerammt hatte. Schwache Magie flüsterte zwischen ihnen, die die Augen des Hauptmanns nur am Rande ihres Blickfeldes wahrnehmen konnten. Zwanzig Schritt hinter den beiden Männern hockte Beinling über seinem bescheidenen, von einem Kreis aus Kieselsteinen umgebenen Ritualzirkel; sechs Zweige vom gleichen Ast, den der Schnelle Ben benutzt hatte, umgaben im Moos steckend eine mit Wasser gefüllte Blase. Kondenstropfen glitzerten an den Zweigen.

Paran hörte den Schnellen Ben leise seufzen. Der Magier streckte eine Hand aus, ließ den Zeigefinger über dem dritten Zweig schweben, berührte ihn.

Beinling sah einen seiner Zweige zucken. Er grinste, flüsterte das letzte Wort seines Rituals, setzte seine Macht frei. Die Blase schrumpfte in sich zusammen, plötzlich leer.

Unten auf dem Pfad brach der Domänenser-Magier, der dritte Mann in der Reihe, plötzlich zusammen; Wasser spritzte ihm aus dem Mund, füllte seine Lunge; er griff sich an die Brust.

Beinlings Augen schlossen sich, sein Gesicht überzog sich mit Schweiß, als er dem Wasser, das die Lunge des Domänensers füllte, rasch bindende Sprüche hinzufügte, es unten hielt, trotz seiner verzweifelten, krampfartigen Versuche, die tödliche Flüssigkeit auszuhusten.

Soldaten schrien, umringten den sich windenden Magier.

Vier Brandbomben segelten mitten zwischen sie.

Mehrfache, knallende Explosionen, von denen zumindest eine die Reihe von Brandbomben, die entlang des Pfades vergraben worden waren, zündete, die ihrerseits wiederum die Kracher am Fuß der umstehenden Bäume zündeten, die nach innen zu stürzen begannen, auf die hin und her rennenden Soldaten.

Rauch, die Schreie der Verwundeten und Sterbenden, Gestalten, die ausgestreckt am Boden lagen, unter Bäumen festgeklemmt und von Ästen gefangen.

Paran sah Igel und vier andere Sappeure, unter ihnen Spindel, den Hang an einer Seite des Pfades hinunterrennen. Moranth-Munition flog durch die Luft.

Die umgestürzten Bäume – deren Holz und Zweige mit Laternenöl getränkt worden waren – flammten in einer Feuersbrunst auf, als die erste der Brandbomben explodierte. Binnen eines Herzschlags standen der Pfad und die gesamte Kompanie, die darauf gefangen war, in Flammen.

Beim Abgrund hienieden, wir sind nicht gerade ein netter Verein, was?

Unten am Fuß des Hangs, weit hinter den Pannioniern, waren Tippa und ihre Trupps aus der Deckung aufgetaucht, Bögen in der Hand, und machten diejenigen Feinde nieder, die es geschafft hatten, dem Hinterhalt zu entgehen, und zu fliehen versuchten. Zumindest hoffte Paran das.

Im Augenblick konnte der Hauptmann nur die Schreie und das Fauchen und Röhren des Feuers hören. Die Düsternis der hereinbrechenden Nacht war von dem Pfad vertrieben worden, und Paran konnte die Hitze auf seinem Gesicht spüren. Er warf dem Schnellen Ben einen Blick zu.

Die Augen des Magiers waren geschlossen.

Eine schwache Bewegung auf der Schulter des Mannes erregte die Aufmerksamkeit des Hauptmanns – eine winzige Gestalt aus Stöcken und Fäden – Paran blinzelte. Sie war verschwunden, und er fragte sich, ob er tatsächlich irgendetwas gesehen hatte … das flackernde Licht des Feuers, die zuckenden Schatten … *oh, ich muss mir wohl Dinge einbilden. Zu wenig Schlaf, das Grauen, das sich hinter diesem tanzenden Feuer verbirgt, angespannte Sinne – diese verdammten Schreie …*

Die jetzt allmählich verklangen. Auch das Feuer selbst verlor seinen wütenden Hunger, konnte sich nicht weit in den regennassen Wald hinein ausbreiten. Rauch kräuselte sich über dem Pfad, trieb zwischen den umstehenden Stämmen hindurch. Geschwärzte Leichen lagen auf dem Pfad, Rüstungsteile, in allen Regenbogenfarben brüniert, Leder, das sich rollte und schälte, verbrannte Stiefel, die mit schrecklichen, zischenden Geräuschen aufplatzten.

Wenn der Vermummte eine spezielle Grube für seine verdorbensten Diener reserviert hat, dann gehören die Moranth, die diese Munition hergestellt haben, da hinein. Und wir, denn wir haben sie benutzt. Das hier war kein Kampf. Das war ein Gemetzel.

Fäustel glitt an Parans Seite. »Hauptmann! Moranth kommen über den Gräben herunter – Dujek ist angekommen, mit der ersten Welle. Unsere Verstärkung ist da, Hauptmann.«

Der Schnelle Ben strich mit einer Hand über die Zweigreihe vor ihm. »Gut. Wir werden sie brauchen.«

Ja, der Seher wird diese Schanze nicht kampflos aufgeben. »Ich danke dir, Heiler. Geh zur Hohefaust zurück, und sag Dujek, ich bin bald bei ihm.«

»Ja, Hauptmann.«

Kapitel Elf

Manche Gezeiten wechseln unbemerkt. Die Priester und Priesterinnen des Doppelkults von Togg und Fanderay hatten lange Zeit über kaum mehr als eine Hand voll Anhänger in ihren jeweiligen Tempeln geherrscht, und diese Tempel waren nur wenige, und sie lagen weit voneinander entfernt. Eine kurzlebige Ausbreitung des Kults überschwemmte in der Anfangszeit von Laseens Herrschaft die malazanischen Armeen, schien dann jedoch ohne äußere Einwirkung wieder zu verkümmern.

Im Rückblick könnte man diese Unruhe als nur leicht verfrüht interpretieren, da sie um weniger als eine Dekade die Wiedererweckung vorwegnahm, die diese Kulte wieder bekannt machen sollte. Der erste Beweis für diese Wiedererweckung trat am äußersten Rand der Grenzen des Imperiums [genau genommen, noch nicht einmal nahe, A.d.Ü.] in der erst vor kurzem befreiten Stadt Capustan auf, wo die Flut ihre Macht für alle sichtbar enthüllte …

Auferstehungskulte
Korum T'bal (übersetzt von Illys von Darujhistan)

Die beiden maskierten Gestalten, alt und eingeschrumpft, humpelten langsam auf den niedrigen, breiten Eingang zum Tempel des Vermummten zu.

Coll hatte sich im Innenhof um die Pferde gekümmert; jetzt stand er schweigend im Schatten der Mauer und sah zu, wie die Gestalt, die ihm näher war – eine Frau – einen Gehstock hob und damit kräftig an die Tür klopfte.

Noch immer ertönten entfernte Trommeln, deuteten darauf hin, dass Fürst Arards Krönungszeremonie noch im vollen Gange war. In Anbetracht der Tatsache, dass die Zeremonie unter der Leitung des Maskenrats stand, war Coll mehr als nur ein bisschen neugierig, zwei der Ratsmitglieder hier zu sehen, die ganz eindeutig vorhatten, diesem Tempel einen inoffiziellen, privaten Besuch abzustatten. Außerdem war er auch misstrauisch, denn er hatte gedacht, niemand wüsste, dass der Tempel des Vermummten wieder bewohnt war.

Er zuckte überrascht zusammen, als eine tiefe Stimme neben ihm sagte: »Was glaubt Ihr – was wird das hier nützen?«

Ein weiterer maskierter Priester stand neben dem Daru im Schatten, merkwürdig undeutlich, die Kapuze weit nach vorn gezogen, die behandschuhten Hände über einem Schmerbauch gefaltet – obwohl der Rest des Mannes dürr wie ein Stock zu sein schien.

»Wo seid Ihr so plötzlich hergekommen?«, zischte Coll; das Herz hämmerte wild in seiner Brust.

»Ich? Ich war schon vor Euch hier! Dies ist *mein* Schatten, Ihr Narr! Schaut die Fackel da drüben an – wir müssten hier eigentlich in ihrem Licht stehen. Sind alle Adligen von Darujhistan so dumm wie Ihr?«

Coll verzog das Gesicht zu einer Grimasse. »Na schön, Schattenpriester, Ihr habt spioniert – was habt Ihr gesucht? Welche Staatsgeheimnisse habt Ihr erfahren, als Ihr mir dabei zugeschaut habt, wie ich mich um die Pferde gekümmert habe?«

»Nur, dass sie Euch hassen, Daru. Jedes Mal, wenn Ihr ihnen den Rücken zugekehrt habt, wollten sie Euch zwicken – nur seid Ihr anscheinend immer genau im richtigen Moment ein Stück zur Seite getreten –«

»Ja, das habe ich getan, denn ich habe jedes Mal gewusst, was sie vorhatten.«

»Höre ich da Stolz aus Euren Worten? Dass Ihr klüger seid als zwei Pferde?«

»Noch so eine Bemerkung, und ich werfe Euch über diese Mauer, Priester.«

»Das würdet Ihr nicht wagen – oh, schon gut, Ihr würdet es wagen. Kommt nicht näher. Ich werde mich benehmen, ich verspreche es.«

Beide drehten sich um, als sie hörten, wie die Tempeltüren sich quietschend öffneten.

»Oh!«, flüsterte Rath'Schattenthron. »Wer ist das?«

»Mein Freund Murillio.«

»Nein, Idiot – der andere!«

»Der mit den Schwertern, meint Ihr? Oh, nun ja, er arbeitet für den Vermummten.«

»Und weiß Rath'Vermummter davon?«

»Das fragt Ihr mich?«

»Nun, äh, ist er vorbeigekommen?«

»Nein.«

»Dieser hirnlose Idiot!«

Coll gab ein Brummen von sich. »Ist das eine Eigenschaft, die alle Eure Bekannten gemein haben?«

»Bis jetzt schon«, murmelte Rath'Schattenthron.

»Die beiden da«, sagte Coll, »was für Masken tragen sie unter ihren Kapuzen?«

»Ihr meint, ob ich sie erkenne? Natürlich erkenne ich sie. Der alte Mann ist Rath'Togg. Die noch ältere Frau ist Rath'Fanderay. Im Rat benutzen wir sie als Buchstützen – ich glaube, ich habe sie all die Jahre, die ich im *Knecht* war, nicht ein einziges Wort sagen gehört. Und was noch viel witziger ist, sie sind ein Liebespaar, das einander noch niemals berührt hat.«

»Wie soll das gehen?«

»Benutzt Eure Vorstellungskraft, Daru. Oh, sie werden hineingebeten! Was blubbert in diesem Kessel?«

»Kessel? Was für ein Kessel?«

»Seid still.«

Coll lächelte. »Nun, ich habe zu viel Spaß. Es ist Zeit, hineinzugehen.«

»Ich gehe mit Euch.«

»Nein, das tut Ihr nicht. Ich mag keine Spione.« Während er diese Worte aussprach, traf Colls Faust das Kinn des Priesters. Der Mann fiel um wie ein nasser Sack.

Die Schatten lösten sich langsam auf, machten flackerndem Fackellicht Platz.

Coll rieb sich die Knöchel, schritt dann zum Tempel hinüber.

Er schloss die Tür hinter sich. Murillio, der Krieger und die Gäste waren nirgends zu sehen. Er ging zum Eingang der Grabkammer. Eine der Türen stand ein bisschen offen. Coll stieß sie auf und trat hindurch.

Murillio saß unweit der Stelle, wo sie eine Bettstelle für die Mhybe vorbereitet hatten – die Begräbnisgrube blieb leer, trotz der ständigen Anweisungen des untoten Kriegers, die alte Frau hineinzulegen. Der schwertschwingende Diener des Vermummten stand den beiden maskierten Ratsmitgliedern gegenüber, zwischen ihnen befand sich die Grube. Niemand sagte etwas.

Coll trat zu Murillio. »Was ist geschehen?«, flüsterte er.

»Nichts. Es ist noch kein Wort gefallen, es sei denn, sie schwatzen in ihren Köpfen, aber das bezweifle ich.«

»Dann … warten sie also.«

»Sieht so aus. Der Abgrund soll uns verschlingen, sie sind schlimmer als Geier …«

Coll musterte seinen Freund mehrere Herzschläge lang, dann sagte er: »Murillio, ist dir klar, dass du auf einer Ecke vom Altar des Vermummten sitzt?«

Das Land jenseits der nördlichen Stadtmauer von Korall war eine bewaldete Parklandschaft; Lichtungen wurden durch von Unterholz durchsetzte Wäldchen getrennt, die seit mindestens drei Jahren nicht mehr durchforstet worden waren. Die Handelsstraße wand sich wie eine Schlange durch diese Parklandschaft, verlief gerade, als sie einen zweihundert Schritt breiten Todesstreifen durchquerte, und stieg dann zu einer schmalen Steinbrücke an, die sich direkt vor der Mauer über einen tiefen, trockenen Graben spannte. Das Tor war eine stabile Konstruktion, die Durchfahrt knapp so breit wie ein Wagen und mit herausragenden Strebepfeilern versehen. Die Torflügel waren mit Bronze verkleidet.

Leutnant Tippa blinzelte sich den Schweiß aus den Augen. Sie hatte Fahrig und seinen Trupp so dicht wie möglich herangebracht und lag nun flach am Rand eines überwucherten Holzfällerpfads in dreißig oder vierzig Schritt Höhe auf der nach Osten weisenden Seite des Berghangs. Koralls hohe Mauern lagen zu ihrer Rechten, südwestlich; der Todesstreifen befand sich genau gegenüber, die Parklandschaft zu ihrer Linken. Dichtgedrängte Reihen pannionischer Bekliten hatten sich auf dem Todesstreifen versammelt, wurden so aufgestellt, dass sie zum Berg blickten – und zu den Schützengräben, die nun von Dujek und sechstausend Soldaten aus seinem Heer gehalten wurden.

Der Sergeant neben ihr grunzte. »Da kommt was durch das Tor. Das ist eine Art Standarte, und diese Reiter ... sitzen ziemlich protzig auf ihren Pferden ...«

»Ein Septarch und seine Offiziere«, meinte Tippa zustimmend. »Und, Fahrig, hast du genauso viel gezählt wie ich?«

»Fünfundzwanzig-, dreißigtausend«, murmelte der Angesprochene und zerrte an seinem Schnurrbart.

»Aber wir sind oben –«

»Ja, nur sind diese Gräben und Tunnel nicht dafür gedacht, verteidigt zu werden – das waren Verstecke. Zu viele gerade Linien, keine Sackgassen, keine Luftschächte, keine Möglichkeiten für ein Flankenfeuer – und viel zu viele Bäume, beim Vermummten!«

»Die Sappeure sind –«

»Sie haben nicht genug Zeit!«

»Sieht so aus«, stimmte Tippa ihm zu. »Sag mal, siehst du irgendwelche von diesen Kondoren – wollen die sich an dem Angriff beteiligen?«

»Nein, aber das heißt nicht –«

»Das heißt, Sergeant, dass der Seher sie zurückhält. Er weiß, dass wir nicht die Hauptstreitmacht sind. Wir haben seinen Hinterhalt zunichte gemacht, und das hat ihn zweifellos so verärgert, dass er – wie viel – ein Drittel seiner Armee losgeschickt hat? Und vielleicht noch einen Magier-Kader, um den Septarchen zu beschützen? Und wenn sie herausfinden, dass wir ein Bär in seiner Höhle sind, bezweifle ich, dass sie Druck machen –«

»Es sei denn, der Seher kommt zu dem Schluss, dass es ihm ein Drittel seiner Armee wert ist, sechstausend von Dujeks Soldaten zu töten, Tippa. Ich an seiner Stelle –«

Tippa schnitt eine Grimasse. »Na klar, ich auch.« *Ich würde uns auslöschen, würde uns in den Boden stampfen, ehe der Rest ankommt.* »Aber ich glaube nicht, dass der Seher so scharfsinnig ist – was weiß der schließlich schon von den Malazanern? Geschichten von irgendwelchen Kriegen weit im Norden ... eine Invasion, die stecken geblieben ist. Er sollte eigentlich keinen Grund haben zu wissen, wozu wir fähig sind.«

»Tippa, du fischst mit einem blanken Haken. Der Seher weiß, dass wir uns irgendwie seine Schützengräben geschnappt haben. Er weiß, dass wir irgendwie an diesen Kondoren vorbeigekommen sind, ohne auch nur einen einzigen Schnabel zu kitzeln. Dass wir mit unserer Moranth-Munition eine ganze Kompanie platt gemacht haben. Dass wir hier sitzen und zusehen, wie seine Armee sich sammelt – und dass wir nicht wegrennen. Er weiß auch, dass wir keinerlei Verstärkung haben – noch nicht –, und vielleicht, nur vielleicht ins Dreckloch gesprungen sind, bevor die Scheiße sich gesetzt hat.«

Tippa sagte einige Zeit lang nichts. Die pannionischen Legionen hatten sich aufgestellt, die Offiziere verteilten sich, um ihre jeweilige Position an der Spitze einer Legion einzunehmen. Trommeln dröhnten. Piken wurden aufgerichtet. Und dann begann sich vor jeder der aufgestellten Legionen Magie zu entwickeln.

Oh ... »Wo ist Blend?«

»Hier.«

»Flitz rüber zu Dujek –«

»Jawohl, Leutnant. Es geht los.«

Der Schnelle Ben, der auf dem vordersten Damm oberhalb des Abhangs gekauert hatte, richtete sich langsam auf. »Spindel, Blauperl, Zeh, Beinling, zu mir, bitte.«

Die vier Magier kamen zu ihm gekrochen, und alle brabbelten durcheinander. »Ein Dutzend Zauberer!« – »Sie greifen alle auf das gleiche Gewirr zurück!« – »Und es ist sauber und hässlich!« – »Sie *weben*, Ben!« – »Sie arbeiten zusammen –«

»Seid still, alle miteinander!«

»Wir werden alle draufgehen!«

»Verdammt, Zeh, halt die Klappe!«

Er starrte seine vier Kollegen düster an, bis sie sich beruhigten, musterte dann noch einen Augenblick ihre beklommenen Gesichter und grinste schließlich. »Zwölf von diesen Bastarden, ja? Und wer steht hier vor euch? Der Schnelle Ben. Richtig? Ben Adaephon Delat. Also, wenn sich einer von euch in die Hosen gemacht hat, dann zieht euch um, und dann geht zu den Kompanien, denen ihr zugeteilt seid – um alles, was an mir vorbeikommt, müsst ihr euch kümmern. Egal wie.« Er warf einen Blick zur Seite und sah Dujek, Paran und Blend näherkommen. Die Soldatin war außer Atem und blickte wild um sich. »In Ordnung, Kader, wegtreten.«

Die Magier hasteten davon.

Dujek trug volle Rüstung – es war das erste Mal in vielen Jahren, dass der Schnelle Ben das sah. Der Magier nickte grüßend.

Paran ergriff das Wort. »Schneller Ben, Blend hier hat ein paar schlechte –«

»Ich weiß, Hauptmann. Ich habe meinen Kader aufgeteilt, so dass wir nicht alle auf einmal ausgelöscht werden können. Ich werde ihre Aufmerksamkeit auf mich ziehen, genau hierher –«

»Halt, warte«, grollte Dujek. »Dieser Kader ist kein Kader, und was noch schlimmer ist: Sie wissen es. Zweitens bist du kein Kampfmagier. Wenn wir dich zu früh verlieren …«

Der Magier zuckte die Schultern. »Hohefaust, ich bin alles, was Ihr habt. Ich werde sie eine Weile beschäftigen.«

»Ich gebe den Brückenverbrennern Anweisung, dich zu beschützen«, sagte Paran. »Wir haben neue Moranth-Munition bekommen –«

»Er ist sehr großzügig«, mischte Dujek sich ein. »Es ist nur eine halbe Kiste, und das meiste davon ist Zeug, das sich nur für kurze Distanzen eignet. Wenn der Feind nahe genug herankommt, dass die Sappeure das einsetzen können, bist du schon viel zu dicht an einem verirrten Pfeil dran, der's auf dich abgesehen hat, Magier. Ich bin nicht glücklich mit alledem, ganz und gar nicht glücklich.«

»Ich kann nicht behaupten, dass es bei mir anders wäre«, erwiderte der Schnelle Ben. Er wartete. Er konnte hören, wie die Hohefaust mit den Zähnen knirschte.

»Hauptmann?«, brummte Dujek.

»Ja, Hohefaust?«

»Sind die Knaller und die Kracher an Ort und Stelle? Können wir diesen verdammten Abhang zusammenbrechen lassen?«

»Igel sagt, es wäre alles vermint, Hohefaust. Wir können jeden Tunnel einstürzen lassen und jeden Schützengraben einebnen.«

»Also könnten wir uns einfach zurückziehen und die Pannionier ... einen dampfenden Haufen Nichts einnehmen lassen.«

»Das könnten wir, Hohefaust.«

»Was bedeuten würde, dass wir über einen halben Kontinent gezogen wären, nur um uns noch vor unserer ersten Kampfhandlung zurückzuziehen.«

»Es wäre nur ein zeitweiliger Rückzug«, bemerkte Paran.

»Oder wir könnten ihnen blutige Nasen verpassen ... vielleicht zehntausend Bekliten, zehn, zwölf Magier und einen Septarchen auslöschen. Wobei der mögliche Preis diese Armee wäre, einschließlich des Schnellen Ben hier. Meine Herren, ist das ein faires Geschäft?«

»Das müsst Ihr entscheiden –«, setzte Paran an, doch Dujek schnitt ihm das Wort ab.

»Nein, Hauptmann, das muss ich nicht. Diesmal nicht.«

Der Schnelle Ben blickte Hohefaust Einarm in die Augen. *Ich habe Brand ein Versprechen gegeben. Der Hauptmann und ich, wir ... hatten Pläne. Um sie alle durchführen zu können, sage ich auf der Stelle nein. Wir jagen hier alles in die Luft und machen, dass wir wegkommen. Aber andererseits bin ich Soldat. Ein Brückenverbrenner. Und die brutale Wahrheit ist die, dass das Ganze taktisch mehr als ein faires Geschäft ist. Wir tun es für Elster. Für die Belagerung, die es geben wird. Wir retten Leben.* Er warf Paran einen Blick zu, sah die gleiche Erkenntnis in den Augen des Hauptmanns. Der Magier drehte sich wieder zu Dujek um. »Hohefaust, es ist ein faires Geschäft.«

Dujek griff nach oben und klappte das Visier seines Helms herunter. »In Ordnung, dann sollten wir uns an die Arbeit machen.«

Der Schnelle Ben blickte den beiden Männern nach, als sie davongingen, und seufzte. »Was willst du, Blend?«

»Magier?«

»Tu nicht so, Mädchen. Hast du vor, in nächster Zeit wieder zu deinem Trupp zurückzukehren, oder willst du mein bevorstehenden Ableben aus nächster Nähe miterleben?«

»Ich dachte, ich könnte dir … äh, zur Hand gehen.«

Er blickte sie an, kniff die Augen zusammen. »Und wie?«

»Nun …« Sie zog einen kleinen Stein hervor, den sie an einem Band um den Hals trug. »Ich habe diesen Talisman mitgenommen, vor ein paar Jahren.«

Die Augenbrauen des Magiers krochen in die Höhe. »Und was tut der, Blend?«

»Äh, nun, er macht es schwieriger, mich richtig wahrzunehmen – scheint ganz gut zu klappen.«

»Und wie bist du an ihn gekommen?«

»Hab ihn von einem alten Wüstenhändler, in Pan'potsun.«

Der Schnelle Ben lächelte. »Behalte ihn, Schätzchen.«

»Aber –«

»Wenn du ihn nicht tragen würdest, wärst du nicht mehr die Blend, die wir kennen, oder?«

»Wahrscheinlich nicht, aber –«

»Geh zu deinem Trupp zurück. Und sag Tippa, sie soll die Jungs und Mädels eng zusammenhalten und sie aus dem Kampf raushalten – ihr bleibt an der äußersten Flanke, beobachtet die Stadt. Und wenn plötzlich die Kondore auftauchen, komm so schnell es geht zu mir zurück.«

»Jawohl, Magier.«

»Dann mach, dass du wegkommst.«

Sie eilte davon.

Nun, verdammt will ich sein. Das Schätzchen kauft einen wertlosen Stein von einem Gral-Schwindler, und plötzlich ist sie unsichtbar. Rohes, aber reines Talent, direkt in ihren Knochen, und sie weiß es noch nicht einmal.

Unter Farnen und Büschen verborgen, hatten Tippa und ihr Trupp einen guten Blick auf die pannionischen Legionen, deren vorderste

Linien gerade den Fuß der baumlosen Rampe erreichten, die zu den Schützengräben führte. Graue Magie spann eine Mauer aus verworrenen Fäden vor den Zaubersprüche intonierenden Bekliten. Die Domänenser-Kommandanten waren darin eingehüllt, sie rückten nun zu Fuß vor ihren Kompanien vor, marschierten in einer Aura der Unerbittlichkeit hangaufwärts.

Von einem Wall hoch über den Pannioniern blickte der Schnelle Ben herunter, ungeschützt und allein. Zumindest hatte Blend das gesagt – die Bäume zu ihrer Linken versperrten Tippa die Sicht.

Selbstmord. Der Magier war gut, das wusste sie, aber er war nur deshalb gut, weil er den Kopf einzog und das, was er tat – was auch immer es gerade sein mochte – hinter anderer Leute Rücken tat, im Schatten, ungesehen. Er war nicht Flickenseel, war nicht Locke oder Calot. In all den Jahren, die sie ihn nun kannte, hatte sie nicht ein einziges Mal erlebt, dass er öffentlich ein Gewirr enthüllt und entfesselt hätte. Das war nicht nur ganz und gar nicht sein Stil, das lag auch, wie sie argwöhnte, außerhalb seiner Fähigkeiten.

Du hast die falsche Waffe für diesen Kampf gezogen, Hohefaust.

Plötzlich entstand Bewegung in der Mitte des ersten pannionischen Rechtecks. Schreie ertönten. Tippas Augen wurden groß. Dämonen waren aufgetaucht. Nicht nur einer, sondern sechs – nein, sieben. *Acht.* Gewaltig, bedrohlich bestialisch fetzten sie durch die dicht gedrängt stehenden Soldaten. Blut spritzte. Abgetrennte Gliedmaßen flogen durch die Luft.

Die Domänenser-Magier wirbelten herum.

»Verdammt«, flüsterte Blend neben ihr. »Sie haben's geschluckt.«

Tippa warf ihr einen düsteren Blick zu. »Wovon redest du eigentlich?«

»Das sind Illusionen, Leutnant. Siehst du das nicht?«

Nein.

»Hat alles mit ihrer Unsicherheit zu tun – sie wissen nicht, was sie erwartet. Der Schnelle Ben spielt mit ihren Ängsten.«

»Blend! Moment! Wie im Namen des Vermummten kommt es, dass *du* das sehen kannst?«

»Weiß ich nicht, aber ich kann's.«

Die Domänenser entließen Wolken grauer Zauberei, die sich über der Legion auflöste und schlängelnde Triebe nach unten schickte, auf die acht Dämonen zu.

»Das wird sie ausschalten müssen«, sagte Blend. »Wenn der Schnelle Ben den Angriff einfach nicht beachtet, werden die Pannionier misstrauisch – mal sehen, wie er – oh!«

Die Magie schoss herab wie ein abstürzendes Knäuel aus Vipern, umhüllte die Dämonen. Ihre Todeszuckungen waren rasend, sie zerfetzten, töteten und verstümmelten noch mehr Soldaten auf allen Seiten. Doch sie starben, einer nach dem anderen.

Die Formation der vordersten Legion war ein einziges Durcheinander; überall lagen zerrissene Leichen herum. Der Aufwärtsmarsch war gestoppt worden, und die Ordnung wiederherzustellen würde einige Zeit erfordern.

»Schon erstaunlich, was passiert, wenn man glaubt«, sagte Blend nach einer Weile.

Tippa schüttelte den Kopf. »Wenn Magier so etwas tun können, warum haben wir dann nicht in jedem verdammten Trupp Illusionisten?«

»Es funktioniert nur, weil es so selten ist, Leutnant. Außerdem erfordert es echte Meisterschaft, auch nur einen einzigen Dämon vorzutäuschen – wie der Schnelle Ben es geschafft hat, acht Stück hinzukriegen, ist –«

Die Domänenser-Magier gingen zum Gegenangriff über. Eine knisternde, wirbelnde Woge rollte den Abhang hinauf, fraß sich durch den Boden, ließ Baumstümpfe explodieren.

»Das ist genau auf ihn gezielt«, zischte Blend. Sie packte Tippas Schulter mit einer Hand, grub die Finger tief in das weiche Fleisch.

»Au! Lass los!«

Eine donnernde Explosion ließ den Boden und die Luft erzittern.

»Bei den Göttern! Er ist getötet worden! Weggesprengt! Ausgelöscht – Beru schütze uns alle!«

Tippa starrte die jammernde Soldatin an ihrer Seite an und zwang sich dann, wieder zu der Szene auf der Rampe hinüberzublicken.

Ein weiterer Domänenser-Magier tauchte aus den Reihen der Legion auf; er saß auf einem großen, schwarzbraunen Schlachtross. Zauberei tanzte über seine Rüstung, blass, trübe, flackerte über die doppelklingige Axt in seiner Rechten.

»Oh«, flüsterte Blend. »Das ist eine tolle Illusion.«

Er ritt auf einen seiner Magier-Kollegen zu.

Der sich umdrehte.

Die Axt flog aus der Hand des Reiters, ließ eine Spur aus schwebenden Eiskristallen zurück. Veränderte ihre Form, wurde schwarz, wand sich, streckte krallenbewehrte, mitternachtsschwarze Glieder aus.

Das Opfer schrie auf, als die Erscheinung gegen ihn prallte. Todesmagie durchschlug das schützende Gewebe aus Chaos-Zauberei wie eine Speerspitze ein Kettenhemd, bohrte sich in die Brust des Mannes.

Die Erscheinung tauchte wieder auf, noch während der Domänenser zusammenbrach – aus seinem von einem Helm bedeckten Kopf, in einer Explosion aus Eisen, Knochen, Blut und Hirn –, hielt in ihren schwarzen Krallenhänden die Seele des Domänensers gefangen – ein Ding, das aufleuchtete, Entsetzen ausstrahlte. Über ihre Beute gebeugt, flog die Geistererscheinung im Zickzack auf den Wald zu. Verschwand im Zwielicht.

Nachdem der Reiter die schreckliche Waffe geworfen hatte, hatte er seinem Pferd die Fersen gegeben. Das gewaltige Tier hatte mit dröhnenden Hufschlägen gewendet, um einen zweiten Domänenser niederzutrampeln; binnen weniger Augenblicke flogen blutgetränkte Schlammklumpen durch die Luft.

Zauberei brandete auf den Reiter zu.

Der sein Pferd vorwärts trieb. Ein grober Riss teilte sich vor ihnen, in dem Pferd und Reiter verschwanden. Der Riss schloss sich einen Augenblick, bevor die Chaos-Magie ihn erreichte. Die wirbelnden Wogen magischer Energien zerbarsten in einem ohrenbetäubenden Donnerschlag, der einen tiefen Krater in den Hügel riss.

Fahrig tippte Tippa auf die andere Schulter. »Sieh doch! Da! Weiter unten! Die Legionen ganz hinten!«

Sie drehte sich um. Sah Soldaten, die sich aus der Formation lösten, ausschwärmten und in den bewaldeten Hügeln zu beiden Seiten der Rampe verschwanden. »Verdammt, da ist jemand klug geworden.«

»Klug ist nicht alles – die werden genau auf uns draufstolpern!«

Paran sah den Schnellen Ben wieder auf dem Damm erscheinen. Er kam aus einem Gewirr gestolpert; Rauch stieg von seiner angesengten Lederrüstung auf. Augenblicke zuvor hatte der Hauptmann noch gedacht, der Magier wäre ausgelöscht worden, als eine knisternde Woge Chaos-Magie auf den Kamm aus aufgeschütteter Erde eingedroschen hatte, den sich der Magier als Standort ausgesucht hatte. Grauzüngige Flämmchen kokelten immer noch in dem aufgerissenen Boden um den Schnellen Ben herum.

»Hauptmann!«

Paran drehte sich um und sah einen Seesoldaten die Schräge des Schützengrabens empor auf sich zukrabbeln.

»Hauptmann, wir haben Meldungen – die Legionen kommen durch die Bäume!«

»Weiß Hohefaust Dujek Bescheid?«

»Ja, Hauptmann! Er schickt Euch noch eine Kompanie, um diese Stellung zu halten.«

»Sehr gut, Soldat. Geh zu ihm zurück und bitte ihn, Folgendes weiterzusagen: Ich habe da unten irgendwo einen Trupp – sie werden kurz vor den Feinden heraufkommen, wahrscheinlich im Laufschritt.«

»Jawohl, Hauptmann.«

Paran schaute dem Mann nach, der sich eilends davonmachte. Dann ließ er den Blick über seine eingegrabenen Truppen schweifen. Sie waren kaum zu sehen – Schatten tanzten wild über den Stellen, an denen sie sich verbargen, füllten die Gruben und Gräben, die sie verbanden. Der Kopf des Hauptmanns ruckte zum Schnellen Ben herum. Der Magier kauerte auf dem Boden, so von Schatten umwabert, dass er kaum zu sehen war.

Der Grund unterhalb des Damms zuckte und brodelte. Felsen schoben sich durch den Mulch, rieben sich knirschend aneinander und stießen zusammen; das Wasser auf ihrer Oberfläche verdampfte, und der Dampf hüllte die sich auftürmende Masse aus Steinen ein.

Zwei Gewirre enthüllt – nein, das müssen drei sein – diese Felsen sind glühend heiß.

Schatten glitten die Böschung hinunter, flossen zwischen und hinter den sich zusammenballenden Felsblöcken dahin.

Er baut eine Geröllhalde auf – eine, die der Feind nicht bemerken wird ... bis es zu spät ist.

Unten zwischen den Bäumen konnte Paran jetzt Bewegung sehen, ungeordnete Reihen von Pannioniern, die auf sie zukletterten. Keine Schildreihen, keine Schildkröten – der Blutzoll, den die Bekliten würden zahlen müssen, wenn sie angriffen, würde furchtbar sein.

Verdammt, wo beim Abgrund sind Tippa und ihr Trupp?

Auf der Rampe hatte die vorderste Legion sich neu formiert und marschierte hartnäckig erneut hügelaufwärts, angeführt von drei Domänenser-Magiern. Netze aus Zauberei woben schützende Mäntel um sie.

In schneller Folge rollten drei Wogen aus Magie brüllend die Rampe herauf. Die erste kletterte auf den Schnellen Ben zu, baute sich immer höher auf, je näher sie kam. Die anderen beiden rollten geradewegs auf den vordersten Graben zu – vor dem Hauptmann Paran stand.

Paran wirbelte herum. »Alle runter!«, bellte er und warf sich flach auf den Boden. Es würde keinen großen Unterschied machen, wie er sehr wohl wusste. Weder sein Warnruf noch die Tatsache, dass er sich hingeworfen hatte, würde etwas ändern. Er drehte sich auf dem dampfenden Mulch herum und konnte nun die Woge heranbranden sehen.

Die erste, die auf den Schnellen Ben gezielt war, hätte jetzt eigentlich einschlagen müssen, doch es gab kein Geräusch, keine schreckliche Explosion –

– nur sehr viel weiter unten am Hang krachte es, dass der Boden erbebte und die Bäume zitterten. Weit entfernt erklangen Schreie.

Er konnte den Blick nicht von der magischen Woge abwenden, die auf ihn zurollte.

Auf ihrem Weg – nur Augenblicke, bevor sie den Hauptmann und seine Soldaten erreichte – ein Aufflackern von Dunkelheit, ein Riss in der Luft, der über die gesamte Breite der Rampe fetzte.

Die Magie stürzte mit einem flüsternden Zischen in das Gewirr.

Eine weitere Detonation, weit unten, inmitten der dicht gedrängten Legionen.

Die zweite Welle folgte der ersten.

Einen Augenblick später, während noch eine dritte Explosion nachhallte, zog sich das Gewirr zusammen, verschwand.

Ungläubig drehte sich Paran noch weiter herum, bis er den Schnellen Ben sehen konnte.

Der Magier hatte einen Wall aus sich hebenden und senkenden Steinen vor sich aufgebaut, und dieser Wall begann sich nun inmitten der fließenden Schatten zu bewegen, neigte und verlagerte sich und schob Humus vor sich her. Plötzlich rasten die Schatten hangabwärts, zwischen die Bäume, in einer verwirrenden, überwältigenden Woge. Einen Augenblick später folgten ihnen die Felsbrocken – eine Lawine, die donnernd in die Tiefe stürzte, Bäume mitriss, wie eine Flüssigkeit auf die ungleichmäßige Linie der Soldaten zuströmte, die den Hang zu erklimmen versuchten.

Als sie sahen, was auf sie niederstürzte, hatten sie nicht einmal mehr Zeit, zu schreien. Der Erdrutsch wurde größer und größer, begrub jede Spur der Bekliten auf jener Flanke unter sich, bis es für Paran aussah, als wäre die ganze Seite des Hügels in Bewegung; Hunderte von Bäumen fegten durch die Luft, als sie umstürzten.

Splitterbomben explodierten auf der gegenüberliegenden Flanke, lenkten Parans Aufmerksamkeit dorthin. Dort hatten die Bekliten die Böschung des Schützengrabens erreicht. Nach dem tödlichen Hagel der Bomben erhoben sich Piken über den Rand des Grabens, und die Malazaner strömten die Seite hoch und formierten sich zu einer waffenstrotzenden Linie auf der Böschung. Darunter auch Seesoldaten mit schweren Armbrüsten.

Die Bekliten mühten sich hügelan und starben zu Dutzenden.

Dann schlug aus kürzester Entfernung Zauberei in der malazanischen Linie ein. Leiber explodierten im grauen Feuer.

Als die vernichtende Magie schwächer wurde, konnte Paran nur noch zerfetzte Leichname auf der Böschung erkennen. Die Bekliten schwärmten aufwärts. Über ihren Köpfen schwang sich ein Kondor, der graue Flammen hinter sich herzog, mühsam wieder in die Höhe.

Ein Geschwader aus dreißig Schwarzen Moranth schoss auf ihn zu. Ein Dutzend feuerten Armbrustbolzen auf den riesigen Vogel ab. Graue Blitze peitschten aus dem Kondor, ließen die Geschosse in Flammen aufgehen. Eine sich windende Woge besudelte den Himmel, fuhr durch die Schwarzen Morant. Rüstungen und Körper explodierten.

Der Schnelle Ben kam an Parans Seite gestolpert, schob fieberhaft den Mulch vor dem Hauptmann beiseite, bis ein Fleckchen nackter Erdboden zu sehen war.

»Was tust du –«

»Zeichnet den verdammten Vogel, Hauptmann! Mit Eurem Finger – *zeichnet eine Karte!*«

»Aber ich kann nicht –«

»Zeichnet!«

Paran zog seinen im Panzerhandschuh steckenden Zeigefinger durch die dampfende Erde, fing mit einem rechteckigen Rahmen an. Seine Hand zitterte, als er versuchte, die groben Umrisse eines Kondors zu zeichnen. »Das ist Wahnsinn – das wird nicht funktionieren – bei den Göttern, ich kann noch nicht einmal zeichnen!«

»Seid Ihr fertig? Ist das alles?«

»Was willst du, im Namen des Vermummten?«

»Sehr schön!«, schnappte der Magier. Er ballte die Faust und schmetterte sie auf das Bild.

Über ihnen hatte der dämonische Kondor zu einem neuen Sturzflug angesetzt.

Plötzlich begann er wild mit den Flügeln zu schlagen, als wäre keine Luft mehr darunter. Die Kreatur stürzte senkrecht ab.

Der Schnelle Ben sprang auf, zog Paran hoch und hinter sich her. »Kommt! Zieht Euer verdammtes Schwert, Hauptmann!«

Sie rannten die Böschung entlang, und der Magier führte sie dorthin, wo der Kondor dicht vor dem überrannten Graben gelandet war.

Augenblicke später stürmten sie durch dampfende Bruchstücke von Rüstungen und kokelndes Fleisch – das war alles, was von der malazanischen Kompanie noch übrig war. Die erste Welle der Bekliten hatte sich zum zweiten Graben durchgekämpft und war jetzt in ein wildes Gefecht mit Dujeks schwerer Infanterie verwickelt. Zur Rechten von Paran und dem Schnellen Ben war die zweite Welle weniger als dreißig Schritt entfernt.

»Noch ein Domänenser!«, schrie der Schnelle Ben und zerrte Paran zu Boden.

Zauberei sprang aus der zweiten Reihe der Bekliten, kam genau auf die beiden Männer zu.

Der Schnelle Ben drehte sich auf die Seite, fluchte. »Haltet Euch fest, Hauptmann!«

Ein Gewirr öffnete sich um sie herum.

Und plötzlich waren sie unter Wasser; ihre Rüstungen zogen sie in die Dunkelheit.

Graues, streifiges Licht flammte grell und wild direkt über ihnen auf, eine donnernde Explosion, die sich sichtbar auf die beiden Männer herabsenkte.

Wasser explodierte an allen Seiten, harte Wurzeln drückten gegen Parans Rippen. Hustend, keuchend krallte er sich in Schlamm.

Eine Hand schloss sich um einen Lederriemen seines Harnischs, begann ihn über den voll gesogenen Waldboden zu schleifen. »Wo ist Euer verdammtes Schwert?«

Paran bekam irgendwie die Beine unter den Körper, richtete sich torkelnd auf. »Mein Schwert? Du Bastard! Ich war am Ertrinken!«

»Verdammt!«, fluchte der Magier. »Dann solltet Ihr lieber hoffen, dass der Vogel noch betäubt ist.«

Ein mörderischer Blick enthüllte Paran den üblen Zustand des Magiers – Blut strömte ihm aus Ohren, Nase und Mund. Seine Lederrüstung war entlang sämtlicher Nähte aufgerissen. Paran schaute an sich herunter und stellte fest, dass seine eigene Rüstung aus

Metallstreifen ähnlich mitgenommen war. Er wischte sich über den Mund – sein Handschuh war rot verschmiert.

»Ich habe immer noch meinen Dolch.«

»Dann zieht ihn, ich glaube, wir sind dicht dran …«

Ein Stück voraus lagen zwischen den Bäumen abgerissene Zweige herum. Rauch stieg vom Boden auf.

Dann sah Paran es; der warnende Griff des Schnellen Ben am Arm des Hauptmanns war ein Zeichen, dass der Magier die schwarze Masse in den Schatten auf der einen Seite ebenfalls entdeckt hatte – eine Masse, die glänzte, als sie sich bewegte.

Das Aufblitzen eines fahlgrauen Halses, das Schimmern eines gekrümmten Schnabels. Ranken aus Zauberei, tanzend, wachsend.

Paran zögerte nicht länger, er huschte an dem Magier vorbei, sein Messer glitt aus der Scheide.

Die Kreatur war riesig, ihr Körper hatte die Größe einer Bhederin-Kuh, der Hals hob sich über buckligen Schultern wie eine Schlange. Ein schwarzer, schleimiger Kopf mit Augen wie aus einem Albtraum wandte sich ihm zu.

Etwas zischte von hinten an Paran vorbei – eine Geistererscheinung, die ihre Krallenhände nach dem Kondor ausstreckte.

Die Kreatur zischte, fuhr zurück, dann zuckte der Kopf vor.

Es blitzte auf.

Die Erscheinung war fort.

Paran wich dem Kopf des Kondors aus. Stieß mit dem langen Dolch zu, tief in den Rücken der Kreatur. Er spürte, wie die Klinge vom Rückgrat abglitt, und fluchte.

Ein schriller Schrei, eine blitzschnelle schwarze Bewegung, und dann fand sich Paran umgeben von schwarzen, öligen, erstickenden Federn. Der gekrümmte Schnabel traf ihn schmerzhaft an der Schläfe, glitt tiefer, um ihm das Ohr abzureißen – er fühlte das schreckliche Schnipsen, das heiße Blut an seinem Hals.

Sein Bewusstsein zerbarst in unzählige winzige Bruchstücke, bestialische Wut stieg in ihm auf –

Zehn Schritte entfernt kniete der Schnelle Ben; er war viel zu erschöpft, um etwas anderes zu tun, als ungläubig zuzusehen, wie die beiden Gestalten im Kampf um sich schlugen. Paran war fast unsichtbar innerhalb eines sich windenden, aus Schatten gewobenen Hundes. *Kein Wechselgänger – das ist keine Verwandlung. Das sind zwei Kreaturen – Mann und Tier – miteinander verwoben … irgendwie. Und die Macht dahinter – ist Schatten. Kurald Emurlahn.*

Die gewaltigen Kiefer des Hundes und seine fingerlangen Reißzähne gruben sich in den Kondor, arbeiteten sich von der Schulter der Kreatur auf den Hals zu. Der Dämon seinerseits riss wieder und wieder an dem Tier – dessen Flanken in Fetzen hingen, aus denen allzu reales Blut strömte.

Die Erde erzitterte unter den beiden Tieren. Ein Flügel zuckte hoch, krachte gegen einen Baum. Knochen und Holz brachen gleichzeitig. Der Kondor schrie auf.

Der in Kniehöhe abgebrochene Stamm des Baums schlug aus und dann nach unten, nagelte den zuckenden Flügel fest, bohrte sich dann durch das Glied, als er nach hinten fiel, weg von den beiden Kämpfern, und in einem Sturm aus Zweigen und Rinde zusammenbrach.

Die Kiefer des Hundes schlossen sich um den Hals des Kondors.

Wirbel knackten.

Der Kopf der Kreatur fiel zurück, krachte auf den aufgewühlten Waldboden.

Die Schatten des triumphierenden Hundes flackerten – und dann verschwand das Tier.

Paran rollte vom Körper des toten Vogels herunter.

Der Schnelle Ben konnte den Mann unter dem zerfetzten Fleisch und all dem Blut kaum sehen. Die Augen des Magiers wurden groß, als die entsetzliche Gestalt sich langsam auf die Beine mühte. Die Haut seiner rechten Schläfe hing lose vom Knochen herab. Das halbe Ohr war auf dieser Seite weg, abgerissen in einem geschwungenen Bogen, aus dem das Blut strömte.

Paran hob den Kopf, sein Blick begegnete dem des Magiers. »Was ist passiert?«

Der Schnelle Ben stand ebenfalls auf. »Kommt mit, Hauptmann. Wir nehmen ein Gewirr und gehen zu einem Heiler.«

»Einem Heiler?«, fragte Paran. »Warum?«

Der Magier schaute dem Hauptmann in die Augen und sah keine Spur von klarem Bewusstsein. »Schon gut.« Der Schnelle Ben nahm Parans Arm. »Auf geht's …«

Tippa drängte sich durch die Zweige, bis sie den Waldboden unterhalb ihres Standorts sehen konnte. Niemand war zu erblicken. Spuren im Schlamm waren alles, was von den Bekliten geblieben war, die vor einem halben Glockenschlag unter ihnen hindurchgezogen waren. Sie konnte Kampfgeräusche hören – hangaufwärts, bei der Böschung und vielleicht auch dahinter.

Die magischen Explosionen, die die Legionen am Fuß der Rampe erwischt hatten, waren nicht weitergegangen – ein Grund zur Sorge. Die Lawine hatte ihnen einen schlimmen Schreck eingejagt, ihre Stellung allerdings um hundert Schritt oder mehr verfehlt. *Als hätte der Schnelle Ben gewusst, wo wir waren. Irgendwie. Aber was noch unglaublicher ist, dieser verdammte Magier hat es geschafft, das Abrutschen eines Drittels des Hangs zu kontrollieren. Wenn ein Dutzend Hohemagier aufgetaucht wären und ihm geholfen hätten, würde ich das ja vielleicht glauben.*

Oder ein Gott …

Dieser Gedanke, der ihr einen kalten Schauer über den Rücken jagte, begleitete sie, als sie den Baum hinabkletterte.

Etwas früher waren Kondore am Himmel gewesen, und zumindest einer davon hatte die malazanischen Verteidigungsstellungen angegriffen. Kurz. Sie hatte keine Ahnung, wo die anderen hin waren.

Zumindest sind sie nicht hier, dem Vermummten sei Dank …

Sie ließ sich das letzte Stück fallen und landete unter dem Klirren und Rasseln ihrer Rüstung auf dem Boden.

»Sehr unauffällig.«

Tippa wirbelte herum. »Verdammt noch mal, Blend –«

»Pssst … äh, Leutnant.«

»Weißt du, wo die anderen sind?«

»Mehr oder weniger. Soll ich sie zusammensuchen?«

»Das wäre nützlich.«

»Und was dann?«

Ich will verdammt sein, wenn ich das weiß. »Hol sie einfach her, Blend.«

»Jawohl, Leutnant.«

Paran erwachte und roch den Gestank von Erbrochenem, das – wie der widerliche Geschmack in seinem Mund ihm verriet – von ihm selbst stammen musste. Stöhnend rollte er sich auf die Seite. Es war dunkel. Gedämpfte Stimmen unterhielten sich in der Nähe. Er spürte, konnte es jedoch nicht richtig sehen, dass auch noch andere in dem Graben lagen, in dem er sich wiederfand.

Andere ... Verluste ...

Jemand näherte sich. Eine breite, stämmige Gestalt.

Paran griff sich an die Schläfe, zuckte zusammen, als seine Fingerspitzen einen geknoteten Faden berührten. Er fuhr vorsichtig an der Wunde entlang, bis zu einem Gewirr feuchter Bandagen, die sein Ohr bedeckten.

»Hauptmann?«

»Bist du das, Fäustel?«

»Jawohl, Hauptmann. Wir haben es gerade erst hierher geschafft.«

»Was ist mit Tippa?«

»Der Trupp atmet noch, Hauptmann. Wir haben auf dem Weg hier rauf alle ein paar Schrammen abbekommen, aber nichts, was uns groß aufgehalten hätte.«

»Warum ist es so dunkel?«

»Keine Fackeln, Hauptmann. Keine Laternen. Dujeks Befehle – wir sammeln uns.«

Sammeln. Nein, frag später. »Lebt der Schnelle Ben noch? Das Letzte, woran ich mich erinnern kann, ist, dass wir auf einen abgestürzten Kondor losgegangen sind ...«

»Tja, nach allem, was ich gehört habe, habt Ihr die Gans gerupft, Hauptmann. Er hat Euch hierher gebracht, und die Feldschere haben Euch wieder zusammengeflickt ... na ja, mehr oder weniger.

Das meiste ist nur oberflächlich, was Ihr sicher gerne hört – ich bin gekommen, um Euch wieder hübsch zu machen.«

Paran setzte sich langsam auf. »Um mich herum gibt es jede Menge Soldaten, die deine heilende Berührung weit dringender brauchen als ich, Fäustel.«

»Das stimmt schon, Hauptmann, nur hat Dujek gesagt –«

»Ich werde meine Narben tragen, Heiler. Sieh zu, was du für diese Verwundeten tun kannst. Und jetzt – wo finde ich die Hohefaust und den Schnellen Ben?«

»Im Hauptquartier, Hauptmann. Der große Raum –«

»Ich kenne es.« Paran erhob sich und blieb einen Augenblick stehen, bis die Welt aufhörte, sich um ihn zu drehen, und seine Übelkeit nachließ. »Jetzt aber eine viel wichtigere Frage: Wo bin ich?«

»Im Hauptgraben, Hauptmann. Geht nach links, und dann gerade runter.«

»Danke.«

Der Hauptmann schlängelte sich langsam durch die Reihen verwundeter Soldaten. Der Kampf, das sah er, war ziemlich schlimm gewesen – aber nicht so schlimm, wie er hätte sein können.

Dujeks untanische Leibwächter hielten den Tunneleingang. So, wie sie aussahen, hatten sie die Klingen bisher nicht gezogen. Ihr Offizier winkte den Hauptmann wortlos vorbei.

Dreißig Schritte später erreichte Paran das Hauptquartier.

Hohefaust Dujek Einarm, der Schnelle Ben und Leutnant Tippa saßen am Kartentisch; von der Holzbalkendecke über ihnen baumelte eine kleine Laterne. Alle drei drehten sich auf ihren Stühlen um, als der Hauptmann den Raum betrat.

Dujek machte ein finsteres Gesicht. »Hat Fäustel Euch nicht gefunden?«

»Doch, das hat er, Hohefaust. Mir geht es gut.«

»Ihr werdet mit Narben übersät sein, mein Junge.«

Paran zuckte nur die Schultern. »Also, was ist passiert? Die Bekliten kämpfen nicht gern bei Nacht?«

»Sie haben sich zurückgezogen« erwiderte Dujek. »Und ehe Ihr fragt – nein, nicht, weil wir ein zu harter Brocken gewesen wären;

sie hätten weiter Druck machen können, und wenn sie das getan hätten, würden wir jetzt in Eilmärschen durch die Wälder zurückweichen – das heißt, die paar von uns, die noch am Leben wären. Es ist auch nur einer von diesen Kondoren auf uns losgegangen. Wir sitzen schon eine ganze Weile hier, Hauptmann, und versuchen herauszufinden, warum wir so leicht davongekommen sind.«

»Und gibt es auf diese Frage schon mögliche Antworten, Hohefaust?«

»Nur eine. Wir glauben, dass Elster und Bruth schnell näher kommen. Der Seher will nicht, dass seine Streitkräfte in einen Kampf mit uns verwickelt sind, wenn sie hier eintreffen. Außerdem will er nicht noch mehr von seinen verdammten Kondoren riskieren.«

»Einer war schon mehr als genug«, murmelte der Schnelle Ben.

Die Erschöpfung ließ den Magiers alt aussehen, fast schon gebeugt, wie er sich so mit beiden Armen auf den Tisch stützte, während seine rot geränderten Augen auf die zerschrammte Platte gerichtet waren.

Wie betäubt von dem Anblick wandte Paran den Blick ab, sah wieder Dujek an. »Fäustel hat gesagt, wir würden uns sammeln, Hohefaust. Da Leutnant Tippa hier ist, gehe ich davon aus, dass Ihr mit den Brückenverbrennern etwas vorhabt.«

»Das haben wir. Wir haben nur noch auf Euch gewartet, Hauptmann.«

Paran nickte, sagte nichts.

»Diese Gräben sind nicht zu verteidigen«, grollte Dujek. »Wir sind hier oben zu ungeschützt. Noch zwei oder drei von diesen Kondoren, und wir sind erledigt – genau wie die Schwarzen Moranth. Und ich werde es nicht riskieren, noch einen einzigen Moranth als Boten zurück zu Elster zu schicken – die Vögel des Sehers haben die letzten vom Himmel geholt, noch bevor sie auch nur eine Zehntellänge vom Gebirge weg waren. So nahe bei Korall scheinen sie auch nachts zu fliegen. Aber auch der Schnelle Ben ist nicht in der Verfassung, auf magischem Weg mit Elster Kontakt aufzunehmen. Also werden wir nicht warten.«

Wir gehen nach Korall. Aus dem Nachthimmel direkt runter in die verdammten Straßen. »Verstanden, Hohefaust. Und die Brückenverbrenner gehen als Erste?«

»Als Erste rein …« Dujek nickte langsam.

Und als Letzte raus.

»Ihr werdet auf kürzestem Wege zur Festung marschieren. Brecht ein Loch in die Mauer zu ihrem Innenhof. Die Schwarzen Moranth werden Euch so nahe wie möglich heranbringen.«

»Hohefaust«, sagte Paran, »falls Elster und Bruth doch noch nicht so nah sind, wie Ihr glaubt …«

Dujek zuckte die Schultern. »Wie schon gesagt, Hauptmann, dies ist nicht der geeignete Ort, um auf den einen oder den anderen zu warten. Wir gehen alle rein – meine erste Welle wird einen halben Glockenschlag hinter Euch sein.«

Das könnte uns in einem Schlangennest landen lassen … »Dann sollten Leutnant Tippa und ich jetzt wohl besser die Trupps bereitmachen.«

»Ja. Ihr habt den Schnellen Ben bei Euch, und die Magier – sein Kader – sind wieder bei ihren jeweiligen Trupps. Igel und die restlichen Sappeure haben sechs Knaller, zehn Kracher und zwanzig Fetzer – Ihr müsst die Mauer durchbrechen und Euch dann zu uns zurückziehen. Geht nicht auf eigene Faust auf den Seher los, verstanden?«

»Verstanden, Hohefaust.«

»In Ordnung, Ihr drei – macht, dass Ihr loskommt.«

Die Morgendämmerung war noch immer mindestens zwei Glockenschläge entfernt; die Nebel trieben grau und tief durch die Parklandschaft nördlich von Korall und streckten Fühler in die Ebene dahinter aus.

Korlat ritt zu Elster hinüber. Er hatte auf einer baumbestandenen Hügelkuppe Halt gemacht, die den Beginn der mit Gehölzen bewachsenen Parklandschaft kennzeichnete, und sie zügelte neben ihm ihr Pferd.

Der Malazaner verlor keine Zeit. »Was hat er gesagt?«

»Alles ziemlich eigenartig, Elster. Förmliche Entschuldigungen seinerseits und von Bruth. Er bietet uns in aller Bescheidenheit sein Schwert und sein – wie er es genannt hat – strategisches Können an. Ich muss zugeben, das Ganze bereitet mir ... Unbehagen.«

Elster zuckte die Schultern. »Ich würde jeden Rat willkommen heißen, den Kallor uns geben könnte.«

Er bemerkte ihre gequälte Ungläubigkeit angesichts dieser Aussage, entschloss sich jedoch, nicht darauf einzugehen.

Nach einem kurzen Augenblick fuhr der Malazaner fort: »Folge mir.« Er trieb sein Pferd vorwärts, hinunter auf die breitere Handelsstraße, die sich zwischen kleinen Wäldchen hindurch und über leicht hügelige Lichtungen dahinwand.

Ihre Pferde ließen die Köpfe hängen und stolperten häufig, während sie durch die Dunkelheit trotteten. Kurze Zeit später näherten sie sich einem weiteren Kamm, auf dem allerdings keine Bäume standen. Dahinter erhob sich die Stadt Korall langsam, je näher sie kamen, stieg in Stufen empor, die als gedämpfte Reflexionen des Fackellichts in den Straßen erkennbar waren. Die dunkle Masse der Festung war eine undeutliche Präsenz, die über der letzten sichtbaren Stufe kauerte.

Sie erreichten den Kamm und hielten an.

Korlat musterte das Gelände vor ihnen. Der Todesstreifen vor den Mauern der Stadt war eine Sechstellänge breit, eine einzige Steinbrücke überspannte dicht vor der Mauer einen Graben. Eine halbe Länge im Westen dräute ein bewaldeter Berg; die ihnen zugewandte Flanke war in Nebel oder Rauch gehüllt.

»Ja«, sagte Elster, der ihrer Blickrichtung folgte, »von da sind die magischen Blitze gekommen. Dort hätte ich eine Armee postiert, um einen Belagerungsring zu brechen, wenn ich der Seher wäre.«

»Und Dujek hat ihre Pläne vereitelt.«

»Er ist dort, vermute ich. Wahrscheinlich zurückgetrieben oder umzingelt – die Magie, die den Himmel erleuchtet hat, war größtenteils pannionisch. Der Schnelle Ben muss überwältigt worden sein. Ich glaube, Dujek hat eine Niederlage erlitten, Korlat. Wir müssen den Seher von diesem Berg ablenken, müssen der Hohefaust Gelegenheit geben, sich neu zu formieren.«

Sie blickte ihn an, schwieg einen Augenblick und sagte dann: »Deine Soldaten sind völlig erschöpft, Elster.« *Genau wie du, mein Geliebter.*

»Trotzdem will ich, dass wir bei Anbruch der Morgendämmerung diesen Kamm besetzt haben, der Ilgres-Clan auf unserer Linken, Taur und seine Weißgesichter zu unserer Rechten.« Er sah sie an. »Ich muss zugeben, dass der Gedanke an die andere ... Gestalt, die du annehmen kannst, mich immer noch ... äh, beunruhigt, aber wenn du und Orfantal, wenn ihr euch vielleicht in den Himmel schwingen würdet ...«

»Mein Bruder und ich haben bereits darüber gesprochen, Elster. Er will zu Dujek fliegen. Vielleicht wird seine Gegenwart den Kondoren des Sehers zu denken geben.«

»Viel wahrscheinlicher wird er sie anziehen wie ein Magnet. Wenn ihr beide zusammenbleibt und aufeinander aufpasst ...«

»Selbst wenn wir allein sind, kann man uns nicht so leicht vertreiben. Nein, Dujeks Not ist größer. Ich werde meine Wechselgänger-Gestalt annehmen und über deine Streitkräfte wachen. Orfantal wird zu dem Berg fliegen. Zumindest wird er feststellen können, in welcher Verfassung Dujek und seine Leute sind.«

Sie sah, wie seine Kiefermuskeln sich unter dem Bart anspannten. Doch schließlich seufzte er und sagte: »Ich habe Angst um dich, Korlat – du wirst da oben ganz allein sein.«

»Mit meinen noch übrigen Verwandten unter deinen Soldaten – alles Magier –, werde ich nicht so allein sein, wie du es dir vorstellst.«

Elster nahm die Zügel auf. »Hast du irgendetwas von deinem Lord gespürt?«

Sie schüttelte den Kopf.

»Beunruhigt dich das? Nein, du brauchst mir auf diese Frage nicht zu antworten.«

Es ist wahr, ich kann anscheinend kaum etwas vor dir verbergen.

»Wir kehren am besten zu den anderen zurück,« fuhr Elster fort.

Beide wendeten ihre Pferde.

Hätte ihr Gespräch noch ein halbes Dutzend Herzschläge länger gedauert, so hätte Korlat – mit ihrer übernatürlichen Sehfähigkeit – das erste Geschwader Schwarzer Moranth, insgesamt vierzig, von den Hängen des Berges aufsteigen und mit schnellen Flügelschlägen im Tiefflug auf die Stadt zufliegen sehen.

Ein halbes Dutzend Herzschläge, in denen Oponns Münze sich drehte …

Eine einzige, gemächliche Drehung …

Von der Lady zum Lord.

Weniger als eine Manneslänge unter ihnen glitten die Mauern der Stadt vorbei, durch ihre Geschwindigkeit in verschwommene Schemen verwandelt. Sobald sie die Stadtmauern hinter sich hatten, ließen die Moranth ihre Quorls noch tiefer sinken, glitten in eine breite Straße zwischen Gebäuden, flogen unterhalb der Dachfirste. Eine scharfe Kehre an einer Kreuzung ließ das Geschwader auf die Festung zuhalten.

Paran, der sich bemühte, das heftige Jucken seiner mehrfach genähten Gesichtshälfte zu ignorieren, riskierte einen Blick nach unten. Scheiterhaufen waren in der Straße zu sehen; viele von ihnen glommen noch immer düster rot und waren in Rauch gehüllt. Die Fackeln, die gelegentlich an der Wand eines Gebäudes brannten, ließen von Unrat übersäte Pflastersteine erkennen. Die Stadt unter ihnen schien zu schlafen – er sah keinen einzigen Wächter oder Soldaten.

Der Hauptmann wandte seine Aufmerksamkeit wieder der Festung zu. Die äußere Mauer war hoch und gut befestigt – wahrscheinlich sogar stärker als jene, die die Stadt umgab. Das Hauptbauwerk dahinter bestand zu gleichen Teilen aus rohem Fels wie aus behauenen Steinen. Die Festung war in eine Bergflanke hineingebaut worden.

Monströse Wasserspeier kauerten schwarz am Rand des unebenen Dachs, kaum als dunklere Flecken gegen den Nachthimmel zu erkennen.

Dann sah Paran, wie sich einer davon bewegte.

Kondore. Oh, jetzt stecken wir tatsächlich mitten im Abgrund …

Er klopfte dem Moranth auf die Schulter, deutete mit einem Finger auf die Straße unter ihnen. Der Offizier nickte.

Wie ein einziges Wesen schossen die Quorls, die die Brückenverbrenner trugen, hinab, glitten in Hüfthöhe ein Dutzend Schritt durch die Straße und landeten dann mit einem einzigen Neigen der Flügel.

Soldaten kletterten aus den Sätteln, huschten in die Schatten.

Die Moranth und ihre Quorls schwangen sich wieder in die Luft, wendeten für den Rückflug.

Paran hockte in der Mündung einer dunklen Gasse und wartete, dass die Trupps sich um ihn versammelten. Der Schnelle Ben war als Erster bei ihm.

»Auf dem Dach der Festung –«

»Ich hab sie gesehen«, brummte Paran. »Und, irgendwelche Ideen, Magier?«

Fahrig meldete sich zu Wort. »Wie wäre es damit, einen Keller zu suchen und sich zu verstecken?«

Der Schnelle Ben warf dem Sergeanten einen finsteren Blick zu und sah sich dann um. »Wo ist Igel?«

Der Sappeur schob sich nach vorn; er watschelte unter dem Gewicht voll gestopfter Ledersäcke.

»Habt ihr die verdammten Spatzen da oben gesehen?«, fragte ihn der Magier und machte dabei eine merkwürdige Bewegung – eine Art halbes Schulterzucken – mit der linken Schulter.

»Oh ja. Wir brauchen Scharfschützen auf der Mauer. Ich habe zwölf Bolzen mit Fetzern statt normalen Spitzen. Wenn wir es richtig anstellen, können wir so viele erledigen –«

»Es wird Vogelfleisch regnen«, mischte sich Spindel ein. »Und brennende Federn.«

»Ist das schlimmer als ein brennendes Haarhemd, Spindel?«

»Ruhe«, schnappte Paran. »In Ordnung, werft Enterhaken auf die Mauer und schafft unsere hervorragenden Armbrust-Spezialisten nach oben. Igel, such die richtige Stelle, um das Paket Knaller und Kracher anzubringen, und tu es schnell – wir müssen darauf achten, dass alles im richtigen Augenblick geschieht. Ich will, dass wir diese Vögel da oben von ihren Sitzplätzen holen, ich will sie nicht am Himmel kreisen sehen. Dujeks erste Welle ist wahrscheinlich schon unterwegs, also sollten wir loslegen.«

Der Hauptmann winkte Tippa nach vorn. Sie eilten auf die Mauer der Festung zu.

Als sie die gegenüberliegende Straßenecke erreichten, hob Tippa die Hand und duckte sich tief. Alle erstarrten.

Paran glitt vorsichtig weiter, bis er direkt hinter ihr war. »Urdomen-Wachen«, flüsterte sie. »Das Tor ist zwanzig Schritt links von hier, hell erleuchtet ...«

»Die Wachen sind hell erleuchtet?«

»Ja.«

»Idioten!«

»Ja, aber ich überlege ...«

»Was?«

»Wenn wir uns zurückziehen, uns mehr nach rechts halten und uns wieder der Mauer nähern, kommen wir genau an der Ecke raus. Igel mag Ecken ...«

»Das heißt also, wir lassen die Wachen, wo sie sind.«

»Ja, Hauptmann. Beim Vermummten, in dem Licht werden sie rein gar nichts sehen. Und wir werden weit genug weg sein, dass sie die Geräusche, die vielleicht durch die Enterhaken entstehen, nicht hören können.«

»Hoffst du.«

»Die tragen alle große Helme, Hauptmann.«

»Na schön, dann führe uns rüber, Leutnant.«

»Einen Augenblick, Hauptmann. Blend?«

»Hier.«

»Bleib hier und behalte die Wachen im Auge.«

»In Ordnung, Leutnant.«

Tippa nickte Paran zu und huschte die Straße zurück, die sie gerade entlanggekommen waren. Die Männer folgten.

Als der Hauptmann so dahintrottete, kam es ihm so vor, als sei er der Einzige, der Geräusche machte – und zwar viel zu laute Geräusche. Die knapp über dreißig Soldaten um ihn herum bewegten sich mit geisterhafter Lautlosigkeit. Ohne innezuhalten huschten sie von Schatten zu Schatten.

Den sechsten Teil eines Glockenschlags später näherte sich Tippa erneut der Straße, die der Festungsmauer gegenüberlag. Direkt vor ihnen erhob sich ein viereckiger Eckturm, gekrönt von einer großen Brustwehr mit Zinnen. Die Männer schlossen zu Leutnant Tippa auf.

Paran konnte hören, wie die Sappeure freudig untereinander tuschelten, als sie den Turm sahen.

»Was meint ihr, wird das nicht toll zusammenbrechen?«

»Wie eine Kartoffel auf einem Drehspieß –«

»Verankert die Kracher, ja? Treibt die Löcher in einem Winkel hinein, so dass sie sich nach einer Armlänge im Innern des Ecksteins treffen –«

»Du willst Großvater erzählen, wie das Loch auszusehen hat, Ranter? Halt die Klappe und überlass das mir und Spindel, klar?«

»Aber Igel, ich hab doch nur gesagt –«

Paran mischte sich ein. »Das reicht – und das gilt für alle. Armbrustschützen nach oben, bevor irgendjemand von euch irgendwas anderes tut.«

»Jawohl, Hauptmann«, stimmte Igel zu. »Macht die Haken bereit, meine Lieblinge. Du da mit der Armbrust, stell dich an und hol dir deine Fetzer-Bolzen – he, ich hab nichts von Vordrängeln gesagt! Benimm dich, Mädchen!«

Paran zog den Schnellen Ben ein paar Schritte hinter den anderen beiseite. »Zwölf Explosiv-Geschosse, Magier«, murmelte er sehr leise. »Da oben hocken aber mindestens dreißig Kondore.«

»Glaubt Ihr nicht, dass Dujeks Angriff innerhalb der Stadtmauern sie ablenken wird?«

»Sicher – lange genug, um die erste Welle auszulöschen, ein paar von ihresgleichen am Himmel kreisend zurückzulassen, um der zweiten Welle guten Tag zu sagen, während der Rest zurückkommt und sich um uns kümmert.«

»Wollt Ihr auf etwas Bestimmtes hinaus, Hauptmann?«

»Ein zweites Ablenkungsmanöver, eines, das den Rest der Kondore sowohl von Dujek als auch von den Brückenverbrennern abzieht. Ben, kannst du uns mit einem Gewirr auf das Dach da bringen?«

»Uns, Hauptmann?«

»Dich und mich, ja. Und Fahrig, Spindel, Detoran, Fäustel und Trotter.«

»Das kann ich, Hauptmann, aber ich bin fast am Ende meiner –«

»Bring uns einfach nur dorthin, Magier. Wo ist Spindel?« Paran schaute zu den anderen hinüber, nickte, als er den Mann entdeckte. »Warte hier.« Der Hauptmann eilte dorthin, wo Spindel zusammen mit den anderen Sappeuren kauerte, streckte einen Arm aus und zog ihn aus dem wirren Haufen. »Igel, ihr werdet ohne diesen Mann auskommen müssen.«

Igel grinste. »Was für eine Erleichterung.«

»He!«

»Sei still, Spindel.« Paran zerrte ihn dorthin, wo der Schnelle Ben wartete.

»Was habt Ihr vor?«, fragte der Magier, sobald sie bei ihm ankamen.

»Gleich. Ben, diese Kondore – was sind sie genau?«

»Ich bin mir nicht sicher, Hauptmann.«

»Das ist nicht das, was ich hören wollte, Magier. Versuch's noch einmal.«

»In Ordnung. Ich glaube, dass sie früher einmal normale Kondore waren – kleiner, von normaler Größe heißt das. Dann ist dem Seher irgendetwas eingefallen, wie er die Vögel stopfen konnte –«

»Die Vögel stopfen, ha!« Spindel kicherte.

Der Schnelle Ben gab ihm einen Klaps. »Unterbrich mich nicht noch mal, Spindel! Dämonen, Hauptmann. Besessenheit. Chaosgefärbt, deshalb kann ihr Körper das auch nicht alles halten.«

»Also gleichzeitig Dämon und Vogel.«

»Wobei natürlich der eine der Herr des anderen ist, ja.«

»Natürlich. Also, welcher von beiden ist fürs Fliegen zuständig?«

»Nun, der Kondor ...« Die Augen des Schnellen Ben wurden schmal. Er warf Spindel einen Blick zu, grinste. »Na ja, he, vielleicht ...«

»Worüber redet ihr beide eigentlich die ganze Zeit?«

»Hast du Munition bei dir, Spindel?«, fragte Paran.

»Sechs Fetzer.«

»Gut, falls die Geschichte schief geht.«

Sie drehten sich um, als sie einen gezischten Befehl von Tippa hörten, und sahen ein halbes Dutzend Soldaten über die Straße rennen und am Fuß der Festungsmauer Halt machen. Haken und Seile wurden bereitgemacht.

»Verdammt, ich habe gar nicht bemerkt, wie hoch diese Mauer ist – wie wollen sie da –«

»Schaut noch mal genau hin, Hauptmann«, sagte der Schnelle Ben. »Zeh ist bei ihnen.«

»Und?«

»Schaut zu, Hauptmann.«

Der Truppmagier hatte sein Gewirr geöffnet. Paran versuchte sich an die Spezialität des Mannes zu erinnern, und er bekam durch die rauchige Erscheinung eines Dutzends Geister, die eng um Zeh herumtrieben, eine Antwort. Paran gab ein leises Brummen von sich. »Wenn das die sind, die dauernd umfallen ...«

»Nein, das da sind hiesige Geister, Hauptmann. Es fallen andauernd Menschen von Mauern, und da die Mauer da mehr als ein paar hundert Jahre alt ist, nun, es werden immer mehr. Wie auch immer, die meisten Geister sind in gewisser Weise ... eindimensional. Das Letzte, woran sie sich erinnern, ist, dass sie auf der Mauer waren, patrouilliert haben, Wache gestanden haben, was auch immer. Also wollen sie wieder da rauf ...«

Paran sah zu, wie die Geister, von denen sechs nun irgendwie Haken trugen, die Mauer hinaufglitten. Die anderen sechs hatten geisterhafte Hände um Zeh gelegt und hoben ihn jetzt hoch, um ihren Artgenossen zu folgen. Der Truppmagier sah nicht allzu glücklich aus; seine Beine zitterten.

»Ich dachte, die Gewirre sind vergiftet.«

Der Schnelle Ben zuckte die Schultern. »Der Vermummte hat hart zurückgeschlagen, Hauptmann. Er hat ein bisschen Platz geschaffen ...«

Paran runzelte die Stirn, sagte jedoch nichts.

Sobald Zeh die Mauerkrone erreicht hatte, nahm er die Sache wieder in die Hand, indem er jeden einzelnen Haken neu befestigte. Es war klar, dass die Geister entweder zu solcher Präzision bei physischen Objekten nicht fähig waren oder keine Lust dazu hatten. Der Magier musste mit ein paar von ihnen ein wenig raufen, um ihnen die Haken zu entringen. Schließlich hatte er sie alle irgendwo festgekeilt. Die Seile wurden entrollt, schlängelten sich zu den Soldaten hinunter, die unten warteten.

Die ersten sechs Armbrustschützen begannen die Seile hinaufzuklettern.

Paran warf einen ängstlichen Blick auf die Kondore, die auf dem Hauptgebäude hockten. Keiner von ihnen rührte sich. »Dem Vermummten sei Dank, sie schlafen fest.«

»Ja, sie sammeln Kraft für das, was kommt. Tief in ihrem chaotischen Gewirr.«

Paran drehte sich um und musterte den dunklen Himmel im Nordwesten. Nichts. Andererseits war es nicht gerade wahrscheinlich, dass er sie sehen könnte. Sie würden sehr tief hereinkommen, genau wie sein eigenes Geschwader.

Die nächsten sechs Soldaten mit auf den Rücken geschnallten Armbrüsten überquerten die Straße und griffen nach den Seilen.

»Magier, mach dein Gewirr bereit …«

»Es ist bereit, Hauptmann.«

Tippa winkte Paran plötzlich heftig zu. Der Hauptmann fluchte zischend und rannte zu ihr. Die verbliebenen Trupps hatten sich weit von der Straße zurückgezogen.

»Hauptmann! Beugt Euch vor und seht zum Tor hinüber!«

Paran tat, wie ihm geheißen.

Am Tor herrschte Bewegung. Die großen Türflügel hatten sich geöffnet, und nacheinander marschierten immer mehr große, reptilartige Krieger heraus. *K'Chain Che'Malle – so sehen die verdammten Biester also aus. Beim Atem des Vermummten.* Fünf … zehn … fünfzehn … und immer noch mehr; sie gingen in die Stadt hinaus, zur Nordmauer.

Und Dujek ist drauf und dran, in ihrem Schoß zu landen …

Er lehnte sich wieder zurück, sein Blick kreuzte sich mit dem Tippas. »Leutnant, wir müssen diese verdammten Viecher ablenken.«

Sie rieb sich das Gesicht, warf einen Blick auf die verbliebenen Trupps. »Die sollen scheißschnell sein, diese untoten Eidechsen, aber mit all den Gassen und Straßen hier …« Sie blickte Paran erneut an, nickte rasch. »Wir haben noch ein paar Fetzer; wir werden ihnen einen guten Grund geben, sich mit uns zu befassen.«

»Sorgt nur dafür, dass ihr immer vor ihnen bleibt, Leutnant. Und wenn's geht, halte alle zusammen.«

»Hauptmann, das ist nicht besonders wahrscheinlich – wir werden wohl ausschwärmen müssen, um für Verwirrung zu sorgen.«

»In Ordnung, aber versuche es trotzdem irgendwie.«

»Und was ist mit Euch, Hauptmann?«

»Der Schnelle Ben und Fahrigs Trupp – wir gehen aufs Dach der Festung. Wir versuchen unser eigenes Ablenkungsmanöver, mit dem Rest dieser verdammten Kondore. Die Brückenverbrenner gehören jetzt dir, Leutnant.«

»Klar, Hauptmann. Also, was glaubt Ihr, wer von uns geht zuerst drauf – Ihr oder wir?«

»Es ist zu knapp, um dazu was zu sagen.«

Sie grinste. »Ich wette die Hälfte meines ausstehenden Soldes, dass wir einen Schritt hinter Euch sein werden, Hauptmann. Ihr könnt am Tor des Vermummten bezahlen.«

»Abgemacht, Leutnant. Und jetzt lass Igel und seine Sappeure diesen Turm in die Luft jagen, sammle Blend und die anderen ein und dann macht, dass ihr loskommt.«

»Jawohl, Hauptmann.«

Paran wollte schon zum Schnellen Ben zurückkehren, doch Tippa streckte eine Hand aus und berührte ihn am Arm.

»Hauptmann?«

»Was ist?«

»Nun, äh, erinnert Ihr Euch an die Messer, die auf Euren Rücken zielen? Sie zielen schon seit einiger Zeit in die andere Richtung. Wollte nur, dass Ihr Bescheid wisst.«

Paran schaute weg. »Danke, Leutnant.«

Der Schnelle Ben hatte Fahrig und seinen Trupp zusammengetrommelt, abgesehen von Igel und Blend. Sobald Paran sich zu ihnen gesellte, nickte der Magier und sagte: »Sagt, wann es losgehen soll, Hauptmann.«

Paran warf einen Blick zur Mauer hinüber. Die Seile hingen schlaff herunter. Auf der Mauerkrone war niemand zu sehen. »Wie lange ist es her, dass du sie zuletzt gesehen hast?«

Der Magier zuckte die Schultern. »Ich denke, sie sind mittlerweile in Position, Hauptmann. Und Igel sieht so aus, als ob er bereit wäre.«

Paran senkte den Blick und sah die Gruppe von Sappeuren in einem dichten, nervös durcheinander wimmelnden Knäuel am Fuß des Turms stehen. »Das ging aber schnell.«

»Igel ist blitzschnell, wenn er richtig Angst hat, Hauptmann. Wir sollten lieber –«

»Ja. Öffne dein Gewirr.« Er warf einen Blick auf Fahrig. Der Sergeant, Detoran, Trotter und Fäustel hatten die Visiere ihrer Helme heruntergeklappt. Sie hielten ihre Waffen in der Hand. Spindel kauerte in der Nähe, einen Fetzer in der rechten Hand. »Moment, Ben – hast du Spindel gesagt, was –«

»Ja, Hauptmann, und er arbeitet daran.«

Spindel brachte ein schwaches Lächeln zustande.

»In Ordnung. Auf geht's.«

Das Portal öffnete sich. Dunkelheit sickerte in die Straße. Parans Augen wurden groß. *Kurald Galain. Was –*

»Folgt mir!«, zischte der Schnelle Ben und huschte in das Gewirr.

Der Trupp stürmte vorwärts, wurde verschluckt. Paran sprang hinterher.

Der Übergang erfolgte beinahe unverzüglich. Der Hauptmann stolperte über schlüpfrige Fliesen – sie waren auf dem Dach der Festung, dreißig Schritt hinter der Reihe der Kondore –

Ein Dutzend der riesigen, dämonischen Kreaturen explodierten plötzlich, sprühten Blut und Fleischfetzen über das ganze Dach. Die anderen erwachten wie ein einziges Wesen. Sie stießen durchdringende, schrille Schreie aus, breiteten ihre riesigen Flügel aus und warfen sich in die Luft.

Spindel hatte bereits sein Gewirr entfesselt, und die Wirkung zeigte sich augenblicklich.

Die Kondore kreischten vor Entsetzen, schlugen panisch und donnernd mit den Flügeln, und ihre Köpfe drehten sich auf von Krämpfen geschüttelten Hälsen, als das sterbliche Tier in jedem von ihnen – von panischer Furcht ergriffen, die von Spindels verschrobenem Talent ausgelöst wurde – mit dem Dämon um die Herrschaft über den Körper kämpfte.

Armbrustbolzen schossen von der Mauer des Innenhofs her herauf, krachten in die wild flatternden Kreaturen.

Die ganze Festung erzitterte. Paran wirbelte herum und sah, dass der Turm zu seiner Linken plötzlich umstürzte, wobei die gewaltige Brustwehr sich in Richtung der Straße neigte. Rauch stieg auf. Schreie folgten, als die Brückenverbrenner, die sich auf der Mauer befanden, auf die Seile zuhasteten.

Explosionen hallten aus den Straßen im Osten wider – Tippa und die ihr verbliebenen Brückenverbrenner hatten gerade die Marschkolonne der K'Chain Che'Malle überrascht –, und die Jagd war eröffnet.

Der Schnelle Ben zog Paran dicht zu sich heran. »Die Dämonen gewinnen den Kampf!«

Die Kondore gewannen langsam an Höhe, entzogen sich dem Einflussbereich von Spindels Gewirr mehr und mehr. Falls sie es irgendwie unangenehm fanden, von Armbrustbolzen gespickt zu werden, so zeigten sie es zumindest nicht. Zauberei knisterte um sie herum.

»Gleich gehen sie auf uns los«, warnte der Schnelle Ben.

»Besser auf uns als auf Dujek. Und, können wir sie ein Weilchen beschäftigen, Magier?«

»Die meisten, klar.«

»Und wie?«

»Nun, zunächst können wir zur Südseite dieses Gebäudes rennen.«

Rennen? Das ist alles? »Na, dann los.«

Außerhalb der westlichen Stadtmauer, dicht bei der zerklüfteten Uferlinie, erhob sich ein träger Staubwirbel vom Boden, nahm Form an.

Tool schob sein Feuersteinschwert langsam in die Schulteröse, während der Blick aus seinen unergründlichen Augenhöhlen keinen Augenblick auf den verlassenen Hütten rechts und links von ihm verharrte, sondern sich auf die mächtige steinerne Barriere vor ihm richtete.

Staubfahnen im Wind konnten sich in die Höhe und über die Mauer tragen lassen. Staub konnte in Strömen durch das lose Gestein unter den Fundamenten fließen. Der T'lan Imass konnte dafür sorgen, dass niemand seine Ankunft bemerken würde.

Doch der Pannionische Seher hatte sich Aral Fayle geholt. Toc den Jüngeren. Einen sterblichen Mann ... der Tool seinen *Freund* genannt hatte.

Er schritt voran, seine lederumwickelten Füße zertraten verstreut herumliegende Knochen.

Für das Erste Schwert der T'lan Imass war die Zeit gekommen, seine Ankunft zu verkünden.

Die zweite Welle, die aus weiteren tausend Soldaten bestand, sank herab, um die Straße direkt hinter Dujeks Position zu füllen, während Explosionen die Silhouette der Stadt im Süden aufleuchten ließen – entlang des Dachs der Festung, dann direkt darunter; die letztere war ein tieferes Donnern, das durch den Boden grollte und die Pflastersteine klappern ließ – ein Geräusch, das Dujek erkannte. Die Bresche war geschlagen worden.

»Zeit zum Vorrücken«, brüllte er seinen Offizieren zu. »Übernehmt Eure Kommandos – wir stoßen zur Festung vor.«

Dujek schob sein Helmvisier hoch. Die Luft über ihm war vom wispernden Flattern der Quorlflügel erfüllt. Die zweite Welle der Träger stieg wieder in den Nachthimmel auf, während die dritte aus dem Norden auftauchte; in wenigen Augenblicken würden sie die nächsten tausend Soldaten absetzen.

Fetzer hallten aus der Stadt wider, diesmal von Osten. Dujek wunderte sich noch darüber – dann ging der Himmel in Flammen auf, eine graue, vorwärts flutende Woge, die auf das dritte Geschwader zurollte.

Stumm sah Hohefaust Einarm zu, wie zwischen zwei Schlägen seines kalten Herzens eintausend Schwarze Moranth, ihre Quorls und fünf Kompanien seines Heeres sich in graue Flammen auflösten.

Hinter der Woge segelten schwarz und tödlich drei Kondore dahin.

Die Moranth der zweiten Welle, die zunächst hoch aufgestiegen waren, ehe sie nach Norden rasen wollten, tauchten über den drei Dämonenvögeln wieder auf, stießen in Massen im Sturzflug auf sie herab.

Ein viertes Geschwader von Trägern, das sich von Nordwesten her näherte, hatte die Aufmerksamkeit der Vögel erweckt.

Reiter und Quorls stürzten sich in rasch aufeinanderfolgenden, selbstmörderischen Attacken von oben auf die ahnungslosen Kondore. Schwarz gerüstete Krieger trieben ihre Lanzen tief in gefiederte Leiber. Quorls drehten die dreieckigen Köpfe, chitinöse Kiefer rissen Fleischstreifen aus ihren Gegnern, während ihre zerbrechlichen Körper und noch zerbrechlicheren Flügel unter dem Zusammenprall zerbarsten.

Hunderte von Quorls starben; ihre Reiter stürzten mit ihnen ab, prallten auf Dächer und Straßen, blieben zerschmettert und reglos liegen.

Die drei Kondore folgten, sie starben noch im Fallen.

Dujek hatte keine Zeit, über den entsetzlichen Preis nachzudenken, den seine Moranth für diesen momentanen Sieg bezahlt hatten. Das vierte Geschwader senkte sich auf die Straße herab, Soldaten warfen sich von den Sätteln und huschten beiseite, um nach Deckung zu suchen.

Die Hohefaust winkte einen Boten heran.

»Neue Befehle für die Offiziere – die Kompanien sollen Gebäude einnehmen – Häuser, die man gut verteidigen kann. Die Festung wird warten müssen – ich will, dass wir Dächer über den Köpfen haben –«

Ein anderer Bote tauchte auf. »Hohefaust!«

»Was ist?«

»Die pannionischen Legionen sammeln sich, Hohefaust, in jeder Straße in einer Linie vom Nordtor bis zur Festung.«

»Und wir halten das westliche Drittel der Stadt. Sie kommen, um uns hinauszutreiben. Na schön.« Er wandte sich wieder dem ersten Boten zu und sagte: »Sag den Offizieren Bescheid, damit sie ihre Verteidigungs –«

Doch der zweite Bote war noch nicht ganz fertig mit seiner Meldung. »Hohefaust – Verzeihung. Äh, bei diesen Legionen sind auch K'Chain Che'Malle.«

Und wo ist Silberfuchs mit ihren verdammten T'lan Imass? »Genauso gut könnten es Drachen sein«, grollte er nach einem Moment. »Geh!«, befahl er dem ersten Boten. Der Soldat salutierte und verschwand. Dujek starrte den zweiten Boten düster an und sagte schließlich: »Such Twist und sag ihm, dass wir einen Luftangriff seines schweren Geschwaders brauchen – östlich von unserer Position –, aber nur einen. Sag ihm, dass sie wahrscheinlich nicht zurückkommen werden, also sollte er besser ein Geschwader in Bereitschaft halten.« Er schob sein Visier erneut hoch und musterte den Himmel über der Stadt. Die Morgendämmerung brach an – das fünfte und sechste Geschwader hatten ihre Truppen abgeliefert und waren nur noch weit entfernte Flecken, die zum Berg zurückrasten. *Das war's dann also, jetzt sind wir alle in Korall. Und wenn wir nicht bald Hilfe bekommen, werden wir hier nie wieder rauskommen.* »Das ist alles.« Er nickte dem Soldaten zu.

Die Kondore kreisten über dem Dach, schrieen einander zu, tauchten dann im Sturzflug herab, peitschten die Luft mit ihren Schwingen und stiegen wieder dem blasser werdenden Himmel entgegen.

Paran starrte ungläubig nach oben. »Die müssen uns doch sehen können!«, zischte er.

Sie kauerten an einer niedrigen Mauer, hinter der sich eine Brustwehr befand, die auf den Hafen und die Bucht von Korall hinausging, und die Dunkelheit, die sie bisher verborgen hatte, hob sich rasch.

»Sie können uns nicht sehen«, murmelte der Schnelle Ben an seiner Seite, »weil ich sie daran hindere, uns zu sehen. Aber sie wissen, dass wir hier sind … irgendwo.«

Und deshalb kreisen sie über diesem Dach. Schön. Gut. Das heißt, dass sie nicht damit beschäftigt sind, Dujeks Armee auszulöschen.

Die Festung unter ihnen erbebte. Fliesen klapperten. »Beim Atem des Vermummten, was war das?«

Der Magier an seiner Seite machte ein finsteres Gesicht. »Bin mir nicht sicher. Das hat sich nicht nach Moranth-Munition angehört … aber ich würde sagen, die Mauer zum Innenhof ist noch einmal durchbrochen worden.«

Noch einmal? Von wem? Die Detonation war von der Hafenseite her gekommen, von Osten. Eine Staubwolke kam langsam in Sicht.

Paran hob vorsichtig den Kopf, bis er über die niedrige Mauer hinwegspähen konnte.

Draußen über der Bucht kreischten die Möwen. Das Meer darunter, das aus festem Eis zu bestehen schien, polterte. Spritzwasser schoss entlang der südlichen Horizontlinie himmelwärts. Dort draußen braute sich ein Sturm zusammen. *Dann wollen wir hoffen, dass er hierher kommt – wir könnten ein bisschen mehr Durcheinander gut gebrauchen.*

»Kopf runter!«, zischte der Schnelle Ben.

»Tut mir Leid.«

»Ich habe auch so schon genug Probleme, Hauptmann – wir müssen zusammenbleiben – hör auf zu treten, Detoran – was? Oh, Hauptmann, schaut nach Norden! Ganz hoch oben!«

Paran drehte sich um.

Ein Geschwader Moranth – kaum mehr als dunkle Flecken – segelte von Osten nach Westen über die Stadt hinweg.

Sechs Kondore stiegen auf, um sie abzufangen – doch sie hatten einen weiten Weg zurückzulegen.

Kleinere Flecken lösten sich von den Moranth, fielen herab, den östlichen Vierteln der Stadt entgegen.

Ihr Sturz schien ewig zu dauern, dann prallte der erste auf das Dach eines Gebäudes. Die Explosion zerschmetterte das Dach und das obere Stockwerk. Überall zugleich erzitterte die Stadt unter gewaltigen Detonationen, als Knaller um Knaller sein Ziel fand.

Magische Energie strömte von den sechs Kondoren aus, raste hinauf zu den fernen Moranth.

Nachdem sie die Bomben abgeworfen hatten, löste sich das Geschwader auf. Nichtsdestotrotz schafften es knapp zwei Dutzend nicht, der magischen Woge zu entgehen.

Rauch und Staub hüllten den östlichen Teil Koralls ein.

Über dem Hauptmann und seinem Trupp kreischten die noch übrigen Kondore vor Wut auf.

»Das hat mehr oder weniger geklappt«, flüsterte der Schnelle Ben. »Die Straßen da drüben waren vermutlich voller pannionischer Soldaten.«

»Ganz zu schweigen«, brachte Paran gepresst hervor, »vom Rest der Brückenverbrenner.«

»Die müssten sich schon längst zurückgezogen haben.«

Paran hörte, wie sehr der Magier sich um einen hoffnungsvollen Ton bemühte.

Ein Knaller hatte fünfzig Schritt hinter Tippa und ihrem dezimierten Trupp die Straße getroffen, weniger als zehn Schritt hinter dem K'ell-Jäger, der auf sie losgegangen war. Die untote Kreatur war von der Explosion ausgelöscht worden und hatte dabei den größten Teil des tödlichen Regens aus herumschwirrenden Pflastersteinen abgefangen.

Fetzen vertrockneter Haut, Fleisch und Knochensplitter hagelten fast in Reichweite der Brückenverbrenner herab.

Tippa hob eine Hand, um die Soldaten anhalten zu lassen. Sie war nicht die Einzige, die erst ein paar Mal wieder tief Luft holen und warten musste, bis sich ihr wild pochendes Herz wieder beruhigt hatte und langsamer schlug.

»Das ändert verdammt noch mal alles«, keuchte Blend neben Tippa.

Tippa machte sich nicht die Mühe, ihr darauf eine Antwort zu geben, doch sie konnte nicht umhin, Blends verbittertem Kommentar zuzustimmen. Wie Paran sie angewiesen hatte, hatten sie die Aufmerksamkeit zumindest von einigen der K'Chain Che'Malle auf sich gezogen.

Und bitter dafür bezahlt.

Beim letzten Durchzählen waren noch sechzehn Brückenverbrenner kampffähig gewesen und sechs verwundet, wovon wiederum drei sich bereits am Tor des Vermummten herumdrückten. Die K'Chain Che'Malle waren mehr als schnell – sie waren wie Blitze. Und unerbittlich. Fetzer schafften kaum mehr, als sie zu verärgern.

Wie auch immer, es war keine Munition mehr da. Tippa hatte ihre Soldaten auf einen der K'ell-Jäger gehetzt, um ihre Chancen im Nahkampf abwägen zu können. Das würde sie nie wieder tun. Sie hatten Glück gehabt, dass sie sich überhaupt noch hatten zurückziehen können. Zu sehen, wie überall um sie herum ihre Freunde dort, wo sie standen, in Stücke gehauen wurden, war ein Bild, das sie für den Rest ihrer Tage verfolgen würde – *Tage? Mir bleiben keine Tage mehr. Ich wäre überrascht, wenn wir bis zum nächsten Glockenschlag überleben.*

»Der Vermummte soll uns holen, da ist noch einer!«

Leutnant Tippa wirbelte herum, als sie den Aufschrei hörte.

Ein weiterer Jäger war aus einem Seitengässchen aufgetaucht; seine Krallen kratzten über die Pflastersteine, er hielt den Kopf tief geduckt, die Klingen vorgestreckt.

Weniger als fünfzehn Schritt entfernt, und jetzt schwang der Kopf in ihre Richtung herum.

In Ordnung … dann also nur noch ein paar Herzschläge.

»Verteilt euch!«

Gerade als die Brückenverbrenner in alle Richtungen davonschießen wollten, barst ganz in der Nähe des K'Chain Che'Malle eine Mauer. Ziegel flogen auf die Straße, und Staub quoll aus der Öffnung, gefolgt von einem weiteren Jäger, doch der war so gut wie am Ende. Sein Kopf baumelte wild hin und her – er hing nur noch mit ein paar Sehnen am Hals –, und ihm fehlte ein Arm. Ein Bein endete knapp oberhalb des Knöchels in einem Stumpf. Die Kreatur fiel hin, krachte mit brechenden Rippen auf die Pflastersteine und rührte sich nicht mehr.

Die Brückenverbrenner standen wie erstarrt.

Wie der erste K'Chain Che'Malle. Dann zischte er und drehte sich zu dem Loch in der Mauer des Gebäudes um.

Durch den Staub trat ein T'lan Imass. Das vertrocknete Fleisch zerfetzt, in Streifen herabhängend, so dass überall die glänzenden Knochen zu sehen waren; ein aus einem Totenschädel gefertigter Helm, der einst Hörner getragen hatte. Das Feuersteinschwert in seinen Händen war so schartig, dass es wie gezähnt aussah.

Ohne weiter auf die Malazaner zu achten, wandte der Imass sich dem K'Chain Che'Malle zu.

Der Jäger stieß ein Zischen aus und griff an.

Tippa vermochte dem Schlagabtausch nicht zu folgen, so schnell folgten Hiebe und Paraden aufeinander. Mit einem Mal, so schien es, begann der K'Chain Che'Malle zu wanken, als ihm ein Bein knapp über dem Gelenk abgetrennt wurde, das wohl eine Art Knie darstellte. Ein Schwert landete klirrend auf den Pflastersteinen, zusammen mit dem ebenfalls abgetrennten Arm. Der T'lan Imass war ein Stück zurückgewichen und trat jetzt wieder vor, landete einen wuchtigen, von oben herab geführten Hieb, der sämtliche Knochen von der Schulter über den Brustkorb bis zur Hüfte zerschmetterte und erst endete, als das Feuersteinschwert funkensprühend auf das Pflaster traf.

Der K'ell-Jäger brach zusammen.

Der einsame T'lan Imass drehte sich um und begann, in Richtung auf die Festung davonzugehen.

Tippa und die anderen schauten zu, wie der Krieger an ihnen vorbeischritt und weiter die Straße entlangging.

»Beim Atem des Vermummten!«, murmelte Blend.

»Kommt!«, schnappte Tippa.

»Wohin?«, fragte Korporal Ziellos.

»Hinter ihm her«, antwortete sie und setzte sich in Bewegung. »Sieht aus, als wäre der sicherste Platz im Schatten von dem Ding da.«

»Aber er geht auf die Festung zu!«

»Dann tun wir das eben auch!«

Schlammbespritzt und mit schweren Beinen schlurfte Elsters Armee langsam dahin, um ein Stück vor dem Todesstreifen eine der Stadt zugewandte Linie zu bilden. Weit draußen auf den Flanken waren die Barghast, der Ilgres-Clan auf der einen Seite, die Weißgesichter auf der anderen.

Korlat ließ ihr Pferd bei den anderen hinter der Linie zurück und schritt zu dem niedrigen Hügel hinüber, der direkt westlich der Handelsstraße lag und auf dem Elster, Kallor und der Standartenträger Artanthos standen.

Sie waren alle miteinander Zeugen der Luftkämpfe über Korall geworden, hatten das Gemetzel unter den Schwarzen Moranth und zumindest einem Geschwader, das Truppen aus Dujeks Heer transportiert hatte, gesehen. Sie hatten die Bombardierung beobachtet, doch kein einziger Soldat auf dem Kamm war in Jubelrufe ausgebrochen. Die brutale Wahrheit war nicht zu übersehen: Dujek saß in Korall in der Falle, seine Armee wurde abgeschlachtet, und Elster und seine erschöpften Truppen konnten so gut wie nichts dagegen tun.

Kondore waren gesehen worden, die den Schwarzen Moranth auf ihrem Rückflug zu dem Berg mit den Schützengräben gefolgt waren – dort jedoch würden sie auf Orfantal treffen. In seiner Wechselgänger-Gestalt war nur Rake ihrem Bruder überlegen. Korlat beneidete ihn darum, unverzüglich Rache nehmen zu können.

Sie ging auf ihre Kameraden zu und bereitete sich innerlich auf die Verwandlung in ihre Drachengestalt vor. Das Gefühl der Macht, das diesen Übergang begleitete, hatte sie immer erschreckt, denn es war kalt und hart, gleichermaßen unmenschlich und nicht menschlich. Diesmal allerdings würde sie es willkommen heißen.

Als sie die Kuppe erreichte, konnte sie sehen, was die anderen sahen. Genau ihnen gegenüber hatte sich das Nordtor geöffnet. K'Chain Che'Malle kamen heraus, verteilten sich, um eine Reihe zu bilden. Achthundert, vielleicht auch mehr.

Die malazanischen Soldaten und Soldatinnen machten ihre Waffen bereit. Wenn Elster den Befehl gab, würden sie den Hang hinuntermarschieren und die Reihe der untoten Schlächter angreifen.

Und sterben. Achthundert K'Chain Che'Malle weniger in Korall. Achthundert K'Chain Che'Malle, die eine Weile … beschäftigt sein werden. Weiß Dujek das überhaupt? Bruth ist immer noch einen halben Tagesmarsch hinter uns. Die Grauen Schwerter zwei Glockenschläge, vielleicht auch mehr – diese Neuigkeiten hätte ich von Kallor nicht erwartet –, aber wenn sie hier ankommen, werden sie zu hart, zu lange geritten sein.

Und Grantl und seine Legion – sie scheinen gänzlich verschwunden zu sein. Haben wir unsere Stoßtruppen verloren? Beim Abgrund, dieser Daru hat den Kampf alles andere als geliebt …

Begreift Dujek, was wir tun, um ihm diesen Tag zu erkaufen?

Achthundert K'Chain Che'Malle auf der Ebene. Wie viele sind noch in der Stadt? Wie viele schlagen gerade jetzt blutige Schneisen durch die Kompanien der Hohefaust?

Die vielleicht zwanzig Kondore, die noch über der Stadt waren, kreisten samt und sonders über der Festung, was vielleicht ein Zeichen für das Vertrauen des Sehers war, dass es keinerlei Notwendigkeit für sie gab, an dem, was gleich folgen würde, teilzunehmen.

Der Gedanke ließ einen bitteren Geschmack in ihrem Mund zurück.

Elster drehte sich um, als sie ankam, und nickte ihr grüßend zu. »Hast du Kruppe gefunden? Er hat sich bestimmt einen sicheren Platz gesucht.«

»Er ist bei Hetan«, erwiderte Korlat. »Und hat sie um weiße Farbe für sein Gesicht gebeten.«

Elster brachte nur mit Mühe so etwas wie ein Grinsen zustande.

»Meine Tiste Andii werden deinen Soldaten vorangehen, wenn sie vorrücken«, sagte Korlat nach einem Augenblick. »Dann werden wir sehen, wie sich diese Untoten gegen Kurald Galain behaupten.«

Kallors Gesichtsausdruck ließ ein hämisches Grinsen erahnen. »Euer Gewirr ist immer noch bedrängt, Korlat. Ihr würdet eine vollständige Enthüllung benötigen – von all deinen Verwandten, nicht nur von denen, die hier sind –, um eine Säuberung zu erreichen. Deine Brüder und Schwestern werden abgeschlachtet werden.«

Ihre Augen verengten sich. *Eine vollständige Enthüllung. Kallor, du weißt viel zuviel von uns.* »Ich weiß deinen Scharfsinn in Sachen Strategie zu schätzen«, erwiderte sie trocken.

Sie sah, wie Elster Artanthos einen Blick zuwarf; der Standartenträger stand fünfzehn Schritt von den anderen entfernt und hatte sich zum Schutz vor der morgendlichen Kühle in einen pelzbesetzten Umhang gehüllt. Der Mann schenkte den anderen keine Beachtung, sein Blick war unverwandt auf die Ebene vor und unter ihnen gerichtet, und ganz allmählich begann er leicht die glatte Stirn zu runzeln.

Zwei Seesoldatinnen kamen von Osten her angeritten, preschten im Galopp vor der malazanischen Linie entlang.

Elsters zwei Seesoldatinnen ...

Mühsam, mit Schaum vor dem Maul, galoppierten die Pferde den Hang herauf. Die beiden Frauen zügelten ihre erschöpften Tiere.

»Kommandant!«, rief die eine.

»Wir haben sie gefunden!«, fügte die andere hinzu und deutet mit dem Zeigefinger.

Aus den Hängen im Osten tauchte Silberfuchs auf.

Das Geräusch von Tausenden von Stimmen, die überrascht aufschrien, ließ Korlat aufhorchen – und als sie sich umdrehte, sah sie, wie der Todesstreifen vor den K'Chain Che'Malle unter einem plötzlich aufwallenden Staubschleier verschwand, der schnell wieder dünner wurde und Reihe um Reihe von T'lan Imass enthüllte.

Silberfuchs kam näher. Sie schien sich Artanthos als Ziel ausgesucht zu haben, die Augen halb geschlossen, ihr rundes Gesicht ausdruckslos.

Gebrüll stieg von Elsters Armee in die Morgenluft.

»Ja ...«, krächzte Kallor neben ihr.

Korlat wandte den Blick von Silberfuchs ab; Kallors Ton hatte sie neugierig genug gemacht, ihm ihre Aufmerksamkeit zuzuwenden.

Genau im richtigen Augenblick, um die schartige Klinge auf ihren Kopf zublitzen zu sehen.

Schmerz explodierte. Ein Augenblick der Verwirrung, in dem alles merkwürdig still war, dann krachte der Erdboden in ihre Seite. Hitze flammte über ihr Gesicht, ging von ihrer Stirn aus. Sie blinzelte, wunderte sich über ihren eigenen Körper, der zu zucken begonnen hatte.

Gewirr –

– chaotisch –

Kallor –

Eine verschwommene Szene vor ihren Augen, von ihrem Blickpunkt auf dem Boden aus.

Schädel – gebrochen – sterbend –

Ihre Sicht klärte sich, jede Linie und Kante, die sie sah, war zu scharf, scharf wie Messerklingen, die ihre Seele in Stücke schnitten. Kallor stürmte mit einem Freudenschrei auf Silberfuchs zu, sein langes Kettenhemd umwehte ihn wie ein Umhang. Graugeäderte Magie tanzte zu Füßen des Kriegers auf dem Boden.

Die Rhivi blieb stehen, öffnete den Mund. Entsetzen stand in ihren Augen. Sie rief etwas –

– irgendetwas –

»T'lan Ay. Beschützt mich!«

Doch sie blieb allein –

Kallor kam näher, hielt das Schwert in beiden gepanzerten Händen, kam noch näher, hob die Waffe hoch über den Kopf.

Und dann stand Elster ihm im Weg, sein Langschwert zuckte hoch, klirrte gegen Kallors Waffe. Ein schneller, wilder Schlagabtausch, Funken flogen. Kallor sprang zurück, brüllte seine Wut und Enttäuschung heraus, und seine Ferse blieb irgendwo hängen –

Elster sah seine Chance. Sein Schwert stieß vor, der Ausfall eines Duellanten, voll ausgestreckt, das Gewicht verlagerte sich auf das vordere Bein –

das nachgab.

Sie sah, wie das Knochenstück sich durch den lederumhüllten Oberschenkel bohrte.

Sah den Schmerz im Gesicht ihres Geliebten, die plötzliche Erkenntnis –

als Kallors großes Schwert sich in seine Brust bohrte. Zwischen die Rippen glitt. Herz und Lunge in einem diagonal einwärts geführten Stoß zerfetzte.

Elster starb auf jener Klinge – das Leben wich aus seinen Augen, deren Blick dem Korlats begegnete, wich noch mehr, verschwand, war fort.

Kallor zog seine Waffe heraus.

Und dann taumelte er plötzlich, von zwei Armbrustbolzen getroffen. Chaotische Magie schlängelte sich um die beiden vorwitzigen Geschosse, löste sie auf. Blut spritzte. Ohne darauf zu achten, hob Kallor einmal mehr sein Schwert, als die beiden Seesoldatinnen ihn gemeinsam angriffen.

Die Frauen waren hervorragend, kämpften wie ein einziges Wesen.

Doch der Mann, gegen den sie kämpften –

Ein Todesschrei – die Seesoldatin zur Rechten stolperte in einer blutigen Woge, griff nach unten, um aus dem Bauch quellende Eingeweide festzuhalten, sank zusammen. Ihr behelmter Kopf flog von ihren Schultern, noch ehe ihre Knie den Boden berührten.

Die andere Frau stürmte auf Kallor zu, zielte mit dem Schwert hoch nach dem Gesicht des Kriegers.

Ein Schritt zur Seite, ein nach unten geführter Hieb, der den Arm abtrennte –

Aber die Seesoldatin hatte ihn bereits geopfert, und ihre linke Hand, die einen Dolch umklammerte, war ungehindert, als sie durch die Kettenglieder stieß, die Kallors Bauch bedeckten.

Die Schneide von Kallors Schwert schlitzte der Seesoldatin die Kehle auf. Sie wirbelte herum, umgeben von einer roten Fontäne, fiel hin.

Keuchend taumelte der uralte Krieger rückwärts, gelbstreifiges Blut strömte aus der Wunde in seinem Bauch. »Angeketteter!«, schrie er. »Heile mich!«

Heiß – ein Gewirr –

– nicht chaotisch – wo?

Eine Woge aus geknotetem Gold hämmerte auf Kallor ein, verschluckte ihn mit wildem Feuer. Er kreischte, von den Füßen gerissen, hin- und hergeworfen, als die Magie ihm folgte, in ihn hineinfetzte, Blutfahnen in der Luft, als er auf dem Boden aufschlug.

Eine zweite Welle rollte auf den Mann zu, blitzte wie Sonnenfeuer –

Das Gewirr, das sich um Kallor öffnete, war ein verseuchter Fleck, ein widerlicher Riss – der ihn verschlang –

– und verschwand und dabei Kallor mitnahm.

Die goldene Zauberei flackerte, löste sich auf.

Nein – solche Kontrolle. Wer?

Korlats Körper wurde nicht länger von Krämpfen geschüttelt. Er war nun betäubt und kalt, merkwürdig weit entfernt. Blut füllte ein Auge. Sie musste andauernd blinzeln, um ihren Blick zu klären. Sie lag auf dem Boden, wurde ihr schließlich klar. Kallor hatte sie niedergeschlagen –

Jemand kniete neben ihr nieder, eine weiche, warme Hand legte sich auf ihre Wange.

Korlat bemühte sich zu erkennen, wer es war.

»Ich bin es, Silberfuchs. Hilfe ist unterwegs –«

Die Tiste Andii versuchte eine Hand zu heben, irgendeine Geste in Richtung Elster zu machen, aber der Wunsch blieb nur in ihrem Geist, raste im Kreis herum, und sie wusste von dem schwachen Gefühl von feuchtem Gras unter ihrer Handfläche, dass ihre Hand den Ruf nicht hören konnte.

»Korlat! Sieh mich an. Bitte. Bruth kommt – und ich sehe einen schwarzen Drachen, der sich von Westen her nähert – ist das Orfantal? Der Kriegsherr gebietet über Hoch-Denul, Korlat. Du musst durchhalten –«

Ein Schatten über ihrem Gesicht. Silberfuchs blickte auf, ihre Miene wurde bitter. »Sag mir eins«, sagte sie zu dem Neuankömmling, »die Zauberei, die Kallors Verrat begleitet hat – war sie wirklich so wirksam, dass sie dich so lange betäubt hat? Oder hast du dich absichtlich zurückgehalten? Hast dir den besten Moment ausgerechnet, die Folgen deiner Untätigkeit beobachtet – schließlich hast du das ja schon einmal getan, Tayschrenn, oder etwa nicht?«

Tayschrenn?

Doch die raue, schmerzerfüllte Stimme, die ihr antwortete, gehörte Artanthos, dem Standartenträger. »Silberfuchs. Bitte. Ich hätte nie –«

»Nicht?«

»Nein. Elster – er ist –«

»Ich weiß«, schnappte Silberfuchs.

Ein schlecht verheiltes Bein … nie der richtige Zeitpunkt – Bruth hätte –

Er ist tot. Oh, mein Liebster … nein …

Verschwommene Gestalten waren jetzt auf allen Seiten. Malazanische Soldaten. Barghast. Irgendjemand begann zu wehklagen.

Der Mann, den sie als Artanthos gekannt hatte, beugte sich über sie. Zauberei hatte seine Gesichtshaut zerfetzt – die Berührung des Chaos, wie sie erkannte. Eine schlimmere Berührung als jede, die sie hätte überleben können. Nun wusste sie tief in ihrem Innern, dass der Hohemagier seine Reaktion nicht absichtlich verzögert hatte. Dass er überhaupt irgendetwas zustande gebracht hatte, war an sich schon … außergewöhnlich. Sie begegnete seinem Blick, sah die Schichten des Schmerzes, die noch immer durch den Mann pulsierten.

»Sil …«

»Ja, Korlat?«

»Frau«, sagte die Tiste Andii undeutlich, aber hörbar, »dieser Mann …«

»Ja? Das ist Tayschrenn, Korlat. Der Teil von mir, der Nachtfrost ist, weiß es schon lange. Ich bin gekommen, um ihn –«

»… danke ihm.«

»Was?«

»Für … dein … Leben. Danke ihm, Frau …« Sie blickte Tayschrenn noch immer in die Augen. Dunkelgrau, wie die von Elster. »Kallor – er hat uns alle überrascht …«

Der Mann zuckte zusammen, nickte dann langsam. »Es tut mir Leid, Korlat. Ich hätte es –«

»Ja. Ich auch. Und Bruth.«

Sie konnte das Trommeln von Pferdehufen im Boden unter ihr spüren. Die Vibrationen stiegen auf, übertrugen sich auf ihre Knochen.

Eine Totenklage. Trommeln, ein verlorenes Geräusch. Pferde, die heftig vorangetrieben werden ... sie wissen nichts von dem Grund, doch sie kommen. Näher. Ohne Verstand, doch von dem Drängen ihrer unbegreiflichen Herren erfüllt.

Doch der Tod ist bereits über diese Hügelkuppe geritten.

Ohne etwas von dem Grund zu wissen.

Mein Geliebter.

Er gehört jetzt dir, Vermummter ... lächelst du?

Mein Geliebter gehört ... dir ...

So tapfer und großartig Itkovians Reittier auch war, jetzt verließen es allmählich die Kräfte. Gut zwei Glockenschläge vor der Morgendämmerung hatte Grantl ihn ungewöhnlich schroff geweckt. »Es ist etwas schief gegangen«, hatte er grollend gesagt. »Wir müssen nach Korall reiten, mein Freund.«

Die Grauen Schwerter hatten in der Nacht nicht Halt gemacht – Itkovian hatte sie beobachtet, so lange es ging, bis das Zwielicht der Nacht ihm die Sicht genommen hatte. Schild-Amboss Norul hatte sich entschlossen, weiterzureiten, um Elster zu unterstützen. Er hatte gedacht, ihm sei die Entscheidung gleichgültig gewesen – und auch das, was ihr Aufbruch bedeutete –, doch Trostlosigkeit erfüllte sein Herz, und als er schließlich eingeschlafen war, war sein Schlaf unruhig gewesen. Nachdem er von Grantl so barsch geweckt worden war, hatte er über die Ursache seiner Ruhelosigkeit nachdenken wollen, doch sie entzog sich ihm.

Beim Satteln hatte Itkovian nicht auf Grantl und seine Legion geachtet, und erst als er sich auf sein Pferd geschwungen und nach den Zügeln gegriffen hatte, hatte er bemerkt, dass Grantl und seine Anhänger bereits auf ihn warteten – zu Fuß.

Itkovian hatte Grantl stirnrunzelnd angeblickt. »Todbringendes Schwert, was habt Ihr vor?«

Der große Mann verzog das Gesicht und sagte dann: »Für diese Reise ist Schnelligkeit erforderlich. Für diese Reise«, wiederholte er und warf einer furchtbar finster dreinschauenden Stonny Menackis einen Blick zu, »riskiert Trake das Herz seiner Macht.«

»Er ist nicht mein Gott!«, schnappte Stonny.

Grantl lächelte sie traurig an. »Nein, leider nicht. Du wirst dich an Itkovian halten und einfach reiten müssen. Wir werden nicht auf dich warten, aber vielleicht kannst du mit uns mithalten ... eine Weile.«

Itkovian verstand nichts von dem, was da vorging. »Mein Herr«, sagte er zu Grantl, »werdet Ihr mittels eines Gewirrs reisen?«

»Nein. Nun, nicht ganz. Vielleicht doch ... wie soll ich das wissen? Ich weiß nur – irgendwie –, dass meine Legion fähig ist, nun ... etwas anderes zu tun. Etwas ... sehr Schnelles!«

Itkovian hatte Stonny einen Blick zugeworfen und dann die Schultern gezuckt. »Sowohl Stonny Menackis als auch ich sind mit außergewöhnlichen Pferden gesegnet. Wir werden uns bemühen, Schritt zu halten.«

»Gut.«

»Todbringendes Schwert?«

»Was ist, Itkovian?«

»Macht Euch das, was da vor uns liegt, solche Sorgen, mein Herr?«

»Ich bin mir nicht sicher, mein Freund, aber ich habe Magenschmerzen. Ich glaube, wir sind im Begriff, verraten zu werden.«

Itkovian hatte einen langen Moment gar nichts darauf erwidert. Dann: »Mein Herr, wenn man die kürzlich erfolgten Geschehnisse mit klarem Auge betrachtet, dann könnte man feststellen, dass der Verrat bereits stattgefunden hat.«

Grantl hatte lediglich die Schultern gezuckt und sich an seine Anhänger gewandt: »Bleibt eng zusammen, ihr verdammten Außenseiter. Jeder, der beim Loslaufen bummelt, wird zurückgelassen.«

Stonny kam an Itkovians Seite, ihr Pferd am Zügel.

»Wisst Ihr, was gleich geschehen wird?«, fragte Itkovian sie.

»Wahrscheinlich überhaupt nichts«, schnappte sie und schwang sich in den Sattel. »Grantl muss sich irgendwo den Schädel angeschlagen –«

Sie kam nicht weiter, denn vor ihnen schienen Grantl und seine Legion zu verschwimmen, zu einem undeutlichen Flimmern aus schmalen schwarzen Streifen zu verschmelzen, eine einzige Gestalt, gewaltig, dicht an den Boden geduckt – die plötzlich katzengleich vorwärts glitt und in der Nacht verschwunden war.

»Beru schütze uns!«, zischte Stonny. »Hinterher!« Sie trieb ihrem Pferd die Fersen in die Flanken.

Und so waren sie geritten, hart geritten.

Sie waren an Bruths Lager vorbeigekommen, hatten bemerkt, dass es mit beträchtlicher Hast erwachte, obwohl die Morgendämmerung noch mindestens einen Glockenschlag entfernt war.

Sie waren Zeugen geworden, wie Zauberei am Himmel im Südwesten aufgeblitzt und aufgeflackert war, ohne darüber ein Wort zu wechseln.

Gelegentlich konnten sie in der Dunkelheit einen Blick auf die gewaltige Kreatur erhaschen, die sie verfolgten, das gedämpfte Flackern von schwarz gestreiftem Gelb, das sich bewegte wie durch unmöglich hohes Gras, wie unter Farnwedeln im Dschungel, in Schatten gehüllt, in fließenden Bewegungen, tödlich in seiner Geschwindigkeit und seinem Schweigen.

Dann wurde der Himmel heller, und im Süden war der Horizont zu erkennen – kleine Baumgruppen, die Handelsstraße, die sich zwischen ihnen hindurchwand.

Noch immer ließ sich die gestreifte Bestie mit den Augen kaum erfassen, entzog sich jedem scharfen Blick, als sie die Hügel der Parklandschaft erreichte.

Schweißgebadet, mit schäumenden Nüstern, preschten die Pferde weiter, die Hufe dröhnten schwer und holprig. Keines der beiden Tiere würde sich von diesem Martyrium jemals wieder erholen. Tatsächlich warteten sie mit ihrem Tod nur auf das Ende dieser Reise.

Tapfer und großartig, und er fragte sich, ob das Ganze dieses Opfer wert war.

Sie ritten auf einem Pfad zwischen kleinen Gehölzen, der langsam anstieg und auf etwas zuführte, das Itkovian für eine Art Steilabbruch hielt.

Dann, genau vor ihnen, Wagen. Ein paar Gestalten, die sich umdrehten und zusahen, wie sie näher kamen.

Falls sie die Kreatur gesehen hatten, so zeigten sie es nicht – es waren keine Alarmrufe zu hören gewesen, alles schien ruhig.

Itkovian und Stonny ritten an der malazanischen Nachhut vorbei.

Ein Knistern von Zauberei – ganz nah.

Soldaten standen auf dem Kamm vor ihnen, eine aufgereihte Armee, die nach Süden blickte – und die sich jetzt in ungeordnete Bewegung auflöste. Entsetzen brach mit fühlbarer Gewalt über Itkovian herein, eine Flut rohen Schmerzes, unermesslichen Verlusts.

Er wankte im Sattel, zwang sich, sich wieder aufzurichten. Ein Drängen donnerte durch ihn hindurch, jetzt, plötzlich, überwältigend.

Stonny rief irgendetwas, lenkte ihr stolperndes Pferd nach rechts und verließ die Straße, näherte sich einer Hügelkuppe, auf der die malazanische Standarte schlaff in der windstillen Luft hing. Itkovian folgte ihr, aber langsamer, zurückhaltend. Seine Seele ertrank in kaltem Entsetzen.

Sein Pferd gab den Galopp auf, taumelte, reckte den Kopf vor. Aus dem leichten Galopp wurde ein schwankender, haltloser Schritt, dann blieb es zwanzig Schritt vom Fuß des Hügels entfernt breitbeinig stehen.

Sterbend.

Betäubt schlüpfte Itkovian aus den Steigbügeln, hob ein schmerzendes Bein über die Kruppe des Tieres und ließ sich zu Boden gleiten.

Auf dem Hügel zu seiner Rechten sah er Stonny, die sich von ihrem gestürzten Pferd löste – der Hang war zu viel für das Tier gewesen – und weiterkletterte. Grantl und seine Truppe waren bereits angekommen, wieder in Menschengestalt; sie drängten sich auf dem Hügel, schienen aber nichts zu tun.

Itkovian wandte den Blick ab, begann am Rand der Straße entlangzugehen, die hier, auf dem letzten Stück den Hügel hinunter und auf den Todesstreifen und die dahinter liegende Stadt zu, ganz gerade verlief.

Kaltes Entsetzen.

Sein Gott war fort. Sein Gott konnte es nicht ablenken, so wie er es einst, vor Monaten, auf einer Ebene westlich von Capustan getan hatte.

Verlust und Kummer in einer Intensität, wie er es nie zuvor gespürt hatte.

Die Wahrheit. Die ich gekannt habe. Tief in meinem Innern. Verborgen, doch jetzt enthüllt. Ich bin noch nicht am Ende.

Noch nicht am Ende.

Er ging weiter, nahm die Soldaten zu seiner Rechten und Linken nicht wahr, trat aus der ungleichmäßigen Linie heraus, ließ die Armee hinter sich, die nun dastand, die Waffen gesenkt, gebrochen, schon bevor die Schlacht begonnen hatte – gebrochen durch den Tod eines Mannes.

Itkovian war dem allem gegenüber blind. Er erreichte den Hang, ging weiter.

Hinunter.

Hinunter, wo die T'lan Imass in Reihen vor achthundert K'Chain Che'Malle warteten.

Die T'lan Imass, die sich jetzt alle langsam umdrehten.

Gewirre flackerten auf der Hügelkuppe.

Brüllend befahl Grantl seinen Anhängern, am südlichen Hang Position zu beziehen. Er stand reglos, nach so langer Zeit, zitterte noch immer von der Macht des Gottes. Das Versprechen von Mord erfüllte ihn, leidenschaftslos, aber gewiss, die Absichten eines Raubtiers, die er schon einmal gespürt hatte, in einer Stadt weit nördlich von hier.

Seine Sicht war zu scharf, jede Bewegung zerrte an seiner Aufmerksamkeit. Er bemerkte, dass er seine Macheten in den Händen hielt.

Er schaute zu, wie Orfantal aus einem Gewirr trat; hinter ihm tauchte Bruth auf. Er sah Stonny Menackis, die auf drei Leichen hinunterschaute. Dann schob sich der Kriegsherr an ihr vorbei, warf nur einen kurzen Blick auf die Leichname, während er sich auf dem Weg zu der Stelle befand, wo ein vierter Körper lag – etwas näher an der Stelle, wo Grantl stand. Eine Tiste Andii. Zwei Gestalten kauerten neben ihr, eine, deren Seele sich noch immer im Griff wilder, chaotischer Zauberei wand. Die andere … Silberfuchs, das runde Gesicht tränenüberströmt.

Er sah Kruppe, flankiert von Hetan und Cafal. Der Daru war bleich, mit glasigen Augen, und schien einer Ohnmacht nahe. Das war merkwürdig, denn es war kein Kummer, was dem Daru so zusetzte. Er sah, wie Hetan die Hand nach ihm ausstreckte, als er zusammenbrach.

Doch der Mann, nach dem Grantl Ausschau hielt, war nirgends zu sehen.

Er ging zum südlichen Kamm, um zu überprüfen, ob seine Legion in Position war. Sie machten ihre Waffen bereit. Unterhalb von ihnen versammelten sich die Grauen Schwerter, die sich ganz eindeutig anschickten, auf die Stadt vorzurücken –

– Eine Stadt, die in Rauch gehüllt war, von magischen Blitzen und irdischen Explosionen erleuchtet wurde, eine Stadt, die sich selbst in Stücke riss –

Grantls suchender Blick fand schließlich den Mann.

Itkovian.

Der auf die T'lan Imass zuging.

Ein gellender Schrei ertönte auf der Hügelkuppe hinter Grantl, und als er sich umdrehte, sah er, dass Silberfuchs sich aufgerichtet hatte, herumwirbelte –

Doch die Zehntausende von T'lan Imass blickten jetzt Itkovian an.

Grantl sah, wie die Schritte seines Freundes langsamer wurden und er schließlich zwanzig Schritt vor den untoten Kriegern stehen blieb.

Silberfuchs schrie auf, als ihr klar wurde, was dort geschah; sie rannte los –

Ja, Beschwörerin. Du warst im Begriff, sie auf die K'Chain Che'Malle zu hetzen. Grantl brauchte sich nicht in Hörweite zu befinden, um zu wissen, was Itkovian zu den Schweigenden sagte.

Ihr leidet. Ich möchte Euch jetzt umarmen …

Er spürte das Entsetzen seines Gottes, das immer größer wurde und sein eigenes schließlich überwältigte –

Als die T'lan Imass antworteten.

Auf die Knie sanken. Die Köpfe beugten.

Oh, Beschwörer …

Und jetzt war es viel zu spät.

Kapitel Zwölf

Verrat kündigt sich nicht an, denn der Augenblick versteckt sich in sich selbst, plötzlich, enthüllt sich dann so plötzlich, dass jeder seine oder ihre eigene Seele opfern würde, um all das ungeschehen zu machen, was geschehen ist. Verrat kündigt sich nicht an, doch was jenen Tag betrifft, kommt Ormuloguns Porträt dem am nächsten, was je ein Sterblicher zu erlangen hoffen könnte …

N'aruhls Kommentar zu Ormulogun
Elsters Ermordung

Schritte im Korridor kündigten einen weiteren Gast an – Coll hatte keine Ahnung, ob dieser Gast geladen war oder nicht –, und er wandte den Blick von den beiden alten Mitgliedern des Maskenrats ab, die vor der Beerdigungsgrube knieten, und sah eine in lange Gewänder gehüllte Gestalt im Türrahmen auftauchen. Unmaskiert, das Gesicht merkwürdig teilnahmslos.

Der Ritter des Todes drehte sich mit knirschender Rüstung nach dem Neuankömmling um. »K'rul«, krächzte er, »mein Lord heißt dich in seinem geheiligten Wohnsitz willkommen.«

K'rul? Gibt es da nicht einen alten Tempel in Darujhistan – ist das nicht der mit dem Glockenturm? K'ruls Glockenturm. Eine Art Älterer … Coll warf einen Blick zur Seite, wo Murillio stand, sah das gleiche allmähliche Begreifen, das deutlich sichtbar in Murillios Gesicht geschrieben stand. *Ein Älterer Gott hat diesen Raum betreten. Steht kaum ein halbes Dutzend Schritte von mir entfernt. Beru schütze uns alle! Noch ein blutrünstiger Bastard aus der Vorzeit –*

K'rul trat zur Mhybe.

Eine Hand am Schwertgriff und von wachsender Furcht erfüllt, die ihm in die Kehle stieg, trat Coll dem Älteren Gott in den Weg. »Halt«, grollte er. Sein Herz klopfte ihm bis zum Hals, als er K'rul in die Augen blickte und in diesen Augen … nichts sah. Gar nichts.

»Wenn Ihr vorhabt, ihr auf diesem Altar die Kehle durchzuschneiden, nun, Älterer Gott oder nicht, ich werde es Euch nicht leicht machen.«

Auf der anderen Seite der Grube klappte Rath'Toggs zahnloser Mund keuchend auf.

Der Ritter des Todes gab ein Geräusch von sich, das durchaus ein Lachen hätte sein können, und sagte dann mit einer Stimme, die nicht länger seine eigene war: »Sterbliche sind wirklich dreist.«

Murillio stand auf und trat an Colls Seite, legte eine zitternde Hand um den Griff seines Rapiers.

K'rul warf dem untoten Kämpfer einen Blick zu und lächelte. »Ihre bewundernswerteste Gabe, Vermummter.«

»Bis sie zur Streitlust wird. Dann sollte man ihr mit Auslöschung antworten.«

»Das ist deine Antwort, ja.« Der Ältere Gott sah Coll an. »Ich habe nicht den Wunsch, der Mhybe zu schaden. Tatsächlich bin ich hier, um sie zu ... erlösen.«

»Tja, dann«, schnappte Murillio, »dann könnt Ihr ja vielleicht auch erklären, warum hier eine Begräbnisgrube ist.«

»Das wird schon bald klar werden ... hoffe ich. Wisset dies: Es ist etwas geschehen. Weit im Süden. Etwas ... Unerwartetes. Die Konsequenzen, die es haben wird, sind unbekannt – uns allen. Nichtsdestoweniger ist es nun an der Zeit für die Mhybe –«

»Und was genau hat das zu bedeuten?«, wollte Coll wissen.

»Jetzt«, erwiderte der Ältere Gott und ging an ihm vorbei, um neben der Mhybe niederzuknien, »muss sie wahrhaftig träumen.«

Sie waren fort. Fort aus ihrer Seele, und mit ihrem Weggang – mit dem, was Itkovian getan hatte, noch immer tat – war alles, was sie zu erreichen gehofft hatte, niedergerissen worden, lag in Trümmern.

Silberfuchs stand reglos da, kalt vor Schock.

Kallors brutaler Angriff hatte noch etwas anderes deutlich gemacht – die T'lan Ay hatten sie im Stich gelassen. Ein Verlust, der ihr eine Messerklinge in die Seele rammte.

Einmal mehr Verrat, der dunkelherzige Mörder des Vertrauens.

Nachtfrosts uraltes Erbe. Flickenseel und Bellurdan Schädelzerschmetterer – beide getötet durch die Machenschaften Tayschrenns, der Hand der Imperatrix. *Und jetzt ... Elster. Die beiden Seesoldatinnen, die so lange meine Zwillingsschatten waren. Ermordet.*

Jenseits der knienden T'lan Imass warteten die untoten K'Chain Che'Malle. Die riesigen Kreaturen kamen nicht auf die T'lan Imass zu – noch nicht. *Sie brauchen nur durch die Reihen zu waten, mit den Klingen zuzuschlagen und anzufangen, sie zu vernichten. Meine Kinder sind jenseits allen Widerstands. Jenseits aller Sorge. Oh, Itkovian, du edler Narr.*

Und diese Armee der Sterblichen – sie sah die Grauen Schwerter weiter unten am Hang, die Lassos, Lanzen und Schilde bereitmachten – sich darauf vorbereiteten, die K'Chain Che'Malle anzugreifen. Dujeks Armee wurde in der Stadt vernichtet – das Nordtor musste durchbrochen werden. Sie sah Grantl, Trakes Todbringendes Schwert, der seine scheckige Legion hinabführte, dorthin, wo die Grauen Schwerter waren. Sie sah Offiziere an der wankenden Linie der Malazaner entlangreiten, die ihre gebrochenen Soldaten anfeuerten. Sie sah Artanthos – Tayschrenn –, der sich anschickte, sein Gewirr zu entfesseln. Caladan Bruth kniete neben Korlat, Hoch-Denul-Magie umhüllte die Tiste Andii. Hinter dem Kriegsherrn stand Orfantal – sie spürte den Drachen –, in seinem Blut den eisigen Hunger, der danach gierte, zurückzukehren.

Alles umsonst. Der Seher und seine dämonischen Kondore ... und die K'Chain Che'Malle ... werden sie alle töten.

Sie hatte keine Wahl. Sie würde anfangen müssen. Der Verzweiflung trotzen, mit all dem anfangen, was sie vor so langer Zeit in Gang gesetzt hatte. Ohne Hoffnung würde sie den ersten Schritt auf dem Pfad tun.

Silberfuchs öffnete das Tellann-Gewirr.

Verschwand darin.

Die Liebe einer Mutter bleibt.

Aber ich hätte niemals eine Mutter werden dürfen. Ich war noch nicht bereit. Ich war nicht darauf vorbereitet, so viel von mir zu ge-

ben. Von meinem Selbst, das ich gerade erst zu enthüllen begonnen hatte.

Die Mhybe hätte sich abwenden können. Gleich am Anfang. Sie hätte sich Kruppe widersetzen können, hätte sich den Älteren Göttern widersetzen können, den Imass – was bedeuteten ihr diese verlorenen Seelen? Malazanische Seelen, allesamt. Der Feind. Schrecklich, was Magie anbelangte. Alle hatten Rhivi-Blut an den Händen.

Kinder sollten Geschenke sein. Die Manifestation der Liebe zwischen einem Mann und einer Frau. Und für diese Liebe konnten alle denkbaren Opfer ertragen werden.

Reicht es, dass das Kind meinem Fleisch entsprungen ist? Dass es so in dieser Welt angekommen ist wie alle Kinder? Ist schon allein der Schmerz der Geburt der Urquell der Liebe? Alle anderen haben das geglaubt. Sie haben das Band zwischen Mutter und Tochter als gegeben hingenommen, als natürliche Folge der Geburt an sich.

Das hätten sie nicht tun sollen.

Mein Kind war nicht unschuldig.

Empfangen aus Mitleid, nicht aus Liebe; empfangen mit einem furchtbaren Ziel – den Befehl über die T'lan Imass zu übernehmen, sie in einen weiteren Krieg zu ziehen – sie zu verraten.

Und nun war die Mhybe gefangen. Verloren in einer Traumwelt, die zu groß war, um sie zu verstehen, einer Traumwelt, in der Kräfte aufeinander prallten, von ihr forderten, dass sie handelte, dass sie ... *irgendetwas tat.*

Uralte Götter, tierische Geister, ein Mann, im Schmerz gefangen, in einem gebrochenen, entstellten Körper. Dieser Brustkorb vor mir – gehört er ihm? Demjenigen, mit dem ich vor so langer Zeit gesprochen habe? Demjenigen, der sich so in der Umarmung einer Mutter gewunden hat? Sind wir so etwas wie Verwandte, er und ich? Beide in verwüsteten Körpern gefangen, beide dazu verdammt, immer tiefer in diese schmerzhafte Marter zu gleiten?

Das Tier wartet auf mich – der Mann wartet auf mich. Wir müssen uns nacheinander ausstrecken. Um uns zu berühren, um uns gegenseitig zu beweisen, dass wir nicht allein sind.

Ist es das, was uns erwartet?

Der Käfig aus Rippen, das Gefängnis, muss von außen zerstört werden.

Tochter, du magst mich im Stich gelassen haben. Aber diesen Mann, diesen Bruder von mir, den werde ich nicht im Stich lassen.

Sie konnte sich nicht ganz sicher sein, doch sie glaubte, dass sie wieder begonnen hatte, weiterzukriechen.

Das Tier heulte in ihrem Geist, eine Stimme, die rau war vor Agonie.

Sie würde es befreien müssen, wenn sie konnte. Das verlangte schon das Mitleid.

Nicht die Liebe.

Oh, jetzt sehe ich …

So also.

Er würde sie umarmen. Er würde ihren Schmerz nehmen. In dieser Welt, in der ihm alles genommen worden war, in der er ohne Ziel dahinschritt, beladen mit der Last der Leben und Tode von Zehntausenden Seelen der Sterblichen – unfähig, ihnen Frieden zu gewähren, unfähig – nicht willens –, sie einfach fallen zu lassen, war er noch nicht am Ende.

Er würde sie umarmen. Diese T'lan Imass, die all die Macht des Tellann-Gewirrs in ein Ritual verdreht hatten, das ihre Seelen verschlungen hatte. Ein Ritual, das sie – in den Augen aller anderen – als kaum mehr zurückgelassen hatte denn als Hüllen, belebt von einem Ziel, das sie außerhalb ihrer Selbst gesetzt hatten, an das sie dennoch gefesselt waren – bis in alle Ewigkeit.

Hüllen, doch … alles andere als das.

Und das war eine Tatsache, die Itkovian nicht erwartet hatte, auf die er sich nicht vorbereiten konnte.

Insharak Ulan, der als drittes Kind von Inal Thoom und Sultha A'rad vom Nashar-Clan geboren wurde, der Krons eigener Clan werden würde, im Frühling des Jahres des Verfaulten Mooses, unter dem Land des Rauen Kupfers, und ich erinnere mich an –

Ich erinnere mich an –

Einen Schneehasen, zitternd, nicht weiter als die Länge eines

Dämmerungsschattens außerhalb meiner Reichweite, meines ausgestreckten Kinderarms und meiner Hand. Streifen im Weiß, das Versprechen des Sommers. Zitternde Hand, zitternder Hase, zusammen geboren in des Schnees Vergangenheit. Sich streckend. Leben berühren sich – kleines-Herz-klopft, große-Trommel-Hunger die Antwort meiner Brust auf die verborgene Musik der Welt – ich erinnere mich –

Kalas Agkor – meine Arme um Klein-Jala geschlungen, meine kleine Schwester, heiß vom Fieber, doch das Feuer wurde zu heiß, und so kühlte ihr Körper in meinen Armen ab, bis er morgenkalt war, Mutter jammerte – Jala war nun Asche, leblos, und von jenem Tag an war ich in den Augen meiner Mutter nur noch ihr Bett aus Asche –

Ulthan Arlad – Spuren von Herden im Schnee, Büschel aus Schimmel, Ay an den Flanken, wir waren hungrig in jenem Jahr, doch wir hielten uns an den Pfad, alt wie er war –

Karas Av, die Knochenwerfer Thals Sohn im Tal des Tiefen Mooses geritten hat, unter der Sonne haben wir das uralte Gesetz gebrochen – habe ich das uralte Gesetz gebrochen, ich, die Gefährtin von Ibinahl Chode, habe einen Jungen zum Mann gemacht, bevor seine Kette geknotet war –

– im Jahr der Gebrochenen Geweihe haben wir zwölf Wolfswelpen gefunden –

– ich habe geträumt, ich hätte Nein zum Ritual gesagt, ich habe geträumt, ich hätte mich an Onos T'oolans Seite gestellt –

– ein tränenüberströmtes Gesicht – mein Gesicht –

– Chode, der gesehen hatte, wie meine Gefährtin den Jungen in das Tal geführt hatte, und der wusste, dass der Junge zum Mann gemacht werden würde – der wusste, dass er in den zärtlichsten Händen war –

– die Grassteppe brannte –

– Ranag im Gehörnten Kreis –

– ich habe sie so geliebt –

Stimmen, eine Flut, Erinnerungen – diese Krieger hatten diese Dinge nicht verloren. Sie hatten sie als lebende Dinge gekannt – in ihren eigenen toten Körpern.

Sie gekannt.

Fast dreihunderttausend Jahre lang.

– Freund von Onrack von den Logros, als ich ihn das letzte Mal gesehen habe, hat er inmitten der Leichen seines Clans gekniet. Alle tot auf der Straße, aber die Wechselgänger waren endlich besiegt. Doch, ach, um welchen Preis –

– oh, ein Herz ihm zu Füßen gelegt, liebe Legana Breed, so klug, mit scharfem Verstand, oh, wie er mich zum Lachen gebracht hat –

– unsere Blicke haben sich getroffen, meiner und der von Meanas Lot, gerade als das Ritual seine Forderungen erhoben hat, und wir haben die Furcht in den Augen des anderen gesehen – unsere Liebe, unsere Träume von mehr Kindern, um den Platz zu füllen, den einst jene eingenommen hatten, die wir draußen auf dem Eis verloren hatten, unser Leben verschmolzener Schatten – unsere Liebe, die wir nun aufgeben mussten –

– ich, Cannig Tol, habe zugesehen, als meine Jäger ihre Speere geschleudert haben. Sie ist gefallen, ohne einen Laut von sich zu geben, die Letzte ihrer Art auf diesem Kontinent, und wenn ich ein Herz gehabt hätte, dann wäre es in jenem Augenblick geborsten. In diesem Krieg hat es keine Gerechtigkeit gegeben. Wir hatten unsere Götter zurückgelassen und nur noch vor dem Altar der Brutalität gekniet. Das ist die Wahrheit. Und ich, Cannig Tol, werde mich nicht von der Wahrheit abwenden –

Itkovians Geist schauderte zurück, versuchte, die Sintflut abzuwehren, sich freizukämpfen vom kummervollen Antwortschrei seiner Seele, dem Sturzbach der Wahrheiten, die sein Herz zerschmetterten, den Geheimnissen der T'lan Imass – *nein, das Ritual – wie – bei Feners Hauern – wie habt ihr euch das nur antun können?*

Und sie hat euch abgewiesen. Sie hat euch alle abgewiesen –

Er konnte nicht entkommen – er hatte ihren Schmerz umarmt, und die Flut der Erinnerungen vernichtete ihn. Zu viele, zu heftig *empfunden* – noch einmal erlebt, jeden Augenblick noch einmal durchlebt von diesen verlorenen Kreaturen – er ertrank.

Er hatte ihnen Erlösung versprochen, doch er wusste jetzt, dass er versagen würde. Es gab kein Ende, keine Möglichkeit, wie er dieses sehnsüchtige Geschenk, dieses verzweifelte, bittende Verlangen umfangen konnte.

Er war allein –

– bin Pran Chole, du musst mir zuhören, Sterblicher!

Allein. Verblasste …

Hör mir zu, Sterblicher! Es gibt einen Ort – ich kann dich hinführen! Du musst all das tragen, was wir dir geben – nicht weit, nicht lange – du musst uns tragen, Sterblicher! Es gibt einen Ort!

Verblassen …

Sterblicher! Du musst es tun – für die Grauen Schwerter! Halte durch – sei erfolgreich –, und du wirst sie beschenken. Ich kann dich führen!

Für die Grauen Schwerter …

Itkovian streckte den Arm aus –

– und eine Hand, eine feste, warme Hand packte seinen Unterarm –

Der Boden unter ihr wimmelte. Flechten – grünstielig, mit grünen Blüten, die Blüten gefüllt mit Rot; eine andere Art, bleich wie Knochen, fein verästelt wie Korallen; und darunter graue Schmarotzer-Haut auf den zum größten Teil vergrabenen Steinen – eine ganze Welt, hier, eine Handbreit über dem Erdboden.

Ihr langsames, unerbittliches Vorbeiziehen zerstörte alles, schlug eine Schneise in die zerbrechliche Architektur der Flechten. Sie wollte weinen.

Vor ihr, schon ganz nah, der Käfig aus Knochen und fleckiger Haut, die Kreatur in seinem Innern ein großer, formloser Schatten.

Der immer noch nach ihr rief, immer noch sein schreckliches Verlangen geltend machte.

Die Hand auszustrecken.

Die schreckliche Barriere zu berühren.

Die Mhybe erstarrte plötzlich, wo sie war, ein riesiges, unsichtbares Gewicht drückte sie zu Boden.

Etwas war geschehen.

Die Erde unter ihr verdrehte sich, Blitze zuckten durch das sich sammelnde Vergessen, die Luft war plötzlich heiß. Ein Donnergrollen –

Sie zog die Beine an, stieß sich mit einem Arm ab und schaffte es, sich auf den Rücken zu rollen. Während sie keuchend Luft holte, starrte sie –

Die Hand hielt fest. Itkovian begann zu verstehen. Hinter den Erinnerungen wartete der Schmerz, wartete all das, was zu umarmen er gekommen war. Jenseits der Erinnerungen war sein Gegengeschenk die Absolution – wenn er nur überleben konnte …

Die Hand führte ihn. Durch eine Geisteslandschaft. Doch er schritt hindurch, wie ein Riese es getan hätte, das Land weit unter ihm.

Sterblicher, wirf diese Erinnerungen ab. Lass sie los, damit sie die Erde tränken können wie die Gaben der Jahreszeiten. Hinab auf die Erde, Sterblicher – durch dich können sie Leben in ein vergehendes, verwüstetes Land zurückbringen.

Bitte. Du musst verstehen. Erinnerungen gehören in den Mutterboden, in die Felsen, in den Wind. Sie sind die unsichtbare Bedeutung des Landes, die die Seelen all derer berührt, die es ansehen – wirklich ansehen. Berührungen, in schwachem Flüstern, alte, fast schon formlose Echos – denen das Leben eines Sterblichen seine eigenen hinzufügt.

Labe diese Traumlandschaft, Sterblicher.

Und denke daran. Wir knien vor dir. In unseren Herzen zum Verstummen gebracht durch das, was du uns anbietest, was du uns von dir anbietest.

Du bist Itkovian, und du willst die T'lan Imass umarmen.

Wirf diese Erinnerungen von dir – weine um uns, Sterblicher –

Eine aufwallende, brodelnde Wolke, wo zuvor nichts anderes als eine formlose, farblose, unmöglich weit entfernte Kuppel gewesen war – die Wolke dehnte sich aus, torkelte immer weiter, um den ganzen Himmel auszufüllen, zog dunkle Vorhänge über gequetschte Regenbogen. Blitze, blutrot gefleckt, zuckten von Horizont zu Horizont.

Sie beobachtete das Herunterfallen, das Herabsteigen – Regen, nein, Hagel –

Er schlug auf. Ein röhrendes Trommeln auf dem Boden – das Geräusch füllte ihre Ohren – kam näher –

Um auf sie einzuschlagen.

Sie schrie auf, riss die Hände hoch.

Jeder Aufprall war explosiv, viel mehr als einfach nur gefrorener Regen.

Leben. Uralte, lang vergessene Leben.

Und Erinnerungen –

Alle regneten herab.

Der Schmerz war unerträglich –

Und dann Aufhören, ein Schatten über sie hinweg, nah, eine Gestalt, zusammengeduckt unter dem trommelnden Geprassel des Hagels. Eine warme, sanfte Hand auf ihrer Stirn, eine Stimme –

»Nicht mehr viel weiter, mein liebes Schätzchen. Dieser Sturm – unerwartet –«, die Stimme brach, keuchte, als die Sintflut noch stärker wurde, »doch … wunderbar. Aber du darfst jetzt nicht anhalten. Hier, Kruppe wird dir helfen …«

Er schützte sie, so gut er konnte, vor dem Sperrfeuer, begann sie vorwärts zu ziehen, näher …

Silberfuchs wanderte. Verloren, halb blind von den Tränen, die ihr ohne Unterlass aus den Augen strömten. Was sie als Kind begonnen hatte, auf einem lang vergessenen Grabhügel außerhalb der Stadt Fahl – was sie vor so langer Zeit begonnen hatte –, schien nun erbärmlich.

Sie hatte die T'lan Imass abgewiesen.

Die T'lan Ay abgewiesen.

Aber nur für eine gewisse Zeit – das war zumindest ihre Absicht gewesen. Eine kurze Zeit, in der sie daran arbeiten würde, die Welt zu schaffen, die sie erwartete. Die Geister, die sie versammelt hatte, Geister, die jenem uralten Volk dienen, ihre Götter werden würden – sie hatte gewollt, dass sie den T'lan Imass, ihren so lang beraubten Seelen, Heilung brachten.

Eine Welt, in der ihre Mutter wieder jung war.

Eine Traumwelt, ein Geschenk von K'rul. Ein Geschenk von Kruppe, dem Daru.

Ein Geschenk der Liebe, als Ausgleich für all das, was sie ihrer Mutter genommen hatte.

Doch die T'lan Ay hatten sich abgewandt, antworteten nicht auf ihre verzweifelten Rufe – und jetzt war Elster tot. Zwei Seesoldatinnen, zwei Frauen, von deren unerschütterlicher Gegenwart sie mehr und mehr abhängig geworden war – viel mehr, als es ihnen je bewusst gewesen sein konnte. Zwei Seesoldatinnen, getötet, als sie versuchten, sie zu verteidigen.

Elster. Alles, was Flickenseel war, klagte in untröstlichem Kummer. Sie hatte sich auch von ihm abgewandt. Und doch hatte er sich Kallor in den Weg gestellt.

Er hatte es getan, weil er der Mann geblieben war, der er immer gewesen war.

Und jetzt, jetzt waren auch die T'lan Imass verloren. Dieser Mann, Itkovian, dieser Sterbliche, ein Schild-Amboss ohne Gott, der in sich die Tausende von Getöteten von Capustan aufgenommen hatte – er hatte die Arme ausgebreitet –

Du kannst den Schmerz der T'lan Imass nicht umarmen. Wenn dein Gott noch bei dir wäre, hätte er deinen Gedanken zurückgewiesen. Du kannst es nicht. Es sind zu viele. Und du, du bist nichts weiter als ein Mann – allein –, du kannst ihre Last nicht tragen. Es ist unmöglich.

Herzzerreißend tapfer.

Aber unmöglich.

Ach, Itkovian …

Tapferkeit hatte sie besiegt, aber nicht ihre eigene – die niemals sehr groß gewesen war –, nein, die Tapferkeit derer um sie herum. Auf allen Seiten – Coll und Murillio mit ihrem irregeleiteten Gefühl von Ehre, die ihre Mutter gestohlen hatten und sie zweifellos auch jetzt bewachten, da sie langsam starb. Elster und die beiden Seesoldatinnen. Itkovian. Und sogar Tayschrenn, der sich selbst verletzt hatte – schlimm verletzt –, als er sein Gewirr entfesselt hatte, um Kallor zu vertreiben. Solch außerordentliche, tragisch fehlgeleitete Tapferkeit –

Ich bin Nachtfrost, eine Ältere Göttin. Ich bin Bellurdan, der Thelomen Schädelzerschmetterer. Ich bin Flickenseel, die einst eine Sterbliche war. Und ich bin Silberfuchs, eine Knochenwerferin aus Fleisch und Blut, Beschwörerin der T'lan.

Und ich bin besiegt worden.

Von Sterblichen –

Der Himmel über ihr wand sich – sie blickte auf. Ihre Augen weiteten sich ungläubig –

Der Wolf zappelte, rannte gegen die Knochenstäbe seines Käfigs – seines Käfigs ... *meine Rippen. Gefangen. Sterbend –*

Und das ist ein Schmerz, den ich teile.

Seine Brust brannte wie Feuer, Blüten aus unerträglicher Agonie peitschten in ihn hinein, als kämen sie von irgendwo draußen, ein Sturm, der die Haut, die seine Rippen bedeckte, Blasen werfen ließ –

– doch es wurde nicht stärker, schien tatsächlich schwächer zu werden, als würde ihm mit jeder Verwundung auch etwas gewährt, ein Geschenk –

Ein Geschenk? Dieser Schmerz? Wie – was ist das? Was kommt da zu mir?

Alt, so unglaublich alt. Bittersüße, verlorene Augenblicke voller Staunen, voller Freude, voller Kummer – ein Sturm der Erinnerungen, nicht seine Erinnerungen – so viele, sie kamen an wie Eis, schmolzen dann im Aufflackern des Einschlags – er spürte, wie sein Körper unter der unerbittlichen Sintflut taub wurde –

– wurde plötzlich weggezerrt –

Er blinzelte in der Dunkelheit, sein eines Auge so blind wie das andere – jenes, das er vor Fahl verloren hatte. Etwas hämmerte gegen seine Ohren ... ein Geräusch. Ein Kreischen, das Boden und Wände erzittern ließ; Ketten rasselten, Staub rieselte von der niedrigen Decke. *Ich bin hier nicht allein. Wer? Was?*

Klauen kratzten dicht neben seinem Kopf über die Steinfliesen, wild, sehnsüchtig.

Sie greifen nach mir. Es will mich. Was tut es? Was bin ich für es?

Die Erschütterungen kamen näher. Und neue Stimmen, verzweifeltes Gebrüll, das von der anderen Seite der Wände kam … vielleicht in einem Korridor. Waffengeklirr, Schreie, Gurgeln, das Rasseln von Rüstungen – Stücke, die auf dem Boden tanzten.

Toc bewegte den Kopf – und sah etwas in der Dunkelheit. Riesig, zerrend, während es ohne Unterlass kreischte. Gewaltige, krallenbewehrte Hände reckten sich flehentlich – streckten sich aus –

Nach mir.

Graues Licht blitzte in der Höhle auf, machte binnen eines Augenblicks das monströse, von Speckschichten umgebene Reptil sichtbar, das gegenüber von Toc angekettet war und in dessen Augen Entsetzen leuchtete. Innerhalb der Reichweite der Kreatur waren die Steine überall von unzähligen Schrammen und Rissen übersät, ein schraffierter Albtraum des Wahnsinns, der Grauen in dem Malazaner aufsteigen ließ … denn es war ein Albtraum, den er auch in seinem Innern erkannte.

Sie – sie ist meine Seele-

Der Seher stand vor ihm, bewegte sich in verzweifelten, ruckartigen Zuckungen – der Körper des alten Mannes, den der Jaghut so lange in Besitz genommen hatte, zerfiel – und murmelte einen Singsang, während er sich, ohne auf Toc zu achten, immer näher an die Matrone heranschob, an Mutter.

Das riesige Wesen krümmte sich, die Klauen kratzten über den Boden, als es sich gegen die Wand drückte. Seine schrillen Schreie hörten nicht auf, hallten in der Höhle wider.

Der Seher hielt etwas in den Händen, es war farblos, glatt und länglich – ein Ei, aber kein Vogelei. Das Ei einer Echse, eingesponnen in graue Magie.

Magie, die mit jedem Wort, das der Seher sang, zunahm.

Toc sah zu, wie etwas aus dem Körper der Matrone barst, ein Aufblitzen der Macht, das nach oben zu fliehen versuchte –

– doch stattdessen von dem Netz aus Zauberei gefangen wurde; gefangen und dann in das Ei in der Hand des Sehers gezogen wurde.

Das Kreischen der Matrone verstummte schlagartig. Die Kreatur sackte mit einem sinnlosen Winseln zurück.

In der betäubenden Stille im Innern der Höhle konnte Toc die Kampfgeräusche im angrenzenden Korridor jetzt viel deutlicher hören. Sie waren nah, kamen näher.

Der Seher, der seinen Finnest umklammerte, wirbelte herum und blickte auf Toc herab. Das Lächeln des Jaghut ließ die vertrockneten Lippen des Kadavers aufspringen. »Wir werden zurückkehren«, flüsterte er.

Zauberei erblühte einmal mehr, und dann kam die Dunkelheit zurück, während schwere Ketten leer zu Boden fielen.

Und Toc wusste, dass er nun allein in der Höhle war. Der Seher hatte sich Mutters Macht genommen, und dann hatte er sie mitgenommen.

Der Wolf warf sich in seiner Brust hin und her, schleuderte Dornen aus Schmerz in seine gebrochenen, missgestalteten Glieder. Er sehnte sich danach, sein Geheul anzustimmen, den Ruf nach seiner Liebsten und seinen Artgenossen. Doch er konnte nicht Luft holen –

– kann nicht Luft holen. Er stirbt. Der Hagel, diese grausamen Geschenke, das alles bedeutet nichts. Denn wenn ich sterbe – ich, auf den diese unheilvolle Wahl der Götter gefallen ist –, dann sterben wir beide –

Die Kampfgeräusche hatten aufgehört. Toc hörte eiserne Riegel schnappen, einen nach dem anderen, hörte ein metallisches Klirren auf den Steinfliesen.

Dann kauerte sich jemand neben ihn. Eine Hand, die kaum mehr als blanke Knochen und Sehnen war, legte sich auf seine Stirn.

Der Malazaner konnte nichts sehen. Es gab kein Licht. Doch die Hand war kühl, ihr Gewicht angenehm.

»Vermummter? Dann bist du also gekommen, um uns abzuholen?« Die Worte bildeten sich vollkommen klar in seinem Verstand, doch sie waren völlig unverständlich, als er sie auszusprechen versuchte – und er stellte fest, dass er keine Zunge mehr besaß.

»Ach, mein Freund«, erwiderte die Gestalt krächzend. »Ich bin es,

Onos T'oolan, einst vom Tarad-Clan, von den Logros T'lan Imass, jetzt jedoch Verwandter von Aral Fayle … von Toc dem Jüngeren.«

Verwandter.

Verwelkte Arme hoben ihn auf.

»Wir gehen jetzt, kleiner Bruder.«

Wir gehen?

Tippa beäugte die Bresche. Die gespielte Tapferkeit, die hinter ihrer Erklärung gesteckt hatte, dass sie dem T'lan Imass in die Festung folgen würden, hatte eine plötzliche Rückkehr der Vorsicht nicht überlebt, als sie in Sichtweite der Festung kamen. Sie wurde angegriffen, und welcher Feind auch immer dort hineingestürmt war, er hatte kräftig gegen das Hornissennest getreten.

K'Chain Che'Malle donnerten zurück durch das Tor zum Innenhof. Magische Detonationen erschütterten das ganze Bauwerk. Urdomen und Bekliten rannten auf den Mauern entlang. Sich drehende Spiralen aus grauen Lichtblitzen wanden sich vom Süddach himmelwärts, verbanden die knapp zwei Dutzend Kondore, die über ihren Köpfen kreisten, miteinander. Jenseits von ihnen drohte eine gewaltige Sturmwolke, die den Platz über dem Hafen ausfüllte und in deren wogenden Tiefen Blitze zuckten.

Leutnant Tippa warf einen Blick nach hinten, auf ihren armseligen Trupp. Sie hatten die drei schwer verwundeten Soldaten verloren, genau wie sie vermutet hatte. Nicht einer der Brückenverbrenner, die auf der von Rauchschwaden geschwängerten Straße kauerten, war unversehrt davongekommen – sie sah viel zu viel Blut auf den rußverschmierten Uniformen hinter ihr.

Im Nordwesten dauerten die Kampfgeräusche an, kamen jedoch nicht näher. Tippa wusste, dass Dujek versucht hätte, unter allen Umständen die Festung zu erreichen. Doch nach den Geräuschen zu urteilen, wurde er Straße um Straße zurückgedrängt.

Der Eröffnungszug war gescheitert.

So dass wir jetzt auf uns allein gestellt sind.

»K'Chain Che'Malle!«, zischte ein Soldat von ganz hinten. »Nähern sich von hinten!«

»Nun, damit wäre es dann entschieden«, murmelte Tippa. »Im Eilschritt zu Igels Bresche!«

Die Brückenverbrenner rannten über die schuttübersäte Straße.

Blend war die Erste, die über die Trümmerstücke am Fuß des Turms kletterte. Direkt dahinter stand ein zerstörtes Gebäude – drei Wände und die Hälfte des Dachs waren noch übrig. Im Innern herrschte staubige Dunkelheit, und vielleicht befand sich so etwas wie eine Tür ziemlich weit links in der hinteren Mauer.

Zwei Schritte hinter Blend sprang Tippa von den durcheinander geworfenen Steinblöcken, landete schlitternd auf dem Fußboden des Raums – und stieß mit einer fluchenden, zurückweichenden Blend zusammen.

Ihre Füße verhakten sich, und die beiden Frauen stürzten zu Boden.

»Verdammt noch mal, Blend –«

»Wachen –«

Eine dritte Stimme erklang. »Tippa! Leutnant!«

Während sich ihre Brückenverbrenner hinter ihr versammelten, setzte Tippa sich auf und sah Igel, Blauperl und sieben weitere Brückenverbrenner – diejenigen, die mit Armbrüsten aufs Dach gestiegen waren und die Folgen überlebt hatten – aus den Schatten auftauchen.

»Wir haben versucht, zu euch zurückzukommen –«

»Schon gut, Igel«, sagte Tippa und rappelte sich auf. »Ihr habt es richtig gemacht, Soldat, das kannst du mir glauben –«

Igel hielt einen Knaller in der Hand, den er jetzt grinsend hochhob. »Hab mir einen zurückbehalten –«

»Ist hier ein T'lan Imass durchgekommen?«

»Ja, ein völlig zerfledderter Kerl, hat weder nach links noch nach rechts geschaut – ist nur einfach direkt an uns vorbeigegangen – tiefer in die Festung hinein –«

Von hinten brüllte ein Brückenverbrenner: »Da kommt dieser K'Chain Che'Malle hinter uns her!«

»Durch die Tür da hinten!«, quietschte Igel. »Macht schon Platz, ihr Idioten! Darauf hab ich nur gewartet –«

Tippa begann, ihre Soldaten auf die hintere Mauer zuzuschieben.

Der Sappeur kletterte über die Trümmer auf die Bresche zu.

Die folgenden Ereignisse waren ein einziger Wirrwarr in Tippas Kopf –

Blend packte sie am Arm und stieß sie auf die Tür zu, durch die ihre Soldaten sich in was auch immer dahinter liegen mochte stürzten. Tippa fluchte, aber Blends Hände waren plötzlich auf ihrem Rücken, schoben sie mit dem Gesicht voran durch die Türöffnung. Tippa drehte sich knurrend um und sah über Blends Schulter –

Der K'Chain Che'Malle schien zu fließen, als er über das Geröll rannte, die Klingen erhoben.

Igel blickte auf – und fand sich vier Schritte von dem angreifenden Reptil entfernt.

Tippa hörte ihn grunzen, ein gedämpfter, flüchtiger Laut –

Der Sappeur warf den Knaller direkt vor sich hin.

Der K'Chain Che'Malle holte bereits aus – zwei riesige Klingen zuckten herab –

Die Explosion ließ nichts von ihnen übrig.

Blend und Tippa wurden durch die Türöffnung geschleudert. Tippas Kopf ruckte zurück unter dem prasselnden, stakkatoartigen Aufprall herumfliegender Steine auf ihrem Helm, ihrem heruntergelassenen Visier, ihren Wangenschützern. Die, die irgendwie durchkamen, ließen Feuerblumen in ihrem Gesicht erblühen, füllten ihr Nase und Mund mit Blut.

Halb taub wankte sie durch dichte Wolken aus Staub und Rauch rückwärts.

Stimmen schrien – sie schienen anfangs sehr weit weg zu sein, kamen dann jedoch rasch näher und umringten sie.

Steine fielen herab – ein Kreuzbalken aus geteertem Holz, lichterloh brennend, rauschte herunter, endete mit einem satten Geräusch und dem Krachen von Knochen – ein Todesröcheln inmitten des Chaos, so nah, dass Tippa sich fragte, ob es nicht ihr eigenes war.

Hände packten sie erneut, drehten sie um, schoben sie etwas hinunter, was ein Korridor zu sein schien.

Ein Tunnel aus Rauch und Staub – keine Luft – das Trampeln von

Stiefeln, blinde Zusammenstöße, Flüche – Dunkelheit – die sich plötzlich auflöste.

Tippa stolperte mitten zwischen ihre Soldaten, sie spuckte Blut, hustete. Um sie herum ein Raum voller toter Bekliten, eine weitere Tür an der gegenüberliegenden Wand, die mit einem einzigen Hieb zerschmettert worden zu sein schien. Eine einsame Laterne schwankte wild an einem Haken über ihnen.

»Seht nur!«, brummte jemand. »Ein Hund hat unserem Leutnant am Kinn rumgekaut!«

Das war noch nicht einmal ein Witz – einfach nur der absurde Wahnsinn der Schlacht. Tippa schüttelte den Kopf in einem Regen von Blutstropfen, spuckte noch einmal aus und musterte ihre Leute mit tränenden, brennenden Augen.

»Blend?« Das Wort kam undeutlich, aber verständlich hervor.

Schweigen.

»Bucklund – zurück in den Korridor – such sie!«

Einen Augenblick später war der Sergeant des Zwölften Trupps zurück, zerrte einen blutüberströmten Körper durch die Tür. »Sie atmet noch – der Vermummte weiß, wie! Ihr Rücken ist voller Splitter und Steine.«

Tippa sank neben ihrer Freundin auf die Knie. »Du blöde Idiotin«, murmelte sie.

»Wir hätten Fäustel mitnehmen sollen«, grummelte Bucklund neben ihr.

Ja, und das war nicht der einzige Fehler in diesem dreckigen Spiel.

»Oh!«, ertönte die Stimme einer Frau. »Ihr seid ja gar keine Pannionier!«

Waffen richteten sich auf die Tür.

Dort stand eine Frau in einer blendend weißen Telaba; ihr schwarzes Haar schimmerte unmöglich sauber, perfekt gekämmt. Verschleierte, atemberaubend schöne Augen musterten sie. »Habt Ihr vielleicht rein zufällig drei maskierte Krieger gesehen? Sie hätten eigentlich hier durchkommen müssen, denn sie suchen den Thronraum, vorausgesetzt natürlich, es gibt tatsächlich einen. Vielleicht habt Ihr ja auch irgendwelche Kampfgeräusche gehört –«

»Nein«, brummte Bucklund. »Ich meine, ja, wir haben Kampfgeräusche gehört. Überall, werte Dame. Das heißt –«

»Halt die Klappe.« Tippa seufzte. »Nein«, sagte sie zu der Frau, »wir haben keine drei maskierten Krieger gesehen –«

»Und was ist mit einem T'lan Imass?«

»Tatsächlich, ja –«

»Hervorragend! Sagt mir, ist sie immer noch von all diesen Schwertern durchbohrt? Ich kann mir nicht vorstellen, dass sie –«

»Was für Schwerter?«, wollte Tippa wissen. »Außerdem war es ein männlicher T'lan Imass, glaube ich.«

»Stimmt«, meldete sich eine andere Soldatin und wurde rot, als ihre Kameraden sich breit grinsend zu ihr umdrehten.

»Ein männlicher T'lan Imass?« Die Frau in dem weißen Gewand legte einen Finger an die vollen Lippen und lächelte. »Aber … das muss dann ja Tool sein! Hervorragend!« Das Lächeln verschwand. »Außer natürlich, Mok findet ihn …«

»Wer seid Ihr?«, wollte Tippa wissen.

»Wisst Ihr, meine Liebe, es wird zunehmend schwieriger zu verstehen, was Ihr sagt, durch all das Blut und dieses Zeug. Ich glaube, Ihr seid Malazaner, ja? Unabsichtliche Verbündete, aber Ihr seid alle so schrecklich verwundet. Ich habe eine Idee, eine wundervolle Idee – wie all meine Ideen, natürlich. Wundervoll, soll das heißen. Wir sind hier, müsst Ihr wissen, um die Rettung eines gewissen Toc dem Jüngeren zu bewerkstelligen, einem Soldaten des –«

»Toc der Jüngere?«, wiederholte Tippa. »Toc? Aber der ist –«

»Ein Gefangener des Sehers, ja, leider. Eine bedrückende Tatsache, und ich mag nicht bedrückt sein. Es verdrießt mich. Unermesslich. Nun, wie ich schon gesagt habe – ich habe eine Idee. Helft mir bei der Rettung, und ich werde diejenigen von Euch heilen, die geheilt werden müssen – und mir scheint, das seid Ihr alle.«

Tippa deutete auf Blend. »Abgemacht. Fangt mit ihr an.«

Als die Frau in den Raum trat, schrie Bucklund auf und wich von dem Korridor zurück.

Tippa blickte auf. Ein gewaltiger Wolf stand im angrenzenden Vorraum, seine Augen glühten im staubverschleierten Dämmerlicht.

Die Frau warf einen Blick über die Schulter. »Oh, keine Sorge. Das ist Baaljagg. Garath ist allein losgezogen, nehme ich an. Ist wahrscheinlich eifrig damit beschäftigt, Pannionier zu töten. Er scheint Geschmack an Domänensern gefunden zu haben ... und jetzt zu dieser armen Frau – ja, ja, du bist gleich wieder in Ordnung, Liebes ...«

»Was geht da drüben vor, im Namen des Vermummten?«

Auf der anderen Seite der niedrigen Mauer hatte man über eine Treppenflucht Zugang zu der Brustwehr, die auf den Hafen und die dahinter liegende Bucht hinausging – jedenfalls vermutete Paran das, denn alles andere ergab keinen Sinn. Anscheinend wurde irgendetwas der Zutritt verweigert, und nach den Schreien zu schließen richtete dieses Etwas, was auch immer, das auf dem Weg zu dem flachen Dach war, ein Blutbad unter den Verteidigern an.

Neben Paran hob der Schnelle Ben den Kopf ein kleines Stück. »Ich weiß es nicht, und ich strecke auch meinen Kopf nicht raus, um hinüberzusehen«, beantwortete er die Frage des Hauptmanns. »Aber wir wollen hoffen, dass es sich als wertvolle Ablenkung erweist. Wenn wir hier bleiben, kann ich nicht mehr lange dafür sorgen, dass diese Kondore uns nicht finden.«

»Irgendetwas hält sie in Atem«, ergänzte Spindel, »und das weißt du auch, Ben. Wenn einer von ihnen sich die Zeit genommen hätte, genau herzusehen – dann wären wir jetzt schon Futter für die Küken in seinem Nest.«

»Du hast Recht.«

»Was tun wir dann noch hier, im Namen des Vermummten?«

Gute Frage. Paran drehte sich um, schaute über das Dach in Richtung Norden. Dort war eine Dachluke.

»Wir sind noch hier«, stieß der Schnelle Ben hervor, »weil wir hier sein müssen –«

»Moment«, brummte Paran und wischte sich über die Stirn, denn er hatte das Gefühl, dass sie schweißnass war. Doch sein Handrücken war rot – die Naht an seiner Schläfe war wieder aufgegangen. »Das stimmt nicht ganz, Ben. Nur wir beide – du und ich – müssen hier sein. Fäustel, wenn noch irgendwas von den Brückenverbrennern übrig ist, dann brauchen sie dich jetzt.«

»Jawohl, Hauptmann, und das nagt schon die ganze Zeit an mir.«

»In Ordnung. Hör zu. Da unten, in der Festung unter uns, hat sich der glühende Abgrund aufgetan. Wir haben keine Ahnung, wer da kämpft, aber eins wissen wir – es sind keine Freunde der Pannionier. Also, Fäustel, nimm Spindel und den Rest – die Bodenluke da hinten sieht aus, als könnte man sie ohne große Probleme aufbrechen, wenn sie verschlossen ist.«

»Jawohl, Hauptmann. Nur – wie kommen wir da hin, ohne gesehen zu werden?«

»Spindel hat Recht, was die Kondore angeht – sie sind mit irgendetwas anderem beschäftigt und werden immer aufgeregter. Es ist nicht sehr weit, Heiler. Aber wenn du es nicht riskieren willst –«

Fäustel sah Spindel an, dann Detoran und Trotter. Und schließlich Fahrig. Der Sergeant nickte. Fäustel seufzte. »In Ordnung, Hauptmann, wir versuchen's.«

Paran schaute zum Schnellen Ben hinüber. »Irgendwelche Einwände, Magier?«

»Nein, Hauptmann. Immerhin ...« Er verstummte.

Immerhin haben sie eine größere Chance, hier lebendig rauszukommen. Ich kann es förmlich hören, Ben. »Gut, Fäustel. Rennt los, wenn ihr so weit seid.«

»Oponns Glück, Hauptmann.«

»Euch auch, Heiler.«

Auf einen gegrunzten Befehl hin hastete der Trupp zur Bodenluke.

Dujek zog den verwundeten Soldaten durch die Türöffnung und bemerkte erst jetzt, dass die Beine des Mannes zurückgeblieben waren; die Blutspur, die zurück zu den abgetrennten Gliedmaßen führte, war an der Schwelle so dünn, dass sie kaum noch zu sehen war. Er ließ den Leichnam fallen, sank gegen den Türrahmen.

Der K'Chain Che'Malle war binnen einem Dutzend Herzschlägen durch die Kompanie gefetzt, und obwohl der Jäger einen Arm verloren hatte, war er nicht langsamer geworden, als er westwärts davongerauscht war – auf der Suche nach einer weiteren Kompanie unglücklicher Malazaner.

Dujeks Leibgarde – Elitekrieger der untanischen schweren Infanterie – lag in Stücke gehauen vor dem Gebäude, in das sie die Hohefaust geschoben hatten. Wie sie es geschworen hatten, hatten sie ihr Leben gegeben, um ihn zu verteidigen. Im Augenblick wäre es Dujek allerdings lieber gewesen, sie hätten versagt – oder noch besser, wären geflohen.

Seit der Morgendämmerung hatte Dujeks Heer sich im Kampf mit Bekliten, Urdomen und Domänensern mehr als behauptet. Und als das erste Dutzend K'Chain Che'Malle aufgetaucht war, waren die untoten K'ell-Jäger mit Moranth-Munition – vor allem Knallern und Brandbomben – vernichtet worden. Dasselbe Schicksal hatte die zweite Welle ereilt. Als die dritte kam, hatten die Malazaner keine Knaller mehr, und die Soldaten waren zu Dutzenden gestorben. Der fünften und sechsten Welle hatten sie nur noch mit den Schwertern entgegentreten können, und aus dem Kampf war ein Gemetzel geworden.

Dujek hatte keine Ahnung, wie viele von den fünftausend Malazanern, die in die Stadt gebracht worden waren, noch am Leben waren. Er glaubte nicht, dass noch so etwas wie eine zusammenhängende Verteidigung existierte. Die Schlacht war zu einer Jagd geworden, schlicht und einfach. Eine Säuberungsaktion der K'Chain Che'Malle, um die letzten malazanischen Widerstandsnester zu erledigen.

Bis vor kurzem hatte er noch Kampfgetöse von der Festung her hören können – und einstürzende Mauern und vielleicht auch Ausbrüche magischer Energie –, obwohl er sich dessen mittlerweile nicht mehr so sicher war; die Sturmwolke, die den ganzen Himmel im Süden ausfüllte, donnerte ebenfalls, gewaltige Blitze spalteten den Himmel, um dann auf das tobende Meer niederzufahren. Ihre Wut übertönte nun alle anderen Geräusche.

Er hörte Schritte hinter sich. Dujek drehte sich um, das Kurzschwert in der Hand.

»Hohefaust!«

»Welche Kompanie, Soldatin?«

»Die Elfte, Hohefaust«, keuchte die Frau. »Hauptmann Hareb hat einen Trupp losgeschickt, der Euch suchen sollte, Hohefaust. Ich bin die Einzige, die noch davon übrig ist.«

»Hält Hareb die Stellung noch?«

»Ja, Hohefaust. Wir sammeln Andenken – kleine Fetzen K'Chain Che'Malle.«

»Und wie macht ihr das, im Namen des Vermummten?«

»Twist, Hohefaust. Er hat ein letztes Geschwader hergeführt, mit der letzten Munition – hauptsächlich Fetzer und Kracher, Hohefaust –, aber die Sappeure verminen die Häuser entlang unserer Rückzugsroute, lassen tonnenweise Ziegel und Steine auf diese verdammten Echsen herabregnen – Entschuldigung, Hohefaust –, auf die Jäger natürlich.«

»Wo ist Harebs Kompanie jetzt, Soldatin?«

»Nicht weit, Hohefaust. Folgt mir.«

Hareb, dieser Adlige aus dem Reich der Sieben Städte mit dem dauernden Feixen. Bei den Göttern, ich könnte den Mann küssen.

Als er sich an die Spitze seiner Legion begab, sah Grantl den Schild-Amboss der Grauen Schwerter heranreiten. Die Frau zügelte ihr Pferd, als er sein Ziel gerade erreichte.

»Ich grüße Euch, mein Herr«, sagte sie. Nur die unterer Hälfte ihres Gesichts war zwischen den breiten, ausgestellten Wangenschützern sichtbar. »Wir werden gleich gegen den Feind vorrücken – werdet Ihr unsere Flanke decken?«

Der Daru verzog das Gesicht. »Nein, Schild-Amboss.«

Sie zögerte einen Augenblick, nickte dann brüsk und nahm die Zügel auf. »Wie Ihr wünscht, mein Herr. Es liegt keine Unehre darin, einen selbstmörderischen Kampf zu scheuen.«

»Ihr habt mich missverstanden«, unterbrach Grantl sie. »Meine Legion führt den Angriff an, Ihr folgt uns – haltet Euch so dicht bei uns, wie Ihr könnt. Wir werden über diese Steinbrücke stürmen und direkt auf das Tor losgehen. Zugegeben, es sieht verdammt stabil aus, aber vielleicht können wir es trotzdem niederreißen.«

»Wir versuchen, Dujek Einarm zu Hilfe zu kommen, stimmt Ihr dem zu, Todbringendes Schwert?«

»Ja.« *Und wir wissen beide, dass wir es nicht schaffen werden.*

Sie drehten sich um, als Hörner erklangen, gefolgt vom Dröhnen der malazanischen Trommeln.

Der Standartenträger – Zauberei wirbelte um den Mann wie Spritzer aus Gold – schien das Kommando übernommen zu haben und rief die Offiziere der einzelnen Kompanien zusammen. Entlang der Linie wurden Schilde bereit gemacht, sich überlappend miteinander verschränkt. Piken mit Schäften von doppelter Manneslänge wogten wie vom Wind bewegtes Schilf über den Reihen der Soldaten – eine uncharakteristische Unruhe, die Grantl beunruhigend fand.

Artanthos hatte einen Reiter losgeschickt, der im Galopp auf den Daru und den Schild-Amboss zugeritten kam.

Der Malazaner zügelte sein Pferd. »Todbringendes Schwert, Schild-Amboss! Hohemagier Tayschrenn wüsste gern, was Ihr beabsichtigt.«

Grantl fletschte die Zähne. »Tayschrenn, ja? Dann lasst uns erst mal seine Pläne hören.«

»Es geht um Dujek. Diese K'Chain Che'Malle müssen vernichtet, das Tor muss durchbrochen werden, ein Angriff auf die Verteidiger –«

»Und was ist mit dem Hohemagier selbst?«, erkundigte sich der Schild-Amboss.

»Es sind Magier auf den Mauern, Schild-Amboss. Tayschrenn wird es übernehmen, sie abzuwehren. Orfantal und seine Tiste Andii werden versuchen, uns bei unserem Angriff auf die K'Chain Che'Malle zu unterstützen, ebenso wie die Schultermänner der Weißgesichter.«

»Teilt dem Hohemagier mit«, sagte der Schild-Amboss, »dass Trakes Legion den Angriff beginnen wird, unterstützt von meiner Kompanie.«

Der Soldat salutierte und ritt zurück zu den malazanischen Linien.

Grantl drehte sich um und musterte seine Anhänger. Er wunderte sich erneut über die Wirkung, die das Geschenk des Lords des Sommers auf diese grimmigen Capan gehabt hatte. *Wie Vielwandler … nur ins Gegenteil verkehrt. Von vielen zu einem – und welch eine Macht!* Sie hatten das Land so rasch durchquert wie ein fliegender Schatten. Grantl selbst hatte festgestellt, dass er die Welt mit den Augen eines Tigers sah – nein, nicht nur mit den Augen eines Tigers, sondern mit denen einer unsterblichen Kreatur, von grenzenloser Kraft, eine Masse aus Muskeln und Knochen, in deren Innern sich die Legion befand. *Seine* Legion. Ein Wille, verschmolzen, Furcht erregend konzentriert.

Und nun würden sie noch einmal zu diesem Wesen werden. Diesmal, um in den Kampf zu ziehen.

Sein Gott schien diese K'Chain Che'Malle besonders zu hassen, als hätte Treach eine alte Rechnung mit ihnen zu begleichen. Der kaltblütige Mörder ließ seinem Blutrausch freien Lauf – eine Erkenntnis, die Grantl ein gewisses Unbehagen bereitete.

Sein Blick huschte zur Hügelkuppe hinüber – dort standen Caladan Bruth und Korlat, die sich langsam neben dem Kriegsherrn aufrichtete. Die Entfernung spielte keine Rolle – sie war blutüberströmt, und er konnte den Schmerz spüren, der aufwogte und abebbte, dann erneut in ihr aufwogte.

Bruths Gewirr leidet, und wenn das der Fall ist, dann muss auch … Er drehte sich um, blickte wieder hinüber, wo Artanthos – Hohemagier Tayschrenn – vor den malazanischen Kompanien stand. *Oh, ich sehe den Preis, den er bezahlt …* »Schild-Amboss.«

»Ja?«

»Hütet Euch vor den Magiern auf der Stadtmauer.«

»Wir warten auf Euer Zeichen, mein Herr.«

Grantl nickte.

Einen Augenblick später wurden das Todbringende Schwert und seine Legion eins, als Knochen und Muskeln verschmolzen, Identitäten – ganze Leben – von einer Sintflut kalter, tierischer Wut überschwemmt wurden.

Ein gelbbrauner Wirbel, der wogte, vorwärts floss.

Vor ihnen hoben die K'Chain Che'Malle die Waffen. Und wichen nicht zurück.

Noch einmal. Wir haben das schon einmal getan – nein, nicht wir. Unser Lord. Hat totes Fleisch gerissen ... Blut spritzt ... Blut ... oh, beim Vermummten –

Kurald Galain, die Dunkelheit im Innern der Seele, floss nach außen, füllte ihre Glieder, überschwemmte alles, um ihre Gefühle zu verschlingen – der Trost des Vergessens. Korlat stand auf der Hügelkuppe, mit dem Rücken zu den drei leblosen Gestalten, die noch immer dort lagen, wo sie gefallen waren. Stand schweigend da, während die Macht ihres Gewirrs – das flackerte, schwächer wurde unter Wogen des Schmerzes – hinausgriff und ihre Verwandten suchte.

Caladan Bruth, den Hammer in den Händen, war neben ihr. Er sprach, und seine grollende Stimme schien ihr so fern wie Donner am Horizont. »Später Nachmittag. Nicht früher. Es wird lange vorher vorbei sein ... so oder so. Korlat, hör mir bitte zu. Du musst deinen Lord suchen – die Sturmwolke da, versteckt sich Mondbrut darin? Er hat gesagt, er würde kommen. Im richtigen Augenblick. Er hat gesagt, er würde zuschlagen ...«

Korlat hörte ihn nicht mehr.

Orfantal verwandelte sich, dort vorne, vor den inzwischen marschierenden malazanischen Streitkräften, schwarz, blühte auswärts, spreizte die Flügel, hob den geschwungenen Hals – ein plötzliches Pulsieren von Magie, und der Drache war in der Luft, stieg höher –

Kondore stiegen von der Festung auf, ein Dutzend der dämonischen Kreaturen, alle durch eine sich windende Kette aus chaotischer Magie miteinander verbunden.

Auf der Ebene darunter schien die Bestie, die das Todbringende Schwert und Trakes Legion war, immer wieder aus ihrem Blickfeld herauszufließen, eine verschwommene, tödliche Bewegung – und raste in die Reihen der K'Chain Che'Malle.

Zauberei besudelte die Luft um die Stelle des Aufpralls herum in blutbefleckten Bögen, während inmitten des wilden Mahlstroms

Klingen aufblitzten. Ein K'ell-Jäger taumelte zurück und fiel mit zerschmetterten Knochen zu Boden. Der riesige Tiger zuckte von Seite zu Seite, als Schwerthiebe auf ihn einprasselten, in seine Flanken fetzten. Wo die Klingen trafen, fielen menschliche Gestalten von dem Geschöpf ab, mit abgetrennten Gliedern, zerfetzten Rümpfen, zerschmetterten Schädeln.

Magische Energien bauten sich auf der Stadtmauer auf.

Korlat sah, dass Artanthos – Tayschrenn – vortrat, um ihr zu begegnen.

Eine goldene Woge tauchte plötzlich hinter den K'Chain Che'Malle auf, stieg einen Moment lang in die Höhe, wuchs und taumelte dann vorwärts. Der Boden, über den sie auf ihrem Weg zur Stadtmauer hinwegrollte, brannte mit grimmiger Inbrunst, als die Woge sich hob, auf die pannionischen Magier zukletterte.

Das – das ist das, was auf Mondbrut losgelassen wurde. Das ist das, wogegen mein Lord gekämpft hat. Allein, im Angesicht solcher Macht –

Der Boden erzitterte unter ihren Füßen, als die Woge westlich des Tors in die Mauerkrone krachte. Blendend – *das ist Hoch-Telas, das Feuergewirr – das Kind von Tellann –*

Chaotische Magie barst aus der Feuersbrunst wie Schrapnelle. Dann löste das wütende Feuer sich auf.

Das oberste Drittel der Stadtmauer war westlich vom Stadttor auf einer Länge von mindestens vierzig Schritt einfach verschwunden. Und mit ihm mindestens ein Dutzend pannionische Magier.

Auf dem Todesstreifen war Trakes Legion jetzt von K'Chain Che'Malle eingekreist, die den blitzschnellen Bewegungen des riesigen Tiers ebenbürtig waren. K'ell-Jäger fielen, doch der Tiger wurde im wahrsten Sinne des Wortes in Stücke gehauen.

Die Grauen Schwerter, alle beritten, versuchten, auf der anderen Seite einen Durchgang für den Tiger zu öffnen. Lange, mit merkwürdigen Widerhaken versehene Lanzen wurden von hinten in Jäger getrieben, brachten sie aus dem Tritt, wenn sie herumwirbelten, um auf ihre Peiniger loszugehen. Lassos wirbelten durch die Luft, legten sich um Hälse, Gliedmaßen –

Eine graue Woge aus Magie raste von den Magiern östlich des Tores aus los, glitt über die Köpfe derjenigen, die auf dem Todesstreifen kämpften, krabbelte durch die Luft wie irgendein vielgliedriges Tier – um Artanthos zu treffen.

Schimmerndes Feuer stellte sich dem Angriff entgegen, und die beiden magischen Energien schienen einander zu verschlingen. Als sie verschwanden, war Artanthos auf die Knie gesunken. Soldaten rannten von den malazanischen Linien aus zu ihm.

Er ist am Ende. Zu früh –

»Korlat!«

Das Brüllen ließ sie erbeben. Blinzelnd wandte sie sich Bruth zu. »Was ist?«

»Ruf deinen Lord, Korlat! *Ruf ihn!*«

Rufen? Ich kann nicht. Konnte nicht – wage es nicht.

»Korlat! Schau dir die verdammte Sturmwolke an!«

Sie drehte den Kopf. Jenseits der Stadt ragte die Sturmwolke in einer brodelnden, sich emportürmenden Säule himmelwärts, riss auf, während sie höher stieg – höher, Fetzen wirbelten davon, Sonnenlicht strömte hindurch –

Mondbrut … ist nicht in der Wolke – darin war gar nichts verborgen. Nichts als Sinnlosigkeit, leere Gewalt. Die sich auflöst.

Ihn rufen? Verzweiflung durchströmte sie. Sie hörte ihre eigene dumpfe Antwort. »Anomander Rake ist nicht mehr, Kriegsherr.« *Er ist tot. Er muss –*

»Dann hilf deinem verdammten Bruder, Weib! Er wird angegriffen –«

Sie blickte auf, sah Orfantal hoch über ihnen, von kleinen Flecken umschwärmt. Magische Gewalten schossen wie Pfeile immer wieder auf den schwarzen Drachen zu.

Bruder … Korlat schaute wieder nach unten, auf die Reihen der Malazaner, die nun mit den K'Chain Che'Malle im Handgemenge waren. Dunkelheit umhüllte sie – das Flüstern von Kurald Galain. *Ein Flüstern … und nicht mehr als ein Flüstern –*

»Korlat!«

»Geht weg von mir, Kriegsherr. Ich werde jetzt meine Wechselgänger-Gestalt annehmen ... und mich meinem Bruder anschließen.«

»Wenn ihr beide mit diesen Kondoren fertig seid, werdet ihr dann –«

Sie wandte sich vom Todesstreifen ab. »Diese Schlacht ist verloren, Caladan Bruth. Ich fliege, um Orfantal zu retten.« Ohne auf eine Antwort zu warten, lief sie den Hang hinunter und entfesselte dabei die Macht in ihr. Drachenblut, kalt wie Eis in ihren Adern, ein Versprechen von Tod. Brutaler, unentwegter Hunger.

Schwingen, in den Himmel.

Der keilförmige Kopf hob sich, starrte die Kondore an, die ihren Bruder umkreisten. Ihre Krallen zuckten, streckten sich dann in freudiger Erwartung.

Caladan Bruth stand genau am Rand des Hangs, den Hammer in den Händen. Einige K'Chain Che'Malle hatten sich von dem Angriff auf Trakes Legion zurückgezogen – der riesige Tiger starb, auf allen Seiten von blitzenden Klingen umgeben – und wateten nun durch die dicht gedrängten malazanischen Reihen, machten Soldaten dutzendweise nieder. Andere verfolgten die Grauen Schwerter, deren Reihen von den viel zu schnellen Jägern zerstreut worden waren.

Barghast hatten sich von beiden Seiten in den Kampf geworfen, um ihr Blut dem Gemetzel hinzuzufügen.

Langsam drehte der Kriegsherr sich um und ließ den Blick über die Hügelkuppe hinter ihm schweifen. Drei Leichen. Vier malazanische Soldaten, die einen bewusstlosen Kruppe auf den Hügel getragen hatten und den Daru jetzt hinlegten.

Bruths Blick blieb an Kruppe hängen; er wunderte sich über den plötzlichen, unerklärlichen Zusammenbruch des Mannes, drehte sich dann wieder um.

Die T'lan Imass knieten immer noch zu Zehntausenden reglos vor Itkovian, der seinerseits ebenfalls auf die Knie gesunken war, eine sterbliche Spiegelung der untoten Krieger. Was immer dort geschah, hatte sie alle weit weg geführt, an einen Ort, von wo – wie es schien – keine Rückkehr mehr möglich war – jedenfalls nicht, bis es viel zu spät sein würde.

Keine Wahl.

Brand … vergib mir …

Caladan Bruth schaute noch einmal zur Stadt hinüber. Den Blick auf die Massen gerichtet, die auf dem Todesstreifen unter ihm gegeneinander kämpften, hob der Kriegsherr langsam seinen Hammer –

– und erstarrte.

Sie kamen in ein weiteres Vorzimmer voller Toter und Sterbender. Tippa machte ein finsteres Gesicht. »Meine Dame, aus wie vielen Seguleh besteht diese Armee, von der ihr uns erzählt habt?«

»Aus dreien, meine Liebe. Wir sind ganz eindeutig auf dem richtigen Weg –«

»Dem richtigen Weg wohin, Lady Missgunst?«

Die Frau drehte sich um. »Hm, das ist eine interessante Frage. Die Seguleh sind ohne Zweifel eifrig damit beschäftigt, sich eine Audienz beim Seher zu verschaffen, aber wer sagt, dass der Seher Toc den Jüngeren bei sich hat? Ist es im Gegenteil nicht viel wahrscheinlicher, dass unser Freund irgendwo tief unter uns in Ketten liegt?«

Blend, die neben Tippa stand, meldete sich zu Wort. »Da, am hinteren Ende, das sieht wie eine Art Absatz aus. Könnten Stufen sein …«

»Scharfäugig«, murmelte Lady Missgunst anerkennend. »Baaljagg, mein liebes Wölfchen, wirst du uns führen?«

Der riesige Wolf glitt lautlos an ihr vorbei und schaffte es sogar irgendwie, ebenso geräuschlos über die Leichen zu steigen, die überall im Korridor herumlagen. Am hinteren Ende blieb er stehen und drehte ihnen den Kopf mit der langen Schnauze zu, die Augen wie glühende Kohlen.

»Oh, die ›Alles klar‹-Meldung«, seufzte Lady Missgunst und klatschte leise in die Hände. »Dann kommt mal mit, Ihr grimmigen Malazaner.«

Als sie sich näherten, zupfte Blend an Tippas Ärmel. »Leutnant«, flüsterte sie, »da oben wird gekämpft …«

Sie erreichten den Absatz. Hier lagen haufenweise tote Urdomen, auch auf den Stufen, die nach oben führten. Auf der zweiten Treppenflucht, die nach unten führte, war nur Blut zu sehen.

Blend tastete sich nach vorn und kauerte sich vor den nach unten führenden Stufen hin. »Hier sind Spuren im Blut«, sagte sie. »Drei verschiedene ... der Erste, äh, knochig, gefolgt von jemandem in Mokassins – einer Frau, würde ich sagen –

»In Mokassins?«, wunderte sich Lady Missgunst und zog die Brauen hoch. »Wie eigentümlich. Die Knochigen stammen wahrscheinlich entweder von Tool oder von Lanas Tog. Nun, wer folgt da wohl wem? Wie geheimnisvoll! Und was ist mit den letzten Spuren?«

Blend zuckte die Schultern. »Abgetragene Stiefel. Die Stiefel eines Mannes.«

Die Kampfgeräusche, die Blend schon vorher wahrgenommen hatte, konnten mittlerweile alle hören – von irgendwoher weiter oben an der Treppe, weit weg, möglicherweise im obersten Stockwerk, das mindestens ein halbes Dutzend Ebenen über ihnen war.

Baaljagg war nach vorne gehumpelt und stand nun neben Blend. Der Wolf senkte den Kopf, die Nase schnüffelte an den Fußspuren, die abwärts führten.

Einen Augenblick später war das Tier zu einem grauen Blitz geworden, raste die Treppe hinunter und verschwand.

»Na schön!«, sagte Lady Missgunst. »Es scheint entschieden, meint ihr nicht auch? Das leidende Wölfchen und Toc den Jüngeren verbinden gewisse ... Gefühle. Eine Art Seelenverwandtschaft, genauer gesagt.«

»Entschuldigung«, schnappte Tippa, »aber wovon redet Ihr da eigentlich die ganze Zeit, beim Vermummten?« *Noch eine rätselhafte Bemerkung von dieser Lady, und ich schlage ihr den Schädel ein.*

»Das war unhöflich. Nichtsdestotrotz muss ich einräumen, dass das Ganze an sich ein Geheimnis ist, aber keins meiner eigenen, daher werde ich also offen darüber sprechen.«

»Oh, schön«, murmelte einer der Soldaten hinter Tippa. »Klatsch und Tratsch.«

Lady Missgunst wirbelte herum. »Wer hat das gesagt?«

Niemand antwortete.

»Ich *verabscheue* Klatsch und Tratsch, damit ihr es alle wisst. Nun, soll ich euch die Geschichte über zwei uralte Götter erzählen, die beide eine sterbliche Hülle fanden – oder, besser gesagt, im Falle von Baaljagg eine etwas sterbliche Hülle, aber eine allzu sterbliche im Falle von unserem lieben Toc dem Jüngeren?«

Tippa starrte die Frau an und wollte gerade etwas sagen, als einer ihrer Soldaten laut und erbittert fluchte – und Schwerter klirrten –

– Schreie –

Knapp zwei Dutzend Urdomen waren soeben hinter den Trupps aufgetaucht, und der Korridor war plötzlich Schauplatz eines gnadenlosen Handgemenges.

Tippa streckte einen Arm aus und packte Blend an ihrem blutverkrusteten, steifen Umhang, zog sie heran. Noch während sie ihr Schwert zog, zischte sie: »Geh die Treppe runter, Schätzchen! Wir kommen nach, wenn wir das hier erledigt haben.« Sie schob Blend auf die Stufen zu, drehte sich um.

»Wird das lange dauern?«, erkundigte sich Lady Missgunst. Irgendwie übertönte ihre Stimme den Tumult und hallte in Tippas Ohren wider, während sie sich ins Gewühl stürzte. Die Urdomen waren besser gerüstet, frischer und hatten die Überraschung auf ihrer Seite gehabt. Tippa sah, wie Bucklund rückwärts taumelte – ihm fehlte der halbe Kopf. »Nein«, krächzte sie, »bestimmt nicht …«

Detoran hatte die Spitze übernommen, als die fünf Brückenverbrenner den Korridor entlangeilten. Fäustel war fünf Schritte hinter der großen Napanesin, Spindel trottete direkt hinter ihm her, gefolgt von Fahrig, und Trotter lag zwölf Schritte zurück und bildete die Nachhut. Bis jetzt hatten sie nichts als Leichen gefunden – Leichen von Panniониern –, die alle durch Schwerthiebe getötet worden waren.

»Irgendwer ist hier das wandelnde Grauen«, murmelte Spindel hinter dem Heiler.

Sie konnten hören, dass irgendwo gekämpft wurde, doch die Echos waren so oft zurückgeworfen worden, dass es schwierig war zu sagen, wo der Lärm herkam.

Detoran blieb stehen und hob eine Hand, winkte dann Fäustel nach vorn.

»Stufen voraus«, brummte sie. »Führen nach unten.«

»Alles frei«, bemerkte der Heiler.

»Im Augenblick.«

Fahrig gesellte sich zu ihnen. »Warum halten wir? Wir müssen in Bewegung bleiben.«

»Das wissen wir, Sergeant«, sagte Fäustel, wandte sich dann wieder der Napanesin zu. »Es muss reichen. Führe uns nach unten, Detoran.«

Noch mehr Leichen lagen auf den steinernen Stufen; sie waren so voller Blut, dass nicht zu erkennen war, wie sie gestorben waren.

Sie stiegen zwei Absätze weit hinab, ohne auf Schwierigkeiten zu stoßen. Als sie die nächste Treppe zur Hälfte zurückgelegt hatten, hörte Fäustel die Napanesin an einer Stelle, wo die Treppe die Richtung wechselte, grunzen, und plötzlich klirrten Waffen.

Ein wortloser Ruf von hinten verwandelte sich in einen Barghast-Kriegsschrei.

»Verdammt!«, fluchte Fäustel. Kämpfe unter ihnen und über ihnen – sie hatten Probleme. »Spindel, hilf Fahrig und Trotter! Ich gehe Det zur Hand!«.

»In Ordnung!«

Der Heiler rannte das halbe Dutzend Stufen zu der Biegung hinunter. Detoran hatte die Angreifer bereits bis zu einem Absatz zurückgedrängt. Fäustel sah hinter der Napanesin mindestens sechs Domänenser, schwere, doppelklingige Äxte mit kurzem Schaft in den gepanzerten Händen. Detoran, die ein Kurzschwert in der linken und ein Breitschwert in der rechten Hand hielt, hatte gerade den Krieger direkt vor ihr niedergehauen. Ohne zu zögern trat sie über den sterbenden Domänenser hinweg und erreichte den Absatz.

Die Domänenser stürmten auf sie los.

Es gab keine Möglichkeit, an der Napanesin vorbeizukommen. Fluchend steckte Fäustel sein Kurzschwert wieder weg und machte seine Armbrust schussbereit. Es lag bereits ein Bolzen in der Nut, von einer Lederschlinge, die der Heiler jetzt wegzog, an Ort und

Stelle gehalten. Ohne auf das Gebrüll und die pfeifenden Klingen zu achten, hakte er den Kuhfuß über die geflochtene Sehne und zog ihn zurück.

Oben hinter der Treppenbiegung hatte Trotter zu singen begonnen, nur einmal unterbrochen durch einen unheilvollen Schrei von Fahrig. Frisches Blut, verdünnt mit Gallenflüssigkeit, lief die Stufen herunter.

Fäustel bewegte sich rückwärts, um über Detoran hinweg freies Schussfeld zu bekommen.

Die Napanesin hatte ihr Kurzschwert von unten in den Schädel eines Domänensers gerammt. Die Klinge steckte zwischen den Unterkieferknochen fest. Statt zu ziehen, schob Detoran, warf das Opfer mitsamt der Waffe rücklings auf die beiden Krieger dahinter, so dass alle übereinander stürzten. Mit dem ausgestreckten Breitschwert in ihrer Rechten hielt sie sich einen weiteren Domänenser vom Leibe. Er schwang seine kürzeren Waffen gegen die Klinge, versuchte, sie beiseite zu schlagen, um näher an die Napanesin heranzukommen, doch Detoran ließ das schwere Schwert tanzen und pendeln, als wäre es das Rapier eines Duellanten.

Fäustels Aufmerksamkeit war auf die beiden Domänenser gerichtet, die sich gerade wieder aufrappelten. Ein dritter Krieger zerrte den gefallenen Domänenser weg. Der Heiler riss die Armbrust hoch und drückte auf den Abzug. Die Waffe ruckte in seinen Händen.

Einer der beiden Domänenser, der eben erst wieder auf die Beine gekommen war, schrie auf, als der Armbrustbolzen sich tief in seine Brust grub. Er sackte zu Boden.

Ein herabstürzender Körper riss Fäustel von den Beinen, als er gerade nachladen wollte. Fluchend fiel der Heiler gegen eine Seitenwand und versuchte, den Mann mit den Füßen beiseite zu schieben, während er nach einem neuen Bolzen tastete, doch dann sah er, dass es Fahrig war. Noch nicht tot, obwohl seine Brust blutüberströmt war. Nach den Geräuschen über ihm zu urteilen, kämpfte sich Trotter den Weg nach oben frei.

Er wirbelte herum, als er Detoran aufschreien hörte. Sie hatte mit ihrem Breitschwert zugestoßen, die Bewegung abgewandelt und um eine verzweifelte Verteidigung herum ihre Klinge gesenkt, dann die Schneide nach oben, unter den Helm des Mannes gezogen und ihm seitlich den Hals aufgeschlitzt – im gleichen Augenblick, da seine andere Axt in einem weit ausholenden Bogen auf Detorans Kopf zublitzte.

Die Napanesin warf ihre linke Schulter nach vorn und aufwärts.

Kettenglieder zerbarsten, Blut sprühte. Die Axtklinge kam frei, nahm den größten Teil von Detorans Schultermuskel mit.

Sie taumelte rückwärts. Dann, während noch das Blut aus ihrer Schulter spritzte, richtete sie sich auf und ging auf die beiden noch verbliebenen Domänenser los.

Der vordere warf eine seiner beiden Äxte.

Die Napanesin schlug sie beiseite und brachte dann einen Rückhandschlag an, den der Mann nur mit Mühe abwehren konnte. Detoran trat näher an ihn heran, ließ ihr Schwert fallen und rammte ihre Finger in die Augenschlitze seines Helms. Ihr Schwung trug sie um den Mann herum, und sie drehte seinen Kopf dabei mit.

Fäustel hörte deutlich die Wirbel krachen, als er gerade damit fertig war, seine Armbrust zu laden. Er hob sie –

Die Äxte des letzten Domänensers blitzten auf.

Detorans rechter Arm, ausgestreckt, die Finger der rechten Hand noch immer im Visier des Toten, wurde auf halber Höhe zwischen Ellbogen und Schulter abgetrennt.

Die zweite Axt grub sich tief zwischen ihre Schulterblätter, und die Wucht des Aufpralls warf sie nach vorn, so dass sie mit dem Gesicht voran gegen die Seitenwand des Treppenabsatzes knallte.

Der Domänenser machte einen Schritt vorwärts, um seine zweite Axt freizubekommen.

Fäustels Armbrustbolzen verschwand in der rechten Achselhöhle des Mannes. Er krümmte sich und brach mit rasselnder Rüstung zusammen.

Der Heiler, der einen weiteren Bolzen in die Nut legte, ging dorthin, wo Detoran noch immer aufrecht an der Wand lehnte, mit dem Gesicht voran. Ihr Blut strömte nicht mehr so stark.

Er brauchte die Hand nicht auszustrecken und die Napanesin zu berühren, um zu wissen, dass sie tot war.

Schritte kamen die Treppe heruntergetrampelt. Der Heiler drehte sich um und sah Spindel auf den Absatz stolpern. Er hatte einen Schlag gegen seinen Topfhelm bekommen, was den Stirnriemen und die Nieten an einer Seite hatte aufplatzen lassen. Diese Seite seines Gesichts war blutüberströmt. Seine Augen blickten wild.

»Da oben sind fast zwei Dutzend von denen, Fäustel! Trotter hält sie auf –«

»Dieser verdammte Idiot!« Der Heiler lud seine Armbrust und begann, die Stufen hochzusteigen, machte nur kurz Halt, um Fahrig zu untersuchen. »Such dir einen neuen Helm, Spindel, und dann komm nach!«

»Was ist mit Fahrig?«

»Er wird noch ein Weilchen am Leben bleiben. Beeil dich, verdammt noch mal!«

Die Treppe war bis zum nächsten Absatz mit frischen Leichen übersät.

Fäustel kam gerade rechtzeitig, um in einen abwärts drängenden Ansturm zu geraten – Domänenser und in ihrer Mitte ein zähnefletschender Trotter, die in einer zuckenden Mauer aus Leibern direkt auf den Heiler zugetorkelt kamen. Eine Klinge – die des Barghast – durchbohrte Fäustels Schulter, zuckte wieder weg, als sie alle zusammen auf die harten Steinstufen stürzten. Axtklingen, Dolche, gepanzerte Handschuhe, Helme und Beinschienen machten aus der menschlichen Lawine einen brutalen Schmerzschock, der auch nicht nachließ, als sie an der Biegung der Treppe fuchtelnd zum Stillstand kamen.

Trotter war der Erste, der sich befreien konnte; er stieß mit seinem Kurzschwert nach unten, trat und stampfte mit seinen Stiefeln. Fluchend brachte Fäustel sich vor der Raserei des Barghast in Sicherheit. Von der Wunde in seiner Schulter aus zuckten Feuerlanzen aus Schmerz durch seinen Körper.

Wenige Augenblicke später waren auf der Treppe nur noch keuchende Atemzüge zu hören.

Der Heiler drehte sich um, fand eine Wand in seinem Rücken und schob sich langsam daran hoch, warf Trotter dabei einen düsteren Blick zu. »Du hast mich verwundet, du blöder Kerl!«

Noch während er die Worte aussprach, hatte er sie schon fast wieder vergessen, als er den Barghast genauer ansah. Der riesige Krieger hatte mehr Wunden abbekommen, als Fäustel es für möglich gehalten hätte. Er war regelrecht in Stücke gehackt worden. Doch er wankte nicht einmal, als er auf den Heiler herabgrinste. »Verwundet hab ich dich? Gut.«

Fäustel verzog das Gesicht. »Ich weiß schon, was du meinst, du blauzahniger Hirtenhund. Warum solltest nur du den ganzen Spaß haben?«

»Klar. Wo sind Fahrig und Det und Spin?«

»Auf dem nächsten Absatz. Det ist tot. Außerdem werden wir Fahrig tragen müssen. So wie's sich anhört, sucht Spindel immer noch nach einem neuen Helm.«

»Die sind bestimmt alle zu groß«, grollte Trotter. »Wir müssen die Küche finden – vielleicht passt ihm ein Becher.«

Fäustel stieß sich von der Wand ab. »Gute Idee. Machen wir, dass wir hier wegkommen.«

»Diesmal gehe ich voraus – Köche sind gefährlich.«

Der Barghast, dem das Blut aus unzähligen Wunden strömte, schob sich an dem Heiler vorbei.

»Trotter?«

Er blieb stehen. »Ja?«

»Spin hat gesagt, fast zwei Dutzend.«

»Ja.«

»Alle tot?«

»Vielleicht die Hälfte. Der Rest ist davongelaufen.«

»Du hast sie zu Tode erschreckt, was?«

»Spins Haarhemd, würde ich sagen. Und jetzt komm, Heiler.«

Tocs Kopf baumelte, die Szene hob und senkte sich, als der T'lan Imass ihn den von Fackeln erleuchteten Korridor entlangtrug. Gelegentlich stieg Tool über eine Leiche oder auch zwei hinweg.

Mein Bruder. So hat er mich genannt.

Ich habe keinen Bruder.

Nur eine Mutter.

Und einen Gott. Seher, wo bist du? Willst du jetzt nicht kommen und mich holen? Der Wolf stirbt. Du hast gewonnen. Befreie mich, Allesbeherrscher. Befreie mich, damit ich durch das Tor des Vermummten schreiten kann.

Sie kamen an einen gewölbten Torweg, dessen Tür zerschmettert auf dieser Seite lag. Bretter, die noch immer von den aufgenagelten Bronzestreifen zusammengehalten wurden, gaben nach, als Tool über sie hinwegschritt. Ein großes Zimmer mit Kuppeldecke und zwanzig Schritt Durchmesser lag vor ihnen. Es war einst voller fremdartiger Mechanismen gewesen – Maschinen, wie sie Folterer benutzten –, doch sie waren alle kurz und klein geschlagen und beiseite geworfen worden, so dass sie nun wie Tiere mit gebrochenen Knochen an den Wänden lehnten.

Opfer der Wut ... war hier Tool am Werk gewesen? Dieses untote, gefühllose ... Ding?

Plötzlich war vom gegenüberliegenden Eingang Schwertgeklirr zu hören.

Der T'lan Imass blieb stehen. »Ich muss dich jetzt absetzen.«

Absetzen. Ja. Es ist Zeit.

Toc drehte den Kopf, als Tool ihn langsam auf die Steinfliesen legte. Eine Gestalt stand im Eingang auf der anderen Seite des Zimmers. Maskiert, weißes Emaille, mit zwei Strichen. In jeder Hand ein Schwert. *Oh, ich kenne dich, oder?*

Die Gestalt sagte nichts, wartete einfach nur, bis Tool ein paar Schritte von Toc weggegangen war. Der zerschlagene T'lan Imass zog sein zweihändiges Feuersteinschwert aus seiner Schulterschlinge und sagte: »Mok, Dritter der Seguleh, wenn Ihr mit mir fertig seid, würdet Ihr dann Toc den Jüngeren von hier wegbringen?«

Toc lag auf der Seite und sah, wie der maskierte Krieger zustimmend den Kopf neigte. *Mok, du verdammter Narr. Du wirst gleich meinen Freund töten ... meinen Bruder.*

Verschwommene Bewegungen, zwei Krieger, die zu schnell aufeinander losstürzten, als dass Toc ihnen mit seinem einen Auge hätte folgen können. Eisen sang gegen Stein. Funken schossen durch das Dämmerlicht, beleuchteten in einem kurzen Aufblitzen die zerbrochenen Folterwerkzeuge, die sie umgaben – Schatten tanzten über das Durcheinander aus Holz und Metall, und für Toc war es, als würde all der angehäufte Schmerz, den diese Mechanismen im Laufe ihres Daseins in sich aufgesaugt hatten, mit einem Mal freigesetzt.

Von den Funken.

Von den beiden Kriegern … und allem, was ihre verborgenen Seelen umhüllte.

Befreit, sich windend, tanzend, toll – *verrückt, rasend als Antwort …*

Als Antwort …

Irgendwo in seinem Innern – während der Kampf weiterging und der maskierte Krieger den T'lan Imass zurücktrieb, immer weiter zurücktrieb – rührte sich der Wolf.

Gefangen. In diesem gebeugten, aber unzerbrochenen Mechanismus, diesem Folterkäfig aus Knochen … Er sah, ganz nah vor sich, die zerschmetterten Umrisse von … etwas. Ein Balken, massiv, die Enden mit schwarzen gehämmerten Bronzekappen versehen. Wo etwas verschmiert war – Fleisch, Fleisch und Haar.

Käfig.

Toc der Jüngere zog seine verkrüppelten Beine unter sich, stemmte einen von Eiterpusteln übersäten, missgestalteten Ellbogen auf die Bodenfliesen, spürte, wie Haut zerriss, als er sich umdrehte, weiterdrehte, die Beine anzog, um sich hinzuknien – dann, die Hände zu Fäusten geballt, stützte, er sich auf dem Steinboden ab. Hob sich, neigte sich nach hinten, um Gewicht auf die Hüften zu verlagern, die knirschten und unter Sehnen und dünnen Muskeln zusammenzubrechen schienen.

Er stützte die Hände noch einmal auf den Boden, zog die knotigen Dinger, die einmal seine Füße gewesen waren, unter sich, hob die Knie.

Gleichgewicht … jetzt. Und der Wille.

Zitternd, schweißnass unter den zerfetzten Überresten seiner formlosen Tunika, richtete sich Toc langsam auf. In seinem Kopf drehte sich alles, ihm drohte schwarz vor Augen zu werden, doch er hielt durch.

Kruppe keuchte, hob sie hoch, zog an ihrem Arm. »Du musst sie berühren, Schätzchen. Diese Welt – sie ist für dich gemacht worden, verstehst du? Ein Geschenk – da sind Dinge, die befreit werden müssen.«

Befreit.

Ja, sie verstand das Wort. Sie sehnte sich danach, verehrte es, kniete mit gebeugtem Kopf vor seinem Altar. Befreit. Ja, das war verständlich.

Wie diese Erinnerungen an die eisige Zeit, die herabregnen, auf uns herabregnen.

Befreit ... um die Erde zu laben –

– Verkündung von Bedeutung, von Gefühlen, das Geschenk der Geschichte – das Land unter unseren Füßen, die Schichten, so viele Schichten –

Um diese Erde zu laben.

Was ist das für ein Ort?

»Strecke den Arm aus, allerliebste Mhybe, Kruppe bittet dich! Berühre –«

Sie hob eine zitternde Hand –

Aufrecht.

Um Tool unter Schlägen zurücktaumeln zu sehen, das Feuersteinschwert wurde bei jedem blitzenden Schwerthieb, der auf ihn zukam, langsamer.

Aufrecht. Ein Schritt. *Ein einziger Schritt. Wird genügen.*

Der Käfig, der Wolf regt sich, der Wolf versucht, Luft zu holen – kann nicht –

Er taumelte auf den Balken und sein emporragendes, mit einer Bronzekappe versehenes Ende zu.

Ein einziger Schritt, dann stürzte er.

Vorwärts. Er hob die Arme hoch – frei – das Ende des Balkens schien sich zu heben, sich ihm entgegenzustrecken. Traf seine Brust – seine Rippen – Knochen zerschmetterten in einer Schmerzexplosion –

Um zu berühren –

Der Käfig!

Gesprengt!

Befreit!

Der Wolf holte tief Luft.

Und heulte.

Der Hammer, in Bruths Händen hoch emporgereckt, zitterte, das Eisen bebte –

Das Heulen eines Gottes zerriss die Luft, ein Heulen, das aufstieg, ein Ruf –

Der beantwortet wurde.

Auf dem Todesstreifen erhoben sich T'lan Ay aus dem Boden, die Tiere schossen in einer lautlosen, verschwommenen grauen Welle vorwärts, jagten durch die K'Chain Che'Malle – warfen die untoten Echsen zu Boden, zerrissen sie – die gigantischen, gepanzerten Reptilien taumelten unter der Wucht des Angriffs zurück.

Andere K'ell-Jäger drehten sich um, rannten auf das Tor zu – verfolgt von den Wölfen.

Hoch über ihren Köpfen lösten sich die Kondore aus ihrem tödlichen Tanz mit beiden schwarzen Drachen und flogen eilends zurück zur Festung, verfolgt von Korlat und Orfantal – und hinter ihnen Zehntausende Großer Raben –

– und über der Festung geschah etwas.

Kruppe, der die nun bewusstlose Mhybe in den Armen hielt, stolperte rückwärts, als Togg sich aus dem zerschmetterten Käfig befreite; das Heulen des Gottes verbrannte die Luft.

Die Sintflut aus Hagel hörte auf. Abrupt. Der Himmel verdunkelte sich.

Ein Druck, eine Macht, uralt und tierisch. Sie wuchs.

Togg, riesig, einäugig, weißer Pelz mit silbernen Spitzen – er heulte –

Der Wolfsgott, der mit der Macht sich auffaltender Gebirge erschien, sein Schrei schien den Himmel zu umspannen.

Ein Schrei, der beantwortet wurde.

Von allen Seiten.

Paran duckte sich noch tiefer, als plötzlich kaltes Zwielicht herabsank, eine Last, die den Hauptmann überwältigte.

Neben ihm stöhnte der Schnelle Ben und zischte dann: »Das ist es, mein Freund. Kurald Galain. Ich kann es benutzen – uns über die Mauer bringen – wir müssen sehen –«

Was sehen? Bei den Göttern, ich werde zermalmt.

Der Druck ließ plötzlich nach. Hände packten seinen Harnisch, zogen ihn hoch, Metall kratzte, Leder blieb hängen, hoch und über die niedrige Mauer, um auf der anderen Seite hinzuplumpsen.

Die Dunkelheit senkte sich weiter auf übernatürliche Weise herab, dämpfte die Sonne zu einer grauen, unbeständig flackernden Scheibe.

Die Kondore über ihren Köpfen kreischten –

– und in diesen Schreien lag nacktes Entsetzen –

Paran drehte sich um, ließ den Blick über die Szene auf der Brustwehr schweifen. Dreißig Schritt entfernt, an der äußersten Ecke, kauerte eine Gestalt, die der Hauptmann instinktiv als den Seher erkannte. Menschliche Haut, menschliches Fleisch hatten sich abgeschält, enthüllten einen Jaghut, nackt, umgeben von nebligen Wolken aus Eiskristallen. Der Seher umklammerte mit beiden Händen ein Ei von der Größe eines Knallers. An seiner Seite, riesig und missgestaltet, ein K'Chain Che'Malle – *nein. Die Matrone.* Was von ihr ausströmte, ließ gleichermaßen Grauen und Mitleid in Paran aufsteigen. Sie war ohne Verstand, ihrer Seele beraubt, von einem Schmerz durchdrungen, von dem er wusste, dass sie ihn noch nicht einmal spüren konnte – die einzige Barmherzigkeit, die noch blieb.

Zwei schwer gerüstete und bewaffnete K'ell-Jäger hatten ihre

Mutter bewacht, jetzt jedoch rückten sie vor, die Waffen erhoben, tappten mit schweren Schritten über das Dach, als auf einer Treppe fünfzehn Schritt links von Paran zwei Gestalten auftauchten. Maskiert, von Kopf bis Fuß in Blut getaucht, schwang jede der beiden Gestalten zwei Schwerter; sie ließen einen Korridor hinter sich, der von toten Urdomen und Domänensern übersät war.

»Der Vermummte soll mich holen!«, fluchte der Schnelle Ben. »Das sind Seguleh!«

Doch Parans Aufmerksamkeit war schon wieder weitergewandert, er war blind für den Kampf, der sich entspann, als die K'ell-Jäger auf die Seguleh losgingen. Die Sturmwolke, die über ihren Köpfen so lange in die Höhe geragt hatte, stieg immer noch höher und löste sich auf, war fast verloren in der Dunkelheit. Etwas, wurde ihm mit einem Frösteln klar, kam näher.

»Hauptmann! Folgt mir!«

Der Schnelle Ben glitt an der niedrigen Mauer entlang, folgte ihrer Krümmung auf die Hafenseite zu.

Paran trottete hinter dem Magier her. An einer Stelle, an der sie freie Sicht auf den Hafen und die Bucht hatten, machten sie Halt.

Weit draußen in der Bucht explodierte das Eis entlang der Horizontlinie in weißen, speienden Wolken.

Das Wasser im Hafen war unter der dunklen, jetzt völlig stillen Luft glatt wie Glas geworden. Das Netz aus Seilen, das es überspannte – mit seinen Hütten, herabhängenden Leinen und verwelkten Leichnamen – zitterte plötzlich.

»Im Namen des Vermummten, was –«

»Pssst. Oh, beim Abgrund! Schaut!«

Und er schaute.

Die Wasseroberfläche des Hafens, die bisher glatt wie Glas gewesen war … bebte … wogte … wölbte sich empor.

Und floss dann auf unmögliche Weise nach allen Seiten davon.

Ein schwarzes, gewaltiges Etwas stieg aus den Fluten auf.

Das Meer wogte wild, ein Ring aus Schaum raste nach außen. Eine plötzliche, eiskalte Windböe hämmerte über die Brustwehr, ließ die Konstruktion schwanken, dann erzittern.

Fels, zerklüftet, vernarbt – *ein ganzer verdammter Berg, beim Vermummten!* – stieg aus dem Hafen auf, hob das riesige Netz mit in die Höhe.

Und der Berg wurde größer, stieg höher, und Dunkelheit strömte in Wogen aus ihm heraus.

»Sie haben Kurald Galain enthüllt!«, schrie der Schnelle Ben, um den brüllenden Wind zu übertönen. »*Alle* zusammen!«

Paran starrte das Gebilde an.

Mondbrut.

Stieg immer noch höher.

Rake hat die Festung versteckt –

– oh, beim Abgrund, und wie er sie versteckt hat!

In die Höhe steigend, während das Wasser in torkelnden Kaskaden von den zerklüfteten Seiten ins Meer stürzte, sich in Nebel verwandelte, als das künstliche Gebilde noch höher stieg.

Die Kluft. Ortnals Kluft – dieser Spalt –

»Seht doch!«, zischte der Schnelle Ben. »Diese Risse ...«

Und jetzt erkannte Paran den Preis, den Rake für diesen Trick bezahlt hatte. Gewaltige Risse zogen sich über die Oberfläche von Mondbrut, Risse, aus denen noch immer Wasser strömte.

Noch höher.

Die Festung ragte jetzt schon zu zwei Dritteln aus dem Wasser.

Sie drehte sich langsam, und dadurch geriet hoch auf einer Seite ein Gesims ins Blickfeld –

Und dort stand eine einsame Gestalt.

Erinnerungen ... sie sind fort. Haben Zehntausende von Seelen zurückgelassen. Stumme Seelen.

»Und nun kommt zu mir, denn ich werde Euch jetzt Euren Schmerz nehmen.«

»Du bist sterblich.«

»Ich bin sterblich.«

»Du kannst unseren Schmerz nicht tragen.«

»Ich kann.«

»Du kannst ihn nicht weitergeben –«

»Ich werde es tun.«

»Itkovian –«

»Euren Schmerz, T'lan Imass. Jetzt.«

Er stieg vor ihm auf, eine Woge von unermesslicher Höhe, stieg, türmte sich auf, stürzte dann auf ihn zu.

Und sie sahen es alle.

Sie sahen das Lächeln, mit dem Itkovian ihn willkommen hieß.

Mondbrut stieg, in Dunkelheit gehüllt, jenseits der Stadt in die Höhe. Caladan Bruth starrte hinüber. Wirbelnde Nebelschwaden, Ströme von Wasser, die langsam versiegten. Jetzt erschienen Drachen, rasten davon, schwarz, einer karmesinrot, Wogen von Kurald Galain schlugen zu, verbrannten die dämonischen Kondore.

Mondbrut, sich neigend – ein gewaltiges Stück mitternachtsschwarzen Steins brach an einer Seite ab, ließ das ganze Gebilde schwanken – sich neigend, vorwärts gleitend, auf die Festung zu –

Auf dem Todesstreifen unter ihm hatten die verstreuten Überreste der Soldaten – Malazaner, Barghast, Graue Schwerter, Grantl und die Handvoll seiner Anhänger, die alles waren, was noch von seiner Legion übrig war – die Steinbrücke überquert und sammelten sich am zerschmetterten Nordtor. Ungehindert. Die Mauer östlich des Tores war frei von Magiern, von allem – war leer gefegt.

Feuer erhellten die Stadt jenseits der Mauer. Der Himmel füllte sich mit Schwarzen Moranth, Großen Raben – Kurald Galain breitete sich aus, strömte hinab, auf Korall nieder –

Eine wirkliche Enthüllung. Alle Tiste Andii, vereint in ritueller Magie – so etwas hat die Welt noch nie gesehen – in all den Jahrtausenden seit ihrer Ankunft hat die Welt noch nie so etwas gesehen. Bei Brands Herz, was wird aus dieser Enthüllung hervorgehen?

Er starrte weiter zur Stadt hinüber, und ihn überfiel eine gewaltige, seelenbetäubende Hilflosigkeit.

Die Macht floss auf Korlat zu. Ihre Augen blitzten, als sie und ihr Bruder auf den kalten, vertrauten Strömungen von Kurald Galain dahinglitten, Mondbrut entgegen.

Oh, die Festung starb – das konnte sie sehen. Sie starb, doch noch hatte sie ihre schreckliche, tödliche Aufgabe nicht vollendet.

Sie sah, wie sie vorwärts glitt, wie sie näher an die Brustwehr der Festung heranschwebte – dorthin, wo, wie sie jetzt sehen konnte, der Seher stand –, der Jaghut, der den Finnest der Matrone umklammerte und reglos nach oben starrte, während der schwarze, drohende Berg unerbittlich näher kam.

Dunkelheit war zu dieser Welt gekommen. Zu diesem Ort, dieser Stadt.

Dunkelheit, die nie wieder verschwinden würde.

Korall. Schwarzes, schwarzes Korall ...

Es dauerte nicht länger als ein halbes Dutzend Herzschläge, bis Lady Missgunst klar wurde – als sie die Brückenverbrenner unter dem Angriff der Urdomen zu Grunde gehen sah –, dass sie Tippas letzte Bemerkung missverstanden hatte. Keine Zuversicht, nicht einmal gespielte Tapferkeit. Sondern eine Bemerkung voller Fatalismus, zweifellos typisch für diese Soldaten, für Lady Missgunst jedoch vollkommen neu.

Als ihr diese Einsicht kam, handelte sie. Eine kleine Geste mit einer Hand.

Genug, um das Fleisch der Urdomen aufplatzen zu lassen.

Sie brachen samt und sonders zusammen.

Doch der Schaden war bereits angerichtet.

Nur zwei Brückenverbrenner standen noch, und beide waren verwundet.

Sie schaute zu, als sie damit begannen, ihre gefallenen Kameraden zu untersuchen, schließlich einen aus dem Gewühl zogen. Dann war also nur noch einer unter den Gefallenen, der noch atmete.

Schwere Schritte im Korridor, die schnell näher kamen.

Lady Missgunst machte ein finsteres Gesicht, hob erneut die Hand –

»Wartet!«, schrie Tippa. »Das ist Fäustel! Spin! Kommt hierher, ihr Bastarde!«

Hinter den ersten beiden, die aufgetaucht waren – Fäustel und Spin, wie sie annahm –, stolperten noch zwei weitere Soldaten in der Uniform der Brückenverbrenner einher. Alle waren schrecklich zugerichtet – besonders der Barghast, dessen Rüstung nur noch aus Fetzen bestand und dessen ganzer Körper eine Masse aus Schnittwunden und klaffenden Löchern war. Noch während sie ihn ansah, stolperte er, sank auf die Knie, bleckte die Zähne in einem blutverschmierten Grinsen.

Und starb.

»Fäustel!«

Der große Mann, der vorneweg gegangen war, wirbelte herum, geriet bei der plötzlichen Bewegung ins Taumeln – und Lady Missgunst bemerkte, dass er dicht unterhalb der rechten Schulter von einem Schwertstoß durchbohrt worden war. Er stolperte auf den Barghast zu.

»Ich fürchte, es ist zu spät für ihn«, rief Lady Missgunst. »Und du, Heiler – Fäustel –, du bist fertig, was dein Gewirr angeht, und du weißt es. Kommt her zu mir, und ich tue euch den Gefallen. Und was Euch angeht, Tippa – eine ehrlichere Antwort auf meine Frage vorhin hätte diese Episode weit weniger schrecklich werden lassen.«

Tippa wischte sich das Blut aus den Augen und starrte sie nur an.

»Ach, nun ja«, seufzte Lady Missgunts. »Vielleicht ist es am besten, dass Ihr Euch an Eure sarkastische Bemerkung nicht mehr erinnern könnt. Kommt jetzt her, alle – oh!«

Sie wirbelte plötzlich herum, als Magie auf die Stadt herabsank – Kurald Galain – überwältigend in ihrer Macht.

»Die Treppen runter!«, rief sie. »Wir müssen hier weg! Schnell!«

Zu viert, die einen fünften mitschleppten, folgten die Brückenverbrenner Lady Missgunst.

Knochensplitter flogen gegen die Wand. Tool stolperte rückwärts, krachte gegen den Stein, das Schwert fiel ihm aus den Händen, landete klirrend auf den Fliesen.

Mok hob beide Waffen –

– und flog zu einer Seite durch die Luft, drehte sich, verlor die

Waffen – um gegen eine Wand zu knallen und in einen Haufen zerschmettertes Holz und Metall zu rutschen.

Tool hob den Kopf.

Ein riesiger schwarzer Panther, die Lippen in einem stummen Fauchen zurückgezogen, tappte langsam auf den bewusstlosen Seguleh zu.

»Nein, Schwester.«

Die Wechselgängerin zögerte, warf einen Blick über die Schulter.

»Nein. Lass ihn.«

Der Panther drehte sich um, verwandelte sich.

Doch die Wut blieb in Kilavas Augen, als sie auf Tool zugeschritten kam. »Du bist besiegt worden! Du! Das Erste Schwert!«

Tool bückte sich langsam und hob sein schartiges Schwert auf. »Ja.«

»Er ist nur ein Sterblicher!«

»Zum Abgrund mit dir, Kilava.« Er streckte sich. Sein Rücken rutschte knirschend an der Wand entlang, an der er noch immer lehnte.

»Lass mich ihn töten. Jetzt gleich. Dann gibt es keinen würdigen Gegner mehr für dich.«

»Oh, Schwester«, seufzte Tool. »Begreifst du es denn nicht? Unsere Zeit – sie ist vorbei. Wir müssen unseren Platz in dieser Welt aufgeben. Mok – der Mann da, den du so beiläufig von hinten niedergeschlagen hast –, er ist der Dritte. Der Zweite und der Erste sind ihm mit den Schwertern überlegen. Verstehst du mich, Kilava? Lass ihn in Ruhe ... lass sie alle in Ruhe.«

Er drehte sich langsam, bis er Toc den Jüngeren sehen konnte.

Der Leichnam, von einem Holzbalken durchbohrt, regte sich nicht.

»Der alte Wolfsgott ist frei«, sagte Kilava, als sie seinem Blick folgte. »Kannst du ihn nicht hören?«

»Nein. Ich höre ihn nicht.«

»Jenes Geheul erfüllt jetzt eine andere Sphäre, das Geräusch der Geburt. Eine Sphäre ... die von der Beschwörerin geschaffen wurde. Obwohl das, was ihr jetzt Leben verleiht, etwas anderes ist. Etwas ganz anderes.«

Von der Tür kam ein Kratzen.

Beide drehten die Köpfe.

Eine andere T'lan Imass stand unter dem Torbogen. Von Schwertern durchbohrt, mit kalt gehämmerten Kupferkappen über den Eckzähnen. »Wo ist sie?«

Tool neigte den Kopf. »Wen suchst du, Verwandte?«

»Du bist Onos T'oolan.« Ihr Blick richtete sich auf Kilava. »Und du bist seine Schwester, die, Die sich Widersetzt –«

Kilava zog verächtlich die Lippe hoch. »Und das werde ich auch weiterhin tun.«

»Onos T'oolan, Erstes Schwert, wo ist die Beschwörerin?«

»Ich weiß es nicht. Wer bist du?«

»Lanas Tog. Ich muss die Beschwörerin finden.«

Tool stieß sich von der Wand ab. »Dann werden wir sie gemeinsam suchen, Lanas Tog.«

»Narren«, fauchte Kilava.

Das Kratzen von Klauen hinter Lanas Tog – sie wirbelte herum, wich zur Seite.

Baaljagg kam in den Raum gehumpelt. Die Wölfin ignorierte alle andern, ging direkt zu Tocs Leichnam, winselte.

»Er ist frei«, sagte Tool. »Dein Gefährte.«

»Sie ist für das Heulen nicht taub«, murmelte Kilava. »Togg ist ins Tellann-Gewirr übergewechselt. Dann … zu einem Ort jenseits davon. Bruder, nimm diesen Pfad, wenn du so entschlossen bist, die Beschwörerin zu suchen. Sie laufen zusammen, allesamt.«

»Komm mit uns.«

Kilava wandte sich ab. »Nein.«

»Schwester. Komm mit uns.«

Sie fuhr wieder herum, das Gesicht dunkel angelaufen. »Nein! Ich bin wegen des Sehers gekommen. Hast du mich verstanden? Ich bin –«

Tools Blick fiel auf Tocs verkrüppelten Leichnam. »Zur Wiedergutmachung. Ja. Ich verstehe. Dann suche ihn.«

»Das werde ich tun! Nun, da ich dich gerettet habe, bin ich frei zu tun, was mir beliebt.«

Tool nickte. »Und wenn du fertig bist, Schwester, dann spüre mich noch einmal auf.«

»Und warum sollte ich das tun?«

»Kilava. Blutsverwandte. Spüre mich auf.«

Sie schwieg eine Weile, dann nickte sie knapp.

Lanas Tog trat an Tools Seite. »Dann führe mich, Erstes Schwert.«

Die beiden T'lan Imass wurden zu Staub, und dann verschwand auch dieser.

Kilava war allein im Raum.

Abgesehen von einem bewusstlosen Seguleh.

Und einer Ay, die nun neben einem Leichnam lag.

Sie zögerte, machte einen Schritt auf Moks reglose Gestalt zu, seufzte dann, drehte sich um und trat zu Baaljagg.

»Du trauerst um diesen Sterblichen«, flüsterte sie und legte ihre Hand auf den gesenkten Kopf des Tiers. »Für ihn schiebst du das auf, wonach du dich so sehr sehnst – die Wiedervereinigung mit deinem verlorenen Gefährten. War dieser Mann wirklich eine solche Loyalität wert? Nein, du brauchst nicht zu antworten – die Antwort ist klar und deutlich in deinen Augen zu erkennen.

Deshalb werde ich dir etwas erzählen, Baaljagg, das du offensichtlich nicht erkennen kannst. Die Seele dieses Sterblichen – sie reitet die von Togg – und dein Gefährte will sie abliefern, aber nicht am Tor des Vermummten. Und nun geh, und folge jenem Pfad. Hier, ich öffne dir den Weg.«

Sie stand auf, gestikulierte.

Das Tellann-Gewirr öffnete sich. Die muffige Luft im Raum wurde davongeweht. Ein süßer Geruch nach feuchter Tundra, herben Moosen und weichen Flechten strömte auf einer sanften, warmen Brise herein.

Die Ay sprang mit einem Satz durch das Portal.

Kilava schloss es hinter dem Tier wieder.

Dann verließ sie den Raum.

Einen Augenblick später trat Blend aus den Schatten. Sie ging dorthin, wo Mok inmitten eines Bergs von zerbrochenem Holz und verdrehtem Metall lag, blickte auf die bewusstlose Gestalt hinunter. *Oh, diese Maske. So … verführerisch –*

Überraschte Schreie aus dem Korridor hinter ihr, das Geräusch ausschwärmender Soldaten, dann herzhafte Flüche.

»– ein verdammter Panther!«

»Kilava«, erwiderte Lady Missgunst. »Ich bin ihr schon einmal begegnet. Aber es ist in der Tat unverschämt, uns alle auf diese geringschätzige Weise beiseite zu schieben.«

Blend drehte sich um, als ihre Kameraden den Raum betraten.

Lady Missgunst blieb stehen. Verschleierte Augen flackerten von Mok zu Toc dem Jüngeren. »Oh«, sagte sie mit leiser Stimme, »mein lieber Junge … Ich wollte, du wärst bei uns geblieben.«

Tippa. Fäustel. Spindel. Fahrig. Blauperl.

Blend schloss die Augen.

»Nun, damit ist der Fall erledigt«, sagte Lady Missgunst. »Wir kehren zum Dach der Festung zurück. Rasch, bevor Kilava mich um meine Rache an dem Seher bringt.«

»Ihr könnt gerne auf das Dach zurückkehren«, grollte Tippa, »wir verschwinden.«

Verschwinden, oh, meine Liebste …

Lady Missgunst verschränkte die Arme. »Ich erschöpfe mich, indem ich euch undankbare Soldaten heile, und das ist eure Antwort? Ich will *Gesellschaft*!«

Fäustel und Spindel setzten sich in Bewegung, um Tocs Leichnam zu holen.

Tippa ließ sich gegen eine Wand sacken, musterte Lady Missgunst mit rotgeäderten Augen. »Wir danken Euch für die Heilung«, murmelte sie. »Aber wir müssen zu Einarms Heer zurück.«

»Und was ist, wenn hier noch mehr pannionische Soldaten herumlungern?«

»Dann gesellen wir uns zu unseren erschlagenen Brüdern und Schwestern. Was soll's?«

»Ach, ihr seid alle gleich!«

Mit diesen Worten stürmte Lady Missgunst mit wallenden weißen Gewändern aus dem Raum.

Blend schob sich näher an Tippa heran, sagte leise: »Da ist ein Hauch frischer Luft … er kommt aus dem Gang da hinten.«
Tippa nickte. »Geh voraus.«

Nach einer Seite überhängend, in schwarzen Nebel gehüllt, schob sich Mondbrut immer näher an die Brüstung des Turms heran.
Unter dem riesigen, überwältigenden Gewicht von Kurald Galain kauerte der Seher in seinem Wahnsinn, den Kopf zurückgelegt, um zu dem Bauwerk hinaufzustarren; er hielt den Finnest verzweifelt und besitzergreifend in seinen Armen. Ein Stück neben ihm schien die Matrone zu versuchen, sich durch die Fliesen unter ihr zu graben. Der Druck war unerbittlich.
Die beiden Seguleh hatten das Dach nicht unversehrt erreicht, und die K'ell-Jäger erwiesen sich ihnen mehr als ebenbürtig. Die beiden maskierten Krieger waren über die niedrige Mauer zurückgetrieben worden, hatten dabei blutige Spuren zurückgelassen. Trotzdem hatte Paran noch nie zuvor solche Meisterschaft im Schwertkampf gesehen. Die Schwerter waren nicht mehr als verschwommene Schatten, sie schienen überall zugleich zu sein, und die K'ell-Jäger wurden in Stücke gehackt, auch wenn sie immer weiter herandrängten. Der Hauptmann hatte kurz erwogen, den beiden Fremden zu helfen, war dann jedoch zu dem Schluss gekommen, dass er sie mehr behindern als ihnen nützen würde.
Paran blickte wieder zum nördlichen Himmel empor.
Drachen tauchten der Stadt entgegen, Wellen der Macht zuckten donnernd in die Straßen hinunter, schlugen gegen Gebäude, Dunkelheit wogte.
Große Raben kreisten, kreischten triumphierend.
»Äh, sie wird nicht über uns …«
Bei dieser merkwürdigen Bemerkung des Schnellen Ben runzelte der Hauptmann die Stirn. *Über uns? Was ist über uns* – er drehte den Kopf, blickte erneut zu Mondbrut hinüber. *Oh.*
Der Fuß des fliegenden Berges war genau gegenüber, glitt immer noch näher heran. *So nah* – sie türmte sich auf, füllte den Himmel aus.

»Ich dachte, Rake würde zumindest persönlich hier herunterkommen, um die Geschichte zu beenden«, fuhr der Magier fort. »Stattdessen hat er sich etwas … äh, deutlich weniger Subtiles ausgedacht.«

Etwas wie diese ganze Festung auszulöschen – mitsamt all denen, die sich darin befinden. »Ben –«

»Ja, wir sollten lieber machen, dass wir wegkommen.«

Ein gewaltiger schwarzer Panther kam aus dem Treppenhaus geglitten, blieb stehen; funkelnde Augen musterten die Szene auf dem Dach, konzentrierten sich dann auf den Seher.

Plötzlich war der Schnelle Ben auf den Beinen. »Nein!«, rief er dem Tier zu. »Wartet!«

Der mächtige Kopf des Panthers wandte sich dem Magier zu, die Augen loderten, die Lefzen waren zurückgezogen.

»Ich glaube nicht, dass das Biest warten will.«

Mit peitschendem Schwanz machte der Panther einen weiteren Schritt auf den hingekauerten Seher zu – der all dem den Rücken zudrehte –

»*Verdammt!*«, zischte der Schnelle Ben. »Es ist so weit, Talamandas!«

Wer?

Mondbrut stieß mit einem knirschenden, mahlenden Geräusch gegen das Dach der Brustwehr. Die unerbittliche steinerne Wand pflügte sich vorwärts –

Die Matrone kreischte –

Nasser, triefender Basalt nagelte die K'Chain Che'Malle dort fest, wo sie lag, schien sie dann zu verschlingen. Blut spritzte, Knochen krachten, Mondbruts Basis pflügte quer über das Dach, ließ zermalmte Fliesen und eine blutige Masse zurück.

Der Seher schrie auf, wich zurück – genau auf den Panther zu, der sich plötzlich zusammenduckte –

Mondbrut sackte plötzlich eine Mannshöhe ab, brach durch das Dach.

Fliesen neigten sich unter Paran, Ziegel gaben auf allen Seiten nach – die Welt begann zu schwanken.

Der Schnelle Ben schlug zu. Magie strömte von ihm aus, hämmerte in die Flanken des Panthers – wirbelte ihn herum, die Klauen rutschten kreischend über den Boden –

»Folgt mir!«, rief der Magier, warf sich nach vorn.

Paran, der sich bemühte, das Gleichgewicht zu halten, streckte die Arme aus und packte den Regenumhang des Magiers, wurde mitgezogen. *Jetzt ist es also so weit – sie alle zu verraten. Mögen die Götter uns vergeben.*

Der Seher wirbelte zu ihnen herum – »Was?«

»Talamandas!«, brüllte der Schnelle Ben, als sie den Seher erreichten. Der Magier warf sich auf den Jaghut –

Ein Gewirr öffnete sich um sie herum –

– und weg waren sie.

Das Portal schloss sich – und flammte wieder auf, als der Panther mit einem Satz hindurchsprang und die Verfolgung aufnahm.

Mondbrut sank noch tiefer, und die Brustwehr brach auseinander; Ziegel flogen in alle Richtungen davon. Die beiden Seguleh lösten sich von den K'ell-Jägern und schossen davon, sprangen über die niedrige Mauer, hinter der Paran und der Schnelle Ben sich verborgen hatten, und rasten zum hinteren Ende des Dachs. Hinter ihnen, dort, wo der Seher gekauert hatte, löste sich ein riesiger Basaltsplitter in einem Salzwasserschwall von Mondbrut, fiel hinunter, um zwei K'ell-Jäger unter sich zu begraben und sie dann, Stockwerk um Stockwerk, mit in die Tiefen der Festung zu reißen.

Grantl stolperte, krachte mit der Schulter gegen eine Wand, hinterließ einen langen roten Streifen, als er langsam in die Hocke sank. Vor ihm, vornüber gebeugt vor Erschöpfung oder Schmerzen, auf den Knien oder auf den Füßen, mit leeren, aschgrauen Gesichtern, waren acht Capan-Frauen. Drei waren kaum mehr als Kinder, zwei andere hatten graue Strähnen in den verfilzten, schweißnassen Haaren. Ihre Hände, die immer noch die Waffen umklammerten, zitterten. Das waren alle, die ihm geblieben waren.

Sein Lestari-Offizier war fort, tot, das, was von seinem Körper übrig war, lag irgendwo draußen auf dem Todesstreifen jenseits der Stadtmauer.

Grantl senkte seine Schwerter, lehnte den Kopf gegen die staubige Mauer und schloss die Augen.

Er konnte Kampflärm im Westen hören. Die Grauen Schwerter waren in jene Richtung geritten, auf der Suche nach Dujek. Die Schwarzen Moranth waren wieder über dem äußersten westlichen Drittel der Stadt unterwegs; sie schienen sich auf ein ganz bestimmtes Gebiet zu konzentrieren, stürzten sich in kleinen Gruppen in die Straßen hinab, als nähmen sie an einem verzweifelten Verteidigungskampf teil. Das helle Krachen von Fetzern hallte von den Hauswänden wider.

Näher bei ihnen – oder genauer, direkt gegenüber von Grantl und dem, was noch von seiner Legion übrig war, hatte ein Knaller ein großes Mietshaus erwischt. Das Gebäude war kurz davor zusammenzubrechen, stand in hellen Flammen. Die Leichen von pannionischen Soldaten lagen inmitten des Gerölls und der Trümmer auf der Straße.

Und, sich langsam einen Weg durch die Festung bahnend, Mondbrut, die ihre Dunkelheit in die Stadt strömen ließ, der Pfad der Zerstörung, ein Chor der Vernichtung.

Er hielt die Augen geschlossen.

Stiefel knirschten über Geröll, dann stupste einer davon ihn am Oberschenkel an.

»He, du faules Schwein!«

Das Todbringende Schwert seufzte. »Stonny –«

»Dieser Kampf ist noch nicht vorbei.«

Er öffnete die Augen, starrte zu ihr hoch. »Doch. Korall ist gefallen – ha, nein, es *fällt*. Und ist der Sieg nicht süß? Wo bist du gewesen?«

Die staubverkrustete, verschwitzte Frau zuckte die Schultern, warf einen Blick auf das Rapier in ihrer Hand. »Hier und dort. Hab getan, was ich konnte, was nicht besonders viel war. Motts Irreguläre sind hier, hast du das gewusst? Wie haben sie das bloß geschafft, im Namen des Vermummten? Verdammt will ich sein, wenn sie nicht da waren, hinter dem Tor, als wir – die Grauen Schwerter und ich – aufgetaucht sind … und dabei dachten wir, wir wären die Ersten.«

»Stonny –«

Die unnatürliche Dunkelheit wurde plötzlich noch tiefer.

Mondbrut hatte sich in einer letzten Wolke aus einstürzenden Wänden von der Festung gelöst. Noch immer in Schräglage, während Wasser und Stücke aus schwarzem Fels von ihr herabregneten, kam sie näher, ein paar Mannshöhen über den Gebäuden der Stadt, füllte den Himmel aus – war jetzt fast über ihnen.

Auf dem hohen Gesims war niemand zu sehen. Große Raben flogen dicht an Mondbrut heran und rasten unter lauten, hallenden Schreien wieder davon.

»Hol uns der Abgrund«, flüsterte Stonny, »das Ding sieht aus, als könnte es jeden Augenblick runterfallen. Einfach so. Entweder als Ganzes – oder stückweise. Das Ding ist erledigt, Grantl. Erledigt.«

Dagegen gab es wenig zu sagen. Das Bauwerk sah aus, als würde es jeden Augenblick auseinanderbrechen.

Salziger Regen benetzte sein nach oben gerichtetes Gesicht, Nebel von dem fliegenden Berg, der direkt über ihnen dräute. Ganz plötzlich war es so dunkel wie in einer wolkenverhangenen Nacht, und ohne die Reflexionen der Feuer, die hier und dort in der Stadt brannten, wäre Mondbrut praktisch unsichtbar gewesen. *Bei den Göttern, ich wünschte, es wäre so.*

Die Kampfgeräusche im Westen verstummten überraschend plötzlich.

Sie hörten Hufgetrappel auf den Pflastersteinen. Einen Augenblick später tauchte im Zwielicht des flackernden Feuerscheins aus dem brennenden Haus gegenüber der Destriant der Grauen Schwerter auf.

Sie sah sie, ließ ihr Pferd langsamer werden, lenkte es dann zu ihnen und hielt an.

»Wir haben Hohefaust Dujek gefunden, Todbringendes Schwert. Er lebt, so wie mindestens achthundert seiner Soldaten. Die Stadt ist eingenommen. Ich werde jetzt zu unserem Bereitstellungsraum jenseits des Todesstreifens zurückkehren. Werdet Ihr mich begleiten,

Todbringendes Schwert, meine Dame? Es wird eine Zusammenkunft geben …«

Ein Treffen der Überlebenden. Er blickte sich noch einmal um. Die T'lan Ay waren fort. Wären die untoten Wölfe nicht gekommen, hätten die K'Chain Che'Malle alle getötet, die sich vor der Stadt aufgehalten hatten. *Vielleicht versammeln auch sie sich um den Hügel herum. Und was ist mit Itkovian? Dieser verdammte Idiot. Ob er wohl immer noch vor den T'lan Imass kniet? Lebt er überhaupt noch?* Grantl seufzte, stemmte sich dann langsam hoch. Sein Blick fiel noch einmal auf die wenigen Anhänger, die ihm geblieben waren. *Und all das, um fünfzig Schritt weit in diese Stadt hineinzukommen.* »In Ordnung, Destriant, wir werden Euch folgen.«

Mit weit gespreizten Schwingen flog Korlat durch machtdurchströmte Luft in einer langsamen Kurve um Mondbrut herum. Noch immer hingen blutige Federn und kleine Fleischfetzen in ihren Klauen. Am Ende waren die dämonischen Kondore leicht gestorben – Beweis genug, dass der Seher entweder geflohen oder getötet worden war. Vielleicht war ihr Lord herabgestiegen und hatte Dragnipur gezogen, um die Seele des Jaghut zu nehmen. Sie würde die Wahrheit bald erfahren.

Sie drehte den Kopf und warf ihrem Bruder, der neben ihr flog, ihre Flanke bewachte, einen Blick zu. Orfantal war verwundet, doch er wankte nicht; seine Macht und sein Wille waren noch immer vortreffliche Waffen, sollten irgendwelche Überraschungen auftauchen, um sie herauszufordern.

Aber nichts geschah.

Ihr Kurs trug sie hinaus, auf das Meer östlich von Korall zu, und in Sichtweite des Ozeans. Das Licht des späten Nachmittags beherrschte noch immer die Ferne.

Und sie sah eine halbe Länge vor der Küste drei Kriegsschiffe unter Segeln in den Farben der imperialen malazanischen Marine, die am Rande der sterbenden Eisschollen dahinglitten.

Artanthos – Tayschrenn … oh, die Pläne hinter den Plänen, die Spiele von Täuschung und Irreführung …

Unsere Geschichte, mein verlorener Liebster, unsere Geschichte hat uns alle vernichtet.

Sie schwangen noch weiter herum, bis sie sich wieder Korall näherten, herabsanken und sich von Mondbruts Kurs wegbewegten, die immer noch nordwärts trieb. Unter ihnen das zerschmetterte Tor. Gestalten, Fackellicht.

Ihre Augen fanden Caladan Bruth, Soldaten der Grauen Schwerter, Barghast und andere.

Orfantal sprach in ihrem Kopf. *»Geh hinunter, Schwester. Ich bewache die Himmel. Ich, unsere Wechselgänger-Verwandten und Silanah. Sieh, Scharteke schickt sich zur Landung an. Folge ihr.«*

Ich will dich beschützen, Bruder –

»Der Feind ist vernichtet, Korlat. Was du beschützen würdest, wenn du bei mir bliebest, ist das Herz in deinem Innern. Du würdest es vor dem Schmerz beschützen. Vor dem Verlust. Schwester, er verdient mehr. Geh jetzt hinunter. Zu trauern ist die Gabe der Lebenden – eine Gabe, die so viele von unseren Verwandten schon vor langer Zeit verloren haben. Weiche nicht zurück. Fliege hinunter, Korlat, in die Sphäre der Sterblichen.«

Korlat zog die Schwingen an, sank in einer Spirale dem Erdboden entgegen. *Ich danke dir, mein Bruder.*

Sie verwandelte sich, als sie auf dem mittelgroßen Platz landete, auf den das Nordtor sich öffnete. Ihre Ankunft hatte ein paar Soldaten gezwungen, auseinander zu laufen, wenn auch nur für einen Moment. Wieder als Tiste Andii, plötzlich schwach von der Wunde, die Bruth nur oberflächlich hatte heilen können, stolperte sie leicht, als sie sich auf den Weg zu dem Kriegsherrn machte, der dicht hinter dem Tor wartete. Scharteke hatte ihm etwas berichtet und schwang sich nun erneut in die Dunkelheit.

Seit sie Bruth kannte, hatte sie ihn noch nie so … besiegt gesehen. Die Vorstellung des Sieges schien … unbedeutend angesichts solcher persönlichen Verluste. *Für uns alle.*

Als sie näher kam, trat ein Mann an den Kriegsherrn heran. Schlank, mit hängenden Schultern, die langen hellen Haare ein verfilztes Durcheinander, das merkwürdig weit oben auf seinem Kopf saß.

Korlat sah, wie der Mann salutierte, hörte ihn sagen: »Hochmarschall Stumpf, Kriegsherr. Motts Irreguläre. Was diesen Befehl angeht –«

»Was für einen Befehl?«, schnappte Bruth.

Das Lächeln des Mannes zeigte lange weiße Zähne. »Ist nicht so wichtig. Wir waren da, müsst Ihr wissen –«

»Wo?«

»Oh, äh, auf dieser Seite der Mauer, östlich vom Tor, und da oben waren Magier. Den Brüdern Stamm hat das nicht gefallen, deshalb sind sie ein bisschen grob mit ihnen umgegangen. Von denen atmet jetzt keiner mehr. Egal. Was sollen wir jetzt tun, Kriegsherr?«

Caladan Bruth starrte den Mann ausdruckslos an, schüttelte dann den Kopf. »Ich habe nicht die geringste Ahnung, Hochmarschall.«

Der Mann aus Mott nickte. »Na ja, wir könnten ein paar Feuer ausmachen …«

»Ja, tut das.«

»In Ordnung, Kriegsherr.«

Korlat, die während des Gesprächs ein paar Schritte entfernt stehen geblieben war, trat jetzt vor, während der Hochmarschall davonschlenderte.

Bruth starrte dem Mann nach.

»Kriegsherr?«

»Ich hatte gedacht, wir hätten sie hinter uns gelassen«, murmelte er. »Aber dann … sie waren in der Stadt. Sie waren auf der anderen Seite der K'Chain Che'Malle – durch das Tor oder über die Mauer, haben Magier ausgelöscht. Also, wie haben sie …«

»Kriegsherr, da draußen sind malazanische Schiffe. Sie kommen näher.«

Bruth nickte langsam. »Das hat Artanthos mir mitgeteilt, bevor er sich mittels seines Gewirrs an Bord des Kommandoschiffs begeben hat. Dort befindet sich eine malazanische Delegation, ein Botschafter, ein Legat, ein Gouverneur –«

»Alle drei?«

»Nein, nur einer. Hat viele Titel, abhängig von den Verhandlungen, die folgen werden.«

Korlat holte tief Luft. *Unterdrücke den Schmerz, den Verlust – nur noch ein kleines Weilchen.* »Da Einarms Heer so schwer ... angeschlagen ... ist, werden die Malazaner kaum aus einer Position der Stärke heraus verhandeln können.«

Bruth blickte sie aus zusammengekniffenen Augen an. »Korlat«, sagte er sanft, »was mich betrifft, haben die Malazaner alles verdient, worum sie bitten. Wenn sie Korall wollen, gehört es ihnen.«

Korlat seufzte. »Kriegsherr, die Enthüllung von Kurald Galain ... ist eine dauerhafte Manifestation. Die Stadt liegt nun genauso im Gewirr der Tiste Andii wie in dieser Welt.«

»Hm, das bedeutet, dass die Verhandlungen zwischen Rake und den Malazanern stattzufinden haben. Ich habe nichts damit zu tun. Sag mir, wird euer Lord Anspruch auf Korall erheben? Mondbrut ...«

Er brauchte nicht weiterzusprechen. In den tiefsten Räumen der Stadt im Innern des fliegenden Berges waren noch immer große Mengen Wasser gefangen, ein Gewicht, das nicht mehr lange auszuhalten war. Mondbrut starb. Die fliegende Festung würde aufgegeben werden müssen, das wusste sie. *Ein Ort, der so lange unser Heim war. Werde ich trauern? Ich weiß es nicht.*

»Ich habe noch nicht mit Anomander Rake gesprochen, Kriegsherr. Ich kann nicht vorhersagen, wie seine Entscheidung ausfallen wird.« Sie drehte sich um, ging auf das Tor zu.

Bruth rief hinter ihr her.

Noch nicht.

Sie ging weiter, unter dem Torbogen hindurch, ihre Augen auf die Hügelkuppe jenseits der zerschmetterten Leichen gerichtet, die den Todesstreifen bedeckten. *Wo ich ihn finden werde. Alles, was übrig ist. Sein Gesicht, Gaben der Erinnerungen, jetzt erkaltet. Ich habe gesehen, wie das Leben aus seinen Augen geflohen ist. Den Augenblick des Todes, des Sterbens. Wie er sich zurückgezogen hat, weg, weg von diesen Augen, zurückgezogen, zurück und weg. Und mich verlassen, verlassen hat.*

Ihre Schritte wurden langsamer, der Schmerz des Verlusts drohte sie zu überwältigen.

Liebe Mutter Dunkel, schaust du jetzt auf mich herab? Siehst du mich, dein Kind? Lächelst du, da du mich so gebrochen siehst? Ich habe schließlich deine alten, tödlichen Irrtümer wiederholt. Habe mein Herz hergegeben, bin den närrischen Träumen erlegen – der Tanz des Lichts, du hast dich nach jener Umarmung gesehnt, nicht wahr?

Und bist betrogen worden.

Du hast uns verlassen, Mutter … hast uns dem ewigen Schweigen überlassen.

Und doch …

Mutter, mit dieser Enthüllung spüre ich, dass du nahe bist. War es Kummer, der dich fortgeschickt hat, dich so weit von deinen Kindern fortgeschickt hat? Als wir dich auf unsere tödliche, jugendliche Weise – mit unserer entsetzlichen Gefühllosigkeit – verflucht haben. Deinem Schmerz eine weitere Schicht hinzugefügt haben.

Diese Schritte … du hast sie einst selbst getan.

Wie kannst du anders als lächeln?

Regentropfen prasselten gegen ihre Stirn, brannten schmerzhaft in der klaffenden Wunde. Sie blieb stehen, blickte auf – und sah Mondbrut direkt über ihrem Kopf … und die Festung weinte auf sie herab …

… und auf das Schlachtfeld voller Leichen, das sie umgab, und dahinter und zu ihrer Rechten, auf Tausende von knienden T'lan Imass. Die Toten, die Verlassenen, eine Flut sich vertiefender Farben, als würde im Regen die Szene, so sanft getränkt, noch körperlicher, noch wirklicher. Nicht länger das verblasste Tableau eines Tiste-Andii-Blicks. *Das Leben, kurz gehalten, um jede Einzelheit zu schärfen, jede Farbe glänzen zu lassen, aus jedem Augenblick einen Schmerz zu machen.*

Und dann konnte sie sich nicht mehr länger zurückhalten. *Elster. Mein Liebster.*

Augenblicke später gesellten sich ihre eigenen Tränen zu dem Salzwasser, das ihr übers Gesicht rann.

Im Dämmerlicht unter dem Torbogen stand Caladan Bruth und starrte hinaus, über die Steinbrücke hinweg, über den Todesstreifen, dorthin, wo Korlat auf halbem Weg zum Hügel stand, umgeben von Leichen und zerschmetterten K'Chain Che'Malle. Sah zu, wie ihr Kopf sich nach hinten neigte, wie sie das Gesicht langsam dem grauen Regenschleier entgegenhob. Der schwarze Berg, dessen Risse immer breiter wurden und aus dessen Innern ein Ächzen und Knirschen ertönte, schien genau über ihr Halt zu machen. Ein Herz, das einst aus Stein gewesen war und nun wieder menschlich geworden war.

Dieses Bild – das, was er jetzt sah – würde er niemals wieder vergessen, das wusste er mit schrecklicher Gewissheit.

Silberfuchs war – wie es ihr schien – lange gewandert, ohne auf die Richtung zu achten, empfindungslos allem gegenüber, was sie umgab, bis eine Bewegung in der Ferne sie aufblicken ließ. Sie stand jetzt auf der öden Tundra, unter einer festen weißen Wolkendecke und schaute zu, wie die Geister der Rhivi näher kamen.

Eine kleine Gruppe, mitleiderregend klein, weniger als vierzig, bedeutungslos auf die Entfernung, fast verschluckt von der gewaltigen Landschaft, dem Himmel, dieser feuchten Luft mit ihrer erbarmungslosen Kälte, die in ihre Knochen gekrochen war wie das Blut des Versagens.

Ereignisse hatten stattgefunden. Anderswo in dieser entstehenden Sphäre. So viel konnte sie spüren – der Hagel, diese Sintflut von Erinnerungen, von denen sie nicht wusste, wo sie herkamen. Und obwohl sie sie mit der gleichen blinden Zufälligkeit getroffen hatten, wie sie auf allen Seiten auf den Boden aufgeprallt waren, hatte sie nur den leisesten Hauch all dessen gespürt, was sie beinhaltet hatten.

Wenn das ein Geschenk war, dann war es ein bitteres.

Wenn es ein Fluch war, dann ist auch das Leben selbst ein Fluch. Denn in jenem gefrorenen Regen waren Leben gewesen. Ganze Leben, herabgeschickt, um das Fleisch dieser Welt zu treffen, einzusickern, den Boden mit ihrer Fruchtbarkeit aufzutauen.

Aber es hat nichts mit mir zu tun.

Nichts von alledem. Alles, was ich zu erschaffen versucht habe … zerstört. Diese Traumwelt war selbst eine Erinnerung. Die Geisterwelt von Tellann, Erinnerung an meine eigene Welt vor langer, langer Zeit. Erinnerungen, von dem Knochenwerfer genommen, der bei meiner Wiedererschaffung dabei war, von den Rhivi-Geistern, dem Ersten Clan, von K'rul genommen, von Kruppe. Vom schlafenden Land selbst genommen – von Brands eigenem Fleisch.

Ich selbst … ich habe nichts besessen. Ich habe einfach gestohlen.

Um eine Welt für meine Mutter zu erschaffen, eine Welt, in der sie noch einmal jung sein konnte, in der sie ein normales Leben führen, alt werden konnte in der normalen Spanne ihrer Jahre.

Alles, was ich ihr gestohlen hatte, wollte ich ihr zurückgeben.

Bitterkeit erfüllte Silberfuchs. Es hatte mit jenem ersten Hügelgrab begonnen, außerhalb von Fahl. Dieser Glaube an die Rechtschaffenheit, die Wirksamkeit eines Diebstahls. Gerechtfertigt von der besten aller Absichten.

Doch Besitz, seiner Rechtmäßigkeit beraubt, war eine Lüge. Alles, was sie gehütet hatte, wurde im Gegenzug seines Wertes beraubt. Erinnerungen, Träume, Leben.

Zu Staub geworden.

Die unglückliche Gruppe von Rhivi-Geistern kam näher, vorsichtig, zögernd.

Ja. Ich verstehe. Was werde ich jetzt von euch verlangen? Wie viele leere Versprechungen werde ich noch machen? Ich hatte ein Volk für euch, ein Volk, das schon vor langer Zeit seine eigenen Götter verloren hatte; seine eigenen Geister, denen sie einst die Treue geschworen hatten, waren weniger als der Staub, in den sie sich verwandeln konnten. Ein Volk.

Für euch.

Verloren.

Was für eine Lektion für vier gebundene Seelen – wir sind keine Kuppler, wir vier.

Sie wusste nicht, was sie ihnen sagen sollte – diesen bescheidenen, schüchternen Geistern.

»Knochenwerferin, wir grüßen dich.«

Silberfuchs blinzelte, bis ihre Augen klar waren. »Älterer Geist. Ich habe –«

»Hast du gesehen?«

Und dann sah sie in all ihren Gesichtern eine Art von Verwunderung. Und runzelte zur Antwort die Stirn.

»Knochenwerferin«, fuhr der vorderste Rhivi fort, »wir haben etwas gefunden. Nicht weit von hier – weißt du, wovon wir sprechen?«

Sie schüttelte den Kopf.

»Es sind Throne, Knochenwerferin. Zwei Throne. In einer langen Hütte aus Knochen und Fellen.«

Throne? »Was – warum? Warum sollte es in dieser Sphäre Throne geben? Wer –?«

Der Ältere zuckte die Schultern, lächelte sie dann sanft an. »Sie warten, Knochenwerferin. Wir können spüren, dass das die Wahrheit ist. Bald. Bald werden die wahren Herren dieses Gewirrs kommen.«

»Die wahren Herren!« Zorn flammte in Silberfuchs auf. »Diese Sphäre – sie war für *euch*! Wer wagt es, sie an sich zu rei –«

»Nein.« Die ruhige Entgegnung des Geistes fuhr durch sie hindurch, trieb ihr die Luft aus der Lunge. »Nicht für uns, Knochenwerferin. Wir sind nicht mächtig genug, um über eine solche Welt wie diese hier zu herrschen. Sie ist zu groß geworden, zu mächtig. Fürchte dich nicht – wir haben nicht den Wunsch, hier wegzugehen, und wir werden uns bemühen, mit den neuen Herren zu verhandeln. Ich glaube, dass sie uns erlauben werden, hier zu bleiben. Vielleicht werden wir sogar erfreut sein, ihnen zu dienen.«

»Nein!« *Nein! So war das nicht gedacht!*

»Knochenwerferin, es gibt keinen Grund, dass du solch starke Gefühle hegen solltest. Die Gestaltung dauert an. Die Erfüllung deiner Wünsche ist immer noch möglich – vielleicht nicht so, wie du es ursprünglich vorgehabt hast ...«

Sie hörte ihm nicht mehr zu. Verzweiflung zerriss ihre Seele. *Wie ich gestohlen habe ... so ist es mir gestohlen worden. Darin liegt keine Ungerechtigkeit, kein Verbrechen. Akzeptiere die Wahrheit.*

Nachtfrosts Willenskraft.

Flickenseels Einfühlungsvermögen.

Bellurdans Loyalität.

Das Staunen eines Rhivi-Kindes.

Nichts war genug. Keiner von ihnen konnte sich von dem freisprechen, was geschehen war, von den Entscheidungen, die getroffen worden waren, den Ablehnungen, die ausgesprochen worden waren. Keiner von ihnen – und auch nicht alle zusammen.

Lass sie. Überlass sie sich selbst und all dem hier und allem, was noch kommt. Silberfuchs wandte sich ab. »Dann sucht sie. Geht.«

»Wirst du nicht mit uns gehen? Dein Geschenk an sie –«

»Geht.«

Mein Geschenk an sie. Mein Geschenk an euch. Sie sind alle gleich. Große Fehlschläge, Niederlagen, geboren aus den Makeln in mir. Ich werde nicht hier bleiben und Zeuge meiner eigenen Schande werden – ich kann nicht. Ich habe nicht den Mut dazu.

Es tut mir Leid.

Sie ging fort.

Eintagsblume. Vom Samen zum Stängel zur tödlichen Blüte, alles binnen eines einzigen Tages. Hell brennendes Gift, das alle zerstört, die ihm zu nahe kommen.

Eine Abscheulichkeit.

Die Rhivi-Geister – eine kleine Gruppe, Männer, Frauen Kinder und Alte mit von Wind und Wetter gegerbten Gesichtern, die Häute und Felle trugen –, sahen zu, wie Silberfuchs wegging. Der Alte, der mit ihr gesprochen hatte, bewegte sich nicht, bis sie hinter dem Rand eines verwitterten Strandkamms aus dem Blickfeld verschwand, dann wischte er sich mit der Rückseite von vier Fingern in einer traurigen Abschiedsgeste über die Augen und sagte: »Macht ein Feuer. Bereitet das Schulterblatt des Ranag vor. Wir sind nun lange genug über dieses Land gewandert, um die Karte darin zu sehen.«

»Noch einmal«, seufzte eine alte Frau.

Der Ältere zuckte die Schulter. »Die Knochenwerferin hat befohlen, dass wir ihre Mutter suchen.«

»Sie wird nur wieder vor uns fliehen. Wie sie vor den Ay geflohen ist. Wie ein Hase –«

»Trotzdem. Die Knochenwerferin hat es befohlen. Wir werden das Schulterblatt in die Flammen legen. Wir werden sehen, wie die Karte ihre Form findet.«

»Und warum sollte es diesmal wahr sein?«

Der Ältere ging langsam in die Knie und drückte mit einer Hand auf die weichen Moospolster. »Warum? Öffne deine Sinne, Zweifelnde. Dieses Land«, er lächelte, »lebt jetzt.«

Er rannte.

Frei!

Ritt die Seele eines Gottes, in den Muskeln eines wilden, uralten Tiers. Ritt eine Seele –

– die plötzlich vor Freude sang. Moos und Flechten unter den Pfoten, Spritzer von altem Regenwasser, die das Fell an den Beinen benetzten. Der Geruch nach reichem, fruchtbarem Leben – eine Welt –

Er rannte. Der Schmerz war bereits nur noch eine verblassende Erinnerung, verschwommene Bilder eines Käfigs aus Knochen, wachsenden Drucks, ständiger flacher Atemzüge.

Er warf den Kopf zurück und stieß ein donnerndes Geheul aus, das den Himmel erzittern ließ.

Antworten aus weiter Ferne.

Die näher kamen.

Umrisse, graue, braune und schwarze, rasche Bewegungen auf der Tundra, die über Grate strömten, in flache Täler hinabjagten, breite Moränen. Ay. Verwandte. Die Kinder von Baaljagg – Fanderay – geisterhafte Erinnerungen, die die Seelen der T'lan Ay waren. Baaljagg hatte sie nicht freigelassen, hatte sie festgehalten, in ihrem Innern, in ihren Träumen – in einer alterslosen Welt, der ein Älterer Gott ewiges Leben eingehaucht hatte.

Ay.

Ihr Gott hatte die Himmel herausgefordert mit seiner tierischen Stimme, und nun kamen sie zu ihm.

Und … noch jemand anderes.

Togg wurde langsamer, hob den Kopf – die Ay waren jetzt um ihn herum, Clan um Clan, langbeinige Tundrawölfe, sie wirbelten –

Sie war hier. Sie war gekommen.

Sie hatte ihn gefunden.

Sie rannte. Kam näher. Schulter an Schulter mit Baaljagg, mit der Ay, die so lange ihre verwundete, verlorene Seele in sich getragen hatte. Baaljagg, die kam, um sich mit ihren Verwandten zu vereinen – den Verwandten ihrer Träume.

Gefühle. Unermessliche Gefühle.

Und dann war Fanderay an seiner Seite.

Ihre Tier-Geister berührten einander. Einen Augenblick lang. Sonst geschah nichts. Mehr war nicht nötig.

Zusammen. Die Schultern aneinander –

Zwei uralte Wölfe. Gott und Göttin.

Er sah sie an, ohne zu wissen, wer er selbst war. Oder auch nur, wo er sein könnte, dass er Zeuge dieser Wiedervereinigung werden konnte. Er schaute sie an und empfand für diese beiden nichts als gütige Freude.

Sie rannten.

Vor ihnen warteten ihre Throne.

Der Kopf der Mhybe zuckte hoch, ihr Körper versteifte sich, wand sich in dem Versuch, sich loszureißen. So klein er auch war, sie hatte keine Chance gegen seine Kraft.

»Das sind nur Wölfe, Schätzchen. Wir haben nichts zu befürchten.«

Nichts zu befürchten. Lügen. Sie haben mich gejagt. Wieder und wieder. Haben mich durch dieses leere Land verfolgt. Und jetzt, hör doch, sind sie wieder gekommen. Und dieser Daru, der mich mit sich schleppt, hat noch nicht einmal ein Messer.

»Da vorn ist irgendwas«, keuchte Kruppe und verlagerte seine unbeholfene Umarmung, während er unter ihrem Gewicht dahinstolperte. »Es wäre leichter«, stieß er keuchend hervor, »wenn du nur ein altes Weib wärst! Du könntest mich umwerfen, wenn du den Willen dazu aufbrächtest, – ach was! Du könntest *mich* tragen!«

Den Willen. Brauche ich nur den Willen aufzubringen. Um mich aus dieser Umarmung zu befreien? Um zu fliehen?

Aber wohin?

»Schätzchen, höre Kruppes Worte! Er bittet dich! Dies hier – diese Welt – ist nicht mehr länger Kruppes Traum! Verstehst du? Er muss weitergegeben werden. Er muss übergeben werden!«

Sie stolperten einen sanften Hang hinauf.

Wölfe heulten hinter ihnen, kamen schnell näher.

Lass mich.

»Liebste Mhybe, so treffend benannt! Du bist jetzt tatsächlich das Gefäß! In deinem Innern – nimm diesen Traum von mir. Erlaube ihm, deinen Geist zu füllen. Kruppe muss ihn an dich weitergeben – verstehst du?«

Den Willen.

Sie drehte sich plötzlich, stieß Kruppe einen Ellbogen in den Bauch. Er keuchte, fiel hin. Sie strampelte sich frei, als er fiel, sprang auf die Beine –

Hinter ihnen Zehntausende von Wölfen. Die auf sie zustürmten. Angeführt von zwei gigantischen Tieren, die blendende Macht ausstrahlten.

Die Mhybe schrie auf, fuhr herum.

Eine flache Senke lag vor ihr. Eine lange, niedrige Hütte aus gebogenen Knochen, Häuten und Fellen, mit Hanfseilen zusammengebunden. Der Eingang klaffte weit auf.

Und vor der Hütte zu einem Haufen zusammengedrängt, eine Gruppe Rhivi.

Die Mhybe stolperte auf sie zu.

Wölfe waren plötzlich überall um sie herum, strömten in einem wilden, chaotischen Kreis um die Hütte. Achteten nicht auf die Rhivi. Achteten nicht auf sie.

Ächzend kam Kruppe nach ein paar Versuchen wieder auf die Beine. Wankend trat er zu ihr. Sie starrte ihn verständnislos an.

Er zog ein ausgeblichenes Taschentuch aus dem Ärmel und tupfte sich den Schweiß von der Stirn. »Nur ein bisschen tiefer mit dem Ellbogen, meine Liebe ...«

»Was? Was geht hier vor?«

Kruppe schaute sich um. »Sie sind also drin.«

»Wer?«

»Wie – Togg und Fanderay natürlich. Sie sind gekommen, um den Thron der Tiere in Besitz zu nehmen. Oder, in diesem Fall, die Throne. Es ist natürlich nicht so, dass wir – wenn wir die Hütte betreten würden – zwei Wölfe auf Stühlen hocken sehen könnten. Ihre Gegenwart allein erklärt ihren Besitzanspruch, kein Zweifel. Kruppes Vorstellungskraft verlockt ihn, sich andere, sollen wir sagen, alltäglichere Bilder auszumalen, aber das lassen wir am besten, ja? Und nun, Schätzchen, erlaube Kruppe, sich zurückzuziehen. Jene, die sich dir jetzt nähern – tja, das ist das Übergehen eines Traums von dem einen zur anderen, und der großmütige Kruppe muss sich nun in den Hintergrund begeben.«

Sie drehte sich um.

Ein Rhivi-Älterer blickte sie an, ein trauriges Lächeln im Gesicht. »Wir haben sie darum gebeten, mit uns zu kommen«, sagte er.

Die Mhybe runzelte die Stirn. »Wen habt ihr gebeten?«

»Deine Tochter. Diese Welt – sie ist für dich. Tatsächlich existiert sie in dir. Mit dieser Welt bittet dich deine Tochter um Vergebung.«

»S-sie hat das hier gemacht –«

»Viele hatten daran teil, alle getrieben von der Ungerechtigkeit, die du erlitten hast. An dem Tag, als deine Tochter … geschaffen wurde, hat … Verzweiflung geherrscht. Derjenige, der als Kruppe bekannt ist. K'rul, der Ältere Gott. Der Mann namens Pran Chole. Und du selbst. Und, als sie uns in sich versammelt hat, auch wir. Silberfuchs wollte noch mehr – sie wollte eine Antwort geben auf die Tragödie der T'lan Imass und der T'lan Ay. Es könnte sein«, fügte er hinzu, und machte mit einer Hand eine kleine Geste der Trauer, »dass das, was ihr Herz wollte, sich als zu groß erwiesen hat –«

»Wo ist sie? Wo ist meine Tochter?«

Der Ältere schüttelte den Kopf. »Verzweiflung hat sie befallen. Sie ist fort.«

Die Mhybe schwieg. *Ich wurde gejagt. Ihr habt mich gejagt. Und die Ay.* Sie schaute hinab, hob langsam ihre jugendlichen Glieder. *Ist dies denn wirklich?* Sie drehte sich langsam um, sah Kruppe an, suchte seinen Blick.

Der Daru lächelte.

Die alte Frau …

»Werde ich aufwachen?«

Kruppe schüttelte den Kopf. »Jene Frau schläft nun für immer, Schätzchen. Bewacht, beschützt. Deine Tochter hat mit dem Vermummten gesprochen. Hat eine Abmachung mit ihm getroffen, ja? Sie glaubt, sie hätte sie dadurch, dass sie die T'lan Imass verloren hat, gebrochen. Aber man kann nicht umhin zu denken, dass diese Lösung auch noch andere Aspekte hat. Kruppe bleibt zuversichtlich.«

Eine Abmachung. Freiheit für die T'lan Imass. Ein Ende. Ihre Seelen … dem Vermummten übergeben.

Bei den Geistern hienieden – und nun hat sie sie verloren? Die T'lan Imass verloren? »Der Vermummte wird sich nicht damit abfinden –«

»Ach nein? Aber warum sollte er nicht, meine Liebe? Wenn der Lord des Todes keine Geduld hat, dann kann Kruppe auf Colls spitzem Kopf tanzen. Was er ganz gewiss nicht kann. Du wirst *nicht* in jenen alten Körper zurückkehren.«

Die Mhybe warf einen Blick auf die Rhivi-Geister. »Werde ich hier altern? Werde ich schließlich …«

Der Ältere zuckte die Schultern. »«Ich weiß es nicht, aber ich vermute, dass du nicht altern wirst. Du bist das Gefäß. Die Mhybe.«

Die Mhybe … Oh, Silberfuchs. Tochter. Warum bist du nicht hier? Warum kann ich dir jetzt nicht in die Augen sehen? Die Bitte um Vergebung wird auf beiden Seiten ausgesprochen. Sie nahm einen tiefen Atemzug, schmeckte das süße Leben, das die kühle, feuchte Luft erfüllte. *So einfach ist es also, diese Welt in mich aufzunehmen.* Sie nahm den ersten kupfernen Armreif ab, streckte ihn den Rhivi hin. »Ich glaube, das hier gehört euch.«

Der Ältere lächelte. »Hat seine Macht dir gute Dienste geleistet?«

Sie nickte. »Über alle Maßen …«

Eine Präsenz erfüllte ihr Denken. *»Mhybe.«*

Togg, eine grollende Macht, der Wille des Winters selbst.

»Wir wohnen hier, in dieser Sphäre, der Sphäre der Tier-Throne, aber du bist ihre Herrin. In mir ist einer. Der Geist eines Sterblichen. Ein geschätzter Geist. Ich würde ihn gerne freilassen. Wir würden ihn gerne freilassen. Aus dieser Sphäre. Gibst du uns –«

Ja. Lasst ihn frei.

Der Segen. Ohne Gott konnte er ihn nicht geben. Nicht in seiner wahrsten Form.

Doch er hatte die gewaltige Kapazität, über die er in seinem Innern verfügte, nicht verstanden. Er, eine sterbliche Seele, die die Leiden von Zehntausenden in sich aufnehmen konnte, der Massen, die fast dreihunderttausend Jahre lang mit Schmerz und Verlust gelebt hatten.

Er sah Gesichter, unzählige Gesichter. Vertrocknet, die Augen nicht mehr als schattige Höhlen. Trockene, zerfetzte Haut. Er sah Knochen zwischen wurzelähnlichen Sehnen und Muskeln hindurchschimmern. Er sah Hände, denen Stücke fehlten, die jetzt leer waren – doch die Geister der Schwerter waren immer noch da.

Er lag auf den Knien, blickte über ihre Reihen hinweg, und es regnete, eine wallende Sintflut, begleitet von einem widerhallenden Ächzen und Stöhnen, von splitterndem Krachen, das die Dunkelheit über ihm erfüllte.

Er sah sie an, und sie verharrten reglos, mit gesenkten Köpfen.

Und doch konnte er ihre Gesichter sehen. Jedes Gesicht. Jedes einzelne Gesicht.

Ich habe Euren Schmerz.

Er spürte sie, spürte die plötzliche Leichtigkeit, die sie durchdrang. *Ich habe alles getan, was ich tun konnte. Ja, ich weiß, es war nicht genug. Noch nicht. Ich habe Euer Leiden in mich aufgenommen –*

»Du hast unser Leiden aufgenommen, Sterblicher.«

In mich selbst –

»Wir verstehen nicht, wie.«

Und so werde ich Euch jetzt verlassen –

»Wir verstehen nicht … warum.«

Denn alles, was mein Fleisch nicht umschließen kann –

»Wir können das Geschenk, das du uns gemacht hast, nicht erwidern.«

Werde ich mit mir nehmen.

»Bitte, Sterblicher –«

Irgendwie.

»Sag uns den Grund. Bitte. Dass du uns so segnen, so glücklich machen willst –«

Ich bin der …

»Sterblicher?«

Ich bitte um Entschuldigung. Ihr wollt mehr von mir wissen. Ich bin … ein Sterblicher, wie Ihr sagt. Ein Mann, der vor drei Jahrzehnten in der Stadt Erin geboren wurde. Bevor ich meinen Familiennamen an Feners Traum abgetreten habe, lautete er Otanthalian. Mein Vater war ein harter gerechter Mann. Meine Mutter hat in all den Jahren, die ich sie gekannt habe, nur ein einziges Mal gelächelt. Als ich fortgegangen bin. Doch noch immer ist es dieses Lächeln, an das ich mich erinnere. Ich glaube inzwischen, dass mein Vater umarmt hat, um zu besitzen. Dass sie eine Gefangene war. Ich glaube jetzt, dass ihr Lächeln eine Antwort auf meine Flucht war. Ich glaube jetzt, dass ich dadurch, dass ich fortgegangen bin, etwas von ihr mitgenommen habe. Etwas, das es wert war, freigelassen zu werden.

Feners Traum. In dem Traum … ich frage mich, habe ich darin einfach ein anderes Gefängnis für mich gefunden?

»Sie ist frei in dir, Sterblicher.«

Das wäre … gut.

»Wir würden dich nicht anlügen, Itkovian Otanthalian. Sie ist frei. Und sie lächelt noch immer. Du hast uns gesagt, was du warst. Aber wir verstehen deine … Großzügigkeit noch immer nicht. Dein Mitleid. Und so fragen wir dich noch einmal. Warum hast du das für uns getan?«

Ihr sprecht von Mitleid. Ich verstehe jetzt einiges von Mitleid. Wollt Ihr es hören?

»Sprich weiter, Sterblicher.«

Wir Menschen verstehen Mitleid nicht. In jedem Augenblick unseres Lebens verraten wir es. Sicher, wir wissen um seine Kostbarkeit, aber indem wir dies wissen, fügen wir ihm einen Wert zu, wir bewachen, wie es gegeben wird, glauben, es müsse verdient werden. T'lan Imass. Mitleid ist unbezahlbar im wahrsten Sinne des Wortes. Es muss freiwillig gewährt werden. In Hülle und Fülle.

»Wir verstehen es nicht, aber wir werden lang über deine Worte nachdenken.«

Es gibt anscheinend immer noch mehr zu tun.

»Du antwortest nicht auf unsere Frage –«

Nein.

»Warum?«

Im herabströmenden Regen, während die Dunkelheit sich zusammenzog und jedes Gesicht ihm zugewandt war, umschloss Itkovian all das, was er in seinem Innern hielt, umschloss es und fiel nach hinten.

Nach hinten.

Weil … Ich war der Schild-Amboss. Aber jetzt …

Bin ich am Ende.

Und unter dem strömenden Regen des Mondes starb er.

Auf der weiten, wiedergeborenen Tundra mit ihrem süßen Frühlingshauch blickte Silberfuchs auf.

Vor ihr standen zwei T'lan Imass. Die eine war von Schwertern durchbohrt. Der andere war so fürchterlich zerhauen, dass er kaum noch stehen konnte.

Hinter ihnen, schweigend, reglos, die T'lan Ay.

Silberfuchs wollte sich abwenden.

»Nein. Das wirst du nicht tun.«

Silberfuchs starrte den zerschlagenen Krieger, der zu ihr gesprochen hatte, düster an. »Du wagst es, mich zu quälen?«, zischte sie.

Der T'lan Imass schien angesichts ihrer Heftigkeit zu taumeln, doch er fasste sich wieder. »Ich bin Onos T'oolan, das Erste Schwert. Du bist die Beschwörerin. Du wirst mir zuhören.«

Silberfuchs sagte mehrere Herzschläge lang nichts, dann nickte sie. »Also gut. Sprich.«

»Befreie die T'lan Ay.«

»Sie haben sich mir verweigert –«

»Sie sind jetzt hier vor dir. Sie sind gekommen. Ihre Geister erwarten sie. Sie wollen wieder sterblich sein, in der Welt, die du geschaffen hast. Sterblich, nicht länger in Träumen verloren, Beschwörerin. Sterblich. Beschenke sie. Jetzt.«

Beschenke sie … »Und das wünschen sie sich?«

»Ja. Strecke die Hand nach ihnen aus, und du wirst wissen, dass das die Wahrheit ist.«

Nein, nicht noch mehr Schmerz. Sie hob die Arme, rief die Macht von Tellann herbei, schloss die Augen – *zu lange haben sie Ketten gekannt. Zu lange haben diese Kreaturen die Bürde der Loyalität getragen –*

– und entließ sie aus dem Ritual. Eine Anstrengung, die ihr so leicht fiel, dass es sie ein bisschen erschreckte. *Dann ist es also so leicht freizulassen. Wieder in die Freiheit zu entlassen.*

Sie öffnete die Augen. Die untoten Wölfe waren fort.

Allerdings nicht in Vergessenheit eingegangen. Ihre Seelen waren, wie sie wusste, mit Fleisch und Knochen wiedervereint worden. Waren nicht länger ausgestorben. Nicht hier, im Innern dieser Sphäre und ihrer Wolfsgötter. Sie war schließlich eine Knochenwerferin. Es war an ihr, solche Geschenke zu machen. *Nein, das sind keine Geschenke. Es ist das, was zu tun ich schließlich erschaffen wurde. Mein Daseinszweck. Mein einziger Daseinszweck.*

Onos T'oolans Knochen knirschten, als er sich langsam umblickte und das nun leere Ödland um sich herum musterte. Seine Schultern schienen herabzusacken. »Beschwörerin. Ich danke dir. Das uralte Unrecht ist wiedergutgemacht.«

Silberfuchs musterte das Erste Schwert. »Was willst du noch von mir?«

»Die, die hier neben mir steht, ist Lanas Tog. Sie wird dich zurück zu den T'lan Imass führen. Worte müssen gewechselt werden.«

»Nun gut.«

Onos T'oolan rührte sich nicht.

Silberfuchs furchte die Stirn. »Worauf warten wir dann noch?«

Er verharrte noch einen Augenblick reglos, dann griff er über die Schulter und zog sein Feuersteinschwert. »Auf mich«, krächzte er, während er das Schwert hob –

– und es vor sich zu Boden fallen ließ.

Sie blickte mit zusammengezogenen Brauen auf die Waffe hinunter, fragte sich, was diese Geste für eine Bedeutung haben mochte – diese Geste von dem Krieger, der das Erste Schwert genannt wurde.

Und als sie es allmählich verstand, wurden ihre Augen langsam groß.

Das, wozu ich schließlich erschaffen worden bin …

»Es ist so weit.«

Coll schreckte auf. Er hatte gedöst. »Was? Was ist?«

Murillio eilte zur Mhybe hinüber.

»Sie ist zur Beisetzung bereit«, fuhr der Ritter des Todes fort. »Mein Lord hat seinen ewigen Schutz erklärt.« K'rul, der Ältere Gott, musterte den hoch gewachsenen, untoten Krieger. »Ich bin immer noch verwirrt. Nein – erstaunt. Seit wann ist der Vermummte ein großzügiger Gott?«

Der Ritter drehte sich langsam zu K'rul um. »Mein Lord ist stets großzügig.«

»Sie ist immer noch am Leben«, wandte Murillio ein und richtete sich auf, um sich zwischen die Mhybe und den Ritter des Todes zu stellen. »Es ist noch *nicht* so weit.«

»Dies ist kein Begräbnis«, sagte K'rul zu ihm. »Die Mhybe schläft jetzt, und sie wird für immer weiterschlafen. Sie schläft, um zu träumen. Und in ihren Träumen, Murillio, lebt eine ganze Welt.«

»Wie bei Brand?«, fragte Coll.

Der Ältere Gott lächelte zur Antwort.

»Augenblick mal!«, schnappte Murillio. »Wie viele schlafende alte Frauen gibt es eigentlich?«

»Sie muss zur Ruhe gebettet werden«, meldete sich der Ritter des Todes wieder zu Wort.

Coll trat vor, legte Murillio die Hand auf die Schulter. »Komm, lass uns dafür sorgen, dass sie es da unten bequem hat – Felle, Decken …«

Murillio schien unter Colls Hand zu zittern. »Nach allem, was geschehen ist?« Er wischte sich über die Augen. »Wir … wir lassen sie … einfach hier? In einem Grab?«

»Hilf mir, sie vernünftig hinzulegen, mein Freund«, sagte Coll.

»Das ist nicht notwendig«, sagte der Ritter des Todes. »Sie wird nichts spüren.«

»Darum geht es nicht.« Coll seufzte. Er wollte noch mehr sagen, doch dann sah er, dass Rath'Fanderay und Rath'Togg ihre Masken abgenommen hatten. Blasse, runzlige Gesichter, geschlossene Augen, aus denen Tränen strömten. »Was haben sie denn?«, wollte er wissen.

»Ihre Götter haben einander endlich gefunden, Coll. Im Innern der Sphäre der Mhybe, die nun die Heimat der Tier-Throne ist. Was du siehst, sind keine Tränen der Trauer, sondern der Freude.«

Nach einem Augenblick brummte Coll: »Lass uns anfangen, Murillio. Und dann können wir nach Hause gehen.«

»Ich möchte immer noch mehr über diese alten Frauen wissen, die Welten wie diese hier träumen!«

Das Gewirr flammte auf; drei Gestalten tauchten daraus auf, rollten in einem Durcheinander aus Armen und Beinen über staubigen, grauen Erdboden.

Paran wälzte sich von dem Schnellen Ben und dem Seher weg, als Magische Engergien um die beiden miteinander ringenden Männer brodelten. Als der Hauptmann sein Schwert zog, hörte er den Jaghut aufschreien. Schwarze Netze rasten heran, legten sich eng um den zappelnden Seher.

Keuchend strampelte der Schnelle Ben sich frei, den Finnest in den Händen.

Auf der Brust des Jaghut hockte eine kleine Gestalt aus Zweigen und verknoteten Gräsern und kicherte hämisch.

»Wer, im Namen des Vermummten –«

Eine gewaltige schwarze Gestalt bach mit einem zischenden Fauchen aus dem Portal. Paran schrie auf, wirbelte herum, schwang sein Schwert in einem verzweifelten, waagrechten Hieb.

Traf auf Muskeln, dann auf Knochen.

Etwas – eine Pfote – drosch gegen Parans Brust, riss ihn von den Beinen.

»Halt – du verdammte Katze!«

Der Schrei des Schnellen Ben wurde von einer magischen Detonation untermalt, die den Panther vor Schmerzen aufschreien ließ.

»Auf die Beine, Paran!«, keuchte der Magier. »Ich bin fertig.«

Auf die Beine? Bei den Göttern, ich fühle mich, als wäre ich in tausend kleine Stücke zerbrochen, und der Kerl will, dass ich aufstehe. Irgendwie schaffte er es aber doch, stellte sich dem Tier torkelnd noch einmal entgegen.

Es kauerte sechs Schritt entfernt, der Schwanz peitschte, Augen wie glühende Kohle starrten ihn an. In einem lautlosen Fauchen entblößte es seine Fänge.

Von irgendwo im Innern des Hauptmanns stieg eine Antwort auf – ein Grollen. Tiefer als eine menschliche Kehle es hätte hervorbringen können. Eine brutale Kraft floss in ihn hinein, stahl ihm jegliches Bewusstsein für seinen eigenen Körper – außer dass er jetzt, wie er feststellte – irgendwie –, auf Augenhöhe mit dem riesigen Panther war.

Er hörte den Schnellen Ben flüstern: *»Beim Abgrund hienieden!«*

Die große Raubkatze hatte die Ohren angelegt und zögerte ganz offensichtlich.

Was sieht sie, im Namen des Vermummten?

»Knochenwerfer!«, schnappte der Schnelle Ben. »Warte. Schau dich um – schau, wo wir sind! Wir sind nicht deine Feinde – wir suchen das Gleiche, was du suchst. Hier. Und jetzt.«

Der Panther wich noch einen Schritt zurück, und Paran sah, dass er sich zum Angriff spannte.

»Rache allein reicht nicht!«, schrie der Magier.

Die Katze zuckte zusammen. Einen Augenblick später sah Paran, wie sich ihre Muskeln entspannten, dann verschwamm das Tier, veränderte die Gestalt – und eine kleine, dunkle, grobknochige Frau stand vor ihnen. Auf ihrer rechten Schulter klaffte ein tiefer Schnitt, das Blut lief an ihrem Arm herunter und färbte ihn rot, tropfte von ihren Fingerspitzen auf den staubigen Boden. Schwarze, außergewöhnlich schöne Augen sahen ihn an.

Paran seufzte langsam, spürte, wie etwas in ihm sich legte – und dann konnte er seinen eigenen Körper wieder spüren – seine zitternden Glieder, den schweißnassen Schwertgriff in seiner Hand.

»Wer bist du?«, fragte sie.

Der Hauptmann zuckte die Schultern

Ihr Blick wandte sich von ihm ab, ging über ihn hinweg. »Morn«, sagte sie.

Langsam drehte Paran sich um.

Er spürte den Riss wie einen körperlichen Schlag gegen sein Herz. Ein Striemen in der Luft, fast in Reichweite des zerfetzten Dachs eines verlassenen Turms. Eine Wunde, aus der Schmerz strömte – *solcher Schmerz ... eine Ewigkeit – bei den Göttern hienieden, da ist eine Seele drin. Ein Kind. Gefangen. Es versiegelt die Wunde. Ich erinnere mich an das Kind – das Kind aus meinen Träumen ...*

Der Schnelle Ben war wieder auf den Beinen; er stand da und schaute auf den magisch gefesselten Seher hinab, auf dessen Brust noch immer die Stockschlinge kauerte.

Der Jaghut, in dessen unmenschlichen Augen nacktes Entsetzen stand, starrte seinerseits zu ihm empor.

Der Magier lächelte. »Du und ich, Seher, wir werden jetzt zu einer Vereinbarung kommen.« Er hatte noch immer den Finnest in der Hand und hielt ihn nun langsam hoch. »Die Macht der Matrone ... befindet sich in diesem Ei. Richtig? Eine Macht, die sich nicht selbst fühlen kann, die aber nichtsdestotrotz lebendig ist. Dem Körper entrissen, in dem sie einst gehaust hat, empfindet sie vermutlich keinen Schmerz. Sie existiert einfach, hier, in diesem Finnest, und jeder kann sie benutzen. Jeder.«

»Nein«, krächzte der Jaghut, und seine Augen weiteten sich vor Furcht. »Der Finnest ist auf mich ausgerichtet. Auf mich allein. Du törichter –«

»Lass deine Beleidigungen, Seher. Willst du meinen Vorschlag hören? Oder sollen Paran und ich einfach beiseite gehen und dich den zärtlichen Krallen dieser Knochenwerferin überlassen?«

Die schwarzhaarige Frau trat zu ihnen. »Was hast du vor, Magier?«

Der Schnelle Ben warf ihr einen kurzen Blick zu. »Eine Vereinbarung, Knochenwerferin, bei der jeder gewinnt.«

Sie grinste höhnisch. »Niemand gewinnt. Niemals. Überlasst ihn jetzt mir.«

»Ist der T'lan-Eid so wichtig für dich? Das glaube ich nicht. Du bist aus Fleisch und Blut – du hast an dem Ritual nicht teilgenommen.«

»Ich bin an keinen Eid gebunden«, erwiderte sie. »Ich handle jetzt für meinen Bruder.«

»Deinen Bruder?«, fragte Paran. Er steckte sein Schwert in die Scheide und trat ebenfalls zu ihnen.

»Onos T'oolan. Der einen Sterblichen gekannt und ihn seinen Verwandten genannt hat.«

»Eine solche Ehre wird wohl nur ... selten gewährt«, räumte Paran ein, »aber was hat das mit dem Seher zu tun?«

Sie blickte auf den gefesselten Jaghut hinunter. »Als Antwort auf den Tod von Toc dem Jüngeren, dem Bruder Onos T'oolans, muss ich dich töten, Seher.«

Paran starrte sie ungläubig an. Er konnte nicht glauben, was er da gerade für einen Namen gehört hatte.

Zur Antwort bleckte der Jaghut in einem grimmigen Grinsen seine unteren Hauer. Dann sagte er: »Du hättest uns gleich beim ersten Mal töten sollen. Ja, ich erinnere mich an dich. An deine *Lügen*.«

»Toc der Jüngere?«, fragte der Schnelle Ben. »Aus Einarms Heer? Aber –«

»Er ist verloren gegangen«, sagte Paran. »Wurde von Locke in ein chaotisches Gewirr geworfen.«

Der Magier machte ein finsteres Gesicht. »Und ist direkt im Schoß des Sehers gelandet? Das erscheint mir kaum –«

»Er ist hier aufgetaucht«, unterbrach ihn die Frau. »In Morn. Der Seher hat seine Reise nach Norden unterbrochen, wo er hinwollte, um seine Leute wiederzutreffen – eine Reise, bei der er eine Zeit lang mit Onos T'oolan gewandert ist. Der Seher hat den Sterblichen gefoltert, hat ihn vernichtet.«

»Toc ist tot?«, fragte Paran. Er hatte das Gefühl, seine Gedanken würden hierhin und dorthin gestoßen.

»Ich habe seinen Leichnam gesehen, ja. Und nun werde ich diesen Jaghut hier ähnliche Qualen erleiden lassen.«

»Hast du das nicht schon längst getan?«, zischte der Jaghut.

Das Gesicht der Knochenwerferin wurde starr.

»Warte«, sagte der Schnelle Ben und sah von ihr zu Paran. »Hör mir zu. Bitte. Ich habe Toc auch sehr gut gekannt, und ich trauere um ihn. Aber das ändert nichts, nicht hier, nicht jetzt.« Er wandte sich erneut dem Seher zu. »Sie ist immer noch da drin, musst du wissen.«

Der Jaghut zuckte zusammen, die Augen weit aufgerissen.

»Hast du das nicht verstanden? Die Matrone konnte nur einen mitnehmen. Dich.«

»Nein –«

»Deine Schwester ist immer noch dort. Ihre Seele versiegelt diese Wunde. So heilen Gewirre sich selbst, verhindern, dass sie ineinander strömen. Beim ersten Mal war es die Matrone – die K'Chain Che'Malle. Die Zeit ist gekommen, Seher, sie zurückzuschicken. Der Vermummte allein mag wissen, was dieser Finnest tun wird – wenn du ihn freilässt, wenn du ihn erst in diesen Riss geschickt hast –«

Der Jaghut brachte ein schreckliches Lächeln zustande. »Um meine Schwester zu befreien? Wozu? Du Narr. Du blinder, dummer Narr. Frag die Knochenwerferin – wie lange würden wir in dieser Welt überleben? Die T'lan Imass werden uns jetzt in vollem Ernst jagen. Ich soll meine Schwester befreien, damit sie was bekommt? Ein kurzes Leben, immer auf der Flucht – ich erinnere mich, Sterblicher. *Ich erinnere mich!* Wir sind geflohen. Haben nie genug geschlafen. Mutter hat uns getragen, ist im Schlamm ausgerutscht –« Er bewegte seinen Kopf ein wenig. »Oh, und wie ich mich an *dich* erinnere, Knochenwerferin! Du hast uns in jene Wunde geschickt – du –«

»Ich habe mich geirrt«, sagte die Frau. »Ich habe gedacht – ich habe geglaubt –, es wäre ein Portal in Omtose Phellack.«

»Lügnerin! Du magst aus Fleisch und Blut sein, aber in deinem Hass auf uns Jaghut unterscheidest du dich nicht von deinen untoten Verwandten. Nein, du hast ein noch viel entsetzlicheres Schicksal für uns entdeckt.«

»Nein. Ich habe geglaubt, was ich zu euch gesagt habe.«

»Und du hast nie die Wahrheit erfahren? Dir ist es nie klar geworden?«

Paran bemerkte, wie die Miene der Frau sich verschloss, ihre Augen ausdruckslos wurden. »Ich habe keine Möglichkeit gesehen, das, was ich getan hatte, ungeschehen zu machen.«

»Feigling!«, schrie der Jaghut.

»Genug jetzt«, mischte sich der Schnelle Ben ein. »Wir können die Angelegenheit jetzt in Ordnung bringen. Schick die Matrone zurück in die Wunde, Seher. Rette deine Schwester.«

»Warum? Warum sollte ich das tun? Um zu erleben, wie wir beide von den T'lan Imass niedergehauen werden?«

»Er hat Recht«, sagte die Frau. »Aber selbst wenn es so ist – lieber das, als eine Ewigkeit der Qualen, die deine Schwester nun erleidet.«

»Ich brauche nur zu warten«, zischte der Seher. »Eines Tages wird irgendein Narr zu diesem Ort kommen, er wird das Portal erforschen, wird hineingreifen-«

»Und wird dadurch den Austausch vornehmen? Deine Schwester befreien?«

»Ja! Ohne dass die T'lan Imass zusehen oder davon wissen! Ohne dass –«

»Ein kleines Kind«, meinte der Schnelle Ben. »Allein. In einem Ödland. Ich habe eine bessere Idee.«

Der Jaghut fletschte die Zähne zu einem lautlosen Knurren.

Der Magier kauerte sich langsam neben dem Seher hin. »Omtose Phellack. Dein Gewirr – es wird belagert, oder? Die T'lan Imass haben vor langer Zeit eine Bresche hineingeschlagen. Und nun erfahren sie es, wann immer es enthüllt wird. Sie wissen, wo es geschieht, und sie kommen ...«

Der Jaghut starrte ihn lediglich finster an.

Der schnelle Ben seufzte. »Die Sache ist die, Seher – ich habe einen Platz für dein Gewirr gefunden. Einen Ort, der … verborgen bleiben kann. Jenseits der Fähigkeiten der T'lan Imass, es aufzuspüren. Omtose Phellack kann überleben, Seher, mit seiner ganzen Macht. Überleben – und *heilen.*«

»Lügen.«

Die Stockschlinge auf seiner Brust sprach. »Hör dem Magier zu, Jaghut. Er bietet dir eine Gnade, die du gar nicht verdienst.«

Paran räusperte sich. »Seher, war dir bewusst, dass du manipuliert worden bist? Deine Macht – sie kam nicht aus Omtose Phellack, oder?«

»Ich habe benutzt, was ich finden konnte«, knirschte der Jaghut.

»Das Gewirr des Chaos, ja. In dem ein verwundeter Gott gefangen ist. Der Angekettete, eine Kreatur von enormer Macht, eine Kreatur voller Schmerzen, die nur eines will: diese Welt vernichten, jedes einzelne Gewirr vernichten – auch Omtose Phellack. Deine Wünsche sind ihm gleichgültig, Seher, und er hat dich benutzt. Schlimmer, das Gift seiner Seele – er hat durch dich gesprochen. Ist durch Schmerz und Leiden gediehen … durch dich. Seit wann waren die Jaghut nur an Zerstörung interessiert? Noch nicht einmal die Tyrannen haben mit solcher Grausamkeit geherrscht wie du. Sag mir eines, Seher: Fühlst du dich innerlich immer noch so? Empfindest du bei dem Gedanken, anderen Schmerzen zuzufügen, immer noch Vergnügen?«

Der Jaghut sagte sehr lange nichts.

Bei den Göttern, Ben. Ich hoffe, du hast Recht. Ich hoffe, dass der Wahnsinn dieses Sehers nicht sein eigener war. Dass er jetzt fort ist – weggerissen –

»Ich fühle mich … leer. Aber andererseits – warum sollte ich dir glauben?«

Paran betrachtete den Jaghut, sagte dann: »Lass ihn frei, Ben.«

»Nein, warte –«

»Lass ihn gehen. Man kann nicht mit einem Gefangenen verhandeln und glauben, dass er auch nur ein einziges Wort glaubt. Seher, der Ort, den der Schnelle Ben im Kopf hat – niemand – *absolut niemand* – wird in der Lage sein, dich dort zu manipulieren. Und was vielleicht noch viel wichtiger ist – du wirst die Möglichkeit haben, den Angeketteten für seine Frechheit zahlen zu lassen. Und zu guter Letzt wirst du eine Schwester haben – die immer noch ein Kind ist –, für die es notwendig sein wird zu genesen. Seher, sie wird dich brauchen.«

»Du verlässt dich zu sehr darauf, dass dieser Jaghut noch einen Fetzen Ehre, Anstand und Mitleid besitzt«, sagte die Knochenwerferin. »Mit all dem, was er getan hat – ob nun willentlich oder nicht –, wird er das Kind verderben, genauso wie er selbst verdorben worden ist.«

Paran zuckte die Schultern. »Was hat das Kind dann für ein Glück, dass sie und ihr Bruder nicht ganz allein sein werden.«

Die Augen des Sehers verengten sich. »Nicht allein?«

»Befreie ihn, Schneller Ben.«

Der Magier seufzte, sagte dann zu der Stockschlinge, die auf der Brust des Jaghut kauerte. »Lass ihn gehen, Talamandas.«

»Wir werden es wahrscheinlich bereuen«, antwortete das merkwürdige Wesen und kletterte von dem Jaghut herunter. Das magische Netz flackerte und verschwand.

Der Seher mühte sich auf die Beine. Er zögerte, den Blick auf den Finnest in der Hand des Schnellen Ben gerichtet.

»Dieser andere Ort«, flüsterte er schließlich und blickte Paran an, »ist er weit von hier?«

Das Jaghut-Kind, ein Mädchen von kaum einer Hand voll Jahren, kam aus dem verwundeten Gewirr heraus, als hätte sie sich verirrt, die kleinen Hände auf eine Weise im Schoß gefaltet, die sie von ihrer längst toten Mutter gelernt haben musste. Eine winzige Kleinigkeit, doch sie verlieh ihr eine herzzerreißende Würde, die Paran die Tränen in die Augen trieb.

»Woran wird sie sich erinnern?«, flüsterte Kilava.

»Hoffentlich an nichts«, antwortete der Schnelle Ben. »Talamandas und ich werden uns … äh, darum kümmern.«

Ein leises Geräusch aus der Richtung des Sehers ließ Paran zu ihm hinüberblicken. Der Jaghut stand zitternd da, die unmenschlichen Augen unverwandt auf das zögernd näher kommende Kind gerichtet – das ihn nun gesehen hatte, aber ganz eindeutig nach jemand anderem suchte. Ihre Schritte wurden langsamer.

»Geh zu ihr«, sagte Paran zu dem Seher.

»Sie erinnert sich … an einen *Bruder* –«

»Und findet jetzt einen Onkel.«

Er zögerte noch immer. »Wir Jaghut sind nicht … sind nicht dafür bekannt, Mitleid mit unseren Blutsverwandten zu haben –«

Paran schnitt eine Grimasse. »Und wir Menschen? Du bist nicht der Einzige, der solche Dinge anstrengend findet. Es gibt vieles, das du in Ordnung bringen musst, Pannion, angefangen mit dem, was in deinem Innern ist, mit dem, was du getan hast. Darin lass dich von dem Kind – deiner Schwester – führen. Geh schon, verdammt – ihr braucht einander.«

Er stolperte vorwärts, zögerte noch einmal, drehte sich um und blickte Paran in die Augen. »Mensch, das, was ich getan habe – deinem Freund angetan habe, Toc dem Jüngeren –, das bedaure ich jetzt.« Sein Blick wanderte zu Kilava. »Du hast gesagt, du hast Verwandte, Knochenwerferin. Einen Bruder.«

Sie schüttelte den Kopf, als sähe sie seine Frage voraus. »Er ist ein T'lan Imass. Hat das Ritual vollzogen.«

»Dann scheint es mir, als hättest du, genau wie ich, einen weiten Weg zurückzulegen.«

Sie neigte den Kopf. »Einen Weg zurücklegen?«

»Den Weg zur Erlösung, Knochenwerferin. Du sollst wissen, dass ich dir nicht vergeben kann. Noch nicht.«

»Und ich dir nicht.«

Er nickte. »Wir müssen beide noch viel lernen.« Mit diesen Worten drehte er sich erneut um. Er straffte sich und ging auf seine Schwester zu.

Sie kannte ihre eigene Art und hatte ihre Liebe, ihr Bedürfnis nach Zugehörigkeit, noch nicht verloren. Und noch bevor Pannion seine Hände nach ihr ausstreckte, streckte sie ihm die geöffneten Arme entgegen.

Von den geriffelten, gewölbten Wänden der große Höhle strömte wässriger Schlamm. Paran starrte zu dem nächsten mit Diamanten besetzten Riesen hinauf, der die gewaltigen Arme zur Decke erhoben hatte. Er schien sich vor seinen Augen aufzulösen. Die Infektion von Brands Fleisch zeigte sich nur allzu offensichtlich als flammend rote Streifen, die von einem Fleck direkt über ihm ausgingen.

Der Riese war nicht allein – auf der gesamten Länge der Höhle, so weit sein Auge in beide Richtungen sehen konnte, standen noch mehr der gewaltigen, kindlichen Diener. Wenn sie die Ankunft der Neuankömmlinge bemerkt hatten, so ließen sie es sich nicht anmerken.

»Sie schläft«, murmelte Kilava, »um zu träumen.«

Der Schnelle Ben warf ihr einen Blick zu, sagte jedoch nichts. Der Magier schien auf irgendetwas zu warten.

Paran schaute auf die Stockschlinge – Talamandas – hinunter. »Du warst einmal ein Barghast, oder?«

»Das bin ich immer noch, Herr der Drachenkarten. Meine neu geborenen Götter sind in mir.«

In Wirklichkeit ist in dir mehr von der Präsenz des Vermummten als von der deiner Barghast-Götter. Doch der Hauptmann nickte nur. »Du warst der Grund dafür, dass der Schnelle Ben seine Gewirre benutzen konnte.«

»Ja, aber ich bin noch viel mehr als das.«

»Zweifellos.«

»Da kommt sie«, verkündete der Schnelle Ben erleichtert.

Paran drehte sich um und sah eine Gestalt durch den langen, gewundenen Tunnel näher kommen. Uralt, in Lumpen gehüllt, stützte sie sich auf zwei Stöcke.

»Willkommen!«, rief der Schnelle Ben. »Ich war mir nicht sicher –«

»Der Jugend fehlt es an Glaube, und du, Wüstenschlange, machst da keine Ausnahme!« Sie stützte sich auf einen ihrer Gehstöcke, nestelte einen Augenblick in den Falten ihres Gewands herum und zog dann einen kleinen Kieselstein heraus. »Du hast mir das hier dagelassen, ja? Dein Ruf wurde gehört, Magier. Also, wo sind diese grausamen Jaghuts? Oh, und dazu noch eine Knochenwerferin und Wechselgängerin. Meine Güte, was für eine außergewöhnliche Gemeinschaft – was für eine Geschichte muss das sein, die euch alle zusammengebracht hat! Nein, erzählt sie mir nicht – so sehr interessiert es mich nun auch wieder nicht.« Sie blieb vor dem Seher stehen und musterte das Kind in seinen Armen einen Moment, bevor sie den Blick wieder hob. »Ich bin eine alte Frau«, zischte sie. »Von der Schlafenden Göttin erwählt, dir dabei zu helfen, dich um deine Schwester zu kümmern. Aber zuerst musst du dein Gewirr enthüllen. Mit Kälte wirst du diese Infektion bekämpfen. Mit Kälte wirst du die Auflösung verlangsamen, diese Legion von Dienern härten. Omtose Phellack, Jaghut. Befreie es. Hier. Brand wird dich nun umarmen.«

Paran verzog das Gesicht. »Das ist eine schlechte Wortwahl.«

Die uralte Hexe kicherte. »Aber Worte, die er verstehen wird, ja?«

»Nur wenn du ihn töten willst.«

»Sei nicht kleinlich, Soldat. Jaghut, dein Gewirr.«

Der Seher nickte, enthüllte Omtose Phellack.

Plötzlich war die Luft bitterkalt, Reif und Frost ließen Nebel aufwallen.

Der Schnelle Ben grinste. »Und – ist es dir jetzt kalt genug, Hexe?«

Sie kicherte erneut. »Ich habe gewusst, dass du kein Narr bist, Wüstenschlange.«

»Um die Wahrheit zu sagen, ich werde mich bei Tippa für diese Idee bedanken müssen. In jener Nacht, als sich mein Weg mit dem des Verkrüppelten Gottes gekreuzt hat. Das, und deine Bemerkung über die Kälte.«

Die Hexe drehte sich um und starrte Kilava düster an. »Knochenwerferin«, schnappte sie. »Merke dir meine Worte – dieses Gewirr darf von dir oder deinen Verwandten nicht angegriffen werden. Du darfst niemandem etwas davon erzählen, von der letzten Manifestation von Omtose Phellack.«

»Ich verstehe dich, Hexe. Es scheint, als stünde ich hier am Anfang meines eigenen Wegs zur Erlösung. Ich habe meinen Verwandten oft genug getrotzt, um nicht allzu viele Gewissensbisse zu haben, wenn ich es einmal mehr tue.« Sie drehte sich zu dem Magier um. »Und jetzt, Magier, würde ich gerne wieder von hier verschwinden. Wirst du uns von diesem Ort wegführen?«

»Nein, es ist besser, wenn der Herr der Drachenkarten uns hinausführt – dann gibt es nämlich keine Spuren.«

Paran blinzelte. »Ich?«

»Macht eine Karte, Hauptmann. In Eurem Geist.«

»Eine Karte? Wovon?«

Der Magier zuckte die Schultern. »Lasst Euch was einfallen.«

Soldaten hatten die drei Leichen zur Seite gezogen und mit Regenumhängen zugedeckt. Grantl sah Korlat bei ihnen stehen, mit dem Rücken zu ihm.

Der Daru stand an der Seite der Hügelkuppe, die der Handelsstraße zugewandt war. Ein Stück dahinter lag Itkovian. Reglos, verloren in der Entfernung.

Die T'lan Imass waren fort.

Die überlebenden Grauen Schwerter gingen langsam auf Itkovian zu; sie waren zu Fuß, mit Ausnahme des einäugigen Anaster, der auf seinem Ackergaul saß und den das alles nicht weiter zu berühren schien. Genauso wenig wie der gewaltige fliegende Berg, der über dem Nordkamm hing und einen tiefen Schleier über die Wäldchen der Parklandschaft warf.

Auf der Hügelkuppe, das Gesicht der dunklen Stadt zugewandt, stand Caladan Bruth, flankiert von Humbrall Taur zu seiner Rechten und Hetan und Cafal zu seiner Linken.

Grantl konnte sehen, wie die Überlebenden von Dujeks Armee in lockerer Reihe die Stadt verließen. Es waren so wenige übrig geblieben. Rhivi-Wagen wurden nach Korall gefahren, leer geräumt für die Last der Leichen. Es würde keinen Glockenschlag mehr dauern, bis der Abend hereinbrechen würde – und die Nacht würde lang sein.

Eine Gruppe malazanischer Offiziere, angeführt von Dujek, hatte den Fuß des Hügels erreicht. Bei ihnen befand sich auch ein Domänenser, der die Streitkräfte der Domäne repräsentierte, die sich ergeben hatten.

Grantl schob sich etwas näher dorthin, wo Bruth und die Barghast warteten.

Die Hohefaust hatte die Neuigkeit schon gehört – Grantl konnte es an Dujeks hängenden Schultern erkennen, daran, wie er sich wieder und wieder mit seiner einen Hand über das gealterte Gesicht wischte – der Geist dieses Mannes war so offensichtlich, so unaussprechlich gebrochen.

Ein Gewirr öffnete sich zu Caladan Bruths Rechter. Ihm entstiegen ein halbes Dutzend Malazaner, angeführt von Artanthos. Helle, fleckenlose Uniformen unter ernsten Mienen.

»Todbringendes Schwert?«

Grantl drehte sich um, als er die Stimme hörte. Eine der älteren Frauen aus seiner Legion stand vor ihm. »Ja?«

»Wir würden gerne die Standarte des Kindes aufstellen, Todbringendes Schwert.«

»Nicht hier.«

»Todbringendes Schwert?«

Grantl deutete hinunter zum Todesstreifen. »Dort unten, zwischen unseren Gefallenen.«

»Herr, das ist in der Dunkelheit.«

Er nickte. »So ist es. Stellt sie dort auf.«

»Jawohl, Todbringendes Schwert.«

»Und ich will nichts mehr von diesen Titeln oder Ehrbezeichnungen hören. Mein Name ist Grantl. Ich bin ein Karawanenwächter, zur Zeit ohne Anstellung.«

»Herr, Ihr seid Trakes Todbringendes Schwert.«

Er sah sie scharf an.

Ihr Blick glitt von ihm weg, hinunter zum Todesstreifen. »Ein Titel, den Ihr Euch mit Blut erworben habt, Herr.«

Grantl zuckte zusammen, sah weg und schwieg längere Zeit. Dann nickte er. »Na schön. Aber ich bin kein Soldat. Ich hasse den Krieg. Ich hasse das Töten.« *Und ich will nie wieder ein Schlachtfeld sehen.*

Bei diesen Worten zuckte sie lediglich die Schultern und ging davon, um zu ihrem armseligen Trupp zurückzukehren.

Grantl wandte sich wieder der Versammlung zu.

Artanthos – Tayschrenn – übernahm die Vorstellung. Botschafter Aragan – ein großer, von Narben gezeichneter Mann, der unter Kopfschmerzen zu leiden schien –, war hier, um im Namen von Imperatrix Laseen über die Verwaltung von Schwarzkorall zu sprechen. Bei ihm eine Hand voll Anhang.

Bruth entgegnete, dass die offiziellen Verhandlungen bis zur Ankunft Anomander Rakes würden warten müssen, der in Kürze erwartet wurde.

Grantl sah wieder zu Dujek hinüber, der gerade mit seinen Offizieren angekommen war. Die Augen der Hohefaust waren auf Korlat gerichtet und auf die drei zugedeckten Leichen, die im Gras lagen. Es regnete noch immer, der Geruch der Brände hing schwer in der Luft, ein Leichentuch senkte sich herab.

Ja, dieser Tag endet in Asche und Regen.

In Asche und Regen.

Er rannte – ein Echo der Erinnerungen an Herrlichkeit und Freude. Er wurde von dem Gefühl mitgerissen, von der Flucht vor dem Schmerz, aus dem Gefängnis aus Knochen, aus gewaltigen, feuchten, geschuppten Armen, der Flucht von einem Ort ohne Wind, ohne Licht, ohne Wärme.

Von kaltem Fleisch. Blass, gekocht. Schwarz, verbrannt. Von tauben, missgestalteten Fingern, die Bissen in einen Mund schoben, der sich beim Kauen mit seinem eigenen Blut füllte. Von hartem, kaltem Stein mit seiner Patina aus menschlichem Schleim.

Schmutziges Fleisch, der Gestank verschmierter Exkremente –

Er rannte –

Eine Explosion von Schmerz, in einem plötzlichen Stoß hinuntergeschluckt. Blut in Adern. Atem geholt, abgehackt – doch tief, tief in gesunde Lungenflügel.

Er öffnete sein eines Auge.

Toc blickte sich um. Er saß auf einem Pferd mit breitem Rücken. Grau gekleidete Soldaten umgaben ihn, musterten ihn unter zerbeulten Helmen hervor.

Ich – ich bin … heil.

Heil.

Ich –

Eine Frau in Rüstung trat vor. »Wollt Ihr jetzt Euren Gott verlassen, mein Herr?«

Meinen Gott? Tote fleischliche Hülle, harte Jaghut-Seele – nein, kein Gott. Der Seher. In den Klauen der Angst. Von Verrat gezeichnet.

Meinen Gott?

Er rannte. Befreit. Das Tier.

Der Wolf.

Togg.

Mein Namensvetter …

»Er hat Euch erlöst, Herr, aber er stellt keine Forderungen. Wir wissen, dass Eure Seele mit den Wolfsgöttern gezogen ist. Aber jetzt seid Ihr wieder in der Sphäre der Sterblichen. Der Körper, in dem Ihr Euch nun befindet, wurde gesegnet. Er gehört jetzt Euch. Aber Ihr müsst Euch entscheiden, Herr. Wollt Ihr Eure Götter verlassen?«

Er betrachtete seine Arme, die Muskeln an seinen Oberschenkeln. Langfingrige Hände. Er griff nach oben, betastete sein Gesicht. Eine frische Narbe, die ihm dasselbe Auge genommen hatte. Es spielte keine Rolle. Er hatte sich daran gewöhnt. Ein junger Körper – jünger, als er gewesen war.

Er blickte auf die Frau hinunter, dann auf den Ring aus Soldaten. »Nein«, sagte er.

Die Soldaten ließen sich auf ein Knie sinken, neigten die Köpfe. Die Frau lächelte. »Eure Kompanie heißt Euch willkommen, Todbringendes Schwert von Togg und Fanderay.«

Todbringendes Schwert.

Dann werde ich noch einmal rennen …

Im Tellann-Gewirr führte Lanas Tog Silberfuchs an den Rand eines breiten Tals. Darin standen die versammelten Clans der T'lan Imass. Standen reglos –

Und doch anders.

Ihrer Bürde ledig?

Schmerz und Reue erfüllten sie. *Ich habe euch alle enttäuscht … auf so vielfältige Weise …*

Pran Chole trat vor. Der untote Knochenwerfer neigte grüßend den Kopf. »Beschwörerin.«

Silberfuchs bemerkte, dass sie zitterte. »Kannst du mir vergeben, Pran Chole?«

»Vergeben? Es gibt nichts zu vergeben, Beschwörerin.«

»Ich hatte niemals vor, mich eurem Wunsch lange zu widersetzen – nur bis, bis …«

»Wir verstehen. Du brauchst nicht zu weinen. Nicht um uns, nicht um dich selbst.«

»I-ich werde euch jetzt befreien, so wie ich es mit den T'lan Ay gemacht habe – ich werde euren Schwur beenden, Pran Chole, um euch zu befreien – damit ihr durch das Tor des Vermummten gehen könnt, wie ihr es gewünscht habt.«

»Nein, Beschwörerin.«

Sie starrte ihn an, sprachlos.

»Wir haben gehört, was Lanas Tog, die Kriegerin an deiner Seite gesagt hat. Es gibt Verwandte, Beschwörerin, die auf einem Kontinent weit im Süden vernichtet werden. Sie können ihrem Krieg nicht entfliehen. Wir werden dorthin gehen. Wir müssen unsere Brüder und Schwestern retten.

Beschwörerin, wenn unsere Aufgabe erfüllt ist, werden wir zu dir zurückkehren. Die Vergessenheit suchen, die uns erwartet.«

»Pran Chole …« Ihre Stimme brach. »Ihr wollt in eurer Qual ausharren …«

»Wir müssen unsere Verwandten retten, Beschwörerin, wenn es uns möglich ist. Innerhalb des Schwurs bleibt uns unsere Macht. Sie wird benötigt werden.«

Sie richtete sich langsam auf, unterdrückte ihren Kummer, ihr Zittern. »Dann werde ich euch begleiten, Pran Chole. Wir werden euch begleiten. Nachtfrost, Flickenseel, Bellurdan und Silberfuchs.«

Der Knochenwerfer schwieg eine Weile, dann sagte er: »Wir sind geehrt, Beschwörerin.«

Silberfuchs zögerte, fragte dann doch. »Ihr habt euch … verändert. Was hat Itkovian getan?«

Ein Meer von Köpfen in Knochenhelmen neigte sich bei diesem Namen, und dieser Anblick verschlug ihr den Atem. *Beim Abgrund, was hat der Mann getan?*

Es dauerte einige Zeit, bis Pran Chole antwortete. »Sieh dich um, Beschwörerin. Sieh dir das Leben in dieser Sphäre an. Spüre die Kraft, die hier in dieser Erde ist.«

Sie runzelte die Stirn. »Ich verstehe nicht ganz. Diese Sphäre ist jetzt die Heimat der Tier-Throne. Hier gibt es Rhivi-Geister … zwei Wolfsgötter …«

Pran Chole nickte. »Und noch mehr. Du hast, vielleicht unabsichtlich, eine Sphäre geschaffen, in der der Schwur von Tellann sich entwirrt. Die T'lan Ay … jetzt wieder sterblich – diese Geste war einfacher, als du erwartet hattest, ist es nicht so? Beschwörerin, Itkovian hat unsere Seelen befreit und in dieser Sphäre, die du geschaffen hast, einen Platz gefunden. Für uns.«

»Ihr seid … *erlöst* worden!«

»Erlöst? Nein, Beschwörerin. Das kannst nur du. Die T'lan Imass sind geweckt worden. Unsere Erinnerungen – sie leben wieder, in der Erde unter unseren Füßen. Und sie sind das, wozu wir zurückkehren werden, an dem Tag, da du uns freilässt. Beschwörerin, wir haben nach dieser Befreiung nichts als Vergessen erwartet. Wir hätten uns niemals vorstellen können, dass es eine Alternative geben könnte.«

»Und jetzt?«, flüsterte sie.

Pran Chole reckte den Kopf. »Es übersteigt unser Begriffsvermögen, was ein sterblicher Mann so willig umarmt hat.« Er drehte sich um und machte sich auf den Weg zu den Reihen seiner Verwandten, blieb noch einmal stehen und schaute zu ihr zurück. »Beschwörerin.«

»Ja.«

»Eine Aufgabe wartet noch auf uns … bevor wir die lange Reise antreten …«

Tippa saß auf einem rußgeschwärzten Grundstein, die Augen vor Erschöpfung stumpf, und sah, wie die Rhivi durch die Trümmer schritten und immer noch nach Leichen suchten. Es waren pannionische Soldaten dabei, unbewaffnet – anscheinend waren die einzigen Bürger, die in der Stadt geblieben waren, entweder tot oder bis auf die Knochen abgenagt.

Die Brückenverbrenner, die in der Festung umgekommen waren, waren bereits auf einem Wagen hinausgebracht worden – Tippa und ihr armseliger Trupp hatten die meisten auf ihrem Weg nach draußen mitgenommen, selbst als das Gebäude um sie herum einzustürzen begann. Eine Hand voll weiterer Leichen waren mittels Zauberei gefunden und herausgeholt worden, von den Tiste Andii, von denen sich einige immer noch in der Nähe aufhielten, als warteten sie auf irgendetwas oder irgendjemanden. Die beiden Einzigen, die niemand gefunden hatte, waren der Schnelle Ben und Paran, und Tippa vermutete, dass das daran lag, dass sie gar nicht da waren.

Fackeln erleuchteten die Gegend, doch ihre Bemühungen, die unnatürliche Dunkelheit zu bekämpfen, die sich auf die Stadt herabgesenkt hatte, wirkten kläglich.

Die Luft stank nach Rauch und Mörtelstaub. In der Ferne erklangen immer wieder Schmerzensschreie, wie Erinnerungen, die einen nicht zur Ruhe kommen ließen.

Wir waren brüchig. Sind schon vor Monaten vernichtet worden, vor den Mauern von Fahl, es hat nur so lange gedauert, bis die wenigen von uns, die noch übrig waren, das kapiert haben. Igel, Trotter, Detoran. Leichname, die noch immer salutiert haben –

Blend ließ sich neben ihr vernehmen. »Ich habe den Rhivi auf unserem Wagen gesagt, sie sollen auf dieser Seite des Nordtors warten.«

Unser Wagen. Der Wagen mit den toten Brückenverbrennern.

Als Erste rein.

Als Letzte raus.

Zum allerletzten Mal.

Ein Lichtblitz aus den Trümmern der Festung. Ein Gewirr öffnete sich, aus dem Gestalten auftauchten. Ein mit Narben bedeckter

Hund – er sah aus wie ein Hirtenhund –, gefolgt von Lady Missgunst und zwei Seguleh, die einen dritten maskierten Krieger mitschleppten.

»Tja«, murmelte Blend, »das war's dann ja wohl, oder?«

Tippa war sich nicht sicher, was Blend meinte, hatte aber auch keine Lust, lange darüber nachzudenken.

Lady Missgunst hatte sie gesehen. »Mein lieber Leutnant! Was für eine Erleichterung, Euch wohlbehalten zu sehen. Könnt Ihr die Unverfrorenheit dieses weißhaarigen, schwertversessenen –«

»Meinst du mich?«, fragte eine tiefe Stimme.

Anomander Rake trat durch das Zwielicht zu ihnen. »Wenn ich gewusst hätte, dass du in der Festung warst, Lady Missgunst, hätte ich Mondbrut ganz heruntergebracht.«

»Oh, wie kannst du nur so etwas sagen?«

»Was tust du hier?«, fragte der Sohn der Dunkelheit grollend.

»Oh, dies und das, mein Liebster. Du siehst heute Nachmittag besonders kriegerisch aus – es ist doch immer noch Nachmittag, oder? Das ist hier wirklich nicht leicht zu erkennen.«

»Oh«, flüsterte Blend, »die beiden kennen sich aber schon lange.«

»Tatsächlich?«, knurrte Tippa leise, »und woran merkst du das?« *Verdammte Lady – sie hat noch nicht mal einen einzigen Fleck auf der Telaba. Nun, das ist eine ganz andere Welt als meine. Und doch haben wir Seite an Seite in jenem Korridor gestanden.*

Anomander Rake musterte die Frau, die vor ihm stand. »Was willst du, Missgunst?«

»Also, ich habe einen halben Kontinent durchquert, du undankbarer Mann, um dir Worte von lebenswichtiger Bedeutung zu überbringen.«

»Dann lass sie hören.«

Lady Missgunst blinzelte, schaute sich um. »Hier, mein Liebster? Sollten wir das nicht irgendwo besprechen, wo wir mehr … unter uns sind?«

»Nein. Ich habe noch viel zu tun. Also heraus damit.«

Sie verschränkte die Arme. »Na schön, obwohl die Götter wissen, warum ich mir die Mühe mache, tapfer meine großzügige Stimmung aufrecht zu erhalten –«

»Missgunst.«

»Nun gut. Dann höre meine Worte, Träger von Dragnipur. Mein teurer Vater Draconus schmiedet Pläne, um den Ketten im Innern des Schwertes zu entfliehen. Woher ich das weiß? Blut flüstert, Anomander.«

Der Lord von Mondbrut gab einen undefinierbaren Laut von sich. »Ich bin überrascht, dass er so lange gebraucht hat. Nun, was ist damit?«

Missgunsts Augen weiteten sich. »Ist diese gespielte Tapferkeit schon Wahnsinn? Nur für den Fall, dass du es vergessen hast – wir haben uns verdammt angestrengt, um ihn das erste Mal zu erschlagen.«

Tippa warf Blend einen Blick zu, sah, dass die Soldatin Rake und Missgunst mit offenem Mund anstarrte.

»Ich kann mich nicht erinnern, dass du damals viel getan hättest«, meinte Anomander Rake. »Du hast daneben gestanden und dem Kampf zugesehen –«

»Genau! Und was glaubt du, was mein Vater *davon* gehalten hat?«

Der Lord von Mondbrut zuckte die Schultern. »Er hat dich gut genug gekannt, um dich nicht um Hilfe zu bitten, Missgunst. Wie auch immer, ich werde deine Warnung beherzigen, aber ich kann herzlich wenig tun, zumindest so lange es Draconus nicht wirklich gelingt, sich zu befreien.«

Die dunklen Augen der Frau verengten sich. »Sag mir, mein Lieber, was weißt du – wenn überhaupt – vom Herrn der Drachenkarten?«

Rake zog die Augenbrauen hoch. »Von Ganoes Paran? Dem Sterblichen, der im Innern von Dragnipur gewandelt ist? Dem Mann, der zwei Schattenhunde durch das Tor nach Kurald Galain geschickt hat?«

Missgunst stampfte mit dem Fuß auf. »Du bist unausstehlich.«

Der Lord der Tiste Andii wandte sich ab. »Wir haben uns lange genug unterhalten, Missgunst.«

»Sie werden nach einer Möglichkeit suchen, das Schwert zu zerschmettern.«

»Ja, das ist gut möglich.«

»Dein Leben hängt von der Laune eines Sterblichen ab.«

Anomander Rake hielt inne, warf ihr noch einmal einen Blick zu. »Dann sollte ich mich in Acht nehmen, oder?« Einen Augenblick später ging er weiter, auf die in lockeren Grüppchen herumstehenden Tiste Andii zu.

Mit einem wütenden Zischen stapfte Missgunst hinter ihm her.

Blend blickte langsam Tippa an. »Ganoes Paran? Der Hauptmann?«

»Denk ein andermal darüber nach«, erwiderte Tippa. »So oder so, am Ende hat das alles gar nichts mit uns zu tun.« Sie richtete sich langsam auf. »Such sie zusammen, Blend. Wir gehen zum Nordtor.«

»Klar, Leutnant. Sollte eigentlich nicht lange dauern.«

»Ich bin am Torbogen.«

»Leutnant? Tippa?«

»Was ist?«

»Du hast getan, was du konntest.«

»Dann war das wohl nicht gut genug, oder?« Ohne auf eine Antwort zu warten, setzte Tippa sich in Bewegung. Tiste Andii traten links und rechts zur Seite, um sie durchzulassen. Sie näherte sich dem geschwärzten Torbogen.

»Einen Augenblick.«

Tippa drehte sich um und sah Anomander Rake näher kommen. Unwillkürlich wich sie dem harten, unmenschlichen Blick des Tiste Andii aus.

»Ich würde Euch gerne ein Stück begleiten«, sagte er.

Beunruhigt von dieser Aufmerksamkeit warf sie einen Blick zurück auf Lady Missgunst, die mittlerweile damit beschäftigt war, den bewusstlosen Seguleh zu untersuchen. *Ihr seid eine tapfere Frau, Lady – Ihr seid noch nicht einmal zusammengezuckt.*

Der Sohn der Dunkelheit musste ihrem Blick gefolgt sein, denn er seufzte. »Ich habe kein Interesse daran, dieses Gespräch noch einmal aufzunehmen, Leutnant. Und sollte sie sich dazu entschließen, den Seguleh aufzuwecken – und in Anbetracht ihrer momentanen Stimmung könnte sie das durchaus tun – nun, ich habe auch keine Lust, diesen alten Streit wieder aufzunehmen. Ich nehme an, Ihr und Euer Trupp marschiert zu dem Sammelpunkt im Norden der Stadt.«

Wollten wir das? Ich hatte noch gar nicht so weit gedacht. Sie nickte.

»Darf ich Euch dann begleiten?«

Bei den Göttern hienieden! Tippa holte tief Luft und sagte dann: »Wir sind im Augenblick nicht gerade eine angenehme Gesellschaft, Lord.«

»Gewiss nicht. Aber Ihr seid eine *würdige* Gesellschaft.«

Sie blickte ihm bei diesen Worten fragend in die Augen.

Er verzog das Gesicht und sagte: »Ich bedaure, dass ich erst so spät gekommen bin. Und ich wusste auch nicht, dass malazanische Soldaten in der Festung waren.«

»Es hätte keine Rolle gespielt, Lord«, sagte Tippa und brachte ein Schulterzucken zustande. »Nach allem, was ich gehört habe, ist es Dujeks Kompanien nicht besser ergangen, und die waren nicht in der Festung.«

Anomander Rake blickte einen Moment zur Seite; seine Augen verengten sich kurz. »Ein trauriger Abschluss des Bündnisses.«

Die überlebenden Brückenverbrenner hatten sich eng zusammengedrängt und hörten schweigend zu. Tippa wurde sich plötzlich ihrer Anwesenheit bewusst, und der Worte, die sie mit Anomander Rake gewechselt hatte, und der Dinge, die unausgesprochen geblieben waren. »Das Bündnis«, sagte sie, »stand fest, soweit es uns betrifft.« *Wir. Uns. Die, die jetzt vor Euch stehen.*

Vielleicht hatte er sie verstanden. »Dann würde ich gerne noch einmal mit meinen Verbündeten gehen, Leutnant.«

»Wir wären geehrt, Lord.«

»Zur Position im Norden der Stadt.«

»Ja, Herr.«

Der Lord der Tiste Andii seufzte. »Es gibt da einen gefallenen Soldaten, dem ich gerne … meinen Respekt erweisen würde …«

Ja, die traurigste Nachricht, die wir heute gehört haben. »Wie wir alle es tun werden, Lord.«

Rake blieb an ihrer Seite, während sie dahinschritt, und die fünf überlebenden Brückenverbrenner folgten ihnen dichtauf.

Sie kam an seine Seite, und ihre Blicke hingen wie die seinen an den Gestalten, die sich auf der Hügelkuppe um sie herum versammelten. »Weißt du, was ich mir wünsche?«

Grantl schüttelte den Kopf. »Nein, Stonny. Was wünschst du dir?«

»Dass Harllo hier wäre.«

»Ja.«

»Ich würde mich schon mit seinem Leichnam begnügen. Er gehört hierher, zu diesen anderen Gefallenen. Nicht unter einen kleinen Steinhaufen in der Mitte von Nirgendwo.«

Harllo, warst du der erste Tote in diesem Krieg? Stand deine zerlumpte Schar für die ersten Verbündeten, die sich dieser Sache angeschlossen haben?

»Erinnerst du dich an die Brücke?«, fragte Stonny. »Alles eingestürzt, und Harllo hockt auf einem Pfeiler und angelt. Damals haben wir Mondbrut gesehen, nicht wahr? Am südlichen Horizont ist sie nach Osten getrieben. Und jetzt sind wir hier, im Schatten von dem verdammten Ding.«

Caladan Bruth und Dujek traten zu Korlat, die die ganze Zeit bei den drei zugedeckten Leichen gestanden hatte. Zwei Schritte hinter ihnen kam Tayschrenn, der Zauber, der ihm ein jugendliches Äußeres verliehen hatte, war dahin.

In der dunklen Luft lag eine unnatürliche Stille, durch die ihre Stimmen weit trugen.

Dujek war an Korlat vorbeigegangen und vor den drei gefallenen malazanischen Soldaten niedergekniet. »Wer war hier?«, fragte er krächzend und fuhr sich mit der Hand über das Gesicht. »Wer hat gesehen, was geschehen ist?«

»Ich«, erwiderte Korlat mit ausdrucksloser Stimme. »Und Tayschrenn. In dem Augenblick, als Silberfuchs aufgetaucht ist, hat Kallor erst uns beide niedergeschlagen, hat dafür gesorgt, dass wir nicht eingreifen konnten. Ich glaube nicht, dass er damit gerechnet hat, dass sich ihm Elster und die beiden Seesoldatinnen in den Weg stellen könnten. Sie haben ihn lange genug aufgehalten, dass Tayschrenn sich erholen konnte. Kallor war gezwungen, zu seinem neuen Herrn zu fliehen – zum Verkrüppelten Gott.«

»Elster hat mit Kallor die Klingen gekreuzt?« Dujek zog den Regenumhang von Elsters Leichnam, betrachtete seinen toten Freund schweigend. »Dieses gebrochene Bein – war es schuld daran, dass er …?«

Grantl sah, wie Korlat – die immer noch hinter Dujek stand – einen Moment zögerte, ehe sie sagte: »Nein, Hohefaust. Es ist erst nach dem tödlichen Hieb gebrochen.«

Nach einem langen Augenblick schüttelte Dujek den Kopf. »Wir haben ihm andauernd gesagt, dass er es vernünftig heilen lassen soll. ›Später‹, hat er gesagt. Immer nur ›später‹. Seid Ihr sicher, Korlat? Dass es erst danach gebrochen ist?«

»Ja, Hohefaust.«

Dujek runzelte die Stirn, den Blick noch immer auf den toten Soldaten vor ihm gerichtet. »Elster war ein hervorragender Schwertkämpfer … er hat früher mit Dassem Ultor geübt, und es hat immer eine ganze Weile gedauert, bis Dassem seine Verteidigung durchbrechen konnte.« Er warf einen Blick zurück über die Schulter, auf Korlat, auf Tayschrenn. »Und mit den beiden Seesoldatinnen an seiner Seite … wie lange hat es gedauert, Hohemagier, bis Ihr Euch wieder erholt hattet?«

Tayschrenn verzog das Gesicht und warf Korlat einen raschen Blick zu. »Nur wenige Augenblicke, Dujek. Ein paar Augenblicke … zu lange.«

»Hohefaust«, sagte Korlat, »Kallor ist ein überragender Schwertkämpfer … er ist ein Furcht erregender Krieger.«

Grantl konnte sehen, wie die Furchen auf Dujeks Stirn tiefer wurden.

Stonny raunte ihm zu: »Das klingt irgendwie nicht richtig. Das Bein muss zuerst gebrochen sein.«

Er streckte eine Hand aus und packte sie am Arm, schüttelte den

Kopf. *Nein, Korlat muss einen Grund haben. Einen Grund für diese … Täuschung.*

Stonnys Augen wurden schmal, doch sie sagte nichts mehr.

Mit einem rauen Seufzer richtete Dujek sich wieder auf. »Ich habe einen Freund verloren«, sagte er.

Aus irgendeinem Grund traf diese schlichte Aussage Grantl bis ins Herz. Er fühlte einen Schmerz in seinem Innern, eine Antwort.

Harllo … mein Freund.

Itkovian …

Grantl wandte sich ab, blinzelte heftig.

Anomander Rake war angekommen, und Scharteke flatterte ihm ziellos aus dem Weg. Neben dem Sohn der Dunkelheit stand Tippa. Grantl sah noch andere Brückenverbrenner hinter ihnen: Blend, Fäustel, Fahrig, Spindel, Blauperl. Ihre Rüstungen hingen in Fetzen, sie waren mit verkrustetem altem Blut bedeckt, und alles Leben war aus ihren Augen verschwunden.

Auf den Hängen sammelten sich nun die Überlebenden von Einarms Heer. Grantl schätzte sie auf weniger als tausend. Hinter ihnen Barghast und Rhivi, Tiste Andii und der Rest von Bruths Armee. Schweigend standen sie da, um die Gefallenen zu ehren.

Der Heiler, Fäustel, ging schnurstracks dorthin, wo Elsters Leichnam lag.

Grantl sah, wie der Heiler die Wunden betrachtete, wie die Wahrheit ihn traf wie ein Schlag. Der große Mann stolperte einen Schritt rückwärts, schlang die Arme um seinen Oberkörper und schien innerlich zusammenzubrechen. Dujek erreichte ihn gerade noch rechtzeitig, um ihn aufzufangen und ihm zu helfen, sich auf den Boden zu setzen.

Manche Wunden heilen nie, und dieser Mann hat gerade eine solche Wunde erhalten. Es wäre besser gewesen, wenn Dujek Elster unter dem Regenumhang verborgen gelassen hätte …

Anomander Rake war an Korlats Seite. Er sagte lange Zeit nichts, dann wandte er sich ab. »Korlat, was wirst du nun unternehmen?«

Ihre Antwort war tonlos. »Orfantal macht sich bereit. Mein Bruder und ich werden Kallor zur Strecke bringen.«

Rake nickte. »Wenn ihr ihn habt, lasst ihn am Leben. Er hat Dragnipur verdient.«

»Das werden wir tun, Lord.«

Dann blickte der Sohn der Dunkelheit die anderen an. »Hohefaust Dujek. Hohemagier Tayschrenn. Mondbrut stirbt und ist deshalb von meinem Volk verlassen worden. Ich werde die Festung nach Osten schicken, hinaus aufs Meer – die Macht, die Mondbrut beherbergt, schwindet, und so wird sie schon bald unter den Wogen versinken. Ich bitte darum, dass diese drei Malazaner – die von einem Verräter getötet wurden, den ich und Caladan Bruth hierher gebracht haben –, dass diese drei Malazaner in Mondbrut zur letzten Ruhe gebettet werden. Die Festung ist, wie ich glaube, ein angemessener Sarkophag.«

Niemand sagte etwas.

Rake blickte dann Tippa an. »Und ich bitte auch darum, dass die toten Brückenverbrenner ebenfalls dort bestattet werden.«

»Ist dort genug Platz für *alle* unsere Gefallenen?«, fragte Tippa.

»Leider nicht. Die meisten Räume sind überflutet.«

Tippa holte tief Luft, warf dann Dujek einen Blick zu.

Die Hohefaust schien unfähig, eine Entscheidung zu treffen. »Hat irgendjemand Hauptmann Paran gesehen?«

Niemand antwortete.

»Nun gut. Was die gefallenen Brückenverbrenner angeht, so liegt die Entscheidung bei dir, Leutnant Tippa.«

»Sie waren immer neugierig, wie es im Innern von Mondbrut wohl aussieht«, sagte sie mit einem schiefen Lächeln. »Ich glaube, das würde ihnen gefallen.«

In dem Nachschublager, das planlos in der Parklandschaft nördlich des Todesstreifens angelegt worden war, sammelte sich die siebenhundertzweiundzwanzig Köpfe starke Truppe von Motts Irregulären allmählich in einer Ecke; alle trugen Jutesäcke, die bis obenhin mit Beutegut aus der Stadt voll gestopft waren.

Ein schwerer Tisch war gegen einen Baum gelehnt worden, und zwar so, dass seine bemalte Unterseite zu sehen war. Die Beine waren irgendwann abgebrochen, doch das hatte es nur leichter gemacht, das monströse Ding zu transportieren.

Das aufgemalte Bild hatte bereits eine Weile geleuchtet, ehe es schließlich jemand bemerkte, und als sich das Gewirr im Innern des Bildes öffnete, hatte sich bereits eine beträchtliche Menge darum herum versammelt. Aus dem Gewirr traten Paran und der Schnelle Ben, gefolgt von einer kleinen, muskulösen Frau mit schwarzen Haaren.

Alle drei waren von Raureif bedeckt, der sich unverzüglich aufzulösen begann, als sich das Gewirr hinter ihnen schloss.

Einer von Motts Irregulären trat vor. »Seid gegrüßt. Ich bin Hochmarschall Jib Stamm, und ich bin ein wenig verwirrt.«

Paran, der noch immer von Omtose Phellacks Eiseskälte zitterte, starrte den Mann einen Augenblick lang an und zuckte dann die Schultern. »Und was verwirrt Euch, Hochmarschall?«

Jib Stamm kratzte sich am Kopf. »Na ja, das da ist ein Tisch und keine Tür …«

Kurze Zeit später, als Paran und der Schnelle Ben im Dämmerlicht zum Todesstreifen unterwegs waren, begann der Magier leise zu lachen.

Der Hauptmann warf ihm einen Blick zu. »Was ist?«

»Hinterwäldler-Humor, Paran. Das kommt davon, wenn man mit den unheimlichsten Magiern spricht, denen wir jemals begegnet sind.«

»Magier?«

»Nun, das ist vielleicht nicht ganz der richtige Name für sie. Hexer wäre vielleicht besser. Sumpfschnüffelnde Hexer. Mit Rindenstücken im Haar. Schafft sie in einen Wald, und Ihr findet sie erst wieder, wenn sie es wollen. Diese Gebrüder Stamm sind die Schlimmsten, obwohl ich gehört habe, dass sie eine Schwester haben, der man am besten niemals begegnen sollte.«

Paran schüttelte den Kopf.

Kilava hatte sie sofort nach ihrer Ankunft verlassen. Sie hatte den beiden Männern ein einfaches Wort des Dankes gesagt – wobei Paran das Gefühl hatte, dass sie damit ihren Schutzwall bereits außergewöhnlich weit geöffnet hatte – und war dann im Zwielicht des nächsten Wäldchens verschwunden.

Der Hauptmann und der Magier erreichten die Handelsstraße und konnten sehen, wie sie gerade zu dem Hügelkamm hin anstieg, der dem Todesstreifen und der Stadt gegenüberlag. Mondbrut hing fast genau über ihnen; Nieselregen fiel von der Festung. In Korall wüteten immer noch ein paar Brände, doch es hatte den Anschein, als ersticke die Dunkelheit, die Kurald Galain war, sie irgendwie.

Er konnte seine Gedanken nicht von den letzten Geschehnissen lösen. Er war es nicht gewohnt, die Hand der … *Erlösung* zu sein. Nach der Befreiung des Jaghut-Mädchens aus dem verwundeten Portal bei Morn fühlte er sich wie betäubt.

Das ist jetzt schon so lange her … Damals habe ich sie gespürt, außerhalb von Fahl habe ich dieses Mädchen gespürt, gefangen in ihrem ewigen Schmerz, unfähig zu verstehen, was sie getan hatte, um zu verdienen, was ihr zugestoßen ist. Sie hatte gedacht, sie würde ihre Mutter finden – das hatte Kilava ihr erzählt. Sie hatte die Hand ihres Bruders gehalten –

Und dann war plötzlich alles weggerissen worden.

Plötzlich allein.

Hatte sie nichts als Schmerz gekannt.

Tausende von Jahren lang.

Der Schnelle Ben und Talamandas hatten irgendetwas mit dem Kind gemacht, hatten ihre Magie eingesetzt, um ihr die Erinnerungen an das, was geschehen war, zu nehmen. Paran hatte gespürt, dass der Vermummte direkt daran beteiligt gewesen war – nur ein Gott konnte so etwas tun, Erinnerungen nicht einfach nur blockieren, sondern sie ganz und gar entfernen, reinen Tisch machen.

Und so hatte das Mädchen ihren Bruder verloren. Hatte stattdessen einen Onkel gefunden.

Aber keinen gütigen Onkel. Schließlich trägt der Seher seine eigenen Wunden …

Und jetzt hatte Brands Sphäre neue Bewohner gefunden. War jetzt die Heimat eines uralten Gewirrs.

»Erinnerungen«, hatte der Schnelle Ben gesagt, »an die eisige Zeit. In diesem chaotischen Gift ist Hitze – genug Hitze, um diese Diener zu zerstören. Ich musste eine Möglichkeit finden, die Ausbreitung der Infektion zu verlangsamen, das Gift zu schwächen.

Ich habe den Verkrüppelten Gott gewarnt, müsst Ihr wissen. Ich habe ihm gesagt, dass ich mich ihm in den Weg stellen würde. Wir haben ihn zurückgeschlagen, wisst Ihr …«

Paran lächelte innerlich, als er an diese Worte dachte. Selbst das Ego von Göttern war nichts im Vergleich zu dem des Schnellen Ben. Und wenn schon. Der Magier hatte es sich verdient, zufrieden zu sein, oder etwa nicht? Sie hatten Anomander Rake den Seher vor der Nase weggeschnappt. Sie hatten dafür gesorgt, dass ein uraltes Unrecht wieder gutgemacht wurde, und sie hatten auch noch das Glück gehabt, dass auch Kilava zugegen war, um an der Erlösung teilzunehmen. Sie hatten die Drohung aus der Welt geschafft, die der Seher für diesen Kontinent dargestellt hatte. Und schließlich, durch den Schutz von Omtose Phellack, hatten sie die Infektion, die der Verkrüppelte Gott Brand geschickt hatte, zu einem schleichenden Tempo verlangsamt.

Und wir haben einem Kind sein Leben zurückgegeben.

»Hauptmann«, murmelte der Schnelle Ben und legte ihm eine Hand auf die Schulter.

Vor ihnen, jenseits der letzten Bäume, standen unzählige Gestalten, bevölkerten die Hänge eines breiten, flachen Hügels. Fackeln flackerten wie zitternde Sterne.

»Mir gefällt nicht, wie sich das anfühlt«, murmelte der Magier.

Als die Dunkelheit sich auflöste, waren die Leichen verschwunden, sowohl die auf der Hügelkuppe als auch die auf dem Wagen, den Tippa und ihre Soldaten weiter unten an den Straßenrand gefahren hatten. Die Beerdigung war ohne großen Aufwand vonstatten gegangen. Die Verteilung der Gefallenen innerhalb des riesigen schwebenden Bauwerks blieb den Tiste Andii überlassen, blieb Anomander Rake persönlich überlassen.

Grantl drehte sich um und schaute nach oben, um Mondbrut genauer zu betrachten. Wie betrunken zur einen Seite krängend, trieb die Festung meerwärts, löschte die heller werdenden Sterne aus, die begonnen hatten, das Land in Silber zu tauchen. Schon bald würde die natürliche Dunkelheit der Nacht die Festung gänzlich verschlucken.

Als Mondbrut ihren Schatten hinter sich herzog, wurde drüben, auf dem Kamm auf der anderen Seite der Handelsstraße eine kleine Gruppe von Soldaten sichtbar, die sich im Halbkreis um eine schlichte Bahre und einen Steinhaufen versammelt hatten.

Es dauerte einen Augenblick, bis Grantl verstand, was er da sah. Er packte Stonny am Arm und zog sie näher zu sich heran. »Komm mit«, flüsterte er.

Sie protestierte nicht, als er sie vom Hügel weg und den Abhang hinunterführte, durch schweigende, geisterhafte Reihen von Soldaten und Kriegern hindurch, die Platz machten, um sie vorbeizulassen. Über die Straße, durch den kleinen Graben, dann den Hang hinauf, der zum Kamm führte.

Wo die knapp hundert überlebenden Grauen Schwerter standen, um den Mann zu ehren, der einst Feners Schild-Amboss gewesen war.

Irgendjemand folgte Grantl und Stonny in ein paar Schritten Abstand, doch sie drehten sich nicht um, um zu sehen, wer es war.

Sie erreichten die kleine Gruppe.

Uniformen waren sauber geschrubbt und Waffen poliert worden. Inmitten der Grauen Schwerter – größtenteils capanische Frauen und ausgemergelte Tenescowri-Rekruten – sah Grantl Anaster, der immer noch auf seinem Pferd saß. Die Katzenaugen des Todbringenden Schwerts verengten sich leicht, als er den merkwürdigen, einäugigen jungen Mann betrachtete. *Nein, er ist nicht mehr so, wie er war. Er ist nicht mehr … leer. Was ist mit ihm geschehen, dass er sich jetzt anfühlt wie mein … Rivale?*

Der Destriant stand am dichtesten bei der reglosen Gestalt auf der Bahre und schien Itkovians totenblasses Gesicht zu betrachten. Gegenüber der Bahre war eine flache Grube ausgehoben worden; die Erde war auf der einen Seite aufgehäuft, Felsbrocken auf der anderen. Ein bescheidenes Grab erwartete Itkovian. Endlich drehte sich die Capan um.

»Wir zeigen den Tod dieses Mannes an, dessen Geist zu keinem Gott reist. Er ist durch das Tor des Vermummten gegangen, und das ist alles. Er ist hindurchgegangen. Um allein dazustehen. Er wird seine Bürde nicht preisgeben, denn er bleibt im Tode, wie er im Leben war. Itkovian, Schild-Amboss von Feners Traum. Behaltet ihn in Erinnerung.«

Als sie mit einer Geste die Beerdigung beginnen lassen wollte, trat jemand an Grantl und Stonny vorbei und auf sie zu.

Es war ein malazanischer Soldat, der einen eingewickelten Gegenstand unter dem Arm trug. In stockendem Daru sagte er: »Bitte, Destriant, ich bin gekommen, um Itkovian zu ehren ...«

»Wie Ihr wollt.«

»Ich würde gerne ... auch noch etwas anderes tun.«

Sie legte den Kopf schief. »Und was, mein Herr?«

Der Malazaner wickelte das Objekt aus – zum Vorschein kam Itkovians Helm. »Ich ... ich hatte nicht den Wunsch, ihn zu übervorteilen. Aber er ... hat darauf bestanden, dass er bei dem Tausch besser weggekommen wäre. Das stimmt nicht, Destriant. Ihr könnt es sehen. Jeder kann es sehen. Seht den Helm, den er trägt – es war meiner. Ich möchte ihn zurücknehmen. Er sollte seinen eigenen tragen. Diesen hier ...«

Destriant Velbara drehte sich um, blickte noch einmal auf den Leichnam hinunter, schwieg mehrere Herzschläge lang und schüttelte dann den Kopf. »Nein, mein Herr. Itkovian würde Euer Ersuchen ablehnen. Euer Geschenk hat ihm Freude bereitet. Nichtsdestotrotz ... solltet Ihr mittlerweile zu dem Schluss gekommen sein, dass der Helm, den Ihr ihm gegeben habt, tatsächlich mehr wert ist, so würde er nicht zögern, ihn Euch zurückzugeben ...« Sie hatte sich umgedreht, während sie sprach, und nachdem ihr Blick zunächst auf die Soldaten, die jetzt weinten, und dann auf etwas hinter ihnen allen gefallen war, erstarben ihre Worte.

Grantl sah, wie die Augen der jungen Frau langsam riesengroß wurden.

Schild-Amboss Norul von den Grauen Schwertern fuhr plötzlich mit leise rasselnder Rüstung herum, und einen Augenblick später taten die anderen Soldaten und Soldatinnen es ihr nach.

Genau wie Grantl und Stonny.

Der einsame Malazaner war nur der Erste gewesen. Unter dem silbernen Sternenlicht waren sämtliche Überlebenden von Einarms Heer herbeimarschiert, um sich am Fuß des Hügelhangs in Formation aufzustellen. Flankiert von den Tiste Andii, den Rhivi, den Barghast, den Schwarzen Moranth – eine gewaltige Ansammlung von Gestalten, die einfach schweigend dastanden –

– und dann schaute Grantl weiter nach Osten, hinunter zum Todesstreifen, und dort waren einmal mehr die T'lan Imass, und auch sie kamen näher.

Silberfuchs stand drüben, auf der anderen Seite, und sah zu.

Die Grauen Schwerter machten in betäubtem Schweigen langsam eine Gasse frei, als die ersten T'lan Imass den Kamm erreichten.

Ein Knochenwerfer kam als Erster; er hielt in einer Hand eine zerschundene Muschel, die an einem Lederriemen hing. Die untote Kreatur blieb stehen und wandte sich an Destriant Velbara. »Für das Geschenk, das dieser Sterbliche uns gemacht hat, werden wir alle *ihm* im Gegenzug etwas geben. Zusammen sollen unsere Geschenke seinen Grabhügel bilden, und er soll unangreifbar werden. Wenn Ihr uns dies verweigert, werden wir uns Euch widersetzen.«

Velbara schüttelte den Kopf. »Nein, mein Herr«, flüsterte sie. »Es wird keine Verweigerung geben.«

Der Knochenwerfer trat an Itkovian heran und legte ihm die Muschel auf die Brust.

Grantl seufzte. *Ach, Itkovian, es sieht aus, als hättest du noch viel mehr Freunde gefunden.*

Die feierliche Prozession bescheidener Gaben – manchmal nichts weiter als ein glatt geschliffener Stein, vorsichtig auf den wachsenden Haufen gelegt, der die Leiche bedeckte – dauerte die ganze Nacht an, und die Sterne zogen ihre große Kreisbahn am Himmel, bis sie schließlich im Licht der Morgendämmerung verblassten.

Als der malazanische Soldat Itkovians Helm auf den Grabhügel legte, begann eine zweite Welle; Soldat um Soldat stieg den Hang herauf, um dem Mann ein Geschenk zu überlassen. Amulette, Stirnbänder, Ringe, Dolche.

Und während der ganzen Zeit standen Grantl und Stonny daneben und schauten zu. Genau wie die Grauen Schwerter.

Als die letzten Soldaten den Hügel verließen, regte sich Grantl. Er starrte den gewaltigen, glitzernden Grabhügel an, sah die schwachen Emanationen von Tellann-Zauberei, die dafür sorgen würden, dass er unversehrt blieb – jeder Gegenstand unbeweglich an seinem Platz –, und griff sich dann mit der linken Hand an den rechten Oberarm. Ein leises Klicken, und die Armreifen rutschten seinen Arm hinunter.

Tut mir Leid, Treach. Lerne, mit dem Verlust zu leben.

Wir tun es auch.

Das Zwielicht blieb; es tauchte Korall auch weiterhin in Dämmerung, als die Sonne sich über dem Meer im Osten erhob. Paran stand neben dem Schnellen Ben. Sie hatten die Prozession beobachtet, sich jedoch nicht von ihrem Platz auf der Hügelkuppe weggerührt. Sie hatten zugesehen, wie Dujek sich in die schweigende Kette der Gebenden eingereiht hatte, ein Soldat, der einen anderen ehrte.

Der Hauptmann fühlte sich durch seine Unfähigkeit, dem Beispiel der Hohefaust zu folgen, herabgesetzt. In seinen Gedanken hatte ihn Elsters Tod so sehr gebrochen, dass er sich nicht mehr bewegen konnte. Er und der Schnelle Ben waren zu spät gekommen, hatten nicht in förmlicher Anerkennung an der Seite der anderen stehen können – Paran hätte niemals gedacht, dass ein so einfaches Ritual in seinem Innern eine solche Bedeutung besaß. Er hatte schon früher an Bestattungen teilgenommen – schon als Kind, in Unta, hatte es ernste Prozessionen gegeben, in denen er zusammen mit seinen Schwestern, seiner Mutter und seinem Vater mitgegangen war, um schließlich in der Nekropole vor einer Krypta zu stehen, wenn der verhüllte Leichnam eines älteren Staatsmanns in die Hände seiner Vorfahren übergeben wurde. Zeremonien, bei denen er die ganze Zeit zappelig gewesen war, denn er hatte keinen Kummer um einen Mann verspürt, dem er nie begegnet war. Beerdigungen waren ihm sinnlos erschienen. Schließlich hatte der Vermummte die Seele längst zu sich geholt. Vor einem leeren Körper zu weinen war ihm immer wie Zeitverschwendung vorgekommen.

Seine Mutter, sein Vater. Er war bei beiden Beerdigungen nicht dabei gewesen, hatte geglaubt, das Wissen, dass Tavore für eine prächtige Zeremonie und angemessene Ehrerbietung gesorgt hatte, würde ausreichen, um ihn zu trösten.

Hier hatten die Soldaten die Zeremonie so knapp wie möglich gehalten. Sie hatten einfach Haltung angenommen, hatten reglos dagestanden, jeder allein mit seinen Gedanken, seinen Gefühlen. Und dennoch miteinander verbunden. Verbunden durch den Kummer, den sie teilten.

Und er und der Schnelle Ben hatten das verpasst, waren zu spät gekommen. Elsters Leichnam war fort. Und Ganoes Paran war beraubt, sein Herz eine riesige Höhle; es war dunkel, hallte von Gefühlen wider, die er nicht zeigen wollte, nicht zeigen konnte.

Er und der Magier starrten schweigend zu Mondbrut hinüber, während die fliegende Festung immer weiter ostwärts trieb, hinaus aufs Meer, nun schon gut eine Meile entfernt. Die Festung flog tief, und schon bald – vielleicht in einem Monat – würde sie die Wellen berühren, irgendwo, weit draußen auf dem Ozean, und dann, wenn das Wasser einmal mehr in die Risse und Spalten strömte und die Räume im Innern überflutete, würde Mondbrut versinken. Hinab in das empfindungslose Meer …

Niemand kam zu ihnen.

Schließlich drehte der Magier sich zu ihm um. »Hauptmann.«

»Was ist, Ben?«

»Mondbrut. Zeichnet die Festung.«

Paran runzelte die Stirn – und dann stockte ihm der Atem. Er zögerte, kauerte sich schließlich hin, wischte mit der Hand ein Stück Erdboden frei. Mit seinem Zeigefinger ritzte er ein Rechteck mit abgerundeten Ecken in den Boden und darin dann die groben, aber erkennbaren Umrisse von Mondbrut. Er musterte sein Werk einen Augenblick, blickte dann zum Schnellen Ben hoch und nickte.

Der Magier packte mit einer Hand Parans Umhang und sagte: »Führt uns hindurch.«

Richtig. Nur, wie mache ich das? Schau dir die Karte genau an, Paran – nein, das allein wird uns auf der verdammten Oberfläche landen und von da aus einen kurzen, aber nichstdestotrotz tödlichen Sturz in die Wogen darunter tun lassen. Ein Gemach, hat Tippa gesagt. Rakes Thronraum. Denk an Dunkelheit. Kurald Galain, ein unbeleuchteter Ort, stumm, ein Ort mit in Leintüchern gewickelten Leichen.

Mit geschlossenen Augen trat Paran vor, zog den Schnellen Ben mit sich.

Seine Stiefel traten auf Stein.

Er öffnete die Augen, sah nichts als tintige Schwärze, aber die Luft roch ... anders. Er machte noch einen Schritt, hörte den Schnellen Ben hinter sich seufzen. Der Magier murmelte irgendetwas, und eine unstet flackernde Kugel aus Licht erschien über ihnen.

Ein Raum mit hoher Decke, vielleicht zwanzig Schritt breit und mehr als vierzig Schritte lang. Sie waren in etwas angekommen, das nach einem formellen Empfangsraum aussah – hinter ihnen, hinter einer von einem Torbogen überwölbten Schwelle lag ein Korridor. Voraus, am hinteren Ende des Gemachs, ein leicht erhöhtes Podest.

Der große Stuhl mit der hohen Rückenlehne, der einst auf dem Podest gestanden hatte, war zu einer Seite geschoben worden, zwei seiner Beine standen eine Stufe tiefer, der Thron hing schräg. Mitten auf dem Podest standen jetzt drei Särge aus schwarzem Holz.

Den Zugang säumten auf beiden Seiten weitere Särge, über die schwarze Netze aus magischen Energien spielten.

Der Schnelle Ben pfiff leise durch die Zähne. »Jeder Plünderer, der diesen Ort betritt, sollte sich in Acht nehmen!«

Paran musterte die tanzenden Energien über den schmucklosen Särgen. »Schutzzauber?«, fragte er.

»Das und noch eine ganze Menge mehr, Hauptmann. Aber wir brauchen uns keine Sorgen zu machen. Die Brückenverbrenner liegen in diesen Särgen, die den Zugang flankieren. Oh, und ein Schwarzer Moranth.« Er deutete auf einen Sarg, der sich in Parans

Augen kein bisschen von den anderen unterschied. »Twist. Das Gift in seinem Arm hat ihn getötet, einen Glockenschlag bevor Dujeks erste Kompanien eingeflogen wurden.« Langsam schritt der Schnelle Ben auf einen anderen Sarg zu. »In dem hier … ist das, was von Igel übriggeblieben ist. Nicht gerade viel. Der Bastard hat sich mit einem Knaller hochgejagt.« Der Magier blieb vor dem Sarg stehen. »Tippa hat es gut beschrieben, Igel. Und ich werde es Fiedler erzählen. Wenn ich ihn das nächste Mal sehe.« Er schwieg ein paar Herzschläge lang und drehte sich dann zu Paran um. Ein Grinsen lag auf seinem Gesicht. »Ich kann ihn mir vorstellen, seine Seele, wie sie am Fuß des Tors des Vermummten hockt und einen Kracher zwischen die Steine schiebt …«

Paran lächelte, doch es fiel ihm nicht leicht. Er setzte sich in Richtung auf das Podest in Bewegung. Der Magier folgte ihm.

Im Dahinschreiten nannte der Schnelle Ben mit leiser Stimme Namen. »Beinling … Zeh … Detoran … Ziellos … Ranter … Mulch … Bucklund … Fabel … Liss … Dasalle … Trotter – oh, ich hätte gedacht, die Barghast … nein, wahrscheinlich doch nicht. Er war genauso ein Brückenverbrenner wie der Rest von uns. Hinter dem Deckel da grinst er immer noch, Paran …«

Während sie weitergingen, zählte der Schnelle Ben die Namen derer auf, an denen sie vorbeigingen. Etwas über dreißig Brückenverbrenner. Parans gefallene Truppe.

Sie erreichten das Podest.

Und konnten nicht weitergehen. Magische Energien wogten über das gesamte Podest, ein funkelndes Netz aus Kurald Galain.

»Diese … Zauber … hat Rake mit eigener Hand geschaffen«, murmelte der Magier. »Nur er allein.«

Paran nickte. Er hatte das Gleiche von Tippa gehört, doch er verstand das Bedürfnis des Schnellen Ben, zu reden, den Raum mit den Echos seiner Stimme zu füllen.

»Es war sein Bein, müsst Ihr wissen. Hat im falschen Augenblick nachgegeben. Wahrscheinlich bei einem Ausfall … was bedeutet, dass er Kallor vor der Klinge gehabt hat. Dass der Bastard schon so gut wie tot war. Sonst hätte er sich niemals so weit ausgestreckt. Das verdammte Bein. Es ist damals in dem Garten in Darujhistan zerschmettert worden. Eine Marmorsäule ist umgefallen ... und Elster hat einfach zur falschen Zeit am falschen Ort gestanden.

Von damals ... zu dem hier.«

Und jetzt passen Tippa und die anderen auf Fäustel auf. Es ist andauernd jemand um ihn herum. Der Heiler könnte sonst jederzeit versuchen, sich in sein Messer zu stürzen ... wenn er die Möglichkeit dazu hätte. Ach, Fäustel, er hat dich doch jedes Mal weggeschickt. ›Ein andermal, im Augenblick habe ich viel zu viel im Kopf. Es ist nichts weiter als ein dumpfer Schmerz. Wenn das hier vorbei ist, dann kümmern wir uns darum.‹ Es war nicht deine Schuld, Fäustel. Soldaten sterben nun einmal.

Er beobachtete den Schnellen Ben, der einen kleinen Kieselstein aus seinem Beutel zog und ihn vor dem Podest auf den Fußboden legte. »Es könnte sein, dass ich später noch einmal hierher kommen möchte«, sagte er mit einem schwachen, traurigen Lächeln zu Paran. »Mit Kalam ...«

Ach, Magier ...

Paran hob den Blick zu den drei Särgen. Er wusste nicht, wer in welchem lag. Aus irgendeinem Grund spielte das jedoch auch keine große Rolle. Elster und zwei Seesoldatinnen – *sie waren für Flickenseel da, bis zum Ende.*

Immer ein Geschäft auf Gegenseitigkeit, Zauberin.

»Ich bin jetzt bereit, sie zu verlassen, Hauptmann.«

Paran nickte.

Sie drehten sich um und gingen langsam den Weg zurück.

Als sie den Eingang erreichten, blieben sie stehen.

Der Schnelle Ben blickte den Korridor entlang. »Sie haben alles zurückgelassen, müsst Ihr wissen.«

»Was? Wer?«

»Rake. Die Tiste Andii. Sie haben alle ihre Besitztümer zurückgelassen. Alles.«

»Warum sollten sie das tun? Sie wollen sich doch in Schwarzkorall niederlassen, oder? Die Stadt ist leer geräumt worden ...«

Der Schnelle Ben zuckte die Schultern. »Tiste Andii«, sagte er in einem Tonfall, in dem wortlos ein *Wir werden es nie erfahren* mitschwang.

Ein verschwommenes Portal nahm vor ihnen Gestalt an.

Der Magier brummte vor sich hin. »Ihr habt wirklich einen besonderen Stil, was diese Dinge angeht, Hauptmann.«

Ja, den Stil ungeschickter Unwissenheit. »Tritt hindurch, Magier.«

Er schaute zu, wie der Schnelle Ben in dem Portal verschwand. Dann drehte Paran sich um und warf noch einen letzten Blick in das Gemach. Die Kugel aus Licht wurde rasch schwächer.

Elster, ich danke dir für alles, was du mich gelehrt hast. Brückenverbrenner, ich wünschte, ich hätte an eurer Seite mehr leisten können. Vor allem am Ende. Zumindest hätte ich mit euch sterben können.

Nun ja, es ist wahrscheinlich viel zu spät. Aber ich segne euch – euch alle.

Und damit drehte er sich erneut um und trat durch das Portal.

In dem stillen Raum wurde das Licht immer schwächer; die Kugel flackerte und verschwand schließlich ganz.

Aber ein neuer Schimmer war in das Gemach gekommen. Ganz schwach schien er mit dem schwarzen Netz auf den Särgen zu tanzen.

Einen geheimnisvollen Tanz.

Der aus Knochen gebaute Wagen rollte klappernd die Handelsstraße entlang. Emancipor Reese ließ die Zügel über die breiten, dunklen Rücken der Ochsen schnalzen.

Grantl, der die Straße gerade halb überquert hatte, blieb stehen und wartete.

Der Diener machte ein finsteres Gesicht und hielt widerwillig den Wagen an. Er klopfte mit einer Faust an die Wand in seinem Rücken. Die Reptilienhaut dröhnte wie eine Kriegstrommel.

Eine Tür öffnete sich, und Bauchelain kletterte heraus, gefolgt von Korbal Broach.

Bauchelain kam herangeschritten und trat Grantl gegenüber, doch seine ausdruckslosen grauen Augen waren auf die dunkle Stadt hinter diesem gerichtet. »Außerordentlich«, keuchte er. »Das – das ist ein Ort, den ich Heimat nennen könnte.«

Grantl lachte rau. »Glaubt Ihr das tatsächlich? Dort sind jetzt Tiste Andii. Und außerdem ist die Stadt jetzt ein Teil des malazanischen Imperiums. Glaubt Ihr, einer von beiden würde die Freizeitbeschäftigung Eures Freundes gutheißen?«

»Er hat Recht«, ließ sich Korbal Broachs weinerliche Stimme neben dem Wagen vernehmen. »Ich hätte dort bestimmt keinen Spaß.«

Bauchelain lächelte. »Ach, aber Korbal, denk an all die frischen Leichen. Und schau dir das Schlachtfeld da unten an. K'Chain Che'Malle, schon passend zerlegt – in handliche Stückchen, wenn man so will. Da gibt es genug Material, mein lieber Partner, um einen ganzen Haushalt aufzubauen.«

Grantl sah, wie Korbal Broach zu lächeln begann.

Ihr Götter, erspart mir diesen Anblick – das möchte ich bitte nie, nie wieder sehen.

»Wenn Ihr, gestreifter Karawanenführer, nun freundlicherweise zur Seite treten könntet«, sagte Bauchelain. »Aber vorher hätte ich noch eine Frage an Euch, wenn Ihr so freundlich wärt.«

»Um was geht's?«

»Ich habe vor kurzem eine Botschaft erhalten. In einer schrecklichen Schrift und – was noch schlimmer ist – auf einem Stück Rinde geschrieben. Es scheint, dass ein gewisser Jib Stamm und seine Brüder mir einen Besuch abzustatten wünschen. Wisst Ihr vielleicht zufällig etwas über diese Herren? Wenn dem so sein sollte, hättet Ihr dann vielleicht auch einen Rat hinsichtlich der angemessenen Etikette bei ihrer Bewirtung …«

Grantl lächelte. »Tragt Eure besten Kleider, Bauchelain.«

»Oh. Vielen Dank, Karawanenführer. Und wenn Ihr jetzt bitte …«

Zum Abschied winkend schickte Grantl sich an, die Straße vollends zu überqueren.

Die Grauen Schwerter hatten fünfzig Schritt östlich des mächtigen, glitzernden Grabhügels – der bereits allenthalben Itkovians Geschenk genannt wurde – ein behelfsmäßiges Lager aufgeschlagen. Zerlumpte Banden von Tenescowri, alle ausgezehrt und blass, waren aus Schwarzkorall und aus dem umliegenden Waldland aufgetaucht. Sie alle sammelten sich um das Lager. Die Nachricht von Anasters …

Wiedergeburt hatte sich in Windeseile verbreitet, und mit ihr auch die Hoffnung auf Rettung.

Sie werden rekrutiert. Diese Tenescowri können nie wieder das Leben aufnehmen, dass sie vorher geführt haben. Auch sie müssen wiedergeboren werden. Der Fremde in Anasters Körper – dieses neue Todbringende Schwert von Togg und Fanderay – hat viel zu tun …

Für Grantl war es an der Zeit, sich ein Bild von dem Mann zu machen. *Wahrscheinlich wird er ein besseres Todbringendes Schwert abgeben, als ich es bin. Wird blasiert und scheinheilig auf diesem verdammten, hässlichen Klepper hocken. Ja, stimmt, ich bin jetzt schon bereit, den Bastard zu hassen, ich gebe es zu.*

Grantl näherte sich Anaster, der sein Pferd durch das armselige Lager der Tenescowri lenkte. Ausgemergelte Gestalten streckten von allen Seiten die dürren Arme aus, um ihn und sein Pferd zu berühren. Ein halbes Dutzend Schritte hinter ihm ging Destriant Velbara, und Grantl konnte die heilende Magie spüren, die sie umschwirrte. Die Umarmung des Wolfstraums hatte begonnen.

Anaster ritt schließlich aus dem Lager hinaus. Als der Blick seines einen Auges auf Grantl fiel, zügelte er sein Pferd und wartete auf den Daru.

Er sprach, noch ehe Grantl die Gelegenheit dazu hatte. »Ihr seid Grantl, Trakes Todbringendes Schwert. Destriant Velbara hat mir von Euch erzählt. Ich bin froh, dass Ihr gekommen seid.« Anaster warf einen Blick zurück auf die Tenescowri, die im Lager blieben, als wäre dessen Begrenzung eine Art unsichtbare, unüberwindliche Barriere, und stieg dann ab. »Schild-Amboss Norul hat darauf bestanden, dass ich sichtbar bleibe«, brummte er und zuckte zusammen, als er die Beine streckte. »Wenn das noch lange so weitergeht, laufe ich wie ein Wickaner.«

»Ihr sagt, Ihr seid froh, dass ich gekommen bin«, grollte Grantl. »Warum?«

»Nun, Ihr seid ein Todbringendes Schwert, stimmt's? Mich nennen sie auch so. Ich schätze, äh, na ja. Was bedeutet das eigentlich?«

»Das wisst Ihr nicht?«

»Nein. Ihr?«

Grantl schwieg mehrere Herzschläge lang, dann fing er an zu grinsen. »Eigentlich nicht.«

Die Spannung verließ Anaster in einem tiefen Seufzer. Er trat näher heran. »Hört zu. Vor dem hier – äh, bevor ich in diesem Körper angekommen bin, war ich Kundschafter in der malazanischen Armee. Und soweit es mich anging, waren Tempel Orte, wo arme Leute dafür bezahlt haben, dass die Weinkeller der Priester gut gefüllt waren. Ich will keine Gefolgsleute. Destriant Velbara da hinten ... und dann noch Schild-Amboss Norul – bei den Göttern, was für eine harte Frau! Sie setzen jede Menge Erwartungen in mich – ich fühle mich, wie dieser Itkovian sich jetzt gerade fühlen muss ... obwohl der jetzt wohl gar nichts fühlt. Beim Vermummten, allein ihn zu erwähnen, bricht mir fast das Herz, und dabei habe ich ihn nicht einmal gekannt.«

»Aber ich, Anaster. Entspannt Euch, Junge, und macht Euch nicht so viele Sorgen. Habt Ihr etwa gedacht, ich hätte darum *gebeten*, Trakes Todbringendes Schwert zu werden? Ich war ein Karawanenwächter, und zwar ein ziemlich armseliger, und ich war glücklich damit –«

»Ihr wart glücklich damit, ziemlich armselig zu sein?«

»Und ob ich das war.«

Anaster lächelte plötzlich. »Ich bin vorhin über ein kleines Fässchen Bier gestolpert, da hinten, im Lager der Grauen Schwerter. Wir sollten ein paar Schritte laufen, Grantl.«

»Unter die Bäume, ja. Ich werde Stonny suchen – eine Freundin. Ich glaube, Ihr werdet sie mögen.«

»Eine Frau? Ich mag sie schon jetzt. Ich hole das Bier und treffe Euch dann dort.«

»Ein guter Plan. Oh, erzählt lieber Destriant Velbara oder Schild-Amboss Norul nichts davon –«

»Das tue ich nicht, selbst wenn sie mich foltern ...« Seine Stimme erstarb, und Grantl sah, dass der junge Mann plötzlich noch blasser wurde, als er es ohnehin schon war. Dann schüttelte er den Kopf. »Bis bald, mein Freund.«

»Ja.« *Mein Freund ... Ja, ich glaube schon.*

Er sah zu, wie Anaster sich wieder auf sein Pferd schwang – der Mann, der er früher gewesen war, konnte reiten.

Nein, nicht der Mann, der er gewesen war. Der Mann, der er jetzt ist. Grantl blickte ihm noch einen Augenblick nach, als er davonritt, dann drehte er sich um und machte sich auf die Suche nach Stonny.

Noch immer umwogte Dampf oder Rauch die vier Wagen der Trygalle-Handelsgilde, die am Fuß des Hügels warteten. Der Schnelle Ben war vorausgegangen, um mit dem Karawanenmeister zu sprechen – einem reich gekleideten, übergewichtigen Mann, dessen tiefe Erschöpfung aus fünfzig Schritt Entfernung zu erkennen war.

Paran, der zusammen mit den Brückenverbrennern auf der Hügelkuppe auf Dujek wartete, beobachtete, wie der Magier und der Händler – ebenfalls ein Magier – sich längere Zeit unterhielten. Den Schnellen Ben schien das Ergebnis des Gesprächs zu erheitern. Dann trat Kruppe zu ihnen, und die Diskussion wurde erneut aufgenommen. Hitzig.

»Um was geht es da eigentlich?«, fragte Tippa, die neben dem Hauptmann hockte.

Paran schüttelte den Kopf. »Ich habe keine Ahnung, Leutnant.«

»Äh, Hauptmann?«

Etwas in ihrem Tonfall ließ ihn sich umdrehen. »Ja?«

»Ihr hättet mir das Kommando nicht übergeben dürfen – ich hab's versaut, Hauptmann. Ich hab's vollkommen versaut.«

Er sah den nackten Schmerz in ihren Augen, und obwohl er den Wunsch verspürte, schaute er nicht weg. »Nein, nicht du, Leutnant. Schließlich hatte eigentlich ich das Kommando. Ich habe euch im Stich gelassen.«

Sie schüttelte den Kopf. »Ben hat uns erzählt, was Ihr beide getan habt, Hauptmann. Ihr seid dort hingegangen, wo Ihr hingehen musstet. Ihr habt Eure Chancen genutzt. Für uns hat es so ausgesehen, als hätte es keinen Sieg gegeben, in dieser ganzen verdammten Geschichte nicht, aber jetzt wissen wir, dass das nicht stimmt – und das bedeutet für uns mehr, als Euch vielleicht klar ist, Hauptmann.«

»Leutnant, du bist aus dieser Festung herausgekommen und hast Überlebende mitgebracht. Niemand hätte mehr tun können.«

»Das würde ich auch sagen«, ließ sich eine neue Stimme vernehmen.

Dujeks Anblick ließ sowohl Paran wie Tippa erschrocken verstummen. Der Mann schien im Verlauf eines einzigen Tages um gut zehn Jahre gealtert zu sein. Er ging gebeugt, die Hand seines einen Arms zitterte. »Leutnant, ruf die Brückenverbrenner herbei. Ich möchte euch allen etwas mitteilen.«

Tippa drehte sich um und winkte die fünf Soldaten näher heran.

»Gut«, brummte die Hohefaust. »Und jetzt, hört mir zu. Auf einem der Wagen der Trygalle-Handelsgilde da unten befindet sich eine halbe Wagenladung ausstehenden Soldes. Ausstehender Sold für die Kompanie, die unter dem Namen Brückenverbrenner bekannt war. In voller Stärke. Das ist genug, dass sich jeder von euch ein Anwesen kaufen und ein wohlverdientes Leben in der Idylle führen kann. Die Gilde wird euch nach Darujhistan bringen – ich empfehle, dass ihr nicht ins Imperium zurückkehrt. Was Tayschrenn, Faust Aragan und mich betrifft, ist kein einziger Brückenverbrenner lebend aus dieser Festung herausgekommen. Nein, sagt jetzt nichts, Soldaten – Elster wollte es so für euch. Beim Vermummten, er wollte es auch für sich. Respektiert das.

Davon abgesehen habt ihr noch eine letzte Aufgabe, und die müsst ihr in Darujhistan erfüllen. Die Gilde hat jemanden abgeliefert. Er befindet sich im Augenblick in der Obhut von Baruk, dem Hohen Alchemisten. Dem Mann geht es nicht gut – ich glaube, er braucht euch. Malazaner. Soldaten. Tut für ihn, was ihr könnt, wenn ihr dort seid, und wenn ihr zu dem Schluss kommt, dass ihr nichts mehr tun könnt, dann geht.«

Dujek machte ein Pause, ließ seinen Blick über sie gleiten und nickte dann. »Das ist alles, Brückenverbrenner. Die Trygalle-Handelsgilde wartet auf euch. Hauptmann, bleibt noch einen Augenblick – ich würde gerne noch unter vier Augen mit Euch reden. Oh, Tippa, schick den Hohemagier, den Schnellen Ben hier herauf, ja?«

Tippa blinzelte. »Hohemagier?«

Dujek verzog das Gesicht. »Der Bastard kann sich nicht länger verstecken. Tayschrenn hat darauf bestanden.«

»Ja, Hohefaust.«

Paran blickte der kleinen Truppe nach, als sie den Hügel hinuntertrottete.

Dujek fuhr sich mit zittriger Hand übers Gesicht, drehte sich um. »Geht ein paar Schritte mit mir, Paran.«

Paran tat, wie ihm geheißen. »Das war gut, Hohefaust.«

»Nein, das war es nicht, Ganoes, aber es war alles, was ich tun kann. Ich will nicht, dass die letzten Brückenverbrenner auf irgendeinem Schlachtfeld fallen, oder in irgendeiner namenlosen Stadt, die kämpft, um sich ihre Freiheit zu bewahren. Ich nehme das, was noch von meinem Heer übrig ist, mit ins Reich der Sieben Städte, um die Vergeltungsarmee von Mandata Tavore zu verstärken. Ihr könnt gerne –«

»Nein, Hohefaust. Lieber nicht.«

Dujek nickte, als hätte er so etwas erwartet. »Bei den Wagen da unten sind ein Dutzend Säulen für Euch. Dann geht also mit Eurer Kompanie. Meinen Segen habt Ihr. Ich werde dafür sorgen, dass Ihr zu den Gefallenen gezählt werdet.«

»Ich danke Euch, Hohefaust. Ich glaube nicht, dass ich zum Soldaten geschaffen bin.«

»Kein Wort mehr davon, Hauptmann. Denkt von Euch, was Ihr wollt, aber wir werden Euch auch weiter so sehen, wie Ihr seid – als einen Edelmann.«

»Edel –«

»Nicht diese Art Adel, Ganoes. Das hier ist die Art, die man sich verdient, die einzige Art, die etwas bedeutet. Denn heutzutage ist sie verdammt selten.«

»Nun, Hohefaust, hier muss ich Euch – bei allem Respekt – sagen, dass ich nicht Eurer Meinung bin. Wenn es eine Erfahrung gibt, die ich mir von meiner Zeit bei diesem Feldzug lange bewahren will, Hohefaust, dann die, dass ich wieder und wieder von denen um mich herum beschämt worden bin.«

»Geht jetzt zu Euren Kameraden, den Brückenverbrennern, Ganoes Paran.«

»Ja, Hohefaust. Lebt wohl.«

»Lebt wohl.«

Als Paran den Hang hinunterging, stolperte er einmal kurz, fing sich aber wieder. *Meine Kameraden, die Brückenverbrenner, hat er gesagt … nun, der Verdienst ist kurzlebig, aber was soll's.*

Ich habe es geschafft.

Ohne auf die grimmigen Soldatinnen und Soldaten auf allen Seiten zu achten, zügelte Toc – Anaster – sein Pferd neben dem kleinen Zelt, das die Grauen Schwerter ihm zugewiesen hatten. *Ja, ich erinnere mich an Anaster, und das hier mag sein Körper sein, aber das ist auch schon alles.* Er rutschte aus dem Sattel und trat ins Zelt.

Er suchte ein bisschen herum, bis er das Fässchen fand, versteckte es in einem Lederbeutel, den er sich über die Schulter warf, und eilte wieder nach draußen.

Als er sich wieder in den Sattel zog, trat ein Mann an ihn heran.

Toc blickte stirnrunzelnd auf ihn hinunter. Dies war kein Tenescowri, aber auch kein Mitglied der Grauen Schwerter. Wenn überhaupt, so hatte er in seiner verblichenen und verschlissenen Kleidung aus Leder und Fellen gewisse Ähnlichkeit mit einem Barghast.

Von Narben übersät – mehr Kampfnarben, als Toc jemals an einer einzigen Person gesehen hatte. Trotzdem lag Trost in seinem Gesicht, dem Gesicht eines Ehrenmannes, nicht älter als zwanzig, mit ausgeprägten Gesichtszügen, grobknochig, von langem schwarzen Haar umgeben, in das weder Fetische noch Bänder eingeflochten waren. Seine Augen waren von einem sanften Braun, als er zu Toc aufblickte.

Toc war diesem Mann noch nie begegnet. »Hallo. Ist irgendetwas?«, fragte er ungeduldig; er wollte los.

Der Mann schüttelte den Kopf. »Ich wollte nur nach dir sehen, wollte mich davon überzeugen, dass es dir gut geht.«

Er glaubt, ich bin Anaster. Wahrscheinlich ein alter Freund – allerdings keiner seiner Leutnants, an die könnte ich mich erinnern. Nun gut, ich werde ihn nicht enttäuschen. »Danke. Mir geht es gut.«

»Das freut mich.« Der Mann lächelte, streckte eine Hand aus und legte sie auf Tocs Bein. »Ich gehe jetzt, Bruder. Wisse, dass ich dich nie vergessen werde.« Noch immer lächelnd drehte er sich um und schritt davon, mitten durch die Reihen neugieriger Grauer Schwerter hindurch, in Richtung Norden, auf den Waldrand zu.

Toc starrte hinter ihm her. *Etwas … etwas an diesem Gang …*

»Todbringendes Schwert –«

Schild-Amboss Norul kam auf ihn zu.

Toc griff nach den Zügeln. »Jetzt nicht«, rief er. »Später.« Er wendete das Pferd. »Na schön, du scheußliche alte Hexe, jetzt wollen wir doch mal sehen, wie du galoppierst.« Er drückte dem Tier die Fersen in die Flanken.

Seine Schwester erwartete ihn am Waldrand. »Bist du fertig?«, fragte sie ihn.

»Ja, das bin ich.«

Sie gingen weiter, unter den Bäumen. »Ich habe dich vermisst, Bruder.«

»Ich dich auch.«

»Du hast kein Schwert …«

»Ich habe tatsächlich keins. Glaubst du, ich werde eins brauchen?«

Sie beugte sich zu ihm. »Nicht mehr als vorher, würde ich sagen.«

»Vielleicht hast du Recht. Wir sollten sehen, dass wir einen Steinbruch finden.«

»Die Barghast-Kette. Ein Feuerstein in der Farbe von Blut – ich werde ihn natürlich mit Magie umhüllen, um zu verhindern, dass er zerbricht.«

»Wie du es schon einmal getan hast, Schwester.«

»Vor langer Zeit.«

»Oh ja, vor sehr langer Zeit.«

Unter den teilnahmslosen Blicken seiner beiden Brüder löste Lady Missgunst die Zauberei, die Mok daran hinderte, das Bewusstsein wiederzuerlangen. Sie sah zu, wie der Dritte langsam wieder zu sich kam, die Augen hinter der Maske trübe vor Schmerz. »Tja«, murmelte sie, »du hast in letzter Zeit also tatsächlich gelitten, was?«

Mok mühte sich, sich aufrecht hinzusetzen, und sein Blick wurde härter, als er seine Brüder sah.

Lady Missgunst streckte sich und warf Senu und Thurule einen abschätzenden Blick zu. Nach einem kurzen Moment seufzte sie. »In der Tat, sie sind ein schlimmer Anblick. Sie haben in deiner Abwesenheit Schaden genommen, Dritter. Andererseits«, bemerkte sie munter, »ist es dir auch nicht viel besser ergangen! Ich muss dich informieren, Mok, dass deine Maske einen Riss hat.«

Der Seguleh griff nach oben und befühlte seine Maske vorsichtig, folgte dem haarfeinen Riss, der sich auf der linken Seite der Maske über zwei Drittel ihrer gesamten Länge zog.

»Wie ich tatsächlich widerwillig zugeben muss«, fuhr Lady Missgunst fort, »hat keine unserer Fassaden ... unangekratzt überlebt. Stell dir vor, Anomander Rake – der Siebte – hat uns ganz unzeremoniell aus der Stadt verbannt.«

Mok stand wacklig auf, blickte sich um.

»Ja«, sagte Lady Missgunst, »wir sind in demselben Wald, durch den wir uns tagelang hindurchgequält haben. Eure Bestrafungsübung ist beendet, vielleicht zufriedenstellend, vielleicht auch nicht. Die Pannionische Domäne ist nicht mehr, leider. Die Zeit ist gekommen, meine grimmigen Diener, nach Hause zu gehen.«

Mok überprüfte seine Waffen und blickte sie dann an. »Nein. Wir werden eine Audienz beim Siebten verlangen –«

»Oh, du närrischer Mann! Er wird dich nicht empfangen! Schlimmer noch, du wirst dir den Weg durch ein paar hundert Tiste Andii freihauen müssen, um zu ihm zu gelangen – und nein, sie werden nicht die Klingen mit dir kreuzen. Sie werden dich einfach mittels Magie auslöschen. Sie sind ein interesseloses Volk, die Kinder von Mutter Dunkel. Nun, ich habe beschlossen, euch drei nach Hause zu geleiten. Ist das nicht großzügig von mir?«

Mok sah sie an. Das Schweigen zog sich hin.

Lady Missgunst lächelte ihn süß an.

Auf ihrer langen Reise nach Norden lösten sich die Weißgesicht-Barghast zunächst in Clans auf, dann in Sippen, und sie streiften weit durch das Land, wie es ihr Brauch war. Hetan ging mit Cafal; sie hinkten ein Stück hinter ihrem Vater und dessen treuesten Anhängern her und hielten sich ein wenig nach Osten.

Die Sonne schien ihnen warm auf Kopf und Schultern, und die Luft roch frisch nach der sanften Brandung, die zweihundert Schritt zu ihrer Rechten ans Ufer schlug.

Es war Mittag, als sie und ihr Bruder die beiden Wanderer voraus entdeckten. Nahe Verwandte, schloss Hetan, als sie näher kamen. Keiner von beiden war besonders groß, aber beide waren kräftig und schwarzhaarig, und sie wanderten Seite an Seite noch ein bisschen näher an der Küste dahin.

Sie sahen wie Barghast aus, allerdings von einem Stamm oder Clan, den weder Hetan noch Cafal kannten. Kurze Zeit später hatten sie die beiden Fremden eingeholt.

Hetans Blicke konzentrierten sich auf den Mann; sie musterte die außergewöhnlichen Narben, die sich kreuz und quer über seinen ganzen Körper zogen. »Wir grüßen euch, Fremde!«, rief sie.

Beide drehten sich um, eindeutig überrascht, dass sie Gesellschaft hatten.

Hetan blickte dem Mann jetzt ins Gesicht. Dass die Frau neben ihm seine Schwester war, war nur allzu offensichtlich.

Gut. »Du!«, rief sie dem Mann zu, »wie ist dein Name?«

Das Lächeln des Mannes ließ ihr Herz stocken. »Onos Toolan.«

Hetan ging ein bisschen näher heran; sie winkte der dunkelhaarigen Frau kurz zu, ehe sie den Blick wieder auf den Mann namens Onos Toolan richtete. »Ich sehe mehr, als du dir vorstellen kannst«, sagte sie leise.

Der junge Krieger legte den Kopf schief. »Wirklich?«

»Oh ja, und was ich sehe, sagt mir, dass du schon sehr lange nicht mehr mit einer Frau das Lager geteilt hast.«

Die Augen des Mannes weiteten sich – *oh, solche lieblichen Augen, die Augen eines Geliebten.* »In der Tat«, sagte er, und sein Lächeln wurde noch breiter.

Oh ja, die Augen meines Geliebten …

Epilog

Paran schob die Tür auf. Er schulterte seinen schweren, mit Gold gefüllten Rucksack und trat in das dahinter liegende Vorzimmer.

»Raest! Wo bist du?«

Der gepanzerte Jaghut tauchte von irgendwoher auf und blieb vor Paran stehen, sagte jedoch nichts.

»Genau«, murmelte Paran. »Ich habe beschlossen, hier Quartier zu nehmen.«

Raests Stimme war ein kaltes Krächzen. »So.«

»Ja. Drei Wochen in dem verdammten Gasthaus waren genug, das kannst du mir glauben. Und hier bin ich nun, hab meinen ganzen Mut zusammengekratzt, bereit, mich im gefürchteten, verrufenen Finnest-Haus niederzulassen – und wie ich sehe, lassen deine Fähigkeiten als Hausmeister einiges zu wünschen übrig.«

»Die beiden Körper auf der Schwelle – was wirst du mit ihnen machen?«

Paran zuckte die Schultern. »Ich habe mich noch nicht entschieden. Irgendwas, nehme ich an. Aber zunächst einmal will ich dieses Gold loswerden – dann kann ich endlich mal wieder ruhig schlafen. Sie machen den Laden heute Nacht auf, weißt du …«

»Nein, Herr der Drachenkarten, das weiß ich nicht«, erwiderte der riesige Krieger.

»Ist auch egal. Ich habe gesagt, ich würde hinkommen. Beim Vermummten, ich bezweifle, dass sonst irgendjemand in dieser Stadt kommt, außer vielleicht Kruppe, Coll und Murillio.«

»Wohin, Herr der Drachenkarten?«

»Ganoes, bitte. Oder Paran. Wohin, willst du wissen? In Tippas neue Taverne, dahin.«

»Ich weiß nichts von –«

»Ich weiß, dass du nichts davon weißt, deshalb erzähle ich es dir ja –«

»– und es kümmert mich auch nicht, Ganoes Paran, Herr der Drachenkarten.«

»Tja, das ist dann eben Pech für dich, Raest. Wie gesagt, Tippas neue Taverne. Ihre und die von ihren Partnern, heißt das. Sie haben die Hälfte von ihrem Sold in dieses verrückte Projekt gesteckt.«

»Verrückt?«

»Ja – du kennst die Bedeutung von verrückt nicht?«

»Ich kenne sie nur zu gut, Ganoes Paran, Herr der Drachenkarten.«

Diese Worte geboten Parans Redefluss Einhalt. Er musterte das behelmte Gesicht, sah nur Schatten hinter den Schlitzen des Visiers. Ein leiser Schauer überlief den Malazaner. »Äh, ja. Jedenfalls haben sie den K'rul-Tempel gekauft, mitsamt Glockenturm und allem Drum und Dran. Haben ihn umgebaut, zu einer –«

»Einer Taverne.«

»Einen Tempel, von dem jeder in der Stadt sagt, dass es darin spukt.«

»Ich könnte mir vorstellen«, sagte Raest und drehte sich um, »dass er in Anbetracht der Umstände nicht sonderlich teuer war ...«

Paran starrte dem gerüsteten Jaghut nach. »Bis später!«, rief er.

Nur schwach hörte er die Antwort. »Wenn es denn sein muss ...«

Als Paran unter dem beschädigten Torbogen hindurch auf die Straße hinaustrat, wäre er beinahe über eine gebrechliche, in einen Umhang gehüllte Gestalt gestolpert, die ungeschickt auf dem Rand des Rinnsteins saß. Eine schmutzige Hand reckte sich aus den Lumpen dem Malazaner entgegen.

»Freundlicher Herr! Eine Münze, bitte! Nur eine einzige Münze!«

»Zum Glück für dich kann ich mehr als eine entbehren, alter Mann.« Paran griff nach der Lederbörse, die in seinem Gürtel steckte. Er zog eine Handvoll Silbermünzen heraus.

Der Bettler ächzte und zog sich ein bisschen näher an ihn heran. Seine Beine schleppte er wie tote Lasten hinter sich her. »Ein wohlhabender Mann! Hört mir zu. Ich brauche einen Partner, großzügiger Herr! Ich habe Gold. Räte! In einem Versteck an den Hängen des Tahlyn-Gebirges. Ein Vermögen, Herr! Wir müssen nur eine Expedition ausrüsten – es ist nicht weit.«

Paran ließ die Münzen in die Hände des alten Mannes fallen. »Ihr habt einen vergrabenen Schatz, mein Freund? Gewiss.«

»Mein Herr, die Summe ist gewaltig, und ich würde mich freudig mit der Hälfte zufrieden geben – Ihr bekommt mindestens das Zehnfache Eurer Investitionen zurück.«

»Ich brauche keine weiteren Reichtümer.« Paran lächelte. Er trat ein paar Schritte von dem Bettler weg, verharrte dann noch einmal und fügte hinzu: »Ganz nebenbei – du solltest lieber nicht allzu lange vor diesem Tor herumlungern. Das Haus heißt Fremde nicht willkommen.«

Der alte Mann schien in sich zusammenzusinken. Er drehte den Kopf zur Seite. »Nein«, drang seine Stimme unter seiner zerlumpten Kapuze hervor, »*dieses* Haus nicht.« Dann kicherte er leise. »Aber ich kenne eins, das es tut …«

Paran zuckte bei den düsteren Worten des Bettlers die Schultern, drehte sich wieder um und ging davon.

Hinter ihm begann der Bettler heftig zu husten.

Tippa konnte den Blick nicht von dem Mann abwenden. Er saß vornüber gebeugt auf einem Stuhl, vor dem noch kein Tisch stand, und hatte noch immer ein kleines Stück zerfetzten Stoffs in den Händen, auf das jemand etwas geschrieben hatte. Der Alchemist hatte getan, was in seiner Macht stand, um das Leben in einen größtenteils zerstörten, vertrockneten Körper zurückzubringen, und Baruks Künste waren bis an ihre Grenzen beansprucht worden – daran bestand kein Zweifel.

Sie wusste natürlich, wer er war. Sie alle wussten es. Und sie wussten auch alle, wo er hergekommen war.

Er sprach kein Wort. Hatte seit seiner Auferstehung nicht gesprochen. Doch es war keine Missbildung, die ihn dran hinderte, seine Stimme zu finden, darauf hatte Baruk bestanden.

Der imperiale Historiker war verstummt. Niemand wusste, warum.

Sie seufzte.

Die große Eröffnung von K'ruls Kneipe war ein Reinfall. Tische warteten leer und verloren in dem riesigen Schankraum. Paran, Spindel, Blend, Fahrig, Fäustel und Blauperl saßen an dem Tisch, der dem fauchenden Herd am nächsten war, und wechselten kaum ein Wort. Daneben stand der einzige andere besetzte Tisch, und an dem saßen Kruppe, Coll und Murillio.

Und das war's. Bei den Göttern, wir sind erledigt. Wir hätten nie auf Fahrig hören dürfen …

Die Eingangstür schwang auf.

Tippa blickte hoffnungsvoll hinüber. Doch es war nur Baruk.

Der Hohe Alchemist zögerte kurz im Vorraum, ging dann langsam weiter, dorthin, wo die anderen Daru saßen.

»Teuerster Freund des ehrenwerten Kruppe! Baruk, treuester Kämpe von Darujhistan, könnte es an diesem Abend bessere Gesellschaft geben? Hier, ja, an genau diesem Tisch! Kruppe hat gerade seine Gefährten erstaunt – ja, und tatsächlich auch diese grimmigen ehemaligen Soldaten am Nebentisch –, mit seinem außergewöhnlichen Bericht über Kruppe und den Namensvetter dieser Taverne, die sich verschworen haben, um eine neue Welt zu erschaffen.«

»Ist die Geschichte denn zu Ende?«, fragte Baruk, als er an den Tisch trat.

»Gerade eben, aber Kruppe wäre höchst erfreut, sie noch –«

»Hervorragend. Ich glaube, ich werde sie mir ein andermal anhören.« Der Hohe Alchemist warf einen Blick zu Duiker hinüber, doch der imperiale Historiker hatte noch nicht einmal aufgeblickt. Sein Kopf war noch immer gesenkt, sein Blick auf das Stück Stoff in seiner Hand gerichtet. Baruk seufzte. »Tippa, habt ihr Glühwein?«

»Ja, mein Herr«, sagte sie. »Hinter Euch, neben dem Herd.«

Fahrig griff nach dem Tonkrug und stand auf, um Baruk einen Becher einzuschenken.

»Na schön«, sagte Tippa mit lauter Stimme und ging zu ihnen hinüber. »So, das ist es also. Schön. Das Feuer ist warm genug, wir haben genug getrunken, und ich für meinen Teil bin bereit, ein paar Geschichten zu hören – nein, nicht von Euch, Kruppe. Eure haben wir schon gehört. Aber Baruk hier, und vielleicht auch Coll und Murillio könnten vielleicht an der Geschichte von der Eroberung Koralls interessiert sein.«

Coll beugte sich langsam vor. »Dann wirst du also endlich reden, Tippa? Es wird aber auch höchste Zeit.«

»Nein, ich nicht«, erwiderte sie. »Zumindest werde ich nicht anfangen. Wie sieht's aus, Hauptmann? Füllt Euch Euren Becher neu, und erzählt uns eine Geschichte.«

Paran verzog das Gesicht zu einer Grimasse, schüttelte dann den Kopf. »Ich würde ja gerne, Tippa …«

»Noch zu frisch«, grummelte Spindel, nickte und wandte sich ab.

»Beim Atem des Vermummten, was seid ihr nur für ein jämmerlicher Haufen!«

»Na klar doch«, schnappte Spindel, »eine Geschichte, die uns nur von neuem das Herz bricht! Was für einen Wert soll das haben?«

Eine raue, brüchige Stimme antwortet. »Aber es hat Wert.«

Alle verstummten, drehten sich zu Duiker um.

Der Imperiale Historiker hatte den Kopf gehoben, musterte sie aus dunklen Augen. »Wert. Ja. Ich glaube, es hat viel Wert. Aber nicht euren, Soldaten. Noch nicht. Es ist noch zu früh für euch. Zu früh.«

»Vielleicht«, murmelte Baruk, »vielleicht habt Ihr Recht. Wir verlangen zu viel –«

»Von ihnen. Ja.« Der alte Mann blickte erneut auf das Stück Stoff hinunter, das er in seinen Händen hielt.

Die Stille dehnte sich aus.

Duiker regte sich nicht.

Tippa drehte sich gerade wieder zu ihren Kameraden um – da begann der Mann zu sprechen. »Sehr gut, gewährt mir diese Nacht, wenn ihr wollt. Um eure Herzen noch einmal mehr zu brechen. Dies ist die Geschichte der Kette der Hunde. Die Geschichte von Coltaine vom Krähen-Clan, der neu ernannten Faust der Siebten Armee …«

Dramatis Personae

Auf dem Karawanenpfad

Grantl – ein Karawanenwächter
Stonny Menackis – eine Karawanenwächterin
Harllo – ein Karawanenwächter
Buke – ein Karawanenwächter
Bauchelain – ein Forschungsreisender
Korbal Broach – sein schweigsamer Partner
Emancipor Reese – ein Diener
Keruli – ein Händler

In Capustan

Brukhalian – Todbringendes Schwert von Feners Traum (Graue Schwerter)
Itkovian – Schild-Amboss von Feners Traum (Graue Schwerter)
Karnadas – Destriant von Feners Traum (Graue Schwerter)
Rekrutin Velbara (Graue Schwerter)
Hauptsergeant Norul (Graue Schwerter)
Farakalian (Graue Schwerter)
Nakalian (Graue Schwerter)
Torun (Graue Schwerter)
Sidlis (Graue Schwerter)
Nilbanas (Graue Schwerter)
Jelarkan – Fürst und Herrscher von Capustan
Arard – Fürst und Herrscher *in absentia* von Korall
Rath'Fener (Priester des Maskenrats)
Rath'Schattenthron (Priester des Maskenrats)
Rath'Königin der Träume (Priesterin des Maskenrats)
Rath'Vermummter (Priester des Maskenrats)
Rath'D'rek (Priester des Maskenrats)

Rath'Trake (Priester des Maskenrats)
Rath'Brand (Priesterin des Maskenrats)
Rath'Togg (Priester des Maskenrats)
Rath'Fanderay (Priesterin des Maskenrats)
Rath'Dessembrae (Priesterin des Maskenrats)
Rath'Oponn (Priester des Maskenrats)
Rath'Beru (Priester des Maskenrats)

Einarms Heer

Dujek Einarm – Anführer der abtrünnigen malazanischen Armee
Elster – Dujeks Stellvertreter
Twist – Kommandant der Schwarzen Moranth
Artanthos – Standartenträger der abtrünnigen malazanischen Armee
Barak – ein Verbindungsoffizier
Hareb – ein adliger Hauptmann
Ganoes Paran – Hauptmann, Brückenverbrenner
Fahrig – Sergeant, Siebter Trupp, Brückenverbrenner
Tippa – Korporal, Siebter Trupp, Brückenverbrenner
Detoran – Soldatin, Siebter Trupp
Spindel – Magier und Sappeur, Siebter Trupp
Blend – Soldatin, Siebter Trupp
Fäustel – Heiler, Neunter Trupp
Igel – Sappeur, Neunter Trupp
Trotter – Kommandant, Neunter Trupp
Der Schnelle Ben – Magier, Neunter Trupp
Ziellos – Korporal, Brückenverbrenner
Bucklund – Sergeant, Brückenverbrenner
Ranter – Sappeur, Brückenverbrenner
Mulch – Heiler, Brückenverbrenner
Blauperl – Magier, Brückenverbrenner
Beinling – Magier, Brückenverbrenner
Zeh – Magier, Brückenverbrenner

Bruths Heer

Caladan Bruth – Kriegsherr der Befreiungsarmee von Genabackis
Anomander Rake – Lord von Mondbrut
Kallor – der Hochkönig, Bruths Stellvertreter
Die Mhybe – Matrone der Rhivi-Stämme
Silberfuchs – die wiedergeborene Rhivi
Korlat – eine Tiste-Andii-Wechselgängerin
Orfantal – Korlats Bruder
Hurlochel – ein Vorreiter der Befreiungsarmee
Scharteke – Matriarchin der Großen Raben

Die Barghast

Humbrall Taur – Kriegshäuptling des Weißgesicht-Clans
Hetan – seine Tochter
Cafal – sein Sohn

Gesandte aus Darujhistan

Coll – ein Botschafter
Baruk – ein Alchemist
Kruppe – ein Bürger
Murillio – ein Bürger

Die T'lan Imass

Kron – Herrscher der Kron T'lan Imass
Cannig Tol – ein Clanhäuptling
Bek Okhan – ein Knochenwerfer
Pran Chole – ein Knochenwerfer
Okral Lom – ein Knochenwerfer
Bendal Home – ein Knochenwerfer
Ay Estos – ein Knochenwerfer
Olar Ethil – die Erste Knochenwerferin und Erste Wechselgängerin
Tool, der Beraubte – ehemaliges Erstes Schwert
Kilava – eine abtrünnige Knochenwerferin
Lanas Tog – eine Kerluhm T'lan Imass

Die Pannionische Domäne

Der Seher – Priesterkönig der Domäne
Ultentha – Septarch von Korall
Kulpath – Septarch der Belagerungsarmee
Inal – Septarch von Lest
Anaster – ein Tenescowri, das Erste Kind des Toten Samens

Andere

K'rul – ein Älterer Gott
Draconus – ein Älterer Gott
Lady Missgunst – eine Einwohnerin von Morn
Toc der Jüngere, Aral Fayle – ein malazanischer Kundschafter
Garath – ein großer Hund
Baaljagg – eine noch größere Wölfin
Mok – ein Seguleh
Thurule – ein Seguleh
Senu – ein Seguleh
Der Angekettete – ein unbekannter Aufgestiegener (auch bekannt als der Verkrüppelte Gott)
Die Hexe von Tennes
Murks – ein Daru-Künstler
Talamandas – eine Barghast-Stockschlinge
Ormulogun – Künstler in Einarms Heer
Gambl – sein Kritiker
Haradas – eine Karawanenmeisterin der Trygalle-Handelsgilde
Azra Jael – ein Seesoldat in Einarms Heer
Stroh – ein Freischärler aus Mott
Stiege – ein Freischärler aus Mott
Stumpf – ein Freischärler aus Mott
Jib Stamm – ein Freischärler aus Mott

Glossar

Terminologie der Pannionischen Domäne

Der Pannionische Seher: der politische und geistige Führer der Domäne

Septarch: Herrscher über einen der sieben Distrikte der Domäne (und Heerführer)

Urdo: Kommandant der Eliteeinheit der Schweren Infanterie (Urdomen)

Urdomen: Elitekrieger, Schwere Infanterie, fanatische Anhänger des Sehers

Domänenser: Mitglied der fanatischen Leibwächter- und Assassinensekte der Domäne

Betakliten: Mittelschwere Infanterie

Bekliten: Reguläre Infanterie (auch »Die Hunderttausend« genannt)

Betrullid: Leichte Kavallerie

Betakullid: Mittelschwere Kavallerie

Scalandi: Plänkler

Desandi: Sappeure

Tenescowri: die Bauern- und Bettlerarmee

In Capustan

Die Grauen Schwerter: ein Söldner-Kult, der angeheuert wurde, um die Stadt gegen die Pannionische Domäne zu verteidigen

Der Maskenrat: Rat der Hohepriester der Vierzehn Aufgestiegenen, die in Capustan repräsentiert sind

Die Gidrath: Soldaten, die den vierzehn Tempeln dienen

Die Capanthall: Capustans Stadtwache, unter Fürst Jelarkans Kommando

Die Korallessianische Kompanie: Anhänger des im Exil lebenden Fürsten Arard von Korall
Die Lestari-Garde: geflohene Palastgarde aus der Stadt Lest
Capan: eine der Bevölkerungsgruppen Capustans
Das Daru-Viertel: Altstadt im Zentrum Capustans
Der Knecht: alte Daru-Festung, jetzt Sitz des Maskenrats

Die vierzehn Aufgestiegenen des Maskenrats von Capustan

Fenner/Tennerock
Trake/Treach
D'rek
Der Vermummte
Brand
Togg
Beru
Mowri
Oponn
Soliel und Poliel
Die Königin der Träume
Fanderay
Dessembrae
Schattenthron

Völker und Orte

Die Rhivi: nomadisierende Hirtenkultur auf den Ebenen von Zentral-Genabackis
Die Barghast: aus kriegerischen Stämmen bestehendes Volk, das man auf verschiedenen Kontinenten antreffen kann
  Ilgres-Clan
  Weißgesicht-Clan (hierzu gehören: Senan, Gilk, Ahkrata, Barahn, Nith'rithal)
Die T'lan Imass (die Armeen der Diaspora)
  Logros, die Wächter des Ersten Throns
  Kron, die Ersten bei der Zusammenkunft

Betrule (verschollen)
Ifayle (verschollen)
Bentract (verschollen)
Orshan (verschollen)
Kerluhm (verschollen)

Tiste Andii: eine Ältere Rasse
Jaghut: eine Ältere Rasse
K'Chain Che'Malle: eine der vier Gründerrassen, vermutlich ausgestorben
Moranth: stark reglementierte Zivilisation, deren Zentrum im Wolkenwald liegt
Daru: kulturelle Gruppe mit eigener Sprache, Teil der Bürgerschaft Capustans
Capan: Bürger Capustans
Domäne/Pannionische Domäne: Name eines neuen Reichs in Genabackis
Lestari: Bürger Lests
Korallessianer: Bürger Koralls
Morn: ein zerstörter, verfluchter Ort an der Südwestküste von Genabackis
Korall: Stadt in der Pannionischen Domäne
Lest: Stadt in der Pannionischen Domäne
Capustan: Stadt am nördlichen Ufer des Catlin
Darujhistan: die letzte der Freien Städte von Genabackis
Ebene von Lamatath: Prärie im Süden Darujhistans
Jhagra Til: Bezeichnung der T'lan Imass für ein inzwischen nicht mehr existierendes Binnenmeer

Die Welt der Magie

Die Gewirre (die Pfade – jene Gewirre, die den Menschen zugänglich sind)
Denul: Pfad des Heilens
Der Pfad des Vermummten: Pfad des Todes
D'riss: Pfad des Steins
Meanas: Pfad der Schatten und Illusionen

Rashan: Pfad der Dunkelheit
Ruse: Pfad des Meeres
Serc: Pfad des Himmels
Tennes: Pfad des Landes
Thyr: Pfad des Lichts

Die Älteren Gewirre

Kurald Emurlahn: Gewirr der Tiste Edur
Kurald Galain: Gewirr der Dunkelheit der Tiste Andii
Omtose Phellack: Gewirr der Jaghut
Starvald Demelain: Gewirr der Tiam, das Erste Gewirr
Tellann: Gewirr der T'lan Imass

Die Drachenkarten (Das Fatid) und die mit ihnen in Beziehung stehenden Aufgestiegenen

Hohes Haus Leben

König
Königin (Königin der Träume)
Champion
Priester
Herold
Soldat
Weber
Steinmetz
Jungfrau

Hohes Haus Tod

König (Der Vermummte)
Königin
Ritter (einst Dassem Ultor)
Magier
Herold
Soldat
Spinner
Steinmetz
Jungfrau

Hohes Haus Licht

König
Königin
Champion
Priester
Hauptmann
Soldat
Näherin
Baumeister
Mädchen

Hohes Haus Dunkel

König	Soldat
Königin	Weber
Ritter (Sohn der Dunkelheit)	Steinmetz
Magier	Gemahlin
Hauptmann	

Hohes Haus Schatten

König (Schattenthron/Ammanas)	Magier
Königin	Hund
Assassine (Das Seil/Cotillion)	

Neutrale Karten

Oponn (Die Narren des Zufalls)	Zepter
Obelisk (Brand)	Auge
Krone	Thron

Aufgestiegene

Anomander Rake/Die Mähne des Chaos/Der Sohn der Dunkelheit/Lord von Mondbrut – Ritter des Hohen Hauses Dunkel
Apsalar – Herrin der Diebe
Beru – Herr der Stürme
Brand – Herrin der Erde, die Schlafende Göttin
Caladan Bruth – Der Kriegsherr
Cotillion/Das Seil – Assassine des Hohen Hauses Schatten
Der Verkrüppelte Gott – König der Ketten
Der Vermummte – König des Hohen Hauses Tod
Dessembrae – Herr der Tragödie/des Unglücks
Die Königin der Träume – Königin des Hohen Hauses Leben
D'rek – Der Wurm des Herbstes (manchmal auch die Königin der Leiden, *siehe auch* Poliel)
Fanderay – Die Wölfin des Winters *(siehe auch* Togg)
Fener – Der Eber der Fünf Hauer (*siehe auch* Tennerock)
Gedderone – Herrin des Frühlings und der Wiedergeburt
Große Raben

Jhess – Königin des Webens
Kallor – Der Hochkönig
K'rul – ein Älterer Gott
Mael – ein Älterer Gott
Mowri – Herrin der Bettler, Sklaven und Leibeigenen
Nerruse – Herrin der Ruhigen See und des Günstigen Windes
Oponn – Die Zwillingsnarren des Zufalls
Osserc – Herr des Himmels
Poliel – Meisterin der Pestilenz *(siehe auch* D'rek)
Schattenhunde – Hunde des Hohen Hauses Schatten
Schattenthron/Ammanas – König des Hohen Hauses Schatten
Shedenul/Soliel – Herrin der Gesundheit
Soliel – Meisterin des Heilens
Tennerock/Fener – Der Eber der Fünf Hauer
Togg (*siehe auch* Fanderay) – Der Wolf des Winters
Trake/Treach – Der Tiger des Sommers und der Kämpfe
Treach – Der Erste Held